한국 문단 작가 연구 총서

作家研究

5

작가연구 편

국학자료원

이미 사라진 것, 잃어가는 것,
그리고 우리 삶 속에 스며 있는
전통문화 35가지의
역사적 실체를 밝힌다.

이이화 지음, 316쪽, 9,000원

이이화의 — **역사풍속기행**

풍수설, 당산나무, 제사, 두레 등 역사풍속이 오늘날 우리 생활 속에 어떻게 작용하고 있는가를 살펴보고
있는 이 책은 우리 역사를 생활문화사 차원에서 복원시키고 있다. 동아일보

저술활동을 통해 역사대중화에 앞장서온 재야 역사학자 이이화가 우리의 풍속과 전통문화에 얽힌 역사적
연원과 변천과정을 풍부한 사례를 곁들여 흥미롭게 기술하였다. 경향신문

작가 특유의 재미있고 쉬운 문체, 해박한 지식과 전통에 대한 애정 어린 시선으로 우리 삶 속에 녹아 있는
전통생활문화의 실체를 흥미롭게 벗겨냈다. 일간스포츠

역사비평사 서울시 종로구 계동 140-44
전화 741-6123~5,7 팩시밀리 741-6126

작가연구 제9호

특집 : 이호철

2000년 상반기

편집주간　서종택
편집위원　강진호 이상갑 채호석 하정일 안남일

기획 대담

157　4.19 세대의 문학이
걸어온 길

김병익 · 김동식

새미 비평칼럼선 7　　**말의 혀**　서림 시론 에세이　신국판 값 9,000원

　　몸과 아울러 영혼의 갈증이 점점 더 심해져 가는, 생수에 대한 믿음마저 고갈되어 가는 시대. 푸른 숲으로 둘러싸인 성벽 속의 샘물을 찾아가는, 그 숲 속으로 난 험한 길을 고통스럽게 걸어가며, 이 땅에서 운명을 같이 하고 있는 시인, 비평가 그리고 일반 독자들에게 이 책자가 조그마한 위안이라도 되었으면, 말벗일 수만 있다면! 추상화된 딱딱한 언어의 감옥을 녹여버릴 수 있는, 물컹물컹한 말(들)의 혀를 서로 물고 빨고 비빌 수 있기를!

새 미

서울시 성동구 행당동 28-7(정우빌딩407호) ☎ 2293-7949, 2291-7948, Fax 2291-1626

작가연구

제9호

새 미

사회적 실천으로서의 문학

'그들만의 잔치'였던 16대 총선이 끝났다. 지역주의의 지속, 진보정당의 좌절, 유권자운동의 등장, 이른바 '386'세대의 진출 등 이번 총선을 두고 이런저런 얘기들이 들려온다. 그 중 흥미로운 것이 남북정상회담과 16대 총선의 상관관계이다. 선거 3일 전에 갑작스레 터져나온 남북정상회담 개최 결정이라는 보도는 당초에는 선거에 결정적 영향을 줄 것으로 예상되었다. 그러나 결과는 매우 달랐다. 여당의 지지율 상승에 별 도움을 주지 못했을 뿐 아니라 영남권에서는 오히려 지역주의적 투표를 더욱 부추기는 역효과를 빚은 것이다.

남북정상회담은 한반도가 냉전에서 벗어나 평화공존의 단계로 나아가는 결정적 전기(轉機)를 마련해 줄 수 있는 역사적 사건임에 틀림없다. 그럼에도 그것이 선거에 별다른 영향을 주지 못했다는 것은, 아니 역효과까지 초래했다는 것은 무엇을 의미하는 것일까. 남북정상회담 성사 보도 밑에 깔린 '음모'의 냄새가 일조한 것은 부인하기 어렵다. 그러나 그것으로만 설명하기에는 남북정상회담의 역사적 의미가 워낙 크다. 그런 점에서 60%를 밑돈 저조한 투표율에 주목할 필요가 있다. 투표율의 저조를 정치적 무관심 탓으로만 돌려버려서는 곤란하다. 정치적 무관심이 증폭된 원인이 무엇인지에 대한 분석이 있어야 하고, 투표율 저조가 과연 정치적 무관심의 결과인지 또한 근본적 차원에서 반성해야 한다.

남북정상회담이라는 엄청난 이슈에도 불구하고 정치적 무관심이 더욱 심화되었다면, 그것이 갖는 사회적 의미는 대단히 심각하다. 거기에는 통일 문제가 더 이상 젊은이들의 관심사가 되지 못한다는 안타까운 사태가 가로 놓여 있기 때문이다. 하지만 이것은 투표율 저조를 정치적 무관심의 소산으로 이해할 때 가능한 해석이다. 따라서 투표율 저조가 정치적 무관심의 소산이 아니라면 상황은 달라진다. 특히 정치에 대한 관심도가 어느 세대보다도 높았던 30대 역시 낮은 투표율을 보여주었다는 사실이 중요하다. '386'세대의 낮은 투표율은 그들의 대체적인 성향을 볼 때 정치적 무관심으로 설명하기 어렵다. 그렇다면 반대로 투표 거부라는 적극적 의사 표시로 해석하는 것이 보다 적절하지 않을까.

엄밀히 따져보면, 5-60대의 상대적으로 높은 투표율도 정치에 대한 관심이 높아서가 아니다. 오히려 그들의 투표 행위는 '순응주의'의 한 표현일 수 있다. 말하자면 "투표는 국민의 신성한 의무"라는 이데올로기에 순치된 '자동화된 행위'라는 것이다. 거기에는 투표의 의미, 나아가 정치의 의미에 대한 성찰이 결여되어 있다. 5-60대가 지역주의적인 선택에 쉽게 빠져드는 것도 그와 관련이 깊다. 그런 점에서 그들의 투표 행위야말로 정치적 무관심의 산물인 셈이거니와, 이를 거꾸로 뒤집어 보면, 젊은 세대의 저조한 투표율은 곧 또 다른 방식의 적극적 의사표현이 된다.

따라서 이제부터 우리 사회가 해야 할 일은 젊은 세대의 투표 거부에 담긴 '적극적 의사'가 무엇인가를 분석하고 그로부터 정치의 새로운 방향을 정립하는 것이 되어야 한다. 그럴 때 떠오르는 과제의 하나가 계급정치의 활성화이다. 진보정당의 원내 진출이 좌절되긴 했지만, 그들이 보여준 가능성은 만만치 않다. 더구나 그 가능성이 완강한 제도적 제약과 짧은 기간의 선거운동 속에서 이루어낸 것이기에 더욱 그렇다. 한국의 정당정치가 지금처럼 보수 일색의 체제로 지속되는 한 한국정치의 고질병인 지역주의는 극복 불가능하다. 이념과 정책의 차별성이 불분명한 상황에서 마지막으로 남는 선택의 기준은 '지역'일 수밖에 없기 때문이다.

지역주의의 진정한 극복은 '지역'이라는 기준을 넘어설 수 있는 새로운 정치적 선택의 기준을 창출할 때에만 가능하다. 이번 총선에서 진보정당이 보여준 '한계 속에서의 가능성'은 한국정치의 미래를 위해 참으로 소중한 씨앗이 아닐까. 이 가능성을 현실성으로 바꾸는 데 시민사회의 역량이 총집결됨으로써 젊은 세대가 투표 거부가 아니라 투표 참여를 통해 자신의 뜻을 표현하게 되는 시대가 오길 기대해 본다.

이번 호 특집은 '이호철'로 잡았다. 잘 알다시피 이호철은 등단 이래 분단 문제와 이념 문제를 끈질기게 탐구해 온 작가이다. 특히 이호철은 분단과 이념 문제의 '복잡성'을 누구보다 날카롭게 그려낸 작가로 정평이 나 있거니와 이 '복잡성'에 대한 통찰이야말로 이호철이 20세기 한국문학사에서 이루어낸 특유의 성취라 할 수 있다. 진정한 진보는 현실의 실상에 대한 올바른 인식에 바탕할 때 가능한 법이라는 점에서 이호철 문학의 현실주의가 갖는 의미는 결코 폄하될 수 없다. 물론 그 '현실주의'에 대한 해석과 평가는 다양할 수 있다. 이번 특집의 의도 또한 이호철 문학에 대한 다양한 해석과 평가를 통해 이호철 문학에 대한 '열린 토론'을 만들어내는 것이었다.

이번 특집은 다섯 편의 글로 짜여졌다. 이호철 문학의 전개 과정을 그의 개인사와의 관련 하에서 해명한 김승환의 「이호철론—인민군에서 작가회의까지—」는 총론에 해당한다. 나머지 네 편은 작품론인데, 각론을 모두 작품론으로 구성한 것은 작품에 대한 해석과 평가가 이호철 문학의 전체상을 둘러싼 '열린 토론'의 첫 번째 단계라고 생각했기 때문이다. 「무너앉는 살들」 연작을 통해 한 가족의 몰락 속에 깃들어 있는 '감추어진 서사로서의 역사'를 읽어내고 있는 채호석의 「이호철 소설에서의 상황성과 역사성」, 전쟁의 한 켠에서 진행되는 천민 자본주의화에 주목해 『소시민』을 해석한 구모룡의 「비대한 풍속, 왜소한 이념」, 『소시민』의 연장선상에서 4.19정신의 가능성을 탐색하고 있는 『심천도』의 중요성을 강조한 강진호의 「한 원칙주의자의 좌절과 선택」, 『남녘사람 북녘사람』에서 '본래적인 사람살이'의 모습을 통해 체제를 바라보는 이호철 문학의 방법론을 찾아낸 김재영의 「이호철의 『남녘사람 북녘사람』론」은 모두 그러한 취지의 결과물들이다.

이와 함께 재수록 단편인 「타인의 땅」을 실었다. 이호철 문학의 전체상을 이해하는 데 조금이나마 보탬이 되리라고 생각한다. 작품을 보내준 작가와 자상한 해설을 써준 이호규 씨에게 고맙다는 말을 전하고 싶다.

대담으로는 김병익 선생을 모셨다. 김병익 선생은 계간 『문학과 지성』과 '문학과지성사'를 이끌어 온 한국문학계의 거목 중의 한 분이다. 특히 『문학과 지성』을 만들어 『창작과 비평』과 함께 70년대 한국문학의 발전을 주도한 점은 아무리 강조해도 지나치지 않다. 김병익 선생과의 대담은 60년대 이후의 한국문학사에 대한 소중한 증언들을 담고 있을 뿐 아니라 오랜 세월을 거치면서 숙성된 선생의 깊은 문학관을 곳곳에서 보여 준다. 장시간 좋은 말씀을 해주신 김병익 선생과 대담 진행을 맡아준 김동식 씨에게 이 자리를 빌어 다시 한 번 감사드린다.

일반 논문으로는 네 편의 글을 담았다. 나도향 문학에 나타나는 사랑의 이중성을 치밀하게 분석한 황경의 「나도향 소설의 사랑에 대한 고찰」, 지금까지 그다지 조명되지 못했던 염상섭 문학의 여성의식에 주목한 김재용의 「염상섭 문학과 여성의식」, 김성한 문학의 '기법'과 현실의 상관관계를 규명하려 한 한강희의 「현실 풍유의 다층적 방법과 전략」, 전근대에서 근대로의 이행이 빚어낸 비극이라는 관점에서 『김약국의 딸들』을 해석한 양윤모의 「『김약국의 딸들』에 나타난 비극의 원인과 구조」 등은 하나같이 진지한 문제의식과 꼼꼼한 작품 분석으로 무장한 좋은 연구 논문들이다. 일독을 권한다.

서평으로는 서종택의 『한국현대소설사론』, 채호석의 『한국근대문학과 계몽의 서사』, 박윤우의 『한국현대시와 비판정신』을 대상으로 윤석달, 이건제, 임명섭 세 분이 글을 써주었다. 감사드린다.

문학 연구 또한 하나의 사회적 실천이다. 여기에 실린 글들이 좋은 세상을 만드는 데 디딤돌이 되었으면 하는 것이 이번 총선을 보면서 갖는 우리의 바램이다.(편집위원 일동)

특집

이 호 철

이호철론
— 인민군에서 작가회의까지

김 승 환

1. 그는 인민군이었다

그는 인민군이었다. 19세의 어린 나이에 육이오 북한 정규군에 입대하여 '민족해방전쟁'을 수행하던 그는 인민군이었다. 그는 19세 어린 소년들이 듣기만 해도 무시무시한 그 이름, 인민군이었다. 아니 그는 뿔 달린 흡혈귀로 포스터에 그려졌던 괴뢰군이었다. 청운의 젊은 꿈을 원산 동해바다 명사십리에 묻고서 '조국의 부름'을 받아 그는 인민군이 되었겠지? 거친 바다 동해를 오르내리며 꽝당거리는 가슴을 쓸어 내렸을 그는 여진족이 많이 살았다던 함경도 출신 소년병이었겠지? 그는 어설픈 의용군이나 '빨찌산'이 아닌 북한 인민군 정규군이었다. 소년 인민군 이호철은 '장백산 줄기줄기'를 힘차게 불렀을 것이다. 그러니까 그는 혈기가 치솟는 그 열정과 소년의 앳된 미소를 띠면서 국군을 향해 총을 겨누던 인민군이었다. 박격포 부대의 연락원으로 펄펄펄 날아다니던 그는 어느 날 갑자기 포로 인민군이 되어 버렸다. 그의 인생은 한바퀴 돌아서 백두산 천지, 압록강 물로 진격하던 국군의 감시를 받으며 걸어서 걸어서 달밤의 메밀꽃처럼 북상의 길을 걸어 갔다. 금강산 북한군 패잔병들의 습격 위기 때에는 목숨을 달빛에 맡겨 놓

충북대학교 국어교육과 교수, 저서로 『해방공간의 현실주의 문학연구』 등이 있음.

고 사선(死線)을 오가기도 했다. 이 대목에서 그가 인민군이 되는 과정이 의도적이었느냐 아니냐 하는 점은 그다지 중요하지 않다. 오로지 인민군이 었다는 과거가 중요한데 그것은 작가 이호철의 심층이자 원형이기 때문에 그렇다.

오랫동안 존경과 애정을 가지고 작가 이호철과 그의 작품을 비평했던 정 호웅 교수가 '인민군 병사의 실제 참전이라는 희귀한 체험이 논리나 비판 을 넘어서는 근본적 독자성'[2]을 가지고 있다고 한 것은 작가가 고심했던 "출발기에서부터 현실의 역사적 격변을 어떻게 내면적으로 수용하는가"[3]의 문제의식과 상응한다 하겠다. 그런 그가 우연히, 그러나 필연으로 그는 북 한의 인민군, 저 '무시무시한' 체제의 굴레를 벗고 자유인이 되었고 단호한 결심으로 월남하여 부산의 비린내 가득하고 바닷바람 살가운 항구에 몸을 맡긴다. 서북청년단이나 대동청년단이 되어 북한 체제에 대한 원한으로 남 한을 피로 물들인 많은 사람들과는 다르게 그는 의식 있는 작가로 자신의 정체성을 세워나갔던 바로 그 자리에 작가 이호철의 개인사적 의미와 문학 사적 의의가 이슬 맺힌 풀잎처럼 빛나고 있다. 초기작 「탈향」과 「나상」 「남녘 사람 북녘 사람」, 「소시민」 등은 그 때 그 시절의 경험을 언어예술로 재현한 것들이며 그 작품 속에는 개인사의 무게뿐만이 아니라 민족사, 나 아가서 이데올로기인 세계사의 무게까지 얹혀 있는 셈일 것이니 어찌 가벼 우리오! 1950년의 19살의 인민군 소년병 이야기는 화살이 되어 19살의 내 가 가졌던 아련한 기억을 향하여 내달린다. 1970년대 어느 날 나는 19살이 었다. 필자 역시 개인적으로 인민군에 대한 추억과 인간적 관계를 가지고 있으니 이 문제는 민족을 관류하는 고난의 샘터와도 같은 것인가?

인민군에 대한 추억은 나에겐 반딧불이다. 1970년대 어느 날, 집안의 일 로 시골 어느 마당에 모였을 때 그림처럼 바람처럼 인민군이었다던 4촌 매

2) 정호웅, "칠흑 어둠 속에서 솟아오른 통일의 전언", 이호철 연작소설, 『남녘 사람 북녘 사람』, 프리미엄북스, 1996. p.327.
3) 이호철, "당대적 삶에 뿌리내리기 - 이재현과의 대담", 『이호철대표작품집』, 산하, 1986. p.416.

형이 나타났다. 19살 소년이던 나는 정말 놀랐다. 집안의 대소사에 잘 나타나지 않던 '인민군 출신' 사위를 오랜만에 만난 백부님께서 너털웃음을 가득히 물고 거나한 홍조를 띠신 것은 8월초 무척 더운 여름날 밤이었다. '인민군 출신' 매형이 올지 모른다고 하는 소식에 야릇한 홍분을 팽팽하게 당기던 나는 그만 처음부터 실망을 하고 말았으니, 그것은 전적으로 이데올로기의 가르침이라고 해야 하리라. 나타난 '인민군'은 얼굴부터가 옆집 아저씨 같았고, 훤칠한 키에 사람 좋게 웃는 너털웃음은 나를 놀라게 하기에 충분했다. 뭐 저렇게 생긴 인민군이 있단 말인가! 괴물이나 식인종쯤으로 각인되어 있던 인민군에 대한 처참한 배신이 넘실대며 달을 그슬리던 그 밤은 반디가 불을 형형하게 켜고 있었던가? 바람처럼 나타난 사촌매형은 볼수록 인민군답지가 않았다. 게다가 조신한 행동이며 단정한 말씨 등은 학교 선생님보다도 더 착해 뵈고 동사무소 서기보다도 더 단정하지 않은가 말이다. 그날 밤 19살 나는 그 인민군 사촌매형이 들려주는 많은 이야기를 들을 수 있었다.

인민군 출신으로 어떻게 이렇게 위대한 대한민국 국민이 될 수 있었느냐고 묻는 나에게 세상은 다 그런 것이라고 알 듯 말 듯한 미소만 머금었다. 거제도 포로수용소에서 리승만의 전격적인 포로석방 작전으로 자유대한의 품에 안겼다는 것과 그간 살아오면서 '북괴 인민군' 출신이라는 굴레를 벗기가 쉽지 않았다는 등의 알 듯 말 듯한 이야기를 듣다가 나는 그만 잠이 들어 버렸다. 새벽 찬이슬 기운에 눈을 떠보니 모닥불 가에 앉은 사촌매형의 눈가에는 이슬이 맺혀 있었다. 긴긴 세월 회한을 헤집은 사나이 눈물에 나는 놀랐지만 그 세월의 깊이가 너무나 아득해서 몸을 뒤채이면서 인민군 출신 사촌매형의 눈물을 보고야 말았던 것이다. 눈물을 애써 감추고자 사촌매형은 반딧불을 아무 생각 없이 바라보고 계셨는데 그가 평안도 출신의 고등학교 학생이었음은 작가 이호철과 아주 비슷한 처지였다. 다르다면 그는 '피양 박치기'로 발음하는 평안도 지역어를 쓴다는 것이고 이호철은 이젠 서울 경아리 말씨가 되었지만 원래는 강한 함경도 악센트를 사용했었으리라는 점 정도일 것이다. 머리 위에서는 반딧불이 오가고 곁에서는 모닥불이 버석버석 타들어 가는 시골의 그 인상은 북한이라는 공간을 전혀 새롭게 인식하는 계기로 충분했다. 반딧불, 반딧불, 호박꽃 속에 넣어두고 몽롱한 빛에 흐뭇해하던 그 날의 추억은 반딧불처럼 분단의 삼천리를 오늘도 어제도 날아다닌다. 인민군, 아니 인민군 출신이 눈물을 흘린다는 것은 절대로 상상할 수가 없었던 시대적 패러다임(반공절대주의) 때문에 나는 정말 정말 놀랐다. 몰려드는 생각은 '아니, 인민군이었다는 사람도 눈물이 있다'라는 아주 평범한 진리였다. 그 놀람은 반공교육의 단단한 표피(表皮)를 걷어 버리기엔 너무나 두껍고 또 영롱했다. 그 날 사촌매형의 눈물은 시간의 화살을 타고 지난날 소년 인민군이었던 작가 이호철의 다음과 같은 눈물에 겹쳐 오버랩의 기이한 기법을 연출하는 아직도 우리는 분단국가.

> 기어이 못 참겠는가, 한 손을 눈으로 가져가 그러는 듯 안 그러는 듯 눈물을 훔쳐냈다. 그 순간 나도 그만 헉 하고 울음이 터져버리고 말았다. 그렇게 일단 터져버린 울음은 도저히 도저히 막아낼 길이 없었다. 비록 보잘것없는 개다리 밥상일망정, 모처럼 몇 달만에 제대로 밥상 앞에 앉아 본 것도 그렇고, 놋대접에 가득 담긴 냉수 한 방울까지도 남기지 않고 싹싹 비우리라는 생각과는 달리, 도저히 먹어낼 수가 없었다.[4]

이 장면은 작가가 작품의 작중인물로 등장하여 국군 포로가 되고 난 후, 어느 바닷가 마을에서 목메는 저녁식사 장면을 소설화한 부분이다. 작품에서 아들을 군에 보낸 어머니는 처음부터 눈물을 준비하고 있었고 신세 처량한 주인공 역시 눈물을 막을 수가 없는데 시간의 강을 건너 공간의 하늘을 날아서, 내 회상의 저편 언저리에서 인민군 출신 사촌매형의 눈물도 함께 그렁거린다. 나는 이래서 역사의 물줄기에 띄엄띄엄 놓인 눈물의 징검다리를 밟고 지뢰밭 같은 민족사의 애환을 건너고 있으니 그 눈물의 화학식은 H2O. 작가 이호철도 내 사촌매형도 나도, 19살 소년의 눈물 방정식은

---

4) 이호철, 「남녘사람 북녁사람」, 『남녘사람 북녁사람』, 프리미엄북스, 1996. p.79.

H2O. 눈물은 눈물이었고 같은 화학식을 가진 눈물은 시간을 건너고 공간을 건너 삼천리 줄기줄기에서 흘러내리고 있는 오늘은 2000년 여전히 분단국가. 눈물의 변증법은 마침내 삼천리 조국 강산을 눈물로 적시는 대장관을 연출하고야 말았으니, 아들을 군에 보낸 어머니의 눈물이나 인민군 출신 내 사촌매형의 눈물이나 작가 이호철의 가슴에 깊이 맺힌 눈물이나 화학의 변증법은 같은 법.

생각해 보니, 모두가 19살이었다. 그렇다면 19살의 이 인연은 우연인가? 그러니까 나는 작가 이호철의 인민군 나이에 인민군에 대한 무한한 적대감을 품고 있었고 작가가 부산 부두에서 아름다운 노동을 하고 있을 때 세상에 대한 희망을 키워 가고 있던 책상물림이었다. 반딧불의 이 추억은 19살 인민군의 처절한 삶의 흔적을 실은 작품을 읽을 때마다 내 눈에 어른거려서 작가의 작품을 이해하는 데 도움도 되고 때론 거추장스럽기도 했다. 여하간 강렬한 이 시간차 연상법은 작가 이호철을 공부하는 데 중요한 지렛대였던 것만은 분명한 셈이니 지금은 저 세상의 북한에서 가족을 만나 누워 있을 사촌매형에게 감사하다고 해야 하는가! 반딧불이라는 영매(靈媒)로 나는 무수히 죽어갔을 인민군을 꼭 측은하게 만은 생각하지 않게 되었고 인민군도 사람이라는 것을 알게 되었으며 인민군도 눈물이 있고 웃음이 있으며 마음씨 좋을 수도 있다는 것을 알게 되었던 것이다. 그리고 인민군이었더라도 남한에서 어찌어찌 살아가는 사람이 적지 않다는 것과 이데올로기나 제도보다도 실존의 엄숙함이 더 귀중하다는 점을 깨우치게 되었다.

그런데 소년 이호철에게 묻고 싶은 말이 있다. 사실 나는 19세의 고등학교 앳된 소년 이호철이 젊은 날의 열정과 나름대로의 믿음으로 인민그런데 소년 이호철에게 묻고 싶은 말이 있다. 사실 나는 19세의 고등군에 자원했다고 믿고 싶었다. 그게 아니라면 처음에는 비록 강제로 인민군에 입대했지만 인민군의 이데올로기까지는 아니더라도 북한의 고양된 감정에 동조했다는 술회를 듣고 싶었다. 왜냐하면 해방공간의 북한정권이 소년에게 강요한 '조국해방'의 열정은 스스로 무시무시했다고 회고하는 체제와 무조건적인 강요라고 술회하는 그런 식의 간단한 구조로는 작동되지 않는 것이 일반적이기 때문이다. 그리고 이데올로기에 대한 나름대로의 성숙한 응대를 하지 못하는 소년다운 순수함이 있었지 않았을까 하는 생각 때문이다. 소년병 이호철은 작중 인물의 입을 빌어서 그래도 조국해방의 열정은 강렬했다고 왜 말하지 못하는 것일까? 사촌매형이 살아 계시다면 한번 여쭈어 보고 싶은 대목은 이런 곳에서 딱 막혀서 더 나가지 않는다. 우리가 이 대목에서 필자의 머리에 떠오른 것은 파시즘의 광기와는 좀 다른 순수함과 인간주의가 결합하는 지점에 1950년 북한 소년병들의 존재가 있지 않을까라는 점이다. 그렇다면 인민군소설이라는 좀 특이한 자리에서 그의 작가적 샘은 시작되고 있는 것인가?

2. 그는 판문점에 갔다

인민군 소년병은 그후 어떻게 되었을까? 누구나 그렇듯 소년의 미분화한 감정과 의식은 나이가 들고 세월이 흘러감에 따라서 자기 성장의 과정을 겪게 되어 있는 법. 그 역시 소년병의 치기를 벗고 자기의식을 확립해 나가는 과정을 소설에 남겨 두었을 것이니 비평의 오솔길은 버리고 그의 인생사를 따라가 보자. 1932년 함남 원산시 현동리에서 태어나 1955년 처녀작 「탈향」을 써서 소설가의 인생역정을 시작한 후 많은 작품을 발표했고 2000년 3월 『작가』에 단편 「용암류」를 발표하기까지 그는 소설이라는 언어예술로 운명처럼 인생의 비단 두루마리를 펼쳐 보였다. 자신의 체험을 소설화한 「탈향」과 남녀의 사랑 이야기를 다룬 「용암류」는 그의 소설적 경향 두 주류를 대변한다. 50여 년에 걸친 긴긴 소설의 바다에서 우직한 항해사의 키를 놓지 않고 정박한 2000년의 「용암류」에 이르는 체험의 탈색은 그러나 간단히 얻어진 결과가 아니다. 소설가로서의 자기해체와 분열을 통한 자기정체성의 과정이 응당 있었을 것이니 그 격정이면서 견고한 내면은 무엇이었을까?

나는 여기서 작가가 체험과 상상의 중간단계의 통과예식을 거쳤으리라고 짐작되는 그 지점을 주목하기로 했다. 그 균형은 3·8선, 민족의 분단이라는 공간의 지렛대이면서 동시에 시간의 지렛대였을 것이고 인생사의 통과예식인 바로 그 터널인 3·8선에 놓여 있다. 처녀작 「탈향」의 긴장은 남한 사회에 적응해 감에 따라서 애정과 비판이 교차하는 뛰어난 감각을 담아냈다. 1960년대 그의 작품에서 남한과 북한 체제에 대한 비판이 균등하게 배치되어 있는 것은 그런 까닭이다. 작가적 감성에 의한 대단히 섬세한 기법으로 보이는 이러한 배치는 그러나 자칫, 의도의 오류를 범할 가능성이 있음에 유의하자. 그가 작가에 입문하고 또 작가적 명성을 놓아가기까지는 체험 그것도 북한과 인민군 체험이 반석이 되었다는 점과 인생사가 직접화법으로 작품에 개입하고 있음 또한 유의하기로 하자. 육이오 체험이 작가의 주관을 강제하면서 소재의 절대성으로 작품에 드러날 경우 오히려 분단의 본질을 몰각할 가능성이 있다.5) 이것을 방지하는 소설적 장치가 내면화 즉, 객관적 재해석이다.

'객관적 현실에 대한 구체적 탐구를 한 젊은이의 내면변화로 드러낸'6) 처녀작 「탈향」 역시 체험의 직접화법에서 그리 먼 자리에 있는 것은 아니다. 「탈향」의 '향' 속에 담긴 북한과 '탈'의 지향성을 지닌 남한은 그의 체험 속에서 새롭게 창조되는데 그것은 비단 소설가만의 특권은 아니리라. 체제적 경직성으로 북한을 비판하는 작가가 자유의 아름다움으로 남한을 상대화시킨 점 역시 초기 작품의 중요한 키워드(key word)였다. 초기작 「탈향」과 「나상」의 인민군 소년병 체험소설은 1960년대 후반, 때로는 1980년대까지도 이어오는 그의 작품 주류를 이룬다. 최근 신조사(新潮社)에서 일본어로 번역되었고 또 영어 독일어 스페인어로도 번역될 예정이라고 하는 『남녘 사람 북녘 사람』은 인민군 소년병의 북한 체험을 그린 계열의 소설들이다. 이 계열의 작품으로는 「헌병소사」(1966) 「남녘 사람 북녘 사람」

---

5) 김승환, "분단문학과 분단시대", 『분단문학비평』, 청하, 1987. p.31.
6) 정호웅, "전환기의 변동상과 방법론의 힘", 『한국문학대표작선집 17 — 이호철』, 문학사상사, 1993. p.9.

(1966) 「칠흑 어둠 속 질주」(1985) 「변혁 속의 사람들」(1987) 등을 꼽을 수 있을 것인데 이들 작품에서 우리는 작가의 내면이 어떻게 변화하는가를 유추해 볼 수 있다. 이 때 섬세하게 보아야 할 것은 고향 떠난 탈북자들이 어떻게 객지인 남한에서 추위를 이겨 가는가 하는 점이다. 그러면 자본주의에 대한 인간주의적 비판과 자유주의에 대한 본능적 호감이 교차하는 고통스런 통과예식을 작가는 어떻게 작품 속에 그려 두었을까? 북한 체제에 대한 비판과 아울러 남한 체제에 대한 조심스런 호감은 작품에서 이렇게 드러나고 있다.

이상이 내가 대한민국의 헌병이라는 직분에 있는 사람을 처음으로 대면했을 때의 정황이었다. 아니, 대한민국과의 첫 해우였다고 하는 게 더 옳겠다. 그리고 그 첫인상은 그다지 나쁘지 않은 것으로 여태 남아 있다. 내가 그때까지 5년 동안 겪어본 노상 시끄럽고 서슬 푸르고 악악거려대기만 하는 북쪽 체제와의 비교에서 우선 그렇다. 천양지 차이가 있었다.[7]

이 대목을 읽는 독자 모두는 작가가 직접 작품 속으로 강력하게 개입하여 서술하고 있음을 완연히 느낀다. 그의 인생사를 모르는 독자라 하더라도, 또 모든 작품이 작가 자신의 이야기를 쓰는 경우가 많다는 것까지 감안하더라도, 이 대목은 유난히 작가의 개입이 직설적임을 단번에 알아차릴 수 있다. 소설이라는 체로 거르고 언어예술이라는 정으로 다듬어서 작품을 써야 하는데 이 대목과 같은 많은 부분에서 작가는 체험을 형상화하지 않고 작품에 거의 그대로 드러내 버렸다. 이것은 작가가 장막(帳幕) 뒤에서 인물이라는 인형을 움직이는 언어마술사로 숨는 것이 아니라 어느 대목 어느 부분에서 갑자기 무대로 뛰어든 격이라고 할 수 있겠다. 작가는 텁텁한 얼굴로 우리에게 다가서서 자신의 신념을 이야기해 버린 셈이다.

숨막히는 북한과 자유로운 남한이라는 이 주제는 때때로 체제비판을 넘어서서 견고한 보수주의 내지는 반공의식에 육박해 있는 것처럼 보일 때도

7) 이호철, 「남녘사람 북녁사람」, 『남녘사람 북녁사람』, 프리미엄북스, 1996. p.18.

있다. 물론 아주 은밀하게 사회주의 체제에 대한, 아니 진보주의에 대한 애정도 있기는 하다. 여하간 작가는 여러 곳에서 북한 체제 즉 김일성주의 체제를 피해서 남한으로 내려왔다고 진술한다. 성급히 진단하자면 그의 세계관은 월남인들의 일반적인 의식 범주에서 그리 멀리 떨어져 있지 않은 셈이다. 그래서 197,80년대 진보주의 문학운동의 선봉에 서서 자유실천문인협회를 조직하고 이끌어 가면서도 언뜻언뜻 내비치던 완고한 태도는 작가 자신의 성정과 체험으로 얻어진 탈북의식이 중첩된 양상이라는 해석이 가능하다. 그러매 객지에 산다는 뿌리상실의 허탈감은 그의 작품은 물론이고 언행에서도 잘 드러나고 있는 것은 전혀 우연이 아니다.

어느 순간 작가는 탈북자들이 가지고 있는 일반적인 사고와 감정을 고향에 대한 그리움으로 환원하고 북한 체제에 대한 증오 아니, 부조화의 갈등을 남한사회에서의 불안으로 치환시킨다. '그 체제가 싫어서 남한으로 왔다'는 것은 탈북의 직접적인 동기라기보다는 남한에서 살 수 있는 생존의 무기였기에 대부분의 월남(越南)인들은 늘 이 점을 강조하고 있다. 이 점 작가 이호철에서도 마찬가지다. 그러나 이것은 일반적인 경우에 해당하고 작가라면 이런 식으로 개연성을 설명하지 않는다. 적어도 작가라면 비판적이고 또 분석적으로 북한 체제를 직시하는 한편 남한 체제에 대해서도 적극적으로 찬성만은 하지 않는 법이니까. 역사와 사회를 보는 눈이 남다르니까 훌륭한 작가가 되는 것 아니던가!

소년 인민군에서 풀려나 혈혈단신 남하한 것은 자유의 운명적 부름이었다고 이호철 소설의 주인공들은 약간 과장스럽게 강조하고 있다. 그들이 쥐고 있는 운명의 실타래는, 미노스 궁전의 미로처럼 얽혀 있지만 궁극적으로는 자유라고 선언하고 그것이 인간적 진실을 향해 있으며 또 그것은 일종의 운명적 선택이었다고 아주 친절하게 설명한다. 이 설명은 소설적 형상화 이전에 작가가 직접 작품에 개입까지 하면서 강력하게 주장하고 있다는 점에서 체험의 진술과 소설적 형상화의 경계를 허물어 버린다. 무질서라고 표현한 전시 남한의 세태풍경이 실은 남한 체제의 수월성을 인정한

대가, 즉 친미반공분단 이데올로기의 선물이라는 것쯤은 작가 역시 간파하고 있기는 하다. 그렇지만 냉소와 풍자로 세태풍경을 그리긴 하였으되 그 본질에 대한 비판은 여간 신중하지가 않아서 초기작품들의 경우에는 그 흔적조차 찾아내기 힘들다. 앞에서 인용문으로 살펴본 간성에서의 어린 소년병의 눈물은 남한 사회에 적응하거나 비판하면서 서서히 조금씩 세태 속으로 스며 흐른다. 스며 흐르고 작가의 마음을 타고 내려서 소설이라는 강을 이룬다. 그 때 흘린 소년병의 눈물 화학식은 H_2O이지만 민족분단사를 그린 소설의 화학식은 언어예술작품. 그 태초의 샘과 같은 눈물의 소설들은 탈향 탈북인들의 생존을 위한 투쟁사이기도 하고 인간적 본성의 발현이기도 해서 숙연함 없이 읽혀지지가 않는 오늘은 2000년 3월. 나는 여기서 여름날 반딧불 찬연히 나르던 날의 사촌매형이 흘린 눈물을 만난다. 인민군 소년병 출신 소설가로 살아가는 이호철 식의 방식과 회사원으로 살아가는 사촌매형 식의 방식은 그런데, 그리 멀어 보이지가 않음은 내가 남한에서 살고 있기 때문이며 전적으로 남한적 이데올로기의 유산인 것 같아서 아주 못마땅하다. 못마땅한 이 강경한 남한의 이데올로기를 걷어내는 묘약을 역사의 어느 하늘에 가서 찾아야 할까!

자, 눈물 많이 흘리던 인민군 소년병 출신 이야기 제2막은 무엇일까? 바닷가 어촌 마을에서 펑펑 눈물 흘리던 소년병은 전쟁의 포연(砲煙)에서 벗어나 또 다른 세상, 부산이라는 특별한 공간으로 이동해 있다. 이 시절의 눈물 많던 소년병의 인생 2막은 「소시민」 속에 잘 담겨져 있어 나는 어렵잖게 작가의 내면을 들여다본다. 작가 스스로 '50년대 풍속도'[8]라고 말한 바 있는 「소시민」은 인민군 소년병이 남한 사회에 적응해 가는 체험의 소설화 과정으로 보나 장편소설의 서술기법으로 보나 50년대 전시 남한 사회상을 그렸다는 문학사적 의미로 보나 아주 중요한 작품이다. 그리고 훗날 작가의 장기가 되는 이호철 식 세태풍경의 모델로 주목할 만한 작품이 바로 장편 『소시민』이다. 이 작품이 창작된 시간은 1964,5년이어서 발표 순서

---

8) 이호철, 『소시민』, 문학사상사, 1993. p.25.

로 보면 다른 작품 뒤에 놓이지만 작가론의 정신사적 의미는 「탈향」과 「나상」 등 초기작 바로 뒤의 1950년 언저리에 놓여야 할 것이다. 이 작품에서 이호철은 전시 부산의 세태 풍속사를 자신의 육체적 지적 성장과정에 대입해서 그리고 있다. 그러니까 『소시민』은 작가로서는 성장소설적 의미가 있는 것이고 우리 문학사에서는 전시 남한 사회사의 재현이라는 의미가 있는 가작이다. 작가노트에서 말한 바 있고 작품 뒷부분에서도 작가의 체험을 바탕으로 한 것임을 밝혔고9) 작가의 말 그대로 이 작품에는 청년 이호철의 인생사와 정신사가 알몸으로 드러나 있다. 혈혈단신의 인민군 소년병이 남한에서 살아갈 길은 알몸의 그 분명한 태도밖에는 달리 없었으니까 이 역시 체험이 탈각되지 않은 정신적 파노라마의 장편.

이야기꾼의 입심이라고 해도 좋겠고 작가의 소설적 서술기법이라고 해도 좋을 그의 문체와 서사적 구성력은 이 작품에 와서 완연 새로운 모습을 띠고 있다. 장편 「소시민」은 작가의 말처럼 6·25 당시 부산의 세태풍경을 그린 몇 안 되는 작품이다. 아직 설익은 인민군 출신 소년병의 치기와 순수함이 그대로 드러나 있고, 남한 체제에 녹아 들어가는 통과예식처럼 그는 감정과 사고에서 자본주의적 세례를 받는 과정이 펼쳐 있다. 작가도 모르게 내재해 있는 북한 체제가 서서히 탈색되어 가고 새로운 하나의 삶의 틀을 모색해 가는 과정이기에 이 작품은 인생사의 원형이기도 하고 또 전환의 신호탄이기도 하다. 특히 마지막 장면, 국군에 입대하는 그 장면은 인생사의 실제와는 별개로 남한 체제에로의 이입과정이므로 새로운 출발의 상징으로 해석해도 될 듯하다. 실제로 작가 이호철은 이런 통과예식을 지나서 남한 사회에 뿌리를 내린 것이니까 작중 인물은 아무래도 작가의 분신으로 해석되는 것. 이제 소년병은 탈향해 내려온 남한 사회에서 응분의 대가를 치르고 서서히 사회 속으로 녹아 들어가고 있는 것.

체험의 소설화로부터 벗어나서 새로운 작가적 변모를 보여준 이정표 격인 작품은 「판문점」(1961)이란 단편이다. 이 작품을 쓸 당시에는 전후문학

---

9) 이호철, 『소시민』, 문학사상사, 1993. p.345.

인협회의 대표간사를 맡고 있음으로 보아 전후문학이라는 영역과 전후문학인이라는 문단사적 층위(層位)를 개인사의 체험과 연관지어 창작하던 시기라고 할 수 있다. 실제로 작가는 판문점 체험을 바탕으로 소설을 쓴 것이긴 하지만, 작품에서 작가를 제거하더라도 생명력을 확보하고 있는 작품은 「판문점」 시절부터라고 해야 할 것이다. 그러니까 「판문점」은 4·19가 가져다준 자유의 선물이라기보다 작가의 내적 변화가 소설로 형상화된 문학사적 의미의 작품이라고 해야 한다. 이 작품에서 작가는 사회와 개인의 균형감각을 보여주었다. 팽팽하던 사회 또는 체제와의 긴장을 작가의 내면으로 환원시켜서 체험과 형상성의 균형을 맞추는데 각별한 주의를 기울였다. 그것을 나는 작가와 작품이 서로 만나는, 그래서 작가로서의 형상성과 이야기꾼으로서의 솜씨가 함께 만나는 '광장'이라고 명명해 본다. 그 광장 속에서 인민군 소년병 출신 남쪽 기자와 북쪽 여기자가 내밀하게 대화하는 인간적인 모습과 그 위에 괴물처럼 겹쳐 있는 이데올로기의 망령을 숨기지 않은 작가는 작가의 인생사와 연관시켜서 「판문점」을 썼다. 그 광장에서 작가는 다양하고 총체적인 모습으로 우리 소설사의 새 지평을 열어 가는 새 출발의 신호탄을 쏘아 올린 것이다.

작가는 역사와 체험의 무게가 서서히 걷혀 가고 남한 체제에 대한 의도적 애정 역시 필요 없어진 60년대에 이르러서야 상흔을 지울 수 있었던가, 소설가의 개인사적 전망을 걷어냈다. 그리고 양쪽에 얹혀진 체제와 삶의 모습들을 균등한 시선으로 담아내기 시작한다. 인간이라는, 아주 당연한 삶의 양태와 감정적 순수성을 그는 이 작품에서 섬세하게 담아내면서 '사람은 서로 만난다'라는 하나마나한 묘한 선언을 해 버린 셈이다. 1961년의 4·19 공간에서 남북한의 청년들은 자유와 신념이란 두 어휘 아래서 비교적 솔직하게 만나고 있다. 다음과 같이.

　　"그렇지요. 선택할 자유를 주어야지요. 아무렴요. 당신들은 줍니까? 당신들 세계에서 자유라는 건 어떤 양상을 지니는가요? 자유조차 강제 당하는 선택된 몇 사람의 일정한 양식으로서의 옳은 강제라고 가정하더라

도 말이지요, 팍팍하고 죄어오고… 어때요? 거기서 견딜 만해요? 솔직히
말하세요." 진수는 조금 신랄한 데를 찌른 듯하여 비죽이 웃었다. 그러
자….10)

'그러자'에 이어지는 낱말은 '신념'이었다. 남한의 기자와 북한의 여기자
가 만나서 손을 잡고 소나기를 피하는 상황설정도 특이했지만, 이러한 장
면을 이쯤에서 배치한 작가의 의도가 돋보였다. 4·19의 상황과 열정을 동
반하여 남한 사회에 적응해 가던 청년 이호철이 느꼈을 미열(微熱) 등이 복
합적으로 연출된 이 작품은 작가 개인으로서도 아주 중요한 이정표 격인
작품임은 분명하다. 그렇다면 이 작품은 최인훈의 「광장」이나 김승옥의
「무진기행」과 동항에 놓여야 하리라. 분단은 이호철 소설세계의 오랜 주제
로서 7·4 남북 공동성명의 열기를 작가의 냉정함으로 담금질한 「이단자
5」에까지 이르러 있고 2000년대인 지금도 여전히 「귀향」을 준비하는 소설
가적 완결성을 지향하고 있으니 그 지렛대 「판문점」은 언제나 빛나는 보석
인 셈.
　곧이어 발표된 1962년 작 「닳아지는 살들」의 음울하고 묘한 분위기는 남
한 사회의 내면에 들이댄 작가적 긴장으로 보이는데 그 역시 예정된 일이
다. 체험의 힘이 아닌 것처럼 보이는, 그래서 작가로서 연찬의 깊이와 작가
적 혜안으로 보일 그의 이 대표작은 오히려 깊은 체험의 내적인 힘을 표현
한 것이 분명함은 더 말할 필요가 없어 보인다. 왜냐하면, 이 작품의 주제
인 적막과 불안은 고향 떠난 객지인들이 무엇인가를 간절히 기다리다가 마
침내 아무 변화도 일어나지 않는다는 일상성으로 일종의 허탈감을 동반하
는 것이기에 그렇다. 기이한 인물묘사나 상황설정 역시 남한 사회에서 살
아가야 하는 북한 출신 탈향인들이 느끼는 일종의 불안의식의 정직한 반영
인 셈이다. 이것을 소설미학으로 설명하자면 그로테스크 리얼리즘에 해당
한다. 특히 주목할 것은 의성어이자 부사인 '꽝 당 꽝 당'이라는 소리다.
'꽝 당 꽝 당'이라는 묘한 소설언어를 이미지화시킨 것은 전적으로 작가적

---

10) 이호철, 「판문점」, 『삼성현대문학전집』 17권, 삼성출판사, 1985. p.241.

서술기법일 것인데 이것은 소리의 환상화와 이미지화에 대단히 성공적이다.

> 순간 벽시계가 열 두 시를 치기 시작했다. 세 사람은 일제히 시계 쪽으로 시선을 돌렸다. 방안이 술렁술렁해졌다. 시계를 쳐다보던 세 사람의 시선이 다시 늙은 주인 쪽으로 향했다. 코앞의 사마귀를 만지던 늙은 주인이 어리둥절해하며 아들과 며느리와 딸을 번갈아 쳐다보았다. 복도로 통한 문이 열리며 방안의 불빛이 복도 건너편 흰 벽에 맑갛게 비어져 나갔다. 열 두 시가 다 쳤다. 네 사람의 시선이 그쪽으로 옮겨졌다. 조용했다. 왼쪽으로부터 서서히 식모가 나타났다. 히히히히 하고 이상한 웃음을 띠고 있었다.[11]

탐정소설의 한 장면처럼 이 기이한 가족의 심리를 일그러진 모습으로 연출한 이호철은 자신의 불안과 고독을 작품 깊이 심어 두었다. 애드가 앨런 포의 소설을 연상케 하는 이 분위기는 내면 심리의 섬세한 묘사와 미묘한 인간관계와 긴장을 고조시켜 나가는 소리 이미지의 적절한 배치로 인하여 특별한 느낌을 주고 있다. 그렇다면 이 음울한 분위기의 진원지는 어디인가? 터질 듯한 내적 긴장의 끝은 어디인가? 아슬아슬하게 동거하는 분열된 가족상은 결국 인간 삶의 원형이기도 하지만 분단의 결과로 얻어진 파시즘이 연출한 무서운 솜씨라고 해야 할 것 같아서 나는 좀 착잡하다. 그리고 인민군 소년병 출신이 남한 사회에서 겪었을 고난과 역경이 불안으로 환원된 것 같아서 역시 착잡하고 1960년대 남한사람들의 심리적 불안을 잘 표현한 것 같아서 특별히 애정이 간다. 그 밖에 1960년대의 세태풍속을 다룬 많은 작품들, 예컨대 「토요일」과 같은 작품은 소시민 그러니까 민중이라고 해야 할 삶에 대한 작가 나름대로의 해석이라고 해야 하리라.

---

11) 이호철, 「닳아지는 살들」, 『이호철문학앨범』, 웅진출판, 1994. p.216.

3. 그는 '간첩'으로 오인 받았던 탁월한 이야기꾼이다

그는 '간첩'이었다. 사람 좋게 생긴 그가 '간첩'이었다. 너털하게 웃는 웃음의 '간첩'이었다. 남한 사회에서는 사형선고나 다름없는, 남한 사람들의 사무치는 원한이 증오로 폭발하는 무서운 어휘 '간첩'이었다. 인민군에서 간첩에 이르는 인생 역정은 시시할 수 없는 것. 50년대를 인민군 소년병 의식에서 고통스럽게 보내고 60년대를 소시민의 세태 속에서 얼려 살다가 70년대에 이르러 그는 강력한 현실주의 즉 반독재투쟁의 전면에 나선다. 인민군 소년병 출신 작가가 겪을 고난의 예고탄은 1971년 <민주수호국민협의회>라는 단체였다. 그러다가 뜻하지 않게 '간첩'이라는 누명을 쓰게 된다. 남한의 물을 마시고 숨쉬고 걸어야 하는 그에게 간첩이라는 누명은 참으로 기막힌 일이었으리라. 1974년 그러니까 인민군 소년병으로부터 사 반 세기에 이르렀을 그때 그는 <문인 지식인 간첩단 사건>으로 세간의 주목을 받는 영어(囹圄)의 몸이 되어 버린다. 인민군만 해도 무거운 짐을 지고 있는 셈인데 거기다가 간첩이라니? 이 황당한 사건이 인생에 대한 달관의 기회였다면 이상한 해석인가? 그는 몇 달간의 옥살이와 집행유예 3년으로 풀려났지만, 2000년의 오늘 우리에겐 신기하기만 하다. 때론 완고할 정도로 북한 체제를 비판했고 북한의 체제가 싫어서 남하했다고 분명히 말하던 작가가 북한의 간첩이었다니 말이다.

일본에서 나오는 『한양』이란 잡지를 받고 편집인을 만났다는 정도의 혐의가 간첩이라는 어마어마한 지위로 둔갑할 수 있었던 그 때 그 시절의 해괴망측한 제도는 앳된 소년이 인민군이 되어야 했던 민족모순의 연장이었기에 해프닝인 간첩사건은 이호철 개인사의 범주를 넘어선다. 그러므로 평생의 주제로서 그가 소설에서 끊임없이 문제삼았던, 분단모순의 분단소설은 이호철 소설세계의 심층이자 원형이라고 해도 틀리지 않다. 따라서 1974년 43세의 나이로 새삼 간첩이 되어야 했던 그 이유가 무엇인지는 중요하지 않다. 표면적인 이유는 유신반대 문인시국선언에 대한 보복이라지만 어떻게 그런 소설을 써서 엮어 넣을 수 있는지 알 수가 없는데 돌이켜 보면 그 시절 그 때는 모두가 다 연출자요 소설가였던 광기의 시대였으므로 이유보다는 분단의 아픔을 이해하는 것이 더 중요하다 하겠다. 우리 문학사의 거장 이호철 선생을 괄호 치고서라도 '간첩'이라고 썼을 때, 그래서 실제로는 간첩이 아니었다는 진의를 강조한다고 해도 정작 작가는 정색을 하는 것이 분단시대 삶의 논리인 법. 여하간 그는 한때 '간첩'이었다.

지난날, 바닷바람의 열정으로 조국해방의 이데올로기적 굴레에서 신음했던 것과 유사하게 그는 이제 민주수호라는 현실주의 화두에 빠져들게 된다. 지난 바닷가의 시절, 인민군 소년병이 외쳤을 '조국해방'이 북한 정권의 전략에 의한 강제였다면 70년대의 민주수호는 또 다른 이데올로기인 군사파시즘이 연출한 한 편의 드라마였다. '조국해방'과 '민주수호'는 형식논리상 동류항이다. 모두 다 인간과 민족의 이름으로 선택된 삶의 방식이니까. 그러므로 본질도 같다. 그러나 전자가 타의(他意)라면 후자는 자의(自意)라는 차이는 분명해 보인다. 이 역시 파시즘이라는 강력한 광기(狂氣)에 대한 인간적 응전일 것인 바, 그의 생애 많은 부분이 민족사의 아픔과 나란히 진행되고 있음은 그가 역사를 파악하는 진실의 눈을 가졌음을 증거하고 있다. 지난날, 유신의 칼날에 핏빛 이슬이 맺혔을 때 그는 분연히 일어섰다. 오대산 깊은 산 속 헤매던 가여운 마음 속 의지를 실어서 그는 분투하면서 자유실천문인협회, 당시로 말하면 반정부 반국가사범에 해당하는 '불온단체'의 앞에서 큰 깃대를 들고 있었다. 이렇게 우리가 마음 졸이지 않고 일사천리로 글을 쓰는 것 또한 그 시절 그와 그의 동지들이 가꾼 터전이리니, 이런 자리에서라도 감사함을 표현하는 것은 전혀 어색한 일은 아니리라.

그런데 '민주수호'는 어느 날 갑자기 '간첩'이라는 놀라운 언어적 마술로 우리에게 다가온 것이다. 인민군과 간첩은 언어적 친화력이 있지만, 민주수호와 간첩은 언어적 친화력이 없는 것이 분명한 데도 시대는 그런 마술을 부렸다. 하지만 그것은 2000년 오늘의 생각이고 30년 저편 1970년대는 두 언어 역시 상당히 밀접한 친화력을 발휘한 적이 한두 번이 아니다. 이현령

▲ 문인간첩단사건 재판 장면, 왼쪽으로부터 장백일·김우종·임헌영·이호철

비현령(耳懸鈴鼻懸鈴)이라는 적절한 고사를 물리쳐 버리자. 오늘 우리는 그시절의 군사파시즘의 친미반공 성장이데올로기가 할퀸 깊은 상처를 덧나게할 필요가 없을 테지만, 민주수호가 간첩이 되는 이 마술을 언어적 변신이라고 간단히 규정하기에는 너무 무책임하다는 점만을 적어 두기로 한다. 그의 사회에 대한 긴장은 1989년 자유실천문인협회 대표를 사임할 때까지 이어진다. 그리고 그는 민족문학작가회의, 분단의 적통을 이어받은 작가들의 모임이 힘찬 출발을 하는 것을 보고서야 작품이라는 본연의 세계로 깊이 침잠해 들어갔다. 현실주의 이호철이 이 시절 가지고 있던 '조국해방'의 화두는 성긴 논리로 다음과 같이 드러나고 있으니 보기로 하자.

새삼 민주화라는 것이 강조되는 소이연이 여기에 있다. 즉, 진정한 민주주의의 실현을 통해서 민중적 삶에 기초한 요구가 진정으로 자연스럽게 자기 표현을 할 수 있을 때 비로소 통일의 방향은 제대로 생겨질 터이고, 따라서 민주화와 통일은 불가분의 관계에 있는 것이다. 21세기 전반기가 일제에 의한 식민지 강점으로 우리 민족이 나라와 국권을 송두리째 빼앗겼던 시기였다면, 후반기인 오늘은 나라와 국권을 되찾긴 하였으되, 이번에는 나라와 국권이 하나의 강산에 두 개로 늘어나, 참혹한 분단의 쓰라림을 맛보는 시기인 것이다.[12]

지금 이 글을 읽어보는 19살 소년이 혹 있다면, 만약 그가 인민군 따발총을 메고 있었을 이호철과 같은 나이라면 매우 놀랄 것이다. 왜냐? 통일논의에 대한 자유를 갈구하는, 너무나도 소당연한 이런 주장을 한 것이 불과 15년 전이라는 사실에 19살 소년은 놀랄 것이다. 하지만, 우리는 기억하고 또 알고 있다. 군사파시즘이 가장 강력했던 1980년대 중반, 통일논의 자체가 불온시되고 무한히 무식한 파시스트들의 통제를 받았던 이 기막힌 사실을 우리는 아직 잊지 못하고 있다. 1950년 강요되었던 조국해방은 그의 신념의 세례로 담금질 받아 민족통일로 드러나는 과정 역시 우리는 잘 알고 있는 바와 같다. 그런데 아이러니하게도 그의 사회적 긴장은 직설적으로 작품에 반영되지 않는다. 이 점은 창작방법에 관계되는 것일 터인데 체험의 재생산이 가져다주는 한계를 극복해 보고자 하는 작가의 내면 성찰의 결과는 그만큼 특별했던 것이다. 어린 시절의 예민한 감수성과 글에 대한 열정 모두를 묻어둔 그 땅 그 산하를 그리워하던 그는 조국통일을 몽매에도 잊지 않고 이런 글로 눈물을 달랠 수 있었을까? 통일을 향한 그의 순수한 열정은 인민군 소년병이 흘린 눈물의 진실성 바로 그것. 아득한 오늘 분단의 휴전선은 말이 없는데….

자 마지막으로 그의 소설적 기법에 대해서 살펴보자. 그는 이야기꾼이다. 소설가 이전에 이야기꾼이다. 물론 어설픈 이야기꾼이 아니라 아주 대단한 이야기꾼이다. 이야기꾼으로서의 입심에다가 섬세한 묘사나 힘찬 서사력까지 보태져서 이호철 식 서술방식이라고 해야 할 소설기법을 만들어낸 걸출한 이야기꾼이다. 여기서 말하는 이야기라는 것은 무엇인가? 사랑방에서 할아버지가 들려주시던 민담이나 심텅뎐(심청전)을 읽어 주던 강담사(講談

---

12) 이호철, 「통일논의는 개방되어야 한다」, 『민족문학』5, 이삭, 1985년 8월. p.6.

士)를 떠올려 볼 수 있으리라. 그의 후배 이문구 역시 탁월한 이야기꾼이거니와 벽초 홍명희 선생의 「임꺽정」에서 볼 수 있는 근대소설의 이야기적 흐름의 한 줄기에서 그의 이야기들은 문학사의 너른 바다를 항해하고 있는 것. 이야기가 그를 소설가로 만들었는지, 체험과 감정이 그를 소설가로 만들었는지는 알 수 없다. 하지만 분명한 것은 그가 서술이나 서사보다 전통적인 이야기에 가까운 기법으로 소설을 써 왔다는 점이다. 물론 그렇다고 일반적인 소설기법을 소홀히 했다는 뜻은 아니다. 그의 생애를 관류하는 전반적인 기저에는 이야기가 앙 버티고 서 있는데 작가는 언제나 서사와 서술을 이야기로 거르고 적절하게 교차하고 섞어서 소설의 생애를 살았다는 뜻이다. 김윤식 교수께서 소설이 이야기와는 다른 이성주의의 산물이며 이호철 역시 소설이라는 장르적 특징을 가지고 있다고 진단한 바 있다.13) 그러나 원체험이 이야기가 되고 이야기가 소설이 되는 과정에서의 비중이 이야기에 기울어 있다고 해도 좋을 것 같다. 여기서 우리는 그가 인민군 소년병 출신 소설가가 아니었다면 상당히 다른 형식으로 작품을 썼으리라는 추정을 제출해 보기로 하자.

그런데 그의 이야기는 체험과 분단이라는 축을 왼편에 놓고 세태와 풍경이라는 또 다른 축을 오른편에 두고 있다. 이를 줄이면 분단체험과 세태풍경일 텐데, 그 기저의 공통분모는 세상의 모든 작가들이 그렇듯 인간과 자연이라는 우주적 생명으로 나가고 있음에 각별한 시선을 놓아야 할 것 같다. 소탈한 시선으로 인간과 사회를 바라보고 서술하는 친화력은 이호철의 장기(長技)다. 이 과정에서 작가는 손으로 쓰면서 동시에 입으로 말하는 묘한 기법을 구사했고 오늘날까지 그 기법은 이어지고 있다. 다시 한번 강조하건대 '실향민의식과 소시민의식과 분단의식을 내면으로 담고 사회적으로 확대시켜 나가는'14) 그의 소설적 기법은 이야기였다. 짧지 않은 그의 소설 세계는 이야기꾼으로서의 입담과 소설가로서의 형상성 위에 유별난 체험의

---

13) 김윤식, 『작가와 내면풍경』, 동서문학사, 1991. p.241.
14) 백승렬, "이호철 초기 소설 연구", 『한국전후문학의 분석적연구』, 월인, 1999. p.268.

힘들이 보태져 일가(一家)를 이루고 있는 것이다. 그렇다면 분단문학에서 차지하는 그의 소설사적 비중이 크기는 하지만 분단의 현실을 드러내는 방법에 있어서 인물이나 세태풍속의 기법을 택했다는 바로 거기에 작가 이호철의 본질이 놓여 있는 것이 아닌가. 『소시민』이나 『서울은 만원이다』와 같은 장편에서도 서사구조의 힘이 작품을 끌어가는 것이 아니라 자잔한 삶의 모습을 이야기로 편안하게 들려주면서 작품을 끌어가는 점이야말로 이호철의 진면목이라고 해야 할 것 같다. 그 밖에 남한 사회라는 타향 아닌 타향에서 느끼는 추위가 때때로 불안과 고독을 동반하고 있음은 그의 작품과 50년을 넘어서 그의 작품 세계가 증거하고 있는 바와 같다.

문학사적으로도 그는 이른바 전후작가 중에서는 특이한 위치에 놓인다. 전후에 문단활동을 시작한 그는, 북한 체제 5년간의 경험이라는 귀중한 체험을 실어서 인간사의 내면을 다룬 「탈향」으로 작가로서의 첫발을 내디뎠지만 그는 「소시민」으로 상징되는 남한 사회상을 냉소적으로 그린 세태풍경 계열의 작품을 많이 썼다. 이 중 초기소설에서 많이 나타나는 것은 체험의 소설화였다. 그런데 그의 체험은 개인사적 체험인 동시에 민족사적 체험이기 때문에 의미를 내포하면서 문학사적 지위로 상승할 수 있었다. 어느 자리에서 김치수가 이호철 소설의 본질을 '인간의 본성에 대한 신뢰'[15] 즉, 화해와 사랑을 깊이 깔고 있다고 논평한 바가 있는데 이것은 그가 섭(攝)으로 지고 태어난 본성이기도 하겠고 고난의 어린 소년병이 겪었을 체험의 실체라고 할 수도 있을 것이다. 돌이켜 보면 우리 민족의 근대사는 피와 땀과 눈물이 얼룩진 고난의 역사였다. 일제강점기를 지나서도 민족사의 고난은 오히려 가중이 되어 마침내 남북전쟁으로 비화했고 그 역사의 모서리에서 감수성을 훈련한 작가는 당연히 자신의 체험을 이야기로 꾸며야 했을 것이며 거기에서 닦은 사회상을 세태풍경으로 담아내는 다음 단계로 나가야 했던 것이다.

---

15) 김치수, "독특한 세계의 구축", 『한국현대문학전집』 17, 삼성출판사, 1985. p.396.

반딧불 반짝이던 어느 여름날, 고향 그리운 인민군 출신 남한 사람 하나가 흘리던 눈물을 지렛대 삼아 나는 소년 이호철을 만난다. 그리고 저승에서 남쪽 북녘을 오가며 어두운 민족사의 역사를 헤집고 계실 사촌매형을 만난다. 그 어느 해 여름날 밤에 평안도 출신 사촌매형이 하고 싶었던 이야기는 바로 그런 인민군 이야기가 아니었을까? 숨죽이며 살아야 했던 수십년간의 고난을 이야기로 풀어 개인사와 민족사에 참다랗게 새겨두고 싶었을 그것은 이야기였을 것이다. 탁월한 이야기꾼 소설가 이호철 선생이 하신 것과 같은 한 서리고 눈물 맺힌 이야기였을 것이다. 우리 분단의 밤하늘은 별도 없이 캄캄하기만 한데 인민군 출신 소년병의 이야기로 그 아픔을 어루만질 수 없으련만 우리는 어제도 내일도 그의 소설을 읽는다. 분단시대 걸출한 이야기꾼 이호철의 소설을. **새미**

이호철 소설에서의 상황성과 역사성
―「무너앉는 소리」 연작을 중심으로

채 호 석

1.「무너앉는 소리」 연작 : 문제의 확인

이호철은 60년대 한국문학의 한 꼭지점이다. 다른 한 꼭지점이 김승옥이
라면, 또 하나의 꼭지점은 최인훈이다. 김승옥의 60년대적 감각 혹은 감수
성, 그리고 이호철의 역사의식, 마지막으로 최인훈이 보여주는 그 깊은 관
념성이 60년대 우리 소설을 구성하는 삼각형이라고 할 것이다. 이 세 사람
이 그리고 있는 삼각형이란, 60년대 우리 소설을 보는 일종의 지도, 혹은
프리즘과 같은 것이라고 할 수 있다. 이를 통해 작가들의 위치를 찾아볼 수
있고, 또 작가들이 갖고 있는 색채를 확인할 수 있기 때문이다.

그러나 이러한 삼각형의 구도란 어쩔 수 없이 정적이다. 그렇기 때문에
이 삼각형으로는 변화와 시간성을 잡아내지 못한다. 변화가 미세할 경우는,
그럼에도 그 변화가 중요할 경우에는 더욱 더 문제가 된다. 그렇다면 이 삼
각형의 틀에 시간성을 부여하지 않으면 안된다. 그런데 그 시간성을 부여
해야만 하는 작가가 삼각형의 한 꼭지점을 이루고 있는 경우라면 어떻게
해야 할까. 지금까지의 대체적인 연구는 바로 이 지점에서 머뭇거리고 있

본지 편집위원, 가톨릭대학교, 한국과학기술원 강사, 저서로 『한국 근대문학과 계몽의
서사』가 있음.

다.

여기에 또 한 가지의 어려움이 있다. 그것은 문학사의 문제, 문학사가 성립되기 위한 거리의 문제이다. 문학사를 위한 거리가 과연 확보될 수 있을까. 다시 말하자면 60년대를 역사적인 시기로서, 60년대를 현재의 '전사'로서 바라볼 수 있을 만큼의 거리가 주어져 있는가.[1] 이 거리의 확보와 미확보 사이에 60년대 문학 연구가 걸쳐 있을 것이다.

이호철의 소설들 가운데 많은 소설들은 60년대적인 소설로 읽히기보다는 동시대적인 소설로 읽는다. 또 60년대에 발표한 많은 소설들은 리얼리즘적으로 읽히지 않는다. 리얼리즘의 주요한 표지, 곧 시대적 규정성과 그를 드러내주는 디테일이 드러나 있지 않기 때문이다. 그렇기 때문에 '무드의 미학'이니, 혹은 '분위기의 미학'이니, '상황성'의 작품이니 하는 평가가 내려질 수밖에 없다. 그리고 이러한 소설들은 바로 그 동시대적 표지의 부재, 혹은 약화 때문에 동시대를 떠나 자신의 보편성을 주장하고 나선다. 이러한 보편성은 때로는 특정한 시대를 넘어서는 보편성으로 읽힐 수 있기는 하지만, 때로는 바로 그 때문에 탈역사적으로 읽히기도 하는 것이다.

이 글에서는 「무너앉는 소리」 연작[2]을 중심으로 다루려고 한다. 특히 이 연작 가운데 「살들」은 이호철 초기 소설의 대표작 가운데 하나이며, 이호철 초기 소설의 양대 축 가운데 하나이다.[3] 그리고 이 소설로 이호철은 동

---

1) 새삼스럽게 60년대에 대한 거리를 말하는 이유는 어떤 측면에서는 지금 우리 시대를 규정하고 있는 많은 부분들이 1960년대에 이미 시작되었기 때문이다. 1990년대를 거쳐 2000년대에 들어서면서 많은 것들이 변하였고, 그리고 이제 더 이상 60년대를, 아니 80년대조차도 동시대로 인식하고 있지 않는 사람들이 많지만, 그럼에도 불구하고 60년대 시작된 경제 개발, 그리고 성장의 신화는 아직도 우리의 삶을 규정하고 있는 것이 아닐까. 90년대 세대들의 앞서가기, 그리고 그 이전 세대의 뒤처짐. 이 사이에 우리 문학 연구가 있을 것이다.

2) 「무너앉는 소리」 연작은 「닳아지는 살들」(62.7), 「무너앉는 소리」(63.7), 「마지막 향연」(63.11) 세 편으로 이루어져 있다. 여기서 저본으로 사용한 것은 1988년에 청계연구소에서 발간한 이호철 전집 3권 『무너앉는 소리』이다. 이하 세 편은 각각 「살들」, 「소리」 그리고 「향연」으로 줄여 쓴다.

3) 다른 한 축은 물론 「판문점」이다. 「살들」과 「판문점」을 김윤식은 각기 예

인문학상을 수상한 바 있다. 「술들」과 그 연작이 중요한 이유는 이 작품이 단지 이호철의 대표작일 뿐만 아니라, 이호철 소설의 주요한 특징이라고 일컬어지는 '분위기의 미학'과 또 한 축인 역사성, 혹은 분단의식이 이 소설 속에서 결합되어 나타나기 때문이다. 이를 일단 '상황성4)과 역사성의 결합'이라고 해 두자. 이 글에서는 이 두 가지 요소가 어떻게 이 소설 속에서 관계를 맺고 있는가를 살펴보고자 한다.

이호철의 「소리」 연작에 대해 처음 주목한 비평가는 천이두이다. 「술들」에 대한 본격적인 작품론이라고 할 수 있는 「피해자의 문학과 이방인의 문학」에서 천이두는 이호철의 소설들을, 세계 속에서 이방인일 수밖에 없는 존재와 세계 사이의 관계. 곧 "<나>와 세계 사이의 부조리의 대응관계"의 문제를 다루는 작품, 곧 "<나>의 실존적 의미는 무엇인가, <나>를 에워싼 상황과의 관계의 의미는 무엇인가"를 구명하려고 하는 '이방인의 문학'으로 규정한다.5) 이런 전제 아래 천이두는 「술들」에서의 쇠붙이 소리는 현대 메카니즘의 상징이라고 규정한다.

> 이 <응접실>의 숙명적인 몰락을 예언하는 듯한 불길한 운명의 촉수는 다름 아닌 현대 메카니즘이 파생하는 독소적 분위기였다. (중략) 현대 사회는 개성으로서의, 자유로서의 인간을 용허하지 않는다. 오히려 그 개성과 자유의 말살을 요구한다.6)

결국 「술들」은 가해자로서의 집단=메커니즘, 피해자로서의 개체=영희의 자의식의 대응관계로 이루어져 있는 소설이라는 것이다. 개인과 사회의 대립이라는 이분법을 전제로 하는 이러한 판단은 여러 가지 점에서 문제를

술가적인 소설과 소설가적인 소설로 구분한 바 있다. 김윤식, 「소설가와 예술가의 갈등」, 『무너앉는 소리 : 이호철 전집 3』, 청계, 1988 참조.
4) 이는 권영민이 「닫힘과 열림의 변증법」(『문학사상』, 1989.5)에서 사용한 용어이다.
5) 천이두, 「피해자의 문학, 이방인의 문학」, 『현대문학』, 1963. 10-11, 147쪽.
6) 「피해자의 문학, 이방인의 문학」, 152-3쪽.

가지고 있다. 물론 가장 큰 문제는 과연 밖에서 들리는 쇠붙이 소리를 메카니즘이라고 볼 수 있는가 하는 점이다. 후에 살펴보겠지만, 사실 이 소설 속에서는 이를 뒷받침할 만한 대목이 없다. 오히려 천이두의 글에서 주목할 만한 점은 이 소리를 듣는 인물이 영희라는 사실을 지목한 점이다. 이는 소리의 실체를 밝힘에 대단히 중요한 의미를 갖기 때문이다.

천이두는 이후 이호철 초기 소설을 전반적으로 다루면서 이호철 소설의 특징을 '무드의 미학'으로 규정하고, 「살들」에 대해서는 조금 다른 평가를 내리고 있다.[7]

> 이 작품들은 넓은 의미에서 일종의 가족사라고 할 수 있는 성질의 것이다. (중략) 말하자면 영희 일가의 몰락은 어제 오늘의 우연적 사실에서 비롯하는 게 아니라, 오랜 세월 사이의 필연적 인과율에서 비롯하고 있는 것이다.
> 이리하여 작자는 의식적이든 무의식적이든, 인간 및 그 상호의 역학관계의 의미를 명백한 역사의식을 가지고 인식하기 시작했다고 할 수 있다.[8]

천이두는 이 소설들에서 가족사, 그리고 역사의식을 발견하고 있다. 물론 이러한 가족사 자체가 곧바로 역사의식의 증거가 될 수 있는가에는 의문의 여지가 있지만, 이 소설을 역사적 기록으로 볼 수 있는 단서를 마련해 준다는 점에서 중요한 기술이다.

권영민도 이호철 소설의 전체에서 '분단의 어두운 그림자'를 발견할 수 있다고 한다. 그리고 겉보기에는 그렇지 않아 보이는 「살들」과 같은 상황

---

7) 김치수는 「관조자의 세계 : 이호철론」(현대한국문학의 이론』, 민음사, 1972)에서 천이두가 말한 '무드의 미학'을 이호철의 관조적 입장으로 해석하면서 부정적으로 평가하고 있다. 곧 이호철의 초기 소설이 비참하고 잔혹한 현실을 대상으로 하고 있으면서도 서정적 아름다움을 느끼게 해 주는 이유가 바로 '관조적 입장' 때문인데, 바로 그 때문에 이호철의 초기 소설에는 주인공들의 존재론적 고민이 없다고 말하면서 부정적으로 평가하고 있다.
8) 천이두, 「묵계와 배신」, 『문학춘추』, 1965.2, 72쪽.

성의 작품에서도 이 그림자가 엄밀하게 자리잡고 있다고 보고 있다.[9] 「소리」 연작은 상황성의 인식에 관심이 집중되어 있는 소설로 "이들 작품은 모두 소설적 무대와 시간의 폭을 제약함으로써 소설 양식의 내면적 공간의 확대를 꾀하고 있으며, 그 결과로 상황성의 의미를 강조할 수 있도록 고안되어 있"[10]다고 보고, 바로 이 연작이 보이고 있는 "역사에 대한 전망이 부재하는 현실은 하나의 단절된 공간"[11]이 오히려 역사성을 지닌다는 것이다. 하지만 바로 이러한 점 때문에 「소리」 연작은 한계를 갖는다고 본다.

> 이호철의 소설에는 근대적인 리얼리즘의 소설에서 맛볼 수 있는 적나라한 인생과 그 운명적인 전개과정을 만날 수가 없다. 그의 소설에는 영웅적인 주인공도 없고, 파동치는 역사의 과정도 없다. 삶의 총체적인 의미를 구현하고자 하는 소설적 전망도 확인하기 어렵다. 그는 치밀한 묘사와 구도를 통해 상황성의 의미를 극적으로 표출하고 있을 뿐이다.[12]

권영민이 「소리」 연작에 깔려 있는 분단의 그림자를 인정하면서도 이 작품에 대해 비판적인 이유는 바로 이 작품의 닫힌 공간 때문이다. 이러한 평가는 이 소설의 특징을 잘 드러내고 있으면서도 또한 아주 중요한 질문을 던지고 있다. 한 작품을 어떻게 해석할 것인가, 그리고 한 작품의 상징성을 어떻게 이해할 것인가 하는 질문 말이다.

이호규는 「소리」 연작을 "당대 남한 사회의 답답함과 권태로움이 연극적인 상황과 상징적인 소리를 매개로 제시되고 있는 작품"으로 규정하고, 그 속에서 "당대 남한 사회의 현재와 미래에 대한 묵시록적인 작가의 시각"을

---

9) 권영민, 105쪽.
10) 권영민, 108쪽. 이러한 해석은 천이두의 해석과 상통한다. 천이두는 이 작품을 장막극의 최종막과 같은 느낌을 주는 소설이라고 한 바 있다. 시간과 공간의 제약이라는 연극적 규범을 철저하게 지켜나가고 있으면서, 갈등이 정점에 달해 해소로 치닫는 소설이라는 것이다. 천이두, 「피해자의 문학, 이방인의 문학」, 149쪽 참조.
11) 권영민, 110쪽.
12) 권영민, 109-110쪽.

발견한다.13)

　　이 집안의 절망적인 가족 관계와 분위기는 곧 작가가 바라보는 60년대 한국 사회의 모습이다. 인간 관계는 친밀성을 잃어버리고, 사람들은 각자 이해 못하는 자기들만의 이해관계 속에서 서로를 바라보고, 자기의 내면을 결코 겉으로 드러내지 않는다. 그러한 사회는 전망이 없는, 몰락으로 치달을 뿐이다. 60년대 초반 이호철이 보았던 남한 사회는 그렇게 전망이 없는, 허물어져 가는 한 집안과도 같았던 것이다. 그러한 작가 인식은 제목에서 극명하게 드러난다. '살이 닳아지고', 그래서 '무너앉고', 마침내는 '최후의 만찬'을 차릴 수밖에 없다는 절망적 인식.14)

　바로 이렇게 허물어져 가는 집안을 상징적으로 나타내고 있는 것이 소리라는 것이다.15) 천이두가 집안을 무너뜨리는 것이 바로 '밖'이라고 말할 수 있는 현대 사회의 메카니즘이라고 했다면, 반대로 이호규는 현대 사회는 '밖'이 아니라 '안'이라고 말하고 있는 것이다. 이호규는 이 작품에서 선재라는 인물에 주목한다. 선재는 "자신의 순수성을 지켜 나가기에는 그 집안 곧 당대 사회의 부정성이 너무나 강력"하지만 그래도 "남한 사회의 탁한 물결 속에 아직 잠기지 않은 순수성을 지니고 있"으며, 그 때문에 새로운 주체로의 가능성을 지니고 있는 인물이라는 것이다.16)

　　… 새로운 주체를 가능하게 하는 힘이란 '자신을 견지하는 것'이다. 그 자신이란 '건강함과 풋풋함'이다. 애초에 자신의 본질을 이루는 그 건강함과 풋풋함을 끝내 지켜내는 것, 그것이 새로운 주체를 가능하게 하는 힘인 것이다.17)

---

13) 이호규, 「1960년대 소설의 주체 생산 연구」, 연세대 박사학위 논문, 40쪽.
14) 이호규, 41쪽.
15) 이호규, 42쪽.
16) 이호규, 60쪽.
17) 이호규, 65쪽.

◀ 『무너앉는 소리』

　이상 간략하게 살펴본 여러 논의를 통해서 이 「소리」 연작의 해석에서 논란이 되고 있는 사항들을 확인할 수 있다.

　제일 먼저 문제가 되는 것은 도대체 '소리'가 무엇을 의미하는가 이다. 그 소리는, 메카니즘의 상징, 분열과 해체의 상징, 때로는 작가 자신의 말처럼, 당시의 북쪽의 소리로 규정되고 있었다. 어떻게 소리를 규정하는가에 따라 이 집안에 대한 규정도 달라지게 되는데, 한편으로 이 집안을 현대사회의 메카니즘에 의해 점령되어 가는 존재로 보는 입장에서부터[18] 현대 자본주의에 의해 규정되고 있는 남한 사회라는 입장[19], 혹은 남한 사회가 아니라, 남한 사회에서의 한 특수한 집단으로 보는 입장[20]까지 상당히 넓은

---

18) 이렇게 보는 경우, 이 집안은 때로는 '전근대적' 혹은 현대 이전의 사회를 의미하게 된다. 이 집안의 몰락이란, 결국 현대사회의 메커니즘의 전일화를 뜻하게 된다.
19) 이렇게 본다면, 이 집안의 밖(곧 소리가 들려 오는 곳)은 곧 남한 사회의 '밖'이 된다. 이 밖에 대해, 이호철은 '북'이라고 직접적으로 말한 바 있다.
20) 이렇게 본다면, 이 집안의 밖은 소시민이라는 특수한 집단을 벗어난 다른 집단을 상정하게 된다.

폭으로 자리하고 있다. 실상 이 집안을 어떻게 규정하는가에 따라 이 소설 속에서 부정되는 것, 그리고 암묵적으로 긍정되는 것이 달라지게 된다.

이러한 집안과 소리의 규정은 이 소설 속에 나오는 인물에 대한 규정에도 영향을 미치게 되는데, 가장 문제적인 인물이 월남민인 '선재'이다. 이 선재를 한편에서는 메카니즘의 대변인으로 보기도 하고, 그 반대 입장에서는 이 소설 속에서 가능성을 지닌(물론 그 가능성 또한 상황 속에서 사라지게 되지만) 인물로 평가하게 되는 것이다.

마지막 문제는 이 연작에 어떤 방식으로든지, 당대 사회가 연관되어 있을 터인데, 이 당대 사회의 연관성, 나아가서는 '분단'의 연관성을 어떤 방식으로 이해할 것인가 이다. '닫힌 공간'이라는 상징으로 읽을 수도 있을 것이고, 곧바로 분단의 피해자를 그린 소설로 읽을 수도 있는 것이다.

바로 「소리」 연작이 의미를 지니는 것은 이 소설 자체가 이러한 다양한 해석을 용인하고 있다는 점이다. 미리 말하자면, 이러한 해석의 다양성은 이 소설의 가장 큰 장치이고, 바로 이 점 때문에 이 소설은 언제나 새롭게 읽힐 수 있는 것이다. 더 나아가서 우리와 같은 존재의 삶이라는 것이 단일한 해석을 용인하지 않고 있음을, 우리가 맞닥뜨리고 있는 그리고 살아가고 있는 현실이라는 것이 그렇게 녹녹치 않은 것임을 거꾸로 보여주고 있는 작품이기도 하다. 그렇기 때문에 우리는 이 작품에서 어떤 일관된 해석을 끌어낼 수 없을지도 모른다. 작품이 다양한 해석을 허용할 뿐만 아니라, 그 속에서도 서로 상충되는 부분들을 지니고 있기 때문이다. 어쩌면 한편의 소설이 처음부터 끝까지 일관성을 지니고 있어야 한다는 것은 소설 혹은 문학에 대한 하나의 이데올로기일지도 모른다. 소설 한편의 완결성이란, 소설을 하나의 우주, 단일한 유기체로 생각하는 것이다. 이러한 단일한 유기체로서의 문학, 그리고 더 나아가면 완결성을 지닌 개체로서 생각하는 사고 방식이란, 때에 따라서는 소설의 외부를 인정하지 않는 견해로 나아갈 수 있는 것이다. 그렇다면 소설의 외부를 얼마만큼 인정할까가 다시 문제가 될 터이지만, 이 논의는 다른 자리로 넘기기로 하고, 여기서는 우선

소설이 드러내고 있는 모습을 따라가 보기로 하자.

2. 「무너앉는 소리」 연작의 '소리', 파국의 징조

「소리」 연작에서 소리는 도대체 어떠한 의미를 지니고 있는 것일까.[21] 「소리」 연작에서는 각기 다른, 그러나 엄밀히 연관되어 있는 두 가지 소리가 나온다. 하나는 「살들」에서 반복적으로 나오고 있는, 그래서 이 소설의 진정한 주체라고까지 말해지는 "꽝 당 꽝 당" 하는 소리이다. 이 소리 자체에 대한 정보는 지나치게 제한되어 있다. 그 소리는 "여운이 긴 쇠붙이 뚜드리는 소리", "벌겋게 단 쇠를 쇠망치로 뚜드리는 소리", "그 쇠붙이에 쇠망치 부딪치는 소리", "쇠붙이 소리"라고만 되어 있다.

---

21) 사실 조금더 근본적인 문제, 하지만 여기서는 해결하기 곤란한 문제는 소설미학적인 문제이다. 왜 소리를 해석하지 않으면 안되는가 하는 문제. 그것은 이 소설에서 소리는 단순한 소리, 다시 말하자면, 어떤 물질적인 소리, 현실에 존재하는 하나의 현상으로서의 소리로만 해석될 수 없기 때문일 터인데, 어떻게 이러한 가능성이 생기는가의 문제이다. 이 소리는 이 소설 내부에 존재하는 다른 사물이나 인물 혹은 현상과 구분된다. 밖에 비가 온다거나, 아니면 집안이 어떠한 구조로 생겼다거나 하는 것과는 질적으로 차이가 나기 때문이다. 왜 차이가 나는가. 작가가 끊임없이 소설 속에서 이 소설이 어떤 의미, 단순한 현상 이상의 의미, 곧 하나의 상징적인 현상으로서 이해해주기를 요구하고 있기 때문이다. 이 소리의 단순한 물리적 실체는 그저 쇠붙이 두드리는 소리, 혹은 단 쇠를 쇠망치로 두드리는 소리에 지나지 않는다. 여하간 「살들」은 어떤 면으로 볼 때, 지나치게 많은 정보와 지나치게 적은 정보를 동시에 주고 있다고 할 수 있다. 작품의 해석이라는 것이 한 편으로는 외적인 정보를 바탕으로 하면서도 기본적으로는 작품 속에 주어진 정보의 일정한 재배열이라고 할 때 그렇다는 말이다. 「살들」은 어떤 단일한 코드로 해석해내기에는 지나치게 많은 정보를 주어, 정보끼리 서로 충돌하고 있는 반면, 또 각각의 코드에 관해서는 지나치게 적은 정보를 주고 있는 것이다. 앞서 말한 평자와 연구자들의 상반된 평가도 기본적으로는 이 때문인 것으로 보인다. 게다가 작가의 말 또한 이 해석의 어려움을 한층 더 높이고 있다. 「살들」에서의 쇠붙이 소리란, 1961년도 당시의 북쪽의 소리라는 것이다. 이 불투명한 말은 해석을 더욱 더 어렵게 하고 있다.

이 소리에 대한 다른 언급이란, 이 소리 자체에 대한 언급이 아니라, 그에 대한 추정, 혹은 그 소리가 집안의 사람들에게 미치는 영향의 기술에 지나지 않는다. 소리 자체에 대한 정보의 부재는 소리에 대한 의문을 낳는다. 그리고 마지막까지도 이 소리에 대한 더 이상의 정보가 주어지지 않음으로 해서, 다시 말해 이 소리가 무슨 소리인지 작가 자신이 밝히고 있지 않기 때문에 소리에 대한 의문은 더욱 커진다. 이 소리에 대한 의문의 증폭이 사실 이 소설을 끝까지 긴장 속에서 이끌어 가는 요소가 되는 것이다.22)

그렇다면 왜 굳이 쇳소리여야 하는가와 이 쇳소리가 소설의 인물들에게 어떠한 반응을 낳는가에 대해 대답하지 않으면 안될 터이다. 그런데 천이두의 말대로 이 쇳소리가 어떤 메카니즘을 상징한다고 보기는 힘들다. 메카니즘을 상징하기 위해서는 이 소리는 쇳소리보다는 기계소리인 편이 더 나았을 터이니까 말이다. 쇳소리를 택한 것은 그것이 자연의 소리가 아니고, 그 때문에 소리가 신경에 거슬린다는 점 때문이라고 보는 것이 조금 더 타당하지 않을까. 메카니즘으로 보기에는 이에 대한 정보가 부족하다.

결국 남는 문제는 이 소리가 가져오는 반응일 터, 누가 이 소리에 신경을 곤두세우고 있는가가 중요한 점이다. 이 소리에 신경을 곤두세우는 사람은 영희이다. 그렇기 때문에 영희의 존재를 떠나서는 이 소리의 정체, 의미를 해명할 수 없다.

소설의 첫머리에서 사실상 이 소리의 존재, 혹은 의미는 거의 직접적으로 드러나고 있다.

꽝 당 꽝 당.

---

22) "이 작품에 일관하는 극적 긴장감은 어디서 오는가? 멀리서 들려오는 <꽝, 당, 꽝, 당> 하는 쇠붙이 소리에서 비롯하고 있다."(천이두, 「피해자의 문학, 이방인의 문학」, 151쪽). ; "이 작품을 구성하고 있는 기본 원리이자 육체는 물을 것도 없이 이 쇠붙이 뚜드리는 소리이며, (중략) 기묘하게도 이 환청은 실체이기도 하다. 곧 환청이 그대로 물체, 물질적인 존재로 군림하고 있는 형국이다."(김윤식, 「소설가와 예술가의 갈등」『무너앉는 소리 : 이호철 전집3』, 청계, 1988, 458쪽).

먼 어느 곳에서는 이따금 여운이 긴 쇠붙이 뚜드리는 소리가 들려왔다. 밑 거리의 철공소나 대장간에서 벌겋게 단 쇠를 쇠망치로 뚜드리는 소리 같았다.

근처에 그런 곳은 없을 것이었다. 그렇다면 굉장히 먼 곳일 것이었다. 굉장히 굉장히 먼 곳일 것이었다.

꽝 당 꽝 당.

단조로운 소리이면서 송곳처럼 쑤시는 구석이 있는, 밤중에 간헐적으로 들려 오는 그 소리는 이상하게 신경을 자극했다.

(중략)

꽝 당 꽝 당.

그 쇠붙이에 쇠망치 부딪치는 소리는 여전히 간헐적으로 이어지고 있었다. 밤 내 이어질 모양이었다. 자세히 그 소리만 듣고 있으려니까 바깥의 선들대는 늙은 나무들도 초 여름밤의 바람에 불려서 그런 것이 아니라 저 소리의 여운에 울려 흔들리고 있었다. 저 소리는 이 방안의 벽 틈서리를 쪼개고도 있었다. 형광등 바로 위의 천장에 비수가 잠겨 있을 것이었다. 초록빛 벽 틈서리에서 어머니는 편안하시다. 돌아가서 편안하시다. 형편없이 되어가는 집안 꼴을 감당하지 않아서 편안하시다.

꽝 당 꽝 당.

저 소리는 기어이 이 집을 주저앉게 하고야 말 것이다. 집지기 구렁이도 눈을 뜨고 슬금슬금 나타날 때가 되었을 것이다. 그리고 향연이다. 마지막 향연이다. 유감없이 이별을 고해야 할 것이다. 모두 유감없이 이별을 고해야 할 것이다.[23)]

이 대목은 영희의 시점으로 기술되고 있다.[24)] 영희는 먼저 이 소리가 방

---

23) 이호철, 『무너앉는 소리 : 이호철 전집3』, 청계, 1988, 1-2쪽. 사실 이 대목으로 본다면, 「소리」와 「향연」은 이미 예고되고 있는 셈이다. 이 예고된 결말을 그려 낸 것이 「소리」와 「향연」이라면, 김윤식이 말한 것처럼 뒤의 두 작품은 췌언에 지나지 않을 수도 있다. 물론 이러한 췌언을 쓰는 것이 바로 소설가이기는 하지만 말이다.

24) 「소리」 연작에서 시점의 변화는 대단히 불투명하다. 「살들」은 대체로 영희의 시점으로 그리고 「소리」와 「향연」은 정애의 시점으로 그려진다. 하지만 이는 정확하게 지켜지고 있지 않다. 정확하게 지켜지고 있는 것이 아니라 오히려 의도적으로 혼동하고 있는 듯한 느낌도 든다. 이러한 혼동, 작가의 시점과 인물의 시점과의 의도적인 혼합은 이 소설의 한 특징이라

안의 벽 틈서리를 쪼갠다고 생각한다. 방안의 벽 틈서리를 쪼갠다면, 이 소리에 의해서 집이 균열을 일으킨다는 것이다. 그뿐만이 아니라, 사실 존재하는 모든 것, 심지어 바람에 흔들리는 나뭇가지까지 이 소리에 의해 움직이는 것으로 느껴진다. 그런데 정애는 이를 그리 크게 염두에 두지 않는다. 영희에게만 그렇게 느껴지는 것이다. 영희가 이 소리가 집에 틈을 만들뿐만 아니라, 존재하는 틈을 벌려 놓는다고 느낄 수 있는 것은 영희가 이 집의 틈을 '먼저' 발견하고 있기 때문이다. 영희는 집안에서 틈을 발견하였고, 그리고 그 때문에 불안에 차 있다. 언젠가는 무너질지 모르는 집안에서 그는 자신이 할 바를 알지 못하는 것이다.

소리는 여기서는 행위의 주체이다. 집을 '주저앉게 하고야 말' 소리인 것이다. 이렇게 주저앉게 하는 소리로 느껴지는 것은, 소리가 집을 무너뜨릴 것 같은 영희의 예감이란, 실상 사태에 처해서 아무런 행위도 할 수 없는 자신의 존재, 스스로 문제 해결의 주체로 나서지 못하는 자신에 대한 불안감에서 나오는 것이다. 그러므로 이제 소리는 물리적인 실체이기는 하지만, 그러나 또한 그만큼 심리적인 실체이기도 하다.

이 소리가 어떻게 변하는지 확인해 보자. "서른 네 살. 낯색이 해말쑥구. 긴 다리가 바싹 여위구. 낮이나 밤이나 파자마 차림. 음악을 공부한다고 하다가 대학은 미술대학을 나오구. 미국을 두어번 다녀온 뒤론 취직을 할 염도 않구. 그렇다구 딱히 할 일두 없구. 막연하게 작곡가를 꿈꾸고 있"25)는 오빠에 대한 진술 이후 소리는 살아난다. 집안에 대해, 집안의 미래에 대해 아무런 준비도 하지 않고, 그저 관조하고 있는 존재, 집안을 꾸려나가기에는 너무나 무력한 존재인 오빠를 보고 난 이후, 이 소리는 더욱 커지는 것이다. 이 소리의 커짐이 집안 몰락의 기운과 이어져 있는 것은 이로써 명확하다. 그리고 그것이 심리적인 존재라는 것은 바로 그 다음의 문장이 말해주고 있다. '카바이드 냄새' 그 알싸하고 가슴을 헤집는 듯한 그 낯선 냄새

고 할 수 있다. 이렇게 함으로써, 등장 인물이 느끼는 감정은 등장인물의 것으로서가 아니라, 바로 소설 전체의 것으로 느껴진다.
25) 『무너앉는 소리』, 5쪽.

는 바로 광물성의 소리가 가져다주는 느낌이고, 영희가 자신과 집안에 대해 느끼는 느낌인 것이다.

하지만 소리는 항상 이와 같은 모습을 띠고 있지는 않다.

> 쾅 당 쾅 당.
> 쇠붙이에 쇠망치 부딪치는 소리는 여전히 계속되고 있었다. 바깥에 나와서 이렇게 술이 취한 선재와 마주 서 있어서 그 쇠붙이 소리는 훨씬 자극성이 덜해져 있었다. 차라리 싱그러운 초 여름밤의 가락을 띠고 있었다.[26]

> 쾅 당 쾅 당.
> 쇠붙이 소리는 어느덧 평범하게 멀어져 있었다. 근육이 좋은 사내가 앉아서, 혹은 서서 뚜드리고 있을 것이었다. 불꽃이 튀기도 할 것이다. 그 근처 뜰에는 사람들이 둘러앉아서 이 거리의 이야기를 하고 있을 것이다. 5월 밤이 익으면 저녁밥도 적당히 삭아지고, 모여 앉아서 얘기하기가 좋을 것이었다. 담뱃불이 두 서넛 발갛게 타고 있을 것이었다.[27]

영희가 선재와 집 밖 골목에서 서 있을 때, 그리고 영희가 선재가 토하는 것을 도와주면서 "감미가 곁들인 기묘한 서글픔이 전신으로 퍼"질 때, 그리고 동시에 "결국은 이렇게 낙착되고 있구나, 이렇게 되는구나 하고 생각했"[28]을 때, 쇠붙이 소리는 평범하게 멀어진다. 왜냐하면, 집밖이고, 그리고 선재와 함께 있고, 그리고 선재 때문에, 그와 함께 있기 때문에, 누군가랑 함께 있기 때문이다.

그러므로 소리가 날카롭고 신경을 파고드는 소리가 되기 위해서는 두 가지의 조건을 갖추어야 한다. 먼저 영희의 신경이 주위에 대해, 그리고 자신에 대해 날서 있어야 하며, 또한 집안과 집밖이 완강하게 대립되어 있어야 한다. 이 두 조건이 사라질 때, 소리는 더 이상 날카로운 것이 아니다. 그리

---

26) 『무너앉는 소리』, 9쪽.
27) 『무너앉는 소리』, 10쪽.
28) 『무너앉는 소리』, 10쪽.

고 소리는 '거리'의 소리, '집안'과는 대립되는 거리의 소리이라고 보아야 한다. 그리고 그것은 대장간의 소리이면서, 생활의 소리이고, "근육이 좋은 사내"가 보이는 건장함, 그리고 그에 묻어 나오는 건강함의 소리로 느껴진다. 결국 집밖에는 생활이 존재함에 비해 집안에는 생활이 존재하지 않는다는 결론이다. 쇠붙이 소리가 여기서 말하고 있는 것처럼, 생활의, 노동의 건강함의 소리라고 했을 때, 그것이 집안에서 날카롭게 느껴지는 것은, 그리고 집안의 몰락을 가져올 것으로 느껴지는 것은, 게다가 아무 것도 하지 않고 "안경알만 반짝이는" 오빠를 생각할 때면 더욱 자심해지는 이유는 그것이 건강한 생활의 소리이기 때문이다. 그러므로 소리는 물리적인 실체이기 이전에 심리적인 실체이다. 그 소리는 누구에게나 들릴 수 있지만 아무나 들을 수 있는 소리는 아니며, 또한 누구에게나 "뾰족뾰족한" 소리는 아닌 것이다. 그것을 자극적인 소리로 느끼는 것은 오히려 그것을 듣는 주체인 것이다.

> 꽝 당 꽝 당.
> 그 소리는 퍽 가까이서 들리고 있었다. 뚫린 창문은 흡사 그렇게 안개 낀 밤을 향해 뚫려진 구멍 같았다. 뚫린 구멍 저편으로 습기에 찬 초 여름밤이 쾌적하게 기분에 좋았다.29)

영희가 선재의 방으로 올라와서 선재에게 안겼을 때, 밖에서 들리던 소리는 이제 퍽 가까이서 들리지만, 그럼에도 불구하고 신경을 자극하지 않는다. 오히려 창이 열려 있음으로 해서, 초 여름밤이 쾌적하게 느껴진다. 선재와 함께 있으면서, 선재와 심리적 거리를 좁혀 가는 대목에서 소리는 아무런 역할을 하지 않고 있는 것이다. 이 밖에서 들리는 소리는 집을 무너뜨릴 것이라고 했다. 틈새를 넓힘으로써 말이다. 틈새는 벽의 틈새이고 물리적인 틈새이지만, 또한 가족들간의 거리, 의사 소통이 이루어지지 않는 단절이기도 하다. 그러므로 소리는 이 단절을 확인해주는 것이다. 단절을

---

29) 『무너앉는 소리』, 12쪽.

확인해주면서, 바로 단절의 확인 때문에 신경이 쓰이는 것이다. 그러므로 이 소리는 심리적 거리의 심리적 상관물이라고 할 수 있는 것이다. 이 틈새가 완전히 벌어지면 이제 모두가 각자도생 하든지 아니면 모두 그대로 죽는 일만 남을 것이다. 거구로 인물간의 심리적 거리가 줄어들 때 소리는 약화된다.

이 소리가 심리적인 실체라는 사실은 다음 작품인 「소리」에서 확실해진다. 「소리」에서는 이 소리가 안으로 들어와 있다. 그러나 안으로 들어오면서 이 소리는 더 이상 이전에 들리던 소리는 아니다. 소리의 질도, 소리를 느끼는 주체도 달라진다. 무엇이 달라지는가.

> 부엌 쪽에서는 찝찌름한 마늘장아찌 같은 내음새가 풍겨오고 밭은 칼도마 소리가 들려왔다. 그 칼도마 소리 사이사이 이따금 온 집채가 울 듯이 쿵쿵하고 속 깊이 울리는 소리가 나곤 했다. 허한 기운이 도는, 그러나 여운이 깊숙한 울림소리였다. 집채 어느 근처에서 나는 소리인지 알수 없었다. 환청 같기도 하고, 분명한 소리는 아니었으나 (중략) 쿵 쿵, 그렇다, 그 그늘진 둔탁한 소리는 두 달 전, 5월 어느 날 저녁의 꽝 당 꽝 당하던 그 먼 쇠붙이 소리가 어느새 슬금슬금 이 집채 안으로 기어들어와 있는 것인지도 몰랐다. 이상한 일이지만 그 쇠붙이 소리는 그날 밤 하루 밤뿐이었다. 이튿날 저녁부터는 부신 듯이 없어져 있었다. 반짝반짝한 초조로움과 일정한 거리감을 더불고 있던 그 5월 밤의 쇠붙이 소리는 어느덧 이렇게 끈끈하고 그늘진 부피를 더해 이 집채 안으로 수울 들어와 있었다. '집이 울면 집안이 망한다던데'하고 문득 정애는 생각하였다.[30]

지난날의 밖의 소음은 이제 안으로 들어와 있다. 그리고 그 소리를 느끼는 주체는 영희가 아니라 정애이다. 왜 영희가 아니라 정애인가. 영희가 느끼지 못하는 이유는 그가 결혼을 했기 때문이다. 그리고 이제 그 결혼에 자신의 삶을 묶어가고 있기 때문이다. 영희와 선재가 서로 사랑을 하건 말건[31] 그들은 그 관계 속으로 걸어 들어간다. 그것이 최선이 아님을 알고

---

30) 『무너앉는 소리』, 21쪽.

있음에도 불구하고 그것이 최악의 선택이 아니라는 이유로 그들은 그 관계를 받아들이는 것이다. 그들의 말대로 종국에는 그렇게 낙착된 것이다.

그렇기 때문에 이제 영희의 삶은 더 이상 집을 중심으로 이루어지지 않는다. 집의 해체에 불안해하던 영희가 이제는 집을 해체하는 적극적인 주체로 나서고 있기 때문이다. 비록 허깨비 같은 존재이기는 하지만, 그래도 아버지가 있는 집이 삶의 중심이 아니라, 선재가 삶의 중심이 되는 것이다. 집의 몰락이란 예정된 파국이다. 그리고 그러므로 이제 집을 무너뜨릴 것 같은 소리는 그에게는 들리지 않는다. 그렇기 때문에 어떤 점에서 「무너앉는 소리」와 「마지막 향연」은 후일담, 췌사에 지나지 않을 것이다. 후일담을 확인하는 것, 그 확인하고자 하는 욕망이 바로 소설가의 욕망이다. 지긋지긋하더라도 뒤를 확인하는 것. 그것이 소설가 아닐까. 시인이라면, 그 파국의 자리에서 멈출 것이다. 파국의 예고로 끝내는 것이 시인이라면, 소설가들은 그 파국을 따라가지 않으면 안 된다. 그것이 아무리 시시한 것이라고 하더라도 말이다. 소설가는 말한다. 이들이 대단히 새로운, 혹은 무게 있는

---

31) 실제로 두 사람 사이의 관계는 사랑이라고 이름붙일 만한 것은 아니다. 오히려 절망의 끝에서 이루어진 어쩔 수 없는 선택, 각자가 서로 그렇게 원치는 않지만, 그러나 어쩔 수 없이 "그렇게 낙착"되고만 결혼이다. 영희가 바라고 있었던, 그리고 선재와 '약혼'한 지금도 바라고 있는 남자의 모습은 오빠의 모습이다. 하얀 피부에 가느다란 손. 그런 귀공자를 꿈꾸고 있는 것이다. 선재는 그와는 완연히 다르다. 그러나 그럼에도 불구하고 선재와 약혼을 하고 끝내는 집까지 얻어 나가기로 하는 것이다. 선재 또한 마찬가지이다. 집 밖에 다소는 멍해보이는, 영희와는 달리 신경이 '무딘' 그런 여자, 선재의 아이를 가진 지 5개월이나 되는 여인이 있는 것이다. 그러나 결국은 영희와 함께 살게 되는 것이다. 이 어쩔 수 없는 선택, 혹은 낙착이 이 소설에서 중요한 대목이다. 이는 주어진 삶에 대한 어떤 긍정과는 다르다. 오히려 절망 끝에 절망을 조금이나마 완화하기 위해서 혹은 그 스스로를 몰아가기 위해서 취하는 행위에 불과하다. 영희와 선재가 그럼에도 불구하고 집을 얻고, 또 자신이 집안의 주인인 것처럼 행세하는 것은 이제 그 관계 속에 자신을 완전히 집어 넣겠다는 의지의 표현이라고 할 수 있다. 그러나 그러한 모습은 아름다워 보이지는 않는다. 아니 아름다워보이지 않는 것으로 기술되어 있다. 그것은 사실 바른 방향은 아닌 것이라고 작가는 말하고 있는 것이다.

어떤 것을 갖고 있는 것처럼 보이지만 사실은 아무 것도 아니라는 것을.

소리의 차이는 소리의 질적인 차이고, 그리고 또한 소리를 느끼는 주체의 차이이다. 이제 소리는 '무너앉는 소리'이다. 그것은 행위자가 아니다. 단지 효과음일 뿐이다. 영희가 쇠붙이 소리를 틈새를 벌리는 소리로 들은 것은, 그 소리에 자신의 욕망을 투사하기 때문이다. 이제 완전히 갈라서자는 것. 그 욕망을 전적으로 받아들이지는 못하겠지만, 그래도 그것은 그의 욕망이다. 그리고 그것은 살부(殺父)의 욕망이기도 하다.

> "언니, 정말 빨리 이 집 내놓구 이사합시다. 교외에다가 조그만 집이나 사서… 전셋집들을 다 내놓아 정리하구. 아버진 하루빨리 세상 떠나시도록 하구. 올켄 이혼을 하구…"[32]

살부의 욕망이란, 스스로 주체가 되고자 하는 욕망이다. 하지만 정애는 다르다. 정애는 틈을 벌리고 싶어하지 않기 때문이다. 오히려 정애는 틈이 벌어지는 것을 두려워한다. 틈이 벌어지면, 자신의 존재 자체가 위험에 빠지는 것이다. 이제까지 자신을 지탱해온 공간이 사라지기 때문이다. 시아버지의 '그늘' 아래서만, 다시 말하자면 '며느리'로서만 의미를 지니고 있는 정애에게 집의 몰락과 무너짐은 자신의 존재 이유 자체의 사라짐과 동일하다. 정애가 「살들」에서 끊임없이 늙은 시아버지의 곁에 있는 것, 그의 팔짱을 끼고 있는 것도 바로 그 때문이다. 심리적 일체감, 혹은 자신의 존재 조건의 확인이다.

그렇기 때문에 정애에게는 소리는 이제 틈을 '벌리는' 소리가 아니라 '무너앉는'로 바뀌어 나타난다. 이 무너앉는 소리는 물론 집안의 몰락에 대한 불안이라는 심리의 투사이다. 선재와 결혼을 하고 이미 집을 떠나기로 작정한 영희는 이 집안의 몰락에 대해 더 이상의 두려움이 없다. 그것은 빨리 해치우지 않으면 안될 일인 것이다. 그렇기 때문에 영희는 아무런 소리도 듣지 못한다. 당연한 일이다.

---

32) 『무너앉는 소리』, 7쪽.

갑자기 정애가 놀라며 영희의 두 손을 다시 힘주어 잡았다. 새파랗게 질리면서,

(중략)

"집에서 무슨 소리가 나요."

(중략)

"아씨는 안 들리우?"

정애가 속삭였다.

"난 모르겠어요."

영희가 말했다.

(중략)

쿵 쿵.

"저거, 저거 또 들려요.."

정애가 또 자지러지듯이 속삭였다.

"아이, 소리가 무슨 소리유?"

영희가 신경질적으로 큰 소리로 말했다.

"정말 안 들리우?"

"난 안 들려요."

순간 전등이 꺼졌다.[33]

정애는 집안이 무너지는 소리를 듣고 자지러지지만, 영희는 소리를 느끼지 못한다. 어쩌면 듣기를 거부하는 것인지도 모른다. "난 안 들려요."라고 영희는 말한다. 영희로서는 듣고 싶지 않고 들을 필요가 없기 때문에 듣기를 거부하는 것이다.

그러나 소리가 집밖에서 집안으로 들어오고, 그리고 소리를 느끼는 주체가 영희가 아니라 정애가 됨으로써, 「소리」는 「살들」에 비해 현저하게 긴장감이 떨어진다. 이제 갈등을 일으키는 주체가 제거되어 있기 때문이다. 이미 몰락은 확실해진 것이다. 「살들」의 경우, 더 이상 유지될 아무런 이유가 없는 집안을, 오히려 썩어 가고 내려앉아 가고 있는 집안을 벗어나고자

---

33) 『무너앉는 소리』, 34쪽.

하는 영희와, 그럼에도 불구하고 실질적인 아무런 행위도 할 수 없는 영희 사이의 갈등, 그리고 그 갈등을 선명하게 드러내 주는 쇠붙이 소리의 반복이 긴장을 자아내고 있었다고 한다면, 「소리」에서는 이러한 긴장은 사라진다. 그리고 남는 것은 오직 어떻게 이 집안이 흘러갈 것인가 하는 점일 뿐이다. 실상 정애는 영희의 변화를 통해서 자신의 자리를 찾아나가고자 한다. 하지만 그 노력은 현실적인 행위로 연결되지 않음으로 해서, 소설 속에서는 기껏 남편에게 던져보는 말 이상의 것은 되지 않고 마는 것이다.

김윤식의 말처럼 「살들」에서는 이 소리가 단순한 '환청'이 아님으로 해서, 이 소설이 알레고리에서 벗어날 수는 있었지만, 「소리」에서는 이 소리를 어쩔 수 없이 알레고리적으로 밖에는 읽을 수 없도록 되어 있는 것이다. 결국 「살들」의 소리가 「소리」의 소리와 동질적인 것이라고 한다면, 이 심리적 실체 혹은 환청을 실재하는 것으로 그려낸 「살들」은 기법상으로는 놀랄 만한 것이기는 하지만, 그러나 그럼에도 불구하고 그 외의 다른 것으로 읽어낼 수 없다는 점에서 제한되고 있는 것이다. 다른 방식으로 말하자면, 「살들」 이후에 쓰여진 「소리」와 「향연」은 바로 이 점에서는 오히려 「살들」의 열려 있는 해석의 가능성을 좁히고 있다고 할 것이다.

3. 이호철 소설의 상황성과 역사성

이호철 초기 소설의 특징을 가장 잘 짚어낸 사람은 천이두이다. 천이두는 「묵계와 배신」에서 이호철 소설의 특징을 '무우드의 미학'이라고 말하고 있다. 그리고 이 점에 대해서는 대체로 합의가 이루어져 있는 것 같다. 권영민도 "그의 초기 소설은 단편 소설의 양식이 추구하는 상황성의 의미를 극대화하는 데에 성공하고 있다는 점에서, 무드의 미학을 연출하는 스타일리스트로서의 성격을 그에게 부여하도록 한다."[34]고 지적하고 있다.

---

34) 권영민, 103-4쪽.

이들이 지적한 것처럼 이호철의 초기 소설의 특징 가운데 하나는 소설이 행위에 의해 지배되지 않고 상황이 주는 분위기에 의해 지배된다는 점이다. 이러한 상황성은 소설에서 서사를 배제한다. 서사란 행위에 의해 지배되는 것이다. 사건이 존재하고 그 사건의 전후를 기술함으로써 비로소 서사가 이루어진다고 한다면, 그런 의미에서라면 이호철의 소설 속에는 서사가 없다. 이처럼 분위기를 구성하고, 상황을 구성하는 데에서 서사는 커다란 중요성을 갖지 않는다. 단지 분위기를 형성하는 데 도움을 주는 요소이거나, 아니면 객관성의 환상을 불러일으키는 일종의 장치로서만 작동하게 된다.

그러나 이호철 소설 특유의 분위기를 가능하게 하는 것은, 바로 부차적인 것으로 놓여 있는 서사라고 보인다. 그리고 이 서사란, 또한 그 아래 역사를 깔고 있다. 다시 말하자면, 이호철 소설에서의 분위기는, 감추어진 서사=역사에 의해서만 가능해진다는 것이다. 이렇게 됨으로써 이호철의 초기 소설, 특히 「소리」 연작(그 가운데서도 「살들」)은, 자신이 추방한 것에 의해서만 자신을 규정할 수 있다는 역설이 성립한다.

「살들」의 상황은 이렇다 : 늙은 아버지를 중심으로 식구들이 모여 있다. 아들은 안경을 쓰고 있고, 파자마 차림으로 신문을 읽으면서 코카콜라를 마신다. 이미 오래 전부터 집에 존재하고 있지 않는 맏딸이 밤 12시에 돌아온다고 한다. 그리고 계속 쇠붙이 소리가 들린다.

이것이 전부이다. 이러한 상황은 한 편의 부조리극과 같다. 그야말로 앞뒤도 없고, 밑도 끝도 없는 일종의 부조리극과 같은 상황이다.35) 왜 맏딸을 기다리는지, 또 아버지를 제외한 모든 사람들이 맏딸이 오지 못할 것이라

---

35) 이 작품을 놓고 안톤 체홉의 『벚꽃 동산』과 비교하는 논의는 여럿 있다. 안톤 체홉과 비교되는 것은 이 두 작품이 배경으로 깔고 있는 서사 때문이다. 『벚꽃 동산』이 구러시아의 몰락을 한 귀족 가문의 몰락에서 찾고 있는 것처럼, 「살들」 또한 은행장 가족의 몰락을 그리고 있기 때문이다. 물론 이 두 소설 사이에는 많은 차이가 있다. 그러나 그럼에도 불구하고 함께 이야기될 수 있는 까닭은 그것이 한 집안의 몰락, 그것도 역사적인 것처럼 보이는 몰락을 그리고 있기 때문이다. 그러나 이와 같이 정리를 해 놓고 본다면 이 소설은 『벚꽃 동산』이 아니라 오히려 베케트의 『고도를 기다리며』와 같은 부조리극과 더 가까운 모습을 보이지 않을까.

고 생각하면서도 끊임없이 기다리는지는 알 수 없다. 또 왜 굳이 12시인지도 알 수 없다. 밖으로부터, 효과음처럼 소리가 계속적으로 들려 오는데, 그 소리가 무슨 소리인지 알 수도 없다. 그저 맏딸이 온다고 하고, 사람들은 끔찍해하면서도 기다리고, 소리는 사이를 두고, 그러나 계속해서 들린다.

이러한 기본적인 상황 설정에는 어떠한 서사도 없다. 이 소설 속에서의 시간이란 인물의 행위에 의해서 규정되는 것도 아니고, 그렇다고 해서 역사적 시간에 의해 규정되는 것도 아니다. 소설 속에 진술되어 있듯이, 흐르는 시간은 이 속에서 정지한다. 오로지 흐르는 시간이란, 시계의 시침 이외의 것은 아니다. 그럼에도 「살들」이 긴장감을 유지할 수 있었던 것은 바로 알 수 없는 기다림과 끊임없이 들리는 '소리'에 의해서 가능한 것이다. 이 기다림과 소리만으로도 충분한 내적 긴장이 가능해진다. 오히려 그 기다림과 소리가 불투명한 것이기 때문에 긴장은 더욱 팽팽해진다고 할 수 있다. 그러나 이러한 긴장이란, 순전히 형식적인 것이라고 할 수 있다. 이렇게 긴장이 형식적인 것에 의해서 가능한 것일 때, 그것은 그 자체로 어떤 의미를 지니기보다는 하나의 상징, 혹은 알레고리로서 의미를 지니게 된다. 그리고 그만큼 추상화된다.

이러한 면모는 이보다 앞선 소설 「짙은 노을」(58.9)에서도 확인할 수 있다. 이 소설을 간략히 보자 : 삼일 국민학교 뒤에 야산이 있다. 이 야산에 하릴없이 올라오는 경구라는 사람이 있다. 어느 날 남자아이들과 여자아이들이 서로 말다툼하는 것을 본다. 남자아이는 죽여버린다고 말하고 여자아이들은 죽여보라고 말한다. 그리고 경구가 웃으며 남자아이에게 말한다. 마지막까지 해보라고 그리고 사내아이는 여자아이 하나를 따라가서 그 아이를 죽인다. 그리고 그 말을 듣는 나는 "가벼운 귀염성스러움과 뭔가 시원스러움을" 느낀다. 경구라는 사내는 이 사건과는 아무런 관련이 없는 것처럼 되었고, 그 말을 하면서 익살맞은 미소를 띠었는데, 그 미소가 섬뜩하게 느껴진다는 이야기이다.

이것이 이 소설 속에서 주어지는 모든 정보이다. 이 밖의 다른 정보는 주어지지 않는다. 이 소설 속에서 고유명사가 나오기는 하지만(삼일초등학교, 경구 등), 이러한 고유명사는 결코 리얼리즘 소설에서의 고유명사, 혹은 엄밀한 의미의 리얼리즘 소설이 아니라고 하더라도, 적어도 실제라는 환상을 불러일으킬 수 있을 만한 그런 표지는 아니다. 그렇기 때문에 이 소설 속에서 고유명사는 아무런 의미도 없다. 이처럼 소설 속에 그려진 대상이 자신의 고유한 속성을 잃어버릴 때, 소설은 이제 보편적인 '무엇'을 대체하는 것으로 읽히게 된다. 그리고 그만큼 탈역사적 혹은 탈시간적 보편성으로서 읽히는 것이다.

또한 「짙은 노을」에서는 행위도 큰 의미를 지니지 않는다. 행위와 사건이 서사를 구성한다고 했을 때, 이 소설의 서사는 살인의 교사와 그에 의해 이루어지는 살인이지만, 그 살인보다 중요한 것은, 살인을 둘러싼 대립, 의도되지 않은 살인 교사, 그리고 그에 의해 어린아이에게서 이루어지는 살인이 이끌어내는 분위기이다. 그리고 이 분위기는, 살인교사자인 경구, 그리고 그 소리를 들은 나의 반응에 의해 더욱 강화된다. 「짙은 노을」에서의 살인이란, 뫼르쏘의 살인이 강한 햇빛이 비치는 백사장에서 짧은 햇빛의 번쩍거림에 의해 이루어지듯이 그렇게 이루어지는 것이다.

이렇게 상황이 주는 느낌이 강조되면서, 그리고 짙어 가는 노을과 무위한 청년과 아이들의 살인이 엮어내는 분위기가 강조되면서, 실상 '살인'이라는 그 위험스러운 행위는 그야말로 사소한 것으로 떨어져버리고 마는 것이다.

이렇게 소설의 배경을 지우면서 소설은 제 연관성을 상실한다. 연관성을 상실한 상황이란, 보편적인 상황으로 인식되기 십상이다. 그러나 그럼에도 이 소설에서 아름다움을 느낄 수 있다면, 그것은 어린아이의 살인과, 그것을 사주하고 바라보고, 그리고 아무렇지 않게 말하는 자의 '익살스러운' 미소와의 병치에서 오는 것이리라. 이를 상황의 미학이라고 할 수 있을지도 모른다. 그러나 이러한 미학이란 아무리해도 탈역사성, 혹은 탈사회성, 이러한 말이 상투적이라면, 지극히 미학적인 것은 아닐까. 그러한 미학 속에서 발견해내는 아름다움이란 또 무엇이겠는가. 이를 예술가적인 면모라고 말할 수 있겠지만, 미학적인 구도 속에서 세상을 바라보고 구성해 내고, 그리고 그 틀 안에서 세상을 이해하는, 또 하게 하는 그러한 자세란 곧 미학주의라 이름 붙일 만한 것이 아니겠는가. 이러한 미학주의, 삶의 미학화라는 것이 갖는 위험성을 우리는 이미 역사에서 보아오지 않았는가.

「살들」의 경우에서도 우리는 이러한 위험성을 발견한다. 사람들의 삶이 갖는 아름다움이 아니라, 그 삶을 처리하는 방식의 아름다움을 강조하고 있기 때문이고, 그리고 특정한 삶의 방식, 삶의 고통 혹은 즐거움을, 형식 속에서 보편화하는 경향이 있기 때문이다.

그러나 「살들」은 「짙은 노을」과는 다르다. 「살들」의 미학, 혹은 상황성을 살려내고 있는 것은 실상 그 상황성이 부차적인 것으로 놓고 있는 역사성이기 때문이다. 다시 말하자면, 이 상황성이란 오로지 그것이 부차화시킨 역사, 혹은 서사에 의해서만 규정되고 있다는 점이다. 그러나 그렇다고 해서 이 소설 속에 역사가 존재하는 것은 아니다. 단지 역사의 그림자만이 존재한다. 그 그림자는 인식되기에는 너무 작은 부분을, 그리고 그냥 지워버리기에는 너무 큰 부분을 차지한다.

「소리」 연작의 시간적 배경은 언제인가. 소설 속에서 언급되는 시간은 5월 하순의 어느 날이다. 그 해가 어느 해인지는 모르지만, 그 5월은 1962년의 5월이거나, 아니면 작가가 말하고 있듯이 1961년의 5월일 것이다.[36] 만일 작가의 발언이 믿을 만한 것이라고 한다면, 그 시점은 5·16 군사 쿠데타 직후이다. 소설 속에서는 5월이 마치 지나가는 말투로 기술이 되고 있다.

> 집안 전체를 통어해 나가는 줄이 끊어지면서 식모는 훨씬 자유스러워지고 활발해지고 뻔뻔해졌다. (중략) 부석부석하게 부은 듯한 약간 얽은 얼굴에 짙은 화장을 하고 얼룩덜룩한 원피스 차림으로 외출이 잦았다. 4·19 데모나 5·16 때는 하루종일밖에 나가 있었다. 설마 데모에는 가담 안

---

36) 이는 이호철이 「살들」의 소리에 대해, "1961년 당시 이 남쪽 세상에서 느끼는 '북쪽'의 소리"라고 하고 있는 것으로도 알 수 있다.

했을 터이지만 저자를 보아 가지고 들어설 때는 넓은 터전의 냄새를 거칠게 풍기고 있었다.37)

그러나 이 지나가는 말로 언급하는 밖의 시간이란 실상은 대단히 중요하다. 식모는 '넓은 터전의 냄새를 거칠게 풍기고 있었다.' 넓은 터전의 냄새, 4·19, 5·16이 휩쓸고 지나가는 밖은 집안의 냄새, 혹은 공기와는 완전히 다른, 혹은 대립되고 있다. 이 밖의 냄새가 소설 속으로 들어온다. 사실 이 밖의 냄새란 밖에서 들리는 쇳소리와 다름이 없다. 4·19, 5·16으로 이어지는 역사적 소용돌이가 집밖에서 용솟음치고 있는 것이다.

집안의 고요함과 무위함은 바로 이러한 역사적 시간과 연결됨으로써 비로서 좀더 구체적인 자리로 내려오게 된다. 이 집안이란, 단지 고요함과 무위함을 지닌 공간이 아니라, 거리의 역사로부터 고립된 채 존재하는 집인 것이다. 이 점이 「소리」 가운데에서는 좀더 명확하게 제시되고 있다.

> 바깥은 바람이 세고 노상 소용돌이가 친다. 그러나 시간은 이 집채에 닿아서는 서서히 굼벵이 걸음을 걷다가 무참히도 정지되어 물큰물큰한 열기를 뿜는다. 시간은 그렇게 살이 찌고 부어오르고, 그리고 이 집안 사람들은 지치고, 어떤 사소한 일이건 무겁게 무겁게 감당을 해야 한다.38)

"바람이 세고 노상 소용돌이가" 치는 바깥이란, 실상 앞에서 말한 것처럼 바로 1960년대인 것이다. 집안은 이러한 집밖에 의해서만 규정되고 있는 것이다. 이러한 역사적 소용돌이, 거친 밖의 냄새는 집안의 사람들에게는 낯설고, 또 어느 정도는 불유쾌하다. 하지만 이러한 소용돌이, 냄새는 또한 매혹적이기도 하다. 누구에게 매혹적인가. 바로 이 집을 해체하기를 원하는 영희의 입장에서 그러하다. 영희는 집안에서 집밖을 꿈꾼다. 그 집밖을 꿈꾸기란 물론 긍정적인 방식으로 이루어지기보다는 집에 대한 부정

---

37) 『무너앉는 소리』, 6쪽.
38) 『무너앉는 소리』, 21쪽.

이라는 부정적인 방식으로만 이루어진다. 그러나 그럼에도 불구하고 영희는 이 집 사람들 가운데 가장 능동적인 인물이기도 하다. 그의 능동적인 행위가 단지 선재와 실질적 '결혼'을 하는 것으로 제한되어 있다고 하더라도 말이다. 영희를 제외하고는 이 집 사람들 가운데 밖의 존재는 없다.

이 집은 이 집안 사람들에게는 유일한 세계이다. 이 집안이 외부로부터 고립되고 유폐된 공간일 수 있었던 이유는 이 집안 사람들이 외부와 연관을 갖지 않을 수 있었고, 또 가질 필요가 없었기 때문이다. 철저하게 유폐된 공간, 세계로부터 단절된 공간으로서의 집. 이러한 유폐가 가능했던 이유는 무엇일까.

여기서 비로소 아버지의 존재가 드러난다. 아버지는 일선에서 물러난 은행장이다. 이 집이 철저하게 유폐된 공간일 수 있었던 것, 아니 집안 사람들이 세계로부터 물러나 집안에 칩거하고 살아갈 수 있었던 것은 바로 아버지가 갖는 힘, 경제적 힘에 의해서이다. 아버지가 지닌 경제적 힘과 권위가 무너지기 시작하였을 때, 이 집안의 붕괴도 시작된다. 그 붕괴를 막고 있는 것은 최소한으로 남아 있는 아버지라는 존재이기 때문이다. 「살들」에서 아버지가 끊임없이 여전히 '주인'으로서 그려지고 있는 것도 그 때문이다. 그리고 그 아버지의 단 하나의 존재이유처럼 그려지고 있는 '기다림'을 모두 마치 자신의 기다림처럼 가지고 있는 것이다. 맏딸이 돌아올 수 없음을 알면서도 여전히 아버지를 따라 맏딸을 기다리는 것은, 가족의 해체, 아니 철저하게 고립된 왕국으로서의 집의 해체를 두려워하고 있기 때문이다. 그러므로 아버지를 제외한 다른 가족들의 기다림의 자세란, 실상은 집안의 몰락을, 그리고 이제 스스로 주체가 되지 않으면 안 되는 가족 개개인들이 자신들의 행위를 유예하는 것에 지나지 않는다.

이러한 기다림을 견디지 못하는 존재, 스스로 주체로 서고자 하는 존재가 바로 영희이다. 영희는 한편으로 집안의 몰락을 두려워하면서도 또 한편으로는 집밖에 대해 매혹적인 시선을 던지고 있는 것이다. 물론 영희가 할 수 있는 일이란, 스스로 자신의 밖을 찾는 것이 아니라, 가장 가까운 곳에서 그 가능성을 찾는 것이었고, 그리고 그것은 선재와의 실질적인 결혼이었다.

하지만 영희의 이러한 시도는 어느 새인가 실패로 돌아가게 된다. 밖의 냄새를 어느 정도 유지하고 있는 선재의 변화 때문이다. 선재는 어느 순간에서부터인가 이 집의 분위기에 적응하기 시작을 하고, 그리고 그 순간부터는 더 이상 '풋풋함'을 가지고 있는 존재가 아니라 집안의 분위기에 싸여 자신도 모르게 집안 사람들과 닮아 가는, 더 이상 구분이 되지 않는 존재가 된다. 이 밖의 냄새는 밖에서 들려오는 소리와 일정한 연관이 있다. 밖의 소리가 안의 소리로 변하였을 때, 그리고 안의 냄새가 더 이상 밖의 냄새로부터 방어될 수 없을 때, 영희가 알지 못하는 사이에 선재와 결혼하고, 그리고 선재를 따라, 밖의 기준에 따라 행동하기 시작했을 때 그 때 소설은 끝이 난다 .아니 결말로 향하여 급속도로 진전되기 시작한다.

그렇다면 아버지의 기다림은 또 어떤 것인가. 「살들」에서 맏딸이 북으로 시집을 갔다는 것은 중요한 사실이다. 북으로 시집간 딸이 돌아오기 위해서는 분단되어 있는 남북이 다시 합치는 방법밖에 없다. 바로 이 점에서 이 소설은 분단소설로 읽힌다. 그러나 분단의 상처를 그리고 있는 것은 아니다. 오히려 일상 속에 개재되어 있는 분단을 그리고 있는 것이다. 이 분단은 이들의 삶 전체를 지배하고 있다. 일상에 개재한 분단이라고 말할 수 있을까. 이 기다림이 그냥 막연한 기다림이 아니라 구체적인 기다림이라는 점, 그리고 그 기다림을 야기한 것이 바로 분단이라는 역사적 사건이라는 첨에서 이 소설에 다시 역사성이 개입하게 된다.

그러나 이 기다림이란 또 누구의 기다림인가. 그것은 아버지의 기다림이다. 다른 사람들은 이 기다림의 포즈만을 취하고 있을 뿐이다. 아버지가 기다림의 주인이라면, 다른 사람들은 그의 조연일 뿐이다. 그렇기 때문에 이 기다림은 이중적인 성격을 띠게 된다. 아버지의 기다림은 세상으로부터 절연된 사람의 기다림이고, 그리고 세상으로부터 한 발 물러선 사람의 기다림이다. 아버지는 세상에서 은퇴하였고, 그리고 귀를 먹었다. 그는 「살들」

에서는 여전히 주인이지만, 「소리」 이후에서는 더 이상 주인의 위치를 갖지 않는다.[39] 아버지의 기다림은 분단에서 오지만, 그 기다림, 분단의 영향이라는 것은 이제 더 이상 커다란 의미를 갖지 않게 되고 만다. 분단은 서서히 매일의 삶에서 물러나고 있는 것이다. 그 다음의 세대란 더 이상 기다림을 갖지 않는 세대이고, 그리고 분단에서 자유롭고자 하는 세대이다. 그렇다면 이 소설 연작은 어떻게 분단이 일상 속에서 자신을 드러내는가, 그리고 어떻게 일상에서 물러나는가를 보여주는 소설이라고 할 수 있다. 그리고 일상에서 분단의 그림자가 사라지는 이러한 양상은 월남민인 작가에게는 고통스러운 것일지도 모른다.[40]

이 지점에까지 이르러서야 선재라는 인물이 부차적인 인물에서 주요한 인물로 떠오른다. 월남민 선재. 선재는 또한 「소시민」의 주인공이기도 하다. 월남민이란 이중적인 존재이고 그리고 경계인이다. 그들은 북에서 자발적으로 밀려난 인물들이지만, 그렇다고 해서 남쪽에 쉽사리 정착할 수 있는 인물도 아니다. 그들은 이 사회에서 이방인으로 존재한다. 이 이방인으로서의 월남민은 남과 북을 동시에 비추어 줄 수 있는 인물이다. 그들에게서 어떤 새로운 가능성을 찾을 수 있는가가 문제가 아니라 그들이 이방인으로서 존재한다는 것 자체가 바로 분단을 말해준다고 할 것이다.

월남민으로서의 선재는 현대 사회의 메커니즘에 철저하게 귀속된 인물이라고 할 수는 없다. 그는 끊임없이 자신의 존재에 대해 부정할 수밖에 없는 존재이고, 또한 경계인이기 때문이다. 그러나 그렇다고 해서 현대 사회/

---

39) 바로 이 때문에 「살들」과 「소리」(그리고 「향연」)는 연작이기는 하지만, 사실은 다른 소설이기도 하다. 두 소설은 같은 상황을 배경으로 하고 있지만, 두 소설의 갈등은 서로 다른 것이기 때문이다. 「소리」 이후에서는 더 이상 아버지의 기다림이란 의미를 갖지 않는다. 그것은 영희가 선재와 결혼하여 집안의 주도권을 행사함으로써 끝나고 만다. 이제 기다림은 더 이상 중요한 것이 아니다. 단지 기다림이 아니라, 기다림의 주인에게 매달려 있던 정애의 존재 정립이 문제가 될 뿐이다.

40) 이호철에게서 분단이 다시 문제가 되는 것은 이후 소설에서는 아주 다른 방식으로이다. 「문」이 그 대표적인 작품이라고 할 수 있다.

남한 사회의 부정성을 벗어버릴 수 있는 새로운 주체의 성격을 지니고 있는 것도 아니다. 을 발견할 수 있는 것도 아니다. 오히려 문제는 이 '선재'가 실상 소설 속에서는 그리 커다란 위치를 가지고 있지 않다는 데 있다. 선재는 주동적인 인물이 아니라 이 소설 속에서는 하나의 배경에 지나지 않는다. 그러나 그가 존재함으로써 비로소 이 소설은 의미를 갖게 되는 것이다. 선재는 아버지의 기다림과 동일한 선상에 있는 것이다. 아버지의 기다림이 없다면 선재는 소설 속에서 아무런 위치를 지니지 않는다. 선재가 월남민이라는 사실 그 자체가 선재를 이 집안에 있게 만드는 조건이다. 그리고 선재는 이들 모두를 비추어주는 거울로서의 역할을 하고 있다.

그리고 그는 끊임없이 이 소설 속에서 안과 밖의 경계를 무너뜨리는 사람이다. 영희가 선재에게 끌린 것이 선재가 바깥의 사람이라는 점이라고 한다면, 선재는 거꾸로 자신의 안정된 삶, 남한에서의 정착을 위해서 영희와 관계를 갖는다. 둘 다 철저하게 계산된 것은 아니기는 하지만, 그렇다고 해서 그들의 결합을 상대에 대한 순수한 애정은 아니기 때문이다. 오히려 곳곳에서 이 두 인물은 자신의 선택이 어쩔 수 없는 것이라고 변명하고 있다. 그들의 최선의 선택이 아니라, 차악의 선택이라는 것이다. 안에서 경계를 뚫고 밖으로 나가고자 하는 영희의 욕망과 자리잡고자 하는 선재의 욕망이 만나서 얽히는 것이다. 이 두 욕망은 서로 얽혀서 적당한 지점에서 멈춘다. 그리고 그것은 하나의 독립된 가정을 꾸리는 것이면서 동시에 집안을 해체하는 것이다.

그런데 이 집안의 해체란 이중적일 수밖에 없다. 하나는 유폐된 공간에서의 삶, 세상과 절연된 삶이 더 이상 불가능해졌다는 것이고, 이제 그들이 어떠한 방식으로든 남한의 세계 속에서 그 시민으로 살아갈 수밖에 없어졌다는 것이다. 그리고 그것은 또 한편으로는 아버지 세대가 가지고 있는 그 기다림이 더 이상 불가능해졌을 뿐만 아니라, 그로부터 지탱되어오던 가족의 관계가 해체된다는 것이다. 그리고 그것은 그들을 규정짓고 있던 분단 상황으로부터 스스로 떨어져 나오는 것이다. 그러나 이러한 분리란, 실상은 영희가 꿈꾸고 있는 모습과는 전혀 다른 것이기도 하다. 영희는 소리를 통해서 집안의 균열을 감지하고 있었고, 그리고 집안의 분열은 그 안에 가족 간의 관계의 해체를 의미하는 것이었다. 서로가 서로에게 아무런 의미도 없는 존재로서 단지 한 집안에서 살아가는 것은 무의미한 것으로 느껴졌던 것이다. 그렇기 때문에 선재와 관계를 갖는 것이지만, 그러나 이로써 결과된 것은 결국은 가족의 철저한 해체에 다름아닌 것이다. 그렇기 때문에 이 집안을 유지하는 것, 아니면 이 집안을 해체하고 각자 자신의 살 길을 도모하는 것 모두 긍정성을 띠고 있지 못하게 된다. 그것은 결국은 그 기다림으로 부정할 수 있었던 현실을 긍정하는 것에 지나지 않기 때문이다.

이처럼 「소리」 연작에서의 '분위기의 미학'이란 실상은 철저하게 역사적인 것에 의해서 규정되고 있는 것이다. 이 소설 속에서 메카니즘을 읽어낼 수 있었던 것도, 그리고 분단의식의 그림자를 읽어낼 수 있었던 것도 모두 이 작품이 드러내고 있는 역사성과 상황성의 결합, 아니 역사성에 의해서 비로소 가능해지는 상황성 때문이라고 할 수 있을 것이다. 그리고 이 점이 이호철 소설이 지니는 고유함이라고 해야 할 것이다.

4. 새로운 가능성 혹은 관념성

이호철의 「소리」 연작에는 다양한 대립항들이 존재한다. 그것은 안과 밖과 같은 형식적인 대립항이기도 하고, 또 역사성을 띠고 있는 대립항이기도 하다. 어떤 점에서는 이 작품 자체가 상황성과 역사성의 대립을 드러내고 있기도 하다. 그리고 이러한 모습이 이호철이라는 작가를, 아니 「소리」 연작을 우리 문학사에서 특이한 존재로 남게 만드는 것인지도 모른다.

그러나 우리가 좀더 살펴보아야 할 것은 이 소설 속에서 이러한 다양한 대립항들이 전적으로 고정되어 있지 않다는 점이다. 영희의 날 섬, 소리를 날카로운 쇳소리로 받아들였던 날섬이라는 것은, 무위하게 오직 맏딸을 기다림으로써만 생명을 부지해 가는 아버지, 무력하게 콜라나 마시고 신문이나 보는 그러한 오빠에 대한 거부감, 왠지 모르게 오빠에 대해 짓찧어놓고 싶은 심정에서 오는 것이지만, 곧 그와 대립되는 생활, 건강한 남성의 쇳소리, 건강한 노동에 대한 열망에서 오는 것이기는 하지만, 그가 선재와 함께 그 생활 속으로 들어갔을 때, 그 생활이라는 것은 그렇게 건강한 것도 아니었고, 또 그가 부정했던 부서져 있는 집안을 묶어주는 것도 아니었다는 사실이다. 그리고 그렇기 때문에 오히려 더욱 더 악착해지고, 그리고 주인인 양 행세하고, 쓸데없는 경쟁심만 생기는 것이다. 그가 바랐던 생활을 하게 되었을 때, 그는 그가 원하였던 방식으로 살아나가는 것은 아니다. 전자를 관념으로서의 생활이라고 한다면, 후자는 아마도 자본주의 남한에서의 생활이라고 할 수 있을지 모르겠다. 그렇기 때문에 이러한 영희의 변화라는 것은 여전히 가족이라는 것을 하나의 은신처, 보호처, 그리고 유지되어야 할 것이라고 생각하는 정애로부터 비판받는 것이 아닐까. 선재와 함께 하나의 가정과 생활을 만들면서, 그리고 그들만의 집을 만들면서 영희가 보이는 모습이란 결코 바람직한 것으로 소설 속에 나타나지 않기 때문이다.

바로 이 점에 이 연작의 마지막 대목이 지니는 문제성이 있다. 이 소설의 마지막에서 이제까지 거의 아무런 역할도 하지 않던 존재가 가장 큰 힘을 발휘한다. 바로 식모이다. 그는 이 소설 속에서 아무런 역할을 하지 않으면서 그럼에도 소설 곳곳에서 이들을 바라보고 평가하는 존재이다. 이 집안의 단 하나의 예외적인 존재, 결코 이 집안 식구일 수 없는 존재인 식모는 이들을 끊임없이 평가하고 바라본다. 식모는 독자가 이들의 삶과 생각과 느낌 속으로 빨려들지 못하게 하는, 이들로부터 거리를 갖게 만드는 존재이다. 식모를 통해서 이들과의 거리가 비로소 형성된다. 그리고 「소리」 연작은 결국 이 식모에 의해서, 그리고 그와 동일한 외부의 존재에 의해서 결말 맺어진다.

> 시뻘겋게, 건장하게 생긴 인부들 중의 한 사람이 문패를 확인하고 초인종을 눌렀다. (중략)
> "저 어디서 오셨어요?"

"쓰레기 치러 왔소. 쓰레기 치는 사람이오."

하고 인부 가운데 한 사람이 익살로 말하였다. 그러자 문이 열리고 식모가 내다보고 반색을 하며 웃었다.

"이삿짐 나를 사람이에요?"

하고 물었다.

"쓰레기 치러 왔다니까."

인부들은 문 앞에 선 채 모두 건강하게 웃고 있었다.

10월의 하얀 볕이 뜰에 내려 붓고 있었고, 집안은 고요했다. 모두 아직 잠이 들어 있는 것이었다.

어느새 인부들은 바지가랑이들을 걷어올리고 집안으로 들어가고 있었다.[41]

소설 「마지막 향연」의 마지막이다. 그리고 연작의 마지막이기도 하다. 「닳아지는 살들」에서 시작하여 「무너앉는 소리」를 거쳐 「마지막 향연」에 이른 일련의 이야기의 끝이기도 하다. 이 끝에서는 선명한 대비로 시작된다. 먼저 향연을 끝내고 아침까지 잠들어 있는 집안 사람들. 그들이 잠들어 있는 것은 죽은 것과 마찬가지이다. 그들은 어제부로 죽은 것이다. 그런데 반면 인부들은 시뻘겋고 건장하게 생겼다. 그들에게는 건강함이 있고, 밝음이 있고, 그리고 '익살'이 있다. 이 익살의 존재는 대단히 중요하다. 왜냐하면 이 소설 속에서 집안에 있는 인물들은 모두 웃음을 잃어버린 존재이기 때문이다. 웃음을 웃는 사람은 '식모'밖에 없다. 그러나 식모는 안의 사람이 아니라 밖의 존재이다. 이 죽어 있는 집에 이제 마지막으로 건장한 인부들이 시뻘겋게 그을린 얼굴로 웃으면서 식모와 말을 나눈다. 그들은 '쓰레기'를 치우러 왔다고 한다. 물론 이는 '익살'이다. 그러나 이 익살은 인부들에게는 익살일지 모르나 소설을 읽는 독자에게는 섬뜩한 말이다. 왜냐하면 이제 어제의 향연의 여파로 아직 자고 있는 사람들은 모두 '쓰레기'이기 때문이다. 그들이 이 세상에서 할 역할은 모두 끝났다. 하나의 가족이 더 이상 아닌 것이다. 그렇기 때문에 그들은 이제 인부들에 의해 치워질지 모른

---

41) 『무너앉는 소리』, 53쪽.

다. 그들이 치워지건 그렇지 않건 그들이 쓰레기로 규정되는 것은 마찬가지이지만 말이다. 이는 사실 이제까지의 모든 행위, 모든 갈등이 사실은 아무런 의미도 없다고 선언하는 것이다.

이러한 선언이 도대체 무엇을 의미하는가는 이 소설의 내부로부터는 해석될 수 없다. 그것을 노동의 건강함이라든가, 아니면 지식인의 허위의식에 대한 비판이라든가, 더 나아가 건강한 '민중'으로부터의 비판이라고 말하는 것은 지나친 해석일 것이다. 이제까지의 지나치게 어둡고 음습한 닫힌 공간, 그리고 저녁 이후의 어두운 공간과 대립되는 지나치게 밝고 '건강한' 공간의 의미를 따져보는 것은 작품론의 한계를 넘어선다. 왜냐하면 그것은 작가론의 영역이기 때문이다. 다만 덧붙일 수 있다면, 이 소설 속에서 이 지나치게 밝고, 건강한 공간이란, 소설 전반을 지배하던 어둡고 음습하고 불건강한 공간만큼은 현실성을 갖고 있지 않다는 정도일 것이다. 이 집안을 지배하던 어둠과 음습함과 불건강성과 그리고 몰락의 느낌이라는 것은, 적어도 1960년대 초의 우리 역사의 한 풍경일 수 있지만, 그에 비해 식모와 이삿짐 일꾼들의 건강함이란 결코 실체를 갖고 있는 것이 아니기 때문이다. 그들은 이 소설 속에서 바깥의 존재가 아니다. 이 소설 속에서 밖이란 바람이 불고 또한 소용돌이치는 공간이기 때문이다. 이들이 밖의 존재이기에는 이들은 그 소용돌이의 냄새를 풍기고 있지 않다. 그렇기 때문에 이들은 소설 속에서 안도 아니고 바깥도 아니고 그렇다고 경계에 있지도 않은 그러한 존재이고, 그만큼 관념적인 존재이다. 이 관념적인 존재의 실체를 어떻게 확인하고 그려내는가는 이호철에게 부과된 아니 우리 문학사에 부과된 과제일지도 모른다. 그 한 실험이었던 80년대의 문학이 실패한 지점에서는 더욱 그러하다. 80년대의 문학 속에서도 여전히 그들은 관념이었기 때문이다. **세미**

비대한 풍속, 왜소한 이념
― 이호철의 『소시민』론

구 모 룡

먼저 표제에 의문이 간다. 한국전쟁 당시 피난지 부산의 삶을 서술하면서 하필 소설의 표제를 '소시민'이라 했을까. 소설의 표제가 텍스트 해석에 있어서 작가가 부여하는 메타의미를 드러내는 것이라면 텍스트 해석에서 이에 대한 검토를 빠뜨릴 수 없다. 물론 표제를 먼저 검토함에 따르는 부작용도 없지는 않다. 이것이 텍스트의 세목을 접하기 이전에 하나의 선입견을 만들기 때문이다. 그럼에도 이것을 먼저 살피는 것은 이를 통해 작가가 지닌 서술의 입장을 알기 위함이다. 작가는 피난지의 삶을 소시민적 삶이라 규정함으로써 은연중 그 삶과 거리를 만듦과 동시에 그것을 극복해야 한다는 입장을 나타내고 있다. 그렇다면 작가가 규정하고 있는 소시민이란 누구이고 어떠한 삶을 선택하는가?

(1)이렇게 지껄이는 김씨의 표정은 역시 그 어느 과거의 관록, 조직 노동자다운 투쟁 관록 같은 것을 보여주고 있었다.
　그러나 그도 지난날 그를 떠받들어 주고 있던 모든 발판이 와해된 속에서 이렇게 일개 소시민으로 떨어져 있는 것이었다.(76)

한국해양대학교 동아시아학과 교수, 저서로『구체적 삶과 형성기의 문학』등이 있음.

(2)나는 그의 조상이 김해 구석에서 한 마지기 한 마지기 땅뙈기를 장만해 가며 소지주의 지체를 확립해 갔듯이, 그도 이 부산 바닥의 완월동 집에서 일단 잡은 사소한 자기 지체의 소시민적 터전을 악착같이 확대하려 드는 셈이라고 생각하였다.(88)

(3)"정씨도 이젠 아주아주 소시민이 되어 버렸군요. 가장 경멸하고 얕보던 그 소시민이. 하긴 소시민이란 쓰레기 같은 갖은 잡동사니를, 좋고 나쁜 인간성이란 인간성은 죄다 가지고 있는 것이겠지만."
정씨는 문득 정신을 차리려는 얼굴이 되다가, 도로 또 히죽이 웃었다.
"그렇지 않으면 별수 있는가?"
"하긴 그렇기도 하겠군. 소시민이란 살기 편할 때는 소시민이지만, 불편할 때는 엄살꾸러기가 되고, 이판사판인 마당에선 미친 깡패가 되거든. 위에 붙거나 아래에 붙거나 그렇게 붙어서 돌아가게 마련이지. 이를테면 골목 깡패가 되어서 위쪽을 보호해주거나, 비굴하게 눈치나 살피며 아래쪽에 추파를 던지거나.(……)"(300)[2]

이러한 인용에 의하면 소시민은 대략 다음처럼 정의된다: (1)지녀왔던 세계관을 포기하고 상황의 변화를 따라간다. (2)자기 터전에 집착한다. (3)현실 세력의 변화에 민감하다. 우선 이러한 정의만 보더라도 소시민의 개념이 부정적으로 쓰이고 있음을 알 수 있다. 작가는 이러한 소시민 개념을 서술자나 등장 인물의 서술을 통하여 처음부터 끝까지 견지한다. 이 점에서 이 소설의 서술은 미리 가정된 전제에서 출발하여 그 전제를 확인하는 과정이라 할 수 있다.

전제된 가정에 바탕을 두고 있기 때문에 시점은 대체로 내려다보는 위치에 있다. 화자 '나'가 자전적이라는 정보를 갖지 않더라도 발화의 시점과 태도에 있어서 작가의 위치에 있음을 알기 어렵지 않다. 다시 말해서 '나'는 이 소설의 다른 인물들을 관찰하고 지켜보는 자이다. 전반적으로 '나'의 이야기로 서술되고 있으나 이것이 이 소설의 주된 줄기는 아니다. '나'의

---

2) 이 글의 대본은 이호철, 『소시민·살(煞)』(문학사상사, 1993)이다. 괄호 속의 숫자는 이 책의 쪽수를 의미하고 이는 앞으로도 같다.

◀ 『소시민/살』

이야기조차 연쇄적인 삽화로 처리되고 있기 때문이다. 결국 작가가 이 소설에서 이야기하고자 한 것이 '나'의 이야기는 아니라는 것이다.

전기적 정보에 의해 이 소설이 자전적 서술 형태라는 것은 잘 알려져 있다. 그러나 작가가 소설에서 '나'의 인물 형상화에 중점을 두고 있지 않고 '나'를 매개자로 삼고 있다는 점에 유념한다면 자전적 요소가 있음에도 '자전소설'이라 할 수는 없을 것이다. 자전소설이라고 할 경우 '나'에 초점이 놓이고 다른 인물들은 배경이 될 뿐만 아니라 '나'의 변화에 서술의 무게가 놓이기 때문이다. 따라서 이 소설은 작가의 세계관에 비친 소시민들의 삶을 거리를 두고 서술하였다고 할 수 있다. 아울러 소시민을 부정적으로 바라보았다는 점에서 자전적인 '나'를 그들로부터 분리시키려는 자아심리학이 개입하였다고 할 수 있다.

그렇다면 이러한 자아심리학은 어디로부터 연원하는가. 이는 말할 것도 없이 먼저 피난민이라는 특수한 정황에서 유래하는 것이라 할 수 있다. 피난민 의식에 내재한 이중적 질곡은 삶의 뿌리가 뽑혔다는 것과 새로운 상황에 적응해야만 한다는 것이다, 이러한 피난민의 눈에 비친 피난지의 삶이 일정한 거리를 전제한 가운데 그려질 수밖에 없는 것은 당연하다. 더군다나 회상의 관점에서 그것이 생애에서 가장 불행했던 한 시기라 한다면 거리는 더 커지게 마련이다. 작가의 피난민 경험이 이와 흡사한 것이라 보는데, 이러한 경험은 이 소설에서 한 시대를 그리되 그로부터 탈출하는 서술 전략에 의해 대상화된다. 결말ending 처리에서 15년을 훌쩍 뛰어넘어 과거와의 연속성과 불연속성을 말하는 데 이르러서도 '나'의 변화나 심경은 그리 중요한 것이 되지 못하며 '그들'의 삶이 주된 대상이 된다. 어떻게 보면 '나'는 처음부터 소시민의 자리에 있지 않았다고 말하고 있는 것이다. 피치 못할 사정으로 소시민 속으로 피난하였을 뿐이라는 말이다. 그렇다면 소시민과 다른 '나'의 삶은 어떠한가. 아니면 '소시민'을 극복한 삶은 어떠한가. 이에 대한 답은 이 소설에 없다. 또한 이러한 답을 소설이 해야할 의무도 없는 것이다.

> 지나간 나날들을 그들 나름으로 저렇게 단순 직절하게 이야기하기는 쉬울 것이다. 이야기란, 말이란 그런 것이다.(327)

이러한 서술의 경계(警戒)에도 불구하고 작가 스스로 소시민 규정에 따른 서술 태도의 획일성을 보이고 있는 것은 사실이다. 물론 이러한 지적은 관점이나 태도의 문제이지 서술의 세목 문제는 아니다. 이 소설의 강점은 단연 서술의 세목에 있다. 많은 경우 삽화적으로 처리되고 있는 약점에도 불구하고 이 소설은 한국전쟁 당시 피난지의 삶을 그려낸 소설을 대표한다. 피난지의 풍속을 수묵화 기법으로 그려내었다고 할 수 있다. 피점령지에 모여든 사람들이 보이는 삶의 여러 양상들이 풍속화로 그려진 것이다.

여기서 이 소설에서 가장 문제가 되는 테마에 접하게 되는데 그것은 풍속의 비대화와 이념의 왜소화라는 현상이다. 피점령지적 삶에서 이러한 현상은 당연하다고 보아야 할 것이다. 당연하게 이념은 금기시될 수밖에 없을 것이기 때문이다. 이는 작품 속에서 '정씨'와 '김씨'의 삶을 통해 증거하고 있는 바이기도 하다. 그런데 문제의 핵심은 이처럼 당연한 현상을 서술하는 작가의 태도에서 찾아진다. 작가는 서술자를 통하여 풍속의 비대화 현상을 시시콜콜하게 그려내는 한편 이러한 풍속에 의한 이념의 죽음이라는 문제를 안타깝게 바라본다. 따라서 풍속과 이념의 대결은 좀체 진지한 국면을 갖지 못하고 풍속의 일방적인 승리로 귀착된다.

그렇다면 작가의 입장은 풍속의 편에 있는가, 이념의 편에 있는가. 그 어느 편에 있지도 않다는 것이 우선 답이 될 것이다. 작가가 풍속의 비대화와 이념의 소멸이라는 현상 자체에 주목하고 있기 때문이다. 다시 말해서 이 소설이 비대해지는 풍속에 대결하는 이념의 비극적 귀결을 그려내고 있는 것은 아니다. 그리고 이러한 현상을 소설이 씌어진 시점(1964년)에서 이념으로 풍속을 비판하기에 여건이 충분히 성숙하지 않았다는 점을 들어 설명할 수도 있을 것이다. 그렇기 때문에 작가는 이념으로 풍속을 비판하기보다 소시민이라는 하나의 틀 속에 풍속을 가두어버린다.

이 소설이 보이는 풍속화에서 우리가 깊이 관심을 가지고 읽어야 할 또 다른 테마가 있다면 그것은 한국 사회에 대한 천민 자본주의의 본격적인 상륙이다. 한국전쟁을 한국자본주의 발달과 관련하여 설명하는 여러 시각이 있을 수 있는데 그 가운데 전쟁을 통하여 기존의 가치 기반이 붕괴됨으로써 새로운 가치가 뿌리내리기 쉬웠다는 논리가 있다. 그럴듯한 이야기이나 뿌리 없는 곳에 내려질 새로운 뿌리가 얼마나 튼튼할 것인가에 관한 질문을 덧붙여야만 보다 타당한 논리가 될 것이다. 이를 제외한다면 한국전쟁이 한국자본주의를 위한 복음이었다는 이해되지 않을 궤변으로 이어질 가능성도 없지 않기 때문이다. 이것은 일본의 침략이 조선에서 봉건제의 와해를 불러오고 역사를 발전시켰다는 희한한 논리를 연상하게 한다. 여하튼 한국전쟁이 한국 사회에 자본주의를 보다 쉽게 뿌리내리게 한 것은 사실이나, 이 보다 더한 문제는 그 자본주의가 천민성을 띠게 만들었다는 것이다.

그런데 이러한 천민 자본주의가 가장 먼저 상륙한 곳이 임시 수도 부산이다. 이호철의 『소시민』은 피난지 풍속을 통하여 천민 자본주의의 시발을 그려낸다.3) 이 소설을 통하여 우리는 돈이면 무엇이든 할 수 있다는 천민 자본주의의 논리가 팽배해져 가는 현상을 목격할 수 있다. 물론 이를 피난지 삶이라는 특수한 국면과 연결시켜 한시적인 현상이라고 말할 수도 있을 것이다. 그러나 적어도 작가는 천민 자본주의의 상륙을 맥아더의 인천 상륙보다 훨씬 역사적으로 의의 있는 사건으로 인식하고 있는 것 같다. 결말에서 15년이 지난 뒤의 삶도 그리 달라진 것이 없음을 말하고 있는 대목에 이르러 임시수도 부산을 통해 상륙한 천민 자본주의가 수도 서울까지 완전히 점령했음을 알게 한다. 여기서 우리는 하나의 비약을 가정할 수 있는 바, 한국민 전체가 피난민 의식에 사로잡혀 있는 것은 아닌가라는 것이다.

이호철의 『소시민』은 뜻하지 않게 중심이 된 주변부의 삶을 풍속화로 그려낸 작품이다. 한국전쟁 당시 피난지 부산은 임시수도라는 규정이 시사하듯 중심부 역할을 떠맡았다. 피점령 도시였기에 수많은 사람들이 몰려들어 일거에 난장(亂場)이 된 지역이다. 이를 두고 주변부의 한시적인 중심부로의 격상 현상이라고 할 수 있을 것인데 이호철의 『소시민』이 이를 잘 포착하고 있다. 이 점에 이 소설의 의의가 있다. 그러나 이 소설이 그 시대의 본질에 육박하고 있다는 것은 아니다. 이것은 주로 피난민이라는 작가의 자전적 경험이 간섭한 바로, 당시의 시대상황에 분명한 세계관으로 접근할 수 없었다는 한계이다. 회고 서술인 탓도 있겠으나 당시의 삶을 소시민이라는 틀 속에 가두어 바라 본 것도 당대의 전체성를 설명하는 데 미흡하다. 전반적으로 회색빛 삶이 지배하고 있어 바람직한 가치의 정향성을 찾기 힘들다. 그렇지만 세목들로부터 천민성 자본주의의 운동 모습을 발견할 수 있어 본질적인 문제를 유추할 수 있다.[4]

> 모든 상황은 그 상황 자체의 논리를 좇아 뻗어 가는 것이고, 일단 그 상황 속에 잠긴 사람들은 어쩔 수 없이 그 상황의 논리에 휘어들게 마련일 것이다. 이른바 상황의 메카니즘이라는 것이다. 그 상황의 메카니즘이

---

3) 나는 이 점이 이 소설의 가장 큰 성과라고 생각한다.
4) 이러한 내용은 정호웅 교수가 지적한 '희망적인 비관주의'와도 연결된다.
정호웅, 『한국현대소설사론』(새미, 1996), p. 154.

급한 소용돌이를 이루면 이룰수록 그 속에서 사람들이 변모해 가는 과정
도 속도를 지니게 된다.

　요컨대 그 상황의 메카니즘이 창조적인 것이냐, 해체되는 것이냐에 따
라서, 새로운 인격의 유형이 빚어지기도 하고 전면적인 인격의 해체가 야
기되기도 한다. 인격의 해체가 가장 빈번하게 일어나는 곳도 바로 그 사
회 구조의 해체된 부분에서부터 비롯된다. 구조의 해체가 폭발성을 지닐
수록 그 속에서의 인격의 해체도 폭발성을 지닐 것은 당연하다.(216)

　인용은 서술자의 목소리를 빌어 작가가 말하고 있는 것이라 할 수 있는
데 바로 천민 자본주의가 뿌리내리는 과정을 시사하고 있다 할 것이다.
『소시민』은 작가가 전쟁과 자본주의의 상륙으로 빠르게 해체되는 한국 사
회를 피난지 부산에서의 삶을 통하여 그려낸 작품이다. 해체 이후의 문제
에 대한 논급이 생략되었지만 이 작품이 한국현대소설사에서 빠트릴 수 없
는 것임에 틀림이 없다. 그런데 이 소설이 지닌 한계는 작가의 한계이기보
다 육체를 지닌 인간의 한계에 다를 바 없는 것이므로 고통의 시대를 살아
보지 않은 이로써 쉽게 논박할 성질의 것은 아니라고 할 수도 있다. 이 점
에서 이 소설이 고통 속에서 쓴 일기에 바탕을 둔 점을 감안하여[5], 고통으
로부터 놓여나고자 하는 작가 개인의 값진 정신분석의 산물이라고도 할 수
있을 것이다. 새미

---

[5] 1951년초 몇 달 동안 피난 도시 부산의 초장동 제면소에서 일했던 경험을
토대로 삼아 써낸 작품이다. 다행히 13년의 간격을 두고도, 국민학생용 산
술 공책에다 연필 꽁다리로 틈틈이 끄적거렸던 일기 부스러기가 남아 있어
서, 당시의 제면소 분위기며 동료 직공들의 윤곽이며, 뿐만 아니라 삽화 같
은 것도 많은 도움이 되었다. 이호철, 「작가의 말」, 앞의 책, p.25.

한 원칙주의자의 좌절과 선택
― 이호철의 『심천도(深淺圖)』론

강 진 호

1. 파란 많은 삶의 여정

이호철은 작품과 생활의 양면에서 분단 현실을 온몸으로 감당해 온 작가이다. 가족과 고향을 북에 남겨 두고 월남 길에 올랐던 역사적 비극의 당사자로서, 나아가 분단의 질곡을 홀몸으로 견디어 온 산 증인으로서 그의 인생 행로란 현대사의 굴곡만큼이나 파란 많은 것이었다. 소설이 작가 자신의 체험에 바탕을 둔 존재론적 탐구의 양식이라면, '분단'이란 그의 전 생애를 지배하는 화두와도 같은 셈이다.

등단작 「탈향(脫鄕)」(55년) 이래 분단된 현실과 소시민적 일상에 대한 비판을 계속해 온 이 작가는 장편 『소시민』[1]에서는 정씨와 그 아들을 통해서 시정의 속된 흐름에 맞서는 올곧은 신념을 피력한 바 있고, 최근의 『남녘사람 북녁사람』(96년)[2]에서는 그 동안 가슴속에 묻어 두었던 인민군 복무 경험을 바탕으로 분단과 이념의 문제를 비판적으로 조망하기도 하였다. 이 긴 창작의 여정 속에서 작가는 유신정권의 폭압에 저항하여 민주수호국민

본지 편집위원, 성신여대 국문과 교수, 저서로 『한국근대문학 작가연구』 등이 있음.

1) 이호철, 『소시민 / 심천도』, 청계연구소 출판국, 1991. 이하『심천도』에 대한 분석은 이 책을 텍스트로 하며, 인용 면수 역시 이 책에 의거한다.

2) 이호철, 『남녘사람 북녁사람』, 프리미엄북스, 1996.

위원회 운영위원, 자유실천문인협의회 대표를 맡는 등 비판적 활동을 멈추지 않았으며, 1974년에는 소위 '문인 간첩단 사건'[3]에 연루되어 독재정권에 희생되는 비운을 겪기도 하였다. 이호철은 이렇듯 창작과 사회활동 양면에 걸쳐서 비판적 문인이자 지식인으로서의 면모를 시종일관 견지해 온, 말하자면 삶과 창작을 아우르는 곧은 양심과 신념의 소유자였다.

창작과 실제 삶이 일치하는 이런 행동이 가능했던 것은 작가의 고백대로 '둔감과 교지'라는 생래적인 기질이 중요하게 작용했던 것으로 보인다. '자서전적 연보'에 의하면 이호철이 자신의 이런 기질을 확인한 것은 초등학교 2학년 때였다고 한다. 홍수 직후 마을 앞 강에서 동갑내기 6촌과 멱을 감다가 급류에 휘말려 들어간 적이 있다. 그때 이호철은 물 속에서 힘껏 몸을 뒤채어 목을 내밀어 숨을 쉬고는 다시 깊은 물 속으로 들어가는 짓을 되풀이하여 혼자 힘으로 뭍으로 나왔는데 콧구멍에만 물이 조금 들어갔을 뿐 아무 탈이 없었다고 한다. 이 조그마한 일화를 회상하면서 이호철은 그 뒤 어떤 난국도 뒤에 겪고 나서 생각하면 늘 이런 식으로 감당해왔다고 말하며, 그런 자신을 "천성적인 둔감과 교지가 묘하게 배합된 성격"[4]으로 설명한다. 이 일화에 비추자면 이호철이 남한 사회라는 급류 속을 거슬러 오면서 갖은 곡절을 넘길 수 있었던 것은 얕은꾀를 쓰지 않고 그 속에 뛰어들어 우직하게 감당해 온 특유의 성격 때문으로 이해할 수 있다. 하지만 보다 중요한 요인은 세상을 읽는 해박한 지식과 삶에 대한 깊은 통찰력이었던 것으로 보인다. 「자서전적 연보」나 「촌단(寸斷) 당한 삶의 현장」[5]에서 드러나듯이, 청소년기에 그는 김소월, 임화, 나츠메 소오세키를 비롯한 톨스토이, 고리끼 등을 광범위하게 읽었는데, 특히 고리끼를 위시한 19세기 러시아 민중문학에 깊이 매료되었다고 한다. 또 공산치하에서 북한의 토지

3) 여기에 대한 자세한 설명은 임헌영·채호석 대담, 「유신체제와 민족문학」(『작가연구』7,8 합호, 새미, 1999) 참조.
4) 이호철, 「자서전적 연보」, 『이호철 전집 1』, 청계연구소 출판국, 1988, 415면.
5) 이호철, 「촌단당한 삶의 현장」, 『이호철 문학앨범』, 웅진출판, 1993.

개혁과정과 지방의 당조직 결성 과정을 목격하면서 이데올로기와 사람살이의 참뜻을 깊게 자각했던 것으로 보인다. 그래서 피난지 부산에 도착하기 전에 이미 그는 세계관이나 역사관이 웬만큼 틀이 잡혀 있었고,[6] 임헌영의 회고대로 전후 작가 중에서 누구보다도 해박한 사회과학적 지식을 갖고 있었던 것이다.[7] 이 사회과학적 지식과 신념을 바탕으로 그는 작품과 생활에서 비판적이고 실천적인 면모를 견지해 왔던 것이고, 실제로 『소시민』이나 시사 칼럼집 『희망의 거처』[8]에는 현실에 대한 사화과학도 못지 않은 깊은 안목이 투사되어 있음을 확인할 수 있다.

『심천도(深淺圖)』(1967)가 문제적인 것은 이런 작가의 정신적 특질(혹은 신념)이 거의 원형질의 상태로 드러난다는 데 있다. 우직한 원칙주의자를 주인공으로 내세우고 있는 점, 근대화의 추진 세력이라 할 수 있는 공무원 사회를 다루었다는 점, 하지만 안일주의와 적당주의가 만연하는 공무원 사회를 철저하게 비판하는 신념을 고수한다는 점에서 이 작품은 『소시민』의 문제의식을 잇고 있다. 전후 사회의 재편과정에서 사회 전반에 만연된 타락과 무질서를 비판하면서, 한때 적색운동에도 관여했고 지금도 여전히 신념을 지키고 있는 『소시민』의 '정씨'와 4·19가 일어나자 학생 데모에 적극 가담하여 정의를 외치는 '그의 아들'을 통해서 비판적 정신을 견지했던 작가는 『심천도』의 이원영 주사를 통해서 그 신념을 한층 구체화한다. 작가 자신의 실제 체험을 소재로 삼았던 『소시민』과는 달리 공무원 사회라는, 당시로는 금단의 영역과도 같은 곳을 의도적으로 선택했다는 것은 그만큼 작가의 문제의식이 날카롭게 벼려져 있음을 말해준다. 작품에서 언급되듯이, 공무원 사회란 혁명의 회오리가 지나간 직후인 1965, 6년의 시점에서도 전혀 그 영향을 받지 않은 마치 혁명의 무풍지대와도 같은 곳이다. 안일주의, 보신주의, 현실 추종주의, 기회주의 등이 판을 치는 공무원 사회란, 이

---

6) 이호철, 「나의 문학생활 30년」, 『마침내 통일절은 온다』, 서문당, 1988, 290면.
7) 앞의 임헌영·채호석 대담, 216면.
8) 이호철, 『희망의 거처』, 미래사, 1994.

승만 정권 하의, 마치 『소시민』에서 그려진 바 있는 협잡과 사기, 정경유착이 판을 치는 소위 '구악'에다, 영악한 출세주의, 기회주의라는 '신악'이 들끓는 아수라장이나 다름없다. 더구나 그 집단은 박정희 정권이 들어서면서 본격화된 근대화 정책을 이끄는 중심세력이라는 점에서, 근대화 정책의 의의를 인정하고 있었던[9] 작가의 입장에서는 한층 비판적일 수밖에 없었던 것으로 보인다. 『심천도』는 이 속된 흐름에 맞서 살아온 작가 이호철의 신념과 의지를 가식 없이 내보인 작품이다.

이 글은 이런 견지에서 『심천도』의 문제성을 작중의 인물의 성격과 갈등의 해결과정을 통해서 분석하고, 그것이 궁극적으로 이호철 문학 전반과 어떠한 관련을 갖는가를 살펴보고자 한다.

2. 4 · 19 정신과 공복사회의 안일주의

『심천도』는 요설적인 문장과 관념적인 진술로 인해 수월하게 읽히는 소설은 아니다. 특히 주인공의 사변적 언술과 내면적 진술을 통해서 작가의 의도가 구현되는 까닭에, 공무원 사회에 대한 비판적 의도에도 불구하고 사실은 작가의 신념을 고백한 심경소설(心境小說)로 읽히기도 한다. 게다가 다양한 사건을 통해서 공무원 사회의 실상을 제시한 것이 아니라 주인공 이원영의 관념을 통해서 공무원 집단에 대한 비판을 시도한 까닭에 장편소설다운 긴박감이라든가 서사적 감동 역시 상대적으로 약하다. 이런 점에서 이 작품은, 장편임에도 불구하고 별다른 사건 없이 특정 공간에 모여 사는

---

9) 이호철, 「근대화 작업과 지식인」. 『마침내 통일절은 온다』, 서문당, 1988.
　이 글에서 이호철은 "1966년을 정부 당국이 말하는 대로 1차 5개년 계획의 성공적인 완수와 수출의 증대, 새로운 경제적 터전의 마련이라는 점에서 획기적인 시기라고 보는 견해에 굳이 의심을 두고 싶지도 않고, 그의 낙관론만은 버리지 않고 있다."고 말하면서도, 만약 그 과정에서 "사회 정의나 사회 도덕이 내적(으로) 수반"되지 않는다면 "화려한 겉치레의 뒤안 속에서 무서운 병폐"가 옮아갈 지도 모른다고 우려한다.

◀ 『소시민/심천도』

사람들의 자질구레한 일상을 묘사하고 서술한 『소시민』과 기법적으로 유사하다. 그런데, 이원영의 행동이 매우 희화적(戲畵的)으로 드러난다는 점에서 대상을 객관화하려는 작가의 의도가 한층 두드러지는 것을 볼 수 있다. 이를테면, 주인공 이원영의 언행은 상식적이기보다는 과장되고 무모하기까지 한 모습으로 그려지는데, 여기에는 대상을 거리를 두고 조망하려는 작가의 의도가 깊숙하게 개입되어 있음을 알 수 있다.

말단 공무원인 이 주사는 상사인 김 사무관이나 구 사무관, 심지어 과장이나 국장에게까지 가혹할 정도의 비판적 언사를 서슴지 않으며, 상경한 아버지를 마치 농촌의 '신악(新惡)'을 대변하는 존재로 몰아 세우는 등 무모하고 분별없는, 마치 동키호테와도 같은 모습을 보여준다. 특히, 과장에 대한 이 주사의 태도는 상식과도 거리가 먼 것으로 보인다. 즉, 문제의 발단이 된 공팔 예산의 처리 과정에서 이주사의 반발이 워낙 완강하니까 과장은 매사가 귀찮다는 식으로 남은 예산을 국가에 귀속시킬 것을 명령한다. 그런데 이 주사는 그런 태도가 바로 과장이라는 직권을 이용하여 과원들을 우중(愚衆)으로 취급하는 태도라고 역공을 취한다. 조국 근대화의 기치가 높이 오른 현시점에서는 도저히 묵과할 수 없는 '구악(舊惡)'이고 마땅히

74 특집

사표를 내야한다는 것. 게다가 이 주사는 상관인 김 사무관의 비열한 행동을 지적한 뒤, 휘파람까지 불면서 "자기야말로 우리 국가가 요구하는 사람일 것이고 근대화 추진의 첨병"(282면)이라고까지 생각하는 과대망상의 모습까지 보여준다. 이렇듯 이 주사는 과장되고 회화적인 모습으로 그려지는데 여기에는 작가 나름의 의도가 깊게 개입된 것으로 볼 수 있다. 이를테면, 정상이 비정상으로 몰리고, 원칙을 지키는 것이 현실에서 조롱되고, 원칙에 투철한 인물이 희극 배우처럼 조롱받는 현실이란 그 자체가 한 편의 소극(笑劇)이나 다름없는 것이고, 그렇기에 이주사의 희화적 행동이란 정상적인 가치가 조롱되고 부정되는 이 속악한 현실에 대한 일종의 역설이자 야유인 것이다. 더구나 작품이 발표된 1967년은 군사정권의 퍼런 서슬이 사회 전반의 분위기를 경색시켜 놓았던 때라는 것을 감안하자면, 인물의 회화적 행위란 엄숙한 분위기에 지배된 현실을 여유와 거리감을 갖고 바라보려는 의도를 표현한 것으로 이해할 수 있다. 사실 희극이란 엄숙함이나 비장함 대신에 여유와 희극적 낙관성을 견지하고 대상을 바라볼 때 발생하는 미적 특질이다.10) 그런 까닭에 이원영의 희화적 행동에는 현실을 대상화하고 그것을 통해서 올바르고 정상적인 가치를 소망하는 작가의 의도가 강하게 투사되어 있다. 조국 근대화까지 들먹이면서 문제를 확대하고 비약시키는 이 주사의 태도란 사실 문제의 본질을 근원적으로 분석하고 실마리를 찾자는 작가의 의도인 것이지 구체적인 실감에 바탕을 둔 인물의 자연스러운 모습은 아닌 것이다.11)

작가는 이 회화적인 인물의 행동을 통해서 공무원 사회의 실상에 접근하는데, 그 발단이 되는 사건이 곧 예산의 처리문제이다. 내용은 사실 간단하

---

10) 희극의 원리와 특성에 대해서는 A. 베르그송의 『웃음』(정연복 역, 세계사, 1992) 참조.
11) 이런 사실은 이호철의 여러 작품에서 두루 발견되는 것으로 중요하게 천착해야 할 주제로 생각된다. 5·16 직후 교원노조 문제로 교단에 몰아닥친 검거선풍을 소재로 한 「부시장 부임지로 안가다」나 포로로 잡힌 불안한 상황임에도 불구하고 바보와도 같은 천진성으로 그런 현실을 감당해내는 인물을 다룬 「나상」 등이 그 대표적인 경우이다.

다. 즉, 경제기획원으로부터 배당 받은 예산을 어떻게 처분할 것인가의 문제를 놓고 한 과(科)에서 벌어지는 갈등과 대립이 작품의 중심 내용이다. 사용처가 없기 때문에 국가에 귀속시켜야 하는 게 원칙이나 그 동안의 관례는 그렇지 않았다는 데서 문제가 발생하고, 또 과원 대부분이 그 돈을 나눠 갖기를 원한다는 데 있다. 이 과정에서 갈등이 야기되는 것은 작중의 주인공이자 예산 집행 담당관인 이원영 주사가 그 예산을 국가에 귀속시켜야 한다는 원칙론적인 입장을 고수한다는 데 있다. 반면에 안이하고 순응적인 민 과장은 부하인 김 사무관이나 구 사무관을 앞세우고, 심지어 상급자인 국장까지 동원하여 이원형 주사를 설득하고 협박하지만 이원영 주사는 끝내 자신의 결심을 돌리지 않는다. 하지만 과의 분위기는 이 주사의 생각과는 달리 냉담할 뿐이다. 오랜 공무원 생활에 길들여진 타성과 문제를 확대하지 말자는 적당주의, 무사안일주의 등이 점차 고개를 들면서 이 주사는 사표를 내거나 아니면 과장과 타협할 수밖에 없는 처지가 되고, 결국 사표를 내고 고향으로 낙향하는 것으로 작품은 마무리된다.

이런 내용을 통해서 작가는 자신의 의도를 구체화하는데, 이 과정에서 이원영 주사가 문제적으로 다가오는 것은 4·19의 정신을 계승한 인물로 그려진다는 데 있다. 이원영 주사는 4·19 무렵에 대학을 졸업한 이른바 4·19 세대로, 4·19 때는 자유당 정권을 무너뜨리기 위한 데모에도 가담한 경력이 있고, 현재는 5급 공무원 시험에 응시하여 합격한 뒤 공무원이 된 사람이다. 그는 자신의 생각을 항상 정정당당하게 주장하며 추호도 굽힘이 없는 철저한 원칙론을 견지하는, 마치 『소시민』의 '정씨의 아들'을 방불케 한다. 정씨의 아들은 4·19 데모의 주동자로 강한 비판정신을 갖고 있는 인물로, 이원영 주사는 그가 성장하여 공무원이 된 이후의 행적을 보여주는 듯하고, 그런 점에서 이 작품은 『소시민』의 속편(續編)으로도 읽힌다.[12] 또 이원영 주사는 상당히 개혁적인 인물이어서 말단 공무원임에도

---

12) 『소시민』에 대해서는 필자의 「이호철의 '소시민' 연구」(『민족문학사연구』 11호, 창작과 비평사, 1997) 참조.

불구하고 전 부처의 행정에 골고루 관심을 갖고 그것을 효율적으로 운용하기 위한 방안을 연구한 적도 있으며, 실제로 전 부처의 기구와 직제를 면밀하게 조사하여 자기대로 가장 경제적이고 효율적인 공무원 기구를 만들어서 상부에 올리기도 한다. 하지만 이런 행동이란 타율에 젖어 있는 공무원 사회에서는 웃음거리일 수밖에 없고, 그래서 주변으로부터 "융통성이 없다느니, 혁명은 저 혼자 도맡아 하려고 한다느니" 하는 등의 뒷공론을 듣는다. 그런데 그런 뒷공론에도 불구하고 이원영은 "공무원 각자가 자기 위치와 자기 임무를 항상 자각하고, 부정 불의와는 누가 뭐래도 싸울 수 있는 태세 속에서만 창의(創意)를 발휘할 수 있고, 능력도 발휘할 수 있을 것"(269면)이라는 신념을 굽히지 않는데, 이런 점에서 그는 직접적으로 언표되지는 않지만 사회 정의를 기치로 내건 4·19 정신을 계승한 인물임을 어렵지 않게 간파할 수 있다.

더구나 이 주사를 둘러싸고 있는 인물들은 시대적 격변에도 불구하고 하나 같이 구태를 벗지 못한 타성화된 삶을 사는 사람들이다. 일본에서 대학을 나와 자유당 정권 때 공무원 생활을 시작한 '민 과장'은 자유당 말기에 한 밑천 든든하게 장만해 둔 까닭에 공무에는 관심이 없고, 매사를 안일하게 처리하는 관료주의의 매너리즘에 빠져 있다. '김 사무관'은 유능하고 결백한 공무원이라고 자처하지만, 혼자서 잘난 체해 보아야 저 혼자 굶을 뿐이라는 생각에 사로잡혀 있다. 게다가 그는 적당히 요령껏 남의 눈에 과하지 않을 정도로만 일을 처리하는 책임 전가주의, 회피주의에 물든, 요컨대 자기만의 출세에 얽매인 소위 '신악'을 상징하는 인물이다. 월남한 인물인 '구 사무관' 역시 관료주의와 관리 티를 가장 혐오한다고 하면서도 누가 자기를 관리로서 대접해 주기만 하면 갑자기 관리 행세를 하고 싶어하는 모순된 성격의 소유자다. 따라서 이들에게서 공복(公僕)으로서의 사명감이나 개혁의 의지를 찾기란 힘들다. 이렇듯 이 주사를 둘러싸고 있는 인물들은 하나같이 부정적이고 비판의 대상이 되는 인물들이고, 그런 까닭에 이 작품은 60년대 중반 공무원들의 실상을 다양한 인간 군상들을 통해서 포착해

내는 중요한 성과 또한 얻는다.

그런데 이러한 비판은 이 작품이 발표된 시점이 박정희 정권의 근대화 정책이 본격적으로 추진되던 1967년이라는 사실을 감안하자면, 단순한 공무원 사회에 대한 비판이 아니라 근대화 정책 전반에 대한 비판적 의도를 내재하고 있음을 알 수 있다. 이런 사실은 작품 곳곳에서 언급되는 '근대화'와 관련된 진술에서 확인되거니와, 특히 사회 전반에 만연된 좌절의 체념의 분위기를 일신하고자 하는 이 주사의 의도를 통해서 한층 구체화된다. 주지하듯이, 60년대의 근대화는 생산량의 급증에 따른 물질적 풍요와 생활의 질적인 향상을 가져왔고, 또 절대빈곤에서 벗어날 수 있는 계기를 마련해 주었지만, 다른 한편에서는『소시민』에서 지적된 대로, 속물주의와 물신주의라는 부정적 현상 또한 만연시켰다. 이런 현상은 물론 자본주의가 뿌리내리고 발전하는 과정에서 야기되는 필연적인 현상이라고 볼 수도 있으나, 근본적으로는 4·19의 실패로 인한 좌절과 체념에 중요한 원인이 있었다. 백낙청의 지적대로, 60년대 문단이 보여준 참여문학에의 열의나 전통의 문제, 리얼리즘의 문제에 대한 새로운 관심, 또 낡은 권위주의에 대한 도전은 모두 4·19와 그것을 이룩한 젊은 지식층의 각성에서 나온 것이며, 또 3공화국의 중요한 업적으로 내세워지는 경제성장과 건설조차도 사실은 자유당정권의 무능과 무기력에 대한 4·19의 선고에 그 적극적인 시원(始原)을 둔 것이다. 하지만 4·19의 실패는 참여문학 논의에서부터 경제건설에 이르는 모든 적극적인 움직임에, 달리 설명 안 되는 불모성과 독소를 안겨다 주었는데,『심천도』에서 목격되는 공무원들의 안일주의와 타성은 이런 당대의 분위기와 무관한 게 아니고, 그런 점에서 4·19 정신을 체현한 이원영의 비판이란 근본적인 변화 없이 형식상으로 진행되는 근대화에 대한 신랄한 비판을 의미하는 것이다.

① 4·19를 겪고 5·16을 겪기는 하였지만, 관리들만은 용하게도 깊은 상처를 안 입고 그 소용돌이를 넘기었다. 더러 높은 줄에서 바람을 맞은 자도 없지는 않지만, 그런 축은 너무 지나치게 욕심을 부리고 지나치게

술수만 믿다가 그렇게 제 묘혈을 스스로 판 사람들이고, 정작 태반의 관리들이나 관청 기구 그 자체는 별반 정치 바람의 상처도 안 입었고, 따라서 관리들의 일반적 성격도 비교적 그대로 온존(溫存)되어 온 셈이다.

자유당 때도 그렁그렁, 민주당 때도 그렁그렁, 5·16 이후에도 그렁그렁 지내기는 뭐니뭐니 관리 생활이 괜찮다. 비록 겉으로는 장사하는 사람들을 부러워하고, 혹은 매어 있지 않은 자유인들을 부러워하기도 하지만, 그것은 반은 진담이고 반은 엄살이기도 하다.

확실히 요즈음은 여기저기의 감사도 까다롭고 예산 지출만 해도 예전에는 없던 기획실을 거치는 등 꽤 기상이 확립되어 가는 듯이도 보이지만, 그렇다고 관리들 자신은 그전의 버릇, 그전의 타성을 버렸다고는 할 수 없을 것이다.13)

② 물론 제가 사표를 던진다는 것은 전면적으로 모든 것을 부정한다는 뜻은 아닙니다. 도리어 저는 요 몇 년 동안 어느 점, 활력을, 다이내미즘을 느낍니다. 나 자신이 그 한 가운데에 있었으니까요. <u>경제적으로 근대화시키자는 노력은 가상한 것이고, 이미 어느 정도 효과도 나타나는 것 아닙니까.</u> 그 효과의 내실이 건전한 것인지 비건전한 것인지는 잘 모르겠지만, 좀더 두고 보아야겠지만, 그러나 사표를 내면서 한 가지 확신은 있습니다. (…) 도리어 이런 마당에서는 부정적인 영역에 몸으로 부딪치고 전면적으로 부딪쳐서 불꽃을 튀기며 부서지는 것이 나을 겝니다.(밑줄 인용자)14)

근대화의 의의를 인정하지만 그 성패는 내실의 건전성 여부에 달려 있고, 자신이 사표를 내는 행위는 그와는 상반된 방향으로 진행되는 현실을 '부정의 형태'로 드러내기 위한 하나의 방법이라는 게 이원영의 주장이다. 이렇게 보자면 이원영의 비판은 근대화 자체에 대한 부정이 아니라, 내실과 실질을 외면한 채 진행되는 외형 위주의 근대화 정책을 향한 것임을 알 수 있고, 이런 점에서 작가의 사려 깊은 시선을 새삼 엿볼 수 있다.

이원영이 주목되는 또 다른 이유는 이처럼 4·19의 실패로 야기된 혼란

---

13) 앞의 『소시민/심천도』, 243면.
14) 앞의 책, 391면.

과 무질서 속에서도 현실에 절망하지 않고 희망과 의지를 간직한 낙관적 인물로 제시된다는 데 있다. 그렇지만, 그 낙관성은 현실에 대한 단순한 기대나 소망이 아니라 깊은 통찰과 고뇌에 바탕을 둔 것이라는 점에서 결코 추상적이지 않다. 가령, 공팔 예산 처리 문제로 불거진 과내의 갈등을 되새기면서 이 주사는 공무원 사회의 심층 메카니즘이 무엇인가를 알게 된다. 과원들이 예산을 나눠 갖기를 원하는 것이나, 심지어 고위직에 있는 국장마저 예산 전용에 앞장서는 것은 그 문제가 단순히 개개인들의 자질에서 비롯된 때문만은 아니었다. 말하자면 공무원 각자가 공정하고 청렴결백한 생활을 할 수 있는 것은 무엇보다 자기대로의 생활의 근거가 있어야 하지만, 공무원들의 봉급은 현실적으로 그것을 충족시켜 주지 못한다. 그렇기 때문에 부정과 부패에 휩쓸려 들지 않을 수 없고, 적은 액수의 예산이라도 전용하려는 심리를 갖게 된 것이다. 이런 자각에서 이원영 주사는 과장에게 대항하는 자신의 행동이 수년간 누적된 타성의 벽을 깨뜨리기에는 역부족일 수밖에 없다는 것을 알게 되고, 결국 사표를 내고 마는 것이다.

하지만, '사표'가 주변의 우려처럼 스스로를 '소외'로 몰아가는 것이 아니라 새로운 출발을 뜻하는 것이라는 점에서 결코 무책임한 행동은 아니다. 앞의 지문 ②에서 암시되고 있듯이, 사표를 통해서 공무원 사회의 부정성과 맞서는 행위는 "어느 정권도 아직 메스를 가할 수 없었던 구제 불가능한 요소를 철저하게 부정적으로 체현해"내는, 말하자면 "부정적인 영역에 몸으로 부딪치고 전면적으로 부딪쳐서 불꽃을 튀기며 부서지는 것"(391면)이 나을 것이라는 생각에서 이루어진 것이다. 이 주사의 말대로, 부정적인 것이 지배적인 판국에서 긍정적인 것만 좇아서 가는 것도 안 좋고, 밝은 미래를 예견하면서 그 속에 섞여 있는 부정적인 요소에 눈을 감고 모든 사람이 상투적으로 우르르 좇아가는, 소위 밝은 면만 보려고 하는 것도 경계해야 한다. 대신에 부정적 현실에 맞서 그 부정성을 온몸으로 드러내는 것이야말로 지금의 시점에서는 필요하다. 이런 생각에서 이 주사는 과장과 타협하기를 끝내 거부한 것이다. 그렇기 때문에 이 주사의 행동은 우행(愚行)

이기보다는 문제의 본질을 인식한 뒤에 이루어지는 고뇌어린 결단이고, '귀농'은 이런 고민을 통해서 도달한 결론인 셈이다.

> 『농사나 짓지요. 농민들과 같이 살아 보는 것도 괜찮을 것 같아요 허지만 상록수식은 아닙니다. 차라리 그 속에 일단은 철저하게 묻혀 있을 수 있으면 해요. 그것이 내 소망이지요.』[15]

그런데, 이 귀향이란 농민 위에 군림하여 계몽적 구호나 남발하는 '상록수 식'은 아니라는 데서 단순한 도피를 의미하는 것이 아님을 알 수 있다. "상록수식은 아니"라고 말했던 것은 구조적인 문제가 근본을 제약하고 있음에도 불구하고, 원칙이 통용되는 삶에 대한 꿈을 접을 수 없다는, 곧 미래에 대한 믿음만은 버릴 수 없다는 낙관적 신념의 토로인 것이다. 물론 선택 이후의 삶이 얼마나 힘겨울 것인가는 능히 짐작되지만, 그리고 김 사무관의 말처럼 농촌에 내려간들 결국은 그 체제에 묻힐 수밖에 없을 지도 모르지만, 그럼에도 불구하고 이 주사는 우선 내려가서 겪어 보고 그 속에서 새로운 길을 찾겠다는 의지를 굽히지 않는다. 『남풍북풍』[16]에서 '집'과 '결혼'으로 상징된 월남민의 뿌리내리기가 실향민들의 지상과제라는 사실을 보여주었다면, 이 작품에서는 그보다 훨씬 본질적이고 중요한 게 양심과 신념, 곧 원칙을 지키는 것이라는 점, 이 원칙의 붕괴로 말미암아 안이한 처세주의와 부정이 횡행하게 되었고, 그로 인해 남한 사회는 타락과 부패의 냄새가 진동하게 되었다는 것이 작가의 생각인 셈이다. 이 주사는 이런 신념과 의지를 대변하는 시대의 방부제와도 같은 인물이다. 이호철 장편 전반을 관통하고 있는 이 신념과 의지는, 이후 작가의 실제 행적을 염두에 둘 때, 작가를 지탱하는 삶의 근원적 파토스가 되며, 그렇기에 이 작품은 이호철의 삶과 문학을 규율하는 작가의식의 정수(精髓)라 할 수 있을 것이다.

---

15) 앞의 책, 394면.
16) 이호철, 『남풍북풍』, 일신서적출판사, 1994.

3. 반공주의의 획일성과 사회적 금기

『심천도』에서 또 하나 주목할 수 있는 점은 당대 사회를 먹구름처럼 뒤덮고 있던 반공주의에 대한 비판이다. 종전 후 미국의 외교정책으로 채택된 매카시즘(반공주의)[17]은 중국과 소련을 비롯한 공산국가를 국제사회로부터 고립시켜 미국의 영향력을 전세계로 확대하려는 의도에서 채택된 정책이었다. 그런데 일체의 사상(事象)을 흑과 백, 선과 악, 천사와 악마, 자본주의와 공산주의 등으로 양분하여 세계를 파악하는 양가치적(兩價値的) 사고로 인해 엄청난 폐해를 낳았던 게 주지의 사실이다. 이승만 정권에 의해 전후 혼란된 민심을 수습하고 자유민주주의를 수호한다는 미명 아래 널리 유포된 바 있는 이 반공주의는 잠시나마 국민적 신임을 얻는 데 일조하는 듯 했으나, 사실은 강력한 전제정치의 도구로 전락하여 같은 민족을 적대시하고 이질화하는, 그리고 비판자를 탄압하는 빌미로 이용되는 나쁜 전례를 남겨 놓았다. 정부의 정책을 반대하거나 비판적인 입장을 취하면 가차없이 '빨갱이'로 몰아붙여 구속하는 일이 비일비재했던 사실을 익히 보아왔거니와, 월남자 이호철에게는 그런 현실이 더욱 매섭게 느껴졌던 것으로 보인다. 『남녘사람 북녘사람』에서 고백된 대로, 북에서 인민군으로 복무한 경험이 있는 작가의 입장에서 보자면 '빨갱이'라는 말은 바로 작가 자신을 지칭하는, 심리적 아킬레스건과도 같은 말이다. 주인공 이원영이 '빨갱이'라는 말에 민감하게 반응하면서 조심스런 태도를 보였던 것은 그런 작가 자신이 개인사가 숨어 있었기 때문이다.

작품에서 반공주의에 폐해는 두 가지의 사례를 통해서 제시된다. 하나는 이 주사가 아버지와 논쟁을 벌이는 대목에서이고, 다른 하나는 과장과 대립하는 과정이다. 이를 통해서 작가는 당대 사회의 전제적 분위기를 비판하고 동시에 월남자로서의 불편한 심기를 우회적으로 고백한다.

---

17) 반공주의에 대해서는 이영희의 『전환시대의 논리』(창작과 비평사, 1974) 중 「조건반사와 토끼」 「베트남 전쟁 1, 2」 참조.

이원영 주사가 아버지로부터 '빨갱이'라는 말을 듣게 된 것은 근대화와 건설의 의욕에 불타 있는 듯한 아버지의 심기를 자극한 데 있다. 아버지는 시골에서는 매우 엄격하고 보수적인 인물이지만 서울에 와서는 그와는 달리 구습에 얽매이지 말고 민주주의적으로 행동하라고 말하는 등 상반된 모습을 보여주는데, 이원영의 눈에는 이런 모습이 바로 '근대화 병'에 걸려 있는 농촌의 실상을 단적으로 상징하는 것으로 비쳐진다. 근대화의 실질이나 내용에는 전혀 관심이 없으면서도 입버릇처럼 근대화를 외치는 것은 '소지주 근성'이자 동시에 '농촌에 있는 소시민 근성'이라는 것. 이런 생각에서 이원영은 신문 스크랩까지 동원하여 근대화정책의 잘못을 조목조목 비판한다. 농촌 근대화란 단순한 구호에 그쳐서는 안되며, 또 농촌진흥청이나 지주의 입장이 아니라 농사를 짓는 농민의 입장에서 바라보아야 한다. 그리고 최근 몇 년 사이에 농촌의 생산 실적은 올랐으나 실질 소득은 줄어든 기이한 현상이 발생했는데, 이는 농촌이 구조적으로 문제가 있기 때문이며, 또 정부의 시책으로 기업농이나 협업농이 제시되고 있으나 그것은 사실 먼 장래에나 가능한 것이지 현실에서는 불가능하다는 점을 지적한다. 이런 비판으로 아버지는 궁지에 몰리게 되자, 그것을 만회하기 위해서 느닷없이 아들의 주장을 "빨갱이들 비슷하다"는 말로 몰아붙이는 어이없는 장면을 연출한다.

"가마안, 난 지금 곰곰이 생각하고 있었는데, 이제야 생각이 났다. 네 하는 소리나 지껄이는 투는 꼭 빨갱이들 비슷하다는 얘기다. 얘기 내용도 더러 그런 냄새가 풍기고. 너무 진지한 체를 해도 꼭 그놈들 비슷해진다는 말이다. 네 생각도 충분히 옳고 일리가 없지는 않겠다마는, 그런 식은 자칫하면 빨갱이로 오해받을 수도 있다는 말이다. 조심해야지."
아버지의 이 소리에 이원형 주사는 웬만큼 술기운이 오른 속에서도 온 몸에서 모든 기운이 수울 빠져나가는 듯하였다. 멍청하게 입을 벌린 채 아버지를 건너다보다가 나지막한 소리로 받았다.
"그렇게 나오면 이편에서는 더 할 소리가 없어지지요. 할 소리가 없어지는 것은 할 소리가 없어서 없어지는 것이 아니라, 이편에서도 빨갱이와 비슷하다는 것만도 기분이 나빠지니까요. 허지만 아버지와 같은 그런 식의 시점과 히스테리가 있는 한, 객관적인 사태를 냉정하게 제대로 볼 수 있는 길은 없어지고, 조국 근대화도 구두선에 그친다는 얘기입니다."18)

정상적인 토론 과정에서 느닷없이 튀어나온 '빨갱이'라는 말은 부자지간이라는 육친적 관계마저도 이렇듯 갈라놓는다. 물론 이원영의 비판은 근대화 정책 전반을 향한 것이고, 비판의 대상 역시 아버지가 아니라 정부의 정책이다. 그렇기 때문에 아버지의 말을 농담으로 돌릴 수도 있으나, 작가가 문제삼은 것은 그런 사소한 말이 상대방을 이렇듯 무력하게 만드는 일종의 심리적 폭력으로 작용한다는 데 있다. 의기양양하던 이 주사가 '빨갱이'라는 말 한마디에 기운이 쭉 빠지고 더 이상 말을 잇지 못했던 것은 그 말이 지닌 사회적 함의와 공포를 직감했기 때문이다. '빨갱이'란 잔인하고, 혼란을 조장하며, 근본을 부정하는 '악'의 대명사나 다름없는 존재라는 인식이 해방직후 좌우익의 소용돌이를 겪어 본 아버지의 기억 속에 각인되어 있었고, 이원영의 정연한 논리와 주장이 그런 공산주의자들에 대한 무의식적 편견을 촉발시킨 것이다. 이런 점에서 아버지의 반응은 일종의 조건반사와도 같은 것으로, 이원영의 말대로, 합리적 비판을 통해서 사태를 객관적으로 인식하고 해결하는 과정을 원천적으로 봉쇄하는 폭력이자 '히스테리'나 다름없는 것이다.

이원영 주사가 과장의 무사안일주의를 비판하고 사퇴를 종용하자 당황한 과장이 구사하는 무기 역시 아버지와 동일하다. 이 주사가 과장의 공팔예산 처리 방식을 비판하면서 그런 행태란 노예 근성이고, 공복(公僕)으로서의 의식을 갖지 못한 것이기에 마땅히 사표를 내야 한다고 주장하자, 과장 역시 아버지와 꼭 같은 반응을 나타낸다. "저 새끼, 꼭 빨갱이 새끼군. 하는 투나 하는 소리나 꼭 빨갱이군."(341면)이라는 과장의 말은, 아버지의 경우와 마찬가지로, 공산주의에 대한 잠재된 공포심을 자극하여 자신의 치부를 감추고 동시에 자신의 처지를 합리화하려는 억지나 다름없고, 특히 공무원이라는 신분을 생각해 보자면, 그의 주장이란 수많은 인사들을 공포

18) 앞의 책, 293면.

에 떨게 했던 당대의 폭압적 권위주의를 방불케 한다. 그렇기에, '반공주의' 라는 국시(國是)는 그 본래의 취지와는 달리 "사용(私用)으로 엄청나게 도용당하고 있"을 뿐만 아니라 "심각하게 왜곡당하고 있다"는 이원영의 지적은 정당하다고 할 수 있다.

그런데, 더욱 중요한 것은 이러한 행태들이 궁극적으로 인간의 가장 기본적인 가치인 양심과 신념의 자유마저도 억압하는 심리적 금기로 작용한다는 데 있다. 건전한 시민사회가 형성되기 위해서는 이성의 추구, 과학적인 사고, 사상과 양심의 자유 등이 마땅히 존중되고, 사실을 사실대로 진실을 진실대로 보고 말하고 토론할 수 있어야 하지만, 부자간으로부터 공무원 사회에 이르기까지 광범위하게 만연되어 있는 반공주의는 이런 자유를 근본에서 부정하는 까닭에 개인의 결단은 제한될 수밖에 없다. 이원영이 사표를 제출하는 과정에서 동료 양 주사가 보이는 반응은 그것이 한 개인의 행동을 어떻게 제약하는가를 보여주는 단적인 사례가 된다.

> "이건 자네에게 실례되는 말이고 대답도 뻔하리라고 믿지만, 자네가 워낙 그런 식으로 나온다면 묻겠는데, <u>자네는 본질적으로 우리나라의 현체제를 어떻게 생각하나? 긍정하는가, 아니면 부정하는가?</u>"
> 이원영 주사는 와락 성이 오르는 것을 꾹꾹 참고 양 주사를 잠시 머엉하니 건너다보다가, 대포 한 사발을 주욱 들이마시고 어이가 없다는 듯이 피식 웃었다.(밑줄 인용자)[19]

이원영이 사표를 제출하기로 한 것은 부정적 현실에 영합하지 않고 새로운 길을 찾겠다는 단호한 의지를 표명한 것이었으나, 그것이 '체제'를 부정하는 행위로 오인된다는 것은, 결국 현실에 안주하는 것 이외의 삶을 허용할 수 없다는 당대의 양가적 사고를 단적으로 보여주는 것이다. 사람들은 누구나 자신의 문제를 철저히 파헤치고 타인들이 미처 의식하지 못하는 문제를 일깨워 줄 수 있는 것이지만, 정권의 이데올로기로 변질된 반공주의

---

19) 앞의 책, 371면.

는 그런 권리와 의무마저 봉쇄한 채 어느 하나만을 선택할 것을 강요하고, 정권은 그런 전일적 사고를 악용함으로써 비판적 지식인과 정적을 탄압하고 체제를 유지했던 것이다. 원칙론자인 이원영이 사표라는 비타협적 행동을 통해서 자신의 의지를 피력하면서도 다른 한편으로 그런 행위가 몰고 올 오해를 우려했던 것은 그런 시대의 분위기를 예민하게 감지하고 있었기 때문이다. 사표를 낸다는 것은 "사표에만 그치는 것이 아니라, 반체제의 논리로까지" 몰릴 가능성이 큰 것이고, 그것은 "지금 현재로서 너무나 엄청난 일이고, 무모하기까지 한 일"(372면)일 수밖에 없는 상황이기에 그의 행동은 위축되고, 신중할 수밖에 없었던 것이다. 이 주사가 "체제의 근본 문제에 결부시키다 보면 결국 모든 비생산적인 요소도 체제 탓으로 돌리고, 현상 자체에 안주할 길밖에 없다는 결론이 체념 비슷이 나올"(372면) 수밖에 없다고 자각하고 조심스럽게 문제를 풀어 간 것은 여기에 원인이 있다.

이렇듯 작가는 두 개의 사례를 통해서 당대인들을 구속하던 반공주의의 실상을 비판하는데, 그것을 이렇듯 예리하게 포착할 수 있었던 것은 작가 스스로가 그것의 직접적인 피해자라는 데 있다. 북한 체제 아래서 고등학교를 다녔고 인민군에 복무하다가 포로가 되어 단신 월남하게 된 작가로서 주변으로부터 받을 지도 모르는 불필요한 오해를 의식하지 않을 수 없었고, 그런 상처를 갖고 있었기에 역설적으로 반공주의의 폭압성을 누구보다도 민감하게 자각할 수 있었던 것이다. 『광장』에서 최인훈이, 북한에서 간부로 활동하고 있는 아버지를 둔 주인공 이명준이 정치 모임에 참가하기를 꺼리는 이유를 서술하면서, "아버지 아들인 그는 조심해야했다"고 읊조렸던 사실을 상기하자면, 이원영의 신중한 처신은 바로 월남자로서 작가가 취할 수밖에 없었던 불가피한 보신책이었던 것이다. 이명준처럼 체제를 부정하는 극단의 선택을 하지 않는다면 이원영이 취할 수 있는 행동이란 체제 내적인 문제를 비판하고 그 속에서 가능한 대안을 찾는 길밖에 없을 것이다. 이런 점에서 이 작품은 당대인들을 옥죄는 족쇄와도 같았던 반공주의에 대한 날카로운 비판을 통해서 당대 사회의 전제적 분위기를 이해할 수 있는 중요한 정보를 제공해줄 뿐만 아니라, 그 속에서 살아가지 않을 수 없는 월남작가 이호철의 비극적 심경을 우회적으로 고백했다는 데서 의의를 찾을 수 있다.

4. 사실주의 정신의 복원과 60년대 문학

최근 들어서 1960년대 문학에 대한 관심이 고조되면서 다양한 방식의 논의들이 활발하게 이루어지고 있다. 최인훈이나 이호철, 김정한, 박경리, 하근찬, 남정현 등이 새롭게 연구되면서 이제 이 시기는 전후의 혼란을 수습하고, 식민지이래 위축되었던 민족문학의 맥을 부활하는 문학사의 중요한 시기로 자리매김 되고 있다. 이 과정에서 문제의식의 진중함이나 사실적인 묘사와 분석력, 인식의 깊이로 전후 문학을 한층 심화시킨 인물로 이호철을 꼽는 데 주저할 사람은 없을 것이다.[20] 이호철 소설 전반에서 목격되는 핍진한 묘사와 집요한 서술은, 이 작가의 또 다른 특성이라 할 수 있는 분위기의 창출과 더불어 전후의 직정적이고 주관화된 소설을 한 차원 높여 놓았음을 부인할 사람은 없을 것이다.

『심천도』는, 『소시민』의 뒤를 잇는 속편(續編) 격의 작품으로, 동일한 문제의식에서 창작된 작품이다. 『심천도』의 이원영은 『소시민』의 '정씨'나 '그 아들'의 정신을 고스란히 계승한 인물로 속물화된 현실에 맞서는 4·19 정신을 체현자로 나타난다. 작가는 이 인물을 통해서 공무원 사회의 타성과 안일주의를 비판하고 보다 내실 있는 근대화 정책의 추진을 소망하는데, 이는 4·19가 한국사회의 근대화 과정에서 그 실질을 가늠하는 방향추와 같다는 인식에서 비롯된 것으로 오늘날도 여전히 유효한 것이라 할 수 있

---

20) 이호철에 대한 연구는 최근에야 본격화되고 있다. 임규찬의 「작가의 체험과 소설적 자아」(『한국문학』, 1997, 여름), 이상갑의 「60년대 문학과 '소시민 의식'의 의미」(『유천 신상철 박사 화갑기념논총』, 문양사, 1996), 정호웅의 「탈향, 그 출발의 소설사적 의미」(『1960년대 문학연구』, 예하, 1993), 그리고 필자의 「이호철의 <소시민>연구」(앞의 글) 참조.

다. 원칙과 실제 사이에서 방황하던 주인공이 원칙을 고수하면서 사표를 낸다는 것은 타락한 사회와 타협하지 않겠다는 강한 의지를 표명한 것이고, 이는 곧 파란 많은 현대사를 온몸으로 헤쳐온 작가 자신의 지혜와 신념에 다름 아닌 것이다. 그렇기에 이 작품은 작가의 신념을 원형의 상태로 보여 준다고 해도 지나친 말은 아닐 것이다. 그리고, 이 작품은 아직도 공무원 사회에서 목격되는 다양한 인간 군상을 생동감 있게 포착해냈다는 점에서 도 의미를 찾을 수 있다. 타성에 젖은 민 과장, 출세주의자인 김 사무관, 보신주의자인 구 사무관, 원칙주의자인 이 주사 등 실로 다채로운 인간 군상들이 갈등하고 대립하는 양상이란 관료주의라는 완고한 성채에 갇혀 있는 공무원 집단의 실체를 한층 생동감 있게 보여주고도 남음이 있다.

물론, 근대화에 대한 비판적 의도를 담고 있음에도 불구하고 그것이 이 주사의 비판적 언행과 유기적으로 연결되어 제시되지 못하고, 또 공무원 집단 역시 관료 기구를 대표하는 존재로 그려지고 있음에도 불구하고 그들을 거시적으로 조종하는 권력과의 관련성에 대해서는 거의 언급되지 못하는 한계 또한 갖고 있다. (이 역시 이 주사의 행동에서 볼 수 있듯이 당대의 폭압적 현실에서 원인을 찾을 수도 있을 것이다.) 그리고, 자신의 의도를 투사하려는 의도가 지나쳐서 장황하고 사변적인 문체가 남발되고, 사건 전개가 약화되는 등의 문제점이 없는 것은 아니다. 하지만 그런 문제점에도 불구하고 문제의 본질을 구경(究竟)까지 파고드는 집요한 탐구와 분석의 정신은 60년대 소설사에서 사실주의 정신을 심화하고 궁극적으로 민족문학의 지평을 확장하는 중요한 몫을 담당했다는 사실을 부정할 수는 없을 것이다. 작가의 이후 행적은 그것을 몸소 입증하고도 남음이 있기 때문이다. 새미

이호철의 『남녘사람 북녘사람』론

김 재 영

1.

이호철의 『남녘사람 북녘사람』이 우선적으로 우리의 관심을 끄는 것은 이 작품이 한 소년의 인민군 병사 체험을 그의 관점에서 드러내고 있다는 점이다. 그 병사 체험은 실제 전투에는 거의 참가하지 못한 채로 포로가 되어 버리는 짧은 기간의 것이지만, 분명히 전쟁의 한복판에서 이루어지는 것이기도 하다. 이러한 점이 특히 주목되는 것은 단지 쉽게 얻어들을 수 없는 희귀한 이야기이기 때문은 아니다.

인민군은 조선민주주의 인민공화국의 군대이다. 대한민국의 국민들에게 '인민군'은 지금도 여전히 휴전상태에 놓여 있는 적군이다. 대한민국에게 조선민주주의 인민공화국은 국가가 아니다. 단지 반국가 단체일 뿐이다. 조선민주주의 인민공화국에게 대한민국이 갖는 의미 또한 이에서 크게 다르지 않다. 그런 점에서 대한민국과 조선민주주의 인민공화국이 한반도 바깥에서 갖는 의미는 한반도 내부에서는 통용되지 않는다. 대한민국을 인정하는 한 '인민군'이 반국가적인 무장세력 이외의 방식으로 의미화되는 것은 원천적으로 봉쇄되는 것이다.

연세대 강사. 논문으로 「임꺽정의 현실성 연구」 등이 있음.

하지만 이러한 상황은 대한민국이라든가 조선민주주의 인민공화국이라는 각자가 내세우는 공식적인 명칭을 버리는 순간 단번에 역전된다. 남한과 북한, 남조선과 북조선 또는 이남과 이북이라는 흔히 통용되는 말 속에서 이들은 하나의 반쪽임을 분명하게 드러낸다. 그리고 그러한 성격은 시간을 거슬러 올라갈수록 강화된다. 이 둘의 대립은 남한과 북한에 별개의 정부가 수립되는 것에 의해 공식적으로 이루어진다고 할 수 있지만, 그 대립이 고착화되는 것은 전쟁이라는 비극적 상황을 겪고 휴전체제가 이루어지는 1953년에서부터일 것이다. 이 소설의 배경이 되는 한국전쟁은 분명히 대한민국과 조선민주주의 인민공화국 사이의 대립이 폭력으로 실현된 것이다. 하지만 전쟁이 진행되고 있는 중에도 개별적인 삶의 실상에 있어서 대한민국과 조선민주주의 인민공화국은 하나이기도 하고 둘이기도 한 어떤 것이다. 이 시기에 형은 인민군으로, 동생은 국군으로 전쟁에 참여하는 집안의 이야기는 그리 기이한 것이 아니다. 대부분의 사람들은 체제를 선택했다기보다는 자신들이 살아온 고장에서 삶을 영위했고, 그 곳이 남쪽이었기에 대한민국의 국민이, 또는 그 곳이 북쪽이었기에 조선 민주주의 인민공화국의 인민이 되었다고도 할 수 있다. 남한의 국군이나 북한의 인민군이 되는 과정 또한 이러한 사정에서 크게 다르다고 할 수 없을 것이다. 전쟁의 와중 속에서 한 인물이 북한군에게 잡히면 북한군이, 남한군에게 잡히면 남한군이 될 수도 있었던 것이 당대 삶의 실상이기도 한 것이다. 그렇게 본다면 인민군 병사든 국군 병사든, 대한민국이라든가 조선 민주주의 인민공화국이라는 틀을 전제로 그 개별적인 사람들의 삶에 다가간다는 것은 심히 부당한 것일 수도 있다. 그들 대부분은 남한과 북한조차도 아닌 남녘사람이나 북녘사람 정도의 관계 속에서 생각해야 그 실제 모습이 온전하게 드러날 수 있는 사람들인지도 모른다.

하지만 대한민국이나 조선 민주주의 인민공화국은 하나의 가상이나 허위의식인 것이 아니라 그 안에서 살아가는 모든 사람들의 삶을 간섭하고 규율하는 실체이기도 하다. 개별 인간의 차원에서도 인민군이 된다든가 국군이 된다는 것은 어떤 형태이든 선택의 결과라고 할 수 있다. 그것이 분명히 이념적인 차원에서 이루어지는 것이든, 단순히 자기가 어느덧 소속하게 된 공동체의 논리를 따르는 것이든, 아니면 강제적으로 이루어지는 것이든 하여튼 선택은 이루어지는 것이다. 또 어떠한 방식의 선택에 의해서 그들이 인민군 또는 국군으로 존재하게 되었든, 그들은 이미 대한민국과 조선민주주의 인민 공화국이 형성하는 사회적 관계의 의미망에서 벗어날 수 없는 것이기도 하다.

이 작품이 이러한 두 의미망 중 우선적으로 어디에 근거하고 있는지는 제목이 이미 명료하게 드러내고 있다. 이 작품집의 제목인『남녘사람 북녘사람』은 상당히 의식적으로, 그렇기 때문에 노골적으로 대한민국이나 조선민주주의 인민공화국의 제도적·이념적 틀로 작중 인물들의 삶에 다가가는 것을 거부하고 있는 것이다. 그러한 밖에서 둘러씌워지는 틀을 벗어버렸을 때 남는 것이 무엇일까? 이 작품은 그것이 사람 바로 벌거숭이의 사람들이라고 하고 있다.

그러한 점에서 이 작품은 작가가 동일한 체험에 근거하고 있다고 말하고 있는 초기 단편「裸像」에서 그리 멀리 떨어져 있지 않다.「나상」은 철이라는 인물이 들려주는 한 형제의 이야기이다. "형은 좀 둔감했고 위태위태하도록 솔직했고, 결국 좀 모자란 축이었다"[1] 전쟁이 일어나자 형제는 모두 군인이 되었고, "一九五一년 가을, 제각기 놈들의 포로로 잡혀, 놈들의 후방으로 인계돼 가다가 둘은 더럭 만났다."[2] 그 상황에서도 "형은 주위에 대한 쌔록한 관심과 놀라움과 솔직성을 여전히 지니고 있"[3]어 태평하다면 태평하게 주변의 밤나무라든가, 날이 저무는 것, 까마귀떼 등을 보고 놀라움을 표현하곤 하거나, 걸핏하면 울음을 터트려, 다른 포로나 경비병들 또 동생에게조차 좀 모자란 것으로 치부된다. 하지만 저녁 식사 시간에 밥 한덩이를 얻으면, 잠자리에 들 때까지 기다려 그것을 동생에게 나누어주는 인

1) 이호철,「나상」,『현대한국문학전집 8』, 신구문화사, 1965, 318쪽.
2) 윗책, 319쪽.
3) 윗책, 319쪽.

물이기도 하다. 결국 다리에 담증이 있었던 형은 계속되는 행군을 견디지 못하고, 길에서 쓰러져 죽음을 당한다. 그의 동생이기도 한, 이야기를 들려준 철이 나에게 묻는다.

> 자 넌 어떻게 생각하니? 형이라는 사람의 그 모자람이라든가 혹은 둔감이라는 것을……결국 형의 그 둔감이란 어떤 표준에 의한 의례적인 몸짓이라든가, 상냥스러움, 소위 상대편에 눈치껏 적응하고 또는 냉연(冷然)하고 할 수 있는 능력의 결핍, 이런 것을 두고 하는 말이 아니겠느냐 말이다……그러나 동생은 그렇지 않았다. 그 표준에 의거해서 생활을 다투어 나가는 마음의 긴장을 잃지 않고 있었다. 결국 그 일정한 표준의 울타리 속에서 민감하다든가 우아하다든가 교양이 높다든가, 앞날이 촉망된다든가 이런 소릴 들을 수 있었다. ……생략……그러나 포로로 잡힌 그들 형제 중에서 누가 더 둔감하다고 보겠느냐, 형이냐? 동생이냐? 그 둔감이란 뜻부터가 어떻게 되느냐……? 과연 누가 더……[4]

이러한 말에서 이 작품이 던지고자 하는 질문이 무엇인가는 어렵지 않게 짐작된다. 삶에 둘러씌워진 '표준의 울타리' 안에서 이루어지는 삶의 평가에 대한 의문이고, 때문에 그 울타리를 걷어 내었을 때야 비로소 올바로 '사람'이 보이지 않겠느냐는 생각이라고 할 수 있다. 작가가 밝히고 있듯이 이 작품은 스스로 인민군이 되었었다는 사실을 드러낼 수 없었던 시대에 쓰여진 것이다. 때문에 이 작품에서 삶에 덧씌워진 울타리라는 것은 상당한 추상의 수준에서 드러나고 그 만큼 포괄적이기도 하다. 하지만 앞에서 이야기했듯 인민군이라는 존재는 그 자체로 우리 삶의 구체적인 사회적 연관을 상기하지 않을 수 없는 것이다. 때문에 그것은 분단과 통일이라는 복잡하고도 미묘한 문제, 그 다층적인 의미망들과 연관되는 것이다.

그런 점에서 본다면 '벌거숭이의 사람'이라는 것이야말로 실제 삶의 모습과는 거리가 먼 하나의 이념, 이데올로기에 불과한 것일 수도 있다. 때문에 이 작품이 벌거숭이의 사람을 드러내려 한다할 때, 이는 작중 인물들의

---

4) 윗책, 326쪽.

실체의 문제라기보다 하나의 관점 도는 방법론의 문제라고 할 수 있다. 작가 또한 이러한 점을 충분히 의식하고 있는 것으로 보인다. 그렇기에 이 작품의 제목은 "사람"이 아니라 "남녘사람 북녘사람", "남녘사람 북녘사람"도 아닌 "남녘사람 북녘사람"이다. 특정한 사회적 관계 안에서 사람들은 다른 무늬의 삶을 만들어 간다. 이 작품의 제목은 그러한 '차이'에 대해서도 작가가 깊은 관심을 기울이고 있음 또한 상징적으로 보여주고 있다. 하지만 그 차이 또한 '벌거숭이의 사람', 작중 화자가 종종 사용하는 말로 한다면 '본래적인 사람살이'의 모습을 근거로 해서만 올바로 바라볼 수 있지 않겠느냐는 생각이 곧바로 이 작품의 방법론을 형성한다고도 할 수 있다. 그것은 한 마디로 단순화한다면 체제를 통해서 사람을 보는 것이 아니라, 우선 사람을, 그리고 그들의 사람살이를 통해서 체제를 본다는 방법론이라고 할 수 있다.

때문에 이 작품을 읽어나가는 과정은 작중인물인 '내'가 겪어 나가는 다양한 사람들과 만나나가는 과정이다. 이 때 이 소설의 화자인 '나'의 특성, 어떠한 일에 참여하고 있다기보다는, 온통 모든 관심을 사람에 대한 파악과 판단에만 쏟고 있는 듯한 화자의 특성 또한 쉽게 이해될 수 있다.

2.

이 소설집을 읽어 나가면서 그렇게 가장 처음 만나게 되는 인물은 「헌병소사」에 등장하는 남한의 헌병이다.5) 화자는 울진 지역에서의 전투에서 후

---

5) 『남녘사람 북녘사람』이라는 단행본은 네 편의 연작소설이 묶여 있는 형식인데, 「남녘사람 북녘사람」(1996), 「남에서 온 사람들」(1984), 「칠흑 어둠 속 질주」(1985), 「변혁 속의 사람들」(1987)의 순서로 되어 있다. 작중 사건의 시간적 순서로 따진다면 「남녘사람 북녘사람」이 가장 나중에 와야 할 것이고, 또 이러한 순서로 작품이 발표된 것이기도 하다. 작가는 "아직 한번도 단행본으로 엮여지지 못한 뒤의 두 작품(「헌병소사」와 「남녘사람 북녘사람」으로 단행본에서는 이 둘이 합쳐져서 「남녘사람 북녘사람」이 되어 있다: 인용자)을 책머리에 놓음으로써, 90년대 오늘의 남북 두 체제의 '차이점'에다 역

퇴 중 포로가 되어 있는 상황이고, 첫 포로 심문을 담당하고 있는 헌병이 그의 눈을 통해서 드러나는 첫 인물인 것이다. '나'에게 그 헌병은 "세련된 헌병 완장에다 선글라스는 끼고 있었지만", "으리으리한 그 겉모양에 비해서는 의외로 사람이 말랑말랑해, 벌써 살짝 호감조차 느껴지려고"[6] 하는 인물이다. 실제로 그 헌병은 포로심문이라는 상황에서 '나'의 수첩을 뒤적이며, 어떤 작가를 좋아하냐는 상황에 어울리지 않는 질문을 던져 둘 간의 관계를 지극히 사사롭게 만들기조차 한다. 때문에 그 헌병은 '나'에 의해 이렇게 파악된다.

> 다시 말해, 이 전쟁 자체에 대해 어느 특정인이거나, 어느 한쪽, 큰 체제의 테두리 같은 것에 전혀 매이지 않은, 자연인 조선 사람, 한국 사람으로서의 독자적인 시각(視角) 하나는 두루뭉실하게일망정 단단히 갖고 있어 보였다.(13)

이러한 면은 "저런 식의 말랑말랑한 형태거나, 그 어디에도 매이지 않은 자신만의 독자적인 시각 같은 건 상상조차 할 수 없는" "인민군에서 이런 일을 관장(管掌)하는 정치보위부 사람들"(13)과 즉각적으로 대비되는데, 이

점을 두는 배열로 하였다"라고 이러한 편집의 뜻을 밝히고 있다. 이 때문에 화자의 경험의 순서와는 달리 우리 독서의 순서에서 처음 만나게 되는 인물은 이 헌병이 된다.

앞으로 이 논문의 텍스트는 이 단행본으로 할 것인데, 작가가 "기왕에 산발적으로 발표되었던 것과 본 작품집에 실린 것에 언어 구사 등에서 차이가 나는 것은 본 작품집의 것이 정본(正本)임을 밝히고 있기도 하고, 양텍스트의 차이가 작품의 의미 해석에 별 차이를 가져오지 않을 정도의 것으로 생각되기 때문이다. 참고로 그 양 텍스트의 차이에 대해 간단히만 언급하면, 「칠흑 어둠 속 질주」만이 눈에 띌 만한 차이를 보여주고 있다. 작품의 1절과 2절의 순서를 뒤바꾸었으며, 작중에서 불려지는 노래가 상당량 더 삽입되었고, 마지막에 김상수 선생의 후일담이 첨가되어 있다. 하지만 이 작품에서 드러나는 이러한 차이도 작품의 의미에 어떤 변화를 가져오는 것으로 보이지는 않는다.

6) 이호철, 『남녘사람 북녘사람』, 프리미엄북스, 1996, 13쪽. 앞으로 이 작품에서의 인용은 인용문 뒤에 쪽수만 밝힘.

는 화자가 작품 곳곳에서 드러내는 북한 사회에 대한 비판이 어디에 근거하고 있는가를 명료하게 드러내고 있는 것이기도 하다. 화자가 드러내는 남한에 대한 호감이나 북한에 대한 비판이 근거하고 있는 것은 바로 그 커다란 테두리, 체제가 요구하고 있는 것에서 벗어나 사고하고 행동할 수 있는 가능성 그 자체이지 그 이상도 그 이하도 아니다. 이러한 것이 한 체제의 요구 자체를 인정하는 것으로 오해되어서는 곤란하다.

화자는 이 헌병과의 만남을 '대한민국과의 첫 해후'라고 하고 있는데, 화자가 헌병의 이러한 점에 "와락 괄목(刮目)해지며, 벌써 강한 선망감 비슷한 것이 일"(13)어나는 이유 또한 그 가능성의 지점, 자연인 조선사람, 한국사람으로서의 독자적인 시각이야말로 화자가 다른 인물들을 보아나가는 데, 견지하고자 하는 하나의 자세이기 때문이다. 그러므로 '내'가 만나는 인물들은 나에게 인민군이나 국군으로 존재한다기보다는 자연인으로 존재한다. 그리고 이 때 그 사람됨의 파악은 거의 직감적으로 이루어지며, 이때 중요한 것은 좀처럼 변하지 않는 '성격'과 같은 것이다. 작가는 한 대담에서 자기 작품의 인물들에 대하여 다음과 같이 말하고 있다.

> 인간(이: 인용자) 시대상황에 의해 규정되는 사회적 존재인 것은 아무도 부정할 수 없고 내 문학 속 인물들 또한 이같은 존재로서 그려졌습니다. 그러나 개개의 인생은 이보다 더 깊은 어떤 본래적 원형(운명)의 시대상황에 대한 발현태 또는 변용태입니다. 이것을 날카롭게 꿰뚫어 적절하게 반영하는 게 문학이라는 것이 문학에 대한 정열의 밑바탕에 놓인 내 평소의 문학관입니다.[7]

여기서 사용되는 본래적 원형이라는 말은 논란의 여지가 많다. 때문에 그의 인물 형상화 방식을 '원형에 대한 탐구'라고 이해하는 연구자라 하더라도, 이러한 방식의 의미에 대해 거의 상반된 평가를 내리기도 한다.[8] 작

---

7) 정호웅·이호철 대담, 「단독자의 삶과 문학─소설가 이호철 씨를 찾아서」, 『반영과 지향』, 세계사, 1995.
8) 이 원형 탐구는 대상을 직감적으로 파악하는 것과 연관되어 있는데, 이호

품 안에서 이 좀처럼 변하지 않는 성격과 같은 것이 개별적인 차원에서 작용할 때 그것은 개성적인 형상을 창조하는 데 기여하는 것으로 보인다. 우리가 실제 삶에서 만나는 인간들 또한 저마다의 독특한 성격을 드러내고 있음은 분명하고, 이것은 또한 사회적 형성이라는 관점에서만은 해명될 수 없는 어떤 것이기도 하다. 하지만 작가도 말하고 있듯이 "인간이 시대상황에 의해 규정되는 사회적 존재인 것" 또한 아무도 부정할 수 없는 것이다. 문제는 시대상황에 의해 규정되는 사회적 존재의 소설적 드러냄이 어떻게 가능할 것인가이다. 그것은 일방적인 시대상황의 규정이라든가 그 규정의 결과만으로는 결코 드러날 수 없는 어떤 것이다. 그것은 주체와 상황과의 상호작용, 그 상호작용이 하나의 형성 과정으로서 의미화되지 않는 한 불가능한 것이다.

그런 관점에서 이 작품이 사람됨됨이의 형성을 과정으로서 드러내는 부분은 거의 없는 것으로 보인다. 이는 이 작품의 이야기가 '나'라는 인물의 체험의 울타리를 좀처럼 벗어나지 않는 것에 우선적으로 기인한다. 「변혁 속의 사람들」에서 화자는 그 점을 이와 같이 말하고 있다.

> ······ 내가 지난 5년 동안 직접 보고 겪은 북의 실상은 대강 이런 것이었다. 그리고 이것은 거듭 분명히 해야 할 점인데, 조승규 씨가 받은 그 첫인상이라는 것이 이때까지 그가 살아온 처지와 형편만큼의 것일 것이듯이 나도 그 점 예외일 수는 없었다. 어디까지나 내가 살아온 처지와 입장만큼에서 보고 겪은 그것이었다.(309)

철의 작품에 대해 '인간원형의 탐구'라는 말을 처음 쓴 것으로 보이는 정호웅은 이를 이호철이 범상한 작가가 아님을 보여주는 단적인 증거라고 높이 평가하고 있다. 반면에 한수영은 『남녘사람 북녘사람』을 논하는 자리에서 이러한 이호철의 방식이 체험의 개별성에 침잠하는 이 작품의 결함과 연관되어 있는 것으로 보고 있다.
정호웅, "서늘한 맑음, 감각의 문학", 『이호철문학앨범』, 웅진출판사, 1993
한수영, "체험과 회상의 두 가지 양식-최인훈의 『화두』와 이호철의 『남녘사람 북녘사람』", <실천문학> 48호, 1997 가을.

하지만 그보다도 중요한 것은 형성에 대한 이야기조차 어떤 틀을 전제로 한다는 생각 때문인 것으로 보인다. 작중에서 화자는 "사람살이의 세부세부 실제 국면"이라는 것은 어떤 상투화나 일반화에서 벗어나 있음을 주장한다.

> 사람살이의 세부세부 실제 국면은, 사실은 하나하나 분명하게 시비를 가리는 것으로 가려지기보다는, 당장 드러나 있는 그런 식으로 단지 존재하는 것인지도 모른다. 이리하여 '이 세계란 그렇게 있는 것의 전부이다.' 그리고 '세계는, 여러 사실에 의해서, 그것 모두가 사실이 되어 있다는 것에 의해서 결정되어져 있다.' '왜냐하면 사실의 전부야말로, 바로 그렇다는 것도, 또한 그렇지 않다는 것의 모든 것도, 결정하기 때문이다.'라고 하는 루드비히 비트겐슈타인의 말과 같은 것인지도 모른다.(54)

이 작품에서 이러한 입장을 보다 강화시키는 것은, 화자가 놓여 있는 상황이 전쟁이라는 극한 상황이라는 것 때문이기도 하다. 화자는 우연이라고 밖에는 달리 설명할 수 없는 이유로 생과 사가 갈리는 상황을 여러 차례 경험한다.

우선 처음 87연대에서 폭격을 받았을 때 "내가 들어앉아 있던 호에서 불과 20미터인 호 하나에 폭탄이 정통으로 뚫고 들어가 터지는 바람에 그 속의 여남은 명은 서로 엉겨 범벅이 되어 시체조차 온데간데없었고, 피와 살점이 흙더미에 녹아들어 과하게 끓인 팥죽마냥 걸쭉해져 있"(144)는 상황을 목격한다. 그리고 그 폭격으로 그날 아침 열차편으로 원산에 막 온 김일성대학, 평양사범대학 학생들 또한 날벼락을 맞는다. 특히 남쪽의 포로가 되어 주문진으로 가던 중에 있었던 '삼척 사람, 흩바지 저고리'의 죽음이나 인구(仁邱) 못 미쳐서 단지 헌병의 호의로 집으로 돌려보내지는 또 다른 흩바지 저고리 차림의 의용군의 일화에는 어떤 합리적인 설명도 불가능한 것으로 보인다.

이런 하나하나의 사건을 의미화할 수 있는 중심을 형성한다는 것은 불가능할 것이다. 그 때문에 이 작품은 한 인물의 경험이라는 중심 축을 따라 이야기가 진행되고, 연작의 사건들은 시간적으로도 거의 연속되어 있음에도 불구하고 대단히 삽화적으로 구성되어 있다. 사건들이 그 자체로 어떤 의미 있는 연관을 형성하고 있다기보다는, 화자가 다양한 인간 유형을 경험하는 배경과 같은 것으로 물러나 있는 것이다.

그렇기에 이 작품에서 유일하게 변화를 보여주는 인물이고 그 때문에 삶 자체는 그야말로 서사적 화폭을 확보하고 있는 유일한 인물이라고 할 수 있는 '풍용이 아저씨'의 삶이 드러날 때도 일면적이다. 특히 이 '풍용이 아저씨'라는 인물은 "거의 원천적이고 생득적인 그의 사람 됨됨이"(112)에 문제가 있는 것으로 파악되는 그의 막내이모부나 "본시 두 눈매가 사납고 목소리가 짜랑짜랑하게 오지그릇 깨지는 소리가 나서 어릴 적부터 문중에서는 싹수없는 아이라고 돌려놓았"(305)던 인물인 수찬이와는 전혀 다른 됨됨이의 인물이라는 점에서 화자의 비판적인 북한체제에 대한 인식에 있어 중심적인 역할을 하고 있다.

풍용이는 화자의 십칠촌쯤의 할어버지뻘인 인물로 "애 어른 없이 동네 안에 풍용이를 좋아하지 않은 사람이 없"고 "그렇다고 본인은 추호나마 우쭐대는 법도 없었고, 문중 어른들이 모인 마땅히 공손해야 할 자리에서는 또 지극히 공손"한 "사람 싹싹하고 인정 많고 무슨 일이거나 궂은 일일수록 앞장을 서 애 어른 통틀어 온 문중의 촉망을 한몸에 모았"(280)던 인물이다. 그러나 토지분배 선정위원으로 뽑힌 이후 급격히 사람이 달라지기 시작하여 "차츰 말수가 적어지고 몸놀림이 뻣뻣해져갔을 뿐 아니라 눈빛과 목소리에도 전에 없이 웬 독이 담겨가기 시작"(282)한다. 결국 "토지개혁을 겪고 나서 다시 그 뒤로 시당, 도당, 그리고 중앙당이 주관하는 한 달짜리, 석 달짜리, 육개월짜리(간부양성소:인용자)를 다녀올 적마다 풍용이는 더욱 더 급격하게 달라져갔다."(284) 화자는 이러한 것이 그 사회의 대세였다고, 그렇기에 누구나가 풍용이처럼 되거나 그런 쪽을 혐오하거나 양단간에 하나를 택할밖에는 달리 살아갈 길이 없었다고 하고 있다.

이러한 풍용이의 변화 과정은 분명히 하나의 체제에 대한 감각 속에서

▶『남녁사람 북녁사람』

드러난다. 하지만 그것은 풍용이의 내면이 전혀 드러나지 않음으로써 하나의 형성과정을 보여주는 것, 그런 의미에서의 사회적 존재로서의 인간을 보여주는 것이라고는 할 수 없다. 그렇기에 좀처럼 변하지 않는 성격이나 사람됨됨이와 같은 것이 왜 풍용이에게는 잘 적용되지 않는지를 알 수 없기도 하다.

하지만 하여튼 시대상황과의 연관 속에서 인물을 드러내는 이러한 장면은 상투화나 일반화를 벗어나고자 하는 이 작품의 하나의 방법론과 길항한다. 실은 이러한 방법론이나 세계관의 논리적 귀결은 삶에 어떤 일반적인 원리나 연관된 의미의 불가능성을 드러내는 방향으로 나아가는 것일 수밖에 없는 것일 것이다. 하지만 이 작품은 그와는 전혀 다른 방향으로 나아가고 있는 것이기도 하다. 체제에 대한 인식에서도 그러하지만, 그보다 근본적으로 본래적 원형이라는 것을 유형과 같은 것으로 일반화하고자 하는 욕구 또한 끊임없이 드러내기 때문이다.

「남에서 온 사람들」에서 화자에게 강한 인상을 남기는 인물 중의 하나인 갈승환은 첫 만남에서 바로 화자의 막내이모부를 떠올리게 한다. 화자가 풍용이라는 인물을 떠올리는 것도 영변동무와의 유형적 대비를 통해서이다. 간성에서 만났던 헌병과 연관하여 화자는 "막말로 작금 90년대의 우리 사회 곳곳에서 내노라고 혼자서만 잘난 듯이 설치려고 드는 사람, 소위 15 대 국회 같은 정계 진출을 꿈꾸는 사람들의 태반도, 대강 저런 쪽의 유형들이 아닐까."(76)라고도 한다. 이에는 바로 "그 옛날 열아홉 살 애송이 적에 그런 생각까지 먹었을 리는 없지만, 나는 그 때 이미 그 나이대로도 두루뭉실하게일망정 그 어떤 핵심은 꿰고 있었던 것이 아니었을까"(76)라고 덧붙여 그러한 일반화가 당시를 회고하는 서술자의 것임을 드러내고 있다.

실로 이 작품에 등장하는 인물들 중 많은 이들이 크게 두 유형으로 나뉘어 있다고도 할 수 있다. 갈승환이나 막내이모부, 행군 중 도망하려다 죽음을 당하는 김덕진과 양근석, 포로 생활 중에 보는 대열참모, 해방 직후 한 마을 사람이었던 수찬이 등이 한 계열을 이룬다면, 김석조, 장세운, 장서경, 마을 이장, 화자의 부친 등은 또 다른 계열을 이루고 있다. 물론 이런 식의 계열화에 제도적·이념적 틀은 거의 작용하지 않는다. 이러한 계열 형성에 유일하게 작용하는 것은 '벌거숭이 사람'이라는 기준, 다른 식으로 말한다면 사람됨됨이라는 것이다. 작품 안에서 이런 유형적 나눔은 일단은 체험 자아의 경험에 의지하는 것이고, 이는 화자에 의해 이야기되는 그들의 행위나 행태에 의하여 입증되는 것이기도 하다. 그런 점에서 단순히 체험 자아의 직관이라기보다는 서술자아의 일반화된 판단틀이 작용하고 있는 것이다.

그렇다고 한다면 이 작품이 보여주는 '단지 그런 식으로 존재하는' 개별 사실들에 대한 집착은 역설적으로 가장 큰 추상의 세계와 직접적으로 연결되는 것이기도 하다. '사람됨됨이'라는 기준이야말로 가장 일반화되고 추상적이고 상투적인 큰 틀이라고도 할 수 있기 때문이다. 그런 점에서 본다면 이 작품은 그 자체로 어떤 착잡함, 모순에 봉착하고 있다고 할 수 있다. 그 모순을 드러내고자 하는 것은 이 작품의 형성을 문제 삼는 것일 게다. 그리고 이를 위해서는 이 작품의 화자인 '나'의 특성에 주목하지 않을 수 없다.

3.

이 소설이 기억을 드러내는 방식, 기억을 구성하는 방식은 상당히 자연스럽지만, 그 나름으로 독특한 것이라고 할 수 있다. 이 작품의 화자인 '나'는 19세의 인민군 병사인 동시에 1980년대에 또는 1990년대에 대한민국의 국민으로서 30년전의 일을 회고하는 인물이다. 이 경험자아와 서술자아의 분리는 작품 안에서 종종 드러난다.9) '옛날 열아홉살 애송이'를 회상하거나, 당시의 인물을 90년대의 정치인에 비유한다던가, 또는 80년대 내란음모 사건의 일화를 이야기하거나, 당시 인물들의 후일담을 이야기하는 서술자아가 직접적으로 모습을 드러내는 수많은 지점들에서 우리는 이 소설의 서술자가 19살의 애송이가 아님을 느낄 수밖에 없기 때문이다.

하지만 경험자아가 만나 나가는 당대 인물들의 삶을 바라보는 시선, 관점에서 이 경험자아와 서술자아는 거의 아무런 거리도 갖고 있지 않은 것으로 보인다. 이 소설의 화자이자 주인공이 나이에 비해 너무 걸망스러운 것이 아니냐는 질문에 작가는 다음과 같이 대답하고 있다.

> 물론 그 당시에 그런 생각들을 하고 있었던 건 아닙니다. 지금의 내가 그 속에 녹아 있지요. 그 당시에 징집된 인민군들이나 포로들, 그리고 남쪽 군인들에 대해 소설에 쓰인 것과 같은 관찰을 했던 것은 아니에요. 하지만, 분명히 그 원형에 가까운 감각은 이미 그때도 지니고 있었어요. 이것이 내 천품인지는 모르겠으나, 나는 인간들이 지닌 섬세한 부분을 보는 눈이 있어요. 구체적인 특정 상황 속에서 인간들은 아주 빠르게 움직이고 선택하고 판단하지요. 제각기의 욕망과 성품과 교양을 바탕으로. 그걸 보아내는 거지요.10)

---

9) 이 경험자아와 서술자아의 분리는 논리적인 차원에서 이루어지는 것이다. 작품에서 동일화되어 있는 한 인물을 갈라볼 수 있는 것은 시간적 간격과 같은 것이 아니라, 경험자아가 서술자아의 반성의 대상이 될 수 있기 때문이다.

10) 한수영, "탈향, 그 신산(辛酸)한 삶의 역사적 도정"(이호철대담기), <실천문

경험자아와 서술자아의 거리는 감각과 논리화의 거리 정도라고나 할 수 있을 것이다. 그리고 그 감각과 논리화가 상치되는 경우는 없다. 이는 화자인 '나'가 소설 안에서 거의 완벽하게 관찰자의 위치에 놓여 있기 때문이다. 이미 경험자아 자체가 다른 작중인물들에 대해 서술자아만큼의 충분한 거리를 갖고 있는 것이다. 그러나 그보다 중요한 점은 이 작품의 경험 자아가 서술자아에 의해 거의 반성되지 않는다는 점이다. 혹 반성이 이루어진다 하여도 그것은 매우 조심스러운 어떤 것이다.

> 그 진남포 사람에게 무작정하고 아첨이 하고 싶어졌다. 지금 이 시점(시점)에서 생각하면, 너무너무 놀란 김에 덜덜 떨릴 만큼 흥분되어서 제정신 없이 그랬는지도 모르지만, 아니아니 바로 지금의 그 '이 시점에서의 생각'이라는 게, 옳고 그름을 가려보는 시각이 벌써 과하게 끼여든 바로 그만큼은 정확치가 못하다, 그 어떤 보편성이라거나 상투성의 바다로 한 발 이미 디밀어져 있는 것이다. 그런 기준으로는 애당초에 그 극한적인 상황의 설명이 불가능해지는 것이다.(44-45)

작중의 '나'의 삶이 '그냥 그렇게 존재하는' 차원에 놓이게 되는 것과 그 어떤 보편성이나 상투성의 틀에서 벗어나고자 하는 이 작품의 방법론은 직접적으로 연관되어 있다. 아니 다른 어떤 인물의 삶보다도 '나'의 삶이야말로 그냥 그렇게 놓여 있는 상태에 있다고 할 수 있다. 또 그러한 점과 '내'가 일에 참여하고 있는 존재라기보다는, 단순한 국외자로서의 관찰자와 같은 존재로 작품에 존재하고 있다는 작품의 서술특성도 직접 연결되어 있다. 실은 이 작품의 방법론은 주인공이기도 한 화자인 '나'의 삶이 어떤 방식으로든 의미화되는 것에서 비껴나 있는 상황을 위한 것이라고도 할 수 있다. 그렇기에 이 작품 속의 나의 삶은 이런 경우 흔하게 등장하는 '성장의 서사'11)에서 벗어나 있다. 그리고 이것이야말로 개별적 사실에의 집착과 추상적인 일반화에의 욕구 사이에서 일어나고 있는 이 작품의 모순의 근저에

학> 45호, 1997. 봄, 403-404쪽.
11) 한 개인이 성장 과정이라는 관점에서 삶과 사건이 의미화된다는 것을 말한다.

서 작용하는 무의식으로 우리를 인도하는 것이다.

우리는 다시 이 작품의 19살의 주인공이 인민군임을 상기할 수밖에 없다. 이 작품에서 '나'라는 인물은 그 자체로 주목을 끌지 않도록 용의주도하게 이루어져 있다. 하지만 북한사회에 대해 끊임없이 비판적인 인식을 드러내고 있음에도, 자의반 타의반 형식으로나마 그는 '인민군'으로 존재한다. 도대체 그 '나'는 무엇을 하는 것일까, 그리고 그 삶은 어떻게 평가되어야 할 것인가가 물어지지 않을 수 없다. 작가가 이에서 완전히 자유롭지 못하다. '나'는 기차를 타고 전선으로 나아가는 도중, 두 번이나 큰 문제 없이 그 자리를 떠날 수 있는 기회를 갖는다. 하지만 '나'는 그것을 선택하지 않는다. 그리고 그 선택에 대해 스스로 이렇게 말하고 있다.

> 내가 안변 역두에서 처음 떠날 대나 흡곡역에 잠깐 섰을 때나 의당 당연히 이 기차 쪽을 버리지 못한 것은 처음부터 장서경 같은 사람을 기준으로 한 것은 아니었다. 그런 짜잔한 타산이거나 음습한 얽매임 같은 것은 아니었다. 사실이 그러했지만 나는 이 기차에서 떠난다는 생각 같은 것은 애초에 할 수가 없었다. 그것은 말도 안되는 소리였다.(227-8)

이 인용문은 남쪽에서 올라온 의용군들과 함께 한 첫 오락회의 상황에 이어져 나오는 것이다. 노래 속에서 화자가 느꼈던 신명, "전쟁이 지금 어디서 어떤 식으로 벌어지고 있는지, 그리하여 지금 각자가 어떤 처지에 와 있는지 일체 아랑곳할 필요가 없었고, 오직 뜨거운 이 분위기에 녹아들어 손뼉을 치며 고래고래 후렴을 따라 부르는 데만 온 정신을 쏟고 있었다."(226)는 그 상황, 그를 상기하면서 화자는 인용문의 인식에 도달하고 있다.

하지만 여기서도 우리에게 남겨지는 것은 어떤 모호함이다. 그 자리에 있었던 '나'의 삶이 어떻게 의미화될 수 있을지는 여전히 분명하지 않을 것이다. 그런 점에서 작가가 단행본을 엮으면서 유일하게 손을 본 부분이 바로 이부분이라는 점 또한 심상치 않다. 그 변화는 단순하다면 단순한 것이다. 원래 오락회에서 불려지던 노래가 '신고산 타령'뿐이었는데, 단행본에서는 '민족의 약동', '의병창의가 1', '의병창의가 2', '의병노래 2', '안사람 의병노래', '의병격중가', '복수가' 등의 노래가 덧붙여 있다. 이것은 보다 정확한 세부를 확보하여 당시 상황을 보다 생생하게 재현하는 것이겠지만, 단지 그러한 것일까? 이 노래들 안에서 그 자리에 있었던 어떤 삶의 의미에 약간의 더함이 이루어지기를 의도한 것은 아닐까? 아니 그것은 차라리 의도라기보다는 어떤 무의식의 작용이라고 해야 할 것이다.

이 작품의 서술자아는 '전쟁기간 중에 월남하여 대한미국의 국민으로서 30년 이상을 살아온 사람'으로서의 작가와 거의 분간할 수 없다. 그러한 자신의 삶을 의미화 하면서, 비록 자신이지만 전쟁 중의 '인민군 병사'의 삶을 의미화 할 수 있는 방식은 무엇일까? 그것은 아직은 비껴갈 수밖에 없는 어떤 것이 아니었을까? 그리고 그것을 비껴가는 방식이야말로 이 작품의 모순된 방법의 한 측면을 이루는 것이라고 할 수 있을 것이다. 하지만 이것은 작가가 또는 화자가 무슨 체제에 대한 눈치보기와 같은 것을 하고 있다는 말은 아니다. 그렇다면 거기에 무의식과 같은 말이 필요하지는 않을 것이다. 하지만 거기에는 분명히 '대한민국'이 작용하고 있다.

그것은 이 작품이 드러내는 의미가 아니라, 그 형성 자체가 하나의 역설에 도달하고 있음을 지적하고자 하는 것이다. 커다란 틀을 버리고 삶의 실제 국면만, 어떤 이념적·제도적 틀을 버리고 '본래적인 사람살이'만을 고집하는 화자의 무의식에는 이미 훨씬 강하게 대한민국과 조선민주주의 인민공화국이라는 사회적 관계가 작용하고 있을 수밖에 없었다는 것이고, 그것이 이 작품을 이러한 모습으로 있게 하고 있다는 의미에서의 역설인 것이다. 그렇다면 이제 드는 의문 중의 하나는 작가는 왜 이런 방식으로나마 자신의 삶에 대한 본격적인 반성을 피해가면서 그 어려운 드러냄을 시도하는 것일까 이다.

4.

그러한 점을 고려할 때, 예사로이 넘겨버릴 수 없는 것이 이 작품의 대부분이 1980년대 중반에 발표되었다는 점이다. 작가는 단행본의 머리말에서 시대의 변화가 이 작품을 가능케 하였다고 말하고 있지만, 이 작품들이 발표되는 84년에서 87년까지의 기간은 여전히 군사독재 정권인 제5공화국 시대였다. 적어도 변혁이나 남북문제를 터놓고 이야기할 수 있는 시점은 아니었다고 할 수 있다. 그를 상징적으로 보여주는 것이 이 연작의 첫 두 편이 발표되는 '신작소설집'이라는 형식의 책이다. 제5공화국 출범과 더불어 폐간되는 <창작과 비평>은 여전히 그 상태에서 벗어날 수 없었고, 이 '신작소설집'이라는 것들은 출판사에서 그러한 공백을 메우는 한 방식으로 기획된 것으로 판단되는 것들이다. 그러므로 시대상황이 이 소설이 쓰여지는 것을 가능하게 했다면, 그것은 폭압적 정치체제의 사라짐 같은 것이 아니라, 그 시기에 이루어지고 있던 변혁운동의 성장과 관련되어 있는 것으로 보인다. 이 시기 남한의 변혁운동 세력들이 상당한 정도로 사회주의적 전망을 받아들이고 있었으며, 그와 더불어 북한 사회주의의 실상에 대한 관심 또한 고양되고 있었다는 상황이 주목되지 않을 수 없다. 당시에 고양되고 있던 북한에 대한 관심 또한 단지 호기심과 같은 것은 아니었다. 한편으로는 변혁의 전망을 기획하는 것과 관계되어 있었으며, 그 안에는 통일에 대한 전망 또한 당연히 포함되어 있었다는 점에서 본다면, 이 소설들은 이러한 변혁운동, 또는 변혁의 전망에 대한 개입으로서의 의미를 갖게 된다.

그러한 점에서 앞에서 살펴본 이 작품의 유일한 개작부분은 다시 한 번 주목된다. 그 때 그 자리에 있었던 사람들이 부르던 노래들은 우리 역사 속에서 면면히 이어져 내려온 변혁운동과 직접적으로 연관되어 있는 것이다. 또 그 중의 어떤 것들은 바로 이 작품이 발표되는 80년대에 다시 불려지는 노래이기도 했던 것이다. 그렇다면 이 작품의 무의식의 한 축에 '대한민국'이라는 체제가 놓여 있다면, 다른 한 축에는 변혁운동의 역사가 놓여 있다고 할 수 있을 것이다. 그리고 그것을 이해할 때 이 작품이 왜 유독 북한사회나 북한체제에 대해서 강력한 일반화에의 욕구를 드러내는가를 이해할 수 있다. 그가 겪은 북한사회야말로 변혁운동의 한 가운데 놓여져 있던 바로 그러한 곳이었다. 그가 경험한 것은 그 변혁운동이라는 것이 이루어내는 물결이었고 그것이 당대인들의 삶을 만들어내는 무늬였다고 할 수 있을 터인데, 그는 그것을 파괴로서 경험하고 있는 것이다. 때문에 그것은 되풀이되어서는 안 될 어떤 것이었다. 그렇다고 본다면 이 작품은 변혁을 꿈꾸는 사람들에게 던지는 하나의 질문의 형식으로 존재하고 있다. 그 질문은 남북분단의 역사라든가 통일의 전망에 대한 논리적 객관화의 차원에서 이루어지는 것은 아니다. 대신에 그것은 '본래적인 사람살이'의 올바른 모습을 끊임없이 고민하는 한 개인의 체험에서 비롯되고 있다. 그리고 그 체험이라는 것은 이른바 논리라든가 이념의 거짓됨조차 포함하고 있는 것이라는 점에서, 변혁을 꿈꾸는 사람에게는 더욱 더 소중한 어떤 것일 수도 있다. 세미

20세기 연극의 총정리 및 공연법에 대한 비판

20세기 후반의 연극문화

유민영(국학자료원, 2000)
신국판 /704면 값 33,000원

냉전시대가 끝나고 식민지잔재를 털어버림과 동시에 백화제방의
연극시대를 열었고 다원주의시대에 걸맞을 만큼 연극양식도 다양화되었다.
전통극, 마당극, 실험극, 뮤지컬 등 갖가지 양식의 연극,
국제연극제를 탄생시키고, 여러 연극제를 활발하게 열며,
한국연극사에 대단한 발전과 변화를 꾀했다.

타인의 땅

이 호 철

안변(安邊) 부사 남홍우의 장손 남규일은 원산 포(浦)에 처음 왜인들이 들어오고 어언 스무 해 남짓 지나서 원산 거리가 엄청 번창해 가자, 안변 읍에서 소달구지를 타고 깜장 두루마기 바람으로 곧잘 거리 구경을 나가곤 하였다. 열 예닐곱 살 나이였지만 그러는 그의 행태 하나 하나는 어딘가 괴이한 구석이 있었다. 고무신을 사 신고, 또는 석유 등잔, 성냥 통을 사들고 돌아오곤 하였다.

"희한하지? 희한하지 않니? 보란 말야. 이 유황불 켜지는 걸 보란 말이다!"

뒤따르는 한 문중 아이들을 돌아보며 소달구지 위에 엉거주춤하게 서서 그 나이 또래의 여느 아이들 같지 않게 다혈질적인 웃음을 터뜨리며 성냥을 드윽드윽 그어대곤 하였다.

"어때, 희한하지 않니? 이 멍추들아, 이 유황불 켜지는 것 봐. 저 햇덩이도 처음에 켜질 때는 이렇게 켜졌어. 알아들어? 알아듣겠느냔 말야!"

"햇덩이가 켜지능가 뭐. 아침이면 떴다가 저녁이면 지지."

"뭣이 어째, 이 멍추들아, 햇덩이두 본시는 저게 유황불이란 말야. 이것을 자꾸자꾸 켜서 저렇게 커진거란 말이다."

"……."

"이제 너들도 두 눈 똑똑히 뜨고 보란 말이다. 이제부터 엄청 새 세상이 열려. 이 유황불처럼 희한한 새 세상이 열려진단 말야."

남규일은 소달구지 위에서 기우뚱거리며 선 채, 이렇게 신명이 나서 왈강왈강 떠들어대었다.

남규일의 아비 되는 사람은, 철종 5년(1854년) 4월에 러시아 선박 이양선 한 척이 함경도 덕원(德源)과 영흥(永興) 연안에 느닷없이 나타나 구름처럼 모여든 우리 백성들에게 함부로 총포를 쏘아대며 날탕질을 할 때 맨 앞장에 서서 앙앙(怏怏)하다가 끝내 그 일이 빌미가 된 화병으로 세상을 떠났던 제 할애비(부사 남흥우의 아비)를 닮아 비슷하게 깡다구가 세고 열이 많은 사내였다. 그렇게 그이도 역시 어린 때부터 친할배를 닮아 벌써 척사(斥邪) 쪽으로 앙앙(怏怏)하다가 끝내 동 학이 온 나라를 휩쓸 무렵에 단신 집을 나가 객사하여 소식이 끊겼으나, 원체 때가 때인지라 온 문중이 쉬쉬하고 덮어두고 말았다고 한다.

남규일은 그 유복자였다. 어린 때부터 제 증조부와 아비를 닮아 여러 면으로 벌써 유난한 행태를 드러냈지만, 타고난 그 핏기와 열기는 증조부나 친아비와는 정반대 국면 쪽으로, 말하자면 척사 쪽으로가 아니라 개화(開化) 쪽으로 벌써 싹을 드러내고 있었다. 그리하여 그 조부 안변 부사는, 일찍부터 별나게 노는 이 장손을 두고는, "참 별일이다, 별일이다! 지 아비는 척사 쪽으로 만판 속을 썩이더니, 저 놈은 거꾸로 저 짓거리로 내 속을 뒤집어 놓누만. 암튼 저 놈이 종당에는 이 집안을 끝장내면서 통째로 들어먹을 것이야."하고 혼자서만 궁시렁 궁시렁거리곤 했다고 한다.

아닌게 아니라 남규일은 그 조부의 예언에 쏘옥 들어맞게 한치의 어긋남이 없이 행동하더니, 드디어 열 여덟 살 되던 해 어느 가을날은 새로 개항된 지 어언 20여 년이 지나 제법 현대 도시로 탈바꿈해 가며 왜인 장사치들이 북적대는 원산 포(浦)로 또 모처럼 나갔던 길에 상투를 자르고 조끼 달린 신식 양복에 서양 벙거지까지 하나 쓰고서는 엉망으로 술이 취해 소달구지 위에서 덩실덩실 춤을 추며 동네 안으로 들어왔다.

"냇골집 장손이 상투를 잘랐다아."

"서양 양복을 입었다아."

"서양 벙거지도 하나 썼다아."

소문은 순식간에 온 동네에 퍼졌고, 어른 어린애 할 것 없이 이 부사 댁, 아흔 아홉간 대궐 집 바깥마당으로 몰려들었을 때는, 남규일은 부사인 조부 앞으로 나아가 술 취한 두 눈을 히번득이며 원산 포구에 어물상 하나를 차렸노라고 아뢰고 있었다. 조부 안변 부사는 들은 척도 않고 골패(骨牌)만 놓고 있었다.

"우리 문중에 이 어인 해괴한 일이 생긴다는 말이오"

두터운 눈썹에 우람한 허우대를 지닌 남규일의 숙부 되는 사람은 큰 집 대문을 들어서 안마당을 지나 대청 마루에 한 손을 짚고 머리의 상투를 휘떨면서 한바탕 대성 통곡을 하였다.

그 무렵은 나라라는 것이 일단은 한 집안 문중의 단위로서만 그 윤곽이 잡혀지던 때였다. 이완용을 비롯한 5적이 나라를 통째로 왜놈들에게 떠넘겼다는 것은 먼 서울 안, 조정의 일로만 여겨졌을 뿐 도무지 살갗에 실감으로 와 닿지 않았으나, 문중 장손이 조상 대대로 터 잡고 살아온 고토(故土)를 내동댕이친 채, 원산 거리에 어물포를 차리고 나간다는 것이야말로 하늘이 무너지는 듯한 와해감으로서 와 닿던 시절이었다.

남규일의 어미가 복바쳐 오르는 울음을 끄며 시아버지 부사 앞으로 나아가 엎드려 사죄를 하였다. 제 덕이 미진해서, 이 문중에 저런 못된 종자를 태어나게 했다는 것이었을 터이다.

"며늘아이 자네야 무슨 잘못이 있능가. 다아 세월 탓인 것을…"하고 히뜩 쳐다보는 부사의 두 눈썹이 비로소 한번 희번득였다. 이 집안에서 자네가 청상으로 지내는 것만 해도 이편에서 감지덕지, 목불인견, 가슴이 미어진다는 낯색이었다. 며느리는 시아버지의 그 깊은 속까지 나름대로 헤아리며 다시 새로운 울음이 끓어올랐다.

그 뒤, 부사는 사흘 밤낮 식음을 끊었다.

그러거나 말거나 그야말로 망나니 새끼 뛰듯 하던 남규일은 그 며칠 뒤, 서양 양복에다 서양 벙거지를 쓰고 원산포에 새로 차렸다는 그 어물 점포로 나갔다. 하지만 원체 이 장손의 사람됨을 아는 터이라, 이 남씨 문중 어른 중에 누구 하나 만류할 엄두조차 내지 못하였다.

그 이틀 뒤, 억수로 가을비가 쏟아지는 속에 부사는 일꾼 두엇을 데리고 선산으로 올라가 12대 선조가 이 곳에다 터를 잡으면서 심었다는 아름드리 소나무를 종일 걸려 도끼로 찍어내고 있었고, 부사의 작은아들은 벌겋게 술 취한 얼굴로 큰집 아흔 아홉간 대궐 집으로 들어와 "형님만 살아 계셨어도 이렇지는 않았을 것인데. 이 지경은 안 되었을 터인데, 저 동학 바람이 골수까지 들었던 형님만 살아 계셨어도"하고 궁시렁거리며 또 다시 대성통곡을 하였다. 원체 골고루 피가 억센 집안이라, 이 문중 안의 그 누구하나, 부사의 저 하는 짓을 만류할 엄두조차 못 내었다.

그날 밤, 하늘도 무심치 않은 듯이 엄청 소나기가 쏟아지는 속을 두 눈에 괴이한 광채까지 보이며 안마당으로 들어서던 부사는 어금니로 울음을 삼키는 과수 며느리의 부축을 받으며 문지방을 넘어서자 그대로 피를 토하고 운명하였다.

이튿날 기별을 듣고 달려온 남규일은 양복 차림에 서양 벙거지에 처음 보는 서양 우산 하나까지 쓰고는 있었으나, 내장을 온통 후벼내듯이 서럽게 서럽게 울기는 하더라는 거였다. 그리고 7일장으로 이레 뒤에 상여가 나갔다. 칠십 여장의 만장이 앞장선 속에 일가 문중이 늘어선 그 장례 행렬은 그런 대로 위의(威儀)가 있었다고 한다.

그리고 그날 밤, 숙부와 마주앉아 술이 거나하여 핏발이 선 눈을 번들거리며 남규일은 꿍얼꿍얼 주절대더라는 거였다.

"내가 할바이를 생으로 잡았소다, 내가…나만 아니었음, 더 오래 사셨을 긴데."

"……."

대꾸 한마디 없이 외면을 하는 숙부도 제법 우람한 체대였으나, 이 무지

막지한 망나니 조카 앞에서는 사람이 훨씬 매가리라곤 없게 물러 보이더라는 거였다.

"하지만 난 나대로, 한번 본때 있게 시원하게 살아 보겠시오. 삼촌께서도 미리부터 그렇게 알고 계시우다나."

"……."

"나야, 조상 덕 안 보문 되지 않나요. 난 다시 내일 아침에 떠나겠소다."

감히 누구도 그 떠나겠다는 남규일 앞을 막아설 수는 없었다. 문중의 층층시하로 늙은 나인 젊은 나인들은 집안 남정네들 돌아가는 눈치만 슬금슬금 살필 뿐이었다.

이튿날 이른 아침, 선산의 그 아름드리 소나무가 없어진 마을부터가 외방 바람이 그대로 밀려 들어와 되바라지게 들떠 보이는 속에, 남규일은 서양 양복 차림에 한 손에는 접혀진 양산을 든 채 마을어구를 나서고 있었다.

그렇게 결국 남규일의 숙부는 본의야 어찌 됐든 외양으로는 이 문중의 마지막을 장식하는 사람이 된 셈이었다. 부친 안변 부사의 3년 상을 정성껏 치렀으나, 그 뒤로는 시름시름 앓기 시작하고 그 좋던 허우대도 기름기가 빠지며 날로 쇠잔해 갔다. 다시 몇 해가 지나 어느새 숙부는 옥양목 두루마기에 갓을 쓴 초췌하게 어깨가 꺼부러진 모습으로 곧잘 조카의 어물 점포를 찾아 원산 거리로 나가곤 하였다. 불과 몇 년 사이에 몰라볼 정도로 잔뜩 추슬이 들어 있었고, 게다가 슬금슬금 눈치나 살피며 친조카와 정면으로 마주앉기를 꺼려하곤 하였다. 어두운 뒷방에서 혼자 며칠씩 묵다가 간다 온다는 말 한마디 없이 슬그머니 없어져 있곤 하였다.

그리하여 불과 몇 년 전의 그 일, 안변 부사 남홍우가 극적으로 이승을 하직하던 그 일 같은 것은 날로날로 번창해 가는 새 항구 도시에 가려 어느덧 아주아주 머언 먼 전설 속 이야기처럼 되어갔다.

한편, 남규일의 점포는 신흥 항구 도시와 함께 나날이 다달이 번창해 갔다. 평양, 서울 쪽으로 어획물을 공급하는 독점권을 차지하며 떵떵거리는 거상(巨商)이 되어갔고, 흔히 하원산(下元山)으로 일컬어지던 시내 아래쪽

한복판에 덩다랗게 왜식 목조 2층 건물까지 새로 지었다. 그렇게 어느덧 중년 고비로 들어서던 남규일은 몸 근수가 늘어나면서 나름대로 위인도 날로 무게를 지니며 안정되어 갔고, 친숙하게 지내는 왜인 지기도 많아, 그러저러한 연줄로 부회의원(府會議員)이라는 자리까지 하나 차지하게 되었다.

그렇게 원산 시내에서 왜인 두엇을 빼놓고 4구형 라디오를 맨 처음에 작만한 것도 바로 남규일이어서, 그 라디오가 설치되던 첫날 저녁에는 시내 원근에서 사람들이 몰려들어 "참말로 희한도 해라. 조 쬐끄만 속에 워떻게 사람이 들어갈 수 있을까잉." "그러기 말요잉. 한 나참, 별일 다 보네." "별일이나 마나 사람도 하나 둘입니까. 장구와 꽹가리 치는 사람들꺼정 조 좁은 속에 워떻게 들어갔을까?" 하고들 주고받아 밤 늦도록 한바탕 생난리를 겪었다던 것이었다.

이제는 부쩍 늙어버린 숙부도 땟국이 긴 두루마기 차림에 여전히 갓을 쓴 돋보이게 촌스러운 모습으로 조카가 새로 장만하였다는 그 라디오 구경을 하러 내려와 뒷방에서 며칠을 묵고 있었다. 새로 커 가는 남규일의 아들 녀석들, 상섭, 상운, 상국이가 번갈아 그 방을 드나들며 저들에게는 종(從)조부가 되는 노인을 슬금슬금 놀리곤 하였다.

"시골 할아버지 내려왔다아!"

"갓 쓰고 내려왔다아!"

노인도 애들 눈치를 보며 오만상을 찡그리고 설설 매었다.

이 무렵 어느 날 저녁은, 그 노인 입장에서는 참으로 괴이한 일 한가지를 겪어내야 하였다.

노인은 종일 햇볕이라곤 들지 않는 북향의 어두무레한 뒷방 구석에서 혼자 상투를 푼 채 머리를 빗고 있었던 것이었다. 종조부님의 그 머리 빗는 광경을 남규일의 둘째 아들 상운이가 문틈으로 가만가만 들여다보다가 살그머니 그 방으로 들어섰다. 그리곤 나지막한 목소리로 물었다.

"할바이, 그게 뭐야?"

"……."

노인은 제 머리 빗는 데만 정신이 팔려 미처 대답할 틈이 없었다.

"그게 뭐야? 할바이."

"넌 몰라두 된다."

노인은 그냥저냥 머리 빗는 데만 오직 용심(用心)을 하며 무심하게 받았다.

그러자 여섯 살밖에 안 된 상운은 슬그머니 가까이 다가오더니 문득 노인의 상투머리 끝을 잡고 뒤로 휙 잡아 당겼다. 그러니 노인이야 얼결에 벌렁 뒤로 넘어지며 방 한가운데 네 활개를 펴고 널브러질 밖에 없었다. 그러나 어릴 적의 지 아비를 판박이로 닮은 상운은 깔깔 웃으면서 그냥 노인의 상투 끝을 잡고는, "이랴, 이랴."하며 복도 쪽으로 이끌지를 않는가.

마침 복도 이쪽에서 그 광경을 저만큼 건너다보던 맏아들 상섭이는 울음을 터뜨리고 있었다. 뒤에 두고두고 생각해도 그때 그 울음이 대체 어떤 내력의 울음이었던지 상섭이 스스로도 딱히 몰라 하였지만, 그러나 그때 그 광경을 보던 느낌만은 뇌리 속에 깊이 박혀 오래오래 잊혀지지가 않았다.

상섭이 울음소리를 듣고 부랴부랴 달려 들어온 제 어멈이 재빨리 몸을 날려 상운을 노인에게서 뜯어 놓았다. 그런 속에서도 상운은 여섯 살 어린 애 같지 않게 히죽히죽 웃고만 서 있었더란다.

노인은 상투머리가 온통 곤두선 채로 조카며느리를 물끄러미 건너다보며 들릴 듯 말 듯 한 낮은 목소리로 한 마디 하더라는 것이었다.

"이제는 정말로 아주아주 피차에 남남이 되었구나. 불과 얼마 동안에 원, 피차에 이 지경으로까지 멀어져 버리다니. 참으로 믿을 수가 없구나. 저 아이의 할아비와 이 내가 한 엄마의 소생인데, 어쩌다가 이 지경까지…"

그날 저녁으로 남규일의 숙부는 시골로 다시 들어가, 그 뒤로 원산 거리의 조카 집에는 이승을 하직할 때까지 단 한번 얼씬도 하지 않았다고 한다.

이 둘째 아들 상운은 남규일의 처되는 친어머니부터가 거의 몸서리를 칠 정도로 싫어하여, 서로 속을 터놓고 지내는 한 이웃 아낙들에게 곧잘 귓속말을 하곤 하였더라는 것이다.

"참, 별 일이지요. 갓 낳자마자 힐끗 보았더니, 새까만 것이 꼭 개구리 엎어놓은 것 같지 않겠우. 금방 닭살이 돋으면서 몸서리가 치더라구요. 그 뒤로 당최 정이 안 붙어요. 참, 별일이지요."

"원 아무리 그럴라구요. 그래도 제 자식인데."

"글쎄, 내 말이 그 말이우. 아무리 정을 붙이려구 애를 써두 그게 그렇게 마음대루는 안 되는구려. 원 별일 다 보지."

하고는 한결 더 목소리를 낮추며 들리듯 말듯 소근거리더라는 거였다.

"애어른 같은 데가 있어요. 왜 그 애 무당 있지 않수. 그렇게 더러는 섬 칫하게 깜짝깜짝 놀라진다니까요."

"어머 웬 일이우. 그래도 제 소생의 친자식인데."

"그러기 말이우. 살다가 원, 이게 웬 업보인지, 도무지 영문을 모르겠다 니까요."

더 이상은 말을 안 하고 입을 다물었지만, 사실은 이 점은 둘째아들 문 제에만 한한 것이 아니라, 남규일의 처되는 사람이 시집이라고 와서 그 첫 날부터 이 댁에서 느낀 이 위화감, 횡횡하게 겉도는 분위기는 당자로서는 여간 곤혹스러운 것이 아니었다. 허투로 말을 안 해서 그렇지, 그야말로 죽 을 맛이었더라는 것이다.

첫날 시집 올 때부터 그랬다.

남규일은 애당초에 영세(領洗)를 받지 않아 예수를 믿지 않고 있음에도, 오직 신식으로 한다는 욕심만으로 그 당시 원산에 와 있던 조선말 잘하는 서양 사람 목사에게 손을 써, 결혼식도 하얀 신식 건물 예배당에서 올렸었 다. 물론 신부도 이 거리에서는 드물게 치마 저고리 차림이 아니라 하얀 웨 딩 드레스라나 뭐라나 하는 것을 머리서부터 통째로 뒤집어썼다. 이것도 물론 신랑 남규일의 강권으로서였다.

그러니 신부가 보기에는 도무지 피가 도는 사람 같지 않은 석고처럼 하 얀 친식 남자무당, 서양 사람 목사가 경을 읽고 더러는 흡사 미친 사람처럼 두 팔을 경중 들고 휘젓는 것이 여간만 징글징글 하지 않았다. 남규일은 그 무렵치고는 꽤나 늦장가를 갔던 것이었다. 그 예배당의 흰 양회가루 하얀 천정에 쩌릉쩌릉 울리던 듣기 좋은 맑고 엄숙한 찬송가 소리도 신부는 어찌 그렇게나 을씨년스럽던지…

그 예배당 홀 한가운데에는 시골에서 모처럼만에 행차한 남규일의 그 숙부도 옥색 옥양목 두루마기에 갓을 쓰고 의젓하게 앉아 있었다. 물론 그 차림은 조금도 어색하지는 않았다. 홀 안의 축하객 태반은 아직은 바지저고리 차림이거나 치마 저고리 차림이었으니 응당 그랬을 터이었다.

아무튼 그 뒤로, 새 안주인으로 들어온 이 시댁에 감도는 횡횡하게 겉도는 것의 정체가 도대체 무엇에 연유하는 것인지는 딱히는 알 수 없었지만, 다만, 뭣인가 본원적으로 설익어 있는 것만은 남규일의 처로서도 여자들 특유의 직감으로 이미 감득하고 있었던 것이었다.

그렇게 시류를 좇아 새로 일떠서는 원산 거리에서 새 시집살이를 시작해 내리다지로 아들 셋을 그야말로 눈 깜짝할 사이에 빼놓았지만, 남규일의 처는 좀 해서는 남편이라는 사람의 그 유난스러운 행태와 그로 말미암은 이 집의 그 괴이한 분위기에는 안존하게 젖어들 수가 없었던 것이었다. 단지, 그나마 요행인 것은, 야드러운 살결에 눈썹이 가늘게 길고 계집애처럼 화사하게 생긴 맏아들 상섭이 하나만은 외탁을 했는가, 그런 대로 자신의 피붙이로 느껴지곤 하여, 그 어린 상섭이를 끌어안고 남몰래 혼자 울기도 많이 울었었다.

그러나 제 처라는 사람이 그러거나 말거나 아랑곳없이 남규일은, 차츰 커 가면서 어깨가 조금 앞으로 휘어지고 살결도 거무죽죽한 어린 아이 냄새가 도무지 안 나는 그 둘째아들 상운이만을 옥이야, 금이야 애지중지 편애하고 있었다. 이 둘째아들에게서 자신의 어린 시절을 보는 것이었다.

그 무렵 어느 날은, 남규일이 원산 시내에서 제법 행세께나 한다는 왜인들 예닐곱 명을 자기 집에 초대하였다. 그렇게 모두가 술이 거나해져서 자리가 차츰 농익어갈 즈음, 상운은 변소 옆에 숨어서 기다리다가 평소의 그 아이답게 엉뚱한 장난을 하였다.

왜인 하나가 술에 취해 비트적이며 변소 안으로 들어가자 밖에서 곧장 문고리를 잠가버리고는 혼자서 킬킬 웃으며 한참을 서 있었다. 얼마만에야 변소 안에서 그 왜인이 나오려고 문을 밀었으나 열릴 턱이 없었다. 다급해진 그 왜인은 탕탕탕 맨 손바닥으로 문을 두드려댔다. 그러자 상운은 문 밖에서 장난감 총을 들이대고서는 덮어놓고 "오까네, 오까네(돈, 돈)"하였다. 할 수 없이 왜인은 변소 문틈으로 일전 짜리 동전을 내밀었다. 그러나 상운은 머리를 설레설레 저으며 퇴짜를 놓았다. 오전 짜리 십전짜리도 퇴짜를 놓고, 끝내 오 십 전 짜리 은전을 내밀어서야 비로소 문고리를 벗겨 주었다. 그 왜인은 변소에서 나오자마자 한껏 눈을 부라리고 노려보는 것이 고만한 나이의 어린애를 보는 눈길이 아니라, 같은 또래의 상(商) 거래 상대자를 노려보는 눈길이더라는 것이었다.

어쩌다가 마침맞게도 그 광경을 이쪽 주방 창문을 통해 먼발치로 내다보며 그 아이의 친어머니, 남규일의 처는 그 뒤 어느 한사람에게도 이 일을 발설은 안 했지만, 그 순간의 그 왜인의 얼굴 표정이나 눈길에 얼마나 얼마나 공감을 했는지 몰랐다. 그 왜인도 자신의 그 둘째아들을 기겁할 정도로 싫어하고 있는 것이 차라리 공감이 되면서 후련한 느낌마저 들던 것이었다.

그 왜인이 방으로 들어가 금방 당했던 일을 제법 의젓하게 어른다운 여유 섞어 씨부렁거리자, 모두가 슬렁슬렁 웃는 속에서, 정작 주인 남규일은 추호나마 미안해 하기는 커녕 무릎까지 치면서 시뻘겋게 그 특유의 다혈질적인 웃음을 한바탕 또 터뜨리며 좋아라, 하고 있었다. 그리고는,

"두고 보세요. 저 아이가 보통 아이는 아니니까요. 제가 여러 자식이 있지만 그 중 탐탁하게 여기는 게 바로 저 아이지요."

하고 서투른 일본말로 한마디하곤 안방 쪽에다 대고 커다란 목소리로 그 아이를 불러들이기까지 하였다.

상운이도 두 손으로 뒤짐을 처억 지고 들어가, 조금 전의 그 왜인을 향해 혀부터 한번 날름하였다. 그리고는 제 애비가 시키는 대로 턱을 잔뜩 치켜올리고 어른들이 술자리 같은데서 흔히 부르는 구성지고 외설스런 유행

가 한 자락을 그 어린 나이치고는 우렁우렁한 바리톤 목소리로 불러대는 것이 아닌가. 한방 가득한 손님들은 건성으로 손뼉은 치면서도 볼상 사나운 것을 보는 듯이 하나같이 미간을 찡그리고들 있었다. 그러나 주인 남규일은 손님들의 그러저러한 눈치엔 전혀 아랑곳없이 또 한바탕 호걸 풍으로 웃곤, 저 옛날 자신이 시골을 벗어져 나오던 이야기를 자랑삼아 또 떠벌리고 있더라는 것이다. 그 목소리나 서툰 일본말에는, 이미 저 옛날 원산거리에다 어물상을 처음 차리던 무렵의 서슬 기운은 많이 바래어져 있었다. 그러고 보면 어언 중년으로 접어들어 볼품없게 뚱뚱해져 있기도 하였다. 흥청망청 뻗어가던 장사와 돈이라는 것이 그의 위인을 둔중하게 하면서 겉가죽으로 안정시키기는 하였으나, 사람을 아주아주 천덕스럽게 희멀겋게 만들어 놓고 있었더라는 것이다.

그 둘째 아들 상운이도 어언 초등학교 4학년이 되어 있었고, 그 아이답게 벌써 골방 구석에서 어른들의 담배를 낱개로 훔쳐다가 피워 보는 장난을 하였다. 남규일의 처도 이 아이에게만은 저 생긴 대로 놀도록 매사에 거의 외면을 하다시피 하였는데, 어느 날은 그렇게 골방 구석에서 혼자 담배를 피우다가 어머니가 벌컥 문을 열자, 그냥 어머니를 빠안히 올려다 보며 히죽이 웃고는 계속 담배를 뽀끔뽀끔 빨면서

"엄마, 왜 아무 말도 안 해?"

하고 물었다. 어머니 쪽에서 아무 기척이 없이 묵살을 하자,

"응? 왜 아무 말도 안 해? 왜 나한텐 야단 한번 안 치지?"

하며 거무접접한 얼굴로 또 히죽이 한번 웃고는 그냥 담배만 뽀끔뽀끔 빨고 있더라는 것이다. 다시 나지막한 목소리로,

"엄만 날 싫어하지. 나, 다 알어. 상섭이 형하구 상국이만 좋아하는 거 다 알어."

하더라는 것이었다. 이런 소리도 본 당사자인 어머니로서는 조금 뜩금할 법도 했으련만, 원체 상대가 이 아이여선가, 전혀 심상하게만 들리더라는 것이었다.

그 무렵 어느 늦가을 저녁 상운이는 기어이 일을 저지르고야 말았다. 자기 또래 아이들을 모아놓고 고방에 있던 석유 초롱에서 석유를 훔쳐내다 집 주위에 뿌리고는, 아이들이 지켜보는 가운데 성냥개비를 그어댄 것이다. 불이야, 소리에 집안 식구들이 달려나왔을 때는 이미 집은 거지반 불더미 속에 휘감겨 있었다.

상운은 안마당 끝에서 처음에는 달려나오는 가족들을 건너다보며 실실 웃고 서 있었다. 그러나 순식간에 불길이 제 방을 휘어감자 비로소 울기 시작했고, 뭐라뭐라 혼잣소리를 중얼거리며 그 불더미 속으로 뛰어 들어가 제 란도셀 하나만 댈랑 들고 나왔다. 그렇게 달려나오는 바지 가랑이에 불길이 댕겨 있었다. 그제야 상운은 엄마 소리를 지르며 안 마당을 대굴대굴 두어 바퀴 뒹굴었다. 정작 엄마 되는 사람은 그때 그 엄마 소리도 뭔지 끔찍스럽게만 느껴졌다던 것이었다. 경황이 없는 속이었음에도 그 느낌만은 그로부터 꽤나 세월이 흐른 뒤에까지 쌔록쌔록 하더란다.

상운은 그렇게 어느 누구의 도움도 없이 혼자서 바지 가랑이의 불을 껐다. 그리곤 앉은 채 물끄러미 어머니를 올려다보는 눈길은 원망은커녕, 그 이상 담담할 수가 없더라는 것이다. 비로소 양 무릎 사이에 머리를 처박고 혼자 클쩍클쩍 울기 시작하더라는 것이다.

결국 집은 완전히 잿더미로 변해 버렸는데, 마침 정어리공장 일로 함경북도 청진 쪽으로 들어갔다가 기별을 듣고 부랴부랴 돌아온 남규일은 그다지 놀라는 기색도 아니었다. 까만 잿더미 앞에 한참을 머엉 하게 먼 산 쳐다보듯이 서 있다가 문득 제정신이 돌아오기라도 한 듯이 두리번두리번, 마침 눈길에 잡힌 둘째 아들 뒷덜미를 비틀어 움켜쥐듯이 달랑 들어 맨 바닥에 패대기를 치곤 장작 패듯이 무섭게 뚜드려 패더라는 것이었다. 말 한마디 없이 그렇게 무작정 하고 뚜드려 패는 것이었는데, 맞는 쪽 상운이도 비명 한번 지르지 않고 고스란히 맞아 주더라는 것이다. 다만 연거푸 무섭게 주어 맞으면서도 다시 아버지 앞으로 나아가 아버지 두 무릎을 끌어안으려고 두 팔을 들어 허위적거리는 게 보기에 따라서는 여간 안쓰럽지가 않더라는 것이었다.

어머니와 친형인 상섭이, 그리고 막내 상국이는 부자지간의 그 광경을 마치 생판 남남끼리 벌이는 어떤 일을 겪기라도 하듯이 바라보며 제각기 울고는 있었으나, 정작 본인들은 울기는커녕 시익시익거리며 억수로 흥건하게 땀만 흘리고 있는 것이 꼭 두 마리의 짐승 같았다.

끝내 아버지 남규일 쪽이 먼저 지쳐서 오른 팔을 들어 이마의 땀을 닦으려고 하였다. 그러자 상운은 엉금엉금 기어가 그 아버지의 두 무릎을 끌어안고 비로소 으앙 하고 울기 시작하더라는 것이다.

물론 곧 잇대어 먼저 집보다 더 큰 2층집으로 새로 살림집을 짓긴 하였지만, 그런 일이 있은 뒤로 집안 일이 매사 신통치가 않고, 청진 쪽에 새로 벌였던 정어리 공장도 송두리째 경중 헛일이 되고 말았다. 해류가 바뀌었는가, 그렇게나 많이 잡히던 정어리가 어느 해부터는 거의 한 마리도 안 잡히는 데야 별 용 빼는 수가 없었다. 천지운항의 기류는 그렇게 어느덧 이 집안을 비껴가기 시작하는 것 같았다. 한 때는 그다지나 기가 나서 승승장구하던 남규일 집안도 잠시 잠깐 뿐, 그 때를 고비로 해서 시름시름 기울어지기 시작했다.

세월은 유수(流水)와 같아, 어느덧 40년대도 중반으로 접어들고 있었다.

맏아들 상섭이 소위 왈 학병을 피하여 동경에서 집으로 돌아 왔을 때는 둘째 상운이도 이것저것 죄다 중도 포기하고 형보다 한발 앞서 먼저 돌아와 있었다. 그 상운이도 어머니가 보기에, 그 전 어릴 적보다 뭔지 모르게 헐렁헐렁해져 있었다. 상운은 초등학교를 졸업하자 내리 3년 동안을 원근의 중학교, 상업학교, 심지어 농업학교까지 시험을 치렀으나 죄다 불합격으로 미끄러졌다. 그렇게 3년이 지나서는 일본의 저 동북쪽 끝, 어느 시골 사립 중학교에 어렵사리 적(籍)을 두고 있었던 것이었다.

상섭이야 학병이라도 피해서 돌아왔다지만, 상운은 무슨 핑계로 한발 앞서 돌아왔는지 알쏭달쏭 하였다. 그렇게 먼저 돌아와 있던 상운은 사전 기별 한 마디도 없이 어느 날 느닷없이 현관으로 들어서는 형을 보자 그 독특하게 넉살끼 좋은 웃음을 웃으며 "성, 성은 어째 이제야 오니?"하고 가당치 않게 한마디 묻곤 괜스레 신명이 나서 지껄여대었다.

"난 달포 전에 버얼써 왔다. 싹수가 노랗다누만, 얼마 안 남았대야. 이제 일본이 이 전쟁에 져서 금방 망한대야. 대관절 그렇게 일본이 망하문, 우리 집은 어떻게 되지? 응야 성, 성은 그런 거 안 생각해 봤니?"

"…"

"가만히 그걸 생각하문 아바지가 불쌍해져. 불쌍한 생각이 들어. 하지만 어쩔 수 없는 건 어쩔 수 없지 머. 안 그래? 성, 어쩔 길이 없는 거야 어떻거겠어. 그지? 그지?"

아닌게 아니라 불과 몇 년 사이에 이 집안 분위기는 표가 나게 삭막해져 있었고 잿빛 일색이었다. 일본 땅에 유학 가 있다가 오랜만에 돌아와서 더 그렇게 느껴지는가, 도무지 그전 같지가 않았다. 어디가 어떻다고 꼭 집어낼 수는 없었지만, 안팎의 막 일꾼들이나 식모들, 그 밖에도 넥타이 차림의 어물상 직원들 등, 아랫것들도 죄다 예외 없이 그 전 하고는 달리 활달하게 활기가 있는 반면에, 이 방, 저 방, 집안 구석구석은 마치도 구렁이나 뱀이 똬리를 틀고 있지나 않는가 싶어 괜스레 깜짝깜짝 놀라게 되던 것이었다. 그렇게 노상 좌불안석으로 서먹서먹해 있던 차에 마침 형도 돌아왔으니, 상운으로서야 모처럼 만에 신명을 낼만도 하였을 것이다.

그 새, 아버지도 생각보다 초췌해져 있었고, 그 겉모습에 어울리게 혼자서 자작 술을 마시는 버릇이 붙어 있었다. 불과 몇 년 동안에 집안 분위기는 이렇게도 차악 가라앉아 있었다. 더러는 맏아들인 상섭이가 마주앉아 아버지와 대작을 해드렸다. 그러나 그런 때도 아버지는 이렇다, 저렇다, 한마디도 말이 없었다. 이즈음에 와서는 그 아버지도 둘째 아들 상운을 슬슬 싫어하고 있는 것 같았다. 그것도 무슨 특별한 까닭이 있어서라기보다는, 그저 어느 순간부터 그 아이가 싫어지기 시작했다는 것인가 보았다. 이렇게 나이가 들어가면서 아버지 쪽이 보이게 보이지 않게 변해 가자, 어머니도 어머니대로 아버지 대하는 눈길이 그전 같지 않게 꽤나 자상해져 있었다. 그것은 어차피 종당에는 그렇게 주저앉을 수밖에 없는 이댁 안 주인의 어딘가 눈물겨운 서러운 냄새와 결부되어 있었다.

"집에 있는 동안만이라도 아무쪼록 아버지 위로해 드려라!"

어머니는 곧잘 이렇게 맏이 상섭에게 조용히 귀띔을 하곤 하였다.

둘째 상운은 본시 저 생긴 대로 긴 긴 여름날 하루 종일을 좁은 장판 방에 멍청히 혼자 앉아 있거나 가로세로 자빠져서 뒹굴거나 하였다. 맏이 상섭이는 책이며 이불 짐이며 큰 트렁크 몇 개는 짐표로 미리 붙이고 돌아왔지만, 둘째 상운은 하다못해 쓰던 치약, 칫솔까지도 고스란히 일본 땅에 남겨둔 채 달랑 알몸만 돌아왔다는 거였다. 그리고는 한다는 소리가, 이제부터 독립운동에 가담하련다고, 백두산이나 간도(間島) 쪽으로 가 보련다고, 어물상 일을 보는 넥타이께나 맨 아래 것들에게 더러 흰 나발을 불기도 하는 모양이었다.

실제로 어쩌다가 열흘, 보름씩 집을 비우기도 하였다. 그렇게 얼마쯤 지나서는 독립투사들을 못 찾아 되돌아온다며 잔뜩 먼지 긴 모습으로 현관문을 들어섰다. 그렇게 안마당으로 들어설 때마다 다리에 찬 각반이 헤실헤실 풀려 있곤 하였다. 일본 전투모에 국방복에 각반까지 치고, 독립군을 찾아다니고 있는 꼴이었다.

그렇게 며칠 동안이나마 둘째가 집을 비우면 어머니는 말할 것도 없고 아버지까지도 후련해 하다가도, 둘째가 다시 들어오면 그 무슨 구릿내 나는 것이 집안에 틈입이라도 한 듯이 온 상판을 찡그리곤 하였다. 하지만 정작 본인은 그러저러한 눈치를 아는지 모르는지, 노상 덤덤하고 천하태평이었다. 제 방에 틀어박혀 어색한 모습으로 담배꽁초에 불을 당겨 뻐끔뻐끔 빨고는 하였다. 그리곤 일본서 돌아올 적에 엉뚱하게도 헌 바이올린 하나만을 달랑 들고 들어서더니, 낮 밤이 따로 없이 노상 깽깽 깽깽 혼자서 그걸 켜대곤 하였다. 그 바이올린 켜는 모습도 상운이답게 매우매우 독특하였다. 우선 베개 두어 개를 방바닥에다 포개어 놓고, 그 베개 위에 바이올린 끝이 닿게 하고, 왼손은 방바닥을 짚고, 두 무릎도 바닥에 붙이고, 그렇게 엉거주춤하게 엉덩이를 들고 켜는 것이었다. 그러니 그 꼴인즉 어떠했겠는가. 켜는 곡도 일본 군가 나부랑이 첫 절 몇 가지만을 죽으나 사나 노상 되풀이하곤 하였다. 그런 때 어쩌다가 그 방으로 들어서던 어머니는 그 무슨 대낮 도깨비라도 본 듯이 그만 기겁을 하고 도로 나오곤 하였다. 저런 괴물이나 악마 하나가 제 뱃속에 열 달 가량이나 체류해 있었다는 것이 스스로도 새삼 징글징글 해지곤 하였다.

외탁을 한 셋째 상국이도 어언 초등학교 6학년이 되어 있었다. 어린 때는 심약하고 특징이라곤 별로 없이 왜놈 집 아이들과만 주로 어울려 놀더니, 커 가면서는 그런 대로 친가 쪽의 거칠은 행태가 더러 드러나곤 하였다.

바야흐로 태평양전쟁은 마지막 고비를 넘어서고 있었다.

그 무렵 어느 날, 시골에서 사람 하나가 내려와, 몇 년 동안 자리 보전하고 누워지내던 숙부께서 마침내 끝머리에 왔는지, 한번 틈 내서 다녀갔으면 한다고 알려왔다. 이 소식은 어언 오십 대도 중반으로 들어선 남규일로 하여금 오랜만에 먼 아득한 옛날 일들을 새삼 일깨워 주었다. 며칠 연달아 자작으로 혼자서 술을 마시고 여느 때 없이 두 눈에 핏발이 서서 조바심을 피웠다.

그렇게 사나흘이 지나자, 난데없이 조선 바지저고리에 두루마기를 내놓으라고 이르고는, 바로 그런 차림으로 혼자서만 시골을 다녀왔다.

허우대와 목소리가 그다지나 좋던 옛날의 숙부는 몰라보게 쪼그라들고 작아져 있었다. 오랜만에 조카를 본 당신도 누운 채로 눈물이 그렁그렁해지며,

"조카도 그새 늙었구먼. 하기야, 별 용 빼는 수가 있을 라고."

하고 한숨 쉬어 한 마디 하였다.

남규일도 누운 그 숙부의 매가리없이 가늘가늘해진 한 손을 잡으며 목구멍으로 울음을 삼켰다.

"난 발붙일 곳이 없이 한 평생을 살았네만, 하기사 조카도 허황했지. 세상사, 지내놓고 보면 다아 덧 없기는 매일반일 터이지만."

"……."

"우린 서로 피차가 아주아주 남남끼리가 되었구먼. 서로가 제각기 모습으루다 남의 땅에서 살았어. 남의 땅에서."

"……."

"어디 한번 물어봄세. 자네, 자네 이때까지 평생에, 한번이라도 친 고조부님 생각해 본 일 있능가? 그이께선, 지금은 통째로 원산 거리에 먹혀들어 고을 채로 없어져 버렸네만, 철종 년간에 이양선이 덕원 인근에까지 와서 날탕질을 할 때, 우리 백성들 맨 앞장에 서서 앙앙(怏怏) 하시다가 끝내 그것이 빌미가 되어 홧병을 얻어 돌아가셨네. 그러구, 그뿐인가. 자네 부친, 내 친 형님. 그이도 그 자네 고조부를 닮아 척사 쪽으로 앙앙, 끝내 집을 나가 비명횡사 하셨어. 때가 때였는지라, 문중에서들은 모두가 쉬쉬하고 덮어 두었네만. 알겠능가. 그나저나, 앞으로 저 아이들은 모두가 어떻게 될 것인고, 생각하면 도무지 막막허고 더럭 무서워지기부터 하네. 이 세월 변해 가는 것이 말일세."

숙부는 그 이틀 뒤에 운명하였다.

장사는 그 옛날 할아버지 적과는 비교가 안 되게 약식으로 치렀다.

만장도 없고 이렇다 할 곡소리도 별로 없는 상여 하나가 나갔다. 남규일만은 그래도 삼베 두루마기 차림이었지만, 그 아들 3형제는 국민복 양복차림에 벙거지 같은 삼베 두건 하나씩을 얻어 쓰고, 5촌 당숙이나 6촌들 틈에 서서 종조부님 상여 뒤를 따르고 있었다. 마을 모습도 그 옛날하고는 판판 달랐다. 언덕 위 공회당에서는 일본 기가 휘날리고, 보국대의 소집을 알리는 종소리가 뎅겅뎅겅 울리고 있었다.

이렇게 숙부의 상을 치르고 나서부터 남규일은 더욱 하루하루가 다르게 늙어가고 시름시름 앓기 시작하였다.

1943년, 일본이 망하기 2년 전에 맏아들 상섭이 장가를 들었다. 신부는 키가 훤칠하고 덕성스럽게 생긴 통칭 루씨(樓氏) 고녀 출신이었다. 서양 사람 루씨가 창립하였다고 해서 루씨 고녀였는데, 태평양전쟁이 일어나면서 그 서양사람도 강제 퇴거 당하면서 몇 년 전부터는 학교 이름에서도 그의 이름이 빠져 있었다.

맏아들 상섭은 본시 외탁을 하여 위인이 다정다감한데다가 한창 젊은 나이에 일본서 갓 돌아와 딱히 할 일도 없어, 낮이나 밤이나 신방에서 떠나지를 않았다. 기껏 해서 방공(防空) 연습 사이렌 같은 것이 울려야 더러 창백한 얼굴로 밖에 나가 보곤 하였다. 둘째 상운은 이런 형을 두고 노상 저 병신, 병신, 겨우 여자 하나에 사족을 못 쓰는 저 병영신, 하고 쭝얼쭝얼 거리고 투덜투덜 거렸다.

드디어 1945년 8월, 별안간에 그 일본이 전쟁에 패하면서 해방이 되었다. 그날 상섭과 상운은 덮어놓고 뿌듯한 감격을 안고 거리로 뛰쳐나갔다. 우선은 둘 다 일본 군대에 끌려나갈 일에서 모면되었다는 점이 그 이상 요행스러울 수가 없었다.

그러나 이튿날부터 벌써 거리에는 '높이 들어라 붉은 깃발을, 그 밑에서 굳게 맹서해, 비겁한 자여 갈 테면 가라 우리들은 붉은 기를 지킨다' 하는 전혀 생소한 처음 들어보는 붉은 노래들이 거리 골목골목을 누비고 있었다. 금방 잇대어서 농촌에서부터 거센 혁명의 바람이 일기 시작했다. 시골의 작은댁이 송두리째 재산 몰수를 당하면서 쫓겨나 거리로 내려오는 바람에 남규일은 그 조카에게 당장 잡화상 하나부터 차려 주어야 하였다.

이 무렵부터 맏이 상섭의 하얀 얼굴에서는 노상 겁먹은 기운이 가시지 않았으나, 거꾸로 둘째 상운의 두 눈에 엔 핏발이 서며 매일매일 활기가 넘쳤다. 그렇게 둘째의 반 강제적인 청에 못 이겨 상섭이도 노동당이라는 것에 입당하였다. 한 발 앞서서 입당해 있던 상운은 어느새 그 지방 신문사의 기자가 되어 낮이고 밤이고 푸른 색 완장 하나를 팔뚝에다 차고 있었다.

몇 해가 다시 휘딱 지나가고, 기어이 6·25 전쟁이 터졌고, 처음에는 인민군이 눈 깜짝할 사이에 서울을 함락시키며 물 밀 듯이 남쪽으로 쓸어내려 갔다. 그러나 그것은 잠깐, 그 해 10월초에 거꾸로 남쪽의 국방군이 거리에 입성했을 때는 상섭과 상운이 또 나란히 태극기를 펼쳐들고 거리 한가운데의 환영 인파 속에 껴 있었다. 그 뒤, 형제는 현지 주둔 시아이시(CIC)라나 하는 기관에 호출을 받아 조사도 받았으나, 출신으로 보나 성분으로 보나 공산당에 동조할 사람들은 아니라고 평가가 되어 금방 쉽게 풀려 나왔다. 그 사나흘 뒤에는 상섭은 외가 켠으로 친척이 되는 주둔군 국군 대위의 알선으로 군 정보기관의 문관 자리 하나를 얻어 날씬한 미 군복차림으로 나다녔다.

그러나 다시 곧 후퇴.

가족들과 한번 대면할 틈도 없이 3형제만 용케 그 정보기관의 드리쿼터 하나를 얻어 타고 거리를 빠져 나온 건 그 해 12월초의 밤 열 시였다. 처음에 상운은 남쪽으로 안 내려가겠다고 고집을 피웠으나, 상섭이가 끝끝내 우겨 기신기신 같이 떠났다. 상운이 말인즉 1주일만 피해 있으면 되돌아올 것이라는 거였다. 안변 평야 남쪽 끝머리에 붙은 황룡산 자락 밑의 오계(梧溪)를 거쳐 상음(桑陰)을 지날 무렵에는 적으로 오인되어 유엔군의 공중 기총 소사까지 당하였다. 드리쿼터는 소이탄 한 방을 직통으로 맞아 통채로 뒤집어져 불 타 버렸고, 상운이와 상국이 바로 옆 논둑에 엎드렸다가 나왔을 때는 상섭이는 하필이면 발목에 기총 소사를 맞아 관통상을 입고 있었다. 그 상섭이만 잇대어 내려오는 국군 드리쿼터에 애걸애걸 하다시피 태워 먼저 내려보내고, 상운이와 상국은 터덜터덜 걷기 시작하였다. 장전(長箭)까지 근근히 걸어 내려와 겨우겨우 만원 쪽배에 낑겨 들어 포항까지 내려 왔을 때는 이미 중공군은 강릉 근처까지 와 닿아 있었다. 결국 상운과 상국은 지친 모습으로 부산에 닿아 미리 약속해 두었던 대로 부산 역전에서 상섭이와 만나 다시 합류하였다. 그렇게 북에서 내려온 피난민들 태반이 그러했듯이 셋이 같이 부두 노동을 하였다.

그러나 불과 몇 달 어간에 그 세 형제 처지는 백 팔십 도로 다시 획 바뀌어져 있었다. 상국이 미군 관할 하의 통칭 켈로(KLO) 낙하산 부대에서 훈련을 받다가 휴가를 얻어 부산 자갈치로 들렀을 때, 어느새 맏형 상섭은 허연 떨거지가 되어 이상한 여자 하나와 동거를 하고 있었다. 몇 달 어간에 불상사납게 더욱 초췌해져 있었고 사람이 겉가죽만 남은 그 무슨 검불처럼 되어 있었다. 새로 동거하는 여자는 고향에 두고 온 형수와 어느 구석인가 닮아 있었는데, 상섭 형은 낮이고 밤이고 방구석에 틀어 박혀서 시를 쓴다나, 일기를 쓴다나, 혼자 정신 빠진 짓에만 골몰하고 있었다.

그 시라는 물건과 일기 나부랑이라는 것도 거개가 고향에 두고 온 아내와 자식들 타령들이었고, 온통 소녀적인 감상으로만 채워져 있었다. 동거녀라는 여자도 애당초에 상국에게 시동생 대접은커녕 아주아주 쌀쌀맞게 대하는 것이, 두 사이도 그닥 오래갈 것 같지는 않았다. 서로간에 인연 닿는 구석이라곤 전혀 없어 보였고, 제각기 지칠 대로 지쳐서 찌들고 비뚤어져 있었다. 여자도 노상 방안에서 뒹굴며 낮잠이나 자고, 상섭이도 그 곁에 누워서 자다가 말다가 시나 일기 같은 것을 Rm적거리다가 하고 있는 것 같았다.

이미 부산 거리라는 것이 송두리째 밑 빠진 수렁, 삼천리 방방곡곡에서 숫한 인간 쓰레기들만 모여든 오물더미처럼 낙하산 마풀러 차림의 상국의 눈에는 보였다. 하기야 켈로 낙하산 부대로 자원을 했을 때부터, 이미 상국으로서는 두 형들의 그런 꼴 저런 꼴 일체 안 보겠다는 나름대로의 비장한 각오는 돼 있던 터이었다. 이런 상국이 앞에 큰 형 상섭이는 철딱서니 없는 어린애 칭얼거리듯이,

"상운이는 죽일 놈이다. 그런 놈을 어떻게 같은 핏줄이라고 할 수 있겠니. 엄마가 잘 보긴 했었다. 그 아인 본시 그런 악마였어."

하고 도무지 세상 물정이라곤 모르는 푸념만 해대고 있었다. 그런 되잖은 푸념들을 일일이 죄다 듣고 있을 상국이도 이미 아니었다. 수중에 있는 돈을 몽땅 털어 내놓고는 그 길로 곧장 토성동에 있다는 상운 형의 직장으로 찾아갔다. 상운 형은 애당초에 악마건 어쨌건 타고난 기력이라도 있어, 제 힘으로 어느 카톨릭계 출판사에 교정원으로 취직을 하고 있었다. 그 상

운은 검정색 물들인 미군 작업복 차림으로 나오자마자 대뜸,

"왜 왔니? 나 지금 바쁘다."

하고 우락부락하게 낙하산 복 차림의 상국에게 한 마디 하고는, 이쪽에서 뭐라고 대꾸할 틈도 안 주고 뽀르르 그냥 되들어가 버렸다.

퇴근 무렵이고 더 이상 가볼 곳도 없어, 상국은 그냥 밖에서 얼쩡얼쩡 기다렸다.

상운은 퇴근해 나오자 또 화부터 내었다.

"대관절 어쩌자는 거야? 대체 나, 만나서는 어쩌자는 거야? 어쩌자는 거야?"

하고는 그나마 낙하산 부대 옷차림에서 풍기는 그 어떤 색다른 냄새라도 맡았는가, 금방 목소리가 누그러들었다.

"큰 성헌텐 들렀었니?"

"응, 거기서 곧장 이렇게 작은 성헌테 오는 길이야."

"개새끼, 그게 미친 새끼지, 사람의 탈을 썼으니 사람 새끼지, 누가 알까 보아 겁난다. 챙피해서 원. 어떻게 그 따위를 같은 핏줄이라고 할 수 있겠니."

희한하게도 조금 전의 큰형과 똑같은 소리를 하였다. 상국도 비시시 씁쓸하게 웃으며 나지막하게 받았다.

"핏줄은 무슨 놈의 핏줄. 스무 해 동안이나마 같은 집에서 그저 같이 살았다는 정분으로 찾아갔던 거지요."

지금 작은 성헌테 이렇게 찾아 온 것도, 역시 그렇구요, 하는 소리는 참아 내뱉지 않고 그대로 목구멍 넘어로 삼켜 버렸다.

"정분은 또 무슨 놈의 정분. 그런 미친 새끼 찾아가서는 뭣 허니. 챙피하기만 하지. 정말 알다가도 모르겠다. 어떻게 사람이 고 사이에 그 지경까지 될 수 있는지."

상국이 두 번째로 휴가를 나왔을 때 상섭은 이미 그 동거녀와 헤어져 있었고 다시 부두노동을 하고 있었다.

희한한 것은 그새 둘째 형 상운은 아주아주 독실한 카톨릭 신자가 되어 있었다. 같이 길을 걸어가면서도 노상 중얼중얼 무언가를 외곤 하였다. 몸 가짐이나 언행도 독실한 신자에 어울리게 차악 가라앉아 있었으나, 살 욕 심은 더 강해진 사람처럼 넉넉한 기운이 속 안으로 잠겨 있어 보였다. 뒤에 자세히 알았지만, 상운은 같은 직장에 근무하는 노처녀 하나와 열애에 빠 져 있었다. 그 여자가 바로 카톨릭 신자였던 것이다. 매일 아침 출근할 때 면 여자 집 앞에서 기다리고 서 있다가 같이 출판사로 나오고, 퇴근 때도 꼭 여자를 집에다가 모셔다 드리곤 하였다. 비가 오나 눈이 오나 여섯 달 동안을 하루같이 그랬다고 한다. 드디어 여자도 감격하여 상운을 그야말로 이 세상에 두 사람을 찾아 볼 수 없는 성실한 남자로 보았다는 것이었다. 그런 이야기도 상운은 친동생 앞에 제 입으로 자랑삼아 떠벌리었다. 본시 부터 그런 사람이었지만, 그 상운은 전보다 말솜씨 하나는 차분해졌으나 친형제간으로 쳐서는 어느 구석 더 냉랭해져 있기도 하였다.

"상국아, 너도 이 참에 영세 받아라. 천주님 곁에 있으면 마음이 든든해 진다. 고집 피우지 말고 내 말 들어라" 하고 말하기도 하여, 이 때는 상국 이도 대놓고 받았다.

"난 그런 거 안 믿겠으니 성이나 열심히 믿어서 천당 가우. 도대체 할바 이들은 옛날 한국 사람, 아바이는 왜놈 것이 껴묻은 어중간한 조선 사람, 맏 성은 이것도 저것도 아닌 희멀건 허수아비, 그런데 작은 성은 이제 서양 귀신꺼정 끌어 들였구먼. 불과 1년 남짓 전에는 북에서 노동당원이었다가 지금은 천주교인? 꼴 허구는… 엄마, 아바지도 그걸 알문 기겁을 하고 까무 러치겠소"

상운은 일순 울컥 하고 화를 내려다가 그냥 지긋이 참았다. 그리곤,

"글세 그렇게 고집 피우지 말고 내 말대로 영세를 받으라니까, 받어." 하 였다.

"난 미국 낙하산 타구 고향 땅에 떨어져서 지금 이 모양대로 죽겠으니 성이나 많이 많이 믿으시우" 하고 상국이는 멍하게 서 있는 상운 곁을 떠

나 그 길로 부대로 돌아왔다.

그 뒤 상국이 세 번째 휴가로 후방에 나왔을 때는 상운은 이미 그 여자에게 흥미를 잃고 있었다. 연애를 중도에 포기하고 그 성당에도 나가다가 말다가 하였다. 변죽 좋게도 상국이 앞에서 지껄이는 말인즉, 이 남한 세상에서는 뭐니뭐니 돈이 첫째인데, 그 여자는 돈이 없다는 거였다. 뿐만 아니라 너무 못 생겼다는 거였다.

"별 수 있나. 이 바닥에서 우리 집안을 되일구려면 너나 나나 돈을 벌든지, 그게 아니문 하다못해 돈 있는 집 딸을 색시로 얻든지 양단간에 어느 한 길 밖에 없다. 안 그렇니." 하였다.

"차라리 성, 미치시오 미쳐. 발가벗고 한 길을 뛰는 귀경을 했으면 했지, 성의 그 꼴은 정말 더 이상은 못 보겠소"

하고 상국이가 받자, 상운은 스스로 생각해도 자기 모습이 우스웠던지, 어릴 적부터 그 특유의 괴팍하고 독특한 웃음을 한바탕 시원하게 터뜨렸다. 그러는 모습에서 차라리 본래의 둘째형다운 여운이나마 느껴졌다.

53년 7월 휴전이 되자 상국은 미군 관할 하의 그 낙하산 부대에서 곧바로 한국군 공병대 장교로 편입되었다.

상운도 환도 바람을 타고 서울로 올라와 부산에서 안면 정도 익혔던 또 한 분의 신부님 알선으로 카톨릭 계통의 출판사에 취직을 하고, 그 신부님의 성당으로 다시 열심히 나가곤 하였다. 그렇게 이를테면 카톨릭이 밥줄이 되어 있었다.

이 무렵 어느 날 상섭이가 사전 기별 한마디 없이 문득 상운이를 찾아왔다. 햇볕이 쨍쨍한 8월 말 한 여름에 목 긴 깜장색 짝짝이 장화를 신고 몇 달 채 세수도 못한 듯, 잔뜩 땟국이 낀 얼굴에 웬 이상한 벙거지 하나를 쓰고 있었다. 거지도 그런 상거지가 없었지만, 어느 구석인가, 평소의 그 답지 않게 아주아주 낯가죽이 두터워져 있었다.

"상운아, 제발 마지막 부탁이다. 돈 좀 있음, 한번 배가 터지도록 양껏

먹여나 다우. 사흘이나 굶었구나" 하였다.

"성 먹여줄 돈이 난들 어딨어, 없어."

하고 상운도 대뜸 빼락 소리를 질렀다. 그러자 상섭은 이상하게 씽긋 한번 웃고는 그냥 얌전하게 돌아서서 털럭털럭 나갔다. 그 뒷모습이 웬일인지 머리끝에 남아서 지워지지가 않았다. 8월 끝 더위가 그 날 따라 유난히 기승을 부리는 속에 짝짝이로 신었던 그 목 긴 깜장 장화 짝이 두고두고 묘하게도 머리 한 구석에 남았다. 그리고 그게 바로 그 상섭이 형과의 마지막이 될 줄이야.

이틀 뒤였다. 순경 하나가 물에 흠뻑 불거진 듯한 시민증 쪽지 하나를 갖고 찾아와 혹시 이 사람을 아느냐고 물었다. 상운은 대번에 철렁해지며 가슴이 벌렁벌렁 하였다. 상섭은 그렇게 한강에 빠져 죽어 있었다. 곧장 그 순경을 따라 한강으로 달려나갔다. 건져 올린 시체는 팅팅 물에 불어 제대로 알아 볼 수조차 없었다. 어두워 오는 저녁 강물을 머엉히 내려다보며 상운은 정신 빠진 사람 마냥 그냥 한참을 앉아 있었다.

국군에 편입된 뒤, 첫 휴가를 나왔던 상국은 뒤늦게 그 사실을 전해 듣곤, 정신없이 깡술을 퍼 마시고 둘째형을 찾아가 당장 죽일란다고 권총을 뽑아들며 한바탕 난리를 피웠다.

"개새끼지, 성이 사람 새끼야. 사람 탈을 썼으면 다 사람인줄 알아. 생사람 한강에 빠뜨려 죽인 성이 사람이냔 말이야."

그러는 상국의 행패를 고스란히 지켜보며 상운은 대꾸 한마디 없이 한 손을 놀려 가슴에다 성호를 그을 뿐이었다. 그렇게 고향에 계신 아버지를 찾는 것이 아니라 하늘 나라에 계신 하나님 아버지를 찾는 것이었다.

그 얼마 뒤, 상운은 신부님 소개로 다시 독실한 카톨릭 신자 처녀 하나와 사귀기 시작하였다. 수원 사는 여자로 이웃간에 그런 대로 부잣집 소리를 듣는 집 규수였다. 얼굴은 못 생긴 편이었고 나이도 피장파장, 서른 살 노처녀였다. 하지만 원체 그 사람이라, 이 일도 순조롭게 진행될 리가 없다. 처음 한 동안은 죽자살자 정신없이 좋아하더니, 약혼식도 올리고 달포

쯤 지났을까, 또 그 특유의 미친 기운이 발작, 어느 날 느닷없이 결혼을 못하겠다고 뒤로 나자빠졌다. 이유인즉 여자가 너무 못생기고 늙었다는 거였다. 남녀간에 최소한 다섯 살 터울은 져야 정상이라고 평소의 그다운 해괴한 설을 주장, 신랑인 자기 쪽에서 너무 손해를 본다며 절대로 못하겠다는 거였다.

여자 집에서는 그야말로 청천의 벽력이어서 생난리가 났을 밖에. 장인될 사람은 그 충격으로 중풍으로 쓰러져 그대로 급사를 하였다.

이 일이 소개자인 그 신부님에게도 알려져 상운은 그 당장에 직장을 쫓겨나고, 동시에 그 알량한 카톨릭도 집어치우고 말았다. 그렇게 다시 무신론자가 되었다. 그러나 퀴퀴한 하숙방에서 며칠을 혼자서 뒹굴자니 또 다시 암담해졌다. 때마침 상국이가 마악 찾아와 있었다. 상운이는 그 상국에게 제법 의논조로 가만가만 말했다.

"상국아, 가만히 혼자 곰곰 생각하니, 아무래도 그 처녀허구 해야겠구나. 책임상으로도 그렇고"

"……."

상국은 하 입이 써서 벌어졌던 입이 다물어지지가 않았다.

"별 수 없겠어. 우선 살구 봐야 할 거 아냐"

"아니, 성, 대체 지금 제 정신 갖구 하는 소리야, 그게?"

"그렇지 않음, 별 수가 있어야 말이지."

아닌게 아니라 이튿날 상운은 고래 심줄 낯짝을 하고 수원 교외에 있는 그 여자 집으로 기신기신 찾아갔다. 여자 집에서는 백주에 나타난 도깨비 보듯, 처음에는 떠름해 하더니, 상운이 편에서 애걸애걸 하자 기왕 버려진 딸이라 여기고 응낙을 하였다. 그렇게 부랴부랴 결혼식이 올려지고 상운은 다시 독실한 신자로 되돌아갔다.

몇 년이 또 후딱 지나 상국이 제대를 하고 보니, 그새 상운은 상운대로 사람이 또 여간 야박해져 있지가 않았다.

"살아봐서 너도 잘 알겠지만 이 남한 사회에서는 핏줄이라는 게 무슨 의미가 있니. 그런 소리, 말짱 헛방귀 뀌는 소리다. 그렁이까, 내 말 잘 들어. 넌 너 갈 데루 가능 거구, 나도 나 갈 데로 가능거다. 그렇게 알아둬라. 그 게 서로 편키도 할거다."

하고 딱 잘라 말했다.

그리고 벌써 상운은 제 집안에서도 아주아주 횡포한 남편이 되어 있었 다. 처가집에서 살림을 보태주지 않는다고 마누라를 들볶아대며 악을 악을 쓰곤 하는 모양이었다. 대놓고,

"내가 너 보구 장가 든 줄 아니. 너네 집 재산 보구 했지. 그러니까 응 당 알아서 해야 되잖아. 응잉? 내 말 알아듣겠어?"

하곤, 자기가 기대했던 그 수준을 감당 못 하겠거든 당장 이혼을 하자고 밤이고 낮이고 악을 써 대는 모양이었다. 그러니 그 형수로서야 하루하루 지옥이 따로 없었다.

상국도 상국대로 낙하산 부대에서 뜨내기 영어를 서툴게나마 구사하고, 한국군 공병대에서 주먹구구로나마 토목 기술을 배워 두었던 덕에, 그러저 러한 연줄연줄로 한 미국 토목회사의 현장 감독으로 취직을 해 있었다. 겉 으로 보기보다는 돈푼이나 주무를 수 있는 괜찮은 자리였다. 그러자 상운 은 다시 보이게, 혹은 보이지 않게, 상국에게 여러 모로 고분고분해졌다.

"너도 종교를 믿어라. 믿어두면 여러 가지로 좋다. 이런 세상에서는 그런 것이라도 하나 갖고 있어야 살아가기가 편하다."

이런 소리를 지껄이기도 하였는데, 그러나 말은 이렇게 하면서도, 실제로 는 성당 나가는 일에도 게을러져 있었다. 비단 성당 나가는 일 뿐만 아니 라, 험악하게 돌아가는 이 바닥에서 앞으로 살아나갈 자신을 잃고 있어 보 였고 매사에 게을러져 있었다. 그렇게 상운은 원체 늦장가를 들어 내리다 지로 아들 형제를 낳으며 어영부영 지아비로 주저앉아 밤이고 낮이고 파자 마 바람으로 방안에서만 뒹굴었다. 형수하고도 노상 싸우다 말다, 사네, 못 사네 하면서도 딱부러지게 헤어지지는 못 하였다.

그럭저럭 다시 60년대도 몇 년이 지나는 동안에, 어느덧 상운에게 있어

상국이는 절대로 없어서는 안 될 사람이 되어 가고 있었다. 형님 댁 생활비 태반을 상국이 쪽에서 도맡다시피 하게 된 것이었다. 어쩌다 보니 피차간에 그렇게 되어 있었다. 상국이도 어언 서른 살이 넘어서고 차츰 표가 나게 뚱뚱해지기 시작하였다. 투실투실 살이 찌고 아랫배가 나오고, 그런 식으로 겉보기로만 펑퍼짐해 갈 뿐, 그 밖에는 애오라지 돈, 돈, 돈에만 더 더 환장을 하고 기갈이 들어갔다.

60년대도 중엽으로 들어선 어느 날, 상국은 그렇게 그 달 치 생활비를 건네려고 형 집을 찾아갔다. 형은 대낮임에도 커 가는 아들 둘을 양 무릎에 앉혀 놓고 장난을 하고 있었다. 상국이가 마악 들어서자,

"응 너 오니. 어서 들어오나."

하고는 또 들입따 엄살부터 떨었다.

"쌀값은 4천 원으로 오르구, 야단 났구나. 생활비가 그 전 곱이 들어. 너두 서둘러서 장가를 가야 할 것인데, 여러 가지로 미안하고 낯이 없다."

그런 소리는 들은 척 만 척, 상국은 미군 피엑스에서 구입한 초콜렛이랑 껌이랑 두 조카에게 나누어 쥐어 주곤,

"나두 더 이상 이젠 모르겠으니, 알아서 하세요" 하고 퉁명하게 한 마디 하였다.

"어떻게 우리 이 애들 어미가 장사라도 할 거리가 없을까. 양키 계통으루다 그런 길이 많은 모냥이던데. 그런 거리나 하나 알선해 주구, 밑천이나 조금 대 주렴."

자기는 그냥 그렇게 세월아 네월아 하면서, 형수에게 장사를 시켜 거기 얹혀서 하루하루 뜯어먹겠다는 배짱인 모양이었다.

며칠 뒤 상국은 장사 밑천으로 돈 4만원과 양키 물건 장삿길을 알선해 주었다. 그렇게 당분간 발을 끊어 보기로 작정을 하였다. 실은 그 새 상국이도 여자 하나를 사귀어, 약혼이며 결혼이며 몽땅 생략한 채 곧바로 동거 생활로 들어가 있었다.

60년대도 중엽으로 들어서 본즉, 상국으로서는 지나간 10여 년간에 이렇

게 살아 남았다는 것만도 이젠 그 무슨 덤으로 여겨지는 것이었다. 그리고 앞으로는 자기도 이 바닥에 뿌리를 내리고 제대로 살아가자면, 우선은 당분간이라도 상운 형네와 연(緣)을 끊어 보겠다는 결심을 하고 있었다.

상국이의 그런 결심은 아랑곳없이, 상운은 밤낮이 따로 없이 방구석에서 뒹굴면서 팔자 늘어지게 흥얼조로 지껄이고 있거나 하였다.

"상국이 삼촌이 이제 초콜릿 가지고 온다아, 너들 좋아하는 나마까시(생과자의 일본 말) 사갖구 온다아, 서양 도우넛 사갖구 온다아."

그러나 기다리는 상국이는 좀체로 나타나지 않고, 저녁이면 먼지를 뒤집어쓰고 새까맣게 그을린 낯으로 아내가 들어섰다. 그렇게 백원이 남는 날도 있고 제법 2백원이 남는 날도 있었다. 상운도 그날그날 저녁마다 돌아앉아 돈 계산을 하고 있는 아내를 희한한 듯이 건너다보며,

"야하, 알구 보잉 이렇게 사는 방법도 있긴 있구나."

하고 감탄, 감탄하기도 하였다.

그러던 어느 날 저녁은 반주로 혼자 술 한잔을 마시곤,

"이 바닥, 이 땅이 분명히 우리 땅인 우리 땅인데, 무언지 희한꼴랑하다이. 생각할수록 희한꼴랑해. 그러구, 왜 이렇게 근지럽지? 온 몸뚱이가 무슨 벌레 기어가 듯이 근질근질 근지러운가, 이 말이다."

시뻘겋게 그 특유의 다혈질적인 웃음을 흘리고 있었고, 아이들은 아이들대로 아버지의 술 취한 얼굴이 무서워서 울음을 터뜨리고 있었다.

그러자 문득 술 취한 상운이 눈앞에는 저어 옛날 자신이 어린 때, 시골 종조부님의 상투를 잡아끌며, 이랴, 이랴, 하던 일이 떠올랐다. 엉뚱하게도 그 광경이 멀겋게 떠올라, 상운은 순간 갑자기 머엉해지고 있었다. **새미**

낯설음으로서의 근대사
─ 「타인의 땅」론

이 호 규

1.

1955년 「탈향」이란 문제작으로 등단하여 지금에도 왕성한 창작 활동을 벌이고 있는 이호철은 실향민이라는 개인적 체험을 바탕으로 그간 분단과 실향의 문제, 그리고 이 땅에 살고 있는 대다수 소시민들의 애환을 정감 있게 형상화한 작품들을 지속적으로 발표해 왔다. 지금에 이르러 그러한 이호철의 작업은 이전과는 또 다른 맥락에서 재음미되고 재평가되는 듯 하다. 지금 그의 작품이 왜 새로이 읽히며, 그에 관한 평론과 학술 논문이 국내뿐만 아니라 해외에서까지 활발하게 이루어지고 있는가에 대한 자세한 논의는 물론 이 자리에서는 감당할 수 없다. 그러한 상황이 작가에게 더욱 힘을 준 것인지, 그 인과의 연유는 알 수 없으나 작가 또한 근래에 들어 연륜과 더불어 더욱 완숙해진 작가의식을 한꺼번에 분출하는 듯한 느낌을 자아낸다. 그의 주요 작품들이 속속 외국어로 번역되어 해외로 소개가 되고 있으며, 민족과 통일에 대한 작가의 명쾌하면서도 희망찬 비전이 더욱 힘이 실린 글로 세상에 나오는 것을 보면 일흔을 바라보는 그의 나이가 무색할 지경이다.

「타인의 땅」은 1964년에 『문학춘추』에 발표되었던 것으로, 그간 거의 잊

연세대 강사, 논문으로 「1960년대 소설의 주체생산연구」 등이 있음.

혀졌던 작품이라고 할 수 있을 것이다. 그 동안 전혀 다른 작품집이나 전집에 재수록되지 않았던 관계도 있겠지만, 어쩌면 작품에 대한 작가의 애착 그리고 아쉬움 탓이 아니었나 짐작해 본다. 이 글에서 말하고자 하는 것이 바로 필자가 생각하는 이 작품에 대한 작가의 애착 그리고 아쉬움의 속살이라고 할 것이다. 이번 『작가연구』 이호철 특집에 작가가 이 작품을 자선(自選)하여 세상의 빛을 다시 보게 한 동기, 그 마음을 헤아려 필자 나름대로 이해하고 해석하고 평가해 본 것이 이 글이라 할 수 있다.

2.

「타인의 땅」은 남규일과 그의 둘째 아들인 상운을 중심으로 한, 두 대에 걸친 한 집안의 몰락사를 다룬 작품이다. 그 몰락사 속에 우리 민족의 현대사에 대한 작가의 냉정한 시선이 선명하게 자리하고 있다.

안변 부사 남 흥우의 장손인 남규일은 민족적 지조를 지니고 척사 쪽으로 앙앙(怏怏)하다가 화병으로 죽은 증조부나 그 할애비의 뜻을 받아 저 역시 척사 쪽으로 나아가 결국 단신 집을 나가 객사하고 말았던 아비와는 달리 변화하는 세상의 시류, 개화의 열풍에 뛰어든 인물이다.

그는 열 여덟 살 되던 해 원산으로 나가 상투를 자르고, 양복을 사 입고서는 술이 취한 채 고향 마을에 들어서는데, 그의 그러한 행태가 문중 사람들에게는 그들이 기대고 있던 한 세계가 정말 와해되고 말았다는 실감을 갖게 하는 극적인 사건이 된다. 그의 점포를 들러보고 고향에 돌아온 그의 조부인 안변 부사가 선산의 나무를 잘라내고 난 뒤 소나기가 쏟아지는 그날 밤, 집의 문지방을 넘어서자 피를 토하고 운명하는 사건은 세대의 격절뿐만 아니라 시대의 단절, 그 충격의 극단이라 할 것이다.

그러한 단절은 남규일의 숙부와 남규일의 둘째 아들인 상운과의 한 일화에서 또 한번 정점에 다다른다. 남규일의 숙부가 이미 초췌하고 꺼부러진 모습으로 남규일의 번창해 가는 점포에 한 번씩 들르곤 하던 때, 숙부는 상운으로부터 난데없는 봉변을 당하게 된다. 여섯 살밖에 안 된 상운이 숙부의 상투를 잡고 한바탕 행패를 부린 것이다. 그 이후 숙부는 다시는 원산으로 나오질 않게 되는데, 그날 남규일의 집을 떠나면서 숙부가 하는 말은 한세계와 조화롭게, 순탄하게 자리바꿈을 하지 못하는 또 한 세계의 부조화, 그 소외감을 그 어느 논리 정연한 서술보다 확실하게 드러내 보여준다.

이런 면에서 남규일과 그의 아들 상운은 이전 세계와 새로운 세계를 연결짓는 매개가 아니라 그 확실한 단절을 상징하는 두 인물들이라 할 수 있다. 남규일이 봉건적 세계와 새로운 근대의 굽이를 넘어가는 인물이라면 상운은 이미 '다시 돌아갈 수 없음'을 재차 확인시키는 봉인과도 같은 역할을 하는 인물이다. 그러한 상운에게 그의 친 어미조차 본능적으로 꺼림칙함을 느낀다. 그의 친 어미조차 꺼리는 인물이 상운이고, 그러한 상운을 또한 마치 자기를 보는 듯이 대견스러워하는 남규일이고 보면, 상운과 규일은 아비와 자식의 관계를 넘어 동질적인 인간형으로 묶어져 있음을 알 수 있다. 그것도 타인들에게는 부정적인 의미로 그러한 둘의 묶여짐은 상운의 화재 사건에서 보이는 둘과 다른 이들의 그 묘한 엇갈림 속에서 분명히 드러난다.

어린 상운은 어느 날 또래 아이들이 보는 가운데 장난으로 집에 불을 지르는데, 결국 그 불이 번져 집을 통째로 홀랑 태워버리게 된다. 기별을 듣고 달려온 규일은 소리도 없이 무작정 상운을 패는데, 맞는 상운 역시 그저 맞기만 하는 것이다. '울기는커녕 시익시익거리며 억수로 흥건하게 땀만 흘리고 있는 것이 꼭 두 마리의 짐승'같은 그들의 행태를 보며 어머니와 상운의 형인 상섭이, 동생 상국이는 그저 '생판 남남끼리 벌이는 어떤 일'을 겪듯이 방관자로서 서 있을 뿐이었다. 상운의 불장난은 마치 어느 날 남규일이 머리를 자르고 나타나 한 세대의 몰락을 증거하였듯이 또한 달라진 세상에서 다시 몰락의 고비를 넘어가는 규일과 상운 그들의 행보를 증거하는 듯 하다. 불에 타들어가 재로 남아 버린 규일의 집은 다시 새로운 양옥을 지었다 하더라도 이미 짧은 정점을 넘어버린 규일의 '개화' 세상을 상징한다.

물론 곧 잇대어 먼저 집보다 더 큰 이층집으로 새로 살림 집을 짓긴 하였
지만, 그런 일이 있은 뒤로 집안 일이 매사 신통치가 않고, 청진 쪽에 새로
벌였던 정어리 공장도 송두리째 경중 헛일이 되고 말았다. 해류가 바뀌었는
가, 그렇게나 많이 잡히던 정어리가 어느 해부터는 거의 한 마리도 안 잡히
는데야 별 용 빼는 수가 없었다. 천지 운항의 기류는 그렇게 어느덧 이 집안
을 비껴가기 시작하는 것 같았다. 한 때는 그다지나 기가 나서 승승장구하던
남 규일 집안도 잠시잠깐 뿐, 그 대를 고비로 해서 시름시름 기울어지기 시
작했다.

아주 짧은 상승은 긴 하강, 몰락을 예비한 것이었을 뿐이다. 1960년대 초
이호철이 바라보는 우리 근대사는 그렇게 짧은 상승과 긴 하강의 선 위에
놓여져 있었다. 여기서 기실 중요한 것은 이호철이 가지는 감각의 날카로
움인데, 그는 짧은 상승 속에 내장되어 있던 긴 하강의 도화선을 보고 있었
다는 것이다. 이에 대한 논의는 조금 뒤로 미루기로 한다.

남규일의 짧은 상승 뒤에 이어지는 긴 하강은 매우 가파른 경사를 마련
하고 있었다. 40년대 중반에 이르러 징병을 피해 일본 유학에서 돌아온 상
섭과 상운은 이미 기울어진 집안 분위기와 초췌해진 아버지의 몰골에서 이
미 아버지의 시대가 가버렸음을 직감한다.

천방지축 제 생겨 먹은 대로 행동하던 상운은 달라진 것 없이, 빈둥대거
나 독립운동 하겠다고 나가서는 열흘, 보름씩 소식조차 없다가 거지꼴로
돌아오곤 하는 것이었다. 점점 더 몰락해가는 그의 그러한 모습은 식구들
에조차 '대낮 도깨비'처럼 보인다.

태평양전쟁이 막바지에 이르렀을 무렵, 어린 상운에게 봉변을 당한 뒤로
한 번도 규일네를 찾지 않았던 숙부가 남규일에게 한 번 다녀가라는 전갈
을 보낸다. 남규일은 무슨 까닭에서인지 조선 바지저고리에 두루마기를 입
고서 시골을 찾는데, 거기서 숙부와 이 세상에서의 마지막 대면을 갖는다.

그 마지막 상봉이 우리 근대사의 허망한 종말과도 비쳐진다.

숙부는 남규일과의 마지막 만남에서 '서로 제각기 모습으루다 남의 땅에서 살았어. 남의 땅에서'라고 하면서, 남겨진 아이들이 어떻게 변할 것인지, 세월이 어떻게 변해갈 것인지 생각하면 막막하고 무섭기까지 하다는 말을 남기는데, 이러한 숙부의 직감은 지금 이 소설을 읽는 우리들을 소름끼치게 만드는 구석이 있다. 어쩌면 그것은 정말 우리가 지금까지도 남의 땅에서 서로 낯선 모습으로, 제각기 모습으로 살아가고 있을 지도 모른다는 일말의 공포감 때문일지도 모를 일이다.

규일과의 만남이 있은 이틀 후, 숙부는 운명을 한다. 규일과 나눈 숙부의 말에서 규일을 비롯한 인물들의 이제부터의 행보가 지금까지와는 비교가 되지 않게 더욱 신산하고 암담할 것이라는 두려움이 느껴지는데, 그 두려움은 소설 속에서 더욱 스산하게 그려진다.

해방 이후부터 60년대 중반까지 상섭과 상운의 행로는 이미 '자기의 땅'을 현실적으로나, 정신적 즉 존재론적으로나 모두 잃어버린 이들의 파국을 보여주는 데 모자람이 없다. 현실에 적응하지 못하기는 상섭이나 상운이나 매 한 가지이나 그 방향은 극을 달린다. 상섭이 현실과의 대응에서 움츠리고 도망가고 그래서 행려병자의 신세가 되어 객사하고 마는 데 비해, 상운은 충동적이고 파괴적인, 부정적 세태만을 좇아 현실과의 관계에서 우위에 서려고 하다가 결국 파산하고 마는 퇴폐적인 양상을 보인다. 이들에 비해 막내 상국은 그럭저럭 자신을 보전하며 일상의 틀을 형성해 가는 평범한 소시민의 길을 걷는다. 그러나 상국 역시 상섭과 상운과의 관계를 스스로 청산해 나감으로써 '관계'적 삶이 아닌 개인적인 삶의 안정을 추구한다. 이미 그에게도 '우리'라는 관계는 거추장스럽고 불편한 것이 되어 버린다. 그들은 이제 말 그대로 서로에게 낯선 하나의 부평초가 되어 서로의 주변을 떠돌 뿐이다. 소설의 마지막 부분에서 작은할아버지가 생전에 그의 아버지인 남규일에게 했던 말과 거의 흡사한 말을 상운이 스스로 내뱉게 되는데, 그 상운의 말에 사실은 이 소설의 주제의식이 집약되어 있다.

"이 바닥, 이 땅이 분명히 우리 땅은 우리 땅인데, 무언지 희한꼴랑 하다이. 생각할수록 희한꼴랑해. 그러구, 왜 이렇게 근지럽지 ? 온 몸뚱이가 무슨 벌에 기어 가듯이 근질 근질 근지럽능가, 이 말이다."

상운이 느끼는 이 이물감, 이 낯설음이 바로 이 소설을 이해하는 핵심 코드이며, 바로 이야기하면 우리에게 우리 근·현대사가 무엇이었는지 이호철이 이 소설을 읽는 지금 우리들에게 하고 싶은 直言이기도 하다. 이제 그 낯설음을 좀 더 깊숙이 들여다보고, 왜 작가는 낯설음을 들고서 우리에게 현대사를 이야기하고 싶어하는지 생각해 볼 차례다.

3.

앞 절에서 이야기했듯 이 소설을 관통하는 화살의 촉은 '낯설음'이다. 이 소설의 두 주요인물인 규일과 그의 아들 상운, 그들과 다른 사람들 사이는 낯설음으로 매개되어 있다. 천방지축 개화의 물결에 휩쓸려 멋대로 단발하고 장사치로 변신한 규일로부터 문중 어른들이 느낀 그 절망감과 허탈함, '하늘이 무너지는 듯한 와해감'은 '낯설음'의 구체적 내용들이다. 즉 이 소설의 낯설음은 부정적이다. 단절감이고 받아들이고 싶지 않은 꺼림칙한 것이고, 종내는 모든 것을 와해시켜 버릴 것 같은 파괴적인 것이다. 그리고 마침내 그 낯설음은 당사자인 규일과 상운마저 무너뜨리는 힘이 되고 있다. 이러한 낯설음은 소설 곳곳에 깔려 있다.

상운의 어머니는 상운을 낳던 순간부터 낯설음을 느낀다. 그런데 그의 어머니가 낯설음을 느끼는 대상은 상운만이 아니다. 그녀는 시집 자체에 대해 시집 올 때부터 거리감을 느낀다.

더 이상은 말을 안 하고 입을 다물었지만, 사실은 둘째 아들 문제에만 한

한 것은 아니라, 남규일의 처되는 사람이 시집이라고 와서 그 첫날부터 이
댁에서 느낀 이 이화감, 횡횡하게 겉도는 분위기는 당자로서는 여간 곤혹스
러운 것이 아니었다.

그녀에게는 집안의 알 수 없는 허황한 분위기, 그리고 남편의 강권으로
이루어진 서양식 결혼 예식 또한 낯설기는 마찬가지였다. 하다못해 맑고
엄숙한 찬송가 소리조차 을씨년스러웠던 것이다. 그녀는 '시댁에 감도는 횡
횡하게 겉도는 것의 정체가 도대체 무엇에 연유하는 것인지 딱이는 알 수
없었지만, 다만 뭣인가 본원적으로 설익은 것만은', '여자들 특유의 직감으
로 이미 감득하고 있었던 것'이다. 여기서 낯설음의 구체적 내용에 한 가지
가 더 부가된다. 즉 낯설음은 곧 설익은 것이란 사실이다.

설익은 것은 익지 않은 것, 완전하지 않은 것을 의미한다. 남규일의 그
개화행각 역시 설익은 것에 불과하다는 것이다. 그의 처가 시집 와서 느낀
것은 남규일로 대표되는 새로운 세상 흐름이란 것이 충분히 익지 않은 것
이라는 사실이다. 남규일이 단발을 하고, 원산에 나가 장사판을 벌이고, 서
양식 예식을 올리는 작태 따위가 그저 흉내내기에 불과했을 뿐, 확실한 신
념이나 소신이 깔리지 않은 그저 흉내내기에 불과했을 뿐이라는 작가의 비
판의식이 평범한 여인의 놀라운 직감을 빌어 작품에 드러나고 있는 것이다.
그러한 직감은 기실 허튼 논리력보다 훨씬 생생하고 따라서 설득력을 지니
기도 한다. 그런 면에서 이호철은 그러한 분위기 장악에 탁월한 능력을 보
이는 작가라고 할 수 있다. 초기 소설에 특히 두드러진 이러한 특징이 이
작품에서도 잘 나타나 있다.

이 작품은 그러한 미적 특성뿐만 아니라 주제 면에서 이호철 초기 소설
의 면모를 고스란히 가지고 있다. 이 소설이 1964년도에 발표되었다는 것
을 상기할 때, 그렇게 놀라운 일이 아닐 수도 있겠으나 오히려 이 작품 역
시 그러한 초기 소설의 특징을 일관되게 내포하고 있다는 사실이 지금 이
소설을 읽는 시점에서 발견하게 되는 놀라움이라고 할 수 있다. 이호철이
바라보는 한국 현대사회 그 중에서도 전쟁 이후 남한이라는 사회는 이 소

설에서도 상국이의 눈을 빌어 묘사하고 있듯이 '이미 부산 거리라는 것이 송두리째 밑 빠진 수렁, 삼천리 방방곡곡에서 숱한 인간 쓰레기들만 모여든 오물더미'에 불과하다. 60년대 당시 남한 사회를 이렇게 바라보는 작가의 시선은 50년대 후반에서 60년대 중반에 발표된 그의 다른 소설들에서도 쉽게 찾아볼 수 있다. 「판문점」에서 진수가 보는 남한 사회나 그의 대표작 『소시민』에서의 부산이나, 「닳아지는 살들」의 집안 분위기 역시 당시 남한 사회의 알레고리라 할 것이다. 이러한 사회에는 부침과 상승의 쌍곡선이 연출되는데, 「소시민」에서 극명히 드러나는 몰락과 상승 계층의 대비, 「닳아지는 살들」의 몰락하는 집안 분위기와는 대조되는 식모의 모습에서 암시되는 몰락과 상승의 대비를 이 작품에서도 찾아볼 수 있다.

　　아닌 게 아니라 불과 몇 년 사이에 이 집안 분위기는 표가 나게 삭막해져 있었고 잿빛 일색이었다. 일본 땅에 유학 가 있다가 오랜만에 돌아와서 더 그렇게 느껴지는가, 도무지 그 전 같지가 않았다. 어디가 어떻다고 꼭 집어낼 수는 없었지만, 안 밖의 막 일꾼들이나 식모들, 그 밖에도 넥타이 차림의 어물상 직원들 등, 아랫것들도 죄다 예외 없이 그 전하고는 달리 활달하게 활기가 있는 반면에, 이 방 저 방 집안 구석구석은 마치도 구렁이나 뱀이 또아리를 틀고 있지나 않는가 싶어 괜스리 깜짝 깜짝 놀라게 되던 것이었다.

　해방 이후, 상섭과 상운이 고향에 돌아왔을 때, 상운조차 확연히 느낄 수 있었던 달라진 분위기는 그러한 대비를 짐작할 수 있게 한다. 몰락의 냄새가 물큰거리는 집안 분위기와는 달리 활달한 사람들, 그들은 일꾼이고 식모고 그리고 어물상 직원들이다.
　이러한 몰락과 상승의 대비에는 대응의 차이가 있다. 변화하는 세상에 어떻게 대응하는가 하는 문제이다. 몰락하는 계층은 세상의 변화를 거부하거나 적응하지 못한다. 남규일의 집안이 전자였고, 남규일과 상운이 후자의 경우에 해당한다. 남규일과 상운은 그저 허깨비 놀음에 놀아난 꼴에 불과했던 것이다. 그들의 변화에는 망상과 모방만이 똬리를 틀고 있었을 뿐, 세상의 흐름을 정확히 보는 눈도, 적응력도 없었고, 스스로 변화를 창출할 만한 주체의식 또한 없었다. 그에 반해 상승하는 계층은 세상을 온 몸으로 부딪치는 가운데 얻어지는 놀라운 적응력이 있다. 그들은 세상의 흐름을 직감적으로 알아내고 거기에 생존이라는 원칙 하나로 철저히 적응해 나간다.

그런데 이호철의 놀라움은 60년대 한국 사회의 변화 양태를 읽어내는 데 있는 것만이 아니라, 그러한 상승과 몰락, 모두가 부정적인 한국 사회를 만들어내고 있음을 보고 있는 그 날카로운 시각에 있다. 이전의 세계에 머물거나 아니면 헛된 아집에 휘둘려 몰락하는 계층이나 너무나 재빠르게 세태에 적응하며 이전의 세계를 부정하는 계층들이 빚어내는 사회란 결국 소외와 또 다른 갈등이 양산되는 부정적인 사회일 뿐이다. 거기엔 부패와 방종, 허위와 속물근성만이 부글부글 끓을 뿐이다.

> '이 바닥, 이 땅이 분명히 우리 땅은 우리 땅인데, 무언지 희한꼴랑 하다
> 이. 생각할수록 희한꼴랑해. 그러구, 왜 이렇게 근지럽지? 온 몸뚱이가 무슨
> 벌레 기어 가듯이 근질근질 근지럽능가, 이 말이다.'

소설 끝 부분, 세월이 흘러 60년대 중엽, 이제 마누라가 벌어오는 돈으로 연명하는 처지로 나락에 떨어진 상운이 어느 날 술 한잔을 마시고서 하는 이 말에 60년대 한국 사회가 너나 없이 누구에게나 낯설고 뭔가 기어가는 듯 이물감을 자아내는 남의 땅, 즉 '타인의 땅'일 수밖에 없다는 작가의식이 단적으로 들어 있다.

4.

새로운 천년이 되었다고 부산을 떨었던 올해도 벌써 4월이다. 우리는 새로운 천년에 살게 되었음에 대해 여전히 부푼 기대감으로 무척이나 호들갑을 떨기도 하고 막연한 불안감을 갖기도 한다. 이 시점에 이호철 작가가 스

스로 새로 읽히기를 원하는 작품으로, 여기에는 물론 작가 스스로도 새로이 읽고 싶은 욕망이 앞서 있을 터이지만,「타인의 땅」을 내놓았는지 마무리에서 잠깐 헤아려 보는 것은 어쩌면 필요한 일이지도 모른다는 생각이 든다.

앞에서 보았듯이 이 작품은 60년대의 시공간에서 탄생된 작품이고 따라서 그 초점 역시 60년대에 맞추어져 있고, 60년대 한국 사회를 바라보는 작가의 관점이 당시의 여타 작품들과 다르지 않게, 오히려 더욱 선명하게 나타나 있다. 그런데 굳이 이 작품을 지금 다시 끄집어내는 것은 왜인가 ?

이 작품은 1900년 경 초입에서부터 1960년대 중엽까지 거의 70년을 시간적 배경으로 하고, 남규일과 상운, 두 대에 걸친 가족사를 다루고 있다. 거기에 다양한 주변 인물들이 포진하고 있는데, 그들 각각의 삶 또한 그렇게 만만하지 않고, 그들의 의식 또한 가볍게 넘어갈 수 없는 중요한 함의를 지니고 있다. 이런 면에서 볼 때, 이 작품은 우선 단편이라는 형식에 비해 너무 많은 내용을 담고 있다. 이것은 분명히 이 작품의 약점이다.

이러한 작품의 약점, 그것이 작가로 하여금 다시 세상에 내놓기로 한 동기일까? 작품에 대한 아쉬움, 그것일까, 그것뿐일까? 이 작품을 작가가 어느 날인가 달라진 모습으로 다시 세상에 또 한번 내놓을지는 필자로서는 감히 추측할 수 없다. 그러나 아쉬움 때문이라 해도 그 아쉬움에는 또 하나의 내피가 숨어 있을지도 모른다는 생각이다. 지금 이 순간 그 작품이 새삼 아쉬움을 불러일으킨 이유는 단지 형식상의 완결성만이 아니라 지금 이 시점에서 어쩌면 이 작품이 여전히 읽어야 할 유효성을 지니고 있다는 생각이 작가에게 있기 때문이 아니었을까 하는 것이다.

새로운 천년에 접어들었다고 들떠 있는 지금, 60년대를 다룬 한 편의 소설을 통해 작가가 우리에게 하고 싶은 말, 그것은 어쩌면 여전히 우리가 사는 이 땅이 남의 땅일지도 모른다는 것, 바로 말하면 우리 땅에 우리가 진정한 주인이 아직은 되어 있지 못할지도 모른다는 것, 그것을 경계해야 할 것이라는 것을 한 번 더 이야기하고 싶어서가 아닐까. 지금 이 순간에도 우리 땅에 우리가 주인으로서, 진정한 새로운 시대의 주체로서 스스로를 일으켜 세워나갈 필요성은 유효하고 오히려 더 절실함을 전하고 싶어서는 아닐까.

그것은 곧 노 작가가 지금 우리에게 전해주는 소중한 가르침이요, 사랑에 다름 아닐 것이라는 생각이 이 글을 마무리하는 필자의 머리에서 떠나지 않는다.세미

⟨작품집 연보⟩

○ 작품집 목록

발행 년도	나이	책이름	출판사	종류 및 참고사항
1961년	30세	나상	사상계사	첫 단편집
1965년	34세	한국현대문학전집 이호철권	신구문화사	전집 중 8권
1966년	35세	서울은 만원이다	문우출판사	장편소설
1967년	36세	사월과 병원	을유문화사	뒤에 <4월과 5월>로 개제
1968년	37세	공복사회	홍익출판사	장편소설. 뒤에 <심천도>로 게제
〃	〃	자유만복	서음출판사	단편집
〃	〃	석양	삼성출판사	장편소설
〃	〃	한국단편문학대계 이호철편	〃	'나상'을 비롯한 단편소설 수록
1972년	41세	큰산	정음사	단편소설 수록
〃	〃	서울은 만원이다	삼성출판사	삼성신서 한국문학전집 48,49
1974년	43세	닳아지는 살들	삼중당	삼중당 문고본, 단편집
〃	〃	한국대표문학전집 이호철편	〃	장편 '소시민'외
1976년	45세	이단자	창작과 비평	'이단자'외 단편소설 수록
〃	〃	판문점	범우사	단편집
〃	〃	한국단편문학대전집 이호철편	동화출판사	
〃	〃	한국대표작가신문학전집 이호철편	문리사	
〃	〃	서울은 만원이다	선일문화사	장편소설
〃	〃	한국문학대전집 이호철권	태극출판사	장편소설 '전야' '재미있는 세상'

발행 년도	나이	책이름	출판사	종류 및 참고사항
1977년	46세	1970년의 죽음	열화당	중편소설
〃	〃	남풍북풍	현암사	장편소설
〃	〃	작가수첩	진문출판사	첫 에세이집
1978년	47세	그 겨울의 긴 계곡	현암사	장편소설
〃	〃	재미있는 세상 (상, 하)	한진출판사	장편소설
〃	〃	역려	세종출판공사	장편소설
〃	〃	정오의 사상	진문출판사	7인 산문집
1979년	48세	소시민	경미문화사	장편소설
1980년	49세	밤 바람 소리	한진출판사	단편집
〃	〃	비를 기다리는 여자	주부생활사	장편소설
1981년	50세	문	민음사	단편집
〃	〃	월남한 사람들	심설당	장편소설
1982년	51세	현대작가문제소설선 이호철편	실천문학사	김동리, 이호철외13인단편
〃	〃	한국대표신문학전집8 이호철	신한출판사	중국작가 황춘명소설집 번역
1983년	52세	사요나라, 짜이젠	창작과 비평사	장편소설
1983년	52세	한국문학전집 이호철	민중서관	꽁트 에세이집
1984년	53세	물은 흘러서 강	창작과 비평사	
〃	〃	제 멋대로 산다지만	우석출판사	
1985년	54세	한국문학전집 이호철편	삼성출판사	
〃	〃	서울은 만원이다	중앙일보사	
1986년	55세	탈사육자회의	정음문화사	단편집
〃	〃	천상천하	산하	이호철문학 30주년 기념 작품
〃	〃	까레이우라	한겨레	역사상황소설
〃	〃	명사십리 해당화야	한길사	산문집
1987년	56세	남풍북풍, 까레이우라	중앙일보사	전집에 수록
〃	〃	뿌쉬킨과 12월 혁명	실천문학사	번역
〃	〃	동서한국문학전집 이호철	동서문화사	
1988년	57세	판문점	청계출판사	이호철전집 1권- 단편집
〃	〃	빈골짜기	〃	〃 2권- 단편, 꽁트집
〃	〃	무너앉는 소리	〃	〃 3권- 중편집
〃	〃	마침내 통일절은 온다	서문당	에세이집
〃	〃	자기답게 사는 길	일월서각	〃

발행 년도	나이	책이름	출판사	종류 및 참고사항
1989년	58세	재미있는 세상	청계출판사	이호철전집4권- 장편
〃	〃	문/4월과 5월	〃	〃 5권- 장편
〃	〃	퇴역선임하사	고려원	고려원 문고판
〃	〃	네겹두른 족속들	미래사	장편소설
1990년	59세	요철과 지그재그론	푸른 숲	산문집
1991년	60세	소시민/심천도	청계출판사	이호철전집 6권- 장편
〃	〃	서울은만원이다/월남한사람들	〃	〃 7권- 〃
〃	〃	소슬한 밤의 이야기	청아출판사	자선대표 작품집
1992년	61세	개화와 척사	민족과 문학사	장편소설
1993년	62세	세기말의 사상기행	민음사	50일간의 소련, 동구권, 등 취재 여행기
〃	〃	소시민/살	문학사상사	한국문학대표작 선집 17권
〃	〃	서울은만원이다/보고드리옵니다	〃	〃 18권
〃	〃	이호철 문학 앨범	웅진출판사	문학앨범
1994년	63세	산울리는 소리	정우사	문학비망록
〃	〃	희망의 거처	미래사	칼럼집
1995년	64세	문	문학세계사	장편
〃	〃	소시민	동아출판사	한국소설문학대계 39권
1996년	65세	남녘사람 북녘사람	프리미엄북스	제4회대산문학상 수상작
1997년	66세	문단골 사람들	〃	50년대 문단 회고담
〃	〃	이호철의 소설창작강의	정우사	소설창작 강의록
1998년	68세	소시민	멕시코	스페인어로 번역출간
〃	〃	한 살림 통일론	정우사	북한 방문기
〃	〃	남녘 사람 북녘 사람	바르샤바	폴란드어로 번역 출간.
2000년	69세	남녘 사람 북녘 사람	일본 신조사	일본어로 번역 출간

○ 작품 연보

발행년도	나이	작품명	구분	발표지	참고
1955,7	24세	탈향	단편	문학예술	문단 데뷔작
1956,1	25세	나상(裸像)	〃	〃	문단 추천 완료작
〃 ,4	〃	백지풍경	〃	〃	<빈골짜기>로 개제
〃 ,9	〃	무궤도 제2장	〃		
1957,1	26세	부군	〃	현대문학	<부동하는 군상>개제
〃 ,6	〃	나상(裸相)	〃	문학예술	
〃 ,10	〃	핏자국	〃	문학예술	<소묘>로 다시 <오돌할멈> 으로 개제
1958,1	27세	여분의 인간들	〃	사상계	
〃 ,7	〃	새옹득실	〃	사상계	
〃 ,9	〃	살인	〃	현대문학	<짙은 노을>로 개제
1958	〃	백서	〃	지성	
1959,12	28세	탈각	〃	사상계	
〃 ,3	〃	만조기	〃	신문예	<만조>로 개제
〃 ,9	〃	파열구	〃	사상계	
〃 ,11	〃	세월	〃	자유공론	
〃 ,12	〃	중간동물	〃	사상계	<먼지 속 서정>으로 개제
1960,2	29세	세실과	〃	새벽	<권태>로 개제
〃 ,2	〃	와동	〃	문예	
〃 ,4	〃	아침	〃	현대문학	
〃 ,6	〃	여울	〃	세계	
〃 ,7	〃	진노	〃	새벽	
〃 ,12	〃	용암류	〃	사상계	
1960	〃	무료	〃	민국일보	뒤에 <심심한 여자>로 개제
1961,3	30세	판문점	〃	사상계	제7회 현대문학상수상작
1962,7	31세	닳아지는 살들	중편	사상계	제7회 동인문학상수상작
1963,2	32세	기갈과 울림	단편	신사조	
〃 ,5	〃	60년대의 배당	중편	사상계	
〃 ,7	〃	무너앉는 소리	〃	현대문학	
〃 ,8	〃	천명과 대열	〃	세대	
〃 ,11	〃	마지막 향연	〃	사상계	
1964,1	3세	비정	단편	신사조	
〃 ,1	〃	인생대리점	중편	경향신문	1-5월 연재 뒤에 <석양>으로 개제
〃 ,4	〃	타인의 땅	단편	문학춘추	
〃 ,6	〃	1기 졸업생	〃	사상계	
〃 ,7	〃	추운저녁의 무더움	〃	문학춘추	
〃 ,7	〃	소시민	장편	세 대	최초의 장편 1964.7-1965.8월까지 연재
〃 ,9	〃	등기수속	단편	신동아	
〃 ,10	〃	첫 전투	〃	문학춘추	복간호

발행년도	나이	작품명	구분	발표지	참고
1965,1	34세	부시장 임지로 안가다	〃	사상계	
〃,2	〃	호담아와 산타클로스	〃	현대문학	
〃,5	〃	서빙고 역전 풍경	〃	청맥	
〃,6	〃	고여있는 바닥.1	〃	현암사	부정기간행물<한국문학>, <퇴역선임하 사> 로 개제
〃,7	〃	중년고비	〃	주부생활	
〃,8	〃	생일초대	〃	청맥	
〃,12	〃	자유만복	〃	신동아	
1966,1	35세	어느 이발소에서	〃	창작과 비평	창간호
〃,1	〃	시제터 유람객	〃	사상계	
〃,2	〃	서울은 만원이다	장편	동아일보	1966.2.8-10.31 연재
〃,2	〃	고여있는 바닥 2	단편	현암사	부정기 간행물 <한국문학>, <퇴역선임 하사> 개제
〃,3	〃	〃 3	〃	〃	
〃,7	〃	물마시는 짐승	〃	문학	
1966	〃	탈사육자회의	〃	주간한국	
1967,1	36세	즐거운 부채	단편	소설계	
〃,9	〃	우국회사	중편	중앙일보	1967.9-10.연재
1967	〃	공복사회	장편		'지방 행정'지에 연재, 뒤에 <심천도>로 개제
〃	〃	표면이면	단편	소설계	
1968,8	37세	흰 새벽	단편	월간중앙	
〃,12	〃	적막강산	〃	창작과 비평	
1969,2	38세	구멍뚫린 화폐들	단편	아세아	
〃,4	〃	역리가	〃	월간중앙	<1기 졸업생.3>으로 개제
〃,6	〃	재미있는 세상	장편	한국일보	1969.6-1971년 연재
1970,1	39세	자살클럽	중편	여성중앙	1970.1-10연재 뒤에 <1970년의 죽음>으로 개제
〃,4	〃	울 안과 울 밖	단편	현대문학	
〃,5	〃	토요일	〃	월간중앙	
〃,7	〃	큰 산	〃	월간문학	
〃,12	〃	〃	〃	문학과 지성	재수록
1971,2	40세	문중개략사	〃	신동아	
〃,4	〃	고속도로가 보이는 정경	〃	월간문학	
〃,5	〃	1971년의 종(鍾)	〃	월간중앙	
〃,11	〃	그해 십 이월	〃	세대	

발행년도	나이	작품명	구분	발표지	참고
1972,1	41세	여벌집	〃	월간중앙	
〃,3	〃	이단자.1	〃	월간문학	1972.7-1973.10연재
〃,5	〃	〃 2	〃	신동아	
〃,5	〃	소슬한 밤의 이야기	〃	한국문학 창간호	
〃,7	〃	남풍 북풍	〃	월간중앙	1973.12-1976.12 연재
1973,6	43세	이단자.3	〃	창작과 비평	
〃,11	〃	노상에서	〃	문학사상	
〃,11	〃	이단자.4	〃	한국문학	<시간을 거슬러가는 여행>개제
〃,12	〃	역려	장편	한국문학	
1974,1	43세	이단자.5	단편	월간중앙	
1975,5	44세	아이들	〃	〃	
〃,7	〃	밤 바람 소리	〃	한국 문학	
1975	〃	추일소춘사	〃	소설문예	
1976,1	45세	비껴부는 바람	〃	월간중앙	
〃,3	〃	문(門)	〃	창작과 비평	
〃,4	〃	안개 속의 부두	〃	뿌리 깊은 나무	
〃,5	〃	생일 초대	〃	문학사상	
1977,9	46세	그 겨울의 긴 계곡	장편	한국문학	1977.9-1978.연재
〃,12	〃	도주	단편	창작과 비평	
1978,2	47세	반상회	〃	문학사상	
〃,12	〃	어떤 부자 이야기	〃	문예중앙	
1980,3	49세	새해 즐거운 이야기	〃	창작과 비평	
1980	〃	비를 기다리는 여자	장편	주부생활사연재	[4월과 그 뒤안길], [4월과 5월로] 게재
1981	50세	월남한 사람들	중편	심설당	
1982	51세	결별	단편	정경문화	
〃,6	〃	덫	단편	문예중앙	
〃,12	〃	물은 흘러서 강	장편	마당	1982.12 -1983.12연
1983,12	52세	세 원형 소묘	단편	실천문학	
1984,9	53세	천상천하	단편	문예중앙	
〃	〃	남에서 온 사람들	중편	창작과 비평	창비 신작 소설집
1985,3	54세	밀려나는 사람들	〃	실천문학	
〃	〃	칠흑 어둠속 질주	중편	창작과 비평	창비 신작 소설집
1986	55세	까레이우라	장편	한겨레	이호철문학 30주년 기념집
1987,9	56세	변혁속의 사람들	중편	월간경향	
1988,3	57세	문(門)	장편	문예중앙	1988.3 -12 연재
〃,5	〃	네겹두른 족속들	장편	월간경향	1988.5 -1989 연재

발행년도	나이	작품명	구분	발표지	참고
1991	60세	살	단편	창작과 비평	창비 신작소설집
1992	61세	개화와 척사	장편	민족과 문학사	연재
1993	62세	보고드리옵니다	단편	계간문예 봄호	
1996	65세	헌병소사	중편		<민예총>기관지에 게재
〃	〃	남녀사람 북녀사람	연작장편	프리미엄 북스	제4회 대산문학상 수상작
1997	67세	아버지초	단편	신원문화사	
1999,9	68세	이산타령 친족타령	〃	라쁠륨.	가을호
〃,12	〃	사람들 속내 천아만야	〃	창작과 비평	겨울호
〃,12	〃	탈각	〃	한국문학	겨울호 개작발표
2000	69세	용암류	〃	내일을 여는 작가	봄호 〃

○ 연구 목록

년 도	필 자	제 목
1963,10-11	천이두	피해자의 미학과 이방인의 문학 -<닳아지는 살들>과 <후송>을 중심으로, 현대문학 106-107
1965,11	정창범	소시민의 한국적 의미-소시민론, 세대28
1967,4	김주연	'왜곡된 사회의 소외학 -이호철의 <고여있는 바다>, 세대45
1967,여름	정명환	실향민의 문학 -소시민을 중심으로, 창작과 비평
1969,2	천이두	이호철에 있어서의 현실, 월간문학
1970,1	김치수	<'소시민'의 의미 -69년 작단의 문제작>, 월간문학 15
1 9 7 1 , 6	이선영	한국현대소설과 인간소외 -50년대의 손창섭과 60년대의 이호철의 경우, 인문과학 24,25연합집, 연세대
1971	염무웅	이호철작품해설, 한국대표문학전집10 삼중당
1972	김치수	'관조자의 세계 -이호철론', '현대 한국문학의 이론' 민음사
1974	천이두	작가와 현실, 종합에의 의지, 일지사
1976,9	정규웅	현실문제제기의 기법과 정신, 문학과 지성 25
1976,9	김병걸	현실을 보는 세 개의 시선, 창작과 비평 41
1976.9	김홍규	일상과 역사, 세계의 문학 1
1976	염무웅	순응과 탈피 한국문학의 반성, 민음사
1977,가을	임헌영	분단의식의 문학적 전개 세계의 문학
1979	신동한	북국의 겨울-이호철 민족문학대계17, 동화출판공사
1980,8	이보영	소시민적인 일상과 증언의 문학 -이호철론, 현대문학 308
1980,1	김상일	복수의 시선 -이호철론, 현대문학 301
1981	천이두	피해자의 윤리 -닳아지는 살들, 현대한국문학전집 신구문화사
1981	백낙청	작가와 소시민 -이호철의 작품세계 <문>, 민음사
1981	천이두	광적인 폭주의 의미 -<추운 저녁의 무더움>, 현대한국문학전집8, 신구문화사
1981	천이두	묵계와 배신 -이호철론, 현대한국문학전집8, 신구문화사
1981	조동일	소시민의 생리, 현대한국문학전집8, 신구문화사
1981	유종호	안정된 에뛰르의 세계 현대한국문학전집, 신구문화사
1982	최원식	사멸하는 현실과 살아있는 현실, 민족문학의 논리, 창작과 비평사
1984	구중서	야성적 낭만과 통일론 -물은 흘러서 강, 창작과 비평사
1984,가을	김종철	통일과 문학, 오늘의 책, 한길사
1985	권영민	분단의 비극과 민족의식 현대단편문학19, 금성출판사
1986	이재현	당대적 삶에 뿌리내리기, 천상천하, 산하
1986	김정환	其一人間 基二小說家 李浩哲先生小論 역사와 개인, 카레이 우라, 한겨레
1986	임헌영	분단극복문학의 전망, 민족의 상황과 문학사상, 한길사

년 도	필 자	제 목
1986	박태순	막힌 시대의 갱도를 헤쳐온 사람, 천상천하, 산하
1987	이태동	분단시대의 리얼리즘 -이호철론, 동서문학전집 23
1987	조동일	사회적인 변동과 소시민의 생리, 동서한국문학전집 23, 동서문화사
1987	구중서	삶의 자리, 복판의 소설, 창작과 비평사
1987	김병걸	분단의 애화, 오늘의 한국문학 33인선, 양우당
1988,겨울	최원식	민족문학과 반미문학, 창작과 비평, 창작과 비평사
1988	최원식	1960년대 새태소설 -소시민과 심천도 이호철 전집6, 청계연구소
1989	민현기	이호철의 풍자소설 한국현대작가연구, 민음사
1989	박철우	이호철의 소설연구, -분단상황을 제재로 한 작품을 중심으로, 중앙대문예 창작과 석사
1989	임헌영	분단시대 소시민의 거울 이호철전집2, 청계연구소
1989	유종호	비웃음의 70년대 연대기 이호철전집4, 청계연구소
1989	황송문	전쟁이 빚은 인간의 갈등 -파열구, 분단문학과 통일문학, 성문각
1989	김병걸	분단사의 배경과 통일지향, 민중문학과 민족 현실, 풀빛
1989	김윤식	소설가와 예술가의 갈등 이호철전집3, 청계연구소
1989,5	권영민	닫힘과 열림의 변증법, 문학사상199
1 9 9 1	김병익	60년대적 순진성과 그 풍속 -이호철 <서울은 만원이다> 이호철 전집7, 청계연구소
1991	전영태	역사의 격류 헤쳐나가기, 개화와 척사, 민족과 문학사
1991	염무웅	개인사에 음각된 민족사 -이호철의 문학세계 소슬한 밤의 이야기, 청아출판사
1992,7	정호웅	탈향, 그 출발의 소설사적 의미 -이호철의 <소시민론>, 문학정신
1993	정호웅	서늘한 맑음, 감각의 문학, 이호철 문학 앨범, 웅진출판사
1993	정호웅	전환기의 변동상과 방법론의 힘, 한국문학대표작선집, 문학사상사
1993,1	정호웅	단독자의 삶과 문학, 계간문예
1993,6	김윤식	분단문학과 마음의 흐름론, 문학사상
1993	박홍일	이호철 풍자소설 연구, 계명대 교육대학원 석사
1994	이상갑	무위감의 정체와 '집'의 의미, 1950년대의 소설가들, 나남
1994	윤성원	이호철의 분단의식 연구, 숙명여대 석사
1994	권택영	소외된 삶, 방황하는 가치관, 한국문학대표작선집18, 문학사상사
1994	이문구	큰산을 품은 큰산 -소설가 이문구씨가 본 이호철 선생, 山 울리는 소리, 정우사
1994	김윤식	기행소설과 그 수준, 소설과 현장비평, 새미
1994	윤병로	역사적 격동기, 소시민화되는 삶 형상화-이호철의 <남풍 북풍>
1995	이명귀	이호철 소설의 한 연구, 경희대 석사
1995	임규찬	'판문점', '소시민', 그리고 '큰 산', 한국소설문학대계 39, 동아출판사
1995	박혜원	한국 귀향소설 연구- 이호철, 이범선, 하근찬을 중심으로, 이화여대 석사
1995	문재호	이호철 [닳아지는 살들]에 나타난 담론 연구, 숭실어문 제 13집

년 도	필 자	제 목
1996	정호웅	칠흑 어둠 속에서 솟아오른 통일의 전언 -이호철의 <남녘사람 북녘사람>, 프리미엄 북스
1996.9	서준섭	이호철 문학의 원점-남녘사람 북녘사람, 동서문학
1997	이호규	이호철론 <새로운 현실로 나아가기 위한 현실 검증과 그 새김-'탈향' '나상'을 중심으로>
		한국문학 연구회 현대문학의 연구8집 [현역 중진 작가 연구]에 수록
1997	권명아	이호철론-안으로부터 열리는 새로운 관계성에 대한 탐색, 한국문학연구회
		현대문학의 연구 8집 [현역 중진 작가연구]에 수록
1997	강진호	이호철의 '소시민'연구, 민족문학사 연구소 , 민족문학사연구 11집
1997	강은아	1960년대 소설에 나타나는 분단 콤플렉스 양상-최인훈·이호철의 작품을 중심으로,
		한성대학교 대학원 국어국문과 석사
1997,12	김정남	이호철 소설 연구, 소외와 그 극복 양식을 중심으로, 한양대학교 대학원
1997	서선재	이호철 소설의 귀향의식 연구, 중·단편 소설을 중심으로, 성신여자대학교
1997	김미숙	이호철론, 고려대학교 대학원 석사
1998	김원철	이호철 소설의 변모과정 연구, 서울대학교 대학원 국어국문과 석사
1999.2	김미란	이호철론-이호철 초기문학의 시간의식 연구, 한국문학연구회 현대문학의 연구 12집
1999	구재진	1960년대의 장편소설 연구, 서울대학교 박사
1999,8	이호규	1960년대 소설의 주체생산 연구-이호철, 최인훈, 김승옥을 중심으로, 연세대학교
1999,12	한 기	중진작가의 활약-이산타령 가족타령, 라쁠륨 겨울호
2000,3	강진호	이호철 '사람들 속내 천야만야', 문학과 의식 봄호
2000,3	김윤식	성지의식 '체호프, 비트겐슈타인' -이호철 문학의 원점, 한국문학 봄호

정리 : 김성달 (소설가)

4 · 19 세대의 문학이 걸어온 길

대담 : 김병익(문학평론가, 전 『문학과 지성』 편집인)

　　　김동식(문학평론가, 인하대 강사)

장소 : 문학과지성사 회의실

일시 : 2000년 2월 29일

김동식 : 안녕하셨습니까. 요즘 건강은 어떠신지요? 신문지상을 통해서 이미 기사화된 일이기도 합니다만, 퇴임을 앞두고 계신 시점이어서 여러 가지 생각이 많으실 것으로 생각됩니다.

김병익 : 그냥 한가하게 보내고 있죠. 뭐 생각하는 건 없고요. 빨리 이제 이 자리부터 물러나기를 기다리는 거죠. 물러나면 얼마나 자유롭고 게으를 수 있을까? 그런 기대를 가지고 있지요. 밥 호프였나요, 어떤 미국 사람이 그랬다지요. '당신 70살 되면 무엇을 하실 건가요' 하는 질문에 '71살 되기를 기다리겠습니다' 라고 했다더군요.(웃음) 그런 기분이지요.

김동식 : 말씀은 그렇게 하셔도, 인정(人情)이 그렇지는 않을 것 같습니다. 계간지 『문학과 지성』의 발간이 1970년부터니까 지금으로부터 30년이 되었고요, 1975년 출판사 '문학과 지성'의 창업을 기준으로 삼더라도 25년이 되었으니까요. 별다른 감회가 있으실 것도 같습니다.

김병익 : 따져보니까 그렇데요. 제가 군대를 제대하고 동아일보 기자로 입사한 때가 1965년이니까, 꼭 35년 되었죠. 1970년부터 5년 동안 계간 『문학과 지성』(이하 '문지')과 관련된 일들을 시작했었고, 그 다음부터 25년 동안 출판사 문학과 지성의 일을 해 왔지요. 그러니까 30년 동안 '문학과 지성'이라는 간판을 지고 다녔지요. 물론 그만둔다 하더라도 여전히 '전(前)' 문학과 지성 대표이사와 같은 꼬리표를 달고 다닐 테고 또 사람들도 '문지'와 연관지어서 제 얘기를 할 테고 또 저한테 말을 걸어오고 그러겠지요. 하지만 지금의 생각으로는 그 일을 벗어난다는 것이, 뭐랄까, 자유롭다는 느낌, 해방감, 절실한 기대 등등 그런 생각부터 먼저 들어요. 요즘 이렇게 저렇게 '문지'로부터 물러난다는 생각을 저절로 많이 하게 되는데요. 오늘 아침에도 출근하면서 내 생애의 반을, 내 사회생활의 7분의 6을 '문지'라는 이름을 가지고 생활해 왔다는 생각이 들더군요. 그런데 만약 '문지'와 함께 한 생활 또는 삶이 없었더라면, 내가 얼마나

재미없고 불행했을까 그런 생각이 들데요. 그러면서도 그 간판에서 벗어난다는 것, 그 부담으로부터 벗어난다는 것은 여전히 반갑고 기대가 되고요.

청년시절과 기독교의 자장

김동식 : 여느 대담에서나 다 하는 절차여서, 조금은 쑥스럽기도 합니다만, 유년시절에 대해서 여쭙도록 하겠습니다. 1938년 경북 상주 생이시고요, 40년에 대전으로 이주하신 것으로 밝혀져 있습니다. 대전으로 이주할 때는 본가 전체가 다 이주하신 건가요?

김병익 : 조부모님이 함창에 사셨어요. 상주군 함창면의 소농이었던 것 같아요. 부양할 가족들은 많고 그래서, 아버지가 장남으로서 고생도 많이 하셨던 것 같아요. 그러다가 이농을 하셨다고나 할까요. 대전에는 숙부가 먼저 가 계셨는데요. 숙부가 소개를 하셔서 아버지하고 어머니를 포함한 저희 가족만 대전으로 이주를 하게 되었지요. 부모님

께서 아직 살아 계신데요, 작년에 서울로 오셨으니까, 그 양반들로 치면 60년을 대전에서 사신 거죠. 서울로 올라오고 나서도 자꾸 대전에서 살고 싶다고 대전으로 가자고 그러시죠. 최근에 어머니가 치매에 걸리셨어요. 대전으로 가야지 서울서는 못살겠다고 그러시더라구요. 그럴 만도 하시죠, 60년을 한 곳에서 사셨으니까.

김동식 : 선생님의 자필 이력서에 의하면, 고등학교 시절에는 교회를 열심히 다니셨구요. 그 다음에 휴식시간에 『사상계』를 짬짬이 읽으셨다고 써놓으셨습니다. 저희 세대들은 『사상계』가 정말로 대단한 잡지라는 사실만 알고 있지, 구체적인 내용이나 당시의 영향력에 대해서는 별로 아는 게 없습니다. 자료 찾으러 도서관에 갔다가 펼쳐본 『사상계』 가운데는, 검열 때문에 발간사를 백지로 내놓은 호(號)도 볼 수 있는데요. 선생님 세대와 『사상계』의 관계에 대해 말씀해 주셨으면 합니다.

김병익 : 예, 60년대 말 그쯤일 거예요. 고등학교 다닐 때 『사상계』가 있었는데요. 그때 잡지가 그리 많지는 않았죠. 학생 잡지로는 『학원』이 있었는데 문학적인 성격이 강했고, 교양지로는 『사상계』가 있었지요. 70년대에는 『문학과 지성』이나 『창작과 비평』 등 두 개의 계간지가 있었지만, 우리가 고등학교 다닐 때는 잡지라고 하면 『사상계』 『현대문학』 그리고 여성지로 『여원』 이런 정도였거든요. 그런데 『사상계』가 전후의 어떤 정신적인 뒷받침이 되는 잡지였죠. 외국 문화라든가 문학을 소개하는 교양지였고, 그래서 우리 연대들이 사상계로부터 받은 영향은 아마 압도적이었을 겁니다. 제가 대학 다닐 때 4·19가 일어났지만, 4·19가 가능하게된 기초는 아마 『사상계』에서 시작되었다 해도 과언이 아닐 것입니다. 고등학교 다닐 때 대외적인 활동을 적극적으로 하는 편이 아니었어요. 그래서 교회를 열심히 다녔고 쉬는 시간에 『사상계』를 많이 봤지요. 아르바이트로 『사상계』 하고 『현대문학』 등을 외판하는 친구가 있었어요. 그래서 반강제적으로 보기도 했지만…(웃음) 말하자면 그때는 사상적으로는 실존주의가 막 들어오기 시작하고, 문학적으로는 전후파(前後派)인 손창섭, 장용학과 같은 분들의 작품이 아주 활발하게 발표될 때였지요. 전쟁이 끝나고, 50년대 중반의 그 혼란과 궁핍에서 우리 또래가 위안을 잡고 자기를 개발할 수 있었던 바탕이 『사상계』였죠.

김동식 : 그렇다면, 『사상계』를 실존주의의 사상적 도입을 주도한 매체로 볼 수 있을는지요.

김병익 : 그렇게 봐야겠죠. 실존주의에 관한 책은 그 후에 띄엄띄엄 교양서 수준으로 나온 정도였고, 신문과 『사상계』를 통한 실존주의 소개가 활발했죠. 나중에 내가 한번 뒤져보니까 48년인가 49년에 『신천지』라는 잡지가 있었는데, 실존주의를 특집한 게 있습니다. 그런데 그때는 사상가들의 이름을 겨우 막 알기 시작할 때라서 실존주의란 이렇다더라 하는 정도였고, 전후의 실존주의 소개는 대체로 불문학자

를 통한 것이었지요. 불문학자들을 통해 하이데거나 사르트르 등에 대한 자세한 소개가 있었기 때문에, 우리 또래는 실존주의를 문학적으로 받아들이는 경향이 아주 강했죠.

김동식 : 다른 지면이기는 하지만, 지난번에 선생님과 인터뷰를 할 때 아주 인상이 깊었던 장면인데요. 고등학교 3학년 시절을 일생에 가장 행복했던 시절이라고 말씀하셨지요. 인생에 대한 고민으로 충만한 시절이었고, 동시에 기독교를 통해서 형이상학적인 문제 틀도 마련하셨던 것 같은데요. 기독교 교회가 가지는 의미를 말씀해 주셨으면 합니다.

김병익 : 그때는, 글쎄 지금도 그런지는 모르지만, 교회 다니는 사람들이 참 많았어요. 여학생 보러 가는 사람들도 있었을 테고, 시골에서 구호품 타러 가는 애들도 있었을 테고…. 고등학교 1학년 때 제 옆자리에 앉은 친구가 교회 장로 아들이었어요. 그때 그 친구가 자기 교회 놀러가자고 해서 따라 갔었는데, 전혀 종교적인 경험이 없는 사람으로서는 묘한 인상을 받았고 사람들이 뭔가를 간곡하게 기도를 하고 절실하게 호소한다는 것을 처음 봤기 때문에 교회란 곳이 어떤 곳인가 하는 사춘기 시대의 호기심도 생겼을 겁니다. 그래서 교회를 나가게 되었는데, 나가다보니까 점점 자주 가게 되어서, 교회를 참 열심히 다녔습니다. 가령 고 3때는 친구들이 다들 입시 준비하고 학원 다니고 할 때에도 1주일에 밤마다 5번은 나갔던 것 같아요. 새벽 기도도 자주 나가고, 일요일 같을 때는 거의 매어있었고… 그런데 그때 기독교나 교회에 대해 제가 갖고 있던 관념이라는 것은 낭만적인 범신론에 가까운, 아무튼 낭만적인 것이 아니었던가 싶은데요. 기독교의 실체를 잡았다기보다는, 기독교의 분위기나 생명 있는 것들에 대한 사춘기적인 경외감 같은 것에 많이 경도되어 있었던 것 같아요. 그래서 그런 쪽으로 기독교를 받아 들였던 것 같고… 그래서 대학에 들어가서 흔히 말하는 젊은 시절의 번뇌와 같은 모습으로 맨 처음 나타난 것

이 기독교에 대한 반감입니다. 교회를 나가느냐 안 나가느냐 하는 문제를 두고, 실존주의라든가 젊은 육체의 욕망이라든가 하는 것들과 뒤섞인 채로 한 1년여 동안 실랑이를 했지요. 2학년 올라가서 4월 달인가 갑자기 교회 안 나간다고 담배를 사다가 담배를 태우기 시작했거든요. 그때는 기독교 신자들은 담배를 태우는 것을 금지했으니까. 담배 태우는 것으로 기독교를 버렸다는 신호를 보낸 셈이죠. 그런데 그 후에도 몇 차례 교회를 다시 나갔었어요. 기독교의 종말론이라는 단어를 발견하고서는 이게 아닌가보다 하고 다시 나갔는데, 교회 나가면 자꾸 졸게 되고 설교를 들을 때면 머릿속으로 설교 내용에 대해 저항하게 되고, 그러니까 교회 갔다 나오면 피곤해져요.

지금은 교회에 대해서 아주 혐오감을 일으킬 정도인데요. 우리 나라 기독교 신자들의 이기적인 기복신앙을 아주 못마땅하게 여기는 데서 오는 혐오감일 테지요. 이젠 기독교를 문화적으로 받아들여야 할 것이 아닌가 그런 생각이 많이 들데요.

우리 의식이나 사유방식 그리고 일상적인 절차와 같은 영역에 대한 기독교 문화의 영향이 여전히 큰 편이고, 그래서 그쪽으로 기독교의 방향을 잡아가는 것이 오히려 더 낫지 않을까 하는 생각이 드는데요. 여름에 독일 갔다가 함부르크에 있는 성당을 방문했는데, 마침 일요일이었어요. 유럽 최대의 파이프 오르간이라고 해서 그 연주회를 들으러 12시에 그 성당엘 들어갔더니만, 이게 연주회가 아니라 그냥 예배를 보는 시간입니다. 파이프오르간을 연주하고, 찬송을 하고, 여자 목사가 5분 동안 설교를 하고, 그러더군요. 그런데 거기에 앉아서 예배 보는 사람 가운데 그곳의 주민은 한 사람도 없어요. 전부 다 관광 온 사람들이 성당을 구경하다가 파이프 오르간 연주한다고 해서 그냥 구경하고 잠깐 앉아서 설교 듣고 그러고 나갑디다. 그러니까 성당이 예배를 드리는 장소라기보다는 관광을 하는 장소로, 혹은 성당이나 성당의 음악이 갖고 있는 문화사적인 의미를 감상하는 장소가 된 것이 아닌가 싶더군요. 결국은 기독교의 종교적인 의미는 퇴색해 버리고 문화적이고 미학적인 근거만 남게 되는 것은 아닌가, 그런 생각이 들데요. 앞으로 디지털 시대든 새로운 밀레니엄의 시대든, 기독교는 그런 형태로 남지 않을까. 기독교 쪽을 위해서는 좀 안된 일이긴 하지만, 문화적으로는 오히려 기독교의 유산들이 새롭게 전해지지 않을까 그런 생각이 들데요.

김동식 : 고등학교 시절부터 담배를 피며 결별을 선언하기 전까지, 기독교는 선생님의 삶에서 큰 의미를 지니고 있었던 것 같습니다. 그와 더불어, 고 3시절에 대한 선생님의 회고담을 살펴보면, 원환적 총체성이라고 해야 할까요, 아니면 소외에 대한 경험 이전에 놓여진 자아와 세계의 조화로운 관계라고 해야 할까요, 어떤 충만함으로 가득한 시절을 보내신 것으로 되어 있습니다. 이러한 경험의 배후에는 기독교가 가로 놓여져 있었을 텐데요. 대학에 들어와서 기독교가 하나의 억압체계로 급격하게 다가오게 되는 상황이란, 참으로 커다란 변화라 할 만

하군요.

김병익 : 고등학교 3학년 때는 억압체계가 아니었고, 대학 와서 20대 들어서 그런 억압작용이 있었지요. 19살 그때는 제가 지금 생각해도 참 아름다웠다고 생각되거든요. 일요일 때는 예배시간이 11시면 집에서 9시에 나오죠. 교회에 가려면 집에서 30분 정도 걸어가야 했거든요. 교회에서 조금 떨어진 곳으로 가면 숲이 있고 언덕이 있고 사람들이 별로 다니지 않는 곳이 있어요. 거기에서 1시간 정도 가만히 앉아서 지내는 거죠. 그러고서 교회로 가서 예배를 보고 특히 요즘처럼 계절이 봄쯤 되면 모든 것이 충만해지는 느낌을 갖게 되거든요. 그렇게 근 1년을 보냈던 것 같아요. 그리고선 그해 말 내가 20대로 넘어간다는 사실을 두고서 센티멘탈 해졌는데요, 소년기로부터 성년기로 들어선다는 것에 대한 감상이랄까, 10대에 대한 전별·이별의 느낌 같은 것이었겠지요. 이젠 내가 10대에 가졌던 충만감을 다시는 갖지 못하리라 하는 두려운 예감 같은 것 그

런 것으로 그해 연말을 보냈던 기억이 있거든요. 어쨌든 그 한해는 특별히 좋은 일이 있었던 것도 아니고 나쁜 일이 있었던 것도 아니지만 참으로 충만했다는 느낌이 들고, 지금도 그때 내가 그럴 수 있었다는 것은 정말 좋은 경험이었다는 생각이 들어요. 일생에 몇 십 년을 살든 간에 어느 해가 참 행복했다고 말할 수 있는 사람이 얼마나 되겠어요. 그런데 그렇게 말할 수 있었다는 해가 한 번쯤 있었다는 것이….

김동식 : 조금은 황당한 얘기라 실례가 될 것 같다는 생각이 들기도 합니다만, 19세 때 선생님께서는 18-9세기의 낭만주의적인 삶을 사셨구요, 20세가 되어 대학에 들어와서는 20세기의 현대적인 고뇌에 빠져들게 되었다는 생각이 듭니다. 나중에라도 제가 선생님에 대한 글을 쓰게 된다면, 청년기와 관련해서는 그런 생각을 표현하게 될 것 같아서, 그냥 해 본 소립니다.(웃음)

김병익 : 그건 너무 거창한데요.

(웃음)

김동식 : 교회에 대한 선생님의 글들을 보면, 유일신 문제가 인정하기 어려웠다, 그리고 인간을 다시 바라보게 되었다는 말씀을 하셨는데요. 선생님께서는 당시에 실존주의에 많이 경도되셨던가요? 그렇다면 실존주의와 교회가 내적으로 어떤 관련을 맺고 있었는지 궁금합니다. 혹시 심하게 충돌하면서 내적인 갈등을 일으키지는 않았는지요.

김병익 : 그때는 충돌이라기보다 교회와 실존주의가 원천적으로 하나가 아니었을까. 왜냐하면 교회와 기독교에서 말하는 그 하나님 앞에 단독자라는 개념과 실존주의에서 말하는 인간의 고독한 존재성이 결국 하나가 아닐까 생각했거든요. 그래서 저에게 기독교와 실존주의는 갈등으로 여겨진 것이 아니라 근원적으로 상통되는 하나로 다가왔어요. 그런데 느낌으로는 기독교가 환하고 따뜻했다면, 실존주의는 어둡고 고통스럽게 느껴진 거였죠. 그러니까 10대는, 아까 19세기 얘기를

했지만, 기독교적인 어떤 환함 같은 것이 있었는데 20대는 실존주의적인 어둠이 주조를 이루었다고 생각이 들어요. 내 생애에서 10대 후반은 밝고 따뜻하고 그랬는데 20대 전반은 어둡고 차고 살벌했던 것으로 느껴집니다.

한글 세대의 정체성

김동식 : 1957년에 서울대학교 문리대 정치학과에 입학하셨지요. 원래는 사학과를 생각하셨는데 정치과를 다니던 형님께서 권유하셨고, 선생님께서도 사학과를 꼭 가야 할 이유도 없다는 생각을 하시게 되면서 정치학과를 선택하게 된 것으로 알고 있습니다.

김병익 : 그게 꼭 사학과를 지망했다기보다는, 오늘날의 용어로 하자면 인문학을 공부하고 싶다는 거였죠. 사회과학이라든가 현실적인 학문을 하고 싶지가 않았고, 그렇다고 법대 쪽을 생각하지도 않았고요. 아마 나보고 마음대로 선택하라고 했다면 사범대학을 가고 싶었을 거

예요. 사대에 가려니까, 왜 하필 선생을 하려고 하느냐, 집에서 그러더군요. 저도 사대에 대해서는 느낌만 있었지 꼭 그쪽을 희망한 것은 아니었고, 그래서 막연하게 사회학과나 사학과를 생각하고 있었죠. 그런데 형님이 정치학과를 나왔기 때문에, 네가 특별한 생각이 없다면 정치학과가 재미있으니까 그쪽으로 한 번 들어와 봐라 그러더군요. 정치학과를 선택하고 싶었던 것은 아니지만 거절할 이유도 없었고, 그래서 선택하게 되었던 거죠.

김동식 : 인문학에 대한 관심과 관계가 있을 것으로 생각되는데요, 대학시절에는 정치사상사에 관심이 많으셨던 것으로 알고 있습니다. 대학 때 교우관계는 어떠셨습니까? 황동규 선생님과의 교우관계가 눈에 띄던데요.

김병익 : 1학년 때는 어영부영 노는 시간이 많았구요. 1학년 가을 『현대문학』에 황동규가 처음으로 시 추천을 받았어요. 「즐거운 편지」였던가… 그런데 황동규의 얼굴을

▶ 김병익, 1938년 경북 상주 생,
서울대 문리대 정치학과 졸업,
『문학과 지성』전 편집인.
『한국문학의 의식』『상황과 상
상력』등의 평론집이 있음.

본 것은 대학 1학년 들어간지 얼마 안되어서였지요. 당시에 국비장학생을 선발하는 시험을 봤는데, 먼저 과에서 후보를 뽑았지요. 그때 정치학과의 후보는 저였고 영문과는 황동규였어요. 황동규란 이름은 『학원』에서 많이 본 이름이기도 했고 해서, '아! 쟤가 황동규구나' 하고 생각했죠. 그런데 가을에 『현대문학』에 시가 추천된 것을 보고 갑자기 사귀고 싶다는 생각이 들데요. 제가 소극적이라 사람을 일부러 찾아가서 사귀지는 않는데요, 그래서 서울고등학교 나온 정치학과 친구를 보고 황동규를 좀 소개해라 그랬더니만 소개를 해주데요. 그 친구

가 소개를 해서 1학년 말 겨울방학 때 2월인가, 그때는 학기말이 2월이었어요. 그때 처음 만났죠. 그때부터 황동규와의 교우가 시작되었죠. 만난 지 얼마 안돼 자기가 갑사 놀러오겠다고 그래서 3월초에 대전에 내려왔어요. 그래서 같이 갑사를 가고… 그러다 보니 정치학과 친구들보다는 황동규와 가장 많이 어울렸고, 황동규를 통해서 마종기 같은 친구도 사귀게 되었고 그래서 2학년 여름방학 때에는 같이들 놀러가자고 해서 동해안 쪽으로 놀러간 적도 있어요.

김동식 : 대학 시절에 대한 질문

김동식, 서울대 국문과 졸업,
동대학원 박사과정 수료.
문학평론가. 현 『문학과 지성』
편집동인.

이 이어져야겠습니다만, 그보다 먼저 선생님을 포함한 당시 대학생들의 세대론적인 측면에 대한 질문을 드릴까 합니다. 선생님께서는 4·19 세대의 특징으로 '한글세대의 처음 오는 세대다'라는 말씀을 하신 적이 있습니다. 저같이 젊은 세대들은 여러 선생님들의 저서나 강의를 통해 한글세대라는 말을 접한 적이 있습니다만, 그 이해가 막연한 것이 사실입니다. 선생님께서는 1945년 해방하자마자 초등학교에 입학하셨지요? 선생님 세대가 받았던 한글 교육의 성격은 어떠한 것이었는지 궁금합니다.

김병익 : 처음 들어갔을 때는 일제시대였고, 봄에 입학해서 한 학기를 마치고 여름 방학 때 해방이 되었거든요. 그러니까 한 학기는 일본 교육을 받은 셈이지요. 그리고선 2학기부터 한글 교과서를 놓고 한글로 우리말 교육을 받았지요. 한글세대의 의미라든가 문화적인 성격에 대해서 작고한 김현 씨가 강조를 해왔고, 거기에 대해 전적으로 동감하면서 한글세대의 문화사적인 의미에 대해서 스스로 자부를 해 왔지요. 한글세대는 두 가지 성격을 갖고 있습니다. 첫 번째는 우리 모국어를 통해서 교육을 받고 책을 읽고 글을 쓰고 한 첫 세대라는 점

이고, 다른 하나는 민주주의 교육을 처음으로 받기 시작했다는 점이지요. 미군정시대였지만 초등학생이든 중학생이든 간에 우리가 가장 어렸을 때 처음으로 민주주의라는 것을 교육받았던 거죠. 해방 후에, 자연스러운 일이기는 하겠지만, 한국어와 한글을 국어와 국문자로 채택하고 민주주의를 자연스럽게 국가체제로 받아들였다는 사실은, 혁명 아닌 혁명이라는 생각이 들어요. 해방 후에 물론 왕조로 되돌아가지는 않았겠지만, 그리고 미군정 하에서 당연히 민주주의 체제를 받아들이긴 했겠지만, 아무런 저항 없이 자연스럽게 모든 국민이 민주주의를 받아들였고 대의제를 채택했고 48년 첫 투표를 했고 그리고 모든 교과서가 한글로 쓰여지고 우리말 공부를 했다는 것은, 아주 당연한 얘기지만 우리역사에서 아주 중요한 선택이었다는 생각이 들거든요. 우리 세대를 한글세대라 한다면, 그러한 선택의 첫 수혜자라는 의미이겠지요.

김동식 : 일반적으로 식민지 시대에는 한글과 한국어와 관련된 이념적 지향성이 민족주의적인 것이었는데요. 해방이 되고 초등학교나 중학교 때 한글을 배우던 과정에서 민족주의의 이념적인 영향력은 없었나요?

김병익 : 그런 것까지 생각했겠어요? 그때 민족주의라는 것은 정서적으로는 일본 식민지 시대와 관련되는 측면이 많았고, 1960년대 후반쯤 와서 의식화되었다고 할까요. 해방 후 이른바 해방공간 시기나 또는 6·25이후의 1950년 내외에는, 민족주의라는 말이 물론 없었던 것은 아니고 많이 쓰이기도 했겠지만, 의식화된 것은 아닌 것으로 보여요. 민족이란 용어가 자신의 정체성을 요구하면서 강조된 것은 훨씬 후였다는 생각이 드는데요. 나도 지금 이런 질문을 받고 보니, 그런 게 아니었던가 하는 생각이 드네요. 그 당시에 민족이란 말을 으레 쓰기도 했고, 해방 후에 박종화 선생이라든가 이런 분들 작품을 보면, 민족이란 말이 많이 나오지도 않지만, 해방을 얻었다는 정도의 의미였지 정체성의 문제나 이데올로기의 문제

로까지는 안 갔던 것 같고… 오히려 한글사용과 민주주의라는 것이 우리 성장기의 가장 교육적인 기초가 되었다고 볼 수가 있겠네요.

김동식 : 사실 손창섭이나 장용학 같은 50년대 작가들은 언어문제 때문에 아주 고민을 많이 한 작가들이지요.

김병익 : 고민을 많이 했죠. 그분들은 중학교 시절에 한글을 공부했거든요. 그러니 그분들이 쓰는 한국어나 우리말이란 우리 세대보다 못한 수준이었죠. 그분들이 한자를 많이 사용한 것에는 그러한 이유도 있을 것입니다.

역사적인 물음의 지점으로서 4.19

김동식 : 올해로 4·19가 일어난 지 40년이 되었습니다. 선생님께서는 대학교 4학년 때 4·19를 경험하신 걸로 알고 있습니다. 선생님께서는 여러 글을 통해서 4·19의 방관자였다는 말씀을 하셨는데요. 당시의 정황을 말씀해 주셨으면 합니다.

김병익 : 네. 현장에서의 방관자였죠. 그때는 모든 사람이 민주주의가 이루어져야 한다고 생각했고, 자유당이나 이승만 정권이 부정선거를 하고 독재를 한다는 것에 대해 공감을 하고 있었죠. 그래서 어린 학생들의 자발적인 시위와 집회가 많았지요. 2·28이었던 것으로 기억되는데요, 대구에서 고등학생들이 시위를 했죠. 그리고 3·15에는 마산에서 김주열이 파편을 맞아 사망하고… 제가 현장은 보지 못하고 신문을 보고 흥분을 했지만, 4월 18일에 고대에서 데모를 했을 겁니다. 4월19일, 화요일이 아닐까 싶은데요. 그때 집이 돈암동이었어요. 버스를 타고 문리대로 가는데 동숭동에서 갑자기 동숭고등학교 애들이 장난을 치듯이 막 떠들고 승차하면서 떠들고 흥분해 가지고 그래요. 그러니까 시위를 하고선 막 해산된 참이었던 거지요. 그래서였을 겁니다. 혁명이라든가 저항이라고 하는 것이 엄숙하게 진행되어야지 저렇게

장난스럽게 진행되어서 어찌 될 것인가, 집단행동이란 것이 이렇게 우스꽝스러워야 하는가 하는 그런 생각이 듭니다. 그러니까 항의의 명분은 아주 정당하고 옳은 것이기는 하지만 항의의 방식과 태도가 저래야 하는가 하는 생각이 들었던 거지요.

당시의 순진한 마음으로는 그렇게 좀 회의적이었는데, 문리대에 가니까 수업은 진행되지 않은 채 학생들이 군데군데 모여있고 그래서 벤치에 앉아 있는데 그때 우리 친구들이 시내에서 당했으니 나가서 항의하자고 하니까 학생들이 우우 몰려갑니다. 그래서 난 동성고등학교 장면을 보고선 회의를 하고 있던 참이라 그냥 벤치에 앉아서 몰려나간 친구들을 보기만 하고 그냥 내쳐 그 자리에 앉아 있었어요. 저런 행동이 어떤 의미를 갖고 있을까. 꼭 저러한 방식이어야 할까. 뭐이런 잡다하고 착잡한 생각에 젖어 있다가 그냥 집으로 돌아왔거든요. 걸어서 갔어요, 돈암동까지. 아주 심신이 피곤해져 가지고선 집에 와서 쓰러져 한숨 자고 나서 라디오를 트니까 고등학교 동기동창이 잡혀서 첫 희생자가 됐습니다. 4·26 때는 친구 집에 놀러갔어요. 거리가 한창 시끄러울 때였는데 종로로 걸어가서 보니까 젊은 시위자들이 이승만 동상인가를 싣고 가는데, 거리의 시위자들이 대부분 우범자들이라든가 구두닦이라든가 하는 밑바닥 사람들이었어요. 그러니까 저 사람들이 이런 정치적인 명분을 갖고 항의를 한다는 것이 매우 못마땅하게 생각이 되었던 거죠.

그런데 나중에 생각해 보니까 역사적인 혁명이든 의거든 뭐가 됐던 간에 엄숙한 얼굴로 실행되는 것은 아니라는 생각이 들데요. 우습게 장난처럼 우연히 그렇게 점화가 되어가지고 거대한 역사적인 전환이 이루어지는 것이 아닐까. 정치적인 혁명만이 아니라 문화적인 전환도 그러한 양상으로 오는 것이 아닌가. 가령 히피족이라는 것이 얼마나 우스꽝스럽고 무책임하게 보입니까. 그런데 그 히피족 때문에 68세대가 가능했던 거죠. 그러니까 문화적인 전환이라는 것도 가장 우스꽝스런, 풍속 상으로만 보면 뭐랄까요, 풍속사범으로 걸릴 만한 그런 우범자적인 모습으로 오는 것이 아닌가 하는 생각이 들데요. 우스개 소리이기는 하지만, 외국어를 배우면 욕부터 배운다고 하지 않습니까. 새로운 문화의 형성이란 것도 가장 치졸하고 우스꽝스러운 장면들로부터 생겨나는 것이 아닌가. 4·19때 시위에 참여하지 않은 것을 부끄럽게 생각하지는 않습니다. 하지만 4·19시위 현장이 그토록 우스꽝스럽게 시작되고 진행되었다는 사실로부터, 역사라는 것이 그렇게 간단하게 정도(正道)를 밟아서 오는 것이 아니라 우스꽝스럽게 과정을 겪으며 제 길을 찾아가는 것이 아닐까 그런 생각이 들더군요.

김동식 : 4·19에 대한 선생님의 글이나 말씀을 접할 때면 매번 놀라게 되는데요. 제가 여태까지 들어온 바로는, 식민지 시대 때도 그랬고 1980년대도 그랬지만, 저항의 시대를 살았던 사람들은 모두 자기가 혁명적인 움직임의 중심에 있었다라고 말들을 합니다. 프랑스 혁명의 소식을 접하고는 나무를 심고 노래

를 부르며 춤을 추었다는 헤겔과 피히테 등의 얘기가 기억나는데요. 혁명의 의미는 혁명이 끝난 후 주변에서부터 형성되는 것이 아닐까라는 생각도 듭니다.

김병익 : 중심에 있었던 사람은 중심에 있었다고 말을 하겠지요. 나는 중심에 있지 않았으니까요. 그 대신에 60년대 후반 신문기자 생활을 하고 또 『문학과 지성』에 참여하고 있을 때 4·19에 대한 얘기를 글로나 말로 자주 하게 되었지요. 그때는 4·19가 성공이냐 실패냐 하는 논의나 질문이 자주 있었어요. 4·19는 정치적으로는 실패했다, 그러나 문화적으로는 아주 중요한 계기가 되었다는 것이 제 생각입니다. 그로부터 4·19 세대의 의식이 형성되고 4·19 세대의 문학이 생겨나고 한 것이니까요. 그러니까 4·19는 단순히 민주주의교육을 받은 한글세대의 정체성을 부여한 사건이면서, 동시에 6·25 전쟁과 전후의 혼란기를 정리하는 계기가 되었지요. 그러한 의미에서 4·19는 현대한국이 출발하는 시발점이 되지

않았는가. 정치적으로는 별 볼일이 없었지만 문화사적으로는 한국의 현대가 그때부터 시작되었다고 보고 있습니다.

김동식 : 젊은 시절에 한번 몸으로 참가하고 그침으로써 일종의 알리바이를 만드는 것이 아니라, 4·19라는 역사적인 계기에 대해 항상 열려있는 물음을 만드는 일에 선생님께서 관심을 기울이신 것으로 생각됩니다. 의미란 질문이 있어야 생성될 수 있는 것이고, 질문이 첨예해질수록 의미 역시 풍요로워질 수 있다는 생각입니다.

김병익 : 저도 제 자신을 그런 식으로 변명을 하지요. 어떤 역사적인 계기에 반드시 참여를 해야 참여가 되는 것이 아니라, 그 의미를 천착하고 세워나가는 것이 보다 중요한 참여가 아닐까. 그런데 그것은 저를 변명하기 위해서가 아닙니다. 문학이나 문화, 정치나 현실에 나타나는 중요한 계기(moment)는 의미를 부여하는 데 의미가 있는 것이지, 의미를 부여하는 작업이 없다면 아무리 중요한 역사적 사실이라도 무의미해져버리겠지요. 사소한 것이라도 거기에 의미를 부여한다면 그 자체가 커지거든요. 그러니까 우리가 흔히 말하는 업적이라는 것은 의미의 작업이란 생각이 들어요. 그 사건 자체나 그 작품 자체가 처음부터 커서가 아니라, 어떤 의미를 본인과 그 주변사람들 또 후일의 사람이 부여해 주었는가에 따라서 그 사건이나 작품의 의미가 성취되는 것이지요.

김동식 : 개인적으로, 앞에서 말씀을 해 주셨습니다만, 동숭고등학교 학생들에 대한 글을 보면서 느끼는 것이 많았습니다. 정치적 혁명의 과정 속에서, 어떻게 보면 일부분이기는 하겠지만, 놀이의 공간을 발견하셨다는 생각입니다. 나중에 기자생활을 하실 때는 청년문화에 대해서 가장 정확하게 말씀하셨고, 최근까지도 젊은 세대의 문학에까지 지속적인 관심을 기울이실 수 있었던 밑거름이 그곳에 있었던 것 같습니다.

김병익 : 그러한 밑거름은 4·19에서 나왔죠.

김동식 : 직접 말씀을 해주기도 했지만, 4·19에 대한 선생님의 관점은 정치적 엄숙주의의 시각에서 보다 유연한 문화적인 시각으로 옮겨가는 양상을 보입니다. 그러한 변모의 과정에는 4·19를 전후해서 형성된 어떤 맥락이 가로놓여져 있을 것도 같습니다.

김병익 : 4·19 그 이듬해에 5·16이 났죠. 5·16이 일어났을 때, 우리 나라의 민주주의에 대한 불안감이랄까, 일반적으로 말해서 민주주의에 대한 생각이 많았지요. 이런 것이 정치고 권력이라는 것인가 하는 회의 같은 것도 생기데요. 그리고선 군대 갔다오고 신문사에 취직을 하고 보니까, 그 문제에 대한 생각을 할 기회도 별로 없어졌어요. 그런데 60년대 후반에 국가권력이 기관을 통해서 지식인을 추방하거나 매수하는 일이 점점 자행되면서, 지식인의 지조라고 할까요, 지식인의 문제가 많이 제기되곤 했죠. 신문기자도 지식인의 한 직종이니까 자기 질문 같은 것이 생겨났고, 그러면서 4·19 문제가 자주 거론되었어요. 처음에는 혁명이었다, 다음에는 의거였다, 그 다음에는 기념이었다, 이런 식으로 4·19에 대한 평가가 내려졌어요. 그 과정에서 학생들은 그러한 평가에 저항하고 싶었고, 그러다 보니 4·19의 의미를 묻는 질문들이 많아질 수밖에 없었지요. 그리고 김현이 4·19체제라는 말을 내세우면서 글쓰기 작업을 활발하게 진행했고 아마 그때쯤부터 4·19를 보는 관점이 달라지고 정착된 것이 아닌가 하는 생각이 드네요.

대학시절

김동식 : 이제 조금은 사적인 질문을 드릴까 합니다. 대학시절에 읽으셨던 가장 인상깊었던 책이라든가, 영향을 많이 받았다고 생각하시는 작품이 있으면 말씀을 해주시지요.

김병익 : 고등학교 때 헤르만 헤

세의 번역된 소설이 있었어요. 그것과 까뮈의 「이방인」이 있었고. 「이방인」은 고등학교 1학년 때 봤는데, 읽기는 했지만 잘 몰랐어요. 대학 때는 도스토옙스키 작품을 참 열심히 읽었어요. 그때 도스토옙스키 작품으로 번역된 것은 「죄와 벌」과 「까라마조프의 형제」 등이 있었지요. 도스토옙스키는 톨스토이보다 훨씬 위대하게 보였어요. 톨스토이는 위대한지 난 잘 모르겠던데… 실존주의란 무엇인가 하는 문제를 철학적으로 해명해 보려고도 했지만, 정서적으로 받아들이기에 제일 쉬운 것은 역시 도스토옙스키 책을 읽었을 때였어요. 그리고 인트로덕션을 보고 나니까 다 읽었다는 느낌을 주는 책이 있는데요. 칼 뢰비트의 「Meaning in History」라는 책이었죠. 아까도 종말론이라는 말을 한 적이 있는데, 그 책의 인트로덕션에는 역사를 보는 두 가지의 시선이 나와 있어요. 하나는 역사의 전환이 사계의 변화처럼 반복된다는 희랍적인 사관이고, 다른 하나는 역사의 시간이란 종말을 향해서 가는 것이라는 히브리 기독교의 사관이죠. 이 책에서 종말론이라는 단어를 발견하고서는 기독교의 핵심이 여기 있지 않나 하는 생각이 들었거든요. 인트로덕션 다음에는 역사사상가에 대한 얘기가 죽 나오는데 본문은 안 보고서는 서문만 보고서는 다 봤다고 그랬잖아요.(웃음)

김동식 : 그 책에서 본 종말론 때문에 교회에도 잠시동안이기는 하지만 다시 나가시게 되셨죠? 학교 다닐 때도 학과의 선생님들께서 문리대에 대한 말씀들을 해 주시곤 하셨습니다. 굉장히 낭만적인 공간이었다는 인상을 가지고 있는데요, 저희 세대로서는 도저히 추측을 할 수 없는 시대라는 느낌도 들고요.

김병익 : 그때에는요. 문리대만이 아니라 다 부서진 바라크철의 명동까지도 낭만적으로 보이던 시대였거든요. 그러니까 꼭 문리대라고 얘기할 건 아닌데요. 대학 시절을 다 문리대에서 보냈으니까 문리대 캠퍼스 얘기를 하는 것이지요. 그때는 문리대를 졸업하더라도 직장에 취업할 가능성이 별로 없었거든요. 그

러니까, 그런 목적이 없어져 버리니 간 대학생활도 자유로울 수밖에요. 학점에 구애받을 필요도 없고 수업 들어가나마나, 뭐 마음대로였고 그 근처에서 외상으로 술을 마신다든 가 하는 것도 자유로웠고 그러니까 그때는 대학생들이 자유로움을 가 장 만끽할 수 있었던 시대지요. 굳 이 문리대만이 아니고, 그때의 현실 이라는 것이 그랬던 거죠. 얼마 전 에 서울대학교 동창회보에도 썼었 는데, 선생들도 한 학기 동안에 처 음 개강하고 수업이 없다가 종강하 는 것을 아주 당당하게 생각했지요. 그렇게 수업을 안하고 강의를 안한 선생도 있었고, 학생들 중에도 그것 을 멋으로 보던 사람도 있었고, 학 점 잘 따면 촌놈이라고 그러고… 말하자면 1950년 후반의 현실이란 것이 세계에서 가장 가난하고 문제 가 많고 희망이 없는 땅이었기 때 문에, 낭만주의 식으로 여기가 아닌 다른 곳에 대한 꿈들이 많았겠지요. 그래서 그 꿈을 쫓아서 유학간 사 람들도 있었고, 어떻든 생활문제는 나중의 문제이고 대학시절만은 다 른 곳에 대한 꿈을 꾸었지요.

동숭동에는 조그만 시냇물이 흐 르고 있었는데, 수챗구멍 바로 위에 는 염색공장이 있어서 문리대학교 물이 시커멓게 흘렀어요. 그래도 그 더러운 시냇물을 세느강이라고 그 러고, 교문 앞의 짤막한 다리를 가 지고 미라보 다리라고 그러고… 그 때는 모든 게 외국풍이었고, 여기가 아닌 다른 나라라면 아프리카라고 해도 좋다고 했던 시절이었죠. 그랬 기 때문에 문리대에서 방황하고 이 것저것 집적거리면서도, 여기가 아 닌 다른 곳을 꿈꾸었던 거죠. 아마 그런 풍경 속에 낭만이 자리잡았겠 지요. 그때 명동의 술집이나 르네상 스나 음악실 등이 학생시절 많이 다니던 곳이지요. 지금은 대학교육 이라면 다 목적이 있지 않습니까? 취업이라든가 유학이라든가. 그때는 그런 목적이라는 것이 없기 때문에 자유로울 수가 있었던 거지요.

김동식 : 그런 분위기 때문에 교 우관계도 소속되어있는 학과에 거 의 구애받지 않을 수 있었던 건가 요?

김병익 : 그때 우리 학생들은 전부 다해서 2, 3천명됐을까요? 그래서 강좌도 몇 개의 학과가 함께 듣는 경우가 많았죠. 정치학과는 정원이 60명이어서 다른 과하고 함께 공부하지 않고 정치학과만 그냥 공부를 했거든요. 그래서 저는 다른 학과는 잘 몰라요. 더구나 주변이 없어서 잘 사귀지도 못하고, 그래서 유일하게 황동규하고 사귀었고 자주 어울려서 놀았던 것 같아요. 하지만 다른 선후배들은 다른 학과의 학생들하고 많이 어울리고 그랬지요.

기자생활

김동식 : 1965년에 제대를 앞두고 <동아일보> 기자시험에 합격해서 2월부터 기자생활 시작하셨죠. 문화부에 근무하면서 문인과 교우관계를 넓혀나가셨죠.

김병익 : 군대 들어가서 만기 제대를 했는데요. 제대가 65년 2월 예정이었는데, 제대할 때가 되니까 취직을 해야하지 않나 하는 생각이 당연히 들지요. 그런데 정치학과 출신은 은행이나 학교선생 쪽으로는 지망할 수가 없었어요. 학과에 따라 취업에 제한이 있었던 거지요. 정치학과가 자유롭게 지원할 수 있는 곳은 유일하게 신문사밖에 없었어요. 그래서 신문사 시험을 두어 군데 봤죠. 봤다가 다 떨어지고 마지막에 <동아일보>가 되었거든요.(웃음) 제대 말년에 다 그렇겠지만 입사를 위해서 특별히 공부를 할 수도 없고, 공부를 안 하던 시절이기도 했고 <동아일보>에 입사를 했는데, 그때 사진기자 한사람 빼고 10명이 들어갔어요. 수습기간 마치고 문화부에 배치가 됐는데 기자가 된 사람들 가운데 가장 연배가 어린 사람과 저희 같은 수습기자와는 6년의 차이가 있었어요. 그때 나보다 6년이 위라면 이미 관록이 붙은 기자고 해서, 게으르고 일하기 싫어하는 시기였거든요. 그래서 나한테 이것저것 시키고 그랬는데, 나는 그게 신이 납디다. 처음에는 문학, 출판, 학술 여러 가지 일을 했지요. 그때 기사도 참 많이 썼구요. 기자였다는 것에 대단한 자부심이랄까, 일 참 많이 했어요. 부장이 나보고 갑자기

내일 기사거리 써오라던가 뭐 그런 식이었거든요. 그때 내 주머니엔 항상 메모쪽지 들어가 있어서, 지금과는 달리 컴퓨터가 없기도 했지만, 어느 때고 뒤지면 기사를 쓸 수 있을 정도로 준비를 하고 있었지요. 그래서 문학·학술 중심의 기사를 많이 썼어요. 아마 내가 우리 나라 신문 문화면에 기여한 점도 많이 있을 겁니다. 최정우 씨가 나중에 내 책의 서평을 쓰면서 그런 얘기를 한 것 같은데, 그때는 문화면 기사가 대체로 안내 기사 아니면 외부청탁에 의해서 쓰는 기사였거든요. 월평부터 시작해서 거의 다 청탁이었던 시절이었죠. 문화부 기자를 할 즈음에는 한창 각종 심포지엄이나 세미나가 붐이 불기 시작하던 시기였어요. 취재를 하면서 경향이나 흐름을 종합해서 쓰는 기사들을 많이 썼지요. 학자나 문화인들의 말을 인용한다던가 해서 새로운 기사 스타일을 만들었다는 얘기를 들었으니까요. 그때는 신문에서 문학면의 비중이 거의 없다시피 했어요. 그것을 고정란으로 만들었고, 그래서 기여를 많이 했지요.(웃음)

김동식 : 기자 활동을 활발히 하시면서 1967년 10월 『사상계』에 '문단의 세대 연대론'을 발표하셨고, 또한 작고하신 김현 선생과도 이 해에 처음 만나신 걸로 알고 있는데요.

김병익 : 아마 김현 씨를 처음 만난 것은 1967년 초반이었던가 싶은데, 황동규하고는 대학 때부터 자주 어울렸으니까 잘 알고 <동아일보> 입사하면서 <동아일보> 장편소설 공모에 당선된 홍성원을 소개받았고, 홍성원이 원래 격의가 없는 사람이라 자주 어울렸고 그러다가 홍성원과 황동규를 통해서 김현이라던가 염무웅, 김주연, 김치수 등을 알게 되었죠. 그때 김현 씨는 대학신문 기자였지만, 1967년쯤부터 <동아일보> 소설월평 시월평 등을 그 또래가 맡기 시작했어요. 그래서 김현이 하고도 알게 되고, 그랬지요. 『사상계』 쓴 게 67년인가요? 유경환 씨라고, 그때 『사상계』 편집장을 하다가 조선일보 문화부장을 거쳐 정년퇴직을 한 분이 있어요. 아동문학

을 하고 시인이기도 했죠. 그분이 사상계 편집장으로 있을 때였던 것 같은데, 한번 원고를 써달라고 그랬어요. 그래서 뭔가 원고를 쓰는데 그때 한 40매 정도였던 것 같은데, 당시 신문기사라야 길어봐야 10단 짜리고 그것도 아주 압축해서 쓰는 이런 기사 스타일이어서, 40매 짜리 쓰라니까 참 못쓰겠습디다. 그래서 아주 끙끙대면서 썼는데, 내가 생각해도 그후론 다신 보지 않을 정도로 창피하고, 답답하고… 그걸 참 썼네요.(웃음)

김동식 : 동인지 『68문학』을 살펴보면, 처음에 김현 선생께서 동인으로 참여하실 것을 요청하셨는데 선생님께서 정확한 답을 안 하신 걸로 알고 있거든요.

김병익 : 김현이가 사람 사귀는 품이 참 재빠르고 적극적이거든요. 그래서 처음 <동아일보> 문학란에 월평을 청탁하자마자 그 다음부터 자주 찾아오기도 하고 찾아오면 어울리고 그렇게 해서 말놓자 해서 3년 후배 가량 되는데 말놓기 시작

해서 그렇게 해서 사귀었지요. 1968년은 '순수-참여 문학논쟁'이 한창 진행되던 시기였고, 모든 신문 잡지를 통해서 활발한 토론이 벌어지던 시기였거든요. 그때 김현이가 와서 문학동인지를 하자고 그랬어요. 그때 내가 심각하게 고민을 했던 것은, 어느 문학동인 팀에 들어가든 어쨌든 간에 들어간다면, 신문기자로서 내가 지켜야 할 객관성이랄까 중립적인 태도를 버려야 하고 어쩌면 기자로서의 순수성까지도 버릴 가능성이 있다는 것이었지요. 그래서 안 들어가겠다고 사양했지요. 『주간한국』이 주간지로서 활발하게 발행될 때였는데, 『주간한국』이 『68문학』에 대한 소개를 했어요. 김현이가 제보를 했는지 어쨌는지. 거기에 내 이름이 들어가 있었어요, 내 동의 없이. 그런데 내가 소심하다보니까, 일단 내 이름이 들어가면 내 책임은 해야 한다는 생각이 들거든요. 그래서 그래가지고 할 수 없다고 해서 참여를 한 거죠.

김동식 : 김현 선생님께 역정을 내시거나 그러 지는 않으셨습니까?

김병익 : 그럴 처지는 아니었구요. 고민을 했던 것은 내 자신의 고민이지, 내가 안 들어간다고 선을 딱 그었던 것은 아니니까.

김동식 : 그러면, 『68문학』에 대한 어떤 교감 같은 것이 사전에 이미 형성되어 있었다고 보아도 좋을는지요.

김병익 : 교감이라기보다는, 순수한 기자로 있기보다는 문단 쪽에 참여를 하고 내 글쓰기를 문학적인 글쓰기로 유도하고 싶었던 것이겠죠. 문학이라는 말은 되도록 회피하고 싶었지만, 어떤 형태로든 글은 쓰고 싶었겠지요. 다만 입장이 기자라는 것 때문에 동인 같은 그룹운동에 참여한다는 것은 곤란하다는 정도의 생각이었지요. 그랬기 때문에 그 약점을 쑤시고 김현이가 들어온 것 같아요.

김동식 : 지금 생각하면 동의가 완전히 이루어지지 않은 상태에서 공식적으로 이름을 거론한다는 것은, 여러 가지로 곤란한 일이 아니었을까도 생각되는데요.

김병익 : 내가 그것을 가지고 아우성치지 않으리란 것도 미리 생각하고 알고 있었겠지요.

김동식 : 이렇게 말해도 될 지 모르겠는데, 김현 선생께서는 전략가셨군요.(웃음)

김병익 : 맞아요. 김현이가 참 전략가고 정치적인 인물이죠.(웃음)

김동식 : 선생님께선 김현 선생을 어떻게 생각하고 계셨는지요.

김병익 : 그때 김현이가 대학원을 다니고 졸업하고 그럴 즈음이었어요. 기자라는 직업이 자기 정보원을 여럿 두어야 하거든요. 경찰이 사건을 맡으면서 정보원을 두듯이, 기자도 전문가가 아니기 때문에 어떤 문학적인 문제나 문화적인 사건이 있으면 이것을 어떻게 해석해야 하는가 이것을 어떻게 받아들여야 하는지에 대해서 조언자·전문가가 필요하거든요. 김현이가 불란서문학

이나 현대문학에 대한 정보가 참으로 빨랐어요. 그래서 김현한테 그런 정보를 많이 받기도 하고, 그 의견을 배우기도 하고 그랬지요. 김현의 도움이 그때 기자생활 할 때 참 컸습니다.

『문학과 지성』 시절

김동식 : 『문학과 지성』을 간행했던 1970년에는 정치적 상황도 복잡했고, 또 잡지 창간과 관련해서 하셔야 할 일도 많았을 것 같습니다. 당시의 정황을 말씀해 주시지요.

김병익 : 그때는 정치적으로 박정희가 삼선개헌을 하고 장기 독재 권력을 장악할 토대를 만들어 놓았던 시기였지요. 그리고 문학 쪽으로는 김지하의 「오적」을 가지고 상당히 시끄러운 때였거든요. 1970년 7월인가 국제 펜대회가 열렸는데, 그 문제로 펜대회가 상당히 소란스러웠지요. 순수참여 논쟁의 여지도 여전히 남아 있고 해서, 여러 가지로 상당히 어수선할 때였지요. 그해 아마 7월쯤으로 기억을 하는데, 김

현이가 어느 날 찾아왔어요. <동아일보> 뒤에 연 다방이라고 있었는데, 거기서 계간지를 만들자, 김승옥 씨가 사진식자 기계를 사서 장사를 해볼까 하는데 '돈이 남고 돈이 되면 계간지에 상당히 보태겠다. 지원해주겠다'는 말을 하더군요. 김승옥이가 문학으로는 상당히 좋지만, 그 일이 장사가 될 지 안 될 지도 모르고 또한 된다고 해서 돈을 지원한다는 것은 별로 기대가 안되고 그럽디다. 그때 기자사회에는 냉소주의가 상당히 만연해 있었어요. 왜냐하면 비판적인 기사는 전혀 실을 수도 없었고 또 좀 영향 있는 기자들은 정부에서 빼가기도 하고 그래서, 좀 자조적이고 무력감 속에 빠지고 그랬지요. 가스 중독론이란 말도 있었는데, 가스를 마셔 중독이 되듯이 기자가 자기도 모르는 사이에 점점 의식이 마비되고, 당시의 상태가 그런 상태가 아니냐 이런 글도 쓰고, 그래서 하루는 농담으로 버린 기사를 모으면 진짜 잘 팔리는 좋은 신문이 나올 거란 말이 나올 정도였지요. 『사상계』도 그때는 안 나오게 되고 그래서 뭔가 좀 좋

◀ 『문학과 지성』 창간호

은 신문 혹은 잡지와 같은 매체가 있었으면 하는 기대가 의식 있는 기자들 사이에는 있었거든요. 막연하기는 하지만 숨어 있는 욕망 같은 거라고나 할까요.

김현이 계간지를 내자 참여파 쪽에서는 『창작과 비평』이 있는데 우리는 아무 매체가 없지 않느냐고 제안했던 거죠. 이런저런 모든 걸 따져봐서 계간지를 만들자는 주장에 적극 찬성을 하게 되었고, 그런데 실질적으로는 돈 문제가 제일 현실적인 문제거든요. 그래서, 그러면 마침 내 친구 한 명이 판사로 있다가 변호사로 전업을 해서 수입이 갑자기 월급보다 몇 배가 늘어난

친구가 있는데 그 친구한테 한번 지원해 줄 수 있는지 물어보겠다고 그랬지요. 그 친구가 바로 황인철 변호사였어요. 그 친구도 뜻이 참 좋은 친구인데 변호사를 하다보니까 갑자기 수입이 많아지고 돈을 어떻게 쓰면 좋은지 잘 모르고, 그러던 상황이었어요. 이 친구도 참 가난했고 어렵게 학교를 다녔는데, 이만한 수준에서 생활을 하다가 이렇게 갑자기 뛰어오르면 적응이 되지 않지 않습니까? 그래서 그 친구에게 우리가 문학지를 내고 싶은데 네가 좀 지원을 해줄 수 있겠느냐 그랬더니만, 자기는 사실 법조 관계의 잡지를 내고 싶었다며 그 일은

아직 요원한 것 같으니까, 내가 먼저 너한테 지원을 해주겠다. 그렇게 해서 동의를 받아 가지고, 김치수도 끌어들이고 그래서 넷이 처음 만났지요. 그게 아마 7월 하순쯤이 아닐까 싶네요. 그렇게 합의를 보고, 그 자리에서 문화부에 잡지 등록신청을 내고, 한편으로는 적극적으로 기획을 해서 원고청탁을 하고 각자 쓰기도 하고, 이런 식으로 일을 진행시켜 나갔지요. 그때 문화부에 신청한 그 제호는 '현대비평'이었어요. 그런데 당시에 사이비기자들이 많다는 이유로 정부에서 비평이나 비판이라는 용어를 쓰는 것을 굉장히 싫어했어요. 사실 그건 명분일 따름이고 독재정권에서 비평, 비판이라는 말을 좋아할 리가 없었지요. 그래서 이 제호로는 안 된다, 그래서 다시 정한 제호가, 김현이 그때 불쑥 던지듯이 한 말이 '문학과 지성'이었거든요. 그래서, 좋다고 동의해 가지고, 그 제호로 다시 신청을 했고, 제호에 대한 신청이 접수되어 인가가 난 것이 9월초인가 그랬어요. 누가 그걸 지적을 했던데 인가 일자보다 발행일자가 몇 일 빠릅니

다. 그런 미스가 있었는데, 실제로 그랬으니까요.(웃음)

김동식 : 정말 대단한 속도인데요. 1970년 7월 중순쯤에 신청을 넣고 그 자리에서 기획을 하고, 9월초에 책이 나왔으니 굉장히 빨리 나온 거네요.

김병익 : 그러니까 벌떼처럼 그냥 부산을 떤 거죠.(웃음)

김동식 : 1970년 처음 잡지가 시작될 때는 선생님을 포함해서, 황인철 변호사, 김현·김치수 선생님, 이렇게 네 분이셨군요.

김병익 : 네. 그렇게 넷이었고, 그때 김주연은 미국 유학을 갔다가 독일에 가 있었나 그랬어요. 1971년에 귀국을 했는데, 그전에 김현이가 미리 편지를 보내서 우리 잡지에 대한 소개를 하면서 편집동인으로 참여를 해달라고 미리 부탁을 했었고, 그래서 자연스럽게 합류를 했습니다.

김동식 : 말씀하신 것처럼 『문학과 지성』 창간에는 황인철 변호사의 도움이 결정적이었다고 생각됩니다. 문학과 직접적인 관련이 있는 분은 아니지만, 단순한 경제적 후원자가 아니라 민주 변호사로서 『문학과 지성』의 이념과 가장 잘 어울리는 분이라는 생각입니다. 선생님과의 인연은 언제부터 시작되었는지요.

김병익 : 중학교 동창인데요. 중학교 때는 별로 친하지 않았고, 고등학교 1학년 때 한 반이였어요. 키가 작아 가지고 키 순서대로 해서 1번이었거든요. 나는 30번 대였는데…(웃음) 대학에서는 그 친구가 법대로 갔기 때문에 만난다거나 하는 일이 별로 없었는데, 군대에서 내가 5군단 사령부에 있었고 그 친구가 1사단 5군단 산하 사단에 법률장교로 있었어요. 그때 여러 차례 만났고, 제대 후에 나는 <동아일보>에 들어갔고 그 친구는 서울지법 판사가 되었고, 그래서 오며가며 만나게 되었죠. 그 집이 생활이 어려웠고 그래서 고민 끝에, 나중에 눈

물까지 흘렸다고 이야기를 하던데, 가족들 생계 때문에 변호사로 전업했어요. 변호사 사무실이 동아일보사 바로 맞은편 쪽에 있었거든요. 그래서 자주 놀러가게 되고, 그러다가 『문학과 지성』을 통해서 친구 관계에서 후원자의 관계로 바뀐 거죠. 동아일보의 언론노조 파동이 일어났던 것이 1973년인데요. 그때 신문사에서 기자노조를 인정을 안 했고 또 거기에 가담했던 사람들을 해직시키고 하니까, 민사소송을 제소를 했어요. 그때 내가 황인철을 소개해서, 황인철이 변론을 맡았지요. 1975년에 동아 사태 때도 황인철이가 변론을 맡았고… 그 이후로는 동지 관계가 된 거죠. 후원자 관계가 동지 관계로.

김동식 : 엉뚱한 질문일 지도 모르겠습니다만, 『문학과 지성』이라는 제호는 사실 1930년대의 비평가 최재서의 평론집 제목이기도 합니다. 혹시나 해서 여쭤 봅니다만, 무슨 관련이라도….

김병익 : 나중에 보니 그랬더군

요. 그 당시에는 최재서의 비평집 제목은 난 몰랐고, 김현이 그 제목을 떠올려서 그렇게 했는지 어쨌는지 모르겠는데, 아마도 그것과는 별다른 관계가 없을 겁니다. 아까도 말한 적이 있지만, 지식인들의 지조 문제가 70년대 안팎에서 지식사회의 가장 중요한 주제였거든요. 어용 교수라던가 어용 지식이라던가 하는 것에 대한 비판 같은 것 말이죠. 그래서 지성이라는 말이 자연스럽게 떠올랐던 것이 아닌가 합니다.

'문지'와 '창비', 문학과 지성사

김동식 : 자연스럽게 지성 얘기로 넘어 온 셈이 되었습니다. 지성이 심리적으로 복잡한 충동의 평형 상태로부터 발생하는 태도의 문제로 규정되거나, 아니면 '행동하는 지성'이라는 말처럼 지사적인 풍모와 결합되는 것이 일반적이었지요. 선생님의 지성 개념을 제가 매력적으로 느끼는 것은, 해답에 대한 설명의 문제가 아니라 시대상황에 대한 물음을 예리하게 구성해 나가는 문제와 결합되어 있기 때문입니다.

지성이 문제되고 지식인과 구별되어야 했던 당시의 상황을 말씀해 주셨으면 합니다.

김병익 : 거듭 말씀 드리지만, 유신체제가 성립되고 권력에 대해서 저항할 수 있는 지식인의 힘에 대해서 극도로 회의하던 시대였기 때문에, 지식인의 역할에 대한 지식사회의 관심과 우려가 대단히 강했던 시기였죠. 그때 내가 그 문제에 대해서 상당히 고민을 했던 것 같아요. 홉스테터라는 미국 사학자의 책을 보면, 지식인과 지성인을 구분하고 있어요. 인텔리젠트하고 인텔리젠차였던가요. 그 책을 읽으면서 생각을 했죠. 아, 그냥 지식인이라 하지만 이건 구별되어야 한다. 원천적인 질문의 원초적인 문제성에 대해서 질문을 하는 것과 그 문제성을 도외시하고 수행 방법에 대해서만 전문적인 지식을 동원하는 지식은 구별해야 한다. 그래서 지성과 지식인 이렇게 나누었던 거지요. 그것이 좀 도식적이고 어떻게 보면 무책임한 것일 수도 있지만, 그 당시에는 아주 절감되는 문제였거든요. 그러

니까 우리가 다같이 지식이라고는 하지만, 청와대 들어가서 아부하는 사람과 그걸 비판하는 사람을 다르게 봐야 한다는 것이, 소박한 청년 지식인으로서는 당연하게 제기하고 싶은 문제였지요.

김동식 : 그렇다면, 지성은 이데올로기가 강압적으로 내리 누르는 상태에서 설정된 저항에의 의지 또는 윤리라고 보아도 되겠습니까.

김병익 : 이데올로기라기보다는 권력이라고 하는 것이 더 정확하죠. 그 당시에는 좌파나 진보적 지식이란 것은 거의 생각할 수 없는 시기였으니까요. 권력의 억압에 굴복하느냐 아니면 거기에 대한 저항이냐, 그것이 가장 중요한 문제였지요. 민주주의와 자유냐 아니면 수혜자가 누리는 권력의 혜택이냐. 1972년인가, 지금도 기억이 나는데, 갑자기 어떤 열정에 빠져서는 처음에 서두 10매 정도를 썼어요. 1972년이면 아주 삼엄한 때였거든요. 그런데 이런 톤으로 써서 과연 잡지에 발표될 수 있을까 하는 게 우선 걱정이 되

데요. 그래서 황인철 변호사나 김현 등의 동인들에게 한번 먼저 읽혀 봤어요. 그래 아슬아슬 하지만 이렇게 계속 한번 써봐도 좋겠다, 그러더군요. 그렇게 해서 글을 썼던 기억이 납니다.

제 자랑을 한번 하자면, 1970년대 유신시절에 검열 피하는데 명수였습니다.(웃음) 그때 구절이나 또는 주제 때문에 남산 끌려가서 고역치른 사람이 상당히 많았거든요. 그런데 나는 한번도 당한 적이 없어요. 동아일보에 썼던 기사나 『문학과 지성』에 발표된 글에는 상당한 불온성이 숨어 있거든요. 정부 기관원들도 다 알지요. 그런데 불온성에 대해서 꼬투리를 잡을 수가 없었던 거예요. 내가 그 테크닉은 상당히 개발이 되어 있어서, 지금도 생각이 납니다만 <동아일보>의 목요시단에 정희성 씨의 시를 받았는데, 그때 정희성씨가 굉장히 반(反)정부적인 시를 썼어요. 그대로 나가면 틀림없이 걸리게 되어 있어요. 시인도 그렇고 문화부 기자 담당자도 그렇고 그래서 두 사람이 서로 전화하면서 이 구절은 빼고 이 구절은 표현을

조금 바꾸고, 그래서 냈거든요. 그랬더니 읽는 사람들은 이 작품이 어떻다는 것을 다 알죠. 그런데 검열관은 잡을 수 없었어요. 나중에 누가 그럽디다. 남산 사람들이 다른 신문은 문화면은 다 안보고 넘어가더라도, <동아일보> 문화면은 꼭 보고 넘어간다구. 그런 데도 <동아일보> 문화면이 걸린 적은 한 번도 없었거든요.(웃음)

김동식 : 『문학과 지성』에 대해서 좀더 여쭤 보아야겠는데요. 1966년 1월부터 『창작과 비평』이 이미 발간을 하고 있는 상태였습니다. 1970년 『문학과 지성』을 창간할 때 『창작과 비평』에 대한 어떤 대타의식 같은 것은 없었습니까?

김병익 : 아니요, 그런 거 없어요. 『창작과 비평』이 나오고 특히 방영웅 씨의 『분례기』가 나오고 할 때, '창비'를 굉장히 높이 평가해주었고 꼼꼼하게 검토를 했어요. 우선 가로쓰기에 한글체였다는 것, 그리고 동인체제였고, 말하자면 제도화된 잡지가 아니라 지식의 자유로움을 반영한 잡지였다는 것, 그런 몇 가지 이유를 들어서 이제 잡지나 문학지가 어떤 형태를 택해야 할 것인가 하는 문제의 샘플이 되었다고 평가했지요. 가령 문예지의 추천제도라는 것이 있잖아요. 그런데 『분례기』는 추천작이 아니었고, 시 투고작의 경우도 좋으면 싣는다고 했고 그러니까 기존의 절차를 거부하고 자유롭게 시인을 배출했거든요. 그러한 의미를 기려서 신문에 기사로 썼던 기억도 있습니다. 그때는 순수-참여의 구도에서 『창작과 비평』를 바라본 것이 아니라, 새로운 잡지 문화나 계간지 문화라는 측면에서 상당히 높이 평가를 했지요. 그래서 기존의 『현대문학』이나 『신동아』에 대해서는 조금 못 마땅하다는 식으로 바라봤지요.

물론, 순수참여 논쟁이 1968년에 한창 진행되었고, 그래서 파가 갈리긴 했지만, 순수파-참여파였지 창비파-문지파 이런 구도는 아니었거든요. '문지'는 태어나기 전이었으니까요. '문지'가 처음 창간될 때에도 그 체제는 『창작과 비평』을 답습했거든요. 가로쓰기라든가, 한자를 넣기는 했지만 되도록 줄이는 것 등이 그것이지요. 저쪽의 백낙청 씨와 염무웅 씨도 그랬지만, 네 김 씨들 역시 편집동인체제를 구성한 것도 그렇고… 그 중에서 한가지 다른 점이 있다면, '재수록' 란이 『문학과 지성』에만 있었는데요. 김 현의 아이디어였지요. 그것은 원고 료를 줄인다든가 하는 여러 가지 효과를 노린 건데, 재수록란이 있었 다는 것 외에는, 여러 가지로 커다 란 틀은 『창작과 비평』이 만들어 놓은 틀을 그대로 답습했다고 해도 과언이 아닐 겁니다.

김동식 : 그러면, 『창작과 비평』 측의 백낙청, 염무웅 선생들과의 친분 관계는 어떠셨습니까?

김병익 : 그때는 가까웠어요. 나는 광화문 쪽의 동아일보사에 있었고, '창비'는 지금 교보 바로 뒤 신구문화사에 있었어요. 신구문화사에 가면 얼굴들을 볼 수 있었죠. 『문학과 지성』은 일조각에 있었으니까, 화신 뒤 아닙니까? 거리가 가깝고 서울이 넓지도 않고 다방이나 술집 가면 다 만나게 되어있는 상

태였고, 그래서 서로 문학적인 입장은 달리하고 술 마시다 서로 논쟁을 하기도 했지만, 격전상태는 아니었지요. 1930년대 카프나 비(非)카프 계열이 서로 어울리면서 이름만 달리 했던, 그런 식이 아니었던가 싶거든요. 그러다 내가 기자협회 회장할 땐가 그 즈음에, 『창작과 비평』과 『문학과 지성』이 문학적인 입장은 달리하지만 유신권력에 대해서 저항한다는 태도에서는 공동의 입장이니까, 우리가 잡지로서 서로 교류를 하자 해서 염무웅 씨가 『문학과 지성』에 글을 쓰고 내가 『창작과 비평』에 글을 쓰고 그런 적도 한 번 있었지요.

김동식 : 그러면 선생님의 「문단의 세대 연대론」도 그런 분위기나 구도와 관련이 있는 건가요?

김병익 : 글쎄, '세대 연대론' 지금은 뭐라고 쓴 건지 기억은 안 나지만… 그때는 그랬던 것 같아요. 한문세대·일어세대·한글세대 사이에 서로 선배들 당신이 잘못했다 아니면 너희들은 왜 그러냐 하는

세대간의 갈등이 많이 보였던 것 같았어요. 그때 저는 어떤 세대든지 자기 세대의 문제점과 고민이 있고, 자기 세대의 힘과 장점을 갖고 있는데, 그것을 서로 싸안아야지 서로 나쁜 점만 보고서 배타적인 태도를 취해서는 안 된다. 다른 세대의 미덕은 서로 배우는 것이 좋지 않은가 하는 아주 상식적인 수준의 생각이었던 것 같아요. 그런데 당시에 제가 구체적으로 어떤 의도를 갖고 썼는지 잘 기억은 안 나지만, 그후에도 집요하게 새로운 세대를 끌어안아야 하고 받아들여야 한다는 생각은 늘 갖고 있었던 것 같습니다. 1976년에 우리가 문지 4K 체제를 개방해야 한다는 생각을 갖게 되었을 때, 다음 세대를 염두에 두고 끌어들여야 한다고 결론을 내렸고, 그래서 오생근·김종철 씨를 끌어들였거든요. 그리고 1980년대 들어서는 지금의 『문학과 사회』 동인들을 끌어들였고, 1990년대 들어서는 『이다』 끌어들이고 전 한글세대라는 자의식 속에서 생겨난 건지 어떤 건지 모르겠어도 우리 전 세대에 대해서는 어떻든지 내 후배 세대에 대해서는 항상 문을 열어놓고 그 사람들을 끌어들이지 않으면은 문학사적인 전통이나 맥락이 이어지지 못한다 그러니깐 서로 끌어안아야 한다 하는 생각은 '세대연대론'과 관계없이 집요하게 제 의식을 사로잡았던 것 같았어요

김동식 : 아주 개인적이고 소박한 질문 하나 드리겠습니다. '문지'에서 발간된 이론서나 선생님들의 책을 읽고 공부하면서 해 보았던 생각인데요, 이른바 4K가 모였을 때 그 일상적인 풍경은 어떠했을지 궁금합니다. 그때나 지금이나 워낙 멀게만 보이는 존재들이었기 때문이겠지요. 물론 지금은 선생님께서 허락하셔서 담배를 피기도 합니다만….(웃음)

김병익 : 4K라는 명칭은 저희 넷이 모여서 다니니까 바깥에서 붙여 준 것일 테고, 우리들은 친구처럼 일하는 사람들이었을 따름이지요. 그런데 네 사람이 모두 김씨라는 것이 우연이라면 우연일 테고 지금도 모이면 김씨가 제일 많고, 지금

여기도 그렇지만. 다른 동인체제들도 물론 그렇기는 하겠지만, 우리 경우 유달리 문학적인 입장은 같이 하면서도 서로의 개성을 존중해 주었던 것이 아닌가 합니다. 눈치들이 다 빨라서, 가령 누구 작품을 싣자 청탁하자 혹은 어떤 작품을 재수록하자고 했을 때, 동의하는가 안 하는가 그 반응을 안색으로 알 수 있을 정도였어요. 안색을 보고도 여전히 이 사람 것을 싣자고 한다면, 나는 반대는 안 하겠다 이런 소극적인 의사로 동의를 한다던가 했지요. 대부분 편집회의는 다방에서 했는데, 다방에서 차 한 잔씩 마시면서 메모 식으로 청탁하고 원고 청탁자를 정하고 주제 정하고 그랬거든요. 그러면서도 술 마시면 친구로서 가릴 것 없었고 김현 김치수 김주연은 모두 동기였고, 또 김현과 김치수는 불문과 동기이기도 했고, 세 사람은 어문계열의 공부를 같이 했으니까. 나는 사회과학 쪽이고 학년도 3년 차이가 났고, 대학 다닐 때는 잘 몰랐지만, 같이 어울리다 보니 내가 3년 손해를 본 셈이지.(웃음) 그러면서도 서로 아주 수월하고 순진해서 가릴 것이 없었고, 이해관계라던가 이런 것은 따질 것도 없었고, 그렇게 서로 털어놓고 지냈죠. 그때는 포커도 많이 하고 별짓 다 했지요. 그래서 우정과 문학적인 이념을 동시에 공유할 수 있었던 거고 글쓰는 거나 작품 평가하는 것은 또 서로 조금 다르기도 했지만. 하지만 함께 일하는 사람으로서 서로를 이해하는 참 행복한 결합이었다 하는 생각이 들고 그래서 『문학과 지성』 밖에서 보자면 충분히 비판의 여지가 있을 수 있는 것이, 네 사람 중에 한사람이 뭔가 발언을 하면 그것이 네 사람의 발언으로 함께 증폭이 되었던 것 같아요. 나중에 보니 그렇게 된 것 같아요. 만약 내가 아무개 작가가 좋다고 그러면 4K 혹은 『문학과 지성』이 모두 좋아하는 것으로 그렇게 4배로 늘어나는 것이지요.

김동식 : 외람된 질문이 될 수도 있겠습니다만, 외부의 시선이나 평가를 무시할 수는 없을 것 같아서 질문을 드립니다. 밖에서 보자면 『문학과 지성』 비평가 그룹과 작가

들의 유착 관계라고나 할까요, 아니면 작가 관리라고나 할까요, 그런 부정적인 혐의가 있었던 것이 사실입니다. 작가나 작품을 평가하는 과정에는 어떤 기준이나 원칙 같은 것이 있었을 것도 같은데요.

김병익 : 주로 재수록란이 작가들에게 상당히 영향을 많이 주는 난이었는데, 지난 석 달 동안 발표된 작품 가운데 어떤 작품을 재수록 할 것인가를 두고 서로 이야기를 많이 했지요. 석 달 동안의 작품 중에서 각자 천거를 해서 정하잖아요. 그러면 그 작품에 대해 리뷰를 하게 되죠. 리뷰를 4K중에 누가 쓰기도 하고 외부에서 쓰기도 했지만, 누가 쓰던 간에 아까 얘기했다시피 4배로 증폭이 되기도 하고, 그래서 그 작가에 대한 집중 조명이 이루어지게 되죠. 그러니까 한 작가나 시인에게 클로즈업하는 효과를 주기도 했던 거고

그리고 문지 동인들의 미덕이라고 생각을 하는데, 동인들은 자신의 문학적인 관점이나 논리에 적절한 작가를 앞세웠어요. 그리고 그때 마침 그럴 수 있는 작가들이 많이 있었구요. 동년배 이청준이라든가 조세희라든가, 홍성원, 이문구, 또 그 위로 최인훈씨가 있었고… 그러니까, 그러한 점은 『창작과 비평』고 조금 다르다는 느낌을 받습니다. 『창작과 비평』의 경우 그러한 작품들을 배제했거든요. 그에 비해서 우리 쪽은 동시대 작가의 작품을 내세워서 문학적인 논리의 실체로서 제시했던 거지요. 그러다 보니 그러한 모습이 작가와 『문학과 지성』 동인들과의 유착으로 보였을는지는 모르겠지만, 『문학과 지성』의 문학적인 입장은 이론이 아니라 작품이 실제로 있어야 한다는 것이었으니까요. 그 실제가 바로 이청준이고 정현종이고 황동규고, 이렇게 되는 거죠. 동년배였기 때문에 우리로선 일하기 참 좋았지만 외부에서 볼 때는 서로 유착된 것이 아니냐 이렇게 부정적으로 바라볼 수 있었겠지요. 그런데 그러기에는 우리로서는 참 순수했다는 생각이 드는데, 가령 오규원이나 김원일 작품을 보고 재수록 한다고 정하고 연락을 해서, 처음으로 만났던 사람들이에

▲ 김현 김치수 김주연과 함께(1972년)

요 홍성원이라든가 이미 아는 사람 몇 사람을 빼놓고는, 재수록이라는 과정을 통해서 처음 인사를 한 사람들이었지요. 그러니까 그 과정에서 어떤 사심이 있었다는 생각이 들지는 않고… 가령 지금은 김주영 씨가 김원일 씨나 김주연 씨하고 아주 절친한데, 그 당시에는 김주영 씨가 안동에 있었어요. 그런데 안동 그 시골구석을 우리가 압니까? 초기에 김주영씨가 풍자소설을 썼거든요. 그래서 회의를 할 때 내가 김주영씨 소설 재미있는데 어떠냐고 하니까 다른 동인들이 좋다고 해서 작품을 실었죠. 그리고서는 김주연 씨가 재수록 할 테니까 허락해달라

고 처음으로 연락을 했고, '김주영 론'을 썼어요. 김주영 이 시골사람이 처음으로 서울에서 대비평가라고 생각하는 김주연이가 자기에 대한 평론을 쓰겠다고 하니까, 인삼 한 뭉치 들고 와서는 인사를 하고는 그랬지요. 대부분 그렇게 해서 사귀게 된 사람들이었어요. 그 당시에 우리의 문학적인 선호에 딱 들어맞는 그런 작가들을 발견할 수 있었다는 것, 그것이 우리로서는 참 다행스러웠던 일이지요.

김동식 : 『문학과 지성』을 통해서 여러 가지 중요한 문학적 지향성이 제기되었습니다. 제가 보기에 가장 뚜렷하고 또한 동인들 사이에

서 공유된 이념은 문학의 자율성과 관련된 것이 아닐까 합니다. 순수 참여의 이분법이나 자유주의 문학이라는 명칭으로는 쉽게 재단할 수 없는 측면이 분명히 존재하는 것 같습니다.

김병익 : 어떠한 개념이나 주장이란 것이 대타적인 관계에서 형성되는 경우가 대부분일텐데, 자율성 역시 비슷할 것 같습니다. 순수-참여 논쟁이 벌어졌을 때, 김현이나 우리 쪽은 문학은 문학이어야 한다는 고정관념이 있었어요. 그러한 관념이 좌파나 진보적인 문학관과 접촉하지 못한 상태에서 불란서의 문학이나 또는 고전적인 작품들을 대하면서 생겨났는지는 모르겠는데요. 외국에서 공부를 했다면, 루카치나 트로츠키 등을 자유롭게 접할 수 있었기 때문에, 쉽게 문학과 권력 혹은 이데올로기의 관계를 생각할 수 있었을 테지요. 하지만 우리 경우는 국내에서 공부를 했고, 그래서 좌파나 진보주의 지식을 접할 수 있는 기회가 없었어요. 그래서 전통적인 불란서 문학과 같은 쪽에 문학적으로 경도되어 있었지요. 가령 내 경우에는, 싸르트르나 까뮈 모두 좋았지만, 싸르트르보다는 까뮈의 입장을 지지하고 있었어요. 이와 같은 문학적 경험 속에서, 문학이 정치나 이데올로기에 훼손되어서는 안 된다, 오히려 문학이 문학일 때 정치나 이데올로기를 비판하거나 혹은 드러낼 수 있다는 생각이 자연스럽게 들었던 것 같아요. 그러한 생각이 순수-참여 논쟁을 거치면서 의식화되었다고 볼 수 있겠는데요. 문학의 자율성을 두드러지게 강조한 사람은 김현이지만, 문지 4K들이 모두 다 거기에 공감을 하고 있었고, 그와 같은 입장을 똑같이 가지고 있었던 거죠.

김동식 : 불문학자이자 비평가인 정과리 씨는 선생님의 글에서 '그럼에도 불구하고' 라는 독특한 수사법을 지적해 낸 적이 있습니다. 개인적으로 선생님 글을 읽으면서 하게 된 생각이기는 합니다만, 선생님께서는 테제(these)와 안티테제(antithese)를 아우르면서 논의를 전개하시는데요. 진테제(synthese)

로 수렴되는 지점에 이르면 다시 반성적 질문을 제기함으로써 주장을 끊임없이 연기하시는 것 같아요. 이와 같은 글쓰기가 갖는 긍정적인 측면에 대해서는 충분히 인지하고 있습니다만, 관점에 따라서는 비판받기 싫다는 태도가 글쓰기에 드러난 것은 아닌가 라는 혐의 부여도 가능할 것 같습니다. 이러한 질문은 선생님의 글쓰기만을 대상으로 하는 것은 아니고, 문학적 자율성을 견지한 『문학과 지성』의 문학적 이념이나 글쓰기 방식과 관련된 것일 수도 있다는 생각에서 제기하는 질문입니다. 『문학과 지성』을 아울러 부정적인 의미에서의 자유주의 문학이라고 지칭할 때, 이러한 글쓰기 방식 내지는 사유방식이 문제되는 것으로 저는 알고 있습니다.

김병익 : '비판받기 싫다'는 생각을 머리에 두고 글을 쓴 것은 아닙니다. 내가 기자였기 때문에 그런 건지, 아니면 내 자신의 뭐랄까 겸손함 때문에 그런 건지, 또는 내 자신의 사유방식이 그러한지는, 잘 모르겠습니다. 이유는 여러 가지가 있

는 것 같아요. 가령 주류라고 할까요. 당연한 것, 이미 제시되어서 수용하고 있는 것, 그것을 강조한다는 일은 의미가 없는 것이죠. 주류에서 탈락되거나 소외되거나 유보되거나 숨겨진 것들, 그쪽을 바라봐야 하지 않을까 합니다. 내가 내 말을 하기 위해서는 상대편 말을 들어야 하지요. 이처럼 상대적인 입장에 서기 때문이 그런 것이 아닌가 생각이 드는데요. 언젠가 저쪽 사무실에 있을 땐데, 아마도 잠자고 있던 생각이 그때 뛰쳐나온 것이기는 하겠지만, 창안에서 창 밖을 내다보면서 내가 여기 있다면 저기에 없다는 생각을 한 적이 있습니다. 이러한 생각이야 누구나 얼마든지 할 수 있는 생각이긴 하지만, 내가 여기 있고 저기에 없다는 이유 때문에 여기를 강조한다는 것은 전부를 얘기해주는 것이 아니지 않을까요. 내 입장만 얘기하는 거죠. 조금 더 살펴보면, 내가 뭔가를 알고 있다고 하는 것은 그 밖의 부분은 내가 모르고 있다고 하는 것과 같죠. 그러니까 내가 알고 있다, 내가 여기에 존재하고 있다는 것에 입각해서 세

상 모두가 그렇다고 단정짓는 것은 무모한 판단이지 전혀 실효성이 없는 것이라고 생각합니다. 내가 지금 이 자리에 있지만 이 자리에 있지 않은 상대방의 생각이나 이면을 알아두어야 한다는 것은 의무라는 생각이 들더군요

그러니까 상대를 바로 보자는 거죠. 상대를 보고 여기에는 이러이러한 진실성이 있고 힘이 있고 미덕이 있다는 것을 인정하자는 거죠. 그러면 이쪽은 뭔가 못 갖춘 것이 있지 않겠는가. 우리가 흔히 대조를 할 때 일반적으로 저지르는 잘못은, 나의 좋은 점과 상대의 나쁜 점을 비교하는 것입니다. 순수참여 논쟁을 할 때도 그랬어요. 순수파들은 순수문학의 좋은 점을 얘기를 하면서 참여론의 나쁜 점과 비교를 하고, 참여론도 마찬가지여서 참여론의 좋은 점을 얘기를 하면서 순수론의 나쁜 점만 얘기를 하지요. 좋은 점은 좋은 점과 비교를 하고 나쁜 점은 나쁜 점과 비교를 해야지, 상대의 좋은 점과 나의 나쁜 점을 비교한다면 균형 잡힌 생각이 아니라는 것입니다. 결코 공정한 사고가

아니라는 생각이지요. 그래서 내가 지지하지 않는 사유의 어떤 측면을 먼저 우선적으로 참신하게 봅니다. 그러다 보면 어느 것이 옳고 어떻게 되어야 한다고 단정한다는 것이 참 모호하고 자신 없는 일이 되는 것 같아요.

김동식 : 일반적으로 한국사회에서 대립적 관계라 함은 상대방을 적(敵) 개념으로 규정하는 절차를 반드시 요청하는 것 같습니다. 그래서, 선생님께서 제시하신 지성 개념이나 글을 통해서 보여주신 사유방식은 오늘날 다시 음미될 여지가 상당히 많다고 생각을 하고 있습니다. 타자의 윤리학이라고나 할까요 나와는 다른 타자(他者)가 적이 아니라 긍정적인 존재로 설정되어야 한다는 점에서, 느끼는 바가 많습니다.

김병익 : 바로 그렇기 때문에 내 입장과 사유 방식이나 태도가 비판받을 수 있는 것이겠지요. 이것도 저것도 아니냐 또는 양비론이냐 양시론이냐고 비판을 받는다면, 그것

은 내가 받아들여야 할 비판인 것일 테고, 그렇다고 해서 나의 입장이라는 태도를 수정할 수도 없는 것이 아닌가 라는 생각을 하고 있는 건데요. 사실 자기 입장만 드러내고 고집할 수 있다는 것은 참으로 무모한 용기 아닌가 합니다.

김동식 : 문학과 지성사를 1975년에 창사하셨는데요. 그전에 기자협회 회장을 하셨고, 또 국제기자연맹 보고서 때문에 고초도 많이 겪으셨죠?

김병익 : 뭐, 고초는 아니구요. 기자협회를 맡게 된 것은, 그 당시의 기자협회 회장이 정부의 어떤 기관으로 들어가려고 운동을 했는데, 그게 꼬투리가 되어서 협회에서 쫓겨났거든요. 그러면서 <동아일보> 기자들을 비롯한 메이저 신문들이 우리가 기자협회에 대해서 너무 방관 방치해 두었다, 우리가 제대로 기자 생활을 하려면 기자협회부터 좀 제대로 해나가야 한다는 생각들을 하게 된 거구요. 그래서 누구를 기자협회장으로 추대를 할 것인가

논의를 하다가, 제가 얘기가 된 거죠. 명분에는 약한 터라, 무모하게 거기로 들어갔는데, 그때가 1974년 말에서 1975년 초였을 겁니다. 1974년 동아 광고 사태가 벌어졌고, 언론자유선언이 터졌어요. 정부에서는 그걸 견제하기 위해서 광고도 못 내도록 하고 그러니까, 시민들이 격려 광고를 내고 했지요. 기자협회를 통해서 기자들의 언론 자유운동이 활발해지니까 정부권력이 조금 후퇴를 하더군요. 그래서 기자들이 자유롭게 기사를 쓴 때가 있었지요. 그러다가 동아사태가 나고 <조선일보> 사태가 나고, 그래서 국제기자연맹에 보고를 한다고 공문을 보냈지요. 사실 그 일이 빌미가 됐을 뿐이지, 기자협회를 언제든지 깨겠다는 것이 그쪽(정부기관)의 의지였던 것 같아요. 그 당시에 기자협회 회장단 사람들은 전부 남산에 가 있었는데, 고문은 안 당했고 밤샘 조사를 받았지요. 그 다음에는 정치적으로 자기(정부기관)들이 이 사건을 어떻게 처리를 할 것인가 하는 문제 때문에 며칠을 더 남산에서 지냈는데, 그 안에서 커피도 마시고

담배도 피우고 바둑도 두고 주간지도 보고 그랬어요. 아마 남산 들어갔던 사람 치고 그때 우리처럼 평화롭게 지낸 사람도 없을 겁니다. (웃음)

김동식 : 1975년 4월에 남산에 갔다오셨고, 10월에는 해직이 되셨지요. 그리고는 다른 동인들과 문학과지성사를 창사하셨는데요. 그때의 상황이나 분위기가 무척이나 궁금합니다.

김병익 : 내가 기자협회 회장에 나갔단 이유로 받은 처벌이 무기정직인가 무기휴직인가, 아무튼 휴직 상태였어요. 난 휴직상태였기 때문에, 동아사태로는 처벌을 더 이상 할 수가 없었던 거지요. 그러다가 1975년 10월이 휴직 처분을 받은 지 1년이 되는 시기였고, 휴직이 해지가 되면서 저절로 퇴직이 된 셈이죠. <동아일보>를 사실상 그만둔 것은 1975년 3월로 보아야 할 테고, 퇴직금도 그때 받았거든요. 월남이 패망할 바로 그 즈음이었는데, 4월 하순에 남산에 들어갔다 그 말경에

나올 때 회장직에서 물러나야 한다는 전제조건으로 풀어 준거죠. 나도 잘 되었다 싶어서 기자협회장을 사퇴를 하고 실업자 생활을 했는데, 그땐 참 좋더라고요, 때가 5월 달이니 날씨가 얼마나 좋습니까.

당시에 문지 4K 중에서 김치수는 여전히 불란서에 있었지만, 김현이 불란서 유학을 갔다가 8개월만에 돌아온 상태였고, 그 동안 잡지는 계속 내왔지만 뭔가를 해야지 하는 것이 동인들의 의견이었고, 나는 그때 기자협회장을 쫓겨난 상황이라서 취직은 생각할 수가 없었고, 처음 몇 달은 자유롭고 기분 좋게 있었지만 점차 생계 문제가 현실적인 것으로 다가오기도 하고… 아마 고등학교 야구가 한창 인기 좋을 때 김현이랑 김주연이랑 같이 야구장을 갔다오면서였을 겁니다. 저녁을 먹으면서 출판사를 하나 해야지 않겠느냐는 얘기가 나왔지요. 나보고 하란 얘긴데, 내 생계를 도와준다는 명목으로. 그래서 구체적으로 각자 200만원을 내면 다섯 명이니까 돈 천만 원은 될 테고 그러면 그걸로 창업을 할 수 있지 않겠느냐. 그래

서 난 사양을 했어요. 출판사 경영이란 것은 처참한 것 같아서… 출판사는 뭐랄까 영어로 하자면 last choice의 기분이었다고나 할까요.

그때 김현이 두 가지 이유를 들었지요. 지금은 내가 쫓겨나서 실업자지만 언젠가 또 우리 친구들 중 그런 사람이 있지 않겠느냐 그러니 그런 사람을 위해서라도 뭔가 토대를 마련해 놓아야 한다는 것이 하나였고요. 다른 하나는 『문학과 지성』을 일조각을 통해서 내고 있는데 우리 손으로 직접 만들어야 되지 않겠느냐, 위탁해서 제작을 하고 있는데 이건 좀 불안하다, 우리가 직접 만들어야 한다. 그러기 위해서는 출판사가 있어야 한다. 이렇게 두 가지 명분을 내놓고 출판사를 만들자고 하는데, 그 일을 나보고 맡으라는 거예요. 그 명분과 이유를 거절할 수도 없었고, 그때는 나도 좀 뭔가 해야 했었고, 그래서 10월쯤에 의견이 모아져서 12월에 시작을 하게 된 거죠. 그후에 정말로 김치수가 해직교수가 되어서, 3년 동안 문지에 나와서 복직할 때까지 고문 비슷한 직책으로 있었죠(웃음)

그리고 『문학과 지성』은 1977년에 일조각으로부터 인수를 받았고요.

80년대와 문학적 대응방식

김동식 : 선생님의 비평을 시대순으로 읽다보면, 물론 거친 정리가 되겠습니다만, 지성과 문학적 자율성을 중심에 두었던 1970년대의 논의에서 1980년대에 이르면 개방성과 열림이라는 주제로 논의의 중심이 옮겨가는 양상을 보입니다. 이러한 변화는 1980년대의 문학적 상황과의 관련이 있다고 생각이 됩니다. 또한 4·19세대의 한계가 드러나는 지점이기도 하다고 직접 말씀을 하신 적도 있고요. 1980년대의 문학적 고민에 대해 먼저 말씀해 주시지요.

김병익 : 마르크시즘이나 좌파 진보주의는 1970년대 말경부터 들어왔어요. 문학 쪽으로 보자면, 그 전에 물론 황석영 씨도 있었지만, 조세희의 「난쟁이가 쏘아올린 작은 공」이 가장 적극적으로 표현을 한 것이었죠. 그리고 이론적으로는 정문길 씨의 『소외론』이 있고, 프랑크

푸르트 학파의 소개를 김주연 씨가 처음에 시작을 했었죠. 그러한 과정에서 우리 나라 보수주의의 맹점이랄까 잘못된 점을 새삼 발견하게 되고, 진보주의의 새로운 시각 같은 것을 배우게 되더라구요. 그래서 1980년대 운동권시대에 들어서 사회운동이나 노동문학을 접하게 되면서, 내가 어렸을 때부터 4·19세대로서 1970년대까지 살아왔던 사회적인 분위기를 자연스럽게 으레 이런 거다 라고 받아들여 왔던 내 자신의 한계가 선명하게 보이더라구요. 그래서 4·19세대는 이념적으로는 색맹이고 이런 점에서 맹목이다라고 쓸 수 있을 정도로, 나 스스로 4·19세대의 한계란 것이 보이더군요. 그리고 전체성을 통해서 세계를 바라본다는 관점이 신선하고 충격적으로 다가오기도 했고 그래서 80년대 전반기에는 좌파의 사유방식이나 관점을 받아들이는데 상당히 열심이었지요. 그렇다고 내가 내 자신을 탓할 수도 없는데, 우리 시대 또는 우리 세대는 그러한 진보적 사유를 접할 기회를 못 가졌고, 북한 사람은 머리에 뿔난 빨갱이라는 생각을 당연히 가졌던 세대였으니까요.(웃음)

내 잘못이라고 생각하지는 않지만, 그렇다고 해서 내가 가지고 있는 사유의 한계를 보고서 그냥 내버려둬서는 안 되는 노릇이고, 따라서 그러한 상황을 받아들일 수 있는데 까지는 받아들이겠다고 생각했지요. 그래서 진보적인 사유를 끌어안으려고 노력을 했는데요. 1980년대 중반에 유명했던 노동문학 주체논쟁이 있었지요. 노동자가 주체가 되어야 한다던가, 이렇게 되니까 내가 한계에 부닥치더라고요. 좌파의 문학론이나 현실인식이 이념적으로 논리적으로는 추론이 가능하지만, 이것이 과연 실제가 될 수 있을 것인가라는 문제에 대한 회의가 생기기 시작하더군요. 그러다 보니까 이 이상은 못 따라가겠다는 생각이 들더군요. 그래서 거기서부터는 더 이상 따라가는 것을 포기를 해버렸는데, 아마 거기에는 4·19세대로서 내가 가지고 있는 사유구조의 한계를 더 이상 벗어날 수 없다는 그런 것이 있었겠죠.

그렇지만 나로서는 자본주의의

모순이나 4·19세대의 한계를 본만큼, 진보주의나 마르크시즘의 현실적인 한계도 보이더군요. 자본주의라는 것은 못마땅한 생각이 들지만 그렇다고 진보주의가 갖고 있는 이상주의가 현실화될 것인가 하는 문제에 대해서도 여전히 회의가 생기고, 그렇게 되더라고요. 그러니까 딜레마인 셈인데. 자본주의는 타락해 있어서 도저히 좋다고 할 수 없고, 따라서 진보주의 내지는 이상주의가 참 좋은데, 하지만 이상주의는 이상으로 존재할 때 빛이 나지 그것이 현실화되면 소련이나 다른 곳처럼 타락하고 만다는 생각이었겠지요. 그러니까 이상은 이상대로 존재하고 현실은 현실대로 존재하는, 그 어느 곳에서도 편안할 수 없는 『광장』의 이명준처럼 그런 입장에 서게 되었던 거죠.

작년 가을인가 대산재단 주최의 심포지움에서 문학과 정치이데올로기를 주제로 청탁 받은 적이 있어요. 그런데 새로 자료를 찾고 하는 것도 귀찮아서 80년대에 발표한 그 관계의 글들을 찾아 가지고 요약하는 식으로 정리를 했는데, 그 글들을 다시 10여 년만에 보게 되니까 감회가 새롭더군요. 참 고민도 많이 했고 부지런히 쓰기도 했구나 하는 생각이 들더라구요. 그때 이념과 현실의 문제, 현실과 문학과의 문제를 나같이 부지런히 쓴 사람도 없지 않았나 싶을 정도로, 우물안 개구리처럼 그렇게 열심히 했더군요.(웃음)

김동식 : 세대론과 관련된 질문을 드릴까 합니다. 지금까지의 말씀이나 여러 글을 통해서 밝혀 놓으셨지만, 선생님께서는 노동문학이나 마르크시즘에 대해서 느꼈던 한계가 선생님 개인의 한계이기도 하지만 4·19세대 전체의 한계와 관련되는 것이라는 말씀을 하셨습니다. 4·19세대의 한계에 대한 인식이 다음 세대와의 연계 문제와는 어떤 관련이 있는지요.

김병익 : 그것과는 관계없이 아까 얘기했던 1968년의 「세대 연대론」이후에도 그랬고, 문학과지성사를 만든 이후에도 그랬지요. 역사라는 것은 그런 것이 아닐까 하는데, 하나의 생명이 줄곧 계속되는 것이

아니라 생명이 태어나고 죽고 태어 나고 죽으면서 끊임없이 연계되고 연결되어서, 역사가 진행되는 것이 라는 생각이죠. 역사란 하나의 생명 으로 죽 진행이 되는 것은 아니거 든요. 내가 살아있을 때는 나의 시 작과 끝이 하나의 역사를 이루기는 하겠지만, 내 이후의 역사라 하는 것은 내가 죽은 후에 또는 내가 물 러난 후에 다른 사람에 의해서 지 속이 되는 것이죠. 그런 생각이 하 나 있었고, 다른 하나는 아까 4·19 세대의 한계란 얘기를 했지만, 그것 은 지금 의식화해서 하는 얘기고 누구든지 자기의 사고나 공부에 한 계가 있잖아요. 그것을 이기는 방법 은 다른 사람을 끌어들이는 방법밖 에 없는 것이고, 한 세대의 한계가 있다면 그 다음 세대를 끌어안아서 연계를 시키는 수밖에 없거든요. '새 술은 새 부대에 담아야 한다'는 성경 말씀을 자주 실감하고 오래 전부터 그 말을 좋아하기도 했지요. 시대는 끊임없이 바뀝니다. 내가 『문학과 지성』을 시작하던 시기부 터 보더라도 유신시대 혹은 자본주 의 시대, 진보주의 운동권 시대, 그

리고 포스트모더니즘과 과학의 시 대 등으로 변화해 왔지요. 10년 정 도의 기간을 두고 역사·문학·현 실이 크게 바뀌어 왔던 셈이죠. 그 렇다면 나의 세대가 이 모든 것을 커버할 수 있느냐 하면 커버가 안 되거든요. 그러니까 내가 속한 4· 19세대는 4·19적인 기질에 충실하 고, 80년대의 운동권 시대는 운동권 세대가 주체가 되어야 한다고 생각 하고, 90년대는 문화적 세대인 『이 다』 동인이 주체가 되어야 한다는 생각인 거죠. 그 시대 시대마다 그 세대의 주체가 있어서 그 세대가 주인노릇을 해야한다는 생각이고, 그래서 새로운 세대를 끌어들여야 하는 거고… 이러한 생각은 거의 고정관념처럼 굳어져 왔었던 것이 기 때문에, 아까도 얘기를 했지만, 76년에 오생근·김종철을 영입했고 80년대 들어서는 『우리 세대의 문 학』을 끌어들였지요. 김현이 1990년 에 작고를 했고 1993년에는 황영철 이 작고를 했는데, 그러자 이 문제 가 실감 있는 문제로 내게 다가옵 디다. 이제는 그냥 막연히 언제 바 뀔 것이다 내가 물러날 거다 하는

정도가 아니라, 이제 내가 물러날 때가 왔구나 하는 생각이 구체적으로 들더군요. 그래서 황인철이 작고한 1993년에 다음 다른 세대가 인수할 수 있는 메커니즘을 만들기 위해 주식회사로 개편을 했지요.

김동식 : 1980년 『문학과 지성』이 강제폐간 되었고, 1988년에 복간의 기회를 맞았습니다. 『창작과 비평』의 경우에는 복간을 했지요. 『문학과 지성』의 쪽에서는 더 이상 잡지를 내지 않음으로써 자진 폐간하는 형식이 되어 버렸다는 인상을 주는데요. 물론 세대의 관점에서 보자면 『문학과 지성』의 이념을 새로운 세대인 『문학과 사회』가 계승한 것이겠지요. 『문학과 지성』이 강제폐간될 때의 정황에 대해 말씀해 주셨으면 합니다.

김병익 : 1980년 가을 창간 40호 기념호 원고를 다 받아서 만들던 중이었지요. 7월말쯤에 폐간을 당했는데, 그해 말인가 '문지' 동인들이 인천에서 간담회를 가졌었어요. 그때 상당히 비관적이었지요. 신군부가 정권을 장악하려고 하고 있고, 문화나 민주주의에 대한 전망은 암담한 상황이었고, 검열이라던가 이 지식인에 대한 탄압은 더 가혹해질 것이고, 그래서 인천 어느 여관에 들어가서 술 마시고 밤새 얘기를 했죠. 이제 검열을 피하기 위해서 해외의 계몽적인 책들을 번역해 내는 수밖에 없다. 그 일이 우선 탄압을 피하면서 우리의 뜻을 드러낼 수 있는 방법이다. 그래서 시작한 것이 '현대의 지성' 시리즈였죠. 그리고 전두환 정권이 몇 십 년 갈 것은 아니니까 잡지는 언젠가 시대가 바뀌면 다시 내자, 하지만 우리가 다시 내야할 것인가 아니면 안 내도 좋을 것인가 하는 문제는 먼저 판단하자. 그래서 우리 출판사의 잡지도 필요하다는 판단이 들고, 정치적 상황도 허락이 된다면, 그때는 우리가 아니라 새로운 젊은 주체들로 하여금 잡지를 독자적으로 내게 한다. 그때 합의가 되었던 거지요. 1986년에 민주화가 이루어지고 잡지를 다시 낼 수 있게 되었을 때, 4·19세대인 우리가 아니라 『우리 시대의 문학』 동인들이 잡지를 낸

다, 그리고 이 사람들이 새로운 기분으로 일을 하기 위해서는 『문학과 지성』을 복간하는 형식이 아니라 자신들의 잡지로 새로 창간하게 하자. 그렇게 해서 『문학과 사회』라는 제호로 창간의 형식을 밟은 거죠. 지금 김동식 씨가 말한 것처럼, 자진 폐간한 것 같지 않으냐, 결과적으로는 그런 말을 듣게끔 되어있기는 합니다. 하지만 우리는 그런 계기를 통해서 세대교체의 발판을 마련할 수 있었고, 또한 계기란 것은 스스로 만들었건 아니면 외부에 의해서 주어졌던 간에 그것을 어떻게 우리 것으로 만드느냐 하는 것이 중요한 것이니까요. 우리는 우리 나름의 방식으로 강제폐간을 받아들이면서 우리 방식으로 재출발 할 수 있도록 그렇게 만든 거죠.

김동식 : 앞에서도 한번 거명이 된 적이 있습니다만, 저는 한동안 최재서라는 비평가에 관심이 있었습니다. 영문학자였고 이 사람이 출판사를 했었습니다. 사재를 털어서 인문사라는 출판사를 하고 거기서 『인문평론』이라는 잡지를 출간

했습니다. 『문장』과 더불어 1930년대 후반에 가장 두드러지는 잡지였지요. 근거가 약한 생각이기는 합니다만, 이 사람이 편집자가 아니었으면 적극적인 친일을 하지는 않았을 것 같다는 생각을 가끔 합니다. 그때 그 사람 나이가 30대 초반이었고, 뭔가 일을 해보고 싶다라는 열망으로 가득 차 있었을 테지요. 그런데 1980-81년이면 선생님들 연세가 40대 초반 정도인데 미리 잡지 복간-창간과 같은 중요한 결정을 내리는 일이 그렇게 쉽지는 않을 것 같습니다. 거기다가 열정적으로 잡지를 내고 있는 과정 중에 그렇게 오랫동안 강제적인 침묵을 하셨으면, 그 동안 억눌렸던 욕망을 생각하더라도 결코 쉬운 일은 아니었을 텐데요. 인간적인 고뇌 같은 것은 없으셨습니까.

김병익 : 그때 인천에서 모였을 때 다들 침울했지. 인천 어느 여관인지 생각은 안 나지만 여하간 갑갑했다는 생각만, 그런 이미지만 떠오르는데요. 그것이 그 당시 정황이었고 분위기가 아니었을까 하는 생

각이 들어요. 흘러간 옛 노래나 부르고 그러면서, 우리가 이 자리에서 포기를 해야하는가. 자폭이라는 것은 가장 비겁한 용기가 되는 것 같고 우리가 할 수 있는 데까지는 해봐야 한다. 그래서 선택한 방안이 출판 쪽으로 가닥을 잡아 현대의 지성 시리즈를 내는 것이었지요.

김동식 : 앞에서 소위 4K 사이에도 차이가 있었다는 말씀을 하셨는데요. 그 차이란 구체적으로 어떤 것이었나요. 저희 같은 경우, 멀리 밖에서 보아서 그럴 수도 있겠지만, 그냥 '문지' 또는 '문지파'라고 그렇게만 생각을 해왔는데요. 선생님께서는 그 안에 어떤 차이가 있었다고 하시는데 어떤 차이인지요?

김병익 : 아마 밖에서 보면 초록이 동색으로 보였겠지만, 안에서 보면 다르지요. 포커를 하면 서로 따야하니까요.(웃음) 글쎄요, 인물평이 될 것 같기도 한데… 김현이 상당히 날렵하고 신속해요. 센스가 빠르고, 대신에 감정의 깊이가 깊다고 할까요. 그러면서도 아까 농담처럼

나왔지만 상당히 정치적인 면모가 있던 그런 친구였고 김주연은 김현처럼 날렵하지요. 그런 점에선 둘이 비슷한데, 글쎄요. 그 차이를 어떻게 말해야 할지…

김동식 : 작품에 대해서 관점이나 접근방식의 차이를 보이지는 않았는지요.

김병익 : 김현은 아주 섬세하고, 난 뭐라고 해야, 할까 난 개성이 없다고 말하면 가장 좋을 것 같은데…(웃음) 이렇게 앉아서들 술을 마시든 잡담을 하든 편집회의를 하던 간에, 공통점 한 가지는 에디토리얼쉽이랄까요 편집자적인 테크닉들이 상당히 예민했어요. 김현은 타고난 것 같고, 나나 김주연은 신문기자를 했기 때문에 거기에서 훈련이 됐다고 볼 수 있겠고, 김치수도 출판사에 있으면서 이런저런 일을 많이 해보아서 그랬겠지요. 그래서 의견이 착착 맞아 나가는데, 심한 경우에는 저녁 먹다가 책 한 권을 그 자리에서 기획한 적도 있습니다. 출판사 초기의 일로서 지금도 기억

이 나는데, 저녁 먹다가 우리 문학 교재 같은 것을 하나 해보자. 『문학이란 무엇인가』라는 책 있죠? 그 책을 밥 먹으면서 30분 동안 목록을 만들었거든요. 그 자리에서 원고까지 거의 다 정해졌으니까, 처음 총론은 아무개의 글, 다음은 누구의 글, 이런 식으로 즉석에서… 일 해야지 해서 한 게 아니라 밥 먹다 문득 얘기가 나오면 아! 좋지 하고는 누구 글 어떤 글 이렇게 해서 만들어질 정도로 그렇게 신속했지요.

김동식 : 그런데 그 책이 상당히 어렵습니다. 수업 시간에 그 책으로 가르치려면 학생들이 어려워해서 애를 먹습니다. 저도 대학시절에 끙끙대며 읽었던 기억인데요, 그 책이 그렇게 쉽게 만들어진 책이었군요. (웃음)

김병익 : 그래요. 어렵죠. 김현이 책을 굉장히 빨리 보고 많이 보고 그랬어요. 우리가 바둑을 한판 두는 동안에 잡지 한 권을 봤으니 굉장히 빨랐죠. 우리는 정독을 한다고 하더라도 요지를 잘 포착 못하는데

그 친구는 우리가 바둑을 두는 동안에 한 번 보고는 누가 어떻군 하고서는 벌써 요지를 짚어내더라구요. 그런 점에서는 김현이 머리가 굉장히 빨리 돌고 날렵하고 그랬지요. 상대적으로 김치수와 내가 좀 느린 편이고.(웃음) 그래도 서로 이야기를 하거나 어떤 작품을 두고 토론을 하게 되면, 거의 다 이의 없이 동감을 표하곤 했어요. 그 관계는 아까도 얘기했지만 참으로 행복한 만남 같아요.

김동식 : 요즘도 모임을 하고 계시지만 그때도 일주일에 한 번씩 모이셨나요.

김병익 : 신문사에 있을 때는 수시로 들락날락 했고, 출판사에 있을 때도 수시로 틈나면 오고 그랬지요. 일주일에 한 번씩 모이는 것은 한 15년 되지 않았나 싶은데요.

김동식 : 이런 질문을 드려도 될지 모르겠는데요. 안에서건 밖에서건 암묵적이건 공개적이건 간에, 일반적으로 문지파라고 말들을 합니다. 문지파라고 명명되는 현상과

'문지' 내부의 이념 사이에는 어떤 관계가 있다고 생각하십니까.

김병익 : 70년대의 순수-참여논쟁, 리얼리즘논쟁, 민족문학논쟁 해서 논쟁이 죽 10여 년 동안 지속이 되지 않습니까? 그것 때문에 『창작과 비평』와 『문학과 지성』가 서로 상대적인 입장을 갖게 되었고, 『세계의 문학』이 그 틈에 낄 수가 없다보니 좀 밀려나는 느낌도 있었지요. 『창작과 비평』이 발행 부수나 영향력에 있어서 컸고 『문학과 지성』이 상대적으로 적었는데, 그 두 진영을 이야기하다 보니까 『문학과 지성』이 『창작과 비평』 수준의 영향력이나 규모를 가진 것으로 보이죠. 그런데 '문지 학교'라는 말이 있는 것처럼, 『문학과 지성』 초기부터 서울대학 출신들, 엘리트주의, 외국문학 연구자들 이런 식으로 해서 좁혀놓고 비판적이고 부정적인 시선을 보낸 것이 사실이죠. 우리 스스로는 좋은 문학이라는 기준에서만 판단했던 거지, 이 작품이 문지적이다 아니다 그런 것은 따지지 않았거든요. 가령 내가 노동문학을 다룰 때도 문지적이기 때문에 좋고 창비적이기 때문에 나쁘다고 본 것이 아니라, 노동문학의 좋은 측면은 문학으로 끌어안고 그렇지 않은 작품은 현장의 쓰임새로 그냥 의미화하자고 그랬던 거지요. 우리는 좋은 문학, 물론 그 좋다는 말의 함의가 무엇인가를 살피자면 복잡해지겠지만, 우리가 생각해 좋은 문학을 내세우자는 입장이었어요. 그러한 입장을 밖에서 바라보면서 문지적인 문학, 엘리트적인 문학, 순수문학 이런 식으로 카테고리를 씌웠겠지요.

지금도 저널리스틱한 차원에서 문학상을 두고 비판을 많이 하는데요. 거기에는 으레 '문지'도 끼여들거든요. 나로서는 참 억울한 점이 많은데요. '문지' 쪽 사람으로 알려져 있고 '문지'에서 책을 냈기 때문에 그 작품을 평가하고 상을 주는 것이 아니라, 내가 보기에는 좋은 작품이라 상을 주는 것인데요. 글쎄 내부에 있는 사람으로서의 무력한 이의가 될지 모르겠지만, 문지적이기 때문에 상을 주고 그 작품을 평가를 한다는 것은 적어도 우리 경우는 아니었다는 생각이 듭니다. 그런데 밖에서 너희들 실제로 그러지 않았냐고 하면 할 말이 없어지기도 합니다만, 가령 문지적인 문학이라고 했을 때 뭐가 문지적인 것이냐, 조세희적인 것이냐, 이청준적인 것이냐, 어떤 것 같습니까? 조세희 쪽은 문체로 보면 문지적이지만 소재로 보면 창비적이거든요. 그런 경우가 숱하게 있어요. 그렇다면 문지적이라고 인정되는 어느 지점까지 조세희 작품의 반만 가지고 얘기를 해야 하는가. 우리 경우에는 비(非)문지적이다 해서 제외시킨 것은 아니고, 좋은 작품이라는 관점에서 작품을 선별하고 출간을 했습니다. 물론 안 좋은 작품이 바로 문지적인 것이다고 반박할 수도 있겠습니다. 그래서 문지와 다른 체질의 문학작품도 많이 냈거든요. 분단문학이라던가 노동문학, 조세희 소설이라든가 해서 많이 출간했습니다. 부정적인 의미에서 그러한 것이 문지적이다 라고 밖에서 이야기들을 할 때 그렇게 부를 수밖에 없겠다는 것은 인정합니다. 하지만, 그렇게 저렇게 내몰릴 때에는 조금 억

울한 기분이 들기도 하지요.

김동식 : 물론 선생님도 말씀을 하셨지만, 좋은 작품의 근거라고 해야 할까요, 어떤 작품이 좋은 작품이냐 라고 할 때 갈라지는 부분이 아마도 문지적인 특성을 반영하고 있는 것은 아닐까요?

김병익 : 그렇지만 가령 조금만 더 외부적인 평가를 본다면, 문지가 서울대학 출신을 좋아하고 비(非)서울대학 출신은 안 좋아한다는 것도 선입견이거든요. 실제로 우리 저자들을 보세요. 서울대학 출신이 훨씬 적습니다. 그리고 그 사람 학벌 보고서 이 사람 됐다 한 적은 한 번도 없었습니다.. 그러니까 한두 가지의 사건 사례를 일반화해서 어떤 선입견을 형성하고, 그 선입견에 입각해서 대상을 전체적으로 재단하려고 하는 독단주의의 면모가 느껴지기도 하거든요.
기왕 이런 얘기가 나왔으니깐 하나 말하고 싶은 것이 있는데, 요즘 우리 나라 비평에 대해서 기분이 언짢은 게 있어요. 두 가지 정도인

데요. 하나는 비평가가 선택이나 채점하는 권력자라는 생각을 하는 것 같아요. 언젠가 <한겨레신문>인가를 보니까 이젠 문학작품도 영화처럼 별표를 매기자 라는 얘기를 한 글이 있더라구요. 물론 비평가의 역할 속에 그런 것도 포함될 수 있겠지만, 내가 보기에 비평가라는 것은 문학작품과 문학현상에 대해 의미를 부여하는 사람이지 점수를 매기는 사람은 아니라는 거죠. 어떤 작품이 왜 우리에게 감동을 주는가 왜 이 시대에 문학이 의미를 갖고 있는가 그 의미를 부여해 주어야지요. 70점 짜리 문장은 좋은데 내용이 시원찮다 이런 식으로, 학점 주는 선생 같은 제스처로 쓴 비평이 많아요. 나머지 하나는 의미화라는 말과 연결되는 이야기가 될 텐데, 할퀴는 비평이 너무 많아요. 어떤 작품의 부정적인 측면, 잘못된 측면을 꼬집기 위해서 비평을 한다는 것은 참 무모한 작업이고 낭비적인 일이죠. 그건 의미화가 아니라 의미파괴 작업인데, 그러한 일은 문화적인 작업이 아니라고 봅니다. 60년대 후반이었던가 시사영어사에서 출간된 미국 단편문학전집을 검토한 적이 있습니다. 그런데 미국 단편이라고는 하지만 우리 쪽과 비교해 볼 때 그렇게 대단한 것은 아니더라구요. 그래서 왜 이런 작품들을 보면서 미국문학이 훌륭하다고들 우리가 얘기하는가 생각을 해 봤지요. 미국에 영문학교수들이 얼마나 많겠어요. 거기에 신문기자들이 있지, 유명한 저널리스트들이 있지, 이런 사람들이 미국문학에 대해 끊임없이 이거는 이래서 좋고 저거는 저래서 좋고 하는 식으로 끊임없이 의미화 작업을 해왔단 말이죠. 그러니까 처음에는 이만했던 것이 나중에는 이렇게 커지기도 하고 숨겨져 있던 어떤 진실이나 의미가 발굴되기도 하고, 그랬던 것이 아닐까. 그때 그 생각에 이르면서 문학 비평이란, 한 작품에서 보이는 세계의 진실과 인간적인 진실을 캐내서 이것이 우리시대에 왜 필요한가 인간에게 왜 중요한가 하는 문제를 밝혀내는 것이라는 생각을… 작가는 세상과 인간에 대해서 어떤 질서화 작업이나 의미화 작업을 하고, 비평은 작품을 메타적인 방법과 시선으로 다시 의미화하는 작업이 되어야 하지 않을까 합니다.

오늘날 문학의 과제와 전망

김동식 : 제가 평소에 가지고 있던 의문인데, 최근에 들어와서 정한숙의 '대중소설론'을 본 적이 있습니다. 거기에서 그런 말을 하더라고요. 다수의 독자 대중이 아닌 소수의 독자에게 만족하려는 작가는 의미가 없지 않으냐, 따라서 대중소설을 어떻게 평가해야 하느냐는 차치하고, 대중소설의 의미를 상당히 부각하는 그런 범주의 글이더군요. 70년대 중반의 글인데, 지금 시점에서 보니까 상당히 설득력이 있는 것 같고, 어떻게 보면 문학 본령의 자세가 아니겠느냐 하는 생각이 들었거든요. 최근에는 SF문학이다 판타지 문학이다 해서 그것을 전문으로 하는 출판사들도 생겨나고 있고, 나쁘게 평가하면 너무 상업성에 결탁하는 것이 아니냐 하는 비판을 받기도 하는데요. 새로운 세기를 맞았는데 이런 시점에서 다수의 독자를 염두에 둔다면, 문학이 기존의 고답적인 순수나 혹은 예술소설만을 가지고서는 한계가 있지 않겠는가 하는 생각을 해 봅니다. 물론 고급스런 문학을 원하는 독자가 있고, 그런 것이 없어서도 안되겠지만, 극단적인 상업주의나 극단적인 고급 순수예술의 중간지대가 방향일 것도 같은데요. 이 문제에 대해 선생님께서 평소에 생각하신 점이 있으시면 말씀을 해 주시지요.

김병익 : 문학은 하나로 결정된 상태나 고정되어 그 무엇이 아니니까요. 뭐랄까, 성운, 구름 아니 별들이 모여 있어서 모호한 경계를 갖고 있는 덩어리, 이렇게 보이는데요. 문학은 바로 이거다 하고 짚어내기가 어렵다는 얘기지요. 또한 사람마다 문학이라고 주장하는 내용과 문학을 바라보는 관점이 모두 다르지요. 작품을 읽고 느끼는 것도 다 다를테고 그래서 문학의 층위가 다층적이라고 보는 입장인데요. 70년대 대중문학에 대해서 저는 옹호적인 입장을 갖고 있습니다. 그때가 공장노동자가 대단히 많았고, 공장노동자들의 존재가 민중이나 노동

▶ 『김병익 깊이 읽기』

자라는 이름으로 부각되지 않았을 때였거든요. 이 사람들이 하루종일 열 몇 시간 노동을 하고 집에 들어가서 세수를 하고 그러면, 뭔가 좀 위락의 거리가 있어야 하지 않을까. 텔레비전일 수도 있고 대중소설일 수도 있고 주간지일 수도 있겠지요. 대중문학이 긴장을 풀고 고달픈 일상에 배인 피로를 풀 수 있는 그런 기능을 갖고 있다는 점에서, 대중문학이란 필요하다고 봅니다. 더군다나 대중사회에서는 대중이 문학의 수용 주체 또는 향유의 주체가 되고, 시대 자체가 대중의 시대이기 때문에 대중문학이란 있어야 하고 필요한 것이겠지요. 그런 점에서 대중문학을 옹호하는 편인데요.

분명히 인식해야 한다고 반면에 대중문학의 한계 또한 생각합니다. 대중문학을 배타적으로 옹호하는 데서 오는 부작용이나 역기능을 우려하지 않을 수 없는데요. 중세시대에는 사랑 얘기가 가장 중요하겠고, 자본주의 초기에는 합리적이고 근대적인 인간의 부각이 가장 중요한 주제가 되겠지요. 오늘날 가장 부각시켜야 할 문제점은 무엇이며 그것을 문학이 어떻게 드러내는가 하는 고민이 있다면, 그 작품을 소수가 읽는다 하더라도 그 문학의 의미는 굉장히 커지겠지요. 대중의 시대이기 때문에 사실은 반(反)대중적인 문학이 필요한 것이 아닐까 하는 생각이 그래서 들기도 하구요, 자본주의 시대이기 때문에 반(反)자본주의 문학도 필요할 것 같다는 생각도 들고 그런데 그런 작가나 독자는 아주 작은 수이겠지요. 그렇겠지만 진지한 문학사로 들어간다면 결국 그런 사람이 남지 않겠는가 하는 생각이 드는군요.

김동식 : 아까도 말씀하신 적이 있는 '문단의 세대연대론'에 대한 질문입니다. 제가 보기에는 「문단의 세대연대」는 단순한 세대적인 연대가 아니라, 순수·참여 또는 『창작과 비평』과 『문학과 지성』의, 물론 당시에는 『산문시대』였지요, 거국적인 연대를 말씀하신 것 같습니다. 문학적 그룹의 연대라는 차원을 넘어서 문학의 본질적인 측면을 호소하는 글이 아니었나 라는 생각을 했는데요.

김병익 : 그렇게 제가 거창한 구도를 가지고 생각했나요?(웃음) 제가 배척적인 입장보다는 화해적인 입장을 취했던 것 같아요. 「세대 연대론」을 보셨다니까 부끄럽고, 제가 지금 그때 뭐라고 썼는지도 생각도 잘 나지도 않지만, 서로 싸우는 것 대신에 서로 제휴하는 것이 훨씬 생산적인 것이 아닐까 하는 생각이 들고요. 근년에는 문학사적인 전통이라는 주제가 자꾸 생각이 나는데요. 가령 운동권시대의 문학과 포스트모더니즘 문학이 단절적인 것으로 설정되어 있지 않습니까. 기성세대는 운동권 문학도 못마땅했고, 이제는 다시 90년대 문학도 못마땅하고 그래서 제가 김영하를 보면서 그런 느낌을 가졌거든요. 김영하의 문체나 작품세계는 우리 세대와는 전혀 다른 세계지요. 정말 90년대적인 세대지요. 그런데 그 김영하의 작품에도 인간의 고통이라든가 고민이라든가 슬픔이라는 것이 있구나 하고 느낍니다. 그렇다면 이것은 6-70년대 김승옥이나 이청준이 느꼈던 것이고, 그 이전에 이광수나 이상이 느꼈던 것과 같은 슬픔이고 고민일 겁니다. 다만 이상은 30년대적인 상황 속에서 30년대적인 장치로 그걸 표현을 했고 이청준은 60년대적인 장치로 표현을 했고 90년

대에는 90년대적인 상황에서 표현을 했을 뿐이다. 그렇다면 그런 드러난 눈에 보이는 것을 제외하고 남는 슬픔이나 고민 이런 것은 인간의 역사가 계속되면서 영원히 지속될 것이 아닌가 그런 것을 모을 때 문학사적인 전통을 이루는 것이 않겠는가. 이랬을 때 이것은 단절이 아니라 지속이죠. 그런 생각이 들데요. 이청준이 김영하 소설을 어떻게 보는지는 모르지만(웃음), 가령 이청준이 '야! 그게 소설이냐' 한다고 하더라도, 비평가는 이청준 당신이 젊었을 때 느꼈던 고통이나 김영하가 느끼는 고통은 마찬가지다, 그래서 우리는 이것을 문학이라 얘기하겠다고 해야 할 겁니다. 비평가의 작업이란 그와 비슷한 것이 아닐까요. 의미화 작업을 통해서 문학적 전통의 지속성을 지키고 만들어 나가는 일이 비평가의 의무가 아닌가 하는 생각이 듭니다.

김동식 : 시간도 많이 되었고, 대담을 정리할 때가 된 것 같습니다. 사실 김병익 선생님과의 대담을 준비하면서 어려운 점이 몇 가지 있

었습니다. 제가 5년 가량 문학과지성사에 드나들면서 관련된 일을 하고 있다 보니, 바깥으로부터 괜히 불필요한 오해를 받지는 않을까 하는 생각이 들기도 했습니다. (웃음) 그리고 이미 『김병익 깊이 읽기』를 통해서 선생님께서 직접 또는 동료와 후학들에 의해 중요한 사항들을 밝혀놓은 것도 대단히 부담스러웠습니다. 책에 있는 내용을 반복하는 것은 아닌가 하는 불안감도 없지 않았습니다. 이 대담이 문학사 연구의 조그만 자료가 될 수 있었으면 하고 바랄 따름입니다.

선생님과 말씀을 나누면서, 비평가의 유연함이란 엄정한 자기 성찰로부터 생겨날 수 있다는 것을 느꼈습니다. 또한 자신의 세대와 지금 살고 있는 시대에 대해 열린 자세로 대화해 나가는 과정 속에서 지식인의 윤리적인 태도가 늘 새롭게 정립될 수 있다는 점을 배웠습니다.

오랜 시간 질문에 답변하시느라 수고 많으셨습니다. 감사합니다. 세미

우리 현대시의 이해 　백 운 복 　신국판 240면 값 8,000원

시란 무엇인가 ?
시가 인간에게 주는 감동의
실체는 무엇인가 ?
좋은 시란 어떤 것인가
우리는 시를 어떻게 알고
이해 할 것인가
이 책은 이같은 시에 관한
가장 보편적인 질문을 쉽게
풀어 정리해 보고자 한 책이다.

한국현대시인을 찾아서 　윤 정 구 　신국판 300면 값 13,000원

시인은 신이 보낸
스파이라는 말도 있다.
기회만 있으면 사악해져서
신을 배반하곤 하는
인간이 신의 뜻에 따라 제대로
살고 있는지 궁금하여 보낸 하늘의
첩자라는 것이다.
말하자면 신이 읽는 유일한 보고서가
시이며, 신이 믿고 있는 진실의 사자로써
시인은 천기(天機)를 드러내지 않으면서
신의 쪽으로 인간이 가도록 알게 모르게
활동하는 사람이라는 것이다.

국학자료원
서울시 성동구 행당동 28-7(정우빌딩407호)
☎ 2293-7949, 2291-7948, 팩스 2291-1626

일반 논문

나도향 소설의 사랑에 대한 고찰

황 경

1. 머리말

나도향 문학에 대한 그간의 논의들은 크게 두 방향에서 진행되어 왔다. 하나는 낭만주의나 사실주의라는 문학사적 범주 개념을 도입하여 도향 문학의 경향을 분석하고, 그 귀속 여부를 검토하는 방식이다. 다른 하나는 작품의 전체적인 구조나 미적 원리를 규명하여 문예사조적인 접근 방식의 한계를 탈피하고 도향 문학의 특성을 밝히려는 연구이다. 전자는 백철 이래의 지배적인 관점으로 도향 문학이 낭만주의적인 경향에서 점차적으로 사실주의 내지 자연주의로 이행했다고 평가하는 것이 일반적이다[1]. 초기에는 감상적이고 애상적인 주관 방사의 작품들이 주조를 이루다가 후기로 가면

고려대 강사, 논문으로 「유진오 문학 연구」, 「허준 소설 연구」 등이 있음.

1) 백철, 『신문학사조사』, 신구문화사, 1983.
  김우종, 「나도향론」, 『현대문학』8권 11호, 12호, 1962.
  채훈, 「거듭된 오류와 새 입론」, 『문학사상』9호, 1973. 6.
  서종택, 『한국근대소설의 구조』, 시문학사, 1982.
  송하춘, 「나도향론」, 『인문논집』제 29집, 고려대, 1984.
  한상각, 「나도향 소설의 문학적 성향에 관한 연구」, 『공주교대 논문집』12, 1975.
  김진석, 「도향 나경손 연구」, 『청주사대 논문집』14집, 1984.
  박상민, 「나도향 소설 연구」, 연세대 석사논문, 1996.

서 신분이나 계층, 가난과 관련된 사회 현실의 구조적 모순들을 묘사하는 작품들이 창작되었다고 보는 것이다. 그 전환의 시점에 놓이는 작품으로 논자에 따라 편차가 있지만, 대체로 「여이발사」, 「행랑자식」등이 거론된다. 이러한 논의들은 나도향의 작품을 단계적, 시기적으로 구분하고 그 변화의 양상을 발전론적인 시각에서 검토하는 분석 방법에 의존한다. 작품 평가의 기준을 주로 현실 연관성에 두고 문학적 성취의 수준을 가늠하는 방식인데, 등장 인물들의 신분적 구성이나 소재의 변모를 곧바로 작가 의식과 작품 세계의 변전으로 파악한다는 점에서, 일정한 한계를 드러낸다. 또한 낭만주의나 자연주의, 사실주의에 대한 개념 파악이 논자에 따라 합치되지 않음으로써 논의와 해석의 혼선을 보인다는 문제점 또한 지적될 수 있다. 후자의 경우는 동시대의 작가들과 구분되는 나도향 문학의 문체나 구조, 미적 전유 방식의 특성들을 도출하여 본격적이고 총체적인 도향 연구를 위한 성과와 업적들을 축적하고 있다[2]. 특히 도향 문학의 특성을 낭만성의 서사화라는 일관된 관점에서 분석하는 최근의 몇몇 연구들은 일보 진전된 논의를 보여준다[3]. 대체로 이들 논문들은 나도향 문학의 핵심 주제를 낭만적 사랑으로 보고, 이를 근대 혹은 근대성의 한 항목인 주체의 문제와 연관지어 분석하고 있다.

사랑을 불변의 실체로서 정의하는 관점들은 사랑이 수많은 개인과 구조의 관계망 속에 형성되는 역사적이고 사회적인 구성물이라는 사실을 희석시킨다. 사랑의 형식은 고정되어 있는 것이 아니라 각 시대의 정치 사회적

2) 이동희, 「나도향의 문체 양상」, 『국어교육논지』8, 대구교육대학, 1980.
　한점돌, 「나도향 소설과 파멸의 미학」, 『한국현대소설의 형이상학』, 새미, 1997.
　박헌호, 「나도향의 『어머니』연구」, 『작가연구』7·8호, 새미, 1999.
3) 한금윤, 「나도향 소설의 미적 특성 연구」, 『연세어문학』28, 1996.
　유문선, 「데몬과 맞선 영혼의 굴절과 좌절-나도향의 『환희』론」, 정호웅 외, 『장편소설로 보는 새로운 민족문학사』, 열음사, 1993.
　진정석, 「나도향의 『환희』연구」, 『한국학보』76호, 1994, 가을, 일지사.
　장수익, 「나도향 소설과 낭만적 사랑의 문제」, 『한국근대 소설사의 탐색』, 도서출판 월인, 1999.

인 조건을 따라 유동하는 것이다4). 때문에 중요한 것은 사랑 그 자체가 아니라 사랑의 역사성이다. 이런 맥락에서 도향의 소설을 사도-마조키즘의 관점에서 분석하거나 본능주의에 입각한 성애(性愛)의 문학으로 해석하는 논의5)들은 도향 문학의 배후에 놓인 역사적이고 사회사적인 문맥을 탈각시킬 우려가 있다. 한편으로 도향 문학이 '개성'의 자각이나 '자아'의 문제가 중심 논리로 부각되는 근대 문학 초창기에 자리한다는 사실을 염두에 둔다면, 도향 문학의 사랑을 근대적 주체 형성의 관점에서 파악하는 논의들의 타당성이 인정된다. 실제로 도향 소설에 나타나는 사랑이 개인의 자율성 추구라는 문제와 긴밀히 연관되어 있음은 이론의 여지가 없다. 자유 연애의 이상은 도향에게 뿐만 아니라 당대 문인들의 주된 관심 영역이었고, 이것이 또한 '개성' 탐구나 '자아'의 각성이라는 시대 정신에 닿아 있음도 이미 지적된 사항이다6). 그러나 낭만적 사랑을 곧 근대적인 사랑의 형식과 연결시키고, 도향 문학이 추구한 사랑이 낭만적 사랑이며 이런 측면에서 도향의 작가 의식이 근대성을 성취했다고 보는 견해에 대해서는 재론의 여지가 있다. 일차적으로 문제가 되는 것은 낭만적 사랑의 개념에 대한 이해의 편차이다. 낭만적 사랑의 특징을 상대를 보자마자 강한 열정에 사로잡히거나 사랑 자체를 사랑하는 경향으로 파악하는 견해가 있다7). 이에 의거

---

4) 사랑 혹은 성(性)의 형식과 담론의 역사적 변화를 기술한 글로는 다음을 참조할 수 있다.
   볼프강 라트, 『사랑, 그 딜레마의 역사』, 장혜경 옮김, 도서출판 끌리오, 1999.
   황정미, 「섹슈얼리티의 정치」, 『性과 사회』, 오생근·윤혜준 공편, 도서출판 나남, 1998.
5) 이인복, 「사도-마조키스트의 자화상-나도향론」, 『죽음과 구원의 문학적 성찰』, 우진출판사, 1989. 전문수, 「나도향 소설 연구-삼자미학」, 논문집 3집, 마산대, 1981.
6) 페미니즘의 관점에서 분석되고 있지만 1920년대 문학에서 자유 연애의 문제가 중심적인 테마로 부각되었다는 사실을 확인해주는 글로 유남옥의 논문(「1920년대 단편소설에 나타난 페미니즘 연구 -양성성을 중심으로-」, 숙명여대 박사논문, 1993)을 참조할 수 있다.
7) 김중술, 『사랑의 의미』, 서울대학교 출판부, 1992. 42-48쪽. 박태상, 『조선

한다면 성춘향과 이도령의 사랑도 낭만적 사랑이며 「최치원전」에 나오는 남녀 주인공의 사랑도 낭만적 사랑으로 볼 수 있다8). 반면에 낭만적 사랑은 성적 대상으로서의 사랑을 전제하는 열정적 사랑과 구분되는 것으로, 자신의 결여를 채워주는 정신적인 교감을 가정하며 결과적으로 자기 정체성의 추구와 관련된다고 보는 논의가 있다. 이 경우에 낭만적 사랑은 '이성(異性) 본능'에 지나지 않는 사랑을 거부하고 상대방의 개성과 전 인격에 대한 이해가 수반된 사랑을 지향한다는 점에서 근대성의 면모를 지닌다고 설명된다9). 이렇게 본다면 도향 문학의 사랑을 근대적인 낭만적 사랑의 발현으로 직대입시키는 논의는 무리가 있다. 근대적 주체로서의 자기 욕망의 추구라는 인식이 도향 문학에서 중요한 가치로 수용되어 있는 것은 부정할 수 없는 사실이지만, 도향의 작품에 나타나는 사랑의 형식이 낭만적 사랑의 근대적 요건을 충족시키고 있다고 보기는 어렵기 때문이다. 중요한 것은 낭만적 사랑이라는 개념의 함의가 아니라 도향의 작품에서 형상화한 사랑이 어떠한 사랑이냐는 것이며, 근대적 의미에서의 사랑을 그려냈는가의 문제이다.

나도향 소설의 핵심적인 서사는 남녀간의 애정이며, 사랑을 열망하고 동경하는 인물들의 갈등과 심리가 서사 구성의 중심 원리로 작용한다10). 한편 30편 가까이 되는 도향의 전 작품이 오년 여에 불과한 짧은 기간에 창작되었다는 점을 감안하면, 소설 세계의 차이가 작가 의식의 변모를 반영한다기보다는 기법이나 묘사의 세련도에 기인한다는 해석 또한 일리가 있

조 애정소설 연구』, 1996. 13-14쪽에서 재인용.
8) 박태상, 앞의 책, 14-18쪽.
9) 앤소니 기든스, 『현대 사회의 성, 사랑, 에로티시즘』, 황정미 외 역, 새물결, 1995. 이태숙, 「여성성의 근대적 경험 양상－1920~30년대 문학을 중심으로」, 고려대 박사논문, 2000, 43-45쪽에서 재인용.
10) 1921년 4월 『배재학보』2호에 처녀작 「출학」을 시작으로 1926년 요절할 때까지 나도향이 남긴 소설은 30편 가까이 되는 데, 「옛날 꿈은 창백하더이다」, 「은화·백동화」, 「당착」, 「속모르는 만년필 장사」, 「여이발사」, 「행랑자식」, 「계집하인」을 제외한 소설들은 거의 모두가 남녀간의 애정 문제를 주 테마로 다루고 있다.

다. 초기의 미숙성이 주관적인 작법을 억제하는 객관적인 소설 작법에 익숙해지면서 완성도가 높아졌다는 것이다[11]. 실지로 사실주의로 이행했다고 평가되는 후기의 소설들, 「꿈」이나 「피 묻은 편지 몇 쪽」, 미완인 「화염에 쌓인 원한」 등에서 초기작과 다른 작가 의식이나 주제 의식을 찾아보기는 어렵다. 이 글은 이런 몇 가지 문제 의식을 전제로 도향 문학에서 왜 그렇게 사랑이 중요한 화두로 자리했는가, 그 이면의 논리는 무엇이며 시대 현실과는 어떻게 조응하는가를 살펴보고자 한다. 특히 도향 소설에 나타난 사랑의 논리가 단계적으로 변화하는 것이 아니라 일관된 하나의 맥락, 개인의 자율적 욕망과 보편적이고 윤리적인 가치 사이의 갈등과 충돌이며, 이는 작가의 이중적인 애정 윤리에서 기인한다는 점에 주목할 것이다.

2. 절대적 사랑의 추구와 그 논리

나도향은 사랑을 절대적이고 이상적인 가치로 제시한다. 사랑 혹은 연애의 문제는 우리의 생활을 지배하는 원동력이며 목숨이 다하는 생의 종착지에 이르러서야 벗어날 수 있는 운명적인 어떤 것으로 파악한다[12]. 이러한 사고는 사랑이 인생의 모든 행복과 불행의 근원지이며 선과 악을 가르는 기준점이라는 극단적인 진술의 형태로 도향의 소설 속에 산재한다. '사랑을 모르는 자와 사랑하지 않는 자는 죽은 사람'이라는 논리나 '사람이 사랑으로 나고 사랑으로 죽고 사랑으로 살기만 하면 그 사람의 생은 참 생'이라는 인식이 도향 소설의 인물들을 움직이는 추동력으로 작용하는 것이

---

11) 정한숙, 「반성과 해명 - 나도향의 인간과 문학」, 『문학사상』, 9호, 1973년 6월호, 278쪽.
임규찬 또한 나도향의 중기작과 후기작의 성과를 개성적 인물 창조 등의 묘사 방법이나 기법의 변화로 보고 있다는 점에서 정한숙과 비슷한 시각을 공유한다고 할 수 있다. 임규찬, 『한국 근대소설의 이념과 체계』, 태학사, 1998, 258-268쪽.
12) 나도향, 「내가 믿는 문구 몇 개 - 諸家의 연애관」, 『나도향 전집 上』, 집문당, 1988, 438쪽.

다13). 때문에 도향 소설의 인물들은 한결같이 사랑의 기갈증에 걸린 것처럼 강박적으로 사랑을 동경하고 희구한다. 데뷔작이라 할 수 있는 「출학」에서부터 마지막 작품에 해당하는 「지형근」에 이르기까지 도향 소설의 인물들에게 가장 중요한 문제는 사랑의 성취 여부이다. 사랑이 없는 삶은 죽음이며 사랑만이 인생의 참된 가치이자 '참 생'의 구현 방법으로 인식될 때, 사랑은 추상화되고 절대화되어 합리적인 현실 연관성을 상실한다. 사랑을 방해하는 세력이나 거부하는 대상은 곧 '사랑의 원수'로 인식되고 과도한 적개심과 공격의 목표물로 지목된다. 작품에 따라 공격의 대상은 변심한 애인이나 사랑을 방해하는 제 삼자, 혹은 사랑에 실패한 자기 자신 등으로 변주된다. 『청춘』과 「물레방아」, 『환희』등에서 이의 극단적인 예를 찾아볼 수 있다. 『청춘』의 일복은 사랑의 도피행을 거절하는 양순을 잔인하게 살해하며 「물레방아」의 방원 역시 마찬가지의 정황에서 아내를 살해한다. 『환희』의 선용은 혜숙과의 사랑에 실패하자 자살을 시도한다. 나도향 소설에 살인과 방화와 자살이 빈번하게 등장하는 것은 이러한 맥락에서 이해될 수 있다. 한편으로 나도향 소설의 인물들이 이처럼 강하게 사랑을 욕망하고 추구하는 이면에는 현실과의 불화와 부정 의식이 깔려 있다. 현실은 참되지도 않고 풍요롭지도 않으며 속악하고 추할 뿐이라는 비관적인 시각이 사랑만이 진실이며 참이라는 논리의 대립항으로 자리하고 있는 것이다14).

---

13) 나도향, 『청춘』, 『나도향 전집下』, 집문당, 1988, 19쪽.
「별을 안거든 울지나 말 걸」, 『나도향 전집上』, 66쪽. (이하 나도향 작품을 인용할 때는 전집의 쪽수만 제시한다)

14) 현실에 대한 비관적인 인식은 1920년대 문학의 특징적인 경향이었다. 『창조』나 『폐허』『백조』를 중심으로 활동했던 1920년대 전반기의 문학인들은 자신들의 입지를 황폐하게 부서진 '폐허'로 인식하였으며, 위선과 허위로 가득찬 현실 세계 어디에도 구원은 없다는 절망과 비탄에 사로잡혀 있었다. 그들은 죽음의 세계를 찬미하거나 '밀실'이나 '나만의 침실'과 같은 내적인 욕망과 동경의 세계를 설정함으로써 절망과 고통으로부터 벗어나고자 하였다. 도일(渡日)을 통해 서구 문학과 근대적인 가치의 세례를 받은 이들의 눈에 비친 조선의 현실은 여전히 봉건적 인습과 전통의 굴레에 속박되어 있는 환멸적 상태였다. 이로부터 벗어나야 한다는 거센 욕구는 모든 가치의 근거를 '개체'의 자유에서 구하였던 개성론을 더욱 강화시켰다.

「젊은이의 시절」의 조철하나 『환희』의 이영철과 김선용, 『어머니』의 이춘우, 「벙어리 삼룡이」의 삼룡이, 「물레방아」의 이방원, 「지형근」의 지형근에 이르기까지 도향 소설의 주인물들은 하나같이 가정적으로나 사회적으로 결락되어 있다. 아버지의 몰이해와 단절감, 어머니의 부재로 인한 가정내의 갈등과 부채감, 천한 신분으로서 겪어야 하는 경제적 궁핍과 굴욕 등, 이들 인물들은 현실 사회의 안정적인 울타리밖에 존재한다. 여성 인물들의 경우도 마찬가지여서 도향 소설의 여주인공들은 주로 기생이나 첩, 매춘녀 등으로 경제적 궁핍을 벗어나기 위해 성(性)을 상품화한다. 이들 주인물들이 처한 상황과 조건은 사랑을 절대화하는 근거이면서 동시에 사랑의 원만한 성취를 저해하는 요인으로 작용하기도 한다. 불만족한 현실과 타협할 수 없는 인물들은 자기 연민과 무력감에 젖어 낭만적 도피를 꿈꾼다. '이곳이 아닌 다른 어떤 곳'으로 가고 싶다는 욕구는 '정처없는 방랑'에의 동경으로 표현되기도 하며 예술적인 창작 행위가 주는 유열(愉悅)에 대한 지향으로 나타나기도 한다. 이 모든 지향의 정점에 사랑이 놓인다. 사랑에 대한 나도향의 이러한 압도적인 동경은 현실 사회에서 능동적이고 적극적인 존재로서 살아가지 못하는 유약한 개인의 무력감과 소외 의식의 발로로 이해할 수 있다. 도향 소설의 인물들은 발전을 지향하면서 현실과 부단히 투쟁하는 것이 아니라 현실의 중압감에 방향을 잃고 두려워하며 위축되어 있다. 이는 「젊은이의 시절」의 조철하나 「17원 50전」의 'A'의 현실 인식과 심리적 갈등을 통해서 분명하게 드러난다. 그들에게 현실은 끝도 보이지 않는 '사막'이거나 광풍이 휘몰아치는 암흑의 '바다'로서 맞서 싸우기에는 너무도 벅찬 세계로 인식된다.

이 시기의 문학인들의 이러한 의식 체계는 자국 문화에 대한 열등감과 반사회적 개인주의의 결과로 평가된다. (1920년대 전반기 문학의 흐름과 역사적 성격에 대해서는 김흥규, 「1920년대 초기시의 낭만적 상상력과 그 역사적 성격」, 『문학과 역사적 인간』, 창작과 비평사, 1980, 214-271쪽. 김철, 「1920년대 동인지 문학의 전개와 그 역사적 성격」, 『잠없는 시대의 꿈』, 문학과 지성사, 1989, 51-73쪽. 한금윤, 「1920년대 전반기 소설의 문학사적 특성 연구」, 연대 박사논문, 1996. 등을 참조.)

그는 고개를 땅에 대고 엎드려 있었다. 사면은 다만 지평선밖에 보이지 않는 넓고 넓은 사막이었다. 아무 것도 보이지 않았다. 저쪽 우묵히 들어간 곳에는 도적에게 해를 당한 행려(行旅)의 죽음이 놓여 있다. 어디서인지도 모르게 괴수의 울음소리가 들린다. 멀리 두어 개 종려나무가 부채 같은 잎사귀를 흔들흔들한다. 적적하고 고요하고 두려운 생각을 내는 적막한 것이었다. 그의 눈물은 엎디어 있는 팔 밑으로 새어 시내같이 흘렀다. 그는 목이 마르고 가슴이 답답하였다. 두려움이 생겼다. 조금도 눈을 떠 다른 곳을 못 보았다. 지나가는 바람 소리가 날 때 그의 머리끝은 으쓱하여지고 귀신의 날개치는 소리나 아닌가 하였다. 그러나 그의 울음은 그치지 않았다. 그의 울음은 극도의 무서움까지라도 그치게 하지 못하였다. 그는 자꾸 울었다[15].

　하늘의 바람은 너무 강하고 몰려오는 물결은 너무 힘이 있습니다. 인습이란 물결이 이 작은 편주를 몰아 낼 때와 육박하는 환경의 모든 시꺼먼 물결이 가려고 하는 이 A라는 조그만 배를 집어삼키려 할 때 닻을 감으랴, 노를 저으랴 가려고는 합니다마는, 방향을 정하려 하나 팔에 힘이 약하고, 가려고 하오나 나를 이끌어 나아가게 하는 힘있는 발동기를 갖지 못하였습니다. 그나 그뿐입니까? 어떠한 때는 폭우가 내리붓고, 어떠한 때에는 광풍이 몰려와 간신히 댓둥거리는 이 작은 배를 사정없이 푸른 물결 속에 집어넣으려 합니다.…어떠한 때는 밤이 됩니다. 울멍줄멍하는 노한 파도가 다만 시꺼먼 암흑 속에서 이리 뛰고 저리 뜁니다. 하늘에서 희망의 별 하나 보이지 않습니다[16].

　「젊은이의 시절」의 조철하에게 현실은 권위적이기만 할 뿐 사랑 없는 부권이 지배하는 가정의 모습으로, 예술에의 순수한 열정을 이해하지 못하는 타락한 세계로 파악된다. 그 현실은 삭막한 '사막'의 풍경에 비견된다. 한편으로 「17원 50전」의 'A'가 마주한 현실은 '인습'이라는 강한 굴레가 지배하는 전근대적인 사회이며, '희망의 별 하나' 보이지 않는 암담한 세계이다. 이와 같은 현실적 삶의 불모성, 무정향성은 도향 소설의 인물들이 경험하

---

15) 「젊은이의 시절」, 『전집上』, 집문당, 1988, 45쪽.
16) 「17원 50전」, 『전집上』, 97쪽.

는 외부 세계의 본질적인 모습이다[17]. 미력한 개인이 뚫고 나아가기에는 현실의 힘과 벽이 너무 거대하다는 인식 앞에서 그들은 자신들의 왜소함과 고독감을 확인할 뿐이다. 멈추지 않고 솟아나는 눈물과 비탄만이 그들의 외로움과 두려움을 대변한다. 이광수의 『무정』에서 주인공 이형식이 사랑의 갈등과 고민을 극복하고 화해로운 결말로 나아갈 수 있었던 것은 미래에 대한 희망과 자긍심이 있었기 때문이다. 현실 사회의 중심적인 인물로서 주어진 역할과 소명이 있다는 지식인으로서의 자부심이 이형식에게 있었던 셈이다. 이형식은 힘이 있는 자만이 생존 경쟁에서 이길 수 있다는 이광수의 진화론적 시각이 그대로 투영된 인물이다. 이광수에게 힘은 자기 개조와 실력 양성이라는 미래 지향적인 변화를 통해서 획득될 수 있는 그런 차원의 것으로 인식되었다[18]. 때문에 현실은 극단적인 부정의 대상이 아니라 변화와 극복의 대상일 수 있었고, 개인적인 사랑은 삶의 유일한 이상이 아니었다. 이형식과의 사랑에 모든 것을 걸었던 박영채의 변모에서 이점을 확인할 수 있다.

나도향이나 이광수가 서 있던 시대는 전근대적인 질서와 근대적인 가치 지향이 혼재되어 있는 상황이었다. 인습적인 전통의 굴레를 벗어나 새로운 사회를 모색해야 한다는 인식은 두 사람 모두에게 공통된 것이었다. 이광

---

17) 현실적 삶의 무정향성, 불모성은 식민지 시대를 진지하게 살고자 했던 문학인들이라면 어쩔 수 없이 마주쳐야 했던 불행한 한국적 정황이었다. 이러한 시대적 조건에 대면하는 문인들의 태도와 논리의 편차에 따라 그들의 문학 세계와 작가적 위상이 갈린다고 볼 수 있다. 1920년대 전반기 한국 문인들이 현실적 대응을 포기하고 죽음과 환상의 공간을 찬미하는 퇴폐적·병적 도피의 세계로 나아갔다면, 뒤를 이어 나타난 프로 문학은 맑시즘으로 대변되는 대항 이데올로기에 의지하여 불모의 현실을 극복하려는 적극적인 노선을 택했다고 할 수 있다.
18) 윤홍로, 「개화기 진화론과 문학사상」, 『동양학』제16집, 단국대학교 부설 동양학 연구소, 1986, 27-35쪽 참조. 그러나 이광수의 현실에 대한 이러한 낙관주의가 당대의 시대 상황에 대한 정당한 대응 방식이었다고 평가하는 것은 아니다. 그는 당대 조선의 문제 해결을 근대화의 달성이라는 단일한 관점에서 파악함으로써 식민지 상황의 탈피, 즉 민족 독립의 문제를 간과하는 오류를 범하게 된다.

수는 교육이나 계몽 등의 근대 지향적인 형식으로 전근대적인 현상들을 타파할 수 있다고 믿었고, 이형식과 같은 지도자형의 인물을 통해서 이를 표출했다. 그러나 도향의 문학에는 능동적인 자기 발전 과정을 통해서 현실과 대결하려는 인물들이 부재한다. 그들에게는 전근대적인 틀을 벗어 던지고 자율적인 개인으로 서야 한다는 강한 욕구가 내재되어 있지만, 이를 실현할 수 있다는 자신감과 현실적인 대항 논리가 결여되어 있다. 무엇보다도 그들을 무력하게 만드는 것은 근대 지향이라는 새로운 가치 또한 희망적인 대안일 수 없다는 자각이다. 도향의 소설에서는 '철도'나 '돈', 혹은 '이성(理性)' 따위의 근대적인 발전의 동력이라 할 수 있는 제 요소들이 '인습'으로 대표되는 전근대적인 질서만큼이나 두려운 동시에 회의적인 대상으로 묘사된다. 소설 「지형근」과 『어머니』의 다음과 같은 대목에서 이를 확인할 수 있다.

평화스런 철원읍에는 전기철도라는 괴물이 생기더니 풍기와 질서는 문란할 때로 문란하여졌다. 그래도 경상도, 경기도, 여기저기 할 것 없이 모든 것을 잃어버린 불쌍한 농민들은 그래도 요행을 바라고 철원, 평강으로 모여들었다. 지형근도 지금 그러한 괴물의 도가니, 피와 피를 빨아먹고 짓밟고 물어뜯고 끓이고 볶는 도가니를 향하여 가며 가슴에는 이상의 꽃을 피게 하고 있는 것이나 마치 절벽 위에서 신기루(蜃氣樓)에 홀려서 한 걸음 두 걸음 끝을 향하여 나가는 것이다[19].

지금 세상에는 돈일세, 돈야……지금이라도 지금 이 방향으로 흐르는 인류의 역사를 다른 방향으로 틀어 놓는 위대한 힘이 있어 한번에 방향을 변해 놓는다 하면 모르거니와, 아직까지는 그 무서운 세력, 돈의 힘을 모든 것을 가지고도 이기지 못할 것일세. 아! 아까운 것은 우리의 역사를 이 방향으로 틀어 놓지 말고, 다른 무슨 방향으로 우리 선조가 틀어 놓았드면, 오늘의 우리가 이 고생은 하지 않을 것을 그랬지[20].

19) 「지형근」, 『전집上』, 306-307쪽.
20) 『어머니』, 『전집下』, 411쪽.

위의 인용문에서 드러나듯 나도향이 파악한 근대의 진행 방향은 인간의 삶을 훼손하고 소외시키는 타락의 서사에 다름 아니다. '전기 철도'가 놓이고 '자본'이 유동하는 근대의 현실은 '풍기와 질서'를 어지럽히고 문란하게 하는 부정적인 모습으로 그려진다. 도향이 보기에 서구적인 문명 개화와 계몽의 이상은 희망의 미래를 보여주는 듯 하지만, 실상 그것은 한낱 벼랑 끝에서 마주한 신기루에 불과하다. 소설 「지형근」에서 주인공 지형근은 진정한 유대 관계는 상실되고 돈과 물질에 의해서 왜곡되는 인간상을 경험한다. 근대화의 과정에서 드러나는 발전과 생존의 논리는 인간의 삶과 사회를 '괴물'들의 이전투구(泥田鬪狗)의 장으로 만들고 그릇된 역사를 형성하는 무서운 힘으로 파악된다. 여기서 나도향이 직면했던 고민과 비애의 정신사적 지반을 추측할 수 있다. 그것은 개인의 자율적 욕망과 행동을 억압하는 인습이라는 전통적 억압 체계의 강고함에 대한 좌절인 동시에 물신화된 근대의 폭압적 힘에 대한 두려움이다. 이처럼 전통적인 보수성에 순종하거나 근대적 진취성에 적극적으로 편입될 수도 없는 갈등과 회의의 중간지대에서 나도향이 주목한 것이 바로 사랑이었다. 도향에게 사랑이란 단순히 타자와의 육체적 결합이나 정욕의 분출 형식을 의미하지 않는다. 사랑은 속악한 현실에의 대항 능력을 지닌 순결하고 숭엄한 그 무엇이다.   사랑은 '이 세상 모든 것에서 떠나고, 뛰어 넘은 것이고, 벗어난' 숭고한 힘이자 인생의 '낙원'으로서 유일한 가치를 지닌 유토피아적 이상으로서 제시된다[21]. 『어머니』의 박창하는 '돈'이 모든 것을 지배하는 시대에 사랑은 없다고 말한다. 이에 대해 주인공 이춘우는 그렇기 때문에 더욱 더 '세상의 모든 것을 원만히 해결할 수 있는' 힘인 사랑이 절대적이라고 역설한다. 『환희』의 김선용은 혜숙과의 사랑에 성공하지 못하고 일본으로 돌아가는 길목에서도 또 다른 사랑에 대한 희망을 버리지 못한다. 『청춘』의 정희는 여승과의 대화에서 사랑만이 인류의 마지막까지 남아 있을 '신앙'이라고 주장한다. 이처럼 도향 소설의 인물들에게 사랑은 희망이자 위안이며 그 모든 현

---

21) 「젊은이의 시절」, 『전집上』, 32쪽.

실적 중압감으로부터 개인을 구원해 줄 수 있는 탈출구로서 인식된다. '사랑을 하는 사람만이 이 세상에서 강자'가 될 수 있고, '사랑만큼 위대한 세력'을 부여해주는 것은 없으며, '사랑은 온 우주를 포괄하고 또한 지배'[22]할 수 있다는 거의 맹목적인 믿음과, 사랑만이 끝내 지켜져야 할 가장 근본적인 가치라는 확신 사이에서 도향 소설의 인물들이 존재하는 것이다. 사랑은 저항할 수 없는 강한 힘의 보유체로서 초월성의 매개이자 부정적 현실에 대한 유일한 대항 기제라는 인식, 이것이 도향 문학의 논리이자 작가의식의 전부였다고 해도 과언이 아니다. 전근대적인 현실에 대한 부정, 물신화된 근대에 대한 부정, 이 이중의 부정성 속에서 사랑은 절대화된다. 그렇다면 구체적으로 도향이 생각한 사랑의 형식과 내용은 무엇이었을까? 도향의 소설에 나타나는 애정 윤리와 갈등의 양상을 분석함으로써 이를 확인할 수 있을 것이다.

3. 애정 윤리의 이중성과 갈등 구조

나도향의 소설에는 화해로운 사랑, 행복한 사랑의 결말이 존재하지 않는다[23]. 대부분의 주인물들은 사랑에 강박되어 있을 뿐 실질적으로 사랑하는 대상과의 합일에는 실패한다. 여기서 주목되는 것이 나도향의 소설에서 드러나는 애정 윤리의 이중성이다. 일차적으로 나도향은 사랑이 인습적인 질서나 윤리에 의해 지배되는 것이 아니라 자율적인 개인의 내적 욕망에 따라 결정되어야 한다는 사실을 강조한다. 「출학」의 여학생 영숙과『청춘』의 일복은 개인적 욕망에 따라 사랑을 선택하는 대표적 인물들이다. 「출학」의 영숙은 자기 내부에서 일어나는 '정염'에 휩싸여 약혼자인 이병철을 배신하고 다른 남자들과 사랑의 행각을 벌인다.『청춘』의 일복 또한 정혼녀인 정

---

22)『청춘』,『전집下』, 58-59쪽.
23) 나도향 소설의 파멸적 서사 구조에 대해서는 한점돌,「나도향 소설과 파멸의 미학」을 참조할 수 있다.

희의 눈물어린 애원과 호소에도 불구하고 주막집 처녀 양순과의 사랑을 선택한다. 일복에게 버림받은 정희가 자살을 시도하고 잠복하자, 일복은 잠시 갈등을 겪기도 한다. 정희가 일복 자신으로 인한 실연의 아픔 때문에 죽음을 택한 것이라면, '인정'과 도리상 자신도 '정조'를 지켜야 한다는 윤리적 문제에 직면하는 것이다. 일복의 이러한 심리적 갈등은 '인정이란 무가치' 한 것이며 사랑이란 전적으로 개인의 선택의 문제라는 결론에 도달함으로써 해소된다. 「뽕」의 안협집 또한 생존을 위해 성(性)을 파는 인물이지만 '만냥 금을 주어도' 자기 마음이 내키지 않는 사내는 절대로 받아들이지 않는다. 이들은 모두 자기 내부의 욕망에 충실한 인물들이다. 사랑이든 성(性)이든 '자아'의 욕망이 무엇보다 우선한다는 이러한 개인 의식의 강조는 전근대적 윤리 질서의 완고성과 봉건적 인습에 대한 저항적 가치로서 수용된 것이다.

봉건적인 사회 체제에서 사랑은 개인의 자율적 욕망보다는 공동의 질서나 규칙에 의해서 지배된다고 할 수 있다. 그 사회가 요구하는 도리나 윤리에 순응하는 사랑의 형식만이 정당한 것으로 인정되며, 타율적으로 주어진 금기의 체계를 넘어서는 사랑은 반사회적이고 반윤리적인 행위로 지탄의 대상이 된다. 근대 문학 초창기에 성행했던 자유 연애에의 경도는 이러한 전통적인 애정관에 대한 거부이자 도전의 성격을 갖는 것이었다[24]. 나도향 또한 이와 같은 맥락에서 사랑의 문제를 인식한다. 그러나 한편으로 나도향의 작가 의식은 전통적인 윤리의 문제로부터 완전히 자유롭지 못하다. 사랑에 대한 전근대적인 이상, 혹은 여성에 대한 이중적인 시선이 '절대 자유'의 차원에서 전개되는 개인의 욕망 추구에 제동을 가하는 것이다. 도향의 소설 속에서 여성은 타락한 요부와 순결한 '처녀'로 대비되며, 성적인

---

24) 1920년대에 엘렌케이나 입센의 여성해방론이 신문이나 잡지 등을 통해 소개되면서, 성의 해방과 자유 연애, 봉건 유습의 타파라는 문제가 당시 지식인이나 문인들의 쟁점 사항으로 부각된다. 이는 김동인이나 이광수 등의 남성 작가를 비롯하여 나혜석, 김일엽 등의 여류 문인들에게도 적지 않은 반향을 불러 일으켰다. (유남옥, 「1920년대 단편소설에 나타난 페미니즘 연구」, 38-39쪽 참조.)

순결성이나 정조의 문제가 사랑의 성취에 가장 중요한 요건으로 묘사된다. 「전차 차장의 일기 몇 절」에서 전차 차장인 '나'는 한 여성에게 호기심과 연정을 느낀다. 차비도 없이 구차한 모습으로 처음 대면했던 그녀는 어느 날 갑자기 화려하게 변한 모습으로 나타난다. 마음 속에 타오르는 뜨거운 연모의 정 때문에 '나'는 그 여자의 뒤를 미행한다. 그 여자는 이 남자 저 남자에게 몸을 파는 천한 창녀였다.

> 나는 모든 것이 더러웠다. 내 가슴속에서 부드럽고 따뜻하게 타던 모든 것이 그대로 꺼져 버렸다. 옆에 있는 개천에 침을 두어 번 뱉고서 큰 길로 돌아섰다[25].

그 여자가 창녀임을 확인하는 순간 '나'의 사랑은 일시에 사라져 버린다. 「지형근」에서 지형근은 기생으로 전락한 이화가 우는 것을 보고 '기적'을 본 것처럼 생각한다. 몸을 파는 부정한 여자인 창기의 눈에서 눈물이 흐른다는 것은 형근에게 쉽게 이해되지 않는 상황인 것이다. 여기서 눈물은 순결한 자 아직 때묻지 않은 자의 표징처럼 묘사된다. 이와 같은 성적 순결성에 대한 강박 관념은 도향 소설의 인물들이 경험하는 애정 갈등의 가장 핵심적인 요인이다. 『환희』에서 영철과 기생 설화의 사랑을 방해하는 것은 다른 무엇보다도 설화가 기생이라는 사실이다. 설화는 영철을 사랑하면서도 '더러운 계집', '저주받은 계집'이라는 자격지심을 떨치지 못하며 영철 또한 설화와의 만남이 어긋날 때마다 설화의 정절과 순결성을 의심하고 회의한다. 혜숙과 선용의 사랑 역시 혜숙이 백우영에게 순결을 잃음으로써 좌절된다. 혜숙이 선용과 재회한 순간에도 혜숙은 남편 우영에 대한 정절 때문에 다시 한번 선용을 떠나 보낸다. 여성의 정절이나 성적 순결에 대한 강조는 전통적 애정 윤리의 대표적인 항목이라고 할 수 있다. 사랑이란 외부적으로 주어진 질서와 가치에 편입되는 통로가 아니라 개인의 자율적인 욕망과 선택의 문제라는 도향의 문제 의식은 이처럼 보수적인 애정 윤리에

---

25) 「전차 차장의 일기 몇 절」, 『전집上』, 192쪽.

구속됨으로써 자기 모순과 갈등에 봉착한다. 「출학」의 영숙은 약혼자 병철에 대한 죄의식에 사로잡혀 정절을 지키지 못한 자신을 자책하며, 『청춘』의 일복은 정혼녀를 죽음으로 몰아 넣은 반윤리적 인간이라는 애인 양순과 주변의 시선을 이기지 못해 양순과 양순母를 살해하고 자살한다. 『환희』의 사랑도 결국은 비극적인 파국으로 끝난다. 혜숙은 오빠 영철과 기생 설화와의 사랑을 받아들이지 못하고, 영철의 애인으로 가장하여 설화를 설득함으로써 설화를 자살로 몰고 간다. 혜숙(정월) 또한 선용에 대한 그리움을 간직한 채 백마강에 몸을 던진다. 혜숙이 정절을 지켜 낙화암에서 몸을 던진 삼천 궁녀를 생각하며 투신 자살하는 것은 상징적이다. 『어머니』의 경우, 춘우와 영숙의 사랑은 모성(母性)이라는 또 다른 윤리적 요인이 작용함으로써 결국 성사되지 못한다. 나도향의 소설에서 사랑의 갈등과 좌절은 이처럼 신분이나 돈, 제삼자의 개입과 같은 요인보다는 근본적으로 당위적인 윤리 의식과의 충돌 때문에 발생한다. 내적 욕망에 충실한 자율적 개인의 사랑에 대립되는 것은 자신의 내부에 잠복해 있는 또 다른 의식이다. 그것은 「별을 안거든 울지나 말 걸」의 'DH'의 고백을 통해서 드러나듯 '열정'과 '이지(理智)'라는 이중적인 내적 심리의 대립이다.

우리 인생에는 두 가지 큰 문제가 있습니다. 그것은 열정과 이지입니다. 이 세상의 역사는 이 두 가지의 싸움입니다. 그리고 모든 불행의 근원은 이 열정과 이지가 서로 용납하지 않는 곳에 있습니다……저는 어떻게 하면 이 이지를 몰각한 열정만의 인물이 되려 하나, 그 이지를 몰각한 열정만의 인물이 되겠다는 것까지도 이지의 부르짖음이지요…조용한 저녁 날에 술주정꾼 같이 저는 정처 없이 헤매나이다. 안개 빛 저의 가슴에서는 눈물이 때없이 솟나이다[26].

마치 언제 폭발이 될는지 알지 못하는 휴화산(休火山) 모양으로 그의 가슴속에는 충분한 정열을 깊이 감추어 놓았으나 그것이 아직 폭발될 시기가 이르지 못한 것이었다. 비록 폭발이 되려고 무섭게 격동함을 벙어리

---

26) 「별을 안거든 울지나 말 걸」, 『전집上』, 66쪽

자신도 느끼지 않는 바는 아니지마는 그는 그것을 폭발시킬 조건을 얻기
어려웠으며, 또는 자기가 이때까지 능동적으로 그것을 나타낼 수가 없을
만큼 외계의 압축을 받았으며, 그것으로 인한 이지(理智)가 너무 그에게
자제력(自制力)을 강대하게 하여주는 동시에 또한 너무 그것을 단념만 하
게 하여 주었다[27].

　'이지를 몰각한 열정만의 인물'이 되고 싶다는 강한 소망은 사랑에 대한
본능적인 내부의 자기 욕망을 그대로 승인할 수 없는 내적 갈등의 역설적
인 표현이다. 나도향의 논리에 의하면 「벙어리 삼룡이」에서 삼룡이가 주인
아씨에게 느끼는 강한 사랑은 '열정'의 소산이다. 반면에 삼룡이의 격동하
는 사랑의 감정을 가로막는 것은 '이지(理智)'에 의해 작동되는 자기 규제
력이며, '이지(理智)'의 실체는 곧 주인 어른 오생원에 대한 충정과 의리라
는 당위적인 윤리 의식이다. 「벙어리 삼룡이」의 경우, 이지와 열정의 대립
에서 열정이 승리하지만, 이는 죽음이라는 극한적인 자기 희생을 전제하고
서야 얻어지는 대가이다. 열정적인 사랑의 충동과 맞서는 정절이나 순결,
의리나 인정 따위, 즉 이지의 요소들은 나도향에게는 벗어나고자 하나 벗
어날 수 없는 가치들이다. 때문에 나도향 소설의 인물들은 열정과 이지(理
智) 사이에서, 근대적 개인으로서의 자기 욕망과 보수적이고 윤리적인 당위
사이에서, 애정의 갈등을 경험한다. 애정 윤리의 이러한 이중성 앞에서 화
해로운 사랑은 불가능하다. 도향의 사랑에 대한 탐구가 대부분 파멸적 서
사로 끝나는 것은 이러한 이유에서이다. 소설 「꿈」이 보여주듯 '처녀'의 목
숨을 버리는 순결하고 헌신적인 애정만이 참된 사랑, 숭고한 사랑의 이상
으로 나도향의 작가 의식을 선점하고 있기 때문이다. 숭고하고 희생적인
사랑의 표상으로서의 모성(母性)이 도향 소설에서 중요한 가치로 부각되는
것은 이런 의미에서 필연적이라 할 수 있다.

---

27) 「벙어리 삼룡이」, 『전집上』, 224쪽.

4. 고립된 개체 의식과 모성의 상관성

나도향의 소설에서 어머니의 사랑, 즉 모성은 남녀간의 사랑의 문제와 더불어 또 하나의 중심적인 화두이다. 도향의 모성에 대한 천착은 근대적 주체로서의 '자아' 탐구의 문제와 긴밀히 연관되어 있다. 단적으로 모성은 현실 사회에서 소외된 개체, 혼자의 힘으로는 부정적인 외부 세계에 맞서지 못하는 도향 소설의 미성숙한 개인들이 찾아낸 신화적인 원형의 공간이라 할 수 있다. 근대적인 주체로서의 '자아'와 '개성'에 대한 강조는 1920년대 전반기의 다른 작가들과 마찬가지로 나도향의 작가 의식을 지배하는 핵심적인 사항이다. 인습과 전통이라는 두터운 벽에 맞서 절대 자유의 '자아'를 세우는 일은 피할 수 없는 과제이지만 한편으로 힘겨운 싸움이기도 하다. 더욱이 자본의 논리가 강력한 추동력으로 작용하는 현실의 생존 논리가 덧붙여질 때 그 싸움은 더욱 어려워진다. 이처럼 작가 나도향의 인식 속에서 현실은 완강하고 개인의 힘은 미력하다. '자기의 욕망을 채워가며 살고 싶다'는 갈망은 무척이나 강하지만 그것은 '생각한 대로, 뜻한 대로' 쉽게 이루어지지 않는다[28]. '자기의 욕망'대로 살아지지 않는 현실에서 생존하기 위해서는 어떤 식으로든 그 현실의 논리에 순종하거나 타협해야 한다. 그것은 '뜻하지 않고 내 마음에 있지 않은 짓'을 해야 하는 상황이며, 범죄 행위와 다름없다는 극단적인 자책감을 동반하는 것이다[29]. 개인의 욕망과 가치 지향을 억압하는 이러한 현실에 대한 환멸은 나도향의 소설에서 두려움과 피해 의식이라는 심리적 작용으로 변용되기도 한다[30]. 이제 현실은

---

28) 「피묻은 편지 몇 쪽」, 『전집上』, 300-301쪽.
29) 「17원 50전」, 『전집上』, 110쪽.
30) 우리 문학사에서 현실에 대한 환멸과 부정, 사회와 개인의 극한적인 분열은 세계에 대한 의도적인 절연의 태도나 자기 분열의 심리적 혼돈으로 나타나기도 한다. 죽음의 세계를 찬미했던 1920년대 초기 詩의 상상력이나 염상섭의 「표본실의 청개구리」의 분열된 자아의 심리는 자신의 가치 지향과 비속한 세계 사이의 거리를 뛰어넘지 못한 당대 문인들의 절망의 산물들이다. (한기형, 「1910년대 단편소설과 낭만성」, 『민족문학사 연구』12집,

환멸의 대상인 동시에 가해자의 모습으로 그려진다. '자아심상'의 낙토를 추구하면서도, 고립된 개체로서 산다는 것의 두려움과 불가능성이 도향 소설의 인물들을 절망하고 회의하게 만드는 것이다. 고립된 개체로서 던져지는 것의 공포는 균열과 분열 이전의 세계에 대한 그리움과 회귀에의 갈망으로 나타난다.

　　동리 늙은이와 작별한 친구들은 뒤를 따라와 주며, 어린아이들은 마치 출전하는 장군 앞에 선 군대들같이 앞에도 서고 뒤에도 서서 따라온다. 형근은 가다가 돌아다보고 또 가다가 돌아다보았다. 얼 만큼 오니까 아이들도 다 가고 따라오던 사람들도 다 흩어지고 자기 혼잣몸이 고개 마루턱에 올라섰다…… 그는 여태까지 나지 않던 눈물이 어디서 나오는지 폭포같이 쏟아진다. 아침해가 기쁜 듯이 잔디 위 이슬에서 오색 빛을 반사하고 송장메뚜기가 서 있는 감발 위에 반갑게 튀어 오르나 그것도 보이지 않는다[31].

　　나는 우리가 옛날로 돌아갈 수가 있을 줄 알았더니, 그것은 할 수 없는 것인 줄을 이제야 알았습니다. 절대로 못 돌아갑니다. 우리가 옛날로 돌아가자 하는 것은 죽었던 사람을 다시 살리는 것과 똑같은 일입니다. 우리는 다만 꿈속이나 생각으로는 옛날로 돌아갈 수가 있을지라도, 분명하고 똑똑한 현실로는 옛날로 돌아갈 수가 없습니다[32].

나도향의 거의 마지막 작품으로 볼 수 있는 소설 「지형근」은 전근대적인 전통 사회를 벗어나 근대의 현실로 나아가는 이행기에, 원환적 공동체의 세계를 뒤로하고 홀로 서야 하는 개체의 심리와 상황을 극명하게 묘사한다. 주인공 지형근은 자신의 삶을 안온하게 감싸주던 모든 것들로부터 떠나 생존 경쟁의 냉혹한 법칙이 지배하는 현실로 진입해야 한다. 그곳은 전기 철도가 놓이고 자본과 노동자들이 움직이는 사회이다. 고향의 고개 마루턱에

　　민족문학사 연구소, 도서출판 소명, 1998. 참조)
31) 「지형근」, 『전집上』, 305쪽.
32) 『어머니』, 『전집下』, 423쪽.

홀로 남겨진 지형근이 쏟아내는 '폭포'같은 눈물은 자신이 마주해야 할 현실에 대한 두려움이자 사라지고 있는 유기적인 세계에 대한 그리움의 표출이다. 이제 지형근에게 자랑할 만했던 가문, 경제적인 풍요, 가족과 마을 사람들로 조성된 따스하고 평화스럽던 세계는 지나간 향수일 뿐이다. 노동자로 전락한 지형근이 어릴 적 고향 처녀이며 지금은 기생이 된 이화에게 느끼는 연정은 자신이 떠나온 고향에 대한 그리움, 곧 향수에 다름 아니다. 형근에게 이화는 부정한 '음부독부'이면서 자신의 풍요롭던 유년 시절을 기억하는 유일한 대상인 것이다. 『어머니』에서 영숙이 춘우와의 사랑을 통해 도달하고자 했던 곳, 그 곳에도 유년의 손상되지 않은 기억을 담고 있는 '옛날'의 세계가 있다. 그러나 그 세계는 이제 '꿈속이나 생각으로'밖에는 돌아갈 수 없는 회귀 불능의 공간이다.

근대의 초입에서 나도향이 추구했던 근대적 주체로서의 '자아'는 근대의 이중적인 모습 앞에서 방향을 상실한 채 혼란에 빠져든다. 전통과 인습을 부정하는 '자아'가 대면한 근대는 개인과 사회의 분열과 모순을 증폭시키는 파편화된 세계일 뿐이다. 그것은 진보의 길이 아니라 타락의 길이다. 여기서 나도향의 '자아' 탐구는 난제에 부딪친다. 고립된 개체로서의 자아는 불안전하고 무력하다는 자각은 '잃어버린 상상 속의 낙원'에 대한 필연적인 동경으로 이어진다. 그곳은 자아와 세계의 분열을 경험하기 이전의 시절, 즉 유년의 공간이며 사랑으로 감싸주는 모성(母性)이 존재하는 세계이기도 하다[33].

　그 정적과 공포가 엉키인 나의 심정을 풀어주고 녹여주는 것은 나의 뒤에 서 있는 애(愛)의 신 같은 우리 어머니의 부드러운 사랑의 힘이었다.

---

[33] 근대성의 경험은 혁신, 덧없음, 혼돈스러운 변화같은 압도적인 감각을 낳기도 하지만 동시에 안정성과 영속성을 회구하는 다양한 욕망의 표현을 낳기도 한다. 따라서 이상화된 과거에 대한 애도로 이해되었던 향수는 이제 근대를 구성하는 지배적인 주체로 나타난다. 즉 진보의 시대는 잃어버린 상상속의 낙원을 그리워하는 동경의 시대이기도 한 것이다. (리타 펠스키, 『근대성과 페미니즘』, 김연찬, 심진경 譯, 도서출판 거름, 1998, 76쪽.)

그것은 나의 신앙의 전부였으며 나의 앞길을 무한한 저 앞길로 인도하는 구리 기둥이었다. 베드로가 예수를 보고 갈리리 바다로 걸어감과 같이 이 세상 모든 것을 초월케 하는 최대의 노력이었다. 등잔불의 기름이었으며 쇠북을 두드리는 방망이였다[34].

우리의 몇만 대 전 무궁한 과거 때의 우리 할아버지 때부터 지금 우리까지 이어오고 또 이어온 것은 생이라는 그것이 아닌가? 우리 아버지와 우리 어머니가 나와 나의 동생들에게 그의 생이라는 것을 나누어주고 사라져 없어지는 것과 같이 우리 시조 때부터 지금까지 우리에게 생이란 것을 부어준 것이라 하면 또한 우리는 죽어 사라지나 우리의 생은 또 그들의 자손으로 인하여 계승될 것이요, 우리의 자손의 생은 또 그들의 자손으로 인하여 영원히 계승될 것이라, 우리는 죽으나 우리의 생은 천추만만대 영겁으로 살아 있을 것이 아닌가? 그러면 인생이란 전기선줄 같고 대양의 물과 같아 전기선줄의 한 분자로는 그것이 전기선줄인지를 모를 것이요, 대양의 물 한 방울로는 그것이 대양됨을 알지 못하는 것과 같이 영원부터 영원까지 흐르는 우리 인생도 자아(自我) 하나로는 그것이 무언인지를 알지 못할 것이 아닌가? 그러나 자아(自我)가 없이도 인생이라는 것이 있을 수 없는 것이 아닌가? 하였다[35].

나도향의 의식 속에서 모성은 존재의 뿌리이자 삶의 공포와 두려움을 막아주는 절대의 세력으로 각인되어 있다. 어머니와 함께 하던 유년에는 어머니의 사랑에 의지하여 모든 것을 이겨낼 수 있었고, 앞날에 대한 의심 없는 희망을 가질 수도 있었다. 「옛날 꿈은 창백하더이다」의 '나'와 어머니의 관계에서 이를 확인할 수 있다. 모성의 부재는 삶을 더욱 어렵고 힘들게 만드는 요인 중의 하나이다. 『어머니』의 춘우는 아버지의 방탕과 동생 민우의 슬픔이 모두 어머니의 부재에서 시작되었다고 생각한다. 이처럼 나도향의 문학에서 모성은 소외와 결핍의 의식과 대비되는 풍요로운 현존, 환상적인 원초적 조화의 이미지를 구현한다[36]. 때문에 도향 소설의 인물들은

---

34) 「옛날 꿈은 창백하더이다」, 『전집上』, 78쪽.
35) 『환희』, 『전집下』, 133쪽.
36) 리타 펠스키, 앞의 책, 75쪽.

고립된 개체로서의 불안감과 두려움이 가중될수록 자기 존재의 근원이자 보호막이었던 어머니를 떠올린다. 『환희』에서 '우리 인생도 자아 하나로는 그것이 무엇인지를 알지 못하리라'는 영철의 회의는 '자아' 혹은 개체로서의 존재는 어머니에서 어머니로 이어지는 종적(縱的) 고리의 한 부분에 불과하다는 인식으로 귀결된다. 개인의 인생은 유한한 것이며, 개인적 생의 영속성은 단지 어머니라는 절대적인 존재를 근원으로 끊임없이 이어지는 새로운 자손의 탄생을 통해서만 가능하다는 논리가 도출되는 것이다.

모성에 대한 나도향의 이러한 시각은 소설 『어머니』에서 보다 분명하게 드러난다. 『어머니』의 주인공 이춘우는 '어머니의 품속과 여성의 품속'만이 '복잡하고 착종'된 사회를 살아가는 인간들의 '피난처'이자 '낙원'이라고 생각하는 인물이다. 그런 그가 어릴 적 고향 친구 영숙과 사랑에 빠지자, 영숙의 딸인 청아가 큰 걸림돌로 작용한다. 남편과 아이마저 버리고 춘우와의 사랑을 선택했던 영숙이 딸 청아 때문에 심리적 고통과 갈등을 겪는 것이다. 여기서 이춘우의 고민은 주체적인 자아의 욕망인 사랑과 보편적이고 윤리적인 가치인 모성(母性) 사이에서 어떤 것을 선택하느냐라는 문제와 결부되어 있다. 애초에 영숙과 춘우와의 사랑은 자아의 내적 욕망이 인습이나 가족 따위의 사회적인 질서 체계나 가치에 우선한다는 전제에서 시작된다. 영숙이 남편 철수의 첩으로서 살아가는 것은 사랑이 아니라 돈 때문이다. '돈'과 '첩'이라는 영숙을 묶고 있는 이중의 틀은 자율적인 자아로서의 삶을 억압하는 부정적인 조건들이다. 춘우에게 '돈'은 인류의 역사를 타락시키는 무서운 힘이며, '첩제도'는 타파해야 할 봉건적 관습이다. 때문에 영숙이 남편을 떠나 춘우와의 사랑을 선택하는 것은 전혀 문제가 되지 않는다. 그러나 그들의 사랑이 영숙의 딸 청아를 둘러싼 모성의 문제와 부딪쳤을 때는 차원이 달라진다. 모성의 편에 서기 위해서는 자기 욕망, 즉 사랑은 자아의 주체적인 의지와 욕구에 의해 선택되고 결정되어야 한다는 선취된 관념을 포기해야 한다. 여기에 춘우의 딜레마가 있다. 그러나 작가 나도향의 선택은 당연히 이성애(異性愛)가 아닌 모성에 놓여진다. 그에게 모성은 사회로부터 분리된 '자아'의 소외감과 두려움을 치유해주는 포용의 세계이자, 개체와 개체를 이어주는 유일한 형식이기 때문이다. 『어머니』의 춘우가 모성을 개인의 역사를 넘어 존재하는 절대적인 진리로 규정하고, '자아'의 욕망인 영숙과의 사랑을 포기하는 이면에는 이와 같은 논리가 작용하고 있다.

5. 나도향 소설의 존재 방식과 의미

나도향의 소설에 나타난 사랑의 문제는 그가 활동했던 1920년대라는 시대적 조건을 고려하지 않고는 온전히 이해될 수 없다. 감수성이 풍부한 이십대 초반의 젊은 나이에 그의 전 작품이 창작되었다는 사실을 감안하더라도, 그의 소설에 미만해 있는 떨림과 눈물, 사랑에 대한 압도적인 동경을 미숙한 청년의 감상으로만 치부하는 것은 온당하지 않다. 식민지라는 시대적 상황이 일제하 문인들의 의식 세계를 지배하는 일차적인 조건이었다면, 그들의 현실은 근본적으로 암울할 수밖에 없었다. 특히 전근대와 근대의 요소가 첨예하게 자리바꿈을 시작하던 근대 문학 초창기 우리 문인들은 삶의 비전과 방향을 놓고 심각한 고민에 직면하였다. 서구적인 근대화를 향한 개화의 이상과 실력 양성의 논리가 희망의 한줄기였다면, 삼일운동의 실패 이후 등장한 1920년대 초기의 문인들에게는 그것마저 수용되지 않았다. 그들은 현실에 대한 극단적인 부정과 환멸을 경험하면서 고립된 개체의 세계로 나아갔다. 그 세계는 '외나무다리 건너 있는 부활의 동굴'(이상화)이거나 '월광으로 짠 병실'(박영희)이며, 혹은 '죽음의 나라'(박종화) 등으로 표출되었다. 도향의 입지는 이들과 다를 바 없었으나, 그는 '사랑'이라는 대항 이념으로 환멸의 현실을 극복하고자 하였다.

사랑만이 유일한 힘이자 구원의 형식이라는 절대적인 믿음과 관념이 도향 문학의 중심 논리이자 서사 구성의 원리였다. '인습'으로 대표되는 전근대적 요건에 대한 부정, 모든 것이 '돈(자본)'의 논리에 의해 작동되는 물신화된 근대에 대한 부정, 이 이중의 부정성 속에서 사랑은 절대화된다. 그러나 사랑이 숭고하고 아름다운 가치로 이상화될 때, 그 사랑은 오히려 현실 연관성을 상실하고 추상화된다. 오로지 사랑이라는 하나의 논리에 강박되어 실재하는 현실의 삶은 망각되는 것이다. 도향에게 사랑은 성적 순결이나 정조와 같은 윤리적인 가치 체계를 떠나서는 성취될 수 없는 것이었다. 도향 소설의 애정 갈등은 자율적 개체로서의 '자아'의 욕망과 전통적 윤리 의식과의 대립으로 나타난다. 그의 대부분의 소설에서 보이는 파멸적 서사는 개체의 내적 욕망이 내부의 또 다른 의식인 당위적 윤리 의식과의 충돌에서 패배하는 과정이다. 한편으로 모성에 대한 강조는 전근대와 근대의 가치가 공존하는 당대 현실에서 그 어느 쪽으로도 편입될 수 없었던 무력한 개체의 회귀 욕망과 관계된다. 모성의 세계는 도향의 문학에서 균열과 분열 이전의 조화로운 공간으로 상징화된다.

사랑에 대한 나도향의 집요한 천착은 환멸적 현실에 대한 대항 방식이었다. 그러나 희망이 보이지 않는 현실의 삶에서 유일한 가치는 사랑밖에 없다는 논리는 작가 개인의 주관적인 관념일 뿐, 당대 현실에 대한 위반이나 저항의 차원으로 진전되지는 못하였다. 이는 도향 소설의 애정 논리가 실상 전대의 보편적인 사랑의 형식이나 가치 질서로부터 그리 멀리 나가지 못했다는 점에서 비롯된다. 결과적으로 도향의 사랑에 대한 탐구는 작가 자신이 의도했던 현실의 부정성에 대한 대항적 측면보다는 개인적 도피의 차원에서 전개되었다고 할 수 있다. 이런 맥락에서 나도향이 '현실에서 발을 빼버린 낭만주의자'[37]였다는 평가는 부정할 수 없는 것이기도 하다. 세미

37) 김윤식 · 정호웅 공저, 『한국소설사』, 예하, 1993, 110쪽.

염상섭 문학과 여성의식*

김 재 용

1. 염상섭과 여성문제

염상섭 문학에 관해 적지 않은 글이 나왔음에도 불구하고 여성의식과 관련된 논의가 거의 없는 것은 염상섭 문학의 올바른 조명을 위해서 결코 바람직하지 않은 일이다. 염상섭의 작품에서 여성문제에 대한 것이 없거나 혹은 있더라도 지나쳐도 무방할 만큼 지극히 사소한 것이라면 이러한 태도가 크게 문제가 될 것은 없겠지만 실제로 그의 작품에서 여성문제를 취급한 것이 1920년대 중반까지만 해도 주를 이룬다는 것을 고려할 때 이러한 일은 쉽게 이해되지 않는 일이다.

이러한 사태가 벌어진 데에는 연구자 스스로 여성문제의 중요성을 제대로 파악하지 못한 측면도 있겠지만 다른 한편으로는 염상섭의 문학적 특징 중에서 민족문제나 근대성의 문제에 매몰되어 그의 문학이 갖고 있는 또 다른 측면을 제대로 간파하지 못한 것에 그 이유가 있는 것이 아닌가 생각한다. 민족의식이나 근대성의 문제의 천착이 여성문제에 대한 그의 태도를 고려하지 않고 이루어지는 한 불구를 면하기 어려울 것임을 생각할 때 그동안 이루어진 연구들이 얼마나 협량한 것이었는가를 짐작할 수 있다. 그

* 이 논문은 1999년도 원광대학교 교내 연구비 지원에 의하여 쓰여진 것임.
원광대 한국어문학부 교수, 저서로는 『북한문학의 역사적 이해』 등이 있음.

런 점에서 염상섭의 문학을 여성의식과 관련하여 살피는 일은 그의 문학에 대한 전면적이고 심화된 연구를 위해서 중요한 일임에 틀림없다.

물론 이전의 연구 중에서 염상섭의 문학이 갖는 여성문제에 대한 인식에 대한 것이 전혀 없었던 것은 아니다. 여성문학을 연구하는 사람들 중에서 가끔 염상섭의 신여성에 대한 비판을 문제삼는 경우가 있었다. 잘 알려져 있는 것처럼 염상섭은 나혜석을 모델로 하여『해바라기』를 썼고 이러한 점 때문에 일부 여성문학 연구자들에 의해 그것이 관심의 대상이 되기도 했던 것이다. 그런데 그러한 연구는 그의 문학 전반에 대해서라기보다는『해바라기』를 비롯한 초기의 일부 작품 중에서 신여성을 비판하는 작품만을 대상으로 하고 있기에 퍽 제한적이었다.

그런데 더 문제가 되는 것은 이러한 연구가 염상섭의 여성문제에 대한 인식을 제대로 파악하지 못하고 거죽에 머무르고 있으며 나아가 작품에 드러난 여성의식의 문제의식을 왜곡시키기까지 한다는 점이다. 이 글을 통해 자세히 드러나겠지만 염상섭 작품은 신여성 중에서 부박한 신여성을 비판한 것이었지 결코 신여성 자체를 비판한 것은 아니었다. 오히려 그는 나름대로 근거 있다고 판단된 신여성의 형상을 창조하고 이를 적극적으로 옹호하려고 노력하였다.

실제로 우리 나라 근대 남성 작가들이 여성문제에 관심을 기울였던 것은 비단 염상섭만은 아니다.『인형의 집』을 썼던 채만식을 비롯하여『고향』에서 안갑숙과 같은—비록 실패하였지만—자주적인 여성상을 창조하려고 했던 이기영에 이르기까지 많은 남성 작가들이 여성문제에 달라붙어 작품을 쓴 바 있다. 그럴 수밖에 없었던 데에는 여러 가지 이유가 있겠지만 근대 서구의 세계체제에 편입되면서 이전의 가부장적 제도와 의식이 급속하게 깨어지고 그 빈자리에 새로운 윤리를 세워야 했던 상황에 처하면서 여성문제는 비단 여성작가들만의 것은 아니었다. 남성작가들 역시 조혼과 자유연애 등의 문제를 매개로 하여 여성문제에 직간접으로 연루될 수밖에 없었던 사정이기에 이것으로부터 피해나가기가 어려웠을 것이라는 점에서 한국근대문학사에서 여성문제는 특이한 양상을 띠게 된다. 실제로 이광수는 물론이고 채만식과 이기영과 같은 작가들이 조혼으로 인하여 고통을 겪었고 이후 신여성과 결혼하였다는 점을 생각하면 이는 쉽게 이해될 수 있다. 염상섭도 예외가 아니었다. 흔히 염상섭은 조혼과는 무관한 그리하여 당대의 다른 작가들과는 다르게 운이 좋은 경우로 상상되기도 하지만 실제 사정은 그렇지 않은 것 같다.

염상섭은 숙명여고를 다닌 신여성과 1929년에 바로 결혼한 것으로 알려져 있어 조혼과는 무관한 것으로 보이지만 거기에 이르기까지는 우여곡절이 있었던 것으로 보인다. 1922년에 만들어진 염상섭 가계의 족보를 보면 그가 이미 혼인한 것으로 기록되어 있는데 이는 1929년 신여성과 결혼한 것이 처음이라는 점과 배치되어 연구자들을 어리둥절하게 만들기조차 한다. 그러나 다음과 같은 그의 회고를 감안하여 보면 어느 정도 그 사정을 짐작할 수 있다.

> 10년 동안 여자로 해서 고생하거나 또는 유혹한 일은 없다. 간혹 혼담도 없지 않고 <u>약혼한 때도 일시</u> 있었고 여성친구도 있지만 어떤 한도 이상을 넘치는 일은 없었다. 호의를 가지고 구혼한다는 여자가 있으니 면회하라고 정중한 교섭이 있을 제 나는 언하에 거절한 일도 있다. 결혼 안 하려는 바에야 설왕설래 말이 되면 피차에 재미없을 것을 예상하고 호기심을 억제한 것이다. <u>2.3년간 약혼한 여성</u>에게도 처녀성을 절대로 존중하여 왔었다. 연애와 결혼은 신성하고 순결키를 바랬던 것이다.[1](밑줄은 인용자)

염상섭이 2.3년간 약혼하였던 여성이라고 말한 이가 바로 1922년에 발간된 족보에 염상섭의 처로 올려져 있는 인물이 아닌가 생각한다.[2] 필자가 추측컨대 동경 유학을 마치고 고국으로 돌아오기 전후하여 본인의 뜻과는 무관하게 약혼을 하였고 그 상대방은 신여성이 아니었으리라는 것이다. 아

---

1) 염상섭, 「소위 모델 문제」, 조선일보 1932년 2월 25일
2) 족보에는 전주 이씨를 처로 맞이한 것으로 되어 있다.

마 이러한 문제로 하여 이 약혼은 깨졌고 1929년에 신여성과 처음으로 결혼한 것으로 된 것이 아닌가 생각한다. 그런 점에서 염상섭 역시 채만식이나 이기영과 마찬가지로 이러한 조혼과 자유연애 등의 문제로 하여 당대의 여성문제와 직간접으로 얽혀 들어갔음을 짐작할 수 있다.

물론 작가 염상섭이 이러한 문제를 겪었다고 해서 그것을 꼭 다룬다거나 혹은 그것을 체험하지 않았다고 해서 그것을 다룰 수 없다거나 그러한 것은 아니다. 단지 이러한 종류의 체험이 당대 시대의 작가들이 일반적으로 겪는 문제였고 염상섭 역시 이로부터 완전히 자유로웠던 것은 아님을 강조하고자 하는 것이다. 물론 상대적으로 그는 조혼과 강제결혼 등의 봉건적 제도로부터 다른 작가들이 겪었던 그러한 심대한 고통은 덜 받았지만 전적으로 그것과 무관하게 살 수 있었던 형편은 아니었던 것으로 짐작된다. 그러하였기에 염상섭 역시 여성문제에 대해 치열한 관심을 갖고 작품을 썼던 것으로 보인다.

2. 부박한 신여성과 가부장제에 대한 비판:초기 작품

여성문제에 대한 염상섭의 관심은 그가 처녀작을 발표하기 전부터이다. 그가 한국으로 돌아오기 전인 1918년 동경에서 쓴 글이 여성문제에 관한 것이라는 점은 이를 뚜렷하게 말해주고 있다. 당시 일본에 유학하고 있던 여성들이 주축이 되어 발간하던 여자계 2호(1918.3)에 발표한 「부인의 각성이 남자보다 긴급한 소이」를 보면 당시 여성문제에 대한 염상섭의 관심 여부를 확인할 수 있다.[3] 그후에도 그는 여성문제의 절박함과 이것의 해결에 관한 글을 초기에 여러 편 발표하게 되는데 『여자시론』에 발표한 「머리개조와 생활개조」(1920.1)라든가 『신생활』에 발표한 「여자 단발문제와 그와 관련하여」(1922.7) 등이 그러하다. 이상의 글들은 하나같이 여성문제의 시급

---

3) 그동안 염상섭에 관한 연보에는 이 글이 빠져 있다. 현재 알려진 것으로는 이 글이 가장 이른 글이다.

함을 강조하면서 동시에 여성문제를 그 자체로만 보아서는 안 된다고 강조하고 있어 이미 이 시기부터 나름대로 여성문제에 대한 절박하고 독특한 견해를 가지고 있었음을 알 수 있다.

이런 시론적 글을 씀과 더불어 여성문제와 관련한 소설을 여러 편 발표하게 되는데 「제야」, 『너희는 무엇을 얻었느냐』, 『해바라기』 등의 작품이 이에 해당한다. 이들 작품들은 기본적으로 신여성의 삶을 중심으로 이를 비판하는 형태를 띠게 되어 이후 염상섭이 악의적으로 신여성을 비난하고 있어 그가 가부장적이라는 오해마저도 불러일으키기도 한다. 그런 점에서 이 시기의 작품은 면밀하게 분석되어 그 실제의 면모가 정확하게 드러나야 한다.

「제야」는 한 신여성이 남자와 사회로부터 버림을 받고 자살이라는 비극적 결말을 선택하게 되는 과정을 그 내적 심리묘사를 통하여 보여준 작품으로 여성문제에 대한 염상섭의 초기 문제의식을 잘 엿볼 수 있는 작품이다. 주인공 정인이 12월 마지막 날 밤에 쓴 편지 형식의 유서라는 구성을 취하였기에 신여성의 내면을 드러내기에 상대적으로 쉬울 뿐만 아니라 작가 염상섭이 정인을 비롯한 당시의 신여성에 대해서 어떤 태도를 가졌는가 하는 점을 파악하기에 용이하다.

이 작품에서 주인공 정인의 입을 통해 나오는 것은 크게 두 가지이다. 하나는 당시의 남성중심의 가부장적 사회가 어떻게 여성들을 억압하고 있는가 하는 점이다. 특히 그것은 남성들이 요구하는 여성들의 정조 문제에서 가장 뚜렷하게 드러난다. 남자들은 자신들의 정조 문제에 대해서는 이혼을 방지하기 위해서라든가 등의 명분으로 합리화시키면서 여자들의 정조 문제에 대해서는 무조건적으로 요구하는데 이는 남성 중심주의의 편견에서 나온 것이라는 점이다. 이 점에 대해서 정인은 다음과 같이 가부장적 남성 사회에 대해서 질타한다.

신문잡지나 소위 강연회라는 데에서 정조를 논하느니 여학생의 불품행이니 풍속교란이니 하며 자기네들의 한층 더한 추악은 선반에 높직히 얹

어두고 되지 않은 유치한 논법으로 喧喧騷騷 떠드는 것을 볼 때마다 목에서 치받치는 반항적 冷罵와 분노를 금치 못하였습니다. 정조? 그것은 무엇을 의미하느냐? 아마 요사이 너희들의 주머니가 말랐는 게로구나. 정녕 기생집에서 푸대접이나 받았지? 이혼비를 대어주겠다는 얼빠진 계집애도 하나 걸리지 못한 게로구나? 홍 정조? 네 똥에서는 무슨 냄새가 나든? 네 눈썹에는 먼지 하나도 아니 붙었다는 자신이 있거든 마음대로 떠드려무나. 그렇게도 소위 여자의 정조가 탐이 나느냐? 조선 사회에는 부정한 여자가 많아서 난봉꾼이 많은 게로구나? 그러나 정조란 무엇이냐? 남자가 여자에게 생활보장을 조건으로 하고 강요하는 소유욕의 만족이냐. 그렇지 않으면 소위 교양 있는 자가 고상한 취미성을 만족시키려는 욕구냐?[4]

결국 정조란 상품도 아니고 취미도 아니고 어디까지나 '자유의사에 일임할 개성의 발로인 미덕'이며 '숭고하고 순일정화한 감정에서 나오는 애(愛)의 자유로운 표현'라는 것이 정인의 생각이다. 따라서 남자와 관계를 가질 때 이 남자에게 충실하면 되는 것이지 그 이상의 것을 요구하는 것은 인간의 자유에 어긋난다는 것이다. 여성들에 대한 남성들의 정조에 대한 요구가 얼마나 남성 중심주의에 지나지 않는 것인가 하는 점을 통렬하게 비판하고 있는데 이는 정인의 입을 통해서 나온 것이지만 당시 작가 염상섭이 당대의 가부장적 사회에 대한 비판이기도 한 것이다.

이런 점을 보면 염상섭이 신여성을 비판한다고 해서 그것이 가부장적 권력을 지키기 위해 나온 것이라거나 혹은 무의식적 차원에서라도 그것에 침윤되어 있기 때문이라고 폄하하는 것은 결코 올바른 독서가 아닌 것이다. 그런 점에서 당시 우리 문학가들 중 일부가 신여성을 그리면서 일방적으로 비하하는 것과 염상섭의 그것을 동일한 것으로 보는 것은 결코 온당한 태도라 할 수 없을 것이다.

이와 더불어 이 작품에서 뚜렷하게 드러나는 것은 신여성의 허영심이다. 정인은 자신 스스로 정조를 사랑의 순일한 자유로운 표현이라고 하면서 자

---

4) 염상섭, 『견우화』(박문서관, 1924) 32-33면

신이 여러 남자들과 맺었던 관계를 옹호하지만 다른 한편으로는 자신도 역시 정조를 상품으로 팔고 있는 것이다. 특히 그것이 허영심을 채우기 위하여 이루어진 것이라는 것을 본인 자신도 수긍하기 때문에 자신에 대해서도 질타하게 된다. 정인은 조선에서 여학교를 나온 다음에 일본에 6년간 유학 생활을 했다. 이후 조선에 들어와 학교 교사생활을 하면서 다시 미국이나 독일과 같은 서구 제국으로 가고 싶어한다. 그런데 자신의 집에서 이를 쉽게 허락하지 않을 것이기 때문에 이를 위한 방편으로 남자를 구하는 것이고 그 대상으로 E와 P가 걸려든 것이다. P를 동경에서 사귈 때부터 그리고 조선에 귀국할 때 그를 동반할 때에도 그녀의 마음속에는 이 남자의 도움을 받아 서구로 갈 수 있지 않은가 하는 점을 타산한다. 또 P의 소개로 조선에서 E를 만났을 때 이 남자와 결혼함으로써 독일로 갈 수 없을까 하는 마음을 먹는 것이다. 나중에 집안에서 결혼시키려고 했을 때 가출하여 이와 같이 독일로 가기 위해 부산으로 간 것도 이러한 이유에서이다. 그러나 이러한 것들이 여의치 않게 되자 결국 집안에서 떠미는 남자에게 시집을 가지만 그 마지막 순간까지도 새로 결혼한 남편의 도움으로 역시 외국을 나갈 수 있을 것이라는 희망을 갖는 것이다. 물론 이것은 이전 남자와의 관계에서 가진 아이 때문에 이혼을 당하고 이로 인해 자살에 이르기까지 하지만 그 내심 속에는 바로 이 정조를 상품으로 판 것을 속일 수는 없는 것이다. 죽는 마당이기 때문에 숨길 것 없이 이렇게 고백하는 것으로 설정되어 있지만 이를 통해 염상섭이 보여주고자 하였던 것은 바로 당시 신여성들이 갖고 있던 허영심에 대한 비판이다. 정조에 대한 남성들의 비난을 합리적으로 비판하면서 여러 남자들과 맺었던 관계를 변호하지만 결국 그 자신도 자신의 허영심을 만족시키기 위하여 이를 상품으로 팔고 있다는 자기모순의 현실을 보여주고 있는 것이다. 바로 이 대목에서 부박한 신여성에 대한 작가 염상섭의 비판의 초점이 놓여 있는 것이다.

여기서 하나 눈 여겨 볼 것은 이 시기 신여성이 지닌 허영심의 주된 내용을 양행으로 두고 있다는 점이다. 정인은 일본 유학을 마치고 조선에 돌아온 후 끊임없이 양행을 꿈꾸는 것이다. 미국이 제일 좋고 그것이 여의치 않으면 독일이라도 가겠다는 것이었고 이를 위해서 자신을 파는 것이다. 그런데 자신이 왜 양행을 해야 하는 것인가에 대한 자의식은 없고 그냥 외국에 나갔다 와서 위세를 떨쳐보고 싶은 생각뿐인 것이다. 이 점은 이후 염상섭의 작품에 등장하는 부박한 신여성들에서 공통적으로 발견할 수 있는 특징이기에 주목을 요한다.

부박한 신여성에 대한 작가의 비판은 계속해서 이어지는데 1923년에 동아일보에 연재한 『너희는 무엇을 얻었느냐』 역시 그 계열의 작품이다. 남편으로부터 돈을 얻어내어 잡지를 하는 덕순은 자기 자신의 허영심을 만족시키기 위하여 주변의 사람들을 끌어들여 온갖 행사를 꾸민다. 실제 이 절름발이 남편을 맞아들인 이유도 그에 대한 애정보다는 미국을 가기 위하여 미국유학 출신의 그를 끌어들인 것에 불과하다. 그렇기 때문에 남편에 대한 애정이 있을 리 없고 오로지 남편의 돈을 밑천으로 잡지를 하고 주변 친구들을 끌어들여 연회를 베풀면 그것으로 충분한 것이다. 그런데 덕순은 이 잡지만으로는 결코 성이 차지 않고 원래 꿈꾸었던 미국유학을 가기 위하여 거기에 알맞는 또 다른 남자를 선택하기에 이르고 결국 일본을 통해 미국으로 달아나고 마는 것이다. 덕순이 자기 친구 경애로부터 한규를 떼어내어 나중에는 한규와 더불어 미국으로 갈 여비를 마련하기 위해 잠깐 귀국하였다고 소리 없이 다시 사라지는 모습에서 당시 신여성이 갖고 있던 자유연애니 여성의 해방이니 하는 것들이 허영심과 무관한 것이 아님을 잘 보여주고 있다.

이러한 부박한 신여성은 덕순이로 그치는 것이 아니다. 이마리아 역시 다른 차원에서 마찬가지이다. 덕순이 잡지를 한다고 하면서 지식인계를 누비고 다니는 것과 달리 이마리아는 선교사 브라운이 교장으로 있는 기독교 학교의 선생으로 있으면서 항상 미국을 갈 꿈을 갖고 있는 인물이다. 처음 만난 남자는 아무런 현실적 힘이 없기 때문에 성에 차지 않았고 두 번째 만나 석태는 부유하기 때문에 마음이 끌려서나 한동안 명수와의 애정 문제로 인하여 방황하다가 결국 자력으로 미국의 유학을 보내줄 안석태를 선택하고 만다. 이마리아의 이러한 애정행각은 당시 신여성의 허영심의 또 다른 측면을 보여주고 있다.

이마리아나 덕순이처럼 여성의 해방이란 이름으로 자신의 허영심을 채우는 것에 대해서 이것은 진정한 여성해방과는 거리가 먼 단지 부박한 신여성들이 시대의 분위기를 이용하여 자신의 저속한 욕망을 채우는 것에 불과하다는 것을 작가는 이 소설에 등장하는 명수와 정옥 남편 사이의 다음과 같은 대회를 통하여 비판하고 있다.

"그런걸 보면 역시 들어앉은 부인네가 낫지 않으요?" 하며 주인을 쳐다보니까 이 청년화가도 "그러타 뿐이에요" 하며 찬성을 하고 한참 앉았다가 "그것도 깊은 자각만 있고 인생에 대한 열정이 있다든지 생활의 길을 안다 할 지경이면 부인해방이니 자유연애니 자유결혼이니 하여도 무방하겠지요 하지만 지금 조선에 앉아서야 어림 있습니까"[5]

여기서도 잘 드러나고 있지만 작가는 여성해방 자체를 비판하는 것은 결코 아니다. 그것이 여성들의 허영심에서 나온 것이 아니고 어디까지나 깊은 자각과 열정에서 나온 것이라면 이는 얼마든지 지지되어야 한다는 것이다. 그렇기 때문에 이 시기 염상섭의 작품에서 작가가 신여성을 비난하는 태도는 신여성 일반을 비판한 것이 아니라 어디까지나 부박한 신여성을 비판한 것으로 보아야 한다.

그리고 이 작품에서 우리가 놓쳐서는 안될 것은 이러한 부박한 신여성에 대한 비판이 가부장적인 것을 옹호하는 것과도 거리가 멀다는 점이다. 이 작품에서 등장하는 많은 남성 신사들에 대한 작가의 비판 역시 부박한 신여성과 동떨어진 채 진행되는 것은 아니다. 이 점은 등장인물 중에서 비교적 자의식을 갖고 있는 중환에 대해서도 작가가 비판을 결하지 않은 것에서 확인할 수 있다.

5) 『염상섭 전집』 1(민음사, 1987) 382면.

나혜석을 모델로 한 작품으로 널리 알려진 『해바라기』 역시 신여성 비판을 담고 있는 작품이다. 그런데 이 작품이 앞의 두 작품과 다른 것은 등장인물인 영희에 대해 일방적인 비판을 가하지 않고 있다는 작품이다. 「제야」나 『너희들은 무엇을 얻었느냐』에서 정인, 덕순 그리고 이마리아에 대한 비판이 일방적이었던 반면, 이 작품에서는 영희가 과거의 관념적 생각을 불식하고 어떻게 실생활 속에서 벗어나가는가 하는 점을 보여주기도 하는 것이다. 그렇기 때문에 이 작품에서는 앞서의 작품에 나오는 부박한 신여성들이 그러했던 것처럼 일본과 서구에 대한 맹목적인 추종과 이를 통한 허영심의 만족과는 거리가 먼 자기성찰을 지니고 있다. 즉 이상과 현실의 거리를 파악하고 있기에, 이상을 포기하고 그냥 현실에 안주하지도 않으면서도 동시에 현실의 힘과 논리를 알기에 이상을 맹목적으로 추구하지만도 않는 것이다. 그리하여 이 작품에 등장하는 영희는 자각을 가지려고 노력하는 그러한 신여성으로 그려져 있는 것이다. 이 점은 이 작품의 마지막 대목에서 홍수삼 무덤 앞에서 제사를 지내는 것과 결혼하여 시집에서 제사를 지내지 않으려고 했던 것을 비교하는 것이라든가, 신혼여행 나오면서 나무곽을 가져와서 그것을 무덤에 같이 묻어버리는 행위 등은 이를 잘 보여주는 대목이다.

이상에서 보았던 것처럼 초기작품 중 신여성을 다룬 일련의 작품을 통하여 작가 염상섭은 부박한 신여성을 비판하면서 근거 있는 여성해방과 자유연애를 지지하는 입장을 견지하였다. 특히 그는 이러한 여성문제들을 그 자체로 고립적으로 보는 것이 아니라 당시의 우리 현실 즉 민족문제 등과 결부시켜 이해함으로써 항상 현실성을 잃지 않고 있는 것이다. 일본과 미국에 유학가기 위하여 온갖 일을 마다하지 않고 마치 그것이 인생의 목표인 양 착각하면서 살아가는 인물에 대해 가혹하게 비판하고 있는 것은 신여성의 단순한 허영심을 비판하는 것에 그치지 않고 우리의 식민지의 근대에 대한 비판으로 이어지고 있는 것이다. 바로 그런 점에서 염상섭은 여성문제를 놓치지 않는 남다른 인식을 보여주지만 동시에 그것을 다른 문제로부터 고립시켜 이해하지 않는 탁월함을 보여주고 있다.

초기작들은 『해바라기』처럼 신여성을 일방적으로 비판하지 않는 것이 있기도 하지만 기본적으로 부박한 신여성에 대한 비판이 주를 이루고 있다. 그렇기 때문에 이 시기의 작품만을 보면 염상섭이 부박한 신여성을 비판한다는 명분 하에 실제로 신여성 전체를 비판하는 무의식의 있는 것이 아닌가 하는 의심을 할 수 있다. 비교적 자각한 신여성을 부분적으로 그리려고 하는 흔적을 남기고 있는 『해바라기』도 이 점을 결정적으로 바꾸지는 못하는 것이다. 부박한 신여성에 대한 비판과 더불어 항상 가부장적 의식에 대한 비판을 하고 있기 때문에 그의 이러한 신여성 비판을 신여성 전체에 대한 비판 혹은 남성의 교묘한 비판으로 볼 수는 없는 것이다. 혹자는 염상섭이 당시의 가부장적 태도를 비판하면서 동시에 이렇게 신여성을 비판하고 있는 것을 두고 가부장적인 것에 대한 비판은 신여성에 대한 비판을 행하기 위해 짐짓 해본 것 즉 일종의 장식에 지나지 않는다고 말할 수도 있을 것이다. 그러나 초기 작품을 거친 후에 발표한 장편소설 『사랑과 죄』글 읽어보면 이러한 우려는 극히 잘못된 것임을 알 수 있게 된다.

3. 근거있는 신여성의 창조와 여성해방의 옹호: 『사랑과 죄』

『사랑과 죄』는 염상섭 문학 전반에 있어 매우 중요한 의미를 갖는 작품이다. 이 작품이 하나의 분수령을 이루는 것은 이 작품에서 드러난 한국 근대 사회와 삶에 대한 작가의 관찰과 시각이 이후 그의 모든 작품에서 관통되고 있기 때문이다. 한국의 근대성에 대한 작가의 인식은 기본적으로 '민족적 국제주의'에 기초하는데 이는 우리의 민족적 특수성에 기초하여 민족적 자율성을 중요하게 보고 민족적 해방을 강조하지만 결코 민족주의로 흐르지 않고 있다는 점이다. 그런 점에서는 그는 국제주의의 면모를 가지고 있는데 그렇다고 해서 당시의 유행식 사회주의자들이 가졌던 관념적 국제주의와는 전혀 다른 것이었다. 민족적 특수성을 간과하고 단지 진영모순론의 차원에서 현실의 모든 것을 재단하는 이러한 관념적 국제주의야말로 민족주의와 마찬가지로 우리의 근대성의 진면목에 대해 제대로 인식하지 못하고 있다고 신랄한 비판을 가하고 있는 것이다. 이러한 관점에 서 있기 때문에 식민지 부르조아지들이 공공성을 갖추지 못하고 일신상의 욕망만을 쫓는 천민성에 대해서 그토록 예리하게 비판하고 있으며 또한 술집 카페에서의 논란으로 모든 해방적 활동을 대신하는 사회주의자들에 대해서도 비판하고 있는 것이다. 작가 염상섭이 이 작품에서 김호연을 그토록 옹호하면서 그릴 수 있었던 것은 바로 이러한 시각에서 자연스럽게 도출된 것이라 할 수 있다.

『사랑과 죄』는 염상섭의 문학 작품 중에서 가장 중요한 전환의 기초를 마련하는 것으로 이후의 그의 작품은 여기에 그 뿌리를 두고 있다고 말해도 과언이 아닐 정도이다. 그런데 이 작품이 한층 우리의 흥미를 끄는 점은 이 작품에 이르러 염상섭이 신여성에 대한 자신의 태도를 분명하게 드러내고 있다는 점이다. 초기부터 염상섭은 신여성을 다룬 작품을 여럿 썼음에도 불구하고 대부분 제한성을 갖는 것이었다. 거기에 등장하는 인물들은 염상섭이 그토록 경멸해 마지않던 부박한 신여성이 주를 이루는 것이었기에 신여성 전체에 대한 작가의 판단은 제대로 드러날 수 없었던 것이다. 그런데 이 작품에 이르러 작가는 부박한 신여성뿐만 아니라 근거 있는 신여성에 대해서도 함께 그려내고 있다는 점에서 그 이전의 것들과는 현저한 차이를 보여준다. 작가는 이 작품을 쓴 직후 다음과 같이 이러한 사정을 말하고 있다.

> 내가 지금 집필중인 사랑과 죄의 순영이란 간호부의 성격에서 조선여성의 이상이라고까지 할 수 없으면 적어도 자기의 희망하는 여성미를 발견하도록 묘사하려 하였으나 순영이의 주변 사정이 충분한 활약을 저지케 하여 畵虎成狗의 감이 없지 않거니와 이 역시 나의 잊을 수 없는 여성은 아니다[6]

---

6) 염상섭, 「내게도 간신히 하나 있다」, 『별건곤』, 1928년 2월.

『사랑과 죄』에서 지순영을 그림으로써 염상섭은 그 동안 부박한 신여성에 그치고 말던 한계를 극복하고 근거 있는 신여성을 창조하는 데 성공하게 된다. 부박한 신여성과 근거 있는 신여성을 병치시키면서 소설을 이끌어 나가게 되는데 이는 이전의 그의 다른 작품과도 다른 것으로 염상섭 여성의식의 진면목을 보여주게 된다.

우리 소설에서 구여성과 신여성의 대립이 드러나는 경우가 적지 않다. 예를 들어 채만식의 『탁류』에 등장하는 초봉이와 계봉이는 바로 구여성과 신여성 사이의 대조가 확연하게 드러나는데 특히 정조문제를 둘러싼 의견 대립 대목은 그 단적인 부분이라 할 수 있다. 초봉이는 여자가 정조를 잃는 것이 치명적인 것이라고 생각하는 반면, 계봉이는 별 대수로운 문제가 아니라고 보고 있는 것이다. 그렇기 때문에 초봉이는 과거의 관습에 얽매여 자신의 삶을 죄어 가는 반면, 계봉이는 과감하게 떨치고 나서 앞으로 나아가는 인물로 성격화된다. 그런 점에서 구여성과 신여성의 대립으로 『탁류』를 읽으면 다른 차원에서 흥미를 자아낸다. 이외에도 구여성과 신여성의 대조를 통한 서사의 전개는 우리 소설사에서 그렇기 낯선 것이 아니지만 이처럼 신여성 사이에서 대립과 분화를 작품화한 경우는 많지 않다. 그런 점에서 『사랑과 죄』에 등장하는 지순영과 정마리아는 우리 소설사에서 매우 특이한 경우에 속한다고 할 수 있을 것이다.

지순영은 염상섭이 말하고 있는 것처럼 바람직한 신여성을 그리고자 한 인물이다. 이전의 그의 작품에 등장하는 신여성들이 주로 부정적인 형상으로 그려져 있거나 혹은 긍정도 부정도 아닌 그러한 인물이 주종을 이루었기 때문에 지순영은 염상섭의 작품 중에서 여성이 긍정적으로 그려진 최초의 경우라 할 수 있을 것이다. 지순영은 한희씨 사건으로 서대문 감옥에서 3개월이나 고생하다가 나와서 현재는 세브란스 병원의 간호부로 일하면서 김호연과 같은 인물들이 벌이는 일을 직접 간접으로 도와주고 있다. 그는 자신의 일뿐만 아니라 사회적인 일에 대해서도 관심을 가지면서 일하고 있기 때문에 그냥 집안에 안주하면서 가부장적 문화 속에서 살아나가는 인물이나 혹은 직업을 가지고 사회적 활동을 하지만 자신의 일 이외에는 전혀 관심을 두지 않고 살아가는 그러한 직업 부인과도 다른 것이다. 그는 여자라도 자신의 일을 하기 위해서는 집에만 갇혀 있어서는 안되고 사회적 활동을 해야 한다고 생각하기에 간호부의 일을 한다. 또한 자신의 개인적 일에만 매몰되는 것이 아니고 민족의 억압을 포함하여 불평등과 사회적 폭력에 대해 맞서 싸워야 한다고 믿으면서 남다른 관심을 갖고 활동하는 인물이다. 그런데 이 지순영이 정마리아와 대조되어 갖는 가장 큰 장점은 당시의 신여성들이 가졌던 허영에 들뜨지 않음으로써 부박함에서 벗어나고 있다는 점이다. 이 점은 정마리아와 비교하면 한층 분명해진다.

정마리아는 일본 음악원을 거쳐 미국을 유학한 사람으로 상해를 거쳐 올봄(1924년)에 신문사 주최로 귀국 음악회를 열 정도로 화려한 경력의 소유자다. 그의 모든 행동과 선택은 하나같이 외국의 것을 빨리 들여오는 것에 모아져 있기에 이를 위해서는 무엇이든지 하는 사람이다. 미국에 가기 위해 서양 부인 선교사의 양딸로 들어가기도 하고 나중에 그 서양 부인의 눈 밖에 나는 행동으로 학비를 얻을 수 없게 되자 총독부 경무국 사무관의 후원을 얻어 미국을 갔다 오고 그 대가로 민족운동의 정보를 제공한다. 그렇기 때문에 그는 구여성처럼 집에 들어앉아 남자들의 시중만을 드는 것과 같은 일은 하지 않지만 결국 우리 민족이 겪는 억압이라든가 하는 것은 관심의 대상이 되지 못하고 말고 오로지 자신의 영예와 욕망만을 쫓는 인물이 되고 마는 것이다. 정마리아가 류택수에게 그 동안 놀아준 값으로 피아노를 요구하다가 훨씬 못 미치는 500원으로 만족하는 세부는 그의 인물됨을 잘 드러내 주는 대목이다. 그런 점에서 지순영과 너무나 대조적인 인물이다.

이처럼 부박한 신여성과 근거 있는 신여성의 대조를 통하여 바람직한 여성의 길을 모색하였던 염상섭은 이 작품에서 처음부터 끝까지 이 두 인물을 나란히 병치시키고 있다. 그런데 '두 처녀'라는 소제목이 붙은 장은 대조의 초점이 어디에 있는가 하는 것을 한층 명료하게 보여주고 있다. 특히 단발을 둘러싸고 두 사람이 나누는 대화는 그 상반된 태도를 압축적으로 잘 보여주고 있기에 인용하여 본다.

"언제든지 선진자라는 것은 우매한 속중의 공격도 받고 박해도 받는 것 아니야요. 남은 무어라거나 남 위해 사는 세상인가 나 하고 싶으면 아무 건 못 할라고 대관절 조선 사람도 단조한 평면적 생활을 깨뜨리고 입체적으로 좀더 자극 있고 활기 있는 생활을 왜 못하는지 "하며 마리아는 개탄하듯이 큰 소리를 한다. "물론 선진자란 시대에 뒤진 민중과 같이 나갈 수는 없겠지요 허지만 선진자란 꼭 머리를 깍아야 하는 것도 아니겠지요" 순영이는 선진자는 박해를 받는 법이니 우매한 속중이니 하는 소리가 꼴 같지 않아서 대담히 한 마디 하였다. 일종의 분한 생각까지 나섰다.[7]

머리를 깎는 행위를 두고 두 사람이 나누는 대화에서 뚜렷하게 드러나는 것은 정마리아는 외국의 것을 무조건 따르는 것이 선진자의 나갈 길이라고 보고 있는 것이기에 그것이 우리 사회에서 어떤 의미를 갖고 또한 한 개인의 삶에서 어떤 해방을 주는가 하는 점은 관심의 대상이 되지 못한다. 오로지 외국에서 하는 것을 먼저 따라하는 것만이 중요한 것이다. 이에 반해 지순영은 머리를 깎는다는 외적인 거죽에만 신경을 쓰고 실제적으로 극복해야 할 것에 대해서는 무관심하는 것은 얼개화에 지나지 않는 것이라고 보고 있기에 정마리아에게 면바로 쏘아붙이고 있는 것이다.

이러한 점을 감안하면 지순영과 정마리아는 염상섭이 그리고자 했던 근거 있는 신여성과 부박한 신여성의 대표적인 인물이라 하겠다. 이는 염상섭이 결코 신여성 전체를 비난하거나 혹은 부정한 것이 아니라 어디까지나 부박한 신여성을 비판한 것임을 한층 분명하게 확인시켜 주는 것이다. 그동안 염상섭이 신여성을 비판하였다고 알려져 있는 것이 잘못된 것임은 이미 앞에서도 드러났지만 『사랑과 죄』를 읽고 나면 더욱 분명해진다.

---

7) 염상섭, 『사랑과 죄』(민음사판) 226면.

4. 『삼대』와 『효풍』에 나타난 여성의식

『사랑과 죄』에서 바람직한 신여성과 부박한 신여성 사이의 대조를 통하여 여성문제에 대하여 독특한 시각을 보여주었던 염상섭이 이후에는 이 문제에 대해서 주목할만한 진전을 보여주지는 않는다. 『사랑과 죄』를 쓰기 이전만 해도 부박한 신여성에 대한 일관된 비판과 가부장적 사회의 억압적 구조에 대한 신랄한 비판을 가하였던 그가 『사랑과 죄』를 쓰고 난 다음에는 이렇다할 작품을 내놓지 않게 되는데 여기에는 몇 가지 이유가 있다.

첫째 이 시기에 이르러 신여성 문제가 더 이상 사회의 중심적 화두가 되지 못한 상태에 이르게 되었다는 점이다. 1910년대 이후 신여성의 숫자가 늘고 이들의 발언이 나오면서 이들과 관련하여 논의가 자연스럽게 떠올랐지만 1920년대 중반 넘어서면서 이제 더 이상 신여성 자체가 사회적 관심의 거리로 되지 못하게 되었다. 여학교 출신의 신여성들의 숫자가 이제 상당히 늘게 되어 이제 사회적 제도의 한 부분으로 정착되었기 때문에 더 이상 이들과 관련한 담론이 사회적 관심이 되지 못하였던 것이다. 둘째는, 이 무렵을 전후하여 염상섭의 문학은 급격하게 정치적 이념의 논쟁 속에 들어간다는 점이다. 1920년대 중반부터 민족주의자와 사회주의자 사이에 우리 민족의 향방을 놓고 격렬한 논쟁이 전 사회적으로 붙게되고 염상섭 역시 이로부터 자유롭지 못하였다.

오히려 그는 이 와중에서 자신의 사상을 적극적으로 개진하면서 자신의 길을 걷는 것이다. 민족적 국제주의자로서의 염상섭은 모든 것을 민족에다 환원하면서 민족을 초역사적으로 사고하는 민족주의자들에 대해 비판하면서도 또한 민족적 억압을 비롯한 민족적 특수성을 인식하지 못하고 관념적 국제주의에 빠져 있는 사회주의자에 대해서도 비판을 하였던 것이다. 그렇기 때문에 그의 소설은 자연스럽게 이 문제로 집중되었고 신여성을 비롯한 여성문제는 약화되어갔던 것이다.

그렇다고 해서 염상섭이 이 문제에서 관심을 뗀 것은 아님은 이후의 주요 작품인 『삼대』와 『효풍』을 보면 금방 알 수 있다. 이들 작품에서도 그는 『사랑과 죄』만큼 이 문제를 비중 있게 다루지는 않고 있지만 그 작품에서 일정한 틀을 갖추었던 여성문제를 바라보는 시각은 계속하여 이어진다고 볼 수 있다. 즉 부박한 여성형이 한편에 존재하는가 하면 다른 한편에서는 자각을 해나가는 여성이 존재하는 것이다.

『삼대』에 등장하는 홍경애와 김필순이 바로 이러한 관계 속에서 이해할 수 있다. 홍경애는 여학교를 다닌 신여성으로서 충분히 자신의 길을 걸을 수 있는 인물임에도 불구하고 시대의 한 가운데서 자신의 허영심을 제 대로 관리하지 못함으로써 조의관의 아들 조상훈과의 사이에서 아이를 갖 게 되었고 나중에는 카페의 여자로 전락한다. 젊었을 때의 뜻은 어디로 가 버리고 이제 술집에서의 남성행각만을 유일한 삶의 낙으로 삼고 살아가게 되는 지경에 이른다. 이렇게 된 데에는 주변의 여러 가지 원인이 있지만 기 본적으로는 자신의 허영을 제대로 관리하지 못하고 그것에 휘말려 들게 된 데 가장 큰 원인이 있는 것이다. 그런 점에서 홍경애는 이전의 염상섭의 소 설에 등장하는 부박한 신여성인 정마리아에 맞닿아 있다고 할 수 있다.

이에 반해 필순은 스스로 자각하면서 살아가려고 노력하는 인물이다. 그 가 조덕기와의 관계를 풀어나가는 과정을 보면 이를 쉽게 알 수 있다. 필순 은 어려운 처지에 놓여 있기 때문에 조덕기의 도움을 받고 때로는 조덕기 에 대해 이성으로서의 감정을 갖기도 한다. 그러나 그는 이러한 감정의 모 대김 속에서도 항상 현실의 관계를 헤아리고 이를 감안하는 신중함을 보여 준다. 그렇기 때문에 조덕기와의 관계에서도 항상 자의식을 갖고 대하게 되고 이는 그로 하여금 과도한 감정의 노예가 되지 않도록 만드는 것이다. 따라서 그는 홍경애가 겪었던 그러한 방황을 거치지 않고 나름대로 자신의 길을 걸어가게 되는 것이다. 자신의 욕망과 허영심에 자신을 내버려주지 않고 어디까지나 이를 지켜봄으로써 스스로 삶의 주인으로 성장하는 것이 다. 당시의 시대적 제약이 한 개인으로 어떻게 할 수 없을 만큼 벽이 컸기 때문에 그가 할 수 있는 일은 소극적으로 세상을 탓하면서 아주 적은 일은 하는 것에 불과하지만, 그 과정에서 항상 자신의 길을 잃지 않고 굳굳이 지켜나가는 성찰은 보여준다.

이러한 점은 해방 후 그의 문제적 장편인 『효풍』에서도 확인할 수 있다. 『효풍』에 등장하는 혜란과 화순이 바로 그러한 관계에서 살필 수 있는 인물이다. 혜란은 한편으로는 사랑하는 남자에 대한 충실성으로 하여 모든 판단과 선택에서 자신의 뜻대로 하지 못하는 망설임을 보여주기는 하지만 끝내 자신이 걸어가야 할 길을 자각하면서 시대의 한 복판에 나서게 된다. 그에게는 유행이라든가 혹은 허영심 같은 것이 존재하지 않는다. 이러한 점은 때로는 그를 소극적이고 수동적인 인상을 남겨주기는 하지만 나중에 드러나고 있는 것처럼 그것은 자신의 삶에 나름대로 충실하려고 하는 노력의 결과임을 우리는 알 수 있게 된다. 그렇기 때문에 그는 사랑의 우여곡절에도 불구하고 결국 흔들리지 않고 자신의 길을 걸어가게 되는 것이다. 그런 점에서 그는 순희의 연장선에 놓여 있다고 할 수 있다.

이에 반해 화순은 적극적이고 능동적인 측면을 보여주고 있지만 시대적 유행과 허영심의 노예가 됨으로써 결국은 자신의 길을 걷기보다는 주변의 요구에 의해 이끌려 가게 됨을 볼 수 있다. 화순은 자신의 얻고자 하는 것을 위해서는 무엇이든지 하는 그런 인물이기 때문에 박병직과의 애정에 있어서도 결코 수동적으로 머무르지 않고 적극적으로 이끌어 나가는 것이다. 그런 점에서 혜란과는 대조적인 인물로 보이기조차 한다. 그뿐 아니라 자신이 갖고 있는 이념을 위해 적극적으로 사회활동을 하기도 하는 인물이다. 그러나 이 화순에게서 보여지는 큰 문제점은 자신의 욕망과 허영심에 대한 자의식이 부족한 까닭에 결국은 이로부터 자신의 길을 제대로 걷지 못하게 된다는 점이다. 애정의 문제에서도 자신의 욕망을 위해 아주 성마르고 변덕이 심한 판단을 함으로써 진지성을 결여하게 되고 이는 자신의 내면에 깊이 들어 있는 허영심과 결합하여 극단적인 양상을 보여주기도 한다. 그는 시대의 한 복판에서 자신의 운동을 해나간다고 생각하면서 일을 하지만 결국 그것은 허영심의 유혹으로부터 자유롭지 못한 상태이다. 바로 이러한 점에서 화순은 혜란과는 아주 대조적인 인물이며 또한 이전의 작품에 나오는 부박한 여성인 정마리아 선에 놓여 있는 것이다.

5. 여성의식과 민족의식

염상섭의 여성의식이 계급이나 민족과 어떤 연관을 갖는가 하는 점을 살피는 것은 여성을 바라보는 그의 시각의 깊이를 헤아리는 데 매우 중요한 의미를 갖는다. 계급의 측면부터 살펴보면 별로 이렇다할 연관을 발견하기 어렵다. 이에 반해 민족적 측면에 있어서는 양상이 다르다. 그가 부박한 여성으로 그리고 있는 인물들은 예외 없이 민족문제에 대한 자각이 없는 인물이다. 그들 중에서 대부분의 사람들은 바로 무조건적으로 미국과 유럽과 같은 서구 사회를 동경한다. 그렇기 때문에 무엇을 어떻게 배워야 하는가에 대한 자의식이 없이 외국에 나가는 그 자체를 과시하면서 허영심을 만족시키고자 하는 것이고 이를 위해서는 무엇이든 가리지 않고 하는 것이다. 이에 반해 염상섭이 긍정적으로 그리고 있는 생활의 자각이 있는 인물들은 민족적 자각도 동시에 동반하고 있는 것으로 그려져 있다.

이런 점들을 전체적으로 고려할 때 분명히 여성의식과 민족의식 사이에는 일정한 상관이 있음을 발견할 수 있다. 계급적 측면과는 아무런 관련이 없으면서도 이렇게 민족의식과 깊은 연관을 맺고 있는 것은 염상섭에게 있어 여성과 민족은 서로 대치되는 것이 아님을 알 수 있다. 염상섭에게 있어서는 여성의식을 가진다는 것은 민족의식을 갖는다는 것을 의미하며 민족의식을 갖는다는 것은 여성의식을 제대로 갖는다는 것을 의미하는 것이다. 즉 어떠한 억압에 대해서도 용허하지 않고 맞서 싸워야 한다는 의식이 그 바탕을 이루고 있는 것이다. 그에게는 민족의식을 갖는다고 해서 그것이 남성중심주의로 빠지거나 전통적 가부장적 의미로 기울어지는 것은 전혀 아니다. 흔히들 민족의식을 강조하는 작가의 경우 남성중심주의에 빠지기 쉽다고 생각할 수도 있는데 염상섭은 그와 정반대이다. 그에게서 민족의식을 갖는 것은 올바른 여성의식을 갖는 것과 일맥상통하는 것이다. 또한 여성의식의 온전하게 발현되려면 민족의식과 같이 다른 억압에 대한 저항과 맞닿아 있어야 한다고 생각한 것이다.

염상섭은 흔히 생각하고 있는 것처럼 여성을 왜곡시켜 그리고 있는 그러한 인물은 아니다. 그가 부박한 신여성을 비판적으로 그리고 있는 것을 단편적으로 이해하여 그렇게 보는 것은 마땅히 수정되어야 할 것이다. 그가 부박한 여성 못지 않게 생활의 자각을 가진 여성을 작품 속에서 그려보려고 노력하였다는 점을 기억해야 하고 이를 중요하게 보아야 할 것이다. 또한 이것이 그의 작품에 드러나는 민족의식과 맺는 관련성을 파악함으로써 우리는 그의 민족의식이 남성중심적 가부장적 전통과는 아무런 인연이 없는 억압에 대한 저항이란 인간해방의 시각에서 나온 것임을 분명하게 인식할 필요가 있을 것이다. 새미

현실 풍유의 다층적 방법과 전략
— 김성한의 초기 단편 분석

한 강 희

I. 머리말

우리의 1950년대는 일제 치하에서 압박 받았던 민족의 자존심을 회복하면서 동시에 6·25로 입게 된 폐허의식을 치유해야 하는 이중의 부담을 안게된 시기다. 두루 알다시피 이 시기는 일제 강점기 직후 민족문제를 청산하지 못한 것에 비견될 만큼 피해의식의 회복이나 상처의 치유가 단시일에 이뤄질 수 없는 등 혼란상이 극점에 달했다. 한국전쟁은 정신적—상부구조적 착종과 함께 현실사회적—하부구조적 피폐상을 동시에 가져온 것이다.

이러한 상황을 지식인적, 문사적 입장에서 보자면 전쟁체험을 밑자리로 한 참담한 피해의식에 놓여 있었던 정신적 공황기라 규정지을 수 있다. 일반적으로 50년대에 활동했던 작가들은 이 같은 시대상황과 사회풍조를 '다양한 형태의 시각과 기법'을 동원해 소설 텍스트 내부로 끌어들인 것으로 알려져 있다. 그 관심은 대체로 전쟁후의 불안의식과 피해의식을 전제로 이를 극복하려는 노력에 있었다.

우리 근·현대소설사가 진행되는 동안 그 시각과 기법의 상이한 편차가

전남도립 장흥대학 교수, 저서로는 『한국 현대비평의 인식과 논리』 등이 있음.

50년대만큼 두드러지게 나타나고 있다는 일반적인 인식은 예의 열거한 부정적인 문제적 현실 상황을 기반으로 하고 있다는 점은 새삼스럽지가 않다. 다시 말해 전쟁의 극한 상황이나 전후의식의 인식이 작가들 개개인의 기법이나 인식 자세의 차이에 의해서 결코 동질성을 나타내지 않고 있는 것으로 파악된다.1)

이러한 통념에 비춰본다면 당대에 활동했던(활약상을 보였던) 여느 작가와는 달리 김성한(金聲翰·1919~)의 소설은 당시 문예 작품의 주된 모티프가 되었던 전쟁체험과 외따로 서 있다는 느낌을 받아온 게 사실이다. 시대 현실과 연관지어 볼 때 텍스트 구성의 핵심적인 접근에서 부차적인 방법을 취택한 것으로 보인다. 그 대표적인 방법이 신화와 역사적 사실을 소재와 배경으로 차용, 현실 자체를 정공법으로 진단하지 않고 왜곡화를 통해 접근하고 있다.

이렇듯이 일견 당시 상황과 무연한 듯이 보이는 김성한의 특유의 소설 기술태도는 어떻게 받아들여야 할 것인가. 그러면서도 50년대 문제작가로 주목받으면서 특유의 문체와 기법이 도드라져 보이는 이유는 어디에 있는가. 요컨대 김성한 소설 쓰기의 기획과 전략은 작가 특유의 소설기법을 구체적으로 분석, 규명할 때만이 온전하게 드러나리라 믿는다.

그러나 한 작가가 가진 소설의 기법을 만족스럽게 규명한다는 것은 광범위하면서도 어려운 일에 속한다. 그것은 두 가지 이유에서다. 하나는 소설적 형상화 과정에 수반되는 여러 가지 국면, 이를테면 작가의 세계관과 가치관 및 이에 수반되는 언어, 소설 구성요소로서의 시간 및 공간성, 등장인물의 심리묘사, 서술화자의 시점과 거리 등을 광범위하게 문제 삼는 것과 직결되기 때문이다. 이런 점에 비춰 소설기법이란 단순히 작가자신의 미학적 편향에만 머무르지 않는다는 사실을 유념할 필요가 있다.

두 번 째로 소설기법은 오히려 당대를 살아가는 작가의 삶을 인식하는

---

1) 조건상, 「풍유와 증언의 세계-김성한론」, 『1950년대 문학의 이해』, 성균관대 출판부, 1996. 13쪽의 조건상·권영민·신동한의 의견을 함께 참조.

태도와 당대의 사회·문화적 구조를 심층적으로 이해하는 중요한 단서가 된다. 이는 한 사회의 세부적 진실성과 소설 텍스트 내의 사실성이 깊은 연관이 있음을 말해준다.[2] 이런 의미에서 작가의 기법을 얘기한다는 것은 곧 그 작가의 전부를 이야기하는 것이 될 수 있다. 왜냐하면 기법이야말로 작가가 자신의 생활체험을 손쉽게 드러내기 위해 어쩔 수 없이 취할 수밖에 없는 유일한 방법이기 때문이다. 때문에 본 고의 의도는 50년대에 씌어진 일련의 김성한 소설의 특징을 분석, 기법과 현실이 어떠한 관계항을 가지는지를 규명하고 그 의미를 산출하는 데 있다.

본 고가 문제의 대상으로 삼은 작품은 다음에 열거한 15개의 단편으로 모두 50년대에 씌어졌다.[3] 작가로서의 소설 쓰기에 대한 인식과 기술태도에 의거하자면 이 시기를 1기로 구분 지을 수 있다. 특히 이 시기에 쓴 일련의 소설들은 그가 50년대 이후에 보여준 기법과 변별된다는 점에서 주목할 만한 근거를 가진다.

「無明路」(1950), 「金哥成論」(1950), 「自由人」(1950), 「선인장의 抗議 ; 후에 로오자로 개제」(1954), 「暗夜行」(1954), 「創世記」(1955), 「제우스의 自殺 ; 후에 개구리로 개제」(1955), 「媒體」(1955), 「바비도」(1956), 「極限」(1956), 「衆生」(1956), 「彷徨」(1957), 「달팽이」(1957), 「歸還」(1957), 「爆笑」(1958) (이후 제목은 모두 한글로 표기)

Ⅱ. 복합적 주인공과 중층 효과

김성한 소설의 특징은 무엇보다도 인물(캐릭터)을 효과적으로 설정해 활

---

2) 김승종, 『한국현대소설론』, 신아출판사, 1998. 2, 136~137쪽 참조.
3) 김성한, 『김성한 중단편전집』, 책세상, 1990. 이후, 김성한·류주현, 『무명로·장씨일가』 외, 한국소설문학대계 32, 동아출판사, 1996. 이 나왔다. 전자는 등단 이후 김성한의 중단편이 망라돼 있고, 후자는 주요 단편을 가급적이면 한글표기 원칙에 의거해 정리한 것이다. 본 고에서는 전자를 원텍스트로 하면서 후자를 참조했다.

용하고 있다는 점이다. 그 주인공들은 대체로 긍정적 인물과 부정적 인물로 그 성격을 나누어 볼 수 있다. 긍정적 인물에 해당하는 경우는 「암야행」의 한빈, 「방황」의 홍만식, 「달팽이」의 서기, 「바비도」의 바비도, 「창세기」의 현준, 「귀환」의 김경석과 황혜란, 「로오자」의 로오자, 「오분간」의 프로메테우스 등을 들 수 있다. 여기서 「바비도」의 한 대목을 보자.

> "오히려 나는 내가 걸어온 길이 지금 생각하면 즐거운 길이었습니다. 이 길을 그냥 가렵니다. 다행히 하찮은 영혼이라도 없어지지 않고 지옥 한구석에 남아 있다면 오시는 걸 기다리고 있겠습니다. 그 동안 될 수만 있으면 권력 세계의 주역을 깨끗이 치르고 오십시오." (중략) 그 뜻을 잘 알겠읍니다마는 내 스스로 이 방에서 저 방으로 가는 심사로 떠나는 길이니 염려할 건 없습니다. 이미 동정으로 해결될 문제는 아닌가 합니다.
> "도저히 안 되겠느냐?"
> 바비도는 말없이 고개를 옆으로 흔들었다.
> "할 수 없구나, 잘 가거라. 나는 오늘날까지 양심이라는 것은 비겁한 놈들의 겉치장이요, 정의는 권력의 버섯인 줄로만 알았더니 그것들이 진짜로 존재한다는 것을 내 눈으로 보았다. 네가 무섭구나 네가…"4)

위 작품은 김성한 작품에서 흔히 볼 수 있는 긍정적 인물의 한 예다. 긍정적으로 그려진 인물들은 대체로 부차적 인물인데 반해 바비도의 경우는 그렇지 않다. 주인공이 긍정적 인물로 그려진 이례적인 예다. 그의 주인공들은 부정에 항거하지만 낙관을 지향하는 것은 아니다. 죽음에 임박한 바비도를 통해 비장감마저 느낄 수 있다. 헨리 태자가 바비도를 살려주기 위한 요량으로 회개할 의향을 묻는데 바비도의 입장은 단호하다. 바비도는 죽음에 임박해 있지만 양심을 가지고, 신념에 찬 모습을 보인다. 김성한 소설의 주인공들이 대체로 불합리와 부조리 등 부당한 것에 대하여 회의하고 반대하면서도 어쩔 수 없는 힘의 논리에 좌절하거나 패배하는 것으로 결말나지만 오히려 자기 내부를 향한 성찰과 반성이 있기에 건강하고 당당한

---

4) 김성한, 「바비도」 『김성한 중단편전집』, 책세상, 1990.

모습을 보인 것은 매우 역설적이다. 다만 내부적인 갈등에서 벗어나지 못해 집단의식으로 승화하지 못하는 한계를 지니고 있다.

부정적 인물로 등장하는 경우는 「무명로」의 이재신과 그의 처, 「김가성론」의 김가성 교수, 「자유인」의 이광래, 「창세기」의 나, 「달팽이」의 원달호, 「매체」의 한천옥 등을 들 수 있다.

그 대표적인 경우로 「달팽이」의 원달호를 보자. 그는 지도층·고위관직에 있으면서 온갖 위선과 체면치레, 비리를 안고 있는 인물이다. 일제시대에 친일행각을 했음에도 시류에 편승하여 해방 후엔 고위 관료로 등장한다. 인사이더와 아웃사이더, 그 한 켠에 위치한 김성한 소설의 주인공들은 인사이더에서는 긍정적이지만 열악한 상황하에 놓여 있고, 아웃사이더에 위치해서는 만족스런 현실에 안주하는 아이러니(Irony)가 연출된다.[5]

그 아이러니의 이면에는 문명개화로 인해 사회적 가치관의 혼란상이 가중되자, 당시의 시대사조인 실존주의가 교묘히 편입, 상승작용한 것으로 파악된다. 개인·사회·집단에 대한 불신과 반항이 소설적으로 구현되고 있는 것이다. 「창세기」는 이러한 대표적 사례에 속하는 작품이다. 신과 프로메테우스가 대좌하는 동안 세상의 온갖 분야에서 자신들만의 입장에 대한 권리옹호 발언이 들끓는다. 자본주의와 사회주의, 비구승과 대처승, 장로와 목사 등 시간성을 초월한 아귀다툼이 그것이다.

---

5) 김영화(「투명한 이성과 풍자-김성한론」, 『현대작가론』, 문장, 1983. 168~171쪽 참조)는 이러한 기조를 받아들이면서 네가지 인물형으로 세분화하고 있다. 즉 교육을 많이 받은 인물(「김가성론」의 김가성 외), 평범하기 그지없는 인간(「개구리」의 개구리 외), 비교적 양심을 가진 인물(「매체」의 한빈 외), 긍정적인 인물(「바비도」의 바비도 외) 등이다. 한편 이유식은 긍정적 인물과 부정적 인물을 '인사이더(Insider)론'과 '아웃사이더(Outsider)론'으로 분류한다. '인사이더'에 해당하는 인물은 바비도·한빈·현준·홍만식·프로메테우스 등으로 이들은 본질적으로 현실밖에 위치하고 현실과 자기 존재를 응시하며 실존의 고뇌를 감수하는 대자적(對自的) 인물인데 비해 '아웃사이더' 인물은 사유가 동반되지 않고 그때 그때를 임의적으로 살아가는, 현실에 타협하고 썩은 생활습관에 젖어 만족하는 즉자적(卽自的) 인물로 김가성·이재신·이광래·원달호·한천옥·오광식 등을 들고 있다.

튼튼한 골격을 가진 소설, 훌륭한 작가란 소설의 틀거리를 구성하는 여러 가지 요소, 이를테면 인물·사건·배경·시점·분위기·문체·상징·수사·주제·소재 등 일련의 요소들을 각각의 기능을 살리면서도 유기적으로 관련시켜 소기의 효과를 극대화하는 전략을 가지고 있어야 한다. 한편으로 통일성을 지향해야 한다.

이러한 면에서 본다면 김성한 소설의 인물은 겉으로는 일면적인 성향을 견지한 것 같지만 이면을 찬찬히 들여다보면 '긍정적 얼굴을 한 부정적 태도', '부정적 얼굴을 가진 이상성 지향' 등 복합적, 중층적, 다층적인 스펙트럼을 보여주고 있다. 다만 시간과 공간을 지나치게 의식하지 않고 주인공을 설정하기 때문에 정서가 일관되기보다는 지적, 관념적 유희로 귀결되고 있다는 난점이 있다. 특히 김성한 소설의 화자들은 거리조절을 통하여 소설의 문장 속에 형식화된다. 그는 거리조절을 통하여 독자를 소설 속으로 끌어들이고, 등장인물의 현실에 독자를 동일시하게 해 비판하고 이해를 구하기도 한다. 작가는 화자의 이런 거리조절을 통해 이중적인 풍자를 획득하고 있다.[6]

요컨대 김성한의 소설에 등장하는 인물은 단조롭고 평면적으로 태어난 인물이 아니라 일상적인 것과 문제적인 상황 사이에서 부정적인 현실을 타개·극복하려는 긍정·이상적인 성격과 부정적인 현실에 기생·안주하려는 부정·왜곡된 성격을 복합적으로 고려, 그 대비효과를 극대화시킨 작가 특유의 전략에 의해 '만들어진' 결과라 할 수 있다.

Ⅲ. 시공간을 확장한 다양한 소재의 취택

김성한 소설의 소재는 무궁무진하다. 시간과 공간에 구애받지 않는다. 동

---

6) 박유희(「관념적 비판의식과 다양한 기법의 채택-김성한론」, 『1950년대의 소설가들』(송하춘·이남호 편), 나남출판사, 1994)와 나은진(「김성한 소설의 서사구조」, 『현대소설연구』, 한국현대소설학회, 1999. 참조.

서고금을 가리지 않고 차용되는 소재의 광범위성은 작가의 소설적 영역을 확대하고 작가적 개성이 창발적으로 구현된다는 점에서 특장을 가질 수 있지만, 한편으로 인물(성격) 창조에서 보여준 것과 마찬가지로 지적 모험으로 경사된다는 우려도 안고 있다. 그 특징을 구체적으로 살펴보자.

첫째, 신분과 나이 등 다양한 직업에서 소재를 차용하고 있다는 점이다. 「무명로」의 건달, 「암야행」의 실업자, 「김가성론」의 교수, 「달팽이」의 전직 고위관리(장관, 학장), 「바비도」의 직공, 「매체」의 창녀, 「자유인」의 교사, 「오분간」의 신과 대항자, 「개구리」의 의인화된 개구리, 「슬파」의 이, 「폭소」의 우편배달부, 「방황」의 제대군인 등으로 다양한 직업군을 형성하고 있다.

이렇듯이 다양한 직업군을 소재로 차용하고 있는 점은 작가 특유의 문체에다 단일한 주제를 실현화 할 수 있는 최상의 기획임에는 틀림없지만 의도적인 느낌이 강하다. 이러한 의도적인 전략은 이미 밝힌 바와 같이 교수·전직 고위관리·교사 등을 긍정적 인물로, 건달·실업자 등을 부정적 인물로 설정하는 등 뚜렷한 이분법으로 접근하고 있다는 사실에서도 확인된다.

두 번 째는 역사와 신화를 차용하고 있다는 점이다. 「바비도」, 「로오자」, 「오분간」 등이 이에 속한다. 역사적 소재를 차용하고 있다는 점은 작가의 상상력이 거대서사에 맞닿아 있다는 점에서, 한편으로 흥미와 정보를 동시에 효과적으로 얻을 수 있다는 점에서 장점이 수반된다. 작가의식, 이를테면 진실과 신념을 구현하기에도 합리적인 방략이 될 수 있다. 위의 세 작품은 인물의 설정, 시공간의 확대라는 면에서 전략적으로 성공하고 있지만 인물들이 지나치게 긍정과 부정, 낙관과 비관이라는 이분법적으로 예견 가능한 정식화한 주제를 향해 집중돼 있고, 사건이나 구성이 인위적 대결 구도로 설정돼 있다는 점에서 재미를 반감시키고 있다.

특히 「바비도」의 종교재판에서 사교와 대면하는 장면은 주제를 실현하기 위한 조작적 측면이 강하게 드러난다. 풍유 기법으로 접근한 「오분간」

은 제목 그대로 태초의 5분 동안에 있었던 일이다. 그런데 세상의 갖가지 일을 신과 프로메테우스의 2중 대결구도로만 파악하고 있는 것은 구성 및 장치가 단조롭다는 소론을 외면하기 힘들다.

세 번째는 동물이나 기생충 등 우화적 소재를 차용하고 있다는 점을 들 수 있다. 이러한 서사전통은 이미 우리의 가전체나 고전소설, 신소설 등에서도 확인된 바 있듯이 불합리하거나 부정적인 세상사에 대해서 자연물이나 동물 등에 빗대 풍자, 조롱하는 기법이다. 이러한 예는 「개구리」, 「슬파」, 「중생」 등을 통해 인간세상의 비리나 부패 등 추악한 모습을 여지없이 고발하고 있는 데서 찾아 볼 수 있다.

네 번째는 소재영역을 무한대로 확장하고 있다는 점을 들 수 있다. 시간적으로 보면 과거와 현재, 신화시대와 문명세계를 드나들며. 공간적으로는 일본·중국·미국·러시아·영국 등 오대양육대주를 넘나든다. 당연히 제재에 있어서도 언어와 습속, 역사·신화·과학 등 다양한 영역에 걸쳐 있다. 이러한 점은 50년대에 쓰여진 일련의 작품들에서 쉽게 확인된다. 주인공의 신분과 직업, 소재 차용이 전 작품에 걸쳐 상이하다 할 정도로 폭넓게 걸쳐져 있다.

Ⅳ. 기획과 전략, 혹은 소설적 장치

김성한의 많은 단편들은 구성방식이 여느 작가와 달리 독특하다. 여기서 독특하다고 말한 것은 기법과 장치를 일컫는다. 그는 실험과 전위에 가깝다 할 정도로 단어와 문장, 문체와 기법, 구성에 관해 각별한 관심을 기울인다. 즉 그의 소설에는 작가 나름의 기획과 전략이 전 작품을 통틀어 구석구석 배어 있다.

소설의 도입부, 독백 및 지문, 대화, 추신적 성격의 언술(言述)에서 감정이 극도로 배제된 간결체를 구사하고 있다. 한편 단락을 의도적으로 구분하여 독자의 이해를 도우면서도 속도를 붙여 재미와 박진감을 배가시키고 있다. 소설의 전개 방식 또한 독특한 색깔을 가지고 있다. 몇몇 작품에서는 파노라마적(몽타주적) 전개 방식을 차용, 슬라이드의 네가티브 필름을 돌리는 듯한 착각을 불러일으키게까지 한다.

1. 간결체 단문의 빈번한 사용

50년대 작가들은 부정적이고 문제적인 사회 현실을 어떻게 하면 효과적으로 소설화할 수 있을까에 골몰했다. 작가 김성한은 그 부정과 실존의 에네르기를 간결한 단문체에서 찾고 있다. 수사에 있어 간결체는 속도감과 긴장감, 직접적인 전달력, 가급적 주관이 배제된 하드보일드한 분위기를 기조로 한다. 또한 장문에서 단문으로 변하면서 수식구·접속사·형용사·부사어 등이 억제되다보니 자연스레 감정이 억제된 사실의 객관적 표현에 장점을 발휘한다. 그의 간결체는 지문과 대화문, 대화와 지문의 연속체 문장에 많이 실려 있다.

그러한 기조는 도입부에서부터 시작되어, 소설이 끝나는 부분까지 수미일관 한다. 이에 해당하는 작품들의 도입부를 보자.

「무명로」: 이재신이 사직동에 온 것은 해방되던 해 겨울이었다.
「김가성론」: 신문이나 잡지에 가끔 논(論)이라는 것이 나온다.
　　　　　잘난 사람의 잘난 소이를 만천하에 알리자는 것이다.
「박쥐」: 자취를 감췄던 박쥐가 한달 만에 부산거리에 나타났다.
「암야행」: 길에는 등불하나 없었다.
「창세기」: 현준이 죽었다.
「개구리」: 개구리들은 제멋대로 살았다.
「오분간」: 프로메테우스가 코카서스의 바윗등에서 녹슨 쇠사슬을 끊은 것은 천사가 도착하기 1분전이었다.
「매체」: 한천옥은 서울거리를 활보하였다.
「바비도」: 일찍이 위대한 것은 부패하였다.
「극한」: 멀리서 교회당 종소리가 울려왔다.
「중생」: 그들에게는 시간이 없었다. 오직 좁은 공간이 있을 뿐이었다.
「방황」: 홍만식은 항용 자기를 북악산에 올려 놓았다.
「달팽이」: 위신이 가로막아서 좀 체로 입이 떨어지지 않았다.

「슬파」: 이(虱)가 뻐기는 데는 상당한 이유가 있었다. 빈대나 벼룩과는 유가 다르다는 것이다.[7]

위에서 보듯 거의 모든 단편에서 주어와 술어가 가장 가깝게 연결되고, 부사와 형용사 등 수식어와 첨어가 배제(혹은 절제)되는 단문을 구사하고 있는 것이다. 이러한 문장구조는 다음과 같은 대화문에서도 흔하게 발견된다.

　㉠ 나는 의자를 끌고 바싹 다가 앉으면서 따지기 시작하였다.
　"전쟁이 일어나면 반드시 미치광이가 성한다더니만 하필 자네가 미칠 거야 무엔가?
　내 말 들어보게. 총알에 맞으면 죽지?"
　"죽지 그럼."
　　그는 선선히 대답했다.
　"죽으면 썩지?"
　"썩지."
　"수소탄 두 개면 삼천만이 몰살되구 오천년 역사구 뭐구 날아가 버리지?"
　"그렇지."
　"맛있는 고기는 맛있지?"
　"그런 건 왜 물어?"
　　그는 눈을 부릅떴다.
　"묻는 말에만 대답해. 맛있지?"
　　나는 한수 더 뜨느라고 뻗댔다.
　"맛있지."
　"잘 먹구 잘 쓰면 좋지?"
　"알았다. 먹구 마시다가 죽으면 그만이라 이거지?"
　"죽을 때 숨막히긴 일반 아냐? 지금이 어느 때라구. 역사는 흐르는 거지 만드는 건 아냐.
　　정신차려."
　"응?"

---

7) 김성한,『김성한 중단편전집』, 책세상, 1990.

책상을 가볍게 차는 그의 눈이 빛났다.

"응?"

나도 책상을 쳤다.

"왜 총이나 수소탄에 맞는 것만 생각하구 쏘는 건 못 생각하느냐 말이다!"

"꿈을 꾸지 마라. 수소탄은 누가 가졌구 누구를 향했는지 아직두 몰라?"

나도 지지 않았다.[8]

ⓛ "정녕 안 되겠느냐?"

프로메테우스는 응수하였다.

"영감이 한번 내 부하가 되시구려!"

신은 발을 굴렀다.

"이놈, 이 무엄한 놈아! 나는 나다!"

"나도 나죠!"

"어쩔테냐!"

"흥."

"맘대루 해라!"

"맘대루 해라!"

회담은 오분간에 끝나고 제각기 자기 고장을 향해서 아래 위로 떠났다. 도중에서 신은 혼자 중얼거렸다.

"아! 이 혼돈의 허무 속에서 제삼존재의 출현을 기다리는 수밖에 없다. 그 시비를 내

어찌 책임질소냐"[9]

ⓒ "네가 재봉직공 바비도냐?"

"그렇습니다."

"밤이면 몰래 모여들어서 영역 복음서를 읽었다지?"

"그렇습니다."

"그것이 옳다고 생각하느냐."

"옳다고도 그르다고도 생각지 않습니다."

"옳다면 옳구 그르면 그르지 그런 법이 어딨단 말이냐? 똑바루 말해!"

---

8) 김성한, 「창세기」, 『김성한 중단편전집』, 책세상, 1990.
9) 김성한, 「오분간」, 『김성한 중단편전집』, 책세상, 1990.

"전에는 옳다구 생각했습니다."

"그럼 그렇지, 지금은 그르다구 생각한다는 말이지."

"그렇지 않습니다."

　사교는 상을 찌푸렸다.

"그렇지 않으면 어떻단 말이냐?"

"다 흥미가 없어졌다는 말입니다."

"흥미가 없어지다니, 신성한 교회에 흥미가 없단 말이냐?"

"교회뿐만 아니라 온 인간세상, 나 자신에 대해서까지 흥미가 없어졌습니다."

"오오 이 무슨 독신인고!"

　사교는 눈을 감고 외쳤다.10)

　㉣ "간악도 힘이다. 힘있는 자가 없는 자에게 이기는 것은 대자연의 철칙이다."

"그러나 제우스신은 만물의 조물주요 그 운명을 맡으신 분이 아니십니까?"

"아니다. 만물은 만든 것이 아니라 시간과 공간의 어떤 교차점에서 저절로 태어났다가 때가 오면 저렇게 저절로 지는 것이다."

"소는 소, 닭은 닭, 개는 개의 제우스를 가지고 있으니 내 어찌 유일자일 수 있겠느냐?"

　초록이는 어리둥절하였다.

"그러면 결국은…"

"결국은 나는 없는 것이다. 너희들이 만들어낸 것이다. 의식의 조작이다. 의식에 뿌리박은 노예근성의 조작이다."11)

　위에서 보여준 네 가지 실례 외에도 대부분의 작품에서 등장하는 대화는 무미건조할 정도로 직설적인 질문에 심드렁한 답변으로 이어진다.

　㉠은 「창세기」에서 한빈과 친구의 대화 부분이다. 건조하다 못해 언어의 유희 정도로 느껴지는 간결체-단문 어법이 줄기차게 이어진다.

　㉡은 「오분간」에서 신과 프로메테우스가 대화하는 부분이다. 다분히 이

10) 김성한, 「바비도」, 『김성한 중단편전집』, 책세상, 1990.
11) 김성한, 「개구리」, 『김성한 중단편전집』, 책세상, 1990.

분법적 대립구도로 설정된 이 작품에서도 묘사란 거의 보이지 않고 주인공의 단일한 성격에 실린 감정이나 설명이 차단된 대화만이 난무하고 있다.

ⓒ은 「바비도」에서 사제가 바비도를 심문하는 내용이다. 서울 방언으로 보이는 '옳다구', '똑바루'에 실린 단문-간결체-건조체는 냉랭하면서도 팽팽한 긴장감을 유발한다.

ⓓ은 「개구리」에서 제우스신과 개구리의 대화 부분으로 대상에 대한 구체적인 설명이라기보다는 사변적이고 관념적인 경향을 짙게 풍긴다. 제우스신과 개구리인 초록이도 상징적인 대치물일 뿐더러 문장 자체도 관념적 조작에 가깝다. 풍유와 알레고리가 겹쳐 있다.

요컨대 이러한 분위기는 단문-간결체를 구사할 때, 그리고 전면에 1인칭 주인공을 등장시키면서도 작가가 전지적으로 필요에 따라 끼어 들면서 효과를 극대화시킨다.

한편 독백 및 지문에서도 작가 특유의 문체를 구사하고 있다.

ⓐ "-학생 때 나는 웅변부장이었겠다. 언제나 현하지변으로 청중의 심금을 울렸었다. 공부 안 허구 극장만 돌아다녔어두 성적은 나쁘지 않았어! 만약 내가 남처럼 파고들었다면 최우등은 문제없었을 거야, 아니 단연 문제없었다! 안 했으니까 그렇지. 악착스레 책에 달라붙던 놈들은 지금 다아 뭣 허는 거야. 일등했다는 놈은 죽어버리구, 이등헌 놈은 쌀장수? 허 쌀장수 헐라거든 그저 헐 것이지. 그중 잘 됐다는 녀석이 고작 신문기자야? 난 그래두 대학허구두 교수를 지냈겠다! 그때두 정말은 내가 꼭 일등이었어. 안 했으니까 그렇지. …지금두 학교에서는 단연…"12)

ⓑ 생각하면 허무한 노릇이었다. 이름도 직함도 모르는 사나이가 거진 한 달을 두고 밤마다 찾아왔다고 하자. 은근히 보내는 눈초리도 심상치 않았다고 하자. 무엇이 그다지도 대견하다고 이렇게 발광하는 것이냐? 세상을 단념했노라는 것도 생판 거짓말이 아니냐?

어둠 속에서 불을 켤 생각도 않고 남비를 내려놓았다. 빨갛게 핀 구공탄

---

12) 김성한, 「자유인」, 『김성한 중단편전집』, 책세상, 1990.

구멍이 송송하였다. 판자벽에 걸어놓은 작업복 웃통이 나타났다. 크게 한숨을 내쉬었다. 유난히 고요한 밤이었다. 세상은 모두 밤이요 자기의 지각만이 살아서 이렇게 수다를 떠는 것만 같았다.

근거 없는 수다였다. 허공에 뜬 수다였다. 그렇다, 내 자신 허공에 뜬 존재다.

다음 순간 도끼를 내던지고 찬장에 손을 넣어 쥐약을 집어들었다. 역시 아무 생각없이 입에 넣고 물을 마셨다. 모든 것이 평정하였다. 생도 사도 없었다. 무로 돌아가는 초초한 향수가 있을 뿐이었다. 모든 사고에서 해방되어 거점이 무한으로 확대되는 기쁨을 느꼈다.13)

㉠은 「자유인」에서 문제적 인물인 이광래의 독백을 보자. 마치 편집증에 걸려 있는 듯한 이광래는 연쇄적으로 자기 자신을 합리화시키고 있다. 극도로 축약된 간결체는 심리적으로 강박관념에 쌓인 문제적 주인공의 심리묘사 기제로 잘 활용되고 있다.

㉡은 「극한」에서 다쯔꼬의 심리를 묘사한 대목이다. ㉠의 「자유인」에서와 마찬가지로 주관적인 감정이입이 저절로 이뤄지고 있다. 지난 시절의 회한 속에 자신을 극단으로 내몰아 간 대목이다. 여기서도 연쇄적인 효과를 극대화하기 위해 작가는 비교적 평이한 간결체에 속도감을 싣고 있다.

한편 소설 도입부에 설명을 곁들여 시작하거나 소설의 말미에 추신적 성격의 언술을 덧보태는 경우에도 이러한 어법을 통해 소설의 재미나 속도감, 긴장감, 주의력을 환기시킨다.

특히 이는 시각적으로 주의를 환기시키는 방식으로 전개되기 때문에 예의 주제성을 논리적으로 엮고자 하는 복선적 장치가 되기도 한다. 그런데 이러한 장치는 일면 독특하면서 신선하다고 느껴질 수도 있으나 오히려 소설적 재미를 반감시키는 우려도 안고 있다. 해당 작품을 살펴보자.

---

13) 김성한, 「극한」, 『김성한 중단편전집』, 책세상, 1990.

「김가성론」의 말미 : 김가성론을 마친다. 이로써 내가 김가성 교수와 어떤 관계가 있다는 것이 분명하게 되었으니 나도 조금 잘나질까 남몰래 기대하고 있다. 말꼬리에 붙어서 천리를 가려는 파리의 심사라고 험하지 말기를 바란다. 모로 가도 서울만 가면 된다는 우리 조상의 그 알뜰한 전통을 낸들 잊을까 보냐.

「자유인」의 말미 : 그 후 일년이 지난 오늘날까지 이광래 선생의 행방은 묘연하고 테이블의 몽둥이 자리만은 지금도 남아 있다.

「창세기」의 말미 : 나는 지금 그의 관을 어루만지고 있다. 조객도 없는 이층의 이 다다미방에서는 관속에 든 그와 옆에 앉아 있는 나의 그림자만이 우두커니 벽에 걸려 있을 뿐이다.

「개구리」의 말미 : 도달할 끝이 없는 망망한 하늘 아래 시초도 종말도 없는 시간의 흐름 속에서 초록이는 그저 우두커니 서 있을 뿐이었다.

「전희」의 말미 : 붓을 놓고 천숙은 눈을 감았다. 이리와 양의 무질서한 싸움이다. 온순한 양은 피를 흘리면서 혼자 중얼거리는 것이었다.
-정의는 반드시 이긴다.
이리떼는 껄껄 웃는다. 피묻은 앞발로 양을 후려 갈긴다.
-지금 당장이라도 이겨 보려무나.
천숙은 퇴직계를 찢어버리고 문을 나섰다. 불붙는 증오심 얼굴은 상기하고 있었다.

「바비도」의 서두 : 바비도는 1410년 이단으로 지목되어 분형(焚刑)을 받은 재봉직공이다. 당시의 왕은 헨리 4세. 태자는 헨리, 후일의 헨리 5세다.

「중생」의 서두 : 침묵하는 타이타닉호에서 악대는 최후까지 연주를 계속했다. -카프카

「방황」의 서두 : 이것은 인간생활이 아닌 그 무엇이다. -W. 브레이크[14]

위의 네 작품은 작가가 직접화자로 개입하는 방식으로 이뤄진 소설의 결말 부분이다. 이러한 기법을 작가가 도입한 이유는 이 소설을 보다 분명하게 마무리하면서도 문학작품으로서의 가치발현을 작가가 아닌 독자의 몫으로 넘기려는 이른 바 '독자반응'(Readers response)을 중요시 여기는 데 있을 것이다. 특히 소설의 말미에 작가가 개입하는 방식은 명·청대 서사장르를 풍미한 화본(話本)소설과, 이에 영향받은 우리의 고전소설 전통에서 흔히 발견되는 기법이다.15) 이러한 방식의 목표가 권선징악, 계세징인에 놓여 있음은 주지의 사실이다.

하지만 위에서 보여준 김성한의 특유의 서사기법은 작가로서 '하고 싶은 말을 다하되 표현 자체는 절제되고 간결한 방식'을 취하면서 이성적, 도덕적인 목표를 추구하기보다는 문제적 주인공의 최후의 행방을 통해 독자의 궁금증을 해소하는 데 기여하고 있다는 점에서 차별성이 있다.

다시 말해 소설의 말미에 설명을 부기하는 방식은 자기고백적 둔사(遁辭)로 끝나거나 독자에게 세세한 설명을 제시하는 경우로 흥미를 떨어뜨리는 결과를 초래할 우려가 있다. 위의 「김가성론」이 대표적인 경우다. 이 작품의 말미 추신은 자기고백적 푸념으로 끝나고 있다. 하지만 그 다음 세 작품의 말미 추신은 군더더기로 느껴지지는 않는다. 간결한 진술이 소설을 이해하는데 도움을 주면서 효과를 배가하고 있다.

---

14) 김성한, 『김성한 중단편전집』, 책세상, 1990, 각 작품의 도입부 및 말미 인용.
15) 우리 고소설(고전소설)중 이른 바 장화홍련전·숙영낭자전·운영전·춘향전·흥부전·전우치전 등 '전(傳)'자류 소설이 이에 해당한다. 이들 작품은 대체로 서두, 본문, 말미 형식의 줄거리를 가지며 권선징악(勸善懲惡)·사필귀정(事必歸正)·해피엔딩(Happy ending) 등 판에 박힌 듯한 주제를 지향, 아근대소설(Novel)개념에 이르지 못하고 있는 형태다. 중국의 경우는 소위 『양박(兩拍)·초각방안경기, 이각박안경기』중에서도 『금고기관(今古奇觀』이 대표적인 작품으로 꼽힌다. 이 책에는 여러 편의 작품이 실려 있는데 도입부에 주제를 암시할 만한 속담·경구·이언·교훈 등을 넣고 작품의 말미에 이르면 다시 세상사람들을 향해 다시 한번 도입부의 문장을 환기하는 대구를 곁들이는 방식을 취하고 있다.

아래의 세 작품은 첫머리에 이 소설과 연관될 수 있다고 생각한 경구 (Aporism)를 채택, 도입부로 삼은 경우다. 첫째는 신화·역사적 인물인 바비도를 설명하는 글이고, 나머지는 유명 문인의 경구를 차용한 경우다. 첫머리에 도입부를 차용하는 기법은 시사적인 문장을 통해 글의 일관성, 암시성, 교훈성을 배가하는 데 목적이 있다. 때문에 소설 장르 외에도 많이 사용하고 있는 기법이다. 작가는 자칫 생소하다고 느껴지는 역사와 신화를 소설적 소재나 제재로 차용, 효과를 증대하고 있다.

2. 단락의 공식적인 구분과 장면전환 효과

김성한의 소설은 단편임에도 불구하고 대부분이 단락을 구분하는 형태로 진행하고 있다. 이러한 단락 구분의 이면에는 작가 특유의 전략이 숨어있다. 이미 살펴보았거니와, 묘사보다는 간결한 진술을 즐겨 사용하는 작가는 공식적으로 단락을 구분지음으로써 상황의 대비교차를 통해 속도감과 긴장감을 불어넣고 있다. 특히 상황(장면)이 급박하게 변화하면서 박진감을 더하고 있다. 이는 영화의 파노라마적 기법에 해당한다.

이는 거의 모든 작품에 걸쳐 이뤄지고 있는 데 그 방식은 대체로 두 가지 형태를 취하고 있다. 첫째는 번호를 붙여 구분한 경우로 「암야행」「창세기」「개구리」「전희」「귀환」등이 이에 해당한다. 두 번째는 일정한 번호 없이 단락 지은 경우로 「무명로」「자유인」「박쥐」「로오자」「오분간」「폭소」「매체」「바비도」「극한」「중생」「방황」「달팽이」등이 여기에 해당한다. 특히 이러한 기법을 통해 긴장감과 흥미가 배가되는 작품으로는 「바비도」「암야행」「방황」「귀환」등을 꼽을 수 있다.

Ⅴ. 소설 묘사의 효과적 기법—비판과 풍자

김성한 소설의 풍자(諷刺·Satire)는 독백·대화·서간·서술·묘사 등 다양한 모습으로 나타나며, 그것의 목표는 주로 대상에 대한 냉소와 조롱으로 나타난다. 김성한에 있어 소설적 기법으로서 '풍자'는 문제를 해결해 나가는 긴장완화의 수단이 되는 경우가 많으며, 그것은 대체로 인간의 태도에 대해 깊은 관심을 표명하는 것으로 나타난다.

일반적으로 '풍자'는 독자에게 호소하여 비판하는 것을 목적으로 하며, 그렇게 하기 위해선 조롱·멸시·분노·증오에 이르는 여러 가지 정서 상태로 독자를 감동시켜야 한다.16) 김성한의 풍자는 현실세계에서 벌어지는 갖가지 악행과 위선을 폭로, 교정하는 데 관심을 두고 있다. 그의 풍자는 현실을 날카롭게 의식, 단순한 비난보다는 교묘하고 능률적인 방법으로 가치 있는 풍자를 구사한다. 주된 방법은 알레고리와 풍유(諷諭)에 의존한 풍자다. 그의 작품에 나타나는 풍자의 형태는 그 강도와 어법에 따라 분류하자면 비판·반항(Antagonist)적 형태의 독설, 상징(Allegory)적 형태의 풍자, 역설(Paradox)·반어(Irony)적 형태의 풍자로 분류된다.

1. 비판·반항적 형태의 풍자

비판적, 반항적 풍자란 사실은 직설, 혹은 독설에 가깝다. 풍자보다는 설명에 가까운 것이다. 여기서 굳이 비판, 반항적 형태의 풍자를 풍자에 편입한 점은 소설 전체의 흐름 중에서 그 효과를 극대화하기 위해 문제적 주인공이나 부수적 인물들의 어법을 갑자기 바꿔 풍자의 효과를 자아내고 있다는 점을 주목한 것이다. 번호를 붙이거나 단락을 바꾸는 것과 함께 어법을 바꾸면서 전혀 다른 분위기를 연출하는 것이다. 김성한의 경우, 대체로 서울 방언에 실린 특유의 어법에 냉소주의를 가득 담는 것으로 나타난다. 요

---

16) 신광현, 「알레고리」, 『현대비평과 이론』7, 1994 봄·여름, 308~310쪽 참조.

컨대 좁은 의미의 풍자가 알레고리, 반어, 역설에 있다면 비판, 반항, 독설, 직설 어법은 큰 의미의 풍자에 포함시킬 수 있다.

비판적·반항적 형태의 풍자는 「김가성론」, 「자유인」 「바비도」 「극한」 「방황」, 「폭소」, 「달팽이」등의 단편에서 잘 드러난다.

비판·반항의 힘을 풍자에 실어 가장 잘 보여주고 있다고 사료되는 ㉠ 「바비도」와 ㉡ 「극한」의 경우를 보자.

㉠ - 힘이다! 너희들이 가진 것도 힘이요, 내게 없는 것도 힘이다. 옳고 그른 것이 문제가 아니라 세고 약한 것이 문제다. 힘은 진리를 창조하고 변경하고 이것을 자기집 문지기 개로 이용한다. 힘이여, 저주를 받아라!(중략)

"너두 사람인 이상 죽고 싶지는 않을 테지?"

"… 구태여 죽구 싶은 것두 아니지만 악착같이 살구 싶지두 않습니다."(중략)

"세상사는 그렇지두 않은가 봅니다. 우선 당신의 조상 헨리 2세만 하더라도 사냥터에서 쓰러진 자기 형의 시체를 팽개치구 부리나케 돌아와서 왕위를 가루채지 않았습니까?

자자손손이 그 덕분에 영화를 누리고 당신도 그 '악'의 혜택으로 일국의 태자요 장차의 천자가 아닙니까?…"[17]

㉡ "가령 오늘 저녁에 당신과 내가 여기서 그걸 해서 열달 후에 애새끼가 하나 났다고 합시다. 나기는 했으나 귀찮아서 길가에 팽개쳤더니 죽어버렸다, 경찰이 허둥지둥 범인을 찾아다닌 결과 당신과 내가 잡혀서 취조를 받고 재판을 치른 후에 감옥에 들어갔다고 합시다. 그간 법과 도덕을 위해 분투 노력하는 친구들에게는 공이 서고 밥이 생길 거 아니오? 이거 얼마나 좋은 일이우? 나 같은 사람이 하나두 없다면 우선 목사부터 형무소 간수에 이르기까지 밥통이 안 떨어질 줄 아시우? 위대할진저, 그 공덕이여!"[18]

---

17) 김성한, 「바비도」, 『김성한 중단편전집』, 책세상, 1990.
18) 김성한, 「극한」, 『김성한 중단편전집』, 책세상, 1990.

㉠은 바비도가 헨리 왕자에게 직접적으로 대항하는 방식이다. 간접적, 우회적이 아니라 왕의 직계에 대한 정통성을 부정, 그 악행에 대해 정면으로 공격한다. 이러한 입장을 취한 데는 작가의 전지적 개입이 들어 있는 바, 신념과 체념이 혼효돼 있다. 그 접점에 작가의식이 자리하고 있다. 작가는 잘못된 것, 부정적이고 불합리한 현실에 대해 이상을 실현하려는 신념이 가득 차 있지만 어쩔 수 없는 '힘 없는' 현실에 대해 체념으로 끝나기 일쑤다. 그 방법은 에두르기가 아닌 직설적으로 내지르는 비판과 반항이다.

㉡은 「극한」에서 문제적 주인공의 자기독백에 해당하는 부분이다. 여기에는 부정적 현실에 대한 냉소와 조롱, 자기비하가 함께 섞여 있다. 다소 반어적으로 보이는 이 독백의 이면에는 문제적이고 부정적인 하찮은 인간일지라도 나름의 존재근거가 있다는 역설(Paradox)이 숨어 있다.

이렇듯이 비판적, 반항적 풍자는 상징을 동반한 풍자성보다는 직접적인 언설의 비판과 반어적 표현으로 극단적으로 보면 독설로까지 비약하는 경우가 많다.

2. 알레고리적 형태의 풍자

일반적으로 알레고리란 사건·사물이 지닌 원관념을 뒤에 숨기고 보조관념을 통해서 숨겨진 진실을 찾는 방식이다. 그 방법은 우화·신화에 빗댄 의인화, 사물의 속성에 대해 우의적 수법으로 접근하는 풍유가 대표적이다. 이러한 방법이 소설 내부에서 긍정적으로 자리할 경우, 소설적 장치로서는 탁월하게 기능을 할 수 있으나 부정적인 면에서 보면 사회현실을 에둘러 묘사하기 때문에 리얼리티와 비판력을 얻기에는 부족하다는 지적이 있다.

이러한 지적은 김성한의 경우에도 마찬가지다. 그는 신화와 우화에서 알레고리를 차용하고 있다. 고대 서양의 신화에서 소재를 얻은 경우는 「개구리」, 「오분간」이 있고, 순수 우화형식으로 「슬파」, 「중생」을 들 수 있다. 대표적으로 다음의 예를 보자.

"너희들같이 어리석은 자의 눈에는 무질서로 보이리라. 그러나 그 뒤에는 더 높은 질서가 있다. 사자는 사자, 독수리는 독수리, 개구리는 개구리다. 애써 멍에를 쓰자고 덤비는 그 심사를 모르겠구나. 이 땅 위에서 가장 행복한 것은 바로 너희들이니 돌아가 이 뜻을 뭇개구리에게 선포하고 아예 어리석은 생각은 말라고 하여라."(중략)

"아아, 의식(意識)의 비극이여, 너는 조작을 쉬지 못하고, 조작하면 반드시 이루어지나니 낸들 어찌하랴! 의식에는 이미 불행의 씨가 깃들었거든… 들어 보아라, 너희들이 생각하고 소원하고 행동하였거든 그것이 이루어지는 것은 나도 막을 도리가 없다.(중략)

무엇이 부족해서 스스로 밧줄에 얽어매고 굽신거리잔 말이냐? 조작을 집어쳐라, 조작은 모든 것을 망친다. 우리에게 필요한 것은 지도자가 아니라 편의다. 그러기에 제우스신은 통나무를 보낸 것이다. 피곤하면 올라타라구."[19)

위 작품은 단편 「개구리」로 인간세계를 우의화(寓意化)한 상징인 개구리와 제우스신의 일전을 대화로서 제시한 대목이다. 이 작품의 원관념은 정의와 질서의 세계다. 그러므로 이 작품은 합리적인 원칙과 상식에 어긋난 조작의 세계에 대해 굴신(屈身)하고 주박(呪縛)된 군상에 대해 질타를 날리는 것이 목표다. 당연히 보조관념인 개구리라는 상징기제를 통하여 '의식의 조작'에 관해 우의적으로 메스를 들이대고 있는 것이다.

3. 역설·반어적 형태의 풍자

문학적 기법으로서의 풍자(Satire)에 가장 근사한 형태의 풍자는 역설, 반어를 내포하는 풍자다. 이 때 풍자란 일방적이고 직설적인 어법이 아닌 대상을 상징적, 우회적으로 공격한다. 김성한의 단편에서 이러한 기법이 잘 드러나고 있는 작품으로는 「암야행」 「달팽이」 「매체」 「방황」 등이 있다.

---

19) 김성한, 「개구리」, 『김성한 중단편전집』, 책세상, 1990.

⊙ 정조는 봉건적이요 국경은 비민주적이었다. 국경을 무너뜨리고 자유자재로 노는 자기의 모습은 글자 그대로 세계국가적이요 위대한 바가 있었다. 그는 스스로 국제적 매체(媒體)라고 생각하였다. 따라서 자기의 존재 이유도 뚜렷하였다.(중략)

"이 년아, 집안이 망해두 분수가 있지, 장안 한복판에서 가구오는 코쟁이는 다 쩔룩거리는 양갈보라니, 우리는 이제 망했다!"(중략)20)

ⓒ 그것은 생물의 본능이다. 본능은 권리를 요구한다. 그렇다, 권리다. 나는 원래 생물이다. 내 권리를 행사해야겠다. 이것은 하늘의 명령이다. 배부른 작자들은 인간이라는 것을 창조해 냈겠다. 그리하여 인간을 동물이라는 생물과 구별하였겠다. 자기네는 동물이 아니고 인간이라고. 잘났다고. 배는 부르고 할 일은 없으니 머리속에서 갖은 요물을 조작해 낸 것이다. 이따위 조작꾼들을 예로부터 철학자라 하여 떠받들어 왔다. 이 자들을 떠받들어 배불리 먹여 놓으면 별에별 색동저고리가 다 터져나왔다. (중략)

이 세퍼드는 나보다 월등 고급이다. 건방지다. 이렇게 이유를 세워 보았다. 그러나 곧 이어 너보다 약은데 건방지지 말라는 법은 어디 있느냐? 이렇게 반박이 나왔다. 이 놈의 개는 육실나게 밉살스럽다. 이런 이유를 세워 보았다. 네 눈에 거슬리는 건 다 죽어야 하나? 하여튼 죽이는 건 틀림없는데 그럼 그 죽이는 소이연은 어디 있느냐? …… 이거 시시한 수작이다. 건달을 일년씩이나 하고 보니 궁상만 늘었다. 개새끼 한마리 처치하는 데 궁상이 무슨 궁상이냐? 이유 없다. 죽이다! 이 위대한 발견을 성취한 만식은 휘파람을 불기 시작했다. 이때 열댓살 먹은 식모가 쪽대문으로 모가지를 내밀고 두리번거리다가 도로 걷어 가지고 들어왔다. 그 순간 만식은 완전무결한 이유를 발견하였다. 이 놈의 세퍼드가 고기를 먹는다는 그 사실이었다. 그것만으로 이 놈의 개는 죽어 자빠져야 했다. 그는 혼자 씩 웃으면서 돌멩이를 불끈 쥐었다.(중략)

"당신은 법률의 기본두 모르는군요. 형무소란 건 소위 나는 인간입네 하는 '인격'을 가진 요물들이 들어가는 고장입니다. 개가 고등어를 훔쳐 먹었다구 형무소에 들어갑디까? 기둥이 부러져서 할머니의 허리를 분질렀다구 기둥이 형무소에 들어갑디까? 왜 그런지 아시우? 개나 기둥에게 있어서는 모두가 자기 소유이기 때문입니다. 내게는 법률이 들지 않습니다. 나는 생물입니다."(중략) 21)

---

20) 김성한, 「매체」, 『김성한 중단편전집』, 책세상, 1990.

㉠은 「매체」의 문제적 주인공인 한천옥의 행태를 묘사한 장면이다. 대다수 작품이 남성화자-주인공으로 이뤄지고 있다면 이 작품은 한천옥이라는 직업여성(양공주)을 통해 기존의 가치 개념에 대한 거부를 드러내고 있다. 주인공은 요즘 말로 환치하면 '인터걸'에 해당한다. 그가 여러 남자를 버리고 미국인과 사는 이유는 지금까지 상대한 남자들이 모두 '고리타분'하다는 이유에서다. 즉 지금까지 지배해 왔던 윤리도덕을 폐기처분 하는 것에 다름 아니다. 작가는 해방과 전쟁으로 이어지는 격동적 소용돌이의 역사가 한 인간의 충격적인 가치전도로까지 이어지고 있음을 역설과 반어에 싣고 있다.

㉡의 「방황」 역시 현실상황에 대한 냉정한 인식을 토대로 반어적 어법을 빌려 고발하는 내용이다. 이 작품의 주인공은 사회인으로서 손색이 없는 인텔리겐차에 해당한다. 대학도, 군대도 나온 어엿한 사회인이다. 그런데 사회에서는 자신을 포용하지 못한다. 나름대로 사회에 적응할 수 있는 소양을 지녔음에도 불구하고 '교원으로 취직하려들면 경력이 없어 안되고, 관청에 취직하려 들면 감원선풍이 불어서 안되고, 회사에 취직하려면 유력한 인사의 소개가 없어 안되고, 품팔이를 하려면 자리가 없어서 안 되는' 세태를 냉소적으로 꼬집고 있다.

위에서 볼 수 있듯이 자신을 생물-동물-개-셰퍼드로 자처하고 인격을 가진 자, 정상적인 자들에 대해 질타를 가한다. 사회로부터 소외 받은 홍만식에 있어 삶이란 정거장에서 상습적으로 석탄을 훔쳐 팔아먹는, 소위 '석탄반출작업'이고 소일거리는 미래에 대한 공상, 즉 '사고구축작업'이다.

그럼에도 불구하고 예의 가난한 생활은 나아질 줄 모르고, 마침내는 인간이 아닌 생물로 자처하며 정의 · 인정 · 조국애 · 체면 따위를 걷어치운다. 작가는 이러한 홍만식의 우행(愚行)을 통해 전쟁으로 인해 산산조각 난 한 인간의 가치관을 내보인다. 그 우행은 다름 아닌 반어와 역설을 내포하고

---

21) 김성한, 「방황」, 『김성한 중단편전집』, 책세상, 1990.

있다.

VI. 맺는말

김성한이 자신의 단편, 「바비도」 후기에서 자신의 작품세계와 관련하여 언급한 다음과 같은 진술은 시사하는 바가 크다.

"전쟁에는 인간이 지니고 있는 모든 속성, 충성과 배신, 용기와 비겁, 온갖 시기와 아첨, 절망과 자포자기 등등, 모든 것이 한꺼번에 분출되게 마련이다. 그 위에 가난과 굶주림 – 이런 속에서 도덕이니 인간이니 하는 것이 얼마나 무력한 것인지 체험한 사람들은 누구나 절감했을 것이다."[22]

위의 언급은 일반적으로 지적되는 50년대에 소설적 성과를 표나게 보였던 작가로서 김성한의 소설인식 및 기술 태도가 전쟁과는 무관한 듯 보이는 시각을 바로 잡을 수 있는 근거가 되는 대목이다. 그는 절망적인 당대 현실 속에서 긍정적 인물보다는 부정적 인물을 택하여 부정적인 방식으로 부정적인 현실을 냉소적으로 공격했다. 때로는 긍정적 인물과 부정적 인물의 상호 교차 대비를 통해, 때로는 이 둘을 문제적 주인공으로 설정해 문제적인 사회를 냉소·조롱하며 소기의 효과를 얻어내고 있다. 즉 복합적 성격의 주인공을 창출, 중층 효과를 거두고 있다. 작가는 인간 내부의 어두운 죄악의 추악한 두 가지 면을 정화하는 방법 중에서 도덕교과서에 나오는 주인공을 등장시키기보다는 오히려 추악한 면을 더 드러내 보이는 방식이 훨씬 효과적이라고 판단하고 있다.[23]

두 번째는 여느 작가와 달리 소재·제재·배경을 동서고금, 다양한 직업

---

22) 김성한, 「바비도」, 『김성한 중단편전집』, 책세상, 1990
23) 송 면, 「소설의 새로운 카타르시스」, 『소설미학』, 문학과 지성사, 1985 참조.

군, 장르 형태, 어법과 기법 등 소설 구성 및 장치를 무한대로 확장하고 있다는 점이다. 그는 우화와 신화적 풍유를 통하기도 하고, 때로는 시간과 공간적 제약을 초월하여 역사적으로 존재했던 사실을 소설적 소재로 차용하기도 했다. 그렇기 때문에 일부 소재의 취택은 해방과 50년대에 이르는 우리의 사회적 현실, 역사적 정황과 일정한 거리를 두고 있는 것으로 파악되는 한계도 안고 있는 게 사실이다.

즉 작가 자신의 주관적인 윤리도덕을 직설적 일과성(一過性)으로 부르짖어 보편적 인간의지의 추구와는 다른 극단적 방향으로 내몰아가고 있는 경우가 있다. 이러한 이유로 김성한의 소설에는 주인공들의 신념에 찬 표면적 행동에도 불구하고 허무주의적 요소가 그 중심부에 자리잡고 있으며 고도의 지적·관념적 유희가 이 허무주의적 요소를 은폐하고 있기도 하다.

하지만 작가의 시공간을 확장한 소재의 다양한 취사선택은 재미와 정보라는 두 가지 소설적 효용을 독자들에게 충족시키고 있다는 점에서 효과를 증대하는 데 기여하고 있다. 이러한 점은 그의 독특한 단문 문체, 간결체와 더불어 빛을 발하거니와 이는 작가 특유의 소설적 기획과 전략에서 비롯된 것이다.

김성한 소설의 특징과 장점은 뭐니뭐니해도 문체로서 간결한 단문체를 구사하는 것과 묘사 기법으로서 비판과 풍자 기제를 효과적으로 활용하고 있다는 점이다. 좀 더 구체적으로 말하자면 비판과 반항적인 독설, 상징, 반어와 역설이라는 풍자기제를 매개로 해 문제의 핵심에 접근하는 데 대체로 성공하고 있다.

그의 독특한 서사의식은 간결한 문체를 통해서 이루어지는 바, 도입문, 대화나 지문, 독백, 도입전의 언술, 추신적 성격의 언술로 나타난다. 작가는 단문이 지니는 속도감과 긴장감을 충분히 활용하고 있는 것이다. 물론 이러한 기법들이 지나치게 기법을 위한 기법이 되어 현학 취미화 하여 내면구조에 충실하기보다는 감각적이고 관념화로 치닫는 경우를 보이기도 한다는 지적이 있다.

이상에서 살펴본 것과 같이 김성한 소설은 1950년대라는 당대 — 동시대를 외면하기보다는 오히려 적극적인 기법과 장치로써 대응한 것으로 이해할 수 있다. 즉 그의 소설 속에 산견되는 허무주의적 요소, 관념적·지적 편력, 실존주의적 폐허의식은 전후상황이라는 사회적 구도 내에서 나온 산물로 이해해야 마땅하다. 그가 갈망했던 이상적인 형태의 서사성이란 소설을 구성하는 여러 가지 형태의 요소 중에서 최적의 방법(기법, 장치)을 찾아내 문제의 핵심을 드러내는 데 있었으며, 그가 창출하고자 했던 문제적 인간형은 당대가 절박하게 요구했던 '개성(人物)'의 소설적 구현이었다. 새미

『김약국의 딸들』에 나타난 비극의 원인과 구조

양 윤 모

1. 서 론

박경리의 초기 단편들은 「불신시대」, 「전도」, 「쌍두아」 등에서 보는 바와 같이 개인과 현실과의 불화를 주로 다루었다. 이들 작품들은 전후 부조리한 현실에 맞서 대항하지만 결국 좌절하는 여인들의 비애를 다루고 있다. 이들 작품의 여주인공들은 대개 전쟁으로 남편이나 자식을 잃는 개인적 불행을 겪을뿐더러 현실의 부조리함에 다시 한번 고통을 당한다. 이들은 결국 세계와 구차하게 타협하지 않고 스스로의 자존심을 지키면서 현실을 거부하는 모습을 보여준다.

이들 초기 단편들이 현실의 문제를 개인적 차원에서 다루고 있다면 1962년 을유문화사에서 전작 장편으로 발표된 『김약국의 딸들』은 개인적 차원을 벗어나 가족의 차원으로 문제를 확대한 작품이라 할 수 있다. 『김약국의 딸들』은 비슷한 시기에 발표된 박경리의 다른 장편소설들[1]과 더불어 단

상명대 겸임 교수, 논문으로 「최인훈 소설의 '정체성 찾기'에 대한 연구」 등이 있음.
1) 『김약국의 딸들』 발표를 전후해서 발표된 장편 소설작품들은 『표류도』 (1959), 『성녀와 마녀』(1960), 『내 마음은 호수』(1960), 『푸른 은하』(1961), 『은하』(1961), 『가을에 온 여인』(1962), 『파시』(1964), 『시장과 전장』(1964) 등이다. 이중 『시장과 전장』은 전작장편 소설로 발표되었다.

편에서 장편으로 전환하는 전환점을 보여줄 뿐 아니라 그의 문학적 완성이라 할 수 있는 대하장편소설 『토지』로 이행해가는 궤적을 보여준다는 점에서 주목할 필요가 있다. 형식적 면에서 단편에서 장편으로 나아가는 전환점이라는 점 외에도 『김약국의 딸들』은 내용 면에서도 초기의 단편들과 비교되는 특징을 지니고 있다. 초기의 개인적 문제가 가족의 문제로 확대되고 있으며 이는 사회 문제로의 확대로 이어질 수 있는 실마리를 제공하는 것이다.

김치수는 『토지』를 그 이전에 발표된 박경리의 장편소설들의 주제가 발전적으로 종합된 것이라 평가하면서 『김약국의 딸들』의 의의를 다음과 같이 서술한다.

> '초기의 단편들에서는 남다른 체험을 한 불행한 여성들의 삶이 주로 개인적인 차원에서 다루어지고 있는 반면에 『김약국의 딸들』에서부터는 가족과 사회의 차원에서 다루어지고 있는 것이다. 뿐만 아니라 개인의 운명의 비극성이라든가 새로운 교육을 받은 지식인의 갈등이라든가 사회 변동에 따른 경제적 지배의 새로운 양상 등 『토지』에서 중심 테마가 된 문제들이 상당부분 그 이전의 장편소설에서 집중적으로 다루어지고 있음을 알 수 있다.[2]

즉 『토지』에서 찾아볼 수 있는 사회적, 역사적 문제 의식으로의 확대가 『김약국의 딸들』에서 볼 수 있는 가족적 차원의 문제 의식을 통해 초기의 개인적 차원의 문제 의식이 지니는 한계를 극복해낸다는 것이다. 결국 이 글은 박경리의 문학에 대한 전체적 이해를 위한 하나의 단초라는 점에서 『김약국의 딸들』을 연구 대상으로 선정하였으며, 이 작품에 나타난 비극의 구조를 분석해내는 것에 목적을 둔다.

『김약국의 딸들』은 한 가족의 내력을 풀어나가면서 동시에 사회 역사적인 내용들을 담는데 목적을 두고 있는 가족사소설의 특징[3]을 지니고 있으

---

2) 김치수, 「비극의 미학과 개인의 한」, 조남현 편, 『박경리』 (서강대출판부, 1996), p.76.

면서도 사회 역사적인 문제보다 가족 구성원 개인의 문제를 주로 다루고 있는 것처럼 보인다. 사회 역사적 상황은 시간적 배경으로 작용할 뿐 김약국의 다섯 딸들의 삶에 초점을 맞추어 딸들에게 일어난 사건들과 몰락이 결국 김약국 집안의 몰락으로 이어진다는 점이 이 작품의 중심 이야기 축이라 할 수 있다.

『김약국의 딸들』이 고종의 즉위에서 시작하여 한일 합방, 일제시대에 이르는 격변기를 시간적 배경으로 삼는 것은 안정된 체제 속에서 한 가족이 겪는 흥망성쇠보다 격변기의 흥망성쇠가 더욱 흥미롭고 개연성이 있기 때문일 것이다. 실제로 격동기에 다양한 인물들과 사건들이 나타날 수 있으며 정치 사회적으로 다양한 태도와 시각들을 발견할 수 있다. 또한 대부분의 가족사소설이 한 가족 또는 가문의 몰락이나 부상이 사회적이거나 시대적인 문제가 원인이 된 경우가 많지만 『김약국의 딸들』은 사회적 요소보다는 개인적인 문제가 많이 작용하며 개인적인 문제의 경우도 가족의 내력과

---

3) 가족사 소설의 일반적인 특징은 다음과 같다.
 (1)가족사소설은 기본적으로 가족의 역사를 서술하며 역사를 서술한다는 점 때문에 연대기적 성격이 강하다.
 (2)가족사소설은 연대기를 후경 또는 배경으로 하며, 가족의 역사는 전경으로 배치하며 대체로 3세대 정도를 취급한다.
 (3)서술되는 내용은 가족의 순환적 삶이 주제를 이룬다.
 (4)가족사소설에서는 인물의 다양성이 존중되며 세대간에는 시대인식의 차이가 상호 대립적으로 나타나기도 한다.
 (5)가족사소설에서 시간의 유동은 급진적이며, 사건의 서술은 대체적으로 순차적인 직선의 질서를 우선한다.
 (6)가문의 혈통이나 유전적인 인자가 가족의 운명 또는 쇠퇴와 밀착되는 결정론을 보이거나 사회적인 결정론이 가족의 흥망성쇠의 요인으로 작용한다.
 (7)가족사소설에서의 시대적 배경은 역사적 기복이 심한 격동기를 취급한다.
 (8)가족사소설의 구성에 있어서는 세대의 교체나 병치로 가족사적 측면이 강조된다.
 (9)풍속묘사가 돋보인다
  윤석달, 「한국 현대 가족사소설의 서사형식과 인물유형 연구」 (박사학위 논문, 고려대학교, 1991), pp.10-11.

무관하지 않다는 점이 특징이다.

이 글은 먼저 김약국 집안의 몰락이 딸들의 몰락에서 비롯되었다는 비극의 표면적 구조를 분석한 후 그 비극의 이면에 사회의 변화와 의식의 변화가 자리잡고있었음을 밝혀내고자 한다.

2. 비극의 표면적 구조

김약국 집안의 비극은 표면적으로는 그의 가족사에서 유래하고 있다. 따라서 딸들에게 일어나는 여러 사건을 살펴보기에 앞서 김약국 집안의 내력을 살펴볼 필요가 있다. 김약국 이전 세대의 가족사를 간단히 요약하면 다음과 같다.

김약국의 본명은 성수였으며 그의 어머니 숙정은 자신을 짝사랑한 남자가 찾아왔다는 이유로 억울한 누명을 쓰자 비상을 먹고 자살한다. 한편 그 남자를 죽이고 타관으로 도망가 소식이 끊긴 아버지(봉룡)로 인하여 고아 신세가 된 성수는 대대로 관약국을 맡아보아 왔던 숙부 김봉제의 손에서 자라게 된다. 숙부 김봉제는 병약한 외동딸 연순을 처녀로 죽게 할 수는 없다고 생각하여 행실이 나빠 마음에 들지는 않지만 양반의 후예인 강택진에게 시집 보내는 한편 자신의 후계자로 성수를 마음에 둔다. 그러나 김봉제의 부인 송씨는 성수를 '비상 먹고 죽은 자손은 지리지 않는다'라고 하여 재산과 가업을 물려주는 것 뿐 아니라 후사를 잇는 것까지 꺼려하고 사위 강택진의 농간에 말려 재산을 탕진한다. 그래도 성수를 가문의 대를 이을 장자로 생각하는 김봉제가 뱀에 물리는 불의의 사고 후 파상풍으로 죽게되자 성수의 집안에서의 위치는 흔들리기 시작한다. 성수는 가출을 시도하나 결국 집에 머물게 되고 우여곡절 끝에 관약국의 대를 잇는다. 성수는 한실댁(탁분시)과 결혼을 하고 아들을 얻지만 그 아들은 마마에 걸려 어린 나이에 세상을 뜬다. 이후 김약국은 내리 딸 다섯을 얻게 된다.

이상이 간략히 살펴본 김약국의 집안 내력이다. 이상의 집안 내력에서 알 수 있듯이 김약국 집안의 가족사는 안정된 상태가 아닌 불안한 상태에서 출발하였다. 사회적으로 격변기였다면 시대적 문제가 원인이라고 할 수도 있지만 이들 가족에게 사회적인 문제는 큰 문제로 작용하지 않는다. 둘째딸 용빈이 광주학생사건과 관계된 시위로 경찰에 잡혀간 사건이 있지만 김약국네 가족의 흥망성쇠와는 거의 관계가 없었다. 이는 채만식의 『태평천하』가 경찰서장이 되리라 믿었던 종학이 일본 경찰에 체포되면서 파국적 결말을 맺는 것과 비교할 때 지극히 대조적이다. 이로 미루어 볼 때 작가는 시대적인 문제보다 김약국 집안의 딸들이 보여주는 삶을 통해 김약국 집안의 몰락을 보여주고 있을 뿐이다. 그리고 그 몰락은 불안한 출발에서 이미 어느 정도 예견되어 있기도 하였다. 불안한 출발과 그로 인한 비극적 결말은 이 작품에 표면적으로 나타난 비극의 양상이라 할 수 있다.

가족사를 통해 확인 할 수 있었던 불안한 출발로 인해 김약국의 부인 한실댁은 지나칠 정도로 미래에 대한 행복에 집착하였다. 한실댁은 딸들이 잘되어 집안이 남부럽지 않게 흥성하리라 기대하고 이러한 기대가 반드시 실현되리라고 믿었다. 특히 딸들에 대한 기대에 지나칠 정도로 집착하여 자기최면에 빠질 정도였다.

> 그러나 한실댁은그 그 많은 딸들을 하늘만 같이 생각하고 있었다. 그는 딸을 기를 때 큰딸 용숙은 샘이 많고 만사가 칠칠하여 대가집 맏며느리가 될 거라고 했다. 둘째딸 용빈은 영민하고 훤칠하여 뉘 집 아들자식과 바꿀까보냐 싶었다. 셋째딸 용란은 옷고름 한 짝 달아입지 못하는 말괄량이지만 달나라 항아같이 어여쁘니 으례 남들이 다 시중들 것이요, 남편 사랑을 독차지하리라 생각하였다. 넷째딸 용옥은 딸중에서 제일 인물이 떨어지지만 손끝이 야물고, 말이 적고 심정이 고와서 없는 살림이라도 알뜰히 꾸며나갈 것이니 걱정없다고 했다. 막내동이 용혜는 어리광꾼이요, 엄마 옆이 아니면 잠을 못 잔다. 그러나 연한 배같이 상냥하고 귀염성스러워 어느 집 막내며느리가 되어 호강을 할거라는 것이다.[4]

---

4) 박경리, 『김약국의 딸들』, (나남, 1993), p.83.

그러나 이러한 믿음은 항상 반대의 결과로 나타나고 결국 한실댁은 딸들을 통해 좌절만을 맛볼 뿐이었다. 그런데 이는 한실댁의 믿음이 현실을 외면한 채 자기 중심적으로 생각했기 때문에 오는 필연적 결과이기도 했다. 즉 딸들의 단점마저도 장점으로 보고자 했던 지나친 자기중심주의가 미래의 행복에 대한 집착으로 나타났고 결국 이는 그녀의 기대와 반대로 딸들의 비극으로 현실화되었다. 또한 딸들의 인생에 자신의 행복과 불행을 결정하는 사고 방식은 딸들에 대한 기대가 어긋났을 때 그 충격이 더욱 클 수밖에 없었다.

큰딸 용숙이 샘이 많은 것은 탐욕스러움으로 나타났으며, 셋째 딸 용란의 말괄량이 기질로 인해 자유분방한 욕망의 표출로 인해 화를 입었으며, 넷째 딸 용옥은 뒤쳐지는 외모로 인해 남편으로부터 사랑을 얻지 못한 채 불행한 삶을 살게되는 원인이 되기도 하였다.

그러나 한실 댁은 딸들의 이러한 단점들이 불행을 초래할 줄은 전혀 예상하지 못했으며 오직 그녀들의 장점만으로 행복해질 수 있을 것이라 믿었다. 한실 댁의 기대와 달리 실제로 딸들에게 닥친 불행의 양상을 간략히 요약하면 다음과 같다.

대가집 맏며느리가 될 것이라던 큰딸 용숙은 과부가 되어 한실 댁의 기대를 배반한다. 하지만 한실 댁은 다른 딸들에 대한 행복에의 기대로 큰딸의 불행을 스스로 위안한다. 그러나 용숙은 동네 의사와의 간통 사건 및 영아살해사건의 혐의로 입건되기도 하고, 돈에 대한 지나친 집착으로 동네에서 인심을 잃을 뿐 아니라 가족과도 의를 상한다. 둘째 용빈은 다섯 딸 중 그래도 긍정적인 인물이다. 서울에서 S여전을 졸업하고 교직 생활을 하고 있지만, 약혼자로부터 파혼을 당하는 개인적 불행을 겪기도 한다. 그래도 다섯 딸들 중에서 유일하게 김약국의 의논 상대가 되는 딸이기는 하지만 집안 문제에 대해 적극적으로 개입하여 행동하기보다는 고민과 회의 속에서 현실을 회피하려할 뿐이다. 셋째 용란은 예쁜 용모와 활달한 성격을 지닌 말괄량이지만 머슴인 한돌이와 관계를 갖다 발각되어 결국 아편중독자이며 성불구자인 연학에게 할 수 없이 시집가게 되고 나태와 낭비를 일삼는 하고 낭비를 하는 생활로 가족의 근심거리가 된다. 남편 사랑을 독차지할 거라던 어머니의 기대와는 반대로 하루가 멀다하고 친정으로 보따리를 싸들고 올뿐이다. 한편 어디로 도망갔는지 소식을 알 수 없었던 한돌이 수년 후 통영에 돌아오고 용란과 한돌은 다시 만나지만 이들의 관계는 파국을 맞는다. 이들의 관계는 연학에게 발각되고 딸의 비극을 막기 위해 현장에 도착한 한실 댁은 한돌이와 함께 연학이 휘두른 도끼에 맞아 죽고 용란은 정신이상이 된다. 경우는 다르지만 김약국의 생부와 생모를 유사하게 닮은 양상을 보여준다. 넷째 용옥은 인물은 뒤쳐지지만 마음이 곱고 솜씨가 좋아 집안 살림을 도맡아 한다. 하지만 뒤쳐지는 인물로 인해 남편인 서기두의 사랑을 받지도 못한 채 시댁과 어머니가 돌아가신 후 살림할 사람이 없는 친정 살림을 도맡아 묵묵히 할 뿐이다. 서기두는 김약국 집안의 어장일을 맡아보며 김약국의 신임을 얻었으나 소심한 성격으로 인해 용란과 결혼하라는 김약국의 제의에 확답하지 못한다. 그 와중에 용란과 한돌간의 사건 때문에 용란이 연학과 결혼함으로써 자신의 결혼이 좌절되자 우발적으로 용옥과 결혼하기로 결정한다. 하지만 기두는 용옥에게서 애정을 느끼지 못하여 가정에 안주하지 못한 채 방황한다. 불행한 결혼 생활을 하던 용옥은 시아버지의 겁탈 위기를 벗어나 남편 기두를 찾아 부산으로 갔지만 길이 엇갈려 헛걸음을 하고 돌아오는 도중 배가 침몰하여 사망하고 만다. 막내 용혜만이 어리기 때문에 자세히 서술되지 않을 뿐 다섯 딸들에 대한 기대와 희망은 모두 배반과 좌절의 불행한 결과로 귀결되고 만다.

또한 한실 댁이 이처럼 딸들에 대한 집착을 보이는 원인을 다른 곳에서 찾아볼 수 있다면 그것은 운명론에 대한 지나친 신봉일 것이다. 운명론에 대한 신봉은 합리적 이성의 결여를 의미하는 것이며 이는 결국 딸들에 대한 기대와 집착으로 이어졌고 딸들의 불행은 한실 댁의 불행과 김약국 집안의 몰락으로 이어졌던 것이다.

한실 댁이 운명론을 신봉하는 사례는 신수점을 보고 난 이후부터의 사건에서 확인할 수 있다. 한실 댁이 점쟁이에게 신수점을 보았을 때 그 점괘는 과히 좋지 못하였다. 점쟁이는 그녀의 불행을 지적할 뿐 아니라 그녀가 죽을 수라는 것을 일러준다.

"이 대주의 액운도 예사 액운이 아니구마 ……"
(………)
점장이가 자기 자신의 불행을 지적하는 일에 감격한 한실 댁은 울먹이는 목소리로 말을 했다. 그러나 점장이의 다음 말에 한실 댁은 얼굴이 쌍그레해진다.
"허허, 이럴 수가 있나? 올해를 못 넘기겠구마. 죽을 수요."
(………)
"내사 점괘 나는 대로 말을 하요. 당신 집에는 잡귀가 우글우글하구마. 맞아죽은 구신, 굶어죽은 구신, 비상묵은 구신, 물에 빠져 죽은 구신, 무당 구신, 모두 떳들었으니 집은 망하고 사람은 상하고 말리라."
한실 댁은 눈앞이 캄캄해지는 것을 느꼈다. 점장이 말은 빈말이 아니었다. 시어머니 박씨는 비상을 먹고 죽었고, 시아버지 김봉룡은 타관에 나가 오 십 여 년이 지났으니 굶었거나 병들어 죽었음이 분명하였고, 박씨를 사모하여온 욱이 도령은 뒷숲에서 봉룡의 칼에 맞아 죽었다. 물에 빠져 죽은 사람은 재작년 남해환의 참사를 상기할 수 있었다.[5]

한실 댁은 자신이 죽을 것이라는 점괘에 놀라는 한편 이를 막기 위한 방법으로 무당이 자신의 장례를 대신 치르는 굿을 통해 자신의 액운을 막아보려 한다. 하지만 무당의 굿도 효험 없이 한실 댁은 사위 연학의 손에 의해 죽고 만다. 무당이 굿을 하는 동안 곁에 용란을 앉혀 마음의 의지를 삼으려했지만 아이러니하게 용란에 의해 촉발된 사건으로 한실 댁은 죽고 만다. 한실 댁은 점장이가 지적한 대부분의 점괘를 사실로 받아들였지만 무당귀신만은 인정하려하지 않았다. 그러나 그녀가 부정하려했던 무당 귀신은 용란의 인생을 불행하게 만든 한돌의 어머니였던 것이다.
또한 김약국이 새로 어장을 경영하기 위해 고사를 지낼 때 누군가 고사

---
5) 『김약국의 딸들』, pp.272-273.

떡을 훔쳐 가는 사건이 발생한다. 이러한 사건으로 한실 댁은 다시 한번 불길한 예감을 하게 되고 결국 남해환의 해난 사고로 많은 선원들이 죽고 그에 대한 보상으로 김약국 집안의 가세는 다시 한번 기울게된다.

미신에 불과한 운명론의 신봉이 비이성적이고 전근대적 사고 방식을 반영하는 것임에도 불구하고 그것이 현실로 실현된다는 점은 더욱 현실의 비극을 가혹하게 만든다.

작품 내에서 점장이의 점괘가 지니는 의미는 김약국 집안의 몰락을 더욱 가속화시키는 기능을 한다. 사실 김약국의 집안 내력을 고려한다면 집안을 떠도는 여러 귀신들과 관련된 사건들은 김약국 집안의 출발이 불안하도록 만든 원인들이었다. 일반적인 가족사소설의 경우 무속 신앙을 타파해야할 구시대의 유물로 간주하여 부정적인 태도를 취하지만 이 경우 점장이의 점괘는 타파해야할 대상도 시대의 조류에 밀려 하강하는 전통 세력도 아니다. 단지 김약국 집안의 몰락을 예견하고 불안한 출발을 다시 한번 환기시키는 역할을 할뿐이다.

이와 같이 불안한 출발은 결국 비극적 결말로 귀결되는데 그렇다면 가혹한 운명은 극복할 수 없는가하는 문제가 남는다. 가혹한 운명을 극복할 수 없음을 알았기 때문에 한실 댁은 행복에 대한 기대에 집착한 것일지도 모른다. 이 작품을 읽는 독자들도 불행이 연속되는 김약국의 딸들의 운명에 대해 한실 댁처럼 기대하였을 것이다. 대부분의 사람들이 자신의 운명을 극복하고 개척해 나간 인물들에 대해 존경과 격려를 보내는 것에서 알 수 있듯이 대부분의 인간은 약하며 운명에 순종하는 경향을 보인다. 작가는 김약국의 딸들 중 한 명이라도 한실 댁의 기대를 실현시켜주기 바라는 독자의 기대마저도 냉정히 저버렸다. 결국 『김약국의 딸들』에 표면적으로 나타나는 비극의 구조는 딸들에 대한 헛된 기대 및 집착과 딸들의 개인적 불행으로 인한 기대의 배반에서 기인된 것이라고 할 수 있다.

3. 김약국 집안의 몰락과 비극의 심층적 구조

김약국 집안이 몰락하게 된 표면적 원인은 딸들의 개인적 불행이 주를 이루었다. 그러나 이들의 불행의 이면에는 사회, 역사적 문제가 내포되어 있음을 간과해서는 안될 것이다. 김약국 집안의 몰락은 그 이면에 자본주의 체제로 인한 봉건 지주의 몰락이라는 경제적 변화가 자리잡고 있으며, 딸들의 개인적 문제 이면에는 가부장제에 의한 억압과 여성들이 합리적 이성에 바탕한 절제력을 기르지 못하도록 작용한 봉건적 질서 또한 무시할 수 없다고 본다.

1) 자본주의 체제의 진입과 봉건 지주의 몰락

작가는 서두에서 통영이 어업의 중심지이며 해산물의 집산지이기 때문에 일찍부터 자본주의가 형성되었다고 서술하고 있다. 이는 경제 체제가 봉건 체제에서 자본주의 체제로 이행해가고 있음을 의미하며 이로 인한 봉건체제의 몰락을 암시하는 것이다.

> 이와 같은 형편은 조상 전래의 문벌과 토지를 가진 지주층들-대개는 하동, 사천등지에 땅을 가지고 있었다-보다 어장을 경영하여 수천금을 잡은 어장아비들이 진출이 활발하였고, 어느 정도 원시적이기는 하나 자본주의가 일찍부터 형성되었다. 그 결과 투기적인 일확천금의 꿈이 횡행하여 경제적인 지배계급은 부단한 변동을 보였다. 실로 바다는 그곳 사람들의 미지의 보고이며, 흥망성쇠의 근원이기도 하였다. 전해지는 말에 의하면 타관의 영락된 양반들이 이 고정을 찾을 때 통영 어구에 있는 죽림고개에서 갓을 벗어 나무에다 걸어놓고 들어온다고 한다. 그것은 통영에 와서 행세를 해봤자 별 실속이 없다는 비유에서 온 말일 게다. 어쨌든 다른 산골 지방보다 봉건제도가 일찍 무너지고 활동의 자유, 배금사상이 보급된 것만은 사실이다.[6]

---

6) 『김약국의 딸들』, pp.13-14.

통영의 지리적 특징은 다른 지역에 비해 일찍 자본주의의 발달을 가져왔으며 이는 양반 중심의 봉건제도의 붕괴를 의미하는 것이다. 어장의 경영이 경제 활동의 주도권을 잡고있는 상황에서 김약국은 대대로 내려오던 관약국을 폐하고 어장을 경영하여 어느 정도 돈을 벌기는 한다.

김약국의 큰아버지 김봉제는 통영에서 관약국을 운영하는 한편 진주 지역에 토지를 소유한 지주이기도 하였다. 김약국은 큰아버지가 불의의 사고로 사망하자 우여곡절 끝에 큰아버지의 대를 이어 약국을 물려받지만 이미 약국의 운영에는 흥미를 잃고 어장 경영에 전념한다. 그러나 봉건 체제에 기반한 지주 출신의 김약국이 대대로 물려온 관약국을 닫고 어장 경영으로 전업한 것에서 가문의 몰락은 이미 예견된 일이기도 했다. 이는 비교적 안정적 수입을 올릴 수 있었던 소작제농업에 비해 고수익을 올릴 수 있는 반면 그만큼 위험도 크기 때문이다. 결국 김약국은 어장 경영에 실패하여 경제적으로도 몰락하게 된다. 딸들이 일으킨 여러 사건들로 인해 집안의 명예를 추락시킴으로서 가문의 사회적 지위가 떨어진 것과 비교할 때 어장 경영의 실패는 집안의 경제적 몰락을 초래하였다는 점에서 몰락의 실질적 원인이 되는 것이기도 하다. 김약국이 소작제에 의한 농업보다 어장의 경영에 관심을 기울이는 것은 대토지 소유제를 통한 봉건적 경제 체제에서 자본주의 경제 체제로의 이행을 보여주는 것이다.

그러나 김약국은 어장을 통해 돈을 벌지만 어장 경영의 전면에 나서지 않는다. 어장에 직접 나가보는 경우도 거의 없을뿐더러 심지어는 어장 일에 대해 무관심해 보이기까지 한다. 그렇다면 김약국이 어장을 통해 돈을 벌 수 있었던 이유는 무엇인가 궁금하지 않을 수 없다. 김약국이 어장에서 돈을 벌 수 있었던 방법은 대리인을 통한 어장의 관리와 경영이었다. 즉, 대토지를 소유한 지주가 소작농을 직접 관리하지 않고 중간에 마름을 고용하여 대리인을 통한 관리를 해온 방식처럼 김약국은 어장 또한 직접 경영하는 방법 대신 서기두라는 청년을 통한 대리 경영 방식을 택한다. 김약국이 서기두에게 어장 일을 전적으로 맡겨버리고 아무런 관여를 하지 않는 것은 바로 봉건지주가 토지를 소작인에게 맡기고 마름을 통해 관리하는 것과 다를 바 없다. 이는 후에 어장 경영이 실패하는 하나의 원인으로 작용한다. 즉 자본주의 체제에 적합한 경영 방식을 모색하여야 함에도 불구하고 봉건적 경영 체제를 고수한다는 것에서 이미 모순을 내포하고 있는 것이다. 이러한 모순은 결국 현실에서 구체적으로 나타난다. 김약국은 토지를 담보로 돈을 빌려 잠수어업에 투자하지만 예기치 않은 해난사고로 막대한 손해를 입는다. 게다가 어장은 계속된 흉어로 인하여 적자 상태이지만 이를 과감하게 정리하지도 못한다. 결국 토지는 남의 손에 넘어가고 김약국 집안의 가산은 점점 줄어 빚을 제하면 거의 남는 것이 없을 정도가 되어버린다.

김약국의 어장 경영 실패는 곧 자본주의 체제에 적응하지 못한 봉건 지주의 패배를 의미한다고 할 수 있다. 이는 자본주의 체제의 변화를 인식하기는 하였지만 아직도 봉건적 체제를 유지하고자 하는 김약국의 의식을 반영하는 것이다.

또한 어장에 흉년이 들어 적자를 보고 있음에도 계속 붙잡고 있기만 하고 새로운 대책을 세우려하지 않는 것은 대의와 명분만을 지키려 했던 유교적 사고 방식의 일면을 보여주는 것이기도 하다. 자본의 논리가 적용되기 시작한 변혁기에 봉건적 유습과 유교적 명분만으로는 변화하는 시대의 흐름을 따라잡지 못 함을 의미하는 것이며 이는 달리 말하면 자본주의 경제 체제에 적응하지 못한다는 사실을 의미하는 것이기도 하다. 한다.

또한 고리대금업으로 치부한 정국주에게 토지를 담보로 돈을 빌리고 그로 인해 토지를 상실하는 것은 바로 봉건 지주 세력이 몰락하고 신흥 자본 세력이 주도권을 잡음을 의미하는 것으로 볼 수 있다.

그러나 이러한 시대적 흐름에 대해 작가는 부정적 태도를 취하는 듯이 보인다. 그러나 작가가 부정적으로 서술하는 것은 정국주와 그의 가족들의 행위들에 대한 것이지 자본주의 체제로의 변화 자체는 아니다. 정국주 집안에 대해 부정적 태도를 취하는 것은 그가 고리대금으로 치부를 하였을 뿐 아니라, 돈이면 무엇이든 할 수 있다는 식의 가치관을 가지고 있는 정국주와 그의 부인이 보여주는 천박한 행동들 때문이다.

정국주와 같은 부정적 인물에게 패배하는 김약국의 모습에서 독자들은 안타까움과 연민의 감정을 느끼게 되지만 작가는 이에 대해 담담하게 서술함으로써 김약국 집안의 몰락을 더욱 비참하게 만들뿐 아니라, 시대의 흐름을 역행할 수 없음을 제시하고 있다.

2) 변혁기의 다양한 여성상과 수난

김약국의 딸들 다섯 명은 한 자매임에도 서로 공통점을 찾기가 어렵다. 이들은 한 자매가 아니라고 해도 좋을 만큼 각자 자신의 독특한 개성을 지니고 있다. 이들이 이처럼 저마다의 개성을 지니고 있는 점에서 이들이 변혁기의 여성상을 대표한다고 볼 수 있다. 샘이 많고 금전에 집착하는 용숙, 개화기 신여성을 대표하는 용빈, 본능적 욕망에 집착하는 용란, 가부장제 하에서 순종을 미덕으로 알고 사는 용옥 등의 모습에서 변혁기의 대표적 여성상을 발견할 수 있다. 이들에게 일어나는 다양한 사건과 비극은 결국 봉건체제에서 근대로 이행하는 과정에서 여성에게 강요된 비극을 대변하는 것이라 할 수 있다. 이들이 겪은 비극의 면모는 크게 두 가지로 나누어 고찰 할 수 있다. 이는 합리적 이성이 결여됨으로써 절제력을 상실하여 발생하는 비극과 가부장제에 순종적 여성과 이를 거부하는 여성의 희생으로 분류할 수 있으며, 전자에는 용숙과 용란, 후자에는 용옥과 용빈이 해당된다고 할 수 있다.

(1) 합리적 이성의 결여로 인한 비극

먼저 합리적 이성의 결여와 그로 인한 절제력, 자제력의 부족에서 발생한 비극의 예를 용숙과 용란의 경우에서 찾아 볼 수 있다. 용숙의 경우 물질적 탐욕에 대한 집착으로 인해 가족과 이웃들로부터 원망을 받게되고 용란은 육체적 욕망에 대한 집착으로 머슴인 한돌과 정사를 즐기다 발각된 후 성불구자이며 아편장이인 연학에게 시집을 가서 기구한 삶을 살다 미쳐

버리고 만다.

먼저 용숙은 샘이 지나칠 정도로 많고 탐욕스러운 성격을 지닌 인물이다. 그녀의 탐욕은 도가 지나쳐 결혼할 때 친정에서 자신이 쓰던 물건은 바늘 하나 남기지 않고 모두 가지고 갈 정도로 욕심이 많았을 뿐 아니라 과부가 된 후 친정에 자주 출입하면서 쓸만한 물건은 반드시 챙겨가곤 하였다. 그녀의 욕심은 물질적 탐욕 뿐 아니라 성적 탐욕으로 이어져 동네 의사와의 간통사건과 영아살해혐의로 고발당하여 경찰서에 잡혀가기도 한다. 영아살해혐의는 무혐의로 판명이 났고 간통 사건은 상대방이 고발을 취하하여 무마되었지만 그녀는 이 과정에서 자신을 도와주지 않았던 가족들에게 섭섭함을 느낀다. 이 사건 이후 그녀의 탐욕스런 성격은 돈에 대해 더욱 집착하게 되었고 고리대금업 등 수단과 방법을 가리지 않고 돈을 벌기에 혈안이 된다. 그녀는 돈을 빌리러 오는 사람들을 무시하면서 그들이 자신에게 굴복하고 나서야 돈을 빌려주면서 자신을 무시한 사람들에 대해 복수하려 했다. 겉으로는 자신을 비난하면서도 자신의 돈 앞에서 쩔쩔매는 사람들을 비웃으며 쾌감을 느끼곤 했다. 그녀의 이와 같은 태도로 인하여 이간은 물론 가족간에도 의가 상하게 되었다. 김약국 집안의 가세가 기울어도 그녀는 아랑곳하지 않았을 뿐더러 도움을 청하러 간 어머니와 동생을 박절하게 쫓아버린다.

용숙은 탐욕스러운 성격으로 인하여 김약국의 딸들 중 자본의 생리를 가장 먼저 간파하였지만 탐욕스러운 성격을 자제하지 못하여 가족과 이웃의 인심을 잃어버리는 부정적 결말을 맺는다.

용란은 윤리와 도덕에 대한 제약 없이 자유 분방한 삶을 추구하는 성격의 소유자로 육체적 욕망을 절제하지 못하여 화를 초래한다. 그녀는 김약국 집안의 몰락의 표면적 요인을 제공하는 장본인이기도 하다. 머슴인 한돌과의 정사로 인하여 시집도 안간 처녀의 명예를 손상하였을 뿐 아니라 아편장이인 연학에게 마지못해 시집을 간 후에도 나태한 생활과 낭비로 인하여 또 다시 구설에 오른다. 그리고 결정적인 사건은 다시 돌아온 한돌에 대해 육체적 욕망을 참지 못하고 정사를 즐기다 남편 연학에게 들켜 그의 손에 의해 어머니와 한돌이가 살해당한다는 데 있다. 이는 그녀가 이성적 사고를 가지고 자신의 욕망을 절제했다면 방지할 수 있는 사고였다는 점과 이 사건으로 인해 김약국 집안은 결정적인 몰락의 길을 걷게 되었다는 점에서 자제력이 부족한 그녀의 욕망이 비극의 원인이 되었음을 알 수 있다.

용숙과 용란의 경우 물질적 욕망과 육체적 욕망을 자제하지 못한 것은 그들에게 합리적 사고에 바탕한 이성이 부족했기 때문이며 이로 인해 자신들의 개인적 비극은 물론 몰락하는 집안의 분위기를 가속화하는 원인이 되기도 하는 것이다.

(2) 가부장제에 의한 여성의 희생

남성 중심의 가부장제 사회에서 여성은 전통적 여성상에 순종하거나 가부장제의 모순을 자각하고 그 억압에서 벗어나려고 시도해보는 방법 중 하나를 택할 수 있을 것이다. 『김약국의 딸들』에서는 용옥이 전자의 유형을 대변하고 있다면 용빈은 후자의 전형적 인물이라 할 수 있다. 그러나 이들 모두 좌절을 겪는다는 점에서 가부장제에 의한 여성의 희생이 광범위했음을 찾아볼 수 있다.

용옥은 김약국의 딸들 중 전통적 여인상에 가장 가까운 인물이다. 용모는 뒤쳐지지만 착한 심성과 여자가 지녀야 할 살림 솜씨 등을 갖추고 있었다. 게다가 어머니가 돌아가신 후 시댁과 친정 양쪽 집안의 일을 묵묵히 수행하는 점에서 가족을 위해 자신을 희생하고 운명에 순종하는 전통적 여인상의 면모를 찾아볼 수 있다. 이러한 그녀의 품성은 가부장제 사회에서 여성이 갖추어야 할 최고의 미덕이었으나 남편 서기두는 그녀의 외모가 뒤쳐진다는 이유로 혐오감을 느끼고 애정을 주려하지 않는다. 서기두가 그녀에 대해 애정을 갖지 못한 까닭은 자신과 용란과의 결혼을 추진하려했던 김약국이 갑자기 연학과 용란의 결혼을 결정해버리자 우발적으로 용옥과의 결혼을 결심한다. 그러나 그는 용옥과 결혼 한 후에도 용옥에 대해 애정을 갖지 않을 뿐 아니라 가정에 안주하지 못하고 방황하는 모습을 보인다.

남편으로부터 사랑을 받지 못하는 그녀는 자신의 결혼 생활이 불행하다고 느낄수록 기독교에 귀의하여 이를 극복하려한다. 그러나 그녀가 종교에 귀의해도 현실의 문제는 해결되지 않는다. 오히려 시아버지로부터 겁탈의 위기를 당한 후 그녀는 남편을 만나러 부산에 가지만 길이 엇갈려 만나지 못하고 돌아오는 배가 침몰하여 비극적 죽음을 맞이한다. 침몰한 배를 인양한 후 발견된 그녀의 시신은 아기를 안은 채 십자가를 꼭 쥐고있는 상태였다고 하는데 이는 그녀가 독실한 기독교 신자가 되었음을 보여주는 것이면서 동시에 종교에 의존하는 것으로 문제를 해결할 수 없음을 보여주는 것이다.

용옥의 비극적 인생은 변화하는 사회에서 전통적 여인상이 더 이상 미덕이 될 수 없음을 암시하는 것이다. 또한 그녀가 가부장제 사회의 가치관을 철저히 지켰지만 부정적 결과를 초래했다는 점에서 이는 가부장제에 의한 여성의 희생을 의미하는 것이다. 그녀는 자신의 문제를 종교에 맹목적으로 의지하여 해결하려하지만 이는 해결이 아니고 위안에 불과하다. 문제의 진정한 해결은 자아에 대한 각성과 스스로의 변혁 의지를 통해 가능한 것이지 종교의 힘만으로는 구원될 수 없다는 점에서 맹목적 종교의 신봉의 한계와 자아 정체성 찾기의 필요성을 발견할 수 있다.

용빈은 다섯 딸들 중 가장 똑똑하고 합리적 이성을 소유한 인물로 서울의 S여전을 졸업한 후 교사로 근무하는 신여성의 면모를 보인다. 그러나 그녀 또한 사회 곳곳에 숨어있는 여성에 대한 차별로 인해 피해를 보았다는 점에서 그녀 또한 가부장제에 의한 또 다른 피해자라고 할 수 있다. 김약국이 가정 문제를 의논하는 유일한 여성이라는 점에서 가부장제의 모순을 극복할 가능성이 가장 높은 인물이다. 그러나 그녀는 집안의 문제에 대해 고민과 걱정을 많이 하지만 이를 전면에 나서 해결하기보다는 회피하려는 경향을 보인다. 이는 그녀가 여성이라는 이유로 문제 해결의 전면에 나서기를 꺼리고 있기 때문이다.

그녀가 광주학생사건으로 옥고를 치렀을 때도 그녀의 아버지 김약국은 내심으로 딸의 행동을 자랑스럽게 생각하고 격려와 위로를 해주지만, 약혼자 정홍섭의 아버지 정국주는 그녀의 행동에 대해 못 마땅해 한다. 또한 약혼자 정홍섭과의 파혼은 홍섭 부정과 김약국 집안의 몰락과도 관계가 있지만 일반적 여성에게 찾아볼 수 없는 용빈의 비범한 능력 때문이라는 점을 배제할 수 없다. 홍섭이 나약하고 소극적인 성격을 지닌 것에 비해 용빈은 건강하고, 대범하고, 적극적이며, 이성적인 성격으로 남자 못지 않은 능력과 진취적 가치관을 소유하고 있는 점에서 이들의 파혼은 어느 정도 예견된 것이기도 하다. 그러나 학업을 마친 후 결혼하겠다는 용빈의 자주적 의지는 약혼자인 홍섭의 회피로 인해 파혼을 맞는다는 점은 그녀 또한 남성 중심 사회의 장벽을 극복하지 못함을 의미한다. 이러한 점에서 그녀 또한 가부장제의 희생자라 할 수 있다.

남성 중심의 가부장제에 대해 순종하지만 희생당하는 용옥과 이를 거부하고자 하지만 현실의 장벽으로 인해 극복하지 못하는 용빈의 모습에서 가부장제의 억압으로 인한 여성의 희생 양상을 살펴보았다. 또한 여기에서 가부장제의 억압 또한 김약국 집안의 몰락에 영향을 미치고 있음을 발견할 수 있다.

4. 결 론

이 글은 『김약국의 딸들』에 나타난 비극의 원인과 구조를 분석하고자 하였다.

표면적으로는 김약국 집안의 몰락이 딸들의 불행이 원인이 된 것처럼 보이는 한편 그 비극의 강도를 강하게 한 것은 현실을 도외시한 채 맹목적으로 딸들을 통해 자신의 행복을 실현하고자 했던 어머니 한실댁의 기대에 대한 배반으로 분석할 수 있었다. 그러나 가문이 몰락하게된 실제적 원인은 단순히 딸들에 대한 기대의 배반으로 이루어진 것은 아니었다.

한 가문이 가족 구성원의 불행이 직접적 원인이 되어 몰락한다는 것은 타당성이 적기 때문에 그 본질적 원인을 규명해야 할 필요성이 있다. 이에 대해 이 글은 김약국의 어장 경영 태도가 자본주의 체제에 대한 봉건적 대응으로 분석하였으며 이로 인한 모순으로 인해 어장 경영의 실패가 필연적이었음을 분석하였다. 이 과정에서 김약국 집안의 경제적 몰락의 의미를 신흥 자본주의 세력에 대한 봉건 지주 세력의 패배로 규정하였다.

또한 딸들의 불행이 막연한 기대에 대한 배반 때문이 아니라 당대 여성이 지니고 있는 문제점들과 비극을 대변한다는 차원에서 그 원인을 분석하였다. 딸들의 불행은 크게 합리적 이성이 결여된 상태에서 욕망에 대한 절제력의 결핍으로 인한 비극과 가부장제에 의한 희생으로 분류하였으며 이는 다시 각각 두 유형으로 분류된다. 전자는 물질적 탐욕과 육체적 욕망에의 탐욕으로 나뉘어지고 후자는 가부장제에 대한 순종과 극복 의지로 나눌 수 있다. 그러나 이들 네 유형의 여성상 모두 비극적 결과를 맞이한다는 점에서 딸들의 불행이 개인적 차원의 문제가 아니라 사회적 차원의 문제로 확대 해석할 수 있음을 밝혀내었다.

이상의 분석을 통해『김약국의 딸들』에 나타난 비극은 개인의 운명과 우연에 의한 것이 아니라 개인적 차원의 문제를 넘어 사회적 차원의 문제와 구조적 모순에 기인한 필연적 결과인 것이다.　세미

서평

현대소설사를 위한 새로운 지형도
— 서종택, 『한국현대소설사론』

윤 석 달

1.

　문학 연구의 구극(究極)은 좋은 작품과 나쁜 작품을 가리는 일이다. 그러나 좋은 작품과 나쁜 작품을 선별하는 작업은 전략적 입장과 이데올로기적 함의가 있어 간명, 간단하게 이루어지지 않는다. 무엇보다도 엄정한 기준을 세우는 일과 세부지침의 복잡미묘함을 모두 함의할 수 있는 보편적이며 동시에 비범한 통찰의 결과로서 획득된 개연성을 지니지 않고서는 설득력을 얻기가 어렵기 때문이다. 가령 소설이 사람 사는 일에 관한 사소한 이야기에 불과하다고 하더라도 '좋은 소설'이 되기 위해서는 언어적 재현의 과정에서 작가는 현실의 숨은 진실을 꿰뚫어보는 안목을 지녀야 하고, 언어의 구조물로 드러내기 위한 기술의 문제를 해결해내야만 한다. 이 두 가지조차 지니지 못한 작품이라면 독자적 가치를 확보하지 못한 것이며, 결국 지리멸렬한 작품이라고 볼 수밖에 없을 것이다. 뿐만 아니라 기존의 인식 틀만 가지고는 자칫, 기왕의 인식지평을 확장하거나 시대정신의 전위를 담당하고 있는 작품은 제대로 보지 못할 수도 있다. 좋은 작품과 나쁜 작품을 기계적으로 가려낼 수 없는 이유가 바로 거기에 있다. 그럼에도 불구하고

한국항공대 교수, 저서로 『현대가족사소설연구』, 『대중문화의 이해』 등이 있음.

▲ 서종택, 『한국현대소설사론』

연구자는 이러한 세공의 개별 작업을 감당해야 하며, 이러한 과정을 거쳐 감별된 작품들을 중심으로 체계화된 문학사를 기술할 수 있는 것이다.

소설사의 기술은 시대의 구분에 근거한 발전과 변화, 작품과 작가에 대한 평가까지 아우르기에 더욱 방대한 작업이어서, 맥락을 제대로 짚어내지 않으면 좋지 못한 작품까지 한 꿰미에 꽂아놓고 마는 한갓 아둔한 일을 도모한 꼴이 되고 만다. 사관(史觀)과 사법(史法)은 물론 반사체로서의 변화이론을 수용하여 시대적 의미망과 개별적 정체를 누락시키지 않는 소설사를 기대하는 일은 어쩌면 계속되는 희망사항일 수밖에 없을지도 모른다. 근자에 간행된 서종택의 『한국현대소설사론』을 대하며 이러한 생각을 완전히 불식시킬 수 없는 것도 기존 소설사의 대치(代置)라는 원망과 기대가 너무 컸던 까닭이었을 것이다. 체계적 소설사를 위한 기술과 의도로 저작되었음에도 불구하고, 저자는 겸손하게, '소설사론'이라고 이름 붙이고 있기는 하지만, 사회변동과 서사구조에 주목한 결과 주제추출 지향적 방법이 가져온 한계는 선행적 작업과의 변별력을 떨어뜨리고 말았다. 그럼에도 불구하고 이 저작이 갖는 미덕은 몇 가지 점에서 명료하며, 본격 소설사를 기술하는데 구체적이며 당위적인 사료로서, 결코 예사롭지 않은 쟁론적 가치를 지니고 있다.

2.

우리의 현대소설 작가·작품을 논의할 때 사망(絲網)을 어떤 벼리로 어떻게 펴고 건져 올릴 것인가는 전적으로 기술자의 기본적 태도에 달려 있다. 아무리 성글어도 소설사의 그물에 남는 것은 있게 마련일 테지만, 사망에 건져 올려진 것이라고 해서 무조건 다 쓸어 담는 것도 아닐 것이다. 적어도 그것들은 소설사에 올리기 전 일단 낱낱의 분석과 검토를 거친 것들이어야 하며 다양한 방법으로 독자성과 상호성의 논의를 거쳐야만 한다. 『한국현대소설사론』의 저자는 이러한 일련의 과정을 '사론'이라는 이름으로 진행하고 있는 것이다.

『한국현대소설사론』의 저자가 우리의 현대소설사에서 관심을 확대하여 시대적 중요쟁점으로 논의하고자 하는 바를 순서대로 기술하면, 1930년대와 1950년대, 1970년대이다. 특별히 20년을 한 기간의 꿰미로 꿰고자 하는 이유가 있는 것이 아니라 주요 관심사의 쟁점을 논의하려다 보니 그렇게된 것이다. 물론 20년대와 40년대, 60년대, 80년대를 완전히 건너뛴 것은 아니고 시대적 변혁과 맞물려 있는 앞뒤의 시대에 편입시키고 있으므로 1920년대부터 1980년대까지의 전반을 다루고 있다고 보아도 좋을 것이다. 저자가 1930년대를 특히 소설사 논의의 허두에서 주목하고 있는 것은 이 시대야말로 '우리 소설의 모더니티가 가장 분명한 징후를 드러내면서 시대의 무게를 감내해 내고 있다'는 점에서이다. 1930년대는 기존의 문학사 논의에서도 충분히 다루어지고 있는 바대로 이 시대는 많은 작가들에 의해 질적, 양적 성장을 보여주는 시기였다. 식민지상황이었으나 자본적 시장원리가 도입되어 미약하게 뿌리를 내리기 시작하고 있었으며, 비록 실패하기는 했지만 민족역량에 대한 새로운 확인과 함께 정치와 문화, 집단과 개인의식의 상호성의 유기적 관계를 새롭게 인식하였던 시대였으므로 문학의 사회사에 특별한 관심을 갖고 있는 저자가 이 시대에 나온 소설 작품에 대한 관심의 지대함은 당연하다 할 것이다. 저자는 이 시기의 소설 논의를 몇 가지 점에서 특별하게 기술하고 있다.

첫째, 소설의 발전사에서 한국현대소설의 기점으로 염상섭을 염두하고 있다는 점이다. 이는 전대의 신소설이나 이광수의 소설에서 보여주고 있는 모더니티의 정체에 대한 회의, 부정과 리얼리즘 논의로부터 출발함으로써 1920년대의 문학이 감당하고 있는 전반적 식민상황의 경직성과 함께 다양한 문학적 실험과 모색을 통해 보여준 성과들을 점검할 수 있는 장점을 지닌다. 그 결과의 끝에, 그리고 현대문학의 출발 선상에 염상섭이 있고 작품으로 그의 「만세전」과 「삼대」가 있음을 다음과 같이 제시하고 있다.

「만세전」은 미적 구조에서나 작중인물의 현실수용의 태도에서 그 신문학 초기의 현실인식의 미숙성을 완전히 극복하였다. 이는 식민지 사회라는 기형적 상황에도 불구하고 정치의식이나 사회의식의 성장(가령 3.1만세운동의 체험에서 오는 민족역량에 대한 신뢰와 성숙된 정치의식의 변화)에서 기인되는 문화양식의 성숙을 보인 예가 되었다. 이와 함께 식민화 현실에의 확인과 좌절에서 오는 자아발전의 구조를 가지고, 작중 화자인 '나'는 외화의 틀에 관찰자적 시점에 있다가 사건이 진행되면서 강화되어 내화에 가담, 마침내 내·외화의 틀이 해체될 수 없는 합일의 과정으로 이루어졌음을 보였다. 이는 단순한 식민화 현실의 확인의 과정이라기보다는 자신의 삶이 세계와 불가피하게 동기적 관련을 맺고 있음을 확인하는 자아 성찰의 과정이었고, 이는 그러므로 사회화에 이르는 순기능적 갈등의 한 양상으로 볼 수 있다. 가치의식의 전환이란 그 시대의 여러 사회적인 가치를 냉정하게 바라보고 그 가치들을 문화가 나타내 주는 무한한 가능성의 비전과 어느 정도 비교할 수 있는 능력이다. 이런 가치전환의 기준을 가진 인물은 지적으로 자유로운 입장에 서게 된다. 이를 가지지 않은 사람은 그가 최초로 만난 사회적 가치의 포로가 되는데, 이인화, 조덕기, 김병화를 둘러싼 「만세전」, 「삼대」의 주변인물들—이러한 습관, 사상, 편견에 의해 움직이는—이 그들이다.(p. 27)

이 작품이 특히 현대소설적 면모를 분명히 하고 있음을 서종택은 작중인물의 현실과의 대응관계에서 일어나는 사회갈등의 서사구조에 찾아냈다. 특히 「삼대」는 한 가족의 구성원들이 전개하고 있는 삶의 양식을 통하여 식민지 상황에서 드러나는 갈등의 총체적인 전형을 제시하고 있음은 이미 여러 논저에서 밝혀진 바 있다. 작중인물을 통해 드러내는 사회변동의 원동력과 요인, 미적 양식으로서의 소설의 구조변화를, 저자는 언어적 문맥과 사회학적 검증을 통해 해명함으로써 작가가 보여준 '식민현실에의 시민적 자각과 발견, 역사적 존재로의 편입과 가치의식의 전환을 맞는 인물의 행태와 묘사'(p.28)야말로 현대소설의 출발로 보아야 한다는 것이다. 물론 이러한 성급한 결론은 기존의 문학사, 소설사와는 상당한 거리를 보여주는 견해이며 기존의 작업을 폄하할 위험성도 있어 논란을 불러올 수도 있다. 그러나 논의는 항상 새로워야 하며, 창조적인 논의라면 숙고할 가치가 충분히 있는 것이다.

둘째, 문학사의 체계화를 위해 반드시 규명되어야 할 문제로 친일문학의 성격과 프로 카프의 전향문제는 통과제의적 성격을 갖고 있다. 전대의 프로문학이 과도한 이념에 충일된 바 있고, 민족주의 문학은 추상성에 감금되고 있던 때에 이러한 한계를 뛰어넘은 작가·작품을 발견해낼 수 있음은 문학성을 확보한 감식안이라 할 수 있다. 특히 작가의 사상이 현실의 흐름을 구체적으로 파악함으로써 현실을 왜곡시키지 않았으며, 이러한 공과와 역할이야말로 이 시기 소설사가 거둔 성과의 하나로 보고, 식민지 지식인으로서의 자기 검증방식을 선택했던 작가들의 내면적 세계관, 현실에의 이념적 대응방식이 리얼리즘의 강화 측면에서 검토되고 있음은 주목할만하다. 검증하고 있는 작품은 한설야의 「과도기」와 이기영의 「고향」이다. 이 시기 노동자의 세계와 노동현실에 관심을 갖고 '농민의 노동자화' 과정을 사실적으로 그려냈다고 평가를 받고 있는 「과도기」에 대해 저자는 이 작품이 작가의 분명한 목적의식과 현실에 대한 성찰이 맞물려 나온 것이며, '현실에서 분열된 관념과 관념에서 떨어진 묘사의 세계를 단일한 메커니즘 가운데 형성하려고 한 최초의 작품'(p.37)이며, '관념과 현실의 조화'라는 임화의 평가를 수용하여 양식과 정신에 있어서도 새 시대의 문학으로 규정하고 있다. 이와 함께 당대 리얼리즘 소설의 대두와 형성, 심화, 확대, 정착의 과정에서 하나의 모델로 제시할 수 있는 기준을 이기영의 소설에서 조심스럽게 논의하고 있다. 준거의 틀이 되는 작품은 「가난한 사람들」과 「고향」이다. 봉건적 인습에 괴로워하는 당대의 지식인 계급의 문제, 지식인의 자기

비판 혹은 자기 인식의 문제를 적극적이고 구체적으로 그려내고 있는 「가난한 사람들」과 일제 강점기에 쓰여진 카프계 작품 가운데 가장 높은 수준을 보여주는 작품의 하나로 평가받고 있는 「고향」을 예로 들고 있는 점은 전혀 이채로운 논의는 아니다. 서종택이 이들 작품을 특별히 주목하는 이유는 '가난의 문제를 리얼리즘과의 관련성에서 규명해'(p.46) 보고자 함에 있으며, 이러한 논의는 작가 자신이 제시한 바 있는 '이데올로기와 리얼리즘의 병립'이라는 창작방법론에 근거, 작품을 규명하고자 함에 있었다. 그 결과로서 이들 작품이 단순히 궁핍한 민중의 삶의 현실에 대한 관심만 드러내고 있는 것이 아니며(「가난한 사람들」), 당시 경향 소설들에서 막연하게 반복적으로 주창되던 빈부 대립의 문제를 전혀 새로운 방식으로 설득력 있게 전달함으로써 이전의 부르주아 리얼리스트의 민중의 삶의 현실에 대한 피상적인 관심과 그 변별점을 획득하고 있다(pp.50-51)고 보고 있다. 「고향」 또한 당시 프로문학 일반이 보여주고 있는 사건의 작위성이나 도식성을 탈피하고 있고, 선악의 구별이 특별나게 뛰어나지 않은, 평범한 인물을 창조함으로써 그 이전, 여타의 프로 작품과의 차별성을 가져온다고 보았다. 이는 바로 리얼리즘의 수법을 충실히 확보, '30년대 초 사회주의 리얼리즘의 도입을 전후하여 과거의 도식적인 작품 경향을 벗어나 현실에 투철한 리얼리즘의 경지를 넓혀 놓'(p.61)은 작품으로서 작가의 현실인식의 깊이에서 나온 성과라는 견해와 동일 문맥이다. 이에 대한 논의는 소설 분석의 태도에 따라 관점을 달리하여 견해를 보여줄 수도 있으므로 더욱 다면적인 검토를 필요로 할 것이다. 저자도 그 점을 간과하지 않고는 있지만, 단순한 지적으로 끝냄으로써 논의를 깊이 이끌어 가지는 않고 서둘러 자신의 견해만 주장하고 있는 점이 아쉬움으로 남는다.

셋째, 30년대의 소설을 주목하는 또 한 가지는 현대 한국소설의 중대한 굴절이 다양한 국면에 걸쳐 시험된 시기이며, 동시에 발전적으로 전개되었다는 점을 들고 있다. 이러한 변화 양상은 30년대 중반 이후 소설방법의 전환을 가져왔으며 '사회변동과 미적 양식의 상호성과 독자성에 대한 전망을 제시'함으로써 소설사에서 매우 중요한 국면을 보여주고 있다는 견해가 바로 서종택의 논점이기도 하다. 논자는 이 시기의 소설의 특성을 '단체성에서 개별성으로의 방향을 튼 과정'(p.66) 속에서 찾아내고 있다. 주관성, 개별성, 개인주의는 모더니즘 문학의 특성이다. 논자는 이러한 특징적 면모들을 갖고 있는 작가와 작품을 통해 20년대의 작품들과는 상반된 양상으로 나타나고 있는 미학적 형식과 사회적 지향의 근거를 발견해내고 있다. 저자가 주목하고 있는 작가는 김유정, 채만식, 이상, 박태원이다. 이들 작가들이 우리 현대소설사에서 차지하고 있는 비중에 대해서는 기왕의 논의에서도 다양하게 시도되고 있으며 대체로 중요하게 다루어져왔으므로 거론 자체에 대해서는 특별히 이채로울 것이 없다. 논지를 펴고 있는 바, 이들의 소설에서 발견해내는 '뒤틀린 자아와 분열된 의식의 양상이 신랄한 해학과 자기풍자와 자의식의 세계로 나타나 있음'(p.111)도 여러 논자들의 개별적 논의에서 밝혀낸 바 있다. 서종택은 이들을 이렇게 정리하고 있다. 김유정의 아이러니적 인물유형이 당대의 참담한 농촌현실을 초극하고자 하는 유머정신의 산물이라는 점, 채만식의 「레디 메이드 인생」과 「태평천하」 등의 작품을 통해 식민지 사회에 대한 비리와 지식인의 무능을 신랄하게 비꼬는 풍자적 수법을 차용, 30년대 소설 서사구조의 두드러진 한 특징을 보이고 있다는 점, 이상과 박태원의 소설(「천변풍경」과 「소설가 구보씨의 일일」)에서는 주로 지식층과 도시의 생태와 병리현상을 담고 있는 바 이들은 대체로 사회로부터 소외된 자아의 의식의 분열상태에 있는 인물로 설정되고 있다는 점을 그 특징으로 든다. 이들이 극명하게 보여주고 있는 것 가운데 공통적인 것은(김유정의 경우, 농촌의 궁핍화 현상에 대응하는 인물들의 사회갈등의 한 변형된 모습을 보여주고 있다는 점에서 변별되고 있음에도 불구하고), 소설공간의 도시화 현상에 따른 현상의 하나로서 30년대 문학의 한 주류를 형성하고 있다는 점이다.

저자가 이들 작가·작품에 대해 특별한 관심을 갖고 있는 점은 소설구조를 이루고 있는 인물들의 사회문제에 대응하는 태도의 공통점이라 할 수 있다. 그것을 논자는 '현실을 내면화하려는 점'이라고 파악하고 있다. '내면화'는 사회 갈등의 해소를 위한 안전판 기능으로서의 후속조치에 속한다.

「삼대」에서의 개인의 이기적 충동의 내면화된 갈등이 김유정에 이르러 해학과 아이러니로, 채만식에 이르러 세속화된 자아의 뒤틀린 사회의식으로, 그리고 이상에 이르러 잉여적 인간의 자아고립으로, 박태원에 이르러 도시의 '산책자'로 변모한 것은 그러므로 우연이 아니다. 세계에 대한 자아의 정면적인 공격이 불가능해질 때 필연적으로 나타나는 것이 적대감 표출의 변형이었다. 그것이 30년대에 와서 '환치수단으로서의 갈등'으로 나타난 것이라 하겠다. 사회학에서 말하는 '안전판 제도'가 그것이다.(p.114)

해학이나 풍자, 자조와 역설 혹은 아이러니는 현실과의 정면대립이 불가능한 상태 혹은 포기나 좌절의 지점에서 출발하게 된다. 위의 작품에서의 작중인물들의 사회갈등의 양상 또한 이와 동일한 맥락에서 표출되고 있으며 이들의 인물들이 보여주고 있는 사회갈등은 '안전판 제도'에 의존하지 않으면 안될 만큼 내면화되고, 극단화되었는데(p.115), 논자는 이 점을 이 시기 소설의 하나의 장르적 양식으로 보고 있다. 형식이나 기교의 변화는 그것을 산출케 한 사회변동과 관련지어 살펴보는 것을 전제로 할 때야만 (p.112) 하나의 의미망으로 포착될 수 있다는 게 서종택의 견해다. 비록 식민지적 상황이었지만 30년대의 도시화, 산업화로의 변모는 소설의 서사구조를 이루는 '인물의 왜소화' 현상이 극명하게 드러나고 있는데, 인물이 왜소화됨에 따라 사회는 소설의 표면에서 배면으로 넘어갔으며 이 점은 이 시기의 서사구조에 나타난 특징의 하나(p.115)로 파악하고 있는 점은 주목할만하다. 서둘러 결론을 내린다면 30년대 인물들의 대사회적 태도야말로 이 시기의 식민적 상황이 산출한 시대적 성격이며, 작가는 현실재현으로서의 소설의 기능에 복무하기보다는 현실을 해체하거나 내면화함으로써 또 다른 형태의 리얼리티를 획득하고자 하였다는 논지로 정리된다.

넷째, 30년대의 소설 가운데는 미학성과 사회성이 긴밀히 '상호 간섭적 관계'를 유지하고 있는 작품들이 있다. 앞에서 논의한 바 있는 이상이나 박태원과는 전혀 다른 방법과 공간에서 발견해내고 있는 텍스트를 저자는 이태준, 김동리, 이효석에서 찾아냄으로써 이들이 구현하고 있는 30년대 소설의 중요한 흐름의 한 가닥을 포착하고 있다. 이들 작가의 성향은 이들이 이룩해놓은 문학적 성과에 대한 긍정적 평가에도 불구하고 대체로 의고주의, 신화주의, 반역사주의로 비판받아 왔다. 저자는 이들이 보여주고 있는 소설의 굴절현상이 사회에 대한 이중적 가치의식 또는 시대에 대한 환멸의 산물임을 밝히면서 30년대의 독자적인 서사의 세계를 형성하고 있음을 분석한다. 저자가 강조하고 있는 논지는 우리의 문학사가 사회적 이념이나 가치체계만을 중시하는 편향적 시각에 대한 반성에 의거한다. 이태준의 여러 단편들이 보여주고 있는 현실인식의 추상성, 역사 사회적 성격을 단순히 상고주의 혹은 딜레탕티즘으로 매도하거나 도식적인 평가로 재단해버릴 수는 없는 일임을 논지의 주제로 잡고 있다. 김동리의 신화적 공간으로의 회귀도 현실로부터 유리된 은신처로 도망한 반역사주의로 폄하하는 논지에 반성을 촉구하며 '이들의 현실대응 방식은 시대의 억압이나 모순된 구조와 싸우기보다는 자기 변용의 길을 택함으로써 자신을 구원하고자 한 것'(p.116)으로 파악하고 있다. 특히 김동리 소설의 서사구조가 신화나 전설 민속 혹은 샤머니즘의 세계로서 서사공간이 설정되어 있다고 해서 소설과 사회와의 상관성이 무관한 것이 아니라 미적 양식과 사회적 양식의 상호 동족성 내지 보족적 관계의 변형된 모습이며, 이 시대 삶의 무의미성, 무상성을 상징적이며 우의적 성격으로 환치시킨 것으로 볼 수 있다는 것이다. 그것은 또한 사회갈등의 치열성이나 강렬성을 역설적으로 반증하는데, 그 중심에 김동리의 소설이 있다고 본 것이다. 이 같은 견해가 반드시 김동리에게만 적용되는 것은 아니겠지만 김동리 소설의 이해의 폭을 넓히는데 기여하리라 본다.

이효석은 30년대 작가 중 누구보다도 풍성한 신화적 모티프를 제공하고 있는 작품을 써낸 작가였다. 소설 도처에서 인물이나 정황이나 상징구도의 수많은 신화적 공간을 만들어내고 있으며 이러한 공간설정은 '선과 악, 만남과 헤어짐, 소멸과 재생에 대한 인간의 삶의 보편적인 양식에 대한 인식과 시련의 공간'(p.157)이기도 하다. 저자가 이효석의 소설이 마련한 서사적 공간에 주목하고 있는 것은 그 공간이 단순한 현실의 도피처가 아니라는 점이다. 이효석이 치열한 현실을 떠나 성과 자연, 혹은 자연으로서의 성적인 것에 탐닉한 것은 단순히 작가의 기질이나 서구추수의 산물이 아니라 '아름다움의 권능'에 대한 믿음이었으며, 그가 만들어낸 공간이 식민지 지식인의 역사와 사회에 대한 직무유기로 해석하기보다는 이 시기 사회사와 개인의 존재방식을 약호로써 담고 있는 현재적 신화의 공간으로 재해석되어야 할 공간이라고 보아야 한다는 게 이 저자의 논지의 핵심이기도 하다.

> 소설은 신화와 구체적 현실 사이의 살기 좋은 관계를 위해 창조되기보다 그 불화를 확인하기 위한 절망의 표현이다. 이효석의 인물들의 운명은 그것을 잘 반영하고 있다. 그의 소설은 식민지 시대의 암울한 현실을 직접 드러내거나 사회구조의 모순을 고발하거나 이 시대에 그들이 지향해야 할 거점에 대해 직접 말하지는 않았다. 그의 인물들은 이러한 현실적인 문제들과는 다른 아득한 무시간의 공간 속에 있다. 그것은 관점에 따라서, 가령 그의 현실대응 방식에 따라 현실도피로, 시대의 압력과 관련지어 자기 변신 혹은 굴절로, 작가의 이상주의와 관련지어 자연회귀로 각각 규정지어 볼 수 있을 것이다.(pp.168-169)

효석론의 반성적 성찰을 담고 있는 소론에서 저자는 '소설은 해석되어야 할 것이며 초소설적 현실과 진실을 포함하는 그것은 작가마다 개인의 삶의 양식을 정의 내리고 생존의 조건을 부여'(p.167)하는 것이 옳다면, 이효석 소설이 제시하고 있는 양식 또한 마땅히 해석되어야 마땅하다. 나는 이에 대해서 대체로 설득 당하고 동의하는 편이지만, 이효석의 소설이 보여주는 서사적 공간, 상징구도와 제식의 심미적 문체도 사회사적 동인의 분석을 필요로 한다는 췌언을 덧붙이고 싶다. 이 점은 이태준이나 김동리, 이효석에 다같이 적용되겠지만, 30년대 소설의 중심 흐름에 이들을 놓을 수 있기 위해서는, 이들 작품이 도달한 성과, 작가의 현실대응의 방법적 차이가 어떻게 미학적 완성도를 가져올 수 있었는지를 밝혀내지 않고서는 위의 주장 또한 일제 강점기의 사회현실을 외면한 도피문학에 불과하다고 보는 단순 명쾌한 비판과 동일한 차원의 편협된 인식의 본보기의 하나가 될 것이라는 우려를 불식하기 어렵다.

3.

『한국현대소설사론』의 저자가 전후사회에 대한 관심을 보여주고 있는 것은 한국소설의 역사성과 사회성에 대한 관심의 일단이다. 저자는 이미 1930년대의 소설 논의에서도 그러한 면모를 보여준 바 있고, 그 이전 개화기 소설로부터 염상섭에 이르기까지 소설의 사회성에 대한 관심과 집요한 천착을 한 바 있다.(『한국근대소설의 구조』, 시문학사, 1982년 참조) 그러므로 이에 대한 관심은 결코 특별한 것이라 할 수 없다. 미증유의 전쟁체험은 모든 인물들에게 충격을 주었던 역사적 사건이며, 사회변동의 새로운 전개를 요구했던 극한의 현상이었다. 저자는 이 시기에 쓰여진 소설의 작중인물들이 보여주고 있는 전후의식의 양상과 그 변화과정에 주목하고 전쟁체험이 어떻게 심미적 과정으로 형상화되는지를 예의 검토, 전후 혹은 분단의식의 의미와 한계를 분명하게 조망하고 있다.(이와 함께 재외 한인작가와 작품의 문학사 편입문제를 다루고 있는데, 이는 그 동안 별책 부록형식으로 혹은 별개의 장르로 이루어지고 있는 문제를 우리 문학사의 확장이라는 점에서 의미 있는 작업이라고 볼 수 있기는 하지만, 너무 소루하게 다루고 있어서 자칫 확장보다는 축소에 기여할 수도 있을 것이라는 생각이 든다. 더욱 문제가 되고 있는 것은, 한인으로 분류하고 있기는 하지만 모국어로 쓰여진 작품과 외국어로 쓰여진 작품을 한 꿰미로 놓고 논의하는 것은 편의를 뛰어넘는 발상이며, 연변을 중심으로 한 조선족의 문예비평만큼이나 공식화, 개념화, 일반화의 도식성을 보여주는 것이라 할 수 있다.)

1970년대의 관심은, '우리에게 70년대란 무엇인가'라는 질문형식과 함께 개인과 사회의 상호성에 대한 근본적 변화에 대하여 주목하고자 하는 의도를 담고 있다. 어느 사회나 얼마의 시간이 지나서 뒤돌아보면 격동의 시대였고, 그 속에서 개인은 사회적 충격 속에서 몸을 떨어야 했으며, 사회변동과 함께 존재론적 삶의 회의에 부닥치곤 했다. 저자는 바로 이러한 점에서 70년대가 정치적으로는 억압의 시대였으며, 경제적으로는 산업화를 추구하던 시대였으므로 산업화 과정에서 필연적으로 성장할 수밖에 없는 상업주의가 가져다주는 실존의 철학과 소외의 사회학, 존재론적 삶의 조건으로서의 인간내면을 탐구한 소설들을 이 시대의 중요 논의의 대상으로 삼고 있음은 지극히 온당하다. 특히 70년대로부터 비롯되어 80년대에 주류를 이루었던 소설 양식들이 보여준 바 있는 새로운 가치체계에 의존한 서사작품에 주목하는 것은 그 의미와 가치가 결코 만만치 않다는 점에서이다. 70년대를 '소설의 시대'라고 부를 수 있다면, 그 흐름의 줄기를 타고 있는 작가로 오정희, 황석영 그리고 이와는 또 다른 줄기로 이른바 상업소설로 폄하되고 있는 최인호, 조선작, 조해일, 한수산의 작품을 논의하고 있는 것은 맥락의 파악을 중시한 때문으로 본다. 그러나 문제는 70년대의 소설문학이 이렇듯 단순구획으로 설명되지 않는다는 점에 있다. 개별적 편차가 크다는 이유로 논의를 단순화하는 것은 70년대 소설의 초상을 문학적 성과로 드러내주기보다는 상업적 소비문화에 편승한 문학의 왜소함을 드러내주는 결과를 가져온다. 물론 이러한 사안을 저자 스스로 의도적으로 폐기처분하지는 않았을 것이다.

80년대 이후 포스트모더니즘 경향의 소설들까지 논의를 확대하고 있는 「해체와 실험」은 이 책의 성격을 보다 분명히 해준다. 당대의 소설에 대한 관심은 소설사의 지형을 넓히고자 하는 의도 외에도 상투적 관습의 틀로부터 벗어나 새로운 서사를 모색하는 문제에 대한 문학사적 조망(眺望)정신의 발로이다. 그런 점에서 80년대 중반 이후 포스트모더니즘의 기법적 특성을 차용하고 있는 소설에 대한 이해와 소설사로의 편입은 오늘의 소설이 보여주고 있는, 형태파괴와 기법의 실험성 등에서 보여주는 특징적 징후들을 이해하는 한 통로가 되는 것이며, 오늘의 우리 사회의 변화를 통찰해보고자 하는 하나의 방법이 되기도 한다. 다만 옹호와 비판 중 어느 하나를 선택하든지, 둘 다를 겸하든지 제대로 된 작품을 선택하여 논의하는 것이 바람직하지 않을까. 단순히 실험적인 형태파괴와 사회적 통념에 크게 반하는 소재를 다루었다고 해서 혹은 마약과 섹스의 문제를 여성이 다루었다고 해서 논의의 예증으로 취사한다면 논의의 근거로서 미약함을 면할 수 없다. 소설사의 논의와 기술을 해체와 실험의 글쓰기로 작정하지 않았다면, 개별 작품이 거두고 있는 문학적 성과를 바탕으로 하여야만 논의의 진정성을 보장받게 될 것이다.

이상으로 「한국현대소설사론」의 내역을 거칠게 살펴보았다. 이 저작이 갖고 있는 또 한 가지의 미덕이 있다. 그것은 우리 소설사의 맥락에서 보여주고 있는 여러 양태의 이념과 성향과 방법들을 논의함에 있어, 작품들을 따로 떼어놓고 논의하지 않는 점이다. 모든 사회변동이 개개의 작품에서 어떤 서사구조로 기록되고 검증되고 있는가를 살피면서 작품의 독자성도 결코 도외시하지 않음으로써 결코 황당한 가설을 세우지도, 전혀 이질적인 논리를 동원하지 않으면서도 사회적인 통찰과 문학적 감수성을 융합하여 체계적 소설사의 지형도를 만들어가고 있다는 점에서 우리는 새로운 소설사 기술에 대한 신뢰와 가능성의 위안을 얻는다. **새미**

주체의 탐구와 계몽의 기획

— 채호석,『한국 근대문학과 계몽의 서사』

이 건 제

1.

담론학적 관점에서 보면[1], 어느 일상 시간이 있어서 그 안에서 '사건'이 발생한다고 말하는 것보다는, 사건들이 어느 계열을 이룸으로써 '시간'이 구성된다고 말하는 것이 합당하다. 이렇게 이루어지는 계열들과 그 감각적 모습으로서의 시간들은 한 그룹의 사건들을 두고서도 워낙 다양하게 펼쳐질 수 있는 데, 그것들이 서로 겹치고, 교대하고, 또 절단되고는 하는 속에서 시대는 변환한다.

시대가 흐르는 동안 한 시대는 그 뒷시대 사람들에 의해 타자화한다. 당대는 항상 그 시대 사람들의 머리 속에 다양한 사건들의 조밀함을 느끼게 하는 법인데,[2] 조밀함은 질적인 속도의 재빠름을 일깨움으로써 과거를 타자화하는 버릇을 더욱 가속화한다. 한 시대를 풍미했던 이데올로기들이 무너진 후 광기를 더해 가는 자본주의는 이 급속한 타자화를 통해 인간의 기

순천향대 강사, 논문으로는『김남천의 소설을 통해서 본 '전향'과 '근대성'의 문제』등 이 있음.
1) '담론학적 시간'에 관한 부분은 이정우의 책『인간의 얼굴』(민음사, 1999), pp.55~85를 참조하였다.
2) 특히 90년대 중반 이후부터 시작된 한국의 밀레니엄 전환기는 더욱 그렇다.

억을 무너뜨리고 제나[自我]를 분해하는 일을 강화한다. 이렇게 압도적인 현상에 저항하는 일은, 어느 것 하나 소홀히 여길 수 없는 담론학적 시간과 감성적·근원적 시간을 원활히 교류시킴으로써 '주체'에 대한 의식을 놓치지 않으려 하는 것과 바로 통한다.

이와 같은 관점에서 생각할 때, 요즘 새로이 떠오르게 된 '동아시아 담론'이, 다분히 자본주의적 경쟁 의식에서 나온 '유교문명권 담론' 따위와 함께 우리 지성계 초미의 관심사로 자리잡아 가는 현상을 허투루 보아 넘겨서는 안 되겠다. 동양 즉 동아시아 개념에 의한 담론에는 항시 근세 이후 일본의 패권주의가 뒤따라 왔다. 일본 패권주의는, 본래 당나라 멸망 이후 이미 오랫동안 각기 이질적인 길을 걸어 온 동아시아가 억지로 다시 엮이도록 하였다. 일제 말 천황제로 전향한 지식인인 미키 키요시의 다음과 같은 말은, 구한말과 일제 말, 그리고 현재 등 대략 세 번에 걸쳐, 열악한 동양 자본을 뭉쳐 구미 자본에 대항하기 위해 동아시아(또는 동양) 담론을 만들어 보려고 한 일본 자본의 의도를 잘 드러낸다.

> "오늘날 세계의 정세를 보건대 일국이 경제적 단위로서 자족적으로 존재할 수 없다는 것이 분명해지고 세계 각국은 소위 블록 경제로의 길을 가고 있다."[3]

마치 현 시대에 행해진 발언으로도 착각될 만한 위 말을 볼 때 역사는 반복된다는 진리를 다시 한 번 깨닫게 된다. 한반도 안에서 보이는 쉼 없는 전향과 이데올로기의 부정, 그리고 실체도 모호한 민족주의 또는 국가주의로의 귀향 움직임 등의 모습은 분명 일제 말의 것과 닮아 있다.

이런 말을 한다고 해서 동아시아 담론 자체가 아예 없어져야 한다는 뜻은 아니다. 예를 들어 동아시아의 민주적 시민 연대와 같은 것은, 점차 가시화하고 있는 세계 경제 체제와 함께 더욱 절실히 우리에게 요구되는 바

---

3) 미키 키요시, 「신일본의 사상 원리」, 최원식 외 편역, 『동아시아인의 동양 인식』, 민음사, 1997, p.55.

이다. 새로운 형태의 '계몽주의'가 21세기를 맞은 우리에게 다가서고 있다.

평자4)는『한국 근대문학과 계몽의 서사』의 저자 채호석이 특히 1930년 대 후반에 주목한 이유도 바로 이런 데에 있다고 여기는 바이다. 그리고 그 문제 의식의 화두로 '주체'와 '계몽'이라는 단어가 존재한다.

2.

저자의 박사학위 논문에 해당하는 1부 「김남천 문학 연구」부터 2·3부의 최명익·허준·이태준·임화·박태원 등을 대상으로 한 글에 이르기까지 '계몽'과 '성숙', 그리고 '근대적 주체'라는 주제는 대개 일관되게 관철된다.

1930년대 문예 비평을 다룬 여러 사람의 논문에 대한 메타 비평적인 글 인 「1930년대를 바라보는 몇 가지 방식—문학사와 방법론」에서도 이 주제 들은 변주된다. 1930년대 중에서도 특히 후반기를 '전형기'라 부른다면, 이 는 카프 해체 및 파시즘 강화로 인한 '비평 주조의 상실 의식 및 새로운 흐름의 모색 경향'과 연관된다. 주요 논문인 제1부를 보기 전에 보아 둘 만 한 또 하나의 논문인 「임화와 김남천 비평에 나타난 '주체'의 문제」 역시 1930년대 전반까지의 '혁명적 주체'와 1930년대 후반의 '균열된 주체'의 관 계를 다루면서 대조적인 두 이론가인 임화와 김남천을 비교한다.5)

---

4) 이 서평에서 '평자'는 이건제를, '저자'는 채호석을, '작가'는 분석 대상 작 가를 지칭하기로 한다.
5) 저자에 의하면 전자의 '시민으로서의 주체'와 후자의 '보편적인 주체'는 서 로 다른 길을 그리려 하였으나 결국 모두 '보편적 주체—부르주아 주체'의 위치에 도달하는데, 1940년대에 들면 이들에서마저도 미묘하게 이탈하는 모 습을 보여준다.

3.

이제 저자의 박사 논문이자 이 책의 주요 부분인 제1부 「김남천 문학 연구」에 대해 언급해 보도록 하겠다.

3-1

본문 첫 부분에 해당하는 제2장에서 저자는 1930년대 초반에서 1935년에 이르는 시기의 소설과 비평을 통해 '김남천 문학의 원형의 성립 과정과 그 특질'을 살펴보았다.

김남천은 1931년 10월 카프 제1차 검거 때 소위 '조선공산주의자협의회 사건'에 연루됨으로써 카프 문인 중에서는 유일하게 기소되었다. 그 뒤 그는 2년의 실형을 선고받고 수감 생활을 하던 중에 병보석으로 출옥하게 된다. 이 시기에 그는 「물」과 「남편 그의 동지」를 발표하는데, 여기서 작가는 "자아의 이상형으로서의 '전위'와 '소시민 지식인'이라는 출신에 의해 주어진 본래적인 한계 사이의 균열"(72: 이하 괄호 안의 숫자는 책의 쪽수)을 드러낸다. 작가는 이 균열을 메워 나가는 방법으로 '조직'을 염두에 두는데, 저자가 보기에 이 시기 작가의 문제점은 '실천만능주의'보다는 이러한 '조직만능주의'에 있다.

3-2

제3장에서 저자는 1935년 이후 '김남천 비평에서의 주체와 리얼리즘에 대한 이해'가 어떠했나를 검토하였다.

김남천이 1930년대 전반기에 진행된 '전위 주체'와 '소시민 지식인 주체'의 분열을 어떻게 극복하여 새로운 주체를 재건해 나가는가를 살펴 본 제1절의 첫머리에서 저자는, 1935년 이후 김남천의 비평이 주로 창작방법론으로 전개되는데, 이는 김남천이 작가이기 때문에도 그렇지만, 더욱 중요하게는 창작방법론이란 어쩔 수 없이 개별 작가의 방법론으로서 규정되지 않으

▲ 채호석, 『한국근대문학과 계몽의 서사』

면 안 되기 때문에도 그렇다고 하였다. 그래서 "김남천 비평에서 두 가지 핵심 개념인 '주체'와 '리얼리즘'이 어떻게 이해되고 있는가를 살피는 일이 중요한 것이다."(75)

이제 김남천은 '문학인으로서의 주체'에 대해 본격적으로 사유하기 시작한다. 먼저 그의 '고발문학론'에서 나타나는 주체를 살펴보자. 자기 고발에서, 고발되는 자신이 소시민이라는 최소한의 계급규정성은 그 고발의 정당성을 지탱해 준다. 그러나 비판 대상이 소시민을 넘어선 일체 모든 것으로 확산된다면, 그 대상들 사이의 차이는 사라져 버려 다 함께 동질화하고 주체의 자리는 불투명해진다. '모랄·풍속론'은 이러한 주체 문제의 난점을 해결하기 위한 또 하나의 방법이다. 여기서 작가는 본격적으로 '계급구속성에서 벗어난 문학적 주체의 실천'을 이야기하는데, 저자는 이 '문학적 주체'가 '생활적 주체'와 완전 분리되어 또 하나의 주체 분열을 재생산하게 된다고 하였다. 평자 생각에 이 분열은 그 자체로 사회의 전체주의적 분위기에 맞서는 면이 있지 않나 한다. 전체주의를 경계하면서 생기 발랄하고도 통일된 적극적 성격을 창조하기 위한 방편으로도 볼 수 있는 이 분열은 '문학자와 사회적 인간의 일원론적 통일이 있어야 한다'는 주장을 담고 있는 김남천의 논문6)에 의해서도 밑받침되고 또 보충된다. 따라서 평자는 저자의 우려에 부분적으로만 동의한다.

---

6) 김남천, 「자기 분열의 초극-문학에 있어서의 주체와 객체(七)」, 『조선일보』, 1938.2.2.

모랄·풍속론을 거친 창작방법론으로서의 '관찰문학론'은 이 모든 논의의 필연적인 귀결이다. 이 부분에서 저자는 김남천이 정치를 과학으로 대치함으로써, 혁명적 주체로서의 전위로부터 벗어나고 있다고 하였다. 이 주체를 배제한 리얼리즘에서 리얼리스트는 세계 밖에 서 있는 '역사의 서기(書記)'이다. 저자는 "고발문학론이 일체의 모든 것을 고발한다고 했을 때, 고발하는 정신만 있지 그 내용을 갖지 못한 것과 마찬가지로, 관찰문학론에서의 관찰하는 정신 또한 내용을 갖지 못한 것이 사실"(92)이라고 하였는데, 이에 대한 저자의 부정적인 평가에 대해 평자는 역시 앞과 같은 맥락에서 일부 동의를 보류하는 바이다. 관찰하는 정신이, 대상이나 사물의 바탕 위에 이루어지는 것을 거부한다면 그것은 '행위' 그 자체인데, 이는 주관적이고 자의적일 수 있는 감성적 언표들의 미묘한 떨림이나 차이의 생성을 일반화하여 질적으로 보존하면서도 그들에게 평형을 부여하려는 의도를 갖는다. 그러므로 김남천의 '행위'가 실제 작품을 통해 이끌려 간 면모를 함께 아우르면서 그의 논리를 살피는 것이 좀더 나을 듯싶다.

제1절에서 검토한 주체 개념에 따른 '리얼리즘 인식의 변화와 그 이론적 특질'을 다룬 제2절에서 저자는, 김남천이 "사회주의 리얼리즘을 구체화한 창작 방법으로 고발문학론 이하 관찰문학론에 이르는 방법론을 제시하였다"(98)고 하였다. 김남천이 도달한 마지막 단계로서의 관찰문학론은 그 '주체 배제'의 성격 때문에 일견 '주체 확립 강조'의 고발문학론과 반대되는 위치에 있는 듯하나 다른 측면에서 보면 실상 그렇지도 않다. 고발문학론은 주체의 세계관이 불명확하여 규준이 존재하지 않는다면, 관찰문학론은 생활인의 주관에 의해 세계가 왜곡되는 것을 막기 위해 주체를 배제한다. 저자는, 고발문학론과 관찰문학론이 '현실에 대한 철저한 묘사'라는 이름의 '리얼리즘'에 서 있는데, 그 자리는 주체 부정을 통해서만이 가능하다고 말한다.

3-3

제4장에서 저자는 3장의 성과를 바탕으로 하여 '김남천 소설의 전개 양상'을 더듬었다.

제1절은 소년을 주인공으로 한 소설들을 다룬다. 저자는 이 소설들은 두 경향으로 나눈다. 「남매」, 「소년행(少年行)」, 「무자리」 등, 소위 「남매」 계열이 그 하나로, 이들은 일단 '사물화된 세계'에 대한 강렬한 부정 의지와 이들에서 벗어나려는 '성숙'의 논리를 드러내 준다는 점에서 동질성을 지닌다. 김남천의 욕망을 투영하고 있는 봉근의 '달리기-가출'은 바로 그러한 의도로 읽힌다. 아울러 저자는 이 소설들에서 '매춘'을 '전향'과 같은 코드로 읽는다면, 소설은 전향에 대한 알레고리로 읽힌다고 말한다. 여기서 "누이의 매춘을 부정하는 봉근은 곧 자신을 비판하는 또 다른 자기이다."(121)

왕년의 사회주의자 병걸이 전향하고 또 타락한 것이 바로 자의식과 자기 반성이 부재하기 때문이라면, 이 자의식은 인간이 인간답게 되기 위해, 성숙하기 위해 요구되는 사항이겠다. 그런데 저자는 이 때의 성숙한 인간, 즉 성인은 곧 '자기 의식적인 존재'로서의 근대적 인간을 지칭하는 게 아닐까 유추한다. 그렇다면 이 소설들도 결국 '근대적 계몽'이라는 코드에서 읽을 수 있는 것이다.7) 하지만 봉근은 아직 스스로의 자의식의 내용을 제대로 갖추고 있지 못 하기에 아직은 '형식적'으로만 성인인데, 결국 이는 1930년대가 도달한 정신사적 깊이의 천박함 때문이기도 하다.

---

7) 김남천에 대한 저자의 또 다른 논문인 「김남천의 『대하』를 빌미로 한 몇 가지 생각」은 바로 이런 가출-성숙-계몽의 모티브를 담고 있다. 저자는 형걸의 가출을 논하면서, "성숙과 미성숙의 경계에 가출이 있는 것이고, 그리고 가출은 미성숙의 고백이면서 또한 성숙의 시작이다. 그렇다면 이제 남는 것은 세계의 밖에서 그가 어떻게 성숙하는가이다"(373)라는 루카치적인, 인상깊은 발언을 한다. 그렇다면 가출은 매우 소설적인 모티브이기도 하겠다. 저자는 이 가출을 '단독자로서의 주체의 자기 표명'이라면서 주체의 예견된 패배와 덧없는 희망을 덧붙이는데, 과연 이걸 그냥 "형식상의 주체 형성에도 불구하고 결코 내용은 갖추지 못하는('못한'이 아니라-인용자) 것"(374) 정도로만 치부할 수 있을까 한다.

제2절은 전향한 지식인들의 삶과 내면을 그린 소설들을 다룬다. 이 소설들 가운데 가장 주목할 만한 것으로 「처를 때리고」가 있다. 이 소설은, 내용적으로는 전향 지식인을 정면 비판한다는 점에서, 형식적으로는 남편·아내·화자의 세 시각이 각기 독자적인 발언을 하여 일방적이거나 또는 작가 우월적인 해석을 부정한다는 점에서 독특하다. 특히 형식에서의 독특함은, 분열과 재건이라는, 고발문학론의 이중 기획을 실례로서 보여준다.

「남매」에서의 봉근이처럼 여기서의 아내는 김남천의 타자(他者)이다. 자기를 이중 부정하여 결국 아내가 자기라는 것을 확인하려는 것은 좋으나, 그 결과 '자기 동일성의 회복'이 아니라 '자기 분열'이라는 사태가 발생한다면 문제가 되겠다고 저자는 생각한다. 이렇게 "주체의 측면에서 자기 동일성 확보가 되지 않을 때, 자신을 전적으로 자신의 부정성인 대상에 함몰시킴으로써 자기 동일성의 균열을 적어도 문학내적으로는 막을 수 있는 가능성이 생긴다. 그리고 이 가능성을 탐색한 것이 '관찰문학론'"(149)이라고 저자는 말한다. 그렇다고 균열이 완전히 봉합될 수는 없는 법인데, 평자 생각에 봉합에의 욕망은 감성적 언표를 책임지는 제내(自我]의 고유한 선험성, 형이상학을 자꾸 없애려 하기에 위험하다 하겠다. 사실 주체성이라는 것은 바로 이런 고유의 결이 형성해/형성돼 가는 내면에서 찾아지는 게 아니겠나?

저자는 말한다. "세상의 겉모습이란 세상의 본질과는 같지 않은 것이고, 바로 그렇기 때문에 과학이 필요한 것이 아닌가?"(164) 하고 그렇다. 그러나 그 본질이 무엇인가를 모를 때 과연 그 겉모습이나 나의 주체성 같은 것을 어찌 짐작하겠는가? 그렇기에 더욱 관찰의 정신이 필요한 것이고 또 그것은 작품 속에서의 이끌림에 의해 수시로 모습을 드러내 가야 하지 않을까?

제3절은 지식인의 풍속도를 통속적으로 묘사한 「세기의 화문(花紋)」과 『사랑의 수족관』을 다룬다. "비록 1930년대 후반에만 한정되어 있었던 것은 아니지만, 1930년대 소설가들에게 다가왔던 커다란 문제의 하나는 통속성

의 문제"(165)인데, 이 시기 우리 나라 소설의 통속성은 자본 논리에의 종속성 외에 일제에의 영합성이라는 특징도 지니고 있었다.

「세기의 화문」의 지식인들에게는 '과거'도 '삶의 어려움'도, 따라서 '자의식'도 존재하지 않는다. 그러나 김남천은 그런 삶들을 부정하지 못한다. "김남천의 소설 속에서 드러나는 균열의 한 지점이 바로 이 자의식이 없는 지식인들에 대한 김남천의 태도이다."(222)

『사랑의 수족관』의 주인공들에게는 최소한의 자기 의식이 부과되기에 「세기의 화문」 정도의 가벼움에서는 벗어날 기회가 주어진다. 그러나 이들은 "자신의 사회적 존재를 부정하지 않으면서 그들이 행할 수 있는 일이란 근대의 기술적 합리성에 빠져들거나 아니면 자선사업에 나서는 일일 뿐이다."(222) 저자는 "『사랑의 수족관』은 『무정』의 변형태"(179)라 규정짓고 있다.8) 저자에 의하면 "『무정』의 핵심은 삼각관계이고, 그 삼각관계 문제를 해결하는 방식은 연애 구조를 계몽 구조로 전환시키는 데 있다. 그리고 삼각관계의 갈등 속에, 정확하게 말하자면 이형식의 갈등 속에 새로운 것과 낡은 것이 대립되어 있다."(179) 1935년 이전 「공장신문」 같은 데서 명확히 드러났던 (전위-대중의) 계몽 구조는, 비록 영향 관계가 일방성에서 일부 상호성으로 바뀌었지만, 다시 되풀이된다. 또 이 소설에서 나타나는 '기술의 가치 중립성' 역시, 과학 기술의 사회적 성격은 탈각된, 또 하나의 계몽주의를 보여 준다.

3-4

제5장에서 저자는 김남천이 최종적으로 「경영(經營)」, 「낭비(浪費)」, 「맥(麥)」으로 이어지는 연작을 통해서 '근대적 주체의 정립' 작업을 수행해 나가는 모습을 그려보았다. 이 연작은 김남천이 "소년 주인공 소설에서 드러

---

8) 저자는 다른 논문 「이태준 장편소설의 소설사적 의미-『불멸의 함성』을 중심으로」에서, 남녀의 삼각관계와 계몽적 민족주의 등의 특성을 지닌 『불멸의 함성』 역시 이광수의 『무정』이 희화화되어 반복된 작품에 불과하다는 가설을 내놓았다.

냈던 '성숙'의 이데올로기와 일련의 '전향' 주인공 소설과 『사랑의 수족관』이 보여 주었던 '자기 의식'의 논리를 종합한 소설이다. 그런 점에서 이 연작은 해방 전 김남천 소설을 종합하는 소설이며, 또한 김남천이 내린 하나의 결론이다."(223)

당대 두 경향의 지성인인 전향자 오시형과 허무주의자 이관형의 대립을 축으로 해 놓은 채 최무경은 그저 매개적 인물로만 취급해 온 기존의 많은 논의들에 비해 저자는 중심에 최무경을 놓는다. 저자는 김남천이 주인공을 통해 '근대적 주체'를 형성해 가는 모습을 그리고 있다 한다. 최무경의 주체화 과정은 독특하다. 최무경이라는 주체는 부정성으로만 규정된다. '모든 관계에서 벗어남'은 외부의 힘에 의한 것이기 때문이다. 문제는 이러한 폭압을 어떻게 내면화하느냐 인데, 최무경은 백철의 '사실 수리'식으로 '사실의 논리'까지 받아들이는 게 아니라, 단지 그 결과만 받아들이고는 이 사실의 근본적 원인을 파헤쳐 가고자 하는 데에서 두 사람 어느 누구와도 다른 주체를 이루어 가는 것이다. 비록 최무경은 아직 고립된 개인이지만, 스스로의 사회적 존재 속에서 역사와 사회에 대해 질의·응답하는 과정을 체험하기 위해서는 사회적 존재로부터 유리되어 오직 '개인'으로서만 존재해야 한다. "사실 이러한 과정은 근대 문학뿐만이 아니라 근대 초기 개인 주체의 형성 과정에서 보인 내면의 확충이라는 과정이 사회를 거쳐서 다시 개인에게로 돌아간 것이라고 해석할 수 있다."(211~212) 그러므로 최무경은 근대 문학 초기의 개인과는 다르다. 하지만 최무경의 근대적 주체는 아직 형식상의 것에 불과하다.

평자는 저자 생각에 대부분 동의한다. 하지만 이관형이 김남천의 자화상인 만큼 오시형과 똑같은 중요도로 다루어진 것은 좀 문제가 있다는 생각이 든다. 이관형을 중심에 놓고 삼각 구도를 볼 때에, 작가는 오시형이라는 현실을 간직한 채 최무경이라는 이상을 만들어 갔다고 볼 수도 있지 않나 하는 생각이 든다. 이 과정이 최무경의 주체가 형성돼 가는 과정과 함께 함은 물론이다. 평자는 이 작품을 통해 김남천이 스스로의 '근대적 주체'를

형성해 간 과정을 읽어야 하겠다는 생각을 한다.[9]

결론적으로 저자는, 이 논문은 여전히 김남천에 제한되어 그의 내적인 모순, 분열 그리고 그것을 치유하는 김남천 자신의 방식만을 검토하였다고 말하면서, 김남천의 자기 동일성을 위협했던 타자가 다른 작가와 비평가들에게는 어떠한 양상을 띠면서 나타났는가를 살피는 것도 이후의 과제라고 하였다.

4.

이 책에서 김남천 다음으로 중요하게 다루어진 작가는 주로 1930년대 후반에 등장하여 소위 '신세대 작가군'의 일원으로 불리는 허준과 최명익이다. 2부와 3부는 이 둘에 관한 내용이 주를 이루는데, 평자 역시 이들을 다룬 논문만을 언급하기로 하였다. 이 외의 것들 중 「1934년 경성, 행복 찾기 —박태원의 「소설가 구보씨의 일일」」은 본격 논문이 아니라서, 그리고 그 외의 것들은 이미 앞에서 다루었기에 언급을 생략하기로 한다.

4-1

「허준론(許俊論)」에서 저자는 먼저 허준의 해방 직후 첫 소설인 「잔등(殘燈)」을 논하면서 이야기를 이끈다. 저자는 이 작품이 해방 전·후를 연결시키는, 작품 경향 변화의 핵심 고리가 된다고 생각했기 때문이다.

우선 저자는 「잔등」의 형식으로서의 '길'의 이중적 의미와 대립 구조에 대해 말한다. 이 작품에 나타나는 '해외 동포 귀환'의 길은 해방이라는 역사적 상황에 의해 규정된다. 이 '길'이 좀더 문제적인 형식이 되는 이유는, 이렇게 사회사적 의미로서의 '길'이라는 형식이 작품의 내적인 통일성을 가

---

9) 평자의 자세한 의견은 졸고 「김남천 소설을 통해서 본 '전향과 근대성'의 문제—<경영>과 <맥>의 인물 분석을 중심으로」(『어문논집』 제37집, 안암어문학회, 1998)를 참조하라.

져다 주는 내적 형식으로서가 아니라 단순한 외적 형식으로만 존재하기 때문이라 한다. 따라서 저자는 여기서 오로지 여행의 사소한 에피소드가 연속되거나 대상에 대한 감성적 차원의 인식이 주관적으로 표출되는 것을 볼 뿐이다.

「잔등」에서 주인공은 귀국길에서 두 사람을 만나게 되는데 이 중에서 술집 할머니와의 만남은 소설의 가장 핵심을 이룬다. 그런데 저자는 할머니의 '너그러운 슬픔'에 대한 작가의 인도주의적 시선이 무계급적인 '소시민적 세계관'에 입각해 있다고 비판한다. 앞의 '길'에 대한 비판과 아울러 볼 때 허준의 세계 인식은 '세계의 내적 연관'에까지 파악해 들어가지 못했다고 저자는 본다. 그래도 「잔등」은 해방전 작품인 「탁류」와 「습작실에서」에서 볼 수 있는 '체관-숙명론' 및 '타인에의 애정'의 연장임과 동시에 「잔등」 이후 작품인 「속 습작실에서」 및 「역사」에서 볼 수 있는 '자의식 탈피'와 '현실 역사의 수용'의 전단계이기에 의의가 있다고 저자는 생각한다.

4-2

「리얼리즘에의 도정-최명익론」에서 저자는 우선 「비오는 길」과 「장삼이사」에 나타나는 최명익의 세계관에 주목을 한다. 「비오는 길」의 세계는 주인공의 의식에 의해 주관화된 채, 주인공은 자의식의 세계에 칩거할 뿐이다. 반면 「장삼이사」의 세계는 객관적이긴 하나 그저 관찰 대상 정도일 뿐이다. 저자는 "전자가 주관적 관념론에 기반함에 비해 후자의 경우 불가지론에 기반하고 있다"(265)고 도식화한다. 결국 이 둘 모두 '소시민적 개인주의 시각'과 '세계의 내적 연관의 미(未)추구'라는 문제점을 갖긴 하지만 그래도 저자 생각에, 작가 자신의 존재 자체를 문제삼지 않음으로써 비로소 소박한 유물론에 다가섰다고 생각되는 「장삼이사」가 좀더 긍정적이다. 해방 후에 쓰여진 「기계」는 이런 점의 연장선상에서 한층 더 나아가 리얼리즘에 다가설 수 있었다고 저자는 주장한다. 중소 자본가 계급인 최명익이 리얼리즘 소설로 나아갈 수 있었던 가장 큰 원인은 바로, 해방 전부터도 조금씩 가능성으로서 받아들여졌던 '새로운 세계' 때문일 거라고 저자는 이 야기하는데, 막상 그 '세계'에 대한 설명은 충분치 않은 형편이다.

결론에서 저자는, 모더니즘을 세계관의 문제에서 보려 한 것이 이 글의 출발점이었다고 밝히면서, "이 글에서는 상당히 성급하게 소설의 경향을 곧바로 철학적인 개념으로 환치시켜 설명"(273)한 바가 있다는 고백도 곁들 인다. 평자 생각에 이는 앞 「허준론」에서도 마찬가지이다.

후에 나온 또 하나의 최명익론인 「최명익 소설 연구-「비오는 길」을 중 심으로」는 이런 아쉬움을 어느 정도 해결해 준다. 저자는 주인공 병일의 삶 중에서 특히 '독서 체험'을 중시한다. '독서'를 "'문자'로 대표되는 추상, 형이상학에 대한 열망"(283)의 표현으로 의미화하는 것은 좀 과도한 듯하지 만, '관념의 세계 속에서의 무한한 축적 욕망'과 '고립된 사적 세계의 보전 의지'로 해석해 낸 것은 충분히 타당성을 갖는다. 그리하여 저자는 "결국 병일의 욕망이나 병일이 부정하고 있는 욕망이나 모두 자본주의적 삶의 질 서 속에서 배태된 것이고, 또한 자본주의적 질서를 넘어서지 않는 것"(295) 이라는 좋은 해석을 해 낸다.

4-3

「1930년대 후반 소설에 나타난 새로운 문제틀과 두 개의 계몽의 구조 -허준과 최명익을 중심으로」는 「최명익 소설 연구-「비오는 길」을 중심 으로」의 연장선상에 있다.

먼저 최명익 부분을 보면, 「비오는 길」에서의 독서의 의미가 좀더 탐구 되는 것을 볼 수 있다. 저자는 주인공 병일의 독서가 존재에 대한 물음을 포기함으로써 결국 '내용이 없는 형식'으로서의 독서로 변하는데, 이 형식 으로서의 독서야말로 병일에게는 가장 충만한 존재 내용이자 존재 형식이 된다고 하였다. 그런데 이때의 독서는 그저 자신과 다른 이를 구별하는 하 나의 징표로서의 지식을 생산할 뿐이라 한다. 저자는 "이러한 '상징적 자본 으로서의 지식'이 1930년대 중반, 지식인의 실업이 가중되고 있는 상황에서

「비오는 길」에서 의미 있는 것으로 등장한다는 것을 어떻게 해석할 수 있을까?"(409)라는 깊이 있는 질문을 던진다. 그리고 다음과 같이 대답을 한다. "내면에의 축적에 대한 욕망은 그 자체로 계몽주의적인 것이다. 미성숙에서 성숙으로 병일의 독서는 그렇기 때문에 계몽의 양식화이다."(410)

저자가 보기에 「비오는 길」이나 「봄과 신작로」에서와 같이 최명익 문학은 근본적으로 계몽의 구조를 지닌다. 그런데 그것은 "'이광수적 계몽 구조'로부터 '개인의 자기 계발이라는 새로운 계몽 구조'로의 이행"을 보인다. 저자는 최명익에게서 '근대적 주체를 가진 개인'의 탄생을 읽어 낸 것이다.

반면에 허준의 「탁류」는 '주체 소멸의 욕망'을 보이면서 개별적 존재를 부정하려 한다. 저자는, "개별적으로 완전한 자율성을 지닌 존재인 개인의 부정이라고 한다면, 이 주체 소멸의 욕망은 계몽으로부터의 이탈, 곧 탈계몽의 한 모습"(421)이라고 정리하는데, 평자 생각에 이는 좀 지나친 일반화인 듯싶다. 저자가 「탁류」에서 "개인의 자율성 추구와, 그 개인을 우연한 존재로 만드는 관계, 혹은 제도의 대립"(423) 속에서의 탈계몽적 출구를 읽어 내는 것도 마찬가지로 여겨지는데, 평자 생각에 이 소설에는 오히려 전근대적인 우연성의 횡포에서 벗어나고자 하는 근대적 욕망이 서려 있다.

결론적으로 저자는, "염상섭의 『만세전』 이후 카프에 이르기까지 소설을 지배하고 있었던 것은 인식론적 문제틀이었는데, 1930년대 후반에 들어 최소한 이 두 작가에게는 인식론적인 문제보다는 오히려 존재론적이라고 할 수 있는 문제, 자기 존재의 규명이라는 문제가 제출되고 있다"(424)고 주장한다. 그러나 평자 생각에, 결국 인식론에서도 인식 주체와 대상의 존재가 문제된다고 할 때, 각 존재자들의 온갖 존재 양태를 규명함으로써 자연스럽게 존재론은 인식론을 껴안을 수 있게 된다. 그러므로 평자는 '두 작가의 문제틀 전환'이라는 명제를 좀더 다른 각도에서 본다면 더욱 풍부한 논점이 나오지 않을까 하는 생각을 해 본다.

5.

채호석은 「김남천 문학 연구」의 한 각주에서 다음과 같은 말을 하였다.

"소설을 억압의 결과물로 받아들인다면, 그것은 어쩌면 그것을 읽어내는 우리들을 치료하기 위한 것일 수도 있다."(113)

저자는 일제시대 '노예 언어'로서의 소설에 대한 정신분석학적 읽기를 감행함으로써 소설 작가나 당대 독자가 아니라 바로 현 시대의 우리가 치료를 받아야 한다는 주장을 한 것이다. 그는 이를 통해 우리의 억압된 무의식, 정치적 무의식을 발견하자고 한다. 분명 이런 어조는 매우 계몽적이긴 하되 일제시대 것과는 내용을 달리 하는데, 우선 '정치적 무의식' 같은 용어부터가 그렇다. 알뛰세는 개인에게 이데올로기는 이미 탄생하는 때부터 주체화하는 과정에 이르기까지 부여된다고 하였다. 그러므로 그 형성 과정은 의식적인 결단이나 신념을 넘어서서 무의식 차원에서 진행되는데 그게 정치적이라는 것이다. 정치적 무의식이 형성·작동되는 것은 일제시대나 지금이나 비슷하다. 다만 그 시대 사람들에게는 우리와 같은 식의 계열화가 이루어지지 못할 뿐이다.

이러한 인간들의 무의식을 탐구하는 채호석의 태도는 사뭇 진지하면서도 조심스럽다. 모호한 문장 구조를 적지 않게 품고 있는 본문과 새로이 주장하고 싶은 바를 은근히 숨겨 놓고 있는 각주는 서로 대조를 이루면서 저자의 신중함을 드러해 준다. 그 신중함의 바탕에는 무엇이 있을까? 그의 초기 논문을 보면 '물론'이라는 부사가 심심찮게 눈에 띄는데, 이는 당시 그의 논문에서 간혹 보이는 지나친 일반화나 도식화와 맞물린다. 그러는 중에도 '주체'와 '계몽'이라는 굵직한 주제를 중심으로 꾸준히 논리를 전개해온 저자는 그가 김남천에게 부여한 평가를 고스란히 스스로에게 돌릴 수 있도록 하였다. 저자의 연구 과정은 그대로 스스로의 '주체'를 탐구하고 '계몽'을 기획하는 과정이었으며, 연구 대상을 통해 연구 주체를 읽어 내는 과정이었다.

채호석이 스스로를 포함한 현 시대인에게서 바라는 "몸 가벼운 진중함"(401)이라는 것을 김남천을 중심으로 한 그 시대 문인들에게서 발견하려는 욕망, 그 욕망을 통해 그는 새로운 계열화를 꿈꾼다. 그리고 결국 그 담론적 시간에 의한 개념적 언표 아래로 "우주의 모든 감성적 언표들의 흐름이 만들어 내는 절대적 시간"[10]을 느끼면서 역사를 읽기를 바란다.

저자와 같은 방면의 전공자가 아닌 평자는 책 내용에 대해 함부로 평가적인 발언을 하지 않는 대신 가능하면 독자를 위한 요약 정리에만 힘썼다. 이 즐거운 독서를 통해 평자 역시 많은 것을 배웠음을 밝히면서 끝을 맺는다. 새미

---

10) 이정우, 앞의 책, pp.70~71.

한국현대시사의 준거틀을 찾기 위한 모색
― 박윤우, 『한국현대시와 비판정신』

임 명 섭

1.

한국현대시가 그 모습을 보인지 벌써 한 세기가 지나갔다. 그쯤 됐으면 거시적인 관점에서 한국현대시가 전개되어 온 모습을 조감하고 정리해낸 시사가 얼굴을 보일 법도 한데, 아쉽게도 우리는 아직 그러한 현대시사를 만나지 못하고 있다. 물론 한국현대문학사라는 큰 틀 안에서 현대시의 사적 전개양상을 재구성해내고자 했던 산발적인 움직임이 없었던 것은 아니지만 독자적인 현대시사를 위한 본격적인 시도나 성과물은 의외로 찾아보기 어려운 것이 사실이다. 게다가 오늘의 시점에서 보면 한국현대시의 태반이요 활동무대였던 20세기 전체가 하나의 완결된 단위로 파악될 수 있기 때문에, 그 기간에 한국의 시인들이 수행하였던 다양한 시적 실험과 탐험들의 의미를 반성적으로 뒤돌아보고 앞으로 한국의 현대시가 나아갈 방향을 진지하게 성찰할 수 있는 계기를 만들어줄 중간결산 작업에 대한 요청은 더욱 시급하고 절실한 것으로 보인다. 물론 그러한 요청이 충족되기 위해서는 20세기 전체를 관류하는 시사적 흐름을 명료하게 파악하고 그에 맞

고려대 강사, 논문으로 「이상의 문자경험 연구」와 「〈토지〉-식민지의 삶과 글쓰기」 등이 있음.

쳐 개별작품들과 시인들을 정확하게 자리매김 하는 지난한 작업이 필요하다. 그래서인지 그것은 아직도 요청적 과제로만 머물러 있는데, 반갑게도 그러한 과제를 수행하는 데 유익한 참조가 될만한 한 권의 책이 최근에 선보였다. 박윤우 교수가 쓴『한국현대시와 비판정신』이 그것이다.

『한국현대시와 비판정신』은 현대화 과정에서 그 부정적 양상을 숨김없이 노출시켰던 지나간 시대의 현실에 맞서 현대시가 독자적인 방식으로 감행하였던 비판적 대응과 도전에 초점을 맞추어 현대시사를 나름대로 정리해낸 책이다. 이 책에 실린 글들은 1920년대에서 1950년대까지의 시론과 시인론으로 구성되어 있다. 시대별 분류는 책 편제의 역순으로 되어있는데, 제3부에 1920－30년대에 걸친 시의 전개과정을 대상으로 시사적 의미를 살핀 글들이 실려있고, 2부는 1930년대 후반과 해방기에 걸친 시인들을 다룬 시인론을 싣고 있으며, 1부에는 1950년대의 시 및 시론을 대상으로 한 저자의 박사학위논문이 실려있다.

얼핏 살펴본 책의 편제에서 알 수 있듯이『한국현대시와 비판정신』이 대상으로 삼고있는 시대는 아쉽게도 1950년대까지로 제한되어 있으며, 1920년대 이전의 시사는 처음부터 배제되어 있다.『한국현대시와 비판정신』은 현대시가 태동하고 전개되어 온 모든 시기를 포괄하는 본격적인 현대시사로서는 한계를 갖고 있는 것이다. 또한 처음부터 한 권의 완결된 현대시사를 의도하고 집필된 것이 아니라 쓰여진 시기와 목적이 제각각일 수밖에 없는 기왕의 글들을 엮어 묶다보니 각 장의 글들에서 특정한 시사적 관점이 일관되게 유지되고 있지도 않다. 그러나 스스로 서문에서 밝혔듯이 현대시에 대한 저자의 관심이 오래 전부터 "역사적인 관점에 무게중심이 놓여진 것이었'고 '근대 이후 우리 시가 어떤 모습으로, 어떤 생각들을 가지고 변화해 왔는가에 대해 들여다보고 이해하고, 설명해내는 작업으로 일관된 것이었"(4면)기 때문에, 각 글들 속에서는 어김없이 시사적 관심이 관철되고 있다. 그리고 그러한 저자의 관심은 "문학작품의 가치 평가는 문학사적인 관점의 이해를 전제로 하며, 문학사적 이해는 당대의 사회역사적인 현실성에 대한 이해를 필요로 한다"(341면)는 믿음에 의해 뒷받침되고 있어서 더더욱 시사적 성격을 강하게 띠고 있다. 그래서 저자는 그러한 시사적 관심이 일관되게 유지되고 있는 글들로 묶여진 『한국현대시와 비판정신』을 "나름대로 구성한 축소판 현대시사"(4면) 라고 자부할 수 있었을 것이다.

이렇게 볼 때 『한국현대시와 비판정신』은 분명히 본격적인 의미의 한국현대시사라고 할 수는 없지만, 이후에 쓰여질 온전한 의미의 한국현대시사가 신중한 시선으로 곁눈질하고 참조할만한 책임에 또한 틀림없다. 그렇다면 이 책을 꼼꼼하게 살펴봄으로써 앞으로 구상되고 만들어질 본격적인 한국현대시사의 모습을 개략적인 형태로나마 미리 그려보는 기회를 마련할 수도 있으리라 판단된다.

2.

『한국현대시와 비판정신』이 완결된 현대시사가 아님에도 불구하고 '나름대로 구성한 축소판 현대시사'라고 할 수 있다면, 무엇보다도 거기에는 한국현대시사를 거시적으로 조망하고 각 시대의 작품들을 하나의 일관된 기준과 척도로 묶고 꿰어내는 준거틀이 있어야 할 것이다. 저자는 '현실성'과 '현대성'을 그 준거틀로 제시하였다.

이 책의 논문들을 통해 개진된 우리 현대시사상의 시학적 과제의 핵심은 '현실성(reality)'과 '현대성(modernity)'의 두 관념이다. 전자는 리얼리즘을 미학적으로 뒷받침하는 요건이며, 후자는 모더니즘의 그것이 됨은 물론이다. (중략) 전자가 서구근대의 자본주의 사회의 문학이 지향한 이상적 세계의 총체상 구현이라는 대명제를 바탕으로 개념화된 것이라면, 우리의 경우 역시 일제에 의해 국권을 상실한 상태에서의 근대화 과정이 우리 시의 현실성에 대한 탐구를 가능케 하는 구체적 준거로 작용할 수 있다. 마찬가지로 후자는 20세기에까지 이르는 서구 근대의 변화과정이 갖는 정신적, 문화적 의미에 대한 규정이라는 점에서 해방후 새롭게 변모되는 우리 사회의 현실적 과정 속에서 나타나는 시사적 현상을 설명하는 중요한 요건이 된다. 결국 이 관념들은 결코 상반된 본질과 지향을 가지는 것이 아니며, 우리 현대시사 전반을 통해 파악할 수 있는 시문학적 현실인식의 양상과 특질을 적절하게 설명하기 위한 두 가지 틀에 불과한 것이다.

『한국현대시와 비판정신』에서 저자는 '현실성'과 '현대성'이라는 두 축을 가지고 나름대로 현대시사를 재구성해 보았다는 것인데, '현실성'은 리얼리즘 미학의 밑바탕에 있는 개념이고 '현대성'은 모더니즘의 그것이라고 한다. 그런데 '현실성'은 1920년대에서 해방전까지의 현대시들을 이해하고 판단하는 기준이 되고 '현대성'은 해방후의 현대시들을 파악하는 기준이 된다는 것이 저자의 주장이다. 그러니까 저자는 해방전까지는 '현실성'이라는 잣대를 가지고 한국현대시사의 전개양식을 잴 수 있으며, 해방후의 현대시사의 전개양식을 파악할 때는 '현대성'이라는 개념틀을 고려해야 한다고 생각했던 듯하다. 그렇다면 '현실성'과 '현대성'이라는 개념틀의 구체적 함의가 궁금해진다.

저자가 말하는 '현실성'이라는 개념이 구체적으로 무엇을 의미하는지 분명하게 명시되어 나타나지는 않는다. 다만 다음과 같은 표현들을 통해 유추할 수 있을 뿐이다.

> 프로문학이 추구한 '현실성'의 구현이라는 문제(325면)
> '프로시'란 곧 프롤레타리아 계급 기초 위에 서 있는 시문학적 경향 전체를 지칭한다(265면)
> 프로시는 시대적 사명을 지닌 전형적 인물의 형상을 통해 일제강점기의 사회 현실을 구체적이고 진실하게 반영한 시이며, 상징적 형상과 서사적 구조, 객관적 화자의 제시와 같은 민중적 형식의 확립을 통해 형상화한 리얼리즘시라는 평가가 가능하다.(275면)

등의 표현이나 여러 정황을 고려해 볼 때 저자가 제기한 '현대성'이라는 개념틀은 아마도 사회주의와 같은 이념적 지향을 지니면서 사회적 참여의지와 역사적 현실에 대한 실천적 관심을 강하게 표출하는 시적 경향을 지칭하는 듯하다.

한편 '현대성'이라는 개념에 대해서는 다음과 같이 비교적 분명하게 설명되어 있다.

> 요컨대 역사철학적인 의미에서 현대성은 완성되지 않은 세계의 내부에서 보다 나은 인간의 미래를 향해 끝없는 부정과 계몽의 과정을 거치면서 문명과정의 합리화를 구현함을 목표로 한다. 모더니즘시가 추구하는 현대성 역시 혼란과 위기의 현대상황에서 유토피아적 미래로서 이성적이고 합리적인 사회의 형성을 위해 현실에 대한 비판적 성찰과 그 형식화에 본질이 놓여있는 것이다. (37면)

'현대성'이라는 개념들은 "근대화가 초래한 문명적, 정신적 폐해와 그에 따른 위기의식"(24면)을 공유하면서 '이성적이고 합리적인 사회의 형성을 위해 현실에 대한 비판적 성찰과 그 형식화'를 위한 시도를 보여주는 시적 경향을 지칭하는 것이다. 그렇다면 1920년대에서부터 해방 이전까지의 현대시들을 '현실성'의 척도로, 해방 이후의 현대시들을 '현대성'의 척도로 삼아 이해하고자 하는 저자의 의도는, 해방 이전까지의 현대시 중에서는 뚜렷한 이념적 지향을 보이면서 현실에 대한 실천적 개입의 의지를 보여주는 작품들을 대상으로 삼고, 해방 이후의 현대시 중에서는 '근대화가 초래한 정신적, 문명적 폐해'에 대한 문제의식을 앞세우고서 그에 대한 '비평적 성찰과 그 형식화'를 보여주는 시도를 담은 작품들을 대상으로 삼으려는 뜻을 담고 있음을 알 수 있다.

실제로 『한국현대시사와 비판정신』은 위와 같은 저자의 의도와 판단에 따라 구성되어 있다. 이 책이 대상으로 삼고있는 시나 시인들의 면모를 살펴보면 그 사실이 분명하게 드러난다. 1920-30년대에 걸친 시론들은 이른바 프로시론의 시사적 의미와 한계를 살피거나 구체적으로 1930년대 후반경의 프로시론의 현실성 인식에 대해 따져 보았으며, 프로시와 민족주의시를 관련지어 살펴본 글 역시 발견된다. 또 1930년대 후반에서 해방기에 걸친 시인론 역시 오장환, 윤곤강, 이용악, 백석,

▲ 박윤우, 『한국현대시와 비판정신』

설정식 등을 대상으로 삼았는데, 이들은 저자가 정의한 의미의 리얼리즘적 시관을 직접적으로 표방하거나 그에 동조하는 입장에서 시를 썼던 시인들이라고 할 수 있을 것이다. 한편 1950년대의 시와 시론은 모더니즘 계열의 시인들 — 박인환, 전봉건, 김수영을 다루었다. 이렇게 보면 대상 시편들과 시인들의 선정은 저자가 설정한 준거틀에 부합하게 이루어진 셈이라고 할 수 있겠다. 결과적으로 해방 이전까지는 '현실성'을 확보한 작품들을 다루고 해방 이후에는 '현대성'을 확보한 작품을 대상으로 삼은 셈이다.

3.

『한국현대시와 비평정신』은 나름의 준거틀을 제시하고 또 그 준거틀에 맞추어 작품과 시인들을 배열해냄으로써 나름대로의 시사적 골격을 갖추고 있다. 그러나 완전한 현대시사를 상정하고 다시 이 책을 살펴본다면 여러 가지 불만족스러운 부분이 있는 것이 사실이다. 우선 지적할 수 있는 것이 해방전의 의미 있는 시적 성과들이 애초부터 배제되어버렸다는 점이다. 저자의 시사적 관심 자체가 한쪽으로 치우쳐 있어서 대상으로 다루게 된 작품이나 시인들 역시 편중됨으로써 시사가 갖추어야할 온전한 균형감각을 확보하지 못한 것이다. 20년대의 윤동주, 김소월, 한용운이나 30년대의 정지용, 이상을 배제한 한국현대시사란 생각할 수 없는 것 아닌가! 한편 그보다 중요한 논란거리로 여겨지는 것은 이중적인 준거틀의 적용과 관련된 문제이다. 어떤 시기에는 '현실성'을 다른 시기에는 '현대성'을 준거틀로 제시함으로써 한 시대를 관류하는 특정한 흐름과 줄기를 잡아내야 하는 시사로서는 치명적인 혼란스러움을 노출한 것이다.

다음과 같은 질문들이 가능하다. 이른바 '현실성'과 '현대성'은 서로 구별되는 것일까? 해방 이전까지의 시기에는 '현실성'이 해방 이후에는 '현대성'이 문제가 되는 것이 아니라, 현대사를 통틀어서 '현대성'이 결국 문제가 되는 것이 아닐까? '현대성'을 구현하고 확보하려는 과정에서 이른바 리얼리즘적 지향과 모더니즘적 지향이 분리되어 전개되었다고 보는 것이 타당하지 않을까? 물론 해방 이전의 시기는 국권상실과 회복운동이라는 특수한 사태를 포함하고 있다. 하지만 그것 역시 현대성이라는 큰 틀 안에서 이루어지는 사건이 아닐까? 이런 의문을 안고 다시 찬찬히 살펴보면 뜻밖에도 저자 역시 그와 같은 생각을 은연중에 내비치고 있음을 알 수 있다. 저자가 준거틀로 제시한 '현대성'이 "완성되지 않은 세계의 내부에서 보다 나은 인간의 미래를 향해 끝없는 부정과 계몽의 과정을 거치면서 문명과정의 합리화를 구현함을 목표로" 하는 시적 경향을 뜻하는데, 다음에서 보면 '현실성'이란 결국 그 '현대성'을 실현하기 위한 한 방법에 속한다는 것을 알 수 있다.

그런데 프로시가 근대의식을 지향했다고 할 때 근대의식이란 곧 과거의 전근대적 사회 구조와 삶의 조건으로부터의 탈피를 뜻하며, 동시에 합리적 이성에 의거한 이상주의의 실현을 추구하는 의식을 말한다. 그러나 그들이 사회주의 이념을 추구하고자 할 때 그것의 실체는 식민지 조선의 역사적 특수성, 즉 근대화: 반(反)식민화' 혹은 '세계주의: 민족적 저항'이라는 갈등 관계의 현실로 인해 피압박 민족으로서 민족과 계급의 일치성이라는 상태로 나타날 수밖에 없었다. 따라서 이들은 이념에 입각한 투쟁적 시의 창작을 통해 사회의 변혁과 시적 변혁을 동시에 꾀한 것이며, 이런 의미에서 프로시는 일종의 전위(前衛)문학으로서의 현대적인 성격을 띠게 된 것이다.(342면)

그렇다면 '현실성' 확보를 목표로 삼았던 리얼리즘의 시들 역시 궁극적으로는 "과거의 전근대적 사회구조와 삶의 조건으로부터의 탈피"하고 "동시에 합리적 이성에 의거한 이상주의의 실현을 추구하는 의식'"인 현대성을 추구했다고 할 수 있다. 그러니까 '현실성'은 '현대성' 실현의 한 방법이지 '현대성'과 구별되는 독자적인 개념틀이 아닌 것이다. 저자의 이런 암묵적인 생각은 개별작가들에 대한 평가에서도 확인된다. 예컨대 이상화에 대해

> 이 시기 한국근대시가 당면한 근대적 서정성의 과제가 크게 보아 계몽적 이성의 확립과 개인의식의 자각 혹은 순수한 개인적 정서의 표출이라는 두 가지 측면으로 압축된다고 할 때, 이상화의 시야말로 이 두 가지 과제가 어떻게 통합되어야 하는가를 시적 발전과정을 통해서 뚜렷이 보여주는 대표적인 경우이기 때문이다. (285면)

라고 말하는 데서도 확인할 수 있다. 저자가 '현실성'의 구현이 그 가늠자라고 판단했던 1920년대의 시인인 이상화 역시 실상은 "과거의 전근대적 사회구조와 삶의 조건으로부터" 탈피하고 "동시에 합리적 이성에 의거한 이상주의의 실현을 추구하는 의식"인 '현대성'을 구현하기 위한 시적 모험을 수행했던 것이다. 그리고 모더니즘 시들은 그 나름대로 또한 '현대성'을 실현하기 위한 시도를 보여주었다. 그것 역시 개별작가론에서 확인된다.

> 이 시기 모더니즘 시인들이 현실에 대한 부정적 인식을 시적 사유의 기반으로 삼은 것은 그들이 탐구한 현대성이 지향하는 유토피아 의식과 밀접한 관련을 맺는다. 파편화되고 분열된 현대 사회의 모순된 삶의 상황에서 내면적 질서와 통일을 염원하는 이러한 유토피아 지향은 불확실한 미래를 극복하고 선취하며 결정가능성을 믿는다는 점에서 계몽적 이성의 회복을 전제로 한다. 현대문명의 위기를 자연에 대한 기술적 통제를 위한 도구적 이성의 확대에서 찾고 본래적 이성의 회복을 주장한 비판이론가들이 이러한 이성적 질서의 회복을 '파괴된 공동감각의 부활'로 바라보고 있는 것도 이와 관련된다.(129면)

위에서 살펴 본 저자의 논지에 따르면 리얼리즘 시나 모더니즘 시나 모두 실은 현대성을 회복하기 위해 함께 싸웠다고 할 수 있다. 다만 방법이 달랐을 뿐이다. 그렇다면 현대시사의 거시적 관점은 '현대성'을 실현하기 위해서 모더니즘 시와 리얼리즘 시가 보여준 각각의 대응방식과 방법을 공정하게 살펴보고 비교하는 일이 되어야 할 것이다. 그렇게 되었을 때 하나의 시간적 단위인 한국현대시사를 대상으로 하면서도 어떤 시기는 어떤 잣대로 재고 다른 시기는 다른 잣대로 잼으로써 발생하게 되는 어색함과 혼란스러움을 피할 수 있을지 모른다. 그리고 '현실성'이라는 어정쩡한 개념 틀을 끌어들이지 않고서도, 진정한 '현대성'을 실현하기 위해 한국현대시인들이 보여주었던 다양한 모색과 싸움들이라는 일관되고 확고한 준거틀로써 현대시사를 정리할 수도 있을 것이다.

물론 그렇게 되면 현대성에 대한 정의와 그것의 수행방식과 관련해서는 좀 더 심층적이고 깊이 있는 논의가 따라야 할 것으로 보인다. "역사철학적인 의미에서 현대성은 완성되지 않은 세계의 내부에서 보다 나은 인간의 미래를 향해 끝없는 부정과 계몽의 과정을 거치면서 문명과정의 합리화를 구현함을 목표로 한다."는 아도르노적인 명제만으로 '현대성'의 복잡다기한 제 국면과 양상이 모두 드러나지는 못하는 것으로 보이기 때문이다. 지금 이 자리에서 그와 관련된 논의를 개진할 수는 없지만, 한국현대시가 보여준 다양한 모색과 실험들을 충분히 포괄하면서 그것들의 심층적 의미를 드러내줄 정도로 유연하면서 폭넓은 '현대성'의 개념을 발굴하고 재정립할 필요가 있다.

현대시사의 전개양식을 파악하는 가늠자의 역할을 할 준거틀로서의 '현대성'의 개념을 섬세하게 재정립할 수 있다면, 시와 시인들을 이해하고 평가하는 잣대의 눈금 역시 좀 더 세밀하고 섬세해질 수 있을 것이다. 사실 『한국현대시와 비평정신』에서 이루어지는 작품과 작가에 대한 평가작업은 조금은 단순하고 안이해 보이기도 한다. 저자는 한국현대시사 전체를 대상으로 삼아 "시대현실에 대응하는 시적 주체의 내면적 욕망이 드러나는 방식과 그 양태"(168)를 살펴보고자 했다. 그런데 이 때 대상이 되는 '시대현실'은 현대화 과정에서 시대의 제 모순이 노출되고 심화되는 양상을 보였고 그에 따라 그에 반응하는 '시적 주체의 욕망이 드러나는 방식과 그 양태'는 시종일관 부정적인 양상을 띠고 나타나는 것으로 파악된다. 결국 시적 주체가 당대의 '시대현실'을 어떻게 부정했으며 그에 대한 대안으로 어떤 욕망을 꿈꾸게 되었는가를 작품 속에서 읽어내는 것이 저자의 시 이해와 판단의 주요한 근거로 작용하고 있다.

저자가 의지하고 있는 작품 이해와 판단의 가늠자는 물론 상당한 현실감과 유효성을 지니고 있다. 그러나 충분히 만족스럽지는 않다. 무엇보다도 부정개념이 너무 협소하게 적용되어 있지는 않나 하는 생각이 든다.

> 1930년대 시에서 근대성을 확보한다는 것은 곧 전대의 낭만주의적이고 자아중심적인 세계인식으로부터 벗어나 대상에 대한 객관적 언어적 형상화를 통한 세계의 이성적 인식을 이루어내는 것이라고 볼 수 있다. 그런 의미에서 이 시기의 모더니즘 시는 '문명'이라는 근대성의 표피만을 그려냄으로써, 식민지하 조선의 현실이라는 구체적 근대성의 실상을 형상화하는 데는 실패한 것이다. 바로 근대화를 지향하는 것이 곧 식민상태를 공고히 하는 것이며, 전통적인 삶의 원형을 상실케 하는 것이라는 역설적 상황이야말로 이 시기 '근대적인 것'에 대한 시적 인식의 토대를 이룬다고 할 때, 백석의 시가 보여주는 고향의 세계는 식민지적 근대의 부정성을 드러내는 동시에, 객관적 화자를 통해 지적 통제를 수반한 대상의 현실적 인식을 가능케 한 것이라고 할 수 있다.(224)

저자는 명시적으로 부정의 양상과 움직임을 보이는 시인과 작품들만을 '현대성'을 확보한 것으로 평가하는 듯하다. 그러나 사실 1930년대의 모더니즘 시들을 저자가 판단하는 것처럼 "'문명'이라는 근대성 표피만을 그려냄으로써, 식민지하 조선의 현실이라는 구체적 근대성의 실상을 형상화하는 데는 실패"하고 만 버려도 좋은 시들로 평가하기는 어렵다. 왜냐하면 그것들은 뒤집어 생각해볼 때 식민지의 현실 때문에 왜곡된 근대화의 실상과

정체를 가장 분명하게 증언하고 형상화함으로써 진정한 현대성의 과제를 역설적으로 깨우치게 했다고도 볼 수 있기 때문이다. 예컨대 이상은 시형식의 실험을 통해 왜곡된 현대성의 현장을 현장검증 하려 했으며, 정지용은 언어의 조탁을 통해 근대화의 와중에 심화된 한국어의 물화에 맞서 투쟁했고, 김소월은 근원적 자연으로부터 소외되고 파편화되어 가는 현대인의 처지를 증언함으로써 그 어떤 시인들보다도 격렬하게 '현대성'을 구현하려 했던 시인들이라고 볼 수도 있다. 그렇지 않고 모더니즘 시들이 단지 근대에 대한 맹목적인 환상과 매혹에 빠져서 허우적거렸다고 하더라도 그것 역시 틀림없는 우리 현대시사의 실상이다. 그러한 맹목적인 환상의 체험을 겪고 난 이후에 비로소 한국현대시는 근대성의 허상을 깨닫게 된 것이며 그에 대한 극복의 움직임과 대응 역시 가능했던 것이다. 한국현대시사는 한국현대시인들이 감당해야 했던 그 모든 경험과 시도들을 아우를 수 있어야 하지 않을까?

4.

『한국현대시와 비판정신』은 완전한 한국현대시사를 상정하는 입장에서 보면 여러 모로 불만족스러운 부분이 많은 책이다. 그러나 완전한 한국현대시사를 만들기가 얼마나 어려우며 그 과제가 온전히 수행되기 위해서 고려해야 할 것들이 어떤 것들인지를 다시 한번 환기시키고 분명하게 깨닫게 하는 책이기도 하다. 그런 점에서 『한국현대시와 비판정신』은 아직까지 변변한 한국현대시사를 갖고있지 못한 우리 모두가 다양한 각도에서 섬세하게 읽어내야 할 책이라고 할 수 있다. 이 글은 의도적으로 완전한 한국현대시사를 상정한 입장에서 『한국현대시와 비판정신』을 읽음으로써 이 책을 꽤나 비판적인 입장에서 살펴본 셈인데, 애당초 완전한 한국현대시사를 의도하지 않았던 저자에게는 너무 불공정한 처사가 되지 않았는지 저으기 걱정된다. 세미

원고투고 및 심사규정

　『작가연구』는 한국의 현대문학에 대한 개방적이고 진취적인 문학연구를 지향하는 국문학 전문학술지입니다.

　『작가연구』는 이론적 깊이와 비평적 통찰을 겸비한 문학 연구를 통해 우리 시대의 문학과 주요 작가들을 새롭게 조명함으로써 엄정하면서도 개방적인 문학사를 지향합니다.

　『작가연구』는 인간 정신의 참 의미를 구현해 나갈 인문학이 전반적으로 침체된 시대 상황의 제한 속에서도 한국문학의 정수를 끈질기고 깊이 있게 성찰함으로써, 인문학의 진정한 위엄을 되찾고 한국문학이 새롭게 도약할 수 있도록 노력하고 있습니다.

　『작가연구』는 참신하고 진지한 문제 의식이 담긴 연구자 및 독자 여러분의 글을 기다리고 있습니다. 이러한 편집취지와 뜻을 같이 하는 분의 글이라면 어떤 것이나 환영합니다.

　다음은 『작가연구』에서 정한 투고원칙 및 심사규정입니다.

1. **모집분야 : 현대시, 소설, 희곡 등 현대문학 관련 논문, 서평 및 자료.**
2. 원고분량 : 학술논문의 경우 200자 원고지 100장 내외로 디스켓과 같이 제출. 관련 자료는 제한하지 않음.
3. 논문심사는 아래의 기준에 의한다.
   (1) 심사기준
   　① 기고논문의 심사는 <작가연구> 편집위원회(이하 편집위원회)에서 주관한다.
   　② <작가연구>에 게재될 수 있는 논문은 연구자가 이미 지면에 발표하지 않은 새로운 논문이어야 한다.
   　③ 논문 심사는 독창성, 분량과 체재, 논리적 타당성, 학문적 기여도 등을 고려하여 '게재 가', '수정 후 게재', '게재 불가'로 등급을 매긴다.
   (2) 심사절차
   　① 편집위원회에서는 매호 논문 마감 후 편집회의를 개최하여 기고논문을 심사하며, 이때 반드시 편집회의록을 작성한다.
   　② 편집위원회는 등급 판정의 이유를 해당 연구자에게 편집위원회 소정 양식의 공문으로 알려야 한다. 편집위원회로부터 '수정 후 게재' 판정을 받은 연구자는 통보를 받은 날로부터 14일 이내에 수정하여 편집위원회의 확인을 받는다.
   　③ 편집위원회는 논문 1편 당 3명의 심사위원을 선정하고 과반수 이상의 의견으로 판정 등급을 결정한다.

④ 편집위원회는 필요에 따라 기고논문에 대한 외부심사(전임교수 이상)를 의뢰할 수 있고, 심사 기준은 편집위원회의 심사 기준에 준한다.

4. 논문의 기고 자격은 제한을 두지 않는다.

5. 논문기고 절차와 요령

(1) 기고자는 논문을 수록한 컴퓨터 디스켓(호글)과 출력된 논문 4부를 편집위원회에 매년 2월과 8월 말일까지 제출하여야 한다.

(2) 기고한 모든 논문은 돌려 받을 수 없다.

(3) 논문 양식은 다음에 따른다.

① 논문은 한국어로 작성함을 원칙으로 하고 영문 제목을 첨부하여야 한다. 또한 한자와 영문은 괄호( ) 안에 병기하며, 외국인명일 경우에도 한글로 원음을 표기하고 괄호( ) 안에 원래의 문자를 병기한다.

② 논문의 체제는 반드시 제목—성명—본문—참고문헌의 순서를 따른다.

③ 논문의 분량은 200자 원고지 100매 내외를 원칙으로 한다.

④ 논문에서 사용되는 주(註)는 각주(脚註) 형식을 원칙으로 한다. 문헌일 경우는 저자명—서명—출판사—발행년도—면수 등의 순서로, 잡지 또는 정기간행물일 경우는 필자명—논문제목—잡지명—발행년도—면수 등으로 기재한다. 단, 영문으로 각주를 작성할 때에는 기호를 생략하며 논문은 명조체로, 저서는 이탤릭체로 표기한다.

⑤ 인용문은 가능한 한 현대 철자법으로 표기한다. 인용문이 외국어일 경우 번역하여 인용하고, 인용한 부분의 원문을 밝힐 필요가 있을 경우에는 각주에 병기한다.

⑥ 참고문헌은 기본자료, 단행본, 논문의 순서로 작성하며 저자의 가나다(또는 ABC)순에 의거한다. 또한 참고문헌이 외국 자료일 경우 원어 그대로를 표기하는 것을 원칙으로 한다.

6. 모집기간: 매년 2월과 8월말 마감.

◆ 주소(133-070)서울 성동구 행당동 29-7 정우 BD 402호 새미출판 우리어문학회 내『작가연구』편집위원회
◆ 전화 : (02) 2293-7949, 2291-7948
  e-mail : kookhak@thrunet.com : seami@lycos.co.kr

※ 접수된 원고의 게재 여부는 본지 편집위원회에서 결정하며, 채택된 원고에 대해서는 소정의 고료를 지급합니다. 접수된 원고의 반환에 대해서는 책임지지 않습니다. 원고는 디스켓과 함께 보내시거나 통신을 이용해 주시기 바랍니다.

Contents

작가연구

반년간(통권 제9호)

발 행 인	김태범
편 집 인	강진호
편집주간	서종택
편집위원	이상갑 채호석 하정일 안남일
발 행	새 미
	서울시 성동구 행당동 28-7번지
	정우B/D 402호 (도서출판)새미
	전화 2291-7948, 2293-7949
	팩시밀리 2291-1628
등록번호	공보사 1883
등 록 일	1997년 2월 17일
인 쇄 인	박유복
발 행 일	2000년 4월 10일

* 본지는 한국간행물윤리위원회의 도서잡지 윤리강령
및 잡지윤리 실천요강을 준수합니다.

* 본지는 한국문화예술진흥원의 문예진흥기금의 후원
을 받습니다.

값 10,000원

☆ 도서출판 **새 미**는 국학자료원의 자매회사입니다.

2000년(하반기)

작가연구

제10호

새미

2000년(하반기)
작가연구
제10호

특집 1 — 오영수

편집주간　　서종택
편집위원　　강진호 이상갑 채호석 하정일 안남일

새미가 추천하는 책들

은어

▶김진주 소설집
▶한권값 8,000원

나는 택시 운전하는 목사

▶안병길에세이
▶한권값 7,000원

거품

▶서혜림 유고
 단편 소설집
▶한권값 7,000원

탈리오 법칙

▶김명조 장편소설
▶한권값 8,000원

미완의 기도

▶문정희 산문집
▶한권값 9,000원

물살

▶최성배 소설집
▶한권값 8,000원

특집 1

오영수

선의 · 해학의 문학
— 오영수론

천이두*

1.

　오영수론을 써달라는 본지의 청탁을 받고, 참으로 오랜만에 오영수의 초기작인 「남이와 엿장수」「머루」 등을 비롯한 그의 대표작이라 할 만한 작품들을 다시 읽어 보았다. 역시 변함없는 오영수의 문학적 분위기가 거기 담겨져 있었다. 동시에 근 40년전부터 이 작가에 대하여 언급하여온 필자의 견해들[1]을 다시 한번 돌이켜 보게 되었다. 이 작가에 대한 필자의 견해들은 근 40년이 지난 지금, 그의 몇몇 작품들을 다시 읽어본 지금에 있어서도 대체로 다름이 없다는 생각을 갖게 되었다. 그러나 돌이켜 다시 생각해보니 40여년이라는 세월의 거리를 도외시할 수는 없다는 생각이 아울러 이는 것이었다. 산은 옛 산이로되 물은 옛 물 아니라는 싯귀가 있거니와, 변하는 게 어찌 물 뿐이랴. 태산도 어느날 갑자기 평지로 바뀔 수 있는 게 요즈음의 개발의 위력이다. 이런 시대에 살고 있는 사람은 더 많이 변하고 사람 사는 세상 또한 현기증이 날 정도로 달라져가고 있는 것이다. 이는 간과할 수도 무시할 수도 없는

---

*원광대 명예교수, 저서로『한국소설의 흐름』등이 있음.

1) 「한국소설의 이율배반」,『현대문학』111호 1964.3. 「따뜻한 관조의 미학」,『한국현대문학전집』23권 상성출판사 1978. 월평:졸저『한국소설의 흐름』, 국학자료원. 1998. 53쪽. 97쪽. 212쪽. 262쪽

엄청난 현실이다. 따라서 필자는 대체로 상기 졸론들의 관점에 입각하되 그동안의 세월의 간격을 또한 생각하면서 이 글을 초해보고자 한다.

우선 오영수의 데뷔작인 앞서의 두 작품을 먼저 음미해보기로 한다.

1949년에 발표된 「남이와 엿장수」라는 작품에는 어느 월급쟁이 부부의 집에 식모살이를 하는 <남이>라는 소녀와 그 마을에 주기적으로 찾아오는 젊은 엿장수 사이의 아련한 사랑의 이야기가 그려져 있다. 사랑의 이야기라고 하였지만 사실은 <남이>와 엿장수는 손목 한 번 제대로 잡아본 일도 있는 것 같지 않고, 그런 무슨 오붓한 이야기 한 번 제대로 주고 받은 일도 있는 것 같지 않다. <남이>는 남이대로 아버지를 따라 전혀 예측할 수도 없는 삶의 길을 찾아 나서야 하고, 남이가 떠난다는 기미를 알아차린 엿장수는 엿장수대로 길목 중간에서 기다리기로 작정은 하였지만, 그래서 장차 어쩌겠다는 것인지, 그 두 사람의 운명이 어떻게 전개되리라는 예측은 전혀 할 수 없다. 이렇다 할 기약도 없이 각기 다른 삶의 길을 따라 헤어져 가는 그러한 이야기이니만큼 이를 일러 무슨 사랑의 이야기라 할 수도 사실은 없다.

남이와 엿장수 사이의 이런, 관계라고 할 수도 없는 관계를 빚게 한 것은 남이의 옥색 고무신 때문이다. 주인 아주머니가 선물로 남이에게 사준 옥색 고무신, 그 고무신이 이 작품의 액션의 구심점이자 남이와 엿장수 사이를 잇게 하는 중심축이기도 하다. 남이는 차마 아까워서 제대로 신지도 않은 그 고무신을 주인 집 아이들이 몰래 꺼내다가 엿을 바꿔 먹었다. 이래서 남이가 아이들을 혼내주었고, 이로 하여 그 부모까지 이 사실을 알게 되었다.

남이는 당연히 젊은 엿장수에게 고무신 내놓으라고 다그치게 되고 이를 계기로 하여 엿장수는 남이에게 다가들게 되는 것이다.

그러나 남이와 엿장수 사이의 관계를 작자는 독자 앞에 제대로 드러내 보이지 않는다. 다만 엿장수가 이 마을을 찾는 빈도수가 많아졌다거나, 이 마을에 도둑이 들었다는 소문이 퍼지고, 더러 그 도둑을 눈으로 직접 보았다고 나서는 사람도 있게 되었으며, 남이의 주인집을 밤중에 기웃거리는 수상한 사내가 사람 눈에 뜨인다거나, 그런 일이 줄곧 일어나게 되는데, 그럼에도 불구하고 실지로 도둑을 맞았다는 사람은 하나도 없다 하는 식의 이야기들만 파다하게 마을에 번져가는 것이다. 이런 가운데 시골에 사는 남이 아버지가 나타나 남이를 데려가겠다는 것이다. 과년한 딸을 더 이상 남의 집에 둘 수 없고, 이제는 시집을 보내야겠다는 것이다. 이래서 결국 남이는 아버지를 따라나서게 되는데, 남이가 신고 있는 고무신이 이제껏 한 번도 신지 않은 새로 산 옥색고무신인 것이다.

이런 일련의 사실로서 알 수 있듯이 남이와 엿장수 사이의 사랑의 이야기는 이 작품의 표면적 액션의 배후에 완전히 가려 있다. 그들의 사랑은 사실은 남 앞에 드러내놓고 진행시킬 수 없는 그러한 사랑이다. 행여 남의 눈에 띄어 구설수에 오르지나 않을까, 쉬쉬하면서 조심스럽게 진행시킨 것이 분명한 그러한 사랑의 진행 형식이었던 것이다. 이 작품이 발표된 것이 1949년이니, 이는 벌써 51년 전의 작품이다. 그만큼 옛날의 작품인 것이다. 요즈음의 젊은 세대의 감각으로는 도무지 납득할 수 없는 그러한 액션이 전개될 것은 어쩌면 당연한 일이라 할 수 있을 것이다. 남이와 엿장수 사이의 사랑은 말하자면 완전히 전시대, 전시대 하고도 한참 전시대 남녀들의 사랑의 풍속도인 것이다.

그 다음해인 1950년 『서울신문』 신춘문예에 「머루」가 당선되어 오영수는 본격적인 작가 활동을 시작하게 된다. 이 작품도 비록 그 안에 전개되는 액션은 먼저의 작품과 달라도 그 분위기는 아주 비슷하다. 주인공인 <석이>와 <분이>의 관계 역시 「남이와 엿장수」에 있어서의 남이와 젊은 엿장수의 관계처럼 그 액션의 흐름은 거의 작중현실의 배후에 가리어 있다. 그리고 <석이>와 <분이>는 사실 작중현실 안에서 단둘이 액션을 벌이는 일이 거의 없다. 가령 <석이>가 <분이>를 은밀히 만나서 댕기를 선물로 준다거나, 또는 분이 편에서 석이에게 이쁜 주머니같은 것을 선물로 주는 경우도 있지만, 그리고 풍성하게 익은 머루를 따서 같이 나누어 먹는 경우도 있지만, 피차 수줍어서

대화다운 대화 한번 제대로 주고 받지 못한 채 헤어지곤 하는 것이 그들의 만남의 모습이다. 이 점에서 그들의 관계는 「남이와 엿장수」에 있어서의 남녀의 경우와 비슷하다. 그래도 전작에 비하여 다른 점이 있다면, 이 작품의 경우에는 이 남녀 사이에 매개 역할을 하는 <석이>의 누이 <연이>가 있다는 점이다. 이 두 남녀의 만남에는 <연이>가 중간에 끼는 경우가 많다. 작중의 흐름으로 보아 「남이와 엿장수」의 경우와는 달리 이 작품에서는 그래도 석이와 연이는 행복한 결말로 가게 되는가, 그런 기대를 독자로 하여금 갖게도 한다. 그리고 석이와 그 어머니가 그다지도 간절히 바라던 소까지도 한 마리 마련하여 이제야 제대로 살맛나는 삶을 살게 되는가 그런 예측을 하게도 하는데, 뜻밖에도 6·25가 터져 이 평화로운 산골은 뒤죽박죽이 되고, 석이와 연이도 결국 헤어지게 된다. 물론 「남이와 엿장수」의 경우와는 달리 덧없이 떠나가는 이 작품의 분위는 그래도 석이에게 '오게, 꼭 오게. 머루철에는 꼭 오게' 하는, 다시 만날 기약을 남기고 있는 것은 사실이지만.

이제껏 작가 오영수의 초기의 두 작품을 살펴보았거니와 이런 작품에서 느끼게 되는 액션의 흐름이나 작중의 분위기는 대체로 오영수 소설의 기조를 이루는 것이라고 해도 좋을 듯하다. 말하자면 초기의 이 두 작품에서 느끼게 되는 분위기는 이 작가의 그 이후의 문학세계에 있어서 거의 변치 않은 일관된 성격으로 느껴진다는 것이다.

그러면 오영수의 문학세계에서 느끼게 되는 일관된 성격이란 어떤 것인가?

그 첫째는 작가 오영수는 전형적인 단편작가라는 사실이다. 이미 살펴본 위의 두 작품 이후의 이 작가의 생애는 오로지 단편소설 작가로서의 외길 인생이라고 할 수 있다. 비교적 후기작에 속하는 「立秋前後」(1976년)라는 단편에는 신문소설을 써 보라는 친구의 권유를 물리치는 한 작가의 이야기가 그려져 있다. 가벼운 소품이기는 하지만 이 작품에는 이 작가의, 작가로서의 자세가 비교적 선명하게 반영되어 있어서 흥미롭다. 그 친구는 작중화자이자 주인공인 <나>더러 신문소설을 한번 써보라는 것이다. 원고료는 매달 ××

만원씩의 파격적인 액수라는 것이다. 그저 재미있게만 쓰면 된다는 것이다. 소설이란 허구가 아니냐, 결국 거짓말이 소설이니까 '젊은 계집 옷도 좀 벗기고, 다방, 카바레, 비밀 요정, 사장족, 술, 계집, 도박, 마약……이런 것들을 원료로 해서 범벅탕을 끓이는 거야.' 친구는 이런 식으로 나를 유혹하는 것이다. 이러한 그의 유혹에 아닌게 아니라 <나>도 솔깃하게 마음이 움직이지 않은 바 아니었으나 결국 이를 거절하고 만다. 신문 소설을 써갈 만한 체력에 자신이 없는데다가 도시 그런 세계는 자기로서 인연이 먼 세계라는 생각이 일었던 것이다.

친구는 <나>의 '맹꽁이'와도 같은 태도를 '병적인 결백증'이라고 몰아 세우지만 <나>의 태도는 요지부동이다. 여기 등장하는 <나>의 모습에서 작가 오영수 자신의 모습을 느끼기는 어렵지 않다. 근 40년 가까운 이 작가의 문학적 생애를 돌이켜볼 때 역시 유다르다고 해야 할 결벽증을 느끼게 된다. 40년 동안의 작가 활동의 기간에 있어서 그는 이른바 신문소설같은 것을 한번도 쓴 일이 없다. 파격적인 원고료 때문에 대중의 취향에 영합하여 이른바 '범벅탕'을 끓이는 일을 그는 한번도 한 일이 없다. 그런 글을 지속해갈 만한 건강에 자신이 없었던 탓도 있을지 모르지만 역시 앞서 말한 바 '병적인 결백증' 탓이라 할 것이다. 그는 그의 문학적 생애에 있어서 아닌게 아니라 단편 소설의 외길 인생을 살다 간 분이다.

그러나 더 중요한 것은 그의 문학적 성격 자체가 병적일 정도의 일관성을 보이고 있다는 점이다. 서두에서 잠시 살펴본 「남이와 엿장수」나 「머루」이래의 그의 문학 세계는 가위 완고하다고 할 만한 일관성을 보여주고 있다. 그의 문학적 소재나 관심의 방향은 다양한 편이라 할 수 있으나 작중인물을 바라보는 이 작가의 자세는 완고하다고 할 만한 일관성을 보이고 있다. 그 제재가 어떠하든 그리고 작중인물의 유형이 어떠하든 그것을 바라보고 판단하고 처리하는 작가 자신의 자세에 있어서는 완고한 일관성을 견지하고 있다는 말이다.

그러면 그의 '병적인 결백증' 혹은 완고한 일관성이란 구체적으로 어떤 것인가.

그의 문학적 소재나 관심의 방향은 비교적 다양하다고 할 수 있지만, 그러나 앞서 말한바 그의 문학적 개성만은 완고한 일관성을 보이고 있다. 문학적 소재나 관심의 방향이야 어떻든 개개의 작품마다에서 그는 애당초 자신이 간직하고 있는 속성만을 요모조모로 고집스럽게 확인하고 있을 따름이다. 이 점에서 그는 지극히 폐쇄적인 작가라 할 수 있다. 애당초부터 자신이 간직하지 않은 요소, 생소한 외래적인 요소에 대해서 그는 아예 관심이 없을 뿐만 아니라 강한 혐오감마저 드러낸다. 이 점에서 그는 또 완고한 보수파이다.[2]

이는 1978년에 쓴 필자의 문장이다. 꽤 오래전의 견해이지만 지금에 있어서도 대체로 이 견해를 수정하고 싶은 생각은 없다. 여기서 작가 오영수에 있어서의 '자신이 간직하고 있는 속성'이란 순박한 시골뜨기에 대한 따뜻한 애정어린 시선을 말하는 것이다. 그가 외면하는 외래적 요소란 진짜 외래적인 요소 뿐만 아니라 그런 외래적 요소와 이웃해 있다고 보는 도회적인 요소를 아울러 뜻하는 것이다. 필자가 앞서의 졸론의 제목을 「따뜻한 관조의 미학」이라 하였었거니와, 그의 관조의 대상이 되는 것은 거의 예외없이 앞서 말한 순박한 시골사람들이요, 그들을 바라보는 작가의 시선은 언제나 따뜻한 애정 어린 시선이다. 천상병(千祥炳)이 오영수론의 제목을 '선의의 문학'이라 한 것이라든지, 이어령(李御寧)이 오영수의 작품을 논하는 글의 제목을 '따뜻한 인정의 세계'라 한 것들은 모두 이를 반증하는 것이라 할 것이다. 말하자면 선의니, 인정이니, 따뜻한 관조니 하는 말들은 작가 오영수의 문학세계에 대한 당대의 평론가들의 합의된 견해였던 것이다.[3]

가령 그의 「화산댁이」라는 작품에는 서울에 사는 아들 집을 찾아 온 <화

---

2) 「따뜻한 관조의 미학」『삼성판 한국현대문학전집 23. 오영수』, 1978. 수록. 졸저 『한국소설의 관점』, 문학과지성사, 1980. 255쪽.
3) 千祥炳, 「선의의 문학」, 李御寧 「따뜻한 인정의 세계」, 『현대한국문학전집 1』, 신구문화사, 1965. 千二斗 위의 글.

산댁이>라는 시골 할머니의 딱한 이야기가 그려져 있다. 물어 물어서 아들 집이라고 찾아 오기는 왔는데 모든 것이 영 낯설기만 하다. 신식으로 지은 집의 구조가 영 낯설고 신식 교육을 받았다는 며느리의 삐딱한 응대가 마음에 들지 않는다. 화산댁이의 결정적인 실수는 용변을 보려는데 도무지 어데가 칙간인지, 신식으로 만들어 놓은 화장실이 없을리 없건만 이를 알지 못하여 허둥대다가 결국 실수를 해서 이웃집 사람에게까지 눈쌀을 찌프리게 하는 결과를 빚게 된다. 이래저래 <화산댁이>는 새삼스럽게 시골이 그리워지고 익숙한 고향집의 따뜻한 인심이 그리워져서 서둘러 고향집으로 발걸음을 옮긴다는 이야기이다.

> 어느새 화산댁이 눈앞에는 두메 손자들의 얼굴이 자꾸만 얼찐거렸다. 도토리 떡을 훙훙거리고 엉겨들다 줴박히고 떠밀려 찌그러지고 우는 얼굴들이었다.
> 「꼴난 것 무슨 차반이나처럼」
> 화산댁이 눈시울에는 어느새 눈물이 핑 돌았다. [4]

　시골 집을 향하여 걸음을 재촉하는 화산댁이의 눈앞에 떠오른 것은 '줴박히고 떠밀려 찌그러진' 그러한 시골 손자들의 모습이다. '꼴난 것' 이라고 혼 잣말로 핀잔까지 하고는 있지만 지금 화산댁이의 마음이 향해 있는 쪽은 번 듯하게 생긴 서울의 아들 집 식구들 쪽이 아니라 비록 '꼴난 것' 들일망정 정 들고 익숙한 시골의 손자들 쪽이다. 똑똑하고 잘 사는 서울 아들집의 낯선 식 구들이 아니라 못나고 찌그러졌을 망정 정들고 익숙한 시골 식구들을 찾아 가는 화산댁이의 모습에서 우리는 작가 오영수의 작가적 자세의 반영을 볼 수 있다. 작가 오영수의 작가적 시선이 향해져 있는 쪽은 못나고 찌그러졌을 망정 정들고 익숙한 시골 사람들 쪽이다.
　못나고 찌그러졌을망정 정들고 익숙한 시골 사람들을 바라보는 작가 오영

---

4)　삼성판 한국현대문학전집 23. 68쪽.

수의 시선은 언제나 애정어린 관조자의 그것이다. 20여년 전에 이 작가에 관한 글에서 필자가 「따뜻한 관조의 미학」이라는 제목을 붙였던 이유가 여기 있었다. 이런 점에서 오영수의 문학의 바탕에는 농경(農耕)문화 혹은 전원사회에 대한 애정이 문학적 기반을 이루고 있다고 할 수 있다. 이미 언급한 작품 외에도 가령 「은냇골 이야기」, 「메아리」, 「어린 상록수」 등등 그 배경을 농촌에 설정하였거나 적어도 농촌 출신의 보통사람, 아니 보통 사람보다도 다소 모자란 듯한 사람들이 작중인물로 등장하는 경우가 상대적으로 많은 것은 이를 반증하는 것이다.

여기서 오영수의 문학과 관련하여 농경문화 혹은 전원사회에 대한 애정이니 하는 말을 하였거니와, 그러나 오영수의 문학은 가령 이광수의 「흙」이나 이기영의 「고향」 혹은 심훈의 「상록수」 등에서 대표적인 예를 볼 수 있는 이른바 농촌소설 내지 농민문학같은 것과는 분명 성격을 달리하는 것임을 간과해서는 안될 것이다. 「흙」, 「고향」, 「상록수」 등으로 대표되는 이른바 농촌소설에 있어서의 공통된 특질은 각기 그 입각점은 다르다 할지라도 한국 농촌과 관련되는 일정한 이데올로기를 전제로 하고 있었다는 점에서 일련의 공통성이 있다 할 수 있는데 반하여, 오영수에 있어서의 농촌·농민을 제재로 한 일련의 작품들에 있어서는 특정한 이데올로기와는 상관 없이 농촌 사람들이 발산하는 체질적이라고 할 수밖에 없는 따뜻하고 구수한 인정미를 따뜻한 애정어린 시선으로 관조하는 차원에 그치고 있다는 점에서 앞서 말한 작가들의 문학과 명백히 구분된다고 할 것이다.

오영수의 문학세계에 있어서 바다와 더불어 살아가는 사람들의 이야기를 그린 「갯마을」같은 작품도 그의 농촌·농민을 제재로 한 작품들과 궤를 같이하고 있다고 할 것이다. 바다와 더불어 살아가는 「갯마을」의 <해순이>는 어느날 한 사내를 따라 외방으로 나간다. 그러나 뭍에서의 생활을 견디지 못하고 결국 갯마을로 돌아오고 만다. 바다가 그립고 갯마을이 그리워 정든 예 집으로 돌아오는 것이다. '수수밭에 가면 수숫대가 모두 미역밭같고, 콩밭에 가면 콩밭이 왼통 바다만 같고……' 그래서 결국 갯마을로 돌아왔다는 것이다. 외방으로 떠나 보았지만 결국 그 갯마을이 그리워, 예 살던 고장으로 돌아온 이 여인의 모습에서 우리는 도회지 생활에 발붙여 보려고 멀리 타관땅을 방황하다가 결국 지치고 시달린 끝에 두메 산골을 찾아든 「메아리」의 주인공 <동욱> 부부의 행위의 궤적과 방불한 점을 볼 수 있고, 이미 살펴본 바 잘 사는 도회지의 아들 집을 버리고 못살고 찌그러진 시골 아들 집을 찾아 발걸음을 재촉하는 「화산댁이」의 여인의 모습과 방불한 점을 볼 수 있다. 결국 낯선 바깥세상이 아니라 정들고 익숙한 자기 고장을 찾고 있는 점에서 이들은 공통성이 있다고 하겠다.

2.

이틀을 거르고 사흘째 되는 날 아침, 일찍이 학도가 아이를 X 이런 식으로 해업고 왔다. 눈꺼풀이 부숭하고 약간 긴장된 얼굴이다.
「형님!」
「이 사람이 돌았나, 아침부터……」
「날 돈 천환만 줘.」
「뭣하는 데 천환은?」
「거 묻지 말고, 내 죽으면 부의하는 셈치고 천환만 줘.」
「이 사람이 아무래도 돌았어, 별소릴 다 하네.」
「아, 있거든 빨리 줘.」
철은 그의 아내의 핸드백에서 얼마를 꺼내 천환을 맞춰 주었다. 학도는 눈을 지그시 감고 단추를 끌러 돈을 안 포킷 속에 집어 넣고는 돌아섰다. 문간에 나서면서 학도는 힐끗 돌아보는데 철과 눈이 마주치자, 헤! 엉망진창이다, 그리고는 씨익 웃는 웃음이 뭔지 여느 때와는 다른 자조적인 그런 웃음이었다.[5]

이 작품은 1955년에 발표된 작품이니 오영수의 초기작에 속하거니와, 이

---

5) 『오영수대표작선집1』, 동림출판사, 1974. 257쪽.

작가의 문학적 개성을 이해하는데 매우 적절한 예가 될 듯하여 인용하였다. 이 장면의 주류를 이루고 있는 것은 주인공 <박학도>와 작중의 관찰자인 <철> 사이의 대화의 흐름이다. 그런데 그 대화의 흐름 자체에서 은연중 해학적인 분위기가 빚어진다. <박학도>는 <철>보다 한 살 위이건만 곧잘 <철>더러 형님이라고 부른다. 대체로 철에게 무슨 아쉬운 소리를 해야할 때라든지, 그래서 무슨 도움을 받게 되었다든지 할 때에 그렇게 부른다. 이런 때 <철>이 한 살 아래인 자기더러 <형님>이라니 그런 망발이 어디 있느냐고 핀잔을 하면, '허, 모르는 소리. 나이가 문제가 아니라, 하는 짓이 위니까 형이라는 거야!' 이렇게 받아넘기는 것이다. 위의 장면에서도 그는 <철>더러 형이라 부르고 있다. 아쉬운 소리를 해야 하기 때문이다.

이 짧막한 장면에서도 알 수 있듯이 그야말로 '엉망진창'의 딱하기 짝이 없는 삶을 살아가는 <박학도>의 모습이 아주 생생하게, 그리고 지극히 해악적으로 그려져 있다. 인용문 첫 부분에서 보는 바 '학도가 아이를 X 이런 식으로 해 엎고 왔다.' 하는 구절을 통하여 우리는 박학도라는 사나이의 '엉망진창'으로 딱한 삶의 모습이 선연하게 부각되는 것을 느낄 수 있다. 그럼에도 불구하고 그는 곧잘 스스로를 일러 '학도 앙니고 봉도 앙니고 강상 두루미라커는 기라!' 하는 식으로 표상하고도 있다. 이럴 때의 그의 모습에서 우리는 그의 타고난 낙천적인 인품을 느끼게도 된다. 그러기에 스스로 '헤에! 엉망진창이다' 라고 중얼거리며 씨익 웃는 그의 모습에서 우리는 그의, 엉망진창의 기구한 처지에 놓여 있음에도 불구하고 여전히 낙천적 분위기를 잃지 않는 진짜 조선인 본래의 모습의 일면을 보게 되는 것이다.

이 장면과 관련하여 간과할 수 없는 또하나 중요한 사실은 주인공 <박학도>에 대한 작중의 관찰자인 <철>의 시선이 한결같이 따뜻한 선의의 그것이라는 사실이다. <철>을 보자마자 '형님' 하고 달겨드는 그의 망발에 대하여 철이 '이 사람이 돌았나.' 또는 '별소리를 다 하네,' 이런 식의 핀잔을 하고는 있지만, 이런 핀잔의 내면에는 박학도를 바라보는 관찰자인 <철>의 따뜻한 마음

씨가 스며 있음을 독자는 은연중에 느끼게 된다.

이 장면을 살펴봄으로써 우리는 오영수 문학에 있어서의 중요한 사실 몇 가지를 확인할 수가 있다. 첫째 그의 문학은 전통적인 사실주의적 묘사문을 기반으로 하고 있다는 사실이다. 중기 이후 가령 「오지(奧地)에서 온 편지」(1972년)같은 작품에서 보게 되는 다분히 논설조의 작품이 있는가 하면, 이렇다 할 액션의 전개 없이 수필적인 흐름으로 이어간 일련의 예외적인 작품이 없는 것은 아니지만, 그의 문학의 주류를 이루고 있는 것은 역시 이런 따뜻한 관조의 시선에 입각한 사실주의적 묘사라고 할 것이다.

둘째 이미 언급한 바와 같이 오영수의 사실주의적 묘사의 바탕에는 늘상 대상을 따뜻한 시선으로 바라보는 자세가 마련되어 있다는 사실이다.

작품에 있어 선의의 인간상이 설정된다는 것이 그들 말대로 편견인지 아닌지의 시비는 그만두고라도 거기에는 한 작가로서의 소신이 있기 때문이다. 다시 말해서 그것을 한 작가로서의 사상이라고 해도 좋고 인생관이라고 해도 좋다.

그것은, 인간을 부정하고는 첫째 나 자신이 살 수 없고 따라서 예술일 수 없다는 이 지극히 단순하고 소박한 인간 긍정이다. 즉 부정보다는 긍정을, 악보다는 선을, 추보다는 미를 추구한다는 말이다. 그러나 이것 역시 편견이라고 한다면 굳이 해명할 필요가 없겠다. 무릇 편견 아닌 사상도 없으니까.[6]

이는 1965년에 발표된 글이므로 이 작가로서는 중기에 해당하는 시기의 글이지만 이 작가의 문학적 입장에 대한 일관된 소신이 분명하게 피력되어 있어 흥미롭다. 19세기 프랑스의 자연주의를 그 전형적인 예로서 생각할 수 있는 근대소설의 지향점은 인간의 모습을 미화나 과장 없이 여실하게 그린다는 것이었고, 따라서 이 경우 작가의 시선은 곧잘 인간의 긍정적인 면보다는 부정적인 면을, 밝고 아름다운 면보다는 어둡고 추악한 면을 파헤치는 데

---

6)   오영수, 「변명」, 『한국현대문학전집 1』, 신구문화사, 1965년.

치중하였던 것이다. 이런 결과로 19세기 프랑스의 자연주의가 대개의 경우 허무와 절망의 늪에 빠졌던 것이 사실이다.

근대화 이후의 우리 소설문학의 모델이 된 것은 대체로 일본문학을 매개로 한 이러한 19세기의 자연주의 문학이었던 사실을 부정할 수 없다. 가령 김동인의 「감자」, 「발가락이 닮았다」 염상섭의 「표본실의 청개구리」 등에서 그 전형적인 예를 볼 수 있는 한국의 이른바 자연주의 문학이 지향한 것도 대체로 인생의 밝고 건강한 면이 아니라 어둡고 병적인 세계였던 것이다. 당시의 우리 문학의 일반적인 경향이 거의 예외없이 이처럼 암울한 쪽으로 기울어져 간 데에는 물론 당시의 시대적 조건 즉 일제의 침략으로 연유된 망국한(亡國恨)이 중요한 요인으로 작용한 사실을 간과해서도 안되겠지만, 중요한 것은 당시의 대부분의 작가들이 문학 수업의 모델로 삼았던 것이 바로 이러한 자연주의 문학이었던 사실이야말로 당대 문학의 성격을 형성하는 결정적 요인이었음을 부정할 수는 없다.

그런데 30년대에 접어들어 진정 조선 전래의 민담을 기반으로 한 우리다운 문학을 볼 수 있게 되는데 그런 귀중한 자리에 「임꺽정전」의 홍명희와 「동백꽃」, 「봄 봄」의 김유정의 문학이 놓이게 된다고 생각한다. 그리고 홍명희, 김유정의 연장선상에 오영수의 문학이 놓이게 된다고 필자는 생각하는 것이다. 홍명희의 「임꺽정전」은 그 서사 진행에 있어서 풍요로운 조선 민담의 토양 위에서 근대화 이후에 새로이 시작된 서구적 소설문법을 소화해낸 기적적인 성과라고 필자는 생각한다. 따라서 이 소설은 오늘의 우리에게 전래의 조선 민담과 현대적인 소설문법이 어떻게 만나야 할 것인가 하는 문제에 대한 많은 시사를 던져주고 있다고 생각하고 있거니와, 특히 조선 민담의 한 귀중한 속성이라 할 해학은 역시 「임꺽정전」에 있어서 귀중한 한 속성으로 표상되고 있으며, 그 조선적 해학은 김유정의 「봄 봄」, 「동백꽃」에서도 효과적으로 표상되고 있다고 할 것이며, 그것은 오영수의 문학에로 이어지고 있다고 생각한다.

그러나 조선 중기를 배경으로 한 홍명희의 작중인물보다도 20세기 전반기의 한국 농촌을 기반으로 한 김유정의 작중인물들이 역시 20세기 후반기의 한국농촌을 기반으로 한 오영수의 작중인물들과 더 짙은 친연성을 간직할 것은 당연하다.

그러나 김유정과 오영수의 해학에도 차이가 있는 것은 사실이다. 김유정의 웃음이 분명 조선 전래 민담의 해학에 연원을 두고 있는 것은 분명하지만 어딘지 당대 지식인으로서의 허무의 그늘을 거느리고 있는데 반하여 오영수의 작중현실에서 만나게 되는 해학은 훨씬 더 소박하고 따라서 조선 민담 본래의 모습에 더 가까이 다가서 있다고 할 것이다.

오영수의 작중현실의 해학에서 연유되는 웃음은 가령 이상이나 채만식의 어떤 작중현실에서 만나게 되는 웃음과는 전혀 성격을 달리한다. 채만식의 풍자소설에서 만나게 되는 웃음은 일그러진 빈정거림의 웃음이며, 이상의 문맥에서 빚어지는 웃음은 그의 특유의 시니컬한 소피스티케이션이 빚어내는 싸늘한 지적(知的)인 웃음이다. 그러나 오영수의 작중현실에서 빚어지는 웃음은 따뜻한 선의를 바탕으로 한 웃음이다. 그것은 조선민담의 해학에 뿌리를 두고 있는 웃음이기 때문이다.

「그 낚시하능 거 누구여?」
보아하니 저만치 보리밭 둑길에 지게에다가 쟁기를 진 삼십 가량의 젊은 사내 일꾼과 육십이 가까워 보이는 촌로가 쇠고삐를 잡고 섰다. 그는, 누구여? 그 젊은 놈이 말버릇 더럽다 – 싫어 들은 척도 않는다.
「아, 귀가 먹었능가, 그 누구여?」
이젠 제법 핏대를 올리고 큰 소리를 지른다. 어떻게 굴러먹은 놈이기에 말끝마다 여라 – 에래끼 순……그는 불끈 화가 치민다. 그러나 속담에 똥뀐년이 뭐 어쩐다고 화를 낼 명분이 신통치 않다. 그는 피식! 장난기와 짜증이 뒤섞인 웃음을 한 번 웃고는
「나여!」

그러자 뒤미처

「나가 누구여, 나가?」

「아, 나란께로 ! 」

「하, 이거 사람……글씨 그 나가 누구란 말여.」

「누구라고 대 줘도 모를 거여 ! 」

「이거 정말 사람 한번 살짝 환장하겠당께, 그 낚시 몽땅 걷지 못혀?」

「못혀 ! 」[7]

1976년 오영수의 후기의 작품인 「어느 여름밤의 대화」의 이 장면에 대하여 金素雲은 「오영수라는 소설쟁이」라는 글에서 격찬을 아끼지 않은 바 있거니와, 이 장면에서 우리는 오영수 문학이 간직하는 해학미의 한 탁월한 예를 볼 수 있다. 경남 울산이 고향인데다가 경상도 사투리를 문학적 기반으로 하고 있는 이 작가가 전라도 사투리를 이다지도 묘미있게 구사하고 있다는 사실에 우선 놀라지 않을 수 없다. 마을에서 웅덩이에 잉어 새끼를 사다 넣고 기르고 있으므로 낚시를 못하게 하는 터인데, 외지에서 찾아온 낚시꾼은 모른 척하고 낚시를 계속하면서 주고 받는 대화의 장면이다. 대화의 내용 자체는 제법 험악하여 금세 무슨 우격다짐이라도 벌어질 듯한 흐름인데도 그러한 입씨름의 토운이 빚어내는 작중의 분위기는 오히려 여유자적하고 한가롭다. 낚시를 하지 못하게 말리는 마을 사람 쪽보다도 낚시를 하고 있는 외지 사람의 분위기에서 특히 그런 분위기가 빚어진다. 말하자면 옥신각신 입씨름은 벌이고 있을망정 그리고 그 내용도 제법 험악한 것이기는 할망정 그의 내면에는 이미 마을 사람에 대한 오영수 문학 특유의 '선의'가 작동하고 있는 것이다. 밖으로 드러나는, 제법 험악한 입씨름과 주인공인 그의 내면에 작동하는 '선의' 사이에는 기묘한 낙차(落差)가 빚어진다. 이 장면의 해학적 분위기는 주로 밖으로 드러나는 입씨름의 내용과 그의 내면의 의도 사이의

---

7) 「어느 여름밤의 대화」, 삼성판, 위의 책. 349쪽.

기묘한 낙차에서 빚어진다.

이미 살펴본 바 「박학도」의 작중현실에서 빚어지는, 그의 '엉망진창'으로 딱한 신세와는 정반대로 그의 사람됨이 풍기는 천성적이라 할 만한 해학적 분위기, 자신을 일러 곧잘 '학도 앙이고 봉도 앙이고 강상의 두루미라카는기라' 하는 식으로 자기 희화를 해보이는 박학도의 모습에서도 우리는 우리 민담의 인물들이 발산하고 있는 바와 같은 조선적인 낙천성과 해학성의 전형적인 예를 보게 되는 것이다. 이 점에서 오영수의 문학은 매우 소중한 위치를 확보하고 있는 작가라 할 것이다.

오영수의 문학이 토속세계에 대한 깊은 애정을 기반으로 하고 있다고 하였거니와, 이런 까닭으로 하여, 그 반동으로 그의 문학에는 도회적인 것들에 대하여는 강한 혐오감 내지 기피증을 드러내고 있다. 앞서 살펴본 바 「화산댁이」의 할머니가 서울의 아들집에서 실수를 하고 또 푸대접도 받고 해서 섭섭한 마음으로 시골 손자들에게로 발걸음을 재촉하는 모습에서 그 전형적인 예를 볼 수 있듯이 작가 오영수의 작가로서의 중심적 관심의 방향은 역시 토속세계쪽으로 향해져 있다. 물론 그의 문학세계에는 도시 지식인의 신변사를 다룬 작품, 또는 당대 사회에 대한 문명비평적 토운이 짙은 작품 등도 양적으로 상당수에 이르지만 그의 중심적 관심사는 역시 토속세계 쪽이라 할 것이며, 따라서 당연한 결과로서 반도회적인 입장을 드러내고 있다.

토속세계를 향한 오영수의 작가적 자세는 대개 세 가지 유형으로 나누어 볼 수 있다. 그 첫째는 애당초 현대적 도시적인 생활 풍경과는 인연이 없는 철저히 폐쇄적인 공간에 상황을 설정하는 경우이다. 「은냇골 이야기」, 「메아리」 등과 같은 깊은 두메 산골, 「머루」 같은 시골 농촌 아니면 「갯마을」의 경우와 같은 외딴 갯마을 등이 이런 인물들의 주된 활동 무대가 된다. 도시적인 삶의 양식에서 완전히 소외된 이런 폐쇄적인 공간에 사는 토속적 인간들이 빚어내는 소박하고 건강하고 그리고 인정에 넘치는 삶의 모습, 그것이 이 계열의 문학의 주류적 액션이 된다.

둘째는 도회지가 배경이 되거나 도시 지식인이 중심인물 아니면 작중의 관찰자로 설정되는 경우이다. 「화산댁이」같은 작품은 도회지가 배경이 되면서도 그 속에 토속적 인간상이 등장하는 경우이고, 「박학도」의 경우는 도시 지식인의 시선에 의하여 순박한 시골뜨기의 모습이 관찰되는 경우이며, 「수련(睡蓮)」, 「어느 여름밤의 대화」 등은 도시 지식인이 등장하는 소설로서 도시의 부정적 요인에 오염되지 않은 아름다운 자연에 예찬의 눈길을 보내는 경우, 아니면 순박한 시골 사람들에게 예찬의 눈길을 보내는 경우이다.

셋째는 「메아리」, 「어린 상록수」 등과 같이 도시의 소용돌이에 지치고 시달린 사람들이 그 도시를 버리고 인간의 본래의 선의가 아직도 살아 있다고 믿는 시골로 혹은 두메 산골로 찾아가는 경우이다. 이 경우 도시는 병들고 타락한, 사람이 사람답게 살아갈 수 없는 곳이니, 이런 도시를 떠나 이런 병적인 요소에 오염되지 않은 시골로 찾아가야 한다는 것이 이런 계열의 문학의 일관된 주제이다.

그러나 그 어느 계열의 작품이건간에 오영수 문학의 바탕에는, 토속세계는 사람이 살 만한 곳이고 도시는 병들고 인심이 메말라서 사람이 살기 힘든 곳이라는 전제가 깔려 있다. 그리고 이와 궤를 같이하여 오늘의 것보다는 어제의 것이 좋고, 새 것보다는 오래된 것이 좋고, 낯선 외래의 것보다는 친숙한 재래의 것이 좋다는 일관된 사고의 틀을 문학적 기반으로 하고 있다. 이 점에서 그는 회고적, 보수적 배타적인 작가라 할 수 있다.

> 햅쌀에다 돔부며 파란콩을 섞어 지은 밥에다 햇산초 향기가 코를 찌르는 추어탕은 정말 오랜 만에 먹는 진미였다.
> 서울에도 추어탕이랍시고 있기는 한데 추어탕이라기보다는 잡탕이요, 두어 마리 미꾸라지가 하얀 눈깔로 통째로 들어 있는 것을 보고는 정나미가 떨어져 버렸다.[8]

---

8) 「珊瑚 물부리」, 삼성판, 위의 책, 316쪽.

이날 이렇게 잡은 징거미와 천어를 친구 부인이 애호박이랑 풋고추랑 파랑 넣어서 매운탕을 끓였는데 이건 조금도 과장 없이 서울의 어느 매운탕보다도 맛이 좋았다.

화학 조미료로 억지맛을 낸 그런 메스꺼한 맛이 아니고, 원료 자체의 감칠 맛이었다.[9]

추어탕도 옛날 시골에서 끓여 먹던 추어탕이라야 제격이요, 매운탕도 시골 가정에서 옛날식으로 끓인 자연식품으로서의 추어탕이라야 제격이라는 것이다. 요즈음 서울 음식점에서 내놓는 추어탕이란 도무지 추어탕이 아니라 잡탕이어서 메스껍다는 것이며, 화학 조미료로 억지맛을 낸 요즈음의 매운탕은 메스꺼해서 맛이 없다는 것이다. 이 두 예문이 모두 음식에 관한 것이기는 하지만 이러한 발상은 오영수 문학의 바탕을 이루고 있는 것임을 부정할 수 없다. 서울 것은 나쁘고 시골 것은 좋다, 옛것은 좋고 요즈음 것은 나쁘다, 이러한 사고의 틀은 오영수 문학의 도처에서 보게 된다.

<오늘>의 것보다는 <어제>의 것을 취택하려는 그의 자세는 자연히 과거 지향적인 자세에로 나아가게 된다. 그의 문학의 저변에 흐르는 회고 취미는 이런 데서 연유된다. 가령 그의 「산호(珊瑚) 물부리」는 이런 계열의 대표적인 작품이다.

사람의 기억에는 시간과 함께 망각이란 미덕이 있다. 그렇지 않다면 인간은 너나할것없이 미치광이가 되거나 뇌세포가 파열되고 말 것이다.

그러나 반면 또 시간이 지날수록 더 확대되고 더 선명해지는 영상도 있다.

내게 있어서는 내 조부가 바로 그것이다.[10]

이는 「산호 물부리」의 서두 부분이다. 이 문장을 통해서 우리는, 이 작품은

9) 「오지(奧地)에서 온 편지」(1972), 위의 책, 81쪽.
10) 「산호 물부리」, 위의 책, 295쪽.

작중화자가 그의 조부를 회상하며 쓴 글임을 알 수 있다. 위의 인용문만으로도 짐작할 수 있거니와 작중화자는 그의 조부되는 이를 대단히 사모하고 존경하고 있음이 분명하다. 사람은 세월이 가면 모든 일이 잊혀지기 마련이고 또 그래야만 사람이 미치거나 뇌세포가 파열해서 죽지않고 삶을 지탱해갈 수 있는 것인데, '그러나 반면 또 시간이 지날수록 더 확대되고 더 선명해지는 영상도 있다'고 말하고, 화자에 있어서는 자기 조부에 대한 기억이 그러하다고 말하고 있다. 말하자면 그의 조부의 영상은 그만큼 선명하게 그의 뇌리에 새겨져 있을 뿐만 아니라 세월이 흐를수록 그 영상이 더욱 확대되고 선명해진다는 것이니, 화자가 자기 조부를 얼마나 끔찍히 사모하고 존경하고 있는지를 가히 짐작할 수 있다.

화자의 입장에서 볼 때 여기 등장하는 조부는 '이조(李朝)란 시대를 풍겨주는 향나무와도 같은' 그러한 인간상이다. 화자의 눈으로 볼 때 그의 조부는 급격하게 변모되어가는 세태의 흐름에 밀려 결국 현실의 뒷전에 물러 앉을 수밖에 없는 그러한 처지에 있었으면서도, 그 야박한 세태를 개탄하기는 할지언정 그 야박한 세태를 용인하거나 그런 세태에 동조하는 일만은 단연코 거부하는 한 결곡한 선비 즉 의연한 '이조인'임이 분명하다. 화자는 그 작중인물의 모습에서 급변하는 시대의 흐름에 적절하게 대응하지 못하는 한 시대착오자의 모습을 보고 있는 것이 아니라, 한결같이 급격하게 변모되어가는 부박한 세태에 동조할 것을 끝내 거부하는 한 결곡한 선비의 모습만을 보고 있는 것이다. 이 작품의 화자의 모습에서 우리는 다름아닌 작가 오영수 자신의 과거지향적인 자세의 반영을 볼 수 있다. 오영수에 있어서의 이런 과거지향적인 자세는 새로운 시대의 흐름에 휩쓸려 자꾸 달라져가는 고향의 모습을 아쉬워하며 하나둘 사라져가는 고향 어른들의 지난날을 회상하고 있는 「실향」, 「황혼」 등에서도 볼 수 있다.

후기로 올수록 그의 문학세계에는 문명비평적인 토운이 수반되는 경우가 있다. 가령 「만화」, 「낮도깨비」(1966년) 등등 우화적 풍자적인 작품에서도 그런 면을 볼 수 있지만, 「오지에서 온 편지」(1972년), 「회신(回信)」(1975년) 등에는 이런 문명비평적 경향이 상대적으로 두드러진다. 이런 작품의 경우 그 문장이 오영수 문학의 주류를 이루는 사실주의적 묘사문이 아니라, 편지 형식으로 되어 있는 서술문이라는 사실에 우선 주목하게 된다.

> 인간은 주저 없이 과학에의 맹신을 버리고 기계의 노예에서 풀려나는 거다. 그리고 자연으로 돌아가는 거다.
> 인간은 오만하지 말라―조이 애덤슨의 아프리카 보고에도, 이 지구상의 가장 거대하고 강자였던 공룡도 너무나 비대해져 버린 나머지 자연과의 조화를 깨뜨리고 자연법칙에 적응되지 못했기 때문에 퇴화 또는 멸망하고 말았다.―중략―
> 인간이 이미 감당할 수 없을 만큼 비대해져 버린 과학도 자연과의 조화를 이루지 못하고 자연 법칙에의 적응을 거부할 때 공룡의 전철을 밟을 것이라고―이것이 즉 자연의 법칙이라고 했다.
> 인간의 위기를 극복하고 잃어버린 인간을 되찾는 길은 오직 자연에의 복귀만이 있을 뿐이라고 애덤슨은 거듭 다짐하고 있지 않은가.
> 이런 경향과 추세는 나체 운동이나, 히피에서도 볼 수 있지만, 루소는 벌써 이백년 전에, 인간은 자연으로 돌아가라고 외치지 않았는가.[11]

도시 생활에 지치고 시달린 끝에 절망하고 중병으로 고생까지 한 이 편지의 발신자는 결국 '내가 살아가기 위해서, 내 생명을 지켜가기 위해서 교통과 스모그와 가짜의 삼대 지옥……그리고 부패와 불신의 이 도시를 탈출하였노라'고 편지에 쓰고 있다. 그의 주장은 도시 생활에 지치고 시달린 끝에 두메 산골로 살길을 찾아간 「메아리」의 주인공 동욱의 경우를 연상시킨다. 다만 「메아리」의 동욱과 이 작품의 화자인 편지의 발신자의 다른 점은 동욱은 말없이 두메로 찾아갔는데 반하여 이 편지의 팔신자는 도시를 버리고 오지(奧地)를 찾아간 이유를 정연한 논리로써 주장하고 있다는 사실이다. 그런

---

11) 「오지에서 온 편지」, 삼성판, 위의 책. 85쪽.

점에서 이 작품의 화자, 즉 편지의 발신자는 작가 오영수의 문학적 입장의 정당성을 옹호하는 대변자 역할을 하고 있다고 할 수도 있을 것이다.

그러나 그야 어떻든 「오지에서 온 편지」에서 볼 수 있는 바와 같은 문장의 토운은 오영수 문학의 전반적인 자리에서 보면 역시 예외적인 것이라 아니할 수 없다.

> 동욱은 산이 좋았다. 산골에서 자랐기 때문인지고 모른다. 산은 깊을수록 좋다. 소나무보다는 잡목이 많을수록 더 좋다. 봄은 봄대로 좋고, 여름은 여름대로 좋다. 가을이 더 좋고 겨울도 싫지 않다. 이렇게 산을 바라보고 있으면 마음이 한결 든든하고 미덥다. 산골에 돌아온 것이 마치 고향에라도 온 것처럼 한결 마음이 흐뭇하고 너그럽다.[12]

작중인물 <동욱>의 입장에서 진술되고 있는 이 구절에서 우리는 다름아닌 작자 오영수 자신의 취향을 집약적으로 느낄 수 있을 듯하다. 1959년에 발표된 그의 초기의 작품이지만 오영수문학을 이해하는 데 있어서 이 작품은 그 길잡이가 될 수 있지 않을까 한다.

3.

이제 필자의 견해를 간략하게 요약함으로써 졸론을 마무리짓고자 한다.

1. 작가 오영수는 한결같이 따뜻한 시선으로 작중인물들을 바라보고 있다. 그를 일러 선의의 작가, 따뜻한 관조의 작가라고 하는 것은 이를 반증하는 것이다.

2. 그의 작가적 시선은 토속적 인간상에로 향해지는 경우가 상대적으로 많다. 그의 작중인물 가운데 순박한 시골 사람이 많이 등장한다는 사실은 이를

---

12) 「메아리」, 삼성판 위의 책, 35쪽.

반증하는 것이다. 그의 작중현실이 농촌, 두메 산골, 어촌 등에 설정되는 경우가 많은 것도 이를 뒷받침하는 것이다.

3. 도시 지식인이 등장하는 경우에도 그들은 대체로 순박한 토속적 인간상들을 따뜻한 시선으로 관찰하는 역할을 하는 데 그치는 경우가 많다.

4. 일본을 매개로 하여 19세기 서구의 자연주의 문학을 받아들이기 시작한 한국의 근대소설이 대체로 인간의 긍정적인 면보다 부정적인 면을, 밝은 면보다는 어두운 면을 들추어내는 데 주력하여 온 것이 사실인데, 그런 흐름 가운데서도 인간의 긍정적인 면을 바라보는 데 주력한 오영수의 소설사적 위치는 소중하다고 할 것이다.

5. 인간의 밝은 면을 바라보는 데 주력한 그의 작가적 입각점과 아울러 해학적인 분위기를 곧잘 빚어내는 점 또한 이 작가의 소중한 일면이다. 이런 해학적인 분위기는 그 바탕에 우리 민담이 발산하는 조선적 해학과 매락을 같이하는 것이다. 이 점에서 오영수의 소설사적 위치는 매우 소중한 바 있다고 할 것이다.

6. 작가 오영수는 단편소설의 외길 인생을 산 분이다. 그의 문학적 개성 또한 이 점과 맥락을 같이한다고 할 것이다. 새미

21세기를 향한 오영수 소설 연구의 가능성

이재인*

오영수는 해방 후부터 1970년대 말까지 꾸준하게 순수소설을 지향했던 대표적 서정작가이다. 그의 작품은 대부분 서정적인 단편소설인데, 이는 '예술품을 담는 그릇으로선 장편보다 역시 단편이 더 적당' 하다는 작가적 주관이 뚜렷하게 반영된 이유이다. 또한 그의 소설은 무한한 인간애와 영원한 생명성을 바탕으로 순수 자연의 시대를 지향함으로써 동양적인 생명사상에 심취되어 있다. 이는 서구의 학문 경향이 동양사상으로 기울어져 자연과 생명의 근원을 탐구하는 생태학 연구가 활발해짐에 따라 한국의 대표적 서정작가 오영수가 새로운 조명을 받아야 함을 제시한다.

오영수의 소설에 나타나는 작가정신은 인간긍정에서 인간옹호로, 그리고 다시 자연과 생명을 추구하는 생명존중사상으로 나아간다. 인간의 편리를 위해 자연을 이용한다는 왜곡된 명분은 생태계를 파괴하고 도리어 인간의 생명에까지 위협을 준다는 것을 오영수는 그의 작품에서 강조하고 있다.

오영수 소설에 나타나는 생명의식은 특히 휴머니즘을 토대로 한 농민소설에서 잘 드러난다. 그의 작품은 1930년대 대표적 농민소설 작가였던 이무영의 작품 이후로 귀농 의식을 가장 잘 형상화했던 유일한 작가였다. 오영수 소설에서의 자연과 농촌은 정신적인 측면뿐만 아니라 물질적인 측면에서도 인간을 풍요롭게 해주는 농민들의 생활터전이요, 인간의 생명을 만들어내는

---

* 경기대 국문과 교수, 저서로 『오영수 문학연구』 등이 있음.

◀오영수 대표단편선집

인류 역사의 장이다.

따라서 오영수의 휴머니즘 정신은 농민들의 땅에 대한 귀착의식과, 더 나아가 자연인으로서의 생명의식에 기반을 둔다. 이는 단순한 인간중심사상이 아니라 자연에 근거한, 자연을 우선한 인간을 강조한다. 인간을 주체로 삼고 타자인 자연을 이용함이 아니라, 인간과 자연이 서로 하나임을 인식하고 자연을 생의 근원으로서 파악할 때 오영수의 작품세계는 빛을 발한다. 휴머니즘 소설에서, 농민소설에서, 그리고 생명의식을 절묘하게 담아낸 생태소설로서 오영수라는 작가는 21세기를 열 수 있는 가능성을 우리에게 제시해 준다.

1. 작가 오영수에 대한 단상

작가가 자신의 문학 작품에서 현실을 다루는 방식은 다양할 수 있다. 그 방식이 직접적일 수도 있고, 간접적일 수도 있으며, 때로는 왜곡될 수도 있다. 따라서 한 작가가 직접적으로 현실을 다루고 있지 않을 때, 거기에는 여러 이유가 있을 수 있다. 그런데 작가가 아무리 현실을 도외시하더라도 작품의 현실에서 삶의 현실을 완전히 지울 수 없는 것이라면, 비중의 크고 작음의 문제는 있을지라도 현실에 대한 인식이 없는 작품이란 없는 것인지도 모른다. 어떤 식으로든지 현실이란 작품에 투영되기 마련이고, 작가 나름의 시대 정신 또한 작품 이면에 담기게 마련이기 때문이다. 그래서 한 작가나 작품을 평가할 때, 그 작품에 현실이 담겨 있느냐 없느냐의 문제를 따지는 것보다는, 그 작품이 어떤 방식으로 현실을 다루고 있느냐를 따지는 것이 올바른 일일 것이다.

오영수(1914-1979)는 1939년 조선일보와 동아일보에 동시를 발표한 경력이 있지만, 그의 소설 창작 활동은 그다지 일찍 시작되었다고는 할 수 없다. 서른 살도 훨씬 넘은 1949년에야 그는 「남이와 엿장수」라는 단편 소설로 문단에 등단했다. 그러나 늦은 시기에 등단한 만큼 그는 열성적이고 왕성한 창작 의욕을 보였다.

오영수는 1954년 첫 창작집 『머루』의 출간이래, 『갯마을』(1956), 『명암(明暗)』(1958), 『메아리』(1960), 『수련(睡蓮)』(1965), 『황혼(黃昏)』(1976), 『잃어버린 도원(桃源)』(1978)까지 7권의 창작집을 남겨 놓았으며, 1968년엔 『오영수 전집』 전(全) 5권을, 1974년에는 『오영수대표작선집』 전 7권을 출간하였다. 그런데 이러한 작가 활동을 벌여 온 오영수의 문학적 이력으로 보아 흥미로운 것은, 그에게는 장편소설이 한 편도 없다는 점이다. 중편소설이라고 할 만한 작품도 몇 작품 되지 않는다. 오영수는 자신이 단편소설만 쓰는 이유를 다음과 같이 밝혀 놓고 있다.

> 내 생각엔 하나의 예술품을 담는 그릇으로선 장편보다 역시 단편이 더 적당하지 않나 하는 생각을 해요. 내가 긴 소설을 쓰지 않고 단편만을 줄곧 발표해 오는 이유도 거기에 있습니다.[1]

사실 단편 소설은 분량이 짧아서 많은 내용을 다루기보다는 읽다가 중간

---

1) 「오영수씨와의 대화」, 『문학사상』, 1973년 1월호, 305면.

에 끊어지는 일이 없도록 한 순간의 감동과 정서를 전달할 수 있도록 쓰여진다. 그런데 소설이란 원래 그 파생이 서사시에서 비롯된 것이므로 분량이 긴 서사구조 중심의 줄거리를 가진 것을 의미한다. 결국 장편 소설은 서사 장르의 대표인 셈이다. 그러나 단편 소설은 서사구조 중심의 긴 줄거리보다는 짧은 분량에서 느낄 수 있는 집약적인 감동과 정서를 주되게 다루는 서정적인 소설이 많다. 어떻게 보면 기존의 '소설'이라는 장르를 생각해 볼 때, 서정적인 단편 소설은 기존의 소설, 즉 장편 소설이라는 대표적 서사 장르의 특성을 무시하고 새롭게 나타난 소설 형식이었다. 물론 이것이 지금은 다른 새로운 시도의 기법적 · 실험적 소설에 의해 그 의미가 바뀌긴 했지만 말이다. 어쨌거나 이러한 이유들 때문에 서사성을 중시하는 리얼리즘 문학의 경우는 서정적인 단편 소설과는 다른 차원에서 논의가 이루어져야 한다.

따라서 어떻게 보면 오영수가 말한 '예술품을 담는 그릇으로선 장편보다 역시 단편이 더 적당하지 않나' 하는 것은 단편소설로서의 서정 소설에 대한 작가의 뚜렷한 주관과 신념일 것이다. 이렇게 오영수의 작품들에는 그의 주관과 신념이 내재되어 있다. 그 주관과 신념의 내용을 이루는 것들은, 결론적으로 무한한 인간애를 바탕으로 한 이른바 순수소설로 불림직한 인간 삶의 진정성에 대한 기록이다. 이러한 것들이 바로 숱한 서정 소설들이 이루어내고 있는 진정한 가치들이 아닐까.

그렇다면 우리는 오영수의 작품들에 어떻게 접근해야 하는가.

오영수는 동시대의 다른 작가들 못지 않게 20세기를 온몸으로 살아온 작가이다. 오영수는 식민지 시대에 가난한 농촌에서 태어나 일제의 압박 속에서 어렵게 공부하며 성장했고, 해방 후 곧바로 닥친 6 · 25 전쟁으로 민족적 비극과 전후의 수많은 후유증을 몸소 체험했던 작가였다. 게다가 그가 현실 참여적인 리얼리즘 소설이 아니라 서정적인 소설을 고집했다는 이유로 비평가들의 비난을 받기도 했다.

어쩌면 오영수만큼 현실에 부대끼고, 현실을 극복하려고 안간힘을 쓴 작가도 드물 것이다. 그가 서정성을 추구한 것도 기실은 자신의 삶과 문학을 충일 시키기 위한 행위에 다름 아니다. 그는 '인간에 대한 따뜻한 시선'으로 '인간의 숭고한 정신'을 추구한 작가이다. 그러한 점은 소외된 사람에 대한 관심이나 자연 속에서 때묻지 않은 삶을 살아가는 사람들에 대한 애정으로 나타난다. 그것도 부족하여 그는 몸소 '자연'으로 돌아가고자 했다. 그것도 현실도피가 아니라 적극적인 삶을 찾아서. 그런 식으로라도 오영수는 끊임 없이 문학과 자신의 삶을 일치시키고 싶어했던 것이다.

오영수는 현실 참여 정신을 적극적으로 주장하거나 혹은 부정적 현실에 대해 직접적으로 폭로하는 방식을 채택하지는 않았다. 그렇다고 해서 그가 현실을 외면하고 있다고만 말할 수 있을까. 그것은 지나친 비약이다. 오히려 그는 현실을 그리되, 언제나 리얼리즘을 넘어서고자 한 것으로 볼 수 있고, 그 너머의 세계를 찾기 위해 안간힘을 쓴 작가로 볼 수 있다.

여기에서 우리는 오영수의 가능성을 발견하게 된다. 오영수는 잊혀진 작가가 아니라, 다시금 살아나야 하는 작가인 이유가 여기에 있다. 그의 서정성은 단순히 자연 묘사에 그치지 않고, 배경 묘사보다는 등장인물의 대화를 통해서, 또는 그들의 성격을 통해서 서정성을 획득한다. 그런 그의 서정성은 차츰 그의 미적 가치와 자연관, 생활 의식 등과 적절히 뒤섞인다. 이러한 것들을 살펴봄으로써 그의 서정성에서 변화되어 가는 그만의 형식을 발견할 수 있게 된다. 초기의 간결한 미학적 문체에서 말년의 사상성을 거의 벗어 던진 수필적 형식까지, 그는 서정성을 바탕으로 삼아 화려하게 문체의 변화를 시도했다. 그것은 마치 분석 철학자 비트겐슈타인이 언어를 진리 함수로 삼은 초기의 엄격한 분석적 틀과 형식에서 벗어나, 말기엔 스스로 자신의 틀을 철저히 부수려 했던 행위와 유사하다. 말하자면 오영수도 문학의 사다리 끝까지 올라간 후에 그 사다리를 버리고서 그 너머의 세계를 보려고 노력했던 것이다.

이러한 작가 정신은 한국이 서구의 물질문명에 현혹됨을 우려한 것이었다.

이미 1960년대부터 서구에서는 동양사상을 지향하는 생태학 연구가 있었는데, 한국은 서구의 흐름만 뒤쫓다보니 이제서야 생태학에 대한 관심을 가지게 된 것이다. 30년이나 뒤쳐진 1990년대에 생태학 연구에 집중하는 한국문단이 문제가 있지 않나 생각된다. 사실 서구의 생태학 연구는 동양으로의 관심을 돌리는 것에서 시작된 것이며, 한국에서는 이미 생태학이라는 학문이 생명사상과 관련된 것으로 훨씬 오래 전에 이루어졌던 것이다. 따라서 이러한 시점에서 오영수의 소설 연구는 21세기에 들어서는 지금 참으로 소중한 작업이라고 여겨진다.

이 글에서는 오영수 작품 형식의 변모를 주된 탐구의 대상으로 삼고자 하지는 않는다. 그렇다 하더라도 그의 서정성이나 현실 인식 문제를 다룸으로써 어느 정도까지는 그의 형식에 대한 이해도 꾀할 수 있을 것이다. 그리고 인간긍정의 사상에서 인간옹호 사상으로, 그리고 거기에서 나아가 자연과 생명을 추구한 오영수의 정신을 엿볼 수도 있을 것이다.

자연과 조화된 삶에서 절묘하게 꽃피어난 오영수의 문학은 20세기를 마감하는 지금에도 우리에게 얼마든지 잃어버린 고유한 정서를 되찾아줄 수 있고, 또한 독자 나름대로 어떤 이상적인 공간을 떠오르게 해줄 수 있다. 나아가 '문명'에서 조금은 해방되어 편안한 휴식과 건전한 유희를 즐길 수도 있게 할 것이다. 무엇보다도 오영수의 작품을 마주 대하다 보면 그의 삶이 떠오른다. 그리고 독자 스스로도 자신의 삶을 떠올릴 수 있다. 거기에는 인간이 추구해야 할 궁극적인 가치가 내포되어 있기 때문이다.

2. 삶과 문학의 일치

오영수의 모든 작품은 오영수 자체 생의 표현이라고 말할 수 있다. 그것들은 마치 우리 토양에서 저절로 발아한 신화나 전설과도 같이 독자의 내면으로 스며든다. 또한 그것들은 서서히 독자의 가슴의 문을 열고 그들의 내부에 영원히 남을 수 있는 근원적인 문자, 즉 생명력을 새긴다. 그가 일상사를 서술하고 있는 것처럼 보이는 소설이나 수필과 유사하게 씌어진 소설에서조차도 우리 기억 속의 소중한 것들을 되살려 준다. 이러한 그의 작업을 구조시학이나 신비평적 태도로만 살핀다면 많은 것을 놓칠 수 있다. 오히려 조금은 복고적이라 할지라도 정신사적으로 그의 작품을 대하는 편이 오영수를 더 이상 손상시키지 않는 일일 것이다.

오영수를 거론한 평자들은 적지 않다. 김동리는 오영수의 제3창작집은 『명암』을 중심으로 한 비평에서 오영수를 평하길, '세기적 고뇌나 역사적 과제와는 거리가 멀다는 점, 인간성 탐구에 있어 소극적이라는 점'[2]을 지적한다. 그 이래로 많은 평자들은 오영수에게 현실 인식이 부족하다는 점을 지적한다. 과연 오영수는 세기적 고뇌가 부족한 작가였고, 언제나 소극적으로 인간성을 탐구한 작가였을까? 아니다. 오히려 오영수의 작품은 새로운 가능성을 가지고서 현재의 우리에게 다가선다. 그가 추구한 따뜻한 인간애, 귀향 의식, 원시 공동체나 유토피아 의식, 생명에 대한 간절한 지향성은 우리의 현실에 새롭게 자리 매김 되고 새로운 전망을 내려줄 수도 있다.

오영수 소설의 서정성은 리얼리즘 방식을 습득하지 못했기 때문이 아니다. 서정성은 그의 한계가 아니라 그가 채택한 방식일 뿐이다. 또한 현실이란 것은 서사적 구조에만 담길 수 있는 것이 아니라 서정적 구조에도 얼마든지 담길 수 있다. 그가 서정성을 서사성보다 중요시했다면, 그것은 작가가 자신의 필연적인 요구에 의해서 그러한 것이지, 리얼리즘 정신을 모르기 때문에 그러한 것은 아니다. 이러한 것들은 역량의 문제라기보다는 세계관의 문제이다. 현실 인식도 소설의 형식도 그 세계관을 통해서 이루어진다.

오영수의 문학은 자신의 삶을 그리되, 그것을 뛰어넘고자 했다. 그런 면에서 그의 문학은 그의 삶을 반영한다. 작품 속의 화자나 등장인물과 만나다 보

---

2) 김동리, 「온정과 선의의 세계」, 『신문예』, 1959년 1월호.

면 언제나 작가 오영수의 냄새를 맡을 수 있다. 그의 삶이나 정신적 특징이 그의 소설에 담겨 있는 것이다. 그는 타락한 현실을 그리기보다는 정신적으로 승화될 수 있는 현실을 그리고자 한다. 남녀의 사랑을 그리는 것도 마찬가지이다. 「개개비」의 윤도는 옥련을 사랑하지만, 그것은 김유정의 「봄봄」에서처럼 가슴 졸이는 애틋한 사랑이지 육욕적인 사랑이 아니다. 차라리 오영수는 아무 것도 얻는 것이 없을지라도 사랑의 힘을 믿고자 한다. 그것은 「실걸이꽃」에서도 마찬가지이다. 남녀간의 애틋한 사랑은 욕망으로 실현되는 것이 아니라 고귀한 신뢰로서 지켜지는 것이다. 그러나 그들은 마지막 날 함께 잠자리에 들면서도 가슴을 졸이며 다만 손을 잡고 잘 뿐이다. 이러한 것들이 오영수가 추구하는 사랑의 면모이다. 그것은 하나의 어색함도 없이 고귀한 사랑으로 승화된다. 여러 부류의 사랑 중에서도 오영수는 그러한 사랑을 추구하는 것이다. 그와 마찬가지로 그는 자신의 현실을 자신의 방식으로 자신의 작품에 투영한다.

아무리 작가가 노력해도 자신의 삶을 그대로 드러낼 수 없는 것이 문자의 한계일는지도 모른다. 그러나 오영수가 그러한 한계를 극복하려고 노력했다는 사실을 부인할 수 없다면, 그의 작품에서 그가 추구하는 정신이나 그의 삶을 읽는데 그다지 큰 어려움은 따르지 않는다. 소설의 형식이 아무리 허구의 속성을 가지고 있다고 하더라도 그 속에는 작가의 의도나 진실이 담길 수 있는 법이다. 삶과 문학의 일치는 어렵고도 먼길이다. 어쩌면 그것은 불가능해 보이기도 한다. 그러나 가짜가 판치는 우리 시대에 그러한 노력을 기울인 작가가 있었다는 사실만으로도 우리에게 어떤 희망의 메시지를 전해준다. 그것이 설혹 오류라 할지라도 얼마간 귀감이 될 것이다. 오영수 문학은 서구의 소설의 개념과는 다른 의미로서 도(道)나 기(氣)가 발현된 문자처럼, 자연이라는 강물에서 햇빛을 받아 은빛 비늘을 파닥이는 것이다.

오영수는 자연과 더불어 살았고 자연 친화적으로 살았다. 그것은 그의 소설에서 극명하게 나타난다. 또한 그는 문명이 발달되면 될수록 자연과 멀어

지는 인간의 모습을 한탄했다. 그것은 문명을 거부하는 것이 아니라 문명의
폐해에 대한 경종이다. 그런 면에서 오영수는 자연 친화적인 범휴머니즘을
바탕에 깔고 있으면서 문명 비판적인 모습으로 자신의 강물을 만들었다고
말할 수 있다. 50년대, 60년대의 문명이 90년대의 문명과 비교해 보면 보잘
것없는 것일지라도 그는 그때부터 이미 문명의 폐해를 간과할 수 없었던 것
이다. 그런 맥락에서 그는 자연이야말로 하나의 구원이라고 생각했다. 문명
이라는 것도 자연을 철저히 탈주술화 시키는 그러한 이성의 힘만으로는 희
망찬 미래를 만들 수 있다고 생각하지 않았다. 오히려 문명은 자연에 대한 사
랑, 전통정신에 대한 기반 위에서 서야 한다고 믿은 사람이었다. 그것이 이루
어지지 않는 한, 그는 문명의 편리를 거부하는 편이 낫다고 생각했다. 문명은
자칫 얻는 것보다 잃는 것이 더 많은 것이다. 물론 그가 '근대'의 거대한 물
결을 손바닥으로 막을 수 있다고 생각하지는 않았다. 그러나 참된 삶의 모습
을 예언적인 태도로 그려보고자 노력했다. 이런 지점에서 어느 정도 소외되
었으면서도 참다운 삶을 살아가는 사람들의 전형이 만들어진다. 「화산댁이」,
「박학도」, 「명암」에 나타나는 인물 유형에서 그러한 것을 느낄 수 있다. 물론
좀더 노골적으로는 「갯마을」, 「메아리」, 「은냇골 이야기」, 「오지에서 온 편
지」에서 절절함을 더 느낄 수 있다. 그러나 오영수는 거기에 만족하지 못한
다. 그래서 그는 말년에 직접 자연에 귀의하는 것으로 자신의 문학을 완성시
키고자 한다.

이에 대해 김윤식은 말한다.

'문협 정통파의 특질이란 무엇인가. 한마디로 요약한다면 <삶의 구경적 형식>
으로서의 문학관이라 정의된다. 김동리 씨가 30년대 말기에 정립하고, 해방공간
에서 조연현 씨가 복창한 것, 그리고 황순원, 유치환, 서정주, 조지훈 제씨가 이를
창작으로 뒷받침한 것, 그 후속세대에 바로 오영수, 이범선이 이어졌던 것. 「요람
기」의 세계와 「학마을 사람들」의 세계가 그것. 이른바 삶의 구경적 형식으로서의
문학이란, 비록 역사에의 맹목성이지만, 가장 확실한 생명의 감각을 포착하는 것.

따라서 거기엔 삶의 과정(변증법)이 없고, 오직 운명만이 있는 것. 그들 대부분이 장편을 못 썼거나 실패하는 것은 당연한 일. 그러기에 근대시민사회가 안고 있는 삶과 적대관계에 놓이며, 반리얼리즘에 해당되는 것.'[3]

그러면서 김윤식은 오영수가 리리시즘에 빠져들어 유년기의 회상에 젖는다고 말한다. 물론 그는 오영수가 장편소설을 쓰지 않고 단편소설을 고수하는 이유들을 적절하게 지적해 내고 있다. 그리고 문협 정통파의 맥락에서 오영수를 올바르게 자리 매김하고 있는 것도 사실이다.

그런데 그의 소설이 과연 근대시민사회가 안고 있는 삶과 적대적이라 불릴 만한 것인지, 혹은 반리얼리즘에 해당된다고 말할 수 있는 것인지는 사뭇 의문이 든다. 필자가 서두에서도 말한 바와 같이, 리얼리즘에 비중을 두지 않은 오영수를 그렇게 리얼리즘으로 재단하는 것은 루카치만 정당하고 아도르노나 바르트는 정당하지 못하다고 말하는 바와 다를 것이 없다.

오영수는 서사적인 것보다는 서정적인 것을 추구했고, 역사보다는 생명의 문제를 다룬 것은 사실이다. 그렇기 때문에 나타나는 그의 시적인 특성을 보고 리얼리즘 정신이 부족하다고 할 수도 있고, '참여'를 지향하는 작가나 '민중문학'을 하는 사람들이 언짢아 할 수도 있다. 그러나 리얼리즘을 추구하는 작가들처럼 오영수가 자신의 삶을 치열하게 살았다는 것을 인정할 수 있다면, 오영수를 쉽게 매도할 수는 없다. 과연 오영수를 비판하는 사람들은 얼마나 은유나 우의의 세계에서 벗어났는가? 또는 그들은 그들의 작품에서 얼마나 작품성을 거두었는가? 헤겔의 '절대정신'이나 '거대주체'에 매달린 작품들만이 생산적이고 독창적일 수는 없다. 이런 문제 제기는 꼭 리얼리즘에 대한 반론으로 시작되는 것은 아니다. 다만 오영수를 판독하기 위해서는 그러한 리얼리즘의 도식에 맞추어서는 안 된다는 말이다. '총체성'이라는 것도 한낱 꿈에 불과할 수 있다. 오영수가 자신의 시대에 대해서 눈을 감았다는 말

---

3) 김윤식, 「작가와 내면풍경」, 『김윤식 소설론집』, 동서문화사, 1991, p.20.

은 이런 면에서 타당하지 못하다. 또한 오영수가 70년대, 80년대에 비교적 큰 평가를 얻지 못했다고 해서, 그것이 지금까지 이어져야 된다는 것도 부당하다. 문학성을 획득하거나, 문학사에 남는 작품으로 인정받는 것은 당대의 관심사만으로 결정되는 것은 아닌 것이다.

오영수의 작품에도 현실 인식이 담긴 것을 얼마든지 찾을 수 있다. 그도 해방 전후 공간이나 전쟁 전후 공간을 도외시할 수 없었던 것이다. 하지만 그는 한 쪽 이데올로기를 채택하거나 근본적인 사회 현실에는 큰 관심을 보이지 않는다. 그럼에도 오영수는 그러한 상황에서 그만의 독특한 문제 의식을 찾아낸다. 적어도 그는 자본주의/사회주의의 이항대립 속에서 끊임없는 소모로 한 쪽의 정신을 지키려는 노력보다는, 그 혼란스러운 틈을 잠시 벗어나 그것보다 더 근본적인 무엇이 있지 않을까 고뇌한 것으로 보인다.

오영수는 이념의 틈새에서 희생되는 사람들에 대해 끊임없는 연민과 분노를 느꼈다. 「후일담」과 「안나의 유서」를 쓰는 오영수는 아귀다툼의 아수라장 같은 현실을 더는 참을 수 없었던 것이다. 그러나 그것은 고발을 통해 독자를 광장으로 유인하는 그러한 형식은 아니다. 단지 이러한 세상이 있다는 것을 보여줄 뿐이다.

「피」, 「소쩍새」, 「안나의 유서」 등은 오영수가 시대 변화에 민감한 작가라는 점을 상기시켜 준다. 전쟁이나 혁명, 또는 가난한 사람들의 삶을 실감나게 그리는 것만이 그 시대에 충실한 것이 아니라면, 오영수 또한 당대 서민들의 삶이나 그 시대에 대해 깊은 고뇌를 했다는 것을 알 수 있다. 다만 오영수는 그 어두운 시기의 기록들을 재현하기보다는, 오히려 그 어두움을 더욱 깊이 내부에 아로새겨 미적인 구체화를 이루어냈다. 특히 「머루」에서 그러한 면모를 살펴볼 수 있다.

오영수는 시대 문제를 다루고 있지만 그것을 배경으로 깔아 두거나 부수적인 주제로서 그려낸다. 그것을 그의 기법상의 특징이라고 말할 수 있다. 「후일담」에서는 '거창 학살 사건'과 유사한 '제주도 반란'을 다루고 있으면서도 이념보다는 생명존중의 문제를 직접적으로 다루고 있다. 이런 금기된 4·3사건을 다루는 것으로 보아 오영수가 전혀 용기 없는 지식인인 것만도 아닌 것 같다. 여기에서 오영수가 말하고자 하는 것은 경찰이나 빨치산에 대한 폭로가 아니다. 기실 그는 빨치산이나 경찰 누구에게도 관심이 없다. 경찰의 폭력성을 고발하자는 것도 아니다. 그러한 것보다는 고통 당하는 사람들의 이야기를 그림으로써, 근본적으로 이념의 횡포를 고발하고자 하는 것이 오영수의 중요한 의도이다. 그에게는 이념보다는 민족이, 또 그것보다는 생명의 숭고함이 더 소중하였던 것이다.

오영수는 일제 시대에 태어나서 근대 산업화가 가장 왕성하던 70년대 말에 세상을 떠났다. 그렇다면 그는 다른 여느 작가와 다름없이 20세기의 격변기를 몸으로 산 사람이다. 일제 강점기와 한국 전쟁에 대한 고뇌가 작가 자신으로서 없을 수 없다. 다만 그는 자신의 특성을 잘 살려 당대적인 관심사나 역사의 문제보다는 인류의 영구한 관심사인 자연에 천착하거나 문명에 대해 비판을 가했을 뿐이다. 그렇다고 해서 그가 당대의 사회 현실에 관심이 없었던 것은 아니다. 또한 누구라도 현실에 완전히 자유로울 수는 없다.

오영수는 이념보다는 '문명'의 문제가 더 근원적으로 인간을 황폐화시키는 것이라고 보았다. 특히 인간 이성이, 또는 거기에서 산출되는 주체가 모든 것을 다 판단하고 결정할 수 있다고 믿는 근대적 모습에 실소할 수밖에 없었다. 그러나 그러한 움직임은 거대한 강물과 같아서 작가 일개인의 지적으로는 누구도 관심을 갖지 않았고, 또한 그의 능력으로 그 물줄기를 우회시킬 능력도 없었다. 그러나 그는 아무런 반향이 없을지라도 순교자와도 같은 심정으로 자신이 느끼는 것을 자신의 방식으로 기술했다. 그는 어떤 식으로든지 자신의 삶과 생각을 자신의 소설에 투영시키고 싶어했다. 그것이 많은 작가들의 방식과 달라 누구도 거들떠보지 않을지라도, 자신이 처한 상황이나 환경에서 고뇌하면서 그것을 극복하려고 노력했다. 그가 배부르게 자연 속에 누워 자연을 그린 사람이 아니라, 문명 속에서 불편하고 배고픈 자연으로 귀의하고자 한 것을 보아 그것을 알 수 있다. 그가 사고하고 행위 하는 모든 것들은 철저히 자신의 현실로부터 나온 것이다. 그러나 그런 현실은 직접적으로 토로되는 것이 아니라 작가의 내부에서 육화되어 잔잔하게 울려 나오는 그러한 것이었다.

식민지와 한국전쟁의 후유증, 그리고 산업화 초기의 갈등들, 이러한 것들을 살펴볼 때 한반도 시대 현실은 언제나 깊은 사유도 없이 외부로부터 무차별로 들어온 것들이지 당대인들이 추구하거나 선택한 것이라고 볼 수 없다. 그런 면에서 20세기를 살아온 모든 사람들에게 근대 서구 사유들은 판단하고 선택할 능력도 없이, 그것은 그 자체로 하나의 현실이 되었다. 김윤식의 말대로 그는 직접적으로 시대 현실을 다루고 있지는 않다. 그러나 그는 문명 비판이라는 현실 인식을 통해서 그의 소설을 전개해 나간다. 6·25이후의 정치·사회적 소용돌이 속에서 마지막 남은 삶의 의욕을 느낄 수도 있겠지만, 어떤 이는 그 혼란의 소용돌이 속에서 마지막 남은 삶의 의욕마저 놓칠 수도 있다. 오영수도 그러한 사람 가운데 한 사람이다. 작가의 특성이 그렇다고 해서 그를 비판할 것인가? 왜 전쟁이나 사회 현실 비판의 문제가 '문명비판' 과 '인간성 회복' 문제보다 앞설 수 있는가? 오영수는 문명화되어 가는 시대 현실, 제대로 된 가치관도 없이 이데올로기에 휩쓸려 가는 현실이 더 걱정이었던 것이다. 그에게 우리의 시대현실은 대안이 없는 것처럼 여겨졌다. 우리는 문명화의 이름으로 파멸을 향하여 치닫고 있었던 것이다. 그런 면에서 그야말로 올바른 지성을 소유하고 있었다고 말할 수도 있다.

시대나 사회에 대한 부정적인 인식이 그대로 부정적으로 드러났다면 그것은 한낱 패배주의에 그치고 말았을 것이다. 그러나 오영수는 절대적으로 절망적인 상황에서 깊은 고뇌를 통해 새로운 삶의 방향을 찾아냈다. 그것은 인간성의 진정한 회복이 가능한 세계로서 그의 후기 작품 「잃어버린 도원」으로서 그려지게 된다. 단지 그것을 보여줄 수 있었다는 이유만으로도 흙탕물에서 죽어 가는 물고기가 맑은 물을 찾아 상류로 기어올라갈 수 있게 되는 것이다. 오영수는 이렇게 문명 속에서 죽어 가는 천사들, 또는 타락한 천사들의 모습을 보여줌으로써, 그 천사들이 돌아가야 할 자연을 그야말로 무릉도원이라고 상기시키고 있다.

3. 휴머니즘을 토대로 한 농민소설[4]

오영수의 작품 유형은 농촌과 농민을 주제로 한 것이 대부분이며, 또한 단순히 전원소설에서만 그친 것이 아니라 농민들의 고뇌와 열정을 다룬 작품들이다. 따라서 오영수의 작품을 농민소설로서 파악하기 위해서는, 시련에 맞닥뜨려 일어서려는 의지를 지닌 농민을 얼마나 사랑했고, 또 농민이 어떻게 일상을 살아야 하는가를 그가 문학에 어떠한 방식으로 형상화했는지에 대해 논의의 초점이 모아져야 한다. 오영수의 단편소설들은 농촌을 주제로 한 것이 대부분이고, 제재와 배경 또한 농민이거나 농촌이다. 따라서 오영수의 소설을 농민소설의 범주 내에서 논할 수 있는 근거는 그의 작품이 주로 자연으로 돌아가서 인간답게 살고자 하는 귀향의식을 담고 있고, 작품의 배경으로 농촌이 많이 등장하며, 농촌 생활에 대한 농민들의 애환을 서정적으로 담아내고 있다는 데서 찾을 수 있겠다.

그런데 흥미로운 것은 오영수가 이무영 이후 귀농 의식을 가진 유일한 작가이면서도 농민 소설가로 인정을 받지 못했다는 점이다. 사실 오영수에 대한 논의는 그의 문학적 성과에 비해 미흡하다고 볼 수 있다. 그에 대한 평가는 흔히 서정성을 높이 평가하는 측면과 현실 참여에 충실하지 못했다는 측면 등 양극으로 갈리는 편이다.

이러한 부정적인 견해가 있음에도 불구하고 오영수에 대한 대다수의 논의는 그의 문학세계가 인간과 자연과의 조화 속에서 상호간에 훈훈한 인정을

---

4) 한국의 농민문학의 전통과 발생, 농민소설의 개념과 유형에 대한 자세한 논의는 본 연구자의 『오영수 소설 연구』(1999, 이재인 저, 문예출판사)를 참조하라. 농민문학 및 농민소설에 대한 기존의 연구사를 집중 요약 및 비판, 그리고 대안을 제시하였다.

베풀며 인간답게 살아가는 모습에 대한 조명이며, 토착적인 한국인의 정서와 밀도 짙은 리리시즘이라고 파악된다. 이는 한국적 특유의 농촌소설 혹은 농민소설로서의 서정소설과도 관련 깊다고 말할 수 있다.

일부 평론가들이 작중 인물 분석에만 관심을 두고 분석했지만 주제나 배경 제작에 대한 언급이 부실했다는 것은 우리 비평 문단의 좁은 안목의 탓이라 하겠다. 그러다가 1979년 오영수가 타계하자 비평가 장문평은 그의 특성은 반도시적, 반문명적 토속적[5]이라 하였다. 신경득은 오영수의 작품 유형적 패턴을 소박한 인간세태, 소박한 인정을 바탕으로 하고 있다[6]고 밝히고 있다.

이와 같은 논평들은 점차 진일보한 농촌문학, 농민문학으로 접근하였지만 그의 고향의식은 물질문명에 의해 다른 작가들처럼 절망이나 눈물로 고향을 형상화시키지 않고 뿌리 의식과 생명 의식에 있다는 점에 주목할 필요가 있다.

우리 나라 농민 소설들은 대체로 비극적인 테마에 눈물과 울음이 대부분이다. 이것이 대체로 고전적인 소설에서 그대로 전이되어 왔다는데 그 뿌리 의식을 찾을 수가 있다. 오영수의 농촌소설 「머루」, 「갯마을」, 「메아리」, 「은냇골 이야기」, 「황혼」, 「잃어버린 도원」 등에는 이광수, 심훈, 안수길, 이무영 등의 작가들에게 보여주던, 슬퍼서 울고, 배고파서 울고, 억울해서 우는 그런 울음의 문학이 아니라는 점이다. 한국의 농민 작가들이 작품을 쓸 때 절로 소리나는 것이면 무엇이든지 "운다"로 단정하고 있다. 똑같은 새소리이지만 서구인들은 그것을 즐거운 노래소리로 들었고, 우리 작가들은 슬픈 울음으로 들어왔다. 같은 동양인이라 해도 중국에는 '명'가 '제'가 있어 '읍'이란 말과 엄격히 구분하여 쓰였다. 우리 나라 농촌소설에서는 종소리가 들려도 운다고 했고, 문풍지 소리가 나도 역시 그것을 운다고 받아들였다. 그러나 오영수의 소설에서 비극은 비극으로써 끝나는 것이 아니라 그것은 페이소스, 해학, 긍정에의 소망으로 환치되어 변화를 이루어내는 의미망을 형성하고 있

---

5) 장문평, 「반문명적 인간상의 제시」, 『한국문학』, 1979.9, p.241.
6) 신경득, 『현대문학』, 1979.9, p.334.

다.

그런데 오영수의 소설에 나타나는 특성은 투쟁적이지도 않고 그렇다고 계도적이거나 교훈적이지는 않다. 소극적인 고발형태의 소설, 그리고 농민들의 생활을 그대로 옮겨놓은 풍속형의 소설이 주로 그 범주를 차지하고 있다. 아무래도 오영수의 농민소설은 귀농 의식을 바탕으로 하고, 한국 농민들의 전통적인 생활상에 근거하여 이를 깊이 있게 다루었다고 볼 수 있겠다.

이무영의 작품은 전통성에 근거하여 한국 농민들의 생활상을 진지하게 고찰하였던 풍속형의 농민소설이다. 그런데 오영수의 소설 역시 이무영의 농민소설처럼 전통성에 근거하였다고는 하지만, 1930년대의 생활상을 담아낸 이무영의 작품과 1950년대 이후의 생활상을 담아낸 오영수의 작품은 현실을 반영하는 방식이 다르다. 일제 식민지라는 역사적 배경 속에서 전근대적인 체제가 완전히 사라지지 않은 상태에 처해진 농민들의 생활을 담아낸 이무영의 소설과, 해방은 되었으나 한 민족간의 전쟁으로 모든 땅이 황폐화된 상황에서 처음부터 다시 땅을 일구어내야 하는 상황에 맞닥뜨려진 농민들의 모습을 그린 오영수의 소설은 그 내용을 달리할 수밖에 없다. 또한 오영수의 소설은 1960년대에 이르러 급속도로 기계화된 문명 속에서 점점 퇴락해 가는 농촌의 모습과 인간성을 상실해 가는 인간의 모습을 간접적으로 제시하여 비판하고 있다. 농민들은 땅을 생명의 젖줄로 생각하고 인간들 서로간에 공동체적 의식과 신뢰를 기반으로 하여 살아가야 하는데 이것마저 점점 상실해 가는 현실에 대해 탄식한다.

오영수 소설에서의 자연과 농촌은 정신적인 측면뿐만 아니라 물질적인 측면도 포함한다. 바로 농민들의 생활 터전이요 인간의 생명을 만들어내는 인류 역사의 장이다. 그렇기 때문에 극도로 기계화된 사회 속에서 훼손된 인간의 본성을 회복하고, 신성한 원형으로서의 자연을 닮는 것이 바로 그에게 원시지향적 자연성으로 작품 속에 드러나고 있다. 자연의 절대 질서와 그 안에서 포장되지 않은 채 있는 그대로의 자연인으로 살아가는 인물들의 모습이 특히 잘 나타난 작품으로는 「갯마을」, 「은냇골 이야기」, 「메아리」, 「화산댁이」, 「오지에서 온 편지」, 「어린 상록수」, 「잃어버린 도원」 등 이외에도 다수가 있다. 이러한 작품들은 한국전쟁과 물질문명의 폐해를 간접적으로 비판하며 귀농·귀향 의식을 내포하고 있는 작품들이다. 이들 작품은 오영수의 작품들 중에서 농촌과 농민을 제재로 하는 대표적 농민소설이다.

그러나 오영수의 소설은 이광수의 계몽형 농민소설처럼 강력한 목적의식을 제시하지는 않는다. 또한 오영수의 농민소설에는 이데올로기적 주장은 당연히 없는데, 이는 이데올로기 대립에서 비롯된 전쟁 자체를 거부하는 작가 개인의 강력한 신념 때문이다. 그는 태어나서 작품활동을 하고 죽을 때까지 자연과 농촌과 진정한 농민의 모습과 전통성을 일관되게 주장했던 작가였다.

휴머니즘을 토대로 한 농민소설로서 오영수 소설을 파악한 것은 다른 여타 작가들의 논의와의 변별성에 착안을 둔 것이다. 그것은 자연에 순응하는 사람들의 모습, 삶의 뿌리가 인본주의에 있다는 강한 메시지를 작품 속에 여과시켜 언어 미학적으로 승화시켰다는 점에 있어 본격 농민소설의 작가로 손색이 없다고 판단되기 때문이다.

첫째, 오영수의 소설들이 거의가 농촌을 배경으로 하여 농민을 주제로 하되 그들의 좌절이나 불만의 토로에 있는 것이 아니라 자연에의 순응주의에 목표를 두고 있다는 점이다.

둘째, 오영수의 소설은 리얼리즘을 한 차원 높여 그것들이 왜 시대와 자연에의 불화를 가져오는가를 암시하고 있어 작가가 작품 속에 뛰어들지 않는 테크닉을 구사하고 있다는 점이다.

셋째, 오영수는 농촌 소설가, 농민 작가로서 엄연한 한국 문단사에 굵은 선을 그은 작가이다. 전원에의 회귀, 귀농에의 동경을 갈망하는 등장인물이 그의 작품 가운데 100여 편이나 차지하고 있다는 점이다.

넷째, 오영수는 울음의 문학이 아니라 그것을 극복하는 농민문학이라는 점이다.

이와 같이 오영수는 주제의식 내지는 작품의 공간적 배경 속에 등장인물의 행위가 결국은 인간옹호 정신, 전원에의 귀향의식은 그가 말년에 시골에 묻혀 농민들과 마주하며 글을 썼고, 일생은 농촌에서 마감한 데서 여실히 입증되고 있다.

오영수의 자연을 향한, 농촌을 향한 반문명적 세계관이 사회 도피의 방편이었고, 자연과 선성(善性)은 포기와 망각의 수단[7]이었다는 지적도 있으나, 인간 생활이 철저히 개인화 되기 이전의 소박하고 건강한 공동체 의식의 강한 면모를 드러내 줌으로써 먼지와 소음과 이기에 찌든 현대인들에게 나름대로의 대안을 제시해 주려 했다. 또한 농민들의 진솔하고 근면한 생활 풍속을 보여줌으로써 그들의 삶에 직접 다가선 모습을 보여주었으며, 자연이, 농촌이 그리고 땅이 우리 민족의 삶의 터전이며 생명력의 상징임을 제시했다.

오영수는 개인화된 사회의 개인을 표현한 작품에서처럼 폐쇄적이고 고립된 삶의 답답함이 아니라 공동체 의식에 의한 소박하고 건강한 원초적이고 자연적인 삶의 리듬을 강렬하게 드러내 보여 작중 현실에서 원형적인 인간 존재의 양상을 뚜렷하게 느끼게 해 준다. 그리고 이러한 농촌 지향적인 삶은 이 기성이나 질투, 미움보다 인간에 대한 근본적인 사랑을 지닌 양심적인 인간상을 그리고 있다.

이처럼 오영수가 추구한 작품세계는 휴머니즘의 핵이라 할 수 있는 순정성, 삶이 도달하고자 하는 고귀한 인간존중의 사상은 자연에의 귀의에 궁극적 목표를 둔다. 뿌리의식을 가진 그의 작가적 생명력은 145편에 이르는 작품에 나타나며, 이는 그가 간직한 특유의 세계관이라 할 수 있다.

---

7) 장사선, 「오영수의 작품 세계」, 『한국현대소설사연구』, 민음사, 1984, p.561.

4. 생명사상과 생태학과의 만남

오영수의 휴머니즘 정신은 농민들의 땅에 대한 귀착의식과 더 나아가 자연인으로서의 생명의식에 기반을 둔다. 이는 단순한 인간중심 사상이 아니라 자연에 근거한, 자연을 우선한 인간을 강조한다. 인간의 삶이 자연을 이용하고 파괴하는 문명에 근거하는 것이 아니라, 인간과 자연이 서로 하나임을 인식하고 자연을 생의 근원으로서 파악할 때 오영수의 작품세계를 충분히 이해할 수 있으리라 생각된다. 이는 근대 문명에 의해 타자로서 존재하게 된 자연이 위기에 처하고 있음을 인지하고, 이제는 자연을 과거의 우리 조상들처럼 하나의 주체로서, 생의 근원으로서 인식해야 함을 강조하는 생명사상과도 관련된다.

원시시대에는 자연을 신으로 섬겼지만, 문명이 발달하면서 인간은 스스로 신의 자리에 오르고자 하는 오만함을 보여왔다. 자연이 이용당할 만큼 이용당해 점차 생태계의 위협이 체온으로 느껴지자, 이제서야 인간들은 자연의 중요성을 인식하게 된 것이다.

오영수는 이미 문학으로서, 소설로서 인간들의 오만에 경종을 울린 셈이다. 이른바 휴머니즘 소설에서, 농민소설에서, 그리고 생명의식을 절묘하게 담아낸 생태소설로서도 충분히 그 가치를 발할 수 있는 것이 바로 오영수의 문학이다.

오영수는 총체화 된 사회적 구조보다는 거기에서 녹아버린 개개의 인간에 대해 관심을 보인다. 인간이 문명을 만들어냈지만 현대적 문명에 적응하지 못하고서 방황하는 개인들이 존재한다. 고작해서 박학도가 찾아갈 곳은 아내가 껌둥이와 달아난 '인천'일 뿐이다. 껌둥이에게 몸을 파는 아내가 있는 곳, 자신에게 돌아와 줄지도 모르는 아내가 있는 곳, 그 자신이 가야 할 곳인지도 도무지 알 수 없는 그 곳을 찾아 길을 헤매는 천사처럼 현대인은 그렇게 살아갈 뿐이다. 「갯마을」의 주인공은 외래문화에 대한 거부감을 보이고, 「망

향수」의 노인은 이웃이 없는 도시생활을 견디어 내지 못한다.

그들이 가고자 하는 곳은 어디인가? 오영수 작품의 주된 목표는 이렇게 현대 문명에 적응하지 못하고 방황하는 개인들이 찾아 나아가야 할 곳에 대한 모색이다. 그것은 「화산댁이」에서 나타난다. 화산댁이는 도시에 있는 막내아들의 집을 찾아오지만 하루만에 허겁지겁 고향으로 돌아간다. 그곳은 별다른 보물을 숨겨 놓은 곳이기는커녕, 남루와 배고픔이 존재하는 곳일 뿐이다. 문명의 편리함을 전혀 누릴 수 없는 곳, 그러한 자연의 품일지라도 거기에는 인간이 살아 숨쉴 수 있다. 비록 그곳은 불편한 곳이기는 하지만, 문명 속에서 손상된 영혼을 치유할 수 있는 곳, 인간 고유의 본질이 실재하는 그러한 곳이다.

「코스모스와 소년」, 「태춘기」, 「명촌 할아버지」, 「산호 물부리」, 「요람기」 등 대부분이 농촌을 배경으로 하는 작품들에서 우리는 그들이 지향하는 곳에 대해 어렴풋이 예측해 볼 수 있다. 또한 오영수가 어째서 그토록 귀향의식에 골똘하고 귀농 의식에 집중적인 관심을 가지는지에 대해서도 충분히 가늠하고도 남는다.

> 콩이 누렁누렁 익으면 고장 아이들은 '콩사리'를 잘해 먹었다. 마른나무를 주워다가 불을 지피고 콩가지를 꺾어다 올려놓으면 콩은 피이 피 - 김을 뿜고 익는다. 가지에서 콩꼬투리가 떨어져 까뭇까뭇해지면 불을 헤집고 콩을 주워 까먹는다. 참 구수하고 달큰하다. 한동안 이렇게 콩사리를 먹고 나면 입가장은 꼭 굴뚝 쪽째비같이 까맣게 돼 가지고 서로 바라보면서 웃어댔다. 초가을 무렵부터 밤밭골에는 콩사리 연기가 모락모락 피어오르지 않는 날이 별로 없었다. 혹, 마을 어른들이 지나다가도 "이놈들 한 밭에서만 너무 많이 꺾지 마라!"할 뿐 별로 나무라지는 않았다. 그것은 어른 자신들도 아이 때는 밀사리, 콩사리를 하고 컸기 때문이겠다.[8]

---

8)　오영수, 「요람기」, 『오영수대표작선집』 5권, 동림출판사, 1974, p.249.

「요람기」는 유년기의 추억을 계절적 배경에 따라 회상해 가면서 쓴 작품이다. 이 외에도 많은 작품들에서 오영수는 경상도 어느 농촌을 배경으로 순박한 아이들과 촌민들을 대상으로 그들의 삶을 그렸다. 우리는 오영수의 작품 경향을 결정짓는 것은 그의 유년시절과 밀접한 관련을 맺고 있다는 것을 작품을 통해 인지할 수 있다. 그가 나이가 들어 청·장년기에 들어서도, 그리고 노년의 늙은이가 되어서도 그토록 고향을 그리워하며 이상향을 추구하게 된 것도 결코 돌아갈 수 없는 어린 시절의 행복한 삶을 결코 잊지 못했음이리라.

그렇다고 오영수의 작품 속 주인공들이 모두 바보나 현실도피자는 아니다. 그런데 혹자들은 이를 두고 평하기를, 작가 오영수의 작품들을 들여다보고 있노라면 현실 도피적 경향이 강하고 그 속의 인물들은 하나같이 은둔자이고 사회 부적응자라고 한다. 이는 작가에 대한 간접적인 비난일 수도 있다. 그래서 이것이 오영수가 후에 일부 문학가들에게서 소외를 당했던 요인이기도 했다. 하지만 가난에 찌들고 왜곡된 역사에 힘겨워 하는 민족의 운명이라고 생각한다면 그러한 평들은 조금 사그라지지 않을까.

"이게 뭐꼬?"
"까마구다."
"운기고?"
"잡았다!"
"누가?"
"우리가!"
춘돌이는 둘러앉은 아이들 틈에 비집고 들면서
"이거 우짤기고?"
"꿉어 묵는다?"[9]

위의 대화에서 추측할 수 있는 것은 시골 출신의 사람들, 바로 우리 같은

---

9) 오영수, 「요람기」, 위의 책, p.240.

사람들이 어렸을 때를 연상케 하는 순수한 농촌 아이들의 모습이다. 어렵고 힘들지만 농촌에서의 아이들의 순수함은 결코 사라지지 않는다. 하지만 도시 속에서의 아이들은 그렇지 않다. 물질문명의 황금만능주의와 이기주의가 판을 치는 곳에서 성장하는 아이들은 어른이 되어서는 결국 과거의 순수한 인간성을 상실하기 십상인 것이다. 이 외에도 오영수의 작품들에는 아이뿐만 아니라 순수한 어른들도 그려진다. 하지만 아이들의 모습에서는 아무도 뭐라 비난하지 않으면서 아이 같은 순수함을 가진 다 큰 인간들에게는 패배자니 은둔자니 하는 비난을 퍼부어 댄다. 인간의 본성은 순수하다고 생각하는 오영수는 바로 이러한 타자들의 이율배반적인 평가에 대해 염려하는 것이다. 오영수는 어른들도 아이 때의 순수함을 결코 잃어버려서는 안 된다는 것을 알려줄 뿐인데 말이다.

그렇다면 본질적으로 그가 '자연'과 '고향'에 그렇게 돌아가고자 한 이유는 무엇일까? 과연 그는 거기에서 무릉도원이나 유토피아를 찾았는가? 또는 거기에서 무엇을 발견했을까? 오영수는 그 단서를 다음과 같이 제공한다.

"가령, 흙탕물 속에서 질식 직전의 고기가 한 줄기 맑은 물을 따라서 상류로 거슬러 올라간다면 이걸 일러 소위 현실도피라고 할 수가 있겠습니까"[10]

결국 그는 살기 위해서 생명을 찾아서, 자연으로 오지로 들어간 것이다. 거기에서 그가 제대로 살았는지, 무엇을 발견하였는지는 별로 중요하지 않다. 그는 '생명'의 부름에 응했을 뿐이고, 그 요구에 충실했을 뿐이다.

"내가 생각하기에는 어떤 외래 사조나 경향을 빨리 받아들여 그것이 바로 우리의 현실인 양 그것에다 자신을 합리화 내지 편승하는 것이 오히려 결과적으로는

10) 오영수, 「대표작 자선자평」, p.299.
11) 대담취재, 「'인정'의 미학 - 오영수씨와의 대화」, 『문학사상』, 1973년 1월호, p.304.

현실도피라 생각해요. 다시 말해 주체성의 상실 내지 포기가 이런 경우겠죠." [11]

　그는 시류나 서구 사조에 편승하려고 하지 않는다. 단지 자신의 가슴에서 우러나온 생각에 충실할 수 있기를 바란다. 아무리 '산업화'가 중요하고, '민중의식'이 중요할 지라도, 그가 우선으로 여긴 것은 따뜻한 인간애, 혹은 진정한 생명의 추구였다. 오영수는 진정한 생명의 추구를 「오지에서 온 편지」와 「산호물부리」에서 보다 직접적으로 드러낸다.

　오영수는 소설의 형식마저도 과감히 벗어 던졌다. 새로운 형식을 찾는다는 의식마저도 버리고 소설을 쓴 것이다. 그것을 가리켜 '수필'이라고 말하거나, '소설이 아니'라고 말할 수도 있다. 그러나 그가 그것을 소설이라고 생각하면서 썼다면, 소설이 아니기도 그만큼 어렵다. 소설가는 서사구조를 만드는 사람인 것만은 아니고, 관념이나 서정성을 나름대로 만든 구조로 추구할 수도 있다. 그는 그런 자유로운 틀로서 문명에 대한 비판뿐만 아니라, 고향을 회상하고 본격적으로 자연으로 돌아가고자 했다. 이로써 그의 세계관과 소설의 형식은 일치가 된다.

　사실 자연의 역사만큼 크고 훌륭한 서사 양식이 또 어디에 있단 말인가. 오영수는 서정을 담을 수 있는 형식을 단편소설에서 찾아냈지만, 그 형식에 온전히 만족했던 것은 아니다. 보다 '자연스러운' 방식으로 자신이 추구하는 생명사상을 담을 수 있는 형식을 찾는다. 그렇게 함으로써 그는 소설 형식의 굴레에서 스스로 벗어났다. 자연이라는 거대한 서사 양식을 서정적으로 담아내기 위하여.

　대부분의 작가들은 자신의 의식을 소설의 형식에 구현시키기를 바란다. 그리하여 자신에게 걸맞는 적절한 형식을 찾아내는 것이다. 글쓰기의 문제는 자유의 문제와 결부되고, 형식 자체에 자신의 세계관이 발현되기를 기대함으로써, 작가는 스스로 형식 그 자체가 된다. 특히 오영수의 경우에 그렇다.

　윤명구의 「오영수론」을 들어보자.

"현대적 문명생활에서 발생하는 인간소외로부터 오는 고독의 병은 어떠한 정치·사회적 문제보다 근본적인 문제이며, 이러한 본질적 문제를 제시하는데 그치지 않고 그 치유와 극복의 방법을 제시하는 데까지 나갔다는데 오영수의 작가적 자세는 돋보이는 것이라 하겠다.[12]

오영수의 현실 인식과 문명 비판의 태도는 그의 세계관에서 나온 것이고, 그것이 리얼리즘을 기반으로 한 것은 아니지만 적절히 우리의 고유한 방식으로 승화된 소설로 나타난다. 그런 점에서 오영수는 21세기를 열 수 있는 가능성을 우리에게 보여준다.

우리는 간혹 자연인을, 자연을 지향하려는 사람을, 특히 아이 같은 어른을 정신이 성장하지 못하고 오히려 과거로의 퇴행을 하려 한다고 비난하기도 한다. 그래서 정신과 의사들은 그들을 어린 시절로의 퇴행이 아니라 사회에 적응시키기 위해서, 그리고 성장시키기 위해 부단한 노력을 한다.

그러나 우리는 이에 대해서 더 신중하게 생각해 보아야 한다. 농촌에서의 자연적인 삶에 융화되어 건강하게 잘 살고 있던 아이를 도시로 데려와 인공적이고 작위적인 생활 패턴에 적응시키려 할 때, 과연 그 아이는 도시생활에 얼마나 잘 적응할 수 있을까. 그리고 이때 쉽게 빨리 적응을 잘 하는 아이는 정상적인 인간이고, 쉽게 적응을 하지 못하는 아이는 정상적인 인간이 아닐까.

이에 대한 해석은 자연의 생명성을 등에 업고, 이를 인간의 역사에 그리고 인간의 미래에 적용시켜 볼 때 가능해질 것이다. 따라서 자연적 삶과 토속적 생활 속의 인간과, 자연성을 도외시한 도시 문명 속의 인간을 우리는 충분하게 심사숙고해 보아야 한다. 우리와 우리 아이들의 영원한 생명을 위해. 새미

---

12) 윤명구, 「오영수론」, 『현대문학』, 1990년 7월호, p.167.

친화적 자연에서
가혹한 원시적 자연에 이르는 과정
— 오영수론

<u>문흥술</u>*

1. 머리말

발생론적 관점에서 볼 때, 소설은 근대의 산물이다. 루카치가 지적[1]했듯이, 대서사양식으로서의 소설은 고대의 서사시를 이어받은 근대의 산물이며, 근대 이후 도래할 새로운 세계의 새로운 서사양식으로 이행하는 중간 과정에 자리잡고 있는 양식이다.

"내 영혼을 증명하기 위해 길을 떠난다(I go to prove my soul)"라는 루카치의 명제야말로 근대의 산물로서의 소설이 지니는 역사철학적 특징을 가장 잘 보여주는 것이라 할 수 있다. 밤하늘에 빛나는 별이 내 영혼의 별이 되고 나아가야 할 길을 안내하던 시대, 어디를 가도 낯설지 않고 평안함을 느낄 수 있던 목가적인 시대, 곧 신과 인간과 자연이 공존하던 서사시적 총체성의 세계는 인류사의 전개과정에서 근대가 시작되면서 사라진다. 소설은 사라진 그 서사시적 총체성의 세계를 지향한다. 그리하여 소설은 문제적 개인을 주인공으로 하여, 그가 근대 세계와 대립하고 갈등하면서 상실된 서사시적 총체성의

---

* 문학평론가, 저서로 『자멸과 회생의 소설문학』 등이 있음.
1) G. Lukacs, 『소설의 이론』(반성완 역, 심설당, 1985). 제1부 참조.

세계를 찾아 길을 떠나는 과정을 기본 구도로 삼는다. 곧 서사양식으로서의 소설은 인간과 세계의 대결과 그 비극적 패배를 기본 모티브로 삼는다.

오영수(1914 —) 소설은 인간과 세계의 대결과 갈등이라는, 소설의 서사적 측면과는 거리가 먼 자리에 있다. 그의 소설은 주로 인간과 자연, 인간과 인간의 친화성을 지향한다. 인간과 세계가 동일성을 이루는 세계를 지향하는 양식이 서정양식이라는 점에 주목할 때, 그의 소설을 '서정적 소설'[2]이라 명명할 수 있을 것이다. 서정적 소설은 인물이 세계(자연)와 친화관계를 이루는 서정세계를 중심내용으로 삼기 때문에, 인물과 세계와의 구성적 대립은 거의 나타나지 않는다.

"길이 시작되자 여행은 끝났다"라는 명제를 들어 이를 좀더 살펴볼 수 있을 것이다. 서사양식으로서의 소설에 있어서, 영혼을 증명하기 위해 길을 떠나는 소설의 주인공은 그 길에 들어서자마자 영혼이 사라진 근대 세계에 노출된다. 이에 따라 주인공의 여로는 즐거운 여행이 아니라, 사라진 영혼을 되찾기 위한 투쟁과 갈등의 여정이 되는 것이다. 여기서 시간의 변화와 공간의 이동에 따라 그러한 대립과 갈등은 증폭되기에, 시간과 공간은 소설 구성상 중요한 기능을 한다.

반면, 서정적 소설의 주인공은 서정세계와의 합일을 추구하기에, 세계와의 갈등이나 투쟁을 일으키지 않는다. 이에 따라, 시간의 경과나 공간의 변화는 거의 없고, 설령 있어도 그것은 사건 전개에서 중요한 기능을 하지 않는다. 서정적 소설에서 시간과 공간은 기본적인 서사적 장치를 마련하기 위해 동원되면서, 서정양식으로서의 시와 소설을 구분하는 기능을 한다. 그리고 그 시간과 공간은 근대적 요소가 지배하는 시 — 공간과는 거리가 먼, 인간과 자연이 합일되는 시 — 공간의 형태를 띠고 있다.[3] 따라서 서정적 소설은 "길

---

2) Ralph Freedman, 『서정소설론』(신동욱 역, 현대문학사, 1989).
3) 이효석 소설 「메밀꽃 필 무렵」에 나타나는 시간과 공간, 그리고 봉평에서 대화에 이르는 80리 산길이 그 대표적인 예라 할 수 있다. 이에 대해서는, 김윤식, 「병적 미의식의 양상-이효석의 경우」(『한국근대문학사상비판』, 일지사, 1980) 참조. pp. 94~122.

이 시작되자 여행이 시작된다"라는 명제로 요약될 수 있을 것이다.

서정적 소설은 이처럼 근대의 산물인 서사양식으로서의 소설에서 그 서사적인 기본장치만을 가져올 뿐, 그 지향점을 정반대의 방향에 두고 있다고 볼 수 있다. 근대 자본주의가 이성적 인간에 의한 자연 지배, 그것을 통한 물질적 가치의 추구로 요약될 수 있다면, 서정적 소설은 인간중심주의와 물질만능주의를 배척하고, 인간과 자연, 인간과 인간, 정신과 물질이 조화되는 세계를 지향한다. 그런데 그런 세계는 근대화가 진행됨에 따라 현실의 공간으로부터 사라지게 된다. 서정적 소설은 사라져 가는 그 세계에 시간과 공간을 집중시키고, 인간과 자연이 합일되는 세계를 형상화한다.

한국문학사에서 서정적 소설은 일제 강점기에 있어서 김유정의 「동백꽃」과 이효석의 「메밀꽃 필 무렵」이 대표적이라 할 수 있다. 이후 서정적 소설은 황순원, 김동리로 이어지는데, 전후작가 중에서는 오영수가 대표적인 작가에 해당된다. 이 글에서는 오영수의 서정적 소설의 특징은 무엇이며, 그것이 갖는 소설사적 의의는 무엇인지를 살펴보고자 한다.

2. 폭력적인 근대세계 비판과 서정세계에의 지향

오영수의 서정적 소설을 이해하기 위해서는 작가의 현실에 대한 인식이 어떠한지를 살펴볼 필요가 있다. 그런데 오영수의 작품에는 현실에 대한 인식이 단편적이고 파편적으로 제출되어 있다. 하지만 「명암」, 「박학도」, 「여우」, 「후일담」 등의 작품을 통해 작가의 현실 인식의 단초를 읽을 수 있는데, 작가는 해방 직후와 전후의 한국 사회 현실을 폭력, 타락, 부패 등의 단어로 규정하고 있다.

> 한창 전투가 치열했을 때 진부령 어느 골짜기에서는 적의 포위를 벗어나지 못해 무더기 죽음을 당한꼴도 보았다. 적의 인해전에 고성능 폭탄을 퍼부어 팔은 팔대로 다리는 다리대로, 말하자면 분해가 되어 버린 몸뚱어리가 흙먼지와 함께

하늘로 튀어 오르는 것을 불과 몇백 야아드 앞에서 장시간 지켜보기도 했다.

　돌격전으로 어떤 고지를 점령하고 보면, 미처 옮겨 가지 못한 시체가 그대로 버려져 있고, 그중에는 아직도 숨이 붙어 있어 손을 내밀고 물을 달라고도 한다. 그러나 유기체로서 수만 기록하고는 한구덩이에 그대로 묻어 버리기도 했다. [4]

　제주 4.3 항쟁 때 부역자로 몰린 한 여인이 결국은 한국전쟁이 일어나 처형 당하고 만다는 줄거리를 통해, 작가는 전쟁을 어떤 이데올로기 측면이나 도식적인 반공 논리에 입각하여 바라보고 있지 않다. 작가는 전쟁을 근대물질 문명의 폭력으로 인식하고, 그런 전쟁은 유기적 생명체로서의 인간의 존엄성을 무참하게 짓밟는 것으로 보고 있다.

　한편, 「명암」이라는 작품을 보면, 현실은 감방보다 못한 것으로 비판되고 있다. '영창 6호실'이라는 군대 감방에는 탈영병, 강간미수범 등이 갇혀 있는데, 이들이 갇힌 감방이 차라리 현실보다 더 인간적인 곳이며, 현실은 오로지 '빽'만 있으면 무슨 일이든 할 수 있는 것으로 제시되어 있다.

　「박학도」에서는 현실은 "세상이 모조리 도둑판" 내지 "엉망진창"인 것으로 비판되며, 「여우」에서는 보다 직설적인 형태로 제시되고 있다.

　　소위 국회의원이란 작자가 시계 밀수입을 했다, 부통령 저격 사건에 순경이 가담을 했다, 정부미 횡령이다, 입학금 이천만 환을 몽땅 들어먹었다, 세금을 받아 뺑소니를 쳤다, 이건 또 뭐야, 열차 속에서 헌병이 강도질을 했다, 자 어때? 이런 판국이야! 어느 놈을 믿겠느냐 말야. 그럼 우리는 어떻게 살란 말야, 도둑질도 누구만 해먹으란 말야? [5]

　이처럼 타락하고 부패한 근대사회에 노출된 오영수 소설의 인물들은 그런 사회에 의해 상처받고 소외당한다. 친구인 성호에게 아내와 집을 빼앗기는

---

4)　『현대한국문학전집1』, 신구문화사, 1981. p.135.
5)　위의 책, p. 68.

달오(「여우」)나, 사회에 발붙이기 위해 온갖 짓을 다해보지만 실패하고, "학도 앙이고, 봉도 앙이고, 강산두루미"[6]로 전락한 채, 양깔보 아내마저 흑인에게 빼앗기는 박학도(「박학도」)가 그 대표적인 인물이다.

이들 작품들을 통해 작가는 해방이후부터 전후에 이르는 한국의 근대 사회가 폭력과 부패와 타락으로 얼룩져 있다고 규정하고 있다. 그러면서, 작가는 한국의 근대사회의 부정적 측면이 자신의 세대에서는 회복 불가능하다고 보고 있다. 「여우」에서 친구에게 아내와 집을 빼앗기고 폭행마저 당한 달오가 울고 있는 아이를 안고 "인석아 어서 커라 네가 어서 커라 인석아!"[7]라고 절규하는 대목이 그것이다. 곧 작가는 당대 사회에 만연한 폭력과 부패를 자신의 세대에서는 치유할 수 없다는 절망감을 토로하고 있는 것이다.

폭력적인 전쟁, 부패가 만연한 사회, 그리고 동시대에는 그런 부정적 측면의 치유가 불가능하다는 인식은 작가로 하여금 인간이 진정 인간다운 삶을 영위할 수 있는 공간은 무엇인가라는 질문을 던지게 한다. 이에 대해, 작가는 폭력적이고 타락한 근대세계와 그 중심에 있는 인간에 대한 강한 모멸감을 토로하면서, 그런 타락한 근대적인 것이 없는 세계에 대한 인식을 강화시키는데, 그것이 인간과 자연이 함께 어우러진 세계이다.

근대사회의 모순된 현실에 대한 단편적 비판이라는 한 축과 인간과 자연이 합일된 서정세계에 대한 지향이라는 또 다른 한 축을 양극단에 설정할 때, 오영수 소설작품 전체는 그 진폭 속에 자리잡고 있다. 이를 유형화하면 다음과 같다. 먼저, 현실의 부조리한 측면에 대한 단편적 비판이 중심을 이루고 있는 작품으로, 「명암」, 「박학도」, 「후일담」, 「여우」, 「이주」 등이 있다. 둘째, 현실비판과 서정세계에 대한 지향의 중간 자리에 있는 작품으로, 자연의 동식물에 얽힌 민간 설화 내지 전설을 바탕으로 하여 현실비판을 행하고 있는 「제비」, 「후조」, 「두꺼비」, 「수련」 등이 여기에 속한다. 셋째, 서정세계를 전면적으로

---

6) 위의 책, p. 45.
7) 위의 책, p. 73.

◀갯마을

다루는 작품으로, 「갯마을」, 「은냇골 이야기」, 「메아리」, 「고무신」, 「태춘기」
등을 들 수 있다. 이 중, 이 글에서 다루고자하는 서정적 소설은 셋째 유형에
해당되는데, 작가의 서정적 소설의 특징과 변모양상을 가장 잘 보여주는 작
품이 「갯마을」(1955), 「메아리」(1959), 「은냇골 이야기」(1961)이다.

3. 전통세계에 기반을 둔 친화적 자연: 갯마을

「갯마을」은 인간에 의한 자연 지배라는 근대세계를 부정하고, 전통세계에
기반을 둔 채 인간과 자연이 합일된 세계를 지향한다. 작품 서두는 갯마을의
배경묘사로부터 시작한다.

　서로 멀리 기차 소리를 바람결에 들으며, 어쩌면 동해 파도가 돌각담 밑을 찰
싹대는 H라는 조그만 갯마을이 있다.
　더께더께 꿀딱지가 붙은 모없는 돌로 담을 쌓고, 낡은 삿갓 모양 옹기종기 엎
드린 초가가 스무 집 될까 말까? 조그마한 멸치 후리막이 있고, 미역으로 이름이
있으나, 이 마을 사내들은 대부분 철을 따라 원양출어(遠洋出漁)에 품팔이를 나
간다. 고기잡이 아낙네들은 썰물이면 조개나 해조를 캐고, 밀물이면 채마밭이나

---

8)　위의 책, p. 27.

매는 것으로 여느 갯마을이나 별다름 없다.[8]

"여느 갯마을과 다를 것이 없다"라는 진술과는 달리, 이 갯마을은 "기차소리"로 표상되는 근대문명의 이기가 "바람결에 들리"는 곳으로, 아직 근대세계의 질서에 편입되지 않은 곳으로 설정되어 있다. 그런 공간에서 인물들은 바다라는 대자연을 배경으로 하여, 그 자연을 사랑하고 그 자연에 기대어 살아간다. 따라서 이 작품은 바다로 상징되는 대자연과 인간이 일체가 되어 삶을 영위하는 전근대적인 전통 세계에 뿌리를 두고 있다.

> (i) 바다를 사랑하고, 바다를 믿고, 바다에 기대어 살아온 그들에게는, 기상대나 측후소가 필요치 않았다. 그들의 체험에서 얻은 지식과 신념은 어떠한 이변(異變)에도 굽히지 않았다. 날(出漁日)을 받아 놓고 선주는 목욕 재계하고 풍신에 제를 올렸다. 풍어(豊漁)도 빌었다. 좋은 날씨에 물 때 좋겠다, 갈바람이라 무슨 거리낌이 있었으랴![9]

> (ii) 무서운 밤이었다. 깜깜한 칠야, 비를 몰아치는 바람과 바다의 아우성……보이는 것은 하늘로 부풀어 오른 파도뿐이었다. 그것은 마치 바다의 참고 참았던 분노가 한꺼번에 터져 흰 이빨로 물을 마구 물어 뜯는 거와도 같았다. 파도는 이미 모래톱을 넘어 돌각담을 삼키고 몇몇 집을 휩쓸었다. 마을 사람들은 뒤 언덕 배기 당집으로 모여들었다.[10]

"기상대나 측후소"라는 근대 문물은 이 갯마을에 적용되지 않는다. 다만 "바다를 사랑하고, 바다에 믿고, 바다에 기대어" 살아가는 전통적인 삶만 있을 뿐이다. 그들은 자연(바다)에 기대어, 때로는 자연이 베푸는 풍요로움에 즐거워하고, 또 때로는 자연의 분노에 상처받기도 하지만, 그 어떤 상황이든

---

9) 위의 책, p. 31.
10) 위의 책, p. 32.

자연의 섭리에 순응하면서 살아간다. '풍신'과 '당집'으로 상징되는 자연신을 숭배하고 자연과 인간이 미분화된 채, 자연의 섭리에 따른 삶을 운명적으로 받아들이는 전통적 세계에 이 마을은 자리잡고 있는 것이다.

이 전통적 세계에서 해순은 태어났다. "스물 셋의 청상과부"인 해순 역시 마을 사람들처럼 자연의 섭리에 순응하면서 살아간다. 그러면서, 그녀는 마을 사람들과는 달리 자연과 영혼의 교감을 나누는 인물이다.

> (i) 해순이는 보자기(海女) 딸이다. 그의 어머니가 김가라는 뜨내기 고기잡이 애를 배자 이 마을을 떠나지 못했다. 그래서 해순이가 났다. 해순이는 그의 어머니를 따라 바위 그늘과 모래밭에서 바닷바람에 그을리고 조개껍질을 만지작거리고 갯냄새에 절어서 컸다. 열 살 때부터 잠수도 배웠다. 해순이가 성구(聖九)에게로 시집을 가기는 열아홉 살 때였다.[11]

> (ii) 미역 철이 되면 해순이는 금보다 귀한 몸이다. 미역은 아무래도 길반쯤 물속이 좋다. 잠수는 해순이밖에 없다. 해순이가 미역을 베어 올리면 뭍에서는 아낙네들이 둘러 앉아 오라기를 지어 돌밭에 말린다.[12]

> (iii) 해순이는 이 마을, 더더구나 아낙네들의 귀염둥이다. 생김새도 밉지 않거니와 마음에 그늘이 없다. 남을 의심할 줄도 모르고 것도 없다.[13]

해순이는 해녀의 딸로 어릴 적부터 바다와 함께 자란 인물이다. 그녀가 바다에서 미역을 따고 조개를 따는 일은 일상의 삶을 위한 생산 행위라기보다는 일종의 "신풀이"[14]에 해당된다. 이것은 자연과 영혼으로 교감하는 것으로,

---

11) 위의 책, p. 30.
12) 위의 책, p. 33.
13) 위의 책, p. 37.
14) 위의 책, p. 30.

일종의 접신에 해당된다. 그녀가 마을 사람들이 지니지 못한 능력(미역 따는 것)을 지닌 것은 이러한 접신의 경지를 보여주는 예이다. 그리고 마을 아낙네들이 해순을 귀염둥이로 여기는 것도 해순을 그들이 따르고 경외하는 자연(바다)과 등가의 자리에 놓고 있기 때문이다. 그러기에 상수와 재혼하여 갯마을을 떠나는 해순을 시기하기보다는, 마치 그들이 섬기는 자연 숭배신이 마을을 떠나는 것처럼 아쉬워하고 안타까워하는 것이다.

해순이 상수를 따라 갯마을을 떠나고 다시 돌아오는 과정은 해순이 스스로 자각하지 못한 이러한 접신의 경지를 깨닫게 해주는 것이자, 마을 사람들에게 해순의 존재를 깨우쳐주는 모티브에 해당된다. 접신의 경지에 있는 해순에게 있어서 결혼이나 가정 등의 전통세계의 문화적 장치는 그렇게 중요한 측면이 아니다. 남편 성구가 실종되었지만 해순의 삶이 변하지 않는 것은 이 때문이다. 바다와 영혼으로 교감하고 접신하는 것만이 그녀의 삶의 전부인 셈이다. 처음에는 그것을 깨닫지 못하지만, 해순은 상수와 재혼을 하여 산으로 떠난 뒤 자신의 존재의 실체를 자각하게 된다. 한다. 여기서 해순이 상수와 떠난 '산'은 근대적 세계를 상징한다.

> 사실 그의 고향에는 별 걱정 없이 사는 부모가 있었고 국민학교를 나온 상수는 농사 돌보고 남부럽지 않게 살았다. 두 해 전에 상처를 하자부터 바람을 잡아 떠돌아 다니다가 그의 이모 집은 이 후리막에 와서 딩굴고 있다.[15]

"학교"라는 근대 제도가 있고, "징용"이라는 폭력적인 전쟁이 있는 상수의 고향은 근대 세계의 영향권 내에 있는 곳이다. 갯마을이라는 전근대적인 전통 세계에서 접신의 경지에 이른 해순이 그런 근대적 삶에 동화되기는 애초부터 불가능한 것이다. 해순은 그것을 자각하고 갯마을로 돌아온다.

---

15) 위의 책, p. 34.

상수도 징용으로 끌려가 버린 산골에는 견딜 수 없는 해순이었다.

오뉴월 콩밭에 들어서면 감북 숨이 막혔다. 바랭이풀을 한골 뜯고 나면 손아귀에 맥이 탁 풀렸다. 그럴 때마다 눈앞에 훤히 바다가 틔어 왔다.

물옷을 입고 철벙 뛰어들면……해순이는 못견디게 바다가 아쉽고 그리웠다.

고등어 철, 해순이는 그만 호미를 내던지고 산비탈로 올라갔다. 그러나 바다는 안 보였다. 해순이는 더욱 기를 쓰고 미칠 듯이 산꼭대기로 기어올랐다. 그래도 바다는 안 보였다.

이런 일이 있은 뒤로 마을에서는 해순이가 매구 혼이 들렸다는 소문이 자자했다.

시가에서 무당을 데려다 굿을 차리는 새, 해순이는 검은 소매만 내리고 마을을 빠져 나와 삼십리 산길을 단걸음에 달려온 것이다.[16]

"수수밭에 가면 수숫대가 모두 미역밭 같고, 콩밭에 가면 콩밭이 왼통 바다"만 같은 해순이가 근대 세계를 버리고 다시 갯마을이라는 전통 세계로 귀향함은 필연적이다. 귀향의 동기를 두고 상수의 징용이라는 시대적 배경을 운위하는 것은 전혀 무의미하다. "혼"의 영역에서 바다(자연)와 교감하는 해순이기에 갯마을로의 귀향은 그녀의 생명과 관련된 운명적인 것에 해당된다고 볼 수 있다. "맨발에 식은 모래가 해순이는 오장육부에 간지럽도록 시원했다"라는 표현은 갯마을로부터의 떠남과 되돌아옴의 과정을 통해 해순에게 내재해 있던 접신의 경지를 새삼 깨닫게 되었음을 제시하는 것이다.

이 작품은 근대세계와는 차단된, 전근대적 전통세계인 갯마을에서 자연의 섭리에 순응하면서 살아가는 사람들과 그런 자연과 영혼의 교감을 하는 해순이를 통해, 순박한 인간과 친화적인 자연이 일체가 된 세계를 형상화하고 있다.

---

16) 위의 책, p. 38.

4. 근대세계에 연결된 친화적 자연: 메아리

「갯마을」에 나타나는 인간과 자연이 일체가 된 삶은 김유정의 「동백꽃」과 김동리의 「무녀도」의 중간 지점에 자리잡고 있다. 「동백꽃」이 산골의 두 남녀의 목가적 사랑을 그리고있다는 점에서 「갯마을」에 나타난 자연 동화의 측면과 등가를 이루고 있다. 그러나 해순이 자연과 영혼의 교감을 하는 접신의 경지를 표현하고 있다는 점에서 「갯마을」과 「동백꽃」은 갈라진다. 그런데, 이런 접신의 경지는 김동리의 「무녀도」에서 이미 제시된 바 있다. 「무녀도」에서 모화가 접신을 위해 삶과 죽음의 경계에서 죽음의 영역으로 나아가는 것과 비교할 때, 「갯마을」의 해순은 그런 위험한 단계에까지 나아간 것은 아니다. 곧 「무녀도」의 모화가 가족으로 압축되는 최소한의 문화적 장치마저 파괴하면서 접신을 위해 죽음도 마다 않는 병적 상태의 물신화로 진입해 있다면, 「갯마을」의 해순은 문화적 영역을 초월하였지만, 병적 상태에까지는 진입하지 않고 있다. 따라서 이 작품은 전통세계의 문화와 물신화의 경계 영역에서 균형상태를 유지하면서 인간과 자연이 교감하는 세계를 형상화함으로써, 안정감과 현실감을 획득하게 되는 것이다.

그러나 「갯마을」이 자리잡고 있는 전통세계는 한국 근대사회의 전개과정에서 일제 말기를 지나 해방 공간과 한국전쟁을 거치면서 근대의 강력한 폭풍 앞에서 점점 사라지게 된다. 사라지기 직전, 인간과 자연이 교감하는 서정 세계를 그 흔적으로 간직하고 있는 지리산을 배경으로 한 작품이 「메아리」이다. 이 작품에서 지리산이라는 공간은 '갯마을'에 나타나는 전통세계가 부재하는 곳이자, 근대세계로부터 도피의 공간이다.

> 피난살이를 부산에서 했다. 아무리 버둥거려 봐도 살 수가 없었다. 살아 갈 재간이 없었다. 무슨 짓이든 못할 게 없겠으나 할 짓이, 할 일이 없었다.
> 약만 쓰면 살릴 줄 뻔히 알면서도 그렇지 못해 아이까지 죽였다.
> 영선 고개 판잣집마저 헐리게 되자, 별 작정도 없이 그만 떠 버렸다.

진주에서 몇 달 동안 살았다.

목수나 미장이 뒷일꾼으로 다녀 봤다. 한 달에도 며칠, 그나마도 작자가 달아 품삯은 고사하고라도 제 몫에 돌아오지도 않았다.

그의 아내가 양은그릇을 받아 이고 장사로다 나서 봤다. 주로 촌 마을을 찾아 다녔다. 본전도 더 깎지 않고는 팔리지 않았다.

할 일이 없었다. 살아 갈 수가 없었다.

산청으로 들어갔다.

여기서는 더 할 일이 없었다.

"여보. 두더쥐가 땅 밖에 나오면 죽게 마련이라오. 우리 그만 깊숙이 산골로 들어가서 밭농사나 짓자요……"

(중략)

누구나 그래도 다 살아 가는데, 누가나 다 사는 세상에서 나만 살지 못하고 이렇게 무인 산골로 쫓겨 가다니……하니, 동욱은 어떤 패배감 같은 설움이 치밀어 목이 멘다. 그럴수록 뒤따라오는 그의 아내가 측은하기도 하고 미덥기도 했다.

(중략)

들어갈수록 골짜기는 더 넓고, 잡초가 엉클어진 속에 해묵은 밭들도 많았다.

두 내외는 약속이나 한 것처럼 후미진 골짜기 든직한 바위 옆에다 짐을 내렸다.[17]

동욱 내외는 전쟁이라는 근대적 폭력이 횡행하고 "오징어 한 마리 때문에 아귀다툼"[18]이 일어나는 근대세계에 적응하지 못하고 "패배감"을 안은 채 지리산으로 들어간다. 따라서 동욱 내외에게 지리산은 폭력적인 근대 세계로부터 도피의 공간으로 작동하고 있다. 동욱 내외뿐만 아니라, 이 작품의 등장인물인 박노인, 윤방구 등도 현실에 적응하지 못하고 도피한 인물들이다. 경상북도 청송 근방에서 목수일을 하던 박노인은 아내의 간통 현장을 목격하고 집에 불을 지른 다음 지리산으로 도피한 인물이며, 박노인과 동향의 인물

---

17) 위의 책, pp. 107~108.
18) 위의 책, p. 125.

로 지리산 빨치산을 하던 윤방구도 근대의 현실세계로 나아가지 못하고 지리산에 도피한 인물이다.

그런데 이 작품에서, 근대세계에서 생활하지 못하고 도피한 인물들이 겪는 패배감이나 고립감, 그리고 근대세계에서 생활하던 인물들에게는 생소하다 할 수 있는 지리산이라는 자연에 적응하는 힘든 과정과 그 과정에서 겪게 되는 고통이나 어려움 등은 전혀 제시되지 않고 있다.

> 동욱은 산이 좋았다. 산골에서 자랐기 때문인지도 모른다. 산은 깊을수록 좋고, 나무가 많을수록 좋다. 소나무보다는 잡목이 많을수록 더 좋다. 봄은 봄대로 좋고, 여름은 여름대로 좋다.
> (중략)
> 이렇게 산을 바라보고 있으면 마음이 한결 든든하고 미덥다. 산골에 들어온 것이 마치 고향에라도 온 것처럼 한결 마음이 흐뭇하고 너그럽다.
> (중략)
> 간간이 산이 찌잉 하고 울 때가 있다. 하루에 한 번쯤, 어쩌면 한 달에 몇 번쯤⋯⋯산골이 깊으면 깊을수록 산은 자주 운다. 먼 지축에서나 울려 나오듯 은은하면서도 맑고 중후한 그런 울음이다.
> 동욱은 산이 울 때마다 산의 생명감 같은 것을 느끼고 마음이 경건해진다.[19]

한국전쟁이 일단락 되었다하더라도, 현실적으로 지리산이 폭력적인 근대세계로부터 완전히 차단될 수 없다. 물론 표면적으로는 전쟁의 상흔이 시간의 흐름 속에 자연에 묻혀 버릴 수도 있겠지만, 보다 심층으로 파고 들 때, 그곳은 결코 폭력적이고 부조리한 근대세계로부터 자유로울 수 없는 공간이다.

그런데도 작가는 지리산이라는 공간을 근대세계에 전혀 오염되지 않는 세계로 설정하고 있다. 그리고는 근대세계에서 도피해온 인물의 패배감이나 적응과정의 어려움은 배제한 채, 인물들이 산에 동화되고 산과 더불어 호흡

19) 위의 책, p. 109.

하게 되는 과정을 중점적으로 서술하고 있을 뿐이다. 이는 작가의 관념, 즉 근대세계를 거부하고 자연과 더불어 사는 삶을 그리고자 하는 관념이 강하게 작동한 결과이다.

> 여름 동안은 매일같이 뒷개울로 땀을 씻으러 가기 마련이었다. 움막에서 훌훌 벗고는 앞만 가리고 그대로 올라 간다. 언젠가는 동욱이 그의 아내의 등을 밀어 주다가,
> "요즈막 살쪘다!"
> 그러면서 궁둥이를 한번 찰싹 때렸다. 그의 아내는 킥하고 돌아앉으면서 동욱의 배 밑으로 마구 물을 끼얹었다. 그러나 동욱은 보란 듯이 그대로 버티고 서서 연거푸 물을 끼얹던 그의 아내는,
> "어마나 무서라!"
> 그리고는 도로 돌아앉아 버렸다. 동욱은,
> "임자한테 인사를 드리는 거야!"
> "에구, 인사도 무슨……얌치머리도 없이!"
> 이날 동욱은 기어코 알몸인 그의 아내를 알몸에 업고 내려 오면서,[20]

일종의 원시적 야성미를 느낄 수 있는 이 대목이야말로 작가가 이 작품을 통해 드러내고자 하는 주제이다. 자연과 일체가 된 건강미 넘치는 삶이야말로 폭력이 난무하는 근대사회를 살아가는 우리들이 지향해야 할 진정한 삶이라는 것을 작가는 강조하고 있는 것이다. 작가의 이런 주제 관념이 지나치게 작품 전면으로 표출되면서, 이 작품은 동욱 내외, 박노인, 윤방구가 자연에 동화되면서, 동욱 내외를 중심으로 그들만의 자족적 공간을 이루게 되는 과정을 집중적으로 강조하게 되고, 이로 인해 현실적 긴장감을 결여하게 되는 것이다.

여기서 인물들의 삶은 「갯마을」에서 제시되고 있는, 전통세계에 기반을 둔

---

20) 위의 책, p. 118.

문화적 장치를 갖추고 있지 않다. "움막"으로 표현되듯이, 이곳은 그런 문화적 장치가 사라진 공간이다. 따라서 동욱 내외는 물론이고 다른 인물들의 삶이 문화적 장치를 일탈할 위험성을 내포하고 있다. 그 점은 동욱 내외와 동거하게 된 윤방구가 동욱의 처에게 "이상한 시선"을 보내는 것을 통해 알 수 있다. 이 반문화적 상태가 심화되면, 동욱 내외를 중심으로 한 자족적 공간은 파괴되고, 더불어 지리산의 자연과 인물들간의 서정적 동화는 더 이상 불가능하게 된다. 이 반문화적 파괴행위를 억제하기 위해서는 어떤 형태로든 문화적 장치를 끌어올 수밖에 없는데, 표면상 이 작품은 전통세계의 문화적 장치에 주목한다.

> "산령님이요. 우리는 산령님에 의지하고 사는 백성임더! 험악한 꼴도 많이 보시고, 그래도 노염 안하시고 우리들도 여게 살도록 하시고 그 은혜 망극합니더. 내년 농사도 재 없이 해주시고, 또 이 골째기에 살던 사람들도 다시 와서 살두룩 산령님께 빕니더!"
> 마쳤다.
> 술을 또 땅에 뿌려 버리고 부침개 한 개를 뜯어 흩고는 내려왔다. 내려오면서 박 노인이, 옛날 여기에(바위 밑) 동삼(童蔘)이 있었는데, 이 동삼이 상주로 화해서는 늘 산청장에 내려왔다고……그래서 동삼바위라고 한다고 했다.[21]

산령님께 제를 올리면서 삶의 평안과 화복을 기원하고, 동삼바위에 얽힌 설화를 이야기하는 대목이다. 여기서 이 작품이 근대세계를 부정하고 산령님과 설화로 상징되는 전통세계로의 복귀를 희망하고 있음을 알 수 있다. "이 골째기에 살던 사람들도 다시 와서 살두룩 산령님께 빕니더"라는 구절이 바로 그것이다. 그러나 근대세계의 폭력의 상징이라 할 수 있는 전쟁이 휩쓸고 간 자리에 이미 사라진 전통세계에 기초한 문화적 양식의 부활은 현실적으로 불가능하다. 따라서 근대세계로부터 문화적 장치를 끌어올 수밖에

---

21) 위의 책, p. 131.

없다. 만약 근대세계와의 관계를 완전히 끊는다면, 이들의 삶은 반문화적 상태로 전락할 것이다.

> 우리도 한끼 입을 살지 못해 산골로 들어왔읍니다만, 여기서는 먹고 산다는 게 참 허수룩하더군요. 정말이지 인제는 먹는 것보다 사람이 더 아쉬워요![22]

근대세계에서의 생활을 버리고 자연에 동화된 삶을 살기 위해 지리산에 들어왔지만, 인물들은 끝내 근대세계의 '사람'에 대한 끈을 끊지 못하고 있다. 이처럼, 이 작품은 근대세계에서 도피하여 자연과 일체가 된 삶을 살되, 반문화적인 야만 상태로 전락하지 않고 인간다운 삶을 살기 위해서는 근대세계와의 연결 고리를 끊을 수 없다는 것을 노정하고 있다. 이러한 측면은, 인물들이 산에서 채취하거나 제작한 물건을 수시로 '장(근대세계)'에 내려가서 팔고, 필요한 물품이나 음식을 구해와서 생활하는 것에서도 제시되고 있다. 또한 동욱 내외가 홀애비 윤방구를 위해 근대세계에 있는 "명숙엄마"를 데려오는 것도 그 예이다. 이러한 사실들은, 지리산을 삶의 터전으로 삼아 자연과 일체가 된 삶을 살지만, 삶에 필요한 자양분은 근대세계와의 연결통로를 통해 가져올 수밖에 없음을 보여주고 있다.

결국 이 작품은 근대세계에 적응하지 못하고, 패배감을 안고 지리산으로 도피한 인물들이 자연에 동화되어 살아가는 과정을 그리고 있는 소설이다. 여기서 주목되는 것은, 「갯마을」에 나타나던 전통세계가 근대세계의 폭력에 의해 사라졌다는 점이다. 이것은 더 이상 전통세계에 기반을 둔 자연과의 동화는 불가능함을 의미한다. 또한 문화적 생활을 위해 근대세계와의 연결을 끊을 수 없다는 것은, 근대세계에 의해 지리산으로 상징되는 자연도 조만간 근대세계의 영향권 속에 편입될 것임을 의미한다. 이 지점에서 계속 자연과의 합일을 지향한다면, 근대세계와의 단절은 불가피하다. 그 자리에 「은냇골

---

22) 위의 책, p. 127.

사람들」이 자리잡고 있다.

5. 근대세계와 단절된 가혹한 원시적 자연: 은냇골 이야기

전통세계뿐만 아니라 근대세계마저 부정하고 원시시대에서나 볼 수 있는 가혹한 자연을 다루고 있는 작품이 「은냇골 이야기」이다. '은냇골'이 그 어떤 시대의 현실세계와도 철저히 단절된 공간이라는 것은 작품 서두에 제시된 설화에 압축되어 있다. 채약을 업으로 하는 어떤 두 형제가 은냇골을 내려다보는 바위 벼랑에서 산삼을 캐면서 과욕을 부리다가 가마솥만한 왕거미가 밧줄을 끊는 바람에 모두 떨어져 죽었다는 설화가 그것이다. 이 설화는 은냇골이라는 마을이 현실세계와의 모든 연결(밧줄)을 철저히 배제한 공간이라는 것을 함축하고 있다.

> 뼘질로 두 뼘이면 그만인 하늘밖에는 어느 한 곳도 트인 데가 없다.
> 깎아세운 듯한 바위 벼랑이 동북을 둘렀고 서남으로는 물너울처럼 첩첩이 산이 가리웠다.
> 여기가 국도에서 사십여 리 떨어진, 태백 산맥의 척주 바로 옆 골미창 은내(隱川谷)라는 골짜기다.
> 날짐승도 망설인다는 이 은냇골에도 오래 전부터 사람이 살아 왔고 지금도 칠팔 가호가 살고 있다.
> 덩굴과 바위 사이로 숨었다 보였다 하는 조그만 개울을 사이하고, 이쪽과 저쪽 비탈에 낡은 초가가 띄엄띄엄 제멋대로 놓였다.
> 이조 중엽, 임진란을 피해 이 골짜기로 들어온 몇몇 가호가 평란 이후에도 그대로 눌러 산 데서부터 이 은냇골 마을이 비롯된다고 한다. [23]

은냇골이 조선시대 임진왜란을 피해 들어온 사람들에 의해 형성되었다는

---

23) 위의 책, p. 146.

사실을 통해, 이 공간이 형성초기부터 조선시대라는 전통세계의 사회 문화 규범을 배제하고 있음을 알 수 있다. 출발부터 전통세계의 문화질서를 배제한 이 공간은 근대세계의 문화질서로부터도 철저히 차단되어 있다.

은냇골에서 살고 있는 양노인, 안노인, 지생원 부부, 김가, 박가, 문둥이 부부 등은 모두 근대세계의 질서에 편입되지 못하고 은냇골로 도피한 인물이다. 작품의 중심인물인 김가의 경우, 머슴살이를 하다가 주인네 조카딸 덕이와 눈이 맞아 아이를 배게 되고, 결국 쫓겨나 은냇골로 오게 된 것이며, 또다른 인물인 박가 역시 노름에 빠진 형을 나무라다가 실수를 해서 포리에게 쫓겨 다니다가 은냇골로 들어오게 된 것이다. "세상이 구차하면 은냇골로 들어가지"[24]라는 대목이나, "나라에서 세금을 받으러 온 적도 없고, 관에서 호구를 조사해 간 일도 없다"[25]라는 대목에 압축되어 있듯이, 은냇골은 이처럼 철저히 전통세계와 근대세계의 양쪽 모두로부터 고립된 공간이다.

> 이토록 은냇골 사람들은 세상을 등지고 산다.
> 개울가를 발가 손바닥만큼씩한 논배미를 일구고, 산비탈과 골짜기를 뒤져 잡곡을 심는 외에 철 따라 산나물을 뜯고 약초를 캔다.
> 바깥 세상과 굳이 인연이 있다면 그것은 일 년에 한 번 당귀난 천궁 같은 약재를 역촌 장에 내다가 벳자치나 아니면 농사 연모, 소금들과 바꿔 오는 것뿐이다.
> 봄 아니면 가을에 한 번, 장을 다녀오는 것이 이 은냇골 사람들에게는 여간한 큰 일이 아니다.
> 서남으로 개울을 따라 오십 리를 좀더 내려가면 경상북도 청도 가도에 나선다. 그러나 은냇골 사람들은 이 길을 버리고 동북으로 험준한 바위 정수리를 넘어서라도 가까운 역촌 장을 보기로 했고 또 지금껏 그렇게 하고 있다.[26]

---

24) 위의 책, p. 153.
25) 위의 책, p. 148.
26) 위의 책, pp. 1148~149.

은냇골과 근대세계와의 교류는 일년에 단 한 번뿐이다. 「메아리」에서 수시로 드나들던 근대세계(장터)가 일년에 단 한 번으로 줄어든 것만큼 은냇골 사람들의 생활은 문화적인 것과는 철저히 차단되어 있다. 따라서 은냇골은 최소한의 문화적 생활을 가능케 하는 요소가 전무한 공간이다. 「갯마을」이 근대세계의 문화와는 단절되었지만, 자체 내에 전통세계의 문화를 간직하기에 그들 나름의 문화적 생활이 가능했고, 그 바탕 위에서 자연과의 동화가 가능했다. 「메아리」의 경우, 전통 세계는 사라졌지만, 수시로 근대세계로부터 문화적 요소를 차용하였기에 반문화적 생활로 전락하는 것을 피할 수 있었다.

그러나 이 작품의 배경인 '은냇골'의 경우 그런 문화적 요소와는 철저히 단절된, 일종의 유배지처럼 고립, 유폐된 공간으로 설정되어 있다. 이로 인해 이 작품은 이전의 두 작품과는 다른 측면을 띠게 된다.

이전의 두 작품에서 친화적이던 자연이 이 작품에서는 생존을 위해 싸워야 할 대상으로 설정되어 있다. 일 년에 한 번 '바깥세상'으로부터 '농사연모, 소금' 등을 가져올 뿐, 생명 유지를 위한 모든 주요 요소를 은냇골의 자연으로부터 구할 수밖에 없을 때, 자연은 이곳 사람들에게 혹독한 시련의 대상으로 다가온다. 작품에서 "눈이 쌓이면 평지와 달라 빤히 바라다보이는 이웃끼리도 내왕이 끊긴다"[27]는 대목이나, 혹독한 흉년은 은냇골의 자연이 지니는 측면을 단적으로 보여주고 있다.

「갯마을」에서 폭풍으로 남편을 잃고도 꿋꿋이 살아갈 수 있는 것은 자연(바다) 이외에도 삶을 영위할 수 있는 터전이 있었기 때문이다. 그러기에 「갯마을」에서 자연의 시련은 일시적인 것에 머물고, 그 시련이 없을 때 자연은 친화적인 모습을 띨 수 있었던 것이다. 「메아리」의 경우, 삶에 필요한 거의 모든 요소들을 근대세계로부터 유입하기에, 자연(지리산)은 일종의 안식처의 기능을 한다. 비유하자면, 집(지리산)에서 물건을 만들어 장(근대세계)에 가서 팔아 생활에 필요한 것을 가져오는 것이라 할 수 있다. 따라서 자연은

---

27) 위의 책, p. 149.

'총각 처녀가 처음 만나는 날 밤 그 신방'[28]처럼 가슴 설레고 정겹고, 아름다운 장소가 될 수 있다.

그러나 '은냇골'의 경우, 삶의 모든 것을 자연에서 해결해야 하기 때문에 자연은 경외의 대상이면서 공포의 대상이 된다. 자연의 시련은 일시적인 것으로 끝나는 것이 아니다. 그것은 이곳 사람들에게 너무나 혹독한 시련을 안겨주게 되고, 결국 인간다운 삶을 포기하도록 만든다.

> 김가는 피가 돋는 이빨 자국을 누르면서 솥 뚜껑을 들어 봤다. 토낀가 했다. 물까마귀 같기도 했다.
> 덕이는 어느새 또 김가의 다리를 감싸 안고 마구 이빨질을 했다.
> 김가는 덕이를 냉큼 들어다 삭정이 위에 쳐박듯이 하고는 다시 보아하니 그것은 아이였다. 분명 갓난 아이였다.
> 김가는 눈앞이 아찔했다. 손에서 솥 뚜껑이 떨어졌다. 덕이를 돌아봤다. 삭정이 속에 쳐박힌 덕이는 히히 이빨을 내 보이면서 뭐라고 혼자 중얼대고 있었다.[29]

흉년이 들어 배고픔을 참지 못하고 자신이 낳은 아이를 솥에 삶는 덕이의 모습은 혹독한 자연에서 생명을 유지하기 위해 새끼를 잡아 먹는 동물과 하등 다를 것이 없다. 이처럼 은냇골의 자연은 더 이상 친화적인 자연이 아니라, 공포와 시련의 대상으로 설정되어 있다. 만약 '은냇골'이 이전의 두 작품처럼 아름답고 친화적인 자연으로 묘사되었다면, 이 작품은 현실적 긴장감을 상실하고 황당무계한 이야기로 변질되었을 것이다. 근대세계가 강력한 힘으로 농촌은 물론이고 오지인 자연마저 잠식해 갈 때, 그 세계를 철저히 거부하고 살아간다는 것은 일종의 유배지에서의 생활처럼 척박하고 황폐한 것일 수밖에 없으며, 결국에는 동물적 삶을 살아갈 수밖에 없는 것이다.

---

28) 위의 책, p. 124.
29) 위의 책, p. 160.

(i) 눈 속에서 겨울을 난 시체가 바로 간밤에 난 시체처럼 깨끗했기 때문에, 그 뒤로부터 여기 사람들은 겨울 동안에 상이 나면 눈 속에다 가장을 해 두고 해동을 기다리기로 했다.[30]

(ii) 밭이 좋아도 씨가 충실치 않으면 곡식이 영글지 않거든. 그러니까 내 집 씨가 충실치 않을 때는 남의 집 씨를 빌어다 심는다 말요!|[31]

(i)은 겨울에 사람이 죽으면 눈 속에 매장하는 것을, (ii)는 자연(밭)의 섭리에 비유하여 아이를 낳고 종족을 유지하기 위해서는 부부관계라는 최소한의 문화적 장치조차 필요하지 않다는 것을 제시하고 있다. 이런 생활은 문화적 요소가 전무한, 동물적 삶과 전혀 구분되지 않는 원시적인 것이라 할 수 있다.

6. 맺음말

오영수는 「은냇골 이야기」 이후 더 이상 서정적 소설을 쓰지 못한다. 운문산 고개의 주막 할머니를 주인공으로 한 「고개」(1963)를 발표하지만, 그것의 현실적 긴장감은 옛날 이야기 같은 수준에 머물고 있다. 이는 「은냇골 이야기」에서 보듯, 당대의 한국 사회의 근대화가 급속도로 진행되면서, 그 영향권으로부터 벗어난 자연은 이제 현실적으로 존재하지 않기 때문이다. 인간과 자연이 친화력을 유지하는 공간은 이제 흔적으로 남아 있을 뿐이다. 이점을 보여주는 것이 「수련」(1965)이다. 수련에 얽힌 옛날 이야기가 있고, 그 수련을 중심으로 도시 근교 낚시터에서 여인과 만났다 헤어지는 내용을 담고 있는 이 작품은 근대세계에서 옛날 이야기는 이제 "꿈"[32]과 같은 것이라는 것을 함축하고 있다.

---

30) 위의 책, p. 152.
31) 위의 책, p. 155.
32) 위의 책, p. 189.

전통세계에 기반한 자연과의 합일을 그린 「갯마을」에서 출발하여, 근대세계와의 일정한 관련을 맺으면서 자연과의 합일을 그린 「메아리」를 거쳐, 근대세계와 단절된, 유배지와 같은 가혹한 원시적 자연을 그린 「은냇골 이야기」에 이르는 과정은 문학사적 측면에서 한국 서정적 소설의 종언을 구하는 과정과 맞물려 있다. 이후, 자연을 다루는 한국 소설은 근대화에 의한 자연의 파괴와 황폐화를 비판하는 작품들로 그 모습을 달리한다. 그러니까 인간과 자연의 친화와 합일을 지향하는 서정적 소설은 오영수의 「은냇골 이야기」 이후 현실적으로 불가능하게 되는 것이다. 오영수의 서정적 소설은 일제강점기의 김유정, 이효석의 서정적 소설을 계승하면서, 자연파괴와 농촌 파괴를 비판하는 60년대의 이문구, 70년대 문순태, 조세희의 소설들이 대두될 자리를 마련해주고 있다. **새미**

근대성 비판과 자연을 향한 동경:
― 오영수 소설의 현실성

유임하*

1. 들어가는 말

　오영수 소설이 가진 특징은 주로 '공동체적 삶을 향한 열망', '인정 많은 인물들의 미학' 또는 '인간 긍정', '현실 도피' '원시성' 또는 '반문명성', '서정성' 같은 표현으로 설명되어 왔다.[1] 그러나 이러한 특징은 어떤 묵계에

---

* 동국대 서울여대 국문과 강사, 저서로 『분단현실과 서사적 상상력』 등이 있음.
1)　오영수의 대표적인 작가론과 작품론으로는 다음과 같은 사례를 꼽을 수 있다.
　　김동리, 「온정과 선의의 세계」, 『신문예』, 1951. 1.
　　김병걸, 「오영수의 양의성」, 『현대문학』, 1967. 8.
　　김용성, 「오영수, 이상과 순수로 일관한 삶과 문학」, 『한국문학사탐방』, 현암사, 1982.
　　김인호, 「오영수 소설에 나타난 생태학적 상상력」, 『국어국문학논문집』, 동국대 국어국문학과, 1998.
　　신경득, 「공동사회의 불꽃」, 『현대문학』, 1979. 9.
　　신동욱, 「긍정하는 히로」, 『현대문학』, 1965. 5.
　　염무웅, 「노작가의 향수」, 『문학과지성』, 1977 봄.
　　염무웅, 「애환이 담긴 어촌 풍경」, 『한국현대문학전집』 1권, 신구문화사, 1981.
　　이어령, 「따뜻한 인정의 세계」, 『한국현대문학전집』 1권, 신구문화사, 1981.
　　이재선, 「원초적 내재율과 그 조명」, 『오영수 대표작 선집』, 책세상, 1989.
　　이재인, 『오영수문학연구』, 문예출판사, 2000.
　　이태동, 「희생된 자들의 애환과 인정의 세계」, 『갯마을·유예』, 한국소설문학대계 36권, 동아출판사 1995.

따라 무반성적으로 통용된다는 느낌을 준다. 이 논조는 오영수 소설의 특징을 대체로 근대세계의 굴곡진 변화와는 거리를 둔 채 "사상의 문제보다는 인정의 문제를, 도시보다는 농촌을, 사회적인 문제보다는 개인적인 문제를 즐겨 추구해온 것"으로 보면서 "인정 미학, 선의의 추구"[2]라는 말로 간명하게 요약한 조연현의 관점에서 크게 벗어나지 않는다. 최근 정호웅은 「한국문학과 극단의 상상력」[3]에서 오영수의 소설을 "근대적 현실이 끼어들지 못하는" 세계를 그리고 있으며 "인간과 자연이 조화롭게 어울리는 문명 이전의 원시적 순진성"을 전면에 부각시키고 있는데 이 원시적 순진성은 1930년대 백석과 김동리의 "반근대적 상상력"과 같은 계보에 속한다고 말하고 있다. 그러나, 정호웅이 말하는 '극단의 상상력'이 '근대 발전의 서사'에 바탕을 둔 담론이라는 점에 착안해 보면 오영수 소설이 가진 자연 회귀의 양상이 '반근대적'이라는 것은 당연한 귀결로 보인다.

그러나, 오영수 자신은 "나는 미국인도 일본인도 아닌 한국인이요, 한국의 한 작가"로서 "한국을 썼음에 틀림없"으며 "그로 해서 보편성에 결(缺)해 있다면 그건 수긍하겠다"고 말한 바 있다.[4] 실제로 오영수의 소설에 등장하는 '자연'의 공간적 의미는 한국사회가 근대세계로 편입되면서 드러낸 온갖 부정적인 세태와 대립적인 배경에서 고안된 것이라는 심증을 갖게 한다. 성과

정호웅, 「한국문학과 극단의 상상력」, 『문학동네』, 1999 봄.
조건상, 「난계 오영수론 서설」, 『대동문화연구』 14집, 성균관대 대동문화연구소, 1981.
조연현, 「오영수의 인간과 문학」, 『월간문학』, 127호, 1979.
천상병, 「선의의 문학」, 『한국현대문학전집』 1권, 신구문화사, 1981.
천상병, 「애증없는 원시사회」, 『한국현대문학전집』 1권, 신구문화사, 1981.
천승준, 「인간의 긍정」, 『현대문학』, 1959. 9.
천이두, 「오영수의 문학」, 『한국현대문학전집』 25권, 삼성출판사, 1981.
천이두, 「한적·인정적 특질」, 『현대문학』, 1967. 8.
홍기삼, 「오영수의 '입원기'」. 『현대문학』, 1973. 6.
2) 조연현, 「오영수의 인간과 문학」, 『월간문학』 127호, 1979, p.230.
3) 정호웅, 「한국문학과 극단의 상상력」, 『문학동네』, 1999 봄.
4) 오영수, 「변명」, 『현대한국문학전집』 1권, 신구문화사, 1981 중판, p.477.

작으로 평가받는 그의 작품들 대부분이 인물과 배경을 식민지 시대로부터 1970년대에 이르는 시기에 걸쳐 있다는 점을 발견하기란 그리 어렵지 않다. 자연은 식민 지배, 분단과 전쟁, 이산과 같은 총체적 비극만이 아니라 그 안에 깃든 하층민들의 수난과 결부되어 있다. 다시 말해서 자연은 생계 걱정 없이 평온한 일상을 영위할 수 있는 소박한 꿈이 담긴 공간으로서 현실세계와 절연된 상상의 세계가 아니라 전후사회의 전락한 삶이 간절히 염원하는 꿈을 투영한 세계이다. 따라서 그 표상만 취하여 공동체적 삶에 대한 열망, 자연과 일체를 이루려는 순수의지라고 단정하거나 이를 '현실도피', '반근대적 상상력'이라고 규정해서는 곤란하다.

오영수 소설의 반근대적인 면모를 뒤집어 보면 그 특징은 근대적인 것과의 대립적인 관계 속에서 마련된 것임을 알 수 있다. 그의 소설은 전후 한국사회에 침착(沈着)하여 파행적인 모습을 드러내기 시작한 한국사회의 부정적인 현실과 타협하지 않으면서 저항하는 긴장을 담고 있는 것이다. 예컨대, 그의 소설이 가진 '인간의 긍정적인 묘사', 혹은 '서정성'은 현실과 대립적인 관계를 맺으면서 현실에 담긴 추함보다 아름다움을 관조하는 데서 발휘되는 특성이다. "인간을 부정하고는 첫째 나 자신이 살 수 없을 뿐 아니라 예술도 있을 수 없다"는 작가 자신의 발언[5]에 비추어볼 때, 인물들의 온정에 관한 주목은 비인간화된 현실에 대비되는 인간적 가치의 발견임을 뜻한다. 또한 이 발언은 오영수 소설이 식민지 시대 이후 한국사회의 가파른 변천과 결코 무관하지 않은 하층민들의 애환과 그들이 염원하는 동경의 내용을 형상화하는 내적 계기가 무엇인지를 암시한다. 그것은 해방이후 전개된 '노동인

---

5) 대담취재,「'인정'의 미학」,『문학사상』, 1979. 1., p.303.
6) 김성보,『남북한 경제구조의 기원과 전개』, 역사비평사, 2000. 김성보는 1950년대 자유당 정권이 '농업 희생정책'을 통해서 곡물가격을 안정화시키는 한편 농촌 인구의 도시유입을 촉진시켜 저임금에 입각한 자본 축적의 길을 마련했고, 이를 '외자 의존, 농업 희생을 통한 대외 지향적 자본주의로의 길'(p.350.)이라고 표현하고 있다. 이에 관한 1950년대 자본주의에 대한 상세한 논의는 이대근,『한국전쟁과 1950년대 자본축적』, 까치, 1987을 참조할 것

력의 탈농촌, 도시집중화의 흐름'6)과 반대되는 선택을 통해서 농촌이라는
전통과 연속성을 간직한 세계를 포착하려 했던 것이다. 이러한 점에서 그의
소설에 담긴 현실성은 새롭게 조명될 필요가 있다.

이 글은 오영수의 소설에서 근대세계와 자연, 전후현실과 자연, 근대 비판
과 자연이라는 관계상에 주목하여 현실성의 문제를 살펴보고자 한다. 이를
위해서 이 글은 '도시와 자연'의 구획에 담긴 근대적 현실에 대한 특정한 관
점과 태도, 전후사회의 현실과 '산골'이라는 공간이 가진 함의, 근대 기획을
비판하는 원점으로 '산촌'이 가진 내포를 통해 그의 소설이 가진 현실성의
윤곽을 짚어볼 것이다.

2. 근대세계와 자연의 대립

아도르노가 「서정시와 사회에 대한 담화」7)에서 내건, '아우슈비츠 이후에
도 서정시가 가능한가'라는 명제는 잘 알려져 있듯이, 서정시와 사회성의 관
계를 새롭게 해석하는 데 그 초점을 맞추고 있다. 아도르노는 서정시에 표현
된 세계가 근본적으로 사회성을 띠고 있다는 가설에서 출발한다.

아도르노에 따르면, 서정적 구조물과 사회와의 관계 해명의 핵심은 시의
고독한 세계가 가진 사회적 가치에 있다. 그는 서정적 언어의 고독함이 실은
개인적이면서도 궁극적으로는 개인의 단자화된 사회적 구성물이라고 본다.
때문에, 서정시와 사회적 연관을 해석하려면 그 자체로 모순 가득한 단일체
인 사회의 총체가 예술작품에서 어떻게 구현되는가를 살펴야 하는데, 이는
곧 예술작품이 어떤 면에서 사회의 뜻에 따르며, 어떤 면에서 사회를 초월하
는가를 규명해야 한다는 것이다. 예술의 사회성과 사회적 초월성의 해명은
처녀처럼 순결한 언어로 만들어진 서정시가 이미 그 자체로 사회적이라는

---

7) 테오도르 W. 아도르노, 「서정시와 사회에 대한 담화」, 플로리안 파센, 임호일 역, 『변증
   법적 문예학』, 지성의샘, 1997, pp.197-200.참조

데서 다시 한번 비약한다. 아도르노는, 개인 각자가 스스로 적대적이고, 낯설고, 냉혹하고, 억압적인 것을 경험하는 사회상황에 저항하는 노력은 서정시의 순결함 안에 이미 함축되어 있다고 본다. 다시 말해서, 서정적 구조물이 단순한 현존재의 세계로부터 거리를 취하고 있는 점이야말로 서정시의 요체이며, 이것은 세계의 잘못된 점과 나쁜 점을 구별하는 척도를 마련하기 위함이며, 그 척도 위에서 세계에 저항하며 현실과는 다른 세상을 꿈꾸는 것이라고 판단한다. 그리하여, 아도르노는 서정시의 순수 지향이나 서정시의 정신적 혐오증이야말로 세상의 물화 및 인간을 지배하는 물신화에 대한 반작용이라고 결론 내린다.

서정시와 사회 현실과의 관계를 해명하는 아도르노의 논리는 오영수의 소설에 나타나는 자연과 목가적 삶과 서정적 특질을 다시 보게 만든다. 즉, '서정시가 추구하는 세계와의 거리두기는 세계의 결함과 단점을 가려내기 위한 척도 마련에 있다'는 아도르노의 주장은 오영수 소설의 서정성이 현실 도피나 현실로부터의 퇴각이 아님을 시사한다.

「화산댁이」(1952)는 오영수 소설에 등장하는 거의 대부분의 요소를 가지고 있다는 점에서 그의 소설을 이해하는 지표를 제공해주는 작품이다. 「화산댁이」[8]에서는 '도시/자연'의 대립적인 공간 설정과 함께 자연의 섭리에 순응하며 살아가는 인상적인 주변부적 삶 하나가 나타나고 있다. "빈대 피가 댓잎처럼 긁힌 토벽, 메주 뜨는 냄새가 코를 찌르는 갈자리 방에, 아랫도리를 벗은 손자들이 제멋대로 굴러 자고, 쑥물 사발을 옆에 놓고 신을 삼고 있는 맏아들, 갈퀴손으로 누더기를 깁고 있는 맏며느리"(선집 1권, p.70.)가 사는 산골의 세계가 바로 그것이다. 빈궁한 산골의 농촌을 가감없이 사실적으로 묘사하고 있는 이 세계는 "높직이 쌓아올린 블록 담이라든지, 페인트 칠한 판자문이라든지 또 그 안에 번쩍거리는 유릿창문들─이 모두가 무슨 관청 ─

─────────────

8) 이 글에서는 『오영수대표작선집』 전7권, 동문출판사, 1974를 텍스트로 삼는다. 여기에 실리지 않은 작품은 따로 서지를 밝힐 것이다.

일테면 촌에서 보는 면사무소나, 지서 같기만"한 "시장시럽고 가시로" (p.59.)운 작은아들의 집과 대비되고 있다. 큰아들의 세계와는 달리 작은아들이 사는 도시는 낯섦과 두려움으로 가득하다. 화산댁은 작은아들의 집 앞에서 "들어갈 엄두가 나지 않고 쭈볏쭈볏 기울거리고 망설이기만"(p.59.) 한다. 그녀의 주저는 자연스럽고 거리낄 것 없이 살아온 삶의 방식이 근대세계의 외관에 압도되면서 나타나는 반응이다.

> (⋯) 아들은 손끝에 짚세기를 걸고나가 쓰레기통에다 던져버렸다. 고무신이 대견찮은 것은 아니다. 그러나 길 걷는 데는 짚세기가 고작인데 하니 아직 날고 안 드러난 짚세기가 화산댁이는 못내 아까웠다.
> 다다미방도 어색했지만, 눈이 부시도록 번들거리는 의농이 두 개나 놓였고, 그 옆에는 앉은 키 만한 경대도 놓였다. 벽에는 풀기 없는 무색옷들이 쭈루루 걸렸다. 모든 것이 낯선 것들이었다. 모든 것이 손도 못댈 것 같고 주저스럽고 조심스럽게만 했다. 우선 어디가 구들목이며 어디 어떻게 앉아야 할지, 마치 종이·상전방에 불려온 것처럼 앉을 자리부터가 만만치 못했다.
> 「화산댁이」, 선집 1권, p.64.

화산댁이의 내면에 펼쳐지는 도시적 삶의 낯선 외관은 문명에 대한 단절감으로 이어진다. '자연'에 편입되어 살아온 그녀에게 일어난 이 불편함의 정체는 표면적으로는 인공적인 부수물들에 대한 거부감이지만, 사실은 핵가족화로 인한 가족관계의 단절, 비인간화에 대한 환멸과 다르지 않다. 그러나, 이같은 판단은 좀더 정확히 말해서 도시문물에 대한 오영수 소설의 감각이기도 하다. 즉, 어렵사리 찾아온 화산댁에 대한 작은아들의 냉대는 자식을 그리워하는 모성애와 어긋나고 있다. 이 냉대는 도시로 대표되는 근대세계의 병리적 상태와 맹목성, 그러한 현실과의 타협불가능함을 보여준다(화산댁과 아들의 대화는 끝없이 어긋나고 있다). 이것은 달리 보아 작은 아들 내외와 그들이 속한 세계는 혈연적 유대관념, 진정한 사회적 관계가 사라졌고 도덕적 가치가 부재한다는 것을 말해준다. 화산댁이 새벽을 틈타서 서둘러 도시를 떠나는 것도 개체화와 소외의 원리가 지배하는 근대적 공간에서 탈피하려는 의지의 일단이다.[9]

오영수 소설이 가진 근대적 현실에 대한 환멸, 인간 관계의 단절이, 도시적 삶에서 자연으로 회귀하는 동기임을 보여주는 단서는, 비록 화산댁과는 반대되는 방향이긴 하지만, 「비오리」(1955)에서 좀더 구체적으로 확인된다. '화산댁'이 자연으로부터 온 내방객이라면, 「비오리」에서 '섭'은 도시인으로서 자연에 안착하여 소박한 삶을 살고자 꿈꾸는 근대인의 모습을 가지고 있다. 자연 공간에 대한 '섭'의 동경은 아내 '경이'의 낭비에 가까운 생활과 이기적 욕망으로 대변되는 전후 사회의 화려한 자본주의 현실에서 직접적인 원인을 구할 수 있다. 교사인 '섭'은 자신의 박봉만으로는 '경이'의 사치와 환상으로 가득한 생활을 꾸릴 수 없다는 사실을 차츰 실감한다. '아이를 갖지 않겠다'는 그녀의 생각, '아이를 갖게 된 다음에도 낙태시켜서라도 몸매를 유지하겠다'는 극단적인 발언, 화려한 외모에 걸맞게 소비적인 그녀의 행태는 훗날 아이를 낳아서도 모성애적 존재와는 무관한 삶을 보여준다. '경이'의 부재와 아들의 갑작스런 발병(發病)이 겹쳐지면서 '섭'은 심리적 혼란과 함께 욕망의 실상에 눈뜬다. 그는 부박한 욕망의 현실에 눈뜨면서, '경이'에게서 근대인의 타락한 모습과 소비주의의 근대상을 발견한다. 여기에 그치지 않고, '섭'은 욕망과 소비의 표상인 근대적 여성상을 벗어나 미분화된 여성상인 자연의 유기적인 본체, 모성으로서의 자연을 동경하기에 이른다. 미세하지만, 환멸이 동경을 낳고 그 동경이 자연으로 향하는 심리적 반응과 행동을 엿볼 수 있는데, 이것은 오영수 소설에서 하나의 도식으로 작용한다. 이러한 자연을 향한 동경과 회귀의 몸짓은 도시의 욕망과 대립하며 오영수

---

9) 산골로 되돌아가는 화산댁의 행로는 근대적 공간에서 감행되는 주체의 정립과는 반대되는 형국을 보여준다. 이것은 오영수 소설 전반에서 도시와 자연의 대립적 공간에서 주요한 두 개의 축을 만들고 있음에도 불구하고 비판적 태도를 심화시키지 못하는 주된 원인으로 지목할 수 있다.

소설이 근대적 삶과 갈등하는 주된 내용을 이루는 것이다.

오영수 소설에서 도시 공간과 대립적인 '자연'의 반복적인 의미는 「화산 댁이」에서 "들일이 한창일 무렵이면 개나 닭들만이 남고 방문조차 열린 채 마을은 껍질처럼" 비어 있으나 "도둑이라고는 모르고"(p.62.) 사는 공간이다. 이곳은 농사로 바쁜 일과를 보내는, 궁핍하나 한적한 농촌의 현실이며 기억의 연속성을 유지한다는 점에서 정체성의 공간이다. 또한 이 공간은 도시의 위압적인 외관과 도덕적 타락, 물화된 심성과 거리를 두고 있다. 자연의 일부로서 산골의 빈궁한 농촌은 전통적 가치가 붕괴되고 인간 소외가 지배하는 현실에 저항하는 척도가 되는 것이다.

근대세계는 '미래를 상상하는 시간관념'과 '도시로 대표되는 공간성'을 표방한다. 이 세계는 기억에 깃들어 있는 단단한 정체성을 용해하고 증발시켜 그 어느 시기에도 경험할 수 없었던 파괴와 변화에 몸담게 만든다. 그러나, 이러한 근대성의 냉혹함에 환멸하면, 끊임없는 변화를 강요하는 근대성을 도덕적 아노미나 전락상태로 규정하면서 전복을 시도하게 된다.[10] 이때, '과거'와 '자연'은 근대세계의 시간과 공간을 전복시킨 세계로서의 특징을 보여준다. 파행적인 근대의 대립적인 가치로 호명해낸 과거는 바로 무시간성, 순환성을 특질로 하며 구체적인 장소로 주변부에 위치한 '산골'을 지목하는 것이다. 따라서 이 시공성은 단순히 시간의 퇴행이 아니라 변화와 속도라는 미래로의 시간관을 거슬러오르고 도시로부터 퇴각하는 것이 아니라 도시를 전도시켜 주변화된 현실에 담긴 전근대적 가치를 근대성에 대립시킨다.

그러나, 「갯마을」(1953)에서 볼 수 있는 바와 같이, 오영수의 소설이 가진 이같은 전도된 주변적 공간의 가치는 관념적이 아니라 현실적인 요소가 강하다. 「갯마을」의 배경은 식민지 말기의 암울함에 근거해 있다. '해순'은 어부인 남편을 잃고 시모(媤母)와 살아가는 청상과부이다. 그녀는 '상수'와 재

---

10) 근대성의 전복으로서의 '시공성'에 관해서는 리타 펠스키, 김영찬·심진경 공역, 『근대성과 페미니즘』, 거름, 1999. 2장 '향수에 관하여'(pp.69-104.)를 참조할 것.

가하여 갯마을을 떠나 산골에서 농사를 지으며 살아간다. 그러나 상수는 징용을 떠나 해방이 되어도 돌아오지 않는다. 거듭되는 불행 속에서 해순은 삶의 활력을 잃고 몽유병자처럼 갯마을과 바다를 간절히 갈구한다. 그녀가 갯마을로 되돌아온 다음, "난 인자 안 갈 테야, 성님들 하고 여기서 같이 살래"(선집1권, p.330.)하며 안주하는 것은 생명력의 회복만이 아니라 기억에 바탕을 두고 구체적인 처소를 꿈꾸어온 것의 실현임을 보여준다. 곧, 해순이 꿈꾸던 갯마을의 건강한 노동과 공동분배에서 이루어지는 일체감, 바다의 생명력을 닮은 세계는 현실의 좌절과 고단함을 딛고 일어서게 하는 근원이며, 고통스러운 현실을 이겨내는 간절한 소망의 구체적인 대상인 것이다.

지금까지 「화산댁이」의 대략적인 이해를 통해서 오영수 소설에서 자연은 근대적 경험을 새로운 것에 대한 충격, 저항할 수 없는 변화와 권력으로 간주하고 폭력적인 단절을 겪는 '근대의 바깥'에 놓인 주변부임을 확인할 수 있다. 근대세계의 혼돈과 불안정함에서 벗어나려는 존재에게 자연은 구원의 거처로 다가선다. 자연은 남성적 근대가 소유할 수 없는 전체성과 자족성의 기표로도 기능한다. 이것은 근대성의 경험이 변화와 화려한 외관, 약속된 가나안으로 표상되기도 하지만 동시에 정신적 안정과 연속성을 희구하는 반대되는 미학적 시도를 낳기도 한다는 점에서, 오영수의 소설에서 자연은 근대세계에서는 부재하는 가치를 동경하는 구체적인 대상이다.

3. 전후 현실과 동경의 세계 '산골'

오영수의 소설에서 '현실'은 현실세계를 지칭하는 것이 아니다. 그는 자신의 소설에 대한 '현실도피적'이라는 세간의 평가에 대해서 '(작가적) 현실'이란 지금 이 땅의 현실이지 외국의 현실이 문제가 아니며, 따라서 외래의 것을 추종하는 것이야말로 주체 혹은 주체성의 상실이자 '현실도피'라고 말하

---

11) 이러한 평가에 대한 작가 자신의 견해는 「변명」(앞의 책)과 대담 「'인정'의 미학」(『문학사상』, 1973. 1.)에 잘 피력되고 있다.

고 있다.[11] 그는 자신이 설정한 산골의 농촌과 같은 주변부적 공간과 인정적 특질은 당대의 부정적인 현실과 타협할 수 없는 데서 오는 간극을 염두에 두고 작품의 현실을 새롭게 설정한 것이라고 말하고 있다. 곧, 그의 소설에서 현실은 현실세계와 거리를 두고 꿈과 이상을 담아 새롭게 구성한 세계이며, 이것이 문학과 예술의 존재 가치라고 보았다.[12] 이런 관점에서 보면 오영수 소설에서 '자연'은 근대적 현실과 거리를 둔 또하나의 현실이자 꿈과 이상을 구현한 세계이다. 그러나 그 '자연'은 내면화된 집단심성을 바탕으로 도시적 삶에 대응시킨 빈궁한 농촌의 현실에 기초해 있다는 점에서 근대적 흐름과는 반대되는 방향에서 새로 구성된 세계이다.

낭만적 동경이나 현실 도피와는 다른, 작품 현실의 문제는 우선, 오영수 소설의 황폐화한 사회적 현실을 배경으로 삼고 있다는 사실에서 그 해답을 구할 수 있다. 표현의 맥락은 다르지만 김우창의 절묘한 표현을 빌리면, 한국 사회의 전개는 "잔인한 변화의 과정, 그것도 그에 따르는 여러 가지 내적 외적 모순을 조정하고 조화시킬 여유를 허용하지 않으면서 강행되는 사회 변화의 과정"[13]으로 점철되어 있다. 근대 이후 황폐해진 농촌에서 겪는 하층민들의 극심한 궁핍상(「은냇골이야기」「화산댁이」「대장간 두칠이」「소쩍새」), 식민지 말기의 징용체험(「갯마을」), 분단 및 전쟁의 비극(「머루」「한탄강」「후일담」「동부전선」「전우」「새」), 피난지에서의 간고한 생활상과 부정적인 세태(「박학도」「두 피난민」「제비」「메아리」「수련」「응혈」「미완성해도」,

---

12) "내가 보는 현실 도피는 바로 사대(事大)다. 어떤 외래사조나 경향에 자신을 합리화 내지는 편승해 버리는 것이다. 말하자면 주체성의 상실 내지 포기다. 작가의 현실이란 현실과 타협할 수 없는 데서부터 비롯된다. 타협할 수 없기 때문에 하나의 세계를 설정한다. 그것은 이상이라 해도 좋고 꿈이라고 해도 좋다. / 무릇 작품은 이러한 작가 자신의 세계 즉 현실의 도가니 속에서 빚어진다. 훌륭한 작품은 이러한 작가의 세계 즉 현실의 여과를 거쳐 이루어진 작품에서 비로소 새로운 세계를 발견하고 새로운 인생을 예감하게 된다. 그것이 선이든 악이든 ─"(이상은 오영수, 「변명」, 『현대한국문학전집』 1권, 신구문화사, 1981 중판, p.477.

13) 김우창, 「산업 시대의 문학」, 『지상의 척도』, 민음사, 1981, p.43.

「낙수」, 「개개비」 「안나의 유서」) 등에서 확인되는 것처럼, 작품의 내용은 전후사회의 연관된 비극의 연장선상에 놓여 있는 '피난지에서의 극한 가난'과 '삶의 전면적인 파탄'으로 압축될 수 있다. 하지만, 전후 시기에 발표된 많은 작품이 당대의 거의 모든 비극적 세목을 아우르고 있는데, 이것은 도시, 농어촌, 산촌에 이르는 배경까지도 대단히 구체적인 현실에 근거해 있음을 의미한다.

오영수 소설에서 별로 조명받지 못한 「응혈(凝血, 1956)」은 극한적인 생활고와 질병에서 좌절당한 지식인의 내면을 그린 전형적인 전후 소설로서 서기원의 「암사지도」 「전야제」, 손창섭의 「비 오는 날」 「인간동물원초」와 같은 반열에 놓을 수 있는 가작이다. 폐병 때문에 서울로 환도하는 학교를 따라가지 못하고 교사직을 그만둔 '명구'가 궁핍 속에 병마와 싸우며 지쳐가는 것을 기본적인 줄거리로 삼고 있는 이 작품은 지식인이 겪는 거대한 아이러니의 현실과 무력감을 보여준다. 마땅한 생계수단이 없어져 버린 형편에 아내는 삯바느질 자리를 얻었다고 거짓말하며 술집에 나가 '명구'의 약값을 마련하는 한편 생계를 도맡는다. '명구'를 괴롭히는 것은 술집에 나가는 아내의 행위를 비난하거나 저지하지 못한 채 몇 알 남지 않은 결핵약을 더 사오라는 비굴한 자신의 태도이다. 이 아이러니는 전후현실과 도덕의 불일치에서 오는 괴리감이며 단지 산다는 것에 집착하는 지식인의 황량한 내면을 보여준다. 이상(李箱)의 결핵이 '죽음의 메타포'이고,[14] 서기원의 「전야제」에서 결핵이 전쟁과 현실 사이에 놓인 거대한 간극과 자기모순을 상징한다면,[15] 「응혈」의 결핵 이미지는 어떠한 정당성도 발견할 수 없고 심각한 자기모순에 빠진 「전야제」의 인물과 거의 등가적이지만, 여기에는 실직한 가장과 붕괴되는 가정, 도덕적 아노미라는 전후의 절망적 상황이 정신과 육체를 갉아

14) 김윤식, 「방법으로서의 결핵」, 『발견으로서의 한국현대문학사』, 서울대출판부, 1997, p.328.
15) 서기원의 「전야제」에 관한 상세한 설명은 졸저, 『분단 현실과 서사적 상상력』, 태학사, 1998, pp.96-98을 참조할 것.

먹는 질병 이미지와 결합하면서 사회적 전모를 드러낸다는 점에서 크게 차별된다. 이러한 관점에서 보면, 「응혈」이 가진 참담한 현실상과 거대한 아이러니 체험은 전후사회의 내면을 유감없이 보여준다고 말할 수 있다.

그러나, 전후 지식인의 절망과 무력감은 전후 사회에 곳곳에서 일어나는 비극적인 인생유전의 다양한 폭과 깊이를 얻는 방향으로 전개된다. 초등학교 동창생의 기구한 인생유전을 그린 「박학도」(1955), 생계 때문에 도둑질에 나섰다가 붙잡히는 피난민의 전락한 삶을 포착한 「두 피난민」(1951), 실직청년의 좌절을 집 제비의 죽음에 비유한 「제비」(1957), 폭격으로 어머니를 잃고 동생마저 병으로 잃은 후 양공주로 전락하고 이윽고 병에 걸려 죽음을 맞이하는 '명애'의 회상기인 「안나의 유서」(1963)가 그러한 사례에 속한다. 그러나, 부정적인 세태와 곡절과는 달리 전후사회를 배경으로 한 오영수 소설은 소박하고 선한 심성으로 비극을 감내하는 대략적인 윤곽을 가지고 있다.[16] 전후 사회를 배경으로 삼은 대부분의 작품이 소박한 인간미를 주조로 삼지만 「여우」(1957)처럼 예외가 없는 것은 아니다. 「여우」의 예외성은 선한 인간의 아름다움보다 강퍅하고 염치없는 세태에 더 비중을 둘 때 나타나는 국면이다. 후안무치한 '성호'는 아내를 잃어버린 슬픔을 딛고 가정을 새로 꾸민 '달오'의 일상에 슬며시 끼여든다.[17] 그는 '달오'를 사주하여 회계원으로 있는 회사에서 공금을 빼내서 여우 키우는 자신의 사업에 투자하게 사주하고 이를 착복하는 한편 부인마저 빼앗고 가정을 깨뜨려버림으로써 '달오'의 생존기반 전체를 파탄으로 몰고 간다. 작품의 박진감은 '달오'의 전락에 가하는 '성호'의 위악이 가진 사회적 함의에 있다. 그의 파렴치와 술수는 전후현실에서 횡행하는 비정함의 전모를 보여준다. 「여우」의 성취와 활력이

---

16) 오영수는 한 글에서 '선의의 인간상 묘사'는 작가로서의 소신이자 인생관이라고 말하고 있다(「변명」, 같은 책, p.476.).

17) 이 구도는 「화산댁이」에서 보았던 역할을 전도시킨 구조로서 전후 사회의 위악적인 현실에 감염되는 과정을 단적으로 보여준다. 그러나 '성호'의 위악은 달오의 순박한 심리를 거쳐서 드러난다는 점에서 선한 인간상이 완전히 배제된 것은 아니다.

예외적이라는 것은 바로 전후 사회의 위악한 멘탈리티를 희생당하는 자의 철저한 파탄 속에서 밀도있게 담아냈다는 바로 그 점 때문인데, 아쉽게도 부정적인 형상화 방식은 더 이상 진척되지 않는다. 부정적인 현실의 천착이 정체되는 것은 오영수 소설이 취한 인간 긍정의 방식에서 연유하는 것으로 보인다. 삶의 곡절로 파고드는 형상화를 방해하는 것은 인간 긍정이라는 절대 원리와 관조 행위 때문이다.[18] 인간긍정은 근본적인 원리로서 부정적인 사회의 전모의 천착하기 어렵게 만든다. 그의 소설은 자연적 본성으로서의 선한 내면과 애상감만 취함으로써 현실세계의 복합성을 배경화시키고 만다.

그러나, 오영수 소설은 사회 현실에 침윤하기보다 동경을 통해서 현실의 고난스러움을 위무하는 길을 택한다. 이것은 '산골'이라는 버려진 공간을 동경의 공간으로 삼는다는 것을 의미한다. 버려진 산골에 꿈을 입혀 현실세계의 고난과 결합시킨다는 것은, 오영수의 소설에서 산골은 절대적인 가치를 지닌 황금시대의 낙원이 아니라 소박한 일상의 소망과 연결되어 있는 공간을 형상화했다는 말과 다르지 않다. 「메아리」는 그 사례의 하나이다. 「메아리」는 피난지에서 온갖 핍절을 겪던 '동욱 부부'의 절망을 작품 전반에 배치하고 있다. 약만 쓰면 살릴 수 있었던 아이까지 죽이고, "아무리 버둥거려 봐도 살 수가 없"(선집 3권, p.69.)었던 동욱 부부는 마침내 산골로 향하여 무인지경이 된 땅을 개간하여 먹고 사는 걱정에서 벗어난 생활을 영위한다. 빨치산 때문에 폐허가 된 지리산 자락의 산촌으로 들어간다는 설정이 실재하든 그렇지 않든 간에, 동욱 부부가 겪은 피난지의 전락한 삶이 '폐허로 변한 산골'에서 평온을 회복하는 구도는 현실세계에서의 절망을 자연에 투사하

---

18) 김병걸은 「오영수의 양의성」에서 그의 소설이 가진 강한 '현실상'에도 불구하고, 이것이 현실주의로 전개되지 못한 원인의 하나를 '관조'에서 찾고 있다.

19) 작품에서 동욱 부부의 뒤를 따라 다른 가족들이 들어와 안식처를 꾸린다. 「메아리」의 후속편이라고 할 수 있는 「흘러간 이야기」(1972)는 뒤따라 들어온 성원들이 머슴으로부터 시작해서 성가(成家)하는 안주의 과정을 근대사회를 구성하는 '계약'의 방식으로 재현한다. 소박한 삶의 형태이긴 하지만, 이러한 사회적 제도 수립의 행위는 단순히 자연 회귀와 공동체적 삶의 복원보다 '근대세계'의 불평등한 계약을 정정하는 측면이 강하다.

여 보상받는다는 최상의 목가이다. [19]

이렇게, 오영수의 전후 사회를 배경으로 삼은 소설에서 산골은 단지 생활의 곤고함을 벗어나 전쟁의 참화로 무인지경이 되어버린, 고난스러운 피난지의 현실을 위로받을 수 있는 꿈의 공간이다. 따라서 이곳이 현실과 절연된 유토피아는 아니다. '산골'은 전후의 황폐화된 사회적 심성이 위로받고 일상적 평온을 향유할 수 있는 공간에 가까운 것이다. 이것은 「머루」(1950)에서 볼 수 있는 '파괴된 산골'[20]을 전도시켜 전후사회의 소망과 결합시켰다는 말과 다르지 않다. '산골'이 현실에서 떠올려진 꿈의 공간이라는 것은 「머루」에서 익히 볼 수 있듯이 '희망으로 가득 찼던 과거'이지 현재는 아니기 때문이다. 이렇게 볼 때, 전후사회를 배경으로 한 오영수의 소설에서 '산골'은 전쟁 이후 겪은 온갖 수난과 최소한의 생계라도 해결하며 평온하게 살아가려는 현실적 염원과 전락을 강요당하는 현실에 저항하는 의도를 가지고 있는 것이다.

전후의 사회경제적 현실을 고려할 때 기억 속에만 존재하는 공동체적 삶으로 복귀하려는 소망은 삶의 재건과 꿈의 구체적 재현을 모두 포함한다는 점이다. 인간과 자연이 조화를 이루는 세계, 혹은 그러한 세계로의 강력한 회귀의지는 피폐한 현실 너머로 꿈꾸는 원리이기도 하지만 전후 현실의 황폐함과 연관시키면 그만큼 현실의 고통은 깊고 넓다는 사실을 암시한다. 이것은, 『오래된 미래』에서 접할 수 있는 티벳의 라다크 마을에서 발견되는 낙천적이고 건강한 삶을 우리가 동경하는 것은 참조해야 할 삶의 근본 원리이고 지혜이지 문명세계가 그러한 삶으로 되돌아가야 한다는 당위의 외침은 아닌 것처럼 현실의 비극을 가늠할 수 있는 척도와 같다.

---

20) 빨치산의 내습으로 하루아침에 공동체의 삶과 소박한 꿈을 잃어버린다는 내용의 이 작품은 '산골'조차 현실세계의 폭력―분단과 전쟁이라는 비극의 소용돌이에서 무관하지 않음을 보여준다. 더욱이, 작품의 말미에 가서야 슬며시 끼워넣는 반전을 통해 가족의 상실과 삶의 전면적인 파탄은 "오께……. 꼭 오께……. 머루 철에는 꼭 오께"(선집 1권, p.30.) 하며 떠나는 '분이'의 작별인사 속에서 더욱 극적인 모습을 성취한다.

4. 근대 비판의 원점

70년대 이후 오영수의 소설에서 '산골'은 토속적 공간이라는 의미와 전후 사회의 좌절을 극복하는 꿈의 공간이라는 의미에서 벗어나 근대를 비판하는 원점이 되고 있다. 그의 소설은 '산골'을 사회 전반에 만연한 부정적 현실에 대항하는 '문명의 주변부'로 바꾸어놓고 있는 것이다. 이러한 근대 비판의 정점을 보여주는 작품이 「오지에서 온 편지」(1972)이다. 물론 그의 소설이 근대의 파행적인 현실을 비판하고 '자연'의 개념을 대립시키지 않았다는 것은 아니다. 부정적인 현실 비판의 대부분은 전쟁의 참화 속에 감내할 수밖에 없었던 운명적인 희생에다 소박한 꿈과 이상적 중첩시켜 현실을 상상하는 한편 인간의 긍정적인 묘사와 그 행보를 같이했던 것이 사실이다. 그러나, 「오지에서 온 편지」는 인간의 긍정과 보조를 맞춘 행보를 벗어나서 문명에 대한 짙은 환멸을 근대성 비판으로 확대시킨다.

「오지에서 온 편지」[21]는 교통사고로 아들을 잃은 중년 부부가 주위의 만류를 떨치고 서울을 떠나 산골 오지에 들어가 두 해만에 친구에게 보내는 모두 다섯 통으로 된 편지 형식을 취하고 있다. 도시의 탈출하여 오지에 안착하게 된 배경을 토로하는 제1신, 과거 이십 년 간의 참담했던 서울생활을 회고하는 제2신, 자연 속에서 추구하는 유유자적한 삶의 가치를 설명하는 제3신, 산골에서 한적한 일상의 맛과 흥취를 소개하는 제4신, 오지의 유휴지를 활용하여 한우단지로 만들려는 의지를 피력하는 제5신을 그 내용으로 하고 있다.

오영수 소설이 가진 안정된 어조와는 달리 작품의 초반은 대단히 격앙된 목소리로 근대적 삶이 강요하는 아이러니를 성토하고 있다. 그것은 유학을 앞둔 아들의 교통사고로 인한 죽음, 그 충격과 좌절 속에서 생의 의미를 잃어버린 결과 도시생활에 대한 노이로제에 가까운 환멸 때문이다. 내면의 슬픔과 좌절은 산업화 이후의 사회병리적 요소에 대한 사회적 공분(公憤)에서,

---

21) 이 텍스트는 『오영수대표작선집』, 책세상, 1989이다. 이하 인용면수만 기재함.

다시 근대문명의 비판으로 이어진다. "자식놈의 피와 뇌장(腦漿)이 튀긴 차바퀴가 여전히 구르고 있고 나는 그 차를 또 타야 하는"(p.244.) 슬픈 아이러니와 도시 생활에 대한 환멸은, "결국 내가 살아가기 위해서, 내 생명을 지켜가기 위해서 교통과 스모그와 가짜의 삼대지옥…… 그리고 부재와 불신의 이 도시를 탈출"(p.249.)하고 있다고 서술된다. 도시에서의 탈출은 작가 자신의 말대로 "현실도피란 폄(貶)을 받기도 하"지만 "흙탕물 속에서 질식 직전의 고기가 한 줄기 맑은 물을 따라 상류로 올라가"[22]는 근대 기획의 비판적 행동이다. 이러한 문명과 자연의 대립 속에 자연으로 회귀하는 방식은 1950년대 전후 자본주의의 욕망에서 벗어나고자 했던 「비오리」에서도 익히 보았던 행로이다.

「오지에서 온 편지」는 산골과 도시를 넘나드는 오영수 소설의 편력이 '산골'로 귀환하여 도시병과 환경오염, 부재와 불신에 대한 노이로제의 징후를 치유하는 것뿐만 아니라, 식민지의 시대 경험과 분단, 전쟁으로 이어지면서 가파르게 살아온 세대의 반성, 변화와 파괴에 대한 극도의 단절감과 착잡함을 거침없이 토로한다. 화자는 생계에 쫓겨 살아온 도시에서의 삶이 위태로운 "생사의 곡예"(p.252.)였다고 술회한다. 중년을 넘어선 세대의, 자연으로의 귀환은 근대문명의 물화에 대한 거부와 저주에서 비롯된 것임을 분명하게 밝히고 있다. "자연으로 돌아왔고 자연에서 인간 본연의 삶을 추구하는 것뿐"(p.257.)이며 "인간이 위기를 극복하고 잃어버린 인간을 되찾는 길은 오직 자연에의 복귀만 있을 뿐"(p.259.)이라는 근대 비판의 신념이 표명되는 것이다. 그러나, 이러한 근대의 압력과 실상을 성찰하는 감각은 연속성과 전통, 정체성을 잃어버린 상실감으로 나타난다.

우리는 모든 것을 잃어버렸다. 우리는 가족제도하에서 연장자 중심으로 살아왔지만 이제는 부부중심의 소가족제도로 분화한 것은 필연적이라고 하더라도

---

22) 오영수, 「변명」, 같은 책, p.477.

◀오영수의
수채화

유교를 바탕으로 한 생활 윤리를 상실한 것만은 사실이 아닌가./ 여기에서부터
기성체제는 흔들리고 무너지기 시작했다고 나는 본다./ 기성체제는 무너지고 새
로운 체제의 정립도 기준도 없는 혼란 속에서 우리는 어데다 발을 디디고 설 것
인가. / 우리는 확실한 상실의 세대를 살고 있네. 이제는 우리에게 남은 것이 뭐
가 있는가. /(중략)/ 의문이면서 분명한 것은 우리는 이미 우리가 자라고 지녀온
모든 것을 상실해버린 거다./ 살을 가리는 것이 부녀자의 절대 조신이요 미덕으
로 알았고, 부녀자의 부정이 당자는 물론 그 가문에까지 오욕을 면치 못했다. 그
러나 오늘날의 노출과 개방과 문란이 어떤 의미와 결과를 가져오는지를 따지기
전에 이성에 대한 동경과 꿈과 신비성을 잃어버린 것만은 사실이 아닌가.(p.271)

  인용에서 발견되는 상실의 감각은 산업화, 도시화, 핵가족의 출현, '단단
한 모든 가치'가 용해되고 증발하는 근대성의 본질에 대한 회의를 담고 있다.
이 근본적인 변화를 바라보는 태도에는 '압축적인 서구화' 속에서 연속성이
해체되면서 반응하는 기성세대의 단절감과 초조함이 담겨 있다. 이 단절감
은 다시 '도구적 이성'에 대한 환멸과 근대 기획 자체에 대한 불신과 크게 다
르지 않다. 이렇게 볼 때, '산골 오지'는 진정한 삶과 소외된 삶, 자연과 도시,
무시간성과 발전의 역사를 이분법적으로 구획하는 척도로서 "타락하기 이
전의, 직접적인 경험과 매개된 경험이 하나로 통합된, 진정성과 초월성이 도

처에 존재하는 원점"[23]을 형성한다. 외관상으로 '산골오지'는 근대의 바깥에서 상정되지만 유소년 시절의 체험과 기억을 중첩시킨, '고향'의 변형된 모습에 가깝다.[24] 이 공간에서 자연의 온갖 혜택 속에서 살아가는 일상의 모습은 이상적이고 목가적인 풍취로 가득차 있다. 오지에서 맛보는 자연 속에서의 초월적인 가치는 근대의 물화, 물질의 노예가 된 인간의 해방, '인간의 삶과 가치 보존'과 그 귀의의 대상을 부각시키는 데 있다. '자연'은 도시의 병든 삶과 대비되는 건강한 노동과 자연의 섭리에 순응하는 생활을 실현하는 장소이다. 결국, '산골 오지'는 오영수 소설이 가진 근대에 대한 환멸을 거쳐 기술문명이 휘발시키지 않은 마지막 남은 인간 구원의 장소로 설정된다. 이것은 한국 사회에 만연하기 시작한 근대문명의 폐해, 근대 기획에 대한 회의를 판단하는 정신적 거점으로 활용되었음을 말해준다.

5. 결어

오영수 소설의 현실성은 주로 인물의 서정적인 묘사와 자연으로 회귀하는 표면적인 모습에만 주목한 결과 많은 오해를 낳았다고 할 수 있다. 이 글은 그의 소설이 근대세계에 대한 타협불가능한 적대감을 도시/자연의 대립적인 공간 설정에서 확인해 보았다. 즉, 「화산댁이」나 「비바리」, 「갯마을」에서 회귀의 대상이 되는 '자연'은 '도시'의 도덕적 타락과 물화된 심성에 대항하는 문화적 담론의 근거로서 연속성, 원시성을 표방하며 새로운 것에 대한 충격, 저항할 수 없는 변화와 권력에 대항하는 '근대의 바깥'이라고 보았다. 또한 전후사회를 배경으로 삼은 오영수의 소설에서 '산골'은 전후의 고통과

---

23) Susan Stewart, *On Longing: Narrative of the Miniature, the Gigantic, the Souvenir, the Collection*, Baltimore: The Johns Hopkins Univ. press, p.23.(리타 펠스키, 앞의 책, p.69. 재인용)
24) 그의 후기 작품집인 『황혼』(1976)은 「실향」「산호 물부리」「삼호강」「황혼」 등에서 살펴볼 수 있듯이 고향과 주변 지역에 대한 기억과 탐색, 어린 시절 조부의 모습으로 채워지고 있다.

좌절당한 심성이 위로 받는 장소라는 점, 전면적인 삶의 파탄과 핍절한 피난지의 삶에서 벗어나 소박한 일상으로 복귀하려는 소박한 꿈을 담은 공간이라는 점을 살펴 보았다. 다음으로, 70년대 이후 오영수 소설에서 '산골 오지'는 '문명 비판'의 원점으로 의미가 바뀌고 있다는 점에 주목하여, 산업화 이후 한국사회에 만연한 온갖 파행이 문명에 대한 환멸을 불러일으키면서 절대적인 가치로 등장한다는 점도 확인했다. 그러나, 여기에서 인간의 삶과 가치 복원에 대한 사유는 적어도 근대 비판과 근대 기획 자체에 대한 회의를 짙게 풍기고 있다는 점에서 근대 비판의 계승자라는 사실을 살필 수 있었다.

지금까지의 논의를 바탕으로, 오영수 소설의 '자연'은 현실과 대립적인 가치를 재현한 세계로서 한국사회의 가파른 변천을 상실과 연속성이 사라진 현실로 바라보고 비판했던 거점이었음을 확인하게 된다. 또한 이것은 인정과 내면에 주목한 인물 긍정의 묘사에 담긴 서정성의 원천이기도 하다. 인물 묘사의 서정적인 취향은 인물들의 인정스러운 행동에 대한 관찰에서 비롯되지만, 이것이 인정의 토로만으로 그치지 않는 것은 힘없는 존재들의 배려가 비정한 사회적 심성과 반대되는 방향에 있음을 전제로 삼고 있기 때문이며, 현실세계의 폭력성과 전락하는 삶이 가진 고통의 부피를 절감하게 만들기 때문이다. 따라서, 인물들의 선한 본성과 '자연' 속에 목가적으로 살아가려는 꿈은 식민지시대, 분단과 전쟁, 이산과 삶의 전락을 낳은 전후사회의 현실 등 한국사회의 혹독한 역사적 전개와 거리를 둔 오영수 소설의 존재 가치인 셈이다. 새미

오영수 문학의 시간·공간적 상상력

김현숙*

1. 서론

작가 오영수의 작가 생활은 남이와 엿장수(1949)로 김동리의 추천을 받고, 1955년 머루(1950)로 서울신문 현상문예 당선으로 시작되었고, 1979년 1월 문학사상에 특질고 [1]가 지역 감정을 자극하게 되어 그 이유로 작가 생활을 마감했다. 그는 그동안 약 140여편의 작품을 내놓았고 1979년 5월에 이세상을 떠났다. 이때 문단에서는 오영수의 죽음을 애도하며 선배 혹은 후배 작가들이 오영수 작품과 그 등장 인물에 대한 평들을 발표하는 일련의 글들을 발표했다.[2] 대개 이들의 추모사로 이범선은 오영수는 '그는 무욕으로 인생에 초연했던 인물이었다'고 말하고 있고, 김윤성은 '이 땅의 특이한, 가장 한국적인 단편작가'라고 평가했다. 1990년 현대문학이 마련한 그의 11주기를 추모하는 특집에서 윤명구[3]는 오영수의 소설의 서정성에 대해 비현실적이니 현실도피니 하는 비난은 조급증 환자의 비난 이상의 의미가 없다고 말하고, 오영수의 소설은 현대의 문명 생활에서 발생하는 인간 소외로부터 오는 고독의 병으로 이는 어떠한 문제보다 가장 중요한 문제로서 오영수

---

* 이화여대 국어국문학과 교수, 저서로 『한국여성시학』 등이 있음.

1) 오영수 「特質考」1979년 1월, 『문학사상』, pp.59~64.
2) 김동리, 「오영수 형에 대하여」, 『한국문학』, 1979.7
    이범선, 박재삼, 윤남경, 김윤성, 「작가 오영수 추모」, 『현대문학』, 1979, pp.270~280.
3) 윤명구(1990) 「오영수론」, 『현대문학』, 1990.5

가 이러한 문제를 제시하고 더 나아가 그 치유와 극복의 방법까지 보여주고 있는 역량을 지닌 작가로 말하고 있는 반면, 다른 연구자들 경우에는 그가 문학의 소재나 주제를 자연적인 것에 집착하는 것은 우리나라 1950 – 70년대라는 시대적 것과 관련이 있다고 언급하는 경우도 있다.

그러나 작가 오영수는 다른 작가들에 비해 많이 잊혀져가고 있는 작가이다. 그가 마지막으로 낸 특질고 가 특정 지역을 비하시키므로 지역성을 부추겼다는 이유로 문단에서 당한 처벌이나 현대문학 을 둘러싼 조연현과의 다툼으로 인한 낙향 등은 사람들로 하여금 그를 빨리 잊게하는 촉매 작용을 했다. 그러나 그가 지닌 남다른 서정성, 단편에 대한 집념[4] 그리고 그가 추구해온 문학성에 대해 좀더 본격적으로 연구되어 그 문학적 의미들이 규명되어야 한다고 생각한다.

흔히 그의 문학세계를 규명하는 연구 논문들은 대개 세 종류로 나뉘어진다. 그의 작품에 대해 가장 많이 연구한 것은 그의 작품세계와 자연환경의 문제를 언급하는 논문들로서 이러한 논문들은 한결같이 그의 '자연 친화적' 점을 거론한다. 그리고 그가 사람들의 삶과 현실과 자연의 문제를 어떻게 상관짓고 있는가에 관심들을 갖고 있다. 그 다음으로 관심을 가지고 연구한 논문들은 그가 과연 자연으로 도피하는 작품들만을 써왔는가에 대한 이의에서 시작하는 그의 중반기에 해당하는 시기[5]의 문학 연구는 그의 작품에서 보이는 현실적인 갈등과 현실 참여의 문제를 다루는 논문들이다. 그리고 세 번째 부류의 연구 논문들은 그의 작품에 존재하는 인물들의 성격을 선 · 악인으로

---

4) 내(오영수) 생각엔 하나의 예술품을 담는 그릇으로 장편보다 역시 단편이 더 적당하지 않나 생각을 해요. 내가 긴 소설을 쓰지 않고 단편만을 줄 곳 발표해온 이유도 거기 있습니다.(「오영수씨와의 대화」, 『문학사상』, 1973, 1월 호 ,p.305)

5) 김영화,김병택 (1987),「오영수 소설연구」,『제주대학교 논문집』,1987년 p.18에는 오영수의 문학세계를 알아보기위해 10년 단위로 그의 작품을 묶어서 연구했다.
   • 초기작품:1949년 7월 「남이와 엿장수」~1960년 6월 「후일담」
   • 중기작품:1961년 4월 「은냇골 이야기」~1970년「골목안 점경」
   • 후기작품:1971년 2월 「맹꽁이」~1979년 1월 「특질고」

구분해서 살펴보거나 각 인물들의 행위를 통한 작품의 특징을 규명하는 글들로서 오영수 작품의 문학적 기법에 관심을 갖고 연구한 논문들이다.

이 세 종류의 연구 논문들이 말하는 이 작가의 공통점은 작가가 문학 작품에 드러내고 있는 배경인 자연과 인물들과의 관계에 관한 것이다. 그러나, 그 배경과 인물들간의 자연친화적인 것으로 인정되는 요소가 의미하는 바가 무엇인가에 대한 규명까지 이른 것 같지는 않다.

소설 작품에서 등장 인물들이 만들어내는 사건들이 놓여지게 되는 시간과 공간은 지금까지 문학 작품이 만들어지는 한 요소인 배경으로 다루어졌다. 여기에서 배경은 시간적인 배경과 공간적인 배경으로서 사실주의 문학 형태에 이르기 전까지는 작품의 분위기를 주는 정도라고만 생각해왔다. 그러나 문학 연구자들이나 이론가들은 문학에서 공간은 인물과 사건이 놓여지는 단순한 배경 이상의 의미가 있음에 관심을 갖기 시작했고, 서사의 흐름과 공간 또는 시간에 대해 관심을 갖기 시작했다. 본질적으로 시간과 공간이 분리될 수 있는 것은 아니나, 이것도 시대에 따라 서로 다르게 관심을 가져온 것이 사실이다.

서사 문학에는 일반적으로 세 차원의 시간이 존재한다. 즉, 작가가 작품을 쓰는 시간과 작품 안에서 일어나는 사건의 시간, 그리고 독자가 작품을 보게 되는 시간이다. 일반적으로 이 세 가지의 시간이 동시에 일어날 수 있는 것은 아니다. 그러나 첫 번째의 시간과 두 번째의 시간이 동일해지게되는 경우는 일반적으로 작가의 관심이 사회를 향해 열려있으며, 문학 작품의 내용과 흐름이 사회적인 사건과 유사한 것들이 되거나 적어도 역사, 정치적인 것들이 문학의 내용 중 많은 부분을 차지하게 된다. 그러나 첫 번째와 두 번째의 시간이 서로 무관하며, 어떤 관련성이 없을 때 문학의 내용은 일반적으로 비역사적인 것이 되거나 서정적인 흐름의 서사물이 된다. 작품내의 시간이 되고 그 시간이 어떻게 서술되고 있는가의 기법은 표현하는 시간이 선적인 서사진행을 하는가, 아니면 작품내 사건의 현재에서 과거를 말하는가 미래를 이야기하는가에 따라 달라진다. 그러나 현대에 올수록 작가들은 한가지 시간 서술만을 하지 않고 복합적인 혼합의 서술을 하고 있다. 여기에서 공간은 표면에 나오지는 않으나 공간은 시간과 맞물려 돌아가는 사건의 장이면서, 표면적인 작품의 주제 분석에서 볼 수 없었던 작품의 문학성을 보여주기도 한다.

문학에서 공간론이 문학의 단순한 배경으로부터 형이상학적인 면과 미학적인 면을 포함하는 작업으로 이행된 것은 수학(기하학)과 관련된 이후 조셉 후랭크[6]에서부터였다. 그러나 후랭크도 공간(Space)과 공간성(Spatiality)개념이 구분되어서 쓰인 단계에까지 이르지는 못하였다. 즉, 공간은 행위주에 의해 행위가 이루어지는데 필요한 공간으로서 흔히 장면, 장소, 배경, 환경, 분위기와 같은 의미로 사용된다. 여기에서 한 단계 나선 이론이 공간은 행위주를 포함하므로 공간은 행위를 포함한다는 것이다. 따라서 공간은 행위를 포함하는 기구가 되며 그 행위의 특성이 필연적으로 포함된다고 보는 케네스 버크(Kenneth Burke)[7]의 이론이다.

그리고 인간의 행위·공간의 문제를 다원은 '환경'이라는 용어로서 설명

---

6) Frank는 Spatial Form in Modern Literature에서 "공간형태가 묘사적 쓰기가 아니라, 언어본래의 시간적 원리를 부정하며, 사물의 연속으로서가 아니라 시간의 한 순간에서 전체적인 것으로 작품을 이해시키기 위한 작가의 시도에 근거를 둔 형태를 의미한다"고 함.

7) Kenneth Burke(1945), A grammar of Motives, (Revised Edition : Berkeley and Los Angeles : University of California press, 1969), p.6

8) ① 『종의 기원』제6장에 존재의 조건(Condition of Existence)이 기본형(Unity of Types)을 토대로 유기적 존재들이 형성됨을 주장한다. Kenneth Burke(1945), p.150.
   ② 라보크는 인간과 인물의 행위가 포함되는 문학 공간에 대해 톨스토이의 「전쟁과 평화」로서 설명하고 있다. 톨스토이의 「전쟁과 평화」를 분석하면서 그 엄청난 주제를 다루기에 충분할 만큼 넓은 공간을 다루는데 톨스토이는 두려워하지 않고 있다. Percy Lubbock(1921), p.40.
   ③ 공간과 인간의 관계에서 환경은 특히 가정 내부는 환유적이거나 혹은 은유적인 성격 표현이라고 보여질 수도 있다. 어떤 사람의 가정은 그 사람 자신의 연장이다. 그 사람의 가정을 묘사하면, 그것은 그 사람의 인물됨을 묘사한 것이 된다. Rene Welleck and Austin Warren(1970), The Theory of Literature(Penguin Books), p.127.)

했었다.[8] 즉, 환경의 용어는 공간으로, 그리고 공간성으로 그래서 등장인물들의 성격과 행위가 나타내 보이는 의미의 장으로 확대된다. 이때 나타나는 공간은 공간적으로 배열된 구역들의 질서라는 것에 의해 무엇을 의미하는가에 대한 해답을 포함한다.[9]

이러한 공간의미에서 또 하나 구분해야 할 것이 쥬네트의 공간으로 '이야기하는 공간(le parlent)'과 '이야기되는 공간(le parle)'이다.[10] 즉, 이것은 서사물에서 서사의 장소는 더 이상 환경이나 인물들의 공간으로만 머무르는 것이 아니라 공간성(spatiality)의 성격을 지니며 서사의 테마나 구조면에서 기능을 하거나 인물 구성의 한 기법으로서 기능함을 의미한다.[11] 그러므로 인물은 행위주로서 공간을 형성하고 공간에 영향을 받는다.

공간 기호와 소설 작품과의 관계를 슈클로브스키는 낯설게하기(defamiliarization)의 기법으로 공간 기호는 이야기의 통시적이고 선적인 흐름을 방해하지만 소설의 공시성을 증대시킨다고 보았다. 이러한 낯설게하기 과정을 통해서 구성되는 공시적 플롯을 라브킨은 공간형식의 플롯[12]이라고 부르고 있다. 바슐라르는 공간 시학을 중심으로 현상학적인 공간연구를 했다.[13] 바슐라르의 공간시학은 과학이 아닌 시학의 차원에서 문학에서의 공간이 지니는 실체성과 의미를 규명하려는 연구이며 그 성과라고 생각할 수 있다. 바슐라르의 이러한 작업은 그의 공간시학 이전의 연구들이 인간의 상상력과 물질의 관계가 문학에서 드러내놓는 이미지 형상화의 추적을 가능케 했다. 또한 이러한 작업에 바탕이 되는 인간의 정신상황과 상상력 확대의 가능성에

9) Hans Reichenbach, (1957) The Philosophy of Space and Time, trans, Maria Reichenbachand John Freud(N. Y. Dover Publication, Inc. 이정우(역), 1990, 서광사, p.307.)

10) Gerard Genette, (1996) Figures I, (parisi Seuil) p.103.

11) 제럴드 프랭스(최상규 역) (1988), 「서사학」, 문학과 지성사

12) 라브킨은 공간형식을 플롯을 설명하기 위한 예로서 「압살롬, 압살롬」을 들고 있다. 즉, 시점을 고정시키는 것이 아니라 여러 인물들에게 分/化 시켜서 병렬적인 형식을 나타내고 있다

대한 규명이라고도 생각된다. 이러한 연구를 통해 인간의 공간의식에서는 집과 우주가 어떻게 유사할 수 있는가의 상동성(Homology)에 대한 천착과, 공간의 /內/ /外/ 분절의 양상, /上/ /下/의 의미 규명작업으로 시도되고 있다. 이는 문학 작품 내의 공간이 지니는 자체로서의 실체성이므로 그 스스로 의미를 형성하는, 즉 말하는 공간으로서의 기호체계를 규명하고 있다고 하겠다.

한편 바슐라르가 요나공간, 집공간[14], 우주공간에 대한 인간 인식의 의식화를 규명하고자 했다면, 로랑 바르트는 그의 저서 「S/Z」[15]에서 5개의 코드를 설정해서 하나의 텍스트가 어떻게 기호의 변별성과 대립의 의미구축이 가능한가를 보여주고 있다. 좀더 구체적인 현상적 공간을 기반으로 분석한 바슐라르의 요나 컴프렉스나, 로랑 바르트의 「S/Z」에서 창 공간의 분절성이다. 그리고 바슐라르나 로랑 바르트가 제시하고 있는 차이화 된/內/ /外/의 공간연구에서 더욱더 /내/공간의 내밀성을 기호화한 이가 쉬치그로브(Scheglov, Y)이다. 그는 창문을 공간분절의 /中/인 매개항 영역으로 놓고

---

13) Gaston Bachelard(1964) 「The poetics of space」Trans. Maria Jolas, ① Boston, Beacon, 번역서로서는 가슈통 바슐라르, 「공간의 시학」, 곽광수 옮김,(1990), 민음사, 이데아 총서 21권이 있다. ②바르트는 라신느의 비극을 이항대립의 복합적 구조로 분석하고 있다. 그 이항대립 중 가장 기본적인 것이 chambre(실내)와 espace exterieurs(실외)의 대립이었다. 즉 /外/공간은 죽음(morte)과 탈출(fuite)과 사건(evenement)의 장소이고 집의 /內/공간은 다시 이항대립으로 분류되는 내실과 anti-chambre(대기실)로 나뉜다. 즉, 대기실은 바깥과 안을 이어주는 것으로 문자와 사물의 의미의 중간에 있으면서 머뭇거리며 자기의 사정을 이야기한다." (entre Lettre et le Sens des choses, perle ses raison) Roland Barthes(1963) Sur Racine(parisi Seuil), pp. 9-11. 이어령(1986) 재인용, p.336.)

14) ① 요나는 구약성경의 인물로서 요나서 1:17절에 보면 "여호화께서 이미 큰 물고기를 준비하사 요나를 삼키게 하므로 요나가 물고기 배에 삼日삼夜를 있느니라"로 되어있다 ② 바슐라르의 『공간의 시학』에서 상상력의 궁극성은 요나 콤플렉스라고 하는 것인데, 이것은 우리들이 어머니의 태반 속에 있을 때에 이것은 우리들의 무의식 속에 형성된 이미지로서 우리들이 어떤 공간에 감싸이듯이 들어있을 때에 안온함과 평화로움을 느끼는 것은 이 요나 콤플렉스 때문이다. 물고기 배와 유사한(homology)이미지는 집, 서랍, 상자, 장롱, 새집, 조개껍질, 구석 등 내밀할 수 있는 공간의 이미지들 및 변이태들이다. 곽광수(1990), p. 15.

15) Roland Barthes, (1970),s/z Trans by Richard Milrt n,y Hill and wang. 참조.

집과 외부세계의 대비를 안전확보(security complex)[16]의 체계로서 파악하고 있다. 쉬치그로브는 내밀하고 밀폐된 공간을 안정성, 안락성, 가정성, 만족성, 따뜻함의 상징으로 보고 내밀도의 상승과 마음 맞는 사람끼리의 짝을 기본적 의미로서 이해하고 있다. 그리고 대비되는 모험의 공간은 기회, 위험, 행운의 역전, 대사건 투쟁으로 변별된다. 또한 바르트는 쥴베르느의 「해저 二萬里」를 이제까지의 모험의 신비나 탐색으로 보려는 것이 아니라 갇혀서 안정되는 것, 외딴 오두막에 들어가 있고 싶어하는 것으로 풀이하고 있다. 그러므로 노틸라스호는 사랑스러운 동혈(洞穴 caverne adorable)[17]이 되는 것으로 보고 있다. 세비옥(Sebeok)과 모골리스(Mogolis)도 「해저 二萬里」의 창의 분절성과 안과 밖의 질서로서 드러나는 대비가 창의 의미로서 강화됨을 설명하고 있다.[18]

본 연구에서는 이상에서 열거한 공간 연구를 인용하여 오영수 문학의 공간이 갖는 의미를 규명하려고 한다. 오영수는 문학 작품에서 공간의 변화를 어떻게 드러내고 있는가에 관심을 두었다.

2. 열려진 시 공간을 향한 탐색

오영수는 비교적 많은 글[19]을 남긴 작가이다. 그를 대부분 자연친화의 작가로 언급하는 데는 그의 중요 작품들이 농촌의 자연을 문학적 배경으로 하고 있는 데서 기인한다. 그의 작품을 살펴보면 그의 문학들은 한 어린 생명이 태어나 단계별의 성장과정을 지니듯, 계절의 변화와 맞물리는 자연환경과 관계를 갖고 있다. 그리고 단순히 자연 친화의 작품의 배경이 아니라 작중 인

---

16) Scheglov, Y. "Towards a Description of detective story structure" Russian Poetics Trans Latin, 1. pp.51~77.

17) 이어령(1988) "窓공간기호론", 「문학사상」, 1988, 5, p.176.

18) Thomas Sebeo & Harriot Morgolis "Captian Nemo's Parthole" Poetios Today 3. 1. winter. 1982.

물들은 현상적인 현재 공간과 시간에 있는 것이 아닌 공간성(speciaslity)을 형성해 간다는 것이다.

사람들을 중심으로 공간을 구분할 때 /내//외/ /상//하/ 공간으로 나뉜다. 사람이 살고 있는 집이 /내/ 공간이라면, 집 밖의 공간은 /외/공간이 된다. 사람을 중심으로 머리 위는 /상/ 발을 향해서는 /하/의 공간이 형성되고 이러한 공간들은 작중 인물들의 행위에 따라 공간성을 형성한다. 집이 놓여진 마을이 /내/공간이라면 마을을 벗어나는 공간은 /외/공간이 된다. 닫혀지고 좁은 공간으로 갈수록 그 안은 편안해지며 내밀해진다. 그러나, 확장되고 넓은 공간으로 갈수록 내밀한 /내/공간의 안온함은 사라질 수밖에 없다. /내//외/의 구분은 사라진다.

오영수 초기 자연을 배경으로 한 작품의 인물들이 사는 공간은 집, 마을의 공간이 주를 이루고 있다. 이럴 때 대부분 집 공간은 닫혀지고 내밀한 /내/공간이 되기보다는 /내//외/ 의 소통 공간이 되고 있는 현상이며, 마을 공간은 마을 밖의 외부 공간과 차단된 내공간이 되고 있다. 이곳에 살고 있는 사람들은 가족 단위의 움직임이 아니라 마을 사람들이 대단위의 공동체로 함께 움직이는 모습을 하고 있다. 따라서 이들 마을전체가 내밀한 /내/공간이 된다. 이시기는 봄으로 땅을 지향하는 /하/의 공간이다.

> 올 때는… 고개도 돌려보지 못한 벼랑이나 산골을 두루 살피면서도 걸음은 재빠르다. 골짜기마다 벼랑마다 진달래가 무더기무더기 피었다. 검도록 푸른 소나

---

19) 1949년 7월 「남이와 엿장수」가 추천된 이래 1979년 <특질고>까지 그의 모든 글의 수는 145편 내외가 된다. 그 작품집의 내용은 다음과 같다.
- 1954년 제1창작집 『머루』
- 1956년에는 제2창작집 『갯마을』,
- 1958년에는 제3창작집 『명암』
- 1960년에는 제4창작집 『메아리』
- 1965년에는 제5창작집 『수련』을 내놓았다.

무 사이사이 잡목 새 움들이 고물처럼 부드럽고 단풍보다 곱다. 어디서 수자리를 보는지 낮꿩이 깃을 치고 운다. / 벌써 산속은 해가 설핏하다. 강을 건느고 산 모퉁이를 돌고 등을 넘어 골짜기로 들어서자 움막이 보인다. 여보! 하고 소리를 칠까 하다 그만 둔다. 그토록 반가왔다.[20]

두메 사람들은 두더지처럼 또 땅을 파고 잔디를 일구기에 바쁘다 두견새 울음이 매끄러워지면 못견디겠다는 듯이 어느 산골이고 밭두덩이고 길가고 할 것 없이 진달래가 활짝핀다. 자꾸만 나들이 가고 싶은 좋은 날씨였다.[21]

오영수의 초기 작품인 머루 의 공간이다. 이곳에는 사랑하는 두 사람인 섭이와 분이를 포함한 혈육같은 마을 사람들이 갑자기 들이닥친 공비들 때문에 많은 사람들이 죽게 되고, 그동안 함께 살던 사람들은 더 이상 이곳에서 살 수가 없어 뿔뿔이 흩어지게 된다. 어머니가 죽은 섭이와 어머니 아버지 모두를 잃은 분이도 이별하게 된다. 한 사람은 남겨지지만 한 사람은 타지를 향해 나가는 외부 공간 지향의 모습을 보여주고 있다.[22] 분이가 어쩔 수 없이 이곳을 떠난다. 다른 대책도 없다. 그냥 떠날 뿐이다. 여기서 떠남은 내 공간의 해체이며, 내밀 공간의 열림이 시작되는 것이다.

분이는 퉁퉁 부은 눈시울에 줄곧 눈물을 가두고 흰 댕기를 자근자근 씹으며 갔다. 분이의 그 숱한 말 중에 다만 석이의 기억 속에 남는 것은 "오게 꼭 오게!" 이것뿐이었다.
겨울이 가고 봄이 왔다. 장끼가 울고 까투리가 숱하게 새끼를 쳤다. 여름이 가고 가을이 짙었다. 고므재 층 틈에는 올해사 말고 머루가 탐스럽게 달렸건만 분이는 까마득히 소식이 없었다.

---

20) 오영수, 「메아리」, 『오영수 전집 3』, 현대서적, 1968. p.78.
21) 오영수(1968) 「머루」, 『오영수 전집 1권』, 현대서적, p.23.
22) 오영수(1974) 「머루」, 『오영수 대표작선집』1권, 서울·동림출판사, 1974. pp. 30-31.

한편 오영수의 대표작인 「갯마을」도 주인공 해순의 외부 공간 지향과 그 좌절을 그려내고 있다. 배를 타고 나간 남편이 죽고 따라나선 육지의 남자와도 제대로 생활하지 못하고 돌아온 해순도 외부 공간 탐색을 시도한 인물이다.

> 서(西)로 멀리 기차소리를 바람결에 들으며, 어쩌면 동해 파도가 돌담 밑을 찰싹대는 H라는 조그만 갯마을이 있다.
> 더께더께 굴딱지가 붙은 모 없는 돌로 담을 쌓고, 낡은 삿갓모양 옹기종기 엎딘 초가가 스므집 될까 말까? 23)

해녀 해순이 살고 있는 공간은 바닷가에 있는 집이다. 그집은 /내/공간이면서 바다를 향해서는 열려 있지만 육지에 보면 닫혀있는 공간이 된다. 그 바닷가 공간은 첫 남편이 죽은 곳이고 홀로된 시어머니가 타지 남자를 따라 나간 해순을 기다리는 곳이고 혈육처럼 지내는 홀로된 동네 아낙네들이 살고 있는 곳이다. 즉, 철저하게 단절된 곳이다. 혼자 된 여인들에게서는 이제 더 이상 생명이 태어날 수도 없고, 나이 많은 노인은 이제 죽을 일만 있을 뿐이다. 외부세계와 차단된 닫혀있는 이 공간을 해순은 남자를 따라 떠난다. 열린 공간으로의 이행이며 탐색이다. 그리고는 함께 떠났던 새 남편의 집에서 그 남편이 징용에 가자 다시 갯마을로 되돌아온다. 해순의 행위어는 '떠나다―되돌아오다'의 서술어로 이루어져 있다.

오영수 작품에서 고향 공간은 내밀한 공간이며, 손 때묻지 않은 자연 그대로의 환경을 지닌 곳이다. 떠나기에는 미련이 남는 /내/ 공간인 셈이다. 그러나 작중 인물들은 그곳을 떠난다. 그들은 외부로 향한 길을 따라 그곳을 떠난다.

길의 성격은 어떤 종류의 길인가에 따라 행위주의 행동 의미가 확장도 되고 축소도 된다. 또 길은 행위주들의 행위 상황에 따라 떠날 때의 길과 돌아

---

23) 오영수,『갯마을』, 학원사, p.112.

올 때 길의 의미가 달라지기도 한다.[24] 그러나 오영수의 작품 머루 에서의 길은 한번 떠남을 의미하는 공간이며, 섬에서 온 식모 , 갯마을 의 인물들에게 있어 길은 떠났다가 다시 되돌아오는 공간이다. 이들 고향의 공간은 가장 내밀하며 아름다워 미련이 많이 남는 공간이다. 따라서 고향의 공간이 긍정의 공간이라면 떠나는 행위는 부정적인 행위가 되고 외부 공간의 탐색도 부정적 의미로 그려지고 있다.

3. 확장된 공간에서 귀향의 갈증

오영수 작품 중기에 해당하는 작품들은 오영수의 작품이 자연 친화적 혹은 서정적이라는 평가를 받는 것에 대한 이의를 제기하는 것들로서 이시기의 작품을 연구하는 학자들은 이시기 작품의 현실 반영성에 집중하고 있다. 이시기 작품들은 초기의 작품보다는 시 • 공간이 변화된 것을 보여준다. 즉, 단순한 농촌이나, 어촌의 공간이 아니라 변화하는 도시인 부산, 서울 등 변화가를 중심으로 하고 있다.[25] 이곳에서 생활하고 있는 사람들의 모습을 홍현민은 다음과 같이 말하고 있다. 현대 산업 도시를 배경으로 하는 작품에 등장하는 인물들은 다음과 같은 세가지 유형으로 나눌 수 있다. 첫째, 하나같이 생활고에 찌들려 있다. 둘째, 약아빠진 도시인들로부터 사기와 폭력을 당한다. 셋째, 정신적인 질환에 시달리거나 심한 경우 죽음에 이르기도 한다. 이러한 도시의 삶이 극도의 불안을 주게 되는 시기는 우리나라 1970년대로 이때는 사회의 모든 분위기가 민주화의 열기와 산업화로 인해 나라 전체가 몸살을 앓고 있던 때이기도 했다. 그러나 작가 오영수는 사회적인 불안에서 오는 문제로 받는 불평등을 좀더 예민하게 표현했음을 다음의 글에서 알 수 있

---

24) 일반적으로 신화 비평에서 분석하는 initiation 계열의 소설들은 길을 성장의 상징으로 의미부여한다.

25) 홍현민(1998), 오영수 소설 연구—주제와 인물의 성격 유형을 중심으로」, 중앙대학교 대학원 국어국문학과 ,석사학위 청구논문 p.34.

다.

1970년을 나는 내 생애를 통해 잊을 수가 없다. 내 아이놈뿐만 아니라 많은 생명들이 아무런 까닭도 명분도 없이 죽어 갔다. 와우 아파트 도괴 사건을 비롯해서 수학 여행 열차 사고의 참사, 소양강 나룻배 전복, 여객선 남영호 침몰, 인천 제철의 용광로 폭발-그밖에도 낙반, 매몰, 등 무려 이천 명에 가까운 생명들이 비명횡사를 했다. 인간의 생명이 뭣 때문에 어째서 이렇게도 도살을 당해야 하는가? 굳이 이유를 따진다면 아파트를 사들고, 차를 타고, 배를 탄 것밖에 뭣이 또 있는가? 솔직히 말해서 자네나 내가 현재 이 순간 살아 있다는 사실은 이 떼죽음의 명단에서 아직은 빠져 있다는 것뿐이 아닌가.[26]

판잣집 창문이라면 보나마나 뻔하다. 싹 뜯어버리고 한지 한 장만 갈아붙이면 그나마 좀 밝고 산뜻하겠는데, 이 집주인 헌(憲)은 그것을 일일이 구멍에 맞춰 땜질을 하고 있다.

헌은 오십을 두셋밖에는 넘지 않았는데도 머리는 벌써 반백이다. 원래가 야윈 편이기도 했지만 허우대가 크고 길기 때문에 더 수척해 보인다.[27]

이러한 표현과 함께 작가는 사회의 이렇게 어지러운 현상을 세대교체의 양상으로 보았다. "봄이 여름으로 옮아가듯 그렇게 자연스러운 교체가 아니라 어느 지역에선가 일어난 회오리바람에 아무런 예고도 없이 밀어닥친 폭력적 기습이었기 때문에 기성 세대는 무방비 상태에서 모든 체제와 기준을 송두리째 빼앗겨 버렸고, 새 세대는 아무런 수용 태세도 소양도 없었기 때문에 유산의 계승도 없이 단절되었다고 말하고 있다. 게다가 이러한 현상은 상(常) 과 반(班)이 교체된 것까지는 좋았으나 상은 수용 능력과 소양이 없었기

---

26) 오영수(1972), 「오지에서 온 편지」, 『현대문학』7-10, 『전집7』1974>에 재수록 , pp.16-17.
27) 오영수, 「합창」, 『오영수 전집 3』, 현대서적, 1968. p.185.
28) 오영수, 「쭉정이 인생:불신과 상실」, 『현대문학』1990년 5월호, pp.131-133.

때문에 반이 지녀 온 생활 문화의 전통을 계승하지 못해 지표도 없이 어디론 가로 흘러가고 있으며, 기성 세대는 현실을 그대로 받아들여 적응도 하지 못한 오늘의 현실은 상실이요 비극이고 비극은 우리의 한 세대만이 것이 아니고, 어쩌면 인류 전체가 상실의 시대를 살아가고 있는지도 모른다"[28)고 말하고 있다. 그래서 이들은 이렇게 혼잡한 서울에서 탈출을 시도한다.

> 탈출이란 견딜 수 없는 상황에서 몸을 빼쳐 도망가려 하는 것이 탈출이라면 나는 서울이란 환경에서 더는 견딜 수가 없어 탈출을 한거다.
> 서울이란 도시가 내게 있어서만은 지옥이었다.
> 글쎄, 사람에 따라서는 천국일 지 모르겠으나 내게는 감방살이 보다도 더 부자유하고 시한폭탄보다도 더 위험하고, 청계천보다도 더 더러운 시궁창이었다.[29)

위의 예시처럼 작품에 나타나는 도시는 '지옥', '시한폭탄보다 더 위험한', '시궁창'이다. 또 계산과 속도와 규격과 공해가 범람하는 도시 사회는 도시 문명의 물결에 침식되어 제 모습을 잃어 가면서도 대책 없음에 안타까워하고 있다. 그리고는 고향의 대해 그리움을 느끼고 그 원시적 고향의 자연과 농촌의 공동체의 삶의 풍속을 찬미하면서 도시의 상막한 생활을 한탄하고 있다. 따라서 도시문명으로부터 도망치려고 하고 있다. 이럴 경우 서울에서 근거없이 떠도는 경우가 아니라 연고자 특히, 자식이 안정된 생활을 하고 있는 경우에는 뿌리 없이 흔들리는 부초와 같지는 않지만 이들은 한결같이 서울에서 지루함을 느끼고 고향에 대한 갈증을 느낀다. 탈출하려는 점은 마찬가지이다. 작품 망향가 의 다음의 내용은 그것을 말해주고 있다.

> 누가 보더라도 참 팔자 좋은 할머니였다… 할머니도 덩그런 이층집, 즉 규모는 보잘 것 없으나 모 기업회사의 사장으로 있는 아들네 집에 살고 있다… 여름

---

29) 오영수,「오지에서 보내 온 편지」,『오영수 대표작품선집』7권, 서울 : 동림출판사, 1974

에도 그리 더운 줄 모르고 겨울에도 따스한 밥, 폭신한 이부자리가 있었다… 밥
상에는 고깃국이 아니면 생선찬도 떨어지지 않았다… 외진 시골에서 농사일에
찌들리고 장날이 아니면 간 생선도 구경 못해 보던 할머니로서는 과분할 만큼 늦
복이 틔었다고 할만도 했다… 그러나 할머니는 낮과 밤이 지겹도록 무료하고 길
기만 했다.[30]

이 팔자좋은 할머니와 대비되는 할머니가 작품 『화산 댁이』의 화산댁이다.
이 노파는 서울에 사는 작은 아들이 보고 싶어 고향에 왔다가 서울로 가는 고
향 청년의 화물차를 타고 무작정 서울로 온다. 아들의 집도 모르고 며느리의
얼굴도 모르고 손자들도 본 바가 없다. 서울 아들네 집에서는 며느리도 손주
들도 이 노파가 누구인지 모른다. 시골에서 부르던 돌이라는 이름으로는 아
들을 찾을 수가 없다. 고향 청년이 일러주고 간 집 대문을 두드려 나온 여자
는 찾아온 노파를 거지 취급하고 화산댁은 그 머리와 행색을 보고는 설마 내
며느리는 아니겠지라고 생각한다. 이 때 퇴근하는 아들과 문 앞에서 맞닥뜨
려 집안으로 들어가지만 문앞에서 만났던 아니길 바랬던 여자인 며느리와
제 아버지에게 할머니를 누구냐고 묻는 손자, 예고없이 들이닥친 어머니를
달가워하지 않는 아들, 혼자만의 그리움과 반가움을 안고 무작정 상경한 화
산댁, 이들 모두의 표정은 제 각각이다. 고향과는 인심도 풍습도 다른 이곳이
있을 곳이 되지 못하는 것을 느낀 화산댁은 아들, 며느리, 손주들을 뒤로하고
쓰레기통에 버린 자신의 짚신과 도토리 떡을 다시 주워 꾸려가지고 서울을
떠난다.

> 그새 행여 아들 내외가 깼을까 싶어 조마조마 문간을 들어오면서 무심코 들여
> 다 본 쓰레기통에 도토리떡이 보자기 째 내버려져 있었다.
> "아이구짜고, 사상에 죄받을 짓도 했다!"

---

30) 오영수, 「망향가」, 『오영수 선집7』, 1974, p. 80.

화산댁이는 얼핏 들어내 치마 밑에다 감추었다. 쓰레기통에는 짚세기도 그대로 엎어져 있었다. 어느새 화산댁이 눈 앞에는 두메 손자들의 얼굴이 자꾸만 얼찐거렸다. 도토리떡을 흥흥거리고 엉겨들다 줴박히고 떠밀리고 찌그러지고 우는 얼굴이었다.

"꼴난 것 무슨 차반이나처럼…"

화산댁이 눈시울에는 어느새 눈물이 핑 돌았다……

해가 반쯤 돋았을 무렵, 어제와 꼭 같은 보통이를 들고 어제와 꼭 같은 짚세기를 신은 화산댁이는 경주가도를 향해 걸음을 빨리하고 있었다.[31]

여기에서 서울이라는 공간은 지형학적인 위도로는 지방도시보다 상위 공간에 속한다. 사람들은 서울을 향해 올라오고 각기 지방으로는 내려가는 셈이다. 일상적 공간의 의미와 반드시 일치하는 것은 아니지만 일반적으로 상방(上方) 공간은 하늘을 지향하는 공간은 성(聖)을 의미하는 공간이 되고 하방(下方)의 공간이 속(俗)의 공간으로 분류되는 것에 비해 오영수에게 도시지향의 상방 공간은 부정적인(V-)공간이 되고 되돌아오는 공간인 고향은 긍정의 공간(V+)의 공간[32]이 된다.

오영수 초기 작품의 인물들이 자신이 살고 있는 공간에서 외부 공간으로「나가다 – 들어오다」의 서술어로 이루어져 있다면 이 공간에서는 '올라가다'와 '내려가다'의 서술어가 쓰이고 있다. 그리고 '내려가다'의 서술어 대신 쓸 수 있는 다른 서술어는 '탈출하다'이다. 앞의 부분에서 '떠나다'의 서술어가 부정적인 의미를 담고 있듯이 이들이 찾아간 서울이 긍정적인 공간일 수가 없다. 오영수 문학에서 서울의 공간은 거의 부정적인 공간이다. 아내가 도망가는 곳이며, 자식이 죽는 곳이고, 서로 서로 속이는 곳이다. 이러한

---

31) 오영수, 「화산댁이」, 『한국단편문학전집』4권, 현대서적, 1968. p.74.
32) 공간의 언어는 V=Vercital, H=Horizontal으로 표현하며 공간이 형성하는 의미는 상= V+ 중= V0 , 하=V-, 내= H- 경계= H0 외= H+로서 (+는 긍정적, -는 부정적 0는 중간항으로서 긍정 부정 이전의 상태를 의미하거나 +,-의 혼합을 의미한다. 이어령(2000) 공간의 기호학, 민음사, p.42.

부정적인 서울의 공간은 사람이 살 수 있는 공간이 아니기 때문에 이들은 다시 긍정적인 공간인 고향을 찾아 서울을 탈출한다.

4. 고향의 이중성

떠났던 고향으로 다시 되돌아오게 되는 공간은 작중 인물들에게 어떤 의미가 있을가. 서울로 향해 '떠나다', '올라가다'의 서술어는 작중인물들이 서울을 '탈출하다'에서 다시 '되돌아오다'로 바뀌게 된다. 부정적이었던 서울의 공간으로부터 이들은 과거의 긍정적이었던 공간인 고향을 향해 오는 것이다. 그 곳은 작가가 도시나 서울로 떠나기 전에 살았던 곳인 그리운 고향이다.

> 기차도 전기도 없었다. 라디오도 영화도 몰랐다. 그래도 소년은 마을 아이들과 함께 마냥 즐겁기만 했다. 봄이면 뻐꾸기 울음과 함께 진달래가 지천으로 피고, 가을이면 단풍과 감이 풍성하게 익는, 물 맑고 바람 시원한 산간 마을이었다.
> 먼 산골짜기에 얼룩얼룩 눈이 녹기 시작하고, 흙바람이 불어오면, 양지쪽에 몰려 앉아 볕을 쬐던 마을 아이들은 들로 뛰쳐나가 불놀이를 시작했다.[33]
> −그는 우선 고향을 생각해봤다. 그의 고향은 산이 깊고 물이 맑고 미나리로 널리 알려진 조그만 산간촌읍이다. 그는 고향이 그립다. 이 그리움은 오매간에도 잊지 못한다. 더구나 계절이 바뀔 때면 가슴이 울렁이고 마치 멀리 시집을 간 나어린 색시가 친정을 그리워하듯 잠을 설치기가 예사였다. 고향으로 가고 싶다. 고향의 산천에 들대로 정이 들었고 고향의 미나리를 좋아하기 때문에도 더욱 그러하다. 남쪽에서 온 철새도 남쪽으로 뻗은 나무사지를 골라 깃을 든다는데, 누가 고향을 싫어하고 고향을 마다할 사람이 있으랴마는 그는 남달리 일종의 귀향병이라고 할만큼 고향을 잊지 못한다.
> 더더구나, 살얼음이 풀리는 우수 경칩 무렵이면 그 향기롭고 달고 연한 봄 미나리 맛을 꿈 속에서도 잊을 수가 없다.[34]

33) 오영수(1968), 「요람기」, 『오영수 대표작 선집』 5권, 현대서적, p.237.

여러 작품의 곳곳에서 표현된 고향의 의미는 현재가 아니라 이미 '과거'의 것이다. 그 공간들은 과거의 /내/공간으로서 지녔던 내밀함의 의미가 더 이상 존재할 수 없는 곳이다.

> 고향이 바로 동 하나 넘으면 보이는데… 누구 그러나 고향은 멀리서 그리는 거지 현실의 고향은 고향이 아니야. 고속이 뚫리고 나날이 야박해만 가는 고향이란 내 고향이 아니야. 이웃나라 일본 말에도 있어. 문둥이가 돼 바가지를 차더라도 고향에는 돌아가지 말이지.[35]

그가 고향을 버린 것도, 관심이 없는 것도 결코 아니다… 더구나 계절이라도 바뀔 때 문득 고향 생각에 잠을 못이루는 밤 같은 때 전전하면서 어린 시절의 고향을 눈앞에 펼치면 애타게도 안타깝고 즐겁다. 이런 때 나는 오십의 나이를 잊어버리고 곧장 소년으로 돌아간다. 소년에게는 고향의 푸른 보리밭 위로 우짖는 노고지리처럼 고향에 대한 꿈은 아직도 싱그럽다. 그러나 정작 고향에 가까울수록, 바로 눈앞에 고향을 바라볼수록 내게서 고향은 멀리 멀리 사라져버리는 것은 뭣 때문인지 모르겠다… 그러나 친구의 말대로라면 고향은 이미 옛모습을 찾아볼 길이 없겠다.[36]

언제나 가보고 싶으면서도 가보지 못하는 산과 강과 마을, 어쩌면 무지개가 선다는 늪, 이빨 없는 호랑이가 담배를 피우고 산다는 산 속, 집채보다도 더 큰 고래가 헤어다닌다는 바다, 별똥이 떨어지는 어디메 쯤 ─ 소년은 이렇게 떠 가는 연에다 수많은 꿈과 소망을 뛰어 보내면서 어느 새, 인생의 희비애환과 이·비(理·非)를 가릴 줄 아는 나이를 먹어 버렸다.[37]

34) 오영수 「삼호강」,『황씨』, 창작과 비평사, 1976. p.203.
35) 오영수 「續 낙향산고」,『현대문학』, 1990년 6월호, p.204.
36) 오영수, 「실향」,『한국문학』, 1974년 6월호, p.55.

눈이 함뿍 내리는 날.

장마로 해서 개울 가득히 흙탕물이 내려가는 날.

이런 날이면 그는 명촌 할아버지와 함께 어린 시절로 돌아가기 일쑤다.[38]

위의 표현은 오영수의 여러 작품곳에서 볼 수 있는 표현들이다. 이 글들처럼 작가가 가장 많은 빈도수로서 그려내고 있는 고향 회귀의 작품들은 '자연친화' 성격의 작품이나 단순한 공간적 긍정적 공간의 자연의 회귀가 아니라 시간의 회귀라는 점을 간과해서는 안 된다.그는 과거 '소년 시절의 공간' 을 그리워하고 있는 것이다. 여기서 소년 시절이라 함은 과거의 시간성이다. 작가가 이렇게 구체적인 과거 시간에 집착하는 현상은 시간적인 퇴행현상이라고 볼 수 있겠다.

오영수 후기 소설의 주제가 인간과 자연의 융화라고들 하고 있다. 작가가 사람들 편안하게 쉴 수 있는 곳이 자연이라고 생각하고 자연에 귀의하는 인간을 그리고 있기 때문이라고 하지만 그러나 우리가 여기서 관심을 가져야 할 것은 오영수 작품의 현상적인 공간은 시간과의 관련 속에서만 그 공간성의 의미를 생각해야 한다는 점이다. 이렇게 볼 때 되돌아 온 고향의 공간은 다시 부정의 공간이 된다.

그림1. 공간의 양상

37) 오영수, 「요람기」, 『오영수 전집 5』, 현대서적, 1968. p.254.

38) 오영수, 「鳴村 할아버지」, 『오영수 전집 5』, 현대서적, 1968. p.279.

5. 금배미, 무릉도원 공간 지향의 의미

이미 앞에서 말했듯 오영수 문학은 '자연 친화적 또는 자연에 귀의'하는 문학으로만 평가되고 있다. 그러나 간과해서는 안되는 것은 오영수의 문학에는 지향하는 일정한 시간과 공간이 있다는 점이다. 작중 인물들이 지향하는 특정한 공간을 작가는 '찾아가다'의 서술어로 표현하고 있다.

작중 인물들을 내세워 찾아가는 공간의 대표적인 곳을 나타낸 작품이 잃어버린 도원(桃園)이다. 이 곳은 시간과 공간이 정지된 곳이거나, 현재의 시간과 공간을 초월하고 있는 곳이다. 작가 오영수의 문학 작품에는 후기 작품의 시기[39]로 올수록 작중인물의 행동을 위한 공간을 설정할 때마다 현재 시간과 가까운 공간과 시간을 이야기하는 것이 아니라 항상 과거의 시간과 공간을 설정하고 있다. 이러한 시간 설정은 단순한 과거의 회상이기보다는 특정한 어느 시간을 의미하는 것이라 여겨진다. 다시 말하면 작가의 의식에 있는 시간의 정지에 대한 바람이라고 생각한다. 그 정지되기를 바라는 공간은 동양인의 사고 속에 내재하는 이상향인 무릉도원의 전형화이다.

개울을 사이에 두고 이쪽 저쪽에는 복숭아 꽃이 온 골짜기를 싸 덮다시피했다… 어느 먼 동굴을 빠져나온듯한 둔향 음향… 후중(厚重)한 저음 음향은 꿀벌

---

39) 후반기의 대표적인 작품을 뽑아보면 다음과 같다.

「오지에서보내 온 편지」1972 현대문학7~10월 호.

「뜸」,『현대문학』, 1969년 5월호.

「입원기」,『현대문학』, 1973년 5월호.

「피로」, 동림출판사, 1974.

「고향에 있을 무렵」, 1974.

「어린 상록수」,『현대문학』, 1975년 8월호.

「건망증」,『현대문학』, 1976년 8월호

「노이로제」,『현대문학』, 1977년 12월호.

『잃어버린 도원』, 율성사, 1978.

「노을」,『잃어버린 도원』, 1978, 율성사.

의 소리였다… 하아… 이제사 알았다. 현기증과 머리속이 띠잉한 것은 복숭아꽃
향기에 취해버린 때문이고… 금배미? 징검다리가 놓여있는 개울바닥은 주먹만
큼씩한 돌멩이와 왕모래가 유리알 같이 들여다보인다… 덩굴이 주렴처럼 드리
워진 초가집 두 채가 나란히 붙어 있다… 자연석 그대로가 바로 섬돌인 축담 앞
에 머리가 파뿌리가 된 파파 할머니가 감자와 푸성귀를 앞에 놓고 잠이 들어 있
다… 할머니의 얼굴은 꼭 갈색 유지를 비벼 논 것 같으나 아무런 티도 없이 평화
로와만 보인다.
　가만있자 무릉도원(武陵桃源)이란 바로 이런 데가 아닌가도 싶다.[40]

　여기서 작가가 설정한 이상향에 좀더 관심을 가질 필요가 있다. 다른 사람
의 눈에는 뱀으로 보이는 금덩어리가 있던 곳, 착한 형제에게 상으로 주기 위
해 물가에 금이 놓여져 있던 곳, 그 곳이 금배미라는 곳이다. 설정된 상황이
현실을 벗어난 설화를 차용한 곳인 금배미를 작가는 무릉도원(武陵桃源)으
로 표현하고 있다. 고향은 돌아가는 공간이었지만 이곳은 찾아가는 공간이
다. 과거의 공간이 아니다. 현재의 공간도 아니다. 미래의 공간이다. 그러나
이 공간은 시간이 정지된 곳이라는 점이다. 작가가 설정하는 이와같은 이상
향의 공간은 다른 작품에서도 보인다.

　큰 소리를 치고 나서기는 했으나 길을 덧들어 헤매는 동안 짙은 안개에 싸여
버렸다. 꼼짝을 못하고 바위 옆에 도사리고 앉아 안개가 걷히기만 기다렸다.
　얼마 뒤에 안개는 걷히기 시작했으나 이번에는 갈가지(범의 일종)가 돌질을
하는 바람에 혼비 백산 ─ 사타구니에서 방울소리가 나도록 줄행랑을 친 뒤로는
지금껏 섣불리 엄두를 내지 못한다.[41]

40) 오영수, 『잃어버린 도원』, 을성사 1974, pp.167~169.
41) 오영수, 『은냇골 이야기』, 『오영수 전집 4』, 현대서적, 1968. pp.15~16.

이 이상향의 공간은 작가의 의식 속에서 만들어내고 있는 공간으로 '멈추어 버린 시간' 그리고 그 시간이 지배하는 공간이다. 무릉도원인 금배미를 찾아갔다가 되돌아 나와 쳐다본 하늘을 보며 '이게 어떻게 된 셈인지 그새 조만찮은 시간이 지났는데 해는 들어올 때와 꼭 같은 위치에 한 뼘도 변함없이 못박혀 있다.[42] 시간이 정지되고 현재가 아닌 이야기들은 이 작가의 다른 작품에서도 보인다. 과거, 이조 중엽 임진란을 피해 온 이들의 이야기인 은냇골 이야기 에서 다음 처럼 보인다.

뼘질로 두 뼘이면 그만인 하늘 밖에는 어느 한 곳도 트인 데가 없다./ 깎아 세운 듯한 바위 벼랑이 동북을 둘렀고 서남으로는 물너울처럼 첩첩히 산이 가리웠다. / 여기가 국도에서 사십여 리 떨어진, 태백 산맥의 척추 바로 옆 골미창 은내(隱川谷)라는 골짜기다. / 날짐승도 망설인다는 이 은냇골에도 오래 전부터 사람이 살아 왔고 지금도 칠팔 가호가 살고 있다. / 넝쿨과 바위 사이로 숨었다 보였다 하는 조그만 개울을 사이하고 이쪽과 저쪽 비탈에 낡은 초가가 띄엄띄엄 제멋대로 놓였다. / 이조 중엽. 임진란을 패해 이 골짜기로 들어온 몇몇 가호가 평란 후에도 그대로 눌러 산 데서부터 이 은냇골 마을이 비롯된다고 한다. / 그 이전에도 사람이 살았는지 어쩐지는 알 수 없으나, 다만 이런 이야기만은 전해 오고 있다.[43]

현재 시간의 서사가 아니라 과거, 흔히 옛날 이야기의 내용을 작가는 인용하고 있다. 그러한 예는 그의 작품 곳곳[44]에서 보인다. 그렇다고 그 공간에 받아들여지는 것도 아니다. 도원을 애써 찾아가 그곳에서 시대를 모르고 살고있는 노파와 처녀의 평화로운 모습을 한번 보기만 했을 뿐이고 그곳을 나온 후로는 다시 그곳으로 들어가는 길을 잃어버려 찾을 수가 없다. 한번 들어

---

42) 오영수, 『잃어버린 도원』, 율성사, 1974, p.189.
43) 오영수, 「은냇골 이야기」, 『오영수 전집 4』, 현대서적, 1968. pp.13~14.

가면 나갈 수가 없고 나가면 들어가는 길을 찾을 수 없는 곳, 속세의 시간으로는 가늠할 수 없는 곳, 등장인물은 반드시 다시 찾아들어가기 위해 종이와 지도, 질긴 옷과 왕소금과 씨앗을 가지고 나섰지만 바위벼랑과 나무숲 때문에 그곳으로 들어가지 못한다.

여기에서 작가가 설정한 금배미의 공간이 지니는 의미의 규명이 필요하다고 생각된다. 금배미라는 곳을 작가는 한번 꿈에서처럼 가본 곳, 다시는 들어갈 수 없는 곳, 외부와 차단된 곳, 시간이 정지된 곳으로 표현하고 있다. 이곳의 외형적인 형태는 동굴의 모습을 하고 있고, 좁은 입구를 따라 들어갈 수 있으며 한번 들어가면 나올 수 없는 곳이고, 일단 들어가면 외부와는 차단되는 곳이다.

이러한 자연의 동굴과 같은 형태 지니고 있는 대상은 어머니의 육체이며 어머니의 자궁과 상동성(Homology)을 이루는 대지의 자궁이다. 어머니의 육체가 생명을 길러 태어나게 하듯 대지도 생명을 길러내는 역할을 한다. 그러나 위대한 어머니(The great mother)는 생명을 태어나게 했듯 영원히 그 자식을 자라지 못하게 하고 그 몸에 자식을 가두어 버린다. 생명을 잉태하고 길어내는 대지, 그리고 그 생명의 죽음을 받아들여 다시 재탄생하게 하는 대

---

44) 옛날, 중국 산서(山西)에 퍽 연을 사랑하는 선비가 있었다. /이 선비의 하는 일은 앞 연못에 필 수련을 바라보면서 시를 읊거나, 현금(玄琴)을 뜯는 것이었다. /어느 날 낮 꿈에, 한 수련 꽃 속에서 그림같은 소년이 고개를 내밀고 좀 떨어져 있는 붉은 꽃에다 대고 손짓 눈짓을 하고는 숨어 버렸다. /다음 날 꿈에는 붉은 꽃 속에서 역시 그림같은 소녀가 얼굴을 내밀고 방긋이 웃으면서 전날의 흰 꽃에다 대고 손짓을 하고는 숨어 버렸다. /참 이상했다. 선비가 잠을 깨어 보니 수면에는 잠자리만 한가로히 날고 있을 뿐이었다. /다음 날도 선비는 애써 꿈을 꾸었다. 두 소년 소녀가 나타나 서로 손을 잡고 물 위를 미끌어지듯 춤을 추었다. 선비는 그 춤이 하도 아름다워서 현금을 뜯었다. 소년 소녀도 더욱 흥겹게 춤을 추고 선비는 정신없이 현금을 뜯기만 했다. /그런데 이렇게 매일 꿈을 꾸다가 깨어 보면 흰 꽃과 붉은 꽃이 조금씩 사이가 가까워지는 것이었다./선비는 무슨 생각에선지 두 꽃 사이를 전대로 떼어 놓고 흰 꽃잎을 하나 따 버렸다. /다음 날 꿈에 소년은 팔소매 없는 옷을 입고 못내 부끄러워하면서 소녀의 시선을 피했다. /며칠 뒤에 꽃은 겨버리고 말았다. 선비는 슬퍼하면서 몹시 후회를 했다.
오영수, 「수련」, 『오영수 전집 4』, 현대서적, 1968. pp.133~134.

지의 자궁, 오영수의 금배미는 이러한 대지의 자궁인 것이다. 그곳에 들어가려면 현실을 버려야 한다는 것을 이웃의 사람들은 알고 있기 때문에 그곳을 찾아 헤매는 그를 향해 사람들은 조롱한다. 현실의 사람들은 정지된 시간과 공간이 있을 수 없음을 알고 있기 때문이다.

> 동네 사람들이 나만 마주치면 골목안이나 길갓집으로 비슬비슬 피했고 손가락질을 하면서 귓속말을 수군거렸다…그러나 나로서는 미치광이도 몽유병도 이혼도 아니다. 다만 내 행동이 또 사고가 현실인지, 아니면 꿈인지 분간을 못 하는 것 뿐이다.
> 꿈이라면 무슨 놈의 꿈이 봄에서 가을까지 그렇게도 긴 꿈이 있겠는가? 있다고 하더라도 내 행동이 너무나 이로정연(理路正然)하다.[45]

그의 전 작품을 통해서 가장 긍적적인 공간으로 들어나는 도원의 세계, 그래서 연구자들은 현대와 같이 오염된 세상의 대안으로 오영수 문학의 이러한 원시반본(原始反本)을 이야기 한다. 오영수의 작품을 읽으면 현상적으로는 환경이 더 중요한 것처럼 보이지만 그보다 중요한 것은 시간이다. 과거 어는 순간의 시간과 장소, 그것은 어머니의 자궁 속과 같은 곳, 무릉도원은 시간이 정지한 대지의 자궁이다. 그가 그려내는 작품 속의 인물들 사이에는 갈등이 없다. 그의 작품을 서정성이라 이르는 것은 현재를 살아 그 속에서 갈등을 느끼면서 삶을 살아가는 사람들의 이야기가 아니기 때문이다. 오영수의 작품의 인물들은 과거 시간을 집착할 뿐만 아니라 행위들이 과거로 향하는 역행하는 시간의 흐름에 서서 과거 시간에 집착하고 그곳을 향한 집념을 나타내고 있을 뿐이다. 다시 말하면 작가의 지향은 일종의 시간의 퇴행이며 대지의 자궁으로의 회귀이다. 그에게 있어 그리운 곳은 단순한 농촌, 고향의 공간이 아니다. 그것은 시간이 정지된 어느 한 지점의 시간과 공간인 것이다.

---

45) 오영수, 『잃어버린 도원』, 율성사, 1974, p.191.

모든 그리움의 지점인 그곳을 향해 찾아가고 있는 것이다. 세상 밖과는 유리된 곳, 이곳에 오면 더 이상 왕래할 수 없는 닫혀진 공간이 된다. 시간도 멈추

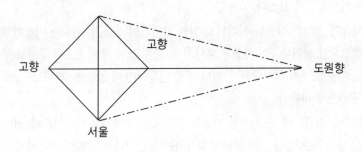

그림2. 서술진행에 따른 시 공간 구조

어 버린다.

　지금까지 분석한 상황을 도형하하면 다음과 같다.

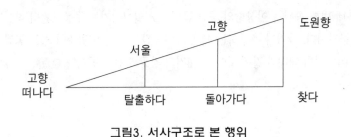

그림3. 서사구조로 본 행위

5. 결론

지금까지 오영수의 작품에 표현된 공간 분석을 통해 작가의 공간 상상력을 규명해 보았다. 그의 작품들은 대개 4종류의 공간으로 설정하여 문학이 창작되고 있음을 보았다.

처음의 공간은 작품이 시작되고 있는 고향이며 농촌이. 바닷가 마을이고 등장인물인 행위주들이 마을을 떠나기 전 함께 모여 사는 곳으로 긍정도 부정도 아닌 곳에서 시작된다. 그러나 작중 인물들이 이 공간을 떠나므로 긍정의 공간으로 바뀐다.

두 번째의 공간은 도회지인 서울의 공간으로, 번잡하고 어지러우며, 빈곤, 사기 살인 등으로 살 곳이 못되어 탈출하는 공간이다. 사람들이 억울하게 죽는 곳이고, 지옥과 같은 곳이며, 살 수가 없는 곳이다. 이공간이 인물들에게 부정적인 공간으로 인식되면서 고향의 공간을 긍정적으로 만들고 작중 인물들이 고향을 향해 되돌아가게 하는 곳이다.

세 번째의 공간은 다시 돌아가는 긍정의 공간인 고향이다. 그러나 이들은 곧 이 공간이 옛날의 소년시절에 살던 공간이 아님을 알게되면서 이 공간은 다시 부정의 공간으로 바뀐다.

네 번째 공간은 이상향의 공간 금배미로 일컬어지는 무릉도원의 찾아가는 공간이다. 작가가 추구하는 세계인 이공간은 시간이 멈추어 있는 공간이다. 어머니의 태내와 같은 곳이며, 대지의 자궁과 같은 곳이다. **새미**

아직도 남은 체온
― 오영수를 추억함

한용환*

1.

쌩뜨뵈브의 유명한 말 '그 나무에 그 열매'는 문학과 그 문학을 생산한 사람 사이의 혈연 관계를 극적으로 암시했다는 사실 때문에 19세기 이래로 널리 회자되었다. 작품이란 작가의 판박이에 지나지 않는다는 요지일 터이다.

요컨대 그 말에 집약적으로 반영된 것은 작품과 작가의 관계를 보는 쌩뜨뵈브의 생물학적이며 유전학적인 관점이다.

그리고 오늘날에 와서 생각해보면 그처럼 소박하고 기계론적인 관점이 그처럼 널리 받아들여졌다는 사실이 놀랍기만 하다. 그 말이 진실이라면 작품이란 풀빵 기계가 찍어내는 풀빵에 지나지 않는다. 작가 역시 똑같은 방식으로 이해되고 평가되어야한다. 다시 말하자면 부도덕하고 파렴치한 삶의 현상을 묘사한 작가는 부도덕하고 파렴치한 사람으로 매도되어 마땅하다. 이것은 아름답고 순결한 문학을 생산한 사람이 곧장 아름답고 순결한 사람과 동일시되는 것만큼 어리석은 일이 아닐 수 없다. 작가와 작품의 관계가 그처럼 단선적이고 기계론적인 것이 아니라는 사실에 대해서야 부연이 필요치 않다. 오히려 작품이 환기시키는 인상이나 이미지는 작가의 현실적인 면모

---

* 동국대 국어교육과 교수, 저서로 『소설의 이론』 등이 있음.

와는 일치하지 않는 경우가 더욱 흔하다. 담대하고 자유분방한 상상력을 구사하는 작가를 실제로 대면하고 보면 의외로 소심하고 고지식하고 감상적인 문체의 소유자가 뜻밖에도 소탈하고 대범한 사람임을 확인하게도 된다. 하기야 조금도 특별하거나 놀랍게 생각할 일이 아니다. 개인이 그러한 것과 마찬가지로 작가들 역시 그들이 살아보지 못한 삶이나 그들에게 속하지 않은 문제에 더 많은 흥미와 관심을 가지기 때문이다. 요컨대 문학의 모양새를 통해 작가를 유추하고자 하는 시도는 십중팔구 실패하기 마련이다.

그러나 매사가 그렇듯이 여기에서도 예외는 있다. 다시 말하자면 작품의 인상과 작가의 인상 사이에 아무런 괴리감이나 부조화도 느끼게 하지 않는 경우도 없지 않다.

필자는 젊어서 한번인가 두번인가 황순원 선생의 소주자리에서 귀퉁이를 지킨 적이 있는데, 그때 가슴에 파문처럼 잔잔히 번지던 감동의 기억을 여태도 간직하고 있다. 그것은 선생과 선생이 쓰신 「소나기」 사이의 부정할 수 없는 혈연관계를 확인하게됨으로써 불러일으켜진 감동이었다. 그 순결하고 아름다운 소설을 쓴 작가가 황폐하고 탐욕스런 인상을 가진 사람이었다면 나는 얼마나 낙담하게 되었을까. 나를 안도시켜준 선생께 나는 내심으로부터 우러나는 감사의 마음을 느꼈다. 그리고 그 같은 감사와 안도의 마음을 느끼게 해준 또 한 분의 작가를 가까이에서 뵙게 된 건 내게는 크나큰 행운이 아닐 수 없다. 그 분의 이름은 오영수이다.

2.

'판박이'라는 말이 부정적인 뜻으로만 쓰이지 않는다는 사실에 대해서야 두 말이 필요치 않다. 옳은 것과 덕스러운 것은 판박이일수록 좋은 법이다.

쎙뜨뵈브 역시 그러고 보면 작가의 미덕과 역량이 고스란히 작품에 반영된 것을 두고 찬탄한 것인지는 모르겠다.

'그 나무에 그 열매'가 오영수와 그의 문학을 두고 이르는 경우라면 이 말에는 한 치의 어긋남도 담겨져 있지 않은 것처럼 필자에게는 생각된다.

나를 우이동 선생의 댁으로 처음 데려가 준 것은 「태백산맥」의 작가 조정래씨였던 걸로 기억하고 있다. 1965년이나 그 전후 해의 어느 가을날의 일이었을 것이다.

'한형, 오영수 선생을 찾아뵈려는데 같이 가보지 않겠어요?'

강의실 복도에서 우연히 마주친 조씨가 그런 식으로 제안했다. 물론 내가 두 말 않고 그를 따라나섰던 것 같지는 않다. 그리고 선뜻 따라나서기 어려웠던 건 나로서는 당연스런 사정이었다.

나는 선생께서 그때까지 써낸 대부분의 소설을 읽은 터였다. 그리고 선생의 담백하면서도 기품에 넘치는 문체와 그 문체가 구축하고 있는 아름답고도 우아한 문학의 세계에 흠뻑 매료되어 있었다. 내게 선생은 함부로 근접하기 어려운 존경스럽기만 한 작가셨다. 그뿐만이 아니었다. 선생은 그때가지만 해도 잡지의 제호만 입에 담아도 문학청년의 가슴을 설레게 하는 현대문학 의 편집을 맡고 계시는 분이었다. 그처럼 존경스럽고 그렇게 막강한 '권력'을 가지신 분과 대면할 일이 나를 주저케 하고 불안스럽게도 만들었던 것이다. 마음을 정하지 못한 채 망설이고 있는 내 등을 조씨가 떼밀다시피 하지만 않았더라도 나는 선생을 직접 뵐 기회를 영영 가지지 못하고 말았을 지도 모른다. 내가 우이동의 단층 슬라브 양옥에서 선생께 인사를 올리게 된 경위이다.

선생의 서재는 과연 존경받는 작가분의 서재다웠다. 서가에는 온통 빼곡이 책들이 꽂혀 있었고, 미처 서가에서 자리를 찾지 못한 책들은 집필용의 탁자 옆에 수북히 쌓여 있었고 탁자에는 칸이 채워진 원고지와 채워지지 않은 원고지가 양편으로 갈려진 채 가지런히 펼쳐져 있었다. 뚜껑이 닫혀진 검정색의 두툼한 만년필이 한 자루 원고지 위에 얹혀져 있었다. 나는 그것이 한눈에 그 유명한 몽블랑이라는 사실을 알아보았다. 그러나 정작 선생의 미소 띤 얼굴을 대하는 순간, 가난한 문학청년을 압도한 서재의 분위기에도 불구

하고, 조씨의 뒤를 따르며 내내 가슴을 조였던 게 얼마나 어리석은 일이었던 가를 나는 단박에 깨달았다.

내가 마주 대하고 있는 것은 존경스런 유명한 소설가의 위엄에 찬 얼굴은 아니었다. 막강한 영향력을 손에 쥔 대 문학잡지의 오만한 편집자의 얼굴은 더더구나 아니었다. 선생이 두르고 계신 분위기와 권위·오만·위엄 따위의 말들은 아무런 관련도 없었다. 비쩍 여위었고 추위라도 견디고계신 듯 쓸쓸해 보이고 부끄러움이 묻어나 있는 소년같은 미소는 낯설기는커녕 너무나 친숙하고 친근하게만 느껴졌다. 나는 곧 그 까닭을 알게 되었다. 선생의 인상이 그처럼 친근하고 만만하게조차 보인 이유는 너무나 자명했다. 내가 대면하고 있던 것은 개개비 의 윤도이고 여우 의 달오였으며 후조 의 민우이고 실걸이 꽃 의 '나'였던 것이다. 나는 그들 모두에 대해서 잘 알고 있었다. 그들의 선의, 그들의 소망과 부끄러움, 그들의 슬픔과 실의에 대해서도. 그들은 늘 빼앗기고 버림받고 양보하지만 그러면서도 사람다움과 따뜻함을 잃는 법은 결코 없는 인물들이었다. 그들이 공유하고 있는 것은 부끄럼타는 천진성, 선에 대한 어리석어 보일만치의 우직한 믿음, 아름다움에 대한 가엾게조차 보이는 갈망과 자기 인내이다. 그리고 이 모든 인간적인 자질들과 품성들은 어른의 세계에 속한 것이 아니다. 그것들은 어린이와 소년들이 잃지 않는 자질들이고 품성들이다. 예순이나 되신 작가의 모습에서 어린이와 소년을 보는 것은 생각하기에 따라서는 버릇없고 방자한 일일 수도 있다. 그러나 돌이켜보건대, 내가 부끄럼타는 선생의 미소를 처음 대하고 받은 선생에 대한 인상은 선생의 곁에서 좀더 많은 시간을 보내게 되면서도 아무런 변화를 겪지 않았던 것이 확실하다. 작가의 인간적인 본질이 그처럼 순수하게, 그리고 아무런 가공이나 분식의 과정을 거치지 않은 채 작품에 고스란히 반영된 문학의 사례를 두 번 다시 찾기는 어려울 것이다.

선생과 선생이 쓰신 문학의 관계를 그 나무에 그 열매 혹은 그 열매에 그 나무라는 말 말고 달리 표현할 길이 없는 것처럼 내게는 생각된다.

3.

아무래도 나는 분수를 잃고 있는 듯 싶다. 이런 종류의 글을 자청할 처지가 아니라는 생각이 문득 들기 때문이다.

선생은 적잖은 작가들을 배출했고 그 중에는 조정래씨나 유재용씨처럼 명실상부한 대작가들도 있다. 그런 분들에 의해 회고되었다면 선생에 대한 추억은 좀더 멋스럽고 품격도 덧보탤 수 있었을 터이다. 또 한번 선생께 누를 끼치게 되어 송구스럽고 자괴스럽다.

그러나 선생께서는 용서하시리라 믿는다. 나로 하여금 이런 글을 쓰게 만든 것은 선생에 대한 그리움의 마음 이외의 다른 어떤 것도 아니라는 사실을 선생은 알고 계실 터이기 때문이다.

그처럼 선망하던 『현대문학』지에 내 첫 소설이 발표된 것은 1968년 여름의 일이다. 두 번째 작품 「빠블로프의 개」는 1970년 정월호에 게재되었다. 그리하여 나는 작가생활을 시작하게 된 것인데, 물론 내게 그러한 발판을 마련해 준 건 오영수 선생이었다.

그리고 그 무렵 즈음 나도 더 이상 불안감이나 망설임의 감정에 사로잡힘이 없이 선생의 댁을 찾을 수 있는 사람이 되어 있었다. 물론 선생이 뵙고 싶어서 찾아가는 것이었다. 수박 한 덩어리 사들고 가본 적이 없지만, 선생께서는 짧은 한 마디 말로 반가움을 표시해주셨다. 끼니 때가 되면 사모님께서는 어김없이 다시마를 넣고 끓인 국물에 만 국수상을 내다주셨다. 그 양이 턱없이 부족해서 매번 아쉬웠던 기억이 생생하다.

선생이 뵙고 싶어서 찾아갔다고 말했지만 생각해보면 늘 그랬기만 했던 것은 아닌 것 같다. 찾아뵌 기간이 좀 뜸했다 싶으면 선생은 여지없이 서운한 감정을 숨기려하지 않으셨다. 선생이 고까운 감정을 표시하는 방법은 너무나 단순 소박했다. 선생은 고개를 꼰 채 한 동안 침묵만 지키시는 것이었고 그러다가 불쑥 내지르듯이 한 마디 하시는 것이었다.

'그리 바빴노?'

그런 선생의 모습에 내가 겁을 먹어 본 적은 없다. 오히려 재미있게 생각되었다. 선생께서는 어린이같이 무구하신 분이었다고 앞에다 쓴 바 있지만 그렇게 고개를 꼬고 못 본 체하시는 선생의 모습이야말로 어린이의 그것이었다.

토라진 어린이의 마음을 뚫기로는 달래기가 상책이다. 그러나 나는 그렇게 하지 않았다.

'직장에 출근하랴, 주말엔 애인도 만나랴, 선생님이나 찾아뵐 틈을 낼 수가 있었겠어요?'

선생은 몹시 야속스런 한편으로 궁금한 마음을 억누르실 수가 없으신가 보았다.

'니 진짜 애인이 있노?'

'왜요? 한 번 데리구 올까요?'

'니 맘대로 해라'

선생은 '니 맘대로 해라' 라고 짐짓 무심한 어투로 말씀하셨지만 속마음은 판이하다는 사실을 나는 선생의 표정에서 읽을 수 있었다. 그리고 내 판단이 틀리지 않았다는 사실은 그 이후에 확인되었다.

'왜 혼자 왔노?'

내가 찾아뵐 때마다 선생은 그렇게 말씀하셨던 것이다.

선생과의 추억중에서 잊혀지지 않는 것은 선생을 모시고 전라남도 장흥으로 낚시 여행을 갔던 일이다. 장흥은 바로 『작가연구』의 주간인 서종택 교수의 고향인데 여름방학이 되어 먼저 시골에 내려간 서교수의 초대로 이루어진 여행이었다. 장흥이 어떤 곳인지 한 번 가 본 적이 있는 사람이라면 모두들 알고 있을 것이다. 읍내를 반으로 가르며 맑은 강물이 흐르고 있고 그 강물엔 은어떼가 헤엄치고 있으며 인근 도처엔 늪과 저수지들이 널려 있다. 낚시꾼에게 그보다 매혹적이고 이상적인 낚시 고장은 있을 수 없을 것이다. 나와, 서교수의 후배인 고려대 국문과에 재학중인 여학생 하나와 그리고 선생으로 이루어진 일행은 서울역에서 삼등 완행열차를 탔다. 기차가 서울역을 출발할 때까지만 해도, 그리고 광주에서 버스로 갈아타고 서교수가 기다리는 장흥에 도착할 때까지만 해도, 나는 내 앞에 어떤 고역이 기다리고 있을지 전혀 예상하지 못했다. 어리석게도 나는 기분이 마냥 들떠있기만 했었다. 선생과 여행하는 일이 즐거웠고 연애감정 비슷한 걸 품고 있는 여학생이 함께 있어서 더욱 흥겨웠던 것이다. 도착한 날 저녁까지는 별 일이 없었다. 서교수는 우릴 위해 두 개의 여관방을 잡아두고 있었다. 하나는 그의 후배 여학생의 몫이었고 다른 하나는 선생과 내가 묵을 방이었다.

사단은 다음날 새벽에 일어났다.

나의 수면 습관은 그때나 지금이나 늦게 자고 늦게 일어나는 것이다. 그러나 그날 나는 내 평소의 수면 습관을 관철할 수가 없었다. 누군가가 하도 흔들어 대어서 나는 눈을 뜨지 않을 수 없었는데, 아직 동도 트기 전이었고, 마구잡이로 나를 흔들어 깨운 건 바로 오영수 선생이셨다. 선생은 벌써 만반의 준비를 마치신 상태였다. 나는 죽는 시늉을 했지만 통하지 않았다. 세수를 하는 내 등에 대고 선생은 사뭇 안달을 하셨다.

'아따 뭘 그리 꾸물대노. 빨리 좀 마치거라'

위도 안 좋으신 어른이 우리가 밥 그릇을 반도 안 비웠는데 벌써 뚝딱 수저를 놓는 것이었다. 나는 하도 기가 막혀서 선생의 눈빛을 한 번 살폈는데, 그만 기가 질리고 말았다. 선생의 눈빛은 평소의 온화하던 그 눈빛이 아니었다.

도무지 안정감을 잃은 번뜩이는 그 눈빛에서 나는 광기를 보았던 것이다.

하기야 선생의 낚시 취미라면 알만한 사람들은 모두들 알고 있는 사실이다.

낚시에 얽힌 이야기를 다룬 선생의 소설도 대여섯 편이 넘는다. 물론 나는 선생의 낚시 이야기들을 흥미있게 읽은 사람 중의 하나였다. 그러나 정작 도락으로서의 낚시에 대해서는 그때나 지금이나 나는 아무런 흥미나 관심도 가지고 있지 않다.

선생으로부터 몇 번이나 낚시에 동행하기를 권유받았지만 내가 한사코 평계를 둘러댔던 이유이다.

그런 나를 선생께서는 사람의 품격은 그 사람이 향유하는 취미가 결정하는 법이라며 툭하면 포우커 판에서 밤을 새는 내 취미의 천박함을 비웃으셨다.

한 두 번이야 잠자코 들었지만 성미가 불끈 치솟은 나는 한번은 정면으로 반박에 나섰다.

'그래봤자 생명을 죽이는 일인데 천박한 도락보다 더 나은 도락처럼 보이지도 않는데요'

나는 선생을 자극해서 일전을 불사할 각오였지만 그러나 선생께서는 다음과 같은 한 마디로 나를 깔아뭉개버리는 것이었다.

'낚시를 도락이라고 생각하는 사람과 더 이상 낚시 얘기를 할 필요는 없겠군'

물론 나는 거기서 순순히 물러서지는 않았다. 약이 오를대로 올랐기 때문

· 이다. 나는 좀더 자극적이고 도발적인 논지를 들이대었다. 그러나 나는 제풀에 꺾이고 말았다. 천장에다 고정시켜 둔 선생의 시선은 요지부동이었다. 입가엔 빙그레 웃음까지 띠고 계셨다. 시덥잖은 애길랑 너 혼자서나 실컷 지껄이라는 표정이었다.

선생과의 낚시 여행을 자청한 건 순전히 내 어리석음이 자초한 일이었다. 뒤늦게서야 실수를 깨달았지만 이미 돌이킬 수 없는 일이었다.

그 끔직했던 일주일을 떠올리면 삼십년이나 된 지금에도 몸서리가 쳐진다.

짐작컨대 선생은 아마도 예순 전후이셨을 것이다. 예순이나 된 어른을 뒤쫓는 일이 너무나 힘에 부쳐 아직 스물자를 떼지 않은 나는 숨을 헐떡이지 않으면 안되었다. 선생은 한 자리에 진득이 낚시대를 잠가두지 않았다. 두어 시간 앉았다간 낚시대를 거두어서는 다른 낚시터로 이동하자는 것이었다.

매일 그렇게 서너군데씩 자리를 옮기시는데 이동하는 거리는 가까우면 일이 킬로 먼 곳은 사오 킬로나 되었다. 결코 가깝다고 할 없는 거리였다. 게다가 땡볕의 한여름 날씨였다.

그런데 놀라운 일이 아닐 수 없었다. 연로하신데다 그처럼 병약해 보이는 분이 그 가깝지 않은 거리를 날 듯이 옮겨다니시는 것이었다. 아무리 이를 악물고 뒤쫓아봐도 선생은 매번 까마득히 앞장서서 날아가고 계셨다.

오늘은 이쯤에서 그만 자리를 거두시지요, 라고 호소해 보았고 하루만 쉬자고 애원도 해보았지만 선생은 들은 체도 않으셨다. 선생과의 그 일주일이 아니었으면 나도 낚시 애호가가 되었을지 모른다.

선생의 낚시 예찬론이 아니더라도 공기 맑고 풍광 좋은 물가에서 낚시줄을 드리우고 앉는 삼매경이 어떤 것일지야 나도 어렴풋이나마 상상할 수 있다. 그러나 선생과의 그 일주일 이후로 나는 낚시의 '낚자' 만 들어도 숨부터 막히는 걸 어쩌랴. 낚시 취미를 얻을 기회는 영영 잃고 말았지만 그 일주일이 내게 고역만을 안겨다 준 무익한 시간만은 아니었다.

사실을 말하자면 나도 나름대로 그 일주일을 충분히 즐긴 셈이었다. 예순이나 되신 분이 좋은 것 앞에서 '눈이 뒤집혀' 어쩔줄을 몰라하는 모습을 바라보는 재미는 고역을 보상하기에 부족하지 않은 것이었기 때문이다. 무엇보다도 그 일주일 덕분에 나는 선생과 선생 문학의 본질을 좀 더 가까이에서 이해할 수 있게 되었던 것같다. 흔히 선생의 문학은 순정스럽기는 하지만 나약하고 소박한 세계관의 소산이라는 평가가 없지 않았고 나 역시 내심 그같은 평가가 크게 어긋난 것은 아니라는 생각을 가지고 있었던 게 사실이다. 선생의 소설은 그지없이 아름답기는 하지만 문학의 관습에 도전하고 새로운 기법을 모색하려는 진취성은 찾아지지 않는 문학이라고 내심 나는 판단하고 있었던 것이다. 말하자면 비평적 허영심이 나로 하여금 선생 문학의 본질을 올바로 볼 수 없게 만들었던 것이다. 물론 지금에도 나는 선생의 문학이 앞에서 말한 바의 진취성을 내포한 문학이라고는 여전히 생각하지 않는다. 웅장한 남성적인 상상력에 근거하는 문학이라고도 강변하고 싶지 않다. 선생의 문학은 본질적으로 큰 규모 – 방대한 길이 – 심오하고 복잡한 심리 · 거대한 서사성 · 숭고한 수사 따위와는 아무런 관련을 가지지 않는다고 나는 생각한다. 다시 말해서 크기라는 잣대를 적용해서 선생의 문학을 변호하는 일은 불가능하다. 말하자면 선생의 문학은 나약하고 소심한 세계관의 반영이라고 보는 것은 규모의 크기를 척도삼아 선생의 문학을 평가한 결과이다.

그러나 생각해 보라. 위대한 인물을 그리면 위대한 문학이 되고, 장군이나 역사를 다루면 힘있는 문학이 되는가. 호박꽃이 크다고 해서 들판에 피어 있는 작은 한 송이 패랭이꽃이나 오랑캐꽃보다 더 아름답다고 주장한다면 그 논리가 얼마만큼이나 설득력을 얻을 수 있겠는가.

요컨대 낚시터에서 드러낸 선생의 광기를 보고 비로소 나는 예술가로서의 선생의 열정과 규모는 작지만 그지없이 아름다운 자신의 문학을 지키기 위해 선생이 자신의 내부에 감추고 있을 완강한 고집을 엿볼 수 있었던 것이다. 평소 나는 선생이 그처럼 완강하게 장편의 집필을 거부하고 그의 문학에 대한 일부 비평의 부정적 시각에 오불관언 의연해하는 선생의 태도가 의아스럽게 생각된 적도 있었던 게 사실이다. 내게는 삶의 도도하고 유장한 흐름을 포착하기에 단편은 아무래도 빈곤한 서사형식인 것처럼 생각되었기 때문일 뿐만 아니라 문학이 좀더 적극적이면서도 도전적으로 삶의 문제에 개입해서 나쁘게 없다고 판단했기 때문이다.

나는 선생의 소설은 서사적 형식이기보다는 서정적 형식에 더욱 가깝다고 보고 있었고 바로 그러한 사실에 대해 불만을 품고 있었다. 그랬던 나는 까마득히 앞서가고 있는 선생을 뒤쫓으며 불현듯 깨닫게 된 것이었다. 선생은 서정적 양식에 머문 게 아니고 그것을 선택한 것이었다. 그것은 이십세기 소설문학의 주류를 거스르고 비평으로부터의 소외를 감수할 고독한 자기결단만이 할 수 있는 선택이었다. 그리고 그 외로운 결단을 뒷받침하는 것은 고집 — 의연한 자기 확신일 터이었다. 선생이 생산하신 문학이 선생의 고집스런 선택의 산물이라는 사실을 나는 손쉽게 입증할 수 있다. 평생을 작가로서 충실하신 선생이 단 한 편의 장편을 발표하시지 않았음은 물론 시도조차 하지 않았다는 사실이 그 증거이다. 선생께서는 단편이 주류인 우리 근현대 소설문학사의 전통을 마무리하는 문학사적 사명을 스스로에게 부여하신 건지도 모르겠다. 만일 그랬다면 선생은 그 사명을 완벽하게 성취하셨다고 나는 생각한다. 선생은 단편만을 고집한 거의 유일하면서도 마지막의 한국 작가이다. 그 사실 한 가지만으로도 선생은 우리의 문학사에 유니크한 작가로 길이 기록될 것이다.

4.

선생은 내 결혼식의 주례를 자청하셨는데, 그 일과 관련된 일화를 소개하는 것은 다음의 두 가지 이유 때문이다. 우선은 그 일화를 통해 선생의 소년스런 순수한 면모가 잘 드러나리라고 기대하기 때문이다. 다른 한 가지는, 선생에 대한 너무나 죄송스런 마음을 토로하고 선생께 뒤늦게나마 용서를 구하고 싶기 때문이다.

고백하기에 참으로 부끄럽고 괴롭지만, 인간으로서 내가 얼마나 부덕하고 인내심이 부족한 사람인지 나를 개인적으로 아는 사람들은 다 알고 있다. 지금도 제자들 사이에서는 더러 내가 언제 어디로 튈지 모르는 럭비공으로 비유되고 있는 모양이니 하물며 젊어서는 어땠을지 미루어 짐작하기에 어렵지 않을 터이다.

그러한 사실을 선생이라고 눈치채지 못하셨을 리가 없었다. 그처럼 부덕하고 어리석은 나를 선생께서는 몹시 염려하셨던 게 틀림없다. 주례사는 첫마디부터가 인내심의 중요성을 강조하시는 내용이었다. 생각도 환경도 다른 두 사람이 만나서 원만한 가정을 이루기 위해서 필요한 것은 첫째도 인내심 두번째도 인내심… 선생의 주례사는 계속되고 있었지만 교훈의 내용은 하나도 달라지지 않는 것이었다. 선생은 일주일을 넘기지 못하고 내가 모든 것을 깨부수고 말것으로 확신하고 계신 게 분명했다. 그래서 선생은 주례로서의 당신의 사명은 너무나도 뻔한 예정된 파국을 막아보는 것이라고 추호도 의심하지 않고 계신 것처럼 보였다. 선생의 염려가 근거없는 것이라고는 나도 생각지 않았다. 한 여자의 행복을 책임질 능력과 결의가 내게 있는지 무엇보다도 나 자신이 몹시 불안해하고 있었다. 그런 터에 선생의 주례사를 듣고 있자니 갑자기 공포심이 엄습하는 것이었다. 아내가 되어주기를 허락한 한 여자에게 부족하나마 최선을 다 해보겠다고 내심 나는 다짐하고 있었지만 선생은 그런 내 결심에도 불구하고 예정된 파국을 막기 어려우리라고 예견하고 계시지 않는가.

'그만하세요'

나는 조용하지만 단호한 목소리로 주례에게 말했다. 신부가 움찔 놀라거나 말거나 나는 좀더 또렷한 목소리로 반복했다.

'그만 마치세요'

신랑이란 작자로부터 이런 기습을 당한 주례의 입장이 얼마나 황당했을지를 미루어 짐작하기는 조금치도 어렵지 않을 것이다. 주례의 안정은 당장에 무너졌고 주례에 의해 집행되는 혼례절차는 뒤죽박죽이 되고 말았을 것은 뻔한 일이다.

이 글을 쓰고 있는 지금 나는 선생께 너무나 죄송스런 나머지 이마에 진땀이 내솟는 걸 느낀다. 그러면서도 이 기억을 떠올려내는 건 이 일 자체를 상기하기 위해서가 아니다. 이 일에 대한 선생의 반격에 대해 얘기하기 위한 불가피한 절차일 뿐이다.

당시까지만 해도 신혼여행을 다녀오면 조촐한 선물을 사들고 주례선생께 인사를 가는 관습이 있었다. 그리고 나 역시 그 관습에 따라 선생 댁을 심방했다. 물론 아내와 동행한 심방이었다.

우이동 선생댁의 대문을 미는 순간까지도 나는 선생께서 복수의 칼날을 벼루고 나를 기다리고 계시리라고는 꿈에도 생각지 못했다. 그때도 내가 선생께 뭔가 해서는 안 될 일을 했다는 께름칙한 느낌은 있었지만 고매하시고 인자하신 선생께서는 젊은 놈의 성깔이 저지른 실수 따위야 너그럽게 용서하셨으리라고 턱하니 안심하고 있었던 것이다. 그러나 선생과 대면한 순간 사태는 뭔가 내가 예상했던 바와는 다르게 돌아가고 있다는 사실을 직감했다. 선생은 바로 선생의 집전에 의해 부부가 된 두 젊은이를 앞에 둔 채 교훈이나 덕담 한마디를 건네지도 않는 채 딴전만 피우고 계셨다. 그렇게 십여분이 넘게 침묵만 지키고 계시던 선생이 나를 건너다보시더니 불쑥 한 마디 던지셨는데 필경 그 한마디는 선생께서 갈고 벼룬 복수의 칼날임이 분명했다.

'죽자사자 데리고 다니던 그 아가씨는 어쨌노?'

지금까지 냉냉하던 선생의 얼굴에 회심의 미소가 떠올라 있었다.

정확히 지금으로부터 이십 육년 전의 기억이지만 내 눈엔 선생의 득의만면하던 모습이 잡힐 듯이 떠오른다. 그리고 그날의 선생의 얼굴에 떠올라있던 미소를 상기해내면 내 입가에도 저절로 웃음이 스민다. 선생께서는 궁리 끝에 젊은 놈을 골탕먹이기에 효과적인 방법을 고안해 내시고는 쾌재를 부르셨을 게 틀림없다. 내가 너무나 대수롭지 않게 그 칼날로부터 몸을 비켜버리자 완연히 낙담하시던 것이 그 증거이다.

'선생님께서 걱정하실 일이 아닐텐데요'

그날 그 나이드신 소년의 기대를 배반하고만 것은 두고두고 내가 후회한 일이다. 내가 아내의 눈치나 살피면서 쩔쩔매는 모습을 보여드렸더라면 그 무구하고 단순한 소년은 얼마나 즐거워하셨을까. 선생에 대한 내 추억은 언제나 부끄러움으로 점철되고 만다.

5.

1979년에 나는 선생과는 지척의 거리에 가 있었다. 선생께서는 사오년 앞서 경남 울주의 고향으로 낙향해 계셨고 그 해 봄에 나는 부산의 여자대학의 교수로 부임해 가게 되었던 것이다.

부산에서 울주는 버스로 삼십분이 채 걸리지 않는 거리다. 그러니 너무나 가까이 계셨기 때문에 끝내 나는 선생을 뵐 기회를 놓치고 말았다. 나는 낯선 환경에 조금 적응이 된 후에 찾아뵈어도 늦지 않으리라고 생각했던 것이다. 그러나 막상 내가 찾아뵈었을 때 나를 맞아주신 건 선생의 임종하신 모습이었다.

사모님께서 얼굴을 한번 뵙겠느냐고 하셔서 나는 고개를 끄덕였다. 선생께서는 우스꽝스럽게도 코에 솜을 꽂은 채 눈을 감고 계셨다. 그것은 내게는 친근한 모습이었다. 장흥의 여관방에서 내가 일주일이나 들여다보았던 바로 그 잠드신 모습이었기 때문이다.

나는 선생이 가슴에 가지런히 얹고 계신 손을 만져보았다. 임종하신지 하루가 지났지만 나는 따스한 온기가 내 손에 배어드는 걸 느꼈다. 1979년 5월 중순의 일이었다. 새미

작 품 연 보

작품명	발표지	발행연도	참고
「남이와 엿장수」(「고무신」으로 改題)	『新天地』	1949.9	<"서울신문"신춘문예 입선>
「머루」	『新天地』	1950.4	<"서울신문"신춘문예 당선>
「대장간 두칠이」	『民主新報』	1950.	
「두 피난민」	『週刊國際』	1951.	
「霜春」	『文藝』	1951.	
「移徙」	『文藝』	1951.	
「촌뚜기의 舞」	『文藝』	1951.	
「雪夜」	『協同』	1951.	
「화산댁이」	『文藝』	1952.1	
「老婆와 少年과 닭」	『文藝』	1952.2	
「윤이와 소」	『중학교 국어교과서』	1952.	
「아찌야」	『士兵文庫』	1952.	
「千哥와 白哥」	『協同』	1952.	
「病床記」	『文藝』	1952.	
「두 老人」	『文藝』	1953.9	
「갯마을」	『文藝』	1953.12	
「코스모스와 少年」	『파랑새』	1953.	
「가을」	『文藝』	1954.	

작품명	발표지	발행연도	참고
「龍淵揷話」	『文藝』	1954.	
「어떤 女人像」(「누나」로 改題)	『文學과 藝術』	1954.4	
「누나와 별」	『학원』	1954.5	
「학도란 사나이」(「朴學徒」로 改題)	『현대문학』	1955.3	
「어떤 죽음」	『新太陽』	1955.3	
「東部戰線」(「從軍記」로 改題)	『현대문학』	1955.4	
「비오리」	『현대문학』	1955.10	
「어느 나루 風景」	『문학예술』	1956.1	
「凝血」	『현대문학』	1956.3	
「종군」	『문학예술』	1956.5	
「胎春期」	『현대문학』	1956.6	
「염초네」	『현대문학』	1956.11	
「욱이 생일날」	『문학예술』	1956.11	
「한탄강」	『서울신문』	1956.	
「욱이란 아이」	『새벗』	1956.	
「나비」	『현대문학』	1957.3	
「不具」	『새벽』	1957.4	
「여우」	『현대문학』	1957.6	

작품명	발표지	발행연도	참고
「春寒」	『문학예술』	1957.8	
「제비」	『현대문학』	1957.10	
「候鳥」	『현대문학』	1958.2	
「초가을」	『知性』	1958.3	
「明暗」	『현대문학』	1958.6	
「내일의 삽화」	『사상계』	1958.9	
「두꺼비」	『現代公論』	1958.	
「미완성 해도」	『新太陽』	1958.	
「까마귀와 소녀」	『嶺南文學』	1958.	
「메아리」	『현대문학』	1959.4	
「寸景」A	『新文藝』	1959.4	
「落穗」	『사상계』	1959.6	
「개개비」	『현대문학』	1959.8	
「합창」	『사상계』	1959.9	
「Y소년의 경우」	『사상계』	1959.12	
「恨」	『현대문학』	1960.2	
「後日譚」	『현대문학』	1960.6	
「은냇골 이야기」	『현대문학』	1961.4	

작품명	발표지	발행연도	참고
「睡蓮」	『현대문학』	1961.10	
「枇杷」	『사상계』	1961.11	
「失笑」	『藝術院報』	1961.12	
「소박한 사람들」(「氣質」로 改題)	『현대문학』	1961.3	
「소쩍새」	『현대문학』	1962.7	
「낚시광」(「水邊」으로 改題)	『사상계』	1962.9	
「안나의 遺書」	『현대문학』	1963.4	
「고개」	『현대문학』	1963.11	
「時計」	『現代』	1964.3	
「蘭」	『현대문학』	1964.3	
「섬에서 온 식모」	『현대문학』	1965.3	
「피」	『新東亞』	1965.9	
「水邊春秋」	『현대문학』	1966.1	
「漫畵」	『현대문학』	1966.4	
「五道영감」	『문학』	1966.6	
「거지와 眞珠반지」	『현대문학』	1966.11	
「負債」	『현대문학』	1967.2	
「秋風嶺」	『현대문학』	1967.5	

작품명	발표지	발행연도	참고
「塗說」	『新東亞』	1967.8	
「요람기」	『현대문학』	1967.9	
「閑日」	『文學時代』	1968.1	
「실걸이꽃」	『현대문학』	1968.3	
「嗚村 할아버지」	『사상계』	1968.3	
「바캉스」	『新東亞』	1968.9	
「괴짜」	『亞細亞』	1969.1	
「뚝섬 할머니」	『月刊文學』	1969.2	
「뜸」	『현대문학』	1969.5	
「엿들은 대화」	『현대문학』	1969.8	
「바가지」	『新東亞』	1969.11	
「산딸기」	『월간중앙』	1970.2	
「戰友」	『현대문학』	1970.4	
「齟齬」	『월간문학』	1970.7	
「골목안 點景」	『한국일보』	1970.7	
「맹꽁이」	『新東亞』	1971.2	
「새」	『현대문학』	1971.8	
「환상의 石像」	『월간문학』	1971.12	

작품명	발표지	발행연도	참고
「도라지꽃」	『샘터』	1971.12	
「제자와 친구와」	『나라사랑』	1972.3	
「오지에서 보내온 편지」(중편)	『현대문학』	1972.7~10	
「매미와 바캉스」(「매미」로 改題)	『월간문학』	1972.8	
「흘러간 이야기」	『새생명』	1972.8	
「望鄕愁」,	『新東亞』	1972.9	
「畜犬記」	『문학사상』	1972.10	
「入院記」	『현대문학』	1973.5	
「섬에서」	『문학사상』	1974.1	
「三湖江」	『현대문학』	1974.5	
「기러기」	『문학사상』	1974.8	
「어느 여름밤의 대화」	『현대문학』	1975.1	
「낮도깨비」	『문학사상』	1975.3	
「어린 상록수」	『현대문학』	1975.8	
「건망증」	『현대문학』	1976.8	
「분수」	『문학사상』	1976.8	
「뜬소문」	『신동아』	1976.12	
「황혼」	『뿌리깊은 나무Ⅰ』	1976.	

작품명	발표지	발행연도	참고
「술」	『현대문학』	1977.5	
「목에 걸린 가시」	『현대문학』	1977.9	
「노이로제」	『문예중앙』	1977.12	
「잃어버린 桃園」	『창작과비평』	1977.	
「신화적」	『문학사상』	1978.1	
「續 두메 落穗」	『현대문학』	1978.3	
「母子」	『문예중앙』	1978.6	
「봄」	『현대문학』	1978.7	
「녹슨 칼」	『현대문학』	1978.10	
「特質考」	『문학사상』	1979.1	
「편지」	『월간문학』	1979.2	
第1創作集	『머루』文化堂	1954.	
第2創作集 『갯마을』	中央文化社	1956.	<미발표작 「봄」, 「떡」 수록>
第3創作集 『明暗』	白水社	1958.	<미발표작 「落葉」, 「어떤 대화」 수록>
第4創作集 『메아리』	白水社	1960.	<미발표작 「寸景」B 수록>
第5創作集 『睡蓮』	正音社	1965.	<미발표작 「心情」, 「장자늪」, 「낚시터 人心」 수록>

작품명	발표지	발행연도	참고
『현대한국문학전집』	신구문화사	1965.	
『吳永壽全集』(全5卷)	현대서적	1968.	
『오영수 대표작선집』(전7권)	동림출판사	1974.	
『한국대표단편문학전집』	정한출판사	1975.	
『한국단편문학전집』	문성당	1975.	
第6創作集『黃昏』	창작과비평사	1976.	
第7創作集『잃어버린 桃園』	栗成社	1978.	
『한국단편문학전집』	진문출판사	1980.	
『한국현대문학전집』	삼성출판사	1980.	
『한국문학전집』	민중서적	1983.	
『갯마을 외』	삼중당	1984.	
『갯마을』오영수 단편선집	책세상	1989.	
『갯마을』	학원사	1994.	
『갯마을·유예』	동아출판사	1995.	
『한국대표중단편소설50』	중앙일보사	1997.	

연구목록

필자	제목	연도
강인수	「오영수론」, 『남부문학』	1979.여름호
곽학송	「오영수 선생 추모 특집」, 『월간문학』	1979.9
김용운	「오영수 선생 추모 특집」, 『월간문학』	1979.9
조연현	「오영수 선생 추모 특집」, 『월간문학』	1979.9
권태을	「오영수 소설의 문체에 나타난 심상考—"갯마을"·"메아리"를 중심으로」 『논문집』27, 상주산업대학교	1986.6
김동리	「오영수 형에 대하여—"머루" 무렵을 중심으로」, 『한국문학』	1979.7
김동리	「온정과 선의의 세계—"명암"을 중심으로」, 『신문예』	1951.1
김병걸	「오영수의 양의성」, 『현대문학』	1967.9
김봉군	「오영수 소설 미학」, 『성심어문론집5』	1981.
김봉군	「오영수론」, 『한국현대작가론』, 민지사	1981.
김상일	「현대문학의 맹점3—휴매니즘은 살인사상이다」, 『현대문학』	1962.12
김소운	「오영수란 소설쟁이」, 오영수, 『황혼』, 창작과비평사	1977.
김순남	「작품과 비평의 시점」, 『한양』	1964.5
김영화,	「오영수의 소설연구」, 『논문집:인문사회과학』23집, 제주대학교,	1986.12
김영화,	「한국적 정서의 재현」, 『제주대학보』,	1974.12
김용운,	「오영수 작품론—작품과 배경을 중심으로」, 『연세어문학』1,	1965.

필자	제목	연도
김인호,	「오영수 소설에 나타난 생태학적 상상력」, 『국어국문학논문집』18, 동국대학교,	1998.2
대담취재,	「'인정'의 미학—오영수씨와의 대화」, 『문학사상』,	1973.1
문덕수,	「서정의 온상—오영수씨 소설집 "명암"에 대하여」, 『현대문학』,	1959.3
민현기,	「오영수의 "갯마을"」, 『국어국문학총서』2,	1981.
송재영,	「향수의 미학적 수용」, 『현대문학의 옹호』, 문학과지성사,	1979.
송하섭,	「오영수 소설의 서정성에 관한 연구」, 『논문집』5, 배재대학교,	1987.7
신경득,	「공동사회의 불꽃」, 『현대문학』,	1979.9
신동욱,	「긍정하는 히로」, 『현대문학』,	1965.5
염무웅,	「노작가의 향수」, 『문학과 지성』,	1977.봄호
오영수,	「순수소설과 아르까디아」, 『새벽』,	1960.7
유영윤,	「소설의 인물 유형탐구3」, 『소설과 사상』,	1993.여름호
윤병로,	「오영수와 그 문학」, 『신한국문학전집』21, 어문각,	1973.
이강언,	「오영수 연구」, 『국어국문학연구』, 청구대학교 국어국문학회,	1961.11
이광훈,	「현대작가론」, 『주간조선』,	1978. <8.13/8.20/8.27/9. 3 총4회>
이범선·박재삼·윤남영·김윤성	「작가 오영수 추모」, 『현대문학』,	1979.

필자	제목	연도
이언식,	「한국소설의 에펠레이션考」, 『현대문학』,	1971.
이익성,	「한국 전후 서정소설 연구―오영수와 이범선의 단편 소설을 중심으로」, 『개신어문연구』15,	1998.12
이재선,	「삶의 원초적 내재율과 그 조명」, 오영수, 『갯마을』, 책세상,	1989.
이재인,	「오영수의 현실인식과 문명비판」, 『논문집:인문사회과학』40, 경기대학교,	1997.8
이현진,	「원초적 세계로의 갈구―오영수 소설 연구」, 『예술세계』74,	1996.11
이형기,	「오영수」, 『문학춘추』,	1964.
이형기,	「인간긍정의 심오한 추출」, 삼중당문고 134,	1975.
이화영,	「인정과 긍정의 미학」, 『어문논집』, 14 · 15, 고려대학교,	1973.
임종수,	「오영수 문학의 문체 연구」, 『강릉어문학』8,	1993.6
임종수,	「오영수론」, 『중앙대학교 국어국문학과』,	1980.
장문평,	「반문명적 인간성의 예시―오영수의 작품세계」, 『한국문학』,	1979.9
장사선,	「오영수 소설의 작품세계」, 서종택 · 정덕준 엮음, 『한국현대소설연구』, 새문사,	1990.
조건상,	「난계 오영수론 서설」, 『대동문화연구』14, 성균관대학교,	1981.
천상병,	「선의의 문학―오영수론」, 오영수 · 박연희 편, 『현대한국문학전집』1, 신구문화사,	1967.
천승준,	「인간의 긍정―오영수론」, 『현대문학』,	1959.9
천이두,	「오영수의 문학」, 『한국현대문학전집』25, 삼성출판사,	1981.

필자	제목	연도
천이두,	「恨的·人情的 특징」,『현대문학』,	1967.8
홍기삼,	「오영수의 "입원기"」,『현대문학』,	1973.6
권명자,	『오영수 소설의 주제와 작중인물 연구─그 유형과 특성을 중심으로』, 한국외국어대학교 석사학위논문,	1987.
김경수,	『오영수 소설론』, 동국대학교 교육대학원 석사학위논문,	1989.
김광희,	『오영수 소설에 나타난 작중인물 성격연구』, 동국대학교 교육대학원 석사학위논문,	1993.
김명복,	『오영수의 소설 연구』, 성신여자대학교 석사학위논문,	1982.
김서경,	『오영수 단편소설 연구─인물유형을 중심으로』, 경기대학교 교육대학원 석사학위논문,	1998.
김영진,	『오영수론』, 동아대학교 교육대학원 석사학위논문,	1980.
김지영,	『오영수 소설 연구─그의 문학과 사회현실의 관계를 중심으로』, 강릉대학교 교육대학원 석사학위논문,	1999.
김학진,	『오영수 소설론』, 동국대학교 교육대학원 석사학위논문,	1985.
노하숙,	『오영수 소설 연구』, 국민대학교 석사학위논문,	1997.
민경탁,	『오영수 소설 연구』, 고려대학교 교육대학원 석사학위논문,	1981.
박상호,	『오영수 소설에 나타난 자연성 연구』, 영남대학교 교육대학원 석사학위논문,	1992.
배병철,	『현대소설에서 본 윤리의식─황순원·오영수 작품을 중심으로』, 경희대학교 교육대학원 석사학위논문,	1981.

필자	제목	연도
사은제,	『오영수 소설 연구』, 경기대학교 교육대학원 석사학위논문,	1999.
송하섭,	『한국 현대 소설의 서정성 연구』, 단국대학교 대학원 박사학위논문,	1981.
신재근,	『오영수 소설 연구』, 경남대학교 교육대학원 석사학위논문,	1998.
심연식,	『오영수 소설 연구』, 경원대학교 교육대학원 석사학위논문,	1994.
유희남,	『오영수 소설 연구』, 연세대학교 교육대학원 석사학위논문,	1986.
이영숙,	『오영수의 소설에 관한 연구』, 연세대학교 교육대학원 석사학위논문,	1983.
이재인,	『오영수 문학연구』, 문예출판사,	1999
이현진,	『오영수 소설의 서정적 특성 연구』, 경기대학교 대학원 석사학위논문,	1999.
이혜진,	『오영수 소설에 나타난 서정성과 주제 연구』, 연세대학교 교육대학원 석사학위논문,	1989.
장승우,	『오영수 소설 연구』, 계명대학교 교육대학원 석사학위논문,	1996.
정혜미,	『오영수 소설 연구』, 성신여자대학교 교육대학원 석사학위논문,	1995.
하선경,	『오영수 소설 연구』, 성균관대학교 교육대학원 석사학위논문,	1997.
한은희,	『오영수의 작품세계』, 동국대학교 교육대학원 석사학위논문,	1997.
홍현민,	『오영수 소설 연구—주제와 인물의 성격 유형을 중심으로』,	
	중앙대학교 대학원 석사학위논문,	1999.
Bourke, Martin Joseph,		
	『오영수 단편소설 연구(A Study of the Short Stories of Oh, Yong-Su)』,	
	연세대학교 국제학대학원 석사학위논문,	1989.

거품

내면에 숨겨진 인간의 심리를 예리한 문체로 형상화한 소설집.
평범한 일상을 살아가는 사람들의 풍경과 특히 미묘한
여성심리묘사에 평생 심혈을 기울인 작가의 유고작.

▶ 서혜림
▶ 한권값 7,000원

특집 2

1980년대 문학과 광주

민족문학운동과 사회변혁의 논리

김성수*

1. 머리말

2000년 10월. 새로운 세기, 새로운 천년을 맞이한 들뜬 기대도 잠시뿐 민족문학의 위기와 문학의 죽음이 더 이상 뉴스가 되지 않는 시절이다.[1] 한때 문화예술의 중심에 서서 지식인들에게 지고의 가치처럼 받들어졌던 문학이 변방에 머물고만 작금의 상황을 부정할 수는 없다. 지금 문학과 관련해서 희망적인 기대보다는 거대하게 드리워지는 불안의 그림자 속에서 1980년대 한국문학을 되돌아본다는 것은 우리에게 어떤 의미가 있을까. 도대체 80년대 문학을 어떻게 보아야 할 것인가.

80년대 문학에 대한 역사적 평가나 그를 위한 학문적 접근은 현 시점에서 조금 성급한 문제제기일 수 있다. 문학사적 성격 규정을 하기엔 아직 시기상조라는 말이다. 80년대, 그 시작을 기준으로 하면 20년 전이고 그 끝을 기준으로 하면 10년 전이다. 비평적 감각으로 말하면 벌써 '옛날'이 되었다. 90년대 내내 신세대문학을 제창했던 평자들로부터 숱하게 비판받거나 소문과 전설로만 떠돌던 80년대 문학의 실체를 벌써 객관적으로 조명하겠다는 것은 발상 자체가 무리라고 하겠다. 비평적 입장에선 이미 한물 간 것을 붙들고 희

---

*성균관대 연구교수. 주요 논문으로 『이기영 소설연구』 등이 있음

1)   앨빈 커넌, 최인자 역, 『문학의 죽음』, 문학동네, 1999 참조.

미한 옛사랑의 그림자를 더듬는 형국이며 학문적 입장에선 아직 10년은 더 있어야 비로소 비판적 대상으로 바라볼 수 있는 한 세대라는 시간적 거리를 확보할 수 있는데, 그도 저도 아닌 어정쩡한 시각으로 80년대 문학을 성급하게 되살리려 한다는 오해를 받을 수도 있기 때문이다. 그러나 비평과 학문은 둘로 나눠지는 게 아니라 하나로 합쳐질 수 있는 것이며 시간적 세대적 거리도 상대적 개념일 뿐이다. 문제는 80년대 문학을 지나간 역사 속에 정당하게 자리매김하는 타당한 논리를 확보할 수 있는가 하는 것이다.

역사란 현재적 시각에서 지난 시대를 반성하고 미래를 새롭게 전망하는 데 의의가 있다. 그럼으로써 지금 우리가 선 자리를 이해하고 자각하며 이후에 가야 할 자리가 어디인가를 전망해 본다는 것이다. 계승과 단절의 연속인 문학사를 공부한다는 것도 어차피 지난 시기 문학작품들의 선택과 재배열을 통해 현재 우리 입장을 다시 세우자는 데 있지 않을까 한다. 따라서 80년대 문학을 당대적 관점에서 지나치게 높이 평가하거나 90년대 초의 관점처럼 단절론적 시각에서 평가절하하는 방식은 이제 지양되어야 할 것이다. 당연한 말이지만 문학사는 늘 다시 쓰여져야 한다. 이 글은 이러한 문제의식을 가지고 1980년대 한국문학의 역사적 흐름을 민족문학론과 문학운동적 맥락에서 개괄해보기로 한다. 1987년 6월을 기준으로 해서 전반기에는 문학운동의 다양한 전개과정을, 후반기에는 민족문학논쟁의 추이를 정리하고 문학사적 의미를 생각해보기로 한다.

2. 80년대 전반기의 민족문학운동

1. 동인지, 무크지, 시의 시대

1980년대는 어떤 시대였는가. 1980년 5월의 광주항쟁으로 시작해서 1987년 6월 항쟁을 고비로 해서 전후기가 나뉘고 1991년 8월 구 소련의 몰락으로 일단락되는 격동의 시대였다. 18년간 이어진 군부엘리트의 개발독재가 독재

자의 돌연한 죽음으로 막을 내리는가 싶더니 또 다른 정치군인의 정권 찬탈로 민주화의 기세가 일단 꺾였고 그에 따라 출판물의 검열과 계간지 폐간, 언론 탄압 등 문화적 억압이 구조화되었던 것이 전반기 상황이었다. 그러나 이러한 정치적, 문화적 압제는 민주화를 원하는 민중의 거센 저항을 낳았고, 결국 1987년의 시민항쟁과 노동자 대투쟁을 불러와 정치 민주화와 함께 문화적 해금을 쟁취하게 되었다. 신군부의 정치적 억압에 대한 반작용으로 남한 역사상 가장 급진적인 변혁논리가 좌파이론과 사회운동을 지배하고 문학을 견인했던 때가 후반기의 형국이었다. 80년대는 정치적 문화적 억압의 주체였던 신군부 정권과 그에 맞선 민중 – 시민의 연합전선 사이에서 이루어진 역동적 헤게모니 다툼의 장이었다.

이러한 상황과 맞물려서 80년대 문학은 이전의 6,70년대나 이후의 90년대와는 확연하게 구별되는 그 시대만의 특징적 양상을 보인다. 60년대의 참여 문학론은 70년대 민족운동의 문학적 논리로서의 농민문학론, 민족문학론, 민중문학론, 리얼리즘 문학론, 제3세계문학론으로 질적 심화를 이루었고 민중의식, 민중사관에 입각한 많은 작품들이 창작되어 한국 현대문학사의 주요부분을 채웠다. 80년대 초는 외부적 충격에 의해 민족민주운동의 구심점이 해체되고 무력화되어 민족문화운동 또한 한동안 침체기에 들어갔다. 그런 속에서 각 부문운동과 마찬가지로 문화운동도 서서히 자아정체성 확보를 위한 노력을 조금씩 보였다. 이러한 과정에서 형성된 80년대 문학은 70년대까지의 문학과 일정정도 단절된다. 무엇보다도 문학이란 무엇이며 누구에게 무슨 의미가 있는가 하는 문학관과 담당층의 커다란 변모를 보여주었던 것이다. 문학의 사회적 기능과 등단 제도 등의 변화는 작가의 세계관과 창작 방법, 실제 작품경향 면에서 이전과 크게 달라지는 문학사적 단절을 초래하게 되었다.

80년대 문학의 가장 중요한 특징은 먼저 지식인이나 전업 작가가 아닌 기층 민중이 문학의 담당층, 주체로서 등장하며 문학의 대중적 토대가 크게 확장되었다는 사실이다. 전통적인 등단 제도인 문인 추천이나 신춘문예를 거치지 않은 일군의 문인이 문단에 대거 등장했으며 이들 소장파가 80년대 문학을 주도하였다. 그 근거지는 정규 문예지나 시집, 소설책이 아닌 동인지 등 소집단활동 무대였다. 이는 1980년 초 신군부의 문화 대탄압으로 폐간된 『창작과 비평』, 『문학과 지성』의 공백, 『현대문학』 등 기존 문예지나 그 자장 속의 시집, 소설 단행본들의 현실 도피와 역사적 한계, 사상 결사의 자유가 억제된 사회 제반의 억압적 현실 등의 이유로 동인지와 무크(mook 잡지형 단행본, 단행본형 잡지)가 활성화되었기 때문이다. 예컨대 70년대부터 시작되었던 동인지 『반시』 말고도 『실천문학』, 『시와 경제』 『오월시』 『목요시』 『시운동』 『문학의 시대』 『우리 세대의 문학』 『언어의 세계』 『삶의 문학』 『분단시대』 등 우후죽순 격으로 많은 동인지, 무크가 등장하였다.[2] 『실천문학』의 창간에서 비롯된 부정기 간행물 '무크'라는 신개념 자체가 신군부의 폭압적인 정치행태와 그 문화적 표현인 검열에 대항하는 문인들의 자구책이자 문화적 저항의 방략이었다. 이를테면 『시와 경제』라고 스스로 '몰상식한 표제'를 표방한 동인지의 창간 선언을 보면 그 의미가 잘 드러난다.

> 『시와 경제』 동인들은 이 땅에 대한 책임, 오늘의 80년대 현실에 대한 역사적 책임을 느낀다. 이 시대의 가난은 이 땅에 발을 딛고 사는 누구나가 벗어나야 할 공통의 질곡이다. 『시와 경제』 동인들은 우리의 가난이 민족사의 전개과정에서 빚어낸 분단시대라는 특수성에서 비롯됨에 합의한다. 지난 시대의 경험에서 얻은 소득이라면 이 분단의 현실을 뛰어넘어야만이 우리는 보편적인 세계사의 진보에 기여할 수 있다는 사실에의 확인이었다. (중략) 민족사의 정통성을 찾는 작업은 눈앞의 현실적 고통이나 두려움 때문에 포기할 수는 없는 것이다. 분단시대가 만들어낸 기존언어의 모든 개념은 다시 검토되어야 한다.[3]

---

2) 이에 대한 당대적 평가는 정과리, 「소집단 운동의 양상과 의미」 『우리 세대의 문학』 2, 문학과지성사, 1983에 잘 정리되어 있다.
3) 김도연, 「언어 질서의 변혁을 바라며」 『시와 경제』 1집, 육문사, 1981, 4-5쪽.

이와 같이, 예전 같으면 현실과 거리를 두는 것이 당연하다고 여겨졌던 시 동인지조차 정치적 억압에 맞서 현실에 참여하고 언어로써 싸워야 한다고 선언할 만큼 80년대 전반기는 문단사적으로도 대격변의 시대였다. 수많은 소집단 문학운동에서 무크와 동인지는 정통성이 결여된 정권이 비판적인 잡지를 허용하지 않는 검열과 금서, 금지곡의 시대에 그 나름대로 훌륭한 물적 토대로 작용하였다. 전통적인 순수 문인이 아니더라도 누구나 자신의 정치적 소견을 문학과 문화의 이름으로 펴는 좋은 매체가 되었던 것이다.

특히 80년대 전반기는 흔히 '시의 시대'라고 일컬어질 만큼 시 동인지 활동이 활발하였다. 이는 80년대에 일어난 사건들을 겪고 난 후의 감정을 풀어내기에는 서술적인 산문보다 암시적이고 즉각적일 수 있는 시가 유리했기 때문이다. 무엇보다도 80년대 시인들은 '5월 광주민중항쟁'으로부터 자유롭지 못했다. 80년대 시인 대부분이 그 무렵을 전후해서 청년 신인으로 작품 활동을 시작했기 때문에 그에 대한 고통과 울분 또는 저항의 몸부림이 어떤 형식으로든지 반영되게 마련이다. 따라서 80년대 시인들의 문학은 내용적인 면에서 민중지향적인 것이 주류를 이루며 양식적인 면에서는 해체지향적인 성격을 강하게 지니게 된다. 이는 기존 문예지가 지나치게 보수적인 데다가 계간지들마저도 강제 폐간되는 80년대 초의 상황에서 마땅한 지면을 얻기 어려워 동인지, 무크지운동을 통해서 활로를 모색했기 때문에 자연스레 형성된 경향으로 생각된다. 동인지, 무크지는 기존 문화에 대한 저항성 · 해체적 성향과 함께 진보적인 이념지향성을 형상화하는 데 적절한 매체일 수 있었던 것이다. 80년대 전반기의 열악한 상황에서 이들 매체가 젊은 문학가들의 창조 욕구를 해소하는데 기여한 것이 사실이기 때문이다.

동인지, 무크지운동을 통해서 진보적 성향의 문학가들은 자신들의 공동체 이념을 함께 표출하고 갖가지 방식을 실험할 수 있었고, 장르적 특성상 시가 그 주류를 이루었다. 동인지, 무크지운동과 '시의 시대'로 특징지어지는 80년대 전반기 문단상황을 통해 확인되는 사실은 이들이 비정규적, 불연속적 유통방식을 통해 기존 검열체제를 뛰어넘는 문학을 창조 배포할 수 있었다는 점이다.[4] 즉, 검열을 통과한 정기간행물로 유통되는 체제지향적 기존 문단에 대항해서 진보적 지식인들이 문단 외부에서 문학을 빌린 일종의 문화적 게릴라전을 펼칠 수 있었던 셈이다. 문학 내적으로 볼 때 편집의 개방성으로 소시민 엘리트 지식인 출신만이 아닌 일반 민중들의 등단 기회를 넓혔으며 문학을 민주화, 대중화할 수 있었다.

2. 민중문학론과 '운동으로서의 문학'

80년대 문학의 또다른 특징은 민중 주체의 부각과 문학운동적 시각의 확산이다. 1920 – 30년대 프로문학운동이나 1945 – 48년 민족문학운동에 이어 80년대 또한 근현대문학사에서 사회를 근본적으로 변혁하려는 사회운동과 문학이 함께 맞물렸던 격동의 시기였다는 점이다. 이 시기에 와서 해방후 남한 문학사에서 전례없이 민중에 대한 관심이 높아졌고 계급론으로 구체화되었다. 이러한 민중문학적 시각은 더욱 진전되어 '작품으로서의 문학' 보다 '운동으로서의 문학'이 영향력을 넓히는 토대로 작용하게 되었다. 민족문학 논의에서 민중에 대한 관심이 높아지는 현상과 더불어 문학운동을 문화운동 내지 사회운동의 하위범주로 보려는 전체 운동적 시각이 점차 강해졌던 것이다. 문학의 사회적 정치적 실천에 대한 관심이 높아지고 창작 주체에 관한 의견 개진이 활발하게 이뤄졌으며 장르 확산에 대한 논의로 구체화되었다.

문학에서 민중 주체의 부각과 문학운동적 시각은 민족문학론으로 구체화되어 나타났다. 1980년대 내내 민족문학 논의의 중심에는 『창작과 비평』의 대표적 이론가 백낙청이 존재한다. 그는 80년대 초반 「80년대 민족문학론의 전망」을 통해 80년대 문학의 나아갈 방향을 70년대의 민족문학론의 연장선

---

4) 반면 비합법, 반합법적 경로로 비정상 유통되었던 부정기간행물인 동인지, 무크지의 양산은 학문 연구와 문학사 평가를 위한 실증적 서지작업의 토대, 기초자료 수집에 막대한 어려움을 초래한다. 더 이상 자료가 없어지기 전에 80년대 전반기 문학사 자료집의 체계적인 간행이 필요하다.

상에서 모색한다.[5] 그리고 이후 정력적인 비평활동을 통해 끊임없는 자기갱신을 꾀함으로써 민족문학운동의 무게중심으로 기능하게 된다.[6] 그의 주장에 따르면 80년대 문학이 지향해야 할 가치는 한마디로 분단체제의 모순을 극복하기 위한 양심적 지식인의 민중지향성으로 요약될 수 있다. 그동안 70년대까지의 민족문학 논의는 민족현실과 밀착된 내용들을 문인의 사회 비판 등 시민적 참여를 중시하는 시민문학론, 참여문학론으로 구체화되었다. 그때 그가 주장하는 민족문학론에서 이론과 실천의 문제는 매우 중요하다. 작가는 원칙적으로 작품을 쓰는 것이 최고의 실천일 수 있지만 특히 민족문학을 중요한 가치로 생각하는 작가들은 행동적 참여를 회피해서는 안된다고 한다. 그것은 도덕적 당위이기에 앞서 창조적 문인으로 살아남기 위한 일종의 자구책이기 때문이다. 소시민적 안일을 행동으로 거부하지 않고서는 결코 좋은 작품을 쓸 수 없기에 끊임없는 행동적 결단과 자기 혁신의 모험이 있어야 한다는 것이다. 70년대에 강조했던 분단의식은 이제 80년대에는 단지 인식 수준에 머물지 말고 분단극복운동으로 이어지는 사회적 실천의식이어야 한다. 분단 현실의 극복을 지상과제로 삼게 된 민족문학이야말로 통일을 위한 민족 화해 속에서 새로운 자기 인식을 찾게 될 것이다.

채광석은 70년대 이래 지속되어온 백낙청의 민족문학론에 민중 주체의식을 도입한 과도기적 이론가이다. 그에 따르면 민족문학은 단지 민중지향적 지식인의 이념이나 조직의 규율이 아니다. 문학 자체를 일부 전문 문학인들의 독점에 두지 않고 민중 스스로가 자신만의 형식, 매체, 문체를 형성하는

---

5) 백낙청, 「민족문학론의 새로운 과제」 『실천문학』 1980년 봄호 참조. 그는 1966년 계간 『창작과 비평』을 창간하면서 종래의 중구난방식 참여문학론을 정치한 이론적 틀을 가진 시민문학론으로 발전시키고 70년대의 유신체제 하에서 자기한계를 넘기 위해 제3세계 문학으로 논의를 진전시킴으로써 70년대 민족문학론을 발전시킨 바 있다.

6) 백낙청은 「민족문학의 새로운 고비를 맞아」, 『한국문학의 현단계』 3, 창작과비평사, 1983부터 「민족문학론과 리얼리즘론」, 『한국근대문학사의 쟁점』, 창작과비평사, 1990에 이르기까지 80년대 민족문학운동의 주요한 논쟁뿐만 아니라 사회변혁논쟁에도 적극적으로 참여하였다. 그 핵심은 '분단체제론' 이라 할 것이다.

과정에서 지식인들은 단지 매개 역할만 하면 된다는 것이다. 1984년의 시점에서 그가 제시한 민중문학의 개념을 보면 다음과 같다.

민중문학은 역사 발전의 주체인 민중의 쪽에서 민중 현실의 전체상을 민중들의 구체적 삶을 토대로 민중해방의 바람직한 미래전망 아래 형상화한다는 확고한 기본 방향 위에서 민중적 필요와 요구에 따라 다양한 자기 전개를 하는 문학이다. 반외세 반매판의 민중적 민족주의, 민중적 민주주의를 굳건한 자기이념으로 하면서 이를 주어진 국면국면마다 민중해방의 구체적 필요와 요구에 맞춰 다양하고 창발적으로 구체화하는 문학 말이다.[7]

그에 따르면 민중문학은 민중의 편에서 민중 현실의 전체상을 형상화하되 반외세적 민족주의와 민중적 민주주의를 지향해야 한다. 아직 노동자, 농민 스스로가 자기 이야기를 함으로써 인간해방에 이르러야 한다는 주체의식에 도달하지 못했지만 백낙청보다는 한 걸음 나아가 민중의식을 구체화하고 있다. 하지만 이러한 주장은 민족문학과 민중문학의 관계를 뚜렷하게 정립하지 못하는 한계와 함께 문학전반을 모두 사회운동의 도구로 전락시키는 실마리를 제공하고 있는 것 또한 사실이다.

성민엽은 70년대와 80년대 민족문학론의 차이를 규명하고 새로운 민중문학에 대한 전망과 기대를 표명했다. 그는 '아지·프로'[8]와 문학간의 바람직한 상호관계의 확립을 통해 운동성과 문학성의 통일이 가능하다고 주장했다. 그는 「민중문학의 논리」에서 70년대 이후 민족문학론의 전개과정을 정리하면서 80년대 중반 백낙청, 채광석의 민중문학론을 70년대적 성과의 계승과 단절이라는 양면에서 조명하고 있다.[9] 그에 따르면 민중문학이라는 개념은

---

7) 채광석, 「민족문학과 민중문학」, 『문학의 시대』 2, 풀빛사, 1984, 127쪽.
8) '아지·프로'란 '선동선전'을 뜻하는 'agitation, propaganda'의 일본식 영어 조어로 1920-30년대 프롤레타리아문예운동에서 비롯된 선동선전문학예술의 약칭으로 쓰인다.
9) 성민엽, 「민중문학의 논리」, 『예술과 비평』 1984. 가을호.

주체적 실천에 의해 형성되는 전략적 상대적 개념이지 미리 주어지는 고정 불변의 선험적 절대적 개념이 아니라고 한다. 민중문학에 대한 새로운 시각에서의 접근이 민중 자신이 창조 주체인 문학 개념을 활성화시키고 문학의 민주화를 일깨우는 등 성과를 거둔 것은 인정하지만 그 결과물이 실제 민중에게는 거의 읽히지 않으며 읽힌다 해도 거의 이해되지 못한다는 사실을 지적한다. 그리하여 민중을 위한 문학 개념은 문학의 대중화 문제로 이행하고 기존 장르에 대한 불신으로 이어진다. 문학의 대중화라는 것은 실은 운동 개념으로서의 문학과 동전의 양면 관계인데, 운동개념으로서의 문학은 흔히 말하는 문학운동과도 다르다고 지적한다. 그것은 민중운동의 하위 범주로서의 민중문화운동, 다시 그 민중문화운동의 하위 범주로서의 민중문학운동이라는 설정과 관계된다. 결론적으로 말해 문학적 규율보다는 민중운동의 규율에 복무하는 것이 '운동개념으로서의 문학'이라는 것이다.

성민엽이 명쾌하게 정리했듯이 80년대 중반에 확실하게 드러난 것이 백낙청을 비판하면서 채광석 이후 자기이론을 정립하게 되는 '운동으로서의 문학' 개념이다. 사회변혁운동에 의해 규정되는 운동개념으로서의 문학이란 전통적인 문학이라기보다는 선동선전문학(아지·프로)라고 해야 타당할 것이다. 선전문학, 선동문학에서 중요한 것은 사회를 변혁시키고자 하는 사회운동 현장에서의 실제적 쓰임, 정치적 실용성이 유일한 기준이다. 아무리 예술적 완성도에서 탁월한 문학이라 해도 사회운동 현장에서 쓸모가 없다면 그것은 선동선전문학으로는 바람직하지 않을 것이다. 성민엽이 주목하는 것이 바로 이 부분, 전통적인 문학과 선동선전문학을 분리하는 작업이다. 따라서 채광석처럼 직접 사회운동에 기여하는 민중문학을 하지 않는다고 해서 문학에만 매몰된 '문학주의'로 매도하는 것은 옳지 않다고 하겠다. 성민엽은 사회운동에 직접적으로 기여하지 못하는 많은 문학이 '아지·프로'로서는 실격이라 할지라도 문학을 아지·프로에 종속시키는 것을 거부하는 입장을 문학주의라 매도하고 배격하는 태도에 는 동조할 수 없다고 단언한다. 양자간의 바람직한 상호관계, 예를 들면 긴밀한 유대관계, 상호 보완관계, 변증법적 교호관계 등의 확립이 필요하다는 것이다.

3. 노동문학과 '장르 확산'

80년대 문학이 이전의 6,70년대나 이후의 90년대와 계승과 단절이라는 문학사적 연계성을 맺고 있다면 그 실체는 노동문학 장르에서 특히 잘 드러난다. 80년대의 본격적인 노동문학은 한편으로는 6,70년대 민족문학이 성취한 리얼리즘 창작방법과 그 성과를 계승한 것이지만 소시민적 한계를 극복하려는 민중적 주체의식면에서는 단절이 강하다고 할 수 있다. 황석영의 「객지」에서 출발하여 조세희의 「난장이가 쏘아올린 작은 공」으로 이어지는 양심적 지식인의 '민중지향적 노동문학'이 문학 주체의 측면에서는 극복대상이었던 셈이다.

80년대 노동문학의 또 하나의 연원은 70년대 중반 이후 나타난 노동자들의 '자연발생적인 글쓰기'를 바탕으로 한 민중 자신의 문학적 주체의식이다. 원래 70년대 후반부터 노동운동의 성숙과 더불어 자각된 노동자들의 글이 양산되기 시작했다. 주로 체험담 위주의 '수기' 형태로 나타난 그들의 목소리는 일반적인 문학작품 이상의 충격적 파급효과를 주면서 노동문학의 방향을 제시하였다. 『대화』지에 실린 석정남의 「불타는 눈물」, 유동우의 「어느 돌멩이의 외침」을 시작으로 야학 노동자들의 글을 모은 『비바람 속에 피어난 꽃』, 송효순의 『서울로 가는 길』, 나보순의 『우리들 가진 것 비록 적어도』 등이 잇따라 출간되면서 노동자 글쓰기의 노동문학적 가능성을 형성하게 된다. '수기'로 열린 노동문학의 가능성은 노동자의 미의식을 보다 잘 반영할 수 있는 여러 가지 주변 장르들이 다양하게 출현하는 양상으로 발전한다. 이른바 '노래가사 바꿔 부르기'(약칭 '노가바'), 벽시, 벽소설에 이르기까지 민중적 생활감정을 반영하는 새로운 형태의 노동문학 장르들이 다양하게 나타나게 되는 것이다. [10]

노동문학을 시기별로 구분하면, 80년대 전반기에는 시가와 생활글 두 양식을 중심으로 전개되었고 후반기에는 노동소설이 주류를 형성했다고 할 수 있다.[11] 후반기 노동문학은 이전과는 달리 그 어느때보다도 문학과 노동운동의 상관 관계가 극대화된 시대라고 할 수 있으며 '운동으로서의 문학' 개념에 따라 노동문학 내지 '노동계급문학'[12]이 영향력을 발휘했던 시기라고 할 수 있다. 예컨대 정화진의 「쇳물처럼」, 방현석의 「새벽 출정」과 「지옥선의 사람들」, 안재성의 「파업」, 이인휘의 「활화산」 등으로 대표되는 노동소설의 탄생과 발전은 광주민중항쟁을 거쳐 구로연대투쟁, 87년 6월항쟁과 노동자 대투쟁, 현대중공업의 골리앗 전투, 전노협 결성에 이르는 노동운동의 발전과 함께 하는 것이었다. 이후 노동문학의 성장은 김한수의 「성장」, 유순하의 「생성」, 방현석의 「새벽 출정」 등 노동소설과 박노해의 후기 시(이른바 '시사시')와 백무산의 『만국의 노동자여』, 정인화의 「불매가」 등의 노동시들,

---

10) 이를테면 노동자들의 자연발생적 글쓰기 결과 나온 성과물로, 『서울로 가는 길』(송효순, 형성사, 1982), 『우리들 가진 것 비록 적어도』(나보순, 돌베개, 1984), 『8시간 노동을 위하여』(손점순, 풀빛, 1984), 『공장의 불빛』(석정남, 일월서각, 1984), 『수출자유지역의 하루』(채순임, 마산문화 1집, 1982), 『들꽃을 쓰러지지 않는다』(김덕순, 공동체문화 2집, 1984) 등을 들 수 있다. 이외에도 『실천문학』 4집이나 『삶의 문학』 5집, 『노동자 문학 문학의 새벽』(자유실천문인협의회 편, 이삭, 1985)에 실린 각종 수기 등과 석정남의 소설 「장벽」, 그리고 『현장』1~6집(돌베개, 1984~86), 『현실과 전망』(풀빛, 1984), 『함성』(창작과비평사, 1985), 『우리들』(한울, 1984), 『청춘』(공동체, 1985) 등 부정기간행물 소재 노동자들의 생활글이 있다. 이러한 새로운 노동문학 장르는 비록 자기 계급의 본질을 총체적으로 인식한 것은 아니었지만 자신들의 삶과 싸움을 자신의 손으로 표현한 것이라는 점과 노동자들이 적극적으로 자신의 현실을 인식해 나가는 과정에서 생산되어 80년대에 본격적으로 등장하는 노동자 자신의 문학적 토대를 이루었다는 것에서 일정하게 평가할 수 있다.

11) 노동시는 80년대 전반기에 민족문학의 중심으로 자리잡았다. 주로 노동자의 '자연발생적 글쓰기'를 통해 쓰여진 작품이 동인지나 무크지를 통해 발표된 후 시집으로 묶여졌다. 박노해의 『노동의 새벽』(84)이 그 시작이다. 그리고 이어서 정영자의 『가슴을 맞대고』(85), 최명자의 우리들 소원』(85), 김기홍의 『공친날』(87), 박영근의 『취업 공고판 앞에서』(84), 『대열』(87), 백무산의 『만국의 노동자여』(88) 등의 시집이 출간되었다. 1987년 이후의 80년대 후반기에는 노동소설이 주류를 이루었다.

12) 당시 이 말을 표방한 적은 없지만 노동해방문학이나 노동해방문예 같은 급진좌파의 문학을 지금 관점에서 프롤레타리아계급문학으로 규정한다 해도 크게 무리가 없을 것 같다.

그리고 전국 각 지역에서 활발한 활동을 벌인 노동자문학써클의 증대와 『노동해방문학』, 『노동문학』 등 본격적인 노동자문학 매체의 등장 등에서 그 수준을 알 수 있다.

이러한 노동문학 양식은 박노해나 백무산의 노동시(서정양식), 정화진과 방현석 등의 노동소설(서사양식), 노동현장에서 공연되는 연희대본(극양식) 등 기존문학의 3대 장르에 조응된다. 이러한 3대 장르 외에 비허구적인 문학인 '생활글'에서 노동문학의 제4장르를 찾을 수 있다.[13] 이외에 파업의 현장에서 이루어졌던 '노래가사 바꿔부르기'와 '문화선동대'에 의해서 이루어진 벽시, 벽소설, 기동시 등도 새로운 문화현상으로 주목할 만하다.

검열로 인해 기존 정기간행물 중심의 문학에서 찾을 수 없는 민중문학적 활기가 동인지, 무크지를 무대로 한 노동문학장르에서 꽃을 피운 때가 이 시기였다. 민족문학론의 기준으로 볼 때, 문학과 운동의 바람직한 관계는 기존 문예지에 실린 시, 소설 등 전통적인 심미적 장르보다 새로운 매체인 무크지, 동인지에 실리는 수기, 르뽀, 촌극대본 등 문화운동장르로 관심을 넓히는 데서 출구를 찾을 수 있었던 것이다. 즉, 70년대 후반 이후 80년대 초에 새롭게 나타난 중요한 문화적 흐름인 탈춤 부흥과 마당극운동, 민족극운동, 장르 확산운동 등이 그 예라고 하겠다. 그것은 민족적인 것은 민중적인 것이며 가장 민중적인 것이야말로 가장 민족적인 것이라는 전제 위에서 출발하여 전통 민중예술의 형상화 원리와 형식을 창조적으로 수용하려는 일련의 시도로 드러났다.[14]

80년대 전반기 민족문학론에서 장르 확산의 문제를 본격적으로 다룬 글로

---

13) 80년대 노동문학에서 고유한 의미를 지니는 '생활글'이라는 양식은 별도의 장르론적 문학사적 평가를 필요로 한다. 이전까지 문학으로 취급받지 못했던 이 교술산문 장르는 소시민적 엘리트 지식인에 계급적 기반을 둔 전통적인 美文인 수필이라는 기존장르와 구별되는 80년대 노동계급의 자연발생적인 글쓰기 현상을 장르 확산론 입장에서 부각시켜 중요한 의미를 부여한 것이다. 김도연, 「장르 확산을 위하여」, 『한국문학의 현단계』 3, 창작과비평사, 1984 참조.

는 김도연의 「장르 확산을 위하여」를 주목해볼 필요가 있다.[15] 김도연은 70
년대 문학 유산의 핵심적 명제를 민중 주체의 민족문학이라고 정리한다. 80
년대 문학의 1차 과제는 민중 주체의 민족문학이라는 명제를 실현하기 위한
기반 조성이다. 그는 민중 주체 민족문학 기반 조성기 문학의 핵심을 운동성
에 입각한 실천문학, 일상성에 기반을 둔 생활문학으로 본다. 그는 민족문학
운동이 진정 사회변혁운동에 접목되려면 문학주의에 빠진 기존의 서정시,
소설 대신에 새로운 장르를 발전시켜야 한다고 주장하였다. 이제까지 문학
의 범주에 소속되기 어렵다고 생각되던 장르들이 대중성 획득의 중요한 전
술 단위로 부각될 수 있기 때문이다. 우리 현실 속에서 르뽀, 수기, 전단문학
등이 이러한 역할을 이미 수행해오고 있다는 것이다. 따라서 시대의 요구에
맞는 새로운 장르형태의 개발과 기존장르 자체의 변형, 때로는 장르 간의 만
남을 통한 문학양식의 실험이야말로 문학의 탄력성을 더하기 위한 능동적인
대처방식이 될 수 있다는 것이다.

좀더 보충하자면, 한 시기의 문학질서가 전면적인 재편의 상태를 맞을 때
이제까지 문학의 범주에 속하기 어렵다고 생각되던 장르들이 대중성 획득의
주요한 전술단위로 부각된다. 시, 소설 같은 고전적 장르는 이미 형식이 굳어
져서 변화를 반영하기는 적합하지 않다. 따라서 주변장르를 통한 여러 방식
의 형식 실험과 전혀 새로운 장르의 창출을 통하여 폭넓은 대중성 획득의 길
을 열어야 한다는 것이다. 기존 장르, 특히 소설이 새로운 형식 개발을 모색
하는 80년대 중반의 시점에서 주목되는 것은 르뽀와 수기이다. 여러 매체가
상당한 지면을 할애하여 르뽀, 수기 같은 기록성 글을 싣고 있으며 『르뽀시

---

14) 민족문학론, 문학운동과 연계되어 널리 확산된 80년대 민중예술론과 문화운동론은 이
글의 논의 범위를 벗어나기에 별도의 논의가 필요한 부분이다. 이와 관련해서 당대의 중
요한 무크지였던 『공동체문화』(공동체, 1983-85) 1-3집, 평론집 『문화운동론』(공동체,
1985) 1,2권을 중심으로 민중문화운동의 전개과정을 검토할 필요가 있다. 마당극운동과
민족극운동은 또다른 전공자의 별도 논의가 필요한 분야이다.

15) 김도연, 같은 글.

대』라는 무크지가 나올 정도로 르뽀 작가도 엄연히 한 사람의 문인으로 인정받는다고 주장한다. [16]

기실 80년대 초중반처럼 전례없이 억압적인 정치현실 속에서 사실 전달의 통로가 좁을수록 소문의 진상을 알고 싶은 대중들의 욕구가 강해지는 것은 당연한 일이다. 정상적인 언로가 막혀 유언비어가 판치는 억압사회에선 문학이 정치적 진실을 알리는 대리언론의 구실까지 하는 것이다. 그런 사회 분위기가 문학에 반영될 때 전통적 장르보다는 직접 전달의 효과가 큰 다큐멘터리 장르가 훨씬 호소력을 갖는다고 할 수 있다. [17]

여기에 더해 김도연은 80년대 내내 뿌려졌던 정치 팜플렛도 문화사적 맥락에서 주목한다. 당시 운동성 획득을 위한 수단으로 중요하게 부각되었던

---

16) 당시에는 수기, 르뽀 등의 작가가 한 사람의 문인으로 인정받느냐 하는 것이 문제가 아니라 기존 문학장르가 직무유기하고 있는 현실 비판을 이들 주변장르가 어떻게 하면 제대로 수행하며 과학적 현실인식에 도달할 수 있는가 하는 문제가 관심사였다. 가령 백진기의 다음과 같은 주장을 근거로 들 수 있다. "현실의 파헤침이란 차원에서 민중운동에 대한 현장고발적인 수기와 르포가 보다 첨예하고도 과학적인 운동인식으로부터 그 질적인 차원이 축적되어갈 때, '운동개념으로서의 문학'이라는 범주 안에 르포와 수기는 주체적 민중장르로서 확연한 자리를 차지할 수 있을 것이며, 그로부터 민중문학운동은 보다 치열한 전투역량을 자기 몫으로 껴안을 수 있게 될 것이다." 백진기, 「수기와 르포의 운동역량에 대한 문제제기」, 김병걸, 채광석 편, 『민족 민중 그리고 문학 - 80년대 대표평론선 2』, 지양사, 1985, 393쪽.

17) 이를테면 80년 광주항쟁을 문인 예술가 아무도 이야기하지 않았을 때 구비문학처럼 사람들 입에 오르내리는 유언비어와 현장 르뽀, 수기, 그리고 민중가요는 그 자체로 한 시기의 문학사 구실을 할 수 있을 것이다. 80년대 초 민족문학사를 쓸 때 광주 항쟁의 진실을 그린 황석영의 수기 『죽음을 넘어 시대의 어둠을 넘어』를 문학작품이 아니라고 빼고 서술할 수 있을 것인가 의문이다. 마찬가지 논리로, 단지 문인들의 동향을 회고하는 문단사가 아닌 문학과 역사의 현재적 대화를 시도하는 민족문학사에서 80년대 최대의 정치민요적 성격을 띤 「님을 위한 행진곡」 같은 민중가요 가사를 외면할 수 있겠는가 말이다. 이것이 80년대 시사의 대표작 반열에 오를 수는 없을까.

사랑도 명예도 이름도 남김없이
한평생 나가자던 뜨거운 맹세
동지는 간 데 없고 깃발만 나부껴
새날이 올 때까지 흔들리지 말자

호소문, 진정서, 성명서 등을 문학장르에 덧붙여야 할 것이라는 주장이다. 그는 이들 새로운 장르들은 '전단문학'이라 이름 붙일 수 있다. 전단문학은 그 전파 범위는 극히 제한되지만 등록 과정상의 복잡한 절차를 거치지 않는다는 점에서 보다 구체적인 목소리를 담을 수 있는 그릇이 된다. 르뽀를 비롯한 주변장르의 문학적 수용은 민중문학의 가능성을 확인하는 구체적 징후이며, 나아가 시, 소설 같은 고전적 장르의 변형보다 훨씬 더한 중요성을 갖는다고까지 주장한다. 주변장르의 대두는 장르 개념에 대한 기존의 인식을 수정해야 할 만큼 대단한 흐름을 형성하고 있다고 자신한다.

지금까지 살펴보았듯이 80년대 전반기는 '시의 시대'라 불릴 만큼 시가 널리 쓰였고, 민중문학 그 중에서도 노동문학이 주요장르로 떠올랐다. 무엇보다도 1980년대는 이때만큼 정치와 문학이 직접적으로 문제시된 적은 일찍이 없었다고 할 정도로 운동성이 강화되었고 정치지향적이었다. 민족문학론의 테두리 안에서 보면 민중 주체의 문학운동이 주류적인 담론으로 자리잡았다. 문단의 전반적인 지형도를 살펴보더라도 80년대는 정상적인 문단 형태보다는 비정규적이고 불연속적인 특징을 보이는 동인지와 무크지, 그리고 정치적 비판을 겸했던 문화운동 속에서 문학행위가 이루어지는 시기였다.

3. 80년대 후반기의 민족문학논쟁

3-1. 민중적 민족문학론

1987년 6월 항쟁을 거친 민주화운동의 열기 속에서 80년대 민족문학운동은 결정적인 변화가 겪는다. 종래 지식인 주도의 문학예술이 명실상부한 민중 중심으로 주도계층이 바뀌어야 하며 전체 사회운동에 복무해야 하는 것으로 방향이 정해진 것이다. 1987년 하반기에 간행된 무크지 『문학예술운동』 제1집의 다음과 같은 머리말은 이러한 변화의 욕구를 잘 보여준다.

전체 민족민주운동의 성장은 민중의 문학예술적 역량의 증대를 불러오고 이는 이제까지의 민족문학예술운동의 전개에 하나의 전환기를 마련하고 있습니다. 이는 문학예술 전반에 있어서 기존의 소시민적 주도권이 해소되고 민중적 주도권이 수립되어야 하며 또 그렇게 되고 있음을 말해주는 것입니다. 그리고 이런 전환기적 상황에서는 민중 주체의 관점에서 보다 넓고 깊게 새로운 문학예술에 요구되는 과학적 기초를 굳건히 하고 실천적 생산과 비평에 참여하는 전문 지식인들의 역할이 어느 때보다도 중요합니다. [18)]

이 머리말은 현장문학예술운동의 이론화와 기존 문학예술의 소시민성 척결이라는 과제 제시로 이어진다. 당시 문학가들의 가장 큰 관심은 문학 주체의 변화였다. 이전까지 중간계급 출신의 소시민적 지식인이 주도했던 문학의 헤게모니가 노동자를 중심으로 한 민중으로 바뀌었다는 것이다. 문학의 기능도 사회변혁운동에 정치적으로 복무해야 한다고 강조되었다. 종래의 낭만적인 문학보다 리얼리즘 창작방법에 따른 노동문학이 많이 창작되었다. 문학가들은 작품을 어떻게 쓸 것인가 하는 창작기법보다 한국사회가 어떻게 변화해야 하고 그 주체가 누가 되어야 하는가 하는 사회과학적 관심에 몰두했다.

이에 따라 종래의 순수문학이나 자유주의 문학이 힘을 잃고 대신 민족문학이 다양하게 분화되었다. 이른바 '민중적 민족문학', '민주주의 민족문학'(나중의 '노동해방문학'), '민족해방문학' 등의 분파가 그것이다. 이를 차례로 살펴보도록 한다.

먼저 논쟁을 촉발한 것은 학생운동가 출신 비평가 김명인이었다. 그는 「지식인 문학의 위기와 새로운 민족문학의 구상」에서 소시민 계급의 문학이 기왕의 주도권을 포기하고 새로운 민족문학의 지평에서 자기 재조정을 이루어내야 한다고 주장했다. [19)] 그는 먼저 80년대 초반까지의 예전 민족문학을 비

---

18) 「책머리에」『문학예술운동』1집, 풀빛출판사, 1987.

판했다. 80년대 전반기의 억압적 정치현실 속에서는 문학예술이 민족운동과 일반 대중이 만나는 가장 폭넓은 접촉면 역할을 할 수 있었지만 6월 항쟁 이후에는 그렇지 못하다고 평가한다. 여러 가지 사회적 문화적 변화는 지식인 문학이 근본적인 위기에 봉착했다는 것을 의미하며, 소시민 계급의 기반을 지닌 지식인 문학은 이 시대 대중의 꿈을 대신 꾸어주지도, 또 이 시대의 총체상을 온전히 드러내지도 못하게 되었다는 것이다.

그의 민중적 민족문학론의 핵심은 무엇보다 창작 주체, 작가의 신원 문제에 있다. 즉 지식인 창작 중심의 민족문학론에서 생산대중 혹은 민중 창작 중심의 민족문학론으로의 전이를 주장한 것이다. 그는 소시민 계급의 역사적 몰락과 더불어 거기에 계급적 기반을 둔 지식인 문학의 위기를 과감하게 주장했다. 민족운동에서 소시민 계급운동이 70년대 이래의 주도권을 포기하고 연합전선의 일원으로 자기재조정을 해야 하듯이, 소시민 계급의 문학도 기왕의 주도권을 포기하고 새로운 민족 문학의 지평에서 자기재조정을 이루어내야 한다는 것이다. 문학의 민주적 분화에 기초한 민족문학의 재편성 과정에서는 문학에서 운동성의 전면적 관철문제, 문학주의 이데올로기에 대한 올바른 비판과 극복문제, 기왕의 문학양식들에 대한 재평가 문제, 새로운 민중적 문학양식의 개발문제 등이 중요하다.

김진경의 「민중적 민족문학의 정립을 위하여」 역시 70년대식 민족문학론을 소시민적 문학론이라 비판하고 새로운 민중적 민족문학론의 길을 제안한다. 그는 백낙청이 민족문학론에서 민중이라는 개념을 도입 사용하고 있지만 그것이 과학적으로 규명되지 않은 막연한 개념이라 비판한다. 아울러 분단 극복을 강조하는 백낙청의 이론이 기본적으로 자본주의체제인 우리 사회에서 보다 중요한 문제인 계급모순을 상대적으로 소홀히 한 문제점을 안고

---

19) 이하의 논의는 김명인, 「지식인문학의 위기와 새로운 민족문학의 구상」 『문학예술운동』 1, 풀빛사, 1987 요약한 것이니 참조. 이 글이야말로 80년대 민족문학론과 문학운동의 성과와 한계를 잘 보여주는 가장 중요한 문건이라고 할 수 있다.

있다고 지적한다.[20] 이는 『창작과비평』의 백낙청이 이끌어왔던 기존 민족문학론이 지닌 계급론적 한계를 지적하고 대안을 제시한 것으로 평가된다. 지식인 창작 중심의 민족문학론에서 생산대중 혹은 민중창작 중심의 민족문학론으로의 전이를 주장한 점에서 이러한 주장은 80년대 중반까지의 민중문학론이나 소시민적 민족문학론과는 구별되는 '민중적 민족문학론'이라 할 수 있다.

백낙청은 김명인 등 소장파로부터 받은 전면비판을 자신이 주도한 70년대 이래 민족문학론의 연장선상에서 발전으로 일단 받아들였다. 자신을 비판하고 단절을 선언한 민중적 민족문학론도 실은 자신의 주장과 그리 먼 게 아니라는 것이다. 다만 우리 사회의 기본모순에 대한 원론적 이해만으로 노동계급의 주도성을 강조할 것이 아니라 분단시대 한국 노동계급의 중요한 정치적 과제가 무엇인지를 올바로 설정해야 한다고 자신의 분단극복론을 강조했다. 그에 따라 반통일 반민주적인 지배세력에 맞서는 범민족적 연합세력의 정확한 배합을 제시할 것을 제안했다.[21]

3-2. 자유주의문학론

무크지 『우리 세대의 문학』 『우리 시대의 문학』을 거쳐 계간지 『문학과 사회』를 주도하는 '문학과 지성' 그룹 제2세대 비평가들은 백낙청의 전통적인 시민적 민족문학론이나 그를 딛고 부각된 김명인 등의 민중적 민족문학론을 비판하면서 자신들의 주장을 '다원주의'로 자처하였다. 먼저 홍정선은 「노동문학과 생산주체」에서 김명인과 김진경이 제기한 민중적 민족문학론의 입론 근거를 비판한다.[22] 그는 김명인이 주장한 소시민 계급의 몰락이라는 가설은 객관적으로 입증된 것이 아니며 지식인들이 노동자의 세계관을 받아

---

20) 김진경, 「민중적 민족문학의 정립을 위하여」 『문학예술운동』 1, 풀빛사, 1987 참조.
21) 백낙청, 「오늘의 민족문학과 민족운동」 『창작과비평』 1988. 봄호 참조.
22) 홍정선, 「노동문학과 생산주체」 『노동문학 1988』, 실천문학사, 1988 참조

들일 때만 세계의 총체상을 올바르게 파악할 수 있다는 주장 역시 문제가 있고, 노동문학을 지나치게 계급적 보편성에 입각하여 이야기하려는 시도에도 반대한다. 무엇보다도 김명인 등의 주장이 1980년대 중반 이래 사회과학계의 사회구성체 논의와 노동운동론에서 상당한 영향을 받으며 쓰여진 것이라는 한계를 지적한다. 예를 들면, 백낙청처럼 민족문제에 대한 지나친 강조가 계급모순 해결이라는 노동운동의 목표를 흐리게 할 수 있다는 점, 노동자가 사회변혁의 중심 계층이 되어 정치투쟁을 해야 한다는 점, 그리고 소수 엘리트 주도의 조합주의적 경제투쟁은 한계를 지닐 수밖에 없다는 점 등이 그대로 김명인과 김진경에게 차용되어 지식인 문학을 비판하는 준거로 사용되었다는 것이다. 그는 사회과학적 논의들을 80년대의 지식인 문학 비판에 직선적으로 사용하기 위해서는 몇 가지 해명되어야 할 문제가 있다고 지적한 후 노동문학의 주역이 반드시 노동자 자신만은 아니라고 주장하였다. 오히려 생산주체로서의 노동자 계급과 진보적 지식인의 관계는 노동문학을 함께 이끌어가는 견인차라는 점에서 상호보완적임을 강조한다. 지식인들이 70년대 이래 담당했던 선도적 역할의 의미는 여전히 유효하며 노동자들은 스스로 주체화되는 단계를 착실히 밟아가고 있다는 것이다.

정과리의 「민중문학론의 인식구조」 역시 홍정선의 주장과 동일한 맥락에서 이해할 수 있다. 여기서 정과리는 백낙청과 김명인의 문학론을 모두 비판한다.[23] 그들의 문학론이 비록 그 토대를 노동자를 중심으로 한 농민, 빈민 등에 두고 있다 하더라도 실제로는 그들의 의식, 무의식 문화를 민중의 이름 아래 독특한 방식으로 재구성한 하나의 이념적 담론에 불과하다고 보기 때문이다. 그에 따르면 민중적 민족문학론, 민주주의 민족문학론은 모두 두 가지 이데올로기를 은닉하고 있다. 첫째, 자신의 지식에 대한 절대적 신앙, 그

---

23) 이하의 논의는 정과리, 「민중문학론의 인식구조」『문학과 사회』 1988. 봄 창간호 요약. 이 글이야말로 80년대 민족문학논쟁을 타자의 입장에서 논리적으로 비판한 가장 중요한 비평이라 할 수 있다.

들에게서 지식 전반, 그리고 그 지식을 담론 체계화하는 언어 전반에 새겨져 있는 지배 이데올로기를 해체하는 일은 기대할 수 없다. 그 지식 언어는 늘 그들의 유효한 무기일 뿐이다. 둘째, 민중의 주체성의 회복 문제에 그들을 가 둠으로써, 노동자 농민 도시빈민, 화이트 칼라 등등의 다양한 집단들이 자신들의 존재양식이 기획, 개발해낼 수 있는 세계관에 대한 접근의 봉쇄, 이 두 가지는 서로의 원인이며 결과가 되어 악순환한다. 지식에 의한 지배를 확립하기 위해 민중들을 자기 동일성의 회복에 대한 열망의 차원에 묶어놓는다. 결국 그것은 노동계급의 헤게모니라는 명분 하에 그 노동운동 내에서 자신들의 헤게모니를 의도하지 않았다 하더라도 무의식적으로 기도하게 된다. 또한 민중의 주체성의 회복에 대한 열망을 선전 선동함으로써 자신들의 지식의 영역을 지속적으로 무오류의 성역으로 만든다.

그는 민중적 민족문학론과 민주주의 민족문학론이 진정으로 민중을 위한 문학운동에 복무하기를 원한다면 지식에 의해 그 운동을 주도하려는 자세를 동참한다는 자세로 변환시키라고 요구한다. 지식 자체의 해체와 재구성을 통해 그들의 지식이 갖는 이데올로기성을 걸러내면서, 소외된 집단들의 자기동일성 확립에 적절한 형식을 제공할 수 있어야 한다는 것이다.

정과리, 성민엽, 홍정선 등 『문학과 사회』로 대표되는 자유주의문학론자들은 정교한 문제제기를 통해 사회변혁논리에 전적으로 이론체계를 기댄 민족문학운동에 대한 전면적 비판을 수행한다. 이들은 백낙청을 정점으로 하는 소시민적 민족문학론에 대해서는 그 패권주의를, 민중적 민족문학론 및 민주주의 민족문학론에 대해서는 새로운 지배 질서의 수립 기도를 비판하고 이는 모두 민중을 내세워 새로운 억압구조를 창출하려는 지식인 운동가들의 음모의 문학적 표현이라고 비판한다. 이들은 아류제국주의론, 중산층 확대론 등에 기대어 결과적으로 당대 한국사회의 지배질서를 절대화하려는 체제 옹호를 드러낸다는 비판을 받게 된다. 민족문학운동을 허무주의적 시각으로 바라보고 대신 그 자리에 문학을 통한 변혁과 구원이라는 무력한 문학주의를 가져다 놓았다는 것이다.[24] 결국 이들이 보기엔 민중적 민족문학론을 비롯한 좌파의 논리가 모두 엘리트 지식인의 권력욕의 산물로 이해되는 셈이다. 이런 이해는 지식인의 진솔한 자기반성의 치열함에서 높이 평가될 수 있는 것이긴 하지만 당대 현실에 뿌리 박은 문학운동의 진정성을 음모론으로 손쉽게 매도한 경향이 없지 않다. 그 결과 현실비판적 문학 대신 탈현실적인 관념론과 전통적인 문학 신비주의로 문제의식을 희석시킨다는 비판을 면키 어렵다.

3-3. 민주주의 민족문학론, 노동해방문학론, 노동해방문예론

시민적 민족문학론과 민중적 민족문학론은 다시 보다 좌파적인 비평가로부터 전면적인 비판을 받는다. 비평가 조정환은 「80년대 문학운동의 새로운 전망」에서 기존의 민족문학론(백낙청)과 민중적 민족문학론(김명인) 모두를 비판하고 '민주주의 민족문학론'을 제창한다. 민족문학론의 성과와 민중적 민족문학론의 문제제기를 소화해서 80년대 문학운동의 새로운 전망을 여는 민주주의 민족문학론을 제기한다는 것이다. 그는 기왕의 민족문학론이나 노동문학론이 노동계급적 당파성의 개념을 올바로 수용하지 못했으며 정치적 실천으로 나아가지 못했다고 지적한다. 그는 민족문제의 해결은 오직 계급문제의 발전적 해결 속에서만 가능하다고 제안한다. 민중문학론에 대해서는 민중적 입장과 시민혁명적 객관성의 변증법적 이해에도 불구하고 민중성에 대한 추상적 이해로 말미암아 결과적으로는 시민혁명 그 자체까지 관념화 추상화시키게 되었다고 거듭 비판한다. 노동문학론에 대해는 민중 구성에 대한 구체적 이해를 통해 문학운동을 새로운 시각에서 살펴보려는 의도에도 불구하고 민족문학론이 가졌던 객관성, 총체성의 개념을 상실하는 한편 노동계급적 당파성에 대해서도 그것을 노동자적 성격과 동일시함으로써

---

24) 이상의 비판은 김명인, 「시민문학론에서 민족해방문학론까지—1970 80년대 민족문학 비평사」, 『사상문예운동』 1990년 봄호, 풀빛사, 1990.2 참조.

그릇된 방향으로 이끌었다고 비판한다. 그가 추구하는 민족문학론은 민족 구성원 중에서도 가장 철저하게 민주주의적인 노동계급의 전망에 기초한 민족문학론이다. 민주주의적 계급의 전망에 기초한 민족문학론에서는 창작 주체의 신원은 근본 문제가 아니다. 창작 주체의 신원이 무엇이든 민족해방과 민족통일을 철저한 민주주의 실현의 과제와 일체를 이루는 것으로 파악하는 입장 표명이 중요하다.

조정환의 민주주의 민족문학론이 80년대 문학운동사에 특히 중요한 의미를 획득하는 것은 노동자계급 당파성의 실현이 관념적으로만 이루어진 데 자기비판하고 보다 실천적인 정치투쟁으로 나아가기 위한 노동해방문학론을 제창한 점이다. 그에 따르면 노동해방문학은 노동자 계급 당파성을 분명히 하고 노동해방 사상을 견지하며 노동자 계급 현실주의 방법에 의거한다. 또한 민족해방과 민주주의 변혁의 과제를 떠안으며 국제주의를 지향한다. 그는 스스로 프롤레타리아 문학이념의 국제, 국내적 발전사, 문학운동과 문예창작방법, 노동자 계급 현실주의의 기원과 역사, 당문학과 통일전선문학, 노동해방문학가동맹의 전망과 실천계획 등의 원대한 집필계획을 지니고 있음을 예고한 후 실제로 '사노맹'[25] 사건으로 인한 수배생활 중에 이를 완성해서 정교한 『노동해방문학의 논리』를 상재하였다. 그 이론체계를 살펴보면, 문학이념으로서의 '노동해방문학'과 문학방법으로서의 '노동자계급현실주의', 문학가 조직방안으로서의 '노동해방문학가동맹', 그리고 민중문학통일전선정책으로서의 '민중문학운동연합' 등 '노동해방문학론'의 논리구조를 네 개의 정합적 체계로 만들고 있다.[26] 문제는 이들 논리가 우리 문학의 현실

---

25) '사노맹'은 1980년대 말에 활동했던 '남한사회주의노동자동맹'의 약칭으로 학생운동가 출신 백태웅과 노동자 시인 박노해 등이 주도한 자생적 사회주의 운동가 그룹이라 할 수 있다. 그들은 스스로 사회주의 정권 수립을 위해 폭력적으로 권력 획득을 노리는 볼셰비키 전위 당을 자처했다.

26) 조정환, 「서문-수배의 땅에서 보내는 편지」, 『노동해방문학의 논리』, 노동문학사, 1990 참조.

에 뿌리박지 못하고 문학가, 특히 창작인들과 동떨어진 전위 운동가의 관념적 선취물이라는 데 있다. 이를 미학적으로 평가할 때 스스로 현실주의를 자처하지만 실은 조급증에 빠진 혁명적 낭만주의의 한계를 드러낸 것으로 생각된다.

조정환으로 대표되는 노동해방문학론자들은 사노맹을 조직화된 사회주의 당 건설의 전위로 자처하였다. 이전까지 노동자시인으로 유명한 박노해 등 민족민주변혁론자들은 1985년 구로동맹파업과 1986년의 인천 사태, 1987년 7,8월의 노동자대투쟁을 겪으면서 이전의 전투적 조합주의에서 사회주의, 특히 볼셰비즘으로 입장을 바꾼 바 있다. 박노해는 사회주의의 발견을 노동해방의 본명 회복이라고 주장하면서 경제주의, 조합주의와의 투쟁을 선언하게 되는데 그 핵심은 한마디로 노동계급 전위 당에 의한 국가 권력 장악으로 요약될 수 있다. 그들이 추구한 민족민주혁명은 러시아혁명 당시 레닌이 주도한 2단계 혁명과정과는 달리 1단계 혁명론으로 정리될 수 있다. 전위 당을 건설하고 폭력투쟁으로 국가권력을 장악한 다음 인민민주주의 공화국의 수립, 민족 통일, 주요 생산수단의 국유화, 계획 경제 등을 수행하는 것이다. 1991년경에 전개된 정치적 조직적 상황은 그의 사회주의 운동에 커다란 시련으로 다가왔고 그것의 현실 적합성에 심각한 의문을 제기했다. 특히 동구 사회주의의 붕괴는 법칙이지 진리로 내면화되어 있었던 그의 사회주의 이념에 충격과 균열을 가져왔다.[27]

조정환의 민주주의 민족문학론의 자기비판과 노동해방문학론으로의 변모는 80년대 문예운동이 저 30년대 카프의 볼셰비키적 대중화에 비견되는 급진 변혁론으로 변모했음을 알려준다. 그러나 객관적 정세가 악화된 처지에서 그의 주장은 다분히 관념적 모험주의에 빠져있다고 평가된다. 이 점은

---

27) 노동해방문학론의 근거가 되는 사상이 사회주의라는 이상의 정리는 조정환의 최근 회상기에서 요약했다. 조정환, 「1990년대 이후 한국 사회주의자들의 슬픈 초상」『월간 말』 2000.6, 42쪽 참조.

김명인의 다음과 같은 비판에서 좀더 확연해진다. 즉, 그의 민주주의 민족문학론은 비록 선험적이고 관념적인 한계가 있었지만 당파성의 견지와 전선적 사고의 긴장과 균형이 유지되고 있었음에 반해 노동해방문학론 이후에는 노동자 계급 헤게모니의 일반적 관철의 가능성을 지나치게 조급하고도 과도하게 받아들여 노동자 계급 당파성을 신비화하는 지경에 이르고 전선적 사고를 거의 포기할 지경에 이르러 있는 것으로 보인다는 비판이다.[28] 김명인의 비판과는 초점이 다르지만, 1980년대 말 노동해방문학론자들도 1930년대 카프문학운동에서 당의 눈으로 세계를 보고 대중의 눈높이를 전위의 시각으로 끌어올리라는 볼셰비키적 대중화론을 폈던 안막, 권환, 김남천 등 극좌 소장파처럼 주관주의적 오류를 범한 것으로 생각된다.[29] 당시 우리 사회의 정세가 실제로는 사회주의 전위 당이 만들어져 민중의 지지를 받을 만큼 여건이 조성되지 않았는데 노동해방문학론자들과 그와 연관된 사노맹 관계자들은 지나치게 운동의 미래를 낙관한 것이다. 그것은 치밀한 정세분석을 통해 사회변혁운동을 실현하려는 운동가에게는 금물이라 할 주관적 자기확신에 불과했던 것 아닐까 생각된다.[30]

---

28) "그러면서도 정작 그의 노동해방문학론은 선언적 차원에서 노선으로만 제기되고 있을 뿐 그가 말하는 문예정책 문예방법 문예조직의 범주로까지는 전혀 진전이 이뤄지지 못하고 있어서 통일전선을 진정으로 지도하는 노동자 계급문예의 영도력은 물론 노동자 계급문예의 독자적 건설방략조차도 제대로 정리되지 못하고 있다. 이는 그의 노동해방문학론이 특히 선언적이고 수사학에 많은 것을 의존하며 타문학운동론에 대한 점증하는 공격성으로 이뤄지고 있는 것과 무관하지 않은 것으로 보인다."
   이상의 비판은 김명인의 80년대 비평사를 일부 인용한 것이다. 그는 조정환의 노동해방문학론은 그 치밀한 체계에도 불구하고 과잉비판하면서 다음에 살펴보게 될 백진기의 민족해방문학론에 대해서는 허술한 논리체계에도 불구하고 상대적으로 호의적이거나 최소한 평가를 유보하는 불공평한 서술을 하고 있는 것처럼 생각된다. 김명인, 「시민문학론에서 민족해방문학론까지─1970-80년대 민족문학비평사」, 『사상문예운동』 1990년 봄호, 풀빛사, 1990.2, 215쪽 참조.
29) 1930년대 초 카프의 볼셰비키적 대중화론의 전개와 한계에 대해서는 다음 졸고를 참조할 수 있다. 「1930년대 초의 리얼리즘론과 프로문학」, 『반교어문연구』 1집, 반교어문학회, 1988(개제 「제2차 방향전환기 카프의 문학」, 『카프 대표소설선』 제 2권, 사계절출판사, 1988.8) 재수록).

이러한 노동해방문학론의 한계를 극복하기 위한 대안 모색과정에서 조만영을 중심으로 한 문학예술연구회와 그 발전적 조직인 노동자문화예술운동연합에서는 '노동해방문예론'을 편 바 있다. 이들이 한국사회의 성격을 보는 것이나 문학운동의 주도계급을 파악하는 것은 민주주의 민족문학론이나 이후의 노동해방문학론과 크게 다르지 않다. 다만 변혁론에서 민족민주변혁과 민중민주변혁으로 갈라지고 창작방법론에서 노동자계급현실주의와 당파적 현실주의로 갈라질 뿐이다.

일종의 레닌주의라 할 민중민주변혁론(PDR)에 입각한 이들의 변혁론은 사회변혁운동 진영에서 이른바 '강단 PD'로 불린 일단의 입장에 기초해서 문학운동을 벌인 것으로 평가된다.[31] 이들은 현실적인 문예대중화방안과 그 실천보다는 '당파적 현실주의' 등 소련, 동독의 사회주의 리얼리즘 이론을 정교하게 번역하고 우리 실정에 맞게 체계화하는 데 상대적으로 몰두했다고 할 수 있다. 하지만 이들의 한계는 이론만 승할 뿐 실제 창작에서 문학사에

---

30) 그들 대부분은 당국에 체포되어 운동 자체가 소멸되었고 90년대 들어서서는 박노해의 전향선언에서 극명하게 드러나듯이 기성 체제에 수렴된 것은 주지하는 바와 같다. 조정환, 앞의 글 참조.

31) "현 단계의 문학운동은 반제반독점 반제반파쇼 민중민주 전선의 형성과 발전에 복무해야 하며, 문학창작자는 객관적 현실의 형상적 재생산에 있어 당면 민중민주변혁운동의 근본변혁에로의 발전방향을 견지해내야 한다. 따라서 당파성 계급성 민중성 등의 철학적 미학적 범주들 사이의 관계는 기본적으로 민중민주전선에서의 관계와 같다. 더불어 전위적 질과 내용을 확보하지 못한 채 당문학을 자처하는 정파문학론, 정치적 통일전선으로서의 민중민주전선의 존립을 전제하지 않은 사이비 문예통일전선론은 현 단계에서 기각된다."
노동해방문예론은 민족민주변혁론에 기초한 노동해방문학론과는 달리 민중민주변혁론에 기초한 문학론으로서, 위 인용문에서 '당문학을 자처하는 정파문학론'이라는 표현으로 노동해방문학론을 비판하고 '사이비 문예통일전선론'으로 민족해방문학론을 비판한 것으로 평가된다. 이재현, 「소집단운동에서 조직창작운동으로」『사상문예운동』 1990. 봄호, 227쪽 참조.

32) 이에 대한 자세한 논증과, 민족문학 논쟁의 연장선상에서 이루어진 1990년대 초반의 리얼리즘 창작방법 논쟁의 추이와 평가는 별도의 글을 기약하도록 한다. 조만영 외, 「현단계 민족문학의 상황과 쟁점」『창작과비평』1989. 여름호 참조.

남을 작가, 작품을 별반 제시하지 못했다는 사실이다.[32]

3-4. 민족해방문학론

다음으로 살펴볼 것은 민족해방문학론이다. 그 문예운동의 이론적 기초를 제시한 백진기는 원래 김명인, 김진경 등과 함께 민중적 민족문학론자였다. 그는 1988년 중반 이후 그들과 결별하고 주체사상에 입각한 북한문예이론의 수용을 통한 '민족해방문학론'을 주장한다.[33] 그의 변모는 1988년 중반에 발표된 「현단계 문학논쟁의 성격과 문예통일전선의 모색」과 「문예통일전선과 후반기 민족문학의 대오」에서 잘 드러난다. 그 내용을 요약하면 첫째, 식민지 민족통일전선을 사상적 지도지침으로 받아들여야 문예통일전선의 사상적 계급적 기초가 분산되는 것을 막을 수 있다는 주장이다. 중요한 것은 그가 한국사회를 이미 식민지 사회로 규정하고 따라서 반제반파쇼 통일전선을 전략적 지도 중심의 위치에 서슴없이 놓는다는 점이다. 둘째, 문예통일전선의 과제를 극우 반공 친미문학에 반대하는 문예동력의 결집에 둔다는 것이다. 이는 국가권력이나 기성체제에 대항하는 사회운동의 전선을 노동자계급 헤게모니에 의해 지도받는 민중적 민족문학론이나 노동해방문학론자의 계급동맹적 개념과는 달리 대동단결론에 입각하여 파악하는 것이다. 셋째, 노동자 계급 당파성, 민중성, 정통성을 문예창작자가 지켜야 할 3원칙으로 상정한다는 점이다. 넷째, 문학의 과제를 반제민족해방을 기본으로 해 외세의 수족인 국내 지배계급과 지배연합의 예속성 파쇼성 반조국통일성의 좌우종횡적 폭로라고 하는 점이다. 이는 우리 변혁운동의 기본과제와 관련 있는 것

---

33) 민족해방문학론의 제창 배경에는 사회변혁운동사에서 이른바 주체사상파의 등장과 함께 그 이론을 뒷받침할 실제 작품의 대거 소개도 중요한 근거로 작용하였다. '북한 바로 알기 운동'과 김달수의 『태백산맥』, 이희성의 『금단의 땅』, 김학철의 『격정시대』 등 해외동포문학의 소개와 『민중의 바다』 『꽃파는 처녀』와 박태원의 『갑오농민전쟁』, 이기영의 『두만강』 등 북한 작품의 소개는 직접적으로 반공이데올로기의 허구성을 폭로하고 민족해방이념을 문학의 중심문제로 이끌어오는데 실제 작품 면에서 기여했다고 할 수 있다.

으로 역시 민중적 민족문학론의 이름으로 통일될 성질의 것이 아니다.[34]

여기서 우리가 문제 삼는 것은 '정통성'이란 용어 개념이다. 사회주의 리얼리즘 미학의 일반적인 원칙인 '민중성, 계급성, 당파성' 대신에 그가 '노동자 계급 당파성, 민중성, 정통성'이란 새로운 개념을 들고 나왔을 때는 무엇인가 숨은 의도가 있을 것이다. 특히 당파성 대신 내놓은 '정통성'이란 개념은 한국 현대사에 대한 관점이나 변혁운동의 중심을 어떻게 상정해야 하는가 하는데 대한 고려가 보다 더 필요한 중차대한 문제가 아닐 수 없다. 이때까지는 아직 표명하지 않았지만 기실 북한의 주체사상에 기초한 문예이론을 염두에 둔 것으로 짐작된다.[35]

백진기가 민족해방문학론을 하나의 완결된 이론체계로 정립한 것은 「민족해방문학의 성격과 임무」에서 자기 입장을 확실하게 선언한 이후였다. 그는 1980년대 문학사의 가장 중요한 현상으로 노동문학의 대두를 꼽고 그에 대한 올바른 시각을 지닐 것을 주장한다. 즉 한국사회의 성격이 식민지반자

---

34) 이상의 요약은 백진기, 「현단계 문학논쟁의 성격과 문예통일전선의 모색」, 『실천문학』 1988. 가을호 ; 「문예통일전선과 후반기 민족문학의 대오」, 『녹두꽃』 1, 녹두출판사, 1988.8 ; 「민족해방문학의 성격과 임무」, 『녹두꽃』 2, 녹두출판사, 1989 등을 정리한 것이다.

35) 민중적 민족문학론자였던 백진기가 명실공히 주체사상에 입각한 민족해방문학론으로 입장을 바꾼 한 계기는 이 시기 문학운동을 둘러싼 『창작과비평』의 지상토론였다고 평가된다. 아직 주체문예이론을 완전히 자기체계화하기 이전이었음에도 불구하고 다음의 어법은 주체사상과의 친연성을 유추해내기에 충분하다.
"한국사회는 식민지반자본주의사회이며 한국사회의 변혁운동은 그 본질에 있어서 민족해방운동이고 이를 통해 애국세력이 전취해야 할 정권의 형태는 민족자주정권이다. 따라서 우리 사회의 사상투쟁의 목적은 근로대중을 계급적으로 각성시켜 외래 제국주의세력과 사대매국세력을 반대하는 자주민주통일운동으로 불러일으켜 그 승리를 보장하는데 있으며, 그 주된 투쟁대상은 교조주의사상, 사대주의 사상 친미 공미(恭美)사상, 민족허무주의 사상, 수정주의사상 본위주의사상 분열주의사상 종파주의사상 등 낡은 사상적 잡귀신의 일소에 모아져야 한다. 따라서 우리 시대의 문예영역에서의 사상투쟁은 현단계 우리 운동의 강령적 총노선인 자주민주통일운동에 얼마나 충실히 복무하는가 하는 것을 기본척도로 하여 진행되어야 한다." 구모룡 외, 「현단계 민족문학의 상황과 쟁점」 『창작과비평』1989. 여름호, 23쪽.

본주의사회이고 한국 사회 변혁의 본질이 민족해방운동인 만큼 노동문학에서 관철되어야 할 계급적 당파성도 자주 민주 통일운동의 정치사상성과 올바로 결합되어야만 물질적 힘으로 전화할 수 있다는 것이다. 이때 그가 중시하는 것은 사회변혁의 객관적 조건이 아니라 주관적 의지라고 할 수 있다. 즉, 물질적 객관적 요인보다는 그 조건을 개조하는 주체적 관점과 입장을 중시하고 한국사회성격을 식민지반자본주의로, 변혁운동의 본질을 민족해방운동으로 보며, 변혁운동을 준비기와 결정적 시기로 나눠보는 노동자계급 지도사상의 3원칙과 변혁전통 및 변혁적 문예전통의 연속성에 기초하여 형성된다는 것이다.

따라서 민족해방문학론은 주체사상을 그 지도사상으로 하고 그 지도사상 지도이론 지도방법의 영도에 의해 자주적 입장을 견지하면서 변혁운동을 승리로 이끈 변혁운동에서 유래된 변혁전통과 변혁적 문예 전통의 유산에 대해 계승성과 일관성을 지닌다고 주장된다. 기본임무를 반제성, 계급계층을 망라한 민족 공통의 이해 반영, 자주적 민주정부 수립 등의 기본과제를 문예적으로 반영하는 것으로 하며 그 주요 공격방향은 외세이고 전략적 목표는 민족 자주정권 수립이다. 또한 문예통일전선은 반제민족통일전선의 문예적 구현으로서 전국적 범위에서 형성되어야 하며 그 원칙은 첫째, 노동자 계급의 지도사상에 기초할 것, 둘째, 단결 가능한 모든 문예대중을 단결시킬 것, 셋째, 전위적 정치조직의 독자성과 지도적 역할을 보장할 것 등이다. 또한 민족해방문학은 지도사상에 입각한 노동자계급의 전위적 정치조직과 당-당문학의 관계를 맺으며 조직창작은 정치조직의 노선과 정책을 문예에 구현시켜 창작실천으로 외화시키는 매개가 된다. 36)

이상과 같이 백진기를 중심으로 한 민족해방문학론은 결국 북한 김일성의

---

36) 백진기, 「민족해방문학의 성격과 임무」, 『녹두꽃』 2, 녹두출판사, 1989. 이 글에서 그는 민족해방문학 등장의 본질, 전통성과 현재성, 문예운동의 성격과 임무 등의 항목별 서술을 통해 북한의 방대한 주체문예이론 총서 체계를 남한 문학운동에 대입시키려 애쓰고 있다.

주체사상을 지도사상으로 해서 그들이 승리한 항일 빨치산의 전통에 따라 주체문예이론에 맞춰 우리 문학운동을 이끌자는 주장이라고 할 수 있다. 이는 이른바 주체사상파의 사회변혁논리를 일방적으로 문예운동에 관철시킨 예로서, 후일 이 시기 민족문학운동 전체가 사회운동에 끌려다닐 뿐 독자적 논리나 역량을 확보하지 못했다는 비판의 한 계기로 작용하였다.

3-5. 민족문학논쟁의 한계

지금까지 정리했듯이 민중적 민족문학론으로 촉발된 80년대 후반의 민족문학 논의는 민주주의 민족문학론, 노동해방문학론, 노동해방문예론을 거쳐 민족해방문학론까지 각 정파가 활발하게 논쟁을 벌이면서 이론과 실천 양 측면에서 괄목할만한 성과를 거두었다. 논쟁이 철저하게 사회변혁논리에 지배되고 매 시기마다 구체적으로 사회운동과 관련되었다는 점에서, 80년대 후반의 민족문학론은 1987년의 6월 항쟁과 7,8월 노동자 대투쟁의 문학적 반영물이라 의미를 규정할 수 있을 것이다. 이 논쟁은 70년대 이래 개별분산적 민족문학론을 조직화하고 정치한 이론적 기초를 다졌으며 보다 나은 사회를 만들기 위한 사회적 실천을 도모한 의의가 있다. 그 결과 문학 창조와 유통에서 소수 엘리트 지식인의 독점적 지위를 극복하고 노동계급 등 민중의 참여를 구체화하는 등 문학의 민주화, 대중화에 이론적 근거를 제공했다. 문학사적으로 볼 때 우파적 순수문학과 중도적 자유주의문학이 문단에서 주도권을 잃고 대신 민중적 요구를 반영한 좌파 민족문학의 성장에 기여했다는 의의를 평가할 수 있다.

반면, 비판점도 적지 않다. 80년대 말의 민족문학 논쟁은 주창자들이 강조하던 대중성 강화와는 달리 오히려 사회과학적 지식에 전문성을 띤 진보적 지식인들 사이의 이론투쟁 성격의 논쟁이라는 본질이 점차 짙어지기 시작했던 것이다. 즉 문학운동과 문학이론이 그 내재적 흐름과 자생적 능력을 기르지 못하고 철저하게 사회변혁 운동의 논리에 일방적으로 지배되었던 것이다.

이를테면 다음과 같은 정치강령적 주장이 널리 퍼져 있었다.

> 문학운동사의 올바른 서술은 한편으로는 사회운동 일반에 대한 역사적 평가
> 및 정리 위에서만 가능하며 다른 한편으로는 해당 시기의 창작적 조직적 실천 및
> 기타 제반 문학적 문학운동적 활동 각각에 관한 실질적이고 포괄적인 평가 위에
> 서만 가능하다. 우선 정치 사회 문화적 상황이 변혁운동적 관점에서 먼저 정리되
> 어야 하고, 그 다음으로 해당 시기의 창작실천 성과가 정리 분석 평가되고 셋째
> 로 직접적인 창작실천은 물론이고 그밖의 제반 문학운동적 활동들이 어느 정도
> 로 목적의식적, 조직적으로 수행되었는가가 평가되어야 하고, 마지막으로 해당
> 시기의 문학운동적 실천이 문예선전과 문예대중화의 양 측면에서 어떠한 성취
> 를 보였는가 그리하여 전체 변혁운동의 발전에 기여했는가를 평가해내는 것이
> 되어야 할 것이다.[37]

당시에는 너무나 당연시되었던 이러한 주장을 객관적으로 평가할 때 문학
을 사회과학의 시녀로 만들 위험이 큰 경제결정론과 사회과학 환원주의로
비판할 수 있다. 문학 논의의 최종심급에 창작의 기초가 될 문학이론이 부재
하고 대신 사회구성체론, 계급론, 변혁론 등 마르크스레닌주의적인 사회과
학이론이 견고하게 자리잡은 것에 대해 정당한 비판이 필요할 것이다. 당연
한 말이지만 문학이 그려내는 현실사회는 정치경제학의 대상뿐 아니라 다양
한 삶의 층위들이 서로 얽혀 작용하는 복합체이다. 그러므로 사회구성체 분
석이 미적 구체성을 띠기 위해서는 여러 복합적 요인들의 관계를 상정하지
않을 수 없는 것이다.

이른바 문예 대중화, 대중성의 문제만 해도 그렇다. 민족문학 논쟁 덕분에
우리 사회에 대한 사회과학적 인식이 강화되고 실천적인 작업이 구체화된 것
은 사실이지만 역기능이 적지 않았던 것 또한 부인할 수 없다. 우리의 경험상
자명한 것처럼 보이는 자본주의적 토대를 두고 왜 그렇게 복잡한 이론을 펴

---

37) 이재현, 앞의 글, 225쪽.

고 서로간에 배타적인 이념의 만리장성을 쌓아야 했는지 의문일 정도이다. 그것은 어쩌면 이론 투쟁을 통해 문단 내지 문학운동 나아가 사회운동의 주도권을 확보하려는 헤게모니 다툼의 자기생산물에 불과했는지도 모른다.

불행한 것은 (또는 다행인 것은) 우파 혁명(쿠데타)은 몇 번 겪어 그 실체를 온몸으로 느꼈던 우리에게 좌파 혁명은 그 실체적 경험이 전혀 없다는 사실이다. 좌파적 평등사회가 실제로 이 땅에 도래하기 전 세계사회주의의 급격한 몰락에 따라 이상적 미래에 대한 전망이 상실된 결과, 변혁운동 과정에서 사회과학이 제공한 이론만 난무할 뿐 정작 문학이 상상력을 동원해 그려야 할 이상사회의 청사진은 제대로 된 작품으로 보이지 않는다는 점이다. 이를테면 시인이 창작의 댓가로 매달 월급을 받는 사회가 과연 이상사회일까 지금도 의문이다. [38]

4. 마무리

지금까지 민족문학론과 문학운동을 중심으로 1980년대 문학의 흐름을 거칠게 정리했다. 그 결과 1987년을 경계로 해서 80년대 전후기는 문학이 사회변혁운동과 그 논리에 직접적으로 영향받았던 시대였음을 확인할 수 있었다.

80년대 전반기는 정치적으로 올바른 역사의 방향이나 전망, 갈 길이 보이지 않았던 암울한 시대였다. 그때 문학은 '동인지, 무크지시대'니 '시의 시대'이니 하면서 새로운 시대정신을 세우기 위한 문화적 게릴라전의 화려한 주인공으로 나섰다. 문학인의 응전은 정치가 하지 못하는 시민적 투쟁의 앞에 서서 싸움을 주도하거나 최소한 대리전 양상을 띠었다. 하지만 1986,7년을 고비로 해서 시나브로 그 자리를 사회과학에 넘겨주고 스스로 사회변혁

---

38) 북한 등 사회주의 사회 문인, 예술가의 안정된 지위와 생활을 동경한 일부 좌파 문인들이 있었는데, 이 경우 예술가의 자유와 창작의 열정을 과연 부르조아적 사상 잔재라고만 비판할 수 있는지 의문이다. 오봉옥, 『나는 월급 받는 시인을 꿈꾼다』(두리출판사, 1993) 참조.

운동의 시녀가 되고 말았다. 1987년 이후 저 화려했던 민족문학논쟁이 좋은 예라 아니할 수 없다. 그때 막 진보적 소장학자에게 소개되었던 마르크스레닌주의, 또는 주체사상에 입각한 사회과학적 논리, 즉 한국사회의 성격을 밝히는 사회구성체론과 그 주체로서의 계급론, 그 실천으로서의 변혁론이라는 자기완결적 논리체계가 일방적으로 문학운동에 관철되었던 것이다.[39]

당시 문학가들의 가장 큰 관심은 문학 주체의 변화였다. 이전까지 중간계급 출신의 소시민적 지식인이 주도했던 문학의 헤게모니가 노동자를 중심으로 한 민중으로 바뀌었다는 것이다. 문학의 기능도 사회변혁운동에 직접적으로 복무해야 한다고 강조되었다. 문학가들은 작품을 어떻게 쓸 것인가 하는 창작기법보다 한국사회가 어떻게 변화해야 하고 그 주체가 누가 되어야 하는가 하는 사회과학적 관심에 몰두했다.

이에 따라 종래의 이른바 순수문학이나 자유주의 문학이 힘을 잃고 대신 민족문학이 다양하게 분화되었다. 이른바 민중적 민족문학, 민주주의 민족문학, 노동해방문학, 노동해방문예, 민족해방문학 등의 분파가 그것이다. 과정은 복잡하고 이론이 분분했지만 결국 이 논쟁의 핵심은 문학이 역사적 격변기의 사회변혁운동에서 누가 주역이며 어떻게 주도권을 잡는가 하는 문제를 둘러싼 헤게모니 다툼이었다고 할 수 있다. 이 점에서 민족문학논쟁은 6월 항쟁과 7,8월 노동자 대투쟁의 문학적 반영물이라 할 것이다. 덕분에 문학논의에서 민중에 대한 관심이 높아지는 현상과 문학운동을 문화운동 내지

---

39) 문학이 사회과학의 시녀라는 오늘날의 평가를 뒷받침할 수 있는 당대인식을 잘 보여주는 글로 다음의 예를 들 수 있다.

"필자는 민중민주문학론 진영의 분화와 편차가 일정한 사회운동적 뿌리에서 비롯되는 것이라고 여기고 있다. 민중민주변혁론 진영 내부 자체가 이론적으로는 일단계 근본변혁론과 변혁의 사회경제적 내용을 중심으로 사고하는 반제반독점의 일단계 2과정론, 변혁에서의 정치권력의 문제를 보다 중시하는 반제반파쇼의 연속 2단계 성장전화론 등으로 나뉘어져 있고 반제반파쇼 민중민주변혁론을 자처하는 집단 안에도 남한사회의 종속성을 독점성보다 선차적인 것으로 사고하면서 반제투쟁 및 통일투쟁의 독자적 영역 성립을 주장하는 쪽도 있기 때문이다." 이재현, 앞의 글, 226-227쪽.

사회운동 차원에서 보려는 시각이 강해졌고, 창작 주체의 변모와 장르 확산에 대한 논의가 활발해졌다.

80년대 민족문학운동의 결과 종래 엘리트 지식인의 전유물이었던 문학을 노동자, 농민 등 민중의 생활 영역으로 확대시킨 의의가 적지 않다. 문학을 개인적 유희로 삼지 않고 현실을 비판하고 이상 사회를 모색하는 사회적 기능을 강조한 점도 간과할 수 없다. 하지만 문학의 예술적 특수성을 무시하고 사회변혁운동의 논리를 그대로 가져온 것은 잘못이다. 문학가들이 사회운동에 깊이 참여하다보니 창작 자체가 질식되었던 것이다. 이는 문학의 도식화와 창작의 질식 등 숱한 역기능을 가져왔다. 대학에 입학한 문학지망생에게 문예써클 선배가 해준 것은 창작 합평회가 아니라 시각 교정이라는 아름다운 이름 아래 조악한 좌파 사회과학이론을 주입하는 것이었으며 정치 집회의 문화선전대로서 선동 선전문학을 집단창작하는 데 동원하는 것이었다. 때로는 노동자 농민의 삶을 위한 민중문학을 하기 위해 현장파견학습을 했으며 존재전이를 한 친구에게 도덕적 채무감을 느껴야 했다. 한마디로 말해서 문학이 변혁운동과 사회과학에 주눅들린 시대였다고 해도 지나친 말이 아니리라. 이러한 거대담론 편향이 1990년대 신세대문학의 반발을 가져온 것은 당연하다고 하겠다.

2000년 10월, 현 시점에서 다시 묻는다. 우리에게 80년대 문학은 어떤 대상이었으며 80년대는 어떤 시대였는가. 80년대 문학사를 단 한 줄로 쓴다면 무슨 이야기를 쓸 것인가. 단 한 페이지에 80년대 문학사를 모두 담으라고 한다면 무엇을 선택하고 재배열할 것인가. 우리 2세들이 부모님 시대에는 무엇이 가치 있는 삶이었고 그걸 알 수 있는 작품은 무엇이었느냐고 물었을 때 답은 무엇인가.

1980년대 중반에는 당대 문학사를 광주민중항쟁 이후 민족해방과 민중해방의 불꽃이 세차게 타오른 질풍노도의 시대라고 규정한 바 있다. 50년이나 100년이 지난 문학사에서 80년대 문학사는 「님을 위한 행진곡」이란 민중가요와 「죽음을 넘어 시대의 어둠을 넘어」란 수기가 시와 소설사의 첫머리를 장식할 것이라고 단언했던 것이다. 이어서 1990년대 초의 문학사 강의에서는 "80년대는 「태백산맥」의 시대였다."고 일갈한 적도 있었다. 지금 2000년에 다시 정정한다. 80년대는 밤하늘의 별이 어두운 가시밭을 헤쳐갈 길을 환하게 밝혀주던 시대였다. 마르크스라는 별이었는데, 서산에 지는 별인 줄 몰랐다. [40)]

문학사는 계속 다시 씌어져야 한다, 문학 연구자(나아가 문학업자)가 죽을 때까지.[41)] (새마)

---

40) 이는 소설장르의 역사철학적 의미를 서술한 루카치의 비유법을 90년대적인 해체어법으로 원용한 것이다. 게오르그 루카치, 반성완 역, 『소설의 이론』, 심설당, 1985, 29-30쪽 참조.

41) 1990년대 초 신세대문학론자들의 격렬한 비판을 떠나서 2000년 현 시점에서 한 좌파운동가 출신 문화비평가의 다음과 같은 비아냥은 민족문학운동에 복무했던 좌파적 문학운동가들이 경청해야 할 중요한 자기비판으로 생각된다. "1990년대 접어들어 80년대의 변혁이론가들이 문화평론가들로 대량전업한 이유는 무엇일까. 명문대 출신 지식인의 자연스러운 현실 타협? 노후설계보험 같은 교수직을 얻기 힘들어진 상황에 따른 자구책? 승승장구하는 자본주의적 대중문화와 문화산업에 대한 투항? 불확실하기는 해도 전망이 밝아보이는 문화 엘리트로의 변신? 글쓰기로 생계를 마련하기 위해 수요급증 부문으로의 이동? 놀지도 못하고 허송해버린 젊은 날을 만회하고픈 욕구? 원하는 대로 세상이 변하지 않는데 대한 체념? 선진 세계시민의 취향을 따라잡고 싶은 소망?"
신현준, 「절박하게」, 『씨네21』 271호, 한겨레신문사, 2000. 10. 3. 참조.
문학 연구자가 죽을 때까지 문학사가 계속 다시 씌어야 한다는 자학적이면서도 해체적인 결론은 앨빈 커넌의 주장을 원용한 것이다. 앨빈 커넌, 최인자 역, 『문학의 죽음』, 문학동네, 1999 참조.

지역과 개인의 굴절된 렌즈에
갇혀버린 광주문학
─80년대 광주민중항쟁 소설을 중심으로

강진구*

Ⅰ. 문제제기

"80년대를 제대로 문제삼으려 한다면 필연적으로 광주항쟁과 대면하게 된다."[1]는 최원식의 언급은 광주민중항쟁이 차지하는 역사적 위치를 상징적으로 보여준다. 이 말은 곧 80년대 광주는 '민주주의와 저항의 상징이었고 누구도 벗어날 수 없는 원죄였으며 예술적 상상력의 원천이었을 뿐만 아니라, 모든 사유의 출발점이자 종착지'[2]였다는 말로 풀 수 있겠다. 그러나 채 반세기도 지나지 않아, 광주의 의미는 "남의 아버지 제사"[3]로 전락해 버렸다. 이것을 두고 80년대를 뜨겁게 살았던 한 논객은 '역사와 인간에 대한 예의'를 주문하고 있지만 그것마저도 어쩌면 그의 말대로 어려운 부탁일는지도

---

* 중앙대 강사, 주요 논문 「남정현 문학 연구」 등이 있다.
1) 최원식, 「광주항쟁의 소설화」, 『창작과 비평』, 1988, 여름.p.287,
2) 하정일, 「다시 일어서야 하는 땅, 광주─광주문학 20년을 되돌아보며」, 『실천문학』,2000, 여름, p.90.
3) 유시민, 「5 · 18이 '남의 제삿날' 인가」, 『동아일보』, 2000.5.23.
4) 최근 벌어진 이른바 '386' 세대 정치인들의 모습을 통해서 이제 광주는 더 이상 우리를 묶어주는 공동의 기억이 아니라, 그곳에서 벗어나려고 하는 이들을 끈질기게 물고 늘어지는 거추장스런 기억으로 작용하고 있음을 본다. (문부식, 「잃어버린 기억을 찾아서」, 임지현외, 『우리 안의 파시즘』, 삼인, 2000. 참조.)

모른다.4)

작가들로 하여금 '역사적 사회적 존재로서의 개인의 역할에 확신을 갖게 했던 광주'5)는 잊으려야 잊을 수 없는 한(恨)과 반감, 무관심, 무력감이 착종된 채 고립화 내지 국지화로 전락해 버렸다.6) 이러한 현상의 일차적 책임은 물론 '호남/비호남'의 대결구도를 일관되게 추진해 왔던 지배체계의 광주 고립화 내지 국지화에 있음은 주지의 사실이다. 그러나 문제는 그렇게 단순하지 않다. 지금껏 광주민중항쟁을 자신들만의 특권인양 절대시한 채 자기도취에 빠져있던 진보 진영과 광주민중항쟁에 대한 문학적 형상화를 재현을 통한 방법으로 일관하려 했던 작가들은 이 책임으로부터 자유로울 수 있는가. 광주체험을 통해 "독재에 대항하는 무기로서의 문학"7)이란 신화적 담론에 심취함으로써 자신도 모르는 사이 지배체계의 광주 고립화 정책에 흡수되지는 않았는가. 혹여, 지배권력에 대한 이율배반적인 작가 개인의 의식체계만을 고집함으로써 타자의 시선에 의한 광주민중항쟁에 대한 다양한 소설적 의미화를 간과하지는 않았는가.

다음의 진술은 필자의 물음이 전혀 근거 없는 것이 아님을 간접적으로 증명해 주고 있다.

> 작가선생들이 너도나도 깃발처럼 내걸고 있는 그놈의 진실이라는 것이 내 눈에는 어떻게 보이는지 아십니까? 박제 같아요. 바짝 마른 박제 말이에요. 제 말을 못 알아 들으시는군요. 작가선생들이 광주에 대해 어떻게 쓰고 있습니까? 안 봐도 뻔해요. 죽은 자들이 흘린 피의 의미, 그들의 눈물, 살아 남은 자의 고뇌, 그리고 가해자의 잔인한 악몽과 죄의식 등등. 여기에다 한 가지가 덧붙지요. 가해자

---

5) 김인숙, 「추억일 수 없는 현재」, 『역사비평』, 1995. 가을.p.172.
6) 문민정부 들어 본격적으로 시작된 광주 보상사업의 결과 광주는 타 지역 사람들에게는 반감을, 일반 국민들에게는 무관심을, 광주·전남사람들에게는 무력감을 조장하였고, 결국 국지화 되었다는 견해를 피력한다. (정근식, 「5·18 왜곡과 진실」, 『역사비평』, 위의 책, p.357.)
7) 신덕룡, 「광주체험의 문학적 의의」, 『문학정신』,1991.5.p.40.

역시 희생자였다고. 왜? 권력에 눈먼 이들에 의해 이동되었으니까. 진실이 그렇게 단순한가요? 진실이 그렇게 일목요연하다면 세상은 참으로 명료하게 보이겠지요."[8]

광주민중항쟁에 대한 문학적 형상화는 1985년을 기점으로 임철우, 윤정모, 홍희담 등 작가들에 의해서 활발하게 이뤄졌으며,[9] 이에 대한 논의는 최원식, 장세진, 신덕룡, 이훈 등에 의해 광주민중항쟁 소설들이 언급되면서부터이다.

초기 논의들이 작품 해설이 주라면 90년대 들어서는 광주민중항쟁 관련 소설들에 대한 본격적인 분석들이 나온다. 대표적인 논자로 장세진[10]과 조윤아[11]를 들 수 있다. 장세진은 광주민중항쟁 소설집, 『일어서는 땅』에 실려 있는 작품과 「깃발」을 대상으로 이들 소설들의 시점을 분석하고 있어 주목을 끈다. 조윤아는 작품을 주제별로 분류하여 증언자로서의 책무와 삶의 본질에 대한 탐색, 그리고 광주민중항쟁의 역사적 재조명으로 구분하고 있다. 이 밖에 임철우의 소설들과 「깃발」을 비교 분석하면서 '낙원상실과 건설'이란 측면에서 다룬 이훈[12]의 글도 주목된다.

본 글은 선행 연구의 성과들을 수렴하는 한편, 80년대 작품들이 지니고 있는 일련의 유형화에 대한 비판적 검토를 통해 20년이 경과한 오늘의 시점에서 광주민중항쟁 소설들을 재조명하고자 한다.

---

8) 정찬, 「슬픔의 노래」, 『현대문학』, 1995.5.p.143~144.
9) 소설 작품만을 대상으로 한정한다면 80년대 광주민중항쟁과 관련된 소설들은 임철우의 「봄날」을 시작으로 『일어서는 땅』으로 한데 모아졌으며, 1988년 홍희담의 「깃발」, 최윤의 「저기 소리없이 한 점 꽃잎은 지고」로 한층 발전하다가, 박상우의 「대역」까지 이어진다.
10) 장세진, 「80년대 문학의 사회사적 의미-광주민중항쟁관련소설을 중심으로」, 『비평문학』,1989.
11) 조윤아, 「역사적 사실의 소설적 형상화에 대한 소고–광주 항쟁 소재 소설을 대상으로」, 『서울여대 논문집』,1995.
12) 이훈, 「낙원의 상실과 건설–광주항쟁의 두 소설」, 『문학과비평』, 1991.

II. 특정한 공간 체험으로서의 광주

초창기 광주민중항쟁 관련 소설들은 지배체계에 의해 자행된 광주에 대한 진실 은폐와 왜곡 대한 직접적인 반(反)정립으로부터 출발한다.

광주민중항쟁은 처음부터 진실에 대한 철저한 은폐와 왜곡으로 얼룩졌다. 지배계급은 광주민중들의 투쟁을 '폭도들의 소요'라는 말로 간단히 명명함으로써 왜 광주에서 시민들이 총을 들 수밖에 없었는가 하는 근본적인 물음과 궁금증들을 거세해 버린다. 게다가 그 소요의 구체적인 실상을 고정간첩, 불순분자, 깡패들에 의해 조정 당하는 것으로 왜곡함으로써 반공 이데올로기에 침윤된 국민들로 하여금, 계엄군의 진압작전을 사회 안정을 위해 행위로 인식하게 만드는 한편, 더 이상 광주에 대해 거론하는 것을 막는다.[13] 또한 언론을 통해 지속적으로 '현실을 구성'[14]함으로써 광주시민과 진보 진영에서 제기된 진상규명 운동을 왜곡한다. 이러한 지배체계에 맞서 광주 시민들과 진보진영은 광주의 진실을 알리는데, 온 힘을 기울인다. 특별한 전달 매체를 갖지 못한 이들은 유인물을 통해 진실을 알려나가는데, 항쟁을 전후해 배포된 대부분의 유인물들은 광주에서 벌어진 엄청난 살육의 실체를 국민들이 모르고 있다는 사실에 대한 안타까움과 그들만의 고립된 투쟁에 대한 분노가 실려 있다.[15] 그러나 이들의 이러한 노력도 지배체계의 엄청난 이데올

---

13) 육군본부, 「광주사태의 진상」, 전남사회문제연구소편, 『5 · 18광주민중항쟁 자료집』, 도서출판 광주, 1988.pp.221~229. 참조.
14) 뉴스에 의한 현실구성이란 뉴스가 현실을 객관적으로 반영하는 것이 아니라, 매체 나름의 조건과 논리를 가지고 현실을 재구성함으로써 현실을 만들어 내는 것을 의미하는 것으로써, 뉴스의 진실여부에 상관없이 뉴스 보도에 따라 사건이나 사물에 대한 의미를 이해하는 것을 의미한다.
송미경에 의하면 광주민중항쟁은 언론에 의해 철저하게 구성되었는데, 항쟁 당시의 보도들은 폭도들의 행위로 구성되었고, 80년대 중반 이후부터 90년대에는 '두루뭉기식'과 '붙박이식'을 통해 광주 하면 골치 아픈 일로 사람들을 불편하게 만드는 것으로 구성하고 있음을 밝힌다. (송미경, 「뉴스의 현실구성 이론- 5 · 18관련 보도를 중심으로」, 서강대 박사학위 논문, 1995.)

로기적 공세에 무력할 수밖에 없었고, 결국 투신과 분신을 비롯해 좀더 사회적 관심을 촉발시킬 수 있는 방식을 고민하게 된다.[16] 이러한 일련의 광주 진실 알리기 연장선상에 황석영의 『죽음을 넘어 시대의 아픔을 넘어』와 초기 광주 소설들이 위치 해 있다.

윤정모의 「밤길」은[17] 광주의 진실을 알리는 일이 얼마나 중요한 것인가 하는 점을 단적으로 보여준 작품이다. 이 작품은 이미 여러 연구자들에 의해 지적되었듯 자신들만 광주에서 빠져나온 것에 대한 부끄러움이 작품 전체를 지배하고 있다. 항쟁 기간 동안 수습위원회에서 활동했던 김신부는 항쟁이 막바지에 다다르자 어떻게든 계엄군의 무력 진압을 막기 위해 애를 쓴다. 그러나 '군인은 이겨야 하오, 언제나 이겨야 한단 말이오.' 라는 시각을 앞세운 계엄군 장군에 의해서 결국 그 뜻은 좌절되어 다른 길을 모색하던 중 탈출하라는 권유를 받는다.

> "가서 누명을 벗겨 주십시오. 우리는 불순분자도 폭도고 아니라는 사실을 세상에 알려 주십시오."
> 신부는 고개를 저었다.
> "지금은 누명을 두려워할 때가 아니다."
> 조신부가 김신부의 손을 잡았다.
> "그렇게 하셔야 합니다. 지금은 그것이 필요할 때입니다." (「밤길」,p.135)

---

15) 대표적인 유인물은 다음과 같다. 전남대학 교수 일동 명의의 「대한민국 모든 지성인에게 고함」(5월 24일)과 광주시민 일동 명의의 「광주시민은 통곡하고 있다」(5월 26), 재경 전남도민 일동, 「800만 서울시민에게 고함」(5월 29), 광주 J대 교수, 「서울 시민에게 드리는 글(Ⅰ)」(6월 1일) 등. (전남사회문제연구소 편, 『5·18광주민중항쟁 자료집』 앞의 책, 참조)

16) 정근식, 앞의 글, p.

17) 텍스트는 최인석·임철우 엮음, 『밤꽃』, 이룸, 2000으로 삼았다. 이하 인용은 이 책에 근거한다.

간신히 광주를 벗어난 김신부와 요섭은 광주와는 전혀 다른 풍경을 하고 있는 주변을 목격하고는 당황하다, 자신들도 모르게 동지들을 죽음의 사지에 남겨 놓고 왔다는 심리적 고통에 시달린다. 이들의 심리적 고통은 살육의 현장과는 전혀 다른, 골목길과 논두렁, 밭두렁, 주변의 풍경 과 접하면서 더욱 증폭된다. 그러나 작가는 이들의 심리적 고통만을 드러내는 데 초점을 두지 않는다. 오히려 작가는 도청으로 모여든 사람들, 확성기에서 울려 퍼지는 여자의 애처로운 목소리, 시체를 트럭에 싣고 가는 진압군의 모습, 경적을 울리며 도청을 향해 달려가는 택시기사들, 애국가를 부르는 시민들, 총을 들고 싸울 수밖에 없었던 시민들의 모습들을 회고해 내면서 광주의 진실이란 바로 이러한 것들이었다는 점을 전달하고 있다. 이러한 전달 방식을 통해 그들은 비록 그 진실의 광장을 내버려두고 떠나와 괴롭고 고통스럽지만, 진실을 알리는 것 또한 저항이라는 것을 보여주고 있다. 따라서 작중 인물들이 보인 번민을 "광주항쟁의 민중적 전개 앞에서 번민하는 소시민적 고뇌가 서려 있는 것"[18]으로 평가하는 것은 문제가 따른다. 「밤길」은 단편 소설이란 한계에도 불구하고 광주의 진실이 지배체계에 의해 철저하게 은폐되고 왜곡되는 현실 속에서 그 비극적 진실을 알려내고 있다는 측면에서는 성공한 작품이라 할 수 있다.

그러나 이 작품은 알려지지 않는 광주의 진실을 알려야 한다는 측면에 사로잡힘으로써 광주를 특수한 경험의 공간으로 설정하는 한계[19]를 갖는다. 다시 말해 작가는 작중 인물의 시선에 비친 광주 밖 풍경을 통해 광주가 철저히 고립되어 있는 것과 마찬가지로 광주의 진실 역시 광주 안에서만 머물고 있음을 강조한다. 그런데 이러한 설정은 필연적으로 광주와 여타 지역을 구

---

18) 최원식, 앞의 글, p.288.
19) 이러한 문제점은 광주민중항쟁을 최초로 소설화한 임철우로부터 시작하여 대부분의 소설들이 안고 있는 문제점이다. '오월', '그 마지막 새벽', '그해 오월', '그 어느해 인가 늦은 봄날' 등과 같은 상징적 수법이나 '80년 광주'는 표현의 차이는 있으나, 항상 텍스트 속에서 다른 지역과는 분리 내지 괴리된 특수한 공간으로 설정된다.

분을 설정하게 만들며, 결과적으로 '경험자와 비경험자'라는 이분법적 구도를 낳는다.

> 동운동까지 가서 얻어 탄 승용차는 험한 길을 한 시간쯤 달려 장성 터미널 부근에 세워졌고 거기서 내렸을 땐 신명을 내는지 들까부는지 알 수 없는 여가수의 노래가 전파상의 확성기를 각각 울려댔다. 신부는 지나는 행인을 살펴보았다. 모두가 너무나 태평한 모습이었다. 요섭도 그것이 이상한지 멍한 얼굴로 이 사람 저 사람을 쳐다보았다. (「밤길」, p.121)

겨우 한 시간(광주 외각이 봉쇄되지 않았다면 삼 십 분도 걸리지 않은 거리)을 달려온 그들은 광주와 전혀 다른 풍경을 목격하게 된다. 그곳에는 광주의 분노와 울부짖음 대신, 신명난 노래가 흘러나오고, 공포와 죽음의 그림자 대신 너무도 자연스런 일상의 평화스러움이 존재하고 있었다. 이들은 급격한 현실의 단절 앞에 잠시 망연자실할 수밖에 없었다. 광주의 고립과 진실의 철저한 은폐를 강조하기 위한 이러한 설정은 그만큼 진실을 알려야 한다는 절박함을 강조하고 있다. 그러나 이러한 광주의 설정은 이후 광주민중항쟁 소설을 통해 하나의 정형으로 정착됨으로써 결국 광주는 모든 것을 초월한 절대적 위치로 특수화되기에 이른다.

> 원태는 광주라는 말에 귀가 번쩍 뜨이는 듯했다. 말만 들어도 가슴이 울먹거려지는 광주가 튀어나왔기 때문이었다. 80년의 오월 항쟁 때문에 광주의 의미는 지명(地名)보다도 다른 의미에서 특별했고, 광주 사람이라면 무조건 호감이 갔다. (「십오방 이야기」, p.427)

광주는 그 모든 것을 뛰어 넘는 특별한 곳으로 명명된다. 광주는 살인범에게도 뜨거운 친밀감을 느끼게 만드는 힘을 지녔으며, 지명만 들어도 가슴이 울먹거려지는 특별한 곳으로 의미화 된다. 그러나 이것은 필연적으로 광주와 타지역을 구분하게 만들어 광주를 경험하는 이들에게는 그들만이 공유하는 은밀한 그 무엇으로 규정되거나 "광주를 욕되게 하지 마라. 광주가 워치케 서울이나 다른 도시하고 비교가 되냐."[20]는 식의 특권의식에 사로잡히게 된다. 이것은 종종 "10만의 군중집회가 경건한 분위기 속에 질서정연한 가운데 끝나 光州 시민의 수준높은 의식을 또한번 보여주었다"[21]는 식의 자기 우월감의 표시로 드러나거나, "당신들은 그때 뭐했는가"[22]라고 물음으로써 스스로 광주라는 지역에 갇히고 만다. 결국은 광주를 특수한 공간으로 설정한 것은 광주 체험자로 하여금 우월한 위치에서 자신이 알고 있는 진실을 비경험자에게 손쉽게 알릴 수 있다는 장점에도 불구하고 비경험자와 타 지역에게는 오히려 자신들과 상관없는 그들만의 한풀이라는 왜곡된 현상을 낳게 한다.

III. 피해자 개인, 그 굴절된 렌즈

1.피해자의 비극성과 역사적 사실의 실종

서종택의 『白痴의 여름』[23]은 비경험자의 시선에 포착된 광주를 그리고 있다는 점에서 주목을 끈다. 다시 말해 광주의 모습이 항쟁 당시 서울에 있었던 준태의 시선을 통해 제시됨으로써, 경험자들만의 공론이나 집단의식의 토로에서 벗어나 광주항쟁이 어떻게 개인의 삶을 왜곡시키고 파멸로 이끌고 가는가를 보여준다.[24] 작품은 광주에서 겪은 알 수 없는 일 때문에 미쳐버린

20) 정도상, 「십오방 이야기」, 채희문 · 안재성 · 정도상, 『한국소설문학대계』,95권, 동아출판사, 1995,pp.445~446. (이하 「십오방 이야기」 인용은 이 책에 근거함)

21) 「光州 10만 追慕집회」, 『광주일보』, 1990.5.19.

22) '광주시민은 광주항쟁을 특권시하는 의식을 버리고 겸허한 자세로 역사를 바라보라' 는 박현채의 고언은 두고두고 되새길 만 하다. (고세현, 「80년 '광주'의 의미」, 『창작과비평』, 1989, 여름,p. 332.)

23) 서종택, 『白痴의 여름』, 나남, 2000. (이하 작품 인용은 이에 근거함)

24) 오탁번, 「서종택 소설의 秘義와 섬세한 눈금」, 『백치의 여름』, 해설, 위의 책,p.248.

C 대학 역사학 교수 현태의 발병 원인을 추적하는 형 준태의 눈을 통해 전개된다.

> 광주(光州)는 거대한 하나의 정적의 도시로 변해 있었다. 붐비던 인파는 간데 없고, 통행이 끊긴 채 무장한 군인들이 정물처럼 군데군데 정렬지어 서 있고 이따금 오가는 시민들의 표정은 납덩이처럼 굳어 있었다. 시 외곽지대의 임시 터미널에서 간신히 얻어 탄 택시가 시내에 들어설 때까지, 그를 안내하던 택시 운전사의 표정도 석고처럼 굳어 있었고, 차를 모는 동안에도 한마디 말도 건네지 않았다.(「백치의 여름」, p.185~186.)

항쟁이 진압된 후, 타지에서 광주를 찾게 된 준태의 시선에 포착된 광주는 '정적의 도시', '무장한 군인', '납덩이처럼 굳은 시민들의 표정'으로 전달된다. 이러한 설정은 광주민중항쟁의 처절한 상황을 추측할 수는 있을지언정 직접적으로 전달해 주지는 않는다. 따라서 광주의 온전한 전달은 그것을 직접 체험한 현태의 구체적인 병증(病症)을 통해서만 가능하다. 그런데 작가는 이것마저도 '날카로운 금속성 소리'에 대한 병적 거부감이나 혐오감으로 표시할 뿐 명시적으로 제시하지 않는다. 오히려 작가의 관심은 현태의 구체적인 발병 원인에 대한 탐색으로 시작한 준태의 광주 방문이 이들 가족을 둘러싸고 있는 가족사란 어두운 과거와 조우함으로써 개인의 문제로 귀결되어버린다. 물론 그들 가족이 겪은 시대적 비극들은 그와 그 가족의 힘만으로 극복하기에는 너무나 버거운 것이었었다. 그렇지만 또한 반드시 극복해야만 하는 것이기도 했다. 결국 그들은 자신들이 맞닥뜨린 역사적 비극으로부터 벗어나기 위해 자신들만의 독특한 방법을 취하게 된다. 어머니가 풍수지리에 근거한 샤머니즘적 믿음을 갖는 것도 현태가 "미침으로써 자신을 구원받고자 한"[25]것도 실상 그들을 둘러싸고 있는 시대적 비극을 극복하고자하는

---

25) 위의 책, p.238.

처절한 몸부림이었다. 그런데 이처럼 역사가 남긴 개인적 피해의식의 강조는 역사라는 객관적 실체를 어느 순간 개인의 문제로 치환해 버린다. 하여, 어쩔 수 없이 한국전쟁 와중에 숨진 아버지가 '객귀'의 형태로 재생되어 광주민중항쟁 속에서 미쳐버림으로써 '자기 확인의 순간'을 갖고자 하는 현태의 현재적 고통의 원인으로 설정되는 무리수를 띠게 된다. 이것은 시대적 폭력이 끼친 가족사의 비극이란 점에서도 역사적 진실과 대면하는 측면에서도 일정한 한계를 갖는다.

임철우의 「봄날」[26]은 개인적 비극이란 측면에서 한층 직접적이다.

광주민중항쟁에 대한 본격적인 소설화 작업은 임철우에 의해 시작된다. 임철우는 일련의 소설을 통해 항쟁에서 살아남은 자들의 "정신적 고난, 자기 파괴, 그리고 육체적 심리적 해체의 과정"[27]을 다루고 있다.

소설은 광주민중항쟁 때 자기 집으로 도망쳐 온 친구를 외면했다는 죄책감에 시달리던 개인이 어떻게 자신의 육체와 정신을 파괴하는가를 보여준다. 이 작품은 상주와 우리들(나, 병기, 순임)이 겪은 광주의 대한 이중적 인식에 바탕을 두고 있다. 상주에게 있어 광주로 상징되는 명부의 죽음은 자신의 비겁함에 의해 죽임을 당한 것으로 죄악 그 자체다. 반면 우리들에게 있어 명부는 과거의 끔찍한 기억을 떠올리게 하는 계기인 동시에 지금껏 "나름대로 터득하며 살아가고 있는"(211) 삶이 라는 것이 결코 씻을 수 없는 상처와 부끄러움이라는 의미로 다가온다. 따라서 상주는 직접적인 책임으로부터 자유로울 수가 없어 미쳐버리고 우리들 역시 "가슴속에 박힌 커다란 나무못"(219)과 같은 그 존재로 인해 고통받지만, 시간이 지남에 따라 이따금 생각나는 상흔정도이다. 그렇기 때문에 상주는 자신을 옭아 맨 명부로부터 벗어나려 몸

---

26) 임철우, 「봄날」, 임철우, 『한국소설문학대계』, 83권, 동아출판사, 1995.(이하 인용은 이에 근거함)

27) 오창은, 「문학과 사회와의 긴장관계 고찰—광주민중항쟁 소설을 중심으로」, 문학과비평연구회 월례 발표문, 1996. p.12.

부림치고, 우리들은 "고통스런 기억의 뚜껑들을 열"(216)지 않으려 한다. 그런데 임철우는 명부의 죽음을 상주와 친구들 모두에게 있어 결코 지워버릴 수 없는 것으로 설정함으로써 광주의 살육이 개인과 집단에게 어떻게 현재화되고 있는가를 보여주고 있다.

> 으애애애……앵.
> 느닷없이 터져나온 그 자지러지는 듯한 소리에 우리는 약속이나 한 것처럼 서로의 질린 낯빛을 교환했다. 그 사이렌 소리는 맞은 편 도청 건물 옥상으로부터 쏟아져 내리고 있었다.
> …중략…
> "난 또……그러고 보니 오늘이 민방공 훈련하는 날이잖아."
> "제기랄, 하필 길거리에서 이게 뭐람."
> 잠시나마 당황하고 겁먹은 표정을 지었던 자신들을 속으로 부끄러워하며 둘은 서로 멋쩍게 웃었다. 그 짧은 순간에 우리가 똑같이 경험한 것은 죽음과 파괴에 대한 공포, 그리고 그것이 가져다 주는 온갖 불길한 예감이었을 것이다. (「봄날」,p.213)

갑자기 터져나온 사이렌 소리에 '질린 낯빛을 하고' 죽음과 파괴에 대한 공포를 느낄 수밖에 없었던 친구들을 통해 광주 민중항쟁의 흔적은 상주뿐만 아니라, 집단적 상처로 현존하고 있음을 보여준다. 결국 이들은 광주 항쟁을 계기로 그 동안 누려왔던 '평범한 것들의 의미'를 잃어버리고 '음침한 기억들과 함께 일생을 살아 가야하는 형벌'을 짊어지게 된다. 그러나 이 작품의 의미는 폭력의 현재화만을 강조하지 않는데 그치지 않고 더 나아가 이 형벌이 어디에서 연유하고 있는가를 문제 삼으로써 광주의 비극에 대한 '공범의식[28]'을 제기한다. 그러나 이러한 공범의식은 학살의 책임을 모두의 책임

---

28) 하정일은 "광주항쟁을 방관했던 모든 이가 명부를 죽게끔 만든 공범자이고, 따라서 누구도 그 책임을 면할 수 없다"는 점을 강조하고 있다고 본다. (하정일, 앞의 글, p.96.)

으로 돌림으로써, 역사적 진실 자체를 개인적 문제로 치환하고 있을 뿐만 아니라, 이들이 당한 피해에 대한 보상 논리로 흐를 위험을 안고 있다.[29]

2. 굴절된 렌즈, 그 속에 숨은 의도

정도상의 「십오방 이야기」는 몇 가지 문제점[30]에도 불구하고 광주항쟁을 다룸에 있어 가해자인 공수부대원을 직접적으로 작품에 끌어들였다는 측면에서 문제적이다. 작품은 운동권 출신인 원태와 계엄군 출신인 만복이 감옥 안에서 서로에 대한 불신감을 해소하고 인간적인 유대감을 형성해 가는 것으로 끝을 맺는다.

만복은 광주민중항쟁 당시 소대장과 함께 특수 임무를 수행하다 전일빌딩에서 경비를 서고 있던 동생 만수와 조우하게 되고, 소대장에 의해 동생 만수가 자신의 눈앞에서 죽는 것을 목격한다. 그 때의 충격으로 인해 무의식 상태를 전전하다 살인까지 하게 된 그는 만수를 죽인 실질적인 주범은 소대장이지만, 데모를 하는 학생들 역시 그에 못지 않은 책임이 있다고 생각한다. 따라서 그는 전태일 기념식 투쟁을 전개하는 원태를 향해 노골적인 적의를 드러내 보이기도 한다.

> "썹어 쥑여도 씨언찮을 놈의 새끼덜."
> 만복이 이빨을 으드득 갈며 원태를 노려봤다. 만복은 원태가 미웠다. 데모 때문에 잃어버린 만수를 생각하면 할수록 데모하는 놈들이 미웠다. 그들 때문에 동생을 죽인 거나 진배없는 죄인이 되었다고 만복은 믿고 있었다.(「십오방 이야기」,p.437)

반면, 원태는 만복이 광주 출신이란 것만으로도 친밀감을 느끼지만, 그가

---

29) 박원순, 앞의 글, p.39,참조.
30) 백진기, 「정치적 문학의 깊이」, 『한국소설문학대계』, 95권, 해설, 앞의 책, 참조.

공수부대 출신이란 말에 친밀감은 한순간에 적개심을 돌변할 뿐만 아니라, 아예 '벌레' 보듯 한다. 그런데 이 적대감은 계속되는 투쟁의 과정 속에서도 변하지 않는다.[31] 따라서 원태와 만복의 화해 가능성은 전적으로 만복의 의식 변화로부터 시작되는데, 이러한 의식의 변화 과정에 말단 공수 부대원 역시 또 다른 역사의 피해자 일 수 있다는 인식의 단초를 제공하고 있다.

이에 반해 박상우의 「대역」[32]은 보다 직접적이다. 전교조 활동으로 학교에서 해직된 작중 인물이 광주민중항쟁 때 계엄군으로 참가해 저지른 행위 때문에 결국 자살하고 마는 친구를 대신에 그 어머니에게 아들의 역할을 대역한다는 내용의 작품이다.

이 작품은 광주 항쟁에서 자신이 저지른 죄악 때문에 자살을 한 친구와 그 친구를 먼저 보내고 고통 속에서 하루하루를 연명해 나가는 노파의 삶을 통해 광주민중항쟁이 남긴 비극성을 강조한다.

'그때는 몰랐었어. 정말이지 그때는 그런 일이 얼마나 끔찍스런 일인지를 내가 몰랐다구' 하면서 얼굴을 처박고 머리털을 쥐어뜯으며 눈물을 쥐어짜기 일쑤였다. '이 나라를 떠나고 싶다'며 오열을 터뜨리던 어느 날, 그는 끝내 소주병을 깨 그것으로 자신의 팔뚝을 긁고 말았다. (「1989년 겨울, 대역인간」, p.229)

평소 성격 좋기로 소문났던 친구 만수는 군에서 제대한 이후, 예전과는 사뭇 다른 상태로 변한다. 심신은 피폐해 있었고, 극심한 피해망상에 사로잡혀 걸핏하면 주위를 두리번거리거나 다리를 흔들며 불안과 초조에 시달린다. 그러던 그가 외항선을 탄 후 실종된다. 이런 만수를 향해 친구들은 "군인이

---

31) 원태는 영주와의 대화를 통해 "민중의 더운 피가 흐르고 있는 곳이라면 어디나 다 광주"라는 생각에 동의를 하지만, 정작, 원태에 대해서만큼은 "공수부대 출신답게 더러운 놈"이라는 생각을 버리지 않는다. (「십오방 이야기」, p.447)

32) 이 작품은 『문학과정신』에 1989년에 실린 작품이다. 텍스트는 작품집, 『샤갈의 마을에 내리는 눈』(세계사, 1991)에 실린, 「1989년 겨울, 代役人間」으로 삼았다.

야 어차피 명령에 죽고 사는 건데"(227)라며 그의 죽음을 비난했고, 그의 어머니는 "군대 가서 말 잘 들은 갸들이 무신 죄가 있"(238)냐며 아들의 자살을 인정하지 않는다. 그러나 6월 항쟁을 거치면서 그의 어머니도 마침내 자식의 자살을 인정하게 된다. 비록 자의에 의해서 광주에 간 것도, 명령을 어쩔 수 없이 따랐다고는 하지만, 결국 그것은 사람을 때려죽이는 일이었고, 그로 인해 자식이 충격을 받을 수 있다는 사실을 인정하기에 이른다. 그런데도 자신만이 아들의 고통을 모르고 있었다는 점에 대해 뒤늦은 후회를 한다. 노파의 이러한 인식의 변화를 통해 이 작품은 광주의 체험은 직접적인 피해자뿐 아니라, 그곳에 참여한 공수대원과 그 가족에게도 그만큼의 깊은 상처를 남기고 현재화되고 있음을 보여준다. 이러한 가해자의 등장은 이순원의 「얼굴」에 이르면, '물리적 가해자였으면서도 또 다른 정신적 피해자'였다는 인식을 넘어 "만약 당신이 나처럼 그렇게 차출되어 그 자리에 서 있었다면 어떻게 했겠"[33]는가 라는 물음으로까지 이어진다.

물론 이러한 물음들은 기존의 소설적 문법에서 벗어나 다양한 시각의 확보라는 측면에서 진일보 한 것이다. 그러나 문제는 이러한 물음들이 광주민중항쟁에 대한 실체적 접근이 "공시적"[34]으로 행해지지 않는 상태에서 개인적인 피해의식 차원에서 형상화됨으로써 광주항쟁에 대한 진실 자체를 섣부른 화해로 몰고 가는데 있다. 이것은 마치 월남전을 다룬 할리우드 영화나 종군기자들에 의해 기록된 참전기, 작품 등에서 발견되는 일련의 패턴과 비슷한 양상이다. 다시 말해 학살이란 명백한 죄악은 존재하지만, 그 직접적 가해자인 병사는 잘못된 정책을 비판할 수 없는 순진한 병사였고, 적과 아가 구분되지 않는 혼동 속에서 당황하던 개인들에 의해 우발적이거나 어쩔 수 없이

---

33) 이순원, 「얼굴」, 『얼굴』, 문학과지성사, 1993, p.137.
34) 공시적인 해결이라 함은 지배권력에 의해 그 명칭이 '사태'에서 '민주화 운동'이나 '민중항쟁'으로 바뀌는 것을 의미하지 않는다. 그것은 국가 기관에 의해 공개적이고 공식적으로 제대로 된 조사활동과 그 결과를 권위 있게 해석하여 국민 앞에 공표하는 것을 의미한다. (박원순, 앞의 글, p.39.)

행해진 비극에 희생당한 피아간의 개인들을 부각시킴으로써 자연스럽게 독자나 관객의 감정을 이들 개인에게로 이입시킨다. 이로 인해 관객과 독자들은 자연스럽게 베트남 전쟁이란 실체의 대한 비판에서 벗어나 전쟁 자체에 대한 일반적 거부로 나아가게 된다. [35)]

물론, 광주민중항쟁을 다룬 소설들이 이와 같은 일련의 패턴을 답습하고 있다고 할 수는 없다. 그러나 광주민중항쟁에 대한 전면적 진실규명보다는 개인적 문제로의 접근은 그들의 의도와 상관없이 필연적으로 피해자 개인이란 측면으로 축소됨으로써 성급한 화해로 나아간다.

Ⅳ.타자의 목소리를 통한 새로운 가능성의 모색

홍희담의 「깃발」[36)]과 최윤의 「저기 소리없이 한 점 꽃잎이 지고」[37)]는 여러 면에서 새로운 광주문학의 가능성을 내포하고 있다. 물론 이들 작품은 그 창작 의도와 방법에 있어 명백한 차이를 보이고 있다. 즉, 「깃발」이 항쟁에 참여한 주체의 시선(노동자계급의 시선)을 통해 광주민중항쟁의 재현에 충실했다면, 「저기 소리없이 한 점 꽃잎이 지고」는 항쟁에서 비켜선 타자의 눈을 통해 광주민중항쟁을 의미화에 초점을 둔다. 그럼에도 불구하고 이 두 작품이 기존의 문법에 대해 일탈하려 했다는 점에서 유사점을 갖는다.

홍희담의 「깃발」은 광주민중항쟁에 적극적으로 참여한 한 여성노동자의 시각을 통해 항쟁의 구체적 전개과정을 추적함으로써 노동자 계급의 시각에

---

35) 이에 대한 자세한 언급은 다음을 참조할 것.

안드레아 하이스(Andrea Heiss), · 심정보 옮김, 「월남전, 언어, 렌즈의 문학」,『외국문학』,1991,12.

델리 친(Daryl Chin) · 박소영 옮김, 「할리우드 멜로드라마와 적/우방으로서의 한국인과 월남인의 재현 문제」,『외국문학』.1993.3.

36) 홍희담, 「깃발」,『창작과비평』, 1988, 여름호. (이하 인용은 면수만 표시함)

37) 최윤, 「저기 소리없이 한 점 꽃잎은 지고」,『한국소설문학대계』, 89권, 동아출판사, 1995.(이하 인용은 이 책에 근거함)

서 광주항쟁을 형상화한 작품으로 발표 직후부터 논쟁의 대상이 되었다.

소설은 초기 윤강일로 대표되는 지식인이 중심으로 전개되던 항쟁이 계엄군의 진입으로 점차 형자로 대표되는 기층 민중 주도로 바뀌어 가는 과정을 비유나 상징의 방법을 거치지 않고 직접적으로 그러내고 있다. 순분을 화자로 등장시킨 이 작품은 지식인 중심의 항쟁 방식과 기층민중의 항쟁방식을 윤강일의 도피와 형자의 죽음을 대립시킴으로써 광주민중항쟁의 주체문제를 제기하는 것은 물론 역사발전의 원동력으로 노동자의 역할 등을 강조한다. 게다가 비록 돌출적이지만, 광주항쟁과 관련된 미국의 역할을 직접적으로 제기함으로써 광주민중항쟁의 모든 측면을 총체적으로 재현하려 한다. 이것은 분명 기존의 광주문학이 가지 못한 새로운 세계였다.

따라서 「깃발」을 향해 제기되었던 "계급차별성의 강조, 인물 성격의 작위성, 필연성의 기계적 과장, 일반법칙의 예증화 등"[38]은 어찌 보면 필연적인 문제였는지도 모른다. 그런데 문제는 노동자란 타자의 관점으로 새롭게 보려 했음에도 기존 광주문학과 동일한 소설 작법에 매달리면서 항쟁 주체인 노동자 계급의 일상적 삶의 사소한 진실들에 대해 눈을 감고 있다는 점이다.

> "도청에서 끝까지 남아있던 사람들을 잘 기억해둬. 어떤 사람들이 이 항쟁에 가담했고 투쟁했고 죽었는가를 꼭 기억해야돼."
> "……."
> "그러면 너희들은 알게될거야. 어떤 사람들이 역사를 만들어가는가를…… 그것은 곧 너희들의 힘이 될거야."(「깃발」,p.203)

역사발전에 있어 노동자의 역할만을 절대적으로 강조할 뿐 정작 항쟁에 참여한 노동자가 겪게 되는 죽음에 대한 두려움과 공포, 그럼에도 불구하고 계엄군과 맞서 싸워야만 하는 고뇌 등 보편적 해방자로서 항쟁에 참여한 노

---

38) 임규찬, 「광주항쟁의 소설화, 어디까지 왔나」, 『문학정신』, 1991.5, p.55~56.

동자 계급이 겪게 되는 일상적 진실이 드러나 있지 않다. 게다가 타 계급에 대한 적대감 내지 온정주의[39]는 계급 이기주의차원으로 전락하는 위험을 넘어 또다시 광주를 그들만의 특수한 경험으로 한정하는 아쉬움을 남긴다.

「깃발」이 재현이란 기존 문법을 충실히 따랐다면, 「저기 소리없이 한 점 꽃 잎은 지고」는 광주민중항쟁의 의미화에 초점을 둔 작품이다. 최윤은 광주항쟁 당시 한국에 있지 않았다. 그래서 일까. 그의 '광주에 바치는 헌사'는 여타 광주민중항쟁 소설들이 갖게 마련인 전달자로서의 임무에 근거해 완벽히 재현해야 한다는 의무로부터 자유롭다. 광주민중항쟁의 역사적 실체는 미쳐버린 소녀의 무의식을 통해 환상적으로 제시됨으로써 소문과도 같이 부분적이고 오직, 폭력적 상황에서 파괴된 어린 소녀의 혼란스럽고 고통스런 내면만이 반복적으로 제시된다. 게다가 소녀의 내적 독백 시점에서 '장'(전지적 관찰자 시점)으로, 그리고 '우리'로 이어지는 시점의 빈번한 교차는 한 층 이 작품을 환상적이고 모호하게 만든다.[40] 이러한 양상은 광주항쟁이 갖고 있는 진실에 대한 작가의 의도적 유보처럼 보인다. 이는 작가의 관심이 진실의 긍정적 구현에 머물지 않고 그 진실이 갖고 있는 다양한 가능성에 대한 탐색에 있음을 의미한다. 다시 말해 「저기 소리없이 한 점 꽃잎은 지고」는 관찰에 근거한 세세한 모방[41] 위주의 남성적 글쓰기가 아닌, 최초로 광주민중항쟁이 남긴 일련의 폭력을 '파랑새'를 주고받음으로써 가해와 피해의 관계를 형성해 나가는 남성들과 소녀를 통해 제시함으로써 광주민중항쟁을 개인이 아닌, 여성의 시점에서 기술하고 있다.

　　　완전히 변한 얼굴. 어디서 많이 본 듯한 얼굴. 내가 반수상태에서 본 그 빛나는

---

39) 이훈, 앞의 글, p.263.
40) 이러한 최윤의 설정은 "엄연한 역사적 의미를 신비화하고, 그 사건을 둘러싸고 잇는 구체적 현실상황에 대한 가치 판단을 흐리게 한다"는 비판을 받기도 한다.
　　(박혜경, 「존재의 비의를 길어올리는 회상의 언어」, 해설, p.484.)
41) 캐스린 흄(Kathryn Hume), 한창엽 역, 『환상과 미메시스』, 푸른나무, 2000. p.88.

얼굴은……바로 내 얼굴이었어. 그 뒤에도 나는 얼마나 자주 이 얼굴을 떠올렸던가. 엄마가 알아볼 수 있는 얼굴. 오빠가 알아볼 수 있는 얼굴. 그 일이 일어나기 전의 얼굴. 그날 아침, 엄마를 따라 나서기 전, 꽃자주색 나들이옷에 마지막 안녕 인사를 하기 위해 거울 앞에 섰을 때의 얼굴. (「저기 소리없이 한 점 꽃잎은 지고」,p.58)

그녀의 얼굴이 남성적인 폭력에 의해 변해버렸다는 것은 주지의 사실이다. 그런데 이처럼 변해버린 그녀의 얼굴은 남성들로 하여금 "엉뚱하게 자기 자신의 얼굴이 그녀를 그렇게 만든 장본인처럼 드러"(46)나게 만드는 마력을 지닌다. 하여 남성들은 그녀를 통해 자신도 모르게 그녀에게 감염될 뿐 아니라, 폭력의 실체를 서서히 인식하게 된다. 결국 「저기 소리없이 한 점……」은 광주라는 남성적 폭력의 양상을 여성적 글쓰기를 통해 제시함으로써 삶에 대한 문제를 섬세한 필치로 그릴 수 있었고, 이 점은 기존 광주문학이 갖지 못한 새로운 가능성이라 할 수 있다.

V. 맺음말

광주민중항쟁은 우리 문학사에 있어 획기적인 사건이다. 이것은 작가들로 하여금 역사적, 사회적 존재로써 개인의 역할에 확신을 하게 했을 뿐 아니라, 예술적 상상력의 원천으로 작용하였다. 군사파시즘의 가공할 폭력이 난무하던 시대에 감추어진 광주 학살을 고발하고, 지배권력의 폭압에 무기력했던 자신들의 나약함을 부채의식이란 형태로 그렸다는 점만으로 광주문학은 그 존재 가치를 인정받는다.

그러나 그 긍정성의 이면에서는 '독재에 대항하는 무기로서의 문학'이란 신화적 담론에 심취하여 광주체험을 특수화하고, 경험자와 비경험자의 이분법적 구도를 양산하여 경험자에 의해 일방적으로 전달되는 현상을 낳게 하는 하기도 한다.

게다가, 광주민중항쟁이란 역사적 사실보다는 그로 인한 피해의식을 피해자 일반을 통해 제시함으로써 모든 책임을 개인의 문제로 환치시킬 뿐만 아니라, 비극적인 상황에 대한 과도한 강조를 통해 비극을 잊자는 식의 섣부른 화해로 나아갈 위험성마저 내포하고 있다.

　홍희담의 「깃발」과 최윤의 「저기 소리없이 한 점 꽃잎이 지고」는 비록 중편소설이란 한계에도 불구하고 기존 광주문학이 지닌 문제점에 대한 반성과 더불어 새로운 가능성을 제시하고 있다는 점에서 고무적이다. 이들 작품은 역사적 진실에 대한 해명과 여성적 글쓰기를 통한 다양한 모색을 통해 일상성을 중요시하면서도 역사적 진실을 놓치지 않으려는 노력을 보였던 바, 90년대 본격 장편 광주문학의 밑거름이 되고 있음을 본다. 새미

해방의 역설
— '오월시'의 주제와 표현

이창민*

1. 문제 제기: 논의의 지평

5 · 18 광주민주화운동을 주된 제재로 삼은 시를 '오월시'라 하고, 그 주제
와 표현을 검토한다. 사건이나 작품군의 명칭이 문제가 될 수 있는데, 여기서
는 특별한 입장을 전제하지 않고 일반적으로 통용되는 이름을 쓴다.[1] 지금까
지 간행된 세 권의 기념 시집을 주 자료로 삼고, 거기에 수록되지 않았으나

* 고려대 강사, 저서로 『양식과 심상』 등이 있음.
* 본고는 BK 사업의 지원을 받았습니다.

1) '민주화운동'은 정부의 공식 용어이고, 이를 따르지 않는 사람들은 주로 '민중항쟁'이
    라 한다. 이 밖에 '시민의거' '민중혁명' '사태' '학살' '봉기' 등도 쓰인다. 이들 명칭에
    는 사건을 해석하는 정치적 입장이 집약돼 있다. 대부분의 학자들은 중립성을 내세워
    '5 · 18'이라고만 지칭한다.[최정운, 『오월의 사회과학』(풀빛, 1999), pp. 28-29 참조]
    '광주민주화운동'은 한국사회학회에서 개최한 국제 학술심포지엄 『세계화시대의 인권
    과 사회운동: 5 · 18 광주민주화운동의 재조명』(나남출판, 1998)에서 술어로 사용된 바
    있어 택했다. 광주민주화운동에 관련된 문학 작품을 가리키는 말로는 '오월문학'과 '광
    주문학'이 널리 쓰인다. 여기에 대해서는 본격적인 논의나 토론이 이루어지지 않았다.
    시의 경우 '광주시'라 하면 출처 표시로 오해될 소지가 있고, '오월시'라 하면 동인 명칭
    으로 오인될 우려가 있다.
2) 문병란 · 이영진 편, 『누가 그대 큰 이름 지우랴 5월광주항쟁시선집』(인동, 1987); 고은
    외, 『하늘이여 땅이여 아아, 광주여: 5 · 18 광주 민중항쟁 10주년 기념시집』(황토,
    1990); 김사인 · 임동확 편, 『꿈, 어떤 맑은 날: 5 · 18 20주년 기념 시선집』(이룸, 2000).
    이하 이들을 각각 『누가』『하늘』『꿈』으로 약칭하고, 작품 인용시 약칭과 면수를 제목 뒤
    에 붙인다. 기념 시집에 수록되지 않은 작품의 출처는 각주에 표시한다.

주목할 필요가 있다고 생각하는 작품 십여 편을 습유(拾遺)해 논고한다.[2]

주지하다시피 광주민주화운동은 사회 운동의 혁신을 초래함과 아울러 예술 개념의 변혁을 야기했다. 광주민주화운동의 해석과 계승 과정을 통해 사회 운동에는 민중성이 부여되었고, 예술 개념에는 운동성이 도입됐다. '광주'를 내포함으로써 예술은 운동의 수단이자 대안 문화로 전위했다.[3] 문학은 이런 변화의 중심에 있었다. 운동으로서의 문학이라는 이념은 창작과 수용을 두루 포괄하는 강력한 기제로, 문학의 본유적 속성으로 간주되던 구성과 문체, 운율과 비유의 운용을 결정짓는 계기로 작용했다. 광주민주화운동을 다룬 작품 대다수는 문학 운동의 심부에 자리잡고 있다.

따라서 내재적 관점에서 '오월시'의 주제 내용을 해석하고, 표현 형식을 분석하는 것은 창작 의도나 수용 양상에 어긋나는 작업이 될 소지가 있다. 운동의 요체는 정세 판단과 정향 설정, 대중 조직과 집합 행동에 있느니만큼 시건 소설이건 광주민주화운동에 직접 관련된 작품은 그야말로 외재적인 입장에서 운동에 기여한 정도를 평가하는 식으로 점검해야 되는지도 모르겠다. 문학 운동의 일환으로 산출된 작품을 재래의 방식으로 검토하는 일을 소시민 의식 형태의 발현으로 규정하는 시각에서라면 '오월시'의 핵심적 동인을 이루는 사회 역사적 맥락이나 정치 경제적 토대에 대한 명확한 해명을 간과한 본고의 의론은 상당히 제한적일 수밖에 없다.[4]

2. 폭력의 정체와 투쟁의 실상

광주민주화운동을 주요 동기로 삼은 '오월시'의 효시는 김준태의 「아아

---

3) 정근식·민형배, 「영상기록으로 본 왜곡과 진실」, 『역사비평』, 51(2000 여름), pp. 269-270 참조.

4) 이념성과 실천성을 강조하는 운동으로서의 시와 서정성과 예술성을 중시하는 문학으로서의 시에 대한 논란은 '오월시'의 중심 주제 중의 하나이기도 하다. 이 문제에 대해 주장을 제기하거나 의견의 시사한 작품을 따로 모아 살필 필요가 있다고 생각한다.

광주여! 우리나라의 십자가여!」(『누가』, p. 62-66)이다. 이 시는 본디 이백서른 행이었으나 계엄군이 삼분의 이 이상을 삭제해 일흔네 행만이 1980년 6월 2일 『전남매일신문』에 게재됐다.[5] 『누가』와 『하늘』에는 백아홉 행으로 수정된 작품이 실려 있다. 원래 분량에는 미치지 못하나 이것만으로도 대단히 긴 작품이라 하겠다. 장시 형식을 취하게 된 주된 이유는 광주민주화운동의 면모를 다각도로 포착하고, 그 실상을 다면적으로 제시하려는 데 있다. 이후에도 장시는 이런 의도를 구현하는 양식으로 널리 쓰였다. 장형성은 '오월시'에서 주목할 만한 형식적 특징이다.

의도와 양식에서뿐만 아니라 주제와 표현에서도 이 시는 '오월시'에 일반적인 요소를 두루 포함하고 있다. 중심 내용을 이루는 참혹한 학살의 진상과 영웅적 투쟁의 양상, 살아남은 자의 죄의식과 미래에 대한 신념, 일시적인 좌절의 양태와 지속적인 투쟁의 결의 등은 개별적으로는 단형 작품의 주제로 분기되었고, 종합적으로는 장형 작품의 내역으로 수용됐다. 영탄적 어조와 활유적 비유, 관념적 진술과 구체적 사연, 희생자의 발화와 생존자의 발언을 교차·중첩한 수사 방식은 상당 기간 '오월시'의 통상적인 표현 양식으로 활용됐다.

김준태는 여기서 투쟁 대상을 규정하거나 항쟁 이념을 적시하는 데 특별히 유의하지 않았다. 이 시의 초점은 폭력의 실태를 양언(揚言)하고, 희생의 의미를 확보하는 데 맞추어져 있다. 현실 묘사의 밀도를 높여 상황을 좀더 분명하게 전달하기 위해 그는 타자 서술로 된 연 사이에 공수부대에 피살된 태모의 심리 서술을 삽입하기도 했다. 이 시에서 화자 개입을 배제하고 사자의 언어를 그대로 기술한 부분은 그 어떤 비유적 서술이나 추상적 진술보다 강력한 효과를 발휘한다. 신체가 없는 여인의 음성이 죽은 자와 산 자의 거리를 무화시키며 비극적 현실을 생생하게 드러낸다. 사자의 독백에 비추어 볼 때 "아아, 자유의 깃발이여 / 인간의 깃발이여 / 살과 뼈로 응어리진 깃발이여"

---

5) 이원규, 「5·18과 예술: 문화예술적 성과」, 『win』, 1997. 5, p. 290 참조.

라는 구절은 항쟁의 이념을 표명한 것이라기 보다는 저항의 도리를 표현한 것으로 보아야 할 것이다. 살과 뼈는 생명의 조건이며, 자유는 인간 존엄성의 요건이다. 광주 시민은 "죽음으로써 죽음을 물리치고 / 죽음으로써 삶을 찾으려 했던" 것이다.

광주민주화운동의 근본 동기를 생명 보존과 인간 존엄성 회복에서 찾으면, '십자가'는 비유적인 의미를 넘어 희생과 저항의 의의를 직접 시현하는 낱말로 해석할 수 있다. 생명과 존엄성은 인간으로서 마땅히 지켜야 할 본연의 가치이자 인륜이다. 그 어떤 대의 명분이나 이념 체계도 여기에 바탕을 두지 않을 수 없다는 점에서 그것은 신성한 것이다. 인간의 생명과 존엄성을 무자비하게 말살하는 폭력에 맞서 사선에 섬으로써 광주 시민은 죽음의 공포를 극복하고 숭고한 가치를 체현한 위대한 인간이 됐다. 그들이 구현한 "인간의 존엄성은 인간임을 극복하는 인간 이상의 존재를 '저열한 인간'으로부터 차별하는 기준인 것이며 모든 광주시민들이 만취했던 절대공동체에서의 희열은 모두가 '대단한 인간', 인간 이상임의 느낌이었다."[6] 광주 시민은 비인간적 폭력에 대한 투쟁을 통해 인간의 존엄성을 실체로 구현했다. 이것이 바로 광주민주화운동의 진행 과정에 나타난 폭력의 역설이다.

이 시에서 김준태가 여실히 묘파한 비극은 여자의 젖가슴을 대검으로 난자한 사건과 더불어 '추악한 국가 폭력'[7] 혹은 "비인간적 국가테러"[8]를 대표하는 만행으로 '오월시'에 자주 등장한다. 이영진은 「시간은 진실을 말하는가」(『꿈』, pp. 151-152)에서 "그날 임산부의 부푼 뱃속에, 시퍼렇게 날선 대검을 찔러넣던 자들의 결코 잊을 수 없는 눈빛"을 명시해 세월이 약이라는 항간의 속설을 부정했고, 고규태는 「나는 첫아이였어요」(『누가』, pp. 103-

6) 최정운, 『오월의 사회과학』, p. 163.
7) 김성국, 「국가에 대항하는 시민사회: 5 · 18의 자유해방주의적 해석」, 한국사회학회 편, 『세계화시대의 인권과 사회운동: 5 · 18 광주민주화운동의 재조명』, p. 102.
8) 정근식, 「부활 광주?: 과거 · 현재 · 미래」, 『문학과사회』, 50(2000 여름), p. 708.

104)에서 살해된 태아를 화자로 설정해 폭력의 극한을 표현해 보고자 했다. 이도윤은 「오월이 살아」(『하늘』, pp. 65–66)에서 "옥례의 스무살 젖가슴에 꽂힌 대검의 오월"이 "이리도 모질게 살아" "굳센 주먹이 되고 단단한 돌멩이가 되고 이 땅의 함성이 됐다"는 사실을 지적했고, 정일근은 「아직 오월의 노래는 끝나지 않았다」(『꿈』, pp. 171–172)에서 "두부처럼 잘리어진 어여쁜 너의 젖가슴"이라는 가사를 인용한 후 이 노래를 "땅 속에 묻어버릴 수도 없는 광주의 노래"이자 "아궁이에 불태워버릴 수도 없는 민족의 노래"로 지정했다. '오월시'에서 두 사건은 잔악한 폭력이 극에 달했음을 말해주는 상징인 동시에 전시민을 상대로 무차별 살상이 이루어졌음을 드러내는 환유로 작동한다.[9]

광주민주화운동 기간 동안 자행된 폭력의 정체를 시 속에 표시하는 일은 대략 두 가지 방향으로 실행됐다. 하나는 앞에서 살핀 대로 폭력의 실태과 희생의 실정을 적실히 묘사한 후 투쟁의 계기로서의 의미를 정립하는 방식이고, 다른 하나는 사건의 진상을 시사하는 표현적 문맥을 제시한 후 항쟁의 진실을 규정할 수 있는 역사적 유비를 구축하는 방식이다. 후자에서 폭력의 실상을 지시하는 비유로는 '게르니카'와 '아우슈비츠'가 이용됐고, 투쟁의 의의를 지적하는 술어로는 '아르헨티나'와 '칼레의 시민'이 사용됐다.

김남주는 「학살 2」(『하늘』, pp. 78–81)에서 사건의 본질을 제목으로 명확히 제시하고 "아 게르니카의 학살도 이렇게는 처참하지 않았으리 / 아 악마의 음모도 이렇게는 치밀하지 못했으리"라고 탄식했고, 고정희는 「넋이여, 망월동에 잠든 넋이여」(『하늘』, p. 181–200)에서 광주를 "한국판 아우슈비츠"로 명명했다. '게르니카'건 '아우슈비츠'건 이들은 모두 폭력의 정체를 면밀한 계획 아래 진행된 대량 학살로 규정하는 관점을 공유한다. 광주를 '아르헨티나'와 '칼레'에 유비하는 일은 죽음을 무릅쓰고 부당한 권력에 저

---

9) 이들 만행에 대한 사실 확인은 쉽지 않지만, 사실일 것이라는 심증을 뒷받침하는 증언이 있었다. 최정운, 『오월의 사회과학』, pp. 124-127 참조.

항하는 의지와 폭력의 실체를 규명하기 위한 지속적인 투쟁의 결의, 그리고 공동체의 가치를 수호하기 위한 영웅적인 희생을 전제한다. 고은은 「아르헨의 어머니」[10]에서 광주의 미래를 아르헨티나에 도래한 "새 세상"에 연결짓고, "파묻은 것이 밝혀지는 세상" "사람들은 입을 다물고 뼈들이 말하는 세상"의 재래를 갈망했다. 강인한은 실종자라는 뜻을 지닌 「데사파레시도스」[11]라는 제목의 시에다 그들의 음성을 빌려 "이성이 가리키는 올바름을 위하여 / 영원한 사랑을 위하여 / 끝내는 지켜져야 할 인간의 순결한 자유를 위하여" 몸바친 영령의 뜻을 새겼고, 「이것은 꿈입니다」(『하늘』, pp. 61–62)에서는 당시 상황을 "석기시대 야만의 꿈"으로 정의하고, 여기서 벗어나기 위해 스스로 희생을 선택한 사람들을 "칼레의 시민"에 비유했다. 야만의 주체는 물론 "문명사회가 수많은 재원을 투자해서 정교하게 만들어낸 야만이자 악마"[12]인 공수부대와 그들의 지휘자이다.

시민 항쟁으로서의 광주민주화운동의 가장 큰 특징은 전시민의 자발적 연대와 참여에 있다. 항쟁의 전과정에 걸쳐 광주 시민은 자기 선택에 기초해 공동체의 일원으로 연대했다. 임철우의 말대로 자발적인 단결과 투쟁은 오월 항쟁의 풀리지 않는 수수께끼이자 핵심이다.[13] 공수부대의 행위를 도저히 합리적으로 설명할 수 없는 것처럼 시민의 저항 역시 합리적으로 이해하기는 어렵다.[14] 항쟁의 실상을 기록해 놓은 '오월시'에는 전시민의 자발적 연대와 투쟁이라는 항쟁의 토대가 부각돼 있다. 김진경은 「우리들을 위한 묘비명(墓碑銘)」(『누가』, p. 161)에서 "하나뿐인 심장으로 저항하는" "이름 없는 이들"의 "단순하고 붉은 피"라는 표현으로 투쟁의 요체를 적시했다.

무명성과 단순성은 시민들의 자발적 단결과 투쟁의 중추적 내포이다. 광

---

10) 고은 외, 『80년대 대표 시인선』(현암사, 1989), pp. 35-36.
11) 강인한, 『우리 나라 날씨』(나남, 1986), pp. 23-26.
12) 최정운, 『오월의 사회과학』, p. 126.
13) 임철우, 「나의 문학적 고뇌와 광주」, 『역사비평』, 51(2000 여름), p. 296 참조.
14) 최정운, 『오월의 사회과학』, p. 102 참조.

주민주화운동은 "5월 18일부터 21일까지의 특전부대에 의한 과잉진압과 이에 대한 시민의 저항, 22일부터 25일까지의 국가권력이 패퇴한 상황에서의 시민적 공동체의 형성, 그리고 26-27일의 계엄군의 무력적 진압과 시민군의 희생이라는 세 국면으로"[15] 대체적 진행 과정을 정리할 수 있는데, 무명성과 단순성은 이를 관통하는 저항의 근본 동력이다. 항쟁의 경과를 요약해 놓은 신용길의 「다시 망월동에서」(『꿈』, pp. 114-117)에 언급된 대로 그들의 개인적 정체는 "아버지, 엄마, 남편, 아내, 형, 누나, 동생" 같은 공동체의 관계망으로 흡수된다. 5 · 18의 신화를 만든 무명 용사는 투쟁에 참여한 시민의 실체를 가리키는 이름이기도 하다.

사회의 최하층 성원을 주인물로 등장시키는 것도 "이름 없는 이들"을 현창하는 것과 마찬가지로 전시민의 자발적 연대와 투쟁을 각인하는 방법이다. 김창규가 「구두 닦아요」(『누가』, p. 130)에서 "인간답게 착하고 성실하게" 살기를 바랐던 구두닦이의 죽음을 자세히 서술한 이유가 여기에 있다. 도시 빈민 혹은 룸펜 프롤레타리아는 당시 시민군의 주된 구성원이었고, 물리적 투쟁에서 주도적인 역할을 담당했다. 이들의 활동은 역사 발전의 주력으로서의 프롤레타리아와 반동 세력으로서의 룸펜 프롤레타리아를 엄격히 구별하는 계급론을 와해시켜 후일 사회과학자로 하여금 계급 이론의 정식 족보에는 기재되지 않은 기층민중이라는 범프롤레타리아계급을 고안해 내도록 만들었다.[16]

계급론적 차별을 초월해 모든 피지배 저항세력의 일치를 가능케 한 배경에는 전시민이 자발적 단결과 투쟁으로 이루어 낸 공동체가 자리잡고 있다. 박몽구가 「도둑 없는 거리—십자가의 꿈 61」(『누가』, pp. 132-134)에 적어 놓았다시피 그것은 "광주의 뜨거운 자존심"을 구현한 '해방구'로, 「십자가

---

15) 정근식, 「광주민중항쟁과 5월운동」, 제주4 · 3연구소, 『동아시아의 평화와 인권』(역사비평사, 1999), p. 306.
16) 김성국, 「국가에 대항하는 시민사회: 5 · 18의 자유해방주의적 해석」, pp. 117-120 참조.
17) 박몽구, 『십자가의 꿈』(풀빛, 1996), pp. 13-14.

의 꿈 1—서시」1)의 지적처럼 '캐터필러가 몰고 온 적의를 뿌리치고' 이룩한
성과였다. 문병란이 구두닦이 전사를 기리는 「망령(亡靈)의 노래」(『누가』,
pp. 144-149)에서 읊은 대로 전민중이 "당당한 광주의 시민 / 당당한 자유의
투사"로 결합한 "그날만은 양반도 상놈도 없었다 / 그날만은 부자도 가난한
사람도 없었다. / 그날만은 모두 다 한덩어리 / 그날만은 모두 다 평등한 시
민"이었다. 계급과 계층, 지위와 신분, 권력과 재산 등 모든 사회적 차이의 소
인에서 해방된 상태, 이것이 곧 광주가 전취한 '절대공동체'이다. "5·18이
우리 근대사뿐만 아니라 인류 역사에서 갖는 의미의 핵심은 이 절대공동체
의 체험일 것이다."18)

'오월시'에 기록된 것처럼 5월 20일 절대공동체가 형성된 이후 25일 시민
군 대표 명의로 「우리는 왜 총을 들 수 밖에 없었는가」(이원규, 『하늘』, p. 94)
라는 성명이 발표되었고, 26일 새벽 수습위원 열일곱 명이 "죽음의 행진"(김
희수, 「오늘은 꽃잎으로 누울지라도」『하늘』, pp. 98-114)을 감행했다. 그날
저녁 최후의 항전을 위해 도청에 남은 시민군은 「최후의 만찬」(박노해, 『하
늘』, p. 118-120)을 들었다. 그리고 5월 27일 새벽 "저들의 탱크가 몰려오고
있습니다. / 시민 여러분, 문들을 열고 저희를 도와주십시오"(이시영, 「1987
년 1월」『하늘』, pp. 241-242) "우리 모두 나가 싸웁시다 / 우리의 형제들이
죽어가…"(이도윤, 「너는 꽃이다 4」『꿈』, pp. 136-137)라는 끝맺지 못한 여
학생의 애끊는 목소리를 죽이고 계엄군의 일제 사격이 시작됐다.

학살은 멈추고 항쟁은 끝났다. 운동가에게는 투쟁을 계승할 책무가 남겨
졌으며, 이론가에게는 항쟁의 의의를 구명할 책임이 주어졌다. 시인에게는

---

18) 최정운, 『오월의 사회과학』, p. 99. '절대공동체'는 해방 광주의 성격을 지칭하기 위해
퇴니스의 공동사회와 이익사회의 구분에 의거해 만든 용어이다. 같은 책, p. 161에 설명
된 대로 이런 상태는 퇴니스가 제시한 공동체의 범위에서 가장 극단적인 경우라 할 수
있다. 술어의 자세한 함의는 같은 책, pp. 99-100; 151-152에 밝혀져 있다. '절대공동체'
개념은 지금까지 제시된 광주민주화운동 연구에서 가장 뛰어난 분석틀로 평가받는다.
[정근식·김무용·김명섭·문부식(좌담), 「광주 20년: 국가의 기억, 민중의 기억」, 『당
대비평』, 11(2000 여름), p. 12 참조]

무고하게 희생당한 시민과 장렬하게 전사한 투사의 영혼을 위무할 의무가 지워졌다. 김준태와 고정희는 「광주땅 5월 생목숨들 상사디여!」(『하늘』, pp. 128–132)와 「넋이여, 망월동에 잠든 넋이여」(『하늘』, pp. 181–200)에서 씻김굿의 형식을 빌려 원통한 넋을 위로해 저승으로 편히 인도코자 했다. 그러나 죽은 자는 신원과 해원을 내세워 천도를 거부했다. 신경림은 「씻김굿」(『누가』, pp. 255–256)에서 이런 사정을 "꺾인 목 잘린 팔다리로는 나는 못 가, / 피멍든 두 눈 고이는 못감아, / 못 잡아, 이 찢긴 손으로는 못 잡아, / 피 묻은 저 손을 나는 못 잡아. // 되돌아왔네, 피멍든 눈 부릅뜨고 되돌아왔네, / 꺾인 목 잘린 팔다리 끌고 안고 / 하늘에 된서리 내리라 부드득 이빨갈면서"라는 시절로 압축했다. 김남주가 「달」[19]에서 말한 "이방인의 침략처럼 / 원주민의 학살처럼 / 파괴당한 오월의 사자들"이 처참하게 망가진 신체를 이끌고 돌아온 것이다. 사자의 귀환은 항쟁의 의의와 역사적 진실을 이념화하는 방향으로 시인을 이끌었다.

3. 항쟁의 의의와 역사적 진실

항쟁 이후 시인들은 '광주'가 불망의 기억으로 자리잡고 있음을 절감했다. 김진경이 「눈(雪)」[20]에 적어 놓은 대로 광주의 기억을 지니고 있는 한 이승과 저승, 삶의 땅과 "죽음의 땅"이 다르지 않다. 둘은 모두 "불귀(不歸)의 땅"이다. 박선욱은 「광주 5」(『하늘』, pp. 252–254)에서 그 표상의 강도를 "잊혀지지 않아" "결코 잊혀지지 않아" "잊을 수 없어"라는 세 마디로 요약했다. 이 말은 구체적으로 가공할 폭력에 대한 공포, 처참히 학살된 동지의 잔영, 의연히 죽음을 선택한 형제의 염원에 결부돼 있다. 사자의 귀환과 함께 시간의 화살은 앞으로 날아가지 않고 뒤로 돌아와 생자의 뇌리에 박혔다. 김광규는

19) 김남주, 『함께 가자 우리 이 길을』(미래사, 1991), p. 108.
20) 고은 외, 『'80년대 대표 시인선』, pp. 216-217.

「사오월」[21)에서 직선으로 진행하지 않고 원형으로 순환하는 미망의 시간을 "언제부터인가 / 5월은 해마다 오기만 하고 / 가지 않는다"고 표현했다. 그 때의 기억은 "잠들지 않고 / 썩지 않고 / 잊혀지지 않고 / 세월만 자꾸 쌓여 간다." '오월'은 곽재구가 「광주 미 문화원 앞에서」에[22)서 말한 대로 "그을리고 피멍든 그 미친 증오의 날들"로 현존했고, 신경림이 「오월은 내게」[23)에 적어 놓은 것처럼 "저자거리를 메운 군화발소리 총칼소리"와 "붉은 피로 물든 보도"에 대한 기억으로 실재했다.

이원규가 「오월에 쓰는 편지」(『하늘』, pp. 46–47)에 고백해 놓은 것처럼 광주를 회상하는 시인의 생활은 "눈알이 빠진 채 죽어간 당신과 혁명만을 생각"하는 날들로 점철됐다. 광주민주화운동에 대한 상념을 표백한 대부분의 시에서 자연은 당시를 떠올리는 기억의 계기로만 의미를 지닌다. 정안면은 「그리운 남쪽」(『하늘』, pp. 59–60)에서 "오월의 찔레꽃 하늘을 바라보면" "찢겨진 형체"와 "살아남은 사람들의 슬픔이 솟구쳐 / 오월새가 되어 날아가는 새떼들의 / 긴 행렬"이 보인다고 토로했고, 송기원은 「꽃피는 봄날 3」(『하늘』, p. 211)에서 "아직도 왜 꽃무더기들만 보면 / 피! 하는 외마디 비명이 / 꽃무더기들보다 먼저 달려드는지요"라고 심산(心酸)을 호소했다. 이런 사연을 박민규는 「5월」(『꿈』, p. 87)에서 "바람이 불어온다. / 불어, 기억의 저편에서 / 날아온 짱돌 하나 내 이마를 / 깨뜨리고, / 간곳없어도 / 피! / 멎지 않는다"라는 단속적인 시절로 형상화했다. 광주민주화운동에 관한 기억을 표출한 시는 어느 것이나 단선적인 일인칭 자기 서술에서 벗어나지 않는다.

'오월시'는 시에 대한 현실 정치의 개입을 수락하고, 시를 역사 이념의 전달 매체로 상정함으로써 불망의 기억이 야기하는 심정의 고통을 현실의 동력으로 전화시켰다. 사자의 통분을 어루만지거나 생자의 기억을 털어놓는

---

21) 김광규, 『대장간의 유혹』(미래사, 1991), pp. 78-79.

22) 곽재구, 『서울 세노야』(문학과지성사, 1990), pp. 31-35.

23) 신경림, 『가난한 사랑노래』(실천문학사, 1988), pp. 80-81.

일에서 벗어나 사자의 발언을 논리적인 개념으로 번역하고, 기억의 내포를 이념적으로 실현하는 데 주력하게 된 것이다. 이리하여 이성부가 「무등산(無等山)」[24]에서 예기한 바 "가슴 큰 역사를 그 안에 담고 있어" "태어나면서 이미 위대한 죽음이었던 산"이 '입을 열어 말할 날이 이제 이르렀다.' 그 장엄한 역사의 언어를 기록한 작품은 '오월시'의 주류를 이루었다. 김초혜가 「세상살이 23ー하늘이여 하늘이여 3」[25]에서 뉘우친 것처럼 "역사 속에 남긴 뚜렷한 흔적이 망월동에서 커가고 있는데 보잘것없는 한숨을 노래라 지으며 무릎을 꿇는 것"은 사자에 대한 도리가 아니었다.

　광주민주화운동은 애초에 절차적 민주주의에 대한 최소한의 요구와 지역공동체에 가해진 폭력에 대한 저항으로 시작했으나 부도덕한 권력 집단과의 전면 항쟁, 그리고 절대공동체의 형성과 해체를 거치면서 추상적인 역사적 이념 대부분을 흡수했다. 광주 시민의 투쟁 과정 속에는 민주주의와 인권은 물론이고 자유와 평등, 민중과 해방 등 거의 모든 이상이 들어 있다. 물론 이것들은 의식적 지표나 논리적 개념이 아니라 경험적 직관이나 원초적 정념으로 존재했다. 광주에 응집된 이상들은 전부가 한데 얼크러진 "하나의 이름 모를 느낌"[26]이었다. "이들 5·18의 정신이념들은 결코 선험적인 것이 아니고, 광주민주화운동 과정에서 실천적으로 지향된 가치이며 규범이었다."[27]

　항쟁의 의의와 역사적 진실을 극명하고자 했던 '오월시'의 주류는 광주에서 얻은 사회적 영감을 명석 판명한 개념이나 이념 형태로 결정하는 데 주력했다. 광주는 이념의 성지로 정위되었고, 광주에 관한 언설은 이념의 해설로 간주됐다. 문병란은 스물아홉 연으로 된 장시 「송가(頌歌)」(『누가』, pp. 81-90)에서 광주를 '성지'로 규정하고, 거기에 내포된 이념의 지평을 제시했다. 이 시는 제목이 가리키는 대로 광주에 대한 찬가이다. 여기서 그는 아직은 광주를 성지라 명명하고 "위대한 도시라 찬양하기엔" 이르다 하고, 두 가지 이유를 들었다. 살아남은 자의 부끄러움과 죽은 자의 억울함이 그것이다. 이 말은 송가의 목적이 이념의 실천에 있음을 분명히 한다.

이 시에는 광주민주화운동 이후 발화자의 입장에 따라 외연과 내포를 달리하며 급변하는 이념의 총체가 제시돼 있다. '반역' '반국가' '내란' '안보' 등은 지배층의 이념이고, '민주' '민족' '해방' '자유' '민중' '반독재' '반유신' '반군부' '통일' 등은 피지배층의 이념이다. 양자의 대립은 사회 투쟁이 세부 현실을 벗어나 낱말과 낱말의 투쟁으로 요약될 수 있다는 사실을 단적으로 보여준다. 항쟁의 진상을 규명하기 위한 투쟁은 주로 권력 계층이 제시한 폭도론, 음모론, 불순분자론, 유언비어론, 과잉진압론과 저항 세력이 제기한 민주화론, 민중론, 혁명론의 대립을 둘러싸고 회전했다. 문병란은 작품 말미에서 "산 자의 치욕을 안고 죽은 자의 분노를 합하여" 투쟁의 깃발에 아로새길 이념을 '민주통일'과 '민족항쟁'이란 말로 요약했다. 이리하여 송가는 "영원한 민족항쟁의 선언"이 되었다.

광주민주화운동에 내포된 의의를 시로 개념화하는 하는 일은 종종 신념을 사실로 취급하는 지나친 낙관론에 치우치기도 했고, 항쟁의 교훈을 설파하는 전술론에 떨어지기도 했다. 양성우는 「이제 다 알아요」(『누가』, pp. 182–183)에서 모든 문제가 남김없이 규정됐다는 의미로 제목의 문장을 일곱 번 반복했고, 고규태는 「총소리」(『누가』, pp. 301–302)에서 문제뿐만 아니라 "명쾌한 답" 역시 어려울 것 없다고 보아 "우리들이 취해야 할 자세"를 "다 알고 있다"는 뜻의 문장을 두 번 되풀이했다. 이런 태도는 공히 도종환이 「벗들이여 우리는 승리합니다」(『하늘』, pp. 49–50)에 기술해 놓은 소신에 바탕을 두고 있다. 그것은 "옳지 않은 자들과의 싸움이므로 / 거짓된 자들과의 싸움이므로" "이 싸움은 반드시 승리하는 싸움"이고 "이미 우리가 이기고 있는 싸움"이라는 확신이다.

전술론은 이런 확신을 실현하는 실제적인 방안으로 제시됐다. 박노해는 「총 한방에」(『하늘』, pp. 116–118)에서 무기반납을 주장했던 수습파를 "투항주의자"와 "배신자"로 지목하고, 총을 들고 도청 사수에 나선 항쟁파를 "짐승의 생존보다 / 인간의 죽음을 택한 영웅"으로 추존했다. 「살았다 무기다!」(『하늘』, pp. 115–116)에 갈파해 놓은 대로라면 무장은 민중의 '희망'과 '생명'의 모태이자 '힘'과 '해방'의 조건이며 "민중권력의 산모"이다. 김형수는 「오리발과 빨간 나비넥타이」(『누가』, pp. 174–176)에서 시민군의 주력이었던 "식민지 룸펜"의 전사에서 얻은 교훈을 "민중에겐 항상 조직이 필요하다는 것" "다시는 산산히 부서져 버리지 않기 위하여 / 강철 같은 조직을 / 강철 같은 조직을 구축해야 한다는 것"이라는 단호한 명제로 집약했다.

광주민주화운동을 해석하는 과정에서 도출된 매우 중요한 문제틀 두 가지는 역사 발전의 주체로서의 민중의 역할과 억압의 근본 원인으로서의 미국의 정체였다. '민중'이란 용어는 광주민주화운동을 거치고 나서야 비로소 사회 정치적 의미를 지니기 시작했다. 그것은 기성 개념이 아니라 항쟁의 경과를 돌이켜 목표를 정립하고 주체를 설정하는 작업에서 발견된 강령으로 기존의 시민 관념을 부정하는 것이었다.[28] 민중 개념의 발견 이후 광주민주화운동은 시민 저항이 아니라 민중 투쟁으로 전회했다. 광주민주화운동 이전까지 미국은 한국 민주화의 지지자로 여겨졌다. 최후의 항전때까지도 광주 시민들은 타지역의 봉기와 미국의 지원을 간절히 바랐다. 하지만 미국은 시민의 요청을 거절하고 권부의 학살을 승인했다. 항쟁 이후 외부인은 학살의 방관자라는 의식에 침윤되었고, 미국은 학살의 교사자로 규정됐다. 미국에 대한 인식 변화 이후 광주민주화운동은 시민 항쟁에서 민족 투쟁으로 전화했다.

항쟁의 의의와 역사적 진실을 개념화하고자 했던 '오월시'의 주류는 광주민주화운동을 한국근현대사에 누적된 계급 모순과 민족 모순의 표출로 취급하는 사회과학의 교의를 그대로 수용했다. 민중을 주체로 설정하고, 미국을 주적으로 제기한 후 통일을 목표로 정립하는 구도는 일일이 예를 들 필요가 없을만큼 '오월시'에 편재한다. 고은은 「금남로」(『하늘』, pp. 19–22)에서

---

28) 민중 개념의 발견과 발전 경위는 최정운이 『오월의 사회과학』, p. 77-82에서 자세히 밝혔다.

이런 구상을 "혁명전선의 과학"이라 불렀다. 어쩌면 '오월시'의 주류는 이론 가가 제출하고 운동가가 실천한 도그마를 정교한 방법론으로 보완했던 사회 과학자의 뒤를 따랐는지도 모르겠다. 시인에게는 기구 험난한 실천 투쟁에 공헌하는 동시에 무미 건조한 과학 이론을 부조할 화려 찬란한 수사 언어가 있었다. 그것은 매재이자 도구였고, 유용한 무기였다.

민중은 시인의 정치적 입장에 따라 특정 계층이나 계급으로 특화되기도 했다. 민중 개념에 토대한 대다수의 시에서 그것은 중산층, 노동자, 도시빈민 등 피지배층 전부를 포괄하는 시민에 유사한 함의를 지니지만 시민군으로 무장해 최후를 맞았던 전사를 부각한 작품에서는 중간계층과 중소자본가를 제외한 노동자, 농민, 도시중하층, 쁘띠부르주아만으로 외연이 한정된다. 이 른바 기층민중 또는 기층민으로 개념이 제한되는 것이다. 그것은 때에 따라 서 광주민중화운동에 참여한 시민 일체를 가리키기도 하고, 결사 항전에 자 원한 투사 일부를 가리키기도 한다. 이 양면성에 민중 개념의 강점과 독창성 이 있다. 그것은 시인의 입지와 독자의 관점에 따라 포괄성과 배타성을 다 같 이 발휘한다.

박노해는 「최후의 만찬」(『하늘』, pp. 118–120)에서 도청을 사수하기 위해 남았던 시민군이 들었던, "지상에서 나누는 최후의 밥"을 "민중권력"의 비유 로 사용했다. 이 시에서는 그들의 신체 자체가 민중의 환유이다. 시민군은 민 중 이념의 구현체 이외에 다른 것일 수 없다는 것이다. 백무산은 개념의 이중 성에서 벗어나기 위해 「오월은 어디에 있는가」(『하늘』, pp. 34–35)에서 민중 을 '노동자'와 '농민'으로 한정했다. 이 시의 제목은 투쟁의 주체는 누구이 며, 항쟁의 이념은 무엇인지를 묻는 질문이며, 그 대답은 "오월은 노동자, 농 민의 / 영웅적 투쟁의 대열에 / 살아있다"는 구절에 집약돼 있다. 김남주 역 시 「오월 그날이 다시 오면」(『하늘』, pp. 227–232)에서 "압제에 반대하여 자 유를 위해 / 착취에 반대하여 밥을 위해 / 학살에 반대하여 밥과 자유와 민주 주의를 위해 / 누가 과연 최후까지 싸웠습니까"라고 묻고 "배운 것이 없는 그런 사람들" "아는 것이 없는 그런 사람들" "가진 것이 없는 그런 사람들"을 지목했다. 그들은 구체적으로 '노동자' '농민' '광부' '인부' 등이다. 또 그는 "무엇이 그들로 하여금" "죽기 아니면 살기로 최후까지 싸우게 했겠습니까"라고 묻고 "잃어서 아까울 게 하나도 없었기 때문입니다"라고 답했다. 김남주는 이런 사유가 오류가 아님을 「역시」(『꿈』, pp. 28—29)에서 "역시 그런 사람들이었군"이라는 말로 확인했다.[29] 홍일선은 「5월에 농민들은 말한다」(『하늘』, pp. 36—39)에서 광주민주화운동을 "광주5월봉기"라 지칭했는데, 이 말에는 항쟁을 혁명으로, 시민군을 혁명군으로 보는 시각이 전제돼 있다. 5 · 18은 이제 민주화운동이나 민중항쟁이라는 규정을 넘어 계급혁명의 대오를 갖추게 된 것이다. 이를 가리키는 이름이 '광주민중무장봉기'이다.[30]

이로써 광주민주화운동의 의의는 이념의 극단에 도달하게 됐다. 권력의 부당한 폭력 행사를 제어하는 최소한의 민주주의에 대한 요청이 부르주아 독재의 착취 지배를 거부하는 최대한의 민주주의에 대한 요구로 급전하는 것, 이것이 바로 광주민주화운동의 계승 과정에 나타난 해석의 역설이다.

4. 맺음말: '오월시'의 미래

폭력의 정체와 투쟁의 실상을 제시하고, 항쟁의 의의와 역사적 진실을 제기하는 것은 '오월시'를 일관하는 중추적 주제이다. '광주'가 우리 역사를 완전히 바꾸어 놓았기 때문에 그 변화의 원인과 과정을 이해하지 못하면 한국 사회를 이해할 수 없다는 의견과[31] '광주'는 원죄로 모든 사유의 출발점이며 종착지이자 예술적 상상력의 원천이라는 주장을[32] 결합해 '오월시'의

---

29) 이는 사회과학의 설명과 상통한다. 최정운, 『오월의 사회과학』, pp. 81-82; 김성국, 「국가에 대항하는 시민사회: 5 · 18의 자유해방주의적 해석」, p. 120 참조.

30) 이정로, 「광주봉기에 대한 혁명적 시각 전환」, 『노동해방문학』, 1989. 5, p. 39 참조.

31) 최정운, 『오월의 사회과학』, p. 19 참조.

32) 하정일, 「다시 일어서야 하는 땅, 광주: '광주문학' 20년을 되돌아보며」, 『실천문학』, 58(2000 여름), p. 90 참조.

동기를 규정해도 무방할 것이다. 광주민주화운동을 직접적으로 문제 삼은 시 대다수는 사회적 상상과 역사적 영감에 토대를 두고 투쟁의 진상을 사실적으로 묘사하고, 항쟁의 이념을 개념적으로 진술하는 데 진력했다.

현실 묘사 작업에 내재한 모순을 해결하는 데는 두 가지 서로 다른 방법이 있으니, 현실주의를 내세워 묘사를 현실에 종속시키는 모방 이론과 묘사주의를 내세워 현실을 묘사에 종속시키는 표현 이론이 그것이다.[33] 문학 운동의 원리를 차치하고라도 전자에 입각하면 '오월시'의 성과는 다대하다고 하지 않을 수 없다. '오월시'는 시에 있어서도 사실 전달이 수사 구성보다 충격적일 수 있고, 실상 기술이 비유 구사보다 감동적일 수 있다는 사실을 보여주었다. 문학이 존재하는 이유의 일단이 현실의 동력을 흡수하거나 그 지형을 전사(轉寫)하는 데 있다는 것은 의심의 여지가 없다.

하지만 묘사를 현실에 부속시킨 시는 시간과 정세에 따른 침식을 피하지 못한다. 부단한 광음은 묘사의 강도를 약화시키고, 의외의 전변은 현실의 밀도를 저하시키기 마련이다. 항쟁 이십 주년을 기념해 나온 시집에는 '광주'가 그야말로 단속적으로 나타난다. 현실보다 표현을 중시하는 견지에서라면 본류로 인정되는 작품보다는 지류로 간주되는 작품에 주목할 수도 있을 것이다. 황지우의 「흔적Ⅲ · 1980(5.18×5.27)—이영호(李暎浩) 작(作)」(『누가』, p. 160)과 「아내의 편지」(『누가』, pp. 190–191), 곽재구의 「하야시 카즈오씨의 5월행(月行)」(『누가』, pp. 259–260)과 「그리운 남쪽」(『누가』, p. 371), 최동현의 「오월(五月)에」(pp. 『누가』, 320–321), 정양의 「남도행(南道行)」(『누가』, pp. 347–348), 김명수의 「점경(點景)」(『누가』, p. 363), 김용택의 「당신 가고 봄이 와서」(『하늘』, pp. 41–42), 김승희의 「솟구쳐 오르기 8—나는 웃는다」(『꿈』, pp. 32-34), 정영주의 「오월의 신부」(『꿈』, pp. 168–170), 신현림의 「나의 이십대」(『꿈』, pp. 120–124), 유용주의 「사투리가 무섭다」(『꿈』,

---

33) 김인환, 『상상력과 원근법』(문학과지성사, 1993), p. 61; 『언어학과 문학』(고려대학교 출판부, 1999), p. 4 참조.

pp. 130−132), 조태일의 「겨울 소식」[34]등에서 '광주'는 주제와 표현을 결정하는 기제가 아니라 추상(追想)을 통해 정치적 각성을 유발하는 계기로만 작용한다.

일반적으로 광주민주화운동의 시화가 노정한 한계는 체험의 직접성에 결박된 주관적 감상성이라 지적된다. 이 경우 바람직한 정향은 객관성과 총체성의 확보에 집약된다.[35] 주관을 개체의 의식과 감성이라 하고, 감상을 과도한 정념의 자극과 노출이라 규정하면, 이는 잘못된 분석이다. 적어도 '오월시'의 주류에는 주관도 감상도 없다. 오히려 객관 세계에 대한 지향과 총체성에 대한 욕구만이 있을 뿐이다. '오월시'의 주체는 화자가 누구냐와 상관없이 언제나 복수로서의 '우리'였고, 세계는 대상이 무엇이냐와 관계없이 늘 상징으로서의 '광주'였다. '오월시'의 본류에서는 어떤 화자가 발언하더라도 유사한 언표가 산출되고, 어떤 대상을 기술하더라도 상사한 언술로 귀착된다. 따라서 '오월시'의 현상을 비판하고자 한다면 무엇보다 객관성과 총체성에 대한 요구부터 철회해야 할 것이다. 그렇지 않으면 지각의 동기를 제공하는 수준을 넘어서는 순간 형식이 파괴되는 모순을 피할 방도가 없다.

시에서건 이론에서건 광주민주화운동의 핵심은 섬광처럼 실재했던 절대 공동체로 제시된다. 그것은 최하림이 「우리들은 오늘도」[36]에서 지적한 것처럼 '희망'과 '비명' '전사'와 '사도' '피'와 '시체'에 뒤엉킨 채로 "죽지 않으면 안되었던 이들의 꿈이 살아난" 현실이었고, 나종영이 「아 5월! 광주는 끝나지 않았다」(『하늘』, pp. 43−45)에 말해 놓은 대로 "얼굴에는 웃음이 가슴에는 평등이 넘치는 공동체"였다. 하지만 그것은 "꿈처럼 가버린 영욕의 세월"이기도 하다. 그 때 거기에 '유토피아'가 있었다.[37] "이때 이루어진 공

---

34) 조태일, 『가거도』(창작과비평사, 1983), pp. 26-27.
35) 하정일, 「다시 일어서야 하는 땅, 광주: '광주문학' 20년을 되돌아보며」, pp. 92-93; 채광석 · 김진경 · 강형철 · 고규태(좌담), 「5월의 문학적 수용과 전망」, 『누가』, pp. 442-447 참조.
36) 최하림, 『속이 보이는 심연으로』(문학과지성사, 1991), p. 41.

동체적 경험은 유례없는, 그리고 다시는 재현될 것 같지 않은 하나의 이상이었다."[38] 그것은 글자 그대로 '없는 곳'이나 다름없지만 그 기억을 간직한 자에게는 돌아가지 않을 수 없는 곳이다. '오월시'는 그때의 기억을 재현하고 그곳에 이름을 부여해 사자와 더불어 거기에 도달하는 방도를 강구하는 데 주력해 왔다.

1998년 광주사회조사연구소가 일반 시민을 상대로 5·18을 생각하면 가장 먼저 떠오르는 것을 조사해 발표한 일이 있는데, 거기에는 민주화, 광주사태, 죽음, 살인, 피, 시위, 데모, 광주, 계엄군, 군대, 망월동, 지역감정, 차별, 독재, 불의, 한(恨), 상처, 총소리, 탱크 등의 대답이 들어 있다.[39] 이들은 모두 '오월시'에서 중요하게 쓰인 시어이다. 그런데 현실 정치에서 광주민주화운동을 선회하며 분화한 여러 세력을 "갈등하는 다양한 이해관계를 초월하여 하나의 결집된 실체로 만들어낸 것은 DJ라는 상징이었다. DJ라는 상징은 상징구조에서 이 지역과 개인의 한과 고통, 민주화, 차별과 소외, 탄압과 저항과 동일시되는 특이한 상징이며 다른 모든 이해관계를 하나로 통합할 수 있는 상징인 것이다."[40] 사회 일부에서는 광주민주화운동의 희생자가 지향했던 바를 군부 권위주의의 청산과 절차적 민주주의의 확립으로 정의해 1997년 선거에서 당시 정치인 중 최대의 피해자였던 김대중이 이끄는 야당이 승리함으로써 '광주'가 실현되었다고 판단하기도 한다.[41] 현실이 이러함에도 불구하고 예나 지금이나 '오월시'는 특정 정치인을 안중에 두지도 않는다. 이것이 현실과 문학의 차이가 아니고 무엇이겠는가?

---

37) 최정운, 『오월의 사회과학』, p. 166; 한상진, 「광주민주화운동에서 본 국민주권과 승인 투쟁」, 한국사회학회 편, 『세계화시대의 인권과 사회운동: 5·18 광주민주화운동의 재조명』, p. 64 참조.

38) 정근식, 「부활 광주?: 과거·현재·미래」, p. 711.

39) 김두식, 「5·18에 관한 의미구성의 변화과정과 지역사회의 변화」, 한국사회학회 편, 『세계화시대의 인권과 사회운동: 5·18 광주민주화운동의 재조명』, pp. 250-251 참조.

40) 김두식, 「5·18에 관한 의미구성의 변화과정과 지역사회의 변화」, p. 251.

41) 정근식, 「부활 광주?: 과거·현재·미래」, p. 705 참조.

현재까지 진행된 주된 흐름에 따르자면 '오월시'의 미래는 '5·18은 끝났는가' 또는 '광주는 부활했는가'라는 질문에 계속(繫屬)되어 있다. '광주'가 성지가 되지 않아야 하거나 '망월동'이 성역이 되지 못할 이유는 없으며, 민중이 신자처럼 그곳을 순례하지 말아야 할 이유도 없다. 다만 '광주'에 대한 담론이 경전이 되거나 문학이 캐티키즘(catechism)이 되는 것을 경계할 뿐이다. 교조의 함정에 빠지거나 허무의 나락에 떨어지는 일을 피하기 위해서라면 '오월시'는 해방의 내역만이 아니라 해방의 이미지를 가다듬는 데에도 공을 들여야 할 것이며, 당사자의 발언만이 아니라 타자의 목소리를 받아들이는 데에도 힘써야 할 것이다. **새미**

서평

민족문학이라는 '깃발'에 대한 질문

―하정일,『20세기 한국문학과 근대성의 변증법』(소명, 2000)

채호석*

1

상당히 오래 전부터 '민족문학'의 위기가 논의되어 왔다. 최소한 10년은 된 듯하다. 그러나 여전히 민족문학의 '위기'가 논의되고 있다. 평자는 여기서 '민족문학'과 '위기'에 모두 따옴표를 쳤다. 그리고 각각을 구분하기도 하였다. 민족문학의 위기는 민족문학에 대한 인식과 위기에 대한 인식의 결합이라고 생각하기 때문이다.

민족문학에 따옴표를 친 이유는 단순하다. 민족문학이 문제이기 때문이다. 결론부터 말하자면, 지금 우리에게 필요한 것은 '민족문학'이 아니다. '민족문학'이 아니라면 무엇인가? 아직 답은 없다. 민족문학을 대체할 수 있는 개념―이념이라고 해도 좋다. 혹은 구호일 수도 있을 것이다.―을 아직 발견하지 못했기 때문이다. 그렇다. 민족문학은 '구호'이다. 그것은 실현될 이념이 아니다. 조금 오래 전의 용어로 한다면, 민족문학은 그 아래, 사람들의 욕망과, 원망과 바람을 끌어안을 수 있는 슬로건이다. 실현되어야 하는 것은 '슬로건'이 아니라, 그 슬로건 아래 감추어져 있는 것들이다. 민족문학은 철저하게 이념이 아니라 슬로건으로서 사유되지 않으면 안 된다. 모든 것은 단지

---

* 서울대 강사, 저서로『한국근대문학과 계몽의 서사』등이 있음.

▶하정일, 『20세기 한국문학과 근대성의 변증법』

하나의 길로 이르는 '길'이며, '도구'일 뿐이다. 그것이 아니면 '위험'하다. 슬로건을, 도구를, 방법을 실체화할 위험이 있기 때문이다.

하정일 교수는 『20세기 한국문학과 근대성의 변증법』에서 민족문학의 위기에 대응하는 한 가지 방법을 말하고 있다. 평자는 이 답에 대해 질문을 던지려고 한다. 그 질문이 얼마나 핵심에 다가가 있는지는 알 수는 없지만 저자가 던져 놓은 하나의 답에 대해 "꼭 그렇지만은 않을 수도 있다."고 말하고 싶은 것이다.

때로는 단정적인 대답이 필수적일 때가 있다. 그러나 때로는 아닐 수도 있다. 대답이 아닌 모든 것을, '해답'으로 제출되지 않은 모든 것을 부정하였던 시기가 있었다. 그리고 그 결과는 어떠하였던가. 바로 지금 그 결과를 보고 있지 않은가. 그렇기 때문에 필자는 아주 무책임하게 질문만을 던질 것이다. 예전에도 그랬지만, 지금도 역시 그 대답은 개인의 몫이 아니라 '우리', 적어도 예전에 '우리'였던 사람들 모두의 몫이다. '우리'가 지금 어디에 서 있건 말이다. 적어도 우리는 아무도 이 질문을 우회하거나 피해갈 수 없으며 피해가서도 안 된다.

저자의 저서는 3부로 이루어져 있다. 1부는 민족문학과 근대성, 그리고 리얼리즘에 관련된 글 모음이다. 그리고 2부와 3부는 식민지 시대와 해방 이후 90년대에 이르는 시기의 작가 작품론을 모아놓고 있다. 평자가 주목하는 부분은 제1부이다. 1부의 글들은 서로 보완하며 하나를 이루고 있다. 이 하나의 완결성은 '원환적'인 성격을 갖는다. 원환적인 완결성. 그 위의 어떤 점에서 이야기를 시작해도 마찬가지이지만, 여기서는 '민족문학'이라는 '말'에서 시작하고자 한다. 결국은 처음으로 되돌아오겠지만, 중요한 것은 원주 위를 어떻게 '질주'하는가가 아니다. 문제는 바로 그 원이다. 원주가 아니라, 원주로 인해 갈라지는 두 개의 공간, 두 개의 세계가 문제이다. 그러므로 원주에서 시작하되 원주 위에서 끝을 낼 수는 없다. 그 아름다운 원환성을 깨뜨려야 하기 때문이다. 그러나 아직은 그 원주를 깨뜨리고, 안과 밖을 가로질러, 안에서 밖으로 혹은 밖에서 안으로 운동하게 할 수는 없다. 그러나 적어도 그 경계, 그 선명한 경계를 흐트러뜨릴 수는 있지 않을까. 이론에 고정성과 규범성을 부여할 필요는 없다. 이론이 궁극적으로는 현실의 '올바른/올바르지 않은' 반영이라고 한다면, 그리고 현실이 '움직이는 것'이라고 한다면, 이론 또한 그렇지 않겠는가. 현실이 움직이는데, 사유가 멈추어 서 있다면, 사유는 자신의 태생을 배반하고, 자신의 근원을 망각하는 것이기 때문이다.

2

평자가 던지는 첫 번째 질문, 그리고 아마 마지막일 질문은 "왜 저자는 민족문학이란 무엇인가라는 질문을 던지지 않고 있는가?"이다. 저자는 민족문학이 무엇인지를 말하지 않은 채, 민족문학을 옹호하고, 그리고 갱신을 말하는 것처럼 보인다. 질문을 좀더 정확히 하자. 그는 민족문학이 어떠한 문학인가에 대해서는 말하고 있다. 말하고 있기보다는 '전제하고' 있다. 묻고 싶은 것은, 왜 '그러한' 문학이 '민족문학'인가 하는 것이다. 그는 이렇게 말한다. 그가 생각하고 있는 '바람직한 문학'은 '민족문학'이다. 그러므로 민족문학을 부정하는 자는 그가 말하는 '바람직한 문학'을 부정하는 자이다. 그런데 사실 민족문학에 대해 던져진 질문의 일부는 왜 그것이 '민족문학'이라는 이름을 달고 있어야 하는가가 아니었던가.

그러한 문학이 민족문학이기 위해서는 어쩔 수 없이 '민족'을 염두에 두지 않으면 안 된다. 어떠한 방식으로든 그것은 더 이상 '민족'에서 벗어날 수 없다. 민족문학이 '민족'에서 벗어날 수 없다면, 그것은 다음과 같은 세 가지 조건 아래에서일 것이다. 하나는 지금 해결해야 할 과제로서의 '민족 문제'가

가장 중요하고 당면한 과제라는 점. 또 하나는 '민족 문제'가 다른 여타의 많은 문제들(그것이 민족문제와 다르다는 것을 인정한다면)을 묶어줄 수 있는, 혹은 여타의 많은 문제들이 그 문제로 하여 묶이고 있는 결절점이라는 점. 그리고 그것이 어떤 문제이건 그것을 해결할 수 있는, 해결해야만 할 주체가 '민족'이라는 점. 이 세 가지 조건 가운데서, 최소한 하나 이상을 만족시키지 않는다면, '민족문학'이라는 개념은 지금 우리에게는 무의미할 것이다.

생각해 보자. 과연 현재 우리가 당면하고 있는 모든 문제를 묶어줄 수 있는 결절점이 민족문제일까. 결국 어떤 방식으로든 민족문제와 연관을 갖지 않는 문제는 없다는 것인데, 과연 그럴 것인가를 생각해보기 이전에, 도대체 민족 문제라는 것이 무엇인가를 생각하지 않으면 안될 것이다. 민족문제가 무엇인가가 규정됨으로써 비로소 민족문제 설정의 정당성을 물을 수 있기 때문이다. 저자는 이에 답한다. 세계 체제 내에서 민족 국가의 위상은 결코 소멸되지 않는다. 오히려 현실에서 보듯 그 중요성은 더욱 커지고 있다는 것이다. 그러므로 민족문제는 여전히 중요한 문제라는 것이다. 그러나 주의하자. 이 말이 성립하는 것은 민족이 곧 민족국가일 경우이다. 그렇다면 이것은 국가의 문제일까 아니면 민족의 문제일까. 아마도 전자일 것이다. 저자의 말대로, 현재 '민족국가'가 여전히 중요한 이유는 세계 체제 내에서 민족국가의 중요성 때문이지만, 그러나 이 문제를 곧바로 민족문제로 인식하는 것은 곤란하다. 개별 국가들이 당면하는 문제를 곧바로 민족 문제로 치환하는 것이 가능한 이유는 바로 '민족국가'라는 말 때문인데, 사실 이 말은 아주 특수한 번역어가 아닌가. 그 가운데 근대의 역사가 깔려 있기는 하지만, 민족국가는 동어반복이기 때문이다. 만약 국가의 문제가, 우리의 경우 특수하게 민족 문제의 형태를 띤다고 하더라도, 그것은 기본적으로는 국가의 문제이다.

물론 우리의 특수성을 말할 수 있다. 분단이라는 특수성, 그리고 저자가 강조하고 있는 것처럼 서구적 의미에서의 국가 성립 이전에 이미 형성된 '민족'이라는 특수성 말이다. 그러나 분단을 생각한다고 하더라도 분단의 극복 때문에 곧바로 민족문제→민족문학이라는 수순을 밟을 수는 없는 것이다. 저자가 말하고 있는 대로 분단의 극복 그 자체는 문제의 해결이 아니다. 그것이 어떠한 방향으로 향하고 있는가가 문제이다. 오히려 '분단 극복'이라는 과제 제출이 현실적으로 존재하는 많은 문제들을 덮는 이데올로기적 효과를 지니고 있음에는 더욱 그러하다. 결국 분단 극복 자체가 아니라, 어떻게 어떤 방식으로 극복할 것인가가 문제일 것이다. 분단을 극복하는 과제는 우리에게 엄연히 주어진 과제이지만, 그 과제를 해결함으로써 다른 문제 해결의 실마리를 반드시 얻을 수 있는 것은 아니지 않겠는가. 물론 그렇다고 해서 분단 해소의 노력이 무의미하다는 말은 아니다. 다만 분단 극복이라는 과제가 현재 우리에게 '일차적'인 그리고 선행되지 않으면 안될 과제가 아니라는 점을 지적할 뿐이다. 그러므로 세계체제 내에서 국가의 문제와 분단의 극복이라는 문제가 중첩되어 있는 상태라고 했을 때, 하나가 하나를 덮는 형식이라면 문제 해결에는 한 걸음도 접근하지 못하는 것이 아니겠느냐는 의심이 드는 것이다. 오히려 이 두 과제는 동시에 추구되어야 할 과제가 아니겠는가.

그리고 민족문제를 비껴가는 문제가 어떤 문제가 있을 것인가라는 질문을 던진다면, 사실 그에 대해서는 더 대답할 말이 없다. 그러나 저자가 제기하고 있는 또 다른 차원의 문제 곧 여성 문제, 성의 정체성 문제, 환경 문제 등이 어떻게 이 문제와 연관이 되는지를 밝히지 않는 한, '민족문학'에 대한 강조는 이 모든 문제를 '민족문제'로 환원하는 결과를 낳게 된다.

필자의 생각은 민족문학의 '민족'이라는 말은 해결의 방향을 혼동시킬 수 있다는 생각이다. 바로 저자의 생각처럼 인간해방의 문제의 한 부분이기 때문이다. 그렇다면 민족문학이라는 말은 이 문제를 축소하고 은폐하는 것이 아닌가. 민족문제의 해결이 의미가 있었던 때가 있었다. 식민지 시대, 그 때는 민족문제가 바로 눈앞에 있었다. 민족적 과제의 해결이 다른 문제를 해결하는 핵심이었을 때, 다시 말해서 식민지로부터의 해방이 모든 문제의 출발점이었을 때, 그럴 수 있었을 때, 민족문학의 개념은 의미가 있다. 해방 직후,

그 때 민족문제는 민족의 자주권으로 나타난다. 민족의 자주권과 자결권. 그 것은 단지 민족 국가 건설을 바란다는 뜻만이 아니라, 냉전체제를 허물 수 있는 하나의 가능성으로서, 냉전 체제의 취약한 고리로서의 한반도가 문제가 되었던 시기이기 때문이다. 그러나 그것도 다 지난 다음에 민족 문제란 또 무엇이겠는가.

다른 측면에서 보았을 때, 민족문학이란 민족 '주체'를 상정하지 않으면 안 된다. 그러나 어떤 곳에서 민족 주체가 의미를 가지겠는가? 80년대 제출된 민중문학, 노동해방문학 등이 바로 그 대안으로서의 의미를 가지고 있었던 것이 아닌가. 노동해방문학의 편협성이나 경직성은 지금도 물론 비판되어야 하겠지만, 그렇다고 해서 그 문제 제출의 의미가 무화된다면, 사실 우리는 역사를 공부하는 것이 아니라, 단지 과거를 부정하는 것에 지나지 않을 것이다. 그런 민중문학, 노동해방문학 대신에 여전히 민족문학의 의미를 갖기 위해서는 민중문학과 노동해방문학이라는 개념을 대신할 수 있는 것으로서의 민족문학이 제시되지 않으면 안 되고, 그 때 민족문학은 어쩔 수 없이 '주체'로서의 민족을 상정하게 되는 것이다. 물론 여기서 저자가 하듯이 민족문학과 부르주아 민족주의를 구분하고 부르주아 민족주의를 배제할 수는 있다. 이 경우, 민족문학이란, 싸움의 장소가 된다. 다시 말하자면 '어떤' 민족문학인가가 문제가 되는 것이다.

3

두 번째 문제는 민주주의 변혁과 민족 문학의 연관성이다. 왜 민주주의 변혁이 곧바로 민족문학으로 이어지는가? 민주주의 변혁의 주체가 민족이라는 말인가. 그렇다면 민주주의 민족 문학이 아닌가? 우리가 지금 하고 있는 것은 철저하게 이론적인 문제이다. 만일 민주주의 변혁의 주체가 민족이 아니라 민중이라면, 왜 민족문학이어야 하는가? 우리가 기억하여야 하고, 지금 되살려 내어야 할 것이 왜 '민중' 문학이 아니고 '민족' 문학인가? 여기서도 마찬가지로 저자의 대답을 듣기가 어렵다. 그렇기 때문에 저자는 바로 이 대목에서 즉 '민족문학'의 전제로서의 '민족문제'에 대해서는 말하지 못하고 있다. 아니 말하고 있기는 하지만, 그 말은 덧붙이는 말에 지나지 않는다. 그렇기 때문에 '동어반복'이 되고 만다. 이는 민족문학의 개념에 이미 내용이 채워져 있기 때문이다. 그런데 그 내용은 사실 민족문학이라는 이름과는 걸맞지 않는다. 그래서 물어야 한다. 민족문학은 민족주의와 어떤 관계가 있는가? 다행히 여기에는 대답하고 있다. 민족문학과 민족주의 문학과의 갈림길. 네 가지 정도로 정리한다. 그러나 그 정리 속에서는 그 내용을 '민족문학'이라는 이름으로 굳이 묶어야 할 이유를 발견할 수 없다. 그것은 굳이 민족문학이 아니어도 좋은 내용이다. 민주주의 변혁이 민족문학의 핵심적인 내용이라면, 왜 민주주의 문학이 아니라 민족문학인가?

이 바탕에 민주주의 변혁론이 깔려 있는 것처럼 보이는데, 아무도 현재의 변혁 과제로서의 민주주의 변혁을 부정하지는 않는다. 그가 말한 대로 민주주의는 그 자체 자본주의를 부정할 수 있는 내재적인 힘을 가지고 있기 때문이다. 알뛰세르의 말을 빌지 않더라도 이미 이는 레닌에 의해서 정식화된 바이다. 민주주의적 이념의 철저화, 혹은 같은 말이지만 급진화. 이는 자본주의 체제 내에서의 부르주아에 의한 계급 지배의 철폐를 의미하기 때문이다. 그러나 문제는 이 계급 지배의 철폐가 어떠한 방식으로 이루어지는가 이다. 변혁은 목적론이 아니다. 저자가 말한 대로 어떤 인간의 노동도 목적을 지니고 있기 때문이다. 이러한 노동의 목적성 혹은 행위의 목적성을 부정할 수 없다. 그것을 부정하는 것이야말로 '필연성'의 이름으로 나타나는 목적론이기 때문이다. 마르크스가 말한 대로 공산주의(이는 근본적 변혁이라 이름할 수 있다)는 목적이 아니라 운동이기 때문이다. 그것은 역사적 운동이다. 문제는 이 계급지배의 철폐가 어떠한 방식으로 이루어지는가 이다. 저자는 피티 독재를 부정하는 듯하다. 민중 독재라면 받아들일까? 아니 그렇지 않은 듯하다. 민중 독재건 피티 독재건 '독재'를 부정하는 것이 아닐까? 그 '반민주적'인 언어 자체를 말이다. 그러나 문제는 반자본주의적인 근대 기획 자체가 어쩔 수 없는 '기획'의 성격을 띨 수밖에 없다는 점이다. 민주주의 변혁이라고 하더라도 말이다. 그것은 어쩔 수 없이 하나의 기획이다. 그 기획의 구체적인 내용성을 부정할 수는 없는 것이다. 그러나 저자의 기획 가운데서 이 내용을 발견하기는 힘든 것 같다. 다만 '독재론'의 부정만을 발견할 수 있을 뿐이다. 그러나 이러한 반자본주의적 기획이라면 이미 오래 전에 기획되었던 것이고, 바로 그 구체성의 부족 때문에 부정된 것이 아니었던가?

우리의 과제가 일단 민주주의 변혁이라고 한다면, 그 민주주의 변혁의 주체는 민족이 아니라 '민중'일 것이다. 그런데 저자는 민주주의 변혁의 '장'으로서의 시민사회를 말한다. 그리고 시민사회가 갖는 힘으로서의 시민사회의 역동성을 말하고 있다. 시민 사회가 역동적일 수 있는 이유는 바로 거기에서 다양한 세력들의 헤게모니 싸움, 동의를 획득하기 위한 싸움을 발견할 수 있기 때문이다. 그런데 이 헤게모니 싸움이란 무엇인가. 헤게모니 개념이 의미가 있는 것은 한 계급의 지배 혹은 한 무리의 지배가 단지 '폭력'에 의한 것이 아니라는 의미에서이다. 폭력에 의한 것이 아니라, 이데올로기적 동의에 의한 지배라는 것이다. 문제는 이 때 이데올로기적 동의의 대상이다. 동의의 대상은 누구인가. 또 하나 이데올로기적 동의를 획득하기 위한 싸움에서 중요한 것이 무엇인가. 그것은 그 이데올로기의 '현실성'이다. 이데올로기가 환상이라고 하더라도 그것은 단지 '상상된 것'이 아니다. 그것은 바로 그것이 이데올로기인 것만큼의 현실성을 가지고 있다. 그 현실성이란 결코 사라지지 않는 것이다. 이데올로기가 위력을 갖기 위해서는 '대중'을 장악하지 않으면 안 된다. 지배 이데올로기의 위력이란, 모든 이들을 '시민'으로서 상정하고, 그들을 '대중'으로 만든 다음, 그 무차별한 대중들을 수용할 수 있는 형식에서 오는 것이 아닐까. 이러한 지배 이데올로기의 대중 장악력으로부터 벗어나기 위해서는 무엇보다도 그 대중을 갈라내지 않으면 안된다. 대중을 갈라내는 것은 단지 의식상의 문제가 아니다. 오히려 현실적인 문제이다. 그들은 이미 현실적으로 갈라져 있기 때문이다. 그들이 얼마나 어떠한 방식으로 갈라져 있는가를 묻는 것은 다음의 일이다. 그들은 갈라져 있고, 현실 속에서 다른 존재 방식을 취하고 있는 것이다. 헤게모니 싸움이란 일단 현재의 헤게모니 상태로부터의 이탈로부터 시작하는 것이다. 그리고 그 지배 이데올로기에서 무차별적으로 동일화하고 있는 것들이 실상 동일하지 않다는 것을 보여주어야만 한다. 곧 동일화에 저항하는 차이의 발견이라는 전략. 그럼으로써 이제까지 동일화되어 '대중'이라는 이름을 가진 많은, 무수한 존재들은 이제 각기 이름을 갖는다. 그것이 계급일 수도 있고, 성일 수도 있다. 그 이름이 무엇인가는 아직은 중요하지 않다. 지배 이데올로기가 여전히 지배적인 한에서는 말이다.

우리 문학이 현실에 대해서 발언을 해야 한다면, 바로 지금으로서는 이 동일화된 대중을 갈라내는 일이다. 그들이 서로 같지 않음을 보여주는 일이다. 그들이 또 다른 어떤 지점에서 함께 할 수는 있어도, 먼저 필요한 것은 갈라내는 일이다. 그 갈라내는 일에 '민족'이라는 이름을 붙일 필요가 없다. 민족문학이라는 개념이 출발점에서부터 싸움으로 시작되었지만, 지금 현재 굳이 그 싸움을 지속해야 할 이유가 있겠는가. 민족문학을 자기 것으로 하기 위한 싸움을 말이다. 민족문학이 그럴듯하게 들렸던 지난 시대가 아니라면, 그리고 그렇기 때문에 민족문학이라는 개념을 놓고 싸우는 싸움이 유의미한 시대가 아니라면 말이다. 민족문학이 이미 사람들에게 시대에 뒤진 개념으로서 받아들여진다면, 굳이 그 시대에 뒤진 개념을 놓고 싸울 이유가 없지 않겠는가. 오히려 민족 문학이라는 개념을 놓고 싸움을 시작하는 것은 역으로 이용당할 위험이 있지 않은가. 민족문학의 이름으로 이루어진 많은 문학적 성과 가운데, 그야말로 최악의 것을 두고, 보라! 말하지 않겠는가 말이다. 구더기 무서워 장 못 담글 것도 아니고, 목욕물을 버리면서 아이를 버릴 것도 아니고, 또 빈대를 잡으려다 초가삼간까지 태워서도 안될 일이지만, 그러나 그렇다고 해서 아이가 아닌 것을 아이로 오해할 필요도 없고, 장이 필요하지 않은데, 굳이 장을 담을 것도 없는 것이다. 또 초가 삼간을 태워서야 안되겠지만, 굳이 초가삼간에 살 필요가 있겠는가 기와집을 세울 수 있는데 말이다.

4

우리는, 아니 저자는 어쩌면 지나치게 '민족 문학'이라는 말에 매달려 있는지도 모른다. 그것은 일종의 환상이 아닐까. 기존의 모든 '바람직한 문학'을 민족 문학의 이름 아래서 포괄하는 것은 무리한 일은 아니다. 그러나 앞에서도 말했듯이 왜 그것이 지금 '민족문학'이라는 이름을 가져야 하는가 말이다. 그렇기 때문에 필자는 '민족문학'이라는 '깃발'이 여전히 유효하다고는 생각하지 않는다. 아니 유효할 수도 있겠지만, 그 유효성은 제한적일 뿐이라는 것이다. 민족문학의 깃발은 어디선가 올려질 수 있다. 그리고 그것은 제한된 한에서 의미를 가질 것이고 또 힘을 가질 것이다. 그러나 민족문학의 깃발로 지금 우리의 나아갈 바를 밝히기는 힘들다. 저자가 말하는 것이 과거의 민족문학이 지금 비판받는 것처럼 오류와 허위에 가득 차 있는 것이 아니고, 그리고 또 그런 의미에서 '내버려질' 과거가 아니라는 점이라고 한다면 그것은 인정할 수 있다. 아니 인정할 수 있는 것이 아니라 인정해야 한다. 그러나 그렇다고 해서 지금 여전히 민족문학의 '깃발'이 유효한 것은 아니다. 민족문학의 깃발을 내리자는 것은 저자가 그 안에 집어 넣어놓은 그 많은 '바람직한' 의미를 부정하는 것이 결코 아니다. 문제는 더 이상 민족문학은 깃발에 써넣을 문구가 될 수 없다는 사실이다. 저자의 말대로 포스트모더니즘이 '일상화'된 상황에서, 어쩌면 그 일상화가 '대세'가 될지도 모르는 상황에서 도대체 그런 현실에서 민족문학이 얼마나 많은 사람들을 깃발 아래로 모을 수 있다는 말인가. 오히려 지금은 민족문학이라는 바로 그 깃발 때문에 그로부터 멀어져 가고 있는 것이 아닌가. 민족문학이라는 깃발 때문에 그 깃발을 모두들 과거의 것으로 부정함으로써 오히려 저자가 생각하는 '문학'으로부터 등을 돌리는 것은 아닌가 반성해 볼 필요가 있다. 깃발은 언제나 '전술적'인 것이다. 전술적인 것이라면, 그것은 언제든지 바꿀 수 있는 것이 아니겠는가. 이 전술적인 슬로건, 깃발을 오로지 존재할 수 있는 단 하나의 이념으로 만들어버린다면, 우리는 어떻게 과거로부터 벗어날 수 있겠는가. 어떻게 과거로부터 벗어나 그 과거를 우리의 것으로 할 수 있겠는가. 역동적인 헤게모니 쟁투의 장인 시민 사회에서 아무도 '자발적으로' 동의하지 않는 개념이 도대체 어떻게 힘을 얻을 수 있겠는가 말이다. 저자가 말하고자 하는 바에 모두 동의한다고 하더라도, 그럼에도 '민족문학'은 내려야할 깃발이 아니겠는가? 내려야 할 것은 그 안에 내재한 가치와 이념, 혹은 힘이 아니라 바로 그 깃발인 것이다.

문제는 "그러나 민족문학의 깃발을 내렸을 때, 우리가 세워야 할 것은 무엇인가?"이다. 여기에 대한 대답을 지금 할 수 있는 사람은 아무도 없다. 그냥 좋은 문학이라고 말한다고 해서 될 문제는 아니다. '좋은' 문학이야말로 얼마나 무책임한 규정인가? 현실적으로 부과되는 모든 질문을 회피할 수 있는 용어가 바로 좋은 문학이 아니었던가? 그리고 그것은 그런 만큼 현실의 변론이 되지 않았었던가? 나는 지금 여기서 더 나아가지 못하고 있다. 그리고 이는 지금 우리 사회에서 문학이 가질 수 있는 힘에 대한 근본적인 회의와 함께 하고 있다. 문학이 거기 있어서 문학에 대한 연구나 문학에 대한 비평이 행해지는 것이 아니어야 한다면, 문학에 관한 글쓰기가, 전적으로 폐쇄적인 집단 내에서 돌려 읽혀지는 자족적인 글쓰기, 혹은 자위의 글쓰기가 아니어야 한다면, 그렇다면 우리는 지금 새로 출발하지 않으면 안 된다. 필요한 것은 지금의 문학에 대해, 요구하는 것이 아니라 현실적으로 개입하는 것이다. 현실적으로 개입하지 않는 모든 문학에 대한 논의는 헛된 것일지도 모른다. 과거에 대한 연구 또한 마찬가지이다. 지금 이제 우리는 다시 1980년대로 되돌아가지 않으면 안 된다. 1980년대에 그러했듯이 우리는 문학에 대해 말함으로써 현실에 개입하지 않으면 안 된다. 그것만이 자족성과 자위성을 탈피할 수 있는 길이지 않겠는가. 그런 의미에서 모든 글쓰기는 부정의 글쓰기이면서 또한 생성의 글쓰기가 되지 않으면 안 된다. **새미**

한국문학사에 대한 도전적 재인식
— 민족문학사 연구소 현대문학분과, 『1970년대 문학연구』(소명, 2000)

오창은*

1

  민족문학사연구소 현대문학분과의 공동연구 성과물인 『1970년대 문학연구』는 민족문학적 관점에서 현대문학사를 정리하려는 노력이 돋보인다. 이 책은 1970년대 문학의 쟁점적 요소를 짚어내기 위해 총론과 주제론, 작가론으로 묶어 총 23인의 연구자가 연구 역량을 결집시킨 노작이다. 한국문학계에서 공동연구라는 풍토가 드문 상황에서 민족문학사연구소 현대문학분과의 『1960년대 문학연구』에 이어 나온 이번 작업은 관심을 끈다. 또 그간의 한국문학계의 연구풍토가 식민지시대에 국한된 측면이 있었던 것도 사실이다. 이러한 연구풍토를 극복하고 명실상부한 '현대문학' 을 관심의 영역으로 감싸안은 젊은 연구자들의 패기가 돋보이는 것도 사실이다.

  이제 한발 더 나아가 보자. 『1970년대 문학연구』는 '1970년대 + 문학' 이라는 의미로 읽힌다. 따라서 이 책은 1970년대는 우리에게 어떤 의미로 남는가에 대해 질문하고 해답을 모색하고 있는 것으로 보인다. 또 1970년대는 문학사에서 어떤 위치를 점유하게 될 것인가에 대해 먼저 발언하고 평가하려

---

* 중앙대 국어국문학과 박사과정, 주요 논문으로 「'식민지 수탈적 근대' 를 가로지른 '공동체 옹호' —이기영의 '고향' 론」등이 있음.

는 의식성도 드러난다. 그렇다면 『1970년대 문학연구』가 이에 대해 어떤 해답을 주고 있으며 문제설정은 정당했는가에 대해 필자는 비판적으로 살펴보고자 한다.

2

1970년대 문학을 학문적 대상으로 객관화하기 위해서 연구자들이 간과해서는 안되는 부분이 있다. 무엇보다 1970년대를 모태로 삼아 출발한 작가들이 2000년의 현실에서도 영향력을 행사하고 있다는 사실에 대해 주의해야 한다. 소위 말하는 구체적 권력관계로부터 학문연구자들이 얼마나 객관적 거리를 둘 수 있는가가 관건이다. 1970년대를 자신의 텃밭으로 일군 작가들의 영향력은 의식·무의식 중에 문학계내의 미세권력으로 작용하고 있기 때문이다. 『1970년대 문학연구』는 대상으로 삼은 '1970년대'의 문제성 때문에 객관적 거리두기를 의식할 수밖에 없는 작업이라고 할 수 있다. 그러나 이 거리두기가 정확한 원칙하에서 냉정하게 이뤄지기 위해서는 원칙들의 설정이 대단히 중요하다. 대상으로 삼은 1970년대 문학공간에서 활동했던 작가, 비평가, 문학담론이 지금도 지속되고 있는 진행형이라고도 할 때 이에 대한 논의는 대단히 중요할 수밖에 없다. 특히 총론의 의미는 크다. 개별 작가론, 작품론의 인식틀로서도 작용할 수 있고, 『1970년대 문학연구』의 총화라고도 할 수 있기 때문이다.

과연 『1970년대 문학연구』의 총론 다섯편은 이 역할을 충실히 수행했는가. 미흡하나마 개별 성과들을 검토하면서 비판적 읽기를 시도해보고자 한다.

「저항적 서사와 대안적 근대의 모색」(하정일)은 몇 가지 인식적 화두를 통해 1970년대 문학을 긍정적으로 평가하고 있다. 평가의 기저에는 작가 이문구, 황석영, 조세희가 자리잡고 있다. 이 글은 '분단 자본주의'로 당시 한국 사회를 파악하고, '민중성'과 '유토피아 지향'이라는 측면에서 1970년대 문

▶민족문학사 연구소 현대문학 분과, 『1970년대 문학연구』

학을 '저항의 서사'로 집약하고 있다.

여기서 주목되는 부분은 1960년대 문학은 '성찰의 서사'로 1970년대 문학은 '저항의 서사'로 분류하고 있는 연구자의 변별적 사고 방식이다. 문학을 발전론적으로 인식했을 때 '반성-저항-대안'의 과정은 자연스럽게 도출될 수 있다. 그러나 '성찰'과 '저항'이 과연 1960년대와 1970년대의 특징을 응축적으로 집약시킨 용어가 될 수 있는지 여부에 대해선 냉정한 거리두기가 필요하다. 다시 말해 1970년대와 1980년대를 평가하면서도 '성찰의 서사'와 '저항의 서사'가 그대로 대입될 수 있다는 측면을 비판하지 않을 수 없다. 또 하정일은 1970년대 문학이 이데올로기적 개방성을 지님으로써 급진성(radical)을 지닌다고 평가하고 있다. 이는 다분히 1980년대를 의식한 표현으로 보인다. 여기서 급진성은 자본주의를 대상으로 하는 그것인데, 자본주의에 대한 인식 자체가 이데올로기적인 측면을 지니고 있음을 간과해서는 안된다고 본다. 따라서 1970년대의 민중성은 자본주의적 근대화가 낳은 계급모순의 문제이기도 하다. 하정일은 1970년대 문학이 1980년대 후반의 레닌주의적 경직성을 띠지 않고 있음을 고평하고 있다. 그러나 1970년대의 넓은 저항(혹은 열린 저항)은 다른 측면에서 사회적으로 읽어야 하는 부분일 수 있다. 당시의 파시즘 체제가 이데올로기 논의를 억압했고 이 억압적 측면이 다른 한편으로 개방적으로 읽히는 것일 수도 있다는 말이다. 당시 지성계에서는 한국사회에 대한 사회과학적 인식을 확대시켜나가고 있었고, 그 인식의 깊이는 세계관의 문제로 심화되었다. 그러나 이데올로기적 논의의 직접적 표출이 억압돼 있는 형편에서 문학적 표현 양식은 넓은 범위를 점유하는 형태를 띠었다고 볼 수 있다. 그러므로 '개방성'이라는 문제도 표현양식과 연관해서 읽어야지 1970년대가 1980년대보다 풍부했다고 규정해서는 안될 것이다.

또 이 글은 '근대성'에 기반한 문학적 인식을 근저에 깔고 있다. 요컨대 1970년대는 근대의 양면성이 드러나는 시기였으며, 근대의 그늘이 '저항의 서사'를 낳았다는 것이다. 약간의 딴죽걸기를 시도해 보면 근대의 음과 양에서 음의 측면만 바라보고자 했을 때 연구자가 놓치는 부분은 무엇일까? 70년대 문학에 있어 보고자 하는 부분만 강조하기에 객관적 거리두기에 실패할 여지가 발생하는 것은 아닌지 돌이켜 볼 일이다. 극복의 문제, 대안의 문제는 음과 양을 아우르는 것에 가깝다. 음은 버리고 양을 취하는 것은 대안이라기보다는 개선에 가깝고 현실 자체의 급진적 변화라고는 볼 수 없는 것이기 때문이다. 이 글이 『1970년대 문학연구』의 대표 총론이라고 했을 때 70년대 문학의 음과 양이 동시에 논의되었어야 한다는 느낌이다. 다시 말해 주제론과 작가론에 있는 개별 성과들을 총화하고, 1970년대 문학 전반을 보여주는 글로서는 약간의 아쉬움을 남긴다.

「분단현실의 자기화와 주체적 극복 의지」(강진호)는 "70년대 분단 소설은 현재의 삶을 여러 요인들의 복합체로 파악하고 수용하는 주체적 시각의 정립 과정"이었다고 정리하고 있다. 1970년대 '분단문학'은 한반도 현실에 대한 인식의 깊이가 심화되는 양상을 보여주었다. 이를 필자는 1) 분단 원인에 대한 역사적 조망, 2) 외세와 민족사에 대한 주체적 인식, 3) 분단 현실의 민중적 수용과 극복 의지로 분류해 보여주고 있다. 1970년대 분단문학에 대한 세심한 정리가 돋보인다.

그러나 어떤 측면에서 보면 이 글은 총론보다는 주제론의 성격에 더 가깝다고 할 수 있다. 또 글 중에 "민중에 대한 발견과 민족사에 대한 주체적 자각"으로 1970년대의 특징을 정리하고 있는데 이는 하정일의 글과 배치되는 측면이 있다. 하정일은 1960년대를 '성찰적 서사'로 바라보고 있기 때문이다. 같은 책의 총론에서 시대에 대한 평가가 상이하게 드러나고 있다는 사실은 독자들을 혼란스럽게 한다.

「1970년대 민족문학론의 성과와 한계」(이상갑)는 민족문학론 자체에 대한 역사적 고찰이 관심을 끄는 글이다. 그러나 민족문학론 형성 과정과 제 논자들의 이론적 틀에 대한 비교 고찰 등이 중점이 돼 1970년대 현실과의 관계가 드러나지 않고 있다. 1970년대의 특수성이 보다 명확히 드러나도록 세심한 배려를 했더라면 보다 총론적 성격과 부합했을 것으로 보인다. 또 이미 1980년대와 1990년대를 경험한 세대로서의 1970년대 민족문학론에 대한 성찰적이고 도전적 문제제기가 적극적으로 이뤄졌어야 하지 않았나 하는 아쉬움이 남는다. 「문학의 자율성과 정신의 자유로움」(정희모)는 비판적 입장을 분명히 한 글이었다. 그러나 창비와 문지의 상호관계와 비교를 보다 폭넓게 보여줌으로써 소문만 무성했던 '창비/문지'의 대립 구조를 실체로 확인할 수 있는 기회를 주지는 못하고 있다. 문지에 대한 비판적 고찰은 존재하는데 어디에도 창비에 대한 논의는 찾아볼 수 없다. 물론 논문의 테마를 한정했기에 발생되는 문제겠지만 무언가 분명히 챙겨야 할 것을 놓친 듯한 섭섭함이 남는다

무엇보다 아쉬웠던 부분은 서경석의 「유신시대와 기억으로서의 1970년대 문학」이라는 글이다. 이 글이 어떤 편집의도에서 총론에 삽입되었는지에 대해 의아심을 떨쳐버릴 수 없다. 글의 내용으로 볼 때 1970년대를 회고하는 심포지엄의 발표문인 듯 싶은데 조금의 첨삭도 없이 『1970년대 문학연구』에 발표된 것은 이 책의 큰 오점으로 남을 것이다. 서경석의 말 그대로 1970년대는 "현재 도달한 문제의식의 수준에서 과거를 새롭게 바라본다는 의미에서만이 그 진실성을 담보"받을 수 있듯이, 1970년대를 도전적으로 재구성한 치밀한 '문학 사회학적' 논문이 실렸더라면 총론의 체계를 깨끗이 완결할 수 있었지 않았을까 하는 사족을 달아본다.

3

2부에서 다루고 있는 다양한 주제들은 1970년대 문학이 한국문학에 얼마나 풍부한 자양분을 제공했나를 일별할 수 있게 해 준다. 급격한 산업화에 따른 한국사회의 분화는 '근대의 그늘'에 짙게 드리웠으며, 민중의 얼굴 또한 '어두운 그늘'에 휩싸이게 했다. 일찍이 유인호 교수가 『민중경제론』에서 파악했듯이 산업화와 근대화는 급격한 체제개편을 통해 진행되었고, 그에 따른 여파로 민중의 든실한 근육을 야위게 하면서 산업사회의 두터운 비계를 만들어 나갔다.

지금도 논란이 되고 있지만 이 저서의 문제의식을 전제로 한다면 1970년대는 '박정희의 시대'로 기억되기보다는 '민중주의 성장의 시대'로 재구성돼야 한다. 2부 주제론은 이러한 열망을 적절히 담으려 하고 있다. 「노동자의식의 낭만성과 비장미의 '저항의 시학'」(김복순), 「농민문제에 대한 문학적 주체성의 회복」(이봉범), 「1970년대의 민중시」(황정산), 「70년대 리얼리즘론의 전개」(백문임) 등은 민중의식 성장의 문학적 반영에 관해 탐색하고 있다.

김복순의 글은 1980년대 노동소설에 대한 비판을 통해 1970년대 노동소설의 미학적 완결성에 접근하려고 시도한다. 윤정규, 황석영, 조세희, 송원희의 작품 분석을 통해 1970년대의 노동소설이 표출하고 있는 '대안적 근대'를 향한 열린 지향성을 파악한다. 김복순은 1970년대 노동소설이 전근대적 인식으로부터 벗어나 노동자/자본가의 모순관계에 대한 각성 단계, 조직화의 필요성 인식, 집단행동화에의 주장·실천 단계로 확대발전되어 가는 전 과정을 골고루 보여주고 있다고 상대적 고평을 내린다. 반면 1980년대 노동소설은 도식적 전개와 결말로 '기계론적 모험주의의 한계'를 드러냈다고 비판한다. 김복순의 인식적 기반인 유토피아 지향에 따른 '저항의 시학'과 '있어야 할 것'과 '있는 것' 사이의 괴리에서 비롯된 '비장미'에 관한 논의는 읽는 이의 상상력을 자극하기에 충분하다. 하지만 1970년대와 1980년대 노동소설의 비교에 기반한 논의 전개는 또 다른 '모순관계'를 드러낸다. 1970년대 노동소설이 1980년대 노동소설로 나아가는 길을 제시하고 있음을 분명히 하면서도 그 70년대가 낳은 자식인 1980년대 노동소설은 부정되고 있다. 즉, '각성—조직화—실천'의 문제는 운동의 한 길이며 1970년대 노동소설은 정석을 걸었다. 따라서 1980년대 노동소설은 길의 언덕배기 끝인 정점의 한 양상을 보여주는 것이라고 할 때 김복순이 지적하고 싶은 것이 과연 1980년대 노동소설의 유토피아 지향이 '사회주의'와 연관돼 있었기 때문인지, 아니면 1970년대 노동소설이 지닌 시대적 특수성을 기반으로 '사회주의적 지향을 내면에 갈무리' 했기에 풍부한 형태로 다시 읽히는 것인지에 대해 분명히 해야 할 것이다.

이봉범의 글은 '농민문학'의 현재적 의미를 다시 제기하면서 산업화가 1970년대 농민문학의 급격한 대두와 깊이 연관돼 있음을 밝히고 있다. 그러나 중심 텍스트의 분석이 소략하여 1970년대 농민문학론과 작품의 흐름을 개관하는 정도에 머물고 있어 아쉬움을 남긴다. 작품에 대한 적극적 가치평가를 통해 한국 농민문학이 1970년대에서 꼼꼼히 챙겨야 할 옥석을 골라내는 작업이 이후 필요함을 다시 한번 확인하게 된다.

황정산의 '민중시' 논의도 김복순의 시각과 유사성을 보여준다. 즉, 1970년대 민중지향적 시운동은 '민중'과 '현실' 지향이라는 요구가 만들어낸 성과로 보고 있다. 이성부, 조태일, 정희성, 신경림, 김준태의 시가 대표적인데 황정산은 1970년대 민중시와 1980년대 민중시의 유사성에 주목한다. 따라서 일부 시가 문학정신의 문제가 아닌 기법의 문제로 환원되면서 협애한 시각으로 축소되고 결국 1980년대 시의 문제점을 파생시켰다고 본다.

백문임은 리얼리즘론과 '4·19세대'를 연관해 논의를 진행시키고 있다. 즉, 김현으로 대표되는 리얼리즘 회의론의 입장이 리얼리즘의 이론정립에 영향을 미쳤으며 바로 그 자리에 백낙청과 염무웅이 있었다는 것이다. 이론의 형성이 '비판'과 '반비판'의 과정을 통해 정초화되는 것은 사실이며, 또 이러한 코드 독해방식이 날카로운 단면을 제시해줄 수는 있다. 그러나 그 정점에 김현이 존재한다는 것은 1970년대 리얼리즘 논의를 왜곡시킬 소지가 있지나 않을까 의심해 본다. 또 그 동안 정설로 인정 받아온 분단 이후 리얼리즘 논의와 4·19 세대론과의 관계에 대해서 비판적으로 검토할 필요가 있다. 1960년대 소설에서 나타나는 사실주의적 경향에 대한 적극적 재평가와 의미부여가 빠졌을 때 한국문학은 끊임없이 '창비' '문지' 중심으로 협애화될 수 있다. '분단과 리얼리즘', '4·19혁명과 리얼리즘'에 관한 논의가 보다 진전됐을 때 한국 리얼리즘의 역사는 재구성될 수 있을 것이다.

주제론에서 주목을 끄는 글들은 1970년대 문학영역에서 비주류적이라 얘기됐던 부분들을 적극적으로 껴안은 논문들이다. 「1970년대 대중소설 연구」(김현주), 「역사주의와 상업주의의 혼재, 그 속에서 피어난 삶의 문제」(강진구), 「사랑의 변주곡 – 70년대 여성 시인 연구」(허윤회), 「허무주의의 초극과 현실에 대응하는 전복적 시적 인식의 두 얼굴 – 70년대 시 동인지론」(박지영). 이들 논문들은 1970년대 문학을 다른 방식으로 재배치하는데 단초를 마련할 수 있는 논제들을 선택하고 있다.

김현주는 문학의 속성상는 대중성은 근본의 문제임을 지적하고, 그간 본격소설/대중소설이라는 문학적 편견으로부터 결별을 공표한다. 그 실제작업을 최인호의 『별들의 고향』, 조선작의 「영자의 전성시대」, 한수산의 『부초』, 조해일의 『겨울여자』 등을 적극적으로 껴안으려는 노력을 통해 펼쳐보이고 있다. 김현주는 '일상성'과 '비일상성'의 대비를 통해 1970년대 대중소설은 '비일상적인 삶'을 중심소재로 사회적 의미를 획득하고 있다는 평가를 내린다. 이러한 접근법을 통해 '타자성'의 인식과 연관시키고 있으며 나아가 '저항담론'의 한 양태로까지 확장시키고 있다. 한편 타자성의 문제는 허윤회가 관심을 집중시키고 있는 '여성시인'의 문제로 확대될 수 있다. 허윤회는 강은교, 고정희, 최승자로 대표되는 1970년대 여성시인들이 유한자인 인간에 대한 실존적 재인식과 관계를 맺고 있음을 밝히고 있다. 또 여성시인들이 1970년대 현실과 관계맺기를 통해 자기정체성의 고착된 울타리를 넘어 대사회적 발언으로 확장되고 있는 데에 대해 적극적인 의미 부여를 이끌어 낸다. 강진구의 글은 그런 점에서 보다 문학사회학적인 면모를 보여준다. 강진구는 박정희 정권의 국가적 민족주의와 국가적 역사주의와 밀월관계에 있었다는 사실을 밝히려 하고 있다. 류주현으로 대표되는 이른바 '국가적 역사주의 소설'의 배후에 도사리고 있는 유신체제적 지배이데올로기와 상업주의적 형태 사시의 유착관계를 비판하고 있다. 반면 유현종, 황석영으로 대표되는 '민족적 역사주의'는 작가들의 진지한 자기 성찰의 한 방편으로 평가하고 있다. 박지영의 글은 1970년대 시 동인지에 대한 재의미화를 기획하고 있다. 『70년대』, 『자유시』, 『반시』 동인에 대한 기왕의 고정화된 평가에 대해 문제제기를 하면서 이들 동인들에 문학적 인식의 공통점이 있었음을 도출해냈다. 즉, 이들 동인들은 방식은 달랐을지라도 억압적인 사회구조가 채택했던 '삶의 전체주의에 대한 비판'으로서 저항성의 면모를 갖추고 있음을 읽는다.

모더니즘 시 특유의 부정적 상상력이 시대현실에 대한 유력한 미학적 저항의 일환이었음을 밝히려한 최현식의 「현실의 각성과 시의 자기확장 – 1970년대 모더니즘시를 중심으로」와 김현과 김우창의 비평을 포괄적으로 논의한 오문석 「1970년대 한국시론에서 보여준 내재적 초월의 방법」도 1970년대 문학에 대한 한 접근법으로 의미 있게 읽힌다.

4

『1970년대 문학연구』 3부는 개별 작가론으로 채워져 있다. 산업화와 연관해 황석영 읽기를 시도한 「산업화의 그늘 또는 뿌리 뽑힌 자들의 삶」(김한식), 『난장이가 쏘아 올린 작은 공』의 현대적 재해석을 통해 조세희에 접근한 「사랑의 정치학」(류보선), 지식인 소설로서 이청준의 이상적 면모를 파헤친

「개인과 사회의 '관계'에 대한 소설가적 물음」(이호규), 저항과 순응의 이중 구조로 최인호론을 구성한 「'스스로 희생자 되기' 혹은 견딤의 서사」(소영현), 김지하의 담시와 서정시의 장르적 역학관계를 추적한 「1970년대 김지하 시 연구」(김경숙), 해체기 농민을 통해 '민중'을 발견한 신경림론인 「소외된 생활인의 발견」(강영미), 현실변화와 내면의 변화 양상을 통해 황동규에 접근한 「공포에의 눈뜸과 가면의 시」(이기성), 정현종의 죽음의식과 현실의식의 관계를 고찰한 「죽음, 그 내밀한 에로스의 세계」(박성현) 등 모든 논문들은 1970년대 대표 시인·작가들을 골고루 다루고 있다. 이러한 풍성함은 전체적 틀로 볼 때 한편으로는 방만함으로 읽힐 수도 있다. 무엇보다 작가들의 면면을 볼 때 1970년대라는 거대한 산맥의 큰 봉우리들에만 관심을 집중시키고 있다는 느낌이다. 산맥의 주능선을 타넘기 위해서는 작은 봉우리들도 수없이 넘나들어야 하고, 또 큰 봉우리에만 등산의 의미가 집중되는 것은 아니다. 다시 말해 1970년대 작가 중 누가 빠지고 누가 들어가야 한다는 식의 문제제기는 아니다. 개별 작품론들이 1970년대 문학과의 대결의식에 의해 쓰여진다고 했을 때 전체적 체계상 적절히 배치돼야 한다는 지적이다. 예를 들면 책의 체계상 총론 주제론에서 주요하게 언급된 이문구가 작가론에는 없다든지, 총론 주제론에서 주요 논의 대상이 아니었던 정현종이 작가론에서 비중있게 다뤄진다든지 하는 것들이다.

더불어 전체 책의 체계 상에서 다음과 같은 문제도 제기할 수 있다. 1970년대 문학은 마치 김현이 있었기에 가능했다는 인상을 이 책은 다분히 심어주고 있다. 즉, 정희모, 백문임, 오문석 등 세 편의 논문을 관통하는 주요한 화두로서 등장하는 김현이 뚜렷한 대타의식적 대결을 결여한 채 1970년대 문학의 모멘텀으로 처리되고 있다는 사실도 반드시 재고될 필요가 있다. 뿐만 아니라 다른 논문에서도 김현은 주요한 인용의 대상이 되고 있다. 무의식적으로 행해지는 이러한 관행이 어떤 문학정치가 관여하고 있는가를 파헤치는 것은 젊은 연구자라면 놓쳐서는 안될 문제의식일 터이다.

『1970년대 문학연구』의 구체적 성과물들에 다소 도전적이고 거친 평가는 책 머리말의 문제설정과 연관된 것이다. 책 머리말에서 "역사에 대한 연구가 일종의 이데올로기 투쟁"임을 분명히 하고 있다. 과거를 자기 것으로 전유하려는 이데올로기들간의 싸움이 곧 역사 연구라는 것이다. 이 책의 '역사 + 문학' 연구는 1970년대 문학을 문학사 안에 진취적으로 끌어안으려는 도전적 의지의 표현이라고 할 수 있다. 기존의 사회사, 문화사, 문단사가 닦아 놓은 큰 길로만 차바퀴를 굴리려 했을 때, 이러한 도전적 의지는 지배이데올로기를 확대 재생산하는 데 그칠 공산이 있다. 새로운 담론과 미적 체계를 구성하려는 젊은 연구자들의 열망이 현재 민족문학사연구소 현대문학분과에서 연이어 기획하고 있는 『1980년대 문학연구』에서는 보다 잘 드러나기를 기대해 본다. **새미**

근대문학 '여명'기의 희망과 또 하나의 과제

— 김윤규, 『개화기 단형 서사문학의 이해』(국학자료원, 2000)

이상갑*

1

한국문학을 두고 행해지는 모든 연구와 비평이 궁극적으로는 문학사의 체계로 수렴된다고 할 때, 자각적이든 자각적이지 않든 모든 연구자는 결국 근대문학의 기점 내지 그것을 내적으로 규정하는 '근대성'의 문제와 마주치게 될 것이다. 오늘날의 입장에서는 아주 '상투적'(?)이기까지 한 한국문학의 연속성, 그리고 그 과정에서 관철되고 있는 한국문학의 '근대적인 성격'에 대해서는 상당한 논의가 이루어져 있다.[1] 북한의 문학사가 주체사상의 입장에서 병인양요 등 외세를 배격한 사건을 중시하면서 1866년 설을 제기한 바 있지만, 지금까지의 근대문학 기점 논의는 대체로 갑오경장과 동학농민전쟁이 발생한 1894년을 전후한 시기로 모이고 있다. 따라서, 1910년 한일합방을 계기로 소위 신소설의 창작방향에 변화가 일어난다고 할 때, 연구방향은 대략 세 가지로 정리될 수 있을 것 같다. 우선, 1894년 이전의 문학 즉 1894년

* 한림대학교 교수, 저서로 『한국근대문학과 전향문학』 등이 있음.

1) 근대문학의 기점과 관련한 논의는 최원식의 「민족문학의 근대적 전환-근대문학 기점론을 중심으로」(민족문학사연구소 엮음, 『민족문학사 강좌 <하>』, 창작과비평사,, 1995)를 참고할 수 있다.

이전의 특정 시기에서부터 1894년에 이르는 과정에서 생산된 문학과, 1894
년에서 1910년 사이의 문학, 그리고 1910년대의 문학에 대한 연구가 그것이
다. 다만, 대한제국이 경험한 '서구적인' 또는 '자생적인' 근대의 체험이
1894년 이전부터 있어왔다고 하더라도 일종의 '흔적'을 찾아 시기를 소급하
는 것은 한계가 있을 것이다.[2] 연구자들이 1894년을 전후한 시기에 관심을
기울인 것은 이런 한계를 인식한 데서 나온 결과인 것이다. 따라서, 1894년을
전후한 시기로부터 1910년을 전후한 문학, 더 정확하게 말한다면 이인직의
「혈의누」(1906) 이전까지의 문학을 더욱 치밀하게 연구하는 작업과, 그 이후
의 문학을 더욱 정밀하게 연구하는 방향이 제시될 수 있을 것이다.

한국문학의 연속성 문제는 결국 근대문학의 기점논의와 맞물려 있어 간단
히 해결될 수 있는 성질의 것은 아니다. 하지만, 그런 가운데서도 '서사적 논
설'과 '논설적 서사'라는 개념으로 한말에서 1910년대 말에 이르는 시기의
문학을 집중적으로 연구한 『한국근대소설사』(김영민, 솔, 1997)는 한국문학
의 연속성 문제를 포함하여 1894년 이후 신문과 잡지에 발표된 다양한 형태
의 글쓰기 양식을 총체적으로 검토함으로써 근대문학의 출발지점을 매우 풍
부하게 해주었다. 『한국근대소설사』는 조선 후기 문학과 근대문학 사이의
전통적 맥락이 끊어진 것이 아니라 이어져 있다는 시각을 구체적으로 입증
하고 있는데, 다시 말해 한국 근대문학이 일본문학이나 서양문학의 이식에
의해서가 아니라 우리 문학사의 맥락에서 생성되고 발전해 왔음을 살피고
있다. 한마디로 말해, 이 책의 야심찬 기획은 "한말 이후 존재하는 모든 서사
문학 양식들의 형성 과정과 그 생성 요인을 밝히고 그 양식들 사이의 상호연
관성을 찾아내 그 양식들의 발전사를 구성"[3]하는 것이었다. 이런 시각은 문

---

2) 근대문학의 기점을 소급하려는 데 대한 비판이 제기되었는데, 이런 비판은 '적어도' 기
점 논의의 생산성 면에서 기본전제가 되어야 할 것이다(최원식, 「한국문학의 근대성을
다시 생각한다」, 『민족문학과 근대성』, 문학과지성사, 1995).
3) 김영민, 『한국근대소설사』, 솔, 1997, 7면. (이후는 저자명과 인용 면수만 기재함)

▶김윤규, 『개화기 단형 서사문학의 이해』

학사의 실상이 자기만의 전통을 고수하는 것이 아니며 또 외래적인 것의 일방적인 수용에 그치는 것이 아니라 어느 시기 어느 공간에서나 전통적인 것이 외래적인 것과의 교섭 속에서 자기를 세워나가는 것이라는 점에서 올바른 방향이기는 하다. 그러나 그것으로 '근대' 문학의 '본질' 파악이 이루어지는 것은 아니다. 그 이유는 두 가지이다. 먼저, 앞에서 언급한 대로 한국문학의 연속성 문제와 근대문학의 기점논의는 서로 맞물려 있는 문제이면서 또 별개의 문제로 볼 수 있는 한국 근대사의 특수성 때문이다. 즉, 김영민의 "양식들의 발전사를 구성"한다는 말에서 표명된 바 특정 양식의 형식상의 해명만으로는 포괄되지 않는 서구적인 근대의 충격과 식민지화라는 특수성을 배제할 수 없기 때문이다. 또 하나는 '근대성'을 규정하는 요소를 서구적인 잣대로 판단할 것인가, 아니면 동양적인 것과 서구적인 것을 지양하는 '어떤' 것으로 판단할 것인가 하는 관점에 따라 논의가 달라질 수 있다는 사실이다. 물론 이런 논의범주의 설정은 신중함이 요구되는 작업이긴 하지만, 기실 근대성의 충격이란 서구적인 근대의 충격이었다는 사실은 무시할 수 없을 것이다. 따라서, 형식상의 유사성으로 한국문학의 연속성 내지 그 연속성의 편린은 확인할 수 있을지라도, 그러나 그것은 근대문학을 규정하는 자질(근대성)을 규명하는 것과는 별개의 문제인 것이다. 중요한 것은 정상적인 상황에서라면 자생적으로 발전할 수 있었던 근대성의 체험이란 것이 어떻게 '왜곡된' 형태로나마 전개되고 있으며, 또 이러한 문제의식이 새로운 세기를 맞이한 현 시점에서도 어느 정도 의미있는 생산단위인가가 우선적으로 검토되어야 한다는 사실이다.

이러한 문제의식과 관련하여 볼 때, 김영민의 『한국근대소설사』 이전에 우리 근대소설의 출발과 성장기의 모습에 대한 체계적인 연구가 없는 것은 아니다. 김윤규의 『개화기 단형 서사문학의 이해』(국학자료원, 2000)가 그것이다. 이 책은 원래 저자의 박사학위 논문인 「개화기 단형 서사문학 연구」(경북대 대학원, 1993)를 부분적으로 보완한 것이다. 『한국근대소설사』가 개화기 단형 서사문학에서부터 이광수의 『무정』에 이르기까지 한국 근대소설사의 흐름을 일관된 맥락에서 검토하고 있다면, 『개화기 단형 서사문학의 이해』는 1894년에서 이인직의 「혈의누」가 발표되기 이전의 모든 문학 양식들을 집중적으로 조명하고 있다. 그런 만큼 이 두 저서는 상호보완적으로 읽혀질 필요가 있다. 따라서, 이 글은 이런 의도 하에 『개화기 단형 서사문학의 이해』가 지니고 있는 미덕에 대해서 몇 가지 지적함으로써 앞으로의 연구방향을 가늠해보고자 한다.

우선, 『한국근대소설사』와 『개화기 단형 서사문학의 이해』의 '머리말'을 각각 살펴보자.

여기서 다루는 <서사적 논설>이라는 문학 양식은 지금까지 학계에서 전혀 연구된 바 없을 뿐만 아니라, 그러한 자료들의 실체에 대해서조차 거론된 바 없다.
<서사적 논설>은 우리의 전통적 이야기 문학 양식인 야담이나 한문 단편 등이 근대적 문화 매체인 신문의 논설과 합하여 생긴 서사문학 양식이다. (김영민, 위의 책, 7-8면, '머리말')
그러니 이인직 이전의 작품들은 그보다 훨씬 저급할 것이라는 생각은, 자연스런 것이었다. 그런데, 조선 말기의 한문 단편들을 읽고 난 뒤에는 또 다른 혼란에 휩싸일 수밖에 없었다. 왜냐하면 조선 말기의 한문으로 된 단편작품들은 발랄하고 참신한 문학세계를 생동감 있게 보여주고 있었기 때문이었다. 거기에는 시대를 고민하는 지식인들의 땀이 서려 있고, 새로운 가치관을 세워가는 서민들의 살아가는 삶이 담겨 있었다.
그렇다면 이건 도대체 뭘까. 조선 후기 또는 말기 작품들과 신소설 사이의 이 현격한 단층은 무엇인가. 그걸 어떻게 메꿀 수 있을 것인가 하는 것이 중요한 궁금증이 되었다. 메꿔질 수 없을 것이라고는 생각하지 않았다. 문학사의 어떤 시

기든 이유없는 단층이 나타날 리는 없다고 배웠기 때문이다. 그렇다면 이 단층에 우리가 모르는 계단이 있을 것이고, 그것을 찾아 밝히는 것이 중요한 임무라고 생각되었기 때문이다.

이 글에서는 조선 말기 문학과 신소설 사이의 단층이 19세기말 신문 소재 단형 서사문학에 의해 메꿔질 수도 있다는'생각을 정리했다. 창작된 시기와 문학사적 위치가 그 시기 단형 사사문학으로 하여금 그러한 역할을 자임하게 했던 것이다. (김윤규, 위의 책, 3-4면, '머리말')

위의 두 인용문만 보더라도 이들 논의의 선진성과 정밀성을 확인할 수 있다. 아울러, 앞에서 언급한 대로 『개화기 단형 서사문학의 이해』가 『한국근대소설사』와 상호보완적인 관계로 읽혀지기를 밝힌 것도 이해할 수 있을 것이다. 특히, 전자는 1894년을 전후한 시기에서 「혈의누」 이전까지의 논의를 살펴볼 때 자료의 포괄성 측면에서뿐 아니라 논리의 치밀성에서 훌륭한 미덕을 지니고 있다.

2

『개화기 단형 서사문학의 이해』(이하, '단형'으로 약칭함)는 고전문학과 신소설의 사이, 구체적으로는 대한제국 시기의 문학현상에 대한 검토를 통해 문학사적 복원을 시도한다. 필자는 『독립신문』이 창간된 1896년에서부터 1906년 이전에 생산된 문학을 '창작 단형 서사문학'이라고 명명하고 있는데, 이러한 명명에서 이른바 신소설이라고 불리는 장형의 완결된 서사양식이 구소설과 비교해볼 때 많은 유사점에도 불구하고 현저히 구별되는 상이점을 가지고 있으며 따라서 그것이 일순간에 완성된 형태가 아닐 것이라는 필자의 문제의식을 확인할 수 있다.

이 책이 안고 있는 장점은 우선 많은 자료를 검토하고 있다는 데 있다. 많은 자료가 연구사적 의의를 그대로 보장해주는 것은 아니라 하더라도, 이 책은 거의 불모지에 가까웠던 이 시기의 모든 글쓰기 양식을 포괄적으로 다루고 있다는 점에서 자료정리와 같은 단순한 미덕을 훨씬 넘어서고 있다. 말하자면, 이 책은 통칭하여 개화기의 신문에 게재된 단형 서사문학을 검토해야 할 필요성이 제기[4]된 이래 단형 서사문학의 독자성을 인식하면서 그것의 실상을 살펴보려 한 첫 번째 성과이다. 이런 점에서, 이 이후의 작업이 이 책에 상당 부분 빚을 지고 있음을 알 수 있다. 저자의 주장의 논지를 따라가며 살펴보자.

앞에서 언급한 대로, 개화기 단형 서사문학은 『독립신문』이 창간된 1896년 이후에서 1906년 사이에 집중적으로 생산된 문학 양식이다. 이들은 신문의 <논설> <잡보> <기서> 등의 난에 게재되기도 하고, 일부는 일정한 난을 가지지 않고 독자적인 제목을 가지고 실리기도 하였다. 이들은 당시에 있었던 사실을 재구성하여 보여주거나, 과거의 일이나 외국의 사실을 인용하여 지은이의 교훈적인 의도를 드러내기도 하고, 전통적으로 애용되어 왔던 몽유나 의인의 방법을 차용하여 현실문제를 교훈적으로 접근하기도 했다.

> 형식은 초기에 **서술형식의 서사에 지은이의 의도가 직접 결부되던 것**으로부터 시기가 지날수록 다양한 시도를 보여 대화체의 생산적인 발전이 이루어지고 몽유나 의인방법이 사용되기도 하며 **지은이의 개입은 전혀 없이 서사의 내용만이 제시**되기도 하였다. (중략)
> 개화기 단형 서사문학 작품 중에서 일부는 당시의 구체적 사실을 지은이가 재편성하여 서술한 것도 있으며 일부는 사실이 아닌 것이면서 사실인 것으로 믿게 하려는 여러 장치를 사용하기도 하였다. 이 경우도 지은이가 자신의 의도를 효과적으로 전달하려는 목적을 가졌기 때문일 뿐 사실 자체의 전달에만 목적을 둔 보고적 양식이나 의도만 전달하는 논설적 양식과 구별되는 특징이 있다.[5]

---

4)   이재선, 『한국개화기소설연구』, 일조각, 1972.
5)   김윤규, 19면.

위의 인용문에서 우리는 개화기 단형 서사문학이 그 당시 일어난 사실을 단순히 보고하는 것이거나 지은이의 의도만을 전달하는 논설적인 양식과 달리 '논설'과 '서사'가 결합된 복합적인 양식임을 알 수 있다. 이것을 '단형'은 '정론적 서사'라는 말로 표현하고 있다. 말하자면, '정론적 서사'라는 항목 안에, 서사보다 정론적 성격이 강한 <논설> 양식과 정론적 성격보다 서사의 성격이 강한 <비논설> 양식을 설정하고 있다. 그리고 <논설> 양식도 '의도를 직접 드러내는 <논설>'과 '의도를 직접 드러내지 않는 <논설>'로 나누고, <비논설> 양식도 '의도를 드러내는 <비논설>'과 '의도를 직접 드러내지 않는 <비논설>'로 나누고 있다. 다시 말해, '의도를 직접 드러내는 <논설>'과 '의도를 직접 드러내지 않는 <비논설>' 사이에 '의도를 직접 드러내지 않는 <논설>'과 '의도를 드러내는 <비논설>'이라는 중간형태를 설정하고 있는 것이다. 이 세 가지 형태 중에서 문제적인 것은 물론 중간형태의 양식일 것이다.

먼저, '의도를 직접 드러내지 않는 <논설>'은 특이한 명명(구완식/신진학)이나 대화체 그리고 몽유록 형식이나 의인방법의 이용 등 다양하고 창조적인 창작방법을 동원하고 있는데, <논설>란에 실린 서사에서조차 논설의 직접적 기능이 쇠퇴하고 제거되어 가는 과정에 있다는 지적은 서사 자체의 의미에 대한 새로운 인식을 보여주고 있다는 점에서 주목할 만한 것이다. 아울러, 이 시기에는 이러한 인식이 진전되어 특히 <비논설> 양식의 경우 지은이의 의도가 배제된 서사 양식에 가까운 글들이 많이 발견되기도 한다. 즉, <비논설> 양식의 글들은 신문의 편집자나 논설의 필자처럼 신문의 이름을 걸고 말하는 형식이 아니므로 내용이 비교적 자유로울 수 있었고, 실제로 교훈을 직접 드러내지 않는 경우도 많았다. 특히 이런 양식의 글은 서사라 하더라도 반드시 지은이의 의도를 전달하는 도구로서의 서사만이 아니라 흥미와 쾌락을 기도하는 이야기를 전달하는 기능까지 담당하게 되는데, 이는 18세기까지 구소설이 이룬 문학적 축적에서 발현된 것이라는 점에서 그 의의를 찾을 수 있다.

물론, 직접 지은이가 개입하여 교훈을 전달하지 않고 이야기만으로 암시하는 경우에도 지은이가 자신의 의도를 드러내는 목적 자체를 포기한 것은 아니므로, 지은이가 자신의 의도를 직접 말하지 않고도 효과적으로 전달하는 방법을 모색할 필요가 있었을 것인데, 그와 같은 관점에서 대화체, 의인문학의 기법, 몽유록 형식 등 다양한 형식적 시도가 나타나게 된 것이다. 그리고 이런 유형의 글들도 초기의 글에는 서사의 앞뒤에 인용자나 몽유자의 모습으로 서술자가 나타나지만 후기의 글에는 인용자나 서술자가 서사의 앞 또는 뒤 가운데 어느 한 곳에 있거나 아예 없어지는 변화를 보이기도 한다.

이처럼, '단형'은 이 시기 글에서 보이는 다양한 양식적 특징을 구체적으로 살펴보고 있는데, '대화체의 고안과 정제,' 그리고 '전환서사 방식의 활용' 항목에서 몽유록과 의인문학 형식을 살펴보는 것이 그것이다. 이 부분에서 저자는 고전문학과의 연속성에 대한 고찰뿐만 아니라 그간 주로 내용 차원에서 논의되던 이 시기 단형 서사문학을 그 형식적 특질 면에서 더욱 깊이 있게 고찰하고 있다.

이처럼 전 시기 의인문학의 형식을 계승하여 이룬 개화기 단형 의인문학은 이전처럼 사관의 발언을 사용하지 않고도 지은이의 의도를 드러내는 형식적 진전을 이루었으며, 사물을 의인하여 가전 형식으로 꾸미는 것보다 인간의 행동을 동물에 의탁하여 의인하는 경우가 많이 나타나면서 후에 이어질 의인류 작품의 형식적 계기를 이루고 발상방법의 전범으로 기능하게 된다. 이 다음 시기에 이어지는 의인문학이 인간의 행위를 동물이 풍자적으로 대신하는 경우(「금수회의록」, 「경세종」, 「만국대회록」 등)만이 아니라 신체적으로나 성격적으로 일정한 한계를 지닌 인간이 대신하는 경우(「병인간친회록」 등)가 나타나게 되는 것도 이 시기 의인문학의 형식적, 발상방법적 축적의 결과라 할 것이다.[6)]

---

6) 김윤규, 84면.

의인문학에 대한 이같은 체계적인 인식과 더불어 개화기 몽유록에 대한 연구 또한 주목할 만하다. 개화기에도 몽유록은 생산적으로 계승되고 창작되었는데, 이 시기 몽유록에 대한 기존의 연구는 「금수회의록」(1908), 「몽견제갈량」(1908), 「몽배금태조」(1911), 「꿈하늘」(1916) 등에 치중하여 이런 작품들이 나타나게 된 선행 형태로서의 개화기 단형 몽유록에 대한 검토가 부족했던 게 사실이다. 그러나, 오히려 이 시기 단형 몽유록은 작품의 수에 있어서나 짜임과 의도에 있어서 주목할 만한 것이다.

특히 이 시기 단형 서사문학이 중심갈등의 해소 뒤에 후일담을 서술해야 한다는 부담에서 벗어남으로써 상상력의 광범한 확대를 가능하게 했으며, 긴장이 유지된 상태에서 깨끗하게 마무리하는 결말은 사실적 사건 제시를 가능하게 하여 이어지는 문학에서 단편소설의 사건제시태도를 발전시키게 된다. 이것은 이 시기의 단형 서사문학이 이전 시기의 한문단편이 이룩한 문학적 성과를 발전시켜 후대의 단편소설에 전해준 것으로, 단형 서사문학의 문학사적 의미는 여기에 있다고 하겠다.

그러나, '단형'은 이런 긍정적인 측면에도 불구하고 몇 가지 아쉬운 점이 있다. 그 중에서 가장 눈에 띄는 것은 서술 방식상 내용이 중복되고 있다는 점이다. 예를 들어 특히 Ⅲ장과 Ⅳ장에서 서술된 내용이 그러한데, 이것은 형식적인 측면에 대한 분석에 치우쳐 형식적인 측면과 내용적인 측면을 단선적으로 분리하여 사고한 데서 나타난 현상으로 보인다.

그리고, 다음 인용 부분은 개화기 문학의 실상과 부합하지 않는 지적으로 보인다.

　　개화기의 문학은 조선조 후기에 왜곡되었던 왕조 지배질서를 이상적인 상태로 돌려놓으려는 의도를 강하게 드러내고 있었으며 그 방법으로 구 질서의 이상적 보수이든 신 사고에 의한 자강이든지의 내용을 포괄하게 되었다.[7]

이런 지적은 자주 강조되고 있는데, 점진적 개화파와 급진적 개화파의 사고, 그리고 일정한 한계가 있음에도 불구하고 중세 봉건사회의 가치질서를 근본적으로 의문시하고 새로운 가치를 강조한 동학농민전쟁의 역사적 의미를 지나치게 협소한 것으로 평가절하하고 있다. 잘 알다시피, 중세적 가치를 고수하고자 한 위정척사파, 그리고 낡은 질서를 무너뜨리고 새로운 질서를 구축하고자 한 급진개화파 모두 한계가 있었다. 그럼에도 불구하고 이미 '개화'라는 명제가 외세에 의해 타율적으로 강요되는 상황에서 반외세와 반봉건의 두 가지 과제를 균형잡힌 시각으로 해결하고자 한 동학농민전쟁의 역사적 의의는 결코 과소평가할 수 없는 것이다. 따라서, 이 책이 지니고 있는 훌륭한 미덕, 예컨대 "이 시기의 많은 화소가 다음 시기의 비교적 장형화되고 완결된 서사문학에 채용되고 이 시기에 이룬 표현기법의 수련이 다음 시기의 문학에 원용되는 경우가 많았다."[8]는 온당한 지적에도 불구하고 주어진 연구대상에 구속되어 자료를 통어할 만한 방법론적 시각이 날카롭게 정비되지 못했다는 한계를 지울 수 없다. 다시 말해, '단형'이 일차적인 자료정리에 치중하여 이 시기 문학이 지닌 문제의식의 발랄함과 역사적 '현재성'을 소홀히 하고 있다는 것이다. 그 한 예로, 이 시기 문학담당계층의 성격을 살펴보면서 신분 질서의 붕괴는 전반적인 평민화·보편화를 의미하는 것이 아니라 의식의 측면에서 보면 전반적인 상층지향, 선진지향적인 것이었으며, 이같은 왕조적 가치에 대한 전래적인 긍정이 이들의 행동을 규제하여 개화지향적인 가치관으로의 이행을 느리게 하였다고 보고 「면충가」(『대한매일신보』, 1905. 12. 5)를 들고 있는데, 이처럼 충절행동을 통해 신분의 상승을 소망하는 경우는 이 시기 문학 담당계층의 일반적인 성격으로 볼 수 없다는 것이다. 더욱이 이런 시각 자체가 근대 전환기에 위치하고 있는 이 시대의 특성상 낡은 질서를 파괴하고 새로운 질서를 생성하려는 적극적인 측면을

---

7) 김윤규, 201면.
8) 김윤규, 202면.

무시하고 애써 가꾸어놓은 작품의 실상을 왜곡할 수 있다는 점을 경계해야 할 것이다.

3

한국문학의 연속성 문제가 단순히 형식상의 문제가 아닌 만큼 그것의 정신적, 시대적인 내포가 엄밀히 규정되어야 함은 주지의 사실이다. 따라서, '단형'이 문학사의 연속성 차원에서 많은 부분을 밝혀주고 있지만, 저자의 말처럼 문학사의 연속성과 자생성에 대한 의문과 탐색은 앞으로도 계속되어야 하며, 또 모든 연구자가 문학사적 연계에 대한 의문에서 놓여나 더욱 정밀하고 본질적인 문학연구에 나아가야 할 것이다. 그러기 위해서는 "고전문학의 아랫자락"에 대한 보다 정밀한 연구가 진행되어야 할 것이며, 나아가 적어도 '단형'이 대상으로 하고 있는 시기의 문제의식이 오늘날 문학이 안고 있는 문제의식과 별반 다르지 않으며, 오히려 더 치열한 문제의식을 지니고 있다는 사실을 인식하는 일이 중요하다. 이런 점에서 결국 우리 앞에 여전히 미해결인 채로 놓여 있는 과제는 다름 아닌 근대문학의 기점논의와 관련한 근대성의 내포를 더욱 정밀하게 가다듬는 일임을 새삼 확인할 수 있다. 따라서, 객관적이고 과학적인 문학사 연구를 위해 우리 근대문학을 일관되게 바라보는 시각정립이 더욱 절실히 요구된다고 하겠다.

이런 문제의식과 관련하여 볼 때 최근의 연구풍토는 반성의 여지가 있어 보인다. 다 알다시피, 최근 우리 사회는 모든 분야에 신속함이 요구되고 있는데, 이런 신속함은 정보기술 분야에 특히 요구되고 있지만 문학연구 분야도 물론 예외일 수 없다. 정보기술 분야의 경우, 새로운 기술이 아니고서는 지속적인 경쟁력을 확보할 수 없기 때문이기도 하지만, 학문 또한 우리의 일반생활과 무관한 것이 아닌 이상 이런 전반적인 흐름을 외면할 수는 없을 것이다. 기초과학의 붕괴니, 순수학문의 위축이니, 인문학의 위기니 하는 말들은 이미 우리의 귀에 익숙하여 큰 실감으로 다가오지 않는다. 기초과학의 붕괴는 결국 오늘날 미덕으로 강조되는 실용과학의 붕괴로까지 이어질 수 있는데, 그것은 기초과학이 자신의 순수영역에 머무르지 않고 실용과학의 토대가 된다는 점 때문이다. 마찬가지로, 인문학이란 이 모두를 제어하고 가치평가하는 '인간적인' 토대에 입각한 학문이라는 점에서, 인문학의 위기라는 말은 '위기'라는 말 자체가 함유하고 있는 의미만큼이나 우리 사회의 정신적인 풍모를 단적으로 드러내주는 말일 것이다.

그러면 이런 위기의식은 어디에서 비롯된 것일까. 그 한 가지 단서로 연구 풍토를 언급하지 않을 수 없다. 학문 세계에서 연구사 검토는 가장 기본적인 요소임은 부정할 수 없을 것이다. 그러나 유감스럽게도 최근에 수없이 생산되는 논문이 과연 충실한 연구사 검토 하에 쓰여지고 있는지는 의문이다. 그리고, 더 심각한 것은 이러한 연구풍토가 관습화될 때 학문의 위축은 물론 우리의 정신 세계 전체가 왜곡될 우려가 있다는 사실이다. 이런 상황에서 우리는 아이러니컬하게도 인문학의 위기를 촉진시키고 있는 정보사회에서 하나의 해답의 단서를 찾을 수 있을 것이다. 얼마 전 미국의 모 대학에서 한국학 관련 연구목록을 담은 시디롬을 출간하였고, 우리 나라의 경우에도 최근 한국학의 진흥과 연구풍토 개선을 위해 사설 및 공공 기관에서 여러 모로 노력하고 있다. 그러나 이런 작업도 '발품'과 '손품'이 들어가는 연구사 정리와 같은 기본 인프라가 구축되지 않는 한 생산적인 논의에 별 도움이 되지 않을 것이다. 이런 토대가 허약한 상황에서 생산되는 논문들이 과연 어떤 의미가 있는가, 그리고 그런 상황에서 쓰여지는 논문을 토대로 확대 재생산될 수 있는 '논문의 빈약성'은 또 어떻게 할 것인가를 고민해보지 않을 수 없다.

연구자로서의 양심을 가지고 있다면, 읽어보지 않을 수도 없고 읽어봐도 이전 성과와 별 차이가 없는 글, 이런 글을 막상 읽고 났을 때의 아쉬움과 허전함, '학문의 허무주의'가 생기는 지점이 바로 이것이다. 이런 점에서 본다면 인문학의 위기란 정작 이런 데서 출발한 것은 아닌가 하는 생각도 억측만은 아닐 것이다. 이런 점에서 포괄적이고 체계적인 연구사 정리를 소홀히 하는 것은 일종의 직무유기일 수 있다. 우리 모두가 알고 있는 척박한 연구풍토 하에서 연구자의 자존심을 찾는 길은 학문에 대한 순수한 열정, 무엇인가 밝혀보고자 하는 진리에의 탐구정신이라는 학문의 본질을 되새겨보는 일밖에 없다. 그리고 이런 자각은 학문 세계에만 해당하는 것이 아니라 우리 사회 전반에 필요한 정신이기 때문에 더욱 소중한 것이다.

이런 점에서 보더라도 '단형'의 문제의식과 대상을 파고드는 성실한 작업은 시사하는 바가 많다고 하겠다. 가벼운 글쓰기가 유행하는 상황에서는 결코 넘볼 수 없는 작업이기 때문에 더욱 그런 생각을 갖게 한다. 새미

ㅁㅁㅁ 9,10월호(창간호)

문예주의보

Literary Outlook

국내 최초의 소설 리뷰 전문 문예지
격 월로 만나보세요!

이소

일반논문

육체와 근대 공간

— 이상의 詩

조해옥*

1. 이상의 근대 공간적 시의식

이상 시의식의 근간이 되는 육체의식은 선험적으로 존재하는 시간과 공간에 의해 형성되며, 그의 시간의식과 공간의식은 그의 육체의식과 융합하며 표출된다. 공간에 실재하는 물체인 육체는 공간과 연관성을 갖는다. 육체와 공간은 밀접한 관련을 맺고 있으므로, 공간상의 변화는 육체의 오감을 통하여 수용된다. 이상 시에 나타나는 공간은 추상적이지 않고, 사회적이고 물리적인 공간이 반영되어 있다. 그는 1930년대의 경성을 배경으로 한 근대 도시

---

* 고려대 강사, 주요 논문으로 「전쟁체험과 신동엽의 시」 등이 있음

1) 이상문학에 나타난 공간의식에 대한 기존의 연구(김중하, 「이상의 소설과 공간성」,전광용 外,『한국현대소설사 연구』(민음사,1984).pp.335-350., 김은자, 『한국현대시의 공간의식에 관한 연구:김소월, 이상, 서정주를 중심으로』(서울대 박사논문,1986.), 황도경, 『이상의 소설 공간 연구』(이화여대 박사 논문,1993.), 오동규, 『이상 시의 공간 의식』(중앙대 석사논문,1994.), 장창영, 『이상 시의 공간 연구』(전북대 석사논문,1995.))는 이상소설에 대한 연구와 시에 대한 연구로 나누어진다. 황도경은 창조된 상상적 영역의 총체를 소설공간이라고 본다. 이는 문학적 공간성을 지극히 폭넓게 규정한 것이다. 그는 '공간'이란 인물의 내적 세계를 반영하는 한 상징일 뿐 아니라 행위의 기점으로서, 그 구조나 이동 자체가 서사 진행의 원동력이자 의미 생산의 출발점이라고 말한다. 김중하는 이상은 극단적 공간화, 또는 절대 공간화를 시도하고 있으며, <날개>의 구조는 절망적 폐쇄 공간이라고 본다. 김은자는 이상의 내면 공간은 수많은 단절을 갖는다고 파악한다.

공간의 부정적인 이면들이 인간의 의식을 어떻게 황폐화시키는가를 보여준다. 근대 도시 공간은 양면성을 갖는데, 이상의 시에서 도시의 부정적인 측면인 어두운 이면들은 병든 육체와 융합하면서 표출된다.

이상의 공간의식에 대한 지금까지의 연구는[1] 의식의 형성 배경과 그 사회적 의미를 밝히는 과정이 없었다. 그러나 이상의 공간의식이 왜 패쇄와 단절 공간으로 나타나는가에 대한 원인을 규명하는 작업은 반드시 필요하다. 이상의 시에는 그의 현실 체험이 반영되지 않은 경우가 거의 없는데, 이때의 현실 체험이란 경성에 구현된 근대적 도시 체험을 의미한다. 따라서 경성의 일상에 대한 비판정신은 이상문학 정신의 출발점이 된다. 본고의 논의에서 주력하고 부분도 이상이 체험한 당대의 현실이 그의 시작품에 어떻게 구현되고 있는가를 논거로써 구체화시키는 데 있다. 이상의 문학적 특질인 '단절과 고립'의 내면 공간을 형성케 한 근원까지 밝혀내는 작업은 이상의 시의식 규명에 구체성을 부여할 수 있다. 필자는 이상이 체험하는 도시 공간이 작품에 어떻게 표현되어 있는가를 탐구하여 이상의 의식공간으로 접근하고자 한다.

2. 근대 도시의 부정적인 이면과 병든 육체의 융합

이상의 시에서 시적 자아의 병든 육체는 외부세계의 병든 현상들을 날카롭게 감지하는 토대로 나타난다. 병든 육체는 현상의 본질적인 측면들을 꿰뚫어 볼 수 있는 이방인과 같은 위치를 갖는다. 다시말하여 생명이 소진되어가는 육체는 도시의 병든 공간을 첨예하게 인식하게 하는 기초가 된다. 이상의 시는 육체와 공간의 융합을 보여주는데, 이는 신체와 그 신체가 조직하는 세계와의 상관관계가 긴밀함을 나타낸다. <街外街傳>과 <街衢의추위>에서는 병든 육체와 도시의 병듦이 직접적으로 결합되어서 육체의 공간화와 공간의 육체화가 이루어지기도 하고, <破帖>에서처럼 화자가 붕락의 도시를 체험하면서 황폐함으로 외부세계를 인지하기도 한다.

인간은 몸을 가지고 있는 까닭에 공간을 차지한다. 육체는 의식을 형성하는 일차적이고도 물리적인 토대이다. 따라서 공간 안에서 실재하는 하나의 물체인 육체는 공간과의 연관성 속에서 인지된다. 따라서 공간의 변화는 인간의 의식적인 변화를 초래하는 직접적인 계기가 된다. 강내희와 이진경은 물리적인 공간이 인간의 육체와 의식에 직접적인 영향력을 미친다고 본다. 이들은 근대 이후에 발달하게 된 도시라는 새로운 환경이 인간의 의식에 어떻게 영향을 미쳤는가에 대해 주목한다.[2] 이상의 시작품들은 근대도시라는 사회적 공간을 토대로 형성된 시의식을 표출하고 있다. 이상의 시는 근대 이후의 변화된 물리적 공간과의 연관성을 긴밀하게 보여주는데, 도시공간은

2) 강내희,『공간 · 육체 · 권력:낯선 거리의 일상』(문화과학사,1997).p.9.
   이진경,『근대적 시 · 공간의 탄생』(도서출판 푸른숲,1997).pp.26-59.

3) 도시 공간의 단절성과 불연속성에 대하여 이진경은 다음과 같이 진술한다. "이 세련된 공간과 광산이나 공장의 참혹한 공간 사이에는 얼마나 큰 불연속과 단절이 있는 것인지 알 수 있다. 이제 이처럼 한 나라, 한 도시의 공간들은 그토록 이질적이고 불연속적인 공간들로 분할되고 나누어진다. '구획화'를 통해 작용하는 공간적 분절기계는 바로 이런 불연속과 단절, 이질성을 공간 사이마다 만들어 놓는다."(이진경,『근대적 시 · 공간의 탄생』(도서출판 푸른숲,1997).p.127.)
   마샬 버먼은 파리가 대도시로 새롭게 건축되면서 불빛이 휘황한 화려함을 소유하게 되었지만, 동시에 그 화려한 재건축에 의해 파괴되고 밀려나서 비참한 뒷골목이 형성되었다고 말한다. 도시공간은 화려함과 비참함이라는 극심한 단절 양상을 보인다. 이는 인간의 실존 공간이 자연스러움과 조화가 깨진 상태에 놓여져 있음을 의미한다.(Marshall Berman. All That is Solid Melts into Air. Penguin Group.1982.pp.152-153.)
   블라지미르 또뽀로프는 도시의 이중성을 세밀한 언어로 표현한다. 도시는 밝음으로 나타나는 긍정적인 요소들과 어둠으로 나타나는 긍정적인 요소들이 불연속적으로 존재한다. 전자는 똑바른 대로들, 넓은 광장들, 시야에 광활함이 열리고, 모든 것은 신선한 공기로 가득 차고, 발전을 위한 기회를 얻는 곳이다. 이 곳은 확장되다, 퍼지다, 넓혀지다 등으로 표현할 수 있는 공간들이다. 후자의 경우는 초라한 혹은 혐오스러운 형태의 주거, 관 같은 방, 초라하고 작은 방, 더러운 계단, 마당의 우물, '노아의 방주' 같은 공동 주택, 시끄러운 골목이다. 이 곳은 떠들썩한 웃음, 후덥지근함, 골목, 더럽고 숨막히는 거리, 열기, 무더위, 구정물, 먼지, 악취, 붐빔, 군중, 다수, 무리, 민중, 외침, 소음, 욕설, 싸움, 빽빽함, 좁음, 찌는듯한, 더러운 좁은, 부자유스런(구속당한), 축축한, 가난한 등으로 표현할 수 있다.(블라지미르 또뽀로프,「뻬쩨르부르그와 러시아 문학에 있어서의 뻬쩨르부르그 텍스트」,러시아시학연구회,『시간과 공간의 기호학』(열린책들,1996).pp.103-104.)

삶을 구축하는 토대로서의 공간과 인간의 균형이 깨어짐으로써 실존감이 붕괴되는 곳으로 나타난다.

도시는 구획된 지역으로부터 배제되어 밀려난 무질서한 공간들을 갖는다. 이들 공간은 구획된 공간들과 명확하게 대조된다. 밝음과 화려함으로 상징되는 도시 공간은 그 이면에 어두운 공간들을 내포한다. 근대 도시 공간만큼 화려하고 추한 모습을 한 몸뚱이에 가지고 있는 것은 없다. 밝음과 어둠의 이미지를 동시적으로 내포한다는 점에서 도시는 양면성을 갖는다.[3] 도시공간의 불연속성은 발전하는 대도시로서의 면모와 더러운 뒷골목을 함께 지닌 1930년대 경성의 이중적인 외양에서 잘 나타난다. 도심과 외곽지역간의 불연속이 있으며, 또한 동일한 공간 안에서도 이같은 단절이 발생한다. 파편화되고 단절된 공간은 인간관계의 심리적 단절과 소외를 파생시킨다. 이질적인 공간들의 부조화와, 그곳을 실존의 토대로 삼는 인간들의 심리적인 불일치가 경성이라는 도시를 구성한다.

이상의 시 <街外街傳>은 외형적으로는 화려하지만 어둠을 동시적으로 내포하는 도시의 이중성을 병든 육체와 병치시켜 보여주는 작품이다.[4] 도시의 환부인 유곽 이미지는 폐환에 걸린 육체 이미지와 결합한다. 유곽은 동일한 도시 공간을 차지하면서도, 더럽고 음습한 뒷골목에 '숨겨져' 있다. 그곳은 반듯한 도로를 중심으로 현대식 건물들이 늘어서 있는 경쾌한 도심에서 소

---

4) 1930년대 경성은 도시의 이중적 구조를 전형적으로 보여주는 근대도시로 형성되어 갔다. 유광열의 「대경성의 점경」(재인용,《사해공론》(1935년 10월호), 김진송 편,『현대성의 형성:서울에딴스홀을許하라』(현실문화연구,1999).p.287.)이라는 글에 명암이 공존하며 혼란스럽게 펼쳐지는 대도시 경성의 면모가 잘 나타나 있다.

"경성은 집집의 쓰레기나 변소에서 매월 수천 차의 똥오줌과 쓰레기를 산출한다. 그러나 이 똥오줌이나 쓰레기에 못지 않게 더러운 화류병자, 고히중독자, 타락자, 정신병자도 산출하고 남이 보면 얼굴을 찡그리는 걸인도 산출한다. 청계천변, 광희문 밖, 애오개 산지 일대, 남대문 밖, 노동자 거리, 지하실에는 수천의 걸인이 있다. 이 걸인은 모든 것을 조소하며 모든 것을 저주한다. 화려한 도시의 부스럼腫物이요 사회진보의 찌꺼기이다. …부호와 걸인, 환락과 비참, 구와 신. 이 모든 불균형을 4십만 시민 위에 '씩씩' 하게 배열하며 경성은 자라간다."

외된 공간이다.

　　喧?때문에磨滅되는몸이다. 모도少年이라고들그리는데老爺인氣色이많다. 酷
刑에씻기워서算盤알처럼資格넘어로튀어올으기쉽다. 그렇니까陸橋우에서 또하
나의편안한大陸을나려다보고僅僅이산다. 동갑네가시시거리며떼를지어 踏橋한
다. 그렇지안아도陸橋는또月光으로充分히天秤처럼제무게에끄덱인다. 他人의그
림자는위선넓다. 微微한그림자들이얼떨김에모조리앉어버린다. 櫻桃 가진다. 種
子도煙滅한다. 偵探도흐지부지―있어야옳을拍手가아?서없느냐. 아마아버지를
반역한가싶다. 默默히―全圖를封鎖한체하고말을하면사투리다. 아니―이無言이
喧?의사투리리라. 쏟으랴는노릇―날카로운身端이싱싱한陸 橋그중甚한구석을
診斷하듯어루?이기만한다. 나날이썩으면서가르치는指向으로奇蹟히골목이뚫렸
다. 썩는것들이落差나며골목으로몰린다. 골목안에는 侈奢스러워보이는門이있
다. 門안에는金니가있다. 金니안에는추잡한혀가달닌肺患이있다. 오―오―. 들어
가면나오지못하는타잎기피가臟腑를닮는다. 그 우로짝바뀐구두가비철거린다.
어느菌이어느아랫배를앓게하는것이다. 질다.

　　　　　　　　　　　　　　　　　　　　　　　　　　　― ⟨街外街傳⟩ 부분5)

　이 시는 길 밖의 길에 대한 이야기이다.6) 여기에서 길 밖의 길이 의미하는
것은 정상적인 삶이 이루어질 수 없는 일탈된 공간을 가리킨다. 그곳은 화자
가 생활하는 곳이지만, 벗어나고 싶은 공간이기도 하다. 이상은 유곽 골목과
그곳을 배경으로 살아가는 사람들의 피폐한 정서를 암시적으로 드러낸다.
유곽 골목이 시작되는 입구부터 막다른 골목까지 화자의 시선에 의해 투시
됨과 동시에 화자 자신의 병든 몸이 평면도처럼 펼쳐져서 관찰된다. 폐환으
로 장부가 곪아가는 화자 자신의 육체를 입에서부터 장부에 이르기까지 세

---

5)　《斷層 · 詩와小說》(1936.3)에 실림.
6)　김인환은 "<街外街傳>은 거리 밖에서 하는 거리의 이야기라는 뜻인데, 여기서 말하는
　　거리란 입에서부터 시작하여 항문에 이르는 내장의 여러기관"이라고 풀이하였다.(김인
　　환, 「이상시 연구」,《양영학술연구논문집》제4회(1996).p.190.)

밀하게 관찰하는 화자의 시선은 음습하고 황폐한 유곽의 내부를 관찰하는 시선과 중첩된다. 유곽과 신체라는 두 대상을 중첩시켜 관찰하는 화자의 시선은 이들 두 대상이 동질성을 갖는 공간임을 보여준다. 병들고 곪은 몸과 유곽의 파괴과정을 동시에 관찰을 통하여 낱낱이 해부한다.

　화자는 거리밖에서 유곽을 관찰하지만, 그도 유곽에서 살아가는 사람으로 암시된다. 유곽이라는 공간에서 생존하는 노파 같은 매춘부와 마찬가지로 나는 쇠락해가는 늙은이, 즉 "老爺" 같은 존재이다. 이 시에는 화자와 매춘부와 유곽을 찾는 남자들이 등장한다. 화자의 나이는 소년처럼 젊지만 실제로는 늙은이를 뜻하는 '노야'와도 같다. 매춘부 역시 '노파'로 상징된다. 매춘부를 화폐로 사는 다수의 남자들은 노파의 '여러아들들'로 표현되며, 그녀를 억압하는 폭력적인 존재들로 나타난다.

　좁은 뒷골목의 시끄러움(喧噪)은 나의 몸을 마멸시킨다. 나는 소음 때문에 늙어간다. 나의 육체적 연령은 소년이나, 세상의 소음에 닳고 닳아서 늙은이와 다름없다. 썩어가는 유곽은 폐환으로 병들은 육체이며, 동시에 질병을 앓는 육체는 유곽과 동질성을 띤다. 유곽으로 들어서는 골목, 그 골목 안에 사치스러워 보이는 화려한 문이 있고 화려한 문은 썩는 몸을 위장한다. '치사스러워(사치스럽다는 뜻: 필자 주) 보이는 문', 그 안의 '금니', 금니 안의 '추잡한 혀', '폐환' 등의 시어들은 유곽이라는 병들고 황폐한 공간을, 폐질환으로 병들은 육체에 비유한 것이다. 유곽은 내객들을 맞기 위해 문을 사치스럽게 장식하고 있지만, 그것은 한번 들어가면 다시는 나올 수 없는 병든 내부를 감춘 장식에 불과하다. "나날이썩으면서가르키는방향으로기적히골목이뚫렸다." '기적처럼' 뚫린 골목은 유곽을 조롱하는 반어이다. 그 골목으로 향하는 시간은 부패 작용만이 진행된다.

　저녁 무렵이면 유곽 골목은 활기를 띠기도 하지만, "한창急한時刻이면家家戶戶들이한데어우러저서멀니砲聲과屍斑이제법은은하다."처럼 병들은 공간이 내뿜는 활기는 屍斑이 은은한 죽음의 무늬이며 냄새를 감춘 것에 지나지 않는다. 유곽은 폭군, 포성, 屍斑 등 죽음 이미지가 지배하는 공간이다.

"「간다」" 나는 관찰을 끝내고 내가 생존하는 곳, 街外街로 돌아간다. 유곽 골목밖에 있는 육교 위에서 유곽을 관찰하던 나는 관찰자의 위치에서 다시 현실 속으로 되돌아가는 것이다. 나는 병든 유곽과 심리적 거리를 두고 유곽에서 벗어나기를 욕망하지만, 나의 생존의 터로 돌아가지 않을 수 없다. 나는 그곳을 벗어나지 못하는 그곳에 속한 존재이며 동시에 나는 유곽의 거리가 병들고 곪아 있듯이 병든 육체를 소유한 자이다. "포-크로터뜨린노란자위겨 드랑에서난데없이孵化하는勳章型鳥類―푸드덕거리는바람에方眼紙가찌저지고水原?에座標잃은符牒떼가亂舞한다." 난데없이 부화한 조류가 푸드덕거리는 순간은 내가 '각혈하는 순간'이다. 화려한 문으로 가리고 있던 유곽의 환부가 노출되는 것과 마찬가지로 감춰져 있던 병든 화자의 육체가 정체를 드러내는 파국의 순간인 것이다. 화려함과 정결함으로 위장된 유곽은 곪은 내부를 숨기고 있었고, 나의 병든 육체는 각혈을 간신히 억누르고 있었던 것이다. 그러나 마침내 나는 각혈을 하고, 유곽은 불탄다.

네온사인은쌕스폰과같이야위어있다.

파란靜脈을切斷하니새빨간動脈이었다.
―그것은파릿한動脈이었기때문이다―
―아니! 붉은動脈이라도저렇게皮膚에파묻혀있으면……
보라! 네온사인인들저렇게가만히있는것같아보여도실은끊임없이네온
가스가흐르고있는게란다.
―肺病쟁이가쌕스폰을불었드니危險한피가檢溫計와같이
―실은끊임없이壽命이흐르고있는게란다.

―<街衢의추위> 전문[7]

---

7) 이상의 遺稿 日文詩. 원제는 <街衢ノ寒サ>, 임종국의 번역으로 임종국의『이상전집』에 실림.

위의 작품에서 네온사인은 화자 자신의 혈관을 상징한다.[8] 동맥의 선홍색은 생명의 원천을 상징한다. 이에 반하여 암적색을 띠는 정맥은 생명력이 소진된 혈액이다. <街衢의추위>에서 청색 네온사인과 붉은 색 네온사인은 인체의 정맥과 동맥으로 비유된다. 이상은 푸른 색 네온사인을 운동성을 잃고 "가만히있는" 정맥으로 표현한다. 정맥은 동맥에 비교해 볼 때, 생명성을 잃은 것처럼 보인다. 그러나 화자는 청색의 네온사인도 붉은 색의 네온사인-동맥-과 같은 것이라고 말한다. 파란 정맥을 절단하면 그 속에는 생명력이 넘치는 새빨간 동맥이 숨겨져 있다고 믿는다. 나의 이같은 믿음은 동맥이 함축하고 있는 '생명성'을 잃지 않으려는 욕구에서 비롯된다.

이 시의 화자가 정맥처럼 보이는 푸른 색 네온사인을 붉은 피가 채워진 동맥이기를 열망하는 것은 화자 자신의 육체가 병들었기-"肺病쟁이"- 때문이다. 생명이 소진되어 가는 육체를 가진 자의 재생 욕구는 푸른 네온사인에서조차 생명성이 내재된 사물로 보게 만든다. "街衢의추위"는 바로 병든 육체가 일으키는 오한을 비유적으로 표현한 것이다. 도시는 병든 나의 육체이다. 도시의 네온사인은 내 육체의 내부를 흐르는 혈관이다. 수척하고 파리한 네온사인은 도시의 병든 상태를 나타내며 동시에 나의 병든 육체를 나타낸다. 육체의 寒氣와 파란 혈관을 가진 병든 나는 죽은 피를 담은 정맥을 상징하는 푸른 색의 네온사인에서조차 새빨간 동맥, 즉 생명력을 발견하려는 절

---

8) 여기에서 이상은 자신의 병든 육체를 추운 거리로, 혈관을 거리의 네온사인으로 비유한다. 인체를 근대적인 사물로 환치하여 표현하는 것에서 이상의 시의식이 근대도시에 의해 형성되었음을 알 수 있다.
1911년에 발명된 네온사인은 1920년대 말에 서울의 밤을 비추게 된다. 이 네온사인을 "근대색"이라 칭하면서 찬미한 글이 있다. "初夏의 거리를 꾸미는 청, 황, 녹 등의 광채를 방사하는 '네온사인'. 이것은 일홈부터가 현대적인 것과 가티 '네온사인'은 실로 현대도시를 장식하는 가장 진보적 조명품이다. 얼핏보면 非常히 자극적인 듯하나 자세히 보면 볼사록 어데까지 맑고 참 네온사인은 정히 근대인의 신경을 상징한 것이다. …우리 서울의 밤거리에 이 네온사인이 비추게 된 것은 겨우 2·3년전의 일이다."(재인용. 「하기과학상식」,《신민》(1931,7.), 김진송 편,『현대성의 형성:서울에딴스홀을許하라』(현실문화연구,1999),pp.257-258.)

실한 생명 욕구를 나타낸다.

　시인은 육체 내부을 도는 寒氣를 나타내는 추운 거리의 수척한 네온사인으로써 병들은 자신의 육체를 보여준다. "위험한피"는 화자의 병든 육체를 상징한다. 그러나 화자는 추운 거리의 파리하고 유척한 네온사인에도 부단히 네온가스가 흐르고 있다고 말한다. 색스폰을 부는 폐병쟁이에게도 끊임없이 목숨이 흐르고 있음을 역설하는 것이다. "─실은끊임없이壽命이흐르고있는게란다." 라는 화자의 독백은 생명을 향한 간절한 욕망을 드러낸다. 병든 육체를 소유한 화자는 도시의 황량함을 "추위"라는 감각으로 전환시켜 수용하고 있다.

3. 개체화된 육체의 고립 공간

　이상의 시, <AU MAGASIN DE NOUVEAUTES>에서 백화점은 일상적인 공간으로 나타난다. 백화점이라는 공간에서 가지는 인간관계는 가벼움으로 표상된다. 이 작품의 화자는 백화점의 상품들과 사람들을 관찰한다. 그가 다른 사람들과 맺는 관계는 걸어가면서 대상들을 훑어보는 극히 '짧은 시간' 안에 이루어진다. 낯선 타자들과의 만남은 스쳐 지나가는 것으로 끝난다. 백화점의 상품과 그곳의 사람들은 화자에게 어떠한 질적인 차이를 주지 못하는 관찰 대상이라는 점에서 동일하다. "새로운 일상공간들, 그 공간들은 우리 삶에 어떤 영향을 미치는가? 우리는 이런 곳에서 어떤 식 행동을 하게 되며 어떤 인간이 되는 것일까? 새로운 공간이 그곳을 찾는 사람들에게 연출된 정체감을 부여한다는 것은 그런 공간이 어떤 독자적인 공간 논리를 가진다는, 즉 연극 무대처럼 그 위에 서면 사람들 행동거지를 바꿔 놓는 힘을 지니고 있다는 말이다."[9] 백화점이라는 새로운 일상 공간은 그 곳에 익숙한 사람들의 人性을 바꿔놓는다. 백화점 내부에 있는 물건들과 마찬가지로 사람들

---

　9)　강내희,『공간·육체·권력:낯선 세계의 일상』(문화과학사,1997).pp.103-115.

도 하나의 사물에 불과한 것으로 인지될 뿐이다.

　　四角形의內部의四角形의內部의四角形의內部의
四角形의內部의四角形.
四角이난圓運動의四角이난圓運動의四角이난圓.
비누가通過하는血管의비눗내를透視하는사람.
地球를흉내내며만들어진地球儀를模型으로만들어진地球.
去勢된洋襪(그女人의이름은워어즈였다)
貧血緬絇[10], 당신의얼굴빛깔도참새다리[11]같습네다.
平行四邊形對角線方向을推進하는莫大한重量.
마르세이유의봄을解纜한코티의香水의맞이한東洋의가을.
快晴의空中에鵬遊하는Z伯號. 蛔蟲良藥이라고씌여져있다.
屋上庭園. 猿猴를흉내내이고있는마드모아젤.
彎曲된直線으로疾走하는落體公式
文字盤에"‒에내리워진二個[12]의浸水된黃昏.
도아―의內部의도아―의內部의鳥籠의內部의카나리야의內部의嵌殺門戶
의內部의인사.
食堂의門간에方今到達한雌雄과같은朋友가헤어진다.
검은잉크[13]가엎질러진角雪糖이三輪車에積荷된다.

---

10) 임종국의 이상전집 초판본(임종국 편,《이상전집》제2권(태성사,1956))의 초역에는 "貧
血緬絇"라고 제대로 표기되었는데, 개정판(임종국 편,《이상전집》(문성사,1966년 개정
판))에는 "貧血細胞"로 오기되었다. 이후에 발간된 이상 전집류에는 모두 "貧血細胞"
로 오기된 채 게재되었다. 일문시 원문은 "貧血緬絇"이다.
　'緬(가는 실 면)' 다음의 한자인 '絇'는 '絇(합사로 짠 피륙의 올 구)'字로 추측해볼 수
있다. '絇'는 合絲로 짠 천의 올이라는 뜻이다. 여기에서 이상이 "貧血緬絇"라 표현한 대
상은 바로 앞 시구에 나온 "去勢된洋襪"이다. 이 시의 화자는 진열된 양말에 붙여진 여
성의 이름과 양말의 모양에서 곧 거세된 남성의 이미지를 연상하는 한편 양말 천의 흐릿
한 색채를 "貧血緬絇"로 표현하고 있다.
11) 참새의 다리라는 뜻이다. 시 원문은 "スヅメノアシ"이다.
12) "文字盤에?에내리워진二個의浸水된黃昏." 부분도 임종국의 이상전집 초판본에는 "二
個"로 올바로 표기되었지만, 증보판에서 "一個"로 오기되었다. 그외의 이상전집류의 사
정도 마찬가지이다. 일문시 원문은 "文字盤に?に下された二個の濡れた黃昏"이다.

名銜을짓밟는軍用長靴. 街衢를疾驅하는造花金蓮.[14)]

위에서내려오고밑에서올라가고위에서내려오고밑에서올라간사람은밑에

서올라가지아니한위에서내려오지아니한밑에서올라가지아니한위에서내려오

지아니한사람.

저여자의下半은저남자의上半에恰似하다.(나는哀憐한邂逅에哀憐하는나)

四角이난케-스가걷기시작이다(소름끼치는일이다)

라지에이타의近傍에서昇天하는군빠이.

바깥은雨中. 發光魚類의群集移動.

　　　　　　　　　　　　　　　　　-<AU MAGASIN DE NOUVEAUTES> 전문[15)]

　이 작품의 제목은 '백화점에서'로 해석된다. 이 시에서 화자의 시선은 백
화점 건물 내부에서 옥상으로 올라가 건물 옥상에서 바깥 풍경을 관찰하고,
다시 백화점 내부로 이동한다. 백화점 내부에 있는 모든 것들은 화자인 나에
게는 정상 형태를 벗어난 기형으로 인식된다. 모형 地球儀는 백화점에 있는
물품들의 인공과 인위성을 상징한다. 또한 "去勢된洋襪(그女人의이름은워
어즈였다)"에서 '거세'는 남성성이 제거된 상태를 뜻한다. 남성성이 제거된
양말의 이름은 여성성을 가리키는 '워어즈'라는 이름을 갖고 있다. 이 시의
화자는 여자의 이름인 '워어즈'라는 상표를 부착한 양말을 관찰하면서 거

---

13) 이 시의 原文은 검다(黑)로 되어 있다. "黑インクの溢れた角砂糖"이므로, 초역에서
　　 "파랑잉크"로 해석한 것은 오역이다. "검은잉크가엎질러진각설탕"으로 해석해야 한
　　 다.(이 부분에 대한 번역이 잘못되었음을 박현수가 이미 지적하였음(박현수, 「토포스
　　 (topos)의 힘과 창조성 고찰」,《한국학보》제94집(1999,봄).p.31.)
　　 이 작품은 "건축무한육면각체"라는 큰 제목 아래《조선과건축》(1932.7)실린 것으로 임
　　 종국의『이상전집』에 임종국의 한글 번역으로 기재되어 있다. 이후에 출간된 이상의 시
　　 전집류는 모두 임종국의 전집에 실린 일문시의 한글 초역을 그대로 재게재했고, 이에 대
　　 한 연구자들의 번역상의 오류에 대한 재고가 전혀 없는 상태에서 일문시 초역은 현재에
　　 이르기까지 연구자들의 기본 텍스트가 되어 왔다.

14) 金蓮은 금련화로 꽃의 이름이다. 한련(旱蓮)이라고도 부른다.

15) 이상, <AU MAGASIN DE NOUVEAUTES>,《朝鮮と建築》(1932,7월).p.25에 실림. 임종
　　 국 역으로 임종국 전집에 재게재.

세된 남성과 동시에 여성적인 이미지를 연상하고 있다. 사람의 이름은 상품의 이름으로 변한다. 인명은 인간에게 부여된 고유의 것이 아니다. 백화점이라는 공간에서는 사람의 이름이 상품명이 되는 현상이 자연스럽게 이루어진다. 인격은 사물화되어 나타난다. 여기에서 이상은 거세된 남성과 연관되는 이미지를 여성의 이름과 결합시켜서 제시함으로써 인간의 고유성이 사물화되는 것에 대하여 그것의 부자유스러움을 보여주고 있다.

시계의 문자판은 12시를 가리키지만, 자연 시간은 이미 황혼이 침수된 시각이다. 시계 시간과 자연 시간은 일치하지 않는다. 이는 시계 시간에 대한 화자의 심리적인 거부를 드러내는 것이다. 백화점은 외적인 풍부함을 가지지만, 모형의 지구, 거세된 양말, 원숭이가 사람을 흉내내는 것이 아니라, 오히려 원숭이를 흉내내는 여자 등에서 나타나듯이 가치가 전도되고, 결핍된 것들로 채워진 공간이다.

사각의 건물 내부는 온통 사각으로 채워져 있다. 화자가 사각 건물 안으로 들어가면서 발견하게 되는 것은 사각으로 구획되고 정리된 건물의 내부이다. 화자는 내부로 점점 깊이 들어가도 마찬가지임을 깨닫는다. 사각의 내부를 가진 사각 건물에서는 원도 사각으로 여겨질 정도로 모든 물건들과 사람들을 사각의 틀 속에 가둔다. 건물 내부도 사각이고 원도 사각이고, 사각도 원이다. 합리적인 공간으로 설계되고 배치된 내부구조는 사각의 획일성으로 말미암아 틀 속의 혼란을 야기시킨다. '사각형의 내부'가 반복되어 나타나는 것은 점점 사각이 난 건물 속 깊이 갇히는 인간의 상태를 의미한다. 백화점 내부에 진열되어 있는 물건들과 그 물건들을 구매하러 들어온 사람들은 모두 사각이 난 백화점 안에 갇힌 존재들이다. 이 작품의 화자가 진열된 상품들을 보면서 지나가는 백화점 내부의 통로는 화자인 나의 자발적인 선택에 의한 길이 아니다. 사각이 난 내부는 백화점이 건축될 때, 고객을 유도하기 위해 설계된 진열대와 통로이다. 나는 주체적으로 상품을 보고, 길을 선택할 수 없다. 고객의 구매를 목표로 설계된 통로에 대해서 나는 전적으로 수동적인 위치에 있게 된다. 이 작품의 첫부분에서 나타나듯이 나는 백화점 내부를 사각이 연속되는 것으로 인지한다. 사각의 연속과 이는 고객의 유도계획인 橫誘導[16]를 따라 가는 나의 시각적 혼란을 의미한다.

조롱의 새처럼 사람들은 "嵌殺門戶"[17]의 공간 속에 완벽하게 갇히고 만다. "嵌殺門戶"는 외부와의 완벽한 단절을 나타낸다. "주거가 감옥이 되지 않기 위해서는 그 배후의 세계 속으로 열려진 開口部, 즉 안의 세계와 밖의 세계를 연결하는 개구부를 갖고 있어야 한다."[18] 모든 생활의 기본은 환경과의 상호 작용이기 때문에 개구부는 장소에 생기를 넣어주는 요소이다.[19] 그러나 감 살문호라는 창문은 개구부의 형상을 하고 있지만, 실제로는 개구부의 기능 을 가지지 못한다. 사람들이 물품을 구매하기 백화점에 들어가는 것은 그들 의 자유로운 선택이지만, 백화점에 발을 들여놓는 순간, 그들은 구매력을 최 대한 높이기 위해 미리 계획된 유도 통로를 수동적으로 돌아다니게 된다. 백 화점의 통로나 물품들에 대하여 수동적인 위치에 있는 인간은 감살문호의 조롱에 갇혀서 인사말을 되풀이하는 카나리아와 다름없는 주체성을 잃은 존 재이다. 시에서 나타나듯이 안과 밖을 연결하는 개구부는 존재하지 않는다. 안으로만 열려있는 문은 들어가자마자 폐쇄되어 버린다. 내부는 곧 외부와 차단된다. 이상은 이같은 내부와 외부가 전혀 통하지 않는 창문에다 건물의 안쪽으로 나 있는 문들을 비유한다. 들어갈 수만 있을 뿐, 나올 수는 없는 건

---

16) 橫誘導는 횡적으로 고객을 유도하는 것을 가리킨다. 횡적이라 함은 한 층에서의 이동을 말한다. 백화점을 설계할 때, 고객이 한 층의 내부를 한바퀴 도는 통로를, '역L字형' 혹 은 '格子象形' 등으로 유도계획을 짠다. 한편 縱誘導는 백화점의 지하층에서 최상층까 지 고객을 골고루 구석구석 움직이게 하는 유도선을 의미한다. 유도계획은 고객의 시선 을 상품이 있는 곳으로 이끌어내는 것으로 상품을 구석까지 진열시켜 구매의 기회를 놓 치지 않게 하려는 것이다.(전병직, 『백화점 건축계획』(세진사,1996).p.55 참조.)

17) 감살문호(嵌殺門戶)란 채광만을 위한 것으로 열고 닫는 기능은 본디 없는 창문을 가리 킨다.

18) 재인용. O.F.Bollnow, Mensch und Raum,1963,p.154. C.노베르그 슐츠, 『실존 · 공간 · 건축』,김광현 역(태림문화사,1985).p.51.

19) C. 노베르그 슐츠, 같은 책.p.52.

물 내부의 문들은 새조롱 속에 갇힌 카나리아와 이미지가 결합하면서 백화점이 인간을 '가두는 건물'로 암시된다. 문들이 안으로 계속 이어지는 건물 내부는 마치 개폐가 불가능한 문을 가진 조롱과 동일하다는 사실을 이상은 보여준다. 백화점이라는 건물에 발을 들여놓는 순간부터 인간은 외부와는 격리된 채, 건물 안에 갇히게 되는 것이다. 이 때 외부로부터의 소외가 발생한다. 감살문호는 더 이상 백화점이 인간적인 의미로서의 장소가 될 수 없다. 합리성과 편의만을 위한 건물에 의해 차압당한 인간의 자유를 상징한다. 조롱 속에 갇힌 카나리아와 구매를 위해 고안된 사각이 난 통로와 진열대를 돌아다니는 인간은 구별되지 않는다.

"위에서내려오고밑에서올라가고"에 나타나 있듯이 백화점에서 사람들의 공간 이동은 의미를 갖지 못한다. 건물 내부에서 유의미한 장소는 없다. 그들이 위에 있든지 아래에 있든지 공간상의 차이는 나지 않는다. 사람들은 다만 물건을 사기 위해 '그곳'에 있을 뿐이다. "저여자의下半은저남자의上半에恰似하다."에서 계단을 오르내릴 때, 여자의 하반신과 남자의 상반신은 평행을 이루게 된다. 이 때 화자에 의해 관찰되는 여자와 남자의 육체는 한 개인이 가지는 주체적이고 독자적인 육체로 인지되지 않는다. 인간의 육체는 화자가 보기에 해체된 상태이다. 여자는 하반신만으로 인지되고, 남자는 상반신만으로 자신의 존재를 나타낸다. 그러나 그들이 화자에게 해체되어 인지되어도 화자가 그들의 존재를 파악하는 데는 아무런 영향을 미치지 않는다. 백화점 안에서 오고가는 사람들은 그 곳에 쌓여 있는 물건들과 마찬가지로 동일하게 인식되기 때문이다. 여자의 하반신과 남자의 상반신이 계단에 의해 물리적으로 평행을 이루게 될 때, 여자와 남자의 육체는 유기성이 해체되어 버린다. 사람들은 육체의 어느 한 부분만으로 자신의 존재를 표현하는 것이다. 해체된 육체를 가지고 스쳐 지나가는 인간들의 군집에 더 이상의 인간적인 만남은 이루어지지 않는다. 백화점 안의 낯선 남녀들은 '스쳐서' 지나간다. 구획되고 정리된 공간은 결코 친밀한 장소가 될 수 없다. 화자인 나는 낯선 인간들의 군상을 관찰하면서 애련한 감정을 갖는다.

화자는 사각이 난 건물 안에 있는 "사각이난케—스"[20]인 엘리베이터[21]가 움직이는 모습에 소름이 끼친다. 건물의 난방기구인 라디에이터 근방에 설치된 엘리베이터는 "승천"한다. 그러나 엘리베이터를 탄 사람들이 승천의 모습을 보인다고 할지라도 사각 건물 속에 갇힌 승천에 지나지 않는, 조롱 속의 승천에 불과하다. 나는 해체되어 인지되는 인간들의 육체를 애련한 만남이라고 여긴다. 그것을 애련하게 느낀다는 것은 이러한 인간 관계에 대한 화자의 조롱이다. 감살문호의 공간 속에서 인간관계의 해체를 경험하는 백화점은 다음에 살펴볼 유배지 혹은 감옥으로 상징되는 개체화된 근대인의 현실 공간이다.

앞에서 근대화된 도시 공간이 인간의 주체를 억압하고 지배하는 현상을 고찰하였다. 한편 이상의 시에는 유배지와 벌판의 공간이 나타나는데, 이는 앞에서 다루었던 고립과 단절의 근대 공간이 내면화된 상징적인 공간이다. 근대인의 내면의 특질인 고절감과 소외를 보여주는 공간이 이상의 시에서는 유배지와 벌판으로 상징된다. <詩第七號>[22]에서 화자인 나는 유배지에 움직

---

20) 조영복은 "사각이난케—스"를 백화점 바깥에서 지나가는 자동차로 해석한다. "사각케스-곧 자동차의 움직임과 雨中의 군중들의 행렬에서 그는(이 작품의 화자:필자 주)소름 끼침을 경험하게 된다."(조영복,『1930년대 문학에 나타난 근대성의 담론 연구:김기림과 이상을 중심으로』(서울대 박사논문,1995.p.65.))

21) 고층건물을 가능하게 한 엘리베이터의 실용화는 19세기에 이루어졌다. 우리나라에 본격적인 의미를 가지는 엘리베이터로는 1937년에 재건되었던 화신백화점의 내부에 설치된 것이다.(한국건축가협회 편,『한국의 현대 건축:1876-1990』(기문당,1994).p.45.)
엘리베이터의 비유를 <AU MAGASIN DE NOUVEAUTES>에서 찾아내는 것은 이상의 공간의식을 규명하는 데 중요한 열쇠를 제공한다. 기계에 의한 수직적 공간 이동은 공간의 개념에 막대한 영향을 끼친다고 볼 수 있다. 이상이 위의 작품을 발표한 시기는 1932년이다. 이상이 엘리베이터가 경성에 현실화되기 이전에 엘리베이터와 관련된 심상을 표현한 것은 모더니즘 건축을 공부하고 접했던 그의 개인적인 이력과 연관이 있을 것이다. 이상이 <AU MAGASIN DE NOUVEAUTES>와《朝鮮と建築》(1932,7월호)에 동시에 발표했던 시, <眞晝>에서도 "ELEVATER FOR AMERICA" 라는 시구가 있는데, 이는 이상에게 엘리베이터가 익숙한 사물이었다는 것을 보여준다.

22)《조선중앙일보》(1934.8.1)에 실림.

일 수 없도록 심어져 있는 존재이다. 운동을 할 수 있는 동물이면서도 식물처럼 땅에 고착된 존재로 나 자신의 처지를 여기는 것은 나의 무기력함을 인식하는 자의 비극이다. 이 작품에서 보이는 '植樹된 나'는 이상의 다른 시작품들에 나오는 생명창조에 대한 희망이 함축된 것으로 해석할 수 없다. 여기에서 나는 자유가 없는 고착성의 이미지를 나타낸다. 나는 생명을 창조할 수 없는, 황량한 유배지에 뿌리박혀서 자유로움과 활기를 완전히 박탈당한다.

4. 가치전도의 공간과 주체의 일탈

이상의 시에는 매춘을 다룬 작품들이 있는데, 그는 유곽과 매춘을 병리적 사회의 징후로 보거나 사회사적 시각으로 비판하지 않는다.[23] 이상은 매춘을 시의 제재로 다루면서 매춘이라는 일탈된 인간관계의 황폐함을 자의식적 성찰을 통해서 보여준다. 앞에서 살펴본 <街外街傳>도 유곽의 음습함과 매춘부의 고통스러운 삶이 시적 자아의 병든 육체와 결합되어 표출된 작품이다. 본 절에서 다룰 <白畫>, <買春>, <狂女의告白>, <興行物天使>, <哀夜>[24]에서 이상은 화폐를 매개로 하여 이루어지는 욕망의 허상을 유곽 공간을 배경으로 드러낸다.

내두루매기깃에달린貞操빼지를내어보엿드니들어가도조타고그린다.

---

23) 경성을 중심으로 일제 강점기의 도시에 매춘이 성행하였음을 다음의 글에서 알 수 있다. "1916년에 공포한 朝鮮貸座敷娼妓取締規則 총감부령 4호는 각도의 경찰서장이 지정한 장소에서만 공창영업을 할 수 있도록 규정하여 유곽으로 상징되는 조직적 관리 매춘인 공창제가 본격적으로 도입되었다. 일제는 공창제를 실시하고 사창을 엄금하는 정책을 취했으나 사창은 늘어만 가고 매춘시장은 확대되어 갔다. 기생이나 작부와 같은 명시적인 매춘부 외에 여관 및 음식점, 주점의 작부도 대부분 매음행위를 했다."(유해정,「일제 식민지하의 여성정책」,한국여성연구소 여성사연구실,『우리 여성의 역사』(청년사,1999),p.293.)

24) <哀夜>,김수영 역,《현대문학》(1966.7.)

25) <詩第十三號>에서도 "세음"이 나오는데, '세음'(細音)은 '셈'의 取音이다. '세음'은 '~하는 셈이다(형편, 셈판)'의 의미를 갖는다.

들어가도조타든女人이바로제게좀鮮明한貞操가잇으니어떠냐다. 나더
러世上에서얼마짜리貨幣노릇을하는세음²⁵⁾이냐는뜻이다. 나는일
부러다홍헌겁을흔들엇드니窈窕하다든貞操가성을낸다. 그리고는七面
鳥처럼쩔쩔맨다.

—<白畫> 전문²⁶⁾

위 시에서 화폐로 성을 흥정하는 장면의 묘사와 그것을 둘러싸고 벌이는
매춘부와 고객인 남성 화자의 심리가 잘 드러난다. "女人이바로제게좀鮮明
한貞操가잇으니어떠냐다."는 매춘부가 자신의 육체를 더 높은 값으로 거래
할 의중이 있는지 나의 마음을 떠보는 장면이다. 그러나 "나는일부러다홍헌
겁을흔들엇드니"²⁷⁾처럼 매춘부에게 정조의 값을 치르지 않고 그녀를 조롱하
듯 거래를 중단하는 몸짓을 보이자 매춘부는 화를 낸다. 화자인 나와 매춘부
에게서 정조는 곧 화폐의 有無를 나타내는 것에 불과하다. 유곽에서 사회적
윤리가치인 정조의 의미는 완전히 무가치한 것이며, 다만 화폐를 얼만큼 소
유하고 있는가를 표시할 뿐이다.

---

26) 《조선일보》(1936년 10월 6일)에 실림. <白畫>라는 시의 제목이 원문과는 상관없이 전
집마다 제각각 바뀌어 있다. 임종국 전집에서는 <白晝>, 이어령 전집에서는 <白畫>, 이
승훈 전집도 <白晝>로 되어 있고, 시 원전에 충실한 김승희 전집에서도 본문은 제대로 <
白畫>로 되어 있지만, 목차에서는 <白晝>로 표기되어 실려 있다.

27) 참고로 일제시대의 화폐에 대해 살펴보자. 1911년 (구)한국은행이 일제에 의해 조선은
행으로 바뀌었다. 일제시대에 발행되었던 화폐는 조선은행권이다. 조선은행권은 1914
년부터 1950년까지 유통되었던 은행권이다. 1914년에 백원권, 1915년에 일원권과 십원
권이 발행되었고, 1932년에 改 백원권, 改 십원권, 改 오원권, 改 일원권이 발행되었다.
1935년에 다시 甲 십원권이 발행되었다.(국립민속박물관 편, 《한국화폐의 변천》, 도서
출판 신유,1993.p.52.)
李箱이 사용했을 화폐는 1932년에 발행된 화폐였을 것이다. 그러나 <白畫>에 나오는
"다홍헌겁"과 비교할 만한 화폐는 없다. 改 백원권의 안의 테두리에 붉은 채색의 문양이
들어 있고, 改 일원권에는 조선은행 일원이라고 씌여진 부분이 붉은 채색이 들어 있지
만, <白畫>에서 "다홍헌겁"이 이들 화폐를 직접 가리키는 것으로 보기 어렵다. 여기에
서 화자가 다홍헌겁을 흔들었다는 것은 매춘부가 원하는 정조의 값을 제시하자 화자는
매춘부를 조롱하듯 거래하기를 갑자기 중지하는 몸짓을 나타낸 것이다.

<白晝>에서 인간의 가치가 화폐에 의해 직접 환산되는 것은 매춘부의 육체에만 적용되지 않는다. 이 시에서 매춘부의 정조란 윤리가치에 대한 조롱 대상에 불과한 것이고, 고객인 나의 정조는 곧 내가 화폐를 얼만큼 소유하고 있는지를 표시하는 기준이다. "내두루매기깃에달린貞操빼지를내어보엿드니들어가도조타고그린다."에서 나의 정조빼지는 내가 화폐를 지불할 수 있는 능력을 뜻한다. 내가 "나더러世上에서얼마짜리貨幣노릇을하는세음이냐는뜻이다." 라고 고백하고 있듯이, 내가 가지는 가치는 오로지 화폐를 얼마나 소유하고 있는가에 의해 값이 매겨지는 것이다. 매춘부가 그녀의 고객인 화자를 평가하는 척도는 오로지 화폐의 有無이다. 화자와 매춘부 사이에 성립될 수 있는 인간관계의 유일한 매개체는 '화폐' 일 뿐이다.

위 시의 제목인 "白晝"는 상징적인 의미를 내포한다. 오직 화폐의 유무로 화자인 나를 육체적으로 받아들이는가 혹은 거절하는가, 그 허락과 거절의 양극단을 쉽게 오가는 여인이 "窈窕한" 정조를 내세워 나와 거래하는 장면은 아이러니이다. 화폐로 육체를 매매하고, 인간 가치를 결정짓는 유곽 공간에서 윤리 가치인 '정조'를 내세워 여자와 화자가 거래할 때, 동시에 윤리가치인 정조를 화자가 조롱할 때, 정조의 본래 의미는 '白畵'(흰그림, 혹은 백지)처럼 탈색된다.

정조는 순결함을 뜻하고, 순결을 색채로 표현하자면, 흰색으로 나타낼 수 있다. 이처럼 정조에서 연상되는 흰색의 색채는 정조라는 윤리적 의미가 탈색된 상태와 또한 화폐에 의해 전도되는 인간관계의 무의미함이라는 관념과 결합한다. 의미있는 것은 아무것도 발견할 수 없는 유곽공간에서 매춘부와 화자는 백지처럼 소멸해버린다. 화자는 이처럼 무가치하면서 위장된 '백화'의 공간을 "다홍헌겁"으로 조롱한다. 흰색은 붉은색에 의해 조롱당하고, 조롱당한 흰색은 칠면조처럼 혼란스런 색채를 드러낸다.

記憶을마타보는器官이炎天아래생선처럼傷해들어가기始作이다.

朝三暮四의싸이폰작용[28]. 感情의 亡殺.

나를너머트릴疲勞는오는족족避해야겟지만이런때는大膽하게나서

서혼자서도넉넉히雌雄보다別것이어야겟다.

脫身. 신발을벗어버린발이虛天에서失足한다.

　　　　　　　　　　　　　　　　　　　　　　　—<買春> 전문 [29]

　매춘부와 성행위를 하는 동안 나의 의식은 점점 파괴되기 시작한다. 나의
감정 상태도 망쇄에 빠진다. 화자는 이같은 자신의 감정 상태를 가리켜 朝三
暮四의 싸이폰작용이라고 말한다. 다른 사람을 농락하여 술수에 빠뜨리거나
속이는 것이 조삼모사이지만, 여기에서 속이는 대상은 바로 자기 자신이다.
"싸이폰작용"도 역시 朝三暮四처럼 육체적 욕망에 의해 '스스로 속아 넘어
가는 자신'에 대한 비유이다. 두 개의 저장통 속에 박혀 있는 U字관은 반드
시 액체가 담겨 있는 저장통에 짧은 관이, 빈 저장통에는 긴 관이 박혀야
한다. 그러한 조건이 완비되어야만 액체는 빈 곳으로 이동할 수 있다. "싸이
폰작용"처럼 물리적인 작용과 나의 성욕의 분출은 다를 바 없다. 나의 買春
은 나의 욕망에 나 자신이 속아넘어가는 것임을 나는 자각한다. 나의 육체는
기억과 감정이 정상적인 궤도로부터 이탈해버릴 만큼 쾌감에 빠진다. 신발
을 벗어버린 발이 허천에서 실족한다는 것은 성행위에 나의 주체가 완전히
몰입하게 되었음을 의미한다. 그러나 이 작품의 앞부분에서도 화자가 토로
한 바 있듯이 이같은 성적 쾌락은 다만 "朝三暮四의싸이폰작용"에 불과한 감
정이며, 그것을 알면서도 나는 육체적 욕망에 스스로를 함몰시켜 버린다. 나
의 買春 행위는 나로 하여금 虛天에서 실족하여 추락하는 허망한 쾌감만을

---

28) 사이폰작용(siphonage):사이폰(siphon)이란 한 쪽 관이 다른 한 쪽보다 더 길며 거꾸로
　　선 U자관. U자관에 액체가 가득 차 있을 때, 짧은 쪽 관 끝에 놓인 저장통으로부터 긴 관
　　의 끝으로 액체가 이동한다. 관들의 길이가 같다면 흐름이 일어나지 않을 것이며 저장통
　　에 잠겨 있는 관이 운반관보다 더 짧을 경우에만 흐름이 일어날 것이다.

29) 《조선일보》(1936년 10월 8일)에 실림. 買春의 사전적인 의미는 "술을 사다"이지만, 이
　　시에서는 남성인 화자가 유곽의 여자에게서 화폐로 性을 산다는 의미로 쓰였다.

갖게 한다.

여자인S子[30]님한테는참으로未安하오. 그리고B君
자네한테感謝하지아니하면아니될것이오. 우리들은
S子님의앞길에다시光明이있기를빌어야하오.

蒼白한 여자
얼굴은여자의履歷書이다. 여자의입은작기때문에여자는溺死하지아니하면
아니되지만여자는물과같이 때때로미친듯이날뛰는수가있다. 온갖밝음의太陽
들아래여자는참으로맑은물과같이떠돌고있었는데참으로고요하고매끄러운表
面은조약돌을삼켰는지아니삼켰는지항상소용돌이를갖는退色한純白色이다.

등쳐먹으려고하길래내가먼첨한대먹여놓았죠.

원숭이와같이웃는여자의얼굴에는하룻밤사이에참아름답고빤드르르한赤褐
色 쵸콜레이트가無數히열매맺혀버렸기때문에여자는마구대고쵸콜레이트를放
射하였다.

－<狂女의 告白> 부분[31]

이상은 위의 시에서 창녀가 어떻게 내면의 파괴를 겪는가를 이야기한다.
여기에서 창녀는 광녀에 비유되는데, 창녀가 이처럼 비정상적인 삶을 살 수
밖에 없는 것은 유곽이라는 공간의 황폐성에서 기인한다. 유곽의 여성은 정

---

30) 일문시 원문은 "ヲンナであるS子樣には"이다. 임종국 전집에 실린 柳呈 역에는 "여
자인S玉孃에게는"이라 되어 있다. "樣"은 "さま"로 발음되는 접미사이다. 명사 등에 붙
어서 존경과 공손을 나타내는 "~님"이라는 뜻을 갖는다. "여자인S玉孃에게는"으로 번
역할 경우, 'S玉'의 이름을 갖는 여자'로 혼동할 우려가 있다. 따라서 "여자인S玉孃에게
는"보다는 이름이 영문자 이니셜 S와 ~子를 가진 여자를 높여 부른 "여자인S子님에게
는"으로 번역하는 것이 더 적절할 것이다.

31) 金海卿, <狂女の告白>,《朝鮮と建築》(1931,8월호).p.12에 실림. 柳呈 역으로 임종국 전
집에 재게재.

신의 일탈상태에 빠진 광녀와 다르지 않은 존재로 표현하고 있는 위의 시는 매춘에 의한 인간성의 파괴 과정을 잘 보여주고 있다.

"갑판의勾欄"[32]은 유곽을 가리킨다. "온갖밝음의태양들"이 뜻하는 조명 아래서 창녀를 보면서 남자들이 "고무와같은두손을들어입을拍手"한다. 여자의 이력서인 얼굴은 여자가 세파에 시달린 시간이 침전된 얼굴이다. 안주할 수 없는 떠돌이 창녀는 물 위에 떠 있는 배를 탄 사람에 비유된다. 유곽의 환한 조명 속에서 여자의 모습은 고요히 흘러가는 물과 같고, 그녀는 맑은 물처럼 고요한 표면을 지닌 것 같지만, 여자의 내부는 소용돌이를 감추고 있다. "등쳐먹으려고하길래내가먼첨한대먹여놓았죠." 여자의 겉모습은 맑고 고요하지만, 그녀는 먹고 먹히는 인간 관계를 체득한 노회한 이면을 감추고 있는 것이다. 그녀의 내면은 고요하게 보이는 물의 표면에 비유되는 그녀의 외양과 전혀 일치하지 않는다.

"여자는마구대고쵸콜레이트를放射하였다." 여자가 관객들에게 쵸코레이트를 뿌린다는 것은 그녀가 지닌 性이미지를 남자들에게 파는 것을 가리킨다. <狂女의 告白>의 여자는 자신의 육체를 상품화시킨다. 육체는 화폐로 교환되는 하나의 상품이 되는 것이다.[33] 창녀의 비주체적인 삶은 그녀가 자신의 매춘행위에 대해서 "이다지도신선하지않은자선사업이또있을까요" 라고

---

32) 勾欄은 궁전이나 교량 등을 장식하는 것으로 굽어지게 만든 난간이다. 송원 이래 구란은 배우가 연예를 하는 장소를 가리켰다. 그러나 지금에 이르러서 구란은 오로지 창가(유곽)를 지칭하는 말이 되었다. "曲折之欄干也.植互木爲遮欄也.宮殿廊廡橋梁多用之.亦作勾闌.句欄. …宋元以來稱俳優樂戶等演藝之所曰句欄. …今則專稱娼家曰句欄"(中文大辭典 編纂委員會, 『中文大辭典』第二冊, 華岡出版部, p.509.)

33) 이상의 시에 등장하는 여성들은 거의 매춘부이다. 매춘을 다룬 이상의 시작품이 많지만, 그는 현실적으로 만연되어 있던 매춘행위를 사회비판적 시각으로 보지 않는다. 그러나 그는 매춘행위로 인한 매춘부의 성적 타자화와 그로부터 발생하는 주체의 상실을 이야기한다. 그는 매춘부뿐만 아니라, 매춘부와 거래하는 시적 자아를 포함하는 남성들 역시 매춘행위로 인해 성의 대상화에 함몰케 되는 과정을 보여준다. 이상의 매춘에 관한 시작품들은 비판의식이 뚜렷하게 나타나지는 않지만, 성을 상품화하는 사회에 진입하는 현상에 대한 그 자신의 괴리감과 충격을 잘 보여준다.

반문하는 데서 잘 드러난다.

여자는 모든 것을 포기하였다. 인간으로서 모든 것을 포기한 여자의 피부는 푸른 불꽃 탄환, 발광하는 파도, 거대한 바닷개의 잔등으로 비유되는 남자 관객들의 욕망에 의해 벗겨져 나간다. "여자의皮膚는벗기이고벗기인"다. 마침내 모두 벗겨진 피부가 옷자락같이 바람에 나부끼는 것을 보고 남자들은 고무 같은 손으로 자신들의 입을 두드리면서 열광한다. 여자의 인간적인 면은 파괴되고, 남자들이 욕망하는 육체적 性만이 그녀의 존재를 대신한다. 그것을 보고 남자들은 비로소 열광의 도가니로 몰입한다. "POUDRE VERTUEUSE", 즉 고결하고 정숙한 화장분으로 자신을 위장한 불임의 창녀는 "불쌍한홀아비들"이 기다리는 곳으로 자신과 남자들을 속이기 위해서 또다시 길을 떠난다.

<興行物天使>[34]도 도시의 소외 공간인 유곽을 배경으로 일탈된 인간관계를 그리고 있다는 점에서 <狂女의告白>과 동일한 심상을 보여준다. 포주는 매춘부를 억압하고 착취한다. 매춘부와 남성 고객들은 욕망을 위장하고, 그 거짓 욕망 속으로 빠져든다. 포주와 창녀와 남자들을 이어주는 유일한 매개체는 화폐이다. 흥행은 구경꾼을 불러모아 연극이나 영화, 서커스 등을 구경시키고 돈을 받는 것인데, 위의 시에서 흥행은 유곽 거리에서 포주가 자신이 데리고 있는 창녀를 이용하여 돈을 벌어들이는 매춘행위를 가리킨다. 포주는 흥행사, 혹은 거리의 음악사에 비유되고, 창녀는 그에게 착취당하는 흥행물천사, 혹은 여가수에 비유된다. 거리의 포주는 참새처럼 수척한 흥행물천사를 데리고 흥행한다. 포주는 회초리로 수척한 천사를 때리기도 한다. 그러면 천사는 웃는다. 천사의 웃음은 사람들의 눈을 끈다. 사람들은 천사의 정조를 입증하는 원색 사진판 그림엽서를 산다. 정조란 팔 수도 있고 살 수도 있다. 사회적 윤리는 유곽에서 하나의 상품으로 그 가치가 전도된다. 여기에서 인간 관계의 일탈성은 물리적인 자극과 그에 따른 조건반사로서의 반응으로

---

34) 金海卿, <興行物天使>,《朝鮮と建築》(1931,8월호).p.13에 실림. 柳呈 역

나타난다. 여기에서 창녀나 남자들은 인위적인 자극에 의해 즉물적인 반응과 변화를 보인다는 점에서 다르지 않다. 자신들이 자기 욕망의 주체가 될 수 없다는 점에서 유곽 공간에 있는 사람들은 동일한 존재들이다.

5. 맺음말

이상의 시는 육체와 공간의 융합을 보여주는데, 이는 신체와 그 신체가 조직하는 세계와의 상관관계가 긴밀함을 나타낸다. 시적 자아의 병든 육체는 외부세계의 병든 현상들을 날카롭게 감지하게 한다. 그의 병든 육체는 현상의 본질적인 측면들을 꿰뚫어 볼 수 있는 시의식의 토대로 작용한다. 생명이 소진되어 가는 육체는 도시의 병든 공간을 첨예하게 인식하게 하는 기초가 된다. <街外街傳>과 <街衢의추위>에서는 병든 육체와 도시의 병듦이 직접적으로 결합되어서 육체의 공간화와 공간의 육체화가 이루어지기도 하고, <破帖>에서처럼 화자가 붕락의 도시공간을 체험함으로써 외부세계를 황폐함으로 인지하는 현상이 나타나기도 한다. 이상의 시에서 병든 육체는 병든 도시, 즉 도시의 부정적인 이면을 예각적으로 드러내면서 융합한다.

이상의 시는 인간적인 내밀함이 소멸된 반면에 파괴되고 황폐해진 도시 공간을 보여준다. <街外街傳>은 외형적으로는 화려하지만 어둠을 동시적으로 내포하는 도시의 이중성을 병든 육체와 병치시켜 보여주는 작품이다. 추한 내부를 화려함과 정결함으로 위장한 유곽은 질병으로 곪은 육체에 비유된다. <街衢의추위>에서 거리의 추위는 화자의 병든 육체가 감지하는 오한을 표현한 것이다. 도시의 네온사인은 육체의 내부를 지나는 혈관이며, 수척하고 파리한 네온사인은 병든 도시와 병든 육체를 동시적으로 나타낸다.

<AU MAGASIN DE NOUVEAUTES>에서 백화점 내부에 있는 물건들과 마찬가지로 사람들도 하나의 사물에 불과한 것으로 인지된다. 또한 인간관계의 해체를 경험케 하는 백화점은 유배지 혹은 감옥으로 상징되는 개체화

된 근대인의 현실 공간이기도 하다. 근대화된 도시 공간이 인간의 주체를 억압하고 지배하는 현상은 이상의 시에서 유배지와 벌판의 공간으로 내면화된다. 이는 근대인의 내면의 특질인 고절감과 소외를 보여주는 공간이다.

　이상의 시에는 매춘을 다룬 작품들이 있는데, 그는 유곽과 매춘을 병리적 사회의 징후로 보거나 사회사적 시각으로 비판하지 않는다. 이상은 매춘을 시의 제재로 다루면서 매춘이라는 일탈된 인간관계의 황폐함을 자의식적 성찰을 통해서 보여준다. <白畫>, <買春>, <狂女의告白>, <興行物天使>, <哀夜> 등에서 화폐를 매개로 하여 이루어지는 욕망의 허상을 유곽 공간을 배경으로 드러낸다. 새미

지상적 사랑과 궁극적 근원을 향한 의지
— 박목월 시의 종교적 상상력

유성호*

1. 박목월 시편의 층위와 성격

박목월(朴木月, 1916–1978)은 우리 근대시사에서 간결한 단형 서정시의 완성자로서, 자연 속에 수런대는 감각적 실재와 형이상학적 의미를 적출하고 형상화한 이른바 '자연 시인'으로서, 무엇보다도 '청록파(靑鹿派)'라는 저널리스틱한 유파적 명칭의 한 구성원으로서 널리 기억되고 있는 시인이다. 그의 이러한 넓은 인지도는, 그가 남긴 시편들이 여러 계층의 사람들의 뇌리와 교양 체험 속에 깊이 뿌리를 내리고 있다는 증거인 동시에, 몇몇 고정된 해석 및 평가가 그의 이러한 인지도 주위를 강력하게 감싸고 있을 것이라는 추측을 가능케 한다. 특히 한번 시사적 명성을 얻으면 좀처럼 그 세계에 대한 재해석이 쉽지 않은 우리 강단 비평의 관행으로 볼 때, 지금까지의 박목월에 대한 주된 평가가 그의 첫 시집이기도 한 3인 공동시집 『청록집(靑鹿集)』(1946)에 실려 있는 초기 시편에 한정되어 있다는 것은 그에 대한 새로운 해석을 더욱 어렵게 만드는 요인이라 할 것이다.

그러나 최근 박목월에 대한 연구는 그의 시작 전체로 그 범위를 넓혀가고

---

* 서남대 국어국문학과 교수, 저서로 『상징의 숲을 가로질러』 등이 있음.

있다. 특히 초기 시편들보다 미학적으로 한 단계 아래 취급을 받곤 하였던 중기 및 후기 시편에 대한 일정한 재평가가 활발하게 진행중에 있는데, 이는 전체적인 박목월 상(像)의 정립을 위해서도 바람직하고 다행스런 일이 아닐 수 없다. 물론 개별 시편들의 시적 완성도나 미학적 성취에 의미 부여를 할 경우, 초기 시편의 성취는 우리 시사에서 단연 우뚝 선 자리에 있다. 그러한 초기의 서정 단시에 비하면 후기의 시로 올수록 시적 긴장은 풀어지고 수사적 의장 또한 소박해지는 것이 사실이다. 그러나 이 두 세계 사이를 일정하게 퇴행하는 형상으로 바라보는 시각 역시 서정 단시 위주로 시사적 주류를 삼아 왔던 그 동안의 문학사적 감각과 무관하지 않을 것이다. 따라서 우리에게는, 박목월 시의 전체 편력을 바라보는 새로운 안목과 논거가 불가피하게 요청되고 있다 할 것이다.

그의 시세계의 변이 양상은 대체로, 초기 시편이 주로 '자연'에 초점을 맞춘 서정 단시였다면, 중기 시편은 생활의 세목이나 인생론적 의미에 중심을 둔 것들, 그리고 후기 시편은 존재론적 감각과 신성에 대한 관심에 주로 무게 중심을 둔 것들이었다고 할 수 있다.[1] 그러나 이러한 시기적 · 단계적 변이 양상의 적실성을 그대로 승인한다고 하더라도, 우리로서는 그 세계들 사이를 두루 관류하는 어떤 일관성에 주목할 필요를 느끼게 된다. 그리고 그러한 일관성이 규명될 경우, 박목월 시의 편력이 과연 어떤 하나의 종국을 향하여 나아간 귀결인가, 퇴행인가, 끝없는 병치인가, 아니면 지속적으로 하나의 중심을 견지한 세계인가가 그 나름으로 밝혀질 것이다. 이 글은 마지막 시각, 곧 박목월의 전체 시작 과정이 소재나 기법, 정조의 현저한 변화에도 불구하고 매우 중요한 하나의 저류(底流)를 지속한 결과이었음을 밝히는 데 목적을

---

1) 그가 펴낸 시집을 시기별로 구분한다면, 이 글에서는, 『青鹿集』(1946)과 『山桃花』(1955)를 초기 시편으로, 『蘭 · 其他』(1959)로부터 『晴曇』(1964), 『慶尙道의 가랑잎』(1968)에 이르는 10여 년 동안 창작된 것들을 중기 시편으로, 『어머니』(1968), 『無順』(1976) 그리고 유고시집으로 펴낸 『크고 부드러운 손』(1979)을 후기 시편으로 보려 한다.

둔다. 그것은 그의 시가 일관되게 '종교적 상상력'이라고 부를 수 있는 어떤 지향성, 곧 궁극적 '근원'에 대한 관심으로 펼쳐졌다는 것을 뜻한다. 이때 '근원(根源)'이란 인류 역사의 기원(origin) 같은 시간적 의미의 것이기도 하지만, 형이상학적 궁극으로서의 가치 지향적 귀결점의 뜻도 함의한다. 따라서 이러한 지향성은, 우리 시사의 양대 산맥을 형성해왔던 현실주의적 안목이나 형식탐구의 미학과는 근본적으로 층위가 다른, 말하자면 '제3의 지대'로서의 본질 탐구의 시각이라고 할 수 있을 것이다.

이러한 박목월 시의 근원 지향성에 대한 탐색은 최근 수행된 몇몇 선행연구[2]에서 매우 치밀한 성과를 얻고 있는 가운데 있다. 이들 연구 성과는 박목월 시의 구조가 근본적으로 은유 시학에 바탕을 둔 근원 지향의 세계임을 밝히고 있으며, 나아가 "근원을 통해 물질성과 현실성으로부터 초월할 수 있는 가능성"(금동철)과 "반근대의식"(최승호)을 보여주었다고 분석하고 있다. 본고는 이들의 시각과 궤를 같이하여 박목월 시가 초기 시편 이후 꾸준히 하나의 인상적 주제와 방법을 구성하고 있음을 생각해 보려 한다. 그것을 우리는 '종교적 상상력'이라는 범주로 탐침해 보려는 것이다.

2. 서정시와 '종교적 상상력'

본래 인간이 갖는 '종교적 상상력'이라는 것은 두 가지 층위에서 발원되고 결정(結晶)되고 실현된다. 그 하나가 일상적이고 세속적인 자아를 뛰어넘는 어떤 '초월적 존재(혹은 궁극적 실재, ultimate reality)'에 대한 열망과 동일화에 대한 욕망에서 발원하는 것이라면, 또 하나는 그와 반대편의 것으로서 지상적(地上的) 혹은 세속적 인간으로서의 현세적 욕망의 실현 의지와 연결된다. 전자가 인간이 숙명적으로 갖는 물리적·육체적 한계를 극복하고 좀

---

2) 금동철, 「박목월 시에 나타난 근원의식」, 『관악어문연구』 24집, 서울대학교 국어국문학과, 1999. 최승호, 「박목월론 : 근원에의 향수와 반근대의식」, 『국어국문학』 126집, 국어국문학회, 2000.

더 온전한 상태나 근원적 세계를 바라는 초월 혹은 구원의 의지와 관련된다면, 후자는 인간 사회에서의 윤리적 · 생활적 갱신 의지와 맞물린다. 물론 후자의 경우, 현세적 기복(祈福)의 욕구가 기초적인 보상 심리를 이루고 있는 것이 사실이지만, 공동체적 사랑의 실현이라든가 선(善)의 구현 같은 가치들도 중요한 요소를 이룬다.

따라서 이러한 '종교적 상상력', 이를테면 영원성에 대한 추구, 신성(神聖)의 지상적 복원에 대한 의지, 초월 의지, 영성에 대한 내밀한 감각과 그것의 추구, 사랑의 지상적 구현, 그리고 모든 비가시적 세계에 대한 견자(見者)로서의 역할을 자임하는 지향성 등의 시적 수용은 그 자체로 매우 중요한 우리의 탐구 과제이다. 더구나 '종교적 상상력'의 매개를 거쳐 통합되고 있는 '서정시'와 '종교' 양자는 언어적 형식에서 매우 밀접한 구조적 상동 관계를 형성하고 있는데, 서정시나 종교의 언어가 제한된 물리적 언어 구조를 통해 근원적인 실재를 파악해 보려는 충동으로 가득하다는 점에서, 그것들의 근원탐구적 성격은 상동성을 띠게 되는 것이다. 따라서 이러한 서정시와 종교의 언어적 상동성, 그리고 그것들이 추구하고 실현하려는 세계의 유사성, 마지막으로 서정시 자체의 주제적 · 미학적 갱신 가능성을 종교가 제공하는 측면 등은 독자적인 탐색 가치를 띤다.

이 글은 이러한 양자의 상관성에 주목함으로써, 우리 시사에서 시를 바라보는 안목이 윤리적 · 이념적 · 미학적 형상에 치우쳤던 점을 반성하고, 우리 시에 맥맥히 흐르는 형이상학의 전통 특히 '종교적 상상력'에 대한 긍정적 조감이 필요하다는 생각을 근저로 한다. 또한 그 결과로 나타나는 영성의 추구, 초월 의지, 신성 탐색의 열망, 그리고 실존과 고백 사이의 긴장 같은 의미망을 탐색함으로써, '종교적 상상력'의 시적 수용의 다양한 양상을 규명하려는 것이 이 글의 부분적인 의도가 되는 셈이다.

특히 이 글의 대상이 되는 '기독교'에 범주를 한정할 경우, 그것은 두 가지로 말해질 수 있는 것인데, '역사적 기독교'와 배타적이고 구심적인 '이념으로서의 기독교'가 그것이다. 전자가 다양한 체험이 강조되는 상상력의 원천 역할을 한다면, 후자는 구심적인 교리나 원리가 강조된다. 여기서는 후자는 논외로 하고, 전자 곧 '종교적 경험'에 대한 시각만 견지한다.

모든 '종교적 경험'이란 우리들의 경험 세계를 구성하는 모든 것의 근거가 되는 궁극적 실재에 대한 반응이고, 이 경험은 지성이나 정서, 의지 중 어느 하나만을 가지고 참여하는 것이 아니라 통합된 하나의 인격(박목월의 시어로 하면 '全身')으로 참여하는 것이다. 박목월은 이러한 '종교적 경험'이라는 프리즘을 통해 초기 시편으로부터 일관되게 초월적 존재의 완전성과 그것의 투영으로서의 지상적 질서(자연, 인간, 신성)를 노래하였다. 그것이 초기 시편에서는 신성의 모형 혹은 계시로서의 '자연'으로, 중기 이후에는 가족으로 기호화되는 지상적 인간에 대한 지극한 '사랑'으로, 후기 시편에서는 신의 섭리에 대한 강한 긍정의 세계로 간단없이 나타났던 것이다. 따라서 박목월의 시편은, 다양한 실험과 변모에도 불구하고, 이러한 '종교적 상상력'의 일관된 전제와 전개로 나타났다고 할 수 있다.

3. 초기 시편 : 신성의 상상적 모형으로서의 '자연'

박목월 초기 시편의 제재는 주지하듯 '자연'이다. 그러나 그것은 약육강식의 생존 원리가 지배하는 물리적 자연이나 농경 국가의 생존의 터전으로서의 자연이기보다는, 시적 주체의 인생관이나 태도 같은 것이 반영된, 말하자면 주체의 상상 속에서 변용된 이상태(理想態)로서의 '자연'이다. 그의 초기 시편을 대표하는「靑노루」나「閏四月」을 보면, 이러한 가설은 충분한 설득력을 갖는다.

이 시편들의 배경이랄 수 있는 '머언 산 靑雲寺'나 '紫霞山' 혹은 '松花가루 날리는/외딴 봉우리' 같은 공간은 구체적이고 실재적인 국토의 어느 부분에 대한 사실적 묘사의 소산이 아니다. 오히려 그것은 작품의 실질적인 서정적 주인공이랄 수 있는 '靑노루', '눈 먼 처녀' 등과 함께 원형적이고 상상적인 선험적 이상(理想)이 투사된 '상상적 자연'이라고 할 수 있다. 이는 기독교에서 말하는 '일반 계시'로서의 자연의 모습에 매우 가깝다. 이를 두고 "朴木月의 자연은 훨씬 더 상상된 자연이라고 할 수 있다. 결론적으로 말하면 그의 詩의 풍경은 자연과 인간의 진정한 混融의 소산이 아니라, 주관적인 욕구에 의하여 꾸며낸 자기만족의 풍경"[3]이라고 하는 지적이 있었거니와, 그만큼 박목월 초기 시편의 공간은 시적 주체의 관념적 열망이 투사된 궁극적 근원으로서의 본향(本郷)의 형상을 띤다.

그러한 온전한 상상적 실재로서의 자연의 모습은 "芳草峰 한나절/고운 암노루"(「三月」)나 "술 익는 마을마다/타는 저녁 놀"(「나그네」), "山은/九江山/보라빛 石山"(「山桃花 1」) 같은 형상으로 꾸준히 변용되어 재현된다. 그래서 그것은 "인간이 속세의 먼지를 털고 스스럼없이 찾아가서 그 속에 포근히 안길 수 있는 자연"[4]이 되고 있는 것이다. 그가 일관되게 고수해온 담수채(淡水彩)의 동양 화법은 이러한 선험적 이상의 상상적 복원을 위한 매우 적실한 방법론이었다고 할 수 있다.

물론 「산이 날 에워싸고」나 「밭을 갈아」 같은 농경적 삶의 터전으로서의 자연도 드물게 나타나고는 있지만, 이는 지류일 뿐이다. 설사 그러한 핍진한 실재적 광경이 나타난다고 하더라도 그것은 노동의 고단함이나 식민지 근대의 피폐한 농촌사회의 반영으로 선택된 것이 아니다. 그것은 다만, 인간적 삶의 유한성 혹은 불모성을 은유하는 상징적 풍경으로서의 면모만 제한적으로 지니고 있는 것이다.

이처럼 박목월의 초기 시편에 줄곧 나타나는 '자연'은 그 자체로 농민적ㆍ

3) 김우창, 「韓國詩와 形而上」, 『궁핍한 시대의 詩人』, 민음사, 1987. 55면.
4) 이형기, 「朴木月論」, 이형기 편저, 『박목월-한국현대시인연구 13』, 문학세계사, 1993. 121면.
5) 최승호, 앞의 글, 403면.

농경적 의미의 실재적 자연이 아니라 시적 주체의 신성 지향성 혹은 근원 지향성이 낳은 '에덴(Eden)'의 모습을 한 자연이다. 이러한 신성의 편재적(遍在的) 거소로서의 자연은 그의 시를 이루는 가장 근원적인 방법적 전제가 된 것이고, "자연 속에 초월적인 어떤 종교적인 힘이 들어있다는 믿음"[5]은 그의 시의 인식론적 전제가 된 것이다. 따라서 신성의 편재성은, 그의 시 구석구석에서 신성을 은유하는 것들로 몸을 바꾸어 나타나게 된다.[6]

그런데 "丹靑이 낡은 대로/닫혀 있"(「春日」)는 풍경이나, "풀섶 아래 꿈꾸는 옹달샘"(「九黃龍」) "仙桃山/水晶그늘/어려 보랏빛"(「牧丹餘情」) 같은 선경(仙境)은 이러한 그의 신성적 근원에 대한 지향이 매우 통(通)종교적이고 범신론적이며 원형적이었음을 말해주고 있다. 그래서 눈 먼 소녀가 "문설주에 귀 대이고/엿듣고 있"(「閏四月」)는 것은 신(神)의 음성이기도 하고, 잃어버린 그리움의 대상에 대한 애태움이기도 하고, 신성의 상상적 모형으로서의 자연의 침묵의 소리(sound of silence)이기도 하다. 그것은 그가 어느 봄날 들었던 "누구나/人間은/반쯤 다른 세계에/귀를 모으고 산다./滅한 것의/아른한 音聲/그 발자국 소리."(「四月 上旬」, 『晴曇』)이기도 한 것이다.

그러나 이러한 전제는 후기 시편으로 갈수록 현저하게 기독교의 모습으로 경사되거니와, 이러한 기독교인으로서 갖는 의식은 그로 하여금 가족이나 신(神) 같은 범주에 대한 강한 긍정과 사랑으로 나아가게 하였다. 특히 후기 신앙 시편의 경우, 이러한 방법적 전제는 매우 역동적으로 관철되고 있다. 그

---

6) 연전에 김준오는 박목월 시에 나타난 '자연'을 두고 "朴木月의 초기 자연시에서 인간 부재는 자연적 질서 속에 인간과 인간의 유기적 관계가 소멸된, 즉 인간이 소멸해 버린 현상이었다."고 지적함으로써, 그의 시에 나타난 '자연'이 인간의 구체적·현실적 질서를 떠나 상상 속에서 복원된 것임을 암시한 바 있다. 김준오, 『詩論』, 문장사, 1984. 269-270면. 반면에 최근의 한 논의는 박목월의 초기 시편이 상상적이고 이상향의 모습을 띠는 '자연'이 아니라, 오히려 '자연'과 '인간'이 상호 조응하는 평화로운 모습을 구현했다고 보고 있다. 권혁웅, 「박목월 초기시의 구조와 의의」, 『돈암어문학』 12집, 돈암어문학회, 1999. 그러나 이러한 권혁웅의 분석이 논리적으로 타당하다고 하더라도, 그 조화된 모습 자체가 화자의 상상 속에서 재구(再構)된 하나의 이상태(理想態)임은 분명하다.

의 신앙 시편의 서시라고 할 만한 다음 작품도 그러하다.

> 어머니와 함께 소년은 등성이를 넘어 집으로 돌아왔다. 水曜日 밤의 짙푸른
> 밤하늘. 별자리가 치렁치렁 널려 있었다. 가슴이 벅차 떨리는 목소리로 소년은
> 어머니께 여쭈었다.

> ―하나님은 제 마음을 아실까요, 어머니.
> 고개를 몇 번이고 끄덕이며 어머니는 소년의 손을 꼭 쥐어 주었다.
> 소년은 밀끔하게 숙성했지만 아직도 어린 티를 벗지 못했다. 그러나 세례를
> 받고 나자, 갑자기 자기 자신도 어머니에게는 하루 아침에 어른이 된 것같이 느
> 껴졌다.
> 水曜日의 불이 환한 밤예배. 짙푸른 밤하늘.

> ―「水曜日의 밤하늘」 중에서(『어머니』)[7]

이 시는 비록 그가 등단한 후 30년이 지나 발표된 것이지만, 박목월의 신앙
인으로서의 자아가 형성되는 원형적 경험을 담고 있는 작품이다. 그의 후기
시편의 대종을 이루는 이른바 '신앙 시편'의 원류(源流)에 해당한다고 할 수
있겠다. 이 작품의 정조는 수요일 밤 예배를 드리고 나오는 모자(母子)의 풍
경에서 비롯된다. 아마 이때 화자는 세례를 받은 것으로 보인다. 기독교의 세
례가 중생(重生, regeneration)의 경험과 치유의 경험 그리고 속죄의 은사 등
을 중첩적으로 표상한다고 할 때, 그가 예배를 드리고 나서면서 바라본 밤하
늘에 "치렁치렁 널려 있"는 빛나는 별들은 세례 후에 얻은 화자의 거듭남의
감격이 투영된 이른바 '객관적 상관물'이라고 할 수 있다. 이 통과의례를 겪

---

7) 이 글에서 인용하는 시편은 모두 『朴木月詩全集』(서문당, 1993)에 의거한다. 『어머니』
는 1968년에 박목월이 펴낸 연작시집인데, 이 작품은 시적 자아와 경험적 자아의 일치를
존중한다는 측면에서 초기 시편의 정조와 주체를 견지한다고 보아도 좋을 것이다.

고 나서, 화자는 만유(萬有)의 근원이자 궁극인 신성에 대해 직접적인 눈을 뜨게 되는 것이다. 이러한 소년기의 경험을 바탕으로 박목월은 시종 궁극적 '근원'에 대한 철두철미한 긍정과 추구 그리고 신성적 가치에 대한 공감과 내면화를 지속한 것이다.

그러나 눈 여겨 볼 것은, 박목월의 이러한 신앙적 자아로의 입문(initiation) 과정이 '어머니'라는 강력하고도 절실한 매개를 거쳐 이루어진다는 점이다. 신앙의 기원으로서의 어머니, 박목월에게 '어머니'는 신과 자신을 매개하는 연결고리이자, 신성 그 자체의 가시적 현현(顯現)이기도 하다. 어머니는 그에게 "언제나/당신은 제 안에 계시고/외로울 때 어려울 때/부르기만 하면/눈물어린 啓示로 당신은/제 안에서 살아납니다."(「어머니의 祈禱 3」)라는 고백을 가능하게 한다. 그래서 박목월에게 '근원'과 '어머니'는 등가적 결합이 가능한 관계망을 이루게 된다. "어머니의 기도로써/내게 내리신 하나님의 은총"(「어머니의 성경」)에 감사하고, "당신은/봄밤에 느지막하게 뜨는 달무리.//아른한 꿈 속에서도 꿈을 꾸게 하는/넉넉하게 테두른 영혼의 달무리."(「讚歌」)라는 영생의 가교로서의 지위 또한 어머니에게 부여되는 것이다. 위 작품에서 "그러나 세례를 받고 나자, 갑자기 자기 자신도 어머니에게는 하루 아침에 어른이 된 것같이 느껴졌다."고 고백하는 것이 이를 입증하고도 남는 대목이다.

한편 초기 시편에서 줄곧 보이는, "그믐달처럼 사위어지는 목숨"(「산이 날 에워싸고」) 같은 유한자로서의 자기 인식이라든가, "내ㅅ사 애달픈 꿈꾸는 사람/내ㅅ사 어리석은 꿈꾸는 사람"(「임」)이라는 표현처럼 비애 어린 자기 인식은 박목월의 신앙적 자아의 또 하나의 근간이 된다. 따라서 박목월의 초기 시편에 나오는 대립 구도라면, '완결된 공간으로서의 자연'과 '유한자로서의 자아'의 대위적(對位的) 관계 인식이라고 할 수 있을 것이다.

결국, 박목월의 초기 시편에 구현된 종교적 상상력은 신성의 모형으로서의 완전한 자연이라는 배경과, 그 자연과 조화되는 '靑노루'로 대표되는 신성한 존재들, 그리고 그에 대비되는 유한자로서의 실존적 자각 등을 담고 있다고 할 수 있다.

4. 중기 시편 : 생활적 구체와 지상적 사랑

그러나 무엇보다도 중요하게 강조되어야 할 박목월 시의 종교적 상상력의 핵심 중의 하나는, 이러한 신성 탐구의 근원 지향성이 '피붙이'로 대변되는 인간들에 대한 지상적(地上的) 사랑에 연계된다는 점이다. 이 점에서 박목월 시는 종교적 상상력을 자신의 삶의 깊이 안에서 완결하고 있거니와, 이는 초속적(超俗的) 고답(高踏)이 아닌 생활적 구체로 그의 신성이 하강함으로써 종교의 지상적 가치를 확장하고 있음을 말해주는 것이다. 이를 두고, '휴머니즘'이라고 명명할 수는 있겠지만, 박목월의 정신적 지향은 어떤 이념적·가치 지향적 긴장을 띠는 것이 아니라 그러한 긴장이 풀릴 대로 풀린 원초적 의미의 연민과 사랑이라고 해야 할 것이다. 여기서 비로소 박목월 시는 초기 시편의 '자연'이라는 소재를 벗어나 신성의 편재성(遍在性)이 녹아 있는 '가족(혈육)'이라는 공동체적 범주에 눈을 뜬다.

> 棺이 내렸다./깊은 가슴안에 밧줄로 달아내리듯./주여,/容納하옵소서./머리맡에 聖經을 얹어주고/나는 옷자락에 흙을 받아/좌르르 下直했다.//그 후로/그를 꿈에서 만났다./턱이 긴 얼굴이 나를 돌아보고/兄님!/불렀다./오오냐. 나는 全身으로 대답했다./그래도 그는 못 들었으리라./이제/네 音聲을/나만 듣는 여기는 눈과 비가 오는 세상.//너는/어디로 갔느냐/그 어질고 안스럽고 다정한 눈짓을 하고/형님!/부르는 목소리는 들리는데/내 목소리는 미치지 못하는./다만 여기는/열매가 떨어지면/툭하는 소리가 들리는 세상.
>
> ―「下棺」 전문(『蘭 · 其他』)

피붙이인 동생의 죽음을 조상(弔喪)하는 이 시는, 죽은 자를 떠나보내는 제의(祭儀)적 형식인 '하관식'을 통하여 망자(亡者)에 대한 남은 자들의 연민과 사랑의 극진함을 감각적으로 전해주는 명편이다. 이 시의 주된 심상은 이른바 '하강의 이미지'이다. "棺이 내렸다", "밧줄로 달아내리듯", "좌르르 下直했다", "눈과 비가 오는 세상", "열매가 떨어지면" 등에서 보이는 어둡고 무거운 하강 이미지는, 그대로 아우의 죽음을 환유하면서 화자의 내면적 깊이를 가늠케 하고 있다. 특별히 "좌르르"와 "툭"이라는 두 의성어는 이 시의 감각적 충실성과 더불어 지상과 천상 혹은 삶과 죽음 사이의 거리를 물리적으로 알려주는 매개어이기도 하다. 곧 감각이 소멸한 곳(죽음)과 살아있는 곳(삶)의 아득한 거리를 그렇게 확연한 소리 심상으로 표현한 것이다. 여기서 '밧줄'은 관을 달아내리는 구체적 사물이기도 하지만, 그러한 삶과 죽음의 건널 수 없는 거리를 잇는 교량 혹은 매개의 역할을 함으로써, 살아남은 자의 사랑을 전달할 수 있는 통로가 되고 있기도 하다. 그래서 그 밧줄은 "깊은 가슴 안에" 달아내리는 것일 터이다. 결국 이 시에서 박목월은 죽음이라는 불가항력적 사건을 통해, 피붙이에 대한 각별하고도 절절한 사랑을 노래함으로써, 그의 시적 지향이 천상의 어떤 초월성이 아니라 지상의 사랑에 무게중심을 두고 있음을 알려주고 있다.

　그만큼 『蘭·其他』 이후의 세계는 생활정서의 표나는 수용으로 특징지어지는 생활적 구체와 지상적 사랑의 세계이다.[8] 이러한 정서는 "元曉路에는/終點 가까이/家族이 있다/서로 등을 붙이고/하룻밤을 지내는 측은한 和睦들/(…)/이처럼 떨어지는 모든 것을/소중하게 받아 주시는/끝없는 부드러운/그 손을/내가 느끼기 때문이다"(「回歸心」)라는 진술에서도 각별하고 애틋하게 지속된다.

　　地上에는/아홉 켤레의 신발/아니 玄關에는 아니 들깐에는/아니 어느 詩人의 家庭에는/알 電燈이 켜질 무렵을/文數가 다른 아홉 켤레의 신발을.//내 신발은 十九文半./눈과 얼음의 길을 걸어/그들 옆에 벗으면/六文三의 코가 납작

한/귀염둥아 귀염둥아/우리 막내둥아//微笑하는/내 얼굴을 보아라/얼음과 눈
으로 壁을 짜올린/여기는/地上./憐憫한 삶의 길이여/내 신발은 十九文半.//아
랫목에 모인/아홉 마리의 강아지야/강아지 같은 것들아/屈辱과 굶주림과 추운
길을 걸어/내가 왔다./아버지가 왔다./아니 十九文半의 신발이 왔다./아니 地上
에는/아버지라는 어설픈 것이/存在한다./미소하는/내 얼굴을 보아라.

—「家庭」 전문(『晴曇』)

이 작품에 담겨 있는 삶의 고단함과 혈육 혹은 자신을 향한 끝없는 연민의
자의식 역시 박목월 시의 중요한 주제적 지향점의 하나이다. "시련은 神의
긍휼하신 선물"(「無題」, 『크고 부드러운 손』)이라고 그는 썼다. 박목월은 가
장으로서의 책임과 즐거움을 이렇듯 곡진한 시 한 편에 녹여내고 있는데, 이

---

8) 시집 『蘭·其他』의 세계는 박목월의 새로운 세계가 펼쳐지는 전환점의 성격을 띤다. 그
것은 생활적 구체를 시 속에 담았다는 것과 시어로서 일상어를 선택하는 것이 잦아졌다
는 것이다. 참고로 『蘭·其他』 출간 직후에 한 저녘에서 김종길 시인과의 대화에서 박목
월 스스로 밝힌 대목은 읽어둘 만하다.

김 : 제가 보기에는 『蘭·其他』는 이때까지의 박선생의 시의 청산이면서 하나의 전환점
이라는 이중의 의의를 갖는 것 같아요.
박 : 저 자신도 그렇게 생각하고 있습니다만 … 뭐랄까, '시를 생활한다' 고 할까요. 시가
그렇게 부담이 되질 않아지는 것 같아요.
김 : '시가 부담이 되질 않아진다' 는 건? 구체적으로 말씀해 주셨으면…
박 : 뭐 시를 쓴다고 따로이 도사릴 필요를 느끼지 않는단 말입니다.
김 : '시를 쓴다고 도사린다' 흔히 쓰는 말 같습니다만, 이때의 '도사린다' 는 건 달리 말
하면 '시' 를 너무 지나치게 의식하는 것, 그런 뜻이 아닐까요?
박 : 네, 그렇습니다. 제 생각엔 '도사린다' 는 건 대개 시인으로서 원숙하기 이전에 취하
는 자세 같아요. 그런데 지금의 저의 경우에 있어서는 특히 이런 뜻이에요. '시' 와
'생활' 을 일원화시킨다는 것, 그것도 '생활' 을 '시' 쪽으로 끌어다 붙이는 게 아니
라, 시를 생활 쪽으로 끌어온다는 겁니다.
김 : 말하자면 '紫霞山' 에서 '元曉路' 로 내려오신단 말씀이군요?
박 : 네 그렇습니다. 그리고 또 하나의 뜻은, 이건 시어 문제가 됩니다만, 시어라는 것을
따로 장만하지 않고 일상생활에서 쓰는 말을 그대로 쓴다는 겁니다.
김종길, 「『蘭·其他』- 박목월 씨와의 대담」, 『새벽』, 1960. 4. 여기서는 김종길, 『詩論』,
탐구당, 1970. 39-40면에서 인용.

처럼 가정은 박목월에게 신성이 거소하는 공간보다 더욱 절실하고도 실질적인 생활 공간이자, 지상적 사랑의 실현 장소이기도 하였다. 그것은 비록 "終點近處의 쓸쓸한/下宿집"(「효자동 뻐꾹새」)이거나 적막한 "元曉路三街 電車終點"(「終點에서」)의 공간이지만, 삶의 고단함으로 빚어질 만한 갈등과 불화가 배제된 화해의 공간이다. 이것이야말로 그의 긍정적인 인생관의 한 표지이거니와, 이는 그의 근원 지향의 상상력이 '가정'이라는 울타리에서 화해의 정조로 수렴된 구상(具象)이라고 해야 할 것이다. 그럼으로써 이토록 가난한 삶에서 "허나, 人間이/평생 마른옷만 입을까부냐./다만 頭髮이 젖지 않는/그것만으로/나는 고맙고 눈물겹다."(「某日」)고 말하는 감사가 가능해지는 것이다.

"地上" 곧 "家庭"에는 "文數가 다른 아홉 켤레의 신발"이 산다. 이 삶은 "눈과 얼음의 길을 걸어" "얼음과 눈으로 壁을 짜올린" "憐憫한 삶"이다. 그런데 이러한 삶의 반응으로 나타나는 것이 "微笑하는 내 얼굴"이다. 이는 물론 반어적으로 읽을 수도 있겠지만, 삶에 대한 연민과 긍정이 안팎을 이루는 사실적 진술로 보는 것이 옳다. 비록 "屈辱과 굶주림과 추운 길을 걸"으면서 살아가는 가난한 삶이지만, 지상적 사랑의 절절함은 그것을 온기로 녹여내고 있는 것이다. 이러한 주제는 이 외에도 「電話」, 「果肉」, 「秘意」, 「回歸心」, 「同行」, 「一泊」 등의 신앙 시편에 담겨 있으며, "苦惱는 人類의 벗을 길 없는/영원한 宿命. 아담의 이마에 절이는 소금./그러나 忍苦로 神을 볼 수 있는/그것은 또한 神의 恩寵"(「同行」)이라는 고백에서 그 명료함을 드러낸다.

이 두 편의 중기 시편에서 우리는 박목월 시가 서정 단시에서 다소 장형화된 생활적 구체로 시선을 돌렸다는 사실을 짐작할 수 있다. 더불어 '죽음'과 '삶'이라는 두 축에 대한 매우 충실한 감각적 실재성을 통해 지상적 사랑을 노래하고 있음을 주목할 수 있다.

뭐락카노, 저 편 강기슭에서/니 뭐락카노, 바람에 불려서//이승 아니면 저승

으로 떠나가는 뱃머리에서/나의 목소리도 바람에 날려서//뭐락카노 뭐락카노/
썩어서 동아밧줄은 삭아내리는데//하직을 말자 하직 말자/인연은 갈밭을 건너
는 바람//뭐락카노 뭐락카노 뭐락카노/나 흰 옷자라기만 펄럭거리고……//오냐.
오냐. 오냐/이승 아니면 저승에서라도……//이승 아니면 저승에서라도/인연은
갈밭을 건너는 바람/뭐락카노, 저 편 강기슭에서/니 음성은 바람에 불려서//오
냐. 오냐. 오냐/나의 목소리도 바람에 날려서.

—「離別歌」전문(『慶尙道의 가랑잎』)

이 작품 역시 '죽음'이라는 물리적 사건에 대한 반응의 한 양상을 담은 시
이다. 이 시에 나타난 죽음의 상황은 「下棺」처럼 구체적이지는 않다. 시 속의
상황은 강물을 사이에 두고 강기슭 저편에 있는 '너'와 세월의 강을 떠 흘러
가는 뱃머리에 선 '나' 사이의 불가능한 소통 상황이다.

'강'은 둘 사이를 이승과 저승으로 갈라놓고 있다. 강 이쪽의 화자는 강 저
쪽의 목소리를 듣지만 바람에 날려서 그 의미를 파악할 수 없고, 다시 되묻는
나의 목소리 역시 바람에 날린다. 썩어서 삭아 내리는 동아밧줄은 이승에서
너와 내가 맺었던 인연이다. 그러나 이승의 인연은 끝났더라도 저승의 일은
알 수 없다는 데서 "하직을 말자, 하직 말자/인연은 갈밭을 건너는 바람"이라
는 구절이 이어진다.

"하직맙시다/이것은 東洋的인 下直의 인사"(「訪問」)라고 스스로 표현한
이 '하직을 말자'는 말은 들리지 않는 너의 말일 수도 있고 나의 마음속 인삿
말일 수도 있다. 그래서 화자는 "오냐. 오냐. 오냐/이승 아니면 저승에서라
도……"라고 대답한다. '다시 만나자'가 생략된 이 말 속에 실린 강한 안타까
움에도 불구하고, '오냐. 오냐. 오냐.'에 실려 있는 것은 죽음을 체념으로써
받아들이는 태도이다. 그것은 인생의 원숙한 연륜에서 나오는 체관적(諦觀
的) 태도이기도 하다. 따라서 이 작품의 기본 정조는 "죽음에 대한 의식과 또

---

9) 이형기, 「자연·생활·고향회귀」, 박목월, 『나그네』, 미래사, 1991. 146면.

거기서 우러나는 허무감을 곁들인 달관"[9]인 셈이다.

이 작품은 '죽음'이라는 사건을 통해 오히려 생의 긍정과 달관에 이르는, 그의 종교적 상상력의 순응적 면모를 보여준다. 그래서 그의 시는, 근대가 우리에게 부과한 삶의 복합성, 이를테면 주체와 대상의 갈등, 욕망과 현실의 괴리, 근원의 상실 같은 것을 단순화하면서, 생의 치열성보다는 생의 넉넉한 순리적 수용이라는 자세를 견지한다. 이는 적극적인 의미에서의 '초월'과도 다른, 그야말로 "또한 人生의 참뜻을 짐작한 者의/너그럽고 넉넉한/눈물이 渴求하는 쓸쓸한 食性"(「寂寞한 食慾」)일 뿐이다.

이러한 박목월 시의 제한적 성격은 근대 비판의 의미를 적극적으로 띠기에는 아쉬운 점이라고 할 수 있을 것이다. 모든 인간은 소외된 방식으로 존재하며 세계와의 진정한 대화 국면은 열려 있지 않다는 점이 그에게는 참조점이 되지 않는다. 또한 물신화된 속도전으로 대변되는 근대의 구성 원리에 대한 대안적 비판 행위로서의 시작 행위로는 존재의 심층에 대한 통찰 또한 빈곤하다. 그러기에는 그의 시가 다소 원형적이고 질박한 순응적 자세가 강하다고 할 수 있다.

> 祈禱와 詩가 겹친 時間을/환하게 눈을 뜨고//말씀과 말이 부풀어/내 안에 잦아지는 한 꼬투리의 自然//진실로 우리의 삶이 쓰디 쓴 汁 같지만/당신을 위한 술을 빚게 하시고//이 時間에 열리는 열매마다/작은 하늘이 깃들게 하옵소서.//새삼, 무엇이 짐이 되고 괴로울 것인가./기도와 詩가 살아나는 時間에
>
> —「이 時間을」 중에서(『晴曇』)

릴케적 정조를 강하게 띠고 있는 이 시는 그의 신앙 시편 중에서는 이른 시기의 작품이지만, 이러한 그의 긍정과 수용의 자세를 잘 일러주는 작품이다. "祈禱와 詩가 겹친 時間"이란 무엇인가. 그것은 그의 시작 행위가 신의 섭리를 수용하는 신앙의 원리와 상동성을 띠는 것이라는 사실을 암시하고 있는

것이다.

결국 중기 시편에 구현된 종교적 상상력은 혈육에 대한 지극한 사랑과 신의 섭리(죽음)에 대한 긍정 그리고 생활적 구체를 시 속에 끌어들인 것으로 집약된다고 할 수 있다.

5. 후기 시편 : 근원으로서의 '큰 타자' 에 대한 긍정

중기 시편에서 맹아를 보이던 신앙 시편으로의 표면화는 후기 시편에 이르러 더욱 본격화된다. 그래서 그의 후기 시편에서 "화자와 대상의 관계는 신앙적인 경건함이라는 정서를 매개로 함으로써 내재적이거나 지상적인 화해가 아니라 초월적이거나 천상적인 화해의 양식으로 드러난다"[10]는 지적이 가능해진다. 그러나 박목월 시에서 지상(地上)의 문제는 늘 중요한 관심사였으며, 다만 후기 시편에서 종교적 상상력이 신성에 대한 강한 긍정으로 무게중심을 현저히 옮겼다는 진단이 저 정확할 것이다.

박목월의 후기 시편이 생활적 구체성을 담은 채, 존재론과 인생론 그리고 종교적 편향으로 흐르고 있음은 이미 지적한 바 있다. 언어의 세공성과 함축성으로 특징지어지는 초기 시편의 기율은 후기 시편으로 오면 거의 자취를 감추게 되고, 박목월은 산문화된 시형을 통해 자신의 정신적 입지를 비교적 명료하게 드러내고 있다. 특히 유고시집이자 신앙 시편의 집적물인 『크고 부드러운 손』은 하나의 경건한 신앙인으로서 더 나아가 세상의 번쇄로부터 격절되어 형이상학적 열망을 원고지에 두루 탐침했던 시인으로서의 박목월을 구체적으로 알려주고 있다.

> 빈 것은/빈 것으로 정결한 컵./세계는 고드름막대기로/꽂혀 있는 겨울 아침에/세계는 마른 가지로/타오르는 겨울 아침에./하지만 세상에서/빈 것이 있을 수

---

10) 이승훈, 「事物로 통하는 하나의 창」, 이형기 편저, 앞의 책. 162면.

없다./당신이/서늘한 체념으로/채우지 않으면/信仰의 샘물로 채운다./그리고/
오늘 아침에는/나의 창조의 손이/薔薇를 꽂는다./로오즈 리스트에서/가장 매혹
적인 죠세피느·불르느스를./투명한 유리컵의/중심에.

—「빈 컵」 전문(『砂礫質』)[11]

비어 있다는 것(결핍), 그것은 가득 채워짐(충일)을 열망하는 신앙적 자아
의 은유적 정황이다. 그래서 '빈 컵'은 그것 자체로 "정결한" 신앙인의 모습
이 된다. 그러나 아이러니컬하게도 화자는 "빈 것이 있을 수 없다"고 한다.
왜냐하면 "당신"이 그것을 비어 있는 상태로 놓아두지 않기 때문이다. 그는
반드시 "서늘한 체념으로/채우지 않으면/信仰의 샘물로 채운다."

여기서 말하는 "서늘한 체념"이란, "모든 것은/제나름의 限界에 이르면/싸
늘하게 체념한다"(「限界」)에서 볼 수 있듯이, 인간의 한계에 대한 자각과 그
때에야 비로소 시작되는 신(神)의 섭리에 대한 체념적 긍정이다. 그 서늘함
이 아니라면 절대자는 "信仰의 샘물" 같은 부드럽고 온기 있는 어떤 것으로
빈 컵을 채운다. 그러니 신의 섭리는 화자에게 선택적인 그 무엇이 아니라,
절대적으로 수용해야 하는 은총일 뿐이다. 물론 이러한 자각은 이성적 원리
에 의한 것이 아니고 신앙적 경험에 의한 것이다.

또한 시인은 "원고지에/잉크가 스며든다.//오늘의 물거품 안에서/순하게
빨려드는/잉크의 숙연한/受納."(「耳順」, 『無順』)에서처럼 "생에 대한 철학적
성찰과 허무를 다스리려는 자의 숙연한 겸허"와 "슬픔의 외부세계에 대하여
최대한 표면장력을 지닌 채 웅크리는 시인의 내적 응집"[12]을 보여준다. "노
우트를 편다./詩를 쓰기 위하여/붓을 대지 않는 그것의/순결한 處女性./그 정
결한 空白은/이미 神과 接해 있다./새벽의 象牙의 말씀처럼/大理石 돌결의

---

11) 원 발표지는 『詩文學』(1972. 3.)이다.
12) 김용희, 「박목월 시의 가벼움과 무거움 — 절제가 지닌 말의 온기」, 『시안』 1999. 겨울.
   210면.

말씀처럼/純粹의 方向으로 타오르는/불꽃의 말씀."(「平日詩抄 1」)에서처럼 신과의 교융(交融)에 대한 강한 긍정과 수납 의지를 보이는 것이다.

> 걸으면서/안으로 중얼거리는 주기도문./진실로/당신이 뉘심을/全身으로 깨닫게 하여 주시고/오로지/순간마다/당신을 확인하는 생활이 되게/믿음의 밧줄로/구속하여 주십시오/그리하여/나의 걸음이/사람을 향한 것만이 아니고/당신에게로 나아가는 길이 되게 하시고/漢江橋를 건너가듯/당신의 나라로 가게 하여 주십시오.
>
> —「거리에서」 중에서(『크고 부드러운 손』)

이 또한 박목월 신앙 시편이 다다른 하나의 극점을 보여주는데, "全身으로 깨닫"게 되는 "당신"의 존재, 그것을 "믿음의 밧줄"로 연결시켜 달라는 간구는 매우 고백적이고 기투(企投)적이며 그 나름으로 실존적이다. 문제는 김현승의 고독의 결정이나 단독자 의식, 윤동주의 속죄양 의식, 박두진의 메시아 의식 등과는 다른, 생활 감각으로서의 신앙 의식이라는 점, 그리고 복합성으로서의 세계 인식이 아니라 단순화된 감각에 시종하고 있다는 것이 박목월 신앙 시편의 특징이라면 특징이다.

> 나이 60에 겨우/꽃을 꽃으로 볼 수 있는/눈이 열렸다./神이 지으신 오묘한/그것을 그것으로/볼 수 있는/흐리지 않는 눈/어설픈 나의 주관적인 감정으로/彩色하지 않고/있는 그대로의 꽃/불꽃을 불꽃으로 볼 수 있는/눈이 열렸다.//세상은/너무나 아름답고/충만하고 풍부하다/神이 지으신/있는 그것을 그대로 볼 수 있는/至福한 눈/이제 내가/무엇을 노래하랴/神의 옆자리로 살며시/다가가/아름답습니다./감탄할 뿐/神이 빚은 술잔에/축배의 술을 따를 뿐.
>
> —「開眼」 전문(『크고 부드러운 손』)

신약성서 『요한복음』에 나오는 실로암 못가의 기적 체험을 인유(引喩)하고 있는 이 작품은 "있는 그대로"를 보는 눈, 그 영안(靈眼)의 중요성을 계도하고 있다. 이는 육욕과 허튼 욕망에 사로잡힌 세속적 자아에 대한 자계(自戒)이자 근시안적인 정열의 무익함에 대한 자성(自省)의 기록이다. 이는 "영혼의 장님이여/안다는 그것으로/눈이 멀고/보인다는 그것으로/보지 못하는/오만과 아집 속에서/진흙을 이겨/눈에 바르게 하라"(「믿음의 흙」, 『크고 부드러운 손』)는 단호한 진술과 함께, 신의 섭리를 긍정할 수밖에 없는 인간 이성의 불구성을 표현하고 있다.

결국 후기 시편에 구현된 종교적 상상력은 '큰 타자'인 '당신'을 수용하는 태도, 자신의 생활과 정신에 선재(先在)하는 절대자에 대한 무한 긍정의 태도로 나타났다고 할 수 있다.

6. 맺음말

이처럼 박목월 시는 자연의 신성성에서 사물의 구체성으로, 그리고 그것을 통해 관념의 비의(秘儀)를 드러내는 작법에서 체험의 직접성으로 그 무게 중심을 옮겨갔다. 그러나 초기 시편의 낭만적 동경이나 중기 시편의 사랑과 연민, 후기 시편의 신성 긍정은 모두 그 나름의 종교적 상상력의 구현 양상이라고 할 수 있다.

이로써 우리는 박목월 시가 초기 시편의 순조로운 심화보다는, 역동적이고 모순율적인 자기 갱신을 부단히 추구했으며, 그것은 시적 주체의 전면화를 통한 산문성의 수용, 일상성의 시화, 생활적 구체와 신성의 질서를 자연스럽게 묵수(墨守)하고 승인하는 궤적을 밟았다고 할 수 있다. 따라서 우리는 박목월 시의 전개 과정을 통해 근대시의 한 첨예한 자기 변모 양상을 접할 수 있을 것이다. 이러한 변모의 궤적은 "주관으로서 도색하지 않고 신이 이룩하신 세계를 그것으로 바라볼 수 있을 만큼 소란스런 핏줄이 가라앉"(『晴曇』 후기)기를 기다려온 순수서정 시인이 걸어온 자기 확인의 노정기(路程記)라

할 수 있을 것이다.

세계의 근원에 대한 궁극적 관심(ultimate concern), 그것은 '존재—존재자'의 관계에 대한 근원적 관심이기도 하지만, 인간을 비롯한 모든 현상들을 서로서로 의존하며 존재하는 존재자로 보게 하고, 존재자들을 있게 하는 원인을 존재 자체로 보게 만드는 세계관적 전제에서 가능한 것이다. 그러나 '신앙'이라는 인식 및 행위가 거기에 개입할 경우 그 '존재'는 전지전능한 신 곧 우주 주재의 원리이자 실체가 되는 것인데, 박목월은 이러한 '존재' 탐구를 시종 행한 시인이다. 그래서 그는 방법적 자각이 형이상학의 빈곤을 충당해주는 것이 아님을, 그리고 삶의 구체와 근원적 실재는 인간의 감각과 상상 속에서 소통하고 몸을 바꾸는 이형동체(異形同體)임을 말한 시인이기도 한 것이다.

또한 그의 신앙 시편들은 성과 속의 갈등이나 영혼과 육체간의 갈등이 아니라 비교적 신(神)의 섭리를 수용하는 순응적 작품들이었다. 그는 신앙 시편에서도 고전적 절제와 내용의 투명성을 중시하였고, 실험적 전위보다는 언제나 소통 가능한 서정으로의 복귀를 지속하였다. 난해성과의 성실한 싸움을 통해 일상어를 통한 생활 시편의 구축에 남다른 기여를 하기도 하였다. 더불어 그는 초월과 구원으로 특징지어지는 '기독교 시'[13]의 외연을 넓혀 신의 섭리를 시 안에, 생활 안에 수용하는 넉넉한 인생론적 함의를 구축하기도 하였다.

그래서 그에게 종교는 "절대의존의 감정"(슐라이어마허)이자, "무한 타자

---

13) 따라서 우리가 포괄적 의미에서 '기독교시'라고 할 경우, 그것은 문학의 구조적, 양식적 개념이 아니다. 그것은 그 안에 담긴 소재, 상상력, 세계관 등이 기독교의 역사적 혹은 이념적 자장을 형성하고 있는 징후적, 내용적 개념이다. 그래서 우리는 그 자신 탁월한 종교시인이기도 했던, 같은 청록파 시인인 박두진이 말하는 "사상이나 신학이란 면에서 다루어지지 않고, 순전한 信仰情緖, 기독교 생활적인 정서와 그러한 인생관 혹은 精神이 주제가 되었을 경우 마찬가지로 基督敎詩 혹은 기독교 信仰詩라고 말할 수 있을 것"(「韓國 基督敎詩의 問題點」,『現代詩의 理解와 體驗』, 일조각, 1995. 47면.)이라는 제언을 수긍하게 된다.

와의 접촉에서 생기는 경외와 신비의 감정"(오토)이기도 한 것이었다. 물론 종교를, 실재와 가치에 관한 진리를 추구하는 최선의 방법에 관한 일련의 상호 연관성 있는 신념들 또는 그러한 신념들로 결정되는 태도 및 실천의 총체라고 규정할 경우, 박목월의 그것은 비실천적이며 비복합적이다. 그래서 그의 시들은 경험적 합리성과는 어느 정도 격절(隔絶)된 근원 체험의 반응의 소산이라고 할 수 있는 것이다.[14] 그는 그 안에서 심미적·정서적 요소의 근원을 발견하고 시종 자신의 존재 가치가 초월적인 실재에 뿌리박고 있다는 확신에 의거하여 경험 세계 내에서 자신이 경험하고 인지한 것들을 상상과 신앙의 눈 속에서 구체화한 것이다. 새미

---

14) 이는 박목월이 이성적 사고와 분석적 작업이 필수적인 시론(詩論)을 별로 남기지 않은 것과도 연관된다. 이는 그의 문학이 어수룩한 인정의 세계를 근간으로 하고, 경험적 합리성이나 도구적 이성의 세계를 벗어난 '근원' 혹은 '궁극적 실재'를 추구하는 것이 본령임을 방증하는 것이다. 또한 그는 자신의 시작(詩作) 행위를 그는 "無償의 행위"로 말한 바 있는데, 그것은 사회적·공리적 가치를 초월하는 생명감과 무한의 숨결을 강조하는 시관(詩觀)으로 볼 수 있다. 공리성과 도구적 이성을 넘어선 '근원'의 자리, 그곳이 박목월 시가 가 닿으려고 했던 궁극적 욕망의 자리라고 할 수 있을 것이다. 이승훈, 『한국현대시론사』, 고려원, 1993. 168-172면. 참조.

풍속 속에 꽃핀 역사·민족혼·세계관
─『역사는 흐른다』를 중심으로─

이명희*

1. 머리말

실패에서 실이 풀려나오듯 풍속사가 펼쳐지는 일련의 소설들을 접할 때마다 때때로 우리는 선조들의 삶과 조우하고 그 만남에서 우리의 존재를 확인한다. 왜냐하면 각양각색의 풍속들 속에는 우리 조상들의 삶이 얽혀져 있고, 올이 맞지 않는 성김이 풋나지만 부담없는 피륙을 이루듯이 성긴 짜임에서 우리는 한민족의 맥을 면면이 이어가는 줄기를 보기 때문이다.

사실 우리의 삶을 들여다 보면 탄생과 죽음 그리고 삶의 기로에서 어떤 길을 선택할 수밖에 없었던 삶의 양태들이 숨쉬고 있다. 이것을 우리는 어떻게 받아들이고 해결해 나가는가가 바로 우리의 삶을 이루며 이것이 곧 생활이자 운명임을 깨닫게 된다.

이 글은 장편『역사는 흐른다』[1]를 중심으로 한무숙 작품에 드러난 풍속사의 의미를 살펴보고자 한다. 이 장편은 한무숙씨의 대표작으로 일컬어지고 있고 근대사의 조류를 민족어와 민족적 풍속의 휘몰이 속에서 드러내고 있

---

* 숙명여대 강사, 주요 논문으로 「이태준 문학 연구」등이 있음.

1) 때에 따라 그밖의 작품인 장편『석류나무집 이야기』, 중편「어둠에 갇힌 불꽃들」, 단편 「축제와 운명의 장소」,「이사종의 아내」,「생인손」도 같이 살펴볼 것이다.

는 작품이다.

『역사는 흐른다』에서 청계 조황하와 그 아들 이조판서 조덕하에 이어 구한말을 대변하는 조동준(송씨 부인)과 동원(박씨 부인) 형제는 역사의 격동기를 감내한다. 다시 이것을 동준의 아들 병구(윤씨 부인)와 용구 그리고 딸 완구(이규직의 아내)로 대변되는 일제 시대가 역사의 흠집을 내고 그것이 삶의 구비를 형성한다. 그들의 흠집들은 다음 세대인 남창(병구의 차남)과 갑례(완구의 외동딸)의 세대로 넘어가면서 큰 또아리를 만들고 그 힘은 해방의 날을 맞는다. 이들은 풍양 조씨 문중을 상징하는데 새로운 역사의 바퀴는 또 다른 세대를 예비한다. 그것은 천하디 천한 종들의 피에서 피어난다. 병정 배선명과 부용의 딸 금년이가 바로 그들이다. 역사가 한 바퀴 구르는 시대의 소용돌이 속에서 역사의 주역들이 바뀌고 있는 것이다.

결국 이 소설은 풍양 조씨 삼대를 중심으로 구한말 시대로부터 일제 시대를 거쳐 해방에 이르는 역사가 고스란히 담겨 있다. 다시 말하면 풍양 조씨의 문중이 서서히 무너지고 새 시대, 즉 평민의 시대를 예고하는 근대사를 엮어낸 셈이다. 우리는 이 소설을 읽으면서 격동기에 있었던 민족의 삶의 굴곡을 보는 것이다.

그런데 한무숙의 경우, 이러한 역사의 흐름이 풍속사 속에서 피어나고 있다. 또한 작품에 드러난 풍속의 의미는 여기에서 멈추지 않는다. 풍습의 되새김질을 통해서 우리는 오늘날 이 민족이 있게 된 근거를 확인한다. 작가는 풍속사를 통해 현재 우리의 삶을 돌아보고 탐색하는 기회를 준다. 우리가 어디서부터 오고 그 본향의 근거지가 어디인가를 확인하는 것, 즉 민족혼을 발견하게 하는 것이다. 더군다나 작가는 풍속의 의미를 되살리면서 그 속에 자신의 세계관을 그려넣고 있기도 하다. 작가의 세계관이 풍속의 어울림 속에서 생생하게 드러나고 있는 셈이다.

어찌보면 소설에 스며든 풍속사는 과거 우리 조상들의 삶의 편린을 들여다 보면서 우리의 삶을 비추는 여과 장치인지도 모른다. 풍속사는 우리의 존재를 확인해 준다는 것 그리고 그것이 역사의 옷을 입고 거대한 민족사를 이룬다는 점에서 그 중요성을 간과할 수 없다. 그러므로 ?속사가 어떻게 우리네 삶을 이루고 어떻게 역사를 엮어내며 작가의 세계관을 드러내고 있는가, 이것을 풀어낸다면 한무숙 소설에 드러난 풍속사의 의미는 명백하게 드러날 것이다.

2. 풍속 속에 녹아든 역사의 흐름

한무숙은 한 대담에서『역사는 흐른다』에 대해 다음과 같이 말한 적이 있다. 그는 "그때만 해도 역사가 급변하는 격동기였으니까 떵떵거리며 살던 사람은 금새 영락해 버리고 그 반대 경우도 많았죠. 격동기에 한 핏줄이면서 성격도 운명도 달라지는 거예요. 한 집안의 연대기도 도도히 흐르는 역사의 물결에 영향을 안 받을 수 없습니다. 어쩔 수 없이 역사와 동행하게 됩니다."[2]라고 말함으로써『역사는 흐른다』가 쓰여진 의도와 작가가 우리에게 무엇을 애기하고 있는가를 짐작하게끔 한다.

격동기에 개인의 운명이 역사의 소용돌이 속에 휩쓸리면서 삶이 스러지기도 하지만 또 다른 측면에서 불살라지기도 하는 삶의 흔적들을 작가는 남기고자 한 것이다. 그런데 주목할 점은 이러한 역사의 도도한 흐름과 운명적 수레바퀴의 굴림이 한무숙의 경우 이 민족의 풍속사와 조우하면서 민족의 치열한 숨결을 드러내고 있다는 데에 있다.

조선 왕조의 끝자락에서부터 해방 언저리까지의 우리 민족의 삶이 고스란히 풀려져 나오고 있는 이 소설은 풍양 조씨 일가의 삶과 중심에서 밀려나 있었던 주변인들의 삶이 서로 갈등을 일으키며 새시대를 예고하고 있다. 한 마디로 하면 이들의 갈등 속에서 조씨 문중이 서서히 무너지고 평민의 시대가 오는 것이다. 이렇듯 신구 대립의 갈등이 풍속사 속에서 첨예하게 드러나면서

---

2) 한무숙,『세계 속의 한국 문학』(을유문화사, 1993), 326쪽.

민족의 정신이 어떻게 역사의 맥락 속에서 녹아내리고 있는가를 보여준다.

새로운 세대의 예고는 새 시대의 인물로 등장하는 남창과 갑례의 고조부인 청계 조황하의 죽음에서부터 시작한다. 청계는 동학의 민중 봉기에서 손자 조동준과 동원을 모두 잃는다. 그는 손부 송씨 부인과 박씨 부인을 본제인 양주 늡바위에 거쳐를 정해 주고 마지막 자존심을 증손자 병구와 용구 그리고 석구의 교육에 건다. 청계노인은 협잡꾼 방서방이 돈을 주고 벼슬을 사고 나서 입궐하기 위해 조복(朝服)을 빌리러 오자 소리없는 체읍을 하고 '책 덮어 두어라. 그리고 차후라도 책 읽지 말아라'고 말한 후 자기 집으로 돌아간 지 사흘 만에 세상을 뜬다. 여기서 증손자들에게 '차후라도 책을 읽지 말라'는 말과 그의 죽음은 단적으로 구시대의 무너짐과 새시대의 도래를 상징한다. 그가 종가를 위해 어린 증손자들의 교육에 전력을 다했던 청계 노인은 인정할 수 없지만 자신의 세대가 가고 새로운 세대가 밀려온다는 것을 직감한다. 돈으로 벼슬을 사는 시대의 예고 앞에 삶의 의미를 상실한 청계노인의 죽음은 한 시대의 막내림을 의미한다. 이를 작가는 다음과 같이 적는다.

> 마치 낙성(落城)이 서글퍼 자인(自刃)하는 패장(牌將)과 같은 비장한 심경으로 여의치 못한 일생을 마친 불행한 노인이었다. …(중략)… 청계노인의 죽음 후 얼마 되지 않아 일세를 휘두르던 여걸 민중전도 포악한 왜인의 손에 한줌 푸른 연기로 사라지니 국모를 잃은 비분은 흰구름 오고 흐르는 물 깊은 두메의 창생들까지도 억제할 길이 없었다.[3]

국모의 죽음과 그에 따른 국민들의 비분은 본격적인 식민지 시대를 알리는 조종이었고 국권잃은 민족의 개체들은 비극적 운명의 바람 앞에 촛불인 셈이다. 그런데 한무숙의 소설에서는 신구 대립을 통한 새 시대의 예고가 우리의 민족이 살아가면서 그 속에 혼을 담았던 생활 양식과 규범들, 다시 말하

---

3) 한무숙,『역사는 흐른다』(을유문화사, 1993), 65~66쪽.

면 탄생과 죽음 그리고 결혼을 맞이하면서 우리가 예를 갖췄던 예식과 풍습들 속에서 처연하게 피여난다. 우리 민족에게 있어서 장례식은 혼례 못지 않게 중요한 예식이다. 그리고 제례에는 죽은 사람에 대한 예 속에 탄생에 대한 발복 신앙이 감추어져 있다.

조씨 문중에 시집와서 일평생을 지지하게 산 병구의 아내 윤씨 부인이 죽자 장례의 연장인 성묘 절차에서 아버지 병구와 아들 남오는 대립한다. 장례 절차에 있어서 서리 같은 아버님의 분부에 거역할 수 없었던 남오는 첫 추석이 와서 성묘를 가고자 할 때 자신의 주장을 펴면서 아버님의 주장과 요구가 시대착오적임을 꼬집고 나온다. 아들 남오의 주장 앞에 병구는 성묘는 하되 대신 평복으로 하고 남의 눈에 띄지 않는 선에서 성묘를 허락하는 대 타협이 이루어진다. 역사가 뒤바뀌고 있는 상황이 우리 삶 속에 잦아들었던 풍속 속에서 엄연히 일어나 새로운 세대를 암시하고 있다.

부재모상(父在母喪)이라 졸곡(卒哭)은 택일하여 깃옷은 벗었으나 병구는 그즘 들어 졸 곡으로 흔히들 하게 된 철궤연(鐵?筵)을 못하게 했다. 문공상례법 (文公喪禮法)대로 기년 복(朞年服:1년 상복)을 거행하라는 것이었다.

서리 같은 분부라 남오는 거역할 수가 없었다. …(중략)…

"글세 지금이 어느 땝니까? 우리집이 뭐 그리 갸륵한 집안이라고 체모만 차리려 허세 요? 남 위해 하는 성묘 같으면 돌아가신 어머니께서두 혼백이라두 섭섭해 하실 게 아닙니까?" …(중략)…

"아니다. 성묘를 하지 말라는 게 아냐. 상인(常人)들처럼 상복 입고 꺼들꺼들 걸어가는 게 남 보기 창피하단 말야. 너희들 정리로 성묘를 하지 않는 것도 섭섭할 테니 그럼 그냥 평복하구 잠깐 다녀 오렴."[4]

---

4) 같은 작품, 233~235쪽.
5) 삿갓가마란 흰 천으로 가마 전체를 싼 가마로 반가의 상제가 산행할 때 타고 가는 가마이다.

추석날이 되어 남오는 성묘를 하기 위해 굴관 제복하고 나서자 성묘를 중지하라는 아버님의 말씀이 떨어진다. 그 이유인 즉 염서방에게 삿갓 가마를 꾸미라고 했으나 시국이 어려워 준비하지 못하자 반가(班家)의 체모를 구길까봐서다. 이에 남오는 거세게 반항한다. 결국 아버지 병구의 말대로 성묘를 하되 남의 눈에 띄지 않게 평복을 입으며 이정승 연당집 쪽으로 가지 말고 다른 방향인 세춘이 쪽으로 다녀오라는 타협이 이루어지는 것이다.

여기서 이정승 연당집은 누구의 집인가. 그 집은 상전집의 몰락으로 늦바위 조참판댁을 나온 짱끼 내외가 어수선한 시국에 편승하여 떼돈을 벌어서 산 그들의 별장이다. 장끼 내외는 경성에 살면서 돈을 모아 이 집을 샀고 그곳에 아버지를 모신다. 그리고 예전에 머슴살이로 들어간 아버지를 위해, 그의 평생 소원이었던 자신의 전답을 경작하는 기쁨도 안겨준다.

이 같은 상황의 저변에는 시대를 잘못 만난 대가들의 몰락이 있었고 급전이 필요한 사람들이 많을 수밖에 없는 시대적 분위기가 자리잡고 있다. 그래서 장끼 부친은 그 근방에서 '정승댁 영감님'으로 불린다. 그런데 마른 가슴에 불을 지핀다고 이 사실을 너무나도 잘 알고 있는 병구에게 '정승댁 영감님'이라고 불리우는 장끼 부친은 이제 돈 좀 있다고 윤씨 부인이 죽자 부의금으로 백 원, 광목 다섯 필, 부줏술이 닷말, 쌀 한 섬을 보내온다. 그래서 남의 집 상사 치고 그것도 전시하의 궁핍 속에서 지나친 부주를 해 병구의 속을 뒤집어 놓는다. 그러니 '정승댁 영감님' 눈에 병구의 아들 남오의 형상이 상인(常人)과 별반 다름없는 모습으로 비친다면 그것은 자신의 생명줄과도 같은 반가(班家)의 체모는 땅에 떨어지는 것이다. 아예 평복을 입고 몰래 다녀오는 것이 그의 얼굴을 살리는 꼴이 된 셈이다. 시속이 바뀌고 있다. 이와 같은 사실을 작가는 머슴이었던 장끼 부친의 형상을 다음과 같이 묘사함으로써 단적으로 드러내고 있다.

장끼는 부친에게 일을 못하게 하고 아내 오묵이보다 한 살 위인 어느 몰락한 양반집 수절 과부를 부친의 짝으로 데려다 앉혔다. 늦게 꿈만 같은 호강을 하게 된 장끼의 늙은 부친은 점잖은 양가 출신 젊은 아내와 막대한 재력이 후광이 되어 휘언한 신수를 가진 노인이 되었다. 연꽃이 필 무렵의 연당가를 탕건(宕巾)을 쓰고 안동포 고의에 생풀 모시 적삼을 세죽(細竹) 등거리 받쳐 입고 태극선 든 젊은 아내와 거니는 모습은 진짜 이정승이 환생한 것만 같았다. 마을 사람들은 언젠가부터 그를 '정승댁 영감님'이라고 부르게 되었 다. 6)

앞선 인용에서 타협하는 병구의 모습과 위 인용에서의 장끼 부친의 위엄은 한 시대의 막이 내려지고 다른 시대의 장이 열리고 있음을 단적으로 보여준다. 그래서 역사의 새 장을 여는 인물이 서서히 바뀐다. 바꿔 말하면 문벌 중심의 사회가 서서히 무너지고 시세에 따른 능력 위주의 신분 사회가 새롭게 짜여지고 있는 것이다. 항상 주변에서 맴돌면서 중심에서 빗겨갔던 조동원의 아들 유복자 석구의 독립 운동이 그렇고 금년이라는 종의 이름에서 교육가로 변신한 박옥련 여사가 그렇다. 그밖의 병장이었던 배선명의 사회사업가로서의 변신도 마찬가지다.

주변의 인물이었던 이들이 전면으로 부각되면서 이들에게 불지펴진 애국심과 민중의식이 해방의 문을 열며 이들은 또 다른 역사의 소용돌이를 감내해야 하는 주축들이 된다. 이러한 신구 대립이 풍습 속에서 다져지는 것을 우리는 장편 『석류나무집 이야기』에서도 발견할 수 있다. 유학을 다녀온 송영호가 자신이 산 집에서 왠지 모를 위축감에 사로 잡히면서 그는 힘주어 "썩은 봉건 사상에 뼈까지 썩어 버린 사람들의 이유 없는 우월감과 자존심 - 그런 것이 구역질났다"7)라고 말한다. 안댁 노마님의 죽음 앞에 어떤 절차를 밟아야 하는 것인가라는 문제에서 두 사람 즉 송영호와 방골 아주머니는 대립

---

6)   같은 작품, 230쪽.
7)   한무숙, 『석류나무집 이야기』(을유문화사, 1992), 71쪽
8)   같은 작품, 72~73쪽.
9)   같은 작품, 103~104쪽.

해 [8]있다. 신세대를 대변하는 송영호와 구세대를 대표하는 방골 아주머니의 대립은 오미자 차와 코카콜라의 차이를 통해서도 극적[9]으로 대비된다.

이렇듯 한무숙의 소설에서는 우리의 정신을 지배했었던 집안 내의 풍습들이 어떻게 변화하면서 새시대를 맞이하는가에 주목하면서 그 풍습은 반드시 역사의 맥락과 함께 한다. 역사의 거대한 물줄기란 역사적 사실의 전개뿐만이 아니라 바로 민족의 혼이 담긴 풍속사 속에서 사건들이 엮어져야만 진정한 역사의 흐름을 놓치지 않는다. 다시 말하면 한무숙의 소설을 읽다보면 역사적 사실과 만나기도 하지만 그 역사를 떠받치고 있었던 우리 민족의 자잘한 얼의 총체와 만나기도 한다. 결국 한무숙의 소설에 나타난 풍속사의 의미는 역사적으로 새로운 시대를 맞이하는 과정에서 갈등하는 신구의 대립이 풍습의 변천 과정과 맞물리면서 역사의 흐름을 대변하고 있다는 데에 있다.

3. 문화 속에 꽃핀 민족혼

우리 주변에 널려 있는 민속들이『역사는 흐른다』에서는 흔연하게 수놓아져 있는 데, 이러한 풍속들이 한 민족의 문화를 이루고 이 민족의 혼을 표상한다. 그래서 민족혼은 역사의 폭풍 속에서도 꺼져갈 듯하면서도 꺼지지 않는 불씨로 남아 민족의 맥을 지키는지도 모른다.

그런데 한무숙 소설에서의 민족혼은 풍속, 다시 말하면 인생살이의 길과 흉을 예견하는 토정비결, 주거 생활 속에서 우리네 삶을 지배했던 한옥이라는 주거 공간, 조상들의 삶에 짐지워졌던 가난이라는 씨앗으로 배태된 민며느리 제도, 우리의 육신을 가리면서 신분을 대신하고 인간다움의 체면을 돋아주었던 옷가지들, 사람이 살고 있음을 증명하는 세간들, 우리네 삶의 빛과 그림자가 수놓아져 있는 서화, 삶의 진액들이 녹아 울림을 지니는 민요, 삶의 무거움을 흥으로 풀어제쳤던 민속 놀이들 속에서 살아 남는다. 개개인이 지키는 인습의 굴레가 한 사회의 정신을 이끄는 풍습이 되며 그것은 한 시대를 엮어내는 원형질이 되는 것이다.

이러한 원형질이 고스란히 살아 꿈틀대고 있는 것이 한무숙 소설이다. 정월은 우리에게 있어 아주 중요한 달이다. 새해를 맞이하는 달이기에 한 해 운수도 봐야 했고 나쁘다면 액땜도 그 달에 해야했다. 정월을 잘보내야 일년 내내 탈없이 지나갈 수가 있는 것이다. 그래서 유독 정월에는 여러 가지 민족의 풍속들이 자리잡고 있다. 정월 내내 자정 때까지 윷판이 벌어지는 민속 놀이는 그만두더라도 보내야 하는 것과 맞아 들여야 하는 것을 다 담아 날려야 하는 연(鳶)날리는 풍습이라든가 대보름 달을 맞이하여 소원을 빌면 이루어진다 하여 보름달이 뜨기 전 첫 달을 보고 흡월정하는 풍습 그리고 동네 풍년을 기원하고자 하는 줄쌈 등이 바로 그것이다.

대보름날의 줄쌈은 한 고을의 일년 농사와 동네 사람들의 화합이 달려있는 큰 행사이다. 웃말 동리와 아랫말 동리가 줄쌈을 한다. 줄쌈에서 승리하면 그 동리는 풍년이 든단다. 그러니 목숨걸고 싸울 수밖에 없다. 이런 줄쌈 놀이의 광경이 『역사는 흐른다』에서는 생생하게 살아 있다.

> 이튿날은 대보름날, 온 동리가 고대하던 줄싸움날이다. 장거리는 첫새벽부터 떠들썩하고 집집마다 줄싸움 구경을 가느라고 이른 조반을 치우기 바쁘다. …(중략)…
>
> 농자천하지본(農者天下之本)이라고 쓴 커다란 깃발이 앞장을 서고 다음에는 전투에 참가하는 각 동명을 쓴 다홍 남 노랑 등 오색 찬란한 농기들이 뒤를 잇는다. 이윽고 농촌의 재주꾼들의 농악대들이 고깔을 쓰고 꽹과리 소고 북 징 피리 장구 등, 작은 풍물을 치며 뛰놀고 춤을 추며 들어온다. …(중략)…
>
> 싸움터로 정해진 장터로 나가니 아랫말 북군이 역시 농악대를 앞세우고 풍물을 치며 들 어온다.[10]

---

10) 한무숙, 『역사는 흐른다』, 14~17쪽.

그 다음 그들은 선두를 잡기 위해 걸쭉한 욕설들이 터져 나온다. 천한 피의 대물림 속에서 덕지덕지 붙은 천민의 한과 울분을 대보름날 줄쌈을 하면서 토해내는 것이다. 그들은 "구경꾼들 틈에 끼어 종종걸음으로 행렬을 따라가 며 오늘만은 남의 종된 몸이 슬프기커녕 다행으로만"[11]여겨질 정도로, 그들 만이 즐기는 민속놀이는 민촌들의 낙이자 흥거리인 셈이다. 그런데 민촌들 의 한을 풀고 삶의 울분을 달래주는 줄쌈 놀이라는 위안의 민속 놀이는 이미 불행의 씨앗을 담지하고 있으니, 민속 놀이야말로 인생살이 그 자체이다.

줄쌈 놀이가 치열하게 진행되고 있는 동안 농민인 남군 패장 영쇠가 신부 감으로 점찍어 놓은 부용(조동준의 몸종)은 상전 조동준에게 몸을 맡기고 반 가의 씨를 받으나 몸은 여전히 종으로 태어날 수밖에 없는 금년이를 잉태하 고 만다. 다른 한편에서는 이 시각 남군이 이겨 꼭 풍년이 들면 영쇠가 자기 의 몸을 상전으로부터 빼어내 한 칸 방에서 나마 보리죽으로 끼니를 잇더라 도 해로할 것을 꿈꾸는 부용이의 원망(願望)이 불타오르고 있었다. 그 결과 바로 전날 부용은 북군의 줄에 칼을 대어 싸움 중에 줄이 끊어지고 의도된 줄 끊어짐으로 인해 그 책임이 영쇠에게 고스란히 넘겨져 그 결과 북군의 보복 으로 영쇠는 절음발이가 되고 만다.

우리의 인생살이가 행복의 꽃술 뒤에 불행의 씨가 감춰져 있는 것처럼 종 으로 태어난 것이 오히려 낫다는 위안을 받는 줄쌈 놀이의 흥 속에는 이미 헤 어짐과 비극적 운명이라는 씨를 배태하고 있었던 것이다. 삶의 결을 이루는 이와 같은 풍속은 한 시대가 담지하고 있는 정신의 집합체로[12] 문화를 이루 고 그 문화를 기반으로 민족성을 형성하는 것이다.

작가의 영근 솜씨 아래 한많은 천민의 삶과 죽음이 민담 속에서 어우러지 면서 그들의 삶을 대신하고 있는 것에서 우리는 풍속이 한 시대 정신을 표상

---

11) 같은 작품, 16쪽.
12) 『역사는 흐른다』의 축소판이라 할 수 있는 단편 「생인손」에서 이 같은 사실은 재차 확인 된다. 그리고 「이사종의 아내」의 경우에는 조선 여인의 서간을 통해 작가는 당대의 여인 의 삶을 표상하고 있기도 하다.

하고 민족성을 대신한다는 것을 확인할 수 있다. 종으로 태어나서 종으로 죽는 단지 천한 신분인 부용의 죽음이 쪽박새의 울음에 담긴 민담과 어우러지면서 조선 부녀의 쓰라림과 집념을 대신하고 있다. 그것이 한 맺힌 우리 여인네들의 삶을 대신하며 더 나아가 우리 민족을 표상하고 있기도 하다.

> 부용이가 죽은 날은 아침부터 뒷산 쪽박새가 악을 쓰고 울었다.
> 심한 시어머니가 며느리를 볶느라고 쪽박 둘을 가지고 며느리가 밥을 지을 때는 작은 쪽박으로 쌀을 되어 주고 딸이 지을 때는 큰 쪽박으로 되어 주어 며느리한 밥이 적다고 책망을 하는 것이 원한이 되어 며느리는 죽어 새가 되어서 조석으로
> "쪽박 바꿔 주, 쪽박 바꿔 주"
> 하고 악을 쓴다 한다.
> 조선 부녀의 쓰라림과 집념(執念)을 표시하는 서글픈 이야기이다.
> 부용은 쪽박새 악쓰는 소리를 들으며 고요히 세상을 떠났다. 확고한 신념도 없고 원한 을 품거나 저주를 하거나 하기로는 너무나 연약하였던 그녀는 나릿한 늦은 봄같이 자욱하 게 세상을 떠났다.[13]

조선시대 여인들의 삶이 얼마나 한많은 인생이었나를 쪽박새 울음 소리에 담긴 민담을 통하여 극적으로 드러내고 있는 위 인용은 평생 종으로 살았던 부용의 한을 넘어 시어머니에게 시집살이를 당하는 며느리 즉, 조선의 모든 여인들의 삶을 대신한다. 그래서 쪽박새에 얽힌 민담은 쪽박새의 울음이 그들의 가슴에 쌓인 한풀이의 절규라는 사실을 실감있게 전한다.

이렇듯 민족의 정서를 대변하기도 하는 민담이나 그들의 삶 속에서 그려지는 굴곡을 대신하는 일련의 풍속들은 한 민족의 정신을 대변한다. 특히 한옥에 대한 작가의 생각은 우리 정신을 오롯이 담고 있는 것으로 나타난다. 『석류나무집 이야기』에서 신학문을 하고 돌아온 송영호가 산 일명 흉가라는

---

13) 같은 작품, 114쪽.

그 집은 조선 시대의 정신을 그대로 담고 있다. 근대를 표상하는 송영호는 옛 정취를 느끼고자 그 집을 샀지만 그 집에 살면서 조선시대의 정신적 유물과 맞닥뜨리면서 당혹감과 불안감을 떨치지 못한다.

한국 가옥의 규모와 정취를 작가는 "안채는 얼마쯤인지 모르나 그리 굉장한 집은 아니면서 무게가 있다. 고른 개왓골의 흐름, 정연한 부연(附椽), 날아갈 듯 휘어 치켜진 추녀의 조화, 닫힌 채인 분합문의 완자(卍字) 문살, 그리고 누마루에 돌린 난간, 이런 것들이 웬지 음악(音樂)을 느끼게 하는 것"[14]이라고 표현하고 있다.

굉장한 것은 아니면서 무게가 있는 것, 정확한 간격으로 고르게 나열되어 있어 숨막힌 듯 하면서도 흐르는 듯한 부드러움을 담고 있는 기왓장, 날아갈 듯 달아나는 가벼움이 잠깐 휘어짐에서 멈춰지면서 숨가쁨을 고르는 추녀, 닫혀 있는 것 같지만 마음은 사방으로 열려 있는 만자 문살, 누마루의 꺾임이 누군가의 가슴을 에릴까봐 누그러져 돌려진 난간은 바로 은근한 한국의 미와 정취를 함뿍 담고 있는 것이다. 이러한 예스러운 정취는 보일 듯 말 듯한 여인들의 한복에서도 느낄 수 있는 것이며 우리 강산에 핀 꽃과 열매와 풀을 재료로 하여 옷감에 물을 들인 그윽한 정취를 품은 은은한 빛깔에서도 감지된다.

그밖에「어둠에 갇힌 불꽃들」에서는 우리 삶의 고락을 점쳐보는 토정비결과 가난 때문에 들었던 선조들의 피멍을 느낄 수 있는 민며느리 결혼 제도, 윷놀이와 장기놀이로 대변되는 민속놀이 그리고 민족의 명악 가야금들이 살아 숨쉬어 이 민족의 정신을 대변하고 있기도 하다.

그럼 작가는 왜 그토록 민속의 풍속과 문화를 애지중지 하며 그것을 인물과 구성에 옷을 입히듯 풀어놓고 있는 것일까. 그것은 풍속과 문화의 지킴이란 바로 이 민족의 생명을 지키는 것이며 일제의 억압 속에서도 비록 국토를

---

14) 한무숙,『석류나무집 이야기』, 14쪽

잃었지만 우리의 정신만은 살아있음을 확인하는 작가의 정신에 기반한다. 이 같은 사실을 『역사는 흐른다』에서는 명징하게 보여주고 있다.

일경을 피해 미국으로 망명한 배선명은 그곳에서 자선 사업가로 변신하여 불우한 한인 어린이들의 아버지로 살아간다. 박옥련 여사는 배선명의 집을 방문하게 되는 데, 그 집에 조선을 대표하는 온갖 예술품과 공예품이 있음에 놀란다. 그러자 그 집에 있는 조선 여인은 배선명 씨가 지니고 있는 조선의 예술품과 공예품에 대한 생각을 다음과 같이 풀어놓고 있다.

"나라 없는 사람이 외국에 와 살면 외국 사람들이 나라뿐 아니고 우리에게는 아무 것두 없는 줄 안답니다. 제도도 법도도 글도 사는 범절도 없는 마구잡이 인생들 취급을 하지요 그러다 보면 이쪽두 체면도 법도도 지키지 않고 마구잡이로 살게 되기 일쑤지요. 선생님은 잃었던 나라를 찾기 위해서는 우선 우리가 배우고 부지런히 일하고 잘 살고 우리 역사를 배워 우리 나라 사람도 훌륭한 문화를 가진 백성이라는 것을 외국인에게도 알리는 한편 무엇보다도 우리 자신이 떳떳함을 가져야 된다고 늘 말씀하신답니다…(후략)…"[15]

치밀한 계산 하에 작가가 민족의 풍속과 문화를 살리고자 애쓴 흔적은 바로 그것이 민족혼을 대신한다는 믿음에서 출발하고 있음을 우리는 위의 인용에서 확인할 수 있다. 나라가 없는 사람들은 육신만 있을 뿐이지 육신의 허울을 채우는 정신이 없는 민족으로 보여지므로, 우선 우리 민족의 문화를 지키고 그를 바탕으로 하여 역사를 배워야 함을 작가는 강조한다. 그것이 곧 나라를 찾는 지름길임을 힘주어 전하고 있는 것이다.

빼앗긴 땅에서도 우리 민족의 꽃들은 속절없이 무수히 피었다 지면서 이 강산을 메웠듯이, 개개인들의 인습이든 한 집안을 이끄는 풍속이든 이것이야말로 한민족의 핏줄을 도도하게 이어주는 고리이며 한민족의 정신을 있게

---

15) 한무숙, 『역사는 흐른다』, 249쪽.

한 바탕이다. 얼을 대신하고 정신의 본향을 이루는 풍속 속에 핀 역사란 잠시 국권을 빼앗기는 수모 속에서도 끈질기게 살아남아 이 민족이 한민족임을 솟아 드러내 주는 핵심적 요소이다. 이런 의미에서 한무숙의 소설에 깔린 풍속사는 살아 있는 이 민족의 얼이자 혼의 물결이다. 이를 살뜰하게 되살리는 데 심혈을 기울인 작가는 우리 선대들의 정신을 드러냄과 동시에 그 속에 살아 있던 민족혼을 놓치지 않고 이어받아 우리의 정체성을 지키고자 했던 것이다.

4. 풍속 속에 어우러진 작가의 세계관

한무숙은 글을 쓰게 된 동기가 내면의 절규에 이끌려서라고 고백하였다. "글을 쓴다는 것은 나에게 있어 자기 존재를 확인하고자 하는 몸부림에 지나지 않는 것이었다. 내 의지와 사고와 창의성이 참가하는 작업을 하고 싶었다. 뼈마저 녹을 것 같은 육체적 과로, 단조롭게 반복되는 무의미한 일상, 그렇게 목숨을 닳아 없애지 않고 나의 전부를 쏘다 불같이 타고 싶었던 것이다."[16]라고 말한 데서 이 같은 사실은 확인되는 데, 자기 존재의 확인이라는 화두를 앞에 두고 한무숙은 자신의 내면의 소리에 귀기울였던 것이다.

그런데 한무숙의 작품을 관통하는 그 내면의 소리는 운명적 아이러니에 있다. 그는 한 개인의 처절한 인생살이도 한 사회를 이루는 풍속의 수놓음 속에서도 또는 역사의 도도한 흐름에도 인간이 어찌하지 못하는 운명적인 틀이 있음을 반복해서 우리에게 전한다. 그는 인간이란 '비참과 위대의 풀 수 없는 혼합, 모순, 끊임없는 갈등과 분열 속에 허우적 거리는 극적 존재' 라고 갈파한 파스칼의 말을 위대한 명구로 기억하면서 그 명언에서 인간의 한계와 위대함을 같이 보고 있다.

그러면서 이미 정해진 운명이 있으면서도 끝없이 그 운명을 극복하고자

---

16) 한무숙,『여행기 콩트-예술의 향기를 찾아서』(을유문화사, 1993), 435쪽.

처절하게 싸우는 인간의 형상을 운명적 아이러니로 받아들이고 있다. 즉 인간이란 살고자 하나 그것이 극적이면 극적일수록 죽음에 다가선다. 그리고 인생이란 운명의 틀 속에 갇혀 있으면서도 끝없이 그 운명을 극복하고자 몸부림칠 수밖에 없는 숙명임을 작가는 꿰뚫어 보고 있다. 그런데 문제는 이러한 작가의 인생관이 풍속사 속에서 드러나고 있다는 데에 있다.

비록 『역사는 흐른다』에서 "일평생을 지지하게 산 윤씨부인은 인생 무대에서 자기가 맡게 되었던 변변치 못한 역할을 조물주에게 돌리고 인생 희극의 막을 내리려 하고 있었다"[17]라는 말은 윤씨 부인의 죽음에 대한 작가의 개입된 설명이기는 하지만, 사실 이러한 운명론의 시각은 인물에서 뿐만이 아니라 작품 전체를 통해 일관된 것으로 작가의 세계관을 이룬다. 이러한 주제는 전 작품에 일관된 것으로 그의 작품 세계를 이루지만 특히 「축제와 운명의 장소」에서 더욱 잘 드러난다. 『석류나무집 이야기』에서 옛 주인인 선영의 삼촌 정충권씨는 동경 유학생 시절부터 독립 운동가로 활약하였고 그 당시 붙잡혀 심한 고문 끝에 치매 상태에 있는 노인이다. 그런데 이 노인의 운명에 대해 작가는 재민이의 목소리를 통해서 다음과 같이 말한다.

> "그분의 수난(受難) 때문일 것이라는 생각이 드는군요. 제가 모르는 지난 숱한 수난이 아니구, 현재의 수난—즉 죽지 못한다는 형벌일 겁니다. 죽음에의 의지(意志)를 가질 수 없는 치매(痴?). 가슴에 구멍이 뚫리는 것 같지 않습니까? 허물고 부서진 육체라는 옥(獄)에 갇힌 인간—처참에서 오히려 감동을 불러일으키는 것일거예요."[18]

죽음에의 의지를 가질 수 없는 형벌은 사실 정충권에게만 해당되는 것이 아니다. 짐의 종류만이 다를 뿐 우리 모두에게 부과된 운명적 형벌과 같은 삶

---

17) 한무숙, 『역사는 흐른다』, 231쪽.
18) 같은 작품, 78~79쪽.

의 굴레인 것이다. 송영호는 재민이에게 위와 같은 말을 듣고 정충권에 대해서 '무슨 사연이 표백되어 공백의 정신'을 지니는지 모르나 '인생이란 어떤 통한사(痛恨史)'라는 느낌을 가진다. 그래서 그런지 송영호의 어머니인 박혜련 여사의 초상화가 석류나무집 사랑채에 걸려 있는 얄궂은 운명이 있는지도 모른다. 박혜련 여사는 감옥에 가기 전에 정충권 씨의 유일하고 단 한 번의 연인이었던 것이다.

운명의 힘에 의해 조종되지만 그것을 극복하고자 하는 것이 인생이다라는 작가의 인생관은 구시대의 정신을 대변하는 한옥과 새로운 세대로 표상된 송영호의 대립이 통합을 이루면서 '한옥의 재건'이라는 대목에서 절정을 이룬다. 송영호의 아버지인 송호상은 아내 박혜련과 함께 귀국하지만 아들이 산 집에 평생 마음의 짐이 되었던 정충권이 있다는 사실을 알고 정충권을 죽이려다가 화재를 낸다. 정충권과 송호상이 다 죽고 나서 송영호는 그 동안의 구세대와의 갈등을 '한옥의 재건'을 통해 화해하고자 한다. 그 화해의 자리는 송영호가 '알 수 없는 섭리'를 깨달은 자리이다. 그리고 그 곳에서 운명의 아이러니를 뼈저리게 실감한다.

> "나는 저 불탄 곳에 다시 집을 짓겠어요. 이 집에 아직도 흉의(兇意)가 깃들어 있다면 그것두 용납하겠어요. 흉의와 선의 소재(所在)와 부재(不在)가 하나가 되는 그런 세계를 언제인가부터 그려 오게 되었어요. 노아의 방주(方舟) 속에 사람을 비롯하여 무릇 동물과 물고기 씨알들이 담겨져 하나의 새로운 세계를 기다리고 있었듯이 이 집에, 이 세계에 몸을 의탁하여 가렵니다. 흉한 것이 있다는 것은 또 축복된 것, 선한 것이 있다는 증거가 아니겠어요. 신은 선과 함께 악도 용납한 거니깐요. 저는 그런 알 수 없는 섭리를 따름으로써 삶을 긍정해 보겠어요. 전 운명이란 말을 싫어하지만 참답게 산다는 건 어쩌면 그 운명으로 인하여 깊이 상처를 입는 것인지도 모르니까요."[19]

19) 같은 작품, 196쪽.

신은 선과 함께 악도 용납하는 이율배반적인 섭리에 의해 움직이기에 흉이라는 것도 마음으로 포용하겠다는 송영호의 말은 '참답게 산다는 것은 운명에 순응하기 보다는 그 운명을 극복하기 위해 많고 깊은 상처를 입어야' 한다는 작가의 세계관 다름 아니다. 그리고 '운명을 극복할 수 없는 것임을 알면서도 극복하고자 고투하는 그 삶 자체가 인생'이라는 작가의 항변은 한옥의 재건을 통해서 '흉한 것이 있다는 것은 또 축복된 것, 선한 것이 있다는 증거'라는 송영호의 말에서 극적으로 드러난다. 이쯤 되어서 송영호는 아이러니한 신의 섭리를 받아들이면서 흉가로 얘기되고 있는 석류나무집을 자신의 집으로 인식하기 시작한다. 대립에서 화합으로, 갈등에서 조화로 극적 통합이 이루어지는 통로를 작가는 구세대로 상징되는 한옥의 정취와 신세대로 표상되는 송영호라는 인물과의 합일을 통해서 이루고 있다.

흉가로 소문이 나돌았던 석류나무집 한옥은 재건을 통해 재탄생하고 있는 것이다. 그밖에 단편 「생인손」에서는 상전의 딸과 자신의 딸이 뒤바뀌는 운명의 아이러니 속에서 대대로 이어져 온 반가의 풍습과 천민의 삶 속에 녹아든 한이 어우러져 한 시대를 대변하고 있다. 작가는 풍속사의 의미를 새로운 세대와의 조화, 바꿔 말하면 '풍속사의 변천'에 의미를 두고 있다. 그리고 운명적 아이러니라는 자신의 세계관을 풍속사의 변천과정의 추적을 통해 그 의미를 되새기고 있다. 한무숙은 자신의 작품에 대해 말한 대로 '변천의 신비의 추적'이라는 풍속사 속에 운명적 아이러니라는 자신의 세계관을 풀어놓고 있는 것이다.

5. 마무리

이 글은 한무숙 소설에 나타난 풍속사의 의미를 살펴보고자 하였다. 『역사는 흐른다』는 이러한 면모가 잘 살아난 작품이다. 그래서 이를 중심으로 풍속의 의미를 살피면서 때에 따라 『석류나무집 이야기』와 「어둠에 갇힌 불꽃들」 그리고 「축제와 운명의 장소」, 「이사종의 아내」, 「생인손」도 같이 보았다.

조선 왕조의 끝자락에서부터 해방 언저리까지의 우리 민족의 삶이 고스란히 풀려져 나오고 있는 『역사는 흐른다』는 풍양 조씨 일가의 삶과 중심에서 밀려나 있었던 주변인들의 삶이 서로 갈등을 일으키며 새시대를 예고한다. 그런데 한 시대의 막내림과 새 시대의 도래라는 역사가 뒤바뀌고 있는 상황이 성묘 절차라는 풍습 속에서 일어난다. 이러한 신구 대립이 풍습 속에서 다져지는 것을 우리는 장편 『석류나무집 이야기』에서도 발견할 수 있었다.

이렇듯 한무숙의 소설에서는 우리의 정신을 지배했었던 집안 내의 풍습들이 어떻게 변화하면서 새시대를 맞이하는가에 주목하면서 그 풍습은 반드시 역사의 맥락과 함께 한다. 결국 한무숙의 소설에 나타난 풍속사의 의미는 역사적으로 새로운 시대를 맞이하는 과정에서 갈등하는 신구의 대립이 풍습의 변천 과정과 맞물리면서 역사의 흐름을 대변하고 있다는 데에 있다.

우리 주변에 널려 있는 민속들이 『역사는 흐른다』에서는 흔연하게 수놓아져 있는 데 이러한 풍속들은 한 민족의 문화를 이루고 이 민족의 혼을 표상하기도 한다. 그런데 한무숙 소설에서의 민족혼은 풍속, 다시 말하면 조상들의 삶에 짐지워졌던 가난이 만들어낸 민며느리라는 결혼 제도라든가 혼례의 절차, 민족의 삶의 결들을 지배했었던 길과 흉 바꿔 말하면 토정비결, 우리의 육신을 가리면서 신분을 대신하고 인간다움의 체면을 돌아주었던 우리의 옷들 그리고 방의 비움을 채움으로써 살아 있음을 증명하는 우리네 세간들 속에서 살아 숨쉰다. 또한 작품 속에 스며든 우리 민족의 한과 애정이 녹아든 민요 그리고 이승과 저승의 한계를 밟으면서 슬픔을 승화하는 우리들의 장례식 절차, 그밖의 민족적 체취를 온전히 받아낸 서화라든가 우리 정신의 본향을 이루는 가옥의 구조와 정원의 풍취, 삶의 무거움을 흥으로 풀었던 민속 놀이들은 바로 우리 삶의 숨결을 이룬다. 『역사는 흐른다』에서 보여지는 대보름날의 줄쌈은 민촌들의 한을 풀고 삶의 울분을 달래주는 민속 놀이로 인생살이 그 자체이다.

특히 『석류나무집 이야기』에서 한국 가옥의 규모와 정취를 통해 작가는 한국의 미와 정신을 온전히 대신한다. 풍속과 문화의 지킴이란 바로 이 민족의 생명을 지키는 일이다. 이와 같은 일은 비록 국토를 잃고 일제의 억압 속에 있지만 우리의 정신만은 살아있음을 확인하고자 하는 작가의 정신에 기반한다. 이런 의미에서 한무숙의 소설에 깔린 풍속사는 살아 있는 이 민족의 얼이자 혼의 물결이다. 이를 살뜰하게 되살리는 데 심혈을 기울인 작가는 우리 선대들의 정신을 드러냄과 동시에 그 속에 살아 꿈틀거렸던 민족혼을 살려 우리의 정체성을 지키고자 했던 것이다. 바로 여기에 한무숙 소설에 나타난 풍속의 의미가 내재해 있는 것이다.

그밖에 인간이란 운명의 틀 속에 갇혀 있으면서도 끝없이 그 운명을 극복하고자 몸부림칠 수밖에 없는 숙명임을 작가는 꿰뚫어 보고 있다. 그런데 그것이 풍속 속에서 드러나고 있다. 인간이란 운명의 힘에 의해 조종되지만 그것을 극복하고자 하는 것이 인생이라는 작가의 인생관은 『석류나무집 이야기』에서 구시대의 정신을 대변하는 한옥과 새로운 세대로 표상된 송영호의 대립이 통합을 이루면서 '한옥의 재건'이라는 대목에서 절정을 이룬다.

작가는 운명적 아이러니라는 자신의 세계관을 풍속사의 변천과정의 추적을 통해 그 의미를 되새기고 있다. 한무숙이 자신의 작품에 대해 '변천의 신비의 추적'이라고 말한 대로 풍속사 속에 운명적 아이러니라는 작가의 세계관을 풀어놓고 있는 것이다.

그러므로 한무숙 소설에 나타난 풍속사의 의미는 '역사의 흐름'이 곧 '풍속사의 변천'임을 보여주고 있는 데 있다. 또한 우리 주변에 널려 있는 민속들이 작품 곳곳에 새겨져 있으면서 그것이 민족혼을 불사르고 이것이야말로 역사의 폭풍 속에서도 꺼져갈 듯하면서도 꺼지지 않는 불씨로 남아 민족의 맥을 지키고 있다. 다시 말하면 그의 풍속은 우리 민족의 정신과 얼을 대신하는 것이다. 그러면서도 작가는 운명적 아이러니라는 자신의 세계관을 풍속의 어우러짐 속에서 표출하고 있기도 하다. 바로 이것이 한무숙의 작품에 드러난 풍속의 의미인 것이다. **새미**

'권력'을 바라보는 세 가지 관점

안남일*

1. 머리말

우리가 최근 빈번하게 사용하고 있는 '영상(映像)매체의 시대'라는 말은
영상매체가 문자매체를 압도했다는 의미라기보다 그리스 시대에 공연되었
던 연극처럼 영상이 중심이 되어 예술과 문화, 이념이나 사상, 혹은 사회생활
의 제요소가 종합되어 영상매체를 통해 커뮤니케이션이 이루어지고 있다는
뜻을 내포하고 있다. 특히 오늘날의 예술 가운데서 가장 새로운 형식으로 평
가되고 있는 영화가 다른 매스미디어에 비해서 획기적인 새로움을 주장할
수 있었던 것은 표현의 직접성과 전달되는 대상의 매스성 그리고 전달자의
조직성[1]에 있다. 이처럼 시간과 공간 속에서 내러티브를 통제하고 허구와
환상을 창조하는 영화는 소설과 공통적인 서술방식을 갖고 있다. 단지 영화
가 영상매체를 통해서 그 이미지가 전달되고 소설은 문자매체를 통해서 그
이미지가 전달된다는 점에서 서로 다른 독립적인 장르라고 볼 수 있을 뿐이
다. 하지만 소설과 영화의 상호연관성은 기본적으로 소설이 영화의 이야기
소재를 제공한다는 점에서 아주 밀접한 관계를 가진다. 특히 시나리오 작가

---

* 고려대 강사, 주요 논문으로『현대소설에 나타난 〈방〉의 공간성 연구』등이 있음.

1) 이명원,「영화와 현대사회」,『예술과 비평』제2권 제4호 통권 8호, 1985. pp.312~326.

가 일반화되지 않은 우리 나라의 경우에 영화의 이야기 소재로서의 소설에 대한 의존도는 매우 높은 편이다.

우리는 여기에서 영화를 '문학 텍스트의 확장'이라고 본 레슬리 피들러 Leslie A. Fiedler의 언급을 환기해 볼 필요가 있다. 그것은 지금의 시대가 영상예술인 영화와 활자예술인 문학이 과거 그 어느 때보다도 더 밀접한 관계를 갖고 서로의 가능성을 탐색하는 시대[2]라는 데 동의하기 때문이다. 이러한 점에서 소설과 그것을 바탕으로 재구성된 영화를 비교하는 것은 소설의 분석과 해석의 차원과는 별도로 새로운 분석과 해석을 제공한다는 점에서 의미 있는 작업이라고 할 수 있다. 특히 소설을 새롭게 해석하고 다듬어 재창조하는 작업은 소설과 영화의 상호 텍스트성 규명과 더불어 소설을 재구성한 영화에서 가장 중요한 핵심과제라고 생각된다.

이 글은 이문열의 「우리들의 일그러진 영웅」[3]과 이것을 바탕으로 각색된 시나리오[4] 그리고 박종원 감독에 의해 영화화 된 <우리들의 일그러진 영웅>[5]을 대상으로 해서 그 변형구조를 밝히는 것을 목적으로 한다. 아울러 각각의 장르적 특성이 어떻게 드러나고 있는가를 살펴볼 것이다.

---

2)   김성곤은 오늘날 영화를 문학텍스트의 이동이자 확장으로 파악하고 있는데, 그것은 (1) 소위 「영상 책」이라고 불리는 CD-Rom이 활자 책을 대신하게 되어, 문학작품을 담는 「책」의 개념이 급속도로 달라지고 있고, (2)장르의 급속한 해체와 확산으로 인해, 그리고 고급문화와 대중문화의 혼합으로 인해, 영화예술과 문학예술 사이의 확연한 구별이 예전처럼 명확하지 않으며, (3)우리가 문학작품에서 발견하는 문학성과 예술성을 영화 속에서도 찾아볼 수 있기 때문이라는 세 가지 이유를 제시하고 있다.
     김성곤, 「'영상 모드' 속의 문학적 상상력」, 『동서문학』 제24권 제3호, 1994. pp.342~353.
3)   이문열 외, 「우리들의 일그러진 영웅」, 『이상문학상 수상작품집』, 문학사상사, 1987. 이하 인용시에는 (이문열, p.)로 기록함.
4)   영화진흥공사 엮음, 『한국 시나리오 선집』 제10권, 집문당, 1993. 이하 인용시에는 (시나리오, p.)로 기록함.
5)   (주)동성프로덕션 제작, 1993. 3. 12

2. 권력과 집단의 속성

이문열의 「우리들의 일그러진 영웅」은 회고형식을 통한 나레이터의 기술을 통해서 초등학교라는 공동체에서 벌어지는 사건을 다룬다. 그는 우리 사회의 왜곡된 의식구조와 권력형태를 엄석대(嚴石大)와 5학년 2반 급우들을 내세워 일종의 우화(寓話)수법으로 그려내고 있다. 우화라는 측면에서 이것은 그의 다른 작품인 「들소」나 「칼레파 타 칼라」와 같은 범주에 놓이는 소설이다. 작중인물들의 성격은 거의 유형화된 형태를 넘어서지 못하고 있어서 관념성과 도식성이 두드러진다. 특히 여러 등장인물 중에서 한병태의 심리묘사를 통해서 그는 권력과 집단의 속성과 권력과의 관계를 보여준다. 특히 어느 누구에게나 한번쯤은 있었을 법한 유년시절의 사건을 차용해서 오늘날의 상황과 교묘하게 비유함으로써 작품의 현재성을 부각시키고 있다.

소설의 줄거리를 간략하게 살펴보면, 석대가 급장으로 있는 시골의 조그마한 초등학교로 서울 출신의 병태가 전학을 온다. 이곳에서 병태는 석대의 부조리한 절대적인 권력에 항거하게 되는데 이러한 병태의 도전은 철저하게 좌절된다. 그 뒤 석대의 절대적인 권력에 편입한 병태는 그 속에 안주하게 되지만, 새로운 담임 선생님의 등장으로 인해 석대의 절대적인 권력은 무너지고 만다. 이제 30년의 세월이 흐른 어느날, 병태는 우연히 "몰락한 영웅의 비장미도 뭐도 없는 초라하고 무기력한" 모습을 한 석대를 만나게 되지만 병태는 애써 외면한다.

이상의 줄거리를 가진 「우리들의 일그러진 영웅」에서 작가가 중점적으로 탐구하고 있는 것은 바로 '권력'이다. 권력은 이문열 문학에서 지속적으로 탐구되고 있는 주제 중의 하나다. 작가가 일관되게 추구하고 있는 주제이면서, 작가의 현실인식의 출발점인 동시에 결과이기도 한 권력에 대한 탐구. 그것의 바탕에는 합리의 논리와 힘의 논리가 맞서 있다. 다시 말해서 권력의 문제는 집단의 속성과 분리될 수 없다는 근거 아래 권력이 가지고 있는 의미분화를 작가가 모색하고 있다는 사실이다. 권력은 그 자체의 고유한 속성을 갖지만 동시에 그것은 집단으로부터 나온다. 그러므로 권력에 대한 탐구는 자연스럽게 집단에 대한 탐구로 이어지는데, 일차적으로 「우리들의 일그러진 영웅」에서 권력 창출의 일차적인 동인은 엄석대 개인의 권력의지에서 출발하고 있다. 스스로 자신의 권력을 창출하고자 하는 적극적인 면모를 엄석대가 보여주는 능란한 책략가적 행위나 태도를 통해 알 수 있다. 하지만 이남호는 「우리들의 일그러진 영웅」을 분석하면서 권력보다는 집단의 속성에 더 주안점을 둔 소설이라고 평가하였다. '헤게모니 쟁탈과 병태의 좌절이 석대의 능력 그 자체보다 급우들(집단)의 비겁하고 자기보호적 권력 추종'[6]에서 기인되었다는 것이 그 주된 이유이다.

그렇다면 소설에서 묘사되고 있는 헤게모니 쟁탈과 병태의 좌절에 대한 부분을 살펴보자. 소설에서 병태의 저항은 다름 아닌 '합리와 자유'의 부재에서 비롯되었다.

> 나는 아무래도 그 새로운 환경과 질서에 그대로 편입될 수는 없다는 기분이 들었다. 그러기에는 그때껏 내가 길들어 온 원리-어른들 식으로 말하면 합리와 자유-에 너무도 그것들이 어긋나기 때문이었다.(이문열, p.27)

병태는 석대의 권력에 대해 '불합리와 폭력에 기초한 어떤 거대한 불의가 존재한다는 확신'을 가지고 있다. 이 같은 불합리는 병태의 아버지가 직장에서 좌천된 이유이기도 한데, 그가 전학 온 이후의 주변 정황은 하나같이 불합리하고 불의로 가득 차 있었다. 서울에서는 그토록 합리적인 사고를 가진 아버지가 시골의 한직으로 좌천된 이후부터는 비합리적인 행동을 보이고 있는 것이나 담임 선생님이 불의가 존재하는 석대를 전적으로 신뢰하는 행동 등은 바로 그의 주변 정황의 변모를 직접적으로 보여주는 것이다. 따라서 병

---

6) 이남호, 「낭만이 거부된 세계의 원형적 모습」, 『이문열론』, 삼인행, 1991.

태의 항거는 이전의 서울 생활에서와 같은 '합리와 자유'가 통용되는 것을 위한 저항으로 볼 수 있다. 하지만 결국 병태는 석대의 권력에 굴복하고 마는데, 바로 병태가 석대의 권력 속으로 편입하게 되는 이 지점에서 작가는 권력과 폭력의 속성을 드러내고 있다.

권력은 폭력보다는 일반적이면서 그 작용 범위가 매우 넓다. 또한 권력은 폭력보다 많은 것을 내포하고 있으면서도 덜 폭발적이고, 훨씬 현실적이며 웬만큼 참을성도 지니고 있다. 이에 비해 폭력은 몸 가까이에서 현재적으로 작용하는 그 어떤 것이면서 그것은 권력에 비해 보다 직접적이고 보다 강제적이다.[7] 이와 같은 권력과 폭력의 속성은 석대가 급우들을 자신의 권력 아래에 두고자 행하는 일련의 행동에서, 그리고 석대의 권력 속으로 편입하고자 하는 병태의 모습을 통해서 부각시키고 있다.

석대가 급우들을 시켜서 병태를 고립시키는 과정은 한마디로 권모술수의 형태를 띄고 있다. 이러한 영향 아래 집단에 대한 소외와 자신감의 상실은 곧바로 병태가 간직하고 있던 '합리와 자유'를 버리게 만든다. 작가는 이 과정에서 권력과 폭력을 능란하게 사용하는 석대 보다는 급우들의 행동과 태도가 병태로 하여금 '합리와 자유'를 버리게 만드는 데 더 큰 영향력을 행사하고 있다는 것을 강조해서 보여준다.

소설에서 묘사되고 있는 급우들의 태도는 석대가 휘두르는 권력처럼 직·간접적으로 병태에게 작용하기도 하지만 그것보다는 '닫혀진 군중의 속성'[8]으로 병태에게 작용하고 있다. 카네티Elias Canetti의 언급에서처럼 닫혀진 군중은 증대를 포기하고 존속하는 데 주안점을 둔다. 특히 이들은 자신들의 경계를 확실히 정하는 특징을 갖고 있는데, 이러한 경계는 그들 스스로에게 일정한 한계를 지음으로써 그들이 설 장소를 만들어내는 것이면서 동시에 그들 스스로 증대의 가능성을 희생하는 대신에 생존의 지속력을 획득하게

---

7) 엘리아스 카네티, 심성완 역, 『군중과 권력』, 한길사, 1982. pp.325~329.
8) 엘리아스 카네티, 심성완 역, 『위의 책』, pp.11~13.

된다는 것을 말하는 것이다.

소설에 나타나는 석대 반의 급우들은 석대와 자신들의 경계를 명확히 하고, 석대의 권력에 굴복하는 스스로의 한계를 지음으로써 그들은 한 학급의 구성원으로 자리매김하게 된다. 이는 곧 닫혀진 군중의 속성을 드러내어 주는 것에 다름 아니다. 따라서 석대의 절대적인 권력의 영향과 닫혀진 군중들 속에 존재하는 병태는 철저하게 좌절을 맛보게 되고 석대에 대한 굴복으로 인해 사고의 굴절을 가져오게 된다.

> 너무도 허망하게 끝난 싸움이고 또한 그만큼 어이없이 시작된 굴종이었지만, 그 굴종의 열매는 달았다……그러나 한 번 굴절을 겪은 내 의식에는 모든 것이 하나같이 석대의 크나큰 은총으로만 느껴졌다……그가 내게 바라는 것은 오직 내가 그의 질서에 순응하는 것, 그리하여 그가 구축해 둔 왕국을 허물려 들지 않는 것뿐이었다. 실은 그거야말로 굴종이며, 그의 질서와 왕국이 정의롭지 못하다는 전제와 결합되면 그 굴종은 곧 내가 치를 대가 중에서 가장 값비싼 대가가 될 수도 있으나 이미 자유와 합리의 기억을 포기한 내게는 조금도 그렇게 느껴지지 않았다.(이문열, pp.58~60)

작가는 작품 후반부에서 병태의 이러한 사고의 굴절이 현재에까지 이어져 있음을 상기시키는데 그것은 오늘의 사회 현실이 '엄석대의 5학년 2반'과 다름없다는 것을 강조한다고 볼 수 있다. 결국 「우리들의 일그러진 영웅」에서 작가가 전달하고자 한 것은 우리의 삶 속에 권력과 집단의 속성이 얼마나 큰 영향을 끼치고 있는가 라는 문제와 그것이 오늘날까지도 변함없는 영향력을 행사하고 있다는 문제의식이다.

그러나 '구체제에 해당되는 석대의 질서'를 새로 부임한 담임 선생님을 통해 무너뜨렸다는 점은 이 소설이 가진 큰 약점으로 지적된다. 아마도 작가의 권력에 대한 해석이 현대적이라기 보다는 복고적인 경향에서 비롯되었기 때문으로 생각된다. 인간과 사회를 움직이는 기본적인 동인의 하나로 간주하고 있는 권력. 현실은 힘의 논리에 의해 좌우되며 인간 역시 힘의 논리가 형성하는 범주 내에서 움직인다는 작가의 판단. 그것은 '변혁을 선뜻 낙관하지 못하는 불행한 허무주의'를 가진 작가 의식에서 기인된 것으로 생각할 수 있다.

3. 원작의 답습 과정

시나리오란 문장화된 영상이며, 문자로 적은 영화이다. 소설과 마찬가지로 시나리오는 문자로 쓰여지지만 소설이 가지는 표현 목적과 동일할 수만은 없다. 하지만 <우리들의 일그러진 영웅>의 시나리오는 장현수와 박종원이 비교적 원작(原作)의 의도를 충실히 따라가면서 각색하고 있다.

총 143씬으로 각색된 <우리들의 일그러진 영웅>은 현재(서울)—과거(시골;석대에 대한 병태의 저항과 좌절)—현재(상가집)—과거(시골;석대의 몰락)—현재(상가집)의 흐름으로 구성되어 있다. 그런데 병태의 나레이션 부분은 원작의 골격을 유지하고자 하는 각색자의 의도를 엿볼 수 있는 부분이다.

다음은 병태의 나레이션 부분이다.

①<u>In the long history of the world, only a few generation have been granted the role of defending freedom in its hour of the maximum danger…</u>(시나리오, p.331)

② 벌써 30여년이 지났지만 그해 가을에서 겨울까지의 외롭고 힘들었던 싸움을 돌이켜 보면 언제나 그때처럼 막막하고 암담해진다… <u>자유당 정권이 마지막 기승을 부리고 있던 그해 가을,</u> 나는 자랑스레 다니던 서울의 명문 국민학교를 떠나 한 작은 읍의 국민학교로 전학을 가게 되었다… 공무원이었다가 바람을 맞아 거기까지 날아간 아버지를 따라 가족 모두가 시골로 이사를 가게 되었다. 그때 내 나이 열두살, 국민학교 5학년 때의 엉거주춤한 무렵이었다.(시나리오, p.333)

③ 엄석대는 확실히 놀라운 아이였다. <u>나에게 내려지는 시련과 박해는 언제</u>

나 정당해 보였고, 엄석대는 구원자나 해결자로서 내게 다가왔다. 그러나…그 때마다 내 마음속에는 한층 더 치열하게 적의가 타올랐으며 그것으로서 나는 그 뒤의 길고 힘든 싸움을 견뎌 나갔다.(시나리오, p.346)

④ 마지막으로 은근히 믿었던 공부에서의 패배는 나를 깊은 절망으로 밀어 넣었다. 그런데도 나는 알 수 없는 열정에 휩싸여 그 힘든 싸움을 계속해 나갔다. 그를 이길 수 있는 기회가 어쩌면 있을 것 같았고 그 기회는 의외로 빨리 왔다.(시나리오, p.347)

⑤ 만약 싸움이란게 공격정신이나 적극적인 방어개념만으로 되어 있다면 석 대와의 싸움은 그날로 끝이었다. 그러나 불복종이나 비타협도 싸움의 한 형태로 볼 수 있다면 내 외롭고 고단한 싸움은 그 뒤로도 얼마간 더 이어진다. 엄석대의 보이지 않는 손 아래에서 비겁하건 혹은 어리석은 다수에 의해 내게 가해진 폭력 은 그 전보다 몇갑절이나 더 집요하고 엄중했으며… 더 괴롭고… 고단한 것이었 다.(시나리오, p.352)

⑥ 무슨 한처럼 나를 지탱시켜 주던 믿음도 완전히 무디어졌고, 저항의 의사를 모두 버린 나는 하루하루 반을 겉돌며 기회를 노렸지만… 괴롭게도 그 기회조차 쉬이 나타나지 않았다. 그러나 그 외롭고 고단한 싸움도 끝날 날이 왔다.(시나리 오, p.357)

⑦ 짐작컨대, 그는 내 눈물의 본질을 꿰뚫어 보았음에 틀림이 없었다. 거기서 결코 뒤집힐 리 없는 자신의 승리를 확인하고 나를 그 외롭고 고단한 싸움에서 풀어 주었다……어이없이 끝난 싸움이었지만 굴종의 열매는 달았다.(시나리오, pp.360~361)

⑧ 사실 따지고 보면 그 모든 것은 석대가 내게서 빼앗아갔던 것들이고, 나는 내 것을 되찾은 것뿐이었으나, 한번 굴절을 겪은 내 의식에는 모든 것이 하나 같 이 크나큰 석대의 은총으로 느껴졌다. 그러나 그의 왕국에 온전히 길들여지고 그 질서에 비판없이 안주하게 됐을 무렵 나는 다시 혼란에 빠지게 되었다.(시나 리오, p.362)

⑨ 그날 나를 대하는 석대의 태도는 보통 때와 사뭇 달랐으며, 나는 그가 베풀 어 준 권력의 단맛에 흠뻑 취했다. 나는 진정으로 그의 왕국과 질서가 영원히 지 속되기를, 그 안에서 확보된 나의 남다른 특권이 또한 그러하기를 믿고 또 바랬 다. 그해 겨울은 그렇게 흘렀다.(시나리오, p.365)

⑩ 1960년 봄. 우리는 육학년이 되었고, <u>새로운 시대</u>를 맞이하게 되었다.(시나리오, p.367)

⑪ 그때 석대도 담임의 부임으로 시작된 변화의 위험을 충분히 알고 있었으리라…그러나 호랑이 등에 탄 격이 되어 끝까지 달려 볼 수밖에 없었던 것이 그가 2년간 키워온 엄석대의 왕국이 너무 크고 훌륭했으며 화려했기 때문이리라… 그리하여 <u>저 화려한 역사책의 한 페이지에서와는 달리 우리 반의 혁명은 갑작스럽고 약간은 엉뚱하게 시작되었다.</u>(시나리오, p.371)

⑫ <u>그날 이후 엄석대를 본 사람은 아무도 없었다.</u> 들리는 소문으로는 개가한 서울의 어머니를 찾아갔다던가?(시나리오, p.375)

⑬ 그후 학교생활은 정상으로 돌아갔고 굴절되었던 내 의식도 원래대로 회복되었다. 그리고 석대에 대한 기억은 희미해져 갔다. 그러나… <u>시험과 경쟁으로 숨가쁘게 10년의 세월을 보내고 사회에 나왔을 무렵 엄석대는 아득한 과거로부터 되살아났다.</u>(시나리오, p.376)

⑭ 엄석대! 나는 그를 만나지 못했다. 그는 30여년이 지난 <u>오늘도 어디선가 절대자가 되어 또 다른 5학년 2반을 주무르고 있겠지. 그렇다. 우리들의 일그러진 영웅은 지금도 또 앞으로도 영원히 살아 숨쉬고 있을 것이다.</u>(시나리오, p.377)

(원문자 및 밑줄 : 필자 주)

그러나 각색이라는 것이 원작을 그대로 베껴내는 작업만을 의미하는 것은 아닌 만큼 시나리오에서 원작과 변별력을 가지는 부분을 살펴보면 사소하게 변형된 부분들을 제외하고 각색자의 의도를 내포하고 있는 부분은 크게 세 가지로 나타나고 있다.

첫째, 영팔의 등장과 그 역할이다. 영팔은 원작에서 영기[9]라는 아이에서 착안한 것으로 생각되는데, 원작의 '영기'와는 달리 시나리오의 영팔의 역

---

9) 소설에서 묘사된 부분은 다음과 같다.
"…약간 저능의 기미가 있는 김영기란 아이의, 악성(惡性)에 따른 비행(非行)이라기보다는 저능에 기인된 실수 대여섯 개였다."(이문열, pp.46~47)

할은 매우 중요하다. 영팔은 병태가 석대에게 항거하는 것을 보고 남몰래 노란 탄피를 병태에게 준다. 하지만 병태의 좌절과 그 후 석대의 권력에 안주하고 마는 병태에게서 영팔은 이전에 주었던 탄피를 되돌려 받으려고 한다. 여기에서 영팔이 병태에게 주었다가 다시 받으려하는 탄피는 어떠한 의미를 지니고 있는가.

탄피는 목표물을 향해 발사된 탄두의 흔적이다. 온전한 하나의 탄알로 남아있는 것이 아니라 추진되었음을 의미한다. 그렇기 때문에 탄피는 석대가 가진 권력의 부조리함에 저항하고 있는 병태의 흔적의 상징으로 볼 수 있다. 즉 영팔이 병태에게 탄피를 주고 또 되돌려 받는 행위는 병태의 저항에 대한 격려와 변절에 대한 질책을 의미하는 것이다.

이와 함께 석대의 권력이 무너지고 난 후 석대에 대한 비리를 급우들이 하나하나 이야기하는 과정에서 보이고 있는 영팔의 자세도 시사하는 점이 있다. 급우들이 석대의 비리를 주저 없이 이야기하는 것을 지켜보던 영팔은 갑자기 울음을 터뜨리면서 "니네들도 나빠!"라고 외친다. 석대의 권력이 무너지기 전까지 석대 곁에 붙어 수많은 나쁜 짓을 그의 명령에 따라 수행해 왔던 급우들의 이 같은 변절을 영팔을 통해 질책하고 있는 것이다.

둘째, 탄피와 함께 자유의 여신상이 박힌 1달러 짜리 은전의 상징도 각색 과정에서 매우 중요한 상징으로 작용한다. 은전은 병태가 서울을 떠날 때 선물 받았던 것인데, 병태는 그것을 석대의 권력 속에 안주하면서 굴종의 단맛을 알게된 후로 불 속에 던져버린다. 여기에서 1달러 짜리 은전은 서구의 합리성을, 그곳에 박혀있는 자유의 여신상은 말 그대로 자유를 의미하는 것으로 볼 수 있다. 즉 '합리와 자유'의 혼란스러움으로 석대에게 저항했던 병태가 이제 '합리와 자유'를 버리고 전적으로 석대의 그늘 밑으로 들어가는 것을 상징하고 있는 것이다.

셋째, 씬1의 의미이다. 씬1은 ①의 내용을 설명하는 것으로 설정되어 있다. ①을 번역해 보면 다음과 같다.

세계의 역사를 통해 볼 때 자유가 위협받고 있던 시기에 대부분의 세대는 자유
를 지키지 못하고 빼앗겨 왔다.

즉 이 씬을 첨가함으로써 엄석대와 자유를 대비시키고 있다. 이것은 병태
의 삶이 석대라는 인물에 의해 훼손되었는지 그리고 지금까지도 자유가 석대
(와 같은 인물)에 의해 속박되고 있는지를 확인하려는 각색자의 의도로 짐작
된다. 특히 씬1과 씬143은 원작에 없는 부분을 새롭게 삽입한 것인데, 이 두
씬이야말로 각색자가 전달하려는 의도를 함축적으로 담고 있는 부분이다.

결국 <우리들의 일그러진 영웅>의 시나리오는 원작에서 문제삼았던 권력
과 집단의 속성을 '합리와 자유'의 문제와 결부시켜 보다 구체적으로 상징
화시키고 있다.

4. 우리들의 새로운 영웅을 기다림

시나리오를 바탕으로 박종원 감독에 의해 영화화된 <우리들의 일그러진
영웅>의 시간적 배경은 현재(1990년대의 어느 해)와 과거(1959년에서 1960
년)이며 공간적 배경은 서울(대학입시학원)과 시골의 작은 읍(운천초등학
교)이다.

영화는 한병태(태민영 역)가 초등학교 시절 담임 선생님이었던 최선생님
(신구 역)의 부음 소식을 전해 듣고 시골로 향하는 것으로 시작된다. 영화에
서 현재의 시점에서 병태의 귀향을 회고로 바꾸는 것은 기차이다. 시골로 가
는 기차 안에서 병태는 초등학교 시절의 엄석대(홍경인 역)를 회상하게 된
다. 상가집을 방문하기 위해 시골로 가는 기차는 병태(어른인 병태는 나레
이터의 역할을 한다)[10]의 경우 회귀의 열차이면서 동시에 과거의 그를 상기
시켜 주는 회고의 열차이다. 기차가 터널을 지나가면서 타이틀 백Title back

---

10) 앞서 언급한 나레이션 중에서 ③⑤⑧⑪은 영화화되면서 나레이션이 아닌 장면으로 처
리되었다.

이 되고 병태는 12살 초등학생인 한병태(고정일 역)로 바뀐다.

영화는 원작과 많은 부분을 공유하고 있는데, 그 중에서도 병태가 겪는 수난이나 갈등은 거의 원작과 일치하고 있다. 또한 원작과 달리 시나리오에서 새롭게 각색한 첫 장면과 김영팔이라는 인물의 설정은 영화에서 역시 매우 흥미롭게 그려지고 있다. 특히 김영팔이라는 인물을 약간 모자라는 듯한 아이로 설정함으로써 시나리오 상에서의 비중 있는 역할에 다소 못미치는 캐릭터로 그려졌지만, 그렇기 때문에 오히려 김영팔이 이야기하는 내용의 전달이 명확해지는 이점을 가지기도 한다. 또한 달려오는 기차를 바라보며 누가 더 오래 철로에 누워있는지를 판가름하는 담력싸움이나 여선생님 화장실 엿보기 그리고 교실에 불지르기 등의 삽화를 추가함으로써 영화를 보는 재미까지 곁들이고 있다.

그런데 원작이나 시나리오와는 달리 영화에서 기차는 상당히 중요한 의미를 갖고 있다. 병태는 석대의 엄청난 힘과 그가 가진 무서움을 바로 기차와 관련된 사건에서 확인한다. 곧 인근 중학생들과 철로에서 벌이는 담력싸움이 그것이다. 또한 병태에게 있어서 기차는 그가 처한 현실에 대한 도피의 상징이기도 하다. 원작에서는 드러나고 있지 않지만, 영화에서는 역사(驛舍)에서 서울로 떠나는 기차를 바라보는 병태를 보여주고 있다. 병태는 기차만 타면 예전에 생활했던 서울로 되돌아갈 수 있을 것이라는 생각을 가지고 있는 것이다. 하지만 병태는 역사 밖에서 떠나는 기차를 바라볼 뿐 다른 어떠한 행동도 하지 못한다. 반면에 병태와는 달리 석대는 달려오는 기차를 향해 정면으로 도전한다. 자신의 위치를 지키기 위해서 생명의 위협까지도 감수하는 석대를 소극적인 병태의 이미지와 대비해서 드러내고 있는데, 이러한 장면 처리는 문자매체를 통해서는 전달할 수 없는 이미지를 보다 효과적으로 전달하고 있다.

한편 엄석대가 존재하는 시골은 서울에서 344킬로미터나 떨어져 있는 외딴 곳이다. 이곳은 그 자체의 의미로 성립되는 것이 아니라 서울과의 대립을 통해 드러나는 공간이다. 영화에서 병태가 '서울 344킬로미터'라고 적힌 푯말을 보는 장면이 있는데 이것은 병태가 지향하는 곳이 서울임을 한눈에 알수 있게 한다. 하지만 역사에서 서울로 가는 사람들의 뒷모습을 선망 어린눈으로 뒤쫓고 있을 때, 플랫포옴으로 나가는 문은 매정하게 그의 눈앞에서닫혀진다. 그렇게 차단되는 서울이란 공간은 아득하고 형체 없는 기억이 되었음을 의미한다. 병태에게 있어서 서울이란 이제 다만 추억의 공간일 뿐이다. 영화에서 병태가 회상하는 서울은 그가 학교를 떠나올 때 자신이 받은 1달러 짜리 은전과 자신을 전송하는 선생님과 아이들이 손을 흔드는 모습뿐인데, 그들은 한결같이 무표정한 모습으로 병태를 떠나보내고 있다. 곧 병태의 그러한 추억은 생명력을 상실한 것으로 드러나고 있다. 특히 영화에서는1달러 짜리 은전에 새겨진 '자유Liberty'라는 단어를 클로즈업함으로써 병태가 염원하고 있는 것이 무엇인가를 직접적으로 알 수 있게 해준다. 하지만이 은전은 병태가 석대에게 투항하여 권력의 단맛을 누리게 될 때를 당하여모닥불에 던져지고 만다. 최후까지 간직했던 자유와 서울의 기억을 전적으로 포기하였다는 사실을 보여주는 이러한 장면을 통해서 병태는 비로소 석대의 세계─부정과 폭력의 세계─속에 새로운 일원으로 참여하게 되는 것이다.

우리는 여기에서 원작에서 보여주지 못하는 상징을 하나 더 발견할 수 있다. 그것은 바로 병태의 머리모양이다. 이 부분의 씬은 다음과 같다.

　　(시원하게 쳐올린 하얀 머리와 책보, 그리고 검은 고무신. 병태의 변모한 모습
　이 보여진다. 지나는 여느 아이들과 동화된 모습.)(시나리오, p.357)

영화에서 5학년 2반 아이들은 모두 '빡빡머리'로 등장한다. 하지만 석대만은 '상고머리'를 하고 있는데, 처음 병태가 전학왔을 때는 그 역시 상고머리였다. 그런데 석대에 대한 저항력을 상실하고 석대의 권력에 편입하고자

하는 결정을 내린 후의 병태의 머리는 반 아이들과 같은 빡빡머리로 등장하는 것이다. 국면의 전환을 하나의 씬만으로도 보여줄 수 있다는 점은 바로 영상매체가 가지는 효과이자 장점일 것이다.

그런데 영화에서 가장 의문스러운 캐릭터가 김정원 선생(최민식 역)이다. 그는 병태의 학교로 부임한 이후 그가 보여주는 언행을 통해 새로운 시대를 예고하는 인물로 묘사되고 있다. 이 장면에서 카메라의 앵글은 미디엄샷으로 푸른 하늘과 한쪽 구석에 펄럭이는 태극기와 함께 김선생님을 아래에서 위로 향하게 담고 있다. 바로 이전 장면에서 학생들의 시위와 정·부통령 선거를 다시 하라는 플랭카드를 보여준 것과 대비해 볼 때, 4·19혁명 세력이라는 의미와 더불어 새로운 시대를 함축해서 담은 의도적 장면으로 여겨진다. 그런데 영화의 나레이터는 김선생님의 등장 부분에서 "그리하여 저 화려한 역사책의 한 페이지에서와는 달리 우리 반의 혁명은 갑작스럽고 약간은 엉뚱하게 시작되었다"고 말한다. 영화에서 엄석대의 파국은 아래로부터 이루어진 것이 아니라 특정 부류 곧 김선생님에 의해서 급속도로 이루어졌다. 그렇기 때문에 우리 반의 '혁명'은 진지한 성찰을 통해 모든 민중들의 염원으로 실현된 것이 아닌 다소 '엉뚱하게' 시작되었다고 한 것이다. 특히 그가 엄석대를 비롯한 여러 학생들을 구타하는 장면은 불의의 권력을 제거하기 위해 폭력을 동반하는 또 다른 권력에 불과하다는 것을 보여줌으로서 모순의 상황을 연출하고 있다.

또한 상가집에서 병태와 그의 동기들이 석대를 회고하는 장면에서는 그가 사는 세계가 그 옛날 석대의 세계만큼이나 부정과 비리로 가득찬 세계라는 것을 확인시켜 준다. 이와 더불어 농사꾼이 된 영팔, 택시를 운전하는 체육부장, 땅값이 크게 올라 졸부가 된 한만수 등과의 대화 장면을 통해 사람들은 자유로부터 도피해가고 있지만, 그러한 도피 속에서도 새롭고 강력한 권력자를 기다리고 있다는 사실을 보여주고 있다. 영화에서 체육부장이 "이럴 때는 그저 석대 같은 놈이 나와 확 휘어잡아야 하는 건데"라고 한 말은 바로 그러한 의미가 내포되어 있음을 보여주는 것에 다름 아니다. 이 자리에서 병태는 자신의 실패에 대한 원인을 엄석대의 건재함에서 비롯된 것임을 규명하면서 무기력하게 살아 온 자신을 변명하고 싶어한다. 상가집에서조차 석대의 존재는 급우들에게 잊혀지지 않고 살아있는 것이다.

영화에서 엄석대는 끝내 나타나지 않는다. 그런데도 석대는 예전과 다르지 않게 화려한 모습으로 그들에게 존재한다. 그의 급우들이 그런 심정이 되어있듯이, 엄석대는 자신을 알고있는 인간들로 하여금 기대 반 두려움 반으로 떨게 하면서 그렇게 위력적으로 이 세계에 충만해 있는 것이다. 따라서 "내가 사는 오늘도 여전히 그때 5학년 2반 같고 그렇다면 그는 어디선가 또 다른 급장의 모습으로 5학년 2반을 주무르고 있을 게다"라고 읊조리는 병태의 말은 자신의 실패를 합리화하고 있는 것에 불과하다.

> "엄석대! 그는 끝내 오지 않았다. 한 다발의 꽃으로는 그의 성공과 실패를 짐작할 수 없었다. 그러나 내가 사는 오늘도 여전히 그때 5학년 2반 같고 그렇다면 그는 어디선가 또다른 급장의 모습으로 5학년 2반을 주무르고 있을 게다. 오늘 그를 만나지 못했지만 앞으로도 그의 그늘에서 벗어날 수 있을지 솔직히 확신할 수 없다."

결국 영화에서 '우리들의 영웅'은 '일그러진' 것이 아니라 여전히 건재하며 우리들의 1990년대를 주눅들게 하고 있음을 강조하고 있다. 그리고는 최선생님의 빈소로 두 개의 화환이 도착했을 때, 이 세계가 불의의 세계임을 확인하고 싶어하는 사람들에게 엄석대라는 이름을 빌어 '근조'의 뜻을 전하면서 병태의 나레이션으로 영화는 끝맺고 있다.

5. 맺음말

우리는 지금까지 한 텍스트가 소설에서 시나리오로 바뀌고 다시 영화로

제작되어 궁극적으로 대중에게 소비되는 과정을 추적하여 그 의미와 효과를 밝히는 것이 영상문학 연구의 핵심[11]이라고 보고, 이문열의 「우리들의 일그러진 영웅」과 이것을 바탕으로 각색한 시나리오 그리고 영화화된 <우리들의 일그러진 영웅>을 대상으로 이들의 변형구조를 살펴보았다. 바로 권력은 전제적이고 탐욕과 이기라는 개인의 욕망을 바탕에 두고 있으며 체제가 변할지라도 권력의 논리는 건재한다는 작가의 권력에 대한 해석의 결과물로 파악된다. 대체적으로 원작에 충실해서 시나리오로 각색되고 그것이 영화화되었지만, 가장 두드러진 변형은 소설에서 의도하는 "합리와 자유"가 시나리오에서는 "정직과 진실"로, 다시 영화에서는 "진실과 자유"로 변형되었다는 점이다. 즉, 권력과 집단의 속성을 합리와 자유를 통해 보여주고자 한 소설이 각색되는 과정에서도 큰 차이 없이 원작에 충실하려고 애쓴 반면, 영화에서는 절대적인 권력이 오늘날까지 지속적인 영향력을 행사하며 새로운 우리들의 영웅을 기다린다는 다소 변형된 의미로 드러났다. 특히 권력을 바라보는 관점이 각 장르별로 변모되고 있다는 사실은 자못 흥미롭다. 이것은 각 장르가 가지고 있는 상상력을 확장시켜 나아가는 가능성들을 열어 놓은 것으로 이해될 것이다.

소설을 바탕으로 해서 영화화하는 작업은 어느 장르에서든 작품성이 중요하겠지만, 원작은 그것을 재분석하는 영화 연출자에게 텍스트로 제공되는 데서 그 임무를 마치는 것이라는 생각이 든다. 원작의 주제를 해석하고, 이를 영상화하는 그 다음의 작업은 이미 원작과는 무관한 것이다. 따라서 소설은 소설로서, 영화는 영화로서 그 가치가 평가되는 것인 만큼 다매체 시대의 오늘날 이들 각 장르가 서로 경쟁하거나 종속되기보다는 상호보족적인 관계를 유지하면서 새로운 장을 개척해 나가는 자세를 견지할 필요성이 제기된다. (새미)

---

11) 민병기 외, 『한국의 영상문학』, 문예마당, 1998. p.24.

임화 문학론 비판
— 이식문학론 극복을 위하여

정홍섭*

1. '임화의 논리'의 문제성

우리 근대문학사 속에서 임화만큼 문제적인 인물은 많지 않다. 시인이자 영화배우의 이미지로, 카프와 조선문학가동맹이라는 문예운동단체의 이론적 조직적 수장의 면모로, 또 월북과 비극적 죽음으로 이어지는 파노라마 같은 그의 삶의 편력 자체가 간단히 보아 넘길 수 없는 그 자신의 기질적 열정을 말해준다. 그러나 임화가 무엇보다도 문제적인 것은, 매우 척박한 환경 속에서 출발한 이 나라 근대문학의 본질에 대해 그가 시도한 이론적 규명의 내용 및 방식, 그리고 무엇보다도 그러한 '임화의 논리'가 오늘날에도 여전히 잃지 않고 있는 이론적 규정력·영향력 때문일 것이다.

임화가 끼치고 있는 이론적 규정력·영향력의 핵심이자 그의 한국근대문학(사)관의 요체로 평가되는 이른바 '이식문학론'에 대해 이런저런 층위에서의 찬반 양론이 줄곧 날카롭게 대립해 오고 있는 것이 오히려 그 규정력·영향력의 강도를 말해 준다. 찬반 양론 어느 쪽도 임화의 논리에 대한 치밀한 해석력을 지닌 채 상대방 논리의 합리적 핵심을 포괄하면서 '이식문학론'의

---

* 서울대 국문과 박사과정 수료. 주요 논문으로 「'닫혀있는 소우주', 그 환각의 의미─윤대녕의 작품들에 관하여」 등이 있음.

체계를 뛰어넘는 대안적 논리를 제시하지 못하는 것 같은데, 한국근대문학의 성격 및 본질을 규정하는 작업 속에 여전히 여러 난제가 가로 놓여 있음에 비춰 볼 때 이는 당연한 현상이라고 말할 수 있다. '이식문학론'의 문제의식이 한국근대문학 형성 과정 및 발전 전망에 있어서의 '식민성'과 '근대성'의 대립 또는 길항 관계라는 근본적인 지점에 놓여 있기 때문이다. '이식문학론'을 옹호─그것이 비판적 옹호가 됐건 무조건적 옹호가 됐건 간에─하는 쪽이건 그것에 철저하게 반대하는 쪽이건 간에 임화가 던진 문제의식의 틀과 지점들을 전체적 또는 부분적으로 공유하고 있다는 사실은 '이식문학론'의 문제성을 반증한다.[1]

그런데, '이식문학론'에 대한 찬반 양론 모두 '이식문학론' 자체의 논리 체계를 논의의 일차적인 준거로 삼고 있다는 사실에서 알아차려야 할 것은, 시시비비를 가리기 위해서는 무엇보다도 '이식문학론'을 낳은 임화의 논리 체계의 구조를 읽어내지 않으면 안 된다는 점이다. 이는 다시 말해 '이식문학론'의 문제성 또는 그 의미나 문제점이 '이식문학론'의 체계 속에서가 아닌 '임화의 논리'의 다른 어떤 지점에서 발견될 수 있다는 것이다. 이때 주목되는 임화의 문학론이 다름 아닌 1930년대 후반 그의 리얼리즘론 및 소설론이다. 1930년대 후반은 문학내외 환경의 질적 변화가 나타난 시기로서 문학 내적으로도 당대에 커다란 변화가 일어났는데, 임화는 그러한 변화를 가장 민감하게 받아들이고 거기에 반응한 이론가 중 한 사람이었다. 중요한 것은

---

1) '이식문학론' 속에 '식민지의 파행적 근대'에 대한 문제의식이 내장되어 있다 할 때, 그에 근본적으로 반하는 것으로 보이는 어떤 논리, 예컨대 '인간 운명 탐구로서의 문학'을 주장한 김동리의 논리가 설령 이른바 '몰근대' 또는 '초근대'를 지향하고 있다 해도 사정은 마찬가지일 것이다. 그것 역시 적어도 '근대'에 대한 어떤 문제의식을 공유하고 있다는 점 때문이다. 우리가 살아가는 이 시공간 전체가 정도의 차이는 있을지언정 근대 세계의 논리에 의해 규정당하고 있다 할 때, '몰근대' 또는 '초근대'라는 것이 존재할 수 있다면, 그 내용이 어찌 되었건 간에 그것은 '근대의 논리'에 대항하는 또다른 논리로서 주장되거나 이해될 수는 없을 것이다. 그것은 이미 근대의 논리의 영역을 실제로 벗어나거나 앞지른 것일 터이며, 그렇지 않다면 그것은 근대의 논리에 대한 이해에도 채 도달하지 못한 어떤 것일 것이다.

시대의 변화에 대응하면서 나타나는 임화의 사고의 변화야말로 질적이고 발본적인 것이었다는 점이다. 그런데 시대의 변화에 대한 임화의 이론적 반응에서 주목할 것이 미학에 관한 탐구[2]이며, 그것이 바로 리얼리즘론 및 소설론에서 집중적으로 이루어진다. 임화의 리얼리즘론 및 소설론에 대한 집중적인 탐구야말로 '이식문학론'이라는 논제에 좀더 효과적으로 접근할 수 있는 유력한 우회로가 될 수 있다는 단서가 바로 여기에 있다.

특히 이 글에서는 임화의 소설론에 주목한다. 임화의 리얼리즘론은 소설론과-당연하게도-매우 밀접한 연관 관계를 지니고 있으며 그의 문학관 및 (한국)근대문학관을 가장 밑바닥에서 규정하는 것이지만, 그의 리얼리즘론의 핵심인 '주체재건론'[3]에서 나타나듯 '주체의 재건'이라는 논제를 통해 '말하고자 하는 바와 글로써 보여주는 것'이 행복하게 일치하지 않고 있다. 서술되는 내용을 통해 진정으로, 실제로, 궁극적으로 말하고자 하는 바가 명

2) 채호석은, 구 카프 진영의 비평가들 사이에서 미학에 관한 탐구가 1936년 이후 시작되었다는 사실에 주목해야 한다고 말한다.
"미학에 대한 탐구는 상대적으로 정치의 '도구'로서 사유되었던 문화예술의 고유성에 대한 인식의 증대를 의미한다. 그러나 또 한편으로는 억압적 상황에서의 자신의 처신에 대한 일종의 '변호론'으로서도 작용한다."(『한국근대문학과 계몽의 서사』, 소명출판사, 1999, 329면)
채호석의 지적처럼, 미학에 대한 관심과 탐구가 한편으로 한때 정치적 이상을 추구했던 임화 등 사회주의 문학예술운동가들의 정치적 무기력에 대한 표현이자 그에 대한 변명의 방편이 되었음을 인정한다 하더라도, 문화예술이 한낱 정치의 도구가 아닐뿐더러 정치가 갖지 못한 힘을 가질 수도 있음을 깨닫게 되었다는 점은 대단히 중요한 의미를 갖는다. 그러한 깨달음이 비록 문학 내외의 악조건에 의해 떠밀리듯 이루어졌다 해도 말이다.
3) 신두원, 「임화의 현실주의론 연구」, 서울대 석사학위논문, 1991, 43면.
4) 본론에서 구체적인 해석이 이루어지게 되겠지만, 우선 여기에서는 미리, 주체재건론을 핵심으로 하는 임화의 리얼리즘론이 결국은 세계관론 또는 이데올로기론으로 환원되고 있어서 구체적인 방법론을 결여한 것이며, 이때의 세계관 또는 이데올로기 또한 주체재건론 이전에 그가 주장한 '낭만적 정신'—이를 자기비판한 후 주창한 것이 바로 주체재건론임에도 불구하고—의 연장선상에 놓이는 것이라는 점을 말해 둔다.
이와 유사한 맥락의 검토 속에서 채호석은, 임화가 말하는 '주체' 개념의 분열성에 대해 분석하고 있다. 앞의 책, 342~354면.

료하게 나타나지 않는 것이다.[4] 물론 예컨대 "임화가 자신이 사용하는 (주체—인용자)개념을 명확하게 규정하고 있지" 않고 그것이 "그의 비평을 생산적으로"[5] 만드는 점을 인정할 수 있다 할지라도, 거꾸로 그런 점 때문에, 한국근대문학사를 '이식문학의 역사'로 규정하기에 이르는 임화의 문제의식의 본질 또는 정체를 밝히는 데 있어서 '주체재건론'은 명료한 단서를 주지 못한다. 그러나 임화의 소설론은 그렇지가 않다. 임화의 리얼리즘론은 개념 규정상의 불투명성과 높은 추상 수준이 '말하고자 하는 바'를 모호하게 하는 반면, 임화의 소설론은 구체적인 소설 작품에 대한 이론적 평가를 통해 리얼리즘론이 지닌 모호성의 정체를 드러내 보여 줄 뿐만 아니라 더 나아가 '이식문학론'의 실천적 의미에 접근할 단초를 마련해 줄 것이다.

따라서 이 글에서 집중할 작업은 임화의 리얼리즘론이 지닌 모호성과 추상성을 먼저 규명하고 나서, 임화가 소설론을 통해 자신의 리얼리즘론이 지녔던 모호성과 추상성을 어떤 방식으로 탈피하고자 했는지를 살펴 임화의 소설(문학)관과 한국근대문학(사)관을 밝히는 일이 될 것이다.

2. '사상' 또는 세계관으로서의 리얼리즘 또는 방법 없는 리얼리즘론: 임화의 리얼리즘론

1930년대 후반에 이르러 임화의 사고에 질적 변화가 나타나고 있으며 그것이 리얼리즘론과 소설론에서 두드러진다는 데 주목한 바 있다. 그것이 다른 말로 '미학에 관한 탐구'라 표현되었다. 문학을 정치의 도구로 삼거나 문학(활동)에 대한 정치적·조직적 지도를 수행할 문예운동단체 카프가 해산된 마당에 '문학을 정치활동의 도구로 삼자'는 논리가 철회되거나 잠복하는 것은 어찌 보면 당연한 일이다. 그러나 이렇게 소극적인 관점에서 보더라도, 1930년대 후반 임화의 리얼리즘론에는 문학의 힘에 대해 새롭게 인식해 보

---

5) 채호석, 앞의 책, 342면과 343면.

고자 하는 중요한 변화가 담겨 있다. 임화가 볼 때 진정한 힘을 갖는 문학은 리얼리즘 문학일 뿐인데, 이 리얼리즘 문학(예술)은 사상 및 과학과 맞먹는 한편 (정치적)공식과는 무관한 것이다.

> 우리는 이론이란 것이 대뇌의 일부에만 아니라 나의 육체 나의 모세관의 세포까지를 충만시킬 **한 사람의 순화된 사상인**으로서의 자기를 갈망하고 있다.
>
> 여기서 처음 우리는 정서의 지향이 모순되고 사상이 周衣 속에 감춘 몽둥이처럼 붉어지는 공식의 문학이 아니라, **혼연한 사상으로서의 문학**을 창조할 진지한 모태로서의 자기를 형성하는 것이다.(중략)
>
> 유명한 「엥겔스」의 「발자크」론 가운데 적용된 분석 방법은 사적 이론의 일반 공식이 아니라 예술 실천의 이러한 구체성에서 출발한 것이라고 나는 생각한다.
>
> 그러므로 우리들이 자기 재건의 노선으로 고를 것은 예술적 실천 일반이 아니라 「리얼리즘」적 실천 그것이다.(중략)
>
> 「리얼리즘」의 승리! 그것은 사상에 대한 예술의 승리에 그치는 것이 아니라 **그릇된 사상에 대한 옳은 사상의 승리다.** 「리얼리즘」은 그릇된 생활 실천에 의하여 **주체화된 작가의 사상을 현실의 객관적 파악에 의한 과학적 사상을 가지고 충격**한 것이다.(중략)
>
> 우선 우리는 좋은 사상이 곧 훌륭한 예술이 아님은 누구보다도 잘 알고 있다. 공식적 문학이란 좋은 사상이 예술적으로 완성되지 않은 한 개의 대명사다. 그러면 **사상이 예술로 번역되는 관문은 무엇인가 하면, 그것은 현실**이다.[6](강조는 인용자)

두 가지 사항이 주목된다.

먼저 '공식적 문학'에 대한 배격이 그것이다. 그러나 문맥으로 보아 이때의 '공식'이 부정적인 뜻으로만 쓰인 것은 아니다. '좋은 사상'으로서의 '공식'이 '예술적으로 완성'되지 않았을 때가 문제인 것이다. 임화가 생각하는

---

6) 「주체의 재건과 문학의 세계—현존 작가와 문학의 새로운 진로」, 동아일보, 1937, 11.12
~14.

'공식적 문학'의 대체물은 '이론이 육화한 문학', '혼연한 사상으로서의 문학'이다. 이는 다음과 같은 의미를 지닌다. 과거의 카프 문학은 '공식의 문학'이기 때문에 잘못된 것일 뿐만 아니라, 그렇게 '공식'을 문학에 그대로 적용한 방식과 '주체'의 붕괴는 밀접한 관련을 갖는 것이며,[7] 따라서 '주체의 재건'을 위해서는 무엇보다도 '온몸으로 사상을 받아들인 문학인'이 되어야 한다는 것이다. 같은 인용문에서 임화는 또한 "주체의 재건이란 어떤 세계관을 **다시 한 번** 이론적으로 재인식하는 정도에 그치는 것은 아니"(강조는 인용자)라고 말하기도 하는데, 이를 통해 볼 때 그가 말하는 세계관이란 사회주의이론에 다름 아니며 또 '사상'이란 '육화된 사회주의이론'이라 말할 수 있을 것이다.[8] 따라서 **문학적 방법**이라는 측면에서 볼 때 여기까지의 논리는 리얼리즘론으로서의 의의를 전혀 갖지 못하는 것이다.

둘째, 그러나 임화는 사상과 동시에 리얼리즘의 의의에 대해서도 말하고 있다. 그는 좋은 사상이 곧 훌륭한 예술인 것은 아니라고 말한다. 그렇다면 '좋은 사상' 자체와도 다른 어떤 것이 임화가 생각하는 것이 리얼리즘인데, 임화는 그러한 리얼리즘의 힘이 '현실'을 통해 나온다고 말한다. 그러나 임

---

7) 임화가 카프 비평이론의 최고참 선배 박영희의 '전향'을 무척이나 고통스러운 사실로 받아들이고 있음이 이를 반증한다. '이식'은 됐으나 '육화' 되지 못한 이론이 어떤 고통을 낳는지를 임화는 말하고자 하는 것이 아닐까.

8) 위에 인용된 글을 쓸 때까지만 해도 임화가 사회주의 리얼리즘론을 포기하지 않고 있었으며 그것을 주체 재건의 방법으로 삼고 있다고 보는 글들은 다음과 같다.

신두원, 앞의 논문.

이훈, 「1930년대 임화의 문학론과 근대성」, 『민족문학과 근대성』, 민족문학사연구소 엮음, 문학과지성사, 1995.

특히 이훈은 임화의 문제의식의 변화 과정을 살피면서, 1933년부터 1937년까지는 프로 문학의 방법으로서 제출한 사회주의 리얼리즘론을 중심으로 문학을 논의하는 시기이고, 1938년부터 1930년대 말까지는 프로 문학의 실패를 인정하고 「본격소설론」(1938.5) 등을 통하여 그 원인을 탐구하고 대안을 제시하려고 했지만 점차 반영론의 관점에서 멀어지면서 파시즘 체제를 현실로서 수용하는 시기로 규정하는데, 필자는 이 입장에 동의한다. 이러한 시기 구분을 가능케 하는 분기점에 해당하는 글이 바로 「주체의 재건과 문학의 세계」이다.

화의 '현실' 론에서 발견되는 것은 일종의 순환 논법 또는 환원론일 뿐이다. 위 인용문 중 다음 부분을 다시 한 번 음미해 보자.

> 「리얼리즘」은 그릇된 생활 실천에 의하여 주체화된(주관화된—인용자) 작가
> 의 **사상을** 현실의 **객관적 파악**에 의한 과학적 **사상을 가지고** 충격한 것이다.(강
> 조는 인용자)

임화에게 여전히 문제가 되는 것은 '좋은(과학적) 사상' 일 뿐이다. 정작 임화가 주력해서 논의해야 할 한 축은 '객관적 파악' 이 **어떤 방법으로** 가능할 것인가일 텐데, 이와 관련하여 임화는 '리얼리즘의 승리' 론의 주창자인 엥겔스의 '전형론' 의 내용을 그것도 매우 소략하게 옮겨 놓고 있을 뿐이다.

> 요컨대 예술적 인물이 되는 것이다. 그러므로 모든 대문학이 전부 작가의 상상
> 을 통한 주관의 피조물임에 불구하고 예술이 된 것은 작가가 실존한 인간 생활에
> 서 출발하여 잡연한 세부를 정리하고 중요하고 중요치 않은 것을 나누어 실제 있
> 는 것보다 일층 정교한 전형으로 재현시켰기 때문에 예술이 된 것이다.[9]

이상의 논의를 통해 볼 때 적어도 「주체의 재건과 문학의 세계」라는 글을 쓸 당시까지 리얼리즘에 대한 임화의 관심은 그 방법적 측면보다는 사상 또는 세계관의 측면에 압도적으로 쏠려 있음을 알 수 있다. 그가 말하는 (좋은) 사상의 '올바름' 을 검증할 (리얼리즘의)방법은 오히려 역설적으로 무시되고 있다. 이런 이유로, 「주체의 재건과 문학의 세계」라는 글에서 임화가 '좋은 사상' 에 대립되는 당대의 '그릇된 사상' 의 두 경향으로 지목하고 있는 '주관주의' 와 '관조주의' 가운데 그 스스로가 실제로는 전자에 갇혀 있다는 판단에 이르게 된다. 이는 하나의 아이러니이다. 왜냐하면 「주체의 재건과 문학의 세

---

9) 임화, 앞의 글, 동아일보, 1937.11.14

계」 직전에 쓴 「사실주의의 재인식」(동아일보, 1937.10.8~14)이라는 글에서 임화 스스로 과거에 자신이 역설한 '낭만적 정신'의 주관주의를 비판한 바가 있기 때문이다. 그렇다면 이와 같은 임화의 '주관주의'가 갖는 실제적 의미는 무엇일까? 임화는 위 두 글에서 모두 '비평(이론)의 지도적 역할'을 역설하지만, 실제로는 그가 말하는 리얼리즘이 '지도'의 현실적 방법론을 결여한 상태에서 "여하한 악천후에도 위협되지 않는 확고한 자기 주체"[10]를 가지는 것은 **낭만주의적 영웅**이 아니고서는 불가능한 일이다. 전형적인 낭만주의적 원망(願望)이 아닐 수 없다.[11] 그렇다면 왜 임화는 이렇게 낭만주의적 사고를 고수하는 것일까? 「주체의 재건과 문학의 세계」에서의 임화는 자신이 낭만주의의 주관주의를 벗어나 있을 뿐만 아니라 자신의 논리 속에 내장된 '낭만적 정신'이 '현실성'을 지닌 것이라고 생각하고 있다.

> 신창작이론(사회주의 리얼리즘론—인용자)은 본시 고정화한 주문은 아니었을 것이다. 그것은 다만 「어느 한 곳에」(소련에—인용자) 있어 그곳 **현실**을 반영하고 **권외 작가를 유도**하는 데 구체적일 뿐만 아니라, 「다른 한 곳」(조선—인용자)에 있어 작가들이 **현실**을 예술적으로 파악하여 붕괴된 주체를 재건해 나가는 데 더 한층 적절한 구체성을 갖지 않았는가?[12](강조는 인용자)

「주체의 재건과 문학의 세계」를 쓸 당시 임화에게 소련과 조선의 현실은 보편적 이론(또는 사상)을 추구—추구해야(?)—한다는 차원에서 동질적인 것이었으며, 따라서 이때 조선의 '현실'은 사회주의 사상 또는 사회주의 지향적 세계관을 통해서만 올바르게 파악되는 것이었다. 그런 의미에서 그 현

---

9) 임화, 앞의 글, 동아일보, 1937.11.14
10) 「주체의 재건과 문학의 세계」, 동아일보, 1937.11.12
11) 따라서 임화가 '낭만적 정신'론을 자기 비판한 「사실주의의 재인식」이라는 글 역시 낭만주의적 사고의 연장선상에 놓여 있다는 채호석의 분석 및 판단(앞의 책, 349~352면) 역시 타당한 것이라 생각한다.
12) 「주체의 재건과 문학의 세계」, 동아일보, 1937.11.16

실은 '정신화된 현실'이며 또 그 리얼리즘은 '정신으로서의 리얼리즘'[13]이라 할 수 있다.

그러나, 「주체의 재건과 문학의 세계」가 씌어진 지 불과 몇 달 후에 발표된 「현대문학의 정신적 기축─주체의 재건과 현실의 의의」(조선일보, 1938.3.23~27)라는 글은 똑같이 '주체의 재건'이라는 주제를 중심으로 리얼리즘의 문제를 다루고 있지만 '현실'을 바라보는 입장이 이전 글과는 상당한 차이를 보인다. 물론, 「현대문학의 정신적 기축」이라는 글에서도 임화는 19세기의 낡은 지성과 20세기의 새 지성─이는 곧 사회주의 사상일 터인데─을 대립시키면서 "새 지성의 체계 가운데로 제 의지를 충분히 일반화시키지 못한 것"[14]에 주체 붕괴의 근본적 원인이 있다는 맥락의 주장을 함으로써 '사상'의 확립에 의해 낭만주의의 주관주의적 편향이 극복될 수 있다고 본 이전 글의 생각을 반복하고 있기는 하다. 그러나 동시에 이 글에는 '현실관'에 있어서 주목할 만한 변화가 담겨 있다. 이 글의 마지막 결론 부분을 보자.

> 그러므로 나는 성격의 입장에서 현실을 전개하는 것이 아니라 **현실 가운데서 성격의 발전**을 논술한 「하크네스」에의 서한의 거대한 의의를 강조한 것이다.
> (중략)
> **현실은 주체의 성질을 분석하는 시금석이고 성격의 운명을 결정하는 객체다.**

---

13) 채호석, 앞의 책, 352면.
　　이런 맥락에서 채호석은 임화가 헤겔을 수용하고 있으며, 이는 곧 임화가 소련의 '속류 사회학주의'(프리체)수용 → 마르크스 엥겔스의 수용 → 헤겔의 수용이라는 발전 과정의 역과정을 밟았음을 의미한다고 지적한다.(앞의 책, 358~359면) 매우 흥미롭고도 타당한 지적이다.
　　그런데 이 사실은, 조선의 근대 현실 또는 조선의 근대 정신이 적어도 아직은 마르크스 엥겔스를 수용할 만큼 성숙해 있지 못해서 **헤겔을 배우는 데서 다시 정립**할 수밖에 없다는 임화의 사고 방식을 보여 주는 것은 아닐까? 나아가 이는 곧 사회주의(소련)의 현실과 식민지(조선)의 현실 사이에 일종의 **정신사적 단계**를 설정하고 있다는 점에서, 1930년대 후반에 이르러 형성된, 일종의 단계론적 근대주의자로서의 임화의 사고 체계를 보여 주고 있는 것은 아닐까?
14) 임화, 『문학의 논리』, 학예사, 1940, 111면.

현실과의 상관에서 주체가 시련된다는 것은 우리가 시험을 통하여 운명을 만들어 가는 과정이다.

현실은 절대로 갈등의 대상 이상이다. 우리는 현실과의 갈등에서 운명을 만들기 위하여 문학하는 것이다. 그러므로 우리는 이 속에서 일어나는 모든 것을 생의 표적으로 긍정한다.[15](강조는 인용자)

「주체의 재건과 문학의 세계」에서 '현실'은 '사상'이 인간 생활 가운데서 중요한 것과 중요치 않은 것을 분별하여 스스로 즉 '사상'을 드러낸 일종의 **결과물**로 인식되었기 때문에 '사상'—또는 세계관—이 '현실'을 압도하는 형국이었다. 그러나 「현대문학의 정신적 기축」에 와서 현실은 더 이상 단순히 그와 같은 '사상 또는 정신의 현현으로서의 현실'이 아니다. 인용문에서

---

15) 조선일보, 1938.3.27

16) 따라서 「현대 문학의 정신적 기축」을 포함하는 임화의 "주체재건론의 결정적인 문제점은 현실의 의의를 그토록 강조하였음에도 불구하고 그 현실이라는 것이 임화가 주체 재건을 모색하면서 전제한 대로 생활적인 실천이 불가능한 당대의 구체적인 현실이 아니라 주체의 능동적인 작용이 가능한 일반론적 현실이라는 데 있"으며 "그 결과로 역설적이게도 의도와는 달리 리얼리즘에서 멀어질 소지를 다분히 내포하고 있는 것"(이훈, 앞의 책, 417면)이라는 평가는 근본적인 수준에서는 타당하나 임화 리얼리즘론 전개 과정에 있어서의 변화의 맥을 짚는 데는 소홀한 점이 없지 않다.

17) 어떤 현실 묘사도 작가의 의식의 직·간접적 표현이라는 의미라면 '묘사로서의 의식'이라는 명제는 상식적인 사고 이상이 아닌 게 된다. 따라서 이 명제는 사상 또는 세계관의 압도적 역할을 강조한 임화가, 의식(사상 또는 세계관)이 묘사를 통해—또는 묘사된 의식이—'현실성'을 획득하게 된다는 주장을 하기 위해 만들어낸 것이라 할 수 있다. 임화 스스로 자신의 주장이 주관주의로 '오해'될 가능성을 감지하고 있었던 것이다.

18) 앞에서 본 이훈의 평가와는 정반대로, 이현식은 필자가 인용한 부분과 똑같은 부분을 인용하면서 임화의 실천론과 리얼리즘론에는 주체에 대한 객관 현실의 규정력이 지나치게 강조되어 있다고 비판한다.(「1930년대 후반 한국 문예비평이론 연구」, 연세대 박사학위논문, 1995, 129~130면)

그러나 앞서 분석한 바와 같이 「사실주의의 재인식」 및 「주체의 재건과 문학의 세계」와 「현대문학의 정신적 기축」 사이에는 사상 또는 세계관과 현실을 보는 관점상의 작지 않은 차이가 있다. 중요한 것은 이런 차이가 임화의 사고 및 논리상의 혼란과 관련이 있다는 점이다. 위 양자의 글들의 차이를 정밀하게 읽어 내는 것은 임화의 리얼리즘론과 소설론의 관련 양상을 살피는 데에도 중요한 도움을 준다.

보듯 여기서 현실은 주체 또는 주체의 사상과 무매개적으로 동일시되는ㅡ이 때 사상은 주관과 다를 바 없을 터인데ㅡ것이 아니라 "주체의 성질을 분석하는 시금석이자" 주체와 "갈등"하는 것이라는 점에서 '객관성'을 지닌다.[16] 이런 의미에서 이때 현실은 「사실주의의 재인식」에서 언급된 '(현실)묘사로서의 의식'이라는 주관성[17]과 엄격히 구분되는 범주가 된다.[18]

이상의 논의에서 밝혀졌듯이 임화의 리얼리즘론은 애초에, 1930년대 후반에 이르러 문학내외의 환경 변화로 인해 붕괴된 '주체' 또는 붕괴된 '사상'을 다시 추스리고자 하는 데 집중된 논의였으나, 이후 '주체' 또는 '사상'과 구별되는 '현실' 개념을 사고하는 쪽으로 변모하게 된다. 그러나 이 상태에서 임화의 리얼리즘론은 아직 체계를 갖춘 미학이 되지 못하는 것은 물론, 방법으로서의 리얼리즘을 구성하는 기본 개념으로서 '현실', '전형', '성격' 등이 앙상한 형태로 언급되는 데 그치고 있다. 리얼리즘론은 오히려 그의 소설론을 통해 본격화된다. 그러나 더욱 중요한 것은, 리얼리즘론에서 '주체의 재건'을 모토로 그가 '사상'과 세계관의 의의를 그다지도 역설했던 의미가 소설론을 통해 더욱 분명한 모습으로 드러난다는 점이다.

3. 사회주의 '사상'에서 서구중심주의 또는 근대주의적 '문학사상'으로: 임화의 소설론

1930년대 후반 임화의 소설론을 구성하는 글 가운데 가장 중요한 것들로 「세태소설론」(동아일보, 1938.4.1~6), 「최근 조선소설계 전망」('본격소설론')(조선일보, 1938.5.24~28), 「속문학의 대두와 예술문학의 비극ㅡ통속소설론에 대하여」('통속소설론')(동아일보, 1938.11.12~17)[19] 등을 들 수 있다. 이 세 편의 글 가운데에서도 임화의 궁극적 주장을 가장 분명하게 보여

---

19) 이하에서는 「최근 소설계 전망」과 「속문학의 대두와 예술문학의 비극」을 편의상, 그리고 『문학의 논리』에서 임화가 개제한 대로 「본격소설론」과 「통속소설론」으로 표기하도록 한다.

주는 것이 「본격소설론」인데, 「세태소설론」에 대한 집중적이고도 세밀한 분석을 통해 '본격소설론'의 의미가 자연스럽게 드러날 것이다. 「본격소설론」이 주장이라면, 「세태소설론」은 그 근거다.

「현대문학의 정신적 기축」에서 나타난 바 (당대) '현실'에 대한 변화된 문제 의식은 당대의 몇몇 주요 문제작들을 분석, 평가하고 있는 「세태소설론」을 통해 진전된다.[20]

「세태소설론」에서 임화가 분석하거나 언급하는 작품들은 『천변풍경』, 「소설가 구보씨의 일일」, 『탁류』, 『태평천하』, 「소년행」, 「제퇴선」, 『신개지』, 『임꺽정』, 「남생이」, 그리고 김유정의 소설 등인데, 그는 이 작품들이 모두 전대의 작품들과는 달리 '사상성의 감퇴'[21]를 특징으로 한다고 규정한다. 소설 작품이 '사상'을 담기 위해서는―이것이 바로 임화가 생각하는 바 소설이 나아가야 할 길이다―작품 내적으로 볼 때 '성격과 환경이 조화'를 이루어야만 하는데, 당대 소설은 이 조화가 깨진 것이 근본 문제라는 것이 「세태소설론」의 요점이다. 도대체 '성격과 환경이 조화'된다는 것은 무엇을 의미하는가 하는 의문이 생김과 더불어, '사상'과 '현실' 간의 관계의 문제가 '성격'과 '환경' 간의 관계의 문제로 치환되어 제시된다는 점이 주목된다.

임화는 '성격'과 '환경' 사이의 분열이란 "작가가 주장하려는 바를 표현하려면 묘사되는 세계가 그것과 부합되지 않고, 묘사되는 세계를 충실하게 살리려면 작가의 생각이 그것과 일치할 수 없는 상태"를 말한다고 설명하면서 이는 "우리의 사는 시대의 이상과 현실이 너무나 큰 거리로 떨어져 있는 현실 자체의 분열상의 반영"[22]때문이라고 주장한다. 그런데 이 말이, '성격과 환경 간의 분열'이 '사상'의 정립에 의해 극복될 수 있다는 주장을 또다시

---

20) 「세태소설론」(동아일보, 1938.4.1~6)이 「현대문학의 정신적 기축」(조선일보, 1938.3.23 ~27)이 발표된 지 불과 며칠 후부터 연재되기 시작했다는 점도 눈여겨보아야 할 것이다.
21) 동아일보, 1938.4.1
22) 동아일보, 1938.4.2

반복하는 것이라면 예의 리얼리즘론이 지닌 '사상 환원론적' 순환 논법의 추상성을 벗어나지 못하게 된다. 임화가 말하고자 하는 바는 무엇일까? 「세태소설론」에서 임화가 '성격과 환경의 조화'론을 통해 과연 무엇을 말하고자 하는가 라는 궁금증은 그의 다른 글을 보면 풀리게 된다.

> 그러나 장편 『청춘기』는 암담한 혼돈 가운데 일조의 광명을 던지는 작품이다. 다행히 우리는 『청춘기』 속에 **인물과 환경의 모순이 조화될 새로운 맹아**를 발견하였다.
>
> 이 모순이 구제되지 않으면 설야는 참담한 예술적 파산에 직면하지 아니할 수 없었을 뿐만 아니라, **사상적 동요란 두려운 위기**를 체험하지 아니할 수가 없었을 것이다.(중략)
>
> 그러나 『청춘기』가 찾아낸 세계는 불행히도 일찍이 설야가 사랑하는 인물이 살아갈 그런 행복된 세계는 아니었다.(중략)
>
> 새로 발견된 세계에는 벌써 설야가 사랑하는 인물은 하나도 없었던 때문이다. 그는 새 인물에 적응한 새 세계를 찾은 것이 아니라, **뜻하지 않은 새 세계를 발견하면서 새 인물들과 해후한 것**이다.
>
> **그것은 우수와 암담과 희망 적은 세계였고, 그곳의 시민들은 무위와 피곤과 변설의 인간들이었다.**
>
> **이리하여 『청춘기』는 『황혼』보다도 성공하였고, 우리들이 사는 현대를 가장 넓은 폭에서 그린 아담한 작품이 되었다.**[23](강조는 인용자)

구체적인 작품 분석이 없어서 작품 평가의 온당함 여부를 따질 수 없는 글이지만, 주목할 대목은 『청춘기』가 『황혼』보다 성공한 작품이라는 평가의 논리적 기준이다. 『청춘기』는 '성격과 환경의 조화'를 이루고 있거나 또는 그 가능성을 보여 주고 있으며 『황혼』은 그렇지 못하다는 것이 그것인데, 중요한 것은 위 인용문의 마지막 대목에서 분명하게 드러나듯 임화가 당대의 '전

---

23) 「작가 한설야론—과도기에서 청춘기까지」, 동아일보, 1938.2.24

형적 상황'('환경')과 '전형적 성격'('성격')을, 각각 '우수와 암담과 희망
적은 세계'와 '무위와 피곤과 변설의 인간들'로 보고 있다는 점이다.(이것을
「세태소설론」의 논리에 대비시켜 보자면, 전자의 묘사에만 주력한 것이 '세
태소설'이며 후자의 묘사에만 주력한 것이 '내성소설'이 될 것이다.) 그렇다
면 그 '위기에서 구출해야 할' 것이자 위기의 현실을 구출해 줄 (임화의) '사
상'은 어디로 간 것일까? 임화는 「작가 한설야론」의 마지막 부분에서 한설야
가 '한 편의 장대한 서사시를 구상'해 줄 것을 은근히 기대하지만 이는 말 그
대로 작가에게 거는 한낱 기대일 뿐, 작품 창작에 있어서의 '사상' 또는 세계
관의 역할에 대해서 그는 언급하지 않는다. 따라서, "우리가 사는 시대의 이
상과 현실이 너무나 큰 거리로 떨어져"(「세태소설론」) 있다고 할 때의 그 '높
은 이상'에 대한 임화의 언급은 하나의 수사에 지나지 않는다. 「작가 한설야
론」에서 이미 임화는 '우수와 암담과 희망 적은 세계'와 '무위와 피곤과 변
설의 인간들'이라는 '현실'을 현실로서 '긍정'하고 있기 때문이다. [24]

「세태소설론」에서도, 임화는 한편으로 무기력한 세태 묘사에만 치중한
'세태소설'을 비판하지만 "좌우간 세태소설, 내지는 세태적인 문학의 성행
은 무력의 시대의 한 특색"[25]이라 결론지으면서 현실에 대해 무력한 '사상'

---

24) 임화의 이러한 정태적 현실관은 「세태소설론」과 「본격소설론」에서도 그대로 이어진다.
이와 같은 임화의 현실관에 비춰 볼 때, 「본격소설론」에 대해 언급하면서 임화가 "작가
의 세계관에 책임을 물어야 할 문제를 작품 내의 주인공의 문제로 떠넘겨버리고"(앞의
논문, 55면)만다는 신두원의 비판은 문제의 본질을 완전히 잘못 짚은 것이다. 누구보다
도 임화 스스로가 작가의 창작을 '지도'해 낼 만한 세계관을 상실한 형편이기 때문이다.
임화의 세계관이 무력화된 것은, 신두원의 말처럼 "그의 현실주의론 자체에서 규정된
세계관과 현실의 의미가 충분히 구체적이지 못했던 사실"(같은 면)과 관련이 있다. 그러
나 더욱 큰 문제는, 정치에서 문학으로 실천의 방법을 옮겨 온 마당에도, 자신이 지녀왔
던 세계관 또는 이론의 올바름 여부를 검증하고 나아가 그것이 "현실에 대한 구체적 분
석과 결합"(같은 면)하도록 해 주는 구체적인 문학 이론 또는 창작 방법에 대한 관심과
모색을 결여하고 있다는 점이다. 이 글에서 상론할 바는 아니지만, '고발문학론', '관찰
문학론', '풍속소설론', '가족사·연대기 소설론' 등을 제시하면서 문학적으로 끊임없이
'실천'을 모색했던 김남천은 그 성공이나 타당성 여부를 떠나 임화의 경우와 좋은 대조
를 이룬다.
25) 동아일보, 1938.4.6

의 문제를 회피해 버린다. 「세태소설론」에서 임화의 관심은 '사상'—또는 '사상'과 '현실'과의 관계—로부터 현실 묘사의 메카니즘이라는 소설 내적 형식의 문제로 이미 옮아 가 있으며, 이는 앞서 살핀 바 그의 **현실관의 변화**와 깊게 관련되어 있다. 현실에 의해 조선에 있어서의 기존 사회주의사상의 '현실성'이 회의되는 상황에서 이는 비난받을 일이 아니었는데, 오히려 당대의 문제적인 창작 성과들에 대한 분석을 통한 소설 창작방법론의 구체화에 의해 새로운 창조적 사상 또는 세계관의 모색이—즉 비평이론적 차원에서의 '리얼리즘의 승리'가—이루어질 수도 있었기 때문이다. 그러나 당대 소설들에 대한 「세태소설론」의 평가는 세태 묘사와 심리 묘사라는 지극히 교조적인 단순 도식에 입각해 있어서 각각의 작품들이 지닌 의미 있는 특색들을 오히려 무화시켜 버리고 만다.

이와 관련하여, 『임꺽정』을 세태소설로 규정하는 임화의 견해는 "당시에 연재중이던 화적편의 일부 내용을 대상으로 검토한 결과라 추측"되며 이는 "동시에 화적편에서 이루어진 중요한 예술적 성과들을 무시하고 있으며, 더욱이 사실주의적이고 민중적인 특성이 가장 잘 구현된 의형제편을 포함하여 이 작품의 전편에 해당되는 보편타당한 비판이라 하기는 어려울 것"[26]이라는 반비판이 있다. 작품의 일부 내용만을 읽고도[27] 역시 '세태소설'이라는 잣대를 들이댄 경우가 바로 『태평천하』에 대한 임화의 비판이다. 벽초 홍명희가 『임꺽정』을 통해 역사소설의 가능성을 열고자 했다면, 채만식은 누구나 알 듯이 『태평천하』로써 풍자라는 소설 양식의 발전 가능성을 열어 보이고 있지

---

26) 강영주, 『한국역사소설의 재인식』, 창작과비평사, 1991, 154면.

27) 『태평천하』가 『조광』에 1938년 1월에서 9월까지 9회에 걸쳐 연재되었고, 「세태소설론」이 같은 해 4월 1일에서 6일까지 쓰여졌음을 볼 때 「세태소설론」을 쓸 당시 임화는 『태평천하』의 3분의 1 정도의 분량밖에는 읽지 못했음을 알 수 있다.

28) 이런 맥락에서 한기형은, 초기 신소설에 나타난 풍자 정신이 일제 강점기하에서 위축, 소멸되었다가 『태평천하』에서 다시 우뚝 솟아나며 이는 한국 근대소설사에서 각별한 의미를 갖는다고 평가한다.
「신소설과 풍자의 문제—만인산』을 중심으로」, 『민족문학과 근대성』 참조.

만[28] 임화는 이에 대해 전혀 관심을 보이지 않는다. 그의 소설론 속에는 오직 '성격과 환경의 조화론'이라는 앙상한 도식이 자리잡고 있을 뿐이다.

필자와 다른 판단을 내리고 있는 경우도 있는데 그것은 임화의 루카치 소설론 수용[29]에 대한 평가를 근거로 한다. 즉 임화가 "19세기 자연주의 소설의 특성인 **묘사를 부정적으로만 평가하는 루카치**와는 달리 세태 소설의 세태 묘사에 대한 평가를 조선 문학사의 특수성에 대한 고려 속에서……전개"[30](강조는 인용자)하고 있다거나 "묘사가 지닌 기본적인 의의를 인정한 것은 **루카치에 비해 훨씬 유연하게 소설의 창작방법을 사고**한 것"[31](강조는 인용자)이라는 평가가 그것들이다. 그러나 이와 같은 평가의 관점으로는, 임화가 루카치와는 달리 리얼리즘론의 내용을 구체화하고 풍부하게 해 주는—바로 '풍자문학론'과 같은—소설 양식론 또는 창작방법론에 대해 관심을 전혀 기울이지 않은 데 대해 요령 있게 설명할 도리가 없다. 오히려 사정은 정반대여서, 루카치는 세계관(론)상에서 동요를 보인 임화와 달리 리얼리즘에 있어서의 작가의 세계관을 일관되게 중시하는 입장을 취하면서도, 동시에 매우 구체적이고도 심도 있는 소설 창작방법론을 개진하면서 그것과 세계관론을 결합시킨다. 그 대표적인 글이 1932년에 발표된 「풍자의 문제(Zur Frage der Satire)」이다. 루카치는 이 글의 첫머리에서 "독일에서 풍자는 시민 문학이론의 의붓자식이었다"[32]고 지적하면서 이는 무엇보다 헤겔 및 헤겔주의자들이 "상승하려는 시민계급의 혁명적 풍자를 예술의 영역에서 삭제해"[33]버렸기 때문이라고 진단한다. 그는 이어서 풍자의 특수성을 다음과 같이 규정한다.

---

29) 임화가 루카치의 「부르조아 서사시로서의 장편소설」의 문제 의식을 수용한 것을 말한다.

30) 조현일, 「임화 소설론 연구」, 『한국문학과 모더니즘』, 한국현대문학연구회 편, 한양출판사, 1994, 248면.

31) 신두원, 「채만식 소설의 리얼리즘(1)」, 『한국문학과 리얼리즘』, 한국현대문학연구회 편, 한양출판사, 1995, 114면.

32) 게오르그 루카치, 『루카치 문학이론』, 김혜원 편역, 도서출판 세계, 1990, 41면.

33) 위의 책, 44면

인간의 사회적 삶에서의 현상과 본질의 변증법을 재현하는 것이 **모든** 문학의 한 특징이라고 한다면 풍자의 **특수성**은 어디에 있는가?

문제를 이렇게 설정하고 보면, 이상주의 미학의 규정이 내용적 의미에서만 추상적이었던 것이 아니라―바로 관념론이 갖는 추상성 때문에―형식의 측면에서 볼 때도 불완전하다는 것이 드러난다. 그러므로 우리가 풍자의 특수성을 파악하고자 한다면, '현상과 본질의 대조'라는 헤겔의 규정에 풍자라는 창작방법의 근저에 놓여 있는 것은 본질과 현상의 **직접적** 대조라는 것이 덧붙여져야 한다.[34] (강조는 루카치)

이러한 통찰은―임화의 논리 구조와는 달리―'전형적 상황에서의 전형적 인물'이라는 리얼리즘 명제를 교조적 규범의 갑갑한 틀로 받아들이지 않을 수 있도록 해 준다. 풍자 양식의 특수성이 '전형적인 것'과 '비전형적인 것'의 관계를 어떻게 형상화하는지를 설명하는 루카치의 다음 발언이 그것을 증명한다.

그 현실요소들간의 연결은 평균적인 것, 일상적·개연적인 것을 멀리 뛰어 넘을 뿐만 아니라(거의 모든 위대한 리얼리스트는 그렇게 한다), **전형적인 것까지도** 바로 다음의 사실을 통해, 즉 비전형적인 개별사실들과 내용적 진실 및 전체 구성의 정확성 사이의 대조 속에서 형상화된, 직접적인 동시에 모순에 가득 찬 본질과 현상의 일치를 통해 그 효과를 획득한다. 말하자면 모순에 찬 형식(풍자의 형식―인용자)이 그 모순의 내용적 정확성(풍자의 내용―인용자)으로 지양됨으로써 그러한 효과가 나타나는 것이다.[35] (강조는 루카치, 밑줄은 인용자)

그러나 더욱 중요한 것은, 루카치가 풍자와 같은 창작방법에 대해 관심을 기울인 이유이다. 「풍자의 문제」의 결론을 보자.

---

34) 위의 책, 50면.
35) 위의 책, 58면.

그것(프롤레타리아-혁명문학-인용자)에는 아직 무엇보다도 먼저, 프롤레타리아계급 속에 언제나 생생히 살아있는 자본주의사회에 대한 증오를 생동적·감각적으로 형상화할 수 있고 또 형상화할 세계관의 깊이와 대담성이 결여되어 있다.……풍자야말로 자신의 세계관을 지배하고 주관함에 있어서, **풍자를 쓰지 않고는 못 배기는 현실 파악**에 있어서, 가장 큰 자유, 탄력성, 가장 생동적인 창작 재능을 요구한다. **풍자는**—이 상론이 이 점을 보여주었기를 기대하거니와—**결코 하나의 (과거에 유의미했던—인용자) 문학 장르가 아니라 하나의 창작방법이다.……부패해 가는 자본주의의 객관적 현실은 매일, 매시간 풍자의 대상들을 대량으로 만들어내고 있다.** 이러한 사회에 대한 프롤레타리아계급, 노동자들의 점증하는 증오, 증폭되어 가는 분노와 경멸은 풍자의 주체적 조건들을 점점 더 강화시키고 있다. 오늘날에 가능한 위대한 풍자의 주체와 객체가 서로 만나는 것은 프롤레타리아-혁명 작가에게 달려 있다.[36](강조는 인용자)

루카치는 자본주의의 객관적 현실에 대한 "신성한 증오"[37]를 형상화할 방법으로서의 풍자에 관심을 둔 것이다. 그러나 더욱 중요한 것은 그가, 사회주의권 또는 소련 내외의 프롤레타리아-혁명작가들이 깊이 있는 세계관을 갖춤과 더불어 자본주의 현실의 질곡을 공격적으로 폭로할 풍자의 방법에 대해 인식해 줄 것을 요청하고 있다는 점이다. 요컨대 루카치는, 당대 프로 문학의 임무가 단지 '사회주의 사회(소련)의 현실'을 '반영'하는 데 있지 않다는 것을 말하고 있다.[38] 이와 같은 루카치의 문제 의식은 매우 일관된 것이었는데, 역시 1930년대에 발표된 「서사냐 묘사냐?」라는 매우 도발적이고도 얼핏 보아 이분법적 사고 방식을 보이는 듯한 논문에서 역시 그의 주장은 묘사를 버리고 서사만 하자는 데 있는 것이 아닐 뿐 아니라, 나아가 이 논문이 "19세기 자연주의 소설의 특성인 '묘사'를 부정적으로만 평가"[39]하는 것만도

36) 위의 책, 72~73면.
37) 위의 책, 64면.
38) 주12) 인용문에 나타나 있는 임화의 발상과 비교해 보라.
39) 주30) 인용문 참조.

아니다. 루카치가 이 논문을 쓴 진정한 이유는 당대 소련의 프롤레타리아 작가들 속에서 나타나고 있었던 자연주의적 경향의 본질적 폐해[40]를 경계하는 데 있었던 것이다.[41]

다시 임화로 돌아와 보자. 풍자문학을 대하는 루카치와 임화의 태도 차이를 통해 드러나듯 임화가 루카치에 비해 훨씬 유연하게 소설의 창작방법을 사고한 것은 전혀 아니었다. '성격과 환경의 조화론'이라는 사고 틀 속에는 풍자뿐만 아니라 ─뒤에 보겠지만, '본격소설' 이외의─ 다른 어떤 창작 방법에 대한 구체적인 모색도 들어올 자리가 없다.[42] 또한 임화가 조선문학사의 **특수성**에 대한 고려 속에서 '묘사'의 적극적 의미를 천착한 것도 아니었다. 그에겐 조선의 **현실**을 반영하는 방법이라는 차원에서 '묘사'가 의미 있었다기보다는, **문학(사)적 '후진성'**을 극복하기 위한 방편으로서 '묘사'가 의미 있는 것일 수 있었다.

　　단지 조선에 있어서 세태소설이 어딘지 청신하게 보이고 존재 이유가 있는 듯
　한 것은 **서구는 물론 동경문단의 전통과도 달라 조선소설사가 아직 묘사의 기술**

---

40) 이는 곧 일국사회주의 체제에 안주하면서 여타의 사회주의 지향적 국가들에 대한 패권을 유지하고자 했던 당대 스탈린 체제의 관료주의적 현실의 반영이다. 이런 점에서 루카치의 '자연주의 비판'은 절박한 현실성을 지닌 과제였다고 할 것이며, 그만큼 루카치는 현실과 현실 극복이라는 과제에 충실했다.

41) 앞선 조현일의 논문에서 언급하고 있는 「부르조아 서사시로서의 장편소설」과는 달리 「서사냐 묘사냐?」에는 이러한 문제 의식이 분명하게 나타나 있다. 한편, 이 글의 영역본은 본문이 축약되어 있고 '소련의 경우'를 다루는 제7장이 누락되어 있다는 점도 유념해야 할 것이다.

42) 이런 의미에서, 임화가 채만식의 『태평천하』 같은 풍자소설을 폄하하는 데 대해 정당한 비판을 가하면서도 그(폄하의) 원인이 '본격소설'과 **더불어 또 다른** 새로운 방법을 모색하지 않은 데 있다는 나병철의 진단은 문제의 본질을 빗나간 것이다. 「본격소설론」 및 「세태소설론」의 사고 구조 속에는 임화가 말하는 '본격소설'과 다른 어떤 '새로운 방법'에 대한 모색이 들어설 자리가 애초부터 없었기 때문이다. 더구나─이는 분명 나병철의 오독인데─「본격소설론」에서 임화는 『태평천하』에 대해 언급조차 하지 않는다. 나병철, 「임화의 리얼리즘론과 소설론」, 『1930년대 문학 연구』, 한국문학연구회 편, 평민사, 1993, 34～37면을 보라.

을 완성해 본 단계를 가지고 있지 못했기 때문인 것이다.……그러나 조선문학상
에 있어서 가장 정밀한 묘사가라는 상섭, 동인 등은 현대의 세태적 소설의 **묘사
기술**을 분명히 따를 수 없는 것이다. 이런 의미에서 세태소설에게 하나의 지위를
줄 수가 있고 묘사되는 현실의 가치를 중시함으로써 우리는 묘사기술의 성장을
기대할 수 있다.[43](강조는 인용자)

  임화에게 '묘사'가 관심의 영역으로 들어오는 것은, 그것이 조선의 '특수
한 현실'을 얼마나 효과적으로 다루고 있느냐의 차원에서가 아니라 묘사의
'기술' 습득이 소설발전사 속에서 일면 유의미하다는 의미에서이다. 이것조
차 조선문학사의 특수성에 대한 고려와 평가한다면, 그 고려란 것은 "서구소
설사를 하나의 전범으로 받아들임으로써 우리 소설이 이에 전적으로 준하는

---

43) 조선일보, 1938.4.6

44) 강영주, 앞의 논문, 19면.

45) 이런 사정에 비춰 볼 때, 시민사회가 근대 구현 및 극복의 동력이라는 독특한 시민사회
론을 가지고 자신의 시민사회론과 1930년대 후반의 임화 문학론을 동일시하는 하정일
의 논법은 다른 무엇보다도 임화 문학론의 전개 과정 및 사고 구조와 부합하지 않는다.
오히려, '말하려는 것과 그리려는 것의 일치'라는 명제 속에 담긴 임화의 사고가, 한편
으로는 근대적인 체험을 충실히 반영하는 것과 아울러 그것을 통해서 그 극복을 지향하
는 정신이 통일되어야 하는 것으로 파악한 것이라는 요지의, 신두원의 판단이 사실에 가
깝다.(하정일, 「1930년대 후반 문학비평의 변모와 근대성」, 『민족문학과 근대성』 및 같
은 책 속의 「토론: 민족문학과 근대성」의 신두원과 하정일의 토론 내용(472~479면) 참
조.) 임화는 예컨대 「휴머니즘 논쟁의 총결산─현대문학과 「휴머니티」의 문제」(조광,
1938.4)라는 글 속에서 몰역사적 휴머니즘과 현실주의적 휴머니티를 구별하면서 근대
(문학) 지향의 자세를 취함과 동시에 명시적으로 근대(문학)에 대해 비판적 거리를 두고
있기 때문이다. 그런데 이때 임화의 근대(문학) 비판은, "중세인이 개성의 고갈 때문에
울었다면 근대인은 정히 개성의 과잉 때문에 신음한 것"(『문학의 논리』, 학예사, 1940,
229면)이라는 규정에서 알 수 있듯이 근대 서구(문학)의 현실에 근거를 둔 것이다. 당대
식민지 조선의 일반 민중들도 과연 '개성의 과잉' 때문에 고통받고 있었을까? 임화 역시
그렇게 생각한 것 같지는 않다. 오히려 그는 20세기 서구(문학)에 나타난 '개성 과잉'의
고통을 조선(문학)은 겪지 않을 수도 또 않아야만 한다고 생각한다. 그러나 중요한 것은,
예의 '성격과 환경의 조화론'에 지펴 있던 임화는 '개성 과잉'이라는 질곡을 벗어나는
문학(소설)의 길을 오로지 '본격소설' 즉 19세기 서구 소설문학의 전통에서 찾고자 한
다는 점이다. 그만큼 '근대 극복' 문제에 있어서도 임화의 사고는 비현실적이며, 따라서
비실천적이다.

발달과정을 거쳐야 한다는 관념"⁴⁴⁾에 뿌리를 두고 있는 데 불과하다. 현실 극복의 문제를 문학적—또는 소설적—완성의 문제로 환원해 버리는 문제는 차치하고라도, 이는 서구중심주의적 단계론에 입각한 소설발달사관을 함축하는 발상이라는 점에서 대단히 중대한 문제점을 지니는데, 이러한 사고는 곧바로 「본격소설론」의 **근대주의적** 소설(문학) 발달사관으로 이어진다.⁴⁵⁾

　　그러나 **조선소설의 전통은 불충분하나마 의연히 본격소설에 있었다**고 아니할 수 없다.
　　그것은 **조선문학의 이식성**, 즉 **한 계단의 소설**을 내용으로나 구조로나 완성하기 전에 또 한 조류가 들어와서 교대하고 상쟁하여 일종의 혼류, 또는 병렬, 혹은 疊積의 상을 물하고 있었기 때문이라 할 수 있다.
　　결국 이때까지의 **조선소설이 고전적 의미의 소설, 소위 본격소설의 면모를 잃지 않았더라는 것**인데 물론 먼저도 언급한 것처럼 **그것은 완성된 전통적 성격으로서가 아니라 미완의 그러므로 완성에의 지향으로 표현된 것**이었다.
　　그것은 물론 **문학에(혹은 문화에) 있어 근대적인 것의 완성을 도모코자 하던 광범한 노력의 일 부면이었다**.⁴⁶⁾(강조는 인용자)

'세태소설'에 대한 임화의 비판의 목적이 결국 '본격소설'에의 지향에 있다는 것이 이로써 분명해진다. 임화가 말하는 '본격소설'이란, 이미 「세태소설론」에서 제시된 바 "묘사(환경의!)와 표현(자기의!)의 「하모니!」"⁴⁷⁾를 이룬 소설을 뜻하며, 이것이 바로 임화가 생각하는 '고전적 소설'이다. 의미심장한 것은 임화가 이와 같은 '본격소설'이 조선소설의 전통을 대표해 왔다고 주장한다는 점이다. 여기에는 예의 '사상론'이 또다시 개입되어 있다. 이때 '사상'은 '환경과 성격의 조화'라는 '고전적 소설'의 내적 형식을 담보하는 것으로서 규정된다. 따라서 임화의 문제 의식은 그 '사상'이 어떤 사상이

---

46) 「최근 소설계 전망(2)—소설 완성의 두 길」, 조선일보, 1938.5.25
47) 「본격소설론」, 조선일보, 1938.5.24

냐에 있지 않고 단지 그것이 있느냐 없느냐에 있을 뿐이다.

> 즉 **소설이란 「장르」의 양식상 견지**에서 볼 때 그것들(이광수 · 이기영 · 한설
> 야 · 이태준의 작품들—인용자)은 모두 고전적, 본격적인 의미의 소설형을 유지
> 하고 있다는 데서 말을 만들자면 형태상의 공통성이다.
> 　그러면 이 형태상의 공통성을 가능케 한 기초, 바꿔 말하면 그들의 문학 정식
> 가운데 무슨 근접될 요소가 있었는가를 생각지 아니할 수가 없다.(중략) 우선 주
> 의할 것은 그들 양조류(민족주의문학과 사회주의문학—인용자)가 다 **소설(물론
> 문학 전반의)의 근대적 전통이 수립되지 않은 조선 사회에서 제 문학을 세워가려
> 고 한 점**을 생각지 않을 수 없다.[48](강조는 인용자)

　임화의 주된 관심이 조선에 있어서의 '소설의 근대적 전통(의 완성)'에 있
음이 다시 한 번 확인된다. 왜 이것이 임화에게 문제시되는 것일까? 그것은
"진정으로 개성이기엔 다분히 봉건적인 신문학, 또한 개성적이기보다는 지
나치게 집단적인 경향문학은, 결국 조선에 소설 양식을 완성할 수 없었"[49]기
때문이다. 임화의 사고 방식이 문제시되는 것은, 앞서도 말한 바와 같이, 그
가 조선근대소설의 낮은 수준과 파행성을 문제삼고 있고 그것의 극복이—발
자크, 졸라 및 톨스토이, 디킨즈와 같은—19세기 서구 또는 유럽소설의 '고
전성'(즉 '성격과 환경의 조화')의 회복을 통해 이루어져야 한다고 생각[50]한
다는 데 놓여 있다. 또한 조선근대소설의 낮은 수준과 파행성이 이른바 '이
식성'에 기인한다는 사고에 문제성이 있다. 이러한 사고 방식 속에는 조선근
대소설이 **서구(또는 유럽)의 발전 경로와 같은** 근대소설의 '자주적인 발전
과정'을 밟지 못해 왔음에 대한 탄식이 녹아들어 있다.
　이와 같은 임화의 사고 방식은, 당대에 임화가 배워 오고 있다는 루카치의

---

48) 조선일보, 1938.5.25
49) 조선일보, 1938.5.26
50) 조선일보, 1938.5.24

생각과도 매우 동떨어진 것이다. 예컨대 「본격소설론」이 「부르조아 장편서사시로서의 소설」에 나타난 '서사'론의 문제 의식을 충실히 이어받고 있다는 평가는[51], 임화가 루카치의 문제 의식을 매우 추상적인 수준으로 받아들이고 있음을 간과하고 있다. 무엇보다도 루카치는, 임화의 생각과는 달리, 발자크와 졸라 및 톨스토이와 디킨즈를 한데 묶어 '고전적 작가'로 평가하지도 않을 뿐만 아니라, 임화가 '성격과 환경의 부조화'를 보여 주는 20세기 작가들로 규정하는 프루스트·조이스적 경향의 뿌리가 (플로베르 및)졸라에 있음을 분명하게 지적하고 있다. 나아가 「부르조아 장편서사시로서의 소설」 및 앞서 언급한 「서사냐 묘사냐?」의 논지를 더욱 상술하고 있는 30년대 루카치의 또 다른 글을 보면, 1848년 혁명의 좌절 이후 무기력증에 빠진 서구의 혁명후 세대(졸라)와는 달리 톨스토이는—1848년 혁명(의 좌절)이라는 서구의 문제가 아니라—러시아 농민문제를 창작의 중심점으로 삼은 혁명 전 시대의 작가로서 그의 작품 세계는 유럽문학의 결정적 전환점을 이루고 있다고 평가한다.[52] 나아가서, '성격과 환경의 조화'라는 추상적인 소설 내적 형식을 문제삼은 임화와는 판이하게, 루카치는 톨스토이의 창작 구성원리의 원천이 "착취당하는 농민의 입장에서 사회를 관찰하고 있다는 점"[53]에 있다는 것을 통찰한다. 이처럼 루카치의 문제 의식은 실천적이면서도 민중적이다.

서구 또는 유럽의 소설사를, 그것도 앞서 살핀 바와 같이 실천적·현실적 문제 의식을 결여한 채, 보편세계사적 차원의 근대소설발달사로 환원해 버리는 임화의 서구중심주의적·근대주의적 사고 방식은, 근대소설이 다루어야 할 세계사적 사건을 소재주의적으로 사고하는 것으로도 이어진다. 연구자들에 의해 거의 주목되지 않는 임화의 다음 글은 임화의 사고 방식을 이해하는 데 있어서 매우 중요한 근거를 주고 있다고 생각한다.

---

51) 조현일, 앞의 논문.
52) 루카치, 조정환 옮김, 「톨스토이와 리얼리즘 문제」, 『변혁기 러시아의 리얼리즘 문학』, 동녘출판사, 1986.
53) 위의 책, 186면.

「펄·벅」의 작가로서의 세계성이나, 『대지』의 소설 가운데 묘사된 현실의 세계성 등이 주목되었다 할 수 있다.

세계사적 국면에 등장한 지역만이 항상 세계적 문학의 토대에 있다고나 할까? 이것은 우리가 과거에 있어 여러 번 되풀이해 오던 문학에 있어 소위 전형성을 재인식하는 하나의 기점이 될 수가 있는 것이다.

성격의 전형성, 환경의 전형성, 그리고 생활의 전형성, 운명의 전형성 내지는 지역의 역사의 전형성이라고까지 넓혀서 이해할 수가 있다. 그 성격 가운데 다른 사람의 축도를, 그 환경 가운데 다른 환경의 정수를, 그 운명 가운데 세계사적 운명의 상징을 발견할 수 있을 때만 우리는 비로소 전형성이란 말을 쓴다.(중략)

소설 『대지』에 나타난 소위 지나적 특성이란 것이 대부분은 우리 동양인으로선 쉽사리 발견하기 어려운 제점이 아닌가 한다. 그것은 지나의 근대사회로서의 혹은 일반 인류사회의 진보 행정에서 볼 때 발전이 정체된 채 고착되어 있고 뒤떨어진 부분의 명석한 인식이다.(중략)

이런 의미에서 지나는 개성적 의미의 동양의 전형이고, 또한 서양인에겐 일반적인 의미의 세계적 곤란의 전형이기도 해서, 서양인과 지나와의 접촉은 아직도 세계사적 중대성을 가지고 있다.[54](강조는 인용자)

무엇보다도 위 인용문에서 필자가 강조한 부분은 서구중심적 근대주의의 '오리엔탈리즘'을 연상케 한다. 그러나 더욱 큰 문제는, 임화의 논리를 따른다면, 조선은 세계사적 전형의 공간이 되지 못한다는 점이다. 사정이 이렇다면 조선에서 아무리 '본격소설'을 추구한다 해도 그것은 2류의 것밖에 되지 못하는 것은 아닐까? 임화가 '본격소설'을 주장하면서도 아직 조선에서는 '본격소설'―즉 부르조아 대서사시로서의 장편소설―이 불가능하다는 생각을 암암리에 내비치는 것과 이런 사정은 관련이 없지 않을 것이다.

실로 단편소설은 우리 작가들의 가장 본격적인 활동 영역이라 간주해야 무방하고, 또한 단편소설 자체의 질적인 消長은 곧 우리 문학의 예술성의 고저를 알

---

54) 「『대지』의 세계성―노벨상 수상작가 「펄·벅」에 대하여」, 조선일보, 1938.11.17~18

아내는「바로미터」로 생각해야 족한 점이 있다.

이 사정은 물론 아직 조선문학이 대장편에다가 제 사상적 예술적 운명을 托할 만큼 성장하지 못한 증거라고 할 것이다. 그러므로 통속소설의 방법이나 영향이 나가 단편의 영역을 범했다 할 제 우리는 옷깃을 고치고 생각을 가다듬지 않을 수가 없다.[55](강조는 인용자)

조선문학이 **아직** '사상' 또는 '근대 정신'을 서사화할 만큼 성장하지 못했기 때문에 단편 소설을 통한 묘사의 훈련이나 성과가 여전히 유의미하다는 사고 역시 이와 동일한 맥락의 것인데, 이는 임화가, 조선소설사에서 춘원적 전통이 완강하게 지니고 있는 이상주의 · 교훈주의의 전근대성 극복을 당대 조선소설이 밟지 않으면 안 될 **단계**로 설정하고 있기 때문이다.[56]「소설문학의 20년」에서 임화가 조선근대소설발달사에서 김동인을 하나의 결절점으로 보는 것[57] 역시 이와 똑같은 맥락에서이다. 서구근대소설사를 중심에 놓고 조선근대소설의 수준과 전망을 보아 내는 임화의 '단계론'을 근대주의적 사고의 소산이라 비판할 수 있는 이유가 바로 여기에 있다.

조선뿐 아니라 내지 같은 데서도 대규모의 사실주의가 선행되지 못하고 자연주의의 수입과 더불어 근대소설이 생탄한 것은 역시 이러한 **동양적 후진성**을 반영한 때문이다.[58](강조는 인용자)

임화의 소설론을 이상과 같이 정리해 놓고 보면 리얼리즘론에서 소설론에 이르기까지 그가 그렇게도 강조한 '사상', '세계관' 또는 '근대 정신'의 실체 역시 얼마쯤은 드러난 셈이 아닐까. 조선소설의 발달 경로에 대한 단계 설

---

55)「통속소설론」, 동아일보, 1938.11.25
56)「단편소설의 조선적 특성–9월 창작평에 대신함」,『인문평론』, 1939.10
57) 동아일보, 1940.4.12
58)「소설문학의 20년」, 1940.4.13

정이 결국 서구의 근대정신사를 규준으로 하여 사상 또는 정신 발달의 단계를 설정한 데 근거한 것이라면, 임화의 '사상'론이야말로 '이식성' 즉 '식민성'의 소치가 아니겠는가.

4. '이식문학론' 극복을 위하여

이 글의 서두에서 임화의 리얼리즘론과 소설론에 대한 검토가 '이식문학론' 비판을 위한 유력한 경로가 될 것이라 말한 바 있다. 그러나 본고의 논의는 '이식문학론'에 대한 본격적인 비판으로 나아갈 수가 없다. '이식문학론'에 대한 본격적인 검토 및 비판은 「조선신문학사론 서설」, 「조선문학 연구의 일 과제—신문학사의 방법론」, 「개설 신문학사」 등에 대한 전반적 검토 특히 구체적인 작품 분석에 대한 세밀한 분석 없이는 불가능하기 때문이다. 다만 본고의 앞선 논의 내용과 관련지어, '이식문학론'을 둘러싼 논란의 핵심으로 부각되곤 하는 바 임화가 과연 '전통'의 문제에 대해 어떻게 사고하고 있는지에 대해서만 간략하게 검토해 보도록 하겠다. 이 문제야말로 임화의 '이식문학론'의 '식민성' 여부를 가름할 중요한 잣대가 되기 때문이다.

「조선문학 연구의 일 과제—신문학사의 방법론」에 대해 논하면서 "이식문학론의 핵심이 담겨 있는 곳은 '환경'의 항목이 아니라 '전통'의 항목"[59]이라 주장하는 입장이 있다. 임화가 생각하는 전통이란 과거의 유산과 구별되는 바 새 문화와 융합되는 '고유한 가치'로서, 그러한 고유한 가치가 부활된 새로운 문화가 창조됨으로써 신문학은 이식문학을 해체하고, 형식적으로나 내용적으로나 외국문학과 구별되게 된다는 것이 임화의 신문학사관의 요체[60]라는 것이 이 입장의 논리적 해석이다. 그러나 이 입장 역시, 임화가 전통이 새로운 문화 창조에 매개하는 '고유한 가치'에 대해 '불행히' 밝혀 놓고

---

59) 신두원, 「이식과 창조의 변증법—임화의 '이식문학론'의 정당한 이해를 위하여」, 『창작과비평』, 1991년 가을

60) 위의 책, 189면.

있지 않고, 「고전의 세계─혹은 고전주의적인 심정」(『조광』, 1940.12)이라는 글에서도 임화가 '고전과 전통의 변증법'을 '여전히' 추상적인 수준에서만 주장[61]하고 있는 원인에 대해서는 별다른 해명을 하지 못한다. "임화는 민족적 형식의 문제를 해명하면서 언어 그 자체에만 논의의 초점을 맞추고 있"고 "그래서 고전 문학의 유산을 창조적으로 계승하는 문제 등은 고려하고 있지 못한 것"이며 "이러한 사유 방식이 '이식문학론'에서 문학적 전통을 주요한 탐구 대상으로 설정하고 있음에도 불구하고 대체로 그것을 부정적인 유산으로 파악하는 것으로 나타나게 되는 것"[62]이라는 전혀 상반된 입장이 있는데, 이는 임화 자신의 또 다른 발언을 통해 분명하게 확인되는 사실이다.

> 우리가 가장 주목해 둘 점 하나는 이러한 일방적인 신문화의 이식과 모방에서도 고유문화는 전통이 되어 **새 문화 형성**에 무형으로 작용함은 사실인데, 우리에 있어 전통은 **새 문화의 순수한 수입과 건설**을 저해하였으면 할지언정 그것을 배양하고 그것이 창조될 토양이 되지는 못했다는 점이다.
> 이 불행은 어디서 왔느냐 하면 그것은 결코 우리 문화전통이나 유산이 저질의 것이기 때문이 아니다. 단지 근대문화의 성립에 있어 그것으로 새 문화 형성에 도움이 되도록 개조하고 변혁해 놓지 못했기 때문이다. 그것은 우리의 자주정신이 미약하고 철저치 못했기 때문이다.[63] (강조는 인용자)

요컨대 조선에 있어서는 '전통의 근대적 적응'이 이루어지지 못했다는 것이다. 전통이 단순한 유산으로 전락하지 않고 '**새 문화** 형성'에 기여하기 위해서는 현대적으로 재해석되고 재창조되어야 한다는 주장이라면 이는 그저 건전한 상식이 될 것이다. 그러나 임화의 논리가 우리를 혼란스럽게 하는 것

---

60) 위의 책, 189면.
61) 위의 책, 189~190면.
62) 이훈, 「1930년대 임화의 문학론과 근대성」, 『민족문학과 근대성』, 414면.
63) 「개설 신문학사」, 조선일보, 1939.10.10

은 그가 새 문화의 '수입'과 '건설'을 동일한 차원에서 주장하고 있기 때문이다. '수입'할 대상이란 말할 필요도 없이 서구의 '선진적인' 근대 문화라 한다면, 새로운 근대 문화 '건설'의 방향에서 **전통은 서구의 근대 문화를 역규정**할 수 있는 권리도 있다. 그렇지 않다면 전통은, 그것이 단순히 서구의 근대 문화와 부합하는가 그렇지 않은가 라는 기준으로 그 가치 여부가 판가름날 뿐이기 때문이다. 물론 이때 무엇을 전통으로 볼 것이며 또 그것이 어떻게 서구 근대 문화 중 진정 어떤 것이 바람직한 근대적 가치를 지니는가를 역규정할 것인가는, 임화의 말대로, 두 말할 필요도 없이 '우리의 자주정신'에 달려 있다. 그러나 임화에게 있어서 전통이란, 수입할 새 문화를 원점에 놓고 '전통'과 그것을 견주는 순환 논법 속에 갇혀 있는 성질의 것이다. '자주정신'이 문제시되어야 하는 것은 따라서 오히려 임화에 있어서가 아닌가. 이것이 바로, 임화가 "이식해오는 과정에서 생겨나는 굴절들이나 이식 외의 다른 방식으로 근대적 주체를 정립하려는 노력에 대해서는 거의 관심이 가 있지 않으며, 여러 자리에서 '우리의 전통이 단절될 것은 우리의 전통이 수준이 낮아서가 아니라 근대적으로 계승되고 의미화되지 않았기 때문'이라는 맥락의 말을 반복하고 있음에도 불구하고 그러한 작업을 행하지도, 또 그러한 의미 있는 시도를 한 문학을 찾으려 하지도 않"[64]는 원인이 아닌가. 리얼리즘론과 소설론에 대한 본고의 장황한 비판적 검토 결과 밝혀진 임화의 사고 체계와 '이식문학론'의 사고 방식은 '불행히도' 정확하게 일치하고 있지 않은가.

그러나 그 온당함 여부와는 무관하게도, 임화 당대는 물론 오늘날까지도 형식적으로나 내용적으로나 외국문학과 구별되는 우리 근대문학(론)의 패러다임이 온전하게 정립돼 있지 않은 현실에 비춰 볼 때, 임화의 사고는 여전히 문제적인 것이 아닐 수 없다. 그런 의미에서 "임화가 멈춘 바로 이 지점이

---

64) 류보선, 「중심을 향한 동경 — 한국근대문학의 정치적 무의식」, 『한국근대문학연구』, 태학사, 2000, 79면.

우리 근대문학연구가 새로이 출발해야 할 지점"[65]이라고도 말할 수 있는 것이다. **새미**

---

65) 위의 책, 79~80면.

한국전쟁과 임화

김재용[*]

1. 민족문학의 시각에서 임화 읽기

임화가 '미제간첩'으로 규정되어 사라진 후 한국전쟁 시기 그의 활동에 대해서 언급하는 것은 남 북 모두에서 매우 곤혹스러운 일이 되어 버렸다. 임화가 사라진 배경에 대해서 북한 당국이 발표한 것 이외의 다른 것을 상상하는 것은 얼마든지 가능하지만 이를 한국전쟁 시기의 전반적인 상황 속에서 설득력 있게 보여준다는 것은 결코 쉽지 않은 일이기 때문이다. 따라서 이 시기 임화의 문학에 대한 책임있는 연구를 갖고 있지 못하고 있으며 또한 그나마 임화를 다룬 글들이 이 대목은 피해가고 있는 것이 우리의 실정이다. 그런데 이 시기의 그의 활동에 대한 조감 없이 과연 임화론이 가능하겠는가? 냉전적 분단구조의 해체라는 시대적 진전 위에서 우리는 이제 임화의 진면목을 들여다볼 시점에 이르렀다.

임화는 전쟁 시기에 많은 시들을 발표하였는데 불행하게도 우리가 볼 수 있었던 것은 그 1951년 5월에 발간된 시집 『너 어느 곳에 있느냐』밖에 없다. 이 시집에 실려 있는 작품은 전쟁발발부터 1951년 2월 무렵까지에 창작된 것이기에 그 이후의 것은 알 수가 없었다. 또한 이 시절에 쓴 것도 모두 수록

---

[*] 원광대 한국어문학부 교수, 저서로 『민족문학운동의 역사와 이론』 등이 있음.

된 것은 아니었다. 사정이 이러하기 때문에 한국전쟁 시기 그의 문학적 활동을 살핀다는 것은 엄두를 내기 어려운 일이었다. 다행히 필자는 이 시집에 수록되지 않은 전쟁 시기의 그의 작품을 구할 수 있었기에 아쉬운대로 이 시기 임화의 문학에 접근할 수 있는 최소한의 통로를 마련할 수 있었다.

이 시기 임화의 문학을 살피는 일은 결코 이전의 그의 활동과 떼놓고 생각할 수 없다. 가깝게는 해주 시절 그가 보여주었던 인식의 연장선에서 나오는 것이며 멀게는 해방직후의 그의 지향에 이어져 있다. 그렇기 때문에 한국전쟁 시기라 해서 따로 독립시켜 이해한다는 것은 매우 어려운 일이며 또한 좋은 성과를 보장하기 어려운 것이다. 그렇기 때문에 한국전쟁 시기의 임화를 살피려고 할 때 우리는 최소한 8.15직후부터의 그의 지향을 항상 염두에 두고 읽어야 한다. 특히 그가 8.15 이후 지속적으로 주장하였던 민족문학론이 과연 정당한 현실 인식에 기반하였는가 하는 점은 섬세하게 따져보아야 할 대목이다.

2. 변형된 서울 중심주의와 현실 괴리

임화는 해주 시절에 비록 몸은 삼팔선 이북에 있었지만 마음은 항상 서울에 있었다. 평양으로 가지 않고 해주에 머물면서 모든 관심을 통일독립국가의 건설에 모았던 것이다. 이미 남쪽에서 민중들의 역량으로 통일독립국가를 성취하는 것이 어렵다는 것을 깨달았기 때문에 어쩔 수 없이 이북으로 넘어갔지만 북의 힘을 업고 남쪽을 해방시켜 한반도에 통일독립국가를 세운다는 생각은 변함이 없었던 것이다.

최근에 와서 공개된 소련측 자료들이 잘 말해주고 있는 것처럼 북이 전쟁을 통하여 통일독립국가를 만들려고 하였을 때 그 실현 가능성을 두고 스탈린은 김일성과 박헌영에게 많은 질문을 하였다. 제3차 세계대전은 피하여야 한다고 생각하였던 소련의 스탈린이 가졌던 가장 큰 관심사는 미국이 참전할 것인가 아닌가 하는문제였다. 이 질문에 대해 박헌영은 김일성보다 훨씬 강한 확신성을 갖고 미국이 참전을 하지 않을 것이며 설령 한다고 하더라도 현재 남에 있는 남로당원들을 중심으로 한 인민유격대가 후방에서 일어나면 미국이 본격적으로 참전하기 전에 '국토완정'을 할 수 있을 것이라고 확답을 하였다. 남쪽에서 올라왔으며 또한 현재에도 해주를 통하여 남쪽과 연락을 취하고 있는 박헌영의 이러한 주장은 스탈린으로 하여금 전쟁을 용인하는 근거 중의 중요한 부분으로 작용하였을 것이다.

박헌영의 이러한 입장은 바로 임화의 것이기도 하였다. 임화는 이북의 인민군대 뿐만 아니라 이남의 인민유격대에 큰 기대를 갖고 있었고 특히 후자야말로 미국의 개입을 원천적으로 차단할 수 있는 최고의 장치라고 생각했을 것이다. 그렇기 때문에 북한군이 서울을 점령했을 때 이미 전쟁의 결과는 나왔다고 생각하였을 것이다. 그런데 문제는 자신을 포함한 남로당계가 그렇게 믿었던 인민유격대를 비롯한 민중들이 서울 이남에서 봉기했다는 소식을 듣지 못하였고 일부 있어도 그 힘은 아주 미약하여 후방을 교란시킬 정도가 아니었던 것이다. 사태가 예정대로 되지 않고 뒤틀리는 것을 보면서 임화는 당황스러웠을 것이다. 그런데 문제는 여기서 끝난 것이 아니다. 미국이 참전하여 비행기로 공습을 하기 시작하면서 자신들이 예측하였던 것과는 너무나 다른 양상으로 현실이 전개되었기 때문에 더욱 당혹스러워 했을 것이고 결국은 무슨 수를 사용하더라도 빠른 시일 내에 전쟁을 종결시키는 것이 중요하다고 판단하였을 것이다. 그러기 위해서는 남의 민중들이 전선에 뛰어들어 힘을 보태는 것이라고 믿었던 것이고 이것이 바로 그가 전쟁이 나자마자 쓴 「전선에로! 전선에로! 인민의용군은 나아간다」이다.

이 시는 해방일보 7월 8일자에 발표된 것으로 창작된 것은 7월 7일이다. 발표된 이 작품의 끝에 창작된 시기가 날짜까지 밝혀져 있어 이를 짐작할 수 있는데 이는 『너 어느 곳에 있느냐』에 실린 여타의 시들이 달까지만 밝혀져 있는 것과는 퍽 대조된다. 발표된 이 시를 보면 이후 신문이나 잡지에 발표된 것들과는 매우 다름을 알 수 있는데 특히 그 행과 연의 구분에서 그러하다. 매우 급하게 쓰여졌고 또한 창작된 이후에 신문사에서도 급하게 실었기 때문에 연 구분은 물론이고 행 구분도 제대로 되어 있지 않다. 이후 같은 해 방일보에 실린 「서울」이 행과 연 구분이 아주 정연하게 되어 있는 것과는 퍽 대조된다. 그러면 왜 이렇게 급하게 서둘러 가면서 시를 쓰고 발표하였는 가? 7월 6일 인민의용군을 동원하라는 명령이 내려졌고 이것에 맞추기 위한 것이라는 점도 그 한 요인이라 할 수 있다. 동원을 촉구하는 마당에 이 명령이 내려졌을 때를 맞추어 발표하는 것이 효과가 있다고 판단하였기에 그러했을 것이다. 그런데 이 시를 자세히 읽어 보면 진짜 이유는 다른 데 있음을 알 수 있다.

임화에게 인민의용군의 동원이 절실하게 느껴졌던 것은 바로 미국의 개입이다. 앞서 말한 것처럼 임화를 비롯한 남로당계는 전쟁이 매우 단기적으로 끝날 것이라고 믿었고 그 근거는 미국이 개입하게 전에 인민유격대를 포함한 민중의 봉기였다. 그런데 서울을 점령한 후에 결정적 소식이 없는 마당에 미군이 공습을 하는 사태가 벌어지자 매우 급하였던 것이기 때문에 무엇이든지 붙잡고 싶었던 차에 인민의용군 동원령이 내려지자 자기가 할 수 있는 최대의 것으로 여기고 전선 참여를 독려하는 시를 썼던 것이다. 그 점은 이 시의 다음 대목에서 역력하게 읽어낼 수 있다.

영용한 인민군대의
장엄한 포성은 이미
자랑스런 우리 조국 수도에 울려
한 여름 태양 찬란한 서울 하늘에는
공화국의 싱싱한 기빨 나부끼고
백절불굴한 영용한 인민유격대들
벌써 패주하는 원쑤를 무찔러
길목마다 산모퉁이마다

섬멸의 포화를 퍼붓는 오늘
어느 강도들이
다시 멸망하는 원쑤를 도아
평화로운 우리 하늘에
더러운 나래를 펼쳐
단란한 촌락과 도시들을
함부로 허무르고 불사르며
사랑하는 우리 부모 형제들의
가슴을
총탄으로 뚫어
물 맑고 모래 흰
우리조국 강토를 또 다시
신성한 피로 적시려하느냐

　인민군대가 서울을 점령하고 인민유격대들이 퇴로에서 타격을 입히고 있어 전세가 판가름나기 시작할 때 예기치 않았던 미군의 개입과 공습으로 하여 그토록 바라던 통일독립의 희망이 성취되지 못하는 것을 보면서 미국에 대한 강한 분노를 표시하고 있다. 그렇기 때문에 '다시'라든가 '또 다시'와 같은 표현을 반복하여 사용하면서 예상치 못했던 것을 마주쳤을 때의 놀람움과 이와 더불어 떠오르는 분노를 같이 표시하고 있는 것이다. 사실 이 시에는 인민유격대가 잘 싸우고 있는 것처럼 그려지고 있지만 실제 임화는 현실이 예상했던 것과는 다르게 진행되고 있음을 알고 있었던 것이다. 그렇기 때문에 미국의 개입을 심각하게 생각하였고 의용군의 동원에 무심할 수 없었던 것이다.

　예상 밖으로 전개되는 전쟁의 상황에 대한 임화의 당황함은 시간이 지나면서 그 정도는 약해지나 기본적으로 동일한 궤적을 그리고 있음을 이 시기의 시 「서울」에서 확인할 수 있다. 7월 24일 해방일보에 발표되었다가 나중에 시집 『너 어느 곳에 있느냐』에 수록된 이 시는 임화의 변형된 서울 중심주의의 통일독립국가의 지향을 읽을 수 있다. 이 시에서도 예상치 못하였던 미군의 개입과 이를 물리칠 수 있는 것으로서의 인민군대와 남로당원들에 대한 기대가 그대로 드러나 있다.

서울은 영구히
우리 인민의 거리로 되었고
서울은 영구히
우리 조국의 움직이지 않는
수도로 되었다

어떠한 원쑤가
감히 또 다시 이 거리에
흙을 밟을 수 있으며
어떠한 도적이
감히 또 다시 이 거리에
한 조각 지붕과
한 오리 골목을 엿보아
나들 수 있겠는가

무심한 섬돌 하나 하나에
용사들의 피가 젖었고
이름 없는 골목 구비 구비에
우리들이 존경하는
김삼룡 이주하 두 동무와
자유를 위하여 싸운
무수한 전우들의
옷깃이 스친 곳

악독한 원쑤를 무찌르고

이 아름다운 거리와
불행한 인민들을
침략자의 마수로부터 해방한
영웅적 인민군대의
불멸한 위훈으로 하여

서울은
더욱 자랑스럽고
더욱 영광스러운
우리들의 거리다

'또 다시'라는 표현에서 마찬가지로 예상치 못한 미군의 개입과 이에 대한 시인의 반응을 읽을 수 있다. 또한 이것을 극복하는 것으로 그가 내세우는 것은 인민군대와 남로당원들의 투쟁임을 다시 한번 확인할 수 있다. 그런 점에서 우리는 이 시에서도 임화가 견지해오는 변형된 서울 중심주의를 읽을 수 있다.

그런데 여기서 조심해야 할 것은 서울 중심주의에 대한 엄밀한 독법이다. 얼핏 보면 서울을 수도라고 지칭하면서 서울에 대한 강한 애정을 표시하는 데서 이러한 서울 중심주의를 읽을 수 있는데 이는 꽤 잘못된 것이다. 1948년에 마련된 북한의 헌법에 수도를 서울로 명시하고 있기 때문에 이렇게 수도 서울을 강조하는 것이 특별하게 서울 중심주의의 표현이라고 보기는 어려운 것이다. 물론 이 시에 묻어나는, 자기가 태어나고 자란 서울에 대해 지닌 남다른 정회를 우리는 간과하지 말아야 할 것이다. 낙산에 대한 그의 특별한 언급은 바로 그러한 것의 우회적 표현일 것이다. 그런 점에서 이 시가 앞선 시와 다르게 부분적으로 강한 울림을 주고 있는 까닭도 바로 자기의 고향을 우여곡절 끝에 다시 만났을 때 가질 수 있는 감정이 스며들어 있는 것에 상당 부분 연유한다고 할 수 있다. 또한 그의 마음 한 켠에는 바로 서울이야말로 평양과 다르게 자기의 근거지라고 생각할 수 있었을 것이고 그런 점에서 수도 서울이라고 표현했을 때 거기에는 바로 그러한 감정이 베어 있었을 것이다. 그러나 이를 바로 서울 중심주의의 드러남이라고 보기는 어려울 것이다.

정작 이 시에서 변형된 서울 중심주의는 다른 곳에서 드러난다. 바로 김삼룡과 이주하를 언급하는 대목이다. 김삼룡과 이주하는 한국전쟁이 터지기 전에 서울에서 체포되어 처형되었다. 그렇기 때문에 전쟁과는 직접적으로 관련이 없다. 북한이 서울을 점령하였던 것은 전적으로 북한군의 무력 때문이었다. 그럼에도 불구하고 이 서울을 생각하면서 과거의 김삼룡과 이주하를 떠올리고 이를 인민군대와 더불어 중요하게 이야기하는 것은 그가 변형된 서울 중심주의에 얼마나 깊이 빠져있는가 하는 점을 적실하게 보여주는 대목이다.

이상 두 편의 시는 7월에 쓰여진 것이기 때문에 공통적으로 남로당원을 중심으로 한 인민유격대 그리고 민중들의 봉기에 큰 기대를 걸고 있음을 알 수 있는데 시간이 흐르면서 이는 달라지기 시작하였다. 그토록 기대하였던 봉기는 일어나지 않게 되자 낙동강 전선을 경계로 남북이 대치하는 형세가 이루어졌다. 만약 그의 기대처럼 되었다면 남한군의 배후에서 민중들의 투쟁이 일어났으면 이렇게 지루하게 대치하지 않았을 것이고 그의 예상대로 통일을 이루었을 것이다. 그러나 실제 상황은 전혀 달랐다. 그렇기 때문에 이 무렵부터 그의 시에는 더 이상 남로당원을 비롯한 인민유격대에 대한 이야기는 나오지 않고 인민군대에 대해서만 나온다. 이 점은 낙동강을 경계로 남북이 대치하고 있는 8월 무렵 임화 스스로 종군하여 가까이에서 보고 쓴 두 편의 시 「한번도 본 일 없는 고향 땅에」와 「밟으면 아직도 뜨거운 모래밭 건너」에서 우리는 실감하게 된다. 이 두 편의 시는 각각 낙동강 북부전선과 낙동강 남부전선에서 쓰여진 것이다. 이 시 어디에도 인민유격대나 민중의 봉기에 대한 바람을 찾아 볼 수 없다. 그렇기 때문에 임화는 자신이 그 동안 가졌던 생각을 전면적으로 수정해야만 했을 것이고 그 과정에서 내면적으로 심한 갈등을 느꼈을 것이다. 설령 미국이 개입한다 하더라도 남쪽에 있는 인민유격대의 봉기에 의해 짧은 시간 안에 전쟁을 끝낼 수 있다는 것이 스탈린과 김일성을 설득할 수 있었던 최대의 것인데 정작 이것이 예상대로 되지 않자 임화는 내면으로는 매우 당혹스러웠을 것이다. 임화는 이 시기에 현실과 관념의 괴리를 심하게 느꼈을 것이며 자기가 그 동안 견지해오던 변형된 서울 중심주의가 얼마나 현실과 동떨어진 것인가 하는 것을 내부적으로 깊이 절감했을 것이다.

미군의 강력한 저항으로 인민군은 압록강까지 밀려가게 되면서 임화 역시 서울을 떠나 평양으로 다시 희천을 거쳐 강계까지 내려 갔다. 미군의 공습 때문에 평지를 놔두고 산등성을 타야만 했던 그가 겪었을 고생은 충분히 상상할 수 있지만 더 큰 고생은 바로 한 겨울의 추위였다. 변변한 의복과 가옥이 없는 상황에서 추운 겨울을 산정에서 나야 한다는 것은 이루 말할 수 없는 고통이었을 것이다. 그런데 더욱 절망적인 것은 예상치 않았던 미군의 개입으로 이렇게 밀려 중국 국경 근처에까지 내몰릴 수밖에 없었던 상황이었을 것이다. 그렇기 때문에 그는 후퇴하는 동안에는 어떤 글도 쓸 수 없었을 것이고 중국군의 참전으로 상황이 반전되기 시작하는 것을 보고서야 시를 쓸 수 있었던 것이다. 그런 점에서 1950년 12월에 쓴 것으로 되어 있는 두 편의 시 「너 어느 곳에 있느냐」와 「한 전호 속에서」는 그런 점에서 같이 읽을 필요가 있다.

「너 어느 곳에 있느냐」는 이 시기 그의 절박함을 그대로 전해 주는 시이다. 같이 전쟁터에 나갔다가 영남으로 간 자신과 호남으로 간 딸 혜란이 이제 헤어져 안부조차 모르는 상태로 떨어진 데서 바로 이 시가 시작된다. 후퇴의 정황이 경황이 없는 급박한 상황이었기에 가족이 서로 헤어져 소식조차 몰라야 할 정도였다. 임화는 자신의 가족이 겪은 처지를 통하여 당시 북한의 일반 민중이 겪어야 했던 참혹한 상황을 이야기하고 싶었던 것이고 사태를 이렇게 만든 가장 큰 방해요인이었던 미국에 대한 반감을 강하게 드러내고 있는 것이다. 동시에 중국인민지원부대의 도움으로 전세를 만회할 수 있다는 기대감을 갖기고 하는 것이다. 이 시에서 처음으로 나오는 중국인민지원부대는 이 시기에 나온 「한 전호 속에서」에서 한층 두드러지게 나타난다.

중국군의 참전은 임화에게 매우 큰 의미로 다가올 수밖에 없었다. 미군에 쫓겨 압록강까지 후퇴했을 때 잘못하면 나라를 버리고 중국으로 가서 그곳에서 망명정부나 유격대를 꾸려야 하는 상황이 올지 모를 절박한 위기를 구해 준 것이 바로 중국군의 참전이었다. 그렇기 때문에 그에게 이 중국군은 구원자로 비쳤을 것이고 그에 거는 기대는 절대적인 것이다. 그리고 중국군의 참전이 갖는 국제적 민족적 역사의 의미를 따져볼 여유가 없고 바로 몸으로 받아들였던 것이다. 중국군의 참전은 우리 민족문제가 국제적 냉전에 편입되는 결정적 계기였고 나아가 통일독립의 문제를 우리 스스로 해결할 수 있는 가능성은 더욱 적어지게 된다. 그가 일제시대 이후 지속적으로 견지하던 국제주의적 사고란 것이 냉전체제의 편입으로 말미암아 민족문제의 정당한 해결이라는 과제와 유리되는 순간이기도 한 것이다. 이러한 것을 알아 차리기에는 임화가 자강도 산골인 강계에서 한 겨울에 느끼는 절박함과 참혹함이 너무나 큰 것이었을 것이다.

이제 그의 시 어디에도 삼팔선 이남에 있는 인민유격대에 대한 것은 나오지 않는다. 「너 어느 곳에 있느냐」에서도 남쪽 산에 있을 딸 아이의 안부가 중요한 것이지 그 이상은 아니었던 것이다. 그가 몇 개월 동안의 전쟁에서 현실을 차츰 보기 시작하였던 것이기에 그럴 수 있었던 것이다. 그렇기 때문에 그는 인민군대에 전적으로 기대를 가졌던 것이고 이 점은 이 시기에 나온 「흰 눈을 붉게 물들인 나의 피 위에」에서 잘 드러난다.

중국인민지원부대의 도움으로 가까스로 위기를 타개한 후에 다시 미군과 국방군을 삼팔선 이남으로 몰아 내는 과정에서 그는 잠시나마 통일의 기대를 가졌다. 물론 이 때의 그것은 과거 전쟁을 시작할 때의 그것과는 매우 다른 상황이기 때문에 순진하게 미래를 보지는 않았을 것이다. 평양을 다시 찾는 것을 다행으로 여겼지만 혹시나 새로운 상황의 전개로 삼팔선 이남까지 내려갈 수 있지 않을가 하는 기대를 조금은 하였을 것이다. 특히 이러한 심리는 피난을 갔던 강계에서 평양으로 돌아오는 과정에서 참혹한 현실을 직접 목도하면서 한층 더 강하게 가졌다. 강계에서 평양으로 돌아오는 길에서 한 겨울에 변변한 가옥도 의복도 없이 추위 속에서 떨어야 하는 사람들의 고통, 특히 나이든 사람들과 여자들의 고통은 매우 큰 것이었음을 목격하였다. 그가 이 시기에 쓴 글 「눈 덮힌 폐허 속에서 불사의 새는 날아난다」(노동신문,1951.1.15)을 보면 얼마나 일반 민중들의 고통이 컸으며 또한 그것을 바라보고 있는 임화 자신의 마음이 얼마나 고통스러웠는가를 부분적으로 느낄 수 있다. 이를 바탕으로 쓴 시가 바로 「바람이여 전하라」이다. 한 겨울의 추위도 그러하지만 가장 고통스러운 것은 피난을 갔다가 고향 마을에 돌아와서도 공습으로 말미암아 아무 것도 남아있지 않은 폐허의 현실이다. 남편을 잃고 자식도 잃고 집마저 잃고 차마 살아가기 힘든 세월을 가까스로 버티는 이들 나이든 어머니들의 모습을 통해 시인 임화는 한층 더 전의를 다지는 것이다. 전쟁에서 이기지 않고서는 결코 고향에 돌아오지 않겠다는 것을. 이러한 생각은 폐허로 변해 버린 평양 시내를 보면서도 마찬가지로 들었기에 시 「평양」이 나온 것이다.

8.15 이후 새롭게 건설된 평양 시내가 미군의 공습으로 몰라보리만큼 폐허가 되어 버렸다. 전선으로 떠나는 차 위에서 얼핏 본 평양이지만 차마 눈을 뜨고 볼 수 없을 만큼 초토화된 평양이다. 그렇기 때문에 이 변해버린 평양을 보고 있으면 있을수록 이렇게 만든 미국에 대한 분노는 한층 더 커지는 것이다. 남편과 자식과 집을 잃은 어머니를 보면서 가졌던 생각이나 마찬가지인 것이다.

그러나 현실은 냉엄하였다. 임화가 이렇게 분노를 가지고 새롭게 통일에의 열망을 가지지만 현실은 그렇게 마음대로 되는 것이 아니었던 것이다.

1951년 2월이 지나면서 북쪽의 기세는 한풀 꺾여 중국인민지원부대도 후퇴하기 시작하여 전선은 삼팔선을 경계로 하여 다시 고착되기 시작하였고 어느 쪽이 상대방을 결정적으로 무너뜨릴 힘은 그 어느 쪽도 가지지 못하였다. 이제 전쟁은 일상의 영역으로 들어가고 있었다.

3. 서울 중심주의의 포기와 분단의 현상유지

전쟁 기간 동안에 발표된 임화의 글에는 직책이 명기된 것을 찾아보기 어려운데 노동신문 1951년 2월 25일자에 발표된 글 「침략자들의 말로를 명확하게 표시」에서는 필자의 이름 밑에 '남조선문련 부위원장'이란 직책명이 나와 있다. 해주는 물론이고 전쟁 이후에도 그는 계속 자신이 남조선 문련의 일원임을 생각하고 있었음을 엿볼 수 있는 대목이다. 그런데 이로부터 보름이 채 지나지 않아 그에게는 현저한 변화가 일어났다. 그 동안 나누어져 있던 북조선문학예술총동맹과 남조선문화단체총연합이 합동을 하기로 3월 11일 결정을 하였다. 이러한 결정은 기본적으로 1950년 12월에 있었던 당 1기 3차 전원회의에서의 결정에 기반을 둔 것이기는 하지만 그 동안 시행되지 않고 연기되었다가 3월에 이르러 결속을 지은 것은 역시 전쟁의 상황과 밀접한 관련이 있다고 생각한다. 전선이 고착되면서 더 이상 그 어떤 형태의 진전도 일어날 가능성이 없다는 현실 인식이 퍼지기 시작하면서 이제 이 상태로 분단이 다시 고착화되는 것이고 8.15 직후와는 달리 이 분단상황은 그 끝이 쉽게 보이지 않는 것이다. 서울중심주의의 통일독립의 구상은 현실성이 거의 없는 것으로 판명된 것이나 다름 없기 때문에 임화로서는 결단을 해야 하는 지경에 도달한 것이다. 남북의 문학단체들이 각각 나누어지기 시작한 것은 당시 남북의 문학인들의 주류가 각각 서울중심주의와 평양중심주의를 고집하면서 비롯된 것이기 때문인데 이제 서울중심주의가 현실성을 잃어가는 마당에 더 이상 이를 고수해야 할 이유가 없는 것을 임화는 잘 알고 있었을 것이다. 서울중심주의가 사라지는 순간이다.

분단의 고착화가 예견되는 이러한 현실에서 그가 할 수 있는 것은 지금의 전선을 유지하는 것이고 동시에 소련을 비롯하여 중국 등의 인민민주주의 국가들과 협력을 하는 것이다. 냉전적 국제질서에 결정적으로 편입되면서 분단이 기정사실화되는 순간에서의 일상을 행하는 임화의 모습을 가장 잘 보여주는 시가 바로「모스크바」이다. 임화는 1951년 4월 22일 그가 그토록 바라던 소련을 방문하게 되었다. 소련 대외문화연락협회의 초청으로 모스크 바를 방문하게 되었는데 그 목적은 5.1절 기념 친선 방문이었다. 임화는 남북 의 문학단체들이 통합된 후 조소문화협회 부위원장을 맡은 것으로 보인다. 이기영이 위원장으로 있고 소련에서 온 박길룡에 부위원장으로 있는 이 협 회에 임화가 새롭게 부위원장직을 맡은 것이다. 조선문학예술총동맹의 중앙 상무위원을 맡게 된 것과는 달리 부위원장을 맡은 이 협회에서 임화는 활동 의 폭을 넓히게 된다. 서울 중심주의의 포기 이후에 전개된 새로운 상황에서 적응하려고 노력하였던 임화에게 소련 방문은 각별한 의미를 가질 수밖에 없다. 소련 방문은 일차적으로 긴박한 전쟁의 상황과는 관계가 없다. 물론 당 시 북과 소련이 밀접한 관계를 유지하는 것은 크게 보아 전쟁의 수행에서 필 요한 원조를 얻는데 일정한 역할을 하는 것은 사실이지만 직접적이고 긴박 한 종류의 것은 아닌 것이다. 그런데 바로 이러한 일을 한다는 것을 이전의 임화의 긴박한 모습과는 현저한 차이가 있는 것이다. 이것 역시 서울 중심주 의의 포기와 분단구조의 현상유지라는 전환과 밀접한 관련을 맺고 있다. 이 분단구조의 현상유지라는 틀 속에서 필요한 것은 바로 여기에 맞는 일상의 적응인 것이다.

이 시에서 놓쳐서는 안 되는 것 중의 하나는 국제주의의 문제다. 임화는 소련과의 유대를 강화하고 미국에 반대하는 것이 바로 국제주의의 길이라고 생각하였을 것이다. 그런데 그가 간과한 것은 소련과 미국의 적대적 관계를 강조하는 것이 결국 남북의 대치를 그대로 인정하는 일이며 나아가 분단을 영구화하는 다시말해서 한반도 전체를 보는 민족 문제의 올바른 해결과는 거리가 멀다는 점이다. 그런 점에서 그러한 국제주의는 진정한 국제주의가 아니라 국제적 냉전체제의 무비판적 수용이라는 관념적 국제주의에 지나지 않는다. 이러한 점은 전쟁 시기 중국의 인민지원부대가 들어와 위기를 타개했을 때 인민군대와 인민지원부대 사이의 연대를 중요시하던 것에서도 이미 그 단초가 드러났던 것으로 이 시기에 확고한 틀을 갖추게 된다.

그는 모스크바를 방문했을 때조차도 고국의 상황을 잊을 수 없었을 것이다. 전선이 고착되어 분단의 길로 가고 있고 전쟁이 소강상태에 들어갔다 하더라도 전쟁은 전쟁이기 때문에 그가 멀리 있어도 이로부터 자유로울 수 없었을 것이다.

나는
5월에 아직도
눈비 뿌리던 태백산 골짝
원쑤의 뜨거운 탄환을
맨몸으로 막으며
이 도시를 노래하던
슬기로운 조선인민유격대의
이름으로 모쓰크바를 노래한다.

나는
잡초 우거진 험한 벼랑에
자기의 가슴으로
원쑤의 화구를 막으려
모쓰크바를 생각하고
조국을 방어하던
영예로운 우리
조선 인민군대의 이름으로
이 도시를 노래한다.

위의 대목은 그가 모스크바에 있어도 결코 조국을 떠날 수 없음을 바로 보여주는 부분이다. 그런데 여기서 유심히 보아야 할 것은 그의 무의식 중에 가장 중요한 부분을 차지하고 있는 것은 역시 인민유격대이다. 물론 인민군대에 대한 언급도 나오지만 인민유격대에 대한 회상이 이 순간에 나오는 것은 그가 여기에 얼마나 집착하였는가를 보여주는 것이다. 또한 1950년 8월 이후 그토록 기대하였던 인민유격대가 역할을 하지 못하였던 것을 확인한 이후 그의 시에서 인민유격대가 나오지 않았던 것을 고려할 때 이 시에서 그것도 모스크바에서 인민유격대를 생각한다는 것은 매우 흥미있는 일임에 틀림없다. 주의해서 읽어야 할 것은 인민유격대에 대한 것이 과거지향적이라는 점이다. "이 도시를 노래하던/슬기로운 조선인민유격대의/이름으로 모쓰크바를 노래한다." '노래하던'과 '노래하는' 사이에는 분명한 시간적 차이가 있다. 임화의 머리 속에는 이제 인민유격대의 싸움은 현재진행형이 아니라 과거형이다. 그 동안의 전투 과정에서 죽었던 많은 인민유격대원들을 추모하는 감정이 지배적인 것이다.

이 점은 휴전회담이 시작된 이후에 발표된 연작 『인민의 날개』에서도 확인할 수 있다. 1951년 7월 북미 사이에는 휴전회담이 시작되었는데 이는 결코 갑작스런 것이 아니었다. 앞서 보았던 것처럼 1951년 3월 이후 전선이 고착되고 미국과 소련 사이에 평화공세가 시작되면서 전쟁은 이대로 끝날 것이고 곧 휴전회담이 시작될 것이라는 것은 내다 볼 수 있는 것이었다. 그렇기 때문에 임화에게 이것은 결코 놀라운 소식은 아닌 것이다. 오히려 이를 보면서 앞으로 어떻게 이 상황을 유지하며 또한 그것에 적응할 것인가가 더욱 큰 문제이다. 이제 인민유격대의 역할은 이미 사라진지 오래이다. 그렇지만 현실적으로 이들의 일부가 여전히 삼팔선 이남의 산에서 싸우고 있기 때문에 이들에 대해 무관심할 수는 없는 것이다. 이 무렵에 노동당 연락부를 통해 계속하여 이들에 대해 지도를 하고 새로운 명령을 내리고 있지만 이것이 전쟁 전의 그것과 같은 성격의 것이라고 생각할 정도로 임화가 현실에 둔감한 사람은 아닌 것이다. 이들의 존재를 잊지않고 있지만 동시에 이들의 역할의 제한성에 대해서도 누구보다도 잘 알고 있기에 임화는 이들에 대해 과거지향적이고 추모적인 어조를 강하게 보여준다. 해주시절에 시작한 연작 『영웅전』에 이어 이 무렵부터 시작한 『인민의 날개』 연작의 한 편인 「기지로 돌아가거든」에서 분명하게 확인할 수 있다. 임화가 이 무렵에 『인민의 날개』를 쓴 이유는 어렵지 않게 짐작할 수 있다. 전선이 삼팔선 주변을 경계로 고착되어 있는 상황에서 지상에서의 전투는 현상유지 그 이상도 이하도 아닌 것이다. 그런데 돌파구는 공중전인데 임화가 당시 미국의 공군력이 가진 절대적 우위를 몰랐을 리는 없다. 전쟁의 결정적 패배 요인이 바로 제공권을 미국에 넘겨 주었다는 사실을 너무나 잘 알고 있었을 임화가 이렇게 공중전에 기대를 걸고 이러한 시를 썼다는 것은 이것이 지닌 위력을 인정하고 있고 그래서 앞으로 현상을 타개할 수 있는 돌파구를 마련한다는 것이기보다는 미국의 공군력에 맞서 싸움으로써 더 이상 일방적인 공습에 도시가 폐허가 되는 사태를 막는다는 소극적 의미일 것이다. 이 점은 『인민의 날개』 연작 중 「인민의 날개」라는 제목을 단 작품에서 알 수 있다. 마찬가지 차원에서 남쪽의 산에서 싸우고 있는 인민유격대에 대해서도 회고적이고 추모적인 지향을 갖게되는 것이다. 「기지로 돌아가거든」은 전선의 남에서 싸우는 인민유격대가 결코 고립된 것이 아니라 북과 일치단결된 명령체계 속에서 있음을 보여주려고 노력한 시이다. 그런데 이 시에서 그가 강조하는 것은 현재 싸우고 있는 사람들에 대한 것이기보다는 이미 죽은 사람들에 대한 것임을 놓치지 말아야 한다.

> 일찍이 강철 부대 동해 병단의
> 전통 용맹스럽고 오늘도
> 남도부 부대의 이름 영남땅을 진감시키는
> 동해 전구의 이름으로

5병단 7병단 1군단
김생 김달삼 이호제 박치우 서득은
여러 슬기로운 지휘관들의 피
아직도 눈 위에 임리하고

청옥산 태기산 일월산
국망봉 백암산 준령들의 산정 위
피바람 불어 끊이지 않는 저
험준한 태백산 전구의 이름과

김달삼 이덕구의 이름과 함께
영웅적 제주도 인민 유격대의
피묻은 깃발 지금도 한라산 산봉 위
휘날리는 영웅의 섬의 이름으로

용감하고 친애하는
'최현' 동무의 이름 아직도
사람들 노래처럼 외우는
아름다웁고 광활한 호남전구의 이름과

김지회 홍순석 사령의 위훈
이현상 부대장의 용맹이
우뢰처럼 떨치는 백절불굴한
지리산 전구의 이름으로

그리고 남조선 방방곡곡에
깨알로 흩어져
원수들에게 죽음과 공포를 주는
인민 복수자들의 무수한 소조의 이름으로

현재 싸우고 있는 사람들이 등장하고 있지만 대부분은 과거의 전투에서 사살된 사람들이다.

시간이 흐르면서 분단의 현상유지가 가장 주된 관심사로 등장하면서 서울 중심주의는 완전하게 포기하게 되는데 그 극적 표현이 바로 시 「40년」이다. 이 작품은 김일성의 40회 생일인 1952년 4월 15일을 맞이하여 임화가 발표한 것으로 이전의 임화가 걸어온 길 특히 서울중심주의의 도정을 생각하면 이는 가히 파격적이라 할 수 있을 것이다. 8.15 직후에 한설야를 비롯한 몇몇 문학인들이 김일성을 등장시키는 작품을 썼지만 그것은 주로 그의 항일운동에 관한 것이며 이것은 일제가 그 동안 억압하였던 역사적 사실에 대한 복원이라는 의미가 있는 것이어서 김일성의 생일을 축하하는 것과는 차원이 다른 것이다. 그런데 서울 중심주의의 길을 걸어온 임화가 이런 시를 쓴다는 것은 상상하기 어려운 일이다. 왜 그가 이런 시를 썼을까? 이것이야말로 서울 중심주의의 포기의 가장 극적인 선언이 아닌가 생각한다. 이제 더 이상 예전처럼 남쪽에 있는 남로당계열의 인민유격대가 봉기하여 사회를 변혁시킬 가능성은 없다. 이제 8.15 직후와는 전혀 다른 의미에서 언제 끝날지 모르는 분단 속에서 일상을 영위하여야 하는 현실의 냉엄함만이 존재한다. 바로 이러한 현실 앞에서 그는 서울중심주의를 완전히 포기함을 선언해야 할 필요성이 있었던 것은 아닌가. 이것이 바로 김일성의 생일을 축하하는 「40년」으로 나타났다고 보아야 할 것이다.

임화가 김일성 개인에 대해 이런 시를 쓴 것은 1947년 박헌영에게 바친 시를 연상케 한다. 1947년 무렵 임화는 박헌영에 대한 두 편의 시를 남긴 바 있다. 이제 '수령'을 박헌영에서 김일성으로 바꾼 것일까? 그러나 이러한 생각은 모두 부질없는 것이다. 왜냐하면 박헌영 스스로 이러한 일에 앞장 선 것이다. 임화가 김일성의 40회 생일을 즈음하여 시를 썼을 때 박헌영은 김일성의 생일을 축하하는 장문의 글을 노동신문에 발표하였다. 박헌영은 노동신문 1952년 4월 15일자에 「김일성 동지의 탄생 40주년에 제하여」라는 글을 발표하였는데 이는 임화가 「40년」이란 시를 쓴 것과 상통한다. 임화의 이 시는 결코 개인적 동기로만 나온 것이 아니고 당시 삼팔선 이북에 있던 구 남로 당계 전체의 전환과 맥락을 같이하는 것이다. 이제 임화만이 아니라 박헌영을 비롯한 모든 남로당계 인물들이 서울 중심주의의 포기를 세상에 공표한 것이다. 미군 개입에 대한 스탈린의 우려를 남쪽에 있는 인민유격대를 근거로 씻으려고 박헌영과 남로당계열의 인물들이 했던 일을 생각하면 이러한 대전환은 역사에서의 현실인식이 갖는 중요성을 한층 더 절감하게 된다.

4. 임화의 민족문학이 남긴 것

서울 중심주의는 기본적으로 분단의 현실과는 무관하게 살아가려는 고립적 지방주의와는 아무런 관련이 없이 출발하였다. 8.15 직후 일제로부터 벗어남에도 불구하고 외세하에서 통일독립국가 건설의 문제에는 아무런 관심이 없는 이들이 무의식적으로 가졌던 지방주의를 비판하면서 나온 것이기 때문에 이 서울 중심주의는 통일독립국가를 건설하는 일에 남다른 관심을 가진 것이다.

그러나 이 서울 중심주의는 자신들의 처지를 특권화하면서 외세의 영향력이 갖는 위력을 과소평가하고 계급적 관점 속에서 민족문제를 대단히 미약하게 보았기 때문에 분단을 극복하는 역량을 발휘하기가 어려웠던 것이다. 물론 민족적 문제를 과거와 달리 중요하게 보았고 그 점에서 이전과는 분명한 차별이 있었던 것은 사실이지만 여전히 계급적 관점의 관성으로 말미암아 결정적인 도약을 하지 못하고 말았고 그에 따라 민족문제의 해결로부터는 거리가 멀어져 갔다.

이 서울 중심주의는 분단이 현실화되면서 민족문제의 심각성을 깨닫기 시작하였지만 유럽에서 시작하여 국제적으로 맹위를 떨치고 있던 냉전체제로 말미암아 민족문제에 대한 해결은 대단히 불구적인 것이 되고 말았다. 냉전적 반제국주의라고 부를 수 있는 이러한 문제의 인식은 결국 분단을 막고 통일을 이루려는 그 의도에도 불구하고 오히려 분단을 고착화시키는 결과를 야기시켰던 것이다.

그런 점에서 임화의 민족문학론은 한국전쟁을 거치면서 위기에 봉착하였다. 그가 일제하에서의 많은 시행착오를 거치면서 모색하였고 8.15 직후에 새로운 현실 속에서 이론적으로 세우려고 했던 이 민족문학론은 그것이 가장 중요하게 해결하려고 하였던 민족문제의 해결에 실패함으로써 파산이 난 것이다. 계급적 시각은 민족문제의 해결에 실패함으로써 그 진정한 의미를 상실한 것이다. 오랜 냉전적 분단구조를 해체하고 새로운 시대로 나아가려고 하는 현재의 시점에서 그 동안 지속적으로 민족문학론을 주장하고 있는 필자가 그 전사에 해당할 수 있는 임화의 민족문학론을 비판적으로 고구하는 이유가 바로 여기에 존재한다.

노력하자 투쟁하자 5.1절이다

천만 사람의
가슴 그득한 자랑
물결 치는 우리나라의
5월 하늘은 바다보다 푸르고
흰 구름은 나무 잎 사이로
강물처럼 흘러간다

수풀로 나붓기는 깃발이여
파도 쳐 밀려오는 노래소리여

누구나 부르고자 하는 노래
마음껏 부를 수 있는 이 태양 아래
누구나 두르고 싶은 깃발
마음대로 쳐드는 이 하늘 아래

우리 모두 성곽처럼
철벽마냥 굳게 뭉쳐
구리빛 얼굴 돌같은 손
바우 같은 가슴 불타는 눈
밟으면 산악도 무너질 듯
큰 발자욱
소리치면 대양도 일어 설 듯
우렁찬 목소리

자랑스런 우리 공화국을 노래하며

영광스런 우리 국토를 찬양하며
장대한 우리 민주건설을 구가하며
무적한 우리 인민의 단결과 위용을
시위하며 우리는
평화를 위하여
자유를 위하여
통일을 위하여
앞으로 나아간다

우리의 고귀한 노력과 풍요한 성과 위에
전쟁의 불씨를 던지려는
'월가' 장거리의 강도들과
우리의 아름다운 국토 위에
노예의 철쇄와 내란의 검은 연기 뿜으려는
강도의 졸도들과
우리의 행복한 노래와
찬란한 깃발을 어지럽히려는
강도의 졸도의 졸도들에게

파멸과 죽음과 종국과
영구히 소생할 수 없는 마지막을
선사하기 위하여

강철인 우리
인민의 위대한 대열은
승리인 우리
조선민주주의인민공화국의
장엄한 전열은 앞으로 나간다

나날이 푸르러 가는

무연한 벌판과 높은 산들이여
날마다 죽순처럼 돋아나는
숱한 마을과 공장들이여

온 세계인류가 우러러보는
항상 영명하고 위대하시며
언제나 인류의 구성이신
쓰탈린 대원수 그 분이 지휘하시는
영웅의 군대 이 땅에 이르자
인민들은 나라의 주인이 되었고

머리 위에 우러러 받든 우리의 수령이신
김일성 장군께서
인민들을 영도하시여
우리들은 비로소 노력과 창조의
새로운 깃발 아래로 즐거이 나아갔다

쓰러졌던 공장은 일어나
저
멎었던 기계는 돌아가고
거친 땅은 닦이어
수로는 열려 물은 흘러왔고

일어선 공장 옆엔
다시 공장이
움직이는 기계 옆엔
다시 기계가
거인처럼
그 거인의 피끓는 심장처럼
일어서고 맥박쳐

우리들의 메말랐던 생활 속엔
즐거운 이애기 소리와
단란한 웃음소리가
모란처럼 꽃피기 시작하였으며

삼천만 조선 인민이
한 사람과 같이
그 분의 주위에 뭉쳐

아 둘도 없는 우리 조국은
영광스런 조선민주주의인민공화국은
황해바다 동해바다
남해바다의 거센 물결을
거머차며 일어섰다

저
불꽃 나르는 작업장에서
이리로 모여드는 부리가다들이

저 깃발 든
손마디가
옹이 같은 농민들이
기적과 같은 온갖 전설의 창조자들이며
우리의 평화와 자유의 발휘자들이며
부강한 우리 공화국의 건설자들이다

친애하는
공화국의
자유로운 공민들이여

기억하라!

승리는 결코 저절로
온 것이 아니었고
행복은 결코
노력 없이 온 것은 아니었다

메-데라고 불러지던
10년전 20년전 옛날로부터
5월 10일은 만국 근로자의 전투력과
단결력을 시위하고 검열하는
투쟁의 날

아직도 우리 앞엔
물러가지 않은 미제국주의 도적과
천추만대의 망국역적
리승만 도당이 남아 있어

도적과 원쑤들은
남쪽 하늘 아래서
사랑하는 우리 동포와 형제들을
악독하고 무도한 발길 아래
짓밟고 유린하나

슬기로운 우리 동포와 형제들은
거센 파도처럼 폭풍처럼
아름다운 조국의 산하를 주름잡아 달리며
원쑤를 소탕한다
피 풍기고 살 튕기는 싸움 속에서
우리와 어깨를 겯고 발 맞추며

불패한 조선 인민의 철벽의 단결로
닥쳐오는 승리를 확신하며
5월 1일을 맞이한다

어찌 이 날을 우리가
노력하고 싸우는 인민의 명절이라 아니할 것이며
어찌 이 날을 우리가
소리 높은 승리의 말로 노래하지 아니할 것인가

행복된 노력 속에서
고난한 싸움 속에서 우리는
서로 격려하고 고무하며
서로 사랑하고 자랑하여 다만
승리를 향하여 전진한다

브리가다들이여
농민들이여
병사들이여
근로하는 인민들이여

노력하자 투쟁하자

이 고마운 땅 위에서
어찌 우리가
한포기 곡식을 소홀히 할 것이며
보배로운 공장에서 어찌 우리가
한낱의 못과 한 오리 실을 헛되이 할 것이며
남반부 형제들이 잠결에도 잊지못하는
이 행복한 생활에서 어찌 우리가
한 초의 시각을 헛되이 할 것이며

그들이 목숨을 건 싸움의 진정한 보루가 되어 있는
이 공화국 북반부의 건설을 위하여 어찌 우리가
노력과 헌신을 애낄 것이냐

용광로에 더 세찬 불을 다루자
자유로운 정원에서 식량을 더 많이 내자
인민무력을 더 강화하자
2개년 인민경제계획의
방대한 숫자는 우리의 노력의 악보다
그 숨 가쁘도록 큰 보고는
우리의 노래의 아름다운 시다

더욱 행복하기 위하여 더욱 노력해야 한다
더욱 승리하기 위하여 더욱 투쟁해야 한다

우리의 한 초 한 분의 신설이
싸우는 우리 동포와 형제들에게 주는
하나 하나의 용기와 힘이며
우리들의 한 호흡 한 방울 땀이
사랑하는 우리 국토 위에서
도적과 원쑤를 소탕박멸하는
한방 한방의 폭탄이며
우리들의 한 걸은 한 발자욱이
승리에로 가는 대로 위의 한 메터 한 메터임을
누구가 모를 것이냐

노력하자
투쟁하자
5.1절이다
시위하자 어떠한

힘도 막을 수 없는
필승한 우리 인민의 강대한 전열을....

(1950.5.1)

전선에로! 전선에로! 인민의용군은 나아간다

단 하나의
조국을 위하여
피끓는 천만의 가슴들을
화산처럼 부풀어
노한 눈 가쁜 숨결
들먹이는 어깨에 총을 메고
전선으로 전선으로 나아간다

영용한 인민군대의
장엄한 포성은 이미
자랑스런 우리 조국 수도에 울려
한 여름 태양 찬란한 서울 하늘에는
공화국의 싱싱한 기빨 나부끼고
백절불굴한 영용한 인민유격대들
벌써 패주하는 원쑤를 무찔러
길목마다 산모퉁이마다
섬멸의 포화를 퍼붓는 오늘
어느 강도들이
다시 멸망하는 원쑤를 도아
평화로운 우리 하늘에
더러운 나래를 펼쳐
단란한 촌락과 도시들을

함부로 허무르고 불사르며
사랑하는 우리 부모 형제들의
가슴을
총탄으로 뚫어
물 맑고 모래 흰
우리조국 강토를 또 다시
신성한 피로 적시려하느냐
참을 수 없는 일이어
참을 수 없는 일 가운데도
진실로 참을 수 없는 일이어
조국통일의 빛나는 기치를 앞에 세우고
인민의 원쑤와
외적의 손에서
해방한
남반부의 강토는
조국의
우수한 아들딸들의
존귀한
피의 대가로 얻어진 것이며
조국은
우리들의 하늘의 둥그런 태양이
오직 하나인 것처럼
모든 사람들에게 둘도 없는 것
이 조국의
영광스런 기빨이
남조선 방방곡곡에 휘날리고
악독한 원쑤의 발굽 아래
유린되던 우리들이
통일된 공화국의 자유로운 공민으로
해방되는 기쁨과 감격을

무력으로 위협되는 지금
무엇을 애끼며
무엇을 주저하랴
패망하는 리승만 반역도당을
완전히 소탕 박멸하기 위하여
오만한 미국 강도배들을
완전히 구축 분쇄하기 위하여
전선에로!
전선에로!
대전 대구로!
부산 목포 려수로!
영웅의 섬 제주도로!
가슴엔 오직 증오를
손엔 오직 무기를 들고
인민의용군의 대열은 나아간다
우리는 영웅적 인민군대의 우군이다
우리는 영명한 우리 김일성 장군께서
손수 영도하시는 조선민주주의인민공화국의
영예로운 공민의 군대다
패주하는 반역도당들이 달아날
한가닥 길과 다리도 없이 하기 위하여
미제국주의 강도배들이
머리 둘
한 조각의 하늘도 없이 하기 위하여
전선에로!
전선에로!
원쑤를 무찔러
인민의용군의 대열은
앞으로 나아간다

(1950.7.7)

인민의 날개

매야 젊은 매야
너는 불 속에서 나서
불 속에서 자랐다

그리운 고향 마을들이
잿속에 묻히던 불
사랑하는 형제들의
아우성 소리가
가슴을 찌르던 불

그 불보다
백배나 뜨거운
인민들의 가슴속
황황히 타오르는
복쑤의 불길 속에서

너는 나고 너는 자라
이제
불에도 철에도
타지 않고 꺽이지 않을
불사의 나래를 펼쳐

첫눈 나리는
아름다운 강산이
조국의 창공 우리는
원쑤를 찾아 높이 떴다

굽어 보면
원쑤들이 저지른
죄악의 낭자한 흔적
귀 기울이면 그 속에서 죽어간
형제들의 간절한 부름소리

조국의 하늘
어느 구석에
원통히 죽어간 우리 형제들의
외로운 영혼이
떠있지 않은 곳이 있으며

조국의 땅 우
어느 구석에
불탄 집들과 죽은 동기들을 생각하여
밤에도 잠들 수 없는 눈알들이
반짝이지 않는 곳이 있으랴

별보다 총총한
이 눈알들이
생시보다 뚜렷한
이 모습들
선연한 자태가

명령보다 두려운
이 부름 소리
목숨보다 지중한
이 하늘과 땅이
너를 보내고
너를 지킨다

날러라 높이 용맹한 새야
달러라 빨리 날쌘 매야

너는 산악도 태울
조선 인민의 복쑤의 일념
너는 강철도 뚫는
조선 인민의 불굴한 의지
너는 불패한 인민의 날개

구름을 지나
별을 지나
태양이 가까운
그곳까지 높이 날러
빠리 달려

만나는 원쑤들 마다의
터럭 싯누런 가슴팍에는
뜨거운 포탄을 앵겨주고
눈깔 우묵한 그
이마빡에는

사랑하는 우리 어느 시인이
피로써 노래한 것처럼
보석을
앙칼진 기관총탄의
굳은 보석을 박아주자

그리하여 놈들이
우리 땅에서 지른
몇집 몇백배의 불을

우리 사람들에게 뿌리게 한
몇백 몇천배의 피를

공중에서
육지에서 바다에서
억수록 토하게 하라
폭포로 쏟게 하라
폭포로

이는 죽어간 너이의
전우와 형제들의 간절한 부탁
이는 폐허로된 너이의
고향 산하의 어길 수 없는 당부
이는 조국의 신성한 명령

침략자들이 멸망하는
불과 피의 바다 속에서
미국 짐승들이 사멸하는
단말마와 아우성의
건아한 교향악 속에서

너이들의 자랑스런
도시들은 일어설 것이고
너이들의 사랑하는
마을들은 소생할 것이며
너이들의 잊을 수 없는 동지

전우와 형제들의
거츠른 무덤 우에는 비로소
삼동에도 아름다운 꽃이 피고

조국 강산에는 사시로
승리와 영광의 태양이 빛나리라

용감하다 슬기로운 새
불속에서 나서 불속에서 자란
조선 인민의 마음의 날개야
(1951,12.평양)

[원고 투고 및 심사규정]

『작가연구』는 한국의 현대 문학에 대한 개방적이고 진취적인 문학 연구를 지향하는 국문학 전문학술지입니다.

『작가연구』는 이론적 깊이와 비평적 통찰을 겸비한 문학 연구를 통해 우리 시대의 문학과 주요 작가들을 새롭게 조명함으로써 엄정하면서도 개방적인 문학사를 지향합니다.

『작가연구』는 인간 정신의 참 의미를 구현해 나갈 인문학이 전반적으로 침체된 시대 상황의 제한 속에서도 한국 문학의 정수를 끈질기고 깊이 있게 성찰함으로써, 인문학의 진정한 위엄을 되찾고 한국 문학이 새롭게 도약할 수 있도록 노력하고 있습니다.

『작가연구』는 참신하고 진지한 문제 의식이 담긴 연구자 및 독자 여러분의 글을 기다리고 있습니다. 이러한 편집취지와 뜻을 같이 하는 분의 글이라면 어떤 것이나 환영합니다.

다음은 『작가연구』에서 정한 투고원칙 및 심사규정입니다.

1. 모집분야 : 현대시, 소설, 희곡 등 현대 문학 관련 논문, 서평 및 자료.
2. 원고분량 : 학술 논문의 경우 200자 원고지 100장 내외로 디스켓과 같이 제출, 관련 자료는 제한하지 않음.
3. 논문심사는 아래의 기준에 의한다.
   (1) 심사기준
   ① 기고 논문의 심사는 <작가연구> 편집위원회(이하 편집위원회)에서 주관한다.
   ② <작가연구>에 게재될 수 있는 논문은 연구자가 이미 지면에 발표하지 않은 새로운 논문이어야 한다.
   ③ 논문 심사는 독창성, 분량과 체제, 논리적 타당성, 학문적 기여도 등을 고려하여 '게재 가', '수정 후 게재', '게재 불가'로 등급을 매긴다.
   (2) 심사절차
   ① 편집위원회에서는 매호 논문 마감 후 편집회의를 개최하여 기고 논문을 심사하며, 이때 반드시 편집회의록을 작성한다.
   ② 편집위원회는 등급 판정의 이유를 해당 연구자에게 편집위원회 소정 양식의 공문으로 알려야 한다. 편집위원회로부터 '수정 후 게재' 판정을 받은 연구자는 통보를 받은 날로부터 14일 이내에 수정하여 편집위원회의 확인을 받는다.

③편집위원회는 논문 1편 당 3명의 심사위원을 선정하고 과반수 이상의 의견으로 판정 등급을 결정한다.

④편집위원회는 필요에 따라 기고논문에 대한 의부심사(전임교수 이상)를 의뢰할 수 있고, 심사 기준은 편집위원회의 심사 기준에 준한다.

4. 논문의 기고 자격은 제한을 두지 않는다.

5. 논문기고 절차와 요령

(1) 기고자는 논문을 수록한 컴퓨터 디스켓(호글)과 출력된 논문 4부를 편집위원회에 매년 2월과 8월 말일까지 제출하여야 한다.

(2) 기고한 모든 논문은 돌려 받을 수 없다.

(3) 논문 양식은 다음에 따른다.

①논문은 한국어로 작성함을 원칙으로 하고 영문 제목을 첨부하여야 한다. 또한 한자와 영문은 괄호( ) 안에 병기하며, 외국인명일 경우에도 한글로 원음을 표기하고 괄호( ) 안에 원래의 문자를 병기한다.

②논문의 체제는 반드시 제목 – 성명 – 본문 – 참고문헌의 순서를 따른다.

③논문의 분량은 200자 원고지 100매 내외를 원칙으로 한다.

④논문에서 사용되는 주(註)는 각주(脚註) 형식을 원칙으로 한다. 문헌일 경우는 저자명 – 서명 – 출판사 – 발행년도 – 면수 등의 순서로, 잡지 또는 정기간행물을 경우는 필자명 – 논문제목 – 잡지명 – 발행년도 – 면수 등으로 기재한다. 단, 영문으로 각주를 작성할 때에는 기호를 생략하며 논문은 명조체로, 저서는 이텔릭체로 표기한다.

⑤인용문은 가능한 한 현대 철자법으로 표기한다. 인용문이 외국어일 경우 번역하여 인용하고, 인용한 부분의 원문을 밝힐 필요가 있을 경우에는 각주에 병기한다.

⑥참고문헌은 기본자료, 단행본, 논문의 순서로 작성하며 저자의 가나다(또는 ABC)순에 의거한다. 또한 참고문헌이 외국 자료일 경우 원어 그대로를 표기하는 것을 원칙으로 한다.

6. 모집기간: 매년 2월과 8월말 마감.

주소(134-054) 서울시 강동구 암사4동 452-20 럭키빌딩3층 301호 새미출판

우리어문학회 내 『작가연구』 편집위원회

전화 :(02)442-4626, 442-4623~4

e-mail:kookhak@orgio.net: kookhak@kornet.net

※ 접수된 원고의 게재 여부는 본지 편집위원회에서 결정하며, 채택된 원고에 대해서는 소정의 고료를 지급합니다. 접수된 원고의 반환에 대해서는 책임지지 않습니다. 원고는 디스켓과 함께 보내시거나 통신을 이용해 주시기 바랍니다.

2000년(하반기)

작가연구

제10호

발 행 인	김성달
편 집 인	강진호
편집주간	서종택
편집위원	이상갑 채호석 하정일 안남일
발　　행	**새미**
	서울 강동구 암사4동 452-20 럭키빌딩 3층 (134-054)
	전화: 442-4626(대), 442-4623~4, 팩스: 442-4625
	www.kookhak.co.kr
등록번호	공보사 1883
등 록 일	1997년 2월 17일
인 쇄 인	박유복
발 행 일	2000년 12월 5일

* 본지는 한국간행물윤리위원회의 도서잡지 윤리강령 및
  잡지윤리 실천요강을 준수합니다.

* 본지는 한국문화예술진흥원의 문예진흥기금의 후원을 받습니다.

값 10,000원

▶ 도서출판 **새미** 는 국학자료원의 자매회사입니다.

한국 문단 작가 연구 총서 5

초판 1쇄 인쇄일	2015년 1월 2일
초판 1쇄 발행일	2015년 1월 5일

편집인	작가 연구
펴낸이	정구형
총괄	박지연
편집 · 디자인	이솔잎 채지영 김민주
마케팅	정찬용
관리	한미애
인쇄처	은혜사
펴낸곳	**국학자료원**

등록일 2006 11 02 제2007-12호
서울시 강동구 성내동 447-11 현영빌딩 2층
Tel 442-4623 Fax 442-4625
www.kookhak.co.kr
kookhak2001@hanmail.net

ISBN	978-89-279-0042-9 *94800
	978-89-279-0047-4 *94800 [set]
전6권	400,000원